日本古典文学全集・内容綜覧

付・作家名索引

日外アソシエーツ

Index to the Contents of The Collections of Japanese Classical Literature

Table-of-contents Index

with Author Index

Compiled by

Nichigai Associates, Inc.

©2005 by Nichigai Associates, Inc.

Printed in Japan

本書はディジタルデータでご利用いただくことができます。詳細はお問い合わせください。

●編集担当● 町田 千秋／岡田 真弓

刊行にあたって

　「古事記」「竹取物語」をはじめ、長い年月にわたって先人から受け継がれてきた古典文学作品は、日本人共通の財産である。千年の時を経てなお読者の心をとらえ版を重ねる「源氏物語」や、演劇や映像で何度もとりあげられる「仮名手本忠臣蔵」「南総里見八犬伝」のように今日でも親しまれている作品も多い。

　本書は日本の古典文学全集の内容を一覧・検索できる索引ツールである。小社は1982年以来「現代日本文学綜覧」シリーズとして、明治以降の現代日本文学の全集検索ツールを送り出してきた。近世以前の古典文学を対象とした本書の刊行により、古代から現代までの文学作品を収めたすべての全集の内容を調べられるようになった。古典文学は時代も分野も幅広く、全集も総合全集のほか、時代別、作家別、テーマ別など多種多様な内容で刊行されている。また収録作品の違いのほか、注、訳文、解説類によっても特色がある。それだけに全集内容を一覧し、また作家名や作品名から収載全集を検索できるツールが大きな役割を果たすものと期待される。

　本書では2004年までの戦後60年間に完結した全集104種1,904冊を調査・収録した。各巻の目次細目を一覧できる内容綜覧、作品名から収載全集を調べられる作品名綜覧の2冊構成とし、内容綜覧の巻末には原作者や校注者・訳者・解説の著者から検索できる作家名索引を付した。また作品名綜覧の巻末では解説類を作家名やテーマごとに検索できるようにした。

　編集にあたっては誤りや遺漏のないように努めたが、至らぬ点もあろうかと思われる。お気づきの点はご教示いただければ幸いである。本書が「現代日本文学綜覧」シリーズ同様、文学を愛好する方々をはじめ、図書館や研究機関等で広く活用されることを願っている。

2005年2月

日外アソシエーツ

凡　例

1. 本書の内容

　　本書は、国内で刊行された日本の古典文学に関する全集の内容細目集である。

2. 収録対象

　　1945(昭和20)年～2004(平成16)年に刊行が完結した全集104種1,904冊を収録した。

3. 排　列

　　全集名の読みの五十音順に排列し、同一全集の中は巻数順とした。

4. 記載事項

　　全て原本に基づいて記載、目次に記載がない作品も収録した。収録した作品および解説等の総数は43,899件である。

　1) 記載形式

　　(1) 全集名、作家名、作品名などの表記は原則として原本の表記を採用した。
　　(2) 使用漢字は、原則として常用漢字、新字体に統一した。
　　(3) 頭書、角書、冠称などのほか、原本のルビ等については、文字サイズを小さくして表記した。
　　(4) 全集の巻次表示は、アラビア数字に統一した。

　2) 記載項目

　　全集番号／全集名／出版者／総巻数／刊行期間／注記
　　巻次・巻名／刊行年月日

作品名・論題／（原作者名、注・訳者名、解説などの著者名）／原本掲載(開始)頁

※解説・年表・参考文献等は、タイトルの先頭に「＊」を付した。

5. 作家名索引

1) 全集に収録された各作品の原作者、注・訳者および解説・資料の著者を収録した。
2) 原作者を前に、注・訳者および解説・資料の著者を後におき、それぞれ姓の五十音順、名の五十音順に排列した。「ふじわらの」など姓の末尾につく「の」は排列上無視した。また「紫式部」など姓名の形をとらない作家名は全体を姓と同じ扱いとして排列した。
3) 同一作家・著者の下では、作品名および解説・資料のタイトルを五十音順に示した。
4) 作品の所在は［全集番号］巻次－原本掲載(開始)頁の組合せで示した。

収録全集目次

［001］「和泉古典文庫」 全10巻 和泉書院 1983年11月〜2002年10月 ………… 1
［002］「一茶全集」 全8巻，別巻1巻，総索引 信濃毎日新聞社 1976年11月〜1994年11月 ………… 3
［003］「イラスト古典全訳」 全3巻 日栄社 1989年12月〜1995年1月 ………… 6
［004］「上田秋成全集」 全12巻 中央公論社 1990年8月〜1995年9月 ………… 7
［005］「江戸漢詩選」 全5巻 岩波書店 1995年9月〜1996年5月 ………… 13
［006］「江戸戯作文庫」 全10巻 河出書房新社 1984年6月〜1987年3月 ………… 22
［007］「江戸詩人選集」 全10巻 岩波書店 1990年4月〜1993年3月 ………… 23
［008］「江戸時代女流文学全集」 全4巻 日本図書センター 2001年6月 ………… 40
［009］「江戸時代文藝資料」 全5巻 名著刊行会 1964年7月 ………… 43
［010］「大田南畝全集」 全20巻，別巻1巻 岩波書店 1985年12月〜2000年2月 ………… 44
［011］「蜻蛉日記解釈大成」 全9巻 明治書院 1983年11月〜1995年6月 ………… 49
［012］「鎌倉時代物語集成」 全7巻，別巻1巻 笠間書院 1988年9月〜2001年11月 ………… 53
［013］「鑑賞 日本古典文学」 全35巻，別巻1巻 角川書店 1975年2月〜1978年3月 ………… 55
［014］「鑑賞日本の古典」 全18巻 尚学図書 1979年12月〜1982年7月 ………… 67
［015］「完訳 日本の古典」 全58巻，別巻2巻 小学館 1982年11月〜1989年4月 ………… 73
［016］「北村季吟著作集」 全2巻 北村季吟大人遺著刊行会 1962年9月〜1963年1月 ………… 84
［017］「近世紀行日記文学集成」 全2巻 早稲田大学出版部 1993年2月〜1994年9月 ………… 85
［018］「近世文学選」 全1巻 和泉書院 1994年4月 ………… 87
［019］「現代語訳 西鶴好色全集」 全4巻 創元社 1951年12月〜1953年12月 ………… 88
［020］「現代語訳 西鶴全集」 全7巻 河出書房 1952年7月〜1954年3月 ………… 90
［021］「現代語訳 西鶴全集」 全12巻 小学館 1976年3月〜1977年2月 ………… 96
［022］「現代語訳 日本の古典」 全21巻 学習研究社 1979年6月〜1981年11月 ………… 99
［023］「校註 阿仏尼全集」 全1巻 風間書房 1981年3月 ………… 105
［024］「校註日本文芸新篇」 全7巻 武蔵野書院 1950年10月〜1951年9月 ………… 105
［025］「校本芭蕉全集」 全10巻，別巻1巻 富士見書房 1988年10月〜1991年11月 ………… 108
［026］「国文学評釈叢書」 全3巻 東京堂 1958年11月〜1959年3月 ………… 124
［027］「国民の文学」 全18巻 河出書房新社 1963年8月〜1965年1月 ………… 125
［028］「五山文学新集」 全6巻，別巻2巻 東京大学出版会 1967年3月〜1981年2月 ………… 132
［029］「五山文学全集」 全4巻，別巻1巻 思文閣出版 1973年2月 ………… 136
［030］「校註国歌大系」 全28巻 講談社 1976年10月 ………… 141
［031］「古典セレクション」 全16巻 小学館 1998年4月〜1998年11月 ………… 145
［032］「古典叢書」 全41巻 本邦書籍 1989年1月〜1990年11月 ………… 148
［033］「古典日本文学全集」 全36巻，別巻1巻 筑摩書房 1959年9月〜1962年12月 ………… 153
［034］「西鶴大矢数注釈」 全4巻，索引1巻 勉誠社 1986年12月〜1992年3月 ………… 167
［035］「西鶴選集」 全12巻24冊 おうふう 1993年10月〜1996年9月 ………… 169
［036］「私家集大成」 全7巻 明治書院 1973年11月〜1976年12月 ………… 176

収録全集目次

[037]「十返舎一九越後紀行集」全3巻　郷土出版社　1996年3月 ……………… 192
[038]「洒落本大成」全29巻、補巻1巻　中央公論社　1978年9月～1988年11月 …… 195
[039]「シリーズ江戸戯作」全2巻　桜楓社　1987年3月～1989年6月 …………… 204
[040]「新潮日本古典集成」全82巻、別巻12巻　新潮社　1976年6月～2004年4月 …… 205
[041]「新 日本古典文学大系」全100巻、別巻5巻　岩波書店　1989年1月～2004年3月 …… 222
[042]「新版絵草紙シリーズ」全9巻　千秋社　1979年3月～1984年3月 …………… 249
[043]「新編日本古典文学全集」全88巻　小学館　1994年3月～2002年11月 ……… 254
[044]「全対訳日本古典新書」全15巻　創英社　1976年9月～1984年3月 …………… 294
[045]「叢書江戸文庫」第Ⅰ期全26巻、第Ⅱ期全12巻、第Ⅲ期全12巻　国書刊行会　1987年6月～2002年5月 …… 296
[046]「続日本歌謡集成」全5巻　東京堂出版部　1961年6月～1964年2月 ………… 311
[047]「続日本随筆大成」全12巻、別巻12巻　吉川弘文館　1979年6月～1983年4月 … 315
[048]「大学古典叢書」全8巻　勉誠社　1985年4月～1989年3月 …………………… 318
[049]「対訳古典シリーズ」全20巻　旺文社　1988年5月 …………………………… 322
[050]「竹本義太夫浄瑠璃正本集」上下巻　大学堂書店　1995年2月 ……………… 326
[051]「近松全集」全12巻　思文閣出版　1978年5月 ………………………………… 328
[052]「近松全集」全17巻、補遺1巻　岩波書店　1985年11月～1996年6月 ………… 330
[053]「中世歌書翻刻」全4巻　稲田浩子　1970年11月～1973年3月 ………………… 337
[054]「中世の文学」第Ⅰ期全27巻　三弥井書店　1971年2月～2001年12月 ………… 338
[055]「中世文芸叢書」全12巻、別巻3巻　広島中世文芸研究会　1965年1月～1973年1月 …… 346
[056]「勅撰歌歌枕集成」全3巻　おうふう　1994年10月～1995年9月 ……………… 349
[057]「鶴屋南北全集」全12巻　三一書房　1971年5月～1974年12月 ……………… 376
[058]「定本西鶴全集」全14巻　中央公論社　1949年12月～1975年3月 …………… 379
[059]「徳川文芸類聚」全12巻　国書刊行会　1970年1月 …………………………… 383
[060]「特選日本の古典 グラフィック版」全12巻、別巻2巻　世界文化社　1986年 …… 386
[061]「日本歌学大系」全10巻、別巻10巻　風間書房　1980年4月～1997年2月 …… 389
[062]「日本歌謡集成」全12巻　東京堂出版部　1979年9月～1980年8月 …………… 395
[063]「日本古典全書」全109巻　朝日新聞社　1946年12月～1970年8月 ……………… 403
[064]「日本古典評釈・全注釈叢書」角川書店　1966年5月～2001年5月 …………… 426
[065]「日本古典文学幻想コレクション」全3巻　国書刊行会　1995年12月～1996年4月 …… 436
[066]「日本古典文学全集」全51巻　小学館　1970年11月～1995年5月 …………… 440
[067]「日本古典文学大系」全100巻、索引2巻　岩波書店　1951年9月～1969年2月 … 454
[068]「日本小咄集成」上中下巻　筑摩書房　1971年9月～1971年12月 …………… 475
[069]「日本思想大系」全67巻　岩波書店　1970年5月～1982年5月 ………………… 476
[070]「日本随筆大成」第Ⅰ期全23巻、第Ⅱ期全24巻、第Ⅲ期全24巻、別巻全10巻　吉川弘文館　1973～1979年5月 …… 494
[071]「日本の文学 古典編」全46巻　ほるぷ社　1976年6月～1989年6月 …………… 502
[072]「日本文学古註釈大成」日本図書センター　1978年10月～1979年8月 ……… 509
[073]「新訂校註日本文学大系」全16巻　風間書房　1955年3月～1966年9月 ……… 513
[074]「作者別時代別女人和歌大系」全6巻　風間書房　1962年11月～1978年9月 …… 516
[075]「俳諧文庫会叢書」全3巻　菁柿堂　1949年6月 ……………………………… 523

［076］「俳書叢刊」　全9巻　臨川書店　1988年5月 ………………………………… 523
［077］「俳書叢刊 第7期」　全8巻　天理図書館　1962年6月〜1963年6月 ……… 525
［078］「芭蕉紀行集」　全3巻(改版1冊)　明玄書房　1967年5月〜1978年12月 … 526
［079］「芭蕉発句全講」　全5巻　明治書院　1994年10月〜1998年10月 ………… 529
［080］「芭蕉連句抄」　全12巻　明治書院　1965年12月〜1989年10月 …………… 530
［081］「芭蕉連句全註解」　全10巻、別巻1冊　桜楓社　1979年6月〜1983年10月 … 539
［082］「噺本大系」　全20巻　東京堂出版　1975年11月〜1979年12月 …………… 544
［083］「秘籍江戸文学選」　全10巻　日輪閣　1974年7月〜1975年11月 ………… 550
［084］「秘められたる古典名作全集」　全3巻　富士出版　1997年 ………………… 557
［085］「評釈江戸文学叢書」　全10巻、別巻1冊　講談社　1970年9月 …………… 557
［086］「藤原定家全歌集」　上下巻　河出書房新社　1985年6月〜1986年6月 …… 563
［087］「蕪村秀句」　全3巻　永田書房　1991年6月〜1993年7月 ………………… 563
［088］「蕪村全集」　全2巻　創元社　1948年5月〜1948年6月 …………………… 564
［089］「仏教説話文学全集」　全12巻　隆文館　1968年9月〜1973年1月 ………… 566
［090］「文化文政江戸発禁文庫」　全10巻、別巻1冊　図書出版美学館　1983年1月〜1983年12月 ……………………………………………………………………………… 576
［091］「平安朝歌合大成」　全5巻　同朋舎出版　1995年5月〜1996年12月 ……… 578
［092］「平安文学叢刊」　全5巻　古典文庫　1953年11月〜1966年6月 …………… 587
［093］「傍訳古典叢書」　全2巻　明治書院　1954年12月〜1957年1月 …………… 589
［094］「万葉集古註釈集成」　全20巻　日本図書センター　1989年4月〜1991年10月 … 590
［095］「未刊随筆百種」　全12巻　中央公論社　1976年5月〜1978年3月 ………… 592
［096］「未刊連歌俳諧資料」　第一輯全6巻、第二輯全2巻、第三輯全3巻、第四輯全5巻、俳文学会　1952年1月〜1961年12月 …………………………………………… 595
［097］「三弥井古典文庫」　上下巻　三弥井書店　1993年3月〜2000年4月 ……… 596
［098］「室町時代物語集」　全5巻　井上書房　1962年5月〜1962年6月 ………… 597
［099］「室町時代物語大成」　全13巻、補遺2巻　角川書店　1973年1月〜1988年2月 … 606
［100］「名作歌舞伎全集」　全25巻　東京創元社　1968年9月〜1973年2月 …… 616
［101］「訳註 西鶴全集」　全13巻　至文堂　1947年2月〜1956年11月 …………… 625
［102］「有精堂校注叢書」　全5巻　有精堂出版　1986年9月〜1988年3月 ……… 627
［103］「校註謡曲叢書」　全3巻　臨川書店　1987年10月 ………………………… 628
［104］「琉球古典叢書」　全1巻　あき書房　1982年11月 …………………………… 635

```
[001] 和泉古典文庫
       和泉書院
       全10巻
   1983年11月～2002年10月
```

第1巻 京都大学附属図書館蔵 **保元物語**（早川厚一，弓削繁，原水民樹編）
1982年3月31日刊

* 解説 5
* 凡例 16
* 目録 20
京図本保元物語 上 1
京図本保元物語 中 35
京図本保元物語 下 71
* 補注 109
* 付録 159
　* 皇室系図 159
　* 藤原氏系図 159
　* 桓武平氏系図 160
　* 清和源氏系図 161

第2巻 校本 **三冊子**（富山奏編）
1983年11月15日刊

* 解説 4
* 凡例 32
* 本文 33
第一巻 35
　しろさうし（芭蕉翁記念館本） 35
　白双紙（梅主本） 35
　白双紙（石馬本） 35
　しろさうし（安永坂本） 35
第二巻 87
　あかさうし（芭蕉翁記念館本） 87
　赤草子（梅主本） 87
　わすれミヅ（石馬本） 87
　くろさうし（安永坂本） 87
第三巻 151
　わすれ水（芭蕉翁記念館本） 151
　わすれ水（梅主本） 151
　赤双紙（石馬本） 151
　あかさうし（安永坂本） 151

第3巻 彰考館蔵 **十訓抄** 第三類本（泉基博編）
1984年1月30日刊

* 凡例
十訓抄 上 1
　十訓鈔序 3
　第一 4
　第二 44
　第三 48
　第四 60
十訓抄 中 77
　第五 79
　第六 92
　第七 125
十訓抄 下 161
　第八 163
　第九 170
　第十 178
* 解説（泉基博） 233
* 異体字・略体字 一覧 258

第4巻 校訂 **貫之集**（田中登編）
1987年2月20日刊

* はじめに 3
* 解説 7
　* 貫之集諸本概要 8
　* 貫之集の基本的性格 11
　　* はじめに 11
　　* 貫之集の構成及び配列 12
　* 『古今集』貫之歌と貫之集（1）―
　　 『貫之集』屏風歌の意義 20
　* 『古今集』貫之歌と貫之集（2）―
　　 『貫之集』雑部の性格 24
　* 『貫之集』恋部の詞書をめぐる問
　　 題―古今・後撰両集に関連して 38
　* 後撰集の貫之歌 49
　* 『土佐日記』所収歌と貫之集―土
　　 佐日記試論 53
　* 拾遺集の貫之歌―貫之集の和歌
　　 史的定位を目差して 64
　* 本書の校訂方針 69
　* 香川景樹の貫之集注釈 77
校訂貫之集 95
　貫之集第一 97
　貫之集第二 107
　貫之集第三 122

和泉古典文庫

貫之集第四 ……………………… 139
貫之集第五 ……………………… 159
貫之集第六 ……………………… 169
貫之集第七 ……………………… 173
貫之集第八 ……………………… 180
貫之集第九 ……………………… 184
異本所載歌 ……………………… 203
＊貫之集注 ……………………… 209
＊初句索引 ……………………… 251

第5巻　武辺咄聞書 京都大学付属図書館蔵（菊池真一編）
1990年4月20日刊

＊凡例
武辺咄聞書 …………………………… 1
＊解題 ……………………………… 163
＊人名索引 ………………………… 166
＊難読語一覧 ……………………… 179
＊あとがき ………………………… 197

第6巻　校本 仁勢物語（富山高至編）
1992年5月10日刊

校本 仁勢物語 ……………………… 1

第7巻　明智物語 内閣文庫蔵本（関西大学中世文学研究会編）
1996年7月30日刊

明智物語 乾（坤） ………………… 1
＊凡例 ………………………………… 3
　巻上 ………………………………… 5
　巻下 ………………………………… 31
＊補注 ……………………………… 51
＊関連記事 ………………………… 59
　＊（1）越前攻め ………………… 61
　＊（2）信貴山攻め ……………… 62
　＊（3）家康・梅雪参上 ………… 63
　＊（4）光秀叛心 ………………… 67
　＊（5）愛宕の連歌 ……………… 69
　＊（6）本能寺の変 ……………… 71
　＊（7）家康・堺より帰国 ……… 84
　＊（8）光秀、安土へ …………… 86
　＊（9）畿内の動向 ……………… 88
　＊（10）山崎合戦 ………………… 89
　＊（11）光秀最期 ………………… 97

　＊（12）明智滅亡 ………………… 100
　＊〔『武功夜話』より関連記事〕 … 103
　＊〔キリシタン関連史料〕 ……… 114
　　＊（1）イエズス会・一五八二年の日本年報追加 ……………… 114
　　＊（2）フロイス『日本史』 …… 126
　＊〔『義残後覚』より〕 ………… 128
＊解説（青木晃） ………………… 133
＊系図・地図 ……………………… 143
＊明智光秀関連略年譜 …………… 145
＊後記 ……………………………… 153

第8巻　世界早学文 影印と翻刻（乾義彦編）
2000年11月20日刊

＊凡例 ……………………………（1）
影印『世話早学文』 ………………… 1
翻刻『世話早学文』 ……………… 51
＊解説 ……………………………… 81
＊見出し語索引 …………………… 96

第9巻　京都女子大学図書館蔵 風雅和歌集（千古利恵子編）
2002年10月15日刊

＊凡例 ………………………………… 2
風雅和歌集 ………………………… 3
　序 …………………………………… 3
　巻第一春歌上 ……………………… 9
　巻第二春歌中 …………………… 21
　巻第三春歌下 …………………… 36
　巻第四夏歌 ……………………… 49
　巻第五秋歌上 …………………… 68
　巻第六秋歌中 …………………… 78
　巻第七秋歌下 …………………… 90
　巻第八冬歌 ……………………… 103
　巻第九旅歌 ……………………… 125
　巻第十恋歌一 …………………… 134
　巻第十一恋歌二 ………………… 144
　巻第十二恋歌三 ………………… 156
　巻第十三恋歌四 ………………… 166
　巻第十四恋歌五 ………………… 178
　巻第十五雑歌上 ………………… 188
　巻第十六雑歌中 ………………… 216
　巻第十七雑歌下 ………………… 236
　巻第十八釈教歌 ………………… 271
　巻第十九神祇歌 ………………… 280

巻第二十賀歌 ………………………… 288
＊解説 …………………………………… 297
＊和歌索引 ……………………………… 330
＊あとがき ……………………………… 355

第10巻 関西大学図書館蔵 俊秘抄（俊頼髄脳研究会編）
2002年10月10日刊

＊凡例
俊秘抄 上 ………………………………… 1
俊秘抄 下 ………………………………… 73
＊解題 …………………………………… 146
＊校訂一覧 ……………………………… 155
＊和歌二句索引 …………………………… 1

---

[002] 一茶全集
信濃毎日新聞社
全8巻，別巻1巻，総索引
1976年11月～1994年11月
（尾沢喜雄監修，信濃教育会編）

第1巻　発句（小林計一郎，丸山一彦，宮脇昌三，矢羽勝幸校注）
1979年8月20日刊

＊解説 ……………………………………… 5
＊凡例 ……………………………………… 7
＊出典書目 ……………………………… 11
発句 ……………………………………… 19
　新年の部（矢羽勝幸校注） …………… 21
　　時候 ………………………………… 23
　　天文 ………………………………… 32
　　人事 ………………………………… 34
　　動物 ………………………………… 52
　　植物 ………………………………… 53
　春の部（宮脇昌三校注） ……………… 55
　　時候 ………………………………… 57
　　天文 ………………………………… 65
　　地理 ………………………………… 93
　　人事 ………………………………… 100
　　動物 ………………………………… 120
　　植物 ………………………………… 180
　夏の部（丸山一彦校注） ……………… 243
　　時候 ………………………………… 245
　　天文 ………………………………… 259
　　地理 ………………………………… 273
　　人事 ………………………………… 279
　　動物 ………………………………… 333
　　植物 ………………………………… 389
　秋の部（小林計一郎校注） …………… 427
　　時候 ………………………………… 429
　　天文 ………………………………… 448
　　地理 ………………………………… 488
　　人事 ………………………………… 489
　　動物 ………………………………… 520
　　植物 ………………………………… 552
　冬の部（矢羽勝幸校注） ……………… 603
　　時候 ………………………………… 605

日本古典文学全集・内容綜覧　3

一茶全集

天文 ………………………………	619
地理 ………………………………	653
人事 ………………………………	655
動物 ………………………………	713
植物 ………………………………	723
雑の部（宮脇昌三校注） ………	741
*季題索引 …………………………	749

第2巻　句帖Ⅰ（宮脇昌三，矢羽勝幸校注）
1977年8月30日刊

*解説 ………………………………	5
*凡例 ………………………………	43
寛政句帖 …………………………	47
享和二年句日記 …………………	69
享和句帖 …………………………	89
文化句帖 …………………………	179
享和四年（文化一年） ………	181
文化二年 ………………………	263
文化三年 ………………………	331
文化四年 ………………………	389
文化五年 ………………………	419
連句稿裏書 ………………………	443
花見の記 …………………………	465
文化五年六月句日記 ……………	473
文化五年八月句日記 ……………	479
文化五・六年句日記 ……………	497
文化六年句日記 …………………	519
文化三―八年句日記写 …………	545
*索引 ………………………………	589

第3巻　句帖Ⅱ（宮脇昌三，矢羽勝幸校注）
1976年12月30日刊

*解説 ………………………………	5
*凡例 ………………………………	17
七番日記 …………………………	21
文化七年 ………………………	26
文化八年 ………………………	101
文化九年 ………………………	141
文化十年 ………………………	211
文化十一年 ……………………	285
文化十二年 ……………………	349
文化十三年 ……………………	403
文化十四年 ……………………	465
文化十五年 ……………………	509
*索引（句歌） ……………………	575

第4巻　句帖Ⅲ（尾沢喜雄，宮脇昌三校注）
1977年5月30日刊

*解説 ………………………………	5
*凡例 ………………………………	25
風間新蔵筆写八番日記 …………	29
文政二年 ………………………	31
文政三年 ………………………	99
文政四年 ………………………	151
山岸海麿筆写八番日記 …………	233
文政二年 ………………………	235
文政三年 ………………………	271
文政四年 ………………………	295
文政句帖 …………………………	331
文政五年 ………………………	333
文政六年 ………………………	417
文政七年 ………………………	465
文政八年 ………………………	525
文政九・十年句帖写 ……………	573
*索引（句歌） ……………………	585

第5巻　紀行・日記／俳文捨遺／自筆句集／連句／俳諧歌（丸山一彦，小林計一郎校注）
1978年11月30日刊

*解説 ………………………………	5
*凡例 ………………………………	9
紀行・日記 ………………………	11
寛政三年紀行 …………………	13
西国紀行 ………………………	33
父の終焉日記 …………………	69
俳文捨遺 …………………………	115
自筆句集 …………………………	151
一茶自筆句集 …………………	153
連句 ………………………………	195
俳諧歌 ……………………………	523
*索引 ………………………………	563
*発句索引 …………………………	565
*連句索引 …………………………	574

第6巻　句文集・撰集・書簡（丸山一彦，小林計一郎校注）
1976年11月30日刊

*解説 ………………………………	5
*凡例 ………………………………	9

句文集（丸山一彦校注）	11
我春集	13
株番	41
志多良	95
おらが春	133
まん六の春	177
撰集（丸山一彦校注）	187
たびしうゐ	189
さらば笠	209
三韓人	225
童岬	243
木槿集	257
あとまつり	271
杖の竹	289
たねおろし	305
書簡（小林計一郎校注）	323
句稿消息	423
＊索引	477
＊句歌索引	479
＊書簡索引	489

第7巻　雑録（小林計一郎，丸山一彦校注）
1977年12月30日刊

＊解説（小林計一郎）	5
＊凡例	9
随斎筆紀（丸山一彦校注）	13
急逓紀（小林計一郎校注）	249
与州播州雑詠（小林計一郎校注）	291
其日ぐさ（小林計一郎校注）	323
花見の記付録（丸山一彦校注）	353
一茶園月並（小林計一郎校注）	361
仮名口訣（小林計一郎校注）	371
俳諧寺抄録（小林計一郎校注）	389
日本輿地新増行程記大全書込（小林計一郎校注）	427
和歌八重垣書込（小林計一郎校注）	449
方言雑集（小林計一郎校注）	471
知友録（小林計一郎校注）	573
＊索引	587

第8巻　関係俳書（矢羽勝幸校注）
1978年3月30日刊

＊解説	5
＊凡例	13
（第一期）	

真左古	17
俳諧五十三駅	23
秋顔子	39
（第二期）	
蕉翁百回追遠集	57
花供養	69
霜のはな	95
己未元除春遊	101
（第三期）	
其日庵歳旦（そのひあんさいたん）	119
丁巳元除春遊	159
庚申元除春遊	181
鶴芝集二編・続編	201
水の音	213
乙丑元除遍覧	223
古今綾囊	277
玉の春	299
物の名	309
繁橋	325
文化壬申元除遍覧	337
名なし草紙	371
なにぶくろ	393
（第四期）	
ひさごものがたり	415
俳諧西歌仙	435
なりかや	455
古今俳人百句集	467
はいかい三霜	497
椎柴	509
ひとりだち	527
ありなし草	543
信濃ぶり	555
燧袋	563
雁の使	573
墨多川集	583
五とせ集	595
＊索引	614

別巻1　資料・補遺（小林計一郎，丸山一彦，矢羽勝幸校注）
1978年12月20日刊

＊解説	5
＊凡例	9
資料	11
小林一茶年譜	13
一茶翁終焉記	51

雑編	57
研究文献目録	93
補遺	103
吟社懐旧録書込	105
一茶留書	147
一茶発句集（文政版）	213
一茶発句集（嘉永版）	243
素丸発句集	279
正風俳諧芭蕉葉ぶね	361
＊索引	395

〔索引〕　一茶発句総索引（滝澤貞夫，二澤久昭，梅原恭則，矢羽勝幸，戸谷精三編）
1994年11月19日刊

＊凡例	3
新出句一覧	11
索引	23

---

[003] **イラスト古典全訳**
日栄社
全3巻
1989年12月～1995年1月

〔1〕
1995年1月10日刊

＊はしがき（橋本武）	3
つれづれ草　上	15
つれづれ草　下	141

〔2〕
1989年12月15日刊

＊はしがき（橋本武）	3
＊系図	16
枕草子	17

〔3〕
1992年6月20日刊

＊はしがき（橋本武）	3
＊系図	11
伊勢物語	13
＊和歌索引	139

```
[004] 上田秋成全集
  中央公論社
   全12巻
1990年8月～1995年9月
（上田秋成全集編集委員会編）
```

第1巻　国学篇
1990年11月25日刊

＊凡例 ………………………………… 7
安安言 ………………………………… 13
遠駝延五登 …………………………… 53
　遠駝延五登 一 …………………… 55
　遠駝延五登 二 …………………… 79
　　遠駝延五登 一（異文）………… 107
　　遠駝延五登 二（異文）………… 116
神代かたり …………………………… 141
　神代かたり（異文）……………… 171
呵刈葭 ………………………………… 189
　上田秋成論難同弁 ………………… 191
　鉗狂人上田秋成評同弁 …………… 230
宣長に対する上田秋成の答書 ……… 251
加島神社本紀 ………………………… 263
漢委奴国王佩印考 …………………… 277
　漢委奴国王金印之考（異文一）… 284
　漢委奴国王印綬考（異文二）…… 288
荷田子訓読斉明紀童謡存疑 ………… 293
『日本春秋』書入 …………………… 307
　日本春秋 序説 …………………… 309
　日本春秋 巻一 …………………… 310
　日本春秋 第二 …………………… 327
　日本春秋 第三 …………………… 343
　日本春秋 第四 …………………… 353
　日本春秋 第五 …………………… 365
　日本春秋 第六 …………………… 378
　日本春秋 第七 …………………… 385
　日本春秋 第十一 ………………… 390
　日本春秋 第十二 ………………… 394
〔参考〕………………………………… 397
　菊家主に贈る書 …………………… 397
　やいかま …………………………… 405
＊解題 ………………………………… 429

第2巻　万葉集研究篇一
1991年2月25日刊

＊凡例 ………………………………… 5
楢の杣 ………………………………… 11
　楢の杣 序例 ……………………… 13
　楢の曾麻 一 ……………………… 39
　楢農所万 二 ……………………… 96
　楢農所万 三上 …………………… 160
　寧楽乃杣 三下 …………………… 222
　楢農所万 四上 …………………… 263
　那羅乃杣 四下 …………………… 319
　寧楽杣 五 ………………………… 356
＊解題 ………………………………… 415

第3巻　万葉集研究篇二
1991年5月25日刊

＊凡例 ………………………………… 5
万葉集会説 …………………………… 11
古葉剰言 ……………………………… 33
　古葉剰言（異文）………………… 49
金砂 …………………………………… 59
　金砂 一 …………………………… 61
　金砂 二 …………………………… 96
　金砂 三 …………………………… 126
　金砂 四 …………………………… 162
　金砂 五 …………………………… 198
　金砂 六 …………………………… 225
　金砂 七 …………………………… 251
　金砂 八 …………………………… 284
　金砂 九 …………………………… 318
　金砂 十 …………………………… 348
　金砂剰言 ………………………… 383
＊解題 ………………………………… 411

第4巻　万葉集研究篇三
1993年2月25日刊

＊凡例 ………………………………… 5
歌聖伝 ………………………………… 11
万葉集見安補正 ……………………… 55
　〔文化五年序〕…………………… 57
　〔寛政八年序〕…………………… 59
　万葉集見安補正 第一 …………… 65
　万葉集見安補正 第二 …………… 119
　万葉集見安補正 第三 …………… 128

万葉集見安補正 第四	164
万葉集見安補正 第五	195
万葉集見安補正 第六	224
万葉集見安補正 第七	238
万葉集見安補正 第八	257
万葉集見安補正 第九	280
万葉集見安補正 第十	294
万葉集見安補正 草案一（異文）	304
『万葉集傍註』書入	309
巻第一	313
巻第二	335
巻第三	359
巻第四	401
巻第五	428
巻第六	437
巻第七	451
巻第八	467
＊解題	473

第5巻　王朝文学研究篇
1992年5月25日刊

＊凡例	7
古今序文聞書	13
伊勢物語考 長柄都考 さゝ波の都考	41
伊勢物語考	43
長柄宮	47
さゝ浪のあれたる都	50
ぬば玉の巻	53
ぬば玉の記（異文）	83
古今和歌集打聴 附言 識語 細書	107
附言	109
古今和歌集仮名序 細書	115
仮名序末識語	136
古今和歌集打聴 細書	141
巻第一（春上）	141
巻第二（春下）	145
巻第三（夏）	152
巻第四（秋上）	154
巻第五（秋下）	160
巻第六（冬）	165
巻第七（賀）	167
巻第八（離別）	169
巻第九（羇旅）	174
巻第十（物名）	177
巻第十一（恋一）	184
巻第十二（恋二）	187

巻第十三（恋三）	193
巻第十四（恋四）	197
巻第十五（恋五）	202
巻第十六（哀傷）	204
巻第十七（雑上）	208
巻第十八（雑下）	218
巻第十九（雑体）	234
巻第二十（大歌所御歌）	248
よしやあしや（稿本）	255
伊勢物語 一	257
蕪矣葭哉 二	309
世師也安之邪 三	350
可也不也 四	395
余之也阿志家 五	436
予之也安志夜	475
〔序・奥書・識語〕	513
『伊勢物語古意』序	515
『落窪物語』序	518
『金槐和歌集抜萃』書入・奥書	522
『かけろふの日記』識語	526
『大和物語』奥書	527
『清少納言家集中』奥書	528
『古今和歌六帖』識語	529
『伊勢物語童子問』識語	531
＊解題	533

第6巻　国語篇
1991年8月25日刊

＊凡例	5
也哉鈔	11
霊語通 第五仮字篇	65
冠辞続貂	115
〔序〕	117
冠辞続貂 巻一	124
冠辞続貂 巻二	150
冠辞続貂 巻三	183
冠辞続貂 巻二二	204
冠辞続貂 巻五	230
冠辞続貂 巻六	262
冠辞続貂 巻七	298
〔参考〕	319
みなし蟹	319
静舎随筆	363
声音問答	382
静舎随筆（異文）	389
霊語通砭鍼	409

＊解題 ································ 429

第7巻　小説篇一
1990年8月25日刊

＊凡例 ································· 9
新板絵入諸道聴耳世間狙 ··············· 15
　〔序〕 ······························· 17
　諸道聴耳世間猿　一之巻 ············· 18
　　目録 ····························· 18
　　一　要害は間にあはぬ町人の城廓 ···· 20
　　二　貧乏は神とゞまり在す裏かしや · 26
　　三　文盲は昔づくりの家蔵 ········· 32
　諸道聴耳世間猿　二之巻 ············· 39
　　目録 ····························· 39
　　一　孝行は力ありたけの相撲取 ····· 41
　　二　宗旨は一向目の見へぬ信心者 ··· 47
　　三　呑こみは鬼一口の色茶屋 ······· 52
　諸道聴耳世間猿　三之巻 ············· 58
　　目録 ····························· 58
　　一　器量は見るに煩悩の雨舎り ····· 60
　　二　身過はあぶない軽業の口上 ····· 66
　　三　雀は百まで獅子の年寄 ········· 72
　諸道聴耳世間猿　四之巻 ············· 79
　　目録 ····························· 79
　　一　兄弟は気のあはぬ他人の始 ····· 81
　　二　評判は黒吉の役者付あひ ······· 87
　　三　公界はすでに三年の喪服 ······· 92
　諸道聴耳世間猿　五之巻 ············· 98
　　目録 ····························· 98
　　一　昔は抹香けむたからぬ夜咄 ···· 100
　　二　祈禱はなでこむ天狗の羽帚 ···· 106
　　三　浮気は一花嵯峨野の片折戸 ···· 112
世間妾形気（せけんかけかたき） ······ 121
　〔序〕 ····························· 123
　世間妾形気　一之巻 ················ 125
　　目録 ···························· 125
　　一　人心及てしられぬ朧夜の酒宴 ·· 127
　　二　ヤアラめでたや元旦の拾ひ子が
　　　福力 ·························· 134
　　三　織姫のほつとり者は取て置の玉
　　　手箱 ·························· 142
　世間妾形気　二之巻 ················ 148
　　目録 ···························· 148
　　一　雛の酒所は山路のきも入嬶が附
　　　親 ···························· 150

　　二　敷金の二百両はあいた口へ焼餅
　　　屋 ···························· 159
　　三　若後家の寺参りはてつきり仕立
　　　物やの宿替 ···················· 165
　世間妾形気　三之巻 ················ 172
　　目録 ···························· 172
　　一　武士の矢たけ心もつまる所は金 174
　　二　米市は日本一の大湊に買積の思
　　　ひ入 ·························· 181
　　三　二度の勤は定めなき世の蜆川の
　　　淵瀬 ·························· 189
　世間妾形気　四之巻 ················ 197
　　目録 ···························· 197
　　一　息子の心は照降しれぬ狐の嫁入 199
　　二　一人娘の奢は末のかれた黄金竹 206
　　三　貧苦に身をしぼる湯扇の絵 ···· 212
雨月物語 ···························· 223
　雨月物語　序 ······················ 225
　雨月物語　巻之一 ·················· 226
　　白峯 ···························· 226
　　菊花の約 ························ 236
　雨月物語　巻之二 ·················· 247
　　浅茅か宿 ························ 247
　　夢応の鯉魚 ······················ 257
　雨月物語　巻之三 ·················· 264
　　仏法僧 ·························· 264
　　吉備津の釜 ······················ 272
　雨月物語　巻之四 ·················· 283
　　蛇性の婬 ························ 283
　雨月物語　巻之五 ·················· 305
　　青頭巾 ·························· 305
　　貧福論 ·························· 313
書初機嫌海（かきぞめきげんかい） ···· 325
　〔序〕 ···························· 327
　書初機嫌海　上 ···················· 328
　　むかしににほふお築士の梅 ········ 328
　書ぞめきげん海　巻之中 ············ 336
　　富士はうへなき東の初日影 ········ 336
　書ぞめ機嫌海　巻の下 ·············· 346
　　見せばやな難波の春たつ空 ········ 346
＊解題 ······························ 355

第8巻　小説篇二
1993年8月25日刊

＊凡例 ································· 7
くせものかたり ······················· 13

上田秋成全集

〔竹窓書簡〕……………………… 15
序 ………………………………… 16
癇癖談 上 ………………………… 18
癇癖談 下 ………………………… 39
　癖物語（異文一）……………… 60
　くせものかたり（異文二）…… 89
　鼇頭癇癖談（異文三）(かうとうかんへきたん)
　　…………………………… 117
春雨物語（文化五年本）……… 145
　春雨物語 上 ………………… 147
　　血かたひら ……………… 148
　　天津をとめ ……………… 156
　　海賊 ………………………… 163
　　二世の縁 …………………… 169
　　目ひとつの神 ……………… 173
　　死首の咲顔 ………………… 178
　春雨物語 下 ………………… 188
　　捨石丸 ……………………… 188
　　宮木か塚 …………………… 195
　　歌のほまれ ………………… 204
　　樊噲 ………………………… 205
春雨草紙 ………………………… 241
　　血かたひら ……………… 243
　　天津をとめ ……………… 250
　　目ひとつの神 ……………… 253
　　捨石丸 ……………………… 269
春雨物語（天理冊子本）……… 273
　　〔血かたびら〕…………… 275
　　天津乙女 …………………… 283
　　妖尼公 ……………………… 290
　　目ひとつの神 ……………… 293
　　二世の縁 …………………… 298
　　海賊 ………………………… 300
　　〔捨石丸〕………………… 303
　　〔宮木が塚〕……………… 307
　　〔樊噲〕…………………… 310
　　楠公雨夜かたり …………… 314
春雨物かたり（富岡本）……… 323
　　血かたひら ……………… 326
　　天津処女 …………………… 334
　　海賊 ………………………… 341
　　目ひとつの神 ……………… 348
　　樊噲 ………………………… 353
春雨物語（天理巻子本）……… 369
　　〔妖尼公〕………………… 371
　　〔死首の咲顔〕…………… 373
　　〔捨石丸〕………………… 374

歌のほまれ ……………………… 376
宮木か塚 ………………………… 378
〔樊噲〕…………………………… 387
ますらを物語 …………………… 389
　ますらを物語（秋成翁一乗詣の記）… 391
　ますらを物語（一乗寺詣之記 異文一）
　　…………………………… 402
　ますらを物語（異文二）…… 411
背振翁伝 ………………………… 413
　背振翁伝 …………………… 415
　　背振翁伝（異文一）……… 420
　　背振物語かたり（異文二）… 424
　　背振翁伝（異文三）……… 427
　　背振翁伝（異文四）……… 428
鴬央行 …………………………… 429
生立ちの記 ……………………… 439
長者なが屋 ……………………… 449
＊解題 …………………………… 457

第9巻　随筆篇
1992年10月25日刊

＊凡例 …………………………… 7
区柴々副徴 ……………………… 13
〔麻知文草稿類〕……………… 27
　〔麻知文草稿類 其の一〕…… 29
　　ま地不美 …………………… 29
　　麻知文 ……………………… 33
　〔麻知文草稿類 其の二〕…… 43
　　妻を失ひし后河内にゆける記 亡友
　　をおもふ記 大和めくり紀行 … 43
　〔麻知文草稿類 其の三〕…… 64
　　秋翁雑集 …………………… 64
　〔麻知文草稿類 其の四〕…… 87
　　筆すさひ …………………… 87
春雨梅花歌文巻 ………………… 103
胆大小心録 ……………………… 129
　胆大小心録 ………………… 131
　　胆大小心録 書おきの事（異文一）… 238
　　胆大小心録（異文二）…… 246
　　胆大小心録異本（異文三）… 255
　　〔胆大小心録〕（異文四）… 259
自伝 ……………………………… 263
清風瑣言 ………………………… 273
　清風瑣言 序 ………………… 275
　清風瑣言 上 ………………… 278
　清風瑣言 下 ………………… 296

〔後序〕……………………………… 315
茶瘕酔言 ……………………………… 317
　茶瘕酔言(異文) ……………………… 354
〔煎茶関係歌文稿〕 …………………… 383
　茶を翫ふ人に示す ……………… 385
　尾張門人大館高門へ答ふ ……… 386
　清風瑣言興讌歌 ………………… 391
　〔茶は煎を貴とす〕 ……………… 393
　蘇東坡茶説 ……………………… 395
　茶瘕稗言 ………………………… 396
　茶の詞章 ………………………… 397
　茶侶十五個 ……………………… 400
　〔ほんの茶非の茶の歌〕 ………… 403
＊解題 ………………………………… 405

第10巻　歌文篇一
1991年11月30日刊

＊凡例 ………………………………… 7
藤簍冊子(つづらふみ) ……………… 13
　〔序〕 ……………………………… 15
　附言 ……………………………… 17
　藤簍冊子目録 …………………… 20
　自序 ……………………………… 23
　藤簍冊子 巻一 …………………… 25
　つゝらふみ　一 ………………… 33
　つゝらふみ　二 ………………… 74
　つゝらふみ　三 ………………… 126
　〔序〕 ……………………………… 156
　都図羅冊子　四 ………………… 158
　つゝ良冊子　五 ………………… 198
　づらぶみ　六 …………………… 241
　附録 ……………………………… 274
　後序 ……………………………… 285
　『藤簍冊子』異文の資料と考証 …… 289
文反古(ふみほうぐ) ………………… 361
　〔序〕 ……………………………… 363
　婦美保宇具　上 ………………… 364
　婦美保宇具　下 ………………… 399
　〔跋〕 ……………………………… 426
文反古稿 ……………………………… 429
　其の一(刊本所収異文)上 ……… 431
　其の一(刊本所収異文)下 ……… 454
　其の二(刊本未所収) …………… 476
＊解題 ………………………………… 513

第11巻　歌文篇二
1994年2月25日刊

＊凡例 ………………………………… 9
詞辞類 ………………………………… 15
　阿志乃也能記(草案) …………… 17
　あしかひのこと葉 ……………… 26
　祭豊太閤詞 ……………………… 35
　豊太閤を祭る …………………… 37
　吉野山の詞 ……………………… 40
　納涼詞 …………………………… 42
　十六日朝雨の大文字をおもふ … 44
　初秋の夜を玩ふ ………………… 47
　夏山里に遊ふ　探題 …………… 49
　瑞竜山下に。庵すみのとき。雪の日ひ
　　とりことに …………………… 52
　雪の詞 …………………………… 54
　雪之詞(異文) …………………… 56
　哭梅匡子 ………………………… 57
　田父辞 …………………………… 60
記類 …………………………………… 63
　貌姑射山 ………………………… 65
　再詣姑射山 ……………………… 67
　浅間の煙 ………………………… 71
　鶉の屋 …………………………… 83
　うかれ鶉 ………………………… 90
　仰観俯察室記 …………………… 92
　江霞篇 …………………………… 95
　棲鸞園記 ………………………… 100
　幽石軒記 ………………………… 102
　清香庵記 ………………………… 104
　　清香庵記(異文) ……………… 106
　水やり花 ………………………… 108
　春日丸記 ………………………… 116
　呑湖堂記 ………………………… 119
　年のなゝふ ……………………… 123
　遠藤氏仮山記 …………………… 129
　一枝亭記 ………………………… 131
　盆山記付詠草くさぐさ ………… 133
紀行類 ………………………………… 143
　山裏 ……………………………… 145
　迦具都遅能阿良毗 ……………… 163
　いはゝし ………………………… 168
　箕尾行 …………………………… 190
　山霧記 …………………………… 194
　古寺の秋 ………………………… 220
　北野加茂に詣づる記 …………… 224

初瀬詣 …………………………… 233
　序跋類 ………………………………… 237
　　『風月外伝』跋 ………………… 239
　　女児宝の叙 ……………………… 241
　　九嶷子五体千文之序 …………… 243
　　『あかたゐの哥集』序 ………… 249
　　『しつ屋のうた集』跋 ………… 253
　　『奇鈔百円』跋 ………………… 254
　　再版『文布』序 ………………… 258
　　『天降言』奥書 ………………… 260
　　『訳文童喩』序 ………………… 262
　　『春葉集』序 …………………… 264
　　東丸の書ける古今和歌集序の後に …… 267
　　『古筆名葉集』序 ……………… 269
　　賜摂津国西成郡今宮庄弘安之勅書并
　　　代々之御牒文序 ……………… 270
　　西生郡今宮の庄に賜はせしみことの
　　　りふみの序 …………………… 277
　　『西帰』奥書 …………………… 284
　　『西帰』奥書（異文） ………… 285
　　絵入『女誡服膺（じょかいふくよう）』後序・ 286
　　介中拙斎国手追悼之叙 ………… 287
　　瑚璉尼筆『ゆきかひ』識語 …… 289
　考評類 ………………………………… 291
　　寛政改元 ………………………… 293
　　寛政改元頌 ……………………… 298
　　七十二候 ………………………… 301
　　追擬花月令 ……………………… 361
　論説類 ………………………………… 377
　　つゝら文 ………………………… 379
　　暁時雨 …………………………… 390
　　〔菊花の説〕 …………………… 395
　　〔花鳥山水画論〕 ……………… 397
　　画隠松年にあたふ ……………… 400
　　河つらの宿 ……………………… 403
　伝記類 ………………………………… 407
　　安楽寺上人ノ伝 ………………… 409
　参考類 ………………………………… 413
　　「万葉集歌貝寄せ」末文 ……… 415
　　『破紙子』跋 …………………… 416
　　壁書 ……………………………… 418
　　雑文断簡 ………………………… 419
　＊解題 ………………………………… 427

第12巻　歌文篇三
1995年9月25日刊

　＊凡例 ………………………………… 11
　『片うた』所収和歌 ………………… 17
　　〔寛政九年詠歌集等〕 ………… 19
　　詠梅花五十首 …………………… 46
　秋成詠艸 ……………………………… 51
　反故詠草 ……………………………… 57
　献神和歌帖 …………………………… 69
　〔餘斎翁四時雑歌巻〕 ……………… 89
　上田秋成歌巻 ………………………… 101
　寿算歌桜花七十章 …………………… 107
　藻屑 …………………………………… 115
　手ならひ ……………………………… 143
　餘斎四十二首 ………………………… 153
　先師酬恩歌 兼題夕顔詞 後宴水無月三十
　　章 ………………………………… 161
　　先師酬恩歌 ……………………… 163
　　兼題夕顔詞 ……………………… 166
　　後宴水無月三十章 ……………… 168
　探題于朗詠集中歌 …………………… 173
　　探題于朗詠集中歌（異文） …… 182
　毎月集 ………………………………… 185
　秋の雲 ………………………………… 211
　　秋雲什（異文一） ……………… 230
　　秋の雲（異文二） ……………… 242
　　秋の雲（異文三） ……………… 247
　鶉居倭哥集 …………………………… 249
　　〔天保歌〕 ……………………… 251
　　連日不堪苦寒歌 ………………… 256
　　贈栲亭源先生 …………………… 258
　　〔栲亭寄詩〕 …………………… 260
　　〔大明国師像賛〕 ……………… 262
　　瑚璉尼正当臘月望 ……………… 264
　　夜坐偶作 ………………………… 265
　秋成哥反古 …………………………… 283
　歌合 …………………………………… 293
　　五十番歌合 ……………………… 295
　　花虫合 …………………………… 312
　　十五番歌合 ……………………… 319
　短歌 詞書付和歌等 ………………… 333
　　追擬六波羅宮苑十二景歌 ……… 335
　　〔茶匙朝雀詩歌〕 ……………… 341
　　〔真名鶴の歌文〕 ……………… 342
　　〔箕面山〕 ……………………… 343
　　十雨余言 ………………………… 344
　　高津のあざり …………………… 350
　　　高津のあざり（異文一） …… 351
　　　高津のあざり（異文二） …… 352

ちか頃のたい詠の哥とも	354
四季二十紙	357
浄光精舎にてよめる	360
秋月十章	364
舟興八首	366
忠烈三英義烈三英	368
忠烈三英義烈三英（異文一）	370
忠烈三英義烈三英（異文二）	372
〔薄紅梅を贈られし辞〕	374
茶侶十四個	376
〔箕面山詩歌〕	378
〔春雨かたみの和歌〕	379
〔和歌十五首〕	383
居然亭茶寮十友	386
長歌	389
滋賀の嶺にのぼりて近江の海を望める歌	391
不留佐登	392
秋風篇	395
文化元年二月朔雨雪、遥思故国歌 ...	397
愛花篇	399
春日遊清江歌	401
吉野行	403
秋夜遊清江歌	406
八月下旬帰郷後淫雨連日、復思故国歌	407
詠香山歌	409
貧窮問答	410
多福言	412
山村除夜　山邨元旦	414
山村除夜	414
山邨元旦	415
山村除夜哥（異文）	417
山邨元旦作（異文）	418
古戦場	420
天保歌	422
天保六章	427
天保六章解	432
待子規	439
〔玉藻よし長歌〕	440
詠霍公鳥	442
秋の夜のおもひを述る歌	444
羽倉信美にやりける	446
〔箕尾山歌〕	447
＊解題	449

---

[005] **江戸漢詩選**
岩波書店
全5巻
1995年9月～1996年5月

第1巻　文人（徳田武注）
1996年3月8日刊

＊凡例	1
亀田鵬斎	1
戊申除夕（ぼしんじょせき）........	3
酔後漫吟	4
銭神を嘲ける	6
山中夜坐	8
富岳を望む	10
古意	11
酒を飲む（五首、うち一首）.......	13
酔言	14
官無し	16
剣を撫す（二首）.......................	17
放歌	19
畳山村居（じょうざんそんきょ）十二首、調を元体に倣う（十二首、うち一首）........	22
秋日雑咏	23
漫吟	25
放歌	30
帰田の作、時に年五十なり（五首、うち一首）	32
新春酔歌	33
友人と飲む	37
蝴蝶	39
某の蝦夷に使して帰るに逢う、因りて其の話を記す	40
孫を挙ぐ（三首、うち一首）.......	46
浮世（ふせい）............................	48
備前の仁科正夫（にしなせいふ）に贈る	50
吉祥閣に登る	54
海を航して佐渡に到る	56
西備の菅礼卿（かんれいけい）贈らるる酬（むく）ゆ、兼ねて北條子譲（ほうじょうしじょう）に寄す	58
大風行（たいふうこう）...............	63
春夜酔帰	70

春寒	71
辛巳(しんし)元旦	72
老大(ろうだい)	74
田能村竹田	77
杵築城(きつきじょう)にて三浦先生に贈る	79
澗上清隠図(かんじょうせいいんず)	81
漁父の図	83
長慶集を読みて、七古一篇を作り懐(おも)いを述ぶ	85
甕を売る婦	90
歳晩懐(おも)いを書す(十一首、うち一首)	93
戊辰九月十三日、向栄亭(こうえいてい)に会す、同(とも)に山館賞秋詩を詠ず、并びに序	95
四在詩	97
従軍	98
適意	103
児を哭す、姉に代る	105
辛未閏二月四日、将に京師に赴かんとし、門を出で、卒かに所見を記す	108
同五日、舟犬飼川を下る	109
黄葉村舎(こうようそんしゃ)に宿すること三日、此を賦して茶山先生に奉呈す	111
暮春雑詠	113
二月一日、小集	114
秋景山水	116
挿秧歌(そうおうか)(四首、うち一首)	119
八月二十九日作る	120
箏を善くする人紫琴に贈る	122
喜びを記す	123
春晴(十首、うち一首)	124
乾山翁(けんざんおう)の造れる獅炉(しろ)を得て喜びて作る	126
自照に題す	133
伊東生幼くして家難に遭い、孑然(けつぜん)として孤立し、常に来りて詩を問う。頃日(けいじつ)、小悟する所有り。賦して贈る	137
京南即景(けいなんそくけい)	139
画に題す(二首、うち一首)	140
国姓爺伝奇を読む	141
春尽くる日、稲佐山に遊びて作り、清客朱柳橋(しんかくしゅりゅうきょう)に寄す(五首、うち一首)	143
流れに臨みて足を濯う図	144
千畳洋(ちじわなだ)を過ぎて、雲仙子を懐うこと有り	145
坂桐陰(ばんとういん)の宅にて頼、篠二兄に別るる後に作る	150
髪を梳る(二首、うち一首)	154
仁科白谷	163
志を書す(五首、うち二首)	165
鵬斎(ほうさい)先生に贈る	168
漫吟(二首、うち一首)	204
山居雑詩(二十三首、うち四首)	206
白谷子歌(はくこくしか)	211
学を論ず	223
詩人	225
夏夜即事	227
霊芝篇	229
歳暮書志、友人に似す	239
自ら喜ぶ	241
亀井南冥	245
癸巳除日の前の一夕、余、俗事の為に困憊して仮寐(かび)す。夢に阪子産(ばんしさん)・邑冠(がんしこう)来り話す。時に白石子春、浪華より発するの書適ま至る。子冠旁より之を観て、書中の事を問う。瀬巨海、坐に在り、子冠の為に之を通ず。言未だ畢るに及ばずして覚む。因りて感有り、此を賦して巨海に示す	247
華岡の客舎にて前遊を憶いて寐ねず、偶然に咏を成し、贈りて徳府の諸友に謝す	257
錦帯橋(きんたいきょう)	263
春雨の歎 并びに叙	269
別後、懐を村大夫に寄す	278
紫冥大夫に謝し呈す 并びに叙	281
幽居三十一首(うち八首)	283
木医官卯の隠退を賀す 并びに叙	295
手談もて機を息む	297
東肥の米大夫の豪潮師を送るの作に次韻す	299
寓興	301
即事(二首、うち一首)	303
雑詩(二首、うち一首)	306
詩榻遷坐(しとうせんざ)	308
*解説(徳田武)	311
*参考文献	342

第2巻　儒者（一海知義，池澤一郎注）
1996年5月30日刊

* 凡例 ………………………………………… i
荻生徂徠 ……………………………………… 1
　東都四時楽 ……………………………… 3
　新歳の偶作 ……………………………… 10
　侠客 ……………………………………… 11
　服子遷（ふくしせん）の雪中に寄せ示す
　　に次韻す ……………………………… 12
　春江花月の夜 …………………………… 15
　峡遊雑詩（きょうゆうざっし）十三首（うち、
　　二首） ………………………………… 20
　諸友生（しょゆうせい）に留別す ……… 21
　城西の竹林中は是れ昔時の美人の
　　居る所と謂う ………………………… 23
　古意 ……………………………………… 25
　猗蘭（いらん）候の画に題す二首（うち一
　　首） ……………………………………… 30
　七里灘（しちりたん） …………………… 32
　服生（ふくせい）の吟詩早春を悲しむに
　　次韻す ………………………………… 34
　菱州（けんしゅう）新歳 ………………… 37
　雨芳州（うほうしゅう）に訪わるるを謝す
　　………………………………………… 39
　蛍 ………………………………………… 42
　江上の田家 ……………………………… 44
　秋日海上の作 …………………………… 46
　海上人（かいしょうにん）の崎陽（きよう）に
　　還るを送る歌 ………………………… 50
　山家閨怨 ………………………………… 58
　少年行 …………………………………… 60
　李白爆を観るの図 ……………………… 62
　美人酒に中る …………………………… 63
　豊王（ほうおう）の旧宅に寄題す ……… 65
　菅童子（かんどうじ）の西京に遊ぶを送
　　る二首 ………………………………… 67
新井白石 ……………………………………… 71
　己巳（きし）の秋，信夫（しのぶ）郡に到っ
　　て家兄に奉ず ………………………… 73
　丙子上日（へいしじょうじつ） ………… 75
　祇生（ぎせい）の七家の雪に和して戯れ
　　に其の体に倣う（七首、うち二首） … 78
　　倡家 …………………………………… 79
　　酒家 …………………………………… 81
　春日恭靖（きょうせい）先生を追悼する詩
　　八首（うち二首） ……………………… 84

南遷（なんせん）の故人を憶う ………… 90
丙戌（へいじゅつ）仲春諸君の贈る所の寿
　詩の韻に和す。二十六首（うち二首） … 91
復軒（ふくけん）の南海に之くを送る … 97
自ら肖像に題す ………………………… 100
癸巳（きし）中秋小集 …………………… 102
乙未（いつび）の初春病中天漪（てんい）に
　簡す …………………………………… 104
清人魏惟度（ぎいど）の八居の韻に和す
　（八首、うち一首） …………………… 106
　山居 …………………………………… 107
又た八居の韻に和す（八首、うち一首）… 109
　船居 …………………………………… 110
容奇（ゆき） ……………………………… 112
白牡丹 …………………………………… 115
京に入る人を送る ……………………… 117
辺城の秋 ………………………………… 119
梅影 ……………………………………… 122
春を送る ………………………………… 124
戯れに室子の鰹魚膾の韻に和す ……… 126
戯れに西瓜を詠ず ……………………… 128
新雁 ……………………………………… 132
易水の別れ ……………………………… 133
四皓吟（しこうぎん） …………………… 139
九日（きゅうじつ）故人に示す ………… 143
山梨稲川 …………………………………… 145
田居 ……………………………………… 147
雑詩二首 ………………………………… 150
廿日会（はつかえ） ……………………… 156
自嘲 ……………………………………… 164
芳野山にて桜花を賞す五首 …………… 168
自適 ……………………………………… 173
悶を解く ………………………………… 176
夢を誌（しる）す ………………………… 178
早春 柴隠居（さいいんきょ）に寄す … 185
亡兄を祭る。事を竣（お）えて感有り · 188
半酔の美人 ……………………………… 191
美人烟管（きせる）を銜（くわ）うるの図 192
山行 ……………………………………… 194
石君輝（せきくんき）に過（よぎ）りて後山
　の松蕈（しょうきん）を采る ………… 196
風災詩 …………………………………… 201
古賀精里 …………………………………… 223
葛子琴（かつしきん）に寄す …………… 225
蘭 ………………………………………… 228
蚊㡡（かや）を詠ず ……………………… 229
癸丑雞旦（きちゅうけいたん） ………… 232

赤崎彦礼(あかざきげんれい)を栗山堂(りつざんどう)席上に送る二首 …… 234	九月十八日楓を高雄に観る。明日渓に沿いて栂尾(とがのお)に至る原三首。一を節す …… 33
志村東渚(しむらとうしょ)、病いより起ちて書を黌宮(こうきゅう)に講じ、遂に余が宿に抵(いた)る。賦して贈る …… 237	砂川に飲みて賦す。山陽先生に呈す(二首) …… 35
昌平橋春望二首 …… 240	冬夜の作。時に瓶中に梅花と水仙を挿せる有り …… 37
新秋栗山堂(りつざんどう)の集い、四支を得たり。序有り …… 247	山陽先生の戯れに賜りし所の詩に次韻し奉る …… 39
正使金公(きんこう)に奉呈す(二首、うち一首) …… 256	春尽く …… 41
大華(たいか)に呈す(三首、うち二首) …… 258	上有知(こうずい)自り還る舟中藤城山人と別る(三首、うち一首) …… 43
蒲田 …… 266	晩帰 …… 44
浦島子(ほとうし) …… 272	再び全韻を畳して江芸閣先生(こううんかくせんせい)に答え奉る(四首、うち一首) …… 45
花を栽う …… 281	竹に題す …… 51
*解説(池澤一郎) …… 287	源語を読む五を節す(うち四首) …… 52
	桑名自り舟行して森津に抵る …… 58
第3巻　女流(福島理子注)	暮に漁村を過る …… 61
1995年9月6日刊	辛卯十月余内艱(ないかん)に居る。其の後母為るを以って俗喪稍(ぞくそうや)や短し。服已に除くと雖も其の感いに堪えず。此を賦して哀しみを書す …… 63
*凡例 …… i	山陽先生を挽き奉る(三首、うち二首) …… 66
江馬細香 …… 1	京城の秋遊。亡き先生を懐うこと有り …… 72
夏日偶作(かじつぐうさく) …… 3	紫史を読む …… 73
夏夜(かや) …… 5	愛する所の素馨(そけい)寒さの為に枯れ萎えたり。詩もて以て之を傷む …… 79
甲戌仲秋妙興寺(こうじつちゅうしゅうみょうこうじ)に遊ぶ。岐路涼傘(きろりょうさん)を失い、戯れに此の作有り …… 6	自ら遣る(二首) …… 80
冬日偶題(とうじつぐうだい) …… 8	戊戌秋日の作時に余外憂に丁る。故に句之に及ぶ …… 84
岐阜自り舟行して墨股に至る …… 10	二月念六日、舟にて七里の渡を過ぐ。大風浪(たいふうろう)に遇い、僅かに藪村(やぶむら)に上るを得たり …… 85
春を惜しむ …… 11	名古屋に抵る途中 …… 89
閨裏の盆楳盛んに開く。偶たま此の作有り …… 12	路上雑詩 …… 90
家に帰る …… 14	晩秋 …… 92
春日即日 …… 16	夏夜 …… 93
偶作 …… 17	西遊雑詩原五首。三を節す(うち一首) …… 95
戯れに楊宛の十六艶中の題を賦す原四首。一を節す蓮子を拈みて鴛鴦を打つ …… 18	自述紅蘭女史の寄する所の詩の韻を用う …… 96
冬夜 …… 20	偶作 …… 99
山陽先生及び秋崟(しゅうがん)、春琴二君と同に砂川に遊ぶ原二首。一を節す …… 21	秋熱 …… 101
京城の客舎の壁に題す …… 25	甲寅十一月四日五日、地大いに震う。此を賦して実を紀す …… 102
秋海棠(しゅうかいどう)元二首。一を節す …… 26	偶作(二首、うち一首) …… 105
偶作 …… 27	原采蘋 …… 107
矢橋千直(やばししちょく)、桜樹千余株(おうじゅせんよしゅ)を金生山上(きんしょうさんじょう)に植う。因りて四方の詩を徴し、我も亦与れり …… 29	

春雨	109
春蚕	110
偶興	113
花を惜しむ三首（うち一首）	114
夢に芙蓉に遊ぶ（二首）	115
初夏の幽荘	120
丁丑（ていちゅう）元旦。豊浦客中（とよらかくちゅう）の作（二首、うち一首）	122
元旦	124
春雨、郷を思う	126
山荘に花を惜しむ	128
秋江夜泊（しゅうこうやはく）	130
帰鴻亭（きこうてい）に遊ぶ（十五首、うち一首）	132
長崎にて感を書す。伯氏に贈り奉る	133
乙酉（いつゆう）正月廿三日、郷を発す	136
阿弥陀寺懐古	139
漁父（二首、うち一首）	141
伯氏の豊に遊ぶを送り奉る	143
五日	147
偶成	150
厳邑を発す。留別	156
舟中の望	160
厳嶋	161
十三夜。杏坪先生（きょうへいせんせい）に従いて月を春曦楼に賞す	164
十六夜。淡堂	166
杏坪先生（きょうへいせんせい）に次韻す	169
歳晩即事（二首）	172
魚尋いで至る	174
盤谷主人（ばんこくしゅじん）に寄す（七首、うち二首）	175
偶成	178
春雨即興	179
畳韻（じょういん）して高橋蒼山に和す	181
〔飾磨〕（しかま）	184
楠公の墓に拝す	186
〔布引の滝〕	187
桜花	189
新年に懐いを書す	194
辺東里（へんとうり）、広瀬梅墩二子（ひろせばいとん）と同に向嶋に遊ぶ	196
鏡浦	200
予、十九年前野島に遊びて作る	201
波太	204
酒を呼ぶ	205

歳暮感懐。陸放翁（りくほうおう）の韻を用う元四首。二を録す（うち一首）	206
天草道中、高きに登りて西洋を望む	209
甕城（げいじょう）	214
芙蓉	216
大津自り黒川に至る途中の作十六日	217
二十二日早起きし、阿蘇山に上る。朱陵の韻を用う	219
梁川紅蘭	225
無題	227
芳草蝶飛（ほうそうちょうひ）の図五首三を録す（うち一首）	228
客中歳晩（かくちゅうさいばん）。懐いを言う	230
客中懐いを述ぶ	232
郷を思う二首	235
夏日閑詠（かじつかんえい）	238
筍を養う	240
家に還るの作三首（うち二首）	243
梅花寒雀の図	247
梅花煙月の図	248
秋夕浪華（しゅうせきろうか）の客舎にて外君に寄す	250
旅懐（二首）	251
庚寅（こういん）二月十八日外君と同に、梅を和州の月瀬村に観る。晩間風雪大いに作る。遂に山中の道士の家に宿す。夜半に至り、雲破れ月来り、奇殆んど状す可からざるなり。翌又雄山（おやま）、桃野（ものがの）、長曳	256
笠置山下の作二首	258
五月九日暴雨。鴨水寓楼（おうすいぐうろう）に見る所	261
霜暁（そうぎょう）	262
病中夜吟	264
丙申の秋大饑（たいき）に感を書す。適たま籾山生新穀（もみやませいしんこく）を飼らる。故に第四句に之に及ぶ	266
偶成三首二を録す（うち一首）	269
冬暁	271
辛丑除夕（しんちゅうじょせき）	273
西邱（せいきゅう）に登りて湖を望む	275
浪太（なぶと）（二首、うち一首）	278
勝山従り八幡に至る途中	280
二月二十一日、雨中東叡山に花を看る（二首、うち一首）	282

江戸漢詩選

岐山猪口亭（きざんしょこうてい）にて所見を書す(二首、うち一首) ……… 283
十二月三日、上野より笠置に至る。夜漏二更（やろうにこう）を下る ……… 284
偶成 ……… 286
藤井士開余が夫妻に花を紕林（きゅうりん）に看んと要む。将に門を出でんとするに、適たま菊池渓琴（きくちけいきん）来訪す。遂に相伴いて同に遊ぶ(二首、うち一首) ……… 288
琴を買う歌 ……… 290
琴を買いて試みに一曲を弾ず ……… 300
鴨川の秋夕(二首、うち一首) ……… 302
瓶花（へいか） ……… 303
嵐山の帰路 ……… 304
越智仙心の水楼に宿る(四首、うち一首) ……… 306
戊午（ぼご）十二月二十三日の作 ……… 307
己未（きび）正月廿九日、獄中の作(二首、うち一首) ……… 309
二月十六日、恩を蒙りて獄を出ず(二首、うち一首) ……… 310
＊解説（福島理子） ……… 313
＊参考文献 ……… 337

第4巻　志士（坂田新注）
1995年11月10日刊

＊凡例 ……… i
藤田東湖 ……… 1
　元旦(七首、二首を録す) ……… 3
　無題 ……… 6
　諸沢（もろざわ）村晩晴 ……… 8
　田野村に過る ……… 10
　郡宰秋懐（ぐんさいしゅうかい） ……… 11
　立春小酌、分韻して春字を得たり ……… 13
　述懐 ……… 15
　客の一酒瓢を贈る者有り、愛玩して置かず、瓢兮（ひょうけい）の歌を賦す ……… 22
　夜坐 ……… 29
　菊池容斎（きくちようさい）の図に題す ……… 31
　将に小梅に徙らんとし、吾妻橋の畔を過ぎて感有り ……… 32
　冢生（ちょうせい）の詩に次韻す、四首(二首を録す) ……… 34
　将に枕に就かんとして清絶に勝えず、又小詩を得たり ……… 36

八月十八日夜、夢に諳厄利亜（アンギリア）を攻む ……… 37
文天祥（ぶんてんしょう）の正気の歌に和す。并びに序 ……… 38
三月十八日、早起きして将に盥せんとするに、適、微風颯然として吹き、桃花一片、庭に墜つ。二首(一首を録す) ……… 62
遣悶（けんもん） ……… 64
佐久間象山 ……… 67
　都下に人有り、今春刷印する所の都下の諸名家の字号を記するを恵まる。二三子と之を閲するに、賤名も亦た収めて其の中に在り、戯れに三詩を題す ……… 69
　癸卯首夏（きぼうしゅか）、帰りて母親に覲ゆ。常山山寺兄、魚筍（ぎょじゅん）を饋らる。喜びて詩を賦し、之を呈して聊か謝悃（しゃこん）を申ぶ ……… 74
　洋書を読む ……… 82
　雑感六首(四首を録す) ……… 85
　吉田義卿（よしだぎけい）を送る ……… 90
　獄中懐いを写す ……… 95
　礟卦（ほうか） ……… 101
　故園 ……… 107
　秋思 ……… 109
　黠虜（かつりょ） ……… 113
　漫述二首 ……… 115
　甲寅（こういん）九月、罪を得て郷に帰り、寓居の壁に書す ……… 117
　暮春曬目 ……… 123
　桜の頌 ……… 124
　那波利翁像（ナポレオンぞう）に題す ……… 127
　感有り ……… 134
　三月、命を奉じて京都に赴く、途中、桜花盛んに開く ……… 135
吉田松陰 ……… 141
　無題 ……… 143
　十二月廿日夜の作 ……… 146
　正月四日夜、韻を分かつ ……… 152
　銚子口に遊び、潮来に過り、宮本庄一郎の家に宿す。是の夜、雨有り。正月六日夜 ……… 155
　無題 ……… 156
　播磨洋の作 ……… 159
　蘇道（そどう）記事 ……… 161
　急務条議の後に書す ……… 162

18　日本古典文学全集・内容綜覧

癸丑（きちゅう）十月朔、鳳闕（ほうけつ）を拝し、粛然として之を作る。時に余将に西走して海に入らんとす ……… *165*
浪華（なにわ）に泊す ……… *169*
一身 ……… *171*
先考の墳を拝し、涙余（るいよ）詩を作る ……… *173*
象山先生送別の韻に歩して却呈す二首 ……… *175*
出獄帰国の間、雑感五十七解（九首を録す） ……… *182*
外甥篤太（がいてつあつた）の降誕を賀す ……… *194*
偶作 ……… *197*
将に獄に赴かんとし、村塾の壁に留題す ……… *198*
辞世 ……… *202*
橋本左内 ……… *205*
某生の故郷に帰るを送る ……… *207*
秋夜病中、子文（しぶん）来訪す。因りて賦す ……… *208*
蒔田半作（まきたはんさく）の越前に之くを送る（二首）……… *210*
真下士行（ましたしこう）の韻（いん）に次し、其の寄せ見るるに答う ……… *213*
夜、淀江を下る ……… *214*
適塾の諸友と桜社に遊ぶ ……… *216*
寒夜二首 ……… *217*
去年先考種うる所の芙蓉開き、感有り ……… *219*
暁に蓮池を過ぐ ……… *221*
友人の問わるるに謝す ……… *223*
秋夜旅情 ……… *224*
甲寅暮秋十九日、書懐 ……… *226*
偶成 ……… *227*
懐いを雪江参政（せつこうさんせい）に寄す、六言 ……… *230*
夜函嶺（かんれい）を蹌（こ）ゆ ……… *232*
京に到る途上 ……… *233*
偶成 ……… *235*
初秋感有り ……… *236*
晩秋偶作 ……… *238*
仲秋臥病雑詠 ……… *240*
戊午（ぼうご）初冬念二の夜、初鼓、大府の監吏十余名、来たりて予が宅を捜し、文稿簡牘（ぶんこうかんとく）若干篇を携えて去る。其の翌、予、募召を蒙りて北尹

石因州（ほくいんせきいんしゅう）の庁に到り、幽因の命を蒙る。詩以て実を紀す ……… *242*
西洋雑詠（四首を録す）……… *244*
秋夜 ……… *248*
獄中の作（三首）……… *252*
西郷隆盛 ……… *257*
苦雨 ……… *259*
外甥政直（がいせいまさなお）に示す ……… *260*
客舎に雨を聞く ……… *262*
桜井駅の図の賛 ……… *264*
楠公の図に題す ……… *265*
偶成 ……… *267*
避暑 ……… *269*
偶成 ……… *271*
失題 ……… *274*
失題 ……… *275*
獄中感有り ……… *276*
逸題 ……… *280*
逸題 ……… *282*
高崎五郎右衛門十七回の忌日に賦す ……… *284*
春夜 ……… *286*
中秋、月を賞す ……… *287*
山行 ……… *288*
田猟（でんりょう）……… *289*
山中の独楽 ……… *291*
偶成 ……… *292*
晩暁 ……… *294*
藩兵（はんぺい）の天子の親兵と為りて闕下（けっか）に赴くを送る ……… *295*
失題 ……… *297*
子弟に示す ……… *299*
偶作 ……… *300*
朝鮮国に使いするの命を蒙る ……… *302*
偶成 ……… *306*
偶成 ……… *307*
月下寒梅 ……… *309*
失題 ……… *310*
失題 ……… *312*
失題 ……… *314*
感懐 ……… *315*
某氏の長寿を祝す ……… *316*
月照和尚の忌日に賦す ……… *318*
＊解説（坂田新）……… *321*

第5巻　僧門（末木文美士，堀川貴司注）
1996年1月12日刊

江戸漢詩選

```
＊凡例 ………………………………………… i
独菴玄光 ……………………………………… 1
  道者和尚の明に帰るを送る ………………… 3
  僧の琉球に帰るに贈る ……………………… 9
  隠池打睡庵（いんのけだすいあん）四首 … 19
  雪を詠む（二首） …………………………… 23
売茶翁 ………………………………………… 27
  〔自賛〕 ……………………………………… 29
  売茶口占（ばいさこうせん）十二首 ……… 32
  卜居（ぼっきょ）三首 ……………………… 49
  越渓の新茶を試む …………………………… 52
  通仙亭（つうせんてい）に掲ぐ …………… 59
  銭筒に題す …………………………………… 60
  通天橋茶を瀹ぐ ……………………………… 61
  蓮華王院茶店を開く ………………………… 62
  北野西雲寺茶を煮る ………………………… 64
  銭筒の銘 ……………………………………… 65
  舎那殿前の松下に茶店を開く ……………… 66
  銭筒に題す …………………………………… 67
  紀南の某士、黄牙を送り来たって、茶
    銭筒に入る。戯れに賦して以って贈る 68
  夏夜、千仏閣前、杜若池（とじゃくち）上
    に、茶舗（さほ）を開く ………………… 69
  坂陽（はんよう）の求志斎主人、姓は岩田
    氏、玄山と号す。余平生に昧しと雖も、
    然も其の端人たることを知る。病に要る
    とき、売茶翁に寄する国風一章を作る。
    起草既になって、果さずして物故す。令
    兄漱芳英士（そうほうえいし）、其の始末を
    述して、装潢（そうこう）して以て貽.. 70
  夏日松下茶を煮る …………………………… 73
  通天橋茶舗を開く …………………………… 74
  銭筒に題す …………………………………… 76
  己未（きび）の歳末、茶舗客無し、銭筒
    （せんとう）正に空し。直ちに一家に趨い
    て、銭を乞うて得たり。即ち偈を賦して
    謝す ………………………………………… 76
  竹林茶を瀹（ひさ）ぐ ……………………… 78
  松下茶店 ……………………………………… 79
  鴨河に遊んで茶を煮る ……………………… 80
  東福寺に遊んで茶を煮る …………………… 80
  高台寺に遊んで茶を煮る …………………… 82
  友を携えて糺（ただ）すに遊ぶ …………… 83
  相国寺に遊んで楓下（ふうか）に茶を煮
    る …………………………………………… 84
  売茶偶成三首 ………………………………… 86
  窮楽（きゅうらく）隠士に贈る …………… 90

偶成 …………………………………………… 92
芳隆慶（ほうりゅうけい）の贈らるるの作
  に次韻す …………………………………… 93
某寺の主盟、越渓の新茶を恵まれ、附
  するに一詩を以てす。因って韻を次いで
  謝す ………………………………………… 94
偶成 …………………………………………… 96
偶作 …………………………………………… 97
相国寺に茶を煮る …………………………… 98
偶成 ………………………………………… 101
糺林茶店を設く …………………………… 103
晩夏偶成 …………………………………… 104
古心長老に贈る …………………………… 106
歳晩偶成二首 ……………………………… 108
衲衣（のうえ） …………………………… 111
誕辰口占 …………………………………… 112
人有って印を恵む、因ってこの作有り
  …………………………………………… 114
聖林（しょうりん）に居を卜す ………… 115
新年の口号 ………………………………… 117
偶成 ………………………………………… 118
古道老禅黄檗蔵主に充つ。此を賦して
  之に贈る ………………………………… 120
今茲丁丑（こんじていちゅう）元旦、忽ち
  憶う六十年前、余年二十三、上元の日を
  以て、武江を発して仙台に赴き、途中、
  雪に阻められしことを。因って比の偈を
  作る ……………………………………… 122
百拙和尚の遠忌（おんき）の辰（とき）、余
  亦た一偈を献ず ………………………… 123
大潮和尚八十の誕辰を賀す ……………… 124
歳首口号 …………………………………… 126
自警偈（じけいげ） ……………………… 127
夢中作 ……………………………………… 129
古道老禅に蒲団を付するの語 …………… 130
自賛三首 …………………………………… 132
仙窠（せんか）焼却の語 ………………… 139
大潮元皓 …………………………………… 143
徂徠生（そらいせい）を訪う …………… 145
深川 ………………………………………… 148
魯寮（ろりょう） ………………………… 152
春浅し ……………………………………… 153
西台候（せいたいこう）の邸にして海棠花
  を賞す …………………………………… 155
妾薄命（しょうはくめい） ……………… 157
牽牛花（けんぎゅうか） ………………… 159
```

五月廿二日復た雨ふる。猗蘭候（いらんこう）及び諸子予め別れを余に惜しむ。因って以て此れを賦す ……… 160
唐金子（からかねし）が臨瀛楼（りんえいろう）に題す ……… 162
還自海南行（かんじかいなんこう）并びに序 ・ 165
僧の鄽居（てんきょ）に贈る ……… 169
感有り ……… 171
僧を送る ……… 173
僧の文を学び兼ねて教を習うに贈る ・ 174
売茶の口占を和して通仙亭の主翁に贈る。十二首（うち六首）……… 179
売茶翁が卜居の作を和して却って寄す。三首（うち二首）……… 186
観音大士の賛 ……… 189
京城魯寮（けいじょうろりょう）の作 ……… 190
感有り 并びに序 ……… 191
売茶翁は吾が兄月海の別称なり。翁一茶壺洛中に売弄す。而うして洛人翁を喜ぶこと、識ると識らざるとを問うことなし。皆称す。是の如くなる者蓋し十年、乃ち将に郷に帰らんとす。予之を聞きて喜ぶ。因って斯の作有り。庶幾（こいねが）わくは以て臂を把るべしと云う …… 195
売茶翁の七十を寿す ……… 196
懐いを梅荘禅師に寄す ……… 199
僧問う、如何なるか是和尚の家風 …… 201
歳暮の偶詠 ……… 202
亀才子道哉が庚辰除日前四日に懐わるるの作に和し、却って寄す。三首（うち一首）……… 204
大典顕常 ……… 209
売茶翁茶具を携えて士新先生を訪ね、茶を煎じて之に飲ましむ。余も亦た与る。席上に先生に奉贈す。二首（うち一首）……… 211
宇士新（うししん）先生を哭す。十首（うち一首）……… 212
反招隠（はんしょういん）に反す ……… 214
落花の篇 ……… 218
元亨釈書を読む ……… 224
九日高きに登る ……… 234
高君秉（こうくんぺい）の長崎に帰るを送る ……… 236
出塞の曲 ……… 241

藤景和（とうけいわ）市に之き禽を売る者に逢う。其の情悲しむべし。因って雀数十を買い、帰って諸を我が庭に放つ 243
葛子琴（かつしきん）余が印を刻して恵まる。賦して謝す ……… 247
偶作 ……… 249
友人と茶を携えて糺林に遊ぶ。往事を懐うこと有り ……… 251
筱安道（じょうあんどう）社友を招いて会す。予も亦た往かんと欲すれども、疾を以て能わず。追って安道に簡す …… 252
栗餅を咏ず。栗蒸して之を槌し薄片たらしむ。円形を為りて斑有り。蓋し甲斐の名製なり ……… 255
乙酉元日 ……… 257
江戸絵を看て戯れに咏ず ……… 259
六如師（りくにょし）雪に乗じて贈らるるに酬ゆ ……… 262
静夜の四咏 ……… 264
浪華より伏水（ふしみ）に反るに、麗王の京に之くに伴い、長柄を渡り山崎に向う途中の即時。各各絶句を賦す（うち一首）……… 268
芳野遊草（八十一首、うち六首）……… 271
余嘗て迹を官利に剗り、山沢に放浪したる者殆ど十数年、乃ち公私に推逼（すいひょく）せられ、事已むことを得ず。戊戌孟冬、碩学の命有って、東方に朝覲（ちょうきん）す。且つは城門に趨走し、府第に出入りす。適適水鳥の甃池の際に浮遊するを観る。喟然（きぜん）として嘆ず、彼れ其の江皐 ……… 280
六如上人の房に宿す ……… 285
秋興八首并びに序（うち一首）……… 289
去歳（きょさい）朝鮮の魚氓（ぎょぼう）九州諸地に漂着する者数船、今春長崎より解かれ至る。姑く西山の門前に舎す。因って咏ず ……… 292
大堰河を過ぐる途中の作 ……… 294
平安火後、江戸より帰る。口占二首（うち一首）……… 300
蟹図 ……… 302
初祖讃（しょそさん）（三首、うち一首）…… 303
駅鈴の香炉を咏ず ……… 305
＊解説（末木文美士、堀川貴司）……… 307

```
[006] 江戸戯作文庫
      河出書房新社
      全10巻
   1984年6月～1987年3月
     （林美一校訂）
```

〔1〕　方言修行金草鞋（十返舎一九）
1984年6月30日刊

* 凡例 ………………………………………… 1
方言修行金草鞋（十返舎一九） ……………… 2
*【方言修行金草鞋】の編次について（林美一） ……………………………………… 68

〔2〕　八重霞かしくの仇討（山東京伝）
1984年6月30日刊

* 凡例 ………………………………………… 1
八重霞かしくの仇討（やえがすみかしくのあだうち）（山東京伝） ……………………… 3
*【江戸戯作文庫】発刊にあたって（林美一） ……………………………………… 77

〔3〕　傾城水滸伝（曲亭馬琴）
1984年7月25日刊

* 凡例 ………………………………………… 1
傾城水滸伝（曲亭馬琴） ……………………… 2
*【傾城水滸伝】解説（林美一） ……… 97
*【水滸伝】あらすじ　その一 ………… 105

〔4〕　鳥獣虫草木器物介科口技腹筋逢夢石（山東京伝）
1984年11月1日刊

* 凡例 ………………………………………… 1
鳥獣虫草木器物介科口技腹筋逢夢石（はらすじおうむせき）（山東京伝） ……………… 3
*【腹筋逢夢石】解説（林美一） ……… 149

〔5〕　方言修行金草鞋 二編・東海道（十返舎一九）
1984年12月25日刊

* 凡例 ………………………………………… 1
方言修行金草鞋 二編・東海道（十返舎一九） ……………………………………… 2
*【方言修行金草鞋・東海道】解説（林美一） ……………………………………… 80

〔6〕　朧月猫の草紙 初・二編（山東京山）
1985年3月29日刊

* 凡例 ………………………………………… 1
朧月猫の草紙（山東京山） …………………… 3
*【朧月猫の草紙】解説（林美一） …… 106

〔7〕　鬼児島名誉仇討（式亭三馬）
1985年9月5日刊

* 凡例 ………………………………………… 1
鬼児島名誉仇討（おにこじまほまれのあだうち）（式亭三馬） ……………………… 3
*【鬼児島名誉仇討】と三馬の伝記（林美一） ……………………………………… 86

〔8〕　座敷芸忠臣蔵 仮多手綱忠臣鞍 御慰忠臣蔵之攷（山東京伝，曲亭馬琴）
1985年12月20日刊

* 凡例 ………………………………………… 2
覆刻『座敷芸忠臣蔵』 ………………………… 3
覆刻『仮多手綱忠臣鞍』（かたたづなちゅうしんぐら） …………………………………… 56
覆刻『御慰忠臣蔵之攷』（おなぐさみちゅうしんぐらのかんがえ） …………………… 89
*【座敷芸忠臣蔵】解題（林美一） …… 113
*【御慰忠臣蔵之攷】謎絵解きのヒント 118
*【仮名手本忠臣蔵】あらすじ ………… 121
*『腹筋逢夢石』補遺・訂正 …………… 125

〔9〕　傾城水滸伝 二編（曲亭馬琴）
1986年6月25日刊

* 凡例 ………………………………………… 1
傾城水滸伝 二編（曲亭馬琴） ……………… 3
*【水滸伝】あらすじ　その二 ………… 100

〔10〕 作者胎内十月図 腹之内戯作種本 的中地本問屋（山東京伝，式亭三馬，十返舎一九）
1987年3月30日刊

*凡例 ………………………………………… 1
作者胎内十月図（さくしゃたいないとつきのず）（山東京伝）………………………………… 2
腹之内戯作種本（はらのうちげさくのたねほん）（式亭三馬）………………………………… 36
的中地本問屋（あたりやしたぢほんといや）（十返舎一九）………………………………… 80
*【作者胎内十月図】（戯作者内幕もの特集）解題（林美一）…………………… 102

[007] **江戸詩人選集**
岩波書店
全10巻
1990年4月〜1993年3月
（日野龍夫，徳田武，揖斐高編纂）

第1巻（上野洋三注）
1991年8月30日刊

*凡例 ………………………………………… i
石川丈山 ……………………………………… 1
　富士山 ……………………………………… 3
　正伝寺に遊ぶ ……………………………… 4
　天台の麓に登りて音羽の瀑を観る ……… 7
　雨後の白牡丹 ……………………………… 9
　地獄谷 ……………………………………… 11
　寓懐 ………………………………………… 12
　寓意 ………………………………………… 14
　寓懐 ………………………………………… 15
　蒙庵法眼の備州太守に扈従して東武に如くを祖送す ………………………… 17
　林春斎に答う ……………………………… 19
　龍光の江月禅師を挽す …………………… 27
　雑咏 ………………………………………… 29
　赤山に登りて杜鵑花を瞰る ……………… 30
　黒谷に遊ぶ ………………………………… 32
　医正意が尾陽より示さるる元旦の什に寄酬す ……………………………………… 33
　寛永丙子の春、予、芸用を去らんと欲して、爰に遠瀛（えんえい）に遊ぶ。仍（よ）て口譫（こうごう）二首を壁間に題榜して、游人の乙嚛 ………………………… 36
　詠懐 ………………………………………… 38
　渓辺の紅葉 ………………………………… 40
　隣曲の叢祠 ………………………………… 42
　春徳に答う ………………………………… 45
　丁亥の仲夏、二三の知旧と同じく大津より舟に駕して八嶋の蛍火を観る … 51
　山中の早行 ………………………………… 53
　杖に倚る …………………………………… 55
　口占 ………………………………………… 57
　自遣 ………………………………………… 58
　冬暖の野望 ………………………………… 59

渓行 ……………………………… 61	自適 ……………………………… 150
夏五の即事 …………………… 63	漆戸氏が南部より黄精を恵まるるを
蛍火を玩ぶ …………………… 64	謝す ………………………… 152
凾三秀才、茲者（このごろ）詩を示さる。	客の園中に牡丹を少くことを訝るに
標致健然として壮浪の姿有りて、彫鐫	答う ………………………… 154
（ちょうせん）の弊え無し。諷詠已まず。韻	老いに倨る …………………… 156
を次ぎて和呈す …………… 66	焼松茸を食う ………………… 158
偶成 ……………………………… 69	即事（二首、うち一首）…… 159
寓目 ……………………………… 70	春を送る ……………………… 161
夢醒む ………………………… 72	形神を咏ず …………………… 163
楓林に月を見る ……………… 74	夜誦 …………………………… 164
山中の即事 …………………… 75	倚筇吟（いきょうぎん）……… 166
辛卯七月既望、諸山の列炬を観る … 77	元政 …………………………… 169
即事 …………………………… 78	欧陽が読書の詩に和す ……… 171
興を書す ……………………… 80	春夜寝ねず。戯れに袁中郎が漸漸の詩
即事 …………………………… 82	に和す ……………………… 183
甲午祭日客に会す …………… 84	李梁谿が酒を戒る詩に和す　序を并せ
退居 …………………………… 86	たり ………………………… 187
情を臚ぶ ……………………… 88	新居 …………………………… 200
武田氏に寄与す　序を并せたり … 93	病臥 …………………………… 202
春望 …………………………… 96	山遊　渓の字を得たり（二首、うち一
咏懐五首（うち一首）………… 97	首）…………………………… 203
村行 …………………………… 99	饑年に感有り ………………… 205
野望 …………………………… 102	岬山の遠眺 …………………… 206
隴麦 …………………………… 104	偶成 …………………………… 208
閑遊二首（うち一首）……… 105	風柳 …………………………… 210
重ねて題す …………………… 108	暮景 …………………………… 212
大竪野静軒の江都に之くを送る … 110	暮春、吉田氏の園亭に登りて元贇と同
雪竹 …………………………… 113	じく題す …………………… 213
即時 …………………………… 115	初秋の一律　奚疑子に贈る … 216
閑適を写す …………………… 117	山居 …………………………… 218
遇興 …………………………… 119	瘡を患う ……………………… 220
臘月十八日 …………………… 121	病中韻を分ちて驢の字を得たり … 222
春雪 …………………………… 123	客居　淹の字を得たり ……… 224
白藤花（はくとうげ）……… 125	灼艾の吟 ……………………… 227
雑述二首（うち一首）……… 127	竹節 …………………………… 228
見懐 …………………………… 128	舟中に飯を喫す ……………… 229
秋望 …………………………… 130	船中の口号 …………………… 230
自ずから況う ………………… 132	偶興 …………………………… 231
窮臘、懐を記す ……………… 134	宜翁　茶を烹る ……………… 232
壬寅の歳首 …………………… 136	線香 …………………………… 234
春日の即興 …………………… 138	銅駝坊にて石斎に会す。多の字を得た
群児の壌を撃つを瞰る ……… 140	り …………………………… 235
紀事 …………………………… 142	蚊雷（ぶんらい）…………… 236
雑吟五首（うち一首）……… 144	晩歩 …………………………… 238
畔儒を嘲ける ………………… 146	漫興 …………………………… 239
自ずから況う ………………… 148	

江戸詩人選集

癸卯(きぼう)の孟夏二十七日、新天子
　極に登る。余、偶たま京師に在り。朝雨
　の後、天陰り日静かなり。枕に就て一覚
　す。起き来り独り笑いて作 240
谷口の山翁、自ずから栗子と菊花とを
　袖にし来る。予、愛翫すること甚し。乃
　ち以て母に奉る。偶たま一詩を作る 241
無題 243
梔子 244
慈忍霞谷に来りて詩を題す。韻に依り
　て之を示す 246
山居の偶題 248
月夜の偶成(三首、うち一首) 249
谷口に遊ぶ 250
雨を苦しむ 252
温泉の雑詠(十首、うち二首) 254
林間に葉を焼く(二首、うち一首) 258
北峰に宿す 259
夜雪 260
慈忍に次韻す(二首、うち一首) 261
臘廿七日、天暖かにして春の如し。谷
　口に遊びて巌の字を得たり 263
春初　谷口に遊ぶ 264
乞食。陶に和す 266
夏向日陽房に会して、竹を洗して山を
　見る一律を賦す 270
向陽寮に遊びて「戸庭塵の雑る無く、
　虚室余閑有り」というを以て詩を賦す。
　閑の字を得たり(五首、うち一首) 272
偶書(二首、うち一首) 273
平楽庵に過りて「詩を哦すれば清風空
　谷に起る」を以て韻と為し七絶を作る(七
　首、うち一首) 276
谷口の歌　序有り 278
雨中　養寿庵に侍す 282
睡起の即事 284
隠者に次韻す 285
病中の吟 286
醍醐寺に登りて月を観る詩　五首(うち
　一首) 288
拾得の韻を次ぐ(五十八首、うち三首)
　...... 292
病中の作 297
韻を分ちて林の字を得たり 299
路上の吟 301
関誉禅士の発韻に次韻す 302
九条の旧業に遊びて関誉の韻を廣ぐ・305

虹 312
土筆(つくづくし) 313
桃花 314
白雲集を読みて対山の曲に和す 316
山居　腐の字を得たり　八首(うち三首)
　...... 318
病来(三首、うち二首) 321
庭岬　風の字を得たり 323
早行 325
路上の吟 326
碧翁 327
醍醐の道中(三首、うち一首) 328
重ねて赤間に過る(三首、うち一首) 329
十楽の詩　序あり 331
＊解説 345
＊石川丈山略年譜 373
＊元政略年譜 375

第2巻(徳田武注)
1992年4月16日刊

＊凡例 i
梁田蛻巌 1
九日 3
蕩子行。辻昌蔵の京に之くを送る 5
独鳥 13
書を買う能わず 15
妓を買う能わず 18
雪を詠ず　并びに序 21
丙申の春、余災に罹う。宅観瀾恵むに
　研を以てす。此を賦して寄謝す 60
桂彩巌(けいさいがん)の雪中に田氏と同
　に熊孺子の宅に過りて飲すに和す ... 67
夏日の作 79
雑詠　十首(うち二首) 80
孟夏、近郊を歩み赤浦に至る書懐 89
藤柳湖の池亭にて田何竜の大字を書
　するを観る 95
北風行 97
美人半酔 103
己未の除夕 106
無染尊者の画鶏行を読みて感有り、賦
　して贈る 108
蓬萊図に題する歌 116
本鎮の支計官の間宮氏の宅に過りて
　菊花を賞する歌 118
山蕤城の寄せらるるに和す 123

日本古典文学全集・内容綜覧　25

江戸詩人選集

木狘猊歌 并びに引 ……………… 125
田何竜を哭す ………………………… 130
暮春十三日、甕川を過ぐ、途中の口号
 ……………………………………………… 133
郡山の柳公美の指画竹を観る歌 … 134
摂妓錦児剪字歌（せつぎきんじせんじか）‥ 139
春日、竹林に坐して感有り ……… 142
甲戌早春の作 ………………………… 143
荘子像に題す ………………………… 145
艶曲 二首（うち一首） …………… 146
画に題す ……………………………… 148
秋夕、琵琶湖に泛ぶ 二首（うち一首）
 ……………………………………………… 149
題を宜明居士の寂照庵に寄す …… 150
村上義光、錦旗を奪うの図 ……… 152
剣客行 ………………………………… 153
泉竹館、夏日の作に和す 四首（うち一
 首） ……………………………………… 154
秋山玉山 ……………………………………… 157
米大夫余が為に写真す。因りて其の上
 に戯題す ……………………………… 158
病中雑詠 六首（うち二首） ……… 159
大利坂を度る。是の日霧ふる。五歩牛
 馬を弁ぜず …………………………… 165
雑感 …………………………………… 166
独釣 …………………………………… 170
無題 …………………………………… 171
晩帰 …………………………………… 172
看雲叟 ………………………………… 174
小景 二首（うち一首） …………… 177
蘇山の天門巌、云うは羽流燧を鑽り
 道を修する処と ……………………… 178
十六羅漢図を見る引 ………………… 183
新嫁娘 二首（しんかじょう） …… 191
鴻門高 ………………………………… 193
灌花井 ………………………………… 197
前有樽酒行（ぜんゆうそんしゅこう） … 198
倣古 二首（うち一首） …………… 205
丈水翁藍輿にて招かる。余行くこと里
 余、翁出でて半途に迎う。遂に同歩して
 日暮に翁の隠居に到り、次宿して帰る
 ……………………………………………… 206
閑行 …………………………………… 216
韓体一首、薮震庵（やぶしんあん）に贈る
 ……………………………………………… 217
澗中酌 ………………………………… 250
五日独酌 ……………………………… 251

一碧亭、竹を洗かして山を見る …… 252
遊夜詞（ゆうやし）并びに序 ……… 253
人有りて柿大夫の画像を持し来り、余
 に詩を徴む。因りて其の歌意を写す。但
 だ其の玄趣未だ擬し易からず …… 271
筆を詠ず ……………………………… 272
高子式山人は達士なり。髑髏杯を置
 き、時時把玩す。死生を一にし、形骸を
 遺れ、超然として自適す。少年輩争い飲
 みて豪挙と為す。予独り蹙頞して飲むこ
 と能わず。衆予が未達を笑う。因りて髑
 髏杯行を作りて、自ら嘲り、兼ねて髑髏
 の為に嘲りを解く ……………………… 274
灑河の夜泊、鵑（ほととぎす）を聴く … 290
壬申の冬、阿蘇山に登る。石有り高さ
 身と等し、十人を坐すべし。上に天然の
 研池有り、状一巨掌の如し。水常に中に
 満つ。大旱にも涸れず。余同遊の者に謂
 いて曰く、是れ安んぞ造物者の久しく是
 れを設けて以て我が登題を待つに非ざ
 ることを知らんやと。因りて石頭に墨を
 磨し、詩及び同遊者の名を題して去る
 ……………………………………………… 291
暁舟蓬崎を発す ……………………… 293
雨後、久住の道中 …………………… 296
芙蓉峰を望む ………………………… 297
＊解説 ………………………………… 301
＊梁田蜕巌略年譜 …………………… 333
＊秋山玉山略年譜 …………………… 335

第3巻（山本和義，横山弘注）
1991年4月18日刊

＊凡例 ………………………………………… i
服部南郭 ……………………………………… 1
 鐃歌（どうか）十八首（うち二首）… 3
 （一）城南に戦う …………………… 3
 （二）思う所有り …………………… 7
 詠懐 十五首（うち三首） ………… 12
 秋夜の吟 …………………………… 23
 笛を聞く …………………………… 25
 夜讌 ………………………………… 27
 江上雑詩 十首（うち一首）……… 29
 九月六日、猗蘭台の集い ………… 31
 滕東壁を哭す 十首（うち一首）… 34
 人の京に之くを送る 二首 ……… 36
 秋懐 二首 ………………………… 42

江戸詩人選集

長安道 ……………………………… 48
牛門にて、分かちて「出塞」、韻は「安」
　の字を得たり ……………………… 49
夜 墨水を下る ……………………… 52
青楼の曲 三首（うち一首）………… 54
短歌行 ……………………………… 57
燕歌行 ……………………………… 61
雑体に擬す 三十首（うち二首）…… 64
　（一）李都尉陵 従軍 …………… 64
　（二）陶徴君潜 田居 …………… 67
居を西窪に移す。地甚だ陋悪なり。戯
　れに「棲鶻行」を作る …………… 70
難波客舎の歌 ……………………… 76
炉を擁す …………………………… 79
新涼 ………………………………… 81
早春游望 …………………………… 83
秋に感ず …………………………… 85
江村の晩眺 ………………………… 88
春夜の宴 …………………………… 90
県次公 舟を泛べて徂来先生を宴す。
　同に賦して「秋」の字を得たり …… 92
東郊の春興 ………………………… 95
牛頭寺に遊ぶ ……………………… 98
歳晩、草堂の集い ………………… 101
人日、草堂の集い ………………… 103
雪中の作 …………………………… 105
画に題す 二首 …………………… 107
秋夜、友人に別る。「安」の字を得た
　り …………………………………… 109
梅花落。人を送る ………………… 110
隣の花 ……………………………… 111
梅花落 ……………………………… 113
暮春、山に登る …………………… 114
潮来の詞 二十首（うち二首）…… 116
人日、台に登る …………………… 118
小督の詞 …………………………… 123
花を惜しむ ………………………… 140
児の恭を悼む 四首（うち一首）… 142
中秋の独酌 ………………………… 144
居を巷北に移す …………………… 147
夏日の閑居 八首（うち一首）…… 149
春雨 ………………………………… 151
箏曲を聞く ………………………… 152
流蛍篇 ……………………………… 153
早涼 ………………………………… 154
春岬 ………………………………… 155
歳暮、懐いを遣りて家人に示す …… 157

秋霖に苦しみ、己に重陽の前日に至る
　二首（うち一首）………………… 159
独酌、亡友を懐う有り 二首（うち一
　首）………………………………… 161
西荘 門に題す …………………… 164
梅雨 ………………………………… 168
賦して「独り寒江の雪に釣る」を得た
　り …………………………………… 170
長安感懐 三首（うち一首）……… 171
疾に伏して中秋に値う …………… 172
山荘に松樹子を栽う ……………… 174
祇園南海 …………………………… 177
洛陽道 ……………………………… 179
秋菊 ………………………………… 182
梅林の軽雨 ………………………… 183
春水 ………………………………… 185
庚申の夏、余 罪を南海に竢つ。鬱鬱
　として一室に居る。六月溽暑（じょくしょ）
　、中夜寐ねられず。因りて江都の旧游を
　思う ……………………………… 188
冬夜の偶作 ………………………… 194
龍泉に浴する途中の作 …………… 196
古詩 ………………………………… 201
田藍田の京師に遊ぶを送る ……… 203
東叡に遊ぶ。常建の体に倣う …… 205
春暮、城西に遊ぶ ………………… 210
丁未の中秋、諸子と明光浦（あかのうら）
　に泛ぶ …………………………… 212
紀三井寺八景（うち二首）………… 227
　（一）明光夜鶴 ………………… 227
　（二）潮 山門を撲つ …………… 230
詩画の歌 …………………………… 232
猫を悼む …………………………… 241
木恭靖公 諸子と臨まる。恭しく厳韻
　に次す …………………………… 244
古寺即事 …………………………… 247
石処士を哭す ……………………… 249
水村の寒梅 ………………………… 252
秋日、明光浦に遊ぶ ……………… 254
画山水 ……………………………… 257
新涼 郊墟に入る ………………… 258
辺馬 帰思有り …………………… 262
春日客懐 …………………………… 264
七家の雪 并びに引（七首のうち一首）
　…………………………………… 267
　候家の雪 ………………………… 272
湘雲居 六題 并びに序（うち一首）… 275

日本古典文学全集・内容綜覧　27

江戸詩人選集

窓梅	276
偶作	278
龍泉の雨夜	282
賦して「南浦に佳人を送る」を得たり	284
雪娘の画ける昭君の図に題す	285
画山水に題す	287
擣衣	289
山斎即事	292
品河駅	294
葉声	295
江南の歌 并びに序（十二首のうち二首）	296
詠懐 二首	306
金龍台、酔後の作	314
雨伯陽の馬島に之くを送る	320
紀川即事	322
邨居積雨（そんきょせきう）	324
乙酉試筆	326
即事。香山の体に倣う	328
己酉中秋	331
戊戌十月十一日、夜　夢に雨伯陽と山寺に遊ぶ。朝鮮の李東郭も亦た至る。茶談に時を移し、語嘆老に及ぶ。予因りて一絶を賦し、李和して将に成らんとするとき、己に覚めたり。予の詩は寤めて之を記せしなり	333
濤声	335
＊解説	337
＊服部南郭（山本和義）	337
＊祇園南海（日野龍夫）	352
＊付記（山本和義，横山弘）	371
＊服部南郭略年譜	373
＊祇園南海略年譜	375

第4巻（黒川洋一注）
1990年5月28日刊

＊凡例	i
菅茶山	1
紀州の西山子綱に寄す	3
肥後の藪先生に寄す 二首	7
御領山の大石の歌	14
家弟信卿の西山先生に従って書を読むを送る	19
竜盤	23
雑詩 三首	25
開元の琴の歌。西山先生の宅にて、諸士と同に、席上の器玩を分賦し、余は此れを得たり	33
冬日雑詩 十首（うち一首）	48
備前路上	49
播州路上	50
浪華 二首	51
玉水路上	53
即事	54
富士の図	55
暮春	56
栗山（りつざん）先生、諸韻士を招飲す。晋帥も亦た焉に与る。此れを賦して呈し奉る	57
常遊雑詩 十九首（うち六首）	60
画に題す（三首、うち一首）	66
春日即事	68
千詩画の引、原雲卿の需めに応ず	69
大猪川の歌（二首、うち一首）	76
石	80
冬夜の読書	81
即事 二首（うち一首）	82
玉蜀黍	84
五月、藩命を以て東都の邸に赴く。午日、諸子来餞す	85
岡山道上	87
摂州の路上	88
諸子と別れて後、木曾川を上る	89
油井以来、随処に岳を望むも、数日未だ一班を見ず 二首（うち一首）	90
箟根の嶺に宿す	91
大森	92
茗水即事（二首、うち一首）	93
秋夜、姪孫（てっそん）を夢む 三首	94
戸塚道中	97
上巳、大猪水を渉りての作、伊勢の藤子文を懐う	98
遠州途上	102
蛍 七首	104
秋日雑咏（十二首）	110
伏水の道中	120
楠公墓下の作	121
鈴木曹長の東都に之くを送る	126
夏日雑詩 十二首（うち十一首）	136
頼子成、連りに伊丹酒を恵む。此れより前に、西遊草を示さ見。此れを賦して併せて謝す	146

森岡神童を悼む	152
田井柳蔵、嘗て余を其の宅に觴す。今茲に其の会飲図を製し、遥かに寄せて題するを索む	162
感有り	163
木鳳の歌。儀満氏の為に	164
月下の独酌	169
病中の雑詩 五首	170
病中の作 二首	176
頼千齢の留春居に寄せ題す	178
江村の秋事 七首（うち五首）	180
子成母に随って来りて詩有り。韻に依りて以て呈す。日は中亥に値る	184
偶成	186
苦寒 二首（うち一首）	187
綿羊の図。横井司税の為に	188
悼亡（三首）	191
独り閑窓に読む	194
旧誌巻を読む	195
病中即事 二首	199
六如	203
西山にて蕈を採る 十絶句	205
渓上 二首	215
柏原の山寺における冬日雑題 十六首（うち九首）	217
愛宕山に移住して後に賦し、知己に示す	232
宕山の夏日	235
養う所の払菻狗、一旦之を失う。年を踰えて復た還る。感じて其の事を紀す	236
白雲山寺にて維明禅師を邀う。師は画を善くす	243
峨山の別業	245
九日、東都の旧遊を懐う有り	246
大覚寺の庭湖石	248
嵯峨の別業における四時雑興 三十首（うち十八首）	251
春晩	281
大堰川上（おおいせんじょう）の即事	282
宕山の夏日、時有りて下に雷雨を視る	284
咏物 二首。謹んで妙法王の教に応じて、賦し呈す（うち一首）茶磑	285
波響の楼に寄せ題す	287

秋半（しゅうはん）に樵夫の来りて松蕈を売る。大いさ豆子可りなるに、価を索むるに甚だ貴し。戯れに賦す	297
壬子の仲秋、余は伴蒿蹊と郷里に江州に回る。十三日、義純上人、余及び蒿蹊・苗弟子柔の諸子を邀え、舟を具えて月を湖上に賞す。詩を作って一時の情景を紀す	299
郷に回りて偶たま書して、弟子柔に視す	306
中秋に郷に在りて月を賞す	307
友人の所蔵する相撲節会の図に題す	309
蟬の嘆き	318
秋日郊行雑詩 五首（うち三首）	322
画馬の引。福井敬斎君の為に賦す	326
落歯（らくし）の嘆き	333
余は太（はなは）だ筆頭菜を嗜む。人の之を嗤う者有り。戯れに答う	334
暮春に伴蒿蹊・春蘭洲と兎道に遊ぶ	335
甲寅の中秋、松前の源君世祐・備後の菅礼卿・伴蒿蹊・原雲卿・橘恵風と、伏水の豊後橋東の駅楼に会し、舟を泛かべて巨椋の湖に遊び、各おの賦す	345
自ら吟巻に題す	353
採蒓行	354
曝書 二首	362
織田士猛の篆刻の歌	364
秋末に野歩して、偶たま嵯峨帝の陵下に過る。窃かに鄙感を述ぶ	372
峨山の松蕈の歌	377
*解説	387
*菅茶山略年譜	417
*六如上人略年譜	420

第5巻（揖斐高注）
1990年7月26日刊

*凡例	i
市河寛斎	1
I 雌伏の日々	3
乙未の除夕	3
出山	5
孤松行（こしょうこう）	8
己亥元旦の作	12
井子章・宮田子亮・関君長・紀世馨・源文竜・入江子実、新居に過ぎ見る。	13
夏日、仲温、海亭に邀え飲む	16

日本古典文学全集・内容綜覧　29

江戸詩人選集

宮田子亮の書を得たり。余を某藩に薦むるの言有り。賦して謝す。 …… 18
夏陽子を哭す ………………………… 21
深川の舟の中 ………………………… 24
冬の日 ………………………………… 25
時事 二首 …………………………… 26
北里歌（三十首のうち六首） ……… 30
II 浪人生活の不安 …………………… 45
矢の倉新居の作 …………………… 45
憂いの中の楽しみ ………………… 47
丁未の除夕 ………………………… 53
雨の夜の上尾道中 ………………… 54
三絃弾 ……………………………… 56
東坡赤壁の図 ……………………… 65
遊春、永日の韻に和す（九首のうち一首） ………………………………… 67
秋の夜 ……………………………… 68
南の窓 ……………………………… 70
水郭の初夏 ………………………… 72
事を書す …………………………… 73
城居 ………………………………… 75
III 藩儒の生活 ……………………… 78
拙を養う …………………………… 78
越中の元夕（二首） ……………… 80
客去る ……………………………… 83
雪中の雑詩 五首（うち二首） …… 84
夏の夜の枕上の作 ………………… 87
家に帰りての作 …………………… 89
永日・無絃過ぎ見れ、賦して示す … 90
お玉が池の新居 …………………… 92
客中の記事 ………………………… 95
事に感ず …………………………… 99
北海道中 …………………………… 100
籠の渡し …………………………… 102
秋雨 ………………………………… 105
晩秋の舟行 ………………………… 105
亥児に示す ………………………… 106
青陵、京師自り至る ……………… 108
窮婦の嘆き ………………………… 109
九月廿七日雷雨終日、門を出づること能わず、短歌を作る。 …………… 118
傲具の詩（五十首のうち五首） … 120
宝泓硯 …………………………… 125
文明の古量 ……………………… 127
手炉 ……………………………… 129
明王徳操の旧物杜少陵集 ……… 131
古銅爵 …………………………… 134

無絃、五瀬自り至り詩を談ずること数日、慨然として贈れる有り。 …… 137
雨涼し ……………………………… 141
憶昔 ………………………………… 142
冬温かし …………………………… 145
歳杪の縦筆 ………………………… 146
夢に月宮に遊ぶの吟 ……………… 150
IV 晩年の詩 ………………………… 157
江戸を発つ ………………………… 157
八月廿三日、翠屏詩屋に小酌し月を待つ …………………………………… 159
青霞堂にて九峰先生を懐う ……… 161
偶作 ………………………………… 163
荷亭に暁に坐す …………………… 164
邨童の渓上に戯るるを観る ……… 166
梨花の雪 …………………………… 167
客舎の夏の日 ……………………… 170
江芸閣・劉夢沢と同じく張秋琴の七夕の韻に和す。 ……………………… 171
白髪の歎き ………………………… 174

大窪詩仏 ……………………………… 181
I 詩人をめざして …………………… 183
居を卜す …………………………… 183
晩に品川に帰る …………………… 185
北山先生の孝経楼 ………………… 187
牽牛花 ……………………………… 189
茌土の故人を懐う ………………… 191
蕈を剔る 八首（うち三首） ……… 193
春の思い …………………………… 196
春の寒さ …………………………… 197
睡る蝶 ……………………………… 198
秋の径 ……………………………… 201
歳の暮 ……………………………… 202
桜 七首（うち一首） ……………… 204
急雨（にわかあめ） ……………… 206
烟花戯（はなび） ………………… 208
邨中の晩歩 ………………………… 211
雪の声 ……………………………… 212
II 詩聖堂の宗匠 …………………… 215
新居 ………………………………… 215
蠣房（かき）を食う ……………… 217
村居して喜びを書す ……………… 218
李白、月に問う図に題す ………… 221
雪後の鶯谷の小集、庚韻を得たり · 226
春の草 ……………………………… 230
黄鳥子の詞 ………………………… 232
山中の雑題（四首のうち二首） … 236

橋の上の初雪、和歌題 ……… 239
天瀬の韻に次す（四首のうち二首） 240
村の夜 ……………………… 243
家人、衣を寄す …………… 245
淀川を下る ………………… 246
土山を発って鈴鹿に抵る。途中風雪
大いに作る。詩四首を得たり。（うち二
首） ………………………… 247
興に乗る …………………… 250
築波山に登る（八首のうち一首）… 252
親知らず子知らず ………… 253
空翠楼の晩望（二首のうち一首）… 256
山中温泉雑題（四首のうち一首）… 257
冬の夜 ……………………… 258
冠山老候の殤女阿露（しょうじょおつゆ）
の遺書の後に題す（三首のうち二首）260
秋の蚊 ……………………… 266
内を夢む …………………… 270
小松城下にて墨屏・空翠・暁山・芝
囿に似す …………………… 274
来りて酒を飲むに如かず。楽天の体
に倣う（四首） …………… 278
偶成 ………………………… 284
御遠亭に月を賞す ………… 286
天竜川 ……………………… 290
頼子成の山紫水明処に題す … 292
午睡 ………………………… 298
III 老年の寂しさ …………… 300
奥山君鳳の秋田に之くを送る … 300
秋空の雁影 ………………… 307
内を哭す（六首のうち三首） … 309
江天の暮雪 ………………… 312
「酒は独り飲む理無し」を賦し得た
り …………………………… 314
錦繍亭排律 ………………… 318
八竜湖に泛ぶ（六首のうち二首）… 322
亡き妻を夢む ……………… 325
墨多川 ……………………… 326
白小 ………………………… 329
有年行 ……………………… 330
夏の日の山亭 ……………… 333
秋残（二首） ……………… 343
＊解説 ……………………… 349
＊市河寛斎略年譜 ………… 383
＊大窪詩仏略年譜 ………… 385

第6巻（水田紀久注）
1993年3月17日刊

＊凡例 ……………………… i
葛子琴 ……………………… 1
　光明寺。諸友と同に賦す。映字を得
　　たり ……………………… 3
　人日、混沌社席上、城子邈の京に入る
　　を贈別し、諸詞盟と同に賦す。体を五言
　　古に分つ ………………… 10
　子原席上、重ねて礼卿に贈る ……… 20
　秋夜舟中より曾応聖に贈る ………… 23
　人日、清静所に集い会す。西孟清が齎
　　す所の洞庭図巻を観る行 ………… 28
　御風楼、諸子を邀え、黄薇の岡元齢の
　　母氏六十の寿を賦す …………… 38
　祭詩の作丙戌の除夜 ………………… 46
　端午後一日、芥元章過ぎらる。留め酌
　　す ………………………… 47
　小山伯鳳牛肉一臠（れん）を恵まる。係
　　くるに詩を以ってす。此れを賦し酬い謝
　　す ………………………… 50
　屏風巌（びょうぶいわ） ……………… 52
　冬夜、子明を訪う。子明の詩先ず成
　　る。筆を走せ次韻す …………… 54
　田礼夫訪わる。時に微恙有り。治を求
　　め、詩を求む。因りて此れを賦し贈る 56
　歳首、病いに臥す ………………… 59
　和歌の浦に遊ぶ …………………… 60
　雪意 ………………………… 62
　慧超師の病いを訪う。途中口占 ……… 64
　汝庸・雄飛と偕に、小曾根の西福寺に
　　遊ぶ 七首（うち一首） ………… 66
　籠中の鳥を賦し得たり ……………… 68
　頼千禛、浪華春望の作有り。十三覃に
　　て二十韻を押す。萱銭塘（けんせんとう）之
　　れに和するに三肴を以ってす。千禛は俊
　　秀、銭塘は老錬、各其の妙を極む。予も
　　亦た之れが覊みに倣わんと欲す。而れど
　　も険韻は予の能わざる所なり。因りて十
　　灰を採り、賦して以って二君に呈す 70
　首夏竹飲 …………………… 80
　竹窓印月 …………………… 82
　北海亭に藪士厚を送る …………… 85
　冬夜、公倫過ぎらる。千秋尋いで至
　　り、小飲す ……………… 89

十七夜、了德院に遊び、千秋・汝庸・雄飛と同に賦す ……… 93	旧作鴨東四時の詞を読みて感有り …… 186
某の野田の幽居 ……… 97	首尾吟。琴廷調に示す ……… 188
頼千秋を送る ……… 103	解悶 ……… 190
甲申早春、江楼に登る今茲の春、韓客将に至らんとす ……… 116	漫興 十首（うち二首）……… 192
玉江橋成る ……… 118	旗亭春雨。韻支を得たり（四首、うち二首）時に年十五なり ……… 196
冬日書懐 二首（うち一首）……… 122	田園雑興（四首、うち二首）……… 198
港口に舟を泛ぶ ……… 124	池無絃（ちむげん）に贈る一余、時に居を不忍池の上に移す ……… 200
山正懇詩を寄せて、以って予に近付を求む。此れを賦して答謝す ……… 126	菊間村漫吟。同社の釣侶に示す 十五首（うち三首）……… 202
子岳・千秋至る ……… 128	田必清、江戸の益勤斎鐫する所の般菴の印一顆を贈る。戯れに賦して之れを謝す ……… 204
金剛山に登る ……… 130	
歳暮、偶ま書す ……… 133	漫述 ……… 207
咏物（五首、うち二首）神山公倫の集いに、諸子と同に五色を分ち賦し以って主に贈る ……… 135	江州より京に帰る途中の作 ……… 209
（一）赤 ……… 135	漫題 ……… 210
（二）白 ……… 138	繡児を悼む 二首（うち一首）……… 212
鬼灯（ほおずき）……… 140	舞児浜客亭の漫吟 ……… 214
雨 ……… 142	浴後の小酌 ……… 216
魚胎乾（ぎょたいかん）……… 144	落花の吟 并びに引（三十首、うち二首）……… 217
庭中の花卉を分ち、杜鵑花を賦し得たり ……… 146	乙酉春初、新たに端硯を獲たり。喜ぶこと甚だし。為に六絶を賦す（うち二首）……… 225
稲荷山十二景。祠官荷田子成の索めに応ず其の半を録す（うち二首）……… 147	冬蘭 十首（うち二首）……… 231
（一）剣巌（つるぎいわ）の蒼苔 ……… 147	吉益周輔、河豚を咏ずる詩を貽さる。云う、「何ぞ論ぜん、酷毒の無と有とを、天然無毒の人を毒せず」と。余戯れに答えて曰く、「余は則ち天然有毒の人なり。因りて一詩有り、足下の家説と相い逕庭せず。試みに録して粲を博す」と … 234
（二）杉間の青楓 ……… 150	
幽暢園の作 ……… 151	
仙祠 ……… 151	
松枝月を撐うるの画に題す ……… 153	
暮春、子原・道隆を邀えて隣園の花を賞す。児輩も亦た焉れに従う 二首（うち一首）……… 154	寓感 ……… 236
	古碧楼雑題 十三首（うち二首）……… 238
孤城。水気多し ……… 155	漫興 十五首（うち二首）……… 240
癸卯狗日、淀川舟中口占 二首 ……… 156	春夜寓興 ……… 245
子明家園の連翹 ……… 159	壬辰三月、錦織の草廬落成す。之れを賦して自祝す 十首（うち二首）……… 247
浪華四時詞十二首中、首尾二を録す ……… 160	
（一）孟春 ……… 160	印篆の篇。瓊浦の源君頤に贈る ……… 252
（二）季冬 ……… 161	再び新湊に過ぎり、陶周洋に別る。余、時に小錦嚢硯を佩び、猝に解きて之れを贈る。係くるに一篇を以ってす 300
礼卿と偕に南禅寺前の旗亭に飲す …… 162	
京に遊ぶの作 五首（うち二首）……… 163	
玉江橋にて、武庫渓の花火を望む …… 165	
鳴門翁に過ぎる ……… 166	十一月朔、舟舳浦を発し狭貫に赴く。風に阻たられて伊吹島に泊す 七首（うち二首）……… 304
中島棕隠 ……… 169	
鴨東四時雑咏抄（六首）……… 171	
放言 三首（うち一首）……… 183	客歳夏秋の交、淫雨連旬、諸州大水、歳果して登らず。今茲七月に至り、都下
将に江戸を去らんとして感有り ……… 185	

江戸詩人選集

の米価涌騰益甚し。一斗三千銭に過ぐ。
餓莩路に横り、苦訴泣哭、声四境に徹
す。建藁より還未だ曾て有らざる所と云
う。感慨の余、此の二十絶を賦す（うち
三首）………………………………… 306
戊戌春初の雑題（七首、うち二首）… 311
後園の牡丹盛に開く。喜びて賦す（五
首、うち二首）……………………… 313
棧欄を咏ず（五首、うち一首）……… 315
江戸者、京を嘲る …………………… 317
四種の学者を咏ず（四首、うち二首） 319
　（一）天文 ………………………… 319
　（二）国学 ………………………… 320
自ら嘲る ……………………………… 321
＊解説 ………………………………… 325
＊葛子琴略年譜 ……………………… 345
＊中島棕隠略年譜 …………………… 347

第7巻（徳田武注）
1990年10月9日刊

＊凡例 ………………………………… i
野村篁園 ……………………………… 1
　牧童 ………………………………… 3
　山駅を暁に発す …………………… 4
　山荘の夏日 十韻 ………………… 5
　天野氏の別荘。韻を分つ ………… 9
　放歌行 ……………………………… 11
　五荘行 ……………………………… 16
　斎壁に題す ………………………… 31
　寒食後の三夕、漫りに書す ……… 34
　白石の矼 …………………………… 36
　滝川に遊ぶ 三首 ………………… 37
　二月十一日、蕉園飲に招く、席上十二
　　体を分ち賦す、七言古の韻侵を得たり 40
　芳野懐古 …………………………… 52
　鰹魚の膾 …………………………… 54
　己卯中秋の月蝕 …………………… 56
　冬日の遊覧、分ちて三肴を得たり … 58
　雑言 二首（うち一首）…………… 64
　懐を友生に寄す …………………… 66
　拝年途中の口号 …………………… 68
　春夜、野・木二子過訪す、韻元を得 … 70
　重ねて墨水に遊ぶ ………………… 71
　楠将軍像 …………………………… 72
　駒郊より飛鳥山に至る雑詩 三首（うち
　　一首）……………………………… 75

秋園の寓興 二首（うち一首）……… 76
苦熱行 ………………………………… 78
人日雪ふる、霞舟を邀えて同に賦す
二十韻 ……………………………… 84
雪夕に偶ま吟ず。坡老の北堂の壁に書
すの韻を用ゆ ……………………… 93
懐を咏ず。子玉の韻に次す ………… 95
四月望、諸子と同に林司成の谷墅に遊
ぶ。韻を分つ 二首（うち一首）…… 97
渓居 …………………………………… 100
羊の日、霞舟柱（ま）げらる。分ちて歌
韻を得たり ………………………… 101
歳暮に懐いを書す …………………… 107
谷墅襍詠（五首、うち一首）………… 127
墨水の春遊、韻を分つ ……………… 128
雨雹行 ………………………………… 130
夏日、諸君を林氏の西荘に邀え集む・ 139
舟を繋ぐ松 …………………………… 148
初春、鹿浜吟社に過ぐ ……………… 150
杜少陵像に題する十韻 ……………… 152
鳳凰台上に吹簫を憶う ……………… 158
鶯啼序 ………………………………… 161
館柳湾 ………………………………… 171
春初の雑題 三首 …………………… 173
正月五日、独り東郊に歩む ………… 178
春日雑句 ……………………………… 180
生日を詠ず …………………………… 181
東叡に花を看る 三首 ……………… 183
初夏の雑句 …………………………… 186
夢を記して致遠に寄す ……………… 187
夏日、睡より起く …………………… 189
秋柳 二首（うち一首）……………… 190
手炉を詠ず …………………………… 192
偶題 …………………………………… 194
春夜に雨を聞く ……………………… 197
信義先生の忌辰に …………………… 199
万年の蕉中禅師東観趣謁す、喜びを記
して兼ねて其の八十を寿し奉る … 200
懐いを山田元凱に寄す ……………… 202
柳湾に舟を泊むるの図 ……………… 203
梅花落（ばいからく）。人を送る …… 206
旧の送別の処を過ぐ ………………… 207
春日即事 ……………………………… 208
聞中禅師に寄与して茶を乞う ……… 209
譏りに題す …………………………… 211
高山の官舎に題す …………………… 212
夏日即事 ……………………………… 214

日本古典文学全集・内容綜覧　33

江戸詩人選集

晩に帰る	215
又た、廻文	216
晩に大隆寺に上る	217
中山七里	219
細江	220
草木共に春に逢う	222
春日、鵬斎先生を訪れ奉る。時に雷鳴り雪起る。戯れに一絶を呈す	225
香奩体、分ちて源氏伝を賦し、明石の篇を得たり	227
金輪寺の後閣に上る（二首、うち一首）	229
鰕	230
芒種夏至の交、霖雨連日、短述して悶を攄らす	231
原士簡の乃堂を奉じて柏崎の旧寓に赴くを送る	233
山県伯駒に贈る（二首、うち一首）	236
書灯に題す	237
聖林上座遍らる、席上茶を煎じ詩を談ず（五首、うち一首）	239
村路即事	240
寐ねず	242
客中の元旦	243
雨中の雑吟（五首、うち一首）	245
夜市に梅花を買う	246
相模原旅懐（二首、うち一首）	247
漫りに題す	249
栗軒偶題（八首、うち三首）	250
金山雑咏 十三首（うち三首）	254
寒夜の文宴	258
牡丹	262
戯れに豆腐を咏ず	264
夜涼	266
偶ま懐う	267
夜坐	270
秋尽く	271
雪夜、両国橋を渡る	273
春日偶興	275
鵬斎先生の畳山邨畳句十二首に和し奉る次韻（十二首、うち一首）	277
秋晴即目	278
検田	280
門を出ず	281
山行して雨に遇い、戯れに長句を作る	282
老松篇、臥牛山人の六十を寿ぐ	288
春初小疾、枕上に口占す	294
秧鶏（おうけい）	296
権奴（ごんど）扇を持ちて来りて句を乞う。漫りに書して之を与う	297
偶作	300
秋尽く	301
雑司谷雑題（六首、うち一首）	303
夜坐	304
翌日大雪、前韻を用いて戯れに蘭軒に呈す（二首、うち一首）	305
松陰公子の梅花を索むの二絶句に酬い奉る次韻（二首、うち一首）	306
金氏の呑山楼に題す	308
庚寅の夏初、墓を新潟に省し、滞留すること数月、九月十八日に、目白の園居に帰る。翌日家宴あり、児孫輩咸く集まり、小酔して醺然たり。口占五絶句（うち一首）	312
自らに題す	315
金井橋に花を看る（四首、うち一首）	317
戯れに豬牙舟を咏ず 十韻	318
白雨	323
老烏を咏ず。某主簿に似す	326
漫りに題す	327
検旱（けんかん）	328
偶成	330
松崎慊堂先生の羽沢園居に過る	332
春日雑題（二首、うち一首）	334
李義山集を読む	335
伊沢朴甫の宅の尚歯会	337
戊戌新春	339
＊解説	341
＊野村篁園略年譜	375
＊館柳湾略年譜	378

第8巻（入谷仙介注）
1990年4月26日刊

＊凡例	i
頼山陽	1
Ⅰ 青春の彷徨	3
癸丑歳に偶たま作る	3
石州の路上	4
梅を折る 二首（うち一首）	5
竜山の絵、玉薀女史（ぎょくうんじょし）の画ける牡丹に題す。	7
備後に赴く途上 十首（うち二首）	8

不識菴の機山を撃つ図に題す ……… 10
細香の竹を画ける屏風を観賦して
贈る。坐に古操を善くする者芳洲有り。
……………………………………… 14
舟もて大垣を発して桑名に赴く … 15
四日市の酒楼に菊池五山の題詩を
見て、戯に賦す。………………… 16
余東山の秀色を愛し、毎日行飯する
や、銅駝橋に上りて之を望む。一日忽ち
「東山熟友の如く、数（しば）しば見るも
相い厭わず」の句を得たり。家に帰りて
之を足し、十六韻を成す。…………… 18
II 鎮西の旅 ……………………… 26
 壇の浦行 …………………………… 26
 仏郎王の歌 ………………………… 34
 長碕謡十二解（うち三首）……… 44
 戯に校書袖笑に代りて江辛夷を憶
 う。乃ち吾の憶うを叙ぶるなり。二首（う
 ち一首）…………………………… 48
 舟千皺洋（ちぢわよう）を過ぎて、大風
 浪に遇い殆ど覆えらんとす。嶹原に上
 りて漁戸に宿するを得たり。此を賦して
 懲を志す。………………………… 50
 天草洋に泊す ……………………… 58
 鷄洲逆旅（げいしゅうげきりょ）の歌 … 60
 岡城に田能村君彝を訪う。余君彝に
 鞆津に邂逅す。已に五年なり。…… 64
 筑後河を下る ……………………… 67
 豊前に入りて耶馬渓を過ぎ、遂に雲
 華師を訪う。共に再び遊ぶ。雨に遇いて
 記有り。又た九絶句を得。（うち一首）69
 余芸に到りて、留まること数旬、将
 に京寓に帰らんとして、遂に母を奉じて
 偕に行く。侍輿歌を作る。………… 71
 茶山翁に贈る ……………………… 74
 家に到る …………………………… 75
 母を迎う …………………………… 78
III 生活の詩人 …………………… 81
 花を売る声 ………………………… 81
 是の夜初め雨ふり後晴る ………… 82
 寒婢 ………………………………… 83
 画杜鵑行（がとけんこう）、白河の田内
 月堂に謝す。……………………… 86
 新居 ………………………………… 94
 除夜 ………………………………… 97
 侍輿短歌 …………………………… 99
 戯に摂州の歌を作る …………… 100

別後の舟中、雲華師と同に賦し、承
弼を憶う。二首（うち一首）……… 103
桜井の駅址を過ぐ ……………… 105
三石駅、同行の野本万春に示す。· 111
梁伯兎に逢い、其の婦紅蘭の韻に次
す。……………………………… 112
尼崎より舟を漱いて坂に入る …… 114
席上に内子の蘭を作す。戯に題して
士謙に贈る。…………………… 115
妹を哭す 二首（うち一首）……… 117
IV 母・永遠の恋人 ……………… 118
 遂に奉じて芳野に遊ぶ 四首（うち二
 首）……………………………… 118
 既に別れて母を憶う …………… 120
 丁亥閏六月十五日、大塩君子起を訪
 う。君客を謝して衙に上る。此を作りて
 贈る。…………………………… 122
 夜清の諸人の詩を読み戯に賦す … 126
 茶山老人竹杖歌 并びに序 ……… 134
 華臍魚（かせいぎょ）を食う歌 …… 140
 母に侍して東上す。舟中の作。三首
 （うち一首）……………………… 145
 雨窓に細香と別を話す ………… 146
 家に到る ………………………… 148
 月瀬の梅花の勝は之を耳にするこ
 と久し。今茲諸友を糾いて往きて観、六
 絶句を得。（うち二首）………… 152
 淡山の歌 ………………………… 155
 母に別る ………………………… 157
付 江馬細香 ……………………… 159
 自述 ……………………………… 159
 冬夜 ……………………………… 161
 三月念二日、砂川君（いさがわくん）に
 山陽先生の宅に邂逅す。時に先生は嵐山
 に遊ばんと欲す。………………… 162
 唐崎の松下に、山陽先生に拝別す。164
梁川星巌 …………………………… 167
 I 梨花の村 ……………………… 169
 天竜の河上に口号す …………… 169
 旅夕（りょせき）寐ねられず …… 170
 巻致遠（まきちえん）を夢む …… 172
 馬上雑吟 八首（うち二首）…… 173
 勾台嶺（こうたいれい）の山水小景の図
 に題す 五首（うち三首）……… 176
 懐いを如亭柏山人に寄す ……… 179
 如亭山人の骨を埋めし処を過ぎり
 て、潸然として長句を成す。…… 181

余年甫めて三十二にして新に娶り、
乃ち二絶句を作り以て自ら調ふ。（うち
一首）………………………………… 184
II 西征 …………………………………… 186
新正の口号 …………………………… 186
立春の日に枕上に氷を聴く。時に伊
州に在り。………………………… 189
二月五日、家を携へて梅を月瀬村に
観る。（三首のうち一首）……… 190
駱駝の嘆き …………………………… 191
広島の城南、凡そ三十余里、皆鹹地
為り。遍く刺竹を挿し、之を望めば水柵
の若く然り。即ち牡蠣田なり。土人云ふ、
率ね五六月を以て種を下せば、則ち翌年
の八九月に苗生ず。之を他州の産する所
に較ぶれば更に肥美なり。輒ち一絶句を
賦す。…………………………………… 198
田氏の女玉葆（じょぎょくほう）の画く
常盤の孤を抱く図 ………………… 200
田氏の女玉蘊（じょぎょくうん）の画く
美人読書図 ………………………… 202
舟もて広島を発す ………………… 203
訳司陳祚永に従ひて肉を乞ふ …… 205
月琴篇 ………………………………… 207
瓊浦雑詠（三十首のうち二首）… 219
耶馬渓絶句 九首（うち二首）…… 221
普賢洋に大風に遇ふ ……………… 225
III 京洛 ………………………………… 234
明星津の石の歌 …………………… 234
秋夕に懐を書して弟に寄す ……… 246
子成の三樹水荘、久家暢斎の韻に次
す。暢斎の落句に云ふ、風流は今日の馬
相如と。恐らくは子成の意に非るなり。
余の詩は故に之が解を為す。…… 248
香魚を食ふ ………………………… 251
二月十八日、有終文稼諸子、余を要
して梅を尾山月瀬の諸村に観る。是の日
雨雪、夜に入りて雲開け月出づ。有終文
稼詩有り。余其の韻に次す。（二首のう
ち一首）……………………………… 252
余頃おい鴨東の間地百余弓を購ひ
得て、水を疏し竹を種ゑ、以て偃息の処
と為し、喜びを書す。二首（うち一首）
………………………………………… 255
九日に懐いを書す ………………… 257
冬日雑興 十首（うち一首）……… 259
寒夜寝ねず偶たま句を得 ………… 261

余将に東に遊ばんとして、京に入り
て子成の疾を問ふ。子成は時に已に沈綿
す。曰く、千里の行、言無かるべからず
と。遂に一絶句を賦して贈らる。輒ち其
の韻に次して以て酬ゆ。時に天保壬辰九
月十七の夜なり。…………………… 262
子成の訃音を聞き、詩を以て哭し三
首を寄す。（うち一首）…………… 265
IV 玉池 ………………………………… 268
鉛錘魚を食ひて感有り …………… 268
心越禅師の詩、山本徳甫の為に賦
す。徳甫は師の琴法を伝ふる者なり。九
月の晦を以て師の忌辰と為し、香火を設
け、琴友を招き、各おの一曲を弾じ、歳
ごとに以て例と為す。……………… 272
子成の画く鴨川夜景図に題す …… 275
岐亭余響を読みて其の後に題す … 277
慊堂老人の隠居を訪ふ …………… 282
叺叺児詞、飯田子義の長門に帰るを
送る。………………………………… 283
廃宅 二首（うち一首）…………… 285
苦霖行 ………………………………… 286
菊池正観公の双刀の歌、子固に贈
る。…………………………………… 293
「満城の風雨重陽に近し」を以て首
句と為し、遠山雲如横山子達と同に賦
す。…………………………………… 302
正月六日、散策して墨田川に至る。
二絶句を得たり。（うち二首）…… 304
元遺山 ………………………………… 306
四月十七日、大垣を発して長島に至
る。舟中の作。……………………… 309
美里哥（めりか）の夷船の相州浦賀港
に至るを聞き、慨然として作有り。（八
首のうち一首）……………………… 310
山行 …………………………………… 312
雑吟絶句（三首のうち一首）…… 314
春晩絶句 ……………………………… 315
丙辰の歳晩（三首のうち一首）… 316
孤負（二首のうち一首）………… 318
付 張紅蘭 …………………………… 320
寒夜外君に侍す …………………… 320
偶成 …………………………………… 321
＊解説 …………………………………… 325
＊頼山陽略年譜 ………………………… 355
＊梁川星巌・張紅蘭略年譜 …………… 358

第9巻(岡村繁注)
1991年12月20日刊

* 凡例 …………………………………… i
広瀬淡窓 …………………………………… 1
  Ⅰ 出門遊学 …………………………… 3
    筑前の道上 ………………………… 3
    大宰府にて、菅公の廟に謁す …… 4
    亀井大年(かめいたいねん)の肥後に遊
    ぶを送る ……………………………… 8
  Ⅱ 桂林荘 ……………………………… 11
    松雲道者を訪ぬ …………………… 11
    偶成 ………………………………… 14
    頼子成、予の詩巻を評して胎られ、
    此れを賦して寄謝す ……………… 16
    人の長崎に遊宦するを送る ……… 23
    岳滅鬼(がくめき) ……………… 26
    彦山 ………………………………… 29
    隈川雑詠 五首 …………………… 31
    春日 東都の羽倉明府を懐かしみ奉
    る ……………………………………… 39
    将に諸子と同に亀陰に遊ばんとせ
    しも、故有りて果さず。桂林荘に小集
    して、「分」字を得たり ………… 43
    南溟先生の墓に謁す 二首 ……… 46
    原士萌に贈る ……………………… 52
    桂林荘雑詠、諸生に示す 四首 … 54
    秋晩偶成 …………………………… 63
  Ⅲ 咸宜園 ……………………………… 67
    卜居 ………………………………… 67
    同社を記す 五首 ………………… 77
    東楼 ………………………………… 89
    重陽後の一日、相大春 晩晴楼に招
    飲し、秋月の原士萌・田孟彪と同に賦
    す ……………………………………… 95
    詩を論じ、小関長卿・中島子玉に贈
    る ……………………………………… 99
    小説を読む ………………………… 111
    酔後 戯れに題す ………………… 117
  Ⅳ 余慶一身にあつまる ……………… 129
    恩命を蒙り、此れを賦して懐いを述
    ぶ六首(うち四首) ……………… 129
    府内候延見し、此れを賦して奉呈
    す ……………………………………… 137
    千年館にて大村侯に奉陪するの作 · 140
    懐旧四首(うち二首) …………… 144
    七十自賀 …………………………… 149

広瀬旭荘 …………………………………… 153
  Ⅰ 勉めよや不朽の才 ……………… 155
    春日 護願寺に遊ぶ ……………… 155
    昭陽先生の『傷逝録』を読み、長句
    を賦して奉呈す …………………… 160
    四月二十九日、薬師寺村を発し、恒
    真卿兄弟・別直夫兄弟・岡養静、送りて
    松江に到る ………………………… 175
    壇の浦の行 ………………………… 192
    樺石梁先生の「孟子の詩」を読みて、
    戯れに其の体に倣う ……………… 202
  Ⅱ 三都周遊 …………………………… 207
    界に至り、林国手の家に寓すること
    三旬、七月七日、居を専修寺に移す 207
    界浦晩望 …………………………… 210
    初冬山行 …………………………… 212
    夜歩く ……………………………… 214
    廃寺 ………………………………… 216
    藕漁林公の八宜楼に遊び、此れを賦
    して奉呈す ………………………… 218
    祭酒林公の荘園諸勝 二十四首(うち
    三首) ……………………………… 227
      (一) 孤高祠(ここうし) …… 227
      (二) 幻瀑澗(げんばくかん) … 230
      (三) 翠雲深処(すいうんしんしょ) ·· 234
    林公の巽園七勝(うち二首) …… 235
      (一) 邃亭 ………………………… 236
      (二) 月楼 ………………………… 238
  Ⅲ 詩を作ること一万首 ……………… 241
    夏日、小竹筱翁、来たって新居を訪
    ぬるも、余の午睡を見、詩を題して去
    る。既に覚め、慚悔するも及ばず。筆を
    走らせて一詩を賦し、以て謝す …… 241
    秋暁 病に臥す …………………… 251
    稲垣木公の文稿に題す ………… 253
    除夜に詩を祭る …………………… 271
  Ⅳ 東国詩人の冠 …………………… 285
    丙午(ひのえうま)の元日 …… 285
    江戸を発するとき、先室の墓に別
    る ……………………………………… 298
    七月、事を紀す …………………… 300
    春晩病甚しく、墓を淀水の南に作ら
    んと擬し、此れを賦して子姪に寄す 303
* 解説 …………………………………… 307
* 広瀬淡窓略年譜 …………………… 339
* 広瀬旭荘略年譜 …………………… 342

江戸詩人選集

第10巻（日野龍夫注）
1990年12月17日刊

```
＊凡例 …………………………………… i
成島柳北 ………………………………… 1
  I 将軍侍講 ……………………………… 3
    歳晩、懐（おも）いを書す ………… 3
    帰去来の図 …………………………… 5
    忉忉歌 ………………………………… 9
    帰雁を聞いて感有り ………………… 14
    晩春、偶（たまたま）得たり ……… 15
    新涼、書を読む ……………………… 16
    春夜の閨思 …………………………… 22
    夜、柳橋を過ぐ ……………………… 23
    晩春雑咏 十首（うち二首）……… 26
    小沢生の西陣に遊ぶを送る ………… 29
    市井の女子の私かに色を売り、及び
    粧飾塗抹するを禁ずると聞く。戯れに賦
    して以て某君に寄す ………………… 30
    書を売り剣を買う歌 ………………… 33
    春声楼、口号 ………………………… 37
    壬戌（みずのえいぬ）三月望、大沼枕山・
    鷲津毅堂・小橋橘陰・植村蘆洲と、南豊
    の広瀬青村を誘い、舟を墨江に泛べ、桜
    花を観る。大槻磐渓・桂川月池・遠田木
    堂・春木南華等、亦期せずして至る。花
    前に唱和して歓を尽す。寔に春来の一大
    快事なり。乃ち花字を以て押と為し、其
    の事を記して同遊の者に似す ……… 37
    麻疹を患う ……………………………… 48
    歳晩、感を書す ……………………… 49
    春の半、墨水に遊んで雨に値う …… 50
    化石谷 ………………………………… 51
  II 転身 ………………………………… 55
    感懐 …………………………………… 55
    偶得たり ……………………………… 57
    無題 …………………………………… 59
    懐いを書す …………………………… 61
    友人某の屡兵を率いて東西に戍る
    と聞き、戯れに此の詩を寄す ……… 62
    可愛叟（かあいそう）の歌 ………… 63
    家を憶う ……………………………… 66
    太田屯営に馬を調う。馬上、得る所
    ………………………………………… 68
    丁卯中秋、痾を患う。枕上、三律を
    賦し、藤志州に寄す（うち二首）… 69
```

```
    九月二十日、兵馬を率いて太田営を
    発し、江城に帰る。感有って賦す … 72
    無題 …………………………………… 77
  III 遺臣の日々 ………………………… 79
    戊辰五月、得る所の雑詩（二首のう
    ち一首）……………………………… 79
    十一月二十九日、蒲田の梅園を訪
    い、旧に感ず ………………………… 80
    人を憶う 二首（うち一首）……… 82
    庚午元日 ……………………………… 83
    庚午五月念二日、居を函崎に卜す。
    軒前に一柳樹有り。喜びて賦す …… 84
    写真鏡 ………………………………… 88
    伝言機 ………………………………… 90
    柏楼に雪夜に玉鷺と飲む …………… 92
    会津十六士自尽の図を観るの引 …… 93
    児敏に示す 二十韻 ………………… 100
    観蓮節（かんれんせつ）。関雪江、枕山
    ・蘆州諸子を不忍池の僧舎に会して蓮を
    観る。余も亦磐渓翁と赴く。席上、唐の
    張朝の「採蓮」の韻を用う（四首のうち二
    首）…………………………………… 106
    秋懐十首（うち三首）……………… 109
    風懐詩（十首のうち三首）………… 117
    鏡に対して嘆ず ……………………… 124
    古剣篇 ………………………………… 130
    夜、砧声（ちんせい）を聴く ……… 134
    十三夜、陰曀（いんえい）。出遊する
    に懶く、社友も亦至らず。孤坐無聊。細
    君と対酌して旧に感ず ……………… 136
    獄中雑詩（三首のうち二首）……… 137
    獄を出ずる詩（三首のうち二首）… 140
  IV 洋行 ………………………………… 143
    明治壬申九月、将に泰西に航せんと
    す。此を賦して寓楼の壁に題す …… 143
    舟中雑詩 十首（うち二首）……… 144
    蘇士（スエズ）の新航渠 二首（うち一
    首）…………………………………… 146
    火輪車中の作 ………………………… 148
    巴里雑咏（四首のうち二首）……… 149
    烏児塞宮（ウエルサイユきゅう）… 151
    威尼斯（ウエニス）………………… 152
    倫敦府雑詩（二首のうち一首）…… 154
    維奴日留城（ウインズルカツスル）に遊
    ぶ。英主の離宮なり ………………… 154
    大西洋を航するの作（三首のうち一
    首）…………………………………… 156
```

38　日本古典文学全集・内容綜覧

那耶哥羅（ナヤガラ）に瀑を観る詩 二首（うち一首）	157
寧婆陀（ネバダ）山を過ぐ	158
太平洋舟中の作 四首（うち一首）	159
帰家、口号 二首（うち一首）	160
大沼枕山	163
Ⅰ 青年詩人	165
暁に箱根を発す	165
秋居の幽興	171
客中雑感	173
寓院雑興（三首のうち一首）	174
登戸に宿す	176
除夜	177
墨川行	178
晨興	184
暮春の感興	185
春游、人に示す	187
金魚を詠ず	188
暁の雪、湖上に見る所	193
詠史絶句（十一首のうち一首）	194
裁衣曲	196
青帝	199
忽忽	202
春懐詩。昌黎の秋懐の韻を次ぐ（十首のうち二首）	203
餞春歌	209
除夕（二首のうち一首）	211
二月十一日、夢香翁・寛庭師・鏡湖・楽山と同に新梅荘に遊ぶ	212
十月二日の震災。事を記す（八首のうち三首）	218
元日（二首のうち一首）	221
Ⅱ 天下の事を談ぜず	223
飲酒	223
悼亡（三首のうち一首）	228
蟇を聞く	230
竹陰の静坐	232
新正、懐いを書す	233
冬暁、三枚橋即興	234
雪夜即事	235
梅を訪ぬ	237
墨川に遊ぶ	238
禽（とり）を聴く	245
如砥上人及び諸友と同に、墨水の舟中に残桜を賞す（三首のうち一首）	246
三月の望（ぼう）、確堂学士、門生某某に命じて、青村・橘陰・毅堂・蘆洲、及	
び余を会す。墨江に泛んで、以て堤の花を賞す。是の日、遠田・桂川諸君、磐翁・南華と、妓を携えて亦此に游ぶ。両舟、偶然に相値う。奇縁なりと謂うべし。晩に某楼に飲み、帰る次、舟を橋下に繋いで、隄の上を歩す。余乃ち知る、坡公の「春夜」詩に、「花に清香有り月に陰有り」とは、善く物を状すと為すと。翌日、学士、長句を示さる。即ち原韻を次いで、陪遊の栄を記すと云う	247
歳暮、懐いを詠ず（三首のうち一首）	258
晩春、事を書す	260
六月十六日の作	263
秋夜	264
快快亭に諸子と約して松塘を邀う。「湖上、故人に逢う」を以て題と為す。韻、佳咸を得たり（三首のうち一首）	265
富島・内海諸子と同に滝川の楓を観る。韻を分つ	267
凍鼠（とうふ）	271
新歳雑題（四首のうち二首）	273
事を書す。元日の韻を次ぐ（二首のうち一首）	276
感懐	278
冬日、書を読む	280
Ⅲ 東京詞	282
雨中の東台。感を書す	282
墨堤即事（ぼくていそくじ）	283
除夜放歌	284
東京詞（とうけいし）（三十首のうち十首）	292
＊解説	309
＊成島柳北略年譜	345
＊大沼枕山略年譜	347

[008] **江戸時代女流文学全集**
日本図書センター
全4巻
2001年6月
（増補新装版）
（古谷知新編）

※文芸書院版『江戸時代女流文学全集』（1918〜1919年）の復刻版

第1巻
2001年6月25日刊

* 緒言（古谷知新） ······ 1
理慶尼の記（一名武田勝頼滅亡記） ······ 1
おあん物語 ······ 19
山路の露 ······ 25
　巻之一 ······ 27
　巻之二 ······ 35
　巻之三 ······ 43
　巻之四 ······ 50
松蔭日記 ······ 59
　巻一 ······ 59
　巻二 ······ 119
　巻三 ······ 182
　巻四 ······ 249
東海紀行 ······ 285
江戸日記 ······ 299
帰家日記 ······ 345
　上巻 ······ 345
　中巻 ······ 357
　下巻 ······ 367
桐の葉 ······ 381
　巻の一 ······ 383
　巻の二 ······ 408
　巻の三の上 ······ 430
　巻の三の下 ······ 453
　巻の四 ······ 472
　巻の五 ······ 507
富士の岩屋 ······ 539
　上巻 ······ 539
　下巻 ······ 561

第2巻
2001年6月25日刊

* 緒言（古谷知新） ······ 1
月のゆくへ ······ 1
　巻の一　高倉院 ······ 9
　巻の二　安徳天皇 ······ 61
池藻屑 ······ 101
　巻第一　後醍醐天皇 ······ 107
　巻第二　光厳院 ······ 117
　巻第三　光明院 ······ 120
　巻第四　崇光院 ······ 132
　巻第五　後光厳院 ······ 149
　巻第六　後円融院 ······ 170
　巻第七　後小松院 ······ 186
　巻第八　称光院 ······ 204
　巻第九　後花園院 ······ 220
　巻第十　後土御門院 ······ 237
　巻第十一　後柏原院 ······ 255
　巻第十二　後奈良院 ······ 269
　巻第十三　正親町院 ······ 285
　巻第十四　後陽成院 ······ 301
浜地鳥 ······ 319
　巻之上 ······ 319
　巻之下 ······ 348
怪世談（あやしのよがたり） ······ 377
　巻之一 ······ 381
　巻之二 ······ 410
　巻之三 ······ 442
　巻之四 ······ 473
　巻之五 ······ 504
　巻之六 ······ 532
　巻之七 ······ 563
　巻之八 ······ 594

第3巻
2001年6月25日刊

* 緒言（古谷知新） ······ 1
伊香保日記 ······ 1
初午の日記 ······ 25
後午の日記 ······ 103
五葉 ······ 135
　巻之一 ······ 137
　巻之二 ······ 150
　巻之三 ······ 163
　巻之四 ······ 175

江戸時代女流文学全集

巻之五	189
庚子道の記	205
桃の園生	217
上巻	217
下巻	231
奥の荒海	245
藻屑	275
伊香保の道ゆきぶり	311
ゆきかひ	335
凉月遺草	347
上巻	347
下巻	359
旅の命毛	365
以曾都堂比	409
奥州波奈志	423
狐とり彌左衛門	423
宮城野の狐	426
白鷺	429
七ヶ浜	430
熊取猿にとられし事	433
三郎次	434
大熊	434
かつぱ神	435
柳町山伏	436
乙二	438
てんま町	441
猫にとられし盗人	442
めいしん	443
狐つかひ	445
上遠野伊豆	446
砂三十郎	448
澤江忠太夫	450
四倉龍燈	452
龍燈のこと	453
狐火	454
影の病	455
高尾が事	455
狼打	456
興四郎	457
佐藤浦之助	460
丸山	462
とら岩	462
上京日記	467
夢かぞへ	503
女流文集	609
瀬川采女におくる文（小野菊子）	609
夫に贈る文（木村重成室）	612
喜藤左衛門に送る文（小野阿通）	612
息女に遺す（ほうせつ院）	613
堀半左衛門におくる文（堀ろく子）	619
たつ女におくる文（咬啌吧春子）	621
千里におくる（高尾）	627
雛鶴におくる（瀬川）	627
廣澤記（大橋）	628
遊女の画賛（大橋）	631
遺書（原總右衛門母）	631
一峰におくる（祇園百合）	632
年満の賀序（堀江みえ女）	632
年満の賀跋（長谷川拾子）	633
母への書置（岡本美地）	635
机の記（鵜殿余野子）	637
山寺に詣でて紅葉を見る詞（鵜殿余野子）	638
難波に行く人をおくる（鵜殿余野子）	639
残菊を翫ぶ詞（鵜殿余野子）	640
隅田川に船を浮めて月見る夜人々歌よみける詞（鵜殿余野子）	641
東麿大人の祭のをり（土岐筑波子）	642
龜屋久右衛門に送る文（きせ子）	643
存義に興ふ（馬場存義母）	646
七月の記（藤屋某女）	646
紅梅をめづる詞（荷田蒼生子）	655
千蔭につかはす（荷田蒼生子）	656
歌の判の奥にかける詞（荷田蒼生子）	658
初雁を待つ詞（荷田蒼生子）	659
御風が歌と白菊の花一本持来りしに引かへて書きたる詞（荷田蒼生子）	660
縫子の許へ（荷田蒼生子）	661
をぢの大徳の一周忌に（荷田蒼生子）	661
政弼をいたむ（荷田蒼生子）	663
釋艮正大徳の家の集の序（荷田蒼生子）	664
消息（荷田蒼生子）	664
うまきに送る文（清女）	665
許嫁の夫に（松尾政子）	666
ある人に贈る文（三宅融子）	667
遺書（山口藤子）	667
始見山花詞（阿実尼）	668
馬場文英に送る（望東尼）	669

第4巻
2001年6月25日刊

往事集 … 1

江戸時代女流文学全集

巻一	5		雑歌	350
巻二	12		長歌	353
巻三	19	麦の舎集		357
巻四	27		春部	359
巻五	36		夏部	365
巻六	48		秋部	370
梶の葉	55		冬部	376
巻上	61		恋部	381
巻中	66		雑部	384
巻下	74		言葉題之部	389
佐遊李葉（さゆりば）	83	海人の刈藻		403
巻上	85		春部	407
巻中	91		夏部	413
巻下	96		秋部	415
室八嶋	103		冬部	420
巻第一	107		恋部	424
巻第二	112		雑部	425
巻第三	114	四女句集		443
巻第四	121		秋色女句集	443
巻第五	127		園女句集	446
巻第六	132		智月尼句集	453
巻第七	137		捨女句集	458
巻第八	139	千代尼句集		459
巻第九	148		春	461
巻第十	153		夏	473
散のこり	161		秋	473
杉のしづ枝	175		冬	478
上巻	177	花讃女（かさめ）句集（萩陀羅尼）		485
下巻	221		春の部	489
筑波子家集	259		夏の部	492
春部	261		秋の部	496
夏部	264		冬の部	499
秋部	266		追悼之俳諧	502
冬部	268	晴霞句集		509
恋部	269		巻之上	511
雑部	271		巻之下	526
物名	276	女流狂歌集		543
長歌	276	＊『江戸時代女流文学全集』解題（安西彰）		
佐保河	279			1
上巻	279			
下巻	302			
けぶりのすゑ	335			
春歌	339			
夏歌	342			
秋歌	344			
冬歌	347			
恋歌	348			

[009] **江戸時代文藝資料**
名著刊行会
全5巻
1964年7月
（伊藤千可良，齋藤松太郎，井上直弘校，国書刊行会編）

第1巻
1964年7月10日刊

＊例言（朝倉無声） ………………… 1
列仙伝 ……………………………… 1
寸南破良意（南鐐堂一片） ………… 19
当世左様候（無物庵別世界） ……… 45
風俗問答（劉道醉） ………………… 55
中洲雀（道楽山人無玉） …………… 63
浄瑠璃稽古風流（佐伊野散人） …… 71
十八大通百手枕（田水金魚） ……… 83
大通秘密論（夢中庵） ……………… 95
伊賀越増補合羽之竜（蓬萊山人帰橋）… 115
竜虎問答（蓬萊山人帰橋） ………… 129
家暮長命四季物語（蓬萊山人帰橋）… 139
深川新話（山手馬鹿人） …………… 149
貧幸先生多佳余字辞（不埒山人） … 165
咲分論（竹窓） ……………………… 179
舌講油通汚（南陀伽紫蘭） ………… 187
世界の幕なし（本膳亭坪平） ……… 199
東西南北突当富魂短（西奴） ……… 209
通人の寝言（桃栗山人柿発齋） …… 219
登美賀迺佳（豊川里舟） …………… 239
浮世の四時（南陀伽紫蘭） ………… 247
甲駅妓談角難卵（月亭可笑） ……… 257
深川手習草紙（十方茂内） ………… 273
吉原楊枝（山東京伝） ……………… 281
一目土堤（内新好） ………………… 295
一向不通替理善運（甘露庵山跡蜂満）… 321
廓の大帳（山東京伝） ……………… 333
駅路風俗廻し枕（山手山人左英） … 349
面美多勤身（廓通交同集交） ……… 361
傾城買四十八手（山東京伝） ……… 373
富岡八幡鐘（かはきち） …………… 393
大通契語（鈴成） …………………… 407
文選臥坐 …………………………… 421

学通三客（秋收冬蔵） ……………… 437
南品傀儡（青海舎主人） …………… 449
三畔一致うかれ草紙（荘鹿） ……… 461
廓通遊子（藍江） …………………… 471
仲街艶談（戯家山人） ……………… 489
品川楊枝（芝晋交） ………………… 503
玉の蝶（振鷺亭） …………………… 519
商内神（十遍舎一九） ……………… 543

第2巻
1964年7月10日刊

＊緒言（朝倉無声）
五箇の津余情男（都の花風） ……… 1
傾城仕送大臣 ……………………… 61
立身大福帳（唯楽軒） ……………… 137
風流敗毒散（夜食時分） …………… 213
新色三ツ巴 ………………………… 261
野傾友三味線（西澤一風） ………… 315
商人職人懐日記 …………………… 355
色縮緬百人後家（西澤一風） ……… 393
猿源氏色芝居（鱗長） ……………… 453

第3巻
1964年7月10日刊

＊緒言（朝倉無声，漆山天童）
忠孝永代記（森本東鳥） …………… 1
風流比翼鳥（東の紙子） …………… 81
本朝浜千鳥（永井正流） …………… 135
風流門出加増蔵 …………………… 187
関東名残の袂（忍岡やつがれ） …… 233
百姓盛衰記 ………………………… 265
手代袖算盤 ………………………… 297
咲分五人娘（江島其磧） …………… 331
筆の初ぞめ（今西鶴） ……………… 413
武道継穂の梅（石川流宣） ………… 457

第4巻
1964年7月10日刊

＊緒言（石川巌）
たきつけ草 ………………………… 1
もえくゐ …………………………… 10
けしずみ …………………………… 25
諸分店颪 …………………………… 1
吉原鑑 ……………………………… 1

きのふはけふの物語	1
犬つれづれ	1
よだれかけ（楳條軒）	1
かぶきのさうし	1
古今役者物語	1
吉原恋之道引	1
錦木	1
恋慕水鏡（山八）	1
三島暦	1
好色文伝受（由之軒政房）	1
当流雲のかけ橋	1
薄紅葉	1

第5巻
1964年7月10日刊

＊緒言（石川巌）	
浮世栄花一代男	1
色里三所世帯	61
真実伊勢物語	1
小柴垣（酔狂庵）	1
忘花（如酔）	1
新色五巻書（蘆假葺輿志）	1
元禄太平記（梅園堂）	1
風流呉竹男	1
野傾旅葛籠（江島其磧）	1
和漢遊女容気（江島其磧）	1

[010] **大田南畝全集**
岩波書店
全20巻，別巻1巻
1985年12月〜2000年2月
（浜田義一郎，中野三敏，日野龍夫，揖斐高編）

第1巻
1985年12月16日刊

＊凡例	vii
万載狂歌集抄	1
徳和歌後万載集抄	19
狂歌才蔵集抄	37
三十六人狂歌撰抄	51
狂歌新玉集抄	55
狂歌千里同風抄	61
めでた百首夷歌	67
市川鰕蔵江戸花海老	87
四方のあか	105
四方の留粕	173
千紅万紫	227
万紫千紅	263
蜀山百首	305
かくれ里の記	315
蜀山先生狂歌百人一首	325
寝惚先生文集	341
小説土平伝	367
阿姑麻伝	389
通詩選笑知	401
通詩選	431
壇那山人芸舎集	447
通詩選諺解	475
二大家風雅	503
＊解説　南畝の狂歌・狂文（濱田義一郎）	523
＊解説　南畝の狂詩（中野三敏）	555

第2巻
1986年8月27日刊

＊凡例	v
をみなへし	1

あやめ草	53
玉川余波	105
放歌集	149
六々集抄	207
七々集・蜀山雑稿	241
紅梅集	307
巴人集	387
巴人集拾遺	469
遊戯三昧抄	501
〈職人尽絵詞〉	519
＊解説　南畝の歌文稿（中野三敏）	541

第3巻
1986年6月27日刊

＊凡例	vi
南畝集一	1
明和八年　辛卯詩稿　乙編	3
明和九年　壬辰詩稿（安永元年）	10
南畝集二	57
南畝集　安永二年　癸巳　丙編	59
南畝集　安永三年　甲午詩稿	92
南畝集三	115
安永四年　南畝集巻之八　丁編	117
安永五年　南畝集巻之九　丁編	157
南畝集四	181
安永七年　南畝集　戊戌稿	183
安永八年　南畝集巻之	220
南畝集五	261
安永九年　南畝集　庚子	263
天明元年　南畝集　辛丑	308
南畝集六	365
天明二年　南畝集　壬寅	367
天明三年　南畝集　癸卯	393
天明四年　南畝集　甲辰	404
天明五年　南畝集　乙巳	425
南畝集七	447
天明六年　南畝集　丙午	449
天明七年　南畝集　丁未	463
天明八年　南畝集　戊申	483
＊解説　南畝の漢詩文（一）（日野龍夫）	515

第4巻
1987年2月27日刊

| ＊凡例 | v |

南畝集八	1
寛政元年　南畝集　己酉	3
寛政二年　南畝集　庚戌	28
南畝集九	79
寛政三年	81
寛政四年	104
寛政五年	118
南畝集十二（石楠堂集）	147
享和元年　石楠堂集	149
享和二年（春）壬成稿	196
南畝集十三	209
享和二年（夏―年末）	211
享和三年	240
南畝集十四（鴬谷集厳原集附）	298
文化元年（正月―九月）鴬谷集	299
文化元年（九月―年末）厳原集	325
南畝集十五（瓊浦集）	364
文化二年（正月―九月）瓊浦集	365
文化二年（十月―十一月）小春紀行附録詩	409
＊解説　南畝の漢詩文（二）（日野龍夫）	435

第5巻
1987年8月27日刊

＊凡例	vii
南畝集十六（杏園詩集巻一巻二）	1
文化二年（十一月―年末）杏園詩集巻之一	3
文化三年	8
文化四年（春・夏）	46
文化四年（秋・冬）文化丁卯秋後詩稿	75
文化四年（冬）杏園詩集	85
文化五年	87
南畝集十七（杏園詩集巻三）	122
文化六年（四月―年末）杏園詩集巻三	123
文化七年	143
文化八年（正月―四月）	186
南畝集十八（杏園詩集巻四）	205
文化八年（四月―年末）杏園詩集巻四	207
文化九年　壬申	227
文化十年	270
文化十一年	303
南畝集十九（杏園詩集五）	331
文化十二年　杏園詩集	333
文化十三年	382

```
  文化十四年（正月―八月） ………… 413
南畝集二十（杏園詩集巻六） ………… 433
  文化十四年（九月―年末）杏園詩集巻
    六 …………………………… 435
  文政元年 ………………………… 441
  文政二年 ………………………… 473
  文政三年 庚辰 …………………… 496
  文政四年 辛巳 …………………… 514
  文政五年 正月 …………………… 528
＊解説　南畝の漢詩文（三）（日野龍夫）
    …………………………………… 543
```

第6巻
1988年2月26日刊

```
＊凡例 ……………………………………… v
牛門四友集抄 ……………………………… 1
杏園詩集 ………………………………… 17
杏園詩集続編 …………………………… 75
蜀山集 …………………………………… 97
蜀山文稿 ………………………………… 115
杏園集 …………………………………… 173
七観 ……………………………………… 265
壬寅詩叢抄 ……………………………… 279
遊娯詩草（天明八年）抄 …………………… 283
東風詩草抄 ……………………………… 297
踏霜詩草抄 ……………………………… 301
遊娯詩草（寛政四年）抄 …………………… 305
明詩擢材 ………………………………… 333
＊解説　南畝の漢詩文（四）（日野龍夫）
    …………………………………… 573
```

第7巻
1986年2月20日刊

```
＊凡例 ……………………………………… v
甲駅新話 ………………………………… 1
粋町甲閨 ………………………………… 31
深川新話 ………………………………… 53
南客先生文集 …………………………… 75
世説新語茶 ……………………………… 99
軽井茶話道中粋語録 …………………… 125
和漢同詠 ………………………………… 145
論語町 …………………………………… 167
評判茶臼芸 ……………………………… 191
菊寿草 …………………………………… 221
岡目八目 ………………………………… 253
```

```
梶原再見二度の賭（源平惣勘定） ………… 275
韓国無体此奴和日本（寿塩商婚礼） ……… 297
料理献立頭てん天口有 …………………… 319
返々目出鯛春彦 ………………………… 351
種風小野之助拳角力 …………………… 383
手練偽なし ……………………………… 405
春笑一刻 ………………………………… 417
風流落咄鯛の味噌須 …………………… 443
うぐひす笛 ……………………………… 469
＊解説　南畝の戯作（中野三敏） ………… 499
```

第8巻
1986年4月28日刊

```
＊凡例
三餐余興 …………………………………… 1
三春行楽記 ……………………………… 31
花見の日記 ……………………………… 45
改元紀行 ………………………………… 75
蘆の若葉 ………………………………… 141
壬戌紀行―名木曾の麻衣 ………………… 259
細推物理 ………………………………… 337
革令紀行 ………………………………… 405
百舌の草茎 ……………………………… 429
瓊浦雑綴 ………………………………… 479
瓊浦又綴 ………………………………… 593
＊解説　細推物理の精神（揖斐高） ……… 679
```

第9巻
1987年6月29日刊

```
＊凡例 ……………………………………… v
小春紀行 ………………………………… 1
調布日記 ………………………………… 103
玉川砂利 ………………………………… 285
玉川披砂 ………………………………… 333
向岡閑話 ………………………………… 405
壬申掌記 ………………………………… 515
丙子掌記 ………………………………… 581
＊解説　南畝老年の生活記録（揖斐高） … 649
```

第10巻
1986年12月25日刊

```
＊凡例 ……………………………………… v
松楼私語 ………………………………… 1
俗耳鼓吹 ………………………………… 13
```

石楠堂随筆	59
蜀山余録	107
杏園間筆	173
金曾木	287
瑣々千巻	325
南畝莠言	361
奴凧	461
一簾春雨	485
仮名世説	521
＊解説　南畝の随筆（中野三敏）	583

第11巻
1988年8月29日刊

＊凡例	xxvii
半日閑話　巻一	3
半日閑話　巻二	43
半日閑話　巻三	77
半日閑話　巻四	119
半日閑話　巻五	149
半日閑話　巻六	177
半日閑話　巻七	199
半日閑話　巻八	223
半日閑話　巻九	249
半日閑話　巻十	277
半日閑話　巻十一	309
半日閑話　巻十二	333
半日閑話　巻十三	381
半日閑話　巻十四	429
半日閑話　巻十五	457
半日閑話　巻十六	485
半日閑話　巻十七	511
半日閑話　巻十八	531
半日閑話　巻十九	547
半日閑話　巻二十	575
半日閑話　巻二十一	607
半日閑話　巻二十二	635
半日閑話　巻二十三	661
半日閑話　巻二十四	689
半日閑話　巻二十五	707
＊解説『半日閑話』について（日野龍夫）	709

第12巻
1986年10月27日刊

＊凡例	xix

一話一言　巻一	1
一話一言　巻二	71
一話一言　巻三	107
一話一言　巻四	153
一話一言　巻五	195
一話一言　巻六	233
一話一言　巻七	271
一話一言　巻八	311
一話一言　巻九	347
一話一言　巻十	387
一話一言　巻十一	427
一話一言　巻十二	473

第13巻
1987年4月27日刊

＊凡例	xix
一話一言　巻十三	1
一話一言　巻十四	55
一話一言　巻十五	97
一話一言　巻十六	125
一話一言　巻十七	153
一話一言　巻十八	191
一話一言　巻十九	237
一話一言　巻二十	263
一話一言　巻二十一	291
一話一言　巻二十二	325
一話一言　巻二十三	369
一話一言　巻二十四	399
一話一言　巻二十五	439
一話一言　巻二十六	485

第14巻
1987年10月27日刊

＊凡例	xix
一話一言　巻二十七	1
一話一言　巻二十八	43
一話一言　巻二十九	91
一話一言　巻三十	145
一話一言　巻三十一	189
一話一言　巻三十二	225
一話一言　巻三十三〈欠〉	273
一話一言　巻三十四	275
一話一言　巻三十五	309
一話一言　巻三十六	367
一話一言　巻三十七	421

大田南畝全集

一話一言 巻三十八	455
一話一言 巻三十九	503
一話一言 巻四十〈欠〉	555
一話一言 巻四十一	557

第15巻
1987年12月24日刊

*凡例	xii
一話一言 巻四十二	1
一話一言 巻四十三	37
一話一言 巻四十四	113
一話一言 巻四十五	159
一話一言 巻四十六	185
一話一言 巻四十七	213
一話一言 巻四十八	251
一話一言 巻四十九	289
一話一言 巻五十	333
一話一言 巻五十一	357
一話一言 巻五十二	407
一話一言 巻五十三	451
一話一言 巻五十四	485
一話一言 巻五十五	547
一話一言 巻五十六	577

第16巻
1988年6月27日刊

*凡例	13
一話一言 補遺 参考篇一	1
一話一言 補遺 参考篇二	185
一話一言 補遺 参考篇三	237
*解説	629
*『一話一言』について（揖斐高）	629
*『一話一言』総目次	685

第17巻
1988年4月27日刊

*凡例	
会計私記	1
〔寛政御用留〕	99
孝義録編集御用簿	137
〔おしてるの記〕	199
〔銅座御用留〕	227
長崎表御用 会計私記	293
瀬田問答	361

遡遊従之	389
所以者何	413
南答輪問	443
鵩雀問答	449
武江披砂	455
科場窓稿	655
*解説　南畝雑録（一）（中野三敏）	693

第18巻
1988年11月28日刊

*凡例	vi
月露草	1
街談録	53
街談録 巻之五	55
街談録 巻之六	115
街談録 巻之七	153
半日閑話次 五	177
半日閑話次 六	215
半日閑話次 七	253
『北叟遺言』所収『街談録』文政四年	285
孝義録抄	311
浮世絵考証	435
俄羅斯考・羅父風説	449
序跋等拾遺	521
*解説　南畝雑録（二）（日野龍夫，中野三敏，揖斐高）	669

第19巻
1989年3月31日刊

*凡例	v
書簡	1
南畝文庫蔵書目	347
杏園稗史目録	443
杏花園叢書目	491
叢書細目	501
麓の塵	503
三十幅	543
群書一穀	567
百瀬川	577
百和香	585
兒物語類	593
白石燗	595
南畝叢書	599
家伝史料	601
草野史料	611

48　日本古典文学全集・内容綜覧

竹橋余筆 ………………………… *615*
鑚故紙 …………………………… *655*
瓊浦遺珮 ………………………… *661*
沿海異聞 ………………………… *665*
海防紀事 ………………………… *675*
識語集 …………………………… *687*

第20巻
1990年3月29日刊

＊凡例
補遺 ……………………………………… *1*
 狂詩礎 …………………………………… *3*
 由緒書・明細書・親類書 ……………… *33*
 序跋等拾遺 ……………………………… *49*
 書簡 ……………………………………… *60*
 識語集 …………………………………… *64*
年譜 ……………………………………… *71*
参考編 ………………………………… *323*
 印譜 …………………………………… *327*
 望月帖 ………………………………… *331*
 十才子名月詩集 ……………………… *339*
 清好帖 ………………………………… *347*
＊総目索引 ……………………………… *1*

別巻
2000年2月25日刊

＊凡例
追補 ……………………………………… *1*
 追補一 …………………………………… *3*
  丁丑掌記 ……………………………… *3*
 追補二 …………………………………… *67*
  序跋等 ………………………………… *68*
  識語 …………………………………… *78*
  書簡 …………………………………… *85*
  狂歌等 ………………………………… *93*
索引 …………………………………… *107*
 南畝作狂歌等索引 …………………… *109*
 書名索引 ……………………………… *165*
 人名索引 ……………………………… *321*
＊索引編集跋語（揖斐高）…………… *699*

---

[011] **蜻蛉日記解釈大成**
明治書院
全9巻
1983年11月〜1995年6月
（上村悦子著）

第1巻
1983年11月25日刊

蜻蛉日記 上 …………………………… *1*
 一 序 …………………………………… *1*
天暦八年 ……………………………… *29*
 二 夏 兼家の求婚 …………………… *29*
 三 秋 兼家と結婚 …………………… *55*
 四 新婚時代の兼家と作者の贈答 …… *97*
 五 父倫寧の陸奥国赴任 …………… *121*
 六 横川の雪 ………………………… *145*
天暦九年 ……………………………… *153*
 七 道綱誕生 ………………………… *153*
 八 兼家の愛人町の小路の女の出現 *163*
天暦十年 ……………………………… *191*
 九 桃の節供 ………………………… *191*
 十 姉との離別 ……………………… *209*
 十一 時姫と歌の贈答 ……………… *220*
 十二 晩夏から初秋にかけて ……… *232*
 十三 兼家の夜離れつづきがち …… *253*
天徳元年 ……………………………… *271*
 十四 千鳥の贈答歌 ………………… *271*
 十五 町の小路の女、兼家の子を産む ……………………………………… *280*
 十六 仕立物を送り返す …………… *296*
 十七 花すすきの贈答歌 …………… *306*
 十八 前栽の花を見やりて ………… *315*
 十九 野分の後の日 ………………… *328*
 二十 時雨の夜 ……………………… *340*
天徳二年（推定）……………………… *346*
 二十一 町の小路の女の零落 ……… *346*
 二十二 長歌で胸中を兼家に訴える *360*
 二十三 兼家の返しの長歌 ………… *393*
 二十四 歌の贈答 …………………… *433*

蜻蛉日記解釈大成

第2巻
1986年1月25日刊

- 蜻蛉日記 ………………………………………… 1
  - 応和二年 ………………………………………… 1
    - 二十五 兼家兵部大輔に任ぜらる ……… 1
    - 二十六 兵部卿章明親王と兼家との交誼（一）………………………… 10
    - 二十七 兵部卿章明親王と兼家との交誼（二）………………………… 23
    - 二十八 兵部卿章明親王と兼家との交誼（三）………………………… 41
    - 二十九 加持のため山寺へ …………… 62
  - 応和三年 ……………………………………… 73
    - 三十 禊の日 …………………………… 73
    - 三十一 宮邸の薄を懇望して賜る …… 84
  - 康保元年 ……………………………………… 98
    - 三十二 ひぐらしの初声 ……………… 98
    - 三十三 母の死去 ……………………… 121
    - 三十四 京の家に帰る ………………… 166
    - 三十五 大徳の袈裟 …………………… 184
  - 康保二年 ……………………………………… 202
    - 三十六 母の一周忌 …………………… 202
    - 三十七 姉の離京 ……………………… 219
  - 康保三年 ……………………………………… 238
    - 三十八 兼家作者邸で発病して自邸へ帰る ……………………………… 238
    - 三十九 作者兼家邸へ見舞に赴く … 260
    - 四十 賀茂祭に時姫と連歌の贈答 … 298
    - 四十一 五月の節 ……………………… 312
    - 四十二 蓬の生ふる宿 ………………… 326
    - 四十三 泔坏の水 ……………………… 342
    - 四十四 稲荷と賀茂詣で ……………… 362
  - 康保四年 ……………………………………… 384
    - 四十五 かりの卵（こ）を十重ねて贈る ……………………………………… 384
    - 四十六 村上天皇の崩御 ……………… 397
    - 四十七 佐理夫妻の出家 ……………… 410
    - 四十八 兼家邸の近隣へ移居 ………… 420
  - 安和元年 ……………………………………… 427
    - 四十九 登子と人形を種に歌の贈答 … 427
    - 五十 文たがへ ………………………… 443
    - 五十一 登子を訪れたとき …………… 454
    - 五十二 登子と歌の贈答 ……………… 464
    - 五十三 初瀬詣で（一）……………… 479
    - 五十四 初瀬詣で（二）……………… 503
    - 五十五 初瀬詣で（三）……………… 525
    - 五十六 御禊のいそぎ ………………… 577
    - 五十七 結び かげろふの日記 ……… 583
- ＊あとがき（上村悦子）…………………… 590

第3巻
1987年4月10日刊

- 蜻蛉日記 中 ……………………………………… 1
  - 安和二年 ………………………………………… 1
    - 五十八 年頭の寿詞 三十日三十夜は我がもとに ………………………… 1
    - 五十九 家移り ………………………… 37
    - 六十 三月の節供 ……………………… 48
    - 六十一 小弓のかけ物 ………………… 56
    - 六十二 西の宮左大臣の配流 ………… 73
    - 六十三 山寺の兼家と歌の贈答 ……… 110
    - 六十四 病床につく …………………… 117
    - 六十五 遺書を認める ………………… 137
    - 六十六 愛宮へ長歌を贈る …………… 172
    - 六十七 兼家の御岳詣で中に自宅へ帰る ……………………………………… 223
    - 六十八 愛宮と歌の贈答 ……………… 249
    - 六十九 屏風歌の依頼をうけて ……… 272
    - 七十 降り積む雪に嘆く ……………… 314
  - 天禄元年 ……………………………………… 324
    - 七十一 内裏の賭弓 道綱の活躍と栄誉 ……………………………………… 324
    - 七十二 松にかかる露 ………………… 377
    - 七十三 実頼の薨去 …………………… 395
    - 七十四 兼家の夜離れ三十余日 ……… 402
- ＊あとがき（上村悦子）…………………… 417

第4巻
1988年5月15日刊

- ＊凡例 ……………………………………………… 1
- 蜻蛉日記 ………………………………………… 1
  - 天禄元年（承前）……………………………… 1
    - 七十五 唐崎祓（一）………………… 1
    - 七十六 唐崎祓（二）………………… 58
    - 七十七 軒端の苗 ……………………… 135
    - 七十八 貞観殿登子と歌の贈答 ……… 165
    - 七十九 道綱鷹を放つ ………………… 197
    - 八十 盆供養届く ……………………… 220
    - 八十一 兼家の通ひ所 ………………… 231
    - 八十二 石山詣で（一）……………… 249
    - 八十三 石山詣で（二）……………… 281

蜻蛉日記解釈大成

八十四　石山詣で（三） 306
八十五　相撲のころ 399
八十六　兼家の狂態 414
八十七　道綱の元服 424
八十八　大嘗会のころ 443
八十九　年の暮 471
＊あとがき（上村悦子） 504

第5巻
1989年12月25日刊

蜻蛉日記 1
　天禄二年 1
　　九十　兼家の前渡り 1
　　九十一　石木の如く明かす 23
　　九十二　さ筵の塵 43
　　九十三　呉竹を植ゑる 62
　　九十四　思はぬ山に 76
　　九十五　父の家 84
　　九十六　長精進を始む 104
　　九十七　夢二つ 121
　　九十八　菖蒲ふくころ 128
　　九十九　里住みの悔み 143
　　百　世に侍る身のおこたり 155
　　百一　問はず語り 166
　　百二　鳴滝参籠（一）山寺に到着 196
　　百三　鳴滝参籠（二）兼家迎へに来山 224
　　百四　鳴滝参籠（三）山寺からの文 · 265
　　百五　鳴滝参籠（四）物思ひの住み処 282
　　百六　鳴滝参籠（五）道綱と語る 323
　　百七　鳴滝参籠（六）妹の訪れ 348
　　百八　鳴滝参籠（七）兼家の使者来訪 下山を勧む 372
　　百九　鳴滝参籠（八）京へ出かけた道綱 422
　　百十　鳴滝参籠（九）人々からのお見舞だより 437
　　百十一　鳴滝参籠（十）兼家と交信 · 461
　　百十二　鳴滝参籠（十一）親族の訪れ 476
　　百十三　鳴滝参籠（十二）登子よりの文など 502
　　百十四　鳴滝参籠（十三）道隆の来訪 516
　　百十五　鳴滝参籠（十四）父の来訪 · 547

　　百十六　鳴滝参籠（十五）鳴滝へ兼家の再度の迎へ 559
　　百十七　帰宅の夜 593
　　百十八　下山後の生活 617
　　百十九　その後の兼家 676
　　百二十　再度の初瀬詣で（一） 691
　　百二十一　再度の初瀬詣で（二） 750
　　百二十二　あしたのかごとがち 797
　　百二十三　問はぬはつらきもの 816
　　百二十四　晩秋のころ 832
　　百二十五　霜の朝 846
　　百二十六　あまがへるの異名 854
　　百二十七　師走つごもりの日 888
＊あとがき（上村悦子） 899

第6巻
1991年7月10日刊

＊凡例 1
蜻蛉日記 1
　天禄三年 1
　　百二十八　年頭 1
　　百二十九　袍（うへのきぬ）の仕立直しをめぐりて 29
　　百三十　兼家大納言に昇任 51
　　百三十一　所せき身の夫来訪 75
　　百三十二　夫の訪れにとまどふ 125
　　百三十三　夢解きのことば 159
　　百三十四　養女を迎へる（一） 194
　　百三十五　養女を迎へる（二） 251
　　百三十六　養女を迎へる（三） 285
　　百三十七　紅梅花盛りの日 331
　　百三十八　近火 387
　　百三十九　賀茂・北野・船岡めぐり　405
　　百四十　鴫の羽がき 441
　　百四十一　八幡の祭 462
　　百四十二　隣邸の火事 482
　　百四十三　物忌しげきころ 563
　　百四十四　道綱大和だつ女に歌を贈る 617
　　百四十五　五月五日 652
　　百四十六　訪れぬ兼家 668
＊あとがき（上村悦子） 710

第7巻
1992年12月25日刊

日本古典文学全集・内容綜覧　51

蜻蛉日記解釈大成

*凡例 ………………………………… 1
蜻蛉日記 …………………………… 1
　百四十七 六月のころ ………………… 1
　百四十八 秋を迎へて ………………… 26
　百四十九 道綱と大和だつ女と歌の
　　贈答 ………………………………… 63
　百五十 一条の太政大臣薨去 ……… 119
　天延元年 …………………………… 197
　百五十一 鶯の初音（正月）、色濃き
　　紅梅（二月）に感慨深し ………… 197
　百五十二 花やぐ兼家の訪れに歎き
　　の芽をもやす ……………………… 252
　百五十三 道綱の殊勲 ……………… 272
　百五十四 八幡の祭 ………………… 285
　百五十五 道綱の求婚歌の応援 …… 311
　百五十六 近火の夜 ………………… 323
　百五十七 道綱と大和だつ女と歌の
　　贈答 ………………………………… 337
　百五十八 兼家から歌の依頼 ……… 382
　百五十九 広幡中川へ転居 ………… 401
　百六十 広幡中川の暮し …………… 452
　百六十一 縫ひ物の依頼 …………… 471
　百六十二 出産の祝ひ ……………… 510
　天延二年（このあたり暦日が前後して
　　いる） ……………………………… 554
　百六十三 物詣で …………………… 554
　百六十四 儺火 ……………………… 578
*あとがき（上村悦子） ……………… 677

第8巻
1994年6月20日刊

*凡例 ………………………………… 1
蜻蛉日記 …………………………… 1
　百六十五 道綱右馬助に任官 ………… 1
　百六十六 奥山の寺詣で ……………… 17
　百六十七 右馬頭養女に求婚 ………… 38
　百六十八 右馬頭の来訪 …………… 106
　百六十九 右馬頭と初対談 ………… 115
　百七十 右馬頭のしげき訪れ ……… 168
　百七十一 焦立つ右馬頭 …………… 205
　百七十二 右馬頭の訴嘆 …………… 233
　百七十三 女絵 ……………………… 251
　百七十四 右馬頭の重なる来訪に兼
　　家嫌味の文を寄こす ……………… 262
　百七十五 道綱と右馬頭との文通・往
　　来 …………………………………… 279

　百七十六 女神に雛衣・和歌を奉納 289
　百七十七 端午の節句 ……………… 301
　百七十八 右馬頭懊悩の後来訪・対
　　談 …………………………………… 316
　百七十九 昨夜見せし文 …………… 345
　百八十 右馬頭の失態でこの件破談 376
　百八十一 道綱疱瘡を患ふが、後平
　　癒 …………………………………… 406
　百八十二 道綱、大和だつ女に歌を
　　贈る ………………………………… 426
　百八十三 堀川の太政大臣より懸想
　　文 …………………………………… 445
　百八十四 賀茂の臨時の祭 ………… 499
　百八十五 道綱と八橋の女との歌の
　　贈答 ………………………………… 535
　百八十六 年の暮 …………………… 597
*巻末歌集 …………………………… 634
*蜻蛉日記巻末歌集考 ……………… 798
*あとがき（上村悦子） ……………… 921

第9巻
1995年6月30日刊

補注の補遺 …………………………… 1
　新出本 神宮徴古館所蔵「かげろふの日
　　記」について（上村悦子） ………… 3
　日記文学史の可能性（森田兼吉） … 34
　『蜻蛉日記』の作者の結婚―兼家の妻
　　として（星谷昭子） ………………… 45
　『かげろふの日記』章明親王関係諸段
　　考―道綱母と兼家との一体化表現（森田
　　兼吉） ……………………………… 58
　『蜻蛉日記』の語法―「ものす」という
　　独自の表現について（星谷昭子） … 72
　ふるの社の―斎宮女御徽子女王（岡安
　　二三子） …………………………… 98
　かくばかり経がたく見ゆる―高光（岡
　　安二三子） ………………………… 113
　『池田家文庫本かけろふ日記』につい
　　て（福島千賀子） ………………… 128
語釈索引 …………………………… 221
和歌各句索引 ……………………… 327
人名・地名索引 …………………… 359
　一 人名索引 ……………………… 361
　二 地名索引 ……………………… 366
補注掲載論文 ……………………… 369
*あとがき（上村悦子） ……………… 383

[012] 鎌倉時代物語集成
笠間書院
全7巻，別巻1巻
1988年9月～2001年11月
（市古貞次，三角洋一編）

第1巻
1988年9月30日刊

* 発刊のことば（市古貞次，三角洋一）
* 凡例
あきぎり ……………………………………… 1
　上 …………………………………………… 3
　下 ………………………………………… 43
あさぢが露 ………………………………… 91
あまのかるも ……………………………… 171
　海人のかる藻　一（題簽） ……………… 173
　海士のかるも　二（題簽） ……………… 207
　あまのかるも　三（題簽） ……………… 243
　あまのかるも　四（題簽） ……………… 271
在明の別 …………………………………… 305
　在明の別乃一 …………………………… 307
　在明の別乃二 …………………………… 369
　在明の別乃三 …………………………… 415

第2巻
1989年7月31日刊

* 凡例
石清水物語 ………………………………… 1
　上（内閣文庫本） ………………………… 3
　下（内閣文庫本） ………………………… 79
いはでしのぶ ……………………………… 157
　いはでしのぶ　巻一（京都大学文学部蔵
　　甲本「いはて忍ふ　上」〔内題〕による）159
　いはでしのぶ　巻二（宮内庁書陵部蔵本
　　「いはてしのふ」〔題簽〕による） …… 205
　いはでしのぶ　抜書本（三条西家蔵本
　　「いはてしのぶ」〔扉題〕による） …… 269
風につれなき物語 ………………………… 381
　風につれなき物語（内題）（丹鶴叢書「風
　　〈小津速奈幾物語上（下）」〔題簽〕）… 383
　　上 ………………………………………… 385

　　下 ………………………………………… 411
　風に紅葉 ………………………………… 439
　　かぜに紅葉（外題） …………………… 441
　　巻一 ……………………………………… 443
　　巻二 ……………………………………… 469

第3巻
1990年5月25日刊

* 凡例
苔の衣 ……………………………………… 1
　苔の衣　春夏（外題） …………………… 3
　こけの衣　秋冬（外題） ………………… 77
木幡の時雨 ………………………………… 179
恋路ゆかしき大将 ………………………… 223
　一（九条家旧蔵本） ……………………… 227
　二（九条家旧蔵本） ……………………… 249
　三（九条家旧蔵本） ……………………… 271
　四（九条家旧蔵本） ……………………… 295
　五（宮内庁書陵部蔵、桂宮本題簽） … 303
小夜衣 ……………………………………… 347
　さ夜衣　上（さ夜一〔仮表紙〕） ……… 349
　さ夜衣　中（題簽） ……………………… 387
　さ夜衣　下（題簽） ……………………… 425

第4巻
1991年4月15日刊

* 凡例
雫に濁る …………………………………… 1
しのびね物語 ……………………………… 23
白露 ………………………………………… 87
住吉物語 …………………………………… 149
　藤井本 …………………………………… 151
　晶州本 …………………………………… 195
　大東急本 ………………………………… 245
とりかへばや ……………………………… 309
　とりかへばや　一 ……………………… 311
　とりかへばや　二 ……………………… 363
　とりかへばや　三 ……………………… 393
　とりかへばや　四 ……………………… 451

第5巻
1992年4月15日刊

* 凡例
兵部卿物語 ………………………………………… 3

鎌倉時代物語集成

松陰中納言物語 ………………………………… 45
　第一 …………………………………………… 51
　　山の井 ……………………………………… 51
　　藤のえん …………………………………… 56
　　ぬれぎぬ …………………………………… 59
　第二 …………………………………………… 67
　　あづまの月 ………………………………… 67
　　あしの屋 …………………………………… 72
　　車たがへ …………………………………… 80
　第三 …………………………………………… 85
　　むもれ水 …………………………………… 85
　　文あはせ …………………………………… 89
　　おきの嶋 …………………………………… 93
　　九重 ………………………………………… 104
　　ねの日 ……………………………………… 107
　第四 …………………………………………… 109
　　うゐかぶり ………………………………… 109
　　をと羽 ……………………………………… 115
　　南の海 ……………………………………… 118
　　やまぶき …………………………………… 121
　第五 …………………………………………… 125
　　花のうてな ………………………………… 125
　　はつ瀬 ……………………………………… 132
　　宇治川 ……………………………………… 137
松浦宮物語（藤原定家）………………………… 149
　（松浦宮 一）………………………………… 151
　松浦宮 二 …………………………………… 177
　松浦宮 三 …………………………………… 207
むぐらの宿 ……………………………………… 229
無名草子 ………………………………………… 285
八重葎 …………………………………………… 349
（別本）八重葎 ………………………………… 407
山路の露 ………………………………………… 421

第6巻
1993年5月5日刊

*凡例
夢の通ひ路物語 ………………………………… 5
　夢の通ひ路物語 一（題簽）………………… 7
　ゆめのかよひぢ物語 二（題簽）…………… 53
　ゆめのかよひぢ物語 三（題簽）…………… 89
　夢の通ひ路物語 四（題簽）………………… 107
　ゆめのかよひぢ物語 五（題簽）…………… 155
　ゆめのかよひぢ物語 六（題簽）…………… 217
　底本頭注 …………………………………… 289
夜寝覚物語 ……………………………………… 315

　夜寝覚物語 一（題簽）……………………… 317
　夜寝覚物語 二（題簽）……………………… 375
　夜寝覚物語 三（題簽）……………………… 443
　夜寝覚物語 四（題簽）……………………… 487
　夜寝覚物語 五（題簽）……………………… 519

第7巻
1994年9月5日刊

*凡例
我身にたどる姫君 ……………………………… 5
　我身にたどる姫君 一（首題）……………… 7
　我身にたどる姫君 二（首題）……………… 35
　我身にたどる姫君 三（首題）……………… 57
　我身にたどる姫君 四（首題）……………… 91
　我身にたどる姫君 五（首題）……………… 127
　我身にたどる姫君 六（首題）……………… 161
　我身にたどる姫君 七（首題）……………… 197
　我身にたどる姫君 八（首題）……………… 229
雲隠六帖 ………………………………………… 251
　（雲かくれ 一）……………………………… 253
　（すもり 二）………………………………… 263
　さくら人 三（題簽）………………………… 269
　（法のし 四）………………………………… 275
　（ひばり子 五）……………………………… 283
　（八橋 六）…………………………………… 287
下燃物語 ………………………………………… 291
豊明絵草子 ……………………………………… 303
なよ竹物語 ……………………………………… 315
掃墨物語 ………………………………………… 327
葉月物語 ………………………………………… 335

別巻1
2001年11月5日刊

*凡例 …………………………………………… 2
物語収載和歌各句索引 ………………………… 7
引歌表現索引 …………………………………… 183
五十音順引歌索引 ……………………………… 319
出典別引歌索引 ………………………………… 387
出典別漢詩文等索引 …………………………… 471
人名・神仏名索引 ……………………………… 487
地名・建物名索引 ……………………………… 517
歌謡・楽曲名索引 ……………………………… 539
作品名索引 ……………………………………… 547

[013] **鑑賞
日本古典文学**
角川書店
全35巻，別巻1巻
1975年2月～1978年3月

第1巻　古事記（上田正昭，井手至編）
1978年2月28日刊

* 序説（上田正昭） ………………………… 1
古事記 ……………………………………… 7
* 総説（上田正昭） ………………………… 9
　本文鑑賞（上田正昭，井手至編） ……… 45
* 古事記の窓 ……………………………… 357
　* 私なりの『古事記』（小島憲之） …… 273
　* ひるは雲とゐ（阪倉篤義） …………… 284
　* 大蛇退治、剣、玉（吉井巌） ………… 293
　* 『古事記』の説話（三谷栄一） ……… 303
　* 『古事記』と古代史（原島礼二） …… 317
　* 『古事記』の系譜伝承（前川明久） … 326
　* 『古事記』の芸能史的理解（池田弥三郎） ……………………………………… 335
　* 糸を吐く女（伊藤清司） ……………… 344
　* 読書ノート …………………………… 357
　　* 詩の始原としての神の名（足立巻一） ……………………………………… 357
　　* 『古事記』についての疑い（邦光史郎） ……………………………………… 365
* 参考文献（森田光広） ………………… 372

第2巻　日本書紀　風土記（直木孝次郎，西宮一民，岡田精司編）
1977年5月10日刊

* 序説（直木孝次郎） …………………… 1
日本書紀 …………………………………… 7
* 総説（直木孝次郎） …………………… 9
　本文鑑賞（直木孝次郎，西宮一民編） … 21
風土記 ……………………………………… 277
* 総説（岡田精司） ……………………… 279
　本文鑑賞（岡田精司，西宮一民編） … 291
* 日本書紀・風土記の窓 ………………… 409

　* 日本書紀の「ヨミ」に関して（小島憲之） ……………………………………… 411
　* 日本書紀成立論（横田健一） ………… 422
　* 口誦の神話から筆録された神話へ（伊藤清司） ……………………………… 438
　* 史料としての『日本書紀』（東野治之） ……………………………………… 449
　* 海光る風土記（山上伊豆母） ………… 457
　* 古風土記の文体（八木毅） …………… 466
　* 『出雲国風土記』の胎生（加藤義成） ……………………………………… 475
　* 『常陸風土記』について（志田諄一） ……………………………………… 484
　* 読書ノート …………………………… 493
　　* 錦の小蛇（生方たつゑ） …………… 493
　　* 天智天皇の人間像をめぐって（目崎徳衛） ……………………………… 502
　* 参考文献（亀井輝一郎） ……………… 510

第3巻　万葉集（中西進編）
1976年10月30日刊

* 序説（中西進） ………………………… 1
万葉集 ……………………………………… 9
* 総説（中西進） ………………………… 11
　本文鑑賞（中西進編） ………………… 39
* 万葉集の窓 ……………………………… 335
　* 歌の訓みの深さについて（山本健吉） ……………………………………… 337
　* 彬彬の盛（伊藤博） …………………… 346
　* 柿本人麿の時間と祭式（森朝男） …… 357
　* 「比喩の歴史」と人麿の挽歌（リービ日出雄） ……………………………… 366
　* 憶良の文学（村山出） ………………… 376
　* 東歌の不思議さ（渡部和雄） ………… 385
　* 万葉集の恋歌（高野正美） …………… 394
　* 万葉集と紀貫之（長谷川政春） ……… 405
　* 読書ノート …………………………… 415
　　* 万葉集の漢文（吉川幸次郎） ……… 415
　　* ディレンマの中の『万葉集』（高橋英夫） ……………………………… 426
　* 参考文献（三浦佑之） ………………… 434
* 初句索引 ………………………………… 448
* 作者索引 ………………………………… 451
* 録歌一覧（国歌大観番号による） …… 453

鑑賞 日本古典文学

第4巻　歌謡I（土橋寛, 池田弥三郎編）
1975年5月30日刊

＊序説（土橋寛） ……………………………… 1
記紀歌謡 ………………………………………… 9
＊総説（土橋寛） ……………………………… 11
　本文鑑賞（土橋寛編） ……………………… 29
神楽歌・催馬楽 ………………………………… 197
＊総説（池田弥三郎） ………………………… 199
　本文鑑賞（池田弥三郎編） ………………… 217
＊歌謡Iの窓 …………………………………… 355
　＊歌謡と芸能（林屋辰三郎） ……………… 357
　＊日本書紀の「童謡」（神田秀夫） ………… 366
　＊「物語」と「歌謡の利用」（吉井巌）・ 375
　＊詩篇と儀礼（白川静） …………………… 388
　＊民間生活における「かぐら」（西村亨）
　　……………………………………………… 397
　＊源氏物語と催馬楽（仲井幸二郎） … 406
　＊舞台台本「内侍所御神楽」（三隅治雄）
　　……………………………………………… 416
　＊読書ノート ………………………………… 428
　　＊「志良宜歌」をめぐって（金達寿）
　　……………………………………………… 428
　　＊美としての記紀歌謡（玉城徹） … 434
　＊参考文献（吉田修作） …………………… 441

第5巻　伊勢物語　大和物語（片桐洋一編）
1975年11月30日刊

＊序説（片桐洋一） …………………………… 1
伊勢物語 ………………………………………… 7
＊総説（片桐洋一） …………………………… 9
　＊関係系図 …………………………………… 32
　＊関係年表 …………………………………… 35
　本文鑑賞（片桐洋一編） …………………… 39
大和物語 ………………………………………… 233
＊総説（片桐洋一） …………………………… 235
　＊関係系図 …………………………………… 252
　本文鑑賞（片桐洋一編） …………………… 255
＊伊勢物語・大和物語の窓 …………………… 347
　＊在五中将と亭子の帝（目崎徳衛） … 349
　＊伊勢物語と謡曲（伊藤正義） …………… 359
　＊伊勢物語と絵（伊藤敏子） ……………… 369
　＊伊勢物語・大和物語の文学遺跡（野
　　中春水） …………………………………… 379
　＊伊勢物語・大和物語の文体（渡辺実）
　　……………………………………………… 392

＊文学的人物考（柿本奨） …………………… 401
＊大和物語と歌語り（久保木哲夫） … 410
＊読書ノート …………………………………… 419
　＊伊勢物語の花たち（田中澄江） … 419
　＊鄙のあわれ（岡野弘彦） ………………… 427
＊参考文献（片桐洋一） ……………………… 436

第6巻　竹取物語　宇津保物語（三谷栄一編）
1975年6月30日刊

＊序説（三谷栄一） …………………………… 1
竹取物語 ………………………………………… 5
＊総説（三谷栄一） …………………………… 7
　本文鑑賞（三谷栄一編） …………………… 37
宇津保物語 ……………………………………… 229
＊総説（三谷栄一） …………………………… 231
＊あらすじ（三谷栄一） ……………………… 244
　本文鑑賞（「俊蔭の巻」）（三谷栄一編）
　　……………………………………………… 257
＊竹取物語・宇津保物語の窓 ………………… 377
　＊物語とは何か（三谷邦明） ……………… 379
　＊初期物語の本質（片桐洋一） …………… 389
　＊〈異郷〉論（藤井貞和） ………………… 398
　＊竹取物語の方法（塚原鉄雄） …………… 408
　＊色好みと即色是空（上坂信男） … 418
　＊うつほ物語の方法（野口元大） …………… 427
　＊うつほ物語の構造（室伏信助） ………… 437
　＊読書ノート ………………………………… 447
　　＊影になったかぐや姫（竹西寛子） 447
　　＊うつほ物語の場合（高橋睦郎） … 453
＊参考文献（三谷栄一, 三谷邦明） … 461

第7巻　古今和歌集　後撰和歌集　拾遺和歌集（窪田章一郎, 杉谷寿郎, 藤平春男編）
1975年9月30日刊

＊序説（窪田章一郎） ………………………… 1
古今和歌集 ……………………………………… 11
＊総説（窪田章一郎） ………………………… 13
　本文鑑賞（窪田章一郎編） ………………… 27
後撰和歌集 ……………………………………… 211
＊総説（杉谷寿郎） …………………………… 213
　本文鑑賞（杉谷寿郎編） …………………… 225
拾遺和歌集 ……………………………………… 293
＊総説（藤平春男） …………………………… 295
　本文鑑賞（藤平春男編） …………………… 307

* 古今集・後撰集・拾遺集の窓 *373*
  * 三代集の時代（目崎徳衛）......... *375*
  * 三代集と初期歌合（萩谷朴）......... *385*
  * 古今集の歌の周辺（小島憲之）......... *398*
  * 古今集の美しさ（青木生子）......... *409*
  * 古今集の植物について（前川文夫）......... *419*
  * 後撰集の物語性（高橋正治）......... *428*
  * 花山院と公任（村瀬敏夫）......... *437*
  * 六歌仙の対話（谷山茂）......... *446*
  * 読書ノート *459*
    * 幻の世俗画（大岡信）......... *459*
    * 右近と伊勢（大原富枝）......... *470*
  * 参考文献（寺田純子）......... *479*
  * 初句索引 *488*
  * 作者索引 *492*

第8巻　枕草子（石田穣二編）
1975年12月30日刊

* 序説（石田穣二）......... *1*
枕草子 *7*
* 総説（石田穣二）......... *9*
  * 系図 *36*
  * 年表 *42*
  本文鑑賞（石田穣二編）......... *51*
* 枕草子の窓 *381*
  * 枕草子の性格（稲賀敬二）......... *383*
  * 枕草子のことば（根来司）......... *393*
  * 枕草子の和歌（有吉保）......... *403*
  * 枕草子にあらわれた美意識（伊原昭）......... *412*
  * 日記的章段の世界（森本元子）......... *425*
  * 枕草子随想的章段（藤本一恵）......... *434*
  * 類聚章段の読解方法について（神作光一）......... *443*
  * 紫式部と清少納言（清水好子）......... *452*
  * 読書ノート *463*
    * 女流ペシミスト（後藤明生）......... *463*
    * 清爽の世界（上田三四二）......... *471*
  * 参考文献（神作光一）......... *479*

第9巻　源氏物語（玉上琢弥編）
1975年2月10日刊

* 序説（玉上琢弥）......... *1*
源氏物語 *7*
* 総説（玉上琢弥）......... *9*

* あらすじ（玉上琢弥）......... *25*
* 年立 *60*
* 主要人物官位年齢一覧 *68*
* 官位相当表 *74*
  本文鑑賞（玉上琢弥編）......... *77*
* 源氏物語の窓 *379*
  * 藤壺の宮（玉上琢弥）......... *381*
  * 紫の上（石田穣二）......... *396*
  * 世をうち山のをんなぎみ（清水好子）......... *410*
  * 夕霧（阿部秋生）......... *422*
  * 兵部卿宮（今井源衛）......... *436*
  * 女房たち（秋山虔）......... *450*
  * 源氏物語のことば（原田芳起）......... *464*
  * 平安中期の仏教情勢（榎克朗）......... *472*
  * 源氏物語の地理（増田繁夫）......... *481*
  * 読書ノート *493*
    * 歌のない女（円地文子）......... *493*
    * 源氏物語私観（五島美代子）......... *497*
  * 参考文献（福嶋昭治）......... *504*

第10巻　王朝日記（臼田甚五郎, 柿本奨, 清水文雄（ほか）編）
1975年7月30日刊

* 序説（清水文雄）......... *1*
土佐日記 *7*
* 『土佐日記』概説（臼田甚五郎）......... *9*
  本文鑑賞（臼田甚五郎編）......... *25*
蜻蛉日記 *95*
* 『蜻蛉日記』への誘い（柿本奨）......... *97*
* 『蜻蛉日記』梗概（柿本奨）......... *107*
  本文鑑賞（柿本奨編）......... *115*
和泉式部日記 *193*
* 総説（清水文雄）......... *195*
  本文鑑賞（清水文雄編）......... *211*
更級日記 *291*
* 総説（松村誠一）......... *293*
  本文鑑賞（松村誠一編）......... *303*
* 王朝日記の窓 *367*
  * 身の上話とうわさ話（山口博）......... *369*
  * 日記と記録（山中裕）......... *378*
  * 紀氏流神人の地方拡散（小林茂美）......... *391*
  * 古今に独歩する児童文学としての『土佐日記』（萩谷朴）......... *403*
  * ものはかなき身の上（小町谷照彦）......... *413*

＊家集から見た和泉式部伝（藤岡忠美） ……… 422
＊あつまちの道の果てよりも（犬養廉） ……… 432
＊読書ノート ……… 441
　＊断続の日記・連続の日記（武者小路辰子） ……… 441
　＊私小説としての『蜻蛉日記』（安西篤子） ……… 447
＊参考文献（小山利彦） ……… 455

第11巻　栄花物語　紫式部日記（松村博司，阿部秋生編）
1976年4月30日刊

＊序説（松村博司） ……… 1
栄花物語 ……… 37
＊総説（松村博司） ……… 9
＊系図 ……… 34
　本文鑑賞（松村博司編） ……… 39
紫式部日記 ……… 221
＊総説（阿部秋生） ……… 223
＊あらすじ（阿部秋生） ……… 242
　本文鑑賞（阿部秋生編） ……… 251
＊栄花物語・紫式部日記の窓 ……… 377
　＊栄花物語の文学性（河北騰） ……… 379
　＊栄花物語の歴史的特徴（山中裕） ……… 390
　＊後朱雀帝譲位の前後（加納重文） ……… 402
　＊栄花物語の虚構（高橋伸幸） ……… 415
　＊紫式部日記の世界（篠原昭二） ……… 427
　＊紫式部日記に見える「才」（今井源衛） ……… 436
　＊御草子づくりについて（池田勉） ……… 444
　＊平安朝貴族女性の服装（阿部俊子） ……… 453
＊読書ノート ……… 463
　＊栄花の蔭に（中谷孝雄） ……… 463
　＊日記の現実と物語の仮構（加賀乙彦） ……… 470
＊参考文献（加納重文） ……… 477

第12巻　堤中納言物語　とりかへばや物語（三谷栄一，今井源衛編）
1976年12月30日刊

＊序説（三谷栄一） ……… 1
堤中納言物語 ……… 5
＊総説（三谷栄一） ……… 7

＊各編あらすじ・解説（三谷栄一） ……… 27
　本文鑑賞（三谷栄一編） ……… 35
とりかへばや物語 ……… 187
＊総説（今井源衛） ……… 189
＊あらすじ（今井源衛） ……… 205
＊系図 ……… 222
　本文鑑賞（今井源衛編） ……… 223
＊堤中納言物語・とりかへばや物語の窓 ……… 343
　＊平安後期物語の史的背景（角田文衛） ……… 345
　＊平安後期物語の方法と特質（中野幸一） ……… 354
　＊平安末期物語の遊戯性（稲賀敬二） ……… 367
　＊平安後期・鎌倉時代物語の多様性（大槻修） ……… 376
　＊堤中納言物語の世界（高橋亨） ……… 386
　＊とりかへばや物語の世界（鈴木弘道） ……… 396
　＊とりかへばや物語古本からの変容（桑原博史） ……… 406
＊読書ノート ……… 415
　＊虫めづる姫君（瀬戸内晴美） ……… 415
　＊奇怪な花、とりかへばや物語（渋沢龍彦） ……… 422
＊参考文献（三谷邦明） ……… 429

第13巻　今昔物語集　宇治拾遺物語（佐藤謙三編）
1976年2月28日刊

＊序説（春田宣，室伏信助） ……… 1
今昔物語集 ……… 7
＊総説（室伏信助） ……… 9
　本文鑑賞（佐藤謙三編） ……… 21
宇治拾遺物語 ……… 195
＊総説（春田宣） ……… 197
　本文鑑賞（佐藤謙三編） ……… 211
＊今昔物語集・宇治拾遺物語の窓 ……… 377
　＊説話集と口承説話（池上洵一） ……… 379
　＊説話文学の文体について（山田俊雄） ……… 392
　＊伝承と事実の世界（室伏信助） ……… 403
　＊『今昔物語集』天竺部の方法（小林保治） ……… 413
　＊『宇治拾遺物語』の方法（春田宣） ……… 422

＊『宇治拾遺物語』と近世文学（谷脇理史） ……………………………… 432
＊雑談の系譜（村井康彦） …………… 443
＊読書ノート ………………………… 453
　＊説話のなかのユーモア（長部日出雄） …………………………… 453
　＊力への潜在願望（馬場あき子） … 461
＊参考文献（高橋俊夫） ……………… 468

第14巻　大鏡・増鏡（山岸徳平，鈴木一雄編）
1976年1月31日刊

＊序説（山岸徳平，鈴木一雄） ………… 1
大鏡 …………………………………………… 5
＊総説（山岸徳平，鈴木一雄） ………… 7
　本文鑑賞（山岸徳平，鈴木一雄編） … 33
増鏡 ……………………………………… 179
＊総説（山岸徳平，鈴木一雄） ……… 181
　本文鑑賞（山岸徳平，鈴木一雄編） … 193
＊大鏡・増鏡の窓 …………………… 299
　＊歴史としての鏡物（熱田公） …… 301
　＊『大鏡』の説話性（竹鼻績） …… 310
　＊『大鏡』構想論（安西廸夫） …… 319
　＊『大鏡』の文章（阪倉篤義） …… 328
　＊民俗学からみた『大鏡』（福田晃） … 337
　＊『増鏡』と『とはずがたり』（松本寧至） ………………………………… 355
　＊『増鏡』と和歌（井上宗雄） …… 365
　＊鏡物における『今鏡』の位置（加納重文） ………………………………… 375
　＊読書ノート ……………………… 389
　　＊鏡に映す（肥後和男） ………… 389
　　＊歴史の影の部分（村松剛） …… 394
＊参考文献（加藤静子） ……………… 406

第15巻　歌謡II（新間進一，志田延義編）
1977年2月28日刊

＊序説（新間進一） …………………… 1
＊歌謡の世界―中古から近世まで（新間進一） ……………………………… 9
梁塵秘抄 ………………………………… 7
＊総説（新間進一） …………………… 27
　本文鑑賞（新間進一編） …………… 37
梁塵秘抄口伝集巻第十 ……………… 127
　一　序 ……………………………… 127

二　青春回顧 ………………………… 130
三　乙前のことども ………………… 134
四　今様の霊験譚 …………………… 144
五　結び …………………………… 157
閑吟集 …………………………………… 163
＊総説（志田延義） ………………… 163
　本文鑑賞（志田延義編） ………… 175
隆達節歌謡 …………………………… 269
＊総説（新間進一） ………………… 271
　本文鑑賞（新間進一編） ………… 281
田植草紙 ……………………………… 305
＊総説（新間進一） ………………… 307
　本文鑑賞（新間進一編） ………… 317
＊歌謡IIの窓 ………………………… 335
　＊芸能からみた中世歌謡（徳江元正） 337
　＊中世歌謡とその時代（外村久江） … 346
　＊小歌の作者と享受者（吾郷寅之進） 355
　＊宴曲の物尽くしについて（乾克己） 365
　＊『田植草紙』と音楽（内田るり子） … 375
　＊説経・古浄瑠璃の中に見える小歌（真鍋昌弘） ……………………… 387
　＊近世演劇と歌謡（井浦芳信） …… 397
　＊読書ノート ……………………… 407
　　＊「こゑわざの悲しき」（岡井隆） … 407
　　＊歌謡の隙間にみえるもの（吉増剛造） ………………………………… 415
＊参考文献（関口静雄） ……………… 424

第16巻　保元物語 平治物語（永積安明編）
1976年9月30日刊

＊序説（永積安明） …………………… 1
保元物語 ………………………………… 7
＊総説（永積安明） …………………… 9
＊あらすじ（永積安明） ……………… 26
　本文鑑賞（永積安明編） …………… 45
平治物語 ……………………………… 179
＊総説（永積安明） ………………… 181
＊あらすじ（永積安明） …………… 199
　本文鑑賞（永積安明編） ………… 215
＊付録『保元物語』『平治物語』記事年表 ……………………………… 354
　＊系図 ……………………………… 359
　＊付図 ……………………………… 365
　＊〔保元・平治〕関係地図 ………… 368
＊保元物語・平治物語の窓 ………… 369
　＊「院政期」の表象（黒田俊雄） … 371

鑑賞 日本古典文学

＊説話文学から軍記物語へ（池上洵一） ………………………… 383
＊『保元物語』『平治物語』の「語り」（渥美かをる） …………… 393
＊『保元・平治物語』と漢籍について（杤尾武） ………………… 403
＊『保元・平治物語』における清盛像（山下宏明） ……………… 414
＊『保元・平治物語』の義朝像（杉本圭三郎） …………………… 423
＊『保元・平治物語』における女の状況（栃木孝惟） …………… 433
＊平治絵巻の諸問題（宮次男） …… 442
＊読書ノート …………………………… 451
　＊『保元・平治物語』の主役たち（杉浦明平） ………………… 451
　＊平治物語絵巻（寺田透） ……… 458
＊参考文献（正木信一） …………… 466

第17巻　新古今和歌集　山家集　金槐和歌集（有吉保，松野陽一，片野達郎編）
1977年3月31日刊

＊序説（有吉保） ……………………… 1
新古今和歌集 ………………………… 11
＊総説（有吉保） ……………………… 13
　本文鑑賞（有吉保編） …………… 29
山家集 ………………………………… 195
＊総説（松野陽一） ………………… 197
　本文鑑賞（松野陽一編） ………… 209
金槐和歌集 …………………………… 271
＊総説（片野達郎） ………………… 273
　本文鑑賞（片野達郎編） ………… 285
＊新古今集・山家集・金槐集の窓 … 339
　＊千載集から新古今集へ（谷山茂） 341
　＊新古今時代の歌論（藤平春男） 365
　＊隠者歌人（久保田淳） ………… 374
　＊新古今集と私家集（森本元子） 384
　＊新古今集の表現の特性（後藤重郎） 394
　＊新古今集の「古」と「新」（田村柳壱） …………………… 403
　＊西行歌の表現類型と個性（山木幸一） …………………… 414
　＊記録に現れた実朝像と実朝の和歌（樋口芳麻呂） ………… 424
＊読書ノート …………………………… 435
　＊西行を読む（宮柊二） ………… 435

＊式子内親王雑感（安西均） ……… 449
＊参考文献（辻勝美） ……………… 457
＊初句索引 …………………………… 470
＊新古今和歌集　作者索引 ………… 473

第18巻　方丈記　徒然草（冨倉徳次郎，貴志正造編）
1975年4月30日刊

＊序説（冨倉徳次郎，貴志正造） … 1
方丈記 ………………………………… 7
＊総説（貴志正造） ………………… 9
　本文鑑賞（冨倉徳次郎，貴志正造編） … 41
徒然草 ………………………………… 121
＊総説（冨倉徳次郎，貴志正造） … 123
　本文鑑賞（冨倉徳次郎，貴志正造編） … 143
＊方丈記・徒然草の窓 ……………… 335
　＊中国の隠逸と日本の隠遁（伊藤博之） …………………… 337
　＊長明の音楽と信仰（榊泰純） … 347
　＊長明と和歌（武田元治） ……… 357
　＊『発心集』の世界から（小林保治） 366
　＊兼好の思想（菊地良一） ……… 375
　＊兼好の美意識（福田秀一） …… 391
　＊中世的人間（細野哲雄） ……… 401
＊読書ノート …………………………… 410
　＊方丈記の「家」（秦恒平） …… 410
　＊賀茂の競べ馬と乞食坊主（木下順二） …………………… 418
＊参考文献（菅根順之） …………… 425

第19巻　平家物語（冨倉徳次郎編）
1975年8月30日刊

＊序説（冨倉徳次郎） ……………… 1
平家物語 ……………………………… 7
＊総説（冨倉徳次郎） ……………… 9
＊あらすじ（冨倉徳次郎） ………… 45
＊系図 ………………………………… 79
＊平家物語の記事年表 ……………… 84
＊京都付近図 ………………………… 90
　本文鑑賞（冨倉徳次郎編） ……… 91
＊平家物語の窓 ……………………… 369
　＊平曲について（浅野建二） …… 371
　＊平家物語と宗教（五来重） …… 381
　＊平家物語の性格（西尾光一） … 390

60　日本古典文学全集・内容綜覧

鑑賞 日本古典文学

＊軍記物語としての平家物語（山下宏明） ……… *399*
＊古態をさぐる論理（水原一） ……… *410*
＊軍僧といくさ物語（梶原正昭） …… *420*
＊文覚と平家物語（山田昭全） ……… *430*
＊平家物語に現れた女性（杉本圭三郎） ……… *440*
＊坂東武者と西国武士（角川源義） … *449*
＊読書ノート ……… *463*
　＊鐘の声（永井路子） ……… *463*
　＊辺境に花ひらく平家（松永伍一） … *470*
＊参考文献（村上光徳） ……… *477*

第20巻　仏教文学（五来重編）
1977年7月30日刊

＊はじめに（五来重） ……… *1*
＊仏教文学概論（五来重） ……… *7*
歎異抄 ……… *21*
＊総説（五来重） ……… *23*
　本文鑑賞（五来重編） ……… *28*
念仏法語 ……… *139*
＊総説（五来重） ……… *141*
　本文鑑賞（五来重編） ……… *150*
正法眼蔵随聞記 ……… *231*
＊総説（五来重） ……… *233*
　本文鑑賞（五来重編） ……… *238*
日蓮消息文 ……… *275*
＊総説（五来重） ……… *277*
　本文鑑賞（五来重編） ……… *282*
＊仏教文学の窓 ……… *313*
　＊鎌倉仏教と文学（榎克朗） ……… *315*
　＊『歎異抄』について（多屋頼俊） … *324*
　＊法然とその教団（伊藤唯真） ……… *334*
　＊雲と夢―捨聖一遍（菊地勇次郎） … *344*
　＊道元禅師の入滅と「三時業」巻（水野弥穂子） ……… *353*
　＊日蓮の生涯と霊場（中尾堯） ……… *362*
　＊日本文学と法華経（白土わか） …… *371*
＊読書ノート ……… *381*
　＊親鸞と蓮如の小説化（丹羽文雄） … *381*
　＊現代と『歎異抄』（野間宏） ……… *386*
＊参考文献（上別府茂） ……… *394*

第21巻　太平記　曽我物語　義経記（岡見正雄，角川源義編）
1976年8月31日刊

＊序説（岡見正雄） ……… *1*
太平記 ……… *7*
＊総説（岡見正雄） ……… *9*
＊『太平記』の概略（岡見正雄） ……… *23*
　本文鑑賞（岡見正雄編） ……… *33*
曽我物語 ……… *181*
＊総説（高橋伸幸） ……… *183*
　本文鑑賞（角川源義編） ……… *203*
義経記 ……… *293*
＊総説（岡見正雄） ……… *295*
＊『義経記』の概略（岡見正雄） ……… *299*
　本文鑑賞（岡見正雄編） ……… *307*
＊太平記・曽我物語・義経記の窓 …… *341*
　＊中世語り物文芸論（福田晃） ……… *343*
　＊『太平記』と『史記』（増田欣） …… *354*
　＊悪党の系譜（網野善彦） ……… *364*
　＊尊氏と道誉（長谷川端） ……… *374*
　＊長崎氏と二階堂道蘊（立花みどり） *385*
　＊『曽我物語』の方法と説話（村上学） ……… *397*
　＊幸若舞曲の構造（山下宏明） ……… *408*
　＊頼朝挙兵時の関東武士団（高橋伸幸） ……… *418*
　＊読書ノート ……… *434*
　　＊覇道とさくら（前登志夫） ……… *434*
　　＊私と義経（尾上梅幸） ……… *442*
　＊参考文献 ……… *449*
　　＊『太平記』関係（長谷川端） ……… *449*
　　＊『曽我物語』『義経記』関係（徳江元正） ……… *456*

第22巻　謡曲・狂言（小山弘志，北川忠彦編）
1977年9月10日刊

＊序説（小山弘志，北川忠彦） ……… *1*
謡曲 ……… *5*
＊総説（小山弘志） ……… *7*
　本文鑑賞（小山弘志編） ……… *19*
狂言 ……… *227*
＊総説（北川忠彦） ……… *229*
　本文鑑賞（北川忠彦編） ……… *243*
＊謡曲・狂言の窓 ……… *423*

鑑賞 日本古典文学

＊観阿弥・世阿弥の世界（戸井田道三）
　……………………………… 425
＊世阿弥以後の作者たち（西野春雄）434
＊間狂言の変遷（表章）……………… 444
＊能の面（中村保雄）………………… 454
＊狂言について（田口和夫）………… 465
＊狂言のことば・謡曲のことば（寿岳
　章子）……………………………… 476
＊狂言と中世史研究（横井清）……… 486
＊英語世界における謡曲（田代慶一
　郎）………………………………… 494
＊読書ノート ………………………… 507
　＊能・狂言と現代演劇（茨木憲）… 507
　＊「能と親しむ」（生島遼一）……… 515
＊参考文献（橋本朝生，幕内エイ子）523

第23巻　中世説話集（西尾光一，貴志正造
　編）
1977年5月31日刊

＊序説（西尾光一）……………………… 1
古今著聞集 ……………………………… 7
＊総説（西尾光一）……………………… 9
　本文鑑賞（西尾光一編）…………… 21
発心集 ………………………………… 125
＊総説（貴志正造）…………………… 127
　本文鑑賞（貴志正造編）…………… 141
神道集 ………………………………… 269
＊総説（貴志正造）…………………… 271
　本文鑑賞（貴志正造編）…………… 281
＊中世説話集の窓 …………………… 357
　＊世俗説話とその流れ（国東文麿）… 359
　＊読者としての作者たち（三木紀人）373
　＊縁起の物語小史（村上学）……… 382
　＊記録と説話文学（志村有弘）…… 393
　＊南北朝〜室町期の説話世界（小林保
　　治）……………………………… 403
　＊中世説話における地方的性格（菊地
　　良一）…………………………… 413
　＊中世音楽説話の流れ（房野水絵）… 422
　＊『絵師草子』をめぐって（むしゃこう
　　じみのる）……………………… 434
　＊読書ノート ……………………… 443
　　＊遠い記憶（綱淵謙錠）………… 443
　　＊甲賀三郎の漂泊（辺見じゅん）… 451
　＊参考文献（房野水絵）…………… 457

第24巻　中世評論集（福田秀一，島津忠夫，
　伊藤正義編）
1976年6月30日刊

＊序説（島津忠夫）……………………… 1
歌論 ……………………………………… 7
＊総説（福田秀一）……………………… 9
　本文鑑賞（福田秀一編）…………… 21
　　近代秀歌 ………………………… 24
　　愚見抄 …………………………… 57
　　正徹物語 ……………………… 105
連歌論 ………………………………… 123
＊総説（島津忠夫）…………………… 125
　本文鑑賞（島津忠夫編）…………… 135
　　老のすさみ ……………………… 135
能楽論 ………………………………… 213
＊総説（伊藤正義）…………………… 215
　本文鑑賞（伊藤正義編）…………… 229
　　風姿花伝 ………………………… 229
＊中世評論集の窓 …………………… 227
　＊中世の評論（安田章生）………… 341
　＊中世歌論における古典主義（佐藤恒
　　雄）……………………………… 354
　＊中世歌学における仮託書の様相（三
　　輪正胤）………………………… 365
　＊連歌談義（浜千代清）…………… 374
　＊連歌の付合と寄合（重松裕巳）… 385
　＊世阿弥能作論の形成（竹本幹夫）… 395
　＊世子六十以後申楽談儀（堀口康生）406
　＊読書ノート ……………………… 415
　　＊綺語禁断（塚本邦雄）………… 415
　　＊幽玄な美と芸（観世寿夫）…… 422
　＊参考文献 ………………………… 430
　　＊歌論・連歌論（大島貴子）…… 430
　　＊能楽論（橋本朝生）…………… 437

第25巻　南島文学（外間守善編）
1976年5月31日刊

＊序説（外間守善）……………………… 1
南島文学 ………………………………… 7
＊総説（外間守善）……………………… 9
　本文鑑賞（外間守善編）…………… 21
　　おもろさうし …………………… 21
　　琉歌 …………………………… 105
　　組踊 …………………………… 185
＊南島文学の窓 ……………………… 277

*日本文学と沖縄文学（土橋寛）……… 279
*おもろ歌人の群像（比嘉実）……… 289
*おもろ歌謡の周辺（玉城政美）……… 298
*抒情の変容（仲程昌徳）……… 308
*組踊の世界（当間一郎）……… 317
*奄美の歌謡（小川学夫）……… 326
*宮古の文学（新里幸昭）……… 336
*八重山諸島の古代文芸の概観（宮良安彦）……… 349
*本土文芸の受容（池宮正治）……… 358
*読書ノート……… 367
　*ドラマのなかの姉妹神（大城立裕）……… 367
　*土着の歌声（岡部伊都子）……… 374
*参考文献（竹内重雄）……… 383

第26巻　御伽草子　仮名草子(市古貞次，野間光辰編)
1976年7月30日刊

*序説（市古貞次，野間光辰）……… 1
御伽草子……… 7
*御伽草子解説（市古貞次）……… 9
　本文鑑賞（市古貞次編）……… 19
　　文正草子……… 19
　　およ うのあま……… 51
　　酒呑童子……… 93
仮名草子……… 131
*仮名草子概説（野間光辰）……… 133
　本文鑑賞（野間光辰編）……… 143
　　竹斎……… 143
　　仁勢物語……… 183
　　恨の介……… 221
*『浮世物語』の作者了意について（野間光辰）……… 271
*御伽草子・仮名草子の窓……… 275
　*御伽草子の伝本概観（松本隆信）……… 277
　*お伽草子の本地物について（徳田和夫）……… 286
　*御伽草子の位相（佐竹昭広）……… 299
　*御伽草子の和歌（久保田淳）……… 308
　*御伽草子から仮名草子へ（小川武彦）……… 317
　*仮名草子作者の教訓的姿勢（田中伸）……… 330
　*仮名草子と西鶴（冨士昭雄）……… 340
*読書ノート……… 349

*王丹亭覚え書（宇留河泰呂）……… 349
*マスプロ化されたパロディー（飯沢匡）……… 358
*参考文献……… 365
　*御伽草子（徳田和夫）……… 365
　*仮名草子（水田紀久）……… 394

第27巻　西鶴(暉峻康隆編)
1976年11月30日刊

*序説（暉峻康隆）……… 1
西鶴……… 7
*元禄文芸復興の基盤（暉峻康隆）……… 9
　本文鑑賞（暉峻康隆，神保五弥，谷脇理史編）……… 37
　　好色一代男……… 37
　　諸艶大鑑（好色二代男）……… 71
　　西鶴諸国ばなし……… 95
　　好色五人女……… 115
　　好色一代女……… 137
　　本朝二十不孝……… 169
　　懐硯……… 195
　　武道伝来記……… 223
　　武家義理物語……… 255
　　日本永代蔵……… 275
　　万の文反古……… 317
　　世間胸算用……… 363
　　西鶴置土産……… 419
*西鶴の窓……… 445
　*西鶴の方法（神保五弥）……… 447
　*詩から散文へ（雲英末雄）……… 455
　*西鶴の文体の特色と方法（杉本つとむ）……… 466
　*西鶴と先行文芸（谷脇理史）……… 477
　*遊里と西鶴（浅野晃）……… 487
　*西鶴と後続文学（長谷川強）……… 496
　*西鶴と現代文学（暉峻康隆）……… 505
*読書ノート……… 521
　*俳偕師西鶴愚考（藤本義一）……… 521
　*小人道より少人道へ（堂本正樹）……… 528
*参考文献（箕輪吉次）……… 536
*付録……… 554
　*西鶴時代の貨幣（箕輪吉次）……… 554
　*西鶴略年譜（箕輪吉次）……… 557

鑑賞 日本古典文学

第28巻　芭蕉（井本農一編）
1975年3月30日刊

- ＊はじめに（井本農一） ……………… 1
- 芭蕉 …………………………………… 9
- ＊芭蕉の人と文学（井本農一） ……… 11
- 　本文鑑賞（井本農一編） …………… 41
- ＊芭蕉の窓 …………………………… 431
  - ＊芭蕉とその時代（米谷巖） ……… 433
  - ＊松尾家と芭蕉（村松友次） ……… 443
  - ＊芭蕉の人柄（今栄蔵） …………… 453
  - ＊芭蕉の生活（阿部正美） ………… 463
  - ＊わびとさび（堀信夫） …………… 473
  - ＊芭蕉と古典（赤羽学） …………… 482
  - ＊芭蕉と談林俳諧（乾裕幸） ……… 492
  - ＊読書ノート ……………………… 501
    - ＊芭蕉の無欲（杉森久英） ……… 501
    - ＊月光抄（宗左近） ……………… 507
  - ＊参考文献（久富哲雄） …………… 519
    - ＊芭蕉略年譜（久富哲雄） ……… 532
    - ＊『奥の細道』足跡全図 ………… 538
    - ＊芭蕉発句初句索引 ……………… 540

第29巻　近松（大久保忠国編）
1975年10月30日刊

- ＊序説（大久保忠国） ………………… 1
- 近松 …………………………………… 7
- ＊近松の生涯とその作品（大久保忠国）… 9
- 　本文鑑賞（大久保忠国編） ………… 39
  - 曽根崎心中 ………………………… 39
  - 丹波与作待夜の小室節 …………… 89
  - けいせい反魂香 …………………… 119
  - 忠兵衛梅川冥途の飛脚 …………… 137
  - 国性爺合戦 ………………………… 193
  - 平家女護島 ………………………… 233
  - 紙屋治兵衛きいの国や小はる心中
  - 天の網島 …………………………… 261
  - 女殺油地獄 ………………………… 305
  - 虚実皮膜論 ………………………… 333
- ＊近松の窓 …………………………… 351
  - ＊語り物の系譜（諏訪春雄） ……… 353
  - ＊近松の時代浄瑠璃（広末保） …… 362
  - ＊近松の世話物について（松崎仁）… 372
  - ＊死の道行（原道生） ……………… 382
  - ＊近松の描いた女性（森修） ……… 392
  - ＊近松と大阪の風土（横山正） …… 401

- ＊近松浄瑠璃の操り人形（角田一郎） 411
- ＊近松浄瑠璃の舞台化（浦山政雄）… 421
- ＊読書ノート ……………………… 431
  - ＊近松、その即物性と呪術性（篠田正浩） ……………………… 431
  - ＊「業を負う者」としての近松（杉本苑子） ……………………… 439
- ＊参考文献（木下和子） …………… 448

第30巻　浄瑠璃　歌舞伎（戸板康二編）
1977年6月30日刊

- ＊序説（戸板康二） ………………… 1
- 浄瑠璃 ……………………………… 5
- ＊総説（戸板康二） ………………… 7
- 　本文鑑賞（戸板康二編） ………… 25
  - 菅原伝授手習鑑 ………………… 25
  - 義経千本桜 ……………………… 67
  - 妹背山婦女庭訓 ………………… 115
  - 伽羅先代萩 ……………………… 155
- 歌舞伎 ……………………………… 185
- ＊総説（戸板康二） ………………… 187
- 　本文鑑賞（戸板康二編） ………… 205
  - 勧進帳 …………………………… 205
  - 五大力恋緘 ……………………… 239
  - 東海道四谷怪談 ………………… 309
  - 青砥稿花紅彩画 ………………… 377
- ＊浄瑠璃・歌舞伎の窓 …………… 417
  - ＊大南北の世界（河竹登志夫） … 419
  - ＊出雲から半二へ（広末保） …… 429
  - ＊近松没後の人形浄瑠璃（内山美樹子） ……………………… 438
  - ＊役者評判記とその世界（服部幸雄） 450
  - ＊歌舞伎のかたち（渡辺保） …… 463
  - ＊家の芸と型の問題（藤田洋） … 472
  - ＊江戸の芸能（諏訪春雄） ……… 481
  - ＊読書ノート …………………… 491
    - ＊浄瑠璃と私（網野菊） ……… 491
    - ＊ザッツ・エンターテイメント！（小泉喜美子） ……………… 496
  - ＊参考文献（山本二郎） ………… 504

第31巻　川柳・狂歌（浜田義一郎，森川昭編）
1977年11月30日刊

- ＊序説（浜田義一郎） ……………… 1

川柳 ……………………………………… 7
＊総説（浜田義一郎）…………………… 9
　本文鑑賞（浜田義一郎編）…………… 25
狂歌 ……………………………………… 171
＊総説（森川昭）………………………… 173
　本文鑑賞（森川昭編）………………… 195
＊川柳・狂歌の窓 ……………………… 367
　＊前句付について（鈴木勝忠）……… 369
　＊武玉川から川柳へ（佐藤要人）…… 379
　＊川柳の類型性（岩田秀行）………… 388
　＊川柳の作家について（大坂芳一）… 399
　＊落首精神の黄昏（松田修）………… 409
　＊狂歌と咄本―狂歌咄の消長（岡雅
　　彦）……………………………………… 420
　＊宿屋飯盛雑考（粕谷宏紀）………… 430
　＊読書ノート ………………………… 441
　　＊「うがち」の勘繰り（金子兜太）… 441
　　＊狂歌寸感（小中英之）…………… 449
＊参考文献（中西賢治，粕谷宏紀）… 454

第32巻　蕪村・一茶（清水孝之，栗山理一編）
1976年3月30日刊

＊序説（栗山理一）……………………… 1
蕪村 ……………………………………… 11
＊蕪村の生涯とその作品（清水孝之）… 13
　本文鑑賞（清水孝之編）……………… 41
一茶 ……………………………………… 227
＊一茶の生涯と作風（栗山理一）……… 229
　本文鑑賞（栗山理一編）……………… 253
＊蕪村・一茶の窓 ……………………… 395
　＊芭蕉・蕪村・一茶（山下一海）…… 397
　＊蕪村が占めた座標（田中道雄）…… 407
　＊蕪村の連句について（森居清）…… 417
　＊蕪村の連作詩篇とエロス（高橋庄
　　次）……………………………………… 425
　＊結城・下館時代の蕪村画（河野元昭）
　　……………………………………………… 435
　＊一茶と風土（金子兜太）…………… 445
　＊一茶調の背景（鈴木勝忠）………… 454
　＊一茶・成美・一瓢（遠藤誠治）…… 463
　＊読書ノート ………………………… 473
　　＊蕪村をめぐる二、三の思いつき
　　　（飯島耕一）………………………… 473
　　＊郷土の根について（水上勉）…… 483
　＊参考文献（中野沙恵）……………… 489

＊参考文献（前田利治）………………… 495
＊蕪村略年譜（中野沙恵）……………… 502
＊一茶略年譜（前田利治）……………… 509
＊蕪村発句初句索引 …………………… 516
＊一茶発句初句索引 …………………… 517

第33巻　俳句・俳論（白石悌三，尾形仂編）
1977年10月25日刊

＊序説（尾形仂）………………………… 1
俳句 ……………………………………… 1
＊総説（白石悌三）……………………… 3
　本文鑑賞（白石悌三編）……………… 21
俳論 ……………………………………… 237
＊総説（尾形仂）………………………… 239
　本文鑑賞（尾形仂編）………………… 251
＊俳句・俳論の窓 ……………………… 361
　＊漂泊と思郷と（山本健吉）………… 363
　＊俳句の方法（外山滋比古）………… 374
　＊俳諧・俳句・詩（森田蘭）………… 384
　＊切字断章（上野洋三）……………… 393
　＊西欧における近世俳句の鑑賞（佐藤
　　和夫）………………………………… 403
　＊江戸時代の芸能と俳諧（服部幸雄）… 413
　＊俳諧と思想史（野々村勝英）……… 423
　＊月並句合の実態（中野沙恵）……… 433
　＊読書ノート ………………………… 443
　　＊成美・一茶交際の一面（藤沢周平）
　　……………………………………………… 443
　　＊念仏としての俳諧（森本哲郎）… 453
＊参考文献（井上敏幸）………………… 461
＊「俳句」「俳論」初句索引 …………… 473
＊「俳句」作者索引 …………………… 474

第34巻　洒落本　黄表紙　滑稽本（中村幸彦，浜田啓介編）
1978年2月5日刊

＊序説（中村幸彦）……………………… 1
戯作入門（中村幸彦）…………………… 5
洒落本 …………………………………… 15
＊洒落本について（中村幸彦）………… 17
　遊子方言（中村幸彦）………………… 31
　本文鑑賞（中村幸彦編）
　　遊子方言 …………………………… 39
黄表紙 …………………………………… 103
＊黄表紙について（中村幸彦）………… 105

日本古典文学全集・内容綜覧　65

鑑賞 日本古典文学

　　孔子縞于時藍染（中村幸彦）............ 115
　　本文鑑賞（中村幸彦編）
　　　孔子縞于時藍染 120
　滑稽本 173
　＊総説（浜田啓介） 175
　　本文鑑賞（浜田啓介編）
　　　浮世風呂 209
　　　花暦八笑人 259
　＊洒落本・黄表紙・滑稽本の窓 309
　　＊「戯作評判記」評判（中野三敏）.... 311
　　＊平賀源内（城福勇） 330
　　＊喜三二の作品構造（井上隆明）..... 340
　　＊盧橘庵（肥田晧三） 350
　　＊戯作者と狂歌（延広真治） 357
　　＊絵入滑稽本について（狩野博幸）... 368
　　＊読書ノート 381
　　　　＊黄表紙漫言（森銑三）......... 381
　　　　＊おかしな江戸の戯作者（井上ひさ
　　　　　し） 389
　　＊参考文献（中山右尚） 405

第35巻　秋成・馬琴（中村幸彦，水野稔編）
1977年2月5日刊

＊序説（中村幸彦） 1
秋成 5
＊総説（中村幸彦） 7
　本文鑑賞（中村幸彦編） 31
　　雨月物語 37
　　癇癖談 107
　　春雨物語 121
馬琴 177
＊総説（水野稔） 179
＊『南総里見八犬伝』のあらすじ（水野稔）
　　　　　　　　　　　　　　　　　　　202
　本文鑑賞（水野稔編） 223
＊秋成・馬琴の窓 391
　＊秋成の文学観（中野三敏） 393
　＊『十雨余言』のことなど（高田衛）.. 404
　＊秋成と国学（中村博保） 414
　＊評論家馬琴（浜田啓介） 424
　＊馬琴の日常生活（柴田光彦） 436
　＊中国文学を用いて中文を離る（レオ
　　ン，ゾルブラッド） 449
　＊読本論（徳田武） 459
　＊馬琴読本の挿絵と画家（鈴木重三）. 473
　＊読書ノート 485

　　＊「夢応の鯉魚」とその原典（駒田信
　　　二） 485
　　＊馬琴の南総里見八犬伝（綿谷雪） 490
　＊参考文献（徳田武） 497

別巻　日本文学史入門（井本農一編）
1978年3月31日刊

＊はじめに（井本農一） 1
日本文学史入門 7
　文学史とは何か（井本農一） 7
　日本文学史概観 19
　　古代（木村正中） 21
　　中世（久保田淳） 139
　　近世（堀信夫） 239
　日本文学史の窓 361
　　文学史の方法（秋山虔） 363
　　文学史の時代区分（中野幸一） 373
　　その作品を生んだ時代の必然性 385
　　　古代（片桐洋一） 385
　　　中世（島津忠夫） 394
　　　近世（松田修） 403
　　文学史と仏教史（山田昭全） 412
　　美術史と文学史（片野達郎） 421
　　演劇史・芸能史と文学史（松崎仁）... 432
　　風土と日本文学史（長谷章久） 442
　　日本文学史参考書目解題（祐野隆三） 451
　　日本文学作品年表（久富哲雄） 468

[014] **鑑賞日本の古典**
尚学図書
全18巻
1979年12月～1982年7月

第1巻　古事記・風土記・日本霊異記（曽倉岑，金井清一著）
1981年9月20日刊

＊上代叙事文芸の発生と展開（金井清一） ………………………………… 5
古事記（曽倉岑，金井清一） ……… 19
＊凡例 …………………………… 20
＊解説 …………………………… 21
　上巻 …………………………… 31
　中巻 …………………………… 114
　下巻 …………………………… 171
風土記（曽倉岑） ………………… 215
＊凡例 …………………………… 216
＊解説 …………………………… 217
　衣手常陸国（常陸国総記） ……… 227
　富士と筑波（常陸国筑波郡） …… 232
　晡時臥の山（常陸国那賀郡） …… 236
　国引き（出雲国意宇郡） ………… 241
　火明命の乱暴（播磨国餝磨郡） … 247
　三山相闘（播磨国揖保郡） ……… 252
　鹿の田（豊後国速見郡） ………… 254
　餅の的（豊後国速見郡） ………… 257
　褶振の峯（肥前国松浦郡） ……… 259
　白鳥伝説（近江国逸文） ………… 264
　浦島伝説（丹後国逸文） ………… 268
　杵築曲（肥前国逸文） …………… 278
日本霊異記（金井清一） …………… 281
＊凡例 …………………………… 282
＊解説 …………………………… 283
　上巻 …………………………… 295
　中巻 …………………………… 315
　下巻 …………………………… 334
＊参考文献解題（荻原千鶴） ……… 341
＊付録
　＊『古事記』『風土記』『日本霊異記』関係略年表 ……………………… 368
　＊歴代天皇系図 ………………… 382

第2巻　万葉集（稲岡耕二著）
1980年4月1日刊

＊凡例 …………………………… 13
万葉集 …………………………… 15
　第一期（初期万葉） ……………… 15
　第二期（人麻呂の時代） ………… 103
　第三期（憶良・旅人の時代） …… 237
　第四期（末期万葉） ……………… 333
＊解説 …………………………… 407
＊万葉のことば（山崎馨） ………… 415
＊参考文献解題（神野志隆光） …… 445
＊付録 …………………………… 463
　＊万葉作品年表（神野志隆光） … 463
　＊系図 ………………………… 476
　＊位階・官職対照表 …………… 480
　＊奈良・明日香・吉野略図 …… 482

第3巻　古今和歌集・王朝秀歌選（秋山虔，久保田淳著）
1982年1月11日刊

古今和歌集（秋山虔） …………… 13
＊解説 …………………………… 14
王朝秀歌選（久保田淳） ………… 132
＊解説 …………………………… 135
　後撰和歌集 …………………… 151
　拾遺和歌集 …………………… 184
　後拾遺和歌集 ………………… 229
　金葉和歌集 …………………… 293
　詞花和歌集 …………………… 321
　千載和歌集 …………………… 363
　百人一首（久保田淳） ………… 415
＊百人一首索引（久保田淳） …… 443
＊参考文献解題（川上新一郎） …… 450
＊歌人略伝 ……………………… 478
＊勅撰集一覧 …………………… 499
＊勅撰集年表 …………………… 502

第4巻　伊勢物語・竹取物語・宇津保物語
（藤岡忠美，野口元大著）
1981年1月10日刊

＊物語文学について（藤岡忠美） …… 5
伊勢物語（藤岡忠美） ……………… 9
＊凡例 …………………………… 10
＊解説 …………………………… 11

竹取物語(藤岡忠美) ……………… *213*
＊凡例 ……………………………… *214*
＊解説 ……………………………… *215*
宇津保物語(野口元大) …………… *291*
＊凡例 ……………………………… *292*
＊解説 ……………………………… *294*
＊梗概 ……………………………… *311*
＊参考文献解題 …………………… *445*
　＊伊勢物語(徳原茂実) …………… *445*
　＊竹取物語(西村加代子) ………… *455*
　＊宇津保物語(芦田耕一) ………… *462*
＊付録 ……………………………… *469*
　＊『伊勢物語』主要古注釈書の総論 … *470*
　＊『竹取物語』参考資料 ………… *484*
　＊『伊勢物語』主要人物系図 …… *488*
　＊『宇津保物語』主要人物系図 …… *490*

第5巻　枕草子・大鏡(稲賀敬二，今井源衛著)
1980年5月1日刊

枕草子(稲賀敬二) …………………… *9*
＊解題 ……………………………… *10*
＊凡例 ……………………………… *23*
＊参考文献解題　枕草子(吉山裕樹) … *480*
＊枕草子年表 ……………………… *504*
＊枕草子関係諸家系図 …………… *509*
大鏡(今井源衛) …………………… *293*
＊解題 ……………………………… *295*
＊凡例 ……………………………… *313*
＊参考文献解題　大鏡(森下純昭) … *496*
＊大鏡関係諸家系図 ……………… *511*
＊大鏡外戚関係系図 ……………… *512*

第6巻　源氏物語(阿部秋生，小町谷照彦，野村精一，柳井滋著)
1979年12月1日刊

源氏物語 …………………………… *5*
＊解題(阿部秋生) ………………… *7*
　第一部(小町谷照彦) ……………… *35*
　　桐壺 ……………………………… *36*
　　帚木 ……………………………… *62*
　　空蟬 ……………………………… *74*
　　夕顔 ……………………………… *80*
　　若紫 ……………………………… *96*
　　紅葉賀 …………………………… *106*

　　花宴 ……………………………… *111*
　　葵 ………………………………… *117*
　　賢木 ……………………………… *122*
　　花散里 …………………………… *129*
　　須磨 ……………………………… *134*
　　明石 ……………………………… *140*
　　澪標 ……………………………… *145*
　　薄雲 ……………………………… *151*
　　少女 ……………………………… *157*
　　玉鬘 ……………………………… *164*
　　篝火 ……………………………… *170*
　　野分 ……………………………… *176*
　　藤裏葉 …………………………… *182*
　第二部(野村精一) ………………… *189*
　　若菜 上 ………………………… *190*
　　若菜 下 ………………………… *241*
　　柏木 ……………………………… *277*
　　横笛 ……………………………… *292*
　　鈴虫 ……………………………… *294*
　　夕霧 ……………………………… *297*
　　御法 ……………………………… *311*
　　幻 ………………………………… *323*
　第三部(柳井滋) …………………… *333*
　　匂宮 ……………………………… *334*
　　橋姫 ……………………………… *343*
　　椎本 ……………………………… *382*
　　総角 ……………………………… *390*
　　早蕨 ……………………………… *426*
　　宿木 ……………………………… *434*
　　東屋 ……………………………… *442*
　　浮舟 ……………………………… *458*
　　手習 ……………………………… *474*
　　夢浮橋 …………………………… *479*
＊紫式部─物語を書きはじめるころ(阿部秋生) …………………………… *489*
＊参考文献解題(平井仁子) ……… *516*
＊付録 ……………………………… *542*
　＊源氏物語年立 …………………… *542*
　＊源氏物語関係系図 ……………… *547*
　＊参考図　内裏図 ………………… *549*
　＊参考図　大内裏図 ……………… *550*

第7巻　蜻蛉日記・和泉式部日記・紫式部日記・更級日記(木村正中，阿部俊子，松村誠一，中野幸一著)
1980年8月10日刊

＊日記文学について（木村正中）............... 5
蜻蛉日記（木村正中）....................... 9
＊凡例 10
＊解説 11
　上巻 31
　中巻 77
　下巻 131
和泉式部日記（阿部俊子）.................. 167
＊凡例 168
＊解説 169
　和泉式部集（抄）........................ 273
紫式部日記（松村誠一）.................... 287
＊凡例 288
＊解説 289
更級日記（中野幸一）...................... 409
＊凡例 410
＊解説 411
＊参考文献解題（渡辺久壽）................ 515
＊付録 539
　＊『蜻蛉日記』関係年表 539
　＊『和泉式部日記』関係年表 545
　＊『紫式部日記』関係年表 549
　＊『更級日記』関係年表 553
　＊平安京条坊図 559
　＊京都周辺歴史地図 560

第8巻　今昔物語集・梁塵秘抄・閑吟集（篠原昭二，浅野建二著）
1980年7月1日刊

今昔物語集（篠原昭二）...................... 7
＊凡例 8
＊解説 10
＊今昔物語集 35
梁塵秘抄（浅野建二）...................... 325
＊凡例 326
＊解説 328
　長歌・古柳・今様（巻第一）.............. 337
　法文歌（巻第二）........................ 343
　四句神歌（巻第二）...................... 364
　二句神歌（巻第二）...................... 389
閑吟集（浅野建二）........................ 391
＊凡例 392
＊解説 395
＊参考論文 460
　＊末法と仏教思想（石田瑞麿）............ 460

＊歴史学から見た『今昔物語集』（義江彰夫）............................... 473
＊参考文献解題 504
　＊今昔物語集（篠原昭二）................ 504
　＊梁塵秘抄・閑吟集─研究のながれと課題（武石彰夫）..................... 510

第9巻　新古今和歌集・山家集・金槐和歌集（有吉保，犬養廉，樋口芳麻呂著）
1980年10月10日刊

＊総説（有吉保）........................... 9
新古今和歌集（有吉保）..................... 13
＊凡例 14
＊解説 15
＊『新古今和歌集』作者略伝 517
山家集（犬養廉）.......................... 251
＊凡例 252
＊解説 253
金槐和歌集（樋口芳麻呂）.................. 379
＊凡例 380
＊解説 381
＊参考文献解題（青木賢豪）................ 481
＊新古今時代略年表（田村柳壱）............ 526
＊付録 533
　＊六条藤家略系図 533
　＊御子左家略系図 534
　＊鎌倉・伊豆要図 534
　＊畿内要図 535

第10巻　方丈記・徒然草（三木紀人著）
1980年2月1日刊

＊総説 9
方丈記 11
＊長明と『方丈記』 13
徒然草 95
＊兼好と『徒然草』 97
＊参考文献解説（浅見和彦）................ 545
＊付録 560
　＊京都近郊略図 560

第11巻　平家物語（梶原正昭著）
1982年6月10日刊

平家物語（梶原正昭）....................... 1
＊凡例 4

日本古典文学全集・内容綜覧　69

鑑賞日本の古典

* 解説 ………………………………………… 7
* 平曲について（鈴木孝庸）………………… 29
　祇園精舎（巻第一）……………………… 37
　西光被斬（巻第二）……………………… 53
　足摺（巻第三）…………………………… 82
　信連合戦（巻第四）……………………… 102
　橋合戦（巻第四）………………………… 124
　小督（巻第六）…………………………… 158
　入道逝去（巻第六）……………………… 185
　実盛最後（巻第七）……………………… 204
　忠度都落（巻第七）……………………… 222
　瀬尾最後（巻第八）……………………… 237
　生食（巻第九）…………………………… 259
　宇治川（巻第九）………………………… 276
　木曽最後（巻第九）……………………… 294
　坂落（巻第九）…………………………… 327
　敦盛最後（巻第九）……………………… 340
　小宰相（巻第九）………………………… 355
　那須与一（巻第十一）…………………… 385
　先帝入水（巻第十一）…………………… 405
　能登殿最後（巻第十一）………………… 420
　重衡被斬（巻第十一）…………………… 438
　大原御幸（灌頂巻）……………………… 463
　御往生（灌頂巻）………………………… 486
* 参考文献解題（大津雄一）……………… 501
* 付録 ……………………………………… 517
* 索引 ………………………………………… 1

第12巻　建礼門院右京大夫集・とはずがたり（藤平春男，福田秀一著）
1981年2月20日刊

建礼門院右京大夫集（藤平春男）…………… 5
* 凡例 ………………………………………… 6
* 解説 ………………………………………… 7
とはずがたり（福田秀一）………………… 127
* 凡例 ……………………………………… 128
* 解説 ……………………………………… 129
　巻一 ……………………………………… 159
　巻二 ……………………………………… 270
　巻三 ……………………………………… 285
　巻四 ……………………………………… 305
　巻五 ……………………………………… 335
* 参考文献解題 …………………………… 367
　* 建礼門院右京大夫集（安東守仁）… 367
　* とはずがたり（寺井純子）………… 375
* 付録

* 『建礼門院右京大夫集』関係年表 … 383
* 『とはずがたり』関係年表 ………… 387
* 京都周辺地図 ………………………… 392

第13巻　太平記（鈴木登美恵，長谷川端著）
1980年6月1日刊

太平記（鈴木登美恵，長谷川端）………… 1
* 凡例 ………………………………………… 5
* 解題（長谷川端）………………………… 7
* 『太平記』作者の思想（増田欣）……… 317
* 作者像の消滅―『太平記』論のための
　モノローグ（桜井好朗）……………… 328
* 傾城傾国の乱（釜田喜三郎）…………… 341
* 合戦記の虚実―巻三の二つの合戦記
　について（大森北義）………………… 353
* 新田義貞について（中西達治）………… 366
* 芸能における「太平記の世界」（服部幸
　雄）……………………………………… 379
* 中世における『太平記』の享受（加美宏）
　…………………………………………… 391
* 参考文献解説（長谷川端）……………… 403
* 『太平記』総目録（鈴木登美恵）……… 418
* 『太平記』略年表（鈴木登美恵）……… 427
* 〈付録〉…………………………………… 431
　* 後醍醐天皇の父祖の血脈 …………… 431
　* 新田氏・足利氏系図 ………………… 432
　* 畿内要図 ……………………………… 433
　* 南北朝時代歴史地図（十四世紀中
　　葉）…………………………………… 434

第14巻　芭蕉集（井本農一著）
1982年7月10日刊

* 凡例に代えて（井本農一）………………… 7
* 芭蕉評伝―生涯と作品 …………………… 8
発句編 ……………………………………… 47
　修行時代（貞門俳諧期）………………… 48
　宗匠時代（談林俳諧期）………………… 60
　蕉風時代 一（延宝八年冬―貞享二年）
　…………………………………………… 71
　蕉風時代 二（貞享三年―元禄元年）・ 128
　蕉風時代 三（元禄二年―元禄六年）・ 171
　蕉風時代 四（元禄七年）……………… 210
連句編 ……………………………………… 233
* 連句の構造のあらまし―芭蕉を中心
　に ……………………………………… 234

70　日本古典文学全集・内容綜覧

鑑賞日本の古典

蕉風連句の鑑賞―変遷をたどって ……	239
一 野は雪に の巻 百韻（表八句）	
芭蕉の貞門俳諧 ……………………	239
二 あら何共なや の巻 百韻（表八	
句）芭蕉の談林俳諧 ………………	243
三 狂句こがらし の巻 歌仙（裏一	
～六句）芭蕉俳諧の確立 …………	247
四 木のもとに の巻 歌仙（全）円	
熟期の蕉風俳諧 ……………………	251
五 空豆の の巻 歌仙（全）軽みの	
蕉風俳諧 ……………………………	275
おくのほそ道（抄）・嵯峨日記 ………	299
＊解説 …………………………………	300
嵯峨日記（全文） ……………………	355
＊解説 …………………………………	355
＊参考文献解題（久富哲雄） ………	391
＊芭蕉略年譜（久富哲雄編） ………	414
＊発句索引 ……………………………	429
＊芭蕉の足跡地図 ……………………	435

第15巻　西鶴集（宗政五十緒，長谷川強著）
1980年3月1日刊

＊解説　西鶴―人と作品（宗政五十緒） ……	5
好色一代男 ……………………………	24
＊解説（宗政五十緒） …………………	24
好色五人女 ……………………………	55
＊解説（宗政五十緒） …………………	55
好色一代女 ……………………………	104
＊解説（宗政五十緒） …………………	104
西鶴諸国ばなし ………………………	139
＊解説（宗政五十緒） …………………	139
本朝二十不孝 …………………………	168
＊解説（宗政五十緒） …………………	168
本朝桜陰比事 …………………………	193
＊解説（宗政五十緒） …………………	193
武道伝来記 ……………………………	211
＊解説（長谷川強） ……………………	211
武家義理物語 …………………………	239
＊解説（長谷川強） ……………………	239
日本永代蔵 ……………………………	256
＊解説（長谷川強） ……………………	256
世間胸算用 ……………………………	297
＊解説（長谷川強） ……………………	297
西鶴織留 ………………………………	338
＊解説（長谷川強） ……………………	338
万の文反古 ……………………………	367

＊解説（長谷川強） ……………………	367
＊俳諧師西鶴（乾裕幸） ………………	383
＊西鶴における先行文学の影響（柳瀬万	
里） …………………………………	397
＊近世前期の貨幣（小葉田淳） ………	407
＊西鶴と外国文学（冨士昭雄） ………	415
＊参考文献（江本裕） …………………	429
＊西鶴研究略史 ……………………	429
＊参考文献解題 ……………………	441
＊西鶴略年譜（柳瀬万里） ……………	451

第16巻　近松集（原道生著）
1982年4月20日刊

＊凡例 ……………………………………	6
＊解説　近松門左衛門―生涯と作品 ……	8
出世景清 ………………………………	32
＊解説 …………………………………	32
＊初段　梗概・特色 …………………	39
＊二段目　口　清水坂阿古屋住家 ……	43
＊二段目　切　清水寺轟坊 ……………	64
＊三段目　梗概・特色 …………………	72
＊四段目　六波羅牢舎前 ………………	75
＊五段目　梗概・特色 …………………	107
曾根崎心中 ……………………………	110
＊解説 …………………………………	110
観音廻り ………………………………	116
生玉社境内 ……………………………	130
天満屋 …………………………………	166
道行 ……………………………………	188
曾根崎の森 ……………………………	198
冥途の飛脚 ……………………………	209
＊解説 …………………………………	209
上之巻　梗概・特色 …………………	215
中之巻　新町越後屋 …………………	219
下之巻　梗概・特色 …………………	279
国性爺合戦 ……………………………	283
＊解説 …………………………………	283
初段・二段目　梗概・特色 …………	289
三段目　口　楼門 ……………………	293
三段目　切　獅子が城 ………………	315
四段目・五段目　梗概・特色 ………	353
心中天の網島 …………………………	356
＊解説 …………………………………	356
上之巻　梗概・特色 …………………	361
中之巻　紙屋内 ………………………	366
下之巻　梗概・特色 …………………	425

日本古典文学全集・内容綜覧　71

*参考文献解題(平田澄子) ………… 429
 　*近松世話浄瑠璃登場人物一覧(平田
 　　澄子) ……………………………… 439
 　*近松略年譜(平田澄子) …………… 497
 　*あとがき(原道生) ………………… 509

第17巻　蕪村集(村松友次著)
1981年7月10日刊

 *凡例 …………………………………… 6
 *解説(村松友次) ……………………… 7
 和詩編(村松友次) …………………… 50
 　1　北寿老仙をいたむ ……………… 50
 　2　春風馬堤曲(付)澱河歌・老鶯児 … 69
 発句編(村松友次) …………………… 89
 連句編(池田俊朗) …………………… 246
 *はじめに …………………………… 246
 　「牡丹散て」の巻(もゝすもゝ) …… 249
 　「冬木だち」の巻(もゝすもゝ) …… 279
 俳文・書簡編(谷地快一) …………… 309
 　馬堤灯画賛 ………………………… 309
 　蓑虫説(部分) ……………………… 312
 　夜半楽前文 ………………………… 315
 　新花摘(部分) ……………………… 317
 　葛の翁図賛 ………………………… 321
 　月夜の卯兵衛 ……………………… 324
 　遊行柳自画賛 ……………………… 326
 　宇治行 ……………………………… 328
 　春の月 ……………………………… 331
 　弁慶図賛 …………………………… 333
 　几董宛年時不詳書簡 ……………… 335
 　宛名不詳安永六年書簡 …………… 339
 　正名・春作宛安永六年書簡(部分) … 341
 　佳棠宛年時不詳書簡 ……………… 345
 　道立宛安永九年書簡 ……………… 348
 俳論編(久保田敏子) ………………… 351
 *はじめに …………………………… 351
 　『むかしを今』序(部分) …………… 353
 　『芭蕉翁附合集』序 ………………… 358
 　『春泥句集』序 ……………………… 360
 　『俳諧桃李』序 ……………………… 368
 夜半亭一門(谷地快一) ……………… 371
 *「夜半亭一門」作者略伝 …………… 411
 *参考文献(谷地快一) ……………… 414
 *蕪村関係略年表(谷地快一) ……… 438
 *蕪村作品出典解題(村松友次) …… 450

第18巻　秋成集(高田衛著)
1981年5月10日刊

 *序にかえて(高田衛) ………………… 5
 *凡例 …………………………………… 8
 *解説―上田秋成の生涯と文学 ……… 9
 雨月物語 ……………………………… 31
 *解題 ………………………………… 31
 　白峯 ………………………………… 39
 　浅茅が宿 …………………………… 80
 春雨物語 ……………………………… 131
 *解題 ………………………………… 131
 　序 …………………………………… 142
 　二世の縁 …………………………… 146
 　樊噲上 ……………………………… 161
 　樊噲下 ……………………………… 213
 癖談(くせものがたり) ……………… 239
 *解題 ………………………………… 239
 　人ごとに一つの癖(上巻 第一条) … 241
 　外ごころ多き男(上巻 第十三条) … 245
 諸道聴耳世間猿(しょどうききみみせけんざる)
 　……………………………………… 251
 *解題 ………………………………… 251
 　身過はあぶない軽業の口上(巻三の
 　二) ………………………………… 253
 藤簍冊子(つづらぶみ) ……………… 273
 *解題 ………………………………… 273
 　よもつ文(巻六) …………………… 275
 呵刈葭(かかりか) …………………… 291
 *解題 ………………………………… 291
 　『鉗狂人上田秋成評同弁』日神論争条 … 294
 【参考作品】 ………………………… 311
 *山東京伝(延広真治) ……………… 311
 *凡例 ………………………………… 322
 　妬湯仇討話(うわなりゆあだうちばなし) … 323
 *解題 ………………………………… 323
 *【参考論文】 ……………………… 355
 　*西鶴と秋成―表現の思想(森山重
 　　雄) ……………………………… 355
 　*妖怪と人間―近世後期の思想と草
 　　双紙・読本(小池正胤) ………… 367
 　*中国志怪小説の流れ(竹田晃) … 380
 　*秋成の文章と文体(中村博保) … 392
 *参考文献解題(稲田篤信) ………… 407
 *【付録】 …………………………… 441
 　*「秋成」関係略年表(稲田篤信) … 441
 　*「秋成」関係地図 ………………… 447

完訳 日本の古典

[015] **完訳 日本の古典**
小学館
全58巻, 別巻2巻
1982年11月～1989年4月
（秋山虔, 小山弘志, 神保五彌 (ほか) 編）

第1巻　古事記（荻原浅男校注・訳）
1983年8月刊

＊凡例 ……………………………………… 7
古事記 …………………………………… 11
　上巻 并せて序 ……………………… 13
　中巻 ………………………………… 85
　下巻 ………………………………… 168
＊解説 …………………………………… 349
神代・歴代天皇系図 …………………… 371

第2巻　萬葉集（一）（小島憲之, 木下正俊, 佐竹昭広校注・訳）
1982年11月30日刊

＊凡例 ……………………………………… 3
万葉集 ……………………………………… 7
　巻第一 ………………………………… 9
　巻第二 ………………………………… 81
　巻第三 ………………………………… 201
＊解説 …………………………………… 359
＊付録 …………………………………… 393
　＊万葉集関係略年表 ………………… 394
　＊系図 ………………………………… 398
　＊参考地図 …………………………… 401

第3巻　萬葉集（二）（小島憲之, 木下正俊, 佐竹昭広校注・訳）
1984年1月31日刊

＊凡例 ……………………………………… 3
万葉集 ……………………………………… 7
　巻第四 ………………………………… 9
　巻第五 ………………………………… 175
　巻第六 ………………………………… 285
＊解説 …………………………………… 399

＊付録 …………………………………… 417
　＊萬葉集関係略年表 ………………… 418
　＊参考系図 …………………………… 422
　＊官位相当表 ………………………… 424
　＊参考地図 …………………………… 426

第4巻　萬葉集（三）（小島憲之, 木下正俊, 佐竹昭広校注・訳）
1989年4月1日刊

＊凡例 ……………………………………… 3
万葉集 ……………………………………… 7
　巻第七 ………………………………… 9
　巻第八 ………………………………… 159
　巻第九 ………………………………… 307
　巻第十 ………………………………… 403
＊解説 …………………………………… 631
　＊萬葉集関係略年表 ………………… 642

第5巻　萬葉集（四）（小島憲之, 木下正俊, 佐竹昭広校注・訳）
1989年4月1日刊

＊凡例 ……………………………………… 3
万葉集 ……………………………………… 7
　巻第十一 ……………………………… 9
　巻第十二 ……………………………… 215
　巻第十三 ……………………………… 373
＊解説 …………………………………… 479
　＊参考地図 …………………………… 490

第6巻　萬葉集（五）（小島憲之, 木下正俊, 佐竹昭広校注・訳）
1989年4月1日刊

＊凡例 ……………………………………… 3
万葉集 ……………………………………… 7
　巻第十四 ……………………………… 9
　巻第十五 ……………………………… 119
　巻第十六 ……………………………… 223
　巻第十七 ……………………………… 307
＊解説 …………………………………… 423
＊付録 …………………………………… 439
　＊萬葉集関係略年表 ………………… 440
　＊参考地図 …………………………… 442

第7巻　萬葉集（六）（小島憲之，木下正俊，佐竹昭広校注・訳）
1989年4月1日刊

* 凡例 ……………………………………… 3
万葉集 …………………………………… 7
　巻第十八 ……………………………… 9
　巻第十九 ……………………………… 95
　巻第二十 ……………………………… 209
* 解説 …………………………………… 353
* 付録 …………………………………… 367
　* 萬葉集関係略年表 ………………… 368
　* 初句索引 …………………………… 371

第8巻　日本霊異記（中田祝夫校注・訳）
1986年11月30日刊

* 凡例 …………………………………… 11
日本霊異記 ……………………………… 13
　上巻 …………………………………… 17
　中巻 …………………………………… 79
　下巻 …………………………………… 161
* 解説 …………………………………… 383
* 索引 …………………………………… 414

第9巻　古今和歌集（小沢正夫，松田成穂校注・訳）
1983年4月30日刊

* 凡例 …………………………………… 5
古今和歌集 ……………………………… 9
　仮名序 ………………………………… 10
　　原文・注 …………………………… 10
　　現代語訳 …………………………… 23
　巻第一　春歌上 ……………………… 32
　巻第二　春歌下 ……………………… 66
　巻第三　夏歌 ………………………… 98
　巻第四　秋歌上 ……………………… 114
　巻第五　秋歌下 ……………………… 152
　巻第六　冬歌 ………………………… 184
　巻第七　賀歌 ………………………… 198
　巻第八　離別歌 ……………………… 210
　巻第九　羈旅歌 ……………………… 234
　巻第十　物名 ………………………… 248
　巻第十一　恋歌一 …………………… 272
　巻第十二　恋歌二 …………………… 306
　巻第十三　恋歌三 …………………… 334
　巻第十四　恋歌四 …………………… 364
　巻第十五　恋歌五 …………………… 398
　巻第十六　哀傷歌 …………………… 438
　巻第十七　雑歌上 …………………… 460
　巻第十八　雑歌下 …………………… 498
　巻第十九　雑躰 ……………………… 536
　巻第二十　大歌所御歌・神遊びの歌・東歌 …………………………………… 576
　墨滅歌 ………………………………… 592
　真名序（紀淑望） …………………… 603
　　原文・注 …………………………… 603
　　現代語訳 …………………………… 611
* 校訂付記 ……………………………… 615
* 解説 …………………………………… 617
* 付録 …………………………………… 635
　* 作者略伝 …………………………… 636
　* 初句索引 …………………………… 644

第10巻　竹取物語　伊勢物語　土佐日記（片桐洋一，福井貞助，松村誠一校注・訳）
1983年2月28日刊

竹取物語（片桐洋一校注・訳） ……… 5
* 凡例 …………………………………… 7
　原文・注 ……………………………… 11
* 校訂付記 ……………………………… 58
　現代語訳 ……………………………… 61
* 解説 …………………………………… 93
伊勢物語（福井貞助校注・訳） ……… 111
* 凡例 …………………………………… 113
　原文・注 ……………………………… 117
　現代語訳 ……………………………… 205
* 解説 …………………………………… 269
　* 人物系図 …………………………… 281
　* 年譜 ………………………………… 282
　* 和歌索引 …………………………… 286
土佐日記（松村誠一校注・訳） ……… 289
* 凡例 …………………………………… 291
　原文・注 ……………………………… 295
* 校訂付記 ……………………………… 327
　現代語訳 ……………………………… 329
* 解説 …………………………………… 353
　* 和歌索引 …………………………… 365
　* 旅程地図 …………………………… 366
* 付録図版 ……………………………… 368

完訳 日本の古典

第11巻　蜻蛉日記（木村正中，伊牟田経久校注・訳）
1985年8月31日刊

＊凡例 …………………………………… 3
蜻蛉日記 ………………………………… 7
　上巻 …………………………………… 9
　中巻 ………………………………… 69
　下巻 ……………………………… 149
　巻末歌集 ………………………… 223
＊校訂付記 …………………………… 234
＊解説 ………………………………… 427
＊付録 ………………………………… 447
　＊関係系図 ……………………… 448
　＊蜻蛉日記年譜 ………………… 449
　＊参考地図 ……………………… 459

第12巻　枕草子（一）（松尾聰，永井和子校注・訳）
1984年7月31日刊

＊凡例 …………………………………… 7
枕草子 ………………………………… 13
＊校訂付記 …………………………… 171
＊解説 ………………………………… 277
＊付録 ………………………………… 301
　＊枕草子年表 …………………… 302
　＊枕草子関係系図 ……………… 318
　＊図録 …………………………… 324

第13巻　枕草子（二）（松尾聰，永井和子校注・訳）
1984年8月31日刊

＊凡例 ………………………………… 11
枕草子 ………………………………… 17
　三巻本系統諸本逸文 …………… 211
＊校訂付記 …………………………… 229
＊図録 ………………………………… 365

第14巻　源氏物語（一）（阿部秋生，秋山虔，今井源衛，鈴木日出男校注・訳）
1983年1月刊

＊凡例 …………………………………… 3
源氏物語 ………………………………… 9
　桐壺 ………………………………… 11

帚木 …………………………………… 41
空蟬 …………………………………… 93
夕顔 ………………………………… 107
若紫 ………………………………… 161
＊校訂付記 …………………………… 215
＊解説 ………………………………… 351
＊巻末評論 …………………………… 421
＊付録 ………………………………… 435
　＊引歌一覧 ……………………… 437
　＊各巻の系図 …………………… 454
　＊官位相当表 …………………… 458
　＊図録 …………………………… 460

第15巻　源氏物語（二）（阿部秋生，秋山虔，今井源衛，鈴木日出男校注・訳）
1983年10月31日刊

＊凡例 …………………………………… 3
源氏物語 ………………………………… 7
　末摘花 ………………………………… 9
　紅葉賀 ……………………………… 45
　花宴 ………………………………… 79
　葵 …………………………………… 93
　賢木 ………………………………… 145
　花散里 ……………………………… 201
＊校訂付記 …………………………… 208
＊巻末評論 …………………………… 347
＊付録 ………………………………… 365
　＊引歌一覧 ……………………… 367
　＊各巻の系図 …………………… 392
　＊官位相当表 …………………… 398
　＊図録 …………………………… 400

第16巻　源氏物語（三）（阿部秋生，秋山虔，今井源衛，鈴木日出男校注・訳）
1984年5月31日刊

＊凡例 …………………………………… 3
源氏物語 ………………………………… 7
　須磨 ………………………………… 9
　明石 ………………………………… 57
　澪標 ………………………………… 101
　蓬生 ………………………………… 139
　関屋 ………………………………… 167
　絵合 ………………………………… 175
＊校訂付記 …………………………… 197
＊巻末評論 …………………………… 331

日本古典文学全集・内容綜覧　75

完訳 日本の古典

```
 *付録 ……………………………… 347
   *引歌一覧 …………………… 349
   *各巻の系図 ………………… 370
   *官位相当表 ………………… 376
   *図録 ………………………… 378
   *地図 ………………………… 382
```

第17巻　源氏物語（四）（阿部秋生，秋山虔，今井源衛，鈴木日出男校注・訳）
1985年2月28日刊

```
*凡例 ……………………………… 3
源氏物語 ………………………… 7
  松風 ………………………………… 9
  薄雲 ……………………………… 33
  朝顔 ……………………………… 67
  少女 ……………………………… 91
  玉鬘 …………………………… 147
  初音 …………………………… 193
  胡蝶 …………………………… 211
*校訂付記 …………………… 235
*巻末評論 …………………… 391
*付録 ………………………… 407
   *引歌一覧 ………………… 409
   *各巻の系図 ……………… 436
   *地図 ……………………… 443
   *官位相当表 ……………… 444
   *図録 ……………………… 446
```

第18巻　源氏物語（五）（阿部秋生，秋山虔，今井源衛，鈴木日出男校注・訳）
1985年7月31日刊

```
*凡例 ……………………………… 3
源氏物語 ………………………… 7
  蛍 ………………………………… 9
  常夏 ……………………………… 33
  篝火 ……………………………… 59
  野分 ……………………………… 65
  行幸 ……………………………… 87
  藤袴 …………………………… 119
  真木柱 ………………………… 137
  梅枝 …………………………… 181
  藤裏葉 ………………………… 203
*校訂付記 …………………… 230
*巻末評論 …………………… 379
*付録 ………………………… 393
```

```
   *引歌一覧 ………………… 395
   *各巻の系図 ……………… 415
   *官位相当表 ……………… 424
   *図録 ……………………… 426
```

第19巻　源氏物語（六）（阿部秋生，秋山虔，今井源衛，鈴木日出男校注・訳）
1986年7月31日刊

```
*凡例 ……………………………… 3
源氏物語 ………………………… 7
  若菜 上 ………………………… 9
  若菜 下 ……………………… 119
*校訂付記 …………………… 228
*巻末評論 …………………… 377
*付録 ………………………… 393
   *引歌一覧 ………………… 395
   *各巻の系図 ……………… 412
   *官位相当表 ……………… 416
   *図録 ……………………… 418
```

第20巻　源氏物語（七）（阿部秋生，秋山虔，今井源衛，鈴木日出男校注・訳）
1987年5月31日刊

```
*凡例 ……………………………… 3
源氏物語 ………………………… 7
  柏木 ……………………………… 9
  横笛 ……………………………… 54
  鈴虫 ……………………………… 77
  夕霧 ……………………………… 95
  御法 …………………………… 173
  幻 ……………………………… 197
*校訂付記 …………………… 224
*巻末評論 …………………… 369
*付録 ………………………… 383
   *引歌一覧 ………………… 385
   *各巻の系図 ……………… 407
   *図録 ……………………… 413
   *官位相当表 ……………… 416
```

第21巻　源氏物語（八）（阿部秋生，秋山虔，今井源衛，鈴木日出男校注・訳）
1987年10月31日刊

```
*凡例 ……………………………… 3
源氏物語 ………………………… 7
```

匂宮	9
紅梅	27
竹河	43
橋姫	89
椎本	131
総角	173
*校訂付記	269
*巻末評論	453
*付録	469
*引歌一覧	471
*各巻の系図	498
*地図	505
*官位相当表	508

第22巻　源氏物語(九)(阿部秋生，秋山虔，今井源衛，鈴木日出男校注・訳)
1988年4月30日刊

*凡例	3
源氏物語	7
早蕨	9
宿木	31
東屋	133
*校訂付記	204
*巻末評論	345
*付録	361
*引歌一覧	363
*各巻の系図	383
*官位相当表	388

第23巻　源氏物語(十)(阿部秋生，秋山虔，今井源衛，鈴木日出男校注・訳)
1988年10月30日刊

*凡例	3
源氏物語	7
浮舟	9
蜻蛉	85
手習	147
夢浮橋	221
*校訂付記	242
*巻末評論	411
*付録	423
*引歌一覧	425
*官位相当表	442
*各巻の系図	444
*源氏物語引歌索引	451

| *源氏物語引用漢詩文索引 | 480 |
| *源氏物語引用仏典索引 | 488 |

第24巻　和泉式部日記 紫式部日記 更級日記(藤岡忠美，中野幸一，犬養廉校注・訳)
1984年3月31日刊

和泉式部日記(藤岡忠美校注・訳)	5
*凡例	7
原文・注	11
*校訂付記	67
現代語訳	69
*解説	113
*和泉式部日記年譜	129
*和歌初句索引	133
紫式部日記(中野幸一校注・訳)	135
*凡例	137
原文・注	141
*校訂付記	223
現代語訳	227
*解説	281
*紫式部日記年譜	295
*登場人物要覧	299
*紫式部日記参考系図	308
更級日記(犬養廉校注・訳)	311
*凡例	313
原文・注	317
現代語訳	383
*解説	431
*更級日記年譜	447

第25巻　夜の寝覚(一)(鈴木一雄，石埜敬子校注・訳)
1984年12月25日刊

*凡例	3
夜の寝覚	7
巻一	9
巻二	97
*校訂付記	180
*解説	299
*付録	345
*系図	346
*年立	349
*官位相当表	357
*参考地図	358

完訳 日本の古典

```
＊図録 ………………………………… 360
```

第26巻　夜の寝覚（二）（鈴木一雄，石埜敬子校注・訳）
1989年1月31日刊

```
＊凡例 …………………………………… 3
夜の寝覚 ………………………………… 7
　巻三 …………………………………… 11
　巻四 …………………………………… 83
　巻五 ………………………………… 173
＊校訂付記 …………………………… 266
＊付録 ………………………………… 441
　＊図録 ……………………………… 443
　＊系図 ……………………………… 444
```

第27巻　堤中納言物語　無名草子（稲賀敬二，久保木哲夫校注・訳）
1987年1月31日刊

```
堤中納言物語（稲賀敬二校注・訳） ……… 5
＊凡例 …………………………………… 7
＊校訂付記 …………………………… 115
＊解説 ………………………………… 177
無名草子（久保木哲夫校注・訳） ……… 199
＊凡例 ………………………………… 201
　原文・注 …………………………… 205
＊校訂付記 …………………………… 303
　現代語訳 …………………………… 307
＊解説 ………………………………… 371
＊付録 ………………………………… 387
　＊散逸物語参考資料 ……………… 389
　＊官位相当表 ……………………… 410
　＊図録 ……………………………… 412
```

第28巻　大鏡（一）（橘健二校注・訳）
1986年6月30日刊

```
＊凡例 …………………………………… 5
大鏡 上 ………………………………… 9
大鏡 中 ……………………………… 115
＊校訂付記 …………………………… 160
＊解説 ………………………………… 265
＊付録 ………………………………… 281
　＊本文補入部分出典解説 ………… 282
　＊系図 ……………………………… 284
　＊官位相当表 ……………………… 292
```

```
＊図録 ………………………………… 294
```

第29巻　大鏡（二）（橘健二校注・訳）
1987年2月28日刊

```
＊凡例 …………………………………… 3
大鏡 中 ………………………………… 9
大鏡 下 ………………………………… 79
＊校訂付記 …………………………… 187
＊付録 ………………………………… 311
　＊本文補入部分出典解説 ………… 312
　＊平安京条坊図 …………………… 314
　＊図録 ……………………………… 316
　＊登場人名索引 …………………… 319
```

第30巻　今昔物語集（一）（馬淵和夫，国東文麿，今野達校注・訳）
1986年1月31日刊

```
＊凡例 …………………………………… 7
今昔物語集 巻第二十一〔諸本欠〕 …… 15
今昔物語集 巻第二十二 本朝 ……… 21
今昔物語集 巻第二十三 本朝 ……… 55
今昔物語集 巻第二十四 本朝付世俗 … 107
＊解説 ………………………………… 369
＊付録 ………………………………… 383
　＊官位相当表 ……………………… 384
　＊参考地図 ………………………… 386
　＊図録 ……………………………… 388
```

第31巻　今昔物語集（二）（馬淵和夫，国東文麿，今野達校注・訳）
1986年9月30日刊

```
＊凡例 …………………………………… 7
今昔物語集 巻第二十五 本朝付世俗 … 15
今昔物語集 巻第二十六 本朝付宿報 … 87
今昔物語集 巻第二十七 本朝付霊鬼 … 205
＊解説 ………………………………… 495
```

第32巻　今昔物語集（三）（馬淵和夫，国東文麿，今野達校注・訳）
1987年6月30日刊

```
＊凡例 …………………………………… 7
今昔物語集 巻第二十八 本朝付世俗 … 15
今昔物語集 巻第二十九 本朝付悪行 … 159
```

完訳 日本の古典

```
＊解説 ………………………………… 435
＊付録 ………………………………… 447
  ＊参考歴史地図 …………………… 448
```

第33巻　今昔物語集（四）（馬淵和夫，国東文麿，今野達校注・訳）
1988年7月31日刊

```
＊凡例 ………………………………………… 5
今昔物語集 巻第三十 本朝付雑事 …… 13
今昔物語集 巻第三十一 本朝付雑事 … 73
＊解説 …………………………………… 267
＊付録 …………………………………… 289
  ＊官位相当表 ……………………… 290
  ＊参考地図 ………………………… 292
  ＊図録 ……………………………… 297
```

第34巻　梁塵秘抄（新間進一，外村南都子校注・訳）
1988年1月31日刊

```
＊凡例 ………………………………………… 3
梁塵秘抄巻第一 ……………………………… 9
梁塵秘抄巻第二 ……………………………… 27
梁塵秘抄口伝集巻第一 …………………… 295
梁塵秘抄口伝集巻第十 …………………… 299
＊校訂付記 ……………………………… 338
＊解説 …………………………………… 367
＊付録 …………………………………… 383
  ＊初句索引 ………………………… 384
  ＊参考地図 ………………………… 392
  ＊今様相承系図 …………………… 395
  ＊図録 ……………………………… 396
```

第35巻　新古今和歌集（一）（峯村文人校注・訳）
1983年11月30日刊

```
＊凡例 ………………………………………… 5
新古今和歌集 ………………………………… 9
  真名序 …………………………………… 11
    原文・注 ……………………………… 11
    現代語訳 ……………………………… 17
  仮名序 …………………………………… 20
    原文・注 ……………………………… 20
    現代語訳 ……………………………… 25
  巻第一 春歌上 ………………………… 28
  巻第二 春歌下 ………………………… 74
  巻第三 夏歌 …………………………… 110
  巻第四 秋歌上 ………………………… 160
  巻第五 秋歌下 ………………………… 226
  巻第六 冬歌 …………………………… 280
  巻第七 賀歌 …………………………… 350
  巻第八 哀傷歌 ………………………… 376
  巻第九 離別歌 ………………………… 436
  巻第十 羇旅歌 ………………………… 458
＊校訂付記 ……………………………… 502
＊解説 …………………………………… 503
＊付録 …………………………………… 523
  ＊新古今和歌集年表 ……………… 524
```

第36巻　新古今和歌集（二）（峯村文人校注・訳）
1983年12月25日刊

```
＊凡例 ………………………………………… 3
新古今和歌集 ………………………………… 7
  巻第十一 恋歌一 ……………………… 8
  巻第十二 恋歌二 ……………………… 52
  巻第十三 恋歌三 ……………………… 86
  巻第十四 恋歌四 ……………………… 130
  巻第十五 恋歌五 ……………………… 178
  巻第十六 雑歌上 ……………………… 224
  巻第十七 雑歌中 ……………………… 302
  巻第十八 雑歌下 ……………………… 352
  巻第十九 神祇歌 ……………………… 434
  巻第二十 釈教歌 ……………………… 466
＊校訂付記 ……………………………… 498
＊付録 …………………………………… 499
  ＊隠岐本跋 ………………………… 500
  ＊作者略伝 ………………………… 503
  ＊初句総索引 ……………………… 535
```

第37巻　方丈記 徒然草（神田秀夫，永積安明）
1986年3月31日刊

```
方丈記（神田秀夫校注・訳） ………… 11
＊凡例 …………………………………… 13
  原文・注 ……………………………… 17
  現代語訳 ……………………………… 36
＊解説 …………………………………… 49
＊長明略年譜 …………………………… 66
＊参考地図 ……………………………… 70
```

日本古典文学全集・内容綜覧　79

徒然草（永積安明校注・訳） …………… 71
*凡例 ……………………………………… 73
*校訂付記 ……………………………… 258
*解説 …………………………………… 363
*付録 …………………………………… 381
　*兼好関係略年譜 …………………… 382
　*参考系図 …………………………… 389
　*参考地図 …………………………… 390
　*図録 ………………………………… 391

第38巻　とはずがたり（一）（久保田淳校注・訳）
1985年4月刊

*凡例 ……………………………………… 3
とはずがたり …………………………… 9
　巻一 …………………………………… 11
　巻二 …………………………………… 85
　巻三 ………………………………… 145
*解説 …………………………………… 329
*付録 …………………………………… 339
　*官位相当表 ………………………… 340
　*主要人物関係図 …………………… 342
　*地図 ………………………………… 343
　*図録 ………………………………… 344

第39巻　とはずがたり（二）（久保田淳校注・訳）
1985年6月刊

*凡例 ……………………………………… 3
とはずがたり …………………………… 9
　巻四 …………………………………… 11
　巻五 …………………………………… 63
*解説 …………………………………… 165
*付録 …………………………………… 205
　*校訂一覧 …………………………… 206
　*引歌一覧 …………………………… 210
　*登場人物略伝 ……………………… 230
　*『とはずがたり』年表 …………… 244
　*作中和歌一覧 ……………………… 258
　*参考資料 …………………………… 267
　*系図 ………………………………… 294
　*地図 ………………………………… 298
　*図録 ………………………………… 300

第40巻　宇治拾遺物語（一）（小林智昭, 小林保治, 増古和子校注・訳）
1984年10月31日刊

*凡例 ……………………………………… 7
宇治拾遺物語 …………………………… 11
*校訂付記 ……………………………… 229
*解説 …………………………………… 353
*付録 …………………………………… 373
　*『宇治拾遺物語』を読むために … 375

第41巻　宇治拾遺物語（二）（小林智昭, 小林保治, 増古和子校注・訳）
1986年2月28日刊

*凡例 ……………………………………… 7
宇治拾遺物語 …………………………… 13
*校訂付記 ……………………………… 248
*付録 …………………………………… 379
　*関係説話表 ………………………… 381
　*固有名詞索引 ……………………… 389

第42巻　平家物語（一）（市古貞次校注・訳）
1985年5月刊

*凡例 ……………………………………… 5
平家物語 ………………………………… 9
　巻第一 ………………………………… 11
　巻第二 ………………………………… 85
　巻第三 ………………………………… 171
*校訂付記 ……………………………… 247
*解説 …………………………………… 367
*付録 …………………………………… 389
　*平家物語年表 ……………………… 390
　*参考系図 …………………………… 396
　*参考地図 …………………………… 399
　*図録 ………………………………… 402

第43巻　平家物語（二）（市古貞次校注・訳）
1984年6月30日刊

*凡例 ……………………………………… 5
平家物語 ………………………………… 9
　巻第四 ………………………………… 11
　巻第五 ………………………………… 89
　巻第六 ………………………………… 161
*校訂付記 ……………………………… 221

＊付録 ……………………………… *329*
　＊参考地図 …………………… *330*
　＊図録 ………………………… *335*

第44巻　平家物語（三）（市古貞次校注・訳）
1985年5月31日刊

＊凡例 ……………………………… *5*
平家物語 …………………………… *9*
　巻第七 ………………………… *11*
　巻第八 ………………………… *87*
　巻第九 ………………………… *147*
＊校訂付記 ……………………… *241*
＊付録 …………………………… *353*
　＊参考地図 …………………… *354*
　＊参考系図 …………………… *359*
　＊図録 ………………………… *360*

第45巻　平家物語（四）（市古貞次校注・訳）
1987年3月31日刊

＊凡例 ……………………………… *5*
平家物語 …………………………… *9*
　巻第十 ………………………… *11*
　巻第十一 ……………………… *87*
　巻第十二 ……………………… *185*
　灌頂巻 ………………………… *243*
＊校訂付記 ……………………… *273*
＊付録 …………………………… *403*
　＊平家物語剣巻 ……………… *405*

第46巻　謡曲集（一）三道（小山弘志，佐藤喜久雄，佐藤健一郎，表章校注・訳）
1987年11月30日刊

謡曲集（小山弘志，佐藤喜久雄，佐藤健一郎校注・訳） ……………… *5*
＊凡例 ……………………………… *7*
　脇能 …………………………… *13*
　修羅物 ………………………… *57*
　鬘物 …………………………… *129*
　四番目物（一） ……………… *245*
　本文補記 ……………………… *288*
　参考 寛政版謡本「鶴亀」 …… *291*
＊解説 …………………………… *415*
三道（表章校注・訳） ………… *427*
＊凡例 …………………………… *429*

原文・注 ………………………… *433*
＊校訂付記 ……………………… *451*
　現代語訳 ……………………… *453*
＊解説 …………………………… *465*

第47巻　謡曲集（二）風姿花伝（小山弘志，佐藤喜久雄，佐藤健一郎，表章校注・訳）
1988年5月31日刊

謡曲集（小山弘志，佐藤喜久雄，佐藤健一郎校注・訳） ……………… *5*
＊凡例 ……………………………… *7*
　四番目物（二） ……………… *13*
　切能 …………………………… *135*
　本文補記 ……………………… *209*
　参考『天津賢』―船辨慶 …… *211*
＊解説 …………………………… *307*
風姿花伝（表章校注・訳） …… *321*
＊凡例 …………………………… *323*
　序 ……………………………… *327*
　風姿花伝 ……………………… *329*
＊校訂付記 ……………………… *404*
＊解説 …………………………… *457*

第48巻　狂言集（北川忠彦，安田章校注・訳）
1985年9月30日刊

＊凡例 ……………………………… *5*
脇狂言 …………………………… *11*
大名狂言 ………………………… *39*
小名狂言 ………………………… *118*
聟・女狂言 ……………………… *212*
鬼・山伏狂言 …………………… *264*
出家・座頭狂言 ………………… *306*
集狂言 …………………………… *359*
＊解説 …………………………… *391*
＊付録 …………………………… *409*
　＊狂言名作解題 ……………… *410*

第49巻　御伽草子集（大島建彦校注・訳）
1983年6月30日刊

＊凡例 ……………………………… *3*
文正草子 …………………………… *9*
鉢かづき ………………………… *44*
御曹子島渡 ……………………… *78*

完訳 日本の古典

猿源氏草紙 ……………………… 104
ものくさ太郎 …………………… 130
梵天国 …………………………… 155
和泉式部 ………………………… 184
一寸法師 ………………………… 193
浦島太郎 ………………………… 202
酒呑童子 ………………………… 213
＊解説 …………………………… 359
＊付録 …………………………… 385
　＊昔話「小さ子」伝承一覧 …… 386
　＊サエの神に関する近親相姦の伝承
　　一覧 ………………………… 396

第50巻　好色一代男（暉峻康隆校注・訳）
1986年4月30日刊

＊凡例 …………………………… 5
好色一代男 ……………………… 7
＊解説 …………………………… 331
＊付録 …………………………… 349
　＊近世の貨幣制度 …………… 340
　＊遊里案内 …………………… 342
　＊登場役者・遊女一覧 ……… 350
　＊西鶴年譜 …………………… 360

第51巻　好色五人女　好色一代女（東明雅校注・訳）
1989年4月刊

＊凡例 …………………………… 5
好色五人女 ……………………… 9
好色一代女 ……………………… 199
＊解説 …………………………… 437
＊付録 …………………………… 455
　＊近世の貨幣制度 …………… 456
　＊女職尽三十二種 …………… 458

第52巻　日本永代蔵（谷脇理史校注・訳）
1983年3月31日刊

＊凡例 …………………………… 5
日本永代蔵 ……………………… 7
＊解説 …………………………… 267
＊付録 …………………………… 293
　＊近世の貨幣制度 …………… 294
　＊上方の商圏と『日本永代蔵』の舞台
　　（地図） …………………… 296

　＊永代蔵百訓 ………………… 298

第53巻　万の文反古　世間胸算用（神保五弥校注・訳）
1984年4月30日刊

＊凡例 …………………………… 5
万の文反古 ……………………… 7
世間胸算用 ……………………… 175
＊解説 …………………………… 363
　近世の貨幣制度 ……………… 376

第54巻　芭蕉句集（井本農一，堀信夫，中村俊定，掘切実校注・訳）
1984年9月30日刊

＊凡例 …………………………… 5
俳句編（井本農一，堀信夫注解） …… 11
連句編（中村俊定，堀切実注解） …… 221
＊解説 …………………………… 315
＊付録 …………………………… 353
　＊芭蕉略年譜 ………………… 354
　＊俳句編　出典俳書一覧 …… 364
　＊連句編　作者略伝 ………… 371
　＊連句編　引用注釈書一覧 … 373
　＊俳句編　初句索引 ………… 374
　＊連句編　初句索引 ………… 380

第55巻　芭蕉文集　去来抄（井本農一，村松友次，栗山理一校注・訳）
1985年12月10日刊

＊凡例 …………………………… 5
芭蕉文集 ………………………… 9
　紀行・日記編（井本農一校注・訳） …… 11
＊校訂付記 ……………………… 97
　俳文編（村松友次校注・訳） …… 165
＊校訂付記 ……………………… 203
＊解説 …………………………… 225
　付録 …………………………… 243
　　紀行・日記編　主要諸本異同表 …… 244
　　紀行・日記編　地図 ……… 253
　　『おくのほそ道』地名巡覧 …… 256
　　『幻住庵記』『望月の残興』地名一覧
　　 ……………………………… 274
　　『幻住庵記』『望月の残興』出典解説
　　 ……………………………… 278

```
  主要人物略伝 ……………………… 281
  初句索引 …………………………… 290
去来抄（栗山理一校注・訳）…… 297
＊校訂付記 …………………………… 389
＊解説 ………………………………… 451
  付録 ………………………………… 457
    主要俳人略伝 …………………… 458
    初句索引 ………………………… 461
```

第56巻　近松門左衛門集（森修，鳥越文蔵校注・訳）
1989年4月刊

```
＊凡例 ………………………………… 3
曽根崎心中 …………………………… 11
冥途の飛脚 …………………………… 39
大経師昔暦 …………………………… 83
心中天の網島 ………………………… 135
女殺油地獄 …………………………… 183
＊解説 ………………………………… 361
＊付録 ………………………………… 377
  ＊近松関係略年譜 ………………… 378
  ＊近松時代の大阪地図 …………… 388
```

第57巻　雨月物語　春雨物語（高田衛，中村博保校注・訳）
1983年9月30日刊

```
雨月物語（高田衛校注・訳）……… 5
＊凡例 ………………………………… 7
  序 …………………………………… 11
  巻之一
    白峯（原文）……………………… 13
    菊花の約（原文）………………… 25
  巻之二
    浅茅が宿（原文）………………… 39
    夢応の鯉魚（原文）……………… 52
  巻之三
    仏法僧（原文）…………………… 60
    吉備津の釜（原文）……………… 71
  巻之四
    蛇性の婬（原文）………………… 85
    青頭巾（原文）…………………… 113
    貧福論（原文）…………………… 123
  巻之一
    白峯（現代語訳）………………… 138
    菊花の約（現代語訳）…………… 145
```

```
  巻之二
    浅茅が宿（現代語訳）…………… 154
    夢応の鯉魚（現代語訳）………… 162
  巻之三
    仏法僧（現代語訳）……………… 167
    吉備津の釜（現代語訳）………… 173
  巻之四
    蛇性の婬（現代語訳）…………… 182
    青頭巾（現代語訳）……………… 199
    貧福論（現代語訳）……………… 205
春雨物語（中村博保校注・訳）…… 213
＊凡例 ………………………………… 215
  序 …………………………………… 219
  血かたびら（原文）………………… 221
  天津処女（原文）…………………… 232
  海賊（原文）………………………… 240
  二世の縁（原文）…………………… 251
  目ひとつの神（原文）……………… 256
  死首の咲顔（原文）………………… 263
  捨石丸（原文）……………………… 275
  宮木が塚（原文）…………………… 285
  歌のほまれ（原文）………………… 300
  樊噲　上（原文）…………………… 302
  樊噲　下（原文）…………………… 322
  序 …………………………………… 219
  血かたびら（現代語訳）…………… 221
  天津処女（現代語訳）……………… 232
  海賊（現代語訳）…………………… 240
  二世の縁（現代語訳）……………… 251
  目ひとつの神（現代語訳）………… 256
  死首の咲顔（現代語訳）…………… 263
  捨石丸（現代語訳）………………… 275
  宮木が塚（現代語訳）……………… 285
  歌のほまれ（現代語訳）…………… 300
  樊噲　上（現代語訳）……………… 302
  樊噲　下（現代語訳）……………… 322
＊校訂付記 …………………………… 341
＊解説 ………………………………… 419
＊上田秋成略年譜 …………………… 445
```

第58巻　蕪村集　一茶集（栗山理一，暉峻康隆，丸山一彦，松尾靖秋校注・訳）
1983年7月31日刊

```
＊凡例 ………………………………… 5
蕪村集 ………………………………… 7
  俳句編（栗山理一注解）…………… 11
```

俳詩編（栗山理一注解） ………… *113*
　連句編（暉峻康隆注解） ………… *129*
　俳文編（松尾靖秋校注・訳） ……… *173*
＊解説 ……………………………… *231*
　　蕪村略年譜 …………………… *243*
　　蕪村集 初句索引 …………… *250*
一茶集 ……………………………… *255*
　俳句編（丸山一彦注解） ………… *259*
　連句編（丸山一彦注解） ………… *323*
　俳文編（松尾靖秋校注・訳） ……… *343*
＊解説 ……………………………… *375*
　　一茶略年譜 …………………… *387*
　　一茶集 初句索引 …………… *400*

別巻1　古典詞華集（一）（山本健吉著）
1987年7月31日刊

＊凡例 ……………………………… *3*
古典詞華集　一 …………………… *5*
　春 ………………………………… *7*
　夏 ………………………………… *121*
　秋 ………………………………… *199*
　冬 ………………………………… *333*
＊付録 ……………………………… *421*
　＊出典書解説 …………………… *422*
　＊作者略伝 ……………………… *444*
　＊和歌初句索引 ………………… *465*
　＊俳句初句索引 ………………… *469*
＊あとがき ………………………… *475*

別巻2　古典詞華集（二）（山本健吉著）
1988年9月30日刊

＊凡例 ……………………………… *3*
古典詞華集　二 …………………… *5*
　恋歌 ……………………………… *7*
　哀傷歌 …………………………… *93*
　旅歌 ……………………………… *155*
　雑歌 ……………………………… *211*
＊付録 ……………………………… *323*
　＊出典書解説 …………………… *324*
　＊作者略伝 ……………………… *339*
　＊和歌初句索引 ………………… *358*
　＊俳句初句索引 ………………… *362*
　＊漢詩初句索引 ………………… *364*
＊あとがき ………………………… *365*

---

[016]　**北村季吟著作集**
北村季吟大人遺著刊行会
全2巻
1962年9月～1963年1月
（鈴鹿三七校訂）

〔1〕　道の栄
1962年9月10日刊

＊序歌（佐佐木信綱，新村出） ……… *3*
新玉津島記 ………………………… *9*
同所花草記 ………………………… *21*
同所らくがき ……………………… *31*
　　新玉津島後記 ………………… *37*
　　橋柱の文台の記 ……………… *51*
同所奉納百首和歌 ………………… *59*
＊あとがき（鈴鹿三七） …………… *77*

〔2〕　北村季吟日記
1963年11月13日刊

一　北村季吟日記 寛文元年秋冬 … *1*
二　右紙背消息 …………………… *49*
三　自筆日記断簡 ………………… *87*
四　伊勢紀行 ……………………… *97*
五　参宮記 ………………………… *123*
＊解説後記（鈴鹿三七） …………… *145*

[017] **近世紀行日記文学集成**
早稲田大学出版部
全2巻
1993年2月～1994年9月
(津本信博編)

第1巻
1993年2月25日刊

- ＊刊行にあたって（津本信博）............... i
- ＊凡例 iii
- 小堀政一東海道紀行（小堀政一）............ 1
- 中山目録（法眼杏菴正意）..................... 12
- 芳野道の記（松花堂昭乗）..................... 27
- 東関記（沢庵宗彭）................................ 33
- 再遊紀行（山崎闇斎）............................ 45
- 立圃東の記行（雛屋立圃）..................... 65
- 温泉遊草（深草元政）............................ 70
- 東海紀行（井上通女）............................ 89
- 宗因東の紀行（西山宗因）..................... 100
- 湯沢紀行（南詢病居士）......................... 107
- 高尾紀行（清水谷実業）......................... 113
- 吾妻紀行（谷重次）................................ 117
- 和紀記行（岡西惟中）............................ 183
- 道之記（竜範）....................................... 188
- 須磨記 201
- 熱海紀行（田中伯元）............................ 208
- 春のみふね（成島信遍）......................... 229
- 吾妻の道芝（松平秀雲）......................... 235
- 打出の浜（烏丸光栄）............................ 250
- 宮川日記（多田満泰）............................ 265
- 関東下向之途中詠延享三年三月廿七日発向（為村卿）.. 314
- 閑居語（家仁）....................................... 322
- 嶋陰盆山之記（家仁）............................ 324
- 鷹峰山荘に遊ぶの記（家仁）.................. 325
- 鷹峰記（家仁）....................................... 327
- 東武遠遊日記（訥斉先生）..................... 328
- あやぬの（倭文子）................................ 346
- 今出河別業紅葉記（家仁）..................... 357
- 明和二年今出河花見記（借楽）.............. 358
- 月見記（家仁）....................................... 365
- 花見記（家仁）....................................... 366
- 花見記（家仁）....................................... 367
- 桂紀行（宝暦三年三月）（光胤）............ 372
- 桂紀行（宝暦三年五月）（家仁）............ 374
- 桂紀行（宝暦四年三月）（家仁（冨貴丸同道））... 380
- 桂紀行（宝暦五年三月）（家仁）............ 383
- 桂紀行（宝暦五年三月）（格宮御方）..... 388
- 宝暦五年上京紀行（文円）..................... 393
- 山花紀行（家仁）................................... 400
- 初雪記（家仁）....................................... 403
- 東奥紀行（長久保赤水）......................... 405
- 西遊紀行（熊坂邦子彦）......................... 427
- 為村卿洛陽観音三十三所御順参御詠（為村卿）... 455
- 上京の道の記（山人防之）..................... 460
- 遊松島記（紀徳民）................................ 475
- 餌袋日記（本居大平）............................ 486
- 松しま日記（嘉恵女）............................ 501
- 草まくらの日記（本居大平）.................. 532
- 伊豆紀行（時丸）................................... 549
- ＊解題 591
  - ＊小堀政一東海道紀行 591
  - ＊中山目録 592
  - ＊芳野道の記 592
  - ＊東関記 593
  - ＊再遊紀行 594
  - ＊立圃東の記行 594
  - ＊温泉遊草 595
  - ＊東海紀行 595
  - ＊宗因東の紀行 596
  - ＊湯沢紀行 597
  - ＊高尾紀行 597
  - ＊吾妻紀行 598
  - ＊和紀記行 599
  - ＊道之記 599
  - ＊須磨記 600
  - ＊熱海紀行 600
  - ＊春のみふね 601
  - ＊吾妻の道芝 602
  - ＊打出の浜 602
  - ＊宮川日記 603
  - ＊関東下向之途中詠延享三年三月廿七日発向 604
  - ＊閑居語 604
  - ＊嶋陰盆山之記 604
  - ＊鷹峰山荘に遊ぶの記 605
  - ＊鷹峰記 605

近世紀行日記文学集成

＊東武遠遊日記 ……………… 605	大和路日記（平利昌）……………… 416
＊あやぬの ……………………… 606	花園日記（今村楽）………………… 423
＊今出河別業紅葉記 ………… 607	うなびのさへづり（今村楽）……… 437
＊明和二年今出河花見記 607	天路の橋（今村楽）………………… 443
＊月見記 ………………………… 607	葉月末つかた（高須元尚）………… 445
＊花見記 ………………………… 607	藤のとも花（本居大平）…………… 454
＊花見記 ………………………… 608	桜のかざし（遠山伯龍）…………… 476
＊桂紀行（宝暦三年三月）…… 608	伊勢もうで日なみの記 …………… 502
＊桂紀行（宝暦三年五月）…… 609	東夷周覧稿（滕知文）……………… 512
＊桂紀行（宝暦四年三月）…… 609	吹上（一）（堀田正敦）…………… 546
＊桂紀行（宝暦五年三月）…… 609	吹上（二）（堀田正敦）…………… 551
＊桂紀行（宝暦五年三月）…… 609	八十の賀（堀田正敦）……………… 555
＊宝暦五年上京紀行 ………… 610	東路御記行 ………………………… 559
＊山花紀行 ……………………… 610	＊解題 ……………………………… 571
＊初雪記 ………………………… 610	＊出雲行日記 …………………… 571
＊東奥紀行 ……………………… 611	＊瓊浦紀行 ……………………… 572
＊西遊紀行 ……………………… 611	＊椿まうでの記 ………………… 572
＊為村卿洛陽観音三十三所御順参御	＊従江戸日光足利之記 ………… 573
詠 ……………………………… 612	＊雪の古道 ……………………… 574
＊上京の道の記 ……………… 612	＊相豆紀行 ……………………… 574
＊遊松島記 ……………………… 612	＊君のめぐみ …………………… 575
＊餌袋日記 ……………………… 613	＊なぐさのはまづと …………… 576
＊松しま日記 …………………… 613	＊香取の日記 …………………… 577
＊草まくらの日記 …………… 614	＊寛政紀行 ……………………… 577
＊伊豆紀行 ……………………… 614	＊東藩日記 ……………………… 578
	＊松島紀行 ……………………… 578
第2巻	＊初瀬路日記 …………………… 579
1994年9月20日刊	＊江島紀行 ……………………… 579
＊刊行にあたって（津本信博）…… i	＊南西道草の日記 ……………… 580
＊凡例 ………………………………… iii	＊己未紀行 ……………………… 580
出雲行日記（藤原真龍）…………… 1	＊大和路日記 …………………… 581
瓊浦紀行（けいほきこう）（大槻玄沢）……… 23	＊花園日記 ……………………… 582
椿まうでの記（平春海）…………… 70	＊うなびのさへづり …………… 582
従江戸日光足利之記（礒谷正卿）…… 76	＊天路の橋 ……………………… 582
雪の古道（津村淙庵）……………… 93	＊葉月末つかた ………………… 582
相豆紀行（菊地禎）………………… 226	＊藤のとも花 …………………… 583
君のめぐみ（本居宣長）…………… 238	＊桜のかざし …………………… 583
なぐさのはまづと（本居大平）…… 259	＊伊勢もうで日なみの記 ……… 584
香取の日記（橘千蔭）……………… 279	＊東夷周覧稿 …………………… 584
寛政紀行（今出川実種）…………… 290	＊吹上（一）……………………… 584
東藩日記（茅原元常）……………… 305	＊吹上（二）……………………… 585
松島紀行（半井行蔵）……………… 339	＊八十の賀 ……………………… 585
初瀬路日記（西村義忠）…………… 348	＊東路御記行 …………………… 585
江島紀行（斉藤幸雄）……………… 357	
南西道草の日記（林信成）………… 364	
己未紀行（本居大平）……………… 411	

> [018] **近世文学選**
> 和泉書院
> 全1巻
> 1994年4月
> （荻田清，河合眞澄，土田衞，廣瀬千紗子編）

〔1〕 芸能篇
1994年4月30日刊

*はしがき ……………………………………… i
*凡例 …………………………………………… vii
浄瑠璃編 ……………………………………… 1
　説経 ………………………………………… 3
　　説経しんとく丸 ………………………… 3
　古浄瑠璃 …………………………………… 8
　　小袖曽我 ………………………………… 8
　　公平法門諍并石山落 …………………… 11
　義太夫節 …………………………………… 15
　　平家女護島 ……………………………… 15
　　冥途の飛脚 ……………………………… 24
　　（参考）難波土産 ………………………… 32
　　おそめ久松袂の白しぼり ……………… 36
　　菅原伝授手習鑑 ………………………… 43
　　絵本太功記 ……………………………… 53
　長唄 ………………………………………… 61
　　枕獅子 …………………………………… 61
　富本 ………………………………………… 63
　　夫婦酒替奴中仲（みょうとざけかわらぬなかなか） ……………………………………… 63
　常磐津 ……………………………………… 66
　　両顔月姿絵（ふたおもてつきのすがたえ） ‥ 66
　清元 ………………………………………… 70
　　再春菘種蒔（またくるはるすずなのたねまき） ……………………………………… 70
　新内 ………………………………………… 72
　　山名や浦里春日や時次郎明烏夢の泡雪（あけからすゆめのあわゆき） ………………… 72
　河東 ………………………………………… 76
　　助六所縁江戸桜（ゆかりのえどざくら） …… 76
歌舞伎編 ……………………………………… 79
　狂言本（江戸版） …………………………… 81
　　兵根元曽我 ……………………………… 81
　狂言本（上方版） …………………………… 89
　　けいせい浅間岳 ………………………… 89
　台帳（上方） ………………………………… 95
　　敵討巌流島 ……………………………… 95
　絵入根本 …………………………………… 113
　　絵本いろは仮名四谷怪談 ……………… 113
　　三人吉三廓初買 ………………………… 123
　芸論 ………………………………………… 146
　　中古戯場説 ……………………………… 146
　ほめことば・せりふ・つらね …………… 155
　　中村伝九郎をほめことば ……………… 155
　　ういらううり …………………………… 156
　　しばらくのつらね ……………………… 161
　評判記 ……………………………………… 162
　　三ヶノ津浅間岳二の替芸品定 ………… 162
歌謡・諸芸編 ………………………………… 167
　隆達の小歌 ………………………………… 169
　　詠曲秘伝抄 ……………………………… 169
　初期歌舞伎踊歌 …………………………… 171
　　おとり …………………………………… 171
　　きぬた …………………………………… 171
　　やっこ …………………………………… 172
　　をはらき ………………………………… 172
　元禄歌謡 …………………………………… 173
　　松の葉 …………………………………… 173
　　本手琉球組 ……………………………… 173
　　さんやをどり …………………………… 174
　　くも井らうさい ………………………… 175
　　かぞへ歌 ………………………………… 175
　　がぶふし ………………………………… 176
　　あさづまふね …………………………… 177
　　さつまふし ……………………………… 177
　　ちんちんぶし …………………………… 177
　　みだれがみ ……………………………… 178
　　こまち …………………………………… 178
　　かづま …………………………………… 179
　　餓鬼舞 …………………………………… 180
　　やりをとり ……………………………… 181
　　（古今百首なげぶし） …………………… 181
　地歌 ………………………………………… 183
　　新曲系の節 ……………………………… 183
　　　ゆかりの月 …………………………… 183
　　　かぐら ほらのむめとも …………… 184
　　　さほのつゆ …………………………… 184
　　　よしの川 ……………………………… 185
　　　よつのそで …………………………… 185
　　　おほこきく …………………………… 186

粋の懐	186
いざや行ませう	186
川たけに	187
はるさめ	187
淀の川瀬	187
大津絵ぶし	188
やなぎやなぎ	188
いたこ出じま	189
御船歌	190
ふな歌	190
正月	190
川原	190
近江八景	191
亀崎ぶし	192
民謡	193
山家鳥虫歌	193
近江	193
美濃	194
歌祭文	195
めいどのひきやく	195
おそめ心中白しぼり	198
ちよんがれ	201
因幡小ぞうちよんがれぶし	201
万歳	205
知多万歳	205
六条	205
落語	210
落噺千里藪	210
山道の講釈	210
やつし謡	221
乱曲扇拍子	221
酒三井寺	221
俄	222
古今俄選	222
未年俄選	225
照葉狂言	227
てりはにわか	227
靱猿	227
*底本一覧	233
*頭注資料一覧	234

**[019] 現代語訳
西鶴好色全集**
創元社
全4巻
1951年12月〜1953年12月
（吉井勇訳）

〔1〕　好色一代男
1952年1月30日刊

好色一代男	1
巻一	3
一、消した所が恋はじめ	5
二、恥しながら文言葉	9
三、人には見せぬところ	13
四、袖の時雨はかかるが幸	17
五、尋ねて聞く程契り	21
六、煩悩の垢掻	25
七、別れは当座仏	29
巻二	36
一、埴生の寝道具	37
二、髪切りても捨てられぬ世	41
三、女は思ひくの外	44
四、誓紙のうるし判	48
五、旅の出来心	51
六、出家にならねばならず	57
七、うら屋も住所	61
巻三	65
一、恋の捨銀	67
二、袖の海の肴売	71
三、是非もらひ着物	75
四、一夜の枕物ぐるひ	79
五、集礼は五匁の外	83
六、木綿布子もかりの世	88
七、口舌の事ふれ	93
巻四	99
一、因果の関守	101
二、形見の水櫛	106
三、夢の太刀風	111
四、変つたものは男傾城	115
五、昼の釣狐	119
六、目に三月	122
七、火神鳴の雲がくれ	126

| 巻五 … 131
  一、後は様附けて呼ぶ … 133
  二、ねがひの掻餅 … 138
  三、慾の世の中に是は又 … 142
  四、命捨てての光物 … 147
  五、一日貸して何程が物ぞ … 151
  六、当流の男を見知らぬ … 154
  七、今ここへ尻は出物 … 159
巻六 … 165
  一、喰ひさして袖の橘 … 167
  二、身は火にくばるとも … 172
  三、心中箱 … 177
  四、寝覚の菜ごのみ … 182
  五、眺めは初姿 … 186
  六、匂ひはかづけ物 … 191
  七、全盛歌書羽織 … 195
巻七 … 201
  一、其姿は初昔 … 203
  二、末社楽あそび … 208
  三、人の知らぬわたくし銀 … 212
  四、さす盃は百二十里 … 217
  五、諸分の日帳 … 223
  六、口添へて酒軽籠 … 227
  七、新町の夕暮島原の曙 … 233
巻八 … 239
  一、らく寝の車 … 241
  二、情の賭祿 … 245
  三、一盃たらいで恋里 … 250
  四、都の姿人形 … 254
  五、床の責め道具 … 259

〔2〕 好色一代女
1951年12月25日刊

好色一代女 … 1
  巻一 … 3
  巻二 … 31
  巻三 … 57
  巻四 … 81
  巻五 … 101
  巻六 … 123

〔3〕 好色五人女 好色盛衰記
1953年12月30日刊

好色五人女 … 1
  巻一 お夏清十郎 … 3

巻二 樽屋おせん … 31
巻三 おさん茂右衛門 … 63
巻四 お七吉三 … 93
巻五 おまん源五兵衛 … 121
好色盛衰記 … 147
  巻一 … 149
  巻二 … 177
  巻三 … 205
  巻四 … 235
  巻五 … 265

〔4〕 好色二代男
1952年12月20日刊

好色二代男 … 1
  巻一 … 3
    一、親の顔は見ぬ初夢 … 5
    二、誓紙は意見の種 … 10
    三、詰り肴に戎大黒 … 19
    四、心を入れて釘付の枕 … 27
    五、花の色替へて江戸紫 … 38
  巻二 … 49
    一、大臣北国落 … 51
    二、津浪は一度の濡 … 60
    三、髪は島田の車僧 … 69
    四、男かと思へば知れぬ人様 … 78
    五、百物語に恨が出る … 85
  巻三 … 95
    一、朱雀の狐福 … 97
    二、慾捨てて高札 … 104
    三、一言聞く身の行衞 … 112
    四、楽助が靫猿 … 120
    五、敵無しの花軍 … 125
  巻四 … 133
    一、縁の掴取は今日 … 135
    二、心玉が出て身の焼印 … 141
    三、七墓参に逢へば昔の … 148
    四、忍び川は盥が越す … 156
    五、情懸けしは春日野の釜 … 163
  巻五 … 169
    一、恋路の内証疵 … 171
    二、四匁七分の玉も徒らに … 178
    三、死なば諸共の木刀 … 185
    四、夜の契りは何ぢややら … 194
    五、彼岸参の女不思議 … 198
  巻六 … 207
    一、新龍宮の遊興 … 209

```
　　二、小指は恋の焼付 ................ 214
　　三、人魂も死ぬる程の仲 ............ 221
　　四、釜まで琢く心底 ................ 229
　　五、帯は紫の塵人手を握る .......... 237
　巻七 ................................ 249
　　一、惜しや姿は隠れ里 .............. 251
　　二、勤の身は狼の切売よりは ........ 258
　　三、捨てても父様の鼻筋 ............ 268
　　四、反古尋ねて思ひの中宿 .......... 273
　　五、庵さがせば思ひ草 .............. 279
　巻八 ................................ 285
　　一、流れは何の因果経 .............. 287
　　二、袂にあまる心覚え .............. 292
　　三、終には掘ぬきの井筒 ............ 302
　　四、有るまで美人執行 .............. 309
　　五、大往生は女色の台 .............. 316
```

[020] **現代語訳 西鶴全集**
河出書房
全7巻
1952年7月～1954年3月
（井原西鶴著，麻生磯次訳）

第1巻
1953年3月31日刊

```
好色一代男 ............................ 21
　巻一 ................................ 23
　巻二 ................................ 45
　巻三 ................................ 69
　巻四 ................................ 93
　巻五 ............................... 115
　巻六 ............................... 138
　巻七 ............................... 164
　巻八 ............................... 192
好色二代男 諸艶大鑑 .................. 209
　巻一 ............................... 211
　巻二 ............................... 244
　巻三 ............................... 276
　巻四 ............................... 301
　巻五 ............................... 326
　巻六 ............................... 352
　巻七 ............................... 379
　巻八 ............................... 403
＊解説 ............................... 427
```

第2巻
1952年7月10日刊

```
好色五人女 ............................. 9
　巻一 姿姫路清十郎物語 ............... 11
　巻二 情を入し樽屋物語 ............... 30
　巻三 中段に見る暦屋物語 ............. 51
　巻四 恋草からげし八百屋物語 ......... 73
　巻五 恋の山源五兵衛物語 ............. 91
好色一代女 ........................... 107
　巻一 ............................... 109
　巻二 ............................... 134
　巻三 ............................... 154
```

巻四 ……	175
巻五 ……	192
巻六 ……	210
本朝二十不孝 ……	231
巻一 ……	234
一、今の都も世は借物 ……	234
二、大節季にない袖の雨 ……	239
三、跡の到たる娌入長持 ……	245
四、慰改て咄しの点取 ……	250
巻二 ……	254
一、我と身をこがす釜が淵 ……	254
二、旅行の暮の僧にて候 ……	257
三、人はしれぬ国の士仏 ……	262
四、親子五人仍書置如件 ……	266
巻三 ……	272
一、娘盛の散桜 ……	272
二、先斗に置て来た男 ……	277
三、心をのまゝ蛇の形 ……	281
四、当社の案内申程をかし ……	285
巻四 ……	289
一、善悪の二つ車 ……	289
二、枕に残す筆の先 ……	294
三、木陰の袖口 ……	297
四、本に其人の面影 ……	301
巻五 ……	305
一、胸こそ踊れ此盆前 ……	305
二、八人の猩々講 ……	309
三、無用の力自慢 ……	311
四、古き都を立出て雨 ……	315
＊解説 ……	321

第3巻
1954年1月10日刊

西鶴諸国はなし ……	21
巻一 ……	24
一、公事は破ずに勝 知恵 ……	24
二、見せぬ所は女大工 不思議 ……	26
三、大晦日はあはぬ算用 義理 ……	28
四、傘の御詫宣 慈非 ……	32
五、不思議のあし音 音曲 ……	34
六、雲中の腕をし 長生 ……	36
七、狐の四天王 恨 ……	39
巻二 ……	43
一、姿の飛乗物 因果 ……	43
二、十弐人の俄坊主 遊興 ……	45
三、水筋のぬけ道 報 ……	47

四、残物とて金の鍋 仙人 ……	50
五、夢路の風車 隠里 ……	52
六、楽の男地蔵 現遊 ……	55
七、神鳴の病中 欲心 ……	57
巻三 ……	61
一、蚤の籠ぬけ 武勇 ……	61
二、面影の焼残 無常 ……	64
三、お霜月の作髯 馬鹿 ……	67
四、紫女 夢人 ……	69
五、行末の宝舟 無分別 ……	72
六、八畳敷の蓮葉 名僧 ……	74
七、因果のぬけ穴 敵打 ……	76
巻四 ……	80
一、形は昼のまね 執心 ……	80
二、忍び扇の長歌 恋 ……	82
三、命に替る鼻先 天狗 ……	85
四、驚は三十七度 殺生 ……	87
五、夢に京より戻る 名草 ……	88
六、力なしの大仏 太刀 ……	90
七、鯉のちらし紋 猟師 ……	92
巻五 ……	94
一、灯挑に朝顔 茶湯 ……	94
二、恋の出見世 美人 ……	95
三、楽の鱓鮖手 生類 ……	98
四、闇の手形 横道 ……	99
五、執心の息筋 幽霊 ……	102
六、見捨の油壺 後家 ……	104
七、銀がおとして有 正直 ……	105
懐硯 ……	109
巻一 ……	112
一、二王門の綱 ……	112
二、照を取昼舟の中 ……	115
三、長持には時ならぬ太皷 ……	119
四、案内しつてむかしの寝所 ……	126
五、人の花散疱瘡の山 ……	129
巻二 ……	133
一、後家に成ぞこなひ ……	133
二、付たき物は命に浮桶 ……	139
三、比丘尼に無用の長刀 ……	141
四、鞍の色にまよふ人 ……	146
五、椿は生木の手足 ……	149
巻三 ……	153
一、水浴は涙川 ……	153
二、龍燈は夢の光 ……	159
三、気色の森の倒石塔 ……	161
四、枕は残るあけぼのゝ縁 ……	166
五、誰かは住し荒屋敷 ……	170

現代語訳 西鶴全集

```
　巻四 ························ 175
　　一、大盗人入相の鐘 ········ 175
　　二、憂目を見する竹の世の中 ·· 181
　　三、文字すはる松江の鱸 ····· 183
　　四、人真似は猿の行水 ······· 186
　　五、見て帰る地獄極楽 ······· 191
　巻五 ························ 195
　　一、侫の似せおとこ ········· 195
　　二、明て悔しき養子が銀箱 ··· 198
　　三、居合もだますに手なし ··· 204
　　四、織物屋の今中将姫 ······· 207
　　五、御代のさかりは江戸桜 ··· 209
新可笑記 ······················ 213
　巻一 ························ 216
　　一、理非の命勝負 ··········· 216
　　二、ひとつの巻物両家にあり · 222
　　三、梢におどろく猿の執心 ··· 226
　　四、生肝は妙薬のよし ······· 230
　　五、先例の命乞 ············· 237
　巻二 ························ 242
　　一、炭焼も火宅の合点 ······· 242
　　二、官女に人のしらぬ灸所 ··· 246
　　三、胸つへし連判の座 ······· 249
　　四、兵法の奥は宮城野 ······· 253
　　五、死出の旅行約束の馬 ····· 258
　　六、魂よばひ百の楽び ······· 261
　巻三 ························ 266
　　一、女敵に身替り狐 ········· 266
　　二、国の掟は知恵の海山 ····· 271
　　三、ほれどもつきぬ石仏 ····· 276
　　四、中にぶらりと俄年寄 ····· 279
　　五、取やりなしに天下徳政 ··· 282
　巻四 ························ 286
　　一、舟路の難義 ············· 286
　　二、歌の姿の美女 ··········· 291
　　三、市にまぎるゝ男 ········· 295
　　四、書置の思案箱 ··········· 299
　　五、両方一度に神おろし ····· 302
　巻五 ························ 308
　　一、鑓引て行鼠 ············· 308
　　二、みれば正銘にあらず ····· 310
　　三、乞食も米成男 ··········· 314
　　四、腹からの女追剥 ········· 319
　　五、心の切たる小刀屏風 ····· 322
西鶴名残の友 ·················· 327
　巻一 ························ 330
　　一、美女に摺小木 ··········· 330
　　二、三里違ふた人心 ········· 333
　　三、京に扇能登に鯖 ········· 335
　　四、鬼の妙薬爰に有 ········· 336
　巻二 ························ 339
　　一、昔をたづねて小皿 ······· 339
　　二、神代の秤の家 ··········· 341
　　三、今の世の佐々木三良 ····· 343
　　四、白帷子はかりの世 ······· 346
　　五、和七賢の遊興 ··········· 347
　巻三 ························ 350
　　一、日入の鳴門浪の紅井 ····· 350
　　二、元日の機嫌直し ········· 353
　　三、腰ぬけの仙人 ··········· 356
　　四、さりとては後悔坊 ······· 357
　　五、幽霊の足よは車 ········· 359
　　六、ひと色たらぬ一巻 ······· 361
　　七、人にすぐれての早道 ····· 362
　巻四 ························ 365
　　一、小野の炭かしらも消時 ··· 365
　　二、それそれの名付親 ······· 367
　　三、見立物は天狗の媒鳥 ····· 369
　　四、乞食も橋のわたり初 ····· 370
　　五、何ともしれぬ京の杉重 ··· 373
　巻五 ························ 375
　　一、宗祇の旅蚊屋 ··········· 375
　　二、交野の雉子も喰しる客 ··· 376
　　三、無筆の礼帳 ············· 378
　　四、下帯斗の玉の段 ········· 379
　　五、年わすれの糸鬢 ········· 381
　　六、入歯は花のむかし ······· 383
＊解説 ························ 387
```

第4巻
1954年3月1日刊

本朝若風俗 男色大鑑 ········· 19
　巻一 ························ 22
　　一、色はふたつの物あらそひ · 22
　　二、此道にいろはにほへと ··· 27
　　三、墻の中は松楓柳は腰付 ··· 32
　　四、玉章は鱸に通はす ······· 38
　　五、墨絵につらき劔菱の紋 ··· 46
　巻二 ························ 55
　　一、形見は二尺三寸 ········· 55
　　二、傘持てぬるゝ身 ········· 65
　　三、夢路の月代 ············· 71
　　四、東の伽羅様 ············· 78

五、雪中の郭公 …………………… 82
　巻三 ……………………………… 88
　　一、編笠は重ての恨み …………… 88
　　二、嬲ころする袖の雪 …………… 95
　　三、中脇指は思ひの焼残り ……… 99
　　四、薬はきかぬ房枕 ……………… 103
　　五、色に見籠は山吹の盛 ………… 110
　巻四 ……………………………… 117
　　一、情に沈む鸚鵡膓 ……………… 117
　　二、身がはりに立名も丸袖 ……… 121
　　三、待兼しは三年目の命 ………… 129
　　四、詠め続し老木の花の比 ……… 134
　　五、色噪ぎは遊び寺の迷惑 ……… 138
　巻五 ……………………………… 143
　　一、涙の種は紙見世 ……………… 143
　　二、命乞は三津寺の八幡 ………… 148
　　三、思ひの焼付は火打石売 ……… 154
　　四、江戸から尋て俄坊主 ………… 159
　　五、面影は乗掛の絵馬 …………… 164
　巻六 ……………………………… 168
　　一、情の大盃潰胆丸 ……………… 168
　　二、姿は連理の小桜 ……………… 174
　　三、言葉とがめは耳にかる人様 … 181
　　四、忍びは男女床違ひ …………… 184
　　五、京へ見せいで残り多いもの … 188
　巻七 ……………………………… 194
　　一、蛍も夜は勤めの尻 …………… 194
　　二、女方もすなる土佐日記 ……… 199
　　三、袖も通さぬ形見の衣 ………… 205
　　四、恨みの数をうつたり年竹 …… 211
　　五、素人絵に悪や釘付 …………… 216
　巻八 ……………………………… 224
　　一、声に色ある化物の一ふし …… 224
　　二、別れにつらき沙室の鶏 ……… 230
　　三、執念は箱入の男 ……………… 233
　　四、小山の関守 …………………… 240
　　五、心を染し香の図は誰 ………… 243
諸国敵討武道伝来記 …………………… 249
　巻一 ……………………………… 252
　　一、心底を弾琵琶の海 …………… 252
　　二、毒薬は箱入の命 ……………… 260
　　三、嗒嗒といふ俄正月 …………… 268
　　四、内儀の利発は替は姿 ………… 277
　巻二 ……………………………… 285
　　一、思ひ入吹女尺八 ……………… 285
　　二、見ぬ人顔に宵の無分別 ……… 291
　　三、身袋破る落書の団 …………… 297

　　四、命とらるゝ人魚の海 ………… 305
　巻三 ……………………………… 311
　　一、人差指が三百石が物 ………… 311
　　二、按摩とらする化物屋敷 ……… 316
　　三、大地も世に有人が見た様 …… 325
　　四、初茸狩は恋草の種 …………… 330
　巻四 ……………………………… 337
　　一、太夫格子に立名の男 ………… 337
　　二、誰か拾子の仕合 ……………… 346
　　三、無分別は見越の木登 ………… 351
　　四、踊の中の似世姿 ……………… 362
　巻五 ……………………………… 367
　　一、枕に残る薬違ひ ……………… 367
　　二、吟味は奥嶋の袴 ……………… 374
　　三、不断に心懸の早馬 …………… 382
　　四、火燵も歩行四足 ……………… 388
　巻六 ……………………………… 393
　　一、女の作れる男文字 …………… 393
　　二、神木の咎めは弓矢八幡 ……… 398
　　三、毒酒を請太刀の身 …………… 405
　　四、碓引へき垣生の琴 …………… 415
　巻七 ……………………………… 422
　　一、我か命の早使 ………………… 422
　　二、若衆盛は宮城野の花 ………… 429
　　三、新田原藤太 …………………… 434
　　四、愁の中へ樽肴 ………………… 441
　巻八 ……………………………… 447
　　一、野机の煙くらべ ……………… 447
　　二、惜や前髪箱根山颪 …………… 454
　　三、播州の浦浪皆帰り討 ………… 459
　　四、行水でしるゝ人の身の程 …… 466
＊解説 ………………………………… 471

第5巻
1953年11月5日刊

武家義理物語 …………………………… 23
　巻一 ……………………………… 26
　　一、我物ゆへに裸川 ……………… 26
　　二、猴子はむかしの面影 ………… 29
　　三、衆道の友よぶ衛の香炉 ……… 33
　　四、神のとがめの榎木屋敷 ……… 38
　　五、死ば同じ浪枕とや …………… 41
　巻二 ……………………………… 45
　　一、身体破る風の傘 ……………… 45
　　二、御堂の太鞁打たり敵 ………… 49
　　三、松風計や残るらん脇差 ……… 54

四、我子をうち替手 …………… 58
巻三 ……………………………… 60
　一、発明は瓢箪より出る ……… 60
　二、約束は雪の朝食 …………… 63
　三、具足着て是見たか ………… 66
　四、思ひ寄ぬ首途の聟入 ……… 67
　五、家中に隠なき蛇嫌ひ ……… 72
巻四 ……………………………… 76
　一、なる程かるひ縁組 ………… 76
　二、せめては振袖着て成とも … 81
　三、恨の数読永楽通宝 ………… 86
　四、丸綿被きて偽の世渡 ……… 89
巻五 ……………………………… 93
　一、大工が拾ふ曙のかね ……… 93
　二、同じ子ながら捨たり抱たり … 97
　三、人の言葉の末みたがよい … 100
　四、申合せし事もむなしき刀 … 103
　五、身がな二ツ二人の男に …… 105
巻六 ……………………………… 109
　一、節目をつくり髭の男 ……… 109
　二、表向は夫婦の中垣 ………… 113
　三、後にぞしるゝ恋の闇打 …… 117
　四、形の花とは前髪の時 ……… 122
好色盛衰記 ……………………… 127
巻一 ……………………………… 129
　一、松にかゝるは二葉大臣 …… 129
　二、是は房崎の新大臣 ………… 133
　三、久七生ながら俄大臣 ……… 136
　四、夢にも始末かんたん大臣 … 141
　五、夜の間の売家化物大臣 …… 145
巻二 ……………………………… 149
　一、見ぬ面影に入聟大臣 ……… 149
　二、悪所がね預ヶ大臣 ………… 153
　三、都を見ずにもぬけ大臣 …… 158
　四、難波の冬は火桶大臣 ……… 162
　五、仕合よし六蔵大臣 ………… 166
巻三 ……………………………… 170
　一、難波の梅や澁大臣 ………… 170
　二、無分別の三大臣 …………… 175
　三、反古と成文宿大臣 ………… 179
　四、腹からの師大臣 …………… 184
　五、恋風しのぐ紙子大臣 ……… 188
巻四 ……………………………… 191
　一、一生栄花大臣 ……………… 191
　二、煙に替る形大臣 …………… 195
　三、情に国を忘れ大臣 ………… 200
　四、目前に裸大臣 ……………… 203

　五、菊紅葉鉢の木大臣 ………… 207
巻五 ……………………………… 211
　一、後家にかゝつて仕合大臣 … 211
　二、当流師仕立の大臣 ………… 215
　三、皆吹あぐる風呂屋大臣 …… 220
　四、形にかまはぬ欲大臣 ……… 223
　五、色に焼れて煙大臣 ………… 226
本朝桜陰比事 …………………… 231
巻一 ……………………………… 233
　一、春のはじめの松葉山 ……… 233
　二、曇りは晴る影法師 ………… 237
　三、御耳に立は同言葉 ………… 240
　四、太鞁の中はしらぬが因果 … 242
　五、人の名をよぶ妙薬 ………… 248
　六、孑は他人のはじまり ……… 251
　七、命は九分目の酒 …………… 254
　八、形見の作り小袖 …………… 256
巻二 ……………………………… 260
　一、十夜の半弓 ………………… 260
　二、兼平の謡過 ………………… 265
　三、仏の夢は五十日 …………… 266
　四、恨み千万近所の縁付 ……… 270
　五、俄大工は都の費 …………… 273
　六、鯛鮹すずき釣目安 ………… 276
　七、聾も愛は聞所 ……………… 277
　八、死人は目前の剣の山 ……… 281
　九、京に隠れなき女去 ………… 284
巻三 ……………………………… 287
　一、悪事見へすく揃帷子 ……… 287
　二、手形は消ても正直が立 …… 290
　三、井戸は則末期の水 ………… 292
　四、落し手有拾ひ手有 ………… 294
　五、念仏売てかねの声 ………… 296
　六、待てば算用も相よる中 …… 298
　七、銀遣へとは格別の書置 …… 300
　八、壺堀て欲の入物 …………… 303
　九、妻に泣する梢の鶯 ………… 306
巻四 ……………………………… 309
　一、利発女の口まね …………… 309
　二、善悪二つの取物 …………… 313
　三、見て気遣は夢の契 ………… 315
　四、人の刃物を出しおくれ …… 318
　五、何も京の妾女四人 ………… 319
　六、枯木に花の都の参り ……… 322
　七、仕掛物水になす桂川 ……… 324
　八、せぬ事を隠しそこなひ …… 325
　九、大事を聞出す琵琶の音 …… 329

```
  巻五 ······················· 334
    一、桜に被く御所染 ············ 334
    二、四つ五器重ての御意 ········ 337
    三、白浪のうつ眛取坊 ·········· 338
    四、両方寄ねば埒の明ぬ蔵 ······ 341
    五、雲落物は筆の命毛 ·········· 342
    六、小指は高括の覚へ ·········· 344
    七、煙に移り気の人 ············ 346
    八、名は聞て見ぬ人の顔 ········ 350
    九、伝受の能太夫 ·············· 353
*解説 ····························· 355
```

第6巻
1952年11月30日刊

```
日本永代蔵 ························· 9
  巻一 ··························· 11
  巻二 ··························· 35
  巻三 ··························· 61
  巻四 ··························· 82
  巻五 ·························· 106
  巻六 ·························· 132
世間胸算用 大晦日は一日千金 ······· 153
  巻一 ·························· 156
  巻二 ·························· 176
  巻三 ·························· 195
  巻四 ·························· 215
  巻五 ·························· 232
西鶴織留 ························ 249
  巻一 ·························· 253
  巻二 ·························· 281
  巻三 ·························· 306
  巻四 ·························· 326
  巻五 ·························· 348
  巻六 ·························· 366
*解説 ···························· 387
```

第7巻
1952年8月15日刊

```
万の文反古 ························· 9
  巻一 ··························· 12
    一、世帯の大事は正月仕舞 ······ 12
    二、栄花の引込所 ·············· 16
    三、百三十里の所を拾匁の無心 ·· 20
    四、来ル十九日の栄耀献立 ······ 24
  巻二 ··························· 28
```

```
    一、縁付まへの娘自慢 ·········· 28
    二、安立町の隠れ家 ············ 33
    三、京にも思ふやう成事なし ···· 37
  巻三 ··························· 45
    一、京都のはな嫌ひ ············ 45
    二、明て驚く書置箱 ············ 50
    三、代筆は浮世の闇 ············ 56
  巻四 ··························· 62
    一、南部の人見たも真言 ········ 62
    二、此通りと始末の書付 ········ 66
    三、人のしらぬ祖母の埋み金 ···· 71
  巻五 ··························· 77
    一、広き江戸にて才覚男 ········ 77
    二、二膳居る旅の面影 ·········· 81
    三、御恨みを伝へまいらせ候 ···· 85
    四、桜の吉野山難義の冬 ········ 90
西鶴置土産 ······················· 97
  巻一 ·························· 102
    一、大釜のぬき残し古金屋が寝覚 · 102
    二、四十九日の堪忍是からは皆我
       物 ························ 110
    三、偽もいひ過して契りの冢餅 ·· 114
  巻二 ·························· 121
    一、あたご颪の袖さむし ········ 121
    二、人には棒振虫同前に思はれ ·· 126
    三、うきは餅屋つらきは碓ふみ ·· 131
  巻三 ·························· 137
    一、おもはせすがた今は土人形 ·· 137
    二、子が親の勘当さかさま川をお
       よぐ ······················ 141
    三、算用して見れば一年二百貫目つ
       かひ ······················ 145
  巻四 ·························· 150
    一、江戸の小主水と京の唐土と ·· 150
    二、年越の伊勢参わらやの琴 ···· 155
    三、恋風は米のあがりつぼねにさが
       り有 ······················ 159
  巻五 ·························· 164
    一、女良がよいといふ野良がよいと
       云 ························ 164
    二、しれぬ物は勤女の子の親目に見
       ぬ恋に皆になし ············ 170
    三、都もさびし朝腹の献立 ······ 173
西鶴俗つれづれ ·················· 179
  巻一 ·························· 183
    一、過て能は親の異見あしきは酒 · 183
    二、上戸丸裸みだれかみ ········ 185
```

三、地獄の釜へさかおとし ……… *188*
　四、おもはく違ひの酒樽 ……… *192*
巻二 ……… *195*
　一、只とる物は沢桔梗銀で取物は傾城 ……… *195*
　二、作り七賢は竹の一よにみだれ ……… *200*
　三、まことのあやは後にしるゝ ……… *205*
巻三 ……… *210*
　一、世にはふしぎの鯰釜 ……… *210*
　二、悪性あらはす蛍の光 ……… *213*
　三、一滴の酒一生をあやまる ……… *215*
　四、酔ざめの酒うらみ ……… *219*
巻四 ……… *223*
　一、孝と不孝の中にたつ武士 ……… *223*
　二、嵯峨の隠家好色庵 ……… *226*
　三、御所染の袖色ふかし ……… *232*
　四、これぞ妹背のすがた山 ……… *234*
巻五 ……… *237*
　一、金の土用干伽羅の口乞 ……… *237*
　二、仏のための常灯遊女の為の髪の油 ……… *243*
　三、四七番目の分限又一番の貧者 ……… *245*
椀久一世の物語 ……… *249*
　上巻 ……… *251*
　下巻 ……… *270*
＊解説 ……… *285*

[021] **現代語訳　西鶴全集**
小学館
全12巻
1976年3月～1977年2月
（暉峻康隆訳注）

第1巻　好色一代男
1976年3月20日刊

＊まえがき ……… *1*
＊解説 ……… *7*
＊鑑賞のしおり ……… *53*
好色一代男 ……… *59*
　巻一 ……… *59*
　巻二 ……… *85*
　巻三 ……… *113*
　巻四 ……… *143*
　巻五 ……… *171*
　巻六 ……… *201*
　巻七 ……… *231*
　巻八 ……… *265*
＊付録「遊里の人と生活」(索引付) ……… *287*
＊索引 ……… *310*

第2巻　諸艶大鑑
1976年4月30日刊

＊鑑賞のしおり ……… *3*
諸艶大鑑 ……… *11*
　巻一 ……… *11*
　巻二 ……… *49*
　巻三 ……… *85*
　巻四 ……… *115*
　巻五 ……… *143*
　巻六 ……… *173*
　巻七 ……… *207*
　巻八 ……… *235*
椀久一世の物語 ……… *263*
　上巻 ……… *263*
　下巻 ……… *289*
＊付録「近世前期諸国色里案内」 ……… *311*

第3巻　男色大鑑
1976年6月30日刊

＊鑑賞のしおり ……………………………… 3
男色大鑑 ……………………………………… 11
　巻一 …………………………………………… 11
　巻二 …………………………………………… 49
　巻三 …………………………………………… 89
　巻四 ………………………………………… 125
　巻五 ………………………………………… 155
　巻六 ………………………………………… 185
　巻七 ………………………………………… 215
　巻八 ………………………………………… 249
＊付録「男色より衆道へ」 ………………… 279

第4巻　好色五人女
1976年7月31日刊

＊鑑賞のしおり ……………………………… 3
好色五人女 …………………………………… 15
　巻一 …………………………………………… 15
　巻二 …………………………………………… 37
　巻三 …………………………………………… 63
　巻四 …………………………………………… 89
　巻五 ………………………………………… 115
好色一代女 ………………………………… 137
　巻一 ………………………………………… 137
　巻二 ………………………………………… 165
　巻三 ………………………………………… 189
　巻四 ………………………………………… 213
　巻五 ………………………………………… 235
　巻六 ………………………………………… 255
＊付録「五人女」のモデルと法律 ……… 279

第5巻　武道伝来記
1976年9月30日刊

＊鑑賞のしおり ……………………………… 3
武道伝来記 …………………………………… 11
　巻一 …………………………………………… 11
　巻二 …………………………………………… 49
　巻三 …………………………………………… 77
　巻四 ………………………………………… 107
　巻五 ………………………………………… 139
　巻六 ………………………………………… 171
　巻七 ………………………………………… 207
　巻八 ………………………………………… 237

＊付録「日本の敵討」 ……………………… 267

第6巻　武家義理物語
1976年5月31日刊

＊鑑賞のしおり ……………………………… 3
武家義理物語 ………………………………… 15
　巻一 …………………………………………… 15
　巻二 …………………………………………… 39
　巻三 …………………………………………… 57
　巻四 …………………………………………… 79
　巻五 …………………………………………… 99
　巻六 ………………………………………… 119
新可笑記 …………………………………… 139
　巻一 ………………………………………… 139
　巻二 ………………………………………… 171
　巻三 ………………………………………… 201
　巻四 ………………………………………… 227
　巻五 ………………………………………… 253
嵐無常物語 ………………………………… 275
　上巻 ………………………………………… 275
　下巻 ………………………………………… 299

第7巻　西鶴諸国ばなし
1976年11月30日刊

＊鑑賞のしおり ……………………………… 3
西鶴諸国ばなし ……………………………… 13
　巻一 …………………………………………… 13
　巻二 …………………………………………… 41
　巻三 …………………………………………… 63
　巻四 …………………………………………… 87
　巻五 ………………………………………… 105
懐硯 ………………………………………… 125
　巻一 ………………………………………… 125
　巻二 ………………………………………… 153
　巻三 ………………………………………… 181
　巻四 ………………………………………… 211
　巻五 ………………………………………… 237

第8巻　本朝二十不孝
1976年10月30日刊

＊鑑賞のしおり ……………………………… 3
本朝二十不孝 ………………………………… 13
　巻一 …………………………………………… 13
　巻二 …………………………………………… 39

```
    巻三 ……………………………… 63
    巻四 ……………………………… 85
    巻五 ……………………………… 105
  本朝桜陰比事 …………………… 125
    巻一 ……………………………… 125
    巻二 ……………………………… 153
    巻三 ……………………………… 183
    巻四 ……………………………… 209
    巻五 ……………………………… 239
  *付録「近世の推理小説」 ……… 263

第9巻　日本永代蔵
1977年1月31日刊

  *鑑賞のしおり ……………………… 3
  日本永代蔵 ………………………… 15
    巻一 ………………………………… 15
    巻二 ………………………………… 43
    巻三 ………………………………… 73
    巻四 ……………………………… 101
    巻五 ……………………………… 131
    巻六 ……………………………… 161
  西鶴織留 ………………………… 187
    巻一 ……………………………… 187
    巻二 ……………………………… 219
    巻三 ……………………………… 247
    巻四 ……………………………… 269
    巻五 ……………………………… 297
    巻六 ……………………………… 319
  *付録「近世前期上方の経済」 …… 343

第10巻　好色盛衰記
1976年12月31日刊

  *鑑賞のしおり ……………………… 3
  好色盛衰記 ………………………… 15
    巻一 ………………………………… 15
    巻二 ………………………………… 41
    巻三 ………………………………… 65
    巻四 ………………………………… 91
    巻五 ……………………………… 115
  色里三所世帯 …………………… 139
    上 ………………………………… 139
    中 ………………………………… 159
    下 ………………………………… 181
  浮世栄花一代男 ………………… 207
    巻一 ……………………………… 207
```

```
    巻二 ……………………………… 237
    巻三 ……………………………… 267
    巻四 ……………………………… 297

第11巻　世間胸算用
1976年8月31日刊

  *鑑賞のしおり ……………………… 3
  万の文反古 ………………………… 19
    巻一 ………………………………… 19
    巻二 ………………………………… 39
    巻三 ………………………………… 57
    巻四 ………………………………… 77
    巻五 ………………………………… 95
  世間胸算用 ……………………… 117
    巻一 ……………………………… 117
    巻二 ……………………………… 143
    巻三 ……………………………… 167
    巻四 ……………………………… 193
    巻五 ……………………………… 215
  *付録「日本の書簡体小説」 ……… 239

第12巻　西鶴置土産
1977年2月28日刊

  *鑑賞のしおり ……………………… 3
  西鶴置土産 ………………………… 13
    巻一 ………………………………… 13
    巻二 ………………………………… 43
    巻三 ………………………………… 63
    巻四 ………………………………… 79
    巻五 ………………………………… 97
  西鶴俗つれづれ ………………… 117
    巻一 ……………………………… 117
    巻二 ……………………………… 139
    巻三 ……………………………… 159
    巻四 ……………………………… 179
    巻五 ……………………………… 199
  西鶴名残の友 …………………… 215
    巻一 ……………………………… 215
    巻二 ……………………………… 231
    巻三 ……………………………… 249
    巻四 ……………………………… 269
    巻五 ……………………………… 285
  *付録「西鶴年譜」 ……………… 301
```

[022] **現代語訳 日本の古典**
学習研究社
全21巻
1979年6月～1981年11月
（井上靖，円地文子，尾崎秀樹，山本健吉編集）

第1巻　古事記（梅原猛訳）
1980年10月31日刊

古事記 ………………………………………… 5
*古事記に学ぶ（梅原猛） ………………… 157
*神々の祭り（梅原猛） …………………… 145
*古事記の旅（百瀬明治） ………………… 182
*図版目録 …………………………………… 186

第2巻　万葉集（山本健吉訳）
1980年7月25日刊

万葉集 ………………………………………… 5
*咲き誇る万葉の名花　額田王 …………… 19
*文雅の世界を楽しむ　志貴皇子 ………… 32
*荘重華麗な歌を詠む天才詩人　柿本人麻呂 ……………………………………… 49
*歌物語を残す悲劇の皇子　大津皇子 …… 61
*筑紫歌壇の指導者　大伴旅人 …………… 66
*才色兼備の相聞歌人　大伴坂上郎女 …… 72
*自照文学の先駆者　山上憶良 …………… 80
*小品叙景詩の名手　山部赤人 …………… 91
*旅びとの夜の歌の静寂境　高市黒人 …… 100
*不遇をかこつ哀怨の詩人　大伴家持 …… 134
*万葉の花と虫（猪股静彌） ……………… 145
*万葉集とは何か（中西進） ……………… 153
*人麻呂と書式史（阿蘇瑞枝） …………… 160
*抵抗歌としての東歌（佐佐木幸綱） …… 164
*万葉名歌の旅（吉岡勇） ………………… 168
*万葉用語小辞典 …………………………… 172
*万葉集・和歌索引 ………………………… 174
*図版目録 …………………………………… 178

第3巻　古今集・新古今集（大岡信訳）
1981年3月28日刊

古今集・新古今集
　古今集 ……………………………………… 5
*仮名序の思想 ……………………………… 10
*「土佐日記」のエロチシズム　紀貫之 … 27
*「物」に即して詠む機知　凡河内躬恒 … 33
*望郷の思いはやまず　安倍仲麿 ………… 46
*多くの愛に弄ばれ　伊勢 ………………… 61
　新古今集 …………………………………… 75
*俊成・定家を祖父・叔父に　俊成女 …… 88
*和歌芸術の精髄を刻み上げる　藤原定家 ……………………………………………… 97
*連ねうたをたしなむ歌壇の異端児　曽祢好忠 ………………………………………… 118
*型破りの帝王　後鳥羽院 ………………… 124
*リアリストの眼　鴨長明 ………………… 140
*私家集『長秋詠藻』にみる亡妻哀悼の秀歌　藤原俊成 ………………………… 145
*書の美とこころ（神作光一） …………… 149
*古今集・新古今集の世界（藤平春男） … 157
*和歌と能 …………………………………… 165
*春の形見—新古今集に寄せて（塚本邦雄） …………………………………………… 166
*古今・新古今の旅（吉岡勇） …………… 170
*古今・新古今歳時記小事典 ……………… 174
*図版目録 …………………………………… 178

第4巻　竹取物語・伊勢物語（田辺聖子訳）
1981年11月28日刊

竹取物語 ……………………………………… 5
伊勢物語 ……………………………………… 57
*美術に見る伊勢物語（北小路健） ……… 145
*竹取物語と伊勢物語（森野宗明） ……… 153
*竹取珍解釈（藤本義一） ………………… 158
*女の心をかき立てる笛の音色のにじむ絵（大庭みな子） ……………………… 162
*関連作品 宇津保物語と落窪物語（鈴木一雄） ……………………………………… 166
*伊勢物語の旅（榊原和夫） ……………… 170
*図版目録 …………………………………… 174

第5巻　源氏物語（円地文子訳）
1979年6月22日刊

現代語訳 日本の古典

源氏物語 ………………………………… 5
　第一章 輝ける青春 …………………… 12
　　桐壺 ………………………………… 14
　　帚木 ………………………………… 23
　　空蟬 ………………………………… 26
　　夕顔 ………………………………… 27
　　若紫 ………………………………… 34
　　末摘花 ……………………………… 41
　　紅葉賀 ……………………………… 43
　第二章 漂泊の日々 …………………… 46
　　花宴 ………………………………… 46
　　葵 …………………………………… 48
　　賢木 ………………………………… 52
　　花散里 ……………………………… 55
　　須磨 ………………………………… 56
　　明石 ………………………………… 62
　　澪標 ………………………………… 65
　第三章 たちかえる栄華 ……………… 70
　　蓬生 ………………………………… 70
　　関屋 ………………………………… 72
　　絵合 ………………………………… 73
　　松風 ………………………………… 74
　　薄雲 ………………………………… 75
　　槿 …………………………………… 77
　　乙女 ………………………………… 78
　第四章 玉鬘物語 ……………………… 80
　　玉鬘 ………………………………… 80
　　初音 ………………………………… 84
　　胡蝶 ………………………………… 87
　　螢 …………………………………… 89
　　常夏 ………………………………… 92
　　篝火 ………………………………… 95
　　野分 ………………………………… 96
　　行幸 ………………………………… 98
　　藤袴 ………………………………… 99
　　真木柱 ……………………………… 100
　　梅枝 ………………………………… 102
　　藤裏葉 ……………………………… 103
　第五章 晩年の悲劇 …………………… 106
　　若菜 上 …………………………… 106
　　若菜 下 …………………………… 112
　　柏木 ………………………………… 119
　　横笛 ………………………………… 121
　　鈴虫 ………………………………… 123
　　夕霧 ………………………………… 124
　　御法 ………………………………… 129
　　幻 …………………………………… 132

　第六章 八の宮の美姫 ………………… 136
　　匂宮 ………………………………… 136
　　紅梅 ………………………………… 140
　　竹河 ………………………………… 142
　　橋姫 ………………………………… 143
　　椎本 ………………………………… 147
　　総角 ………………………………… 149
　　早蕨 ………………………………… 150
　第七章 浮舟の行方 …………………… 152
　　宿木 ………………………………… 152
　　東屋 ………………………………… 154
　　浮舟 ………………………………… 155
　　蜻蛉 ………………………………… 159
　　手習 ………………………………… 160
　　夢浮橋 ……………………………… 162
＊源氏絵の趣向（北小路健）…………… 165
＊源氏物語と紫式部（犬養廉）………… 173
＊源氏香の図 …………………………… 179
＊源氏の女性たち（生方たつゑ）……… 180
＊関連作品栄花物語と大鏡（清水好子）… 184
＊源氏物語の旅（神谷次郎）…………… 188
＊源氏物語主要人物小事典 …………… 192
＊図版目録 ……………………………… 194

第6巻　枕草子（秦恒平訳）
1980年2月22日刊

枕草子 ……………………………………… 5
＊王朝貴族の遊び（森野宗明）………… 149
＊枕草子と清少納言（萩谷朴）………… 157
＊清少納言の男性像（岡部伊都子）…… 164
＊王朝人の恋愛作法（近藤富枝）……… 168
＊枕草子の旅（祖田浩一）……………… 172
＊王朝生活用語小事典 ………………… 174
＊図版目録 ……………………………… 178

第7巻　土佐日記・更級日記（竹西寛子訳）
1981年2月27日刊

土佐日記 …………………………………… 5
更級日記 …………………………………… 49
＊私の『土佐日記』と『更級日記』（竹西
　寛子）…………………………………… 140
＊王朝時代の地方（黛弘道）…………… 149
＊土佐日記・更級日記の世界（馬場あき
　子）……………………………………… 157
＊王朝びとの旅（駒敏郎）……………… 162

*関連作品王朝の日記文学　蜻蛉日記・和泉式部日記（関根慶子）............... *166*
*土佐日記・更級日記の旅（榊原和夫）　*170*
*図版目録 *174*

第8巻　今昔物語（尾崎秀樹訳）
1980年12月19日刊

今昔物語 *5*
　恋と人情と笑い *12*
　　時平の大臣が伯父国経の妻を盗んだ話 *12*
　　平中が本院の侍従に恋をする話 *18*
　　不運な夫と別れた妻が難波の浦で再会する話 *23*
　　近衛の舎人が稲荷詣でで美人に会った話 *28*
　　六衛府の役人たちが越前守為盛の邸へ押しかけた話 *31*
　　池の尾の禅智内供の鼻の話 *36*
　　谷へ落ちた信濃守が平茸をとる話 ... *41*
　悪行と奇譚 *46*
　　羅城門の上で死人を見た盗人の話 ... *46*
　　大江山で男が妻を犯される話 *49*
　　丹波守平貞盛が胎児の生き肝をとる話 *52*
　　子どもを棄てて乞食から逃げた女の話 *56*
　　警備の武士に魚を売る老女の話 *58*
　　物売り女が鮨鮎にヘドを吐く話 *59*
　宿報と怪異 *60*
　　土佐国の兄妹が無人島で夫婦となる話 *60*
　　利仁将軍が五位に芋粥をあきるほど食べさせる話 *62*
　　修行者が人の妻を犯そうとして殺される話 *71*
　　近江国安義の橋の鬼に食われた話 ... *74*
　　播磨の安高が女に化けた狐に会った話 *79*
　知恵と勇力 *82*
　　相撲取り大井光遠の強力を持った妹の話 *82*
　　百済の川成と飛騨の工が技を競う話 *85*
　　医師のもとで瘡を治した女が逃げた話 *87*

　　盗賊の袴垂が藤原保昌の武威にうたれた話 *92*
　　源頼信の威勢で盗人が人質を放した話 *95*
　惑いと救い *98*
　　愛欲に迷った久米仙人が久米寺を建てる話 *98*
　　蟹を助けて蛇の求婚から逃れた娘の話 *100*
　　虚空蔵菩薩が女に身を変え、叡山の僧に学問をすすめる話 *103*
　　あばれ者の源大夫が法を聞いて出家する話 *112*
　中国の説話 *118*
　　後漢の明帝のとき仏教が渡来し術競べをする話 *118*
　　美人の王昭君が胡国へ送られた話 ... *121*
　　呉招孝が流れてきた詩をみてその人を恋した話 *123*
　　荘子が後の千金より今の食物が大切だと語った話 *126*
　　国王がいけにえをやめさせ、国を栄えさせた話 *128*
　インドの説話 *132*
　　仏がナンダを出家させ、天上界や地獄を見せる話 *132*
　　みにくい金剛醜女が美女に変わる話 *136*
　　ダルマ和尚が巡歴して僧たちの修行ぶりを見る話 *138*
　　兎が老人にわが身を焼いて捧げた話 *142*
　　狐が身のほどをわきまえず、獣の王を称した話 *146*
*説話絵巻の精華（中村溪男） *149*
*今昔物語の世界（池上洵一） *157*
*今昔物語の女たち（安西篤子） *164*
*中国の説話と今昔物語集（駒田信二） *168*
*今昔物語ゆかりの旅（高野澄）....... *172*
*図版目録 *174*

第9巻　西行・山家集（井上靖訳）
1981年7月31日刊

西行・山家集 *5*
*西行の生涯と作歌略年譜 *142*
*西行と伝説（目崎徳衛） *145*

現代語訳 日本の古典

* 山家集の世界（窪田章一郎）............ 153
* 修行者としての西行（五来重）............ 160
* 山家冬月—心情表現の様相（糸賀きみ江） 164
* 近代歌人と西行（片山貞美）............ 169
* 山家集の旅（木村利行）............ 172
* 西行の歌索引 176
* 図版目録 178

* 王朝びとの生活の歌（白洲正子）...... 154
* 百人一首の旅（鈴木亨）............ 158
* 現代短歌と百人一首（片山貞美）...... 162
* 競技かるた（伊藤秀文）............ 165
* 小倉百人一首競技かるた音別表 172
* 小倉百人一首歌人小事典 174
* 小倉百人一首・引用和歌一覧 178
* 図版目録 182

第10巻 平家物語（水上勉訳）
1981年6月10日刊

平家物語 5
* 平家物語略年表 154
* 平家物語関係系図 156
* 芸能に見る平家物語（鷲尾星児）............ 157
* 平家物語の世界（水原一）............ 165
* 武者の習いと美意識（村井康彦）............ 172
* 平家伝説のある山里（松永伍一）............ 176
* 平家物語の旅（祖田浩一）............ 180
* 平家物語主要人物小事典 184
* 図版目録 186

第12巻 徒然草・方丈記（山崎正和訳）
1980年5月23日刊

徒然草・方丈記 5
　徒然草 5
　方丈記 125
* 地獄・極楽（守屋毅）............ 149
* 徒然草と兼好（青木晃）............ 157
* 方丈記と長明（野口武彦）............ 162
* 平安京の滅亡（守屋毅）............ 166
* 歎異抄と随筆記（紀野一義）............ 170
* 徒然草・方丈記の旅（百瀬明治）...... 174
* 図版目録 178

第11巻 小倉百人一首（宮柊二訳）
1979年11月16日刊

小倉百人一首 5
* 業平の見たされこうべ　小野小町 30
* 風流人の生き方の典型　在原業平 40
* こち吹かばにほひおこせよ梅の花　菅原道真 47
* 女性の筆に擬した日記を書く　紀貫之 57
* 半生の記録『蜻蛉日記』をつづる　右大将道綱母 75
* 敦道親王との愛の記録　和泉式部 81
* 神に感応する歌のまごころ　赤染衛門 85
* 『袋草子』が伝える歌道の好き者　能因法師 100
* 月と花の詩人　西行 120
* 忍ぶ恋の皇女　式子内親王 125
* 非運の生涯と作歌　鎌倉右大臣 130
* 古典の尊重から新風を開く　権中納言定家 136
* 歌かるたの意匠（吉田幸一）............ 141
* 小倉百人一首（井上宗雄）............ 149

第13巻 太平記（永井路子訳）
1981年1月30日刊

太平記 5
* 太平記略年表 146
* 太平記関係系図 148
* 南北朝時代の甲冑図 148
* 動乱期の民衆芸能（後藤淑）............ 149
* 太平記の世界（山下宏明）............ 157
* 南北朝という時代（邦光史郎）............ 162
* 関連作品義経記と曽我物語（永積安明）............ 168
* 太平記の旅（祖田浩一）............ 172
* 太平記主要人物小事典 176
* 図版目録 178

第14巻 隅田川・柿山伏（田中千禾夫訳）
1980年3月22日刊

隅田川・柿山伏 5
　第一章 能 5
* はじめに 12
　　隅田川 14
　　高砂 24
　　八島 34

松風 ……………………………… 42	お夏清十郎物語 ……………………… 12
*能の名作舞台 ………………………… 50	樽屋おせん物語 ……………………… 28
班女 ……………………………… 52	暦屋おさん物語 ……………………… 46
砧 ………………………………… 58	八百屋お七物語 ……………………… 68
道成寺 …………………………… 64	おまん源五兵衛物語 ………………… 88
自然居士 ………………………… 72	西鶴置土産 ……………………………… 105
藤戸 ……………………………… 80	大釜のぬき残し ……………………… 110
*現代と能(金春信高) ………………… 86	あたご颪の袖さむし ………………… 117
第二章 狂言 …………………………… 87	人には棒振虫同前に思われ ………… 122
*はじめに ……………………………… 88	子が親の勘当逆川をおよぐ ………… 126
柿山伏 …………………………… 89	*遊郭の世界(松田修) ………………… 129
三本柱 …………………………… 96	*西鶴について(吉行淳之介) ………… 137
蚊相撲 …………………………… 102	*西鶴と五人女・置土産(神保五彌) … 155
*狂言の名作舞台 ……………………… 112	*江戸廓ばなし(中村芝鶴) …………… 160
棒縛 ……………………………… 114	*遊芸と教養 …………………………… 165
墨塗 ……………………………… 122	*西鶴名作の旅(木村利行) …………… 166
鶏聟 ……………………………… 130	*西鶴主要作品小事典 ………………… 170
節分 ……………………………… 136	*図版目録 ……………………………… 174
月見座頭 ………………………… 142	
*現代と狂言(三宅藤九郎) …………… 148	**第17巻 女殺油地獄**(田中澄江訳)
風姿花伝(西一祥) …………………… 157	1980年1月22日刊
*面と装束(木村利行) ………………… 149	
*能・狂言の世界(戸井田道三) ……… 165	女殺油地獄心中天の網島 国性爺合戦 堀川波鼓 鑓
*能・狂言の扮装 ……………………… 171	の権三重帷子 ………………………… 5
*能・狂言のたのしみ(増田正造) …… 172	心中天の網島 ………………………… 12
*能・狂言の名作の旅(木村利行) …… 178	女殺油地獄 …………………………… 44
*能・狂言主要現行曲小事典 ………… 182	国性爺合戦 …………………………… 74
*図版目録 ……………………………… 186	堀川波鼓 ……………………………… 100
	鑓の権三重帷子 ……………………… 128
第15巻 奥の細道(富士正晴訳)	*日本の人形芝居(三隅治雄) ………… 149
1979年9月4日刊	*近松門左衛門の世界(諏訪春雄) …… 157
	*近松にみる悲劇性(キーン,ドナルド)
奥の細道 ……………………………… 5	………………………………………… 162
*蕪村・一茶・子規(野沢節子) ……… 147	*文楽の魅力(山田庄一) ……………… 166
*芭蕉の生涯(尾形仂) ………………… 153	*義太夫語りの舞台話(竹本津大夫) … 170
*松尾芭蕉(尾形仂) …………………… 162	*近松作品の旅(神谷次郎) …………… 174
*奥の細道の世界(井本農一) ………… 169	*近松名作小事典 ……………………… 176
*北陸路の謎を探る(吉岡勇) ………… 174	*図版目録 ……………………………… 178
*奥の細道の旅(鈴木亨) ……………… 178	
*松尾芭蕉略年譜 ……………………… 161	**第18巻 義経千本桜**(村上元三訳)
*図版目録 ……………………………… 182	1980年9月26日刊
第16巻 好色五人女・西鶴置土産(吉行淳	義経千本桜 …………………………… 5
之介訳)	追補 …………………………………… 128
1980年9月22日刊	*歌舞伎の変遷(林京平) ……………… 145
	*義経千本桜の世界(水落潔) ………… 153
好色五人女 …………………………… 5	*義経千本桜と私(尾上松緑) ………… 158

日本古典文学全集・内容綜覧 **103**

現代語訳 日本の古典

＊鼓の子（戸板康二）……………… 162
＊歌舞伎の楽しさの発見（服部幸雄）… 164
＊義経千本桜ゆかりの旅（鷲尾星児）… 168
＊歌舞伎名作小事典 ………………… 170

第19巻　雨月物語・春雨物語（後藤明生訳）
1980年4月22日刊

雨月物語 ………………………………… 5
　　白峯 ………………………………… 12
　　菊花の約 …………………………… 28
　　浅茅が宿 …………………………… 42
　　夢応の鯉魚 ………………………… 56
　　仏法僧 ……………………………… 62
　　吉備津の釜 ………………………… 70
　　蛇性の婬 …………………………… 82
　　青頭巾 ……………………………… 110
　　貧福論 ……………………………… 116
春雨物語 ………………………………… 125
　　二世の縁 …………………………… 130
　　死首の咲顔 ………………………… 136
＊怪奇絵の系譜（宗谷真爾）………… 149
＊雨月物語・春雨物語と上田秋成（中村博保）……………………………… 157
＊関連解説怪奇文学の系譜（高田衛）… 162
＊情念の凝集（大原富枝）…………… 166
＊二つの中心（種村季弘）…………… 170
＊雨月物語の旅（神谷次郎）………… 174
＊図版目録 …………………………… 178

第20巻　椿説弓張月（平岩弓枝訳）
1981年4月30日刊

椿説弓張月 ……………………………… 5
＊江戸の大衆本（北小路健）………… 157
＊曲亭馬琴と『椿説弓張月』（柴田光彦）……………………………………… 165
＊江戸の戯作者たち（杉浦明平）…… 170
＊関連作品南総里見八犬伝（北小路健）… 176
＊弓張月ゆかりの旅（高野澄）……… 182
＊椿説弓張月主要人物小事典 ……… 184
＊図版目録 …………………………… 186

第21巻　東海道中膝栗毛（杉本苑子訳）
1980年6月20日刊

東海道中膝栗毛 ………………………… 5

＊庶民の旅（北小路健）……………… 149
＊東海道中膝栗毛と十返舎一九（小池正胤）………………………………… 157
＊体験的笑い論（星新一）…………… 162
＊江戸ゆかた姿（宮尾登美子）……… 166
＊関連作品浮世風呂と浮世床（本田康雄）… 170
＊東海道中膝栗毛の旅（祖田浩一）… 174
＊図版目録 …………………………… 178

[023] 校註 阿仏尼全集
風間書房
全1巻
1981年3月
（増補版）

〔1〕（簗瀬一雄編）
1984年2月29日刊

* 序 ……………………………… 3
* 解題 …………………………… 7
一、うたたねの記 ……………… 19
二、十六夜日記 ………………… 45
三、夜の鶴 ……………………… 91
四、庭の訓（広本）…………… 107
五、庭の訓（略本）…………… 139
　附、庭の訓抄（伴蒿蹊）… 153
六、四篠局仮名諷誦 ………… 185
七、阿仏尼全歌集 …………… 191
　初句索引 …………………… 253
八、附録 ……………………… 259
　（一）源承和歌口伝（愚管抄）抄出 … 263
　（二）阿仏東下り ………… 269
　（三）阿仏真影之記 ……… 292
増補部 ………………………… 297
一、安嘉門院四篠五百首 …… 299
二、後葉和歌集 ……………… 376
三、住吉社歌合 ……………… 377
四、玉津島歌合 ……………… 379
五、奉賀憶上人歌序 ………… 381
六、消息文 …………………… 383
七、未来記の添状 …………… 384
八、菟玖波集 ………………… 385
九、吾妻問答 ………………… 386
〔追加〕閑月和歌集 ………… 387

[024] 校註日本文芸新篇
武蔵野書院
全7巻
1950年10月～1951年9月

〔1〕　源氏物語新抄（佐伯梅友編）
1950年10月30日刊

* 凡例 …………………………… 1
源氏物語新抄 ………………… 9
　一　光る源氏の生ひたち（桐壺）……… 13
　二　雨夜の品定め（帚木）…… 28
　三　夕顔（夕顔）……………… 42
　四　草のゆかり（若紫）……… 74
　五　もののけ（葵）………… 100
　六　雨のいたづら（賢木）… 112
　七　わびずまひ（須磨）…… 120
　八　夢のつげ（明石）……… 125
　九　心のやみ（松風・薄雲）… 136
　十　秘密（薄雲）…………… 152
　十一　厳父（少女）………… 161
　十二　めぐりあひ（玉鬘）… 170
　十三　絵物語（蛍）………… 198
　十四　おそろしきむくい（若菜 下）… 205
　十五　橋姫（橋姫）………… 217
　十六　とはの別れ（総角）… 234
　十七　昔のあと（宿木）…… 242
　十八　人ふたり（浮舟）…… 253
　十九　風のたより（手習）… 263
　二十　道ひとすぢ（夢浮橋）… 276
* 源氏物語について …………… 287

〔2〕　万葉集抄
1951年9月20日刊

万葉集抄 ……………………… 5
　巻第一 ……………………… 5
　巻第二 ……………………… 15
　巻第三 ……………………… 27
　巻第四 ……………………… 40
　巻第五 ……………………… 47
　巻第六 ……………………… 54
　巻第七 ……………………… 58

```
 巻第八 ……………………………… 63
 巻第九 ……………………………… 70
 巻第十 ……………………………… 79
 巻第十一 …………………………… 84
 巻第十二 …………………………… 86
 巻第十三 …………………………… 89
 巻第十四 …………………………… 92
 巻第十五 …………………………… 97
 巻第十六 …………………………… 100
 巻第十七 …………………………… 105
 巻第十八 …………………………… 109
 巻第十九 …………………………… 110
 巻第二十 …………………………… 114
＊解説 ……………………………… 120
＊年表 ……………………………… 122
＊地図 ……………………………… 125
```

〔3〕　思想・評論選（久松潜一，増淵恒吉編）
1950年5月10日刊

```
＊凡例 ………………………………… 1
古代
 一、古今和歌集序 …………………… 8
 二、文鏡秘府論 ……………………… 18
 三、新撰髄脳 ………………………… 20
 四、源氏物語蛍の巻 ………………… 24
 五、今鏡つくり物語のゆくへ ……… 29
中世
 一、毎月抄 …………………………… 33
 二、為兼卿和歌抄 …………………… 46
 三、正徹物語 ………………………… 56
 四、ささめごと ……………………… 62
 五、無名草子 ………………………… 69
 六、花伝書 …………………………… 79
近世
 一、歌意考 …………………………… 92
 二、詠草奥書 ………………………… 101
 三、去来抄 …………………………… 107
 四、三冊子 …………………………… 114
 五、源氏外伝序 ……………………… 116
 六、紫七論 …………………………… 122
 七、源氏物語玉の小櫛 ……………… 128
 八、難波土産 ………………………… 140
近代
 一、新体詩抄序 ……………………… 145
 二、亡国の音 ………………………… 151
 三、歌よみに与ふる書 ……………… 157
```

```
 四、海潮音序 ………………………… 163
 五、小説の主眼 ……………………… 174
 六、柵草紙の本領を論ず …………… 186
 七、批評論 …………………………… 191
 八、自然主義の価値 ………………… 200
 九、鶏頭序 …………………………… 214
```

〔4〕　上代説話選（武田祐吉編）
1950年3月20日刊

```
一、神話 ……………………………… 5
 穀物のはじめ（日本書紀）………… 6
 少名毘古那の神（古事記）………… 7
 富士と筑波（常陸国風土記）……… 8
二、異郷説話 ………………………… 10
 海幸山幸（古事記）………………… 11
 浦島の子（万葉集）………………… 15
三、羽衣説話 ………………………… 17
 天の羽衣（帝王編年記）…………… 18
 竹取の翁（今昔物語集）…………… 19
四、動物説話 ………………………… 22
 兎と鰐（古事記）…………………… 23
 菟餓野の鹿（日本書紀）…………… 24
 野猪の怪（今昔物語集）…………… 26
五、寳物説話 ………………………… 28
 玉取（日本書紀）…………………… 29
六、敬老説話 ………………………… 30
 姨捨山（大和物語）………………… 31
七、争婚説話 ………………………… 32
 真間の手児名（万葉集）…………… 33
 生田川（大和物語）………………… 34
八、世俗説話 ………………………… 38
 猿澤の池（大和物語）……………… 39
 葦刈（大和物語）…………………… 40
九、長者説話 ………………………… 44
 芋粥（今昔物語集）………………… 45
十、霊鬼説話 ………………………… 52
 川原の院（今昔物語集）…………… 53
 橋の鬼（今昔物語集）……………… 54
十一、諸道説話 ……………………… 59
 書師と工匠（今昔物語集）………… 60
 瓜の術（今昔物語集）……………… 62
十二、異人説話 ……………………… 65
 聖徳太子（日本書紀）……………… 65
 役の行者（日本霊異記）…………… 66
 道場法師（日本霊異記）…………… 68
十三、利益説話 ……………………… 71
```

```
吉祥天女の利益（日本霊異記）………… 72
観音の利益（今昔物語集）……………… 73
十四、報恩説話 …………………………… 79
髑髏の報恩（日本霊異記）……………… 80
蟹の報恩（日本霊異記）………………… 82
十五、地獄説話 …………………………… 84
閻羅の闕（日本霊異記）………………… 85
＊引用書解説 ………………………………… 89
＊古事記 …………………………………… 89
＊日本書紀 ………………………………… 89
＊常陸国風土記 …………………………… 89
＊万葉集 …………………………………… 90
＊日本霊異記 ……………………………… 90
＊帝王編年記 ……………………………… 91
＊大和物語 ………………………………… 91
＊今昔物語集 ……………………………… 92

〔5〕 川柳選（鈴木重雅編）
1950年5月10日刊

＊例言 ………………………………………… 1
＊川柳の解説 ………………………………… 4
上 時代別 …………………………………… 13
一、明和時代 ……………………………… 13
二、安永時代 ……………………………… 20
三、天明時代 ……………………………… 28
四、寛政時代 ……………………………… 36
五、文化時代 ……………………………… 37
六、文政時代 ……………………………… 42
七、天保時代 ……………………………… 46
下 類題別 …………………………………… 47
一、四季 …………………………………… 47
二、人物 …………………………………… 48
三、動物 …………………………………… 53
四、地理 …………………………………… 53
五、遊芸 …………………………………… 54
六、史上の人物 …………………………… 55
七、雑 ……………………………………… 63

〔6〕 俳句選（鈴木重雅編）
1950年5月10日刊

＊例言 ………………………………………… 1
＊俳句史概説 ………………………………… 5
＊歌仙解説・蛭子講の巻 …………………… 11
一、創始時代 ………………………………… 15
宗鑑・守武・貞徳 ………………………… 15
```

```
二、古風時代 ……………………………… 15
親重・重頼・季吟・貞室 ………………… 16
西武・宗因 ………………………………… 17
三、談林時代 ……………………………… 17
西鶴・来山 ………………………………… 18
鬼貫・才磨 ………………………………… 19
言水・素堂 ………………………………… 20
四、蕉風時代 ……………………………… 21
芭蕉 ………………………………………… 21
其角 ………………………………………… 26
嵐雪 ………………………………………… 27
丈草 ………………………………………… 28
去来・許六 ………………………………… 29
支考・北枝・越人 ………………………… 30
野坡・杉風・惟然 ………………………… 31
凡兆・浪化 ………………………………… 32
路通 ………………………………………… 33
五、中興時代 ……………………………… 33
也有 ………………………………………… 33
太祇 ………………………………………… 34
蕉村 ………………………………………… 35
暁壺 ………………………………………… 38
樗良・闌更 ………………………………… 39
白雄・蓼太 ………………………………… 40
召波 ………………………………………… 41
几董・大江丸 ……………………………… 42
六、化政時代 ……………………………… 43
成美・士朗 ………………………………… 43
一茶 ………………………………………… 44
七、天保時代 ……………………………… 46
蒼虬・梅堂 ………………………………… 46
八、明治時代 ……………………………… 47
子規 ………………………………………… 47
漱石 ………………………………………… 49
鳴雪・碧梧桐 ……………………………… 50
虚子・鬼城 ………………………………… 51
井泉水 ……………………………………… 52
＊参考 ………………………………………… 53

〔7〕 連歌選（福井久蔵編）
1950年4月25日刊

＊はしがき（小松園のあるじ）……………… 1
一、菟玖波集 ………………………………… 6
二、竹林抄 …………………………………… 19
三、犬筑波集 ………………………………… 33
四、水無瀬三吟 ……………………………… 46
```

五、湯山三吟 ………………………… 58
　六、十問最秘抄 ……………………… 69
　七、花能万賀喜 ……………………… 78
　八、心敬返札 ………………………… 93
　九、長六文 …………………………… 106
　十、いほの枝折 ……………………… 132
　十一、三愛記 ………………………… 147

[025] **校本芭蕉全集**
富士見書房
全10巻，別巻1巻
1988年10月～1991年11月
（小宮豊隆監修）

第1巻　発句篇（上）（阿部喜三男校注，堀信夫補訂）
1988年10月31日刊

＊概説（阿部喜三男）………………………… 5
発句篇（上）（阿部喜三男校注）………… 23
＊凡例 ………………………………………… 25
　寛文二年 ………………………………… 29
　寛文三年 ………………………………… 29
　寛文四年 ………………………………… 30
　寛文六年 ………………………………… 30
　寛文七年 ………………………………… 34
　寛文八年 ………………………………… 38
　寛文九年 ………………………………… 39
　寛文十年 ………………………………… 39
　寛文十一年 ……………………………… 40
　寛文十二年 ……………………………… 41
　寛文年間 ………………………………… 42
　延宝三年 ………………………………… 44
　延宝四年 ………………………………… 46
　延宝五年 ………………………………… 50
　延宝六年 ………………………………… 55
　延宝七年 ………………………………… 59
　延宝八年 ………………………………… 60
　延宝九年 天和元年 …………………… 65
　延宝年間 ………………………………… 69
　天和二年 ………………………………… 71
　天和三年 ………………………………… 75
　天和四年 貞享元年 …………………… 77
　天和年間 ………………………………… 94
　延宝天和年間 …………………………… 95
　寛文延宝天和年間 ……………………… 96
　貞享二年 ………………………………… 97
　貞享三年 ………………………………… 108
　貞享四年 ………………………………… 115
　貞享五年 元禄元年 …………………… 135
　貞享年間 ………………………………… 171

天和貞享年間 ……………… *174*
　　延宝天和貞享年間 ………… *176*
　　元禄二年 …………………… *176*
＊補注 ……………………………… *225*

第2巻　発句篇（下）（荻野清，大谷篤蔵校注）
1988年12月30日刊

発句篇（下） ……………………… *3*
＊凡例 ……………………………… *5*
　　元禄三年 …………………… *9*
　　元禄四年 …………………… *30*
　　元禄五年 …………………… *54*
　　元禄六年 …………………… *66*
　　元禄七年 …………………… *83*
　　年次不詳 …………………… *110*
　　存疑の部 …………………… *132*
　　誤伝の部 …………………… *234*
漢句・和歌・狂歌・鄙歌 ………… *295*
　　漢句 ………………………… *297*
　　和歌・狂歌・鄙歌 ………… *298*
＊補注 ……………………………… *307*
＊索引 ……………………………… *329*

第3巻　連句篇（上）（大谷篤蔵，木村三四吾，今栄蔵，鳥居清，富山奏校注）
1989年1月30日刊

＊概説 ……………………………… *13*
連句篇（上） ……………………… *23*
＊凡例 ……………………………… *25*
　寛文五年 ……………………… *29*
　　一　野は雪に（百韻）……… *29*
　寛文七年以前 ………………… *40*
　　二　かたに着物（付合）…… *40*
　　三　後生ねがひと（付合）… *40*
　　四　賤が寝ざまの（付合）… *41*
　寛文十年 ……………………… *42*
　　五　君も臣も（付合）……… *42*
　　六　抜ば露の（付合）……… *42*
　延宝三年 ……………………… *44*
　　七　いと涼しき（百韻）…… *44*
　延宝四年以前 ………………… *55*
　　八　草の庵（付合）………… *55*
　　九　焼亡は（付合）………… *55*
　　一〇　月の中の（付合）…… *56*

　　一一　松のこづえに（付合）… *56*
　　一二　川かぜ寒き（付合）… *57*
　　一三　たまのちぎりに（付合）… *57*
　　一四　むつくりと（付合）… *58*
　延宝四年 ……………………… *59*
　　一五　此梅に（百韻）……… *59*
　　一六　梅の風（百韻）……… *69*
　　一七　時節嚊（歌仙）……… *80*
　延宝五年 ……………………… *84*
　　一八　あら何共なや（百韻）… *84*
　延宝六年 ……………………… *95*
　　一九　さざな都（百韻）…… *95*
　　二〇　物の名も（百韻）…… *105*
　　二一　実や月（歌仙）……… *116*
　　二二　色付や（百韻）……… *120*
　　二三　わすれ草（歌仙）…… *130*
　　二四　のまれけり（歌仙）… *134*
　　二五　青葉より（歌仙）…… *138*
　　二六　塩にしても（歌仙）… *142*
　延宝六年以前 ………………… *146*
　　二七　宝いくつ（付合）…… *146*
　　二八　手盥に（付合）……… *146*
　　二九　経によう似た（付合）… *147*
　　三〇　寐覚侘しき（付合）… *148*
　　三一　御息所の（付合）…… *148*
　　三二　大鋸屑の（付合）…… *149*
　　三三　虫の髭（付合）……… *149*
　　三四　孔子は鯉魚の（付合）… *150*
　　三五　説経芝居（付合）…… *150*
　　三六　捨る身も（付合）…… *151*
　　三七　鉄橋に（付合）……… *151*
　　三八　膳棚の（付合）……… *152*
　　三九　碪の（付合）………… *152*
　　四〇　武者ぶりを（付合）… *153*
　　四一　桶一つ（付合）……… *153*
　　四二　馬の沓（付合）……… *154*
　　四三　裳を見れば（付合）… *154*
　　四四　うなり声（付合）…… *155*
　　四五　あつたら真桑（付合）… *155*
　　四六　相場に立し（付合）… *156*
　　四七　上は脇ざし（付合）… *156*
　　四八　魚の腸（付合）……… *157*
　　四九　大屋の退屈（付合）… *157*
　　五〇　むかし語（付合）…… *158*
　延宝七年 ……………………… *159*
　　五一　さゝげたり（表八句）… *159*
　　五二　須磨ぞ秋（百韻）…… *160*

校本芭蕉全集

　五三　見渡せば（百韻）………………… 170
天和元年（延宝九年）……………………… 182
　五四　鶯の足（五十韻）………………… 182
　五五　春澄にとへ（百韻）……………… 188
　五六　世に有て（百韻）………………… 198
　五七　附贅一ツ（付合）………………… 208
　五八　秋とはゞよ（付合）……………… 209
　五九　鮭の時（付合）…………………… 210
　六〇　塔高し（付合）…………………… 210
　六一　はりぬきの（付合）……………… 211
天和二年…………………………………… 212
　六二　錦どる（百韻）…………………… 212
　六三　蒜の籬に（付合）………………… 222
　六四　花にうき世（歌仙）……………… 223
　六五　山里いやよ（付合）……………… 227
　六六　葛西の院の（付合）……………… 227
　六七　ものゝふの（付合）……………… 228
　六八　詩あきんど（歌仙）……………… 228
　六九　飽やことし（歌仙）……………… 232
天和三年…………………………………… 237
　七〇　胡艸（歌仙）……………………… 237
　七一　夏馬の遅行（歌仙）……………… 241
貞享元年（天和四年）……………………… 245
　七二　栗稗老（付合）…………………… 245
　七三　何となふ（付合）………………… 246
　七四　はせを野分（付合）……………… 246
　七五　宿まいらせむ（付合）…………… 247
　七六　花の咲（付合）…………………… 247
　七七　師の桜（歌仙）…………………… 248
　七八　霜の宿の（付合）………………… 252
　七九　能程に（付合）…………………… 252
　八〇　此ội に（表六句）………………… 253
　八一　しのぶさへ（付合）……………… 254
　八二　狂句こがらしの（歌仙）………… 254
　八三　はつ雪の（歌仙）………………… 259
　八四　つゝみかねて（歌仙）…………… 263
　八五　炭売の（歌仙）…………………… 267
　八六　霜月や（歌仙）…………………… 271
　八七　いかに見よと（表六句）………… 275
　八八　市人に（付合）…………………… 276
　八九　馬をさへ（付合）………………… 276
　九〇　海くれて（歌仙）………………… 277
　九一　檜笠（付合）……………………… 281
貞享二年…………………………………… 282
　九二　われもさびよ（付合）…………… 282
　九三　梅白し（付合）…………………… 282
　九四　我桜（付合）……………………… 283

　九五　樫の木の（付合）………………… 284
　九六　梅絶て（付合）…………………… 284
　九七　辛崎の（付合）…………………… 285
　九八　何とはなしに（付合）…………… 285
　九九　つくづくと（歌仙）……………… 289
　一〇〇　杜若（二十四句）……………… 293
　一〇一　ほとゝぎす（歌仙）…………… 296
　一〇二　おもひ立（十二句）…………… 300
　一〇三　牡丹藥（歌仙）………………… 301
　一〇四　夏草よ（付合）………………… 305
　一〇五　独書をみる（付合）…………… 306
　一〇六　侘おもしろく（付合）………… 306
　一〇七　榎木の風の（付合）…………… 307
　一〇八　小僧ふたりぞ（付合）………… 307
　一〇九　我恋は（付合）………………… 308
　一一〇　薄をきりて（付合）…………… 308
　一一一　涼しさの（百韻）……………… 309
　一一二　目出度人の（付合）…………… 319
貞享三年…………………………………… 320
　一一三　日の春を（百韻）……………… 320
　一一四　花咲て（歌仙）………………… 330
　一一五　古池や（付合）………………… 334
　一一六　深川は（付合）………………… 335
　一一七　蜻蛉の（半歌仙）……………… 336
　一一八　冬景や（三十四句）…………… 338
貞享四年…………………………………… 342
　一一九　久かたや（歌仙）……………… 342
　一二〇　花に遊ぶ（歌仙）……………… 346
　一二一　卯花も（付合）………………… 350
　一二二　塒せよ（付合）………………… 351
　一二三　時は秋（歌仙）………………… 351
　一二四　旅人と（世吉）………………… 356
　一二五　江戸桜（半歌仙）……………… 360
　一二六　しろがねに（付合）…………… 363
　一二七　時雨時雨に（付合）…………… 364
　一二八　京までは（歌仙）……………… 366
　一二九　めづらしや（歌仙）…………… 370
　一三〇　星崎の（歌仙）………………… 374
　一三一　置炭や（表六句）……………… 378
　一三二　麦はえて（付合）……………… 379
　一三三　やき飯や（表六句）…………… 379
　一三四　笠寺や（歌仙）………………… 380
　一三五　幾落葉（付合）………………… 384
　一三六　面白し（付合）………………… 385
　一三七　磨なをす（歌仙）……………… 386
　一三八　薬のむ（付合）………………… 390
　一三九　凩の（三十句）………………… 390

一四〇 ためつけて（歌仙）……… *394*	一七二 水仙は（歌仙）……………… *89*
一四一 旅人と（半歌仙）…………… *398*	一七三 衣裝して（歌仙）…………… *93*
一四二 霰かと（表六句）…………… *400*	一七四 かげろふの（歌仙）………… *97*
一四三 箱根越す（歌仙）…………… *401*	一七五 月花を（発句・脇）……… *101*
一四四 たび寐よし（半歌仙）……… *405*	一七六 蒜おふ（歌仙）……………… *102*
一四五 かちならば（付合）………… *408*	一七七 落くるや（発句・脇）…… *106*
貞享四年以前 …………………………… *408*	一七八 風流の（歌仙）……………… *106*
一四六 かれ枝に（付合）…………… *408*	一七九 かくれ家や（歌仙）……… *110*
*補注 ……………………………………… *411*	一八〇 旅衣（三句）………………… *115*
*付録「貞徳翁十三回忌追善百韻」摸刻 …………………………………………… *417*	一八一 茨やうを（三句）…………… *115*
	一八二 雨晴て（四句）……………… *116*
第4巻 連句篇（中）（宮本三郎校注，阿部正美補訂） 1989年2月28日刊	一八三 すゞしさを（歌仙）……… *117*
	一八四 おきふしの（歌仙）……… *121*
	一八五 さみだれを（歌仙）……… *125*
	一八六 御尋に（歌仙）……………… *129*
*概説 ……………………………………… *9*	一八七 水の奥（三句）……………… *133*
連句篇（中）（宮本三郎校注）………… *21*	一八八 風の香も（三句）…………… *134*
*凡例 ……………………………………… *23*	一八九 有難や（歌仙）……………… *134*
元禄元年（貞享五年）………………… *27*	一九〇 めづらしや（歌仙）……… *139*
一四七 何の木の（歌仙）…………… *27*	一九一 涼しさや（七句）…………… *143*
一四八 梅の木の（発句・脇）……… *31*	一九二 温海山や（歌仙）…………… *144*
一四九 暖簾の（発句・脇）………… *31*	一九三 忘るなよ（四句）…………… *148*
一五〇 紙衣の（表六句及び付句）… *32*	一九四 忘な（歌仙）………………… *149*
一五一 時雨てや（発句・脇）……… *36*	一九五 文月や（二十句）…………… *153*
一五二 さまざまの（発句・脇）…… *36*	一九六 星今宵（二十六句）……… *155*
一五三 杜若（三句）………………… *37*	一九七 薬欄に（四句）……………… *158*
一五四 しるべして（発句・脇）…… *38*	一九八 寐る迄の（四句）…………… *159*
一五五 鼓子花の（歌仙）…………… *38*	一九九 残暑暫（半歌仙）…………… *160*
一五六 どこまでも（麦六句）……… *43*	二〇〇 小鯛さす（表六句）……… *162*
一五七 蓮池の（五十韻）…………… *44*	二〇一 しほらしき（四十四）…… *163*
一五八 見せばやな（発句・脇）…… *49*	二〇二 ぬれて行や（五十句）…… *168*
一五九 蔵のかげ（三句）…………… *50*	二〇三 馬かりて（歌仙）…………… *173*
一六〇 よき家や（表六句）………… *50*	二〇四 あなむざんやな（歌仙）… *177*
一六一 初秋は（歌仙）……………… *51*	二〇五 もの書て（発句・脇）…… *181*
一六二 粟稗に（歌仙）……………… *55*	二〇六 胡蝶にも（発句・脇）…… *182*
一六三 色々のきくも（五句）……… *60*	二〇七 野あらしに（半歌仙）…… *183*
一六四 しら菊に（半歌仙）………… *64*	二〇八 こもり居て（表六句）…… *185*
一六五 厂がねも（歌仙）…………… *66*	二〇九 それぞれに（三句）……… *186*
一六六 月出ば（半歌仙）…………… *70*	二一〇 はやう咲（歌仙）…………… *186*
一六七 其かたち（歌仙）…………… *72*	二一一 秋の暮（四句）……………… *190*
一六八 雪の夜は（歌仙）…………… *76*	二一二 一泊り（歌仙）……………… *191*
一六九 雪ごとに（歌仙）…………… *80*	二一三 いざ子ども（歌仙）……… *195*
一七〇 皆拝め（三十句）…………… *84*	二一四 とりどりの（五十韻）…… *199*
一七一 折提る（付句）ぬけ初る（付句）…………………………………………… *87*	二一五 霜に今（歌仙）……………… *205*
	二一六 暁や（五十韻）……………… *209*
元禄二年 ………………………………… *89*	二一七 少将の（発句・脇）草箒（発句・脇）…………………………………… *214*

校本芭蕉全集

元禄三年 ………………………… 216
　二一八　鴬の（歌仙）………… 216
　二一九　日を負て（半歌仙）… 220
　二二〇　種芋や（歌仙）……… 222
　二二一　木の本にその一（四十句）・ 226
　二二二　木のもとにその二（歌仙）・ 231
　二二三　木のもとにその三（歌仙）・ 235
　二二四　いろいろの（歌仙）… 239
　二二五　市中は（歌仙）……… 243
　二二六　秋立て（歌仙）……… 247
　二二七　白髪ぬく（半歌仙）… 251
　二二八　稗柿や（三句）……… 253
　二二九　月しろや（発句・脇）… 254
　二三〇　月見する（歌仙）…… 255
　二三一　灰汁桶の（歌仙）…… 259
　二三二　見送りの（発句・脇）… 263
　二三三　鳶の羽も（歌仙）…… 263
　二三四　ひき起す（歌仙）…… 268
　二三五　半日は（歌仙）……… 272
元禄四年 ………………………… 277
　二三六　梅若菜その一（歌仙）… 277
　二三七　梅若菜その二（歌仙）… 281
　二三八　芽出しより（五句）… 285
　二三九　蠅ならぶ（歌仙）…… 286
　二四〇　牛部屋に（歌仙）…… 290
　二四一　安々と（歌仙）……… 294
　二四二　御明の（歌仙）……… 298
　二四三　うるはしき（歌仙）… 302
　二四四　草の戸や（発句・脇）… 306
　二四五　たふとかる（発句・脇）… 306
　二四六　木嵐に（発句・脇）… 307
　二四七　もらぬほど（半歌仙）… 308
　二四八　水仙や（十二句）…… 310
　二四九　奥庭も（発句・脇）… 312
　二五〇　其にほひ（歌仙）…… 312
　二五一　此里は（歌仙）……… 316
　二五二　京に（八句）………… 320
　二五三　宿かりて（三句）…… 321
＊補注 …………………………… 323

第5巻　連句篇（下）（中村俊定，島居清，大谷篤蔵校注，堀切実補訂）
1989年3月31日刊

＊概説 …………………………… 13
連句篇（下）（中村俊定校注）…… 19
＊凡例 …………………………… 21

元禄五年 ………………………… 25
　二五四　鴬や（歌仙）………… 25
　二五五　破風口に（歌仙）…… 29
　二五六　名月や（半歌仙）…… 33
　二五七　青くても（歌仙）…… 35
　二五八　苅かぶや（歌仙）…… 39
　二五九　秋にそふて（三句）… 43
　二六〇　けふばかり（歌仙）… 44
　二六一　口切に（歌仙）……… 48
　二六二　月代を（十八句）…… 52
　二六三　水鳥よ（歌仙）……… 54
　二六四　寒菊の（三句）……… 58
　二六五　洗足に（歌仙）……… 59
　二六六　打よりて（歌仙）…… 63
　二六七　木枯しに（半歌仙）… 67
　二六八　としわすれ（三句）… 69
　二六九　両の手に（歌仙）…… 70
元禄六年 ………………………… 74
　二七〇　蒟蒻に（歌仙）……… 74
　二七一　野は雪に（歌仙）…… 78
　二七二　梅が香や（三句）…… 82
　二七三　人声の（二句）……… 82
　二七四　風流のまこと（歌仙）… 83
　二七五　春風や（二句）……… 87
　二七六　春嬉し（三句）……… 87
　二七七　篠の露（歌仙）……… 88
　二七八　其富士や（歌仙）…… 92
　二七九　朝顔や（歌仙）……… 96
　二八〇　初茸や（歌仙）……… 100
　二八一　帷子は（歌仙）……… 104
　二八二　いざよひは（歌仙）… 108
　二八三　十三夜（歌仙）……… 112
　二八四　漆せぬ（三句）……… 116
　二八五　月やその（三句）…… 116
　二八六　振売の（歌仙）……… 117
　二八七　芹焼や（歌仙）……… 121
　二八八　武士の（六句）……… 125
　二八九　後風（二十四句）…… 126
　二九〇　雪の松（歌仙）……… 129
　二九一　いさみたつ鷹（歌仙）… 133
　二九二　いさみ立鷹（歌仙）… 137
　二九三　寒菊や（三十二句）… 141
　二九四　雪や散る（半歌仙）… 144
　二九五　生ながら（歌仙）…… 146
元禄七年 ………………………… 151
　二九六　年たつや（八句）…… 151
　二九七　長閑さや（三句）…… 152

二九八 雛ならで（三句） ……… 153	四 香炉の灰（二句） …………… 292
二九九 むめがゝに（歌仙） ……… 154	五 麦に来て（二句） …………… 292
三〇〇 傘に（歌仙） …………… 158	六 鉦一つ（二句） ……………… 293
三〇一 五人ぶち（歌仙） ……… 162	七 打こぼしたる（二句） ……… 293
三〇二 八九間（歌仙） ………… 166	八 ぽんとぬけたる（二句）…… 294
三〇三 八九間（歌仙） ………… 170	九 ころころと（二句） ………… 294
三〇四 水音や（半歌仙） ……… 174	一〇 枯はてゝ（二句） ………… 295
三〇五 空豆の（歌仙） ………… 176	一一 亀山や（二句） …………… 295
三〇六 卯の花や（二句） ……… 180	一二 青の間は（二句） ………… 296
三〇七 紫陽草や（歌仙） ……… 180	一三 笠敷て（二句） …………… 296
三〇八 新麦は（歌仙） ………… 184	一四 冬の砧の（二句） ………… 297
三〇九 やはらかに（二句） …… 188	一五 薄原（三句） ……………… 297
三一〇 世は旅に（歌仙） ……… 189	一六 煤掃の（二句） …………… 298
三一一 水鶏啼と（歌仙） ……… 193	一七 鐘つく人も（二句） ……… 299
三一二 水鶏なくと（歌仙） …… 197	一八 庭に筵を（二句） ………… 299
三一三 柳小折（歌仙） ………… 201	一九 入相の（二句） …………… 300
三一四 鶯に（歌仙） …………… 205	二〇 空也の鹿の（付句一句）… 300
三一五 葉がくれを（歌仙） …… 209	二一 笠寺や（三句） …………… 301
三一六 牛流す（歌仙） ………… 213	二二 やしきの客は（二句） …… 301
三一七 夕皃や（歌仙） ………… 217	二三 桜をこぼす（二句） ……… 302
三一八 夕かほや（歌仙） ……… 221	二四 綿ふきありく（三句） …… 302
三一九 夏の夜や（歌仙） ……… 225	二五 端居がちなる（三句） …… 303
三二〇 菜種ほす（二句） ……… 230	二六 門に入れば（二句） ……… 304
三二一 ひらひらと（歌仙） …… 231	二七 石も木も（二句） ………… 304
三二二 秋ちかき（歌仙） ……… 235	二八 名残ぞと（二句） ………… 305
三二三 荒荒て（歌仙） ………… 239	二九 革踏皮の（二句） ………… 305
三二四 あれあれて（歌仙） …… 243	三〇 右左り（二句） …………… 306
三二五 残る蚊に（三十句） …… 247	三一 うき恋に（二句） ………… 306
三二六 折折や（二句） ………… 250	三二 庵寺の（二句） …………… 307
三二七 稲妻に（六句） ………… 251	三三 引おこす（六句） ………… 307
三二八 百合過て（三句） ……… 252	三四 菅簀の（二句） …………… 308
三二九 松茸に（六句） ………… 252	存疑の部 …………………………… 310
三三〇 松茸や（十六句） ……… 253	一 小傾城（八句） ……………… 310
三三一 つぶつぶと（歌仙） …… 255	二 松杉に（十句） ……………… 311
三三二 松茸や（歌仙） ………… 259	三 いざかたれ（歌仙） ………… 312
三三三 松風に（五十韻） ……… 263	四 赤人も（二句） ……………… 316
三三四 猿蓑に（歌仙） ………… 268	五 百景や（三句） ……………… 317
三三五 升買て（歌仙） ………… 272	六 ひょろひょろと（二句） …… 318
三三六 穐もはや（歌仙） ……… 276	七 いざさらば（六句） ………… 318
三三七 秋風に（三句） ………… 280	八 杜若語るも（二句） ………… 319
三三八 妹の夜を（半歌仙） …… 281	九 寂しさの（歌仙） …………… 320
三三九 此道や（半歌仙） ……… 283	一〇 重々と（歌仙） …………… 324
三四〇 白菊の（歌仙） ………… 285	一一 あかあかと（二句） ……… 328
年代未詳之部 ………………………… 290	一二 湖水より（三句） ………… 328
一 抱あげらるゝ（二句） ……… 290	一三 深川や（二句） …………… 329
二 もえかねる（二句） ………… 290	参考 ………………………………… 329
三 古寺や（三句） ……………… 291	一 松の花（歌仙） ……………… 329

二　のたりのたり（付句一句）…… 333
点巻（島居清校注）……………… 335
＊解説 …………………………… 337
　　延宝年間 …………………… 341
　　　一　批点懐紙（断簡四句）… 341
　　貞享年間 …………………… 342
　　　二　とはなしに（歌仙）…… 342
　　　三　あたゝかに（歌仙）…… 346
　　　四　中中に（表六句・付合十五）… 352
　　　五　落葉照ル（歌仙）……… 356
　　元禄元年 …………………… 362
　　　六　むもれても（歌仙）…… 362
　　　七　籔かげや（歌仙）……… 367
　　年代不詳 …………………… 371
　　　八　春雨や（歌仙）………… 371
　　存疑の部 …………………… 376
　　　一　梅接て（歌仙）………… 376
連句篇補遺（大谷篤蔵校注）…… 383
＊はしがき ……………………… 384
　　天和二年 …………………… 385
　　　一　田螺とられて（世吉）… 385
　　　二　月と泣夜（歌仙）……… 390
　　　三　露冴て（二十四句）…… 394
＊補注 …………………………… 397

第6巻　紀行・日記篇　俳文篇（井本農一，弥吉菅一，横沢三郎，尾形仂校注）
1989年6月30日刊

＊概説（麻生磯次）……………… 13
紀行・日記篇（井本農一，弥吉菅一校注）
　………………………………… 33
＊解題 …………………………… 35
＊凡例 …………………………… 49
　　野ざらし紀行 ……………… 51
　　鹿島紀行 …………………… 65
　　笈の小文 …………………… 73
　　更科紀行 …………………… 95
　　おくのほそ道 ……………… 101
　　嵯峨日記 …………………… 139
＊補注 …………………………… 153
曾良随行日記（井本農一校注）… 205
　　＊凡例 ……………………… 206
　　＊日記本文 ………………… 208
　　＊俳諧書留 ………………… 240
＊おくのほそ道芭蕉足跡図 …… 278
俳文篇（横沢三郎，尾形仂校注）… 281

＊凡例 …………………………… 283
　一　『貝おほひ』序 …………… 289
　二　『十八番発句合』跋 ……… 290
　三　『常盤屋句合』跋 ………… 291
　四　柴の戸 …………………… 293
　五　「我ためか」の詞書 ……… 294
　六　「侘テすめ」の詞書 ……… 295
　七　「芭蕉野分して」の詞書 … 296
　八　乞食の翁 ………………… 297
　九　寒夜の辞 ………………… 299
　一〇　夏野画讃 ……………… 300
　一一　『虚栗』跋 ……………… 301
　一二　歌仙の讃 ……………… 303
　一三　士峰讃 ………………… 304
　一四　馬上の残夢 …………… 305
　一五　竹の奥 ………………… 306
　一六　籾する音 ……………… 308
　一七　当麻寺まゐり ………… 309
　一八　「木の葉散」の詞書 …… 310
　一九　「きぬたうちて」の詞書 … 311
　二〇　「狂句こがらし」の詞書 … 312
　二一　酒に梅 ………………… 313
　二二　一枝軒 ………………… 314
　二三　三聖人図讃（イ）……… 315
　二四　「牡丹蘂」（しべ）の詞書 … 316
　二五　野ざらし紀行絵巻跋 … 318
　二六　三人七郎兵衛 ………… 319
　二七　自得の箴 ……………… 320
　二八　垣穂の梅 ……………… 322
　二九　『伊勢紀行』跋 ………… 324
　三〇　四山瓢（しざんのひさご）… 326
　三一　「あけゆくや」の詞書 … 330
　三二　「はつゆきや」の詞書 … 331
　三三　雪丸げ ………………… 332
　三四　閑居ノ箴 ……………… 333
　三五　藪の梅 ………………… 335
　三六　養虫説跋 ……………… 336
　三七　『続の原』句合跋 ……… 341
　三八　「ほしざきの」の詞書 … 343
　三九　保美の里 ……………… 344
　四〇　権七に示す …………… 345
　四一　「いざ出む」の詞書 …… 347
　四二　杖突坂の落馬 ………… 348
　四三　歳暮 …………………… 350
　四四　「二日にも」の詞書 …… 352
　四五　うに掘る岡 …………… 354
　四六　伊勢参宮 ……………… 355

四七	「梅稀に」の詞書	357
四八	伊賀新大仏之記	358
四九	葛城山	360
五〇	「ほろほろと」の詞書	363
五一	あすならう	364
五二	高野登山端書	365
五三	早苗の讃	366
五四	「夏はあれど」の詞書	367
五五	美濃への旅	368
五六	瓜畑	370
五七	十八楼ノ記	371
五八	「又やたぐひ」の詞書	373
五九	鵜舟	374
六〇	更科姨捨月之弁	375
六一	素堂亭十日菊	377
六二	芭蕉庵十三夜	378
六三	「其かたち」の詞書	380
六四	越人に送る	382
六五	深川八貧	383
六六	座右の銘	384
六七	『曠野集』序	386
六八	「草の戸も」の詞書	388
六九	「秋負ふ」の詞書	389
七〇	秋鴉主人の佳景に対す	390
七一	「木啄(きつつき)も」の詞書	391
七二	「田や麦や」の詞書	392
七三	野を横の前書	393
七四	高久のほととぎす	394
七五	奥の田植歌	395
七六	「かくれ家や」の詞書	397
七七	石川の滝詞書	399
七八	文字摺石	400
七九	「散うせぬ」の詞書	407
八〇	「笠島やいづこ」の詞書	408
八一	松島の賦	414
八二	天宥法印追悼	418
八三	西行桜	420
八四	玉志亭の佳興	421
八五	銀河ノ序	422
八六	今町にて	428
八七	「薬欄に」の詞書	429
八八	「あかあかと」の詞書	430
八九	多田神社	433
九〇	温泉頌	435
九一	「さびしげに」の詞書	437
九二	「あさむつや」の詞書	438
九三	桂下園家の花	439
九四	紙衾ノ記(かみぶすまのき)	441
九五	「其まゝよ」の詞書	443
九六	「藤の実は」の詞書	444
九七	明智が妻	445
九八	山家の時雨	447
九九	少将の尼	448
一〇〇	花垣の庄	450
一〇一	洒落堂記	451
一〇二	重ねを賀す	453
一〇三	水の音	455
一〇四	幻住庵記	456
一〇五	四条の納涼	475
一〇六	雲竹の讃	476
一〇七	烏之賦	477
一〇八	辛都婆小町讃	480
一〇九	落柿舎の記	482
一一〇	堅田十六夜之弁	483
一一一	成秀庭上松を誉ること葉	487
一一二	「蝶もきて」の詞書	488
一一三	阿弥陀坊	490
一一四	『忘梅』の序	492
一一五	明照寺李由子の宿す	494
一一六	島田のしぐれ	495
一一七	「ともかくも」の詞書	497
一一八	栖去之弁	498
一一九	「花にねぬ」の詞書	499
一二〇	素堂寿母七十七の賀	501
一二一	芭蕉を移す詞	502
一二二	三聖図讃(ロ)	507
一二三	僧専吟餞別之詞	508
一二四	許六離別詞(柴門(さいもん)ノ辞)	510
一二五	許六を送る詞	512
一二六	弔初七日雨星	514
一二七	閉関之説	515
一二八	悼松倉嵐蘭	518
一二九	東順の伝	523
一三〇	酒堂に贈る	524
一三一	元禄辛酉(しんいう)之初冬九日素堂菊園之遊	525
一三二	「四つごき」の詞書	526
一三三	「ちさはまだ」の詞書	527
一三四	「稲づまや」の詞書	528
一三五	「おもしろき」の詞書	529
一三六	笠の記	530
一三七	杵折讃(きねおれのさん)	535
一三八	机の銘	537

一三九 嗒山送別 ……………… 538	初懷紙評註 ……………… 405
一四〇 西行像讚 ……………… 539	秋の夜評語 ……………… 420
一四一 色と義 ……………… 540	去来書簡・随門記（大内初夫校注）… 427
一四二 贈風絃子号 ……………… 542	浪化宛去来書簡 ……………… 429
存疑の部 ……………… 543	不玉宛去来論書 ……………… 446
1「低ふ来る」の詞書 … 543	許六宛去来書簡 ……………… 458
2「霞やら」画讚 … 544	随門記 ……………… 479
3 金竜寺の桜 … 545	＊補注 ……………… 491
4 黒髪山 … 546	＊去来抄 ……………… 491
5 萩と月 … 547	＊三冊子 ……………… 500
6 汐路の鐘 … 547	＊葛の松原 ……………… 537
7 鉢たたきのうた … 549	＊宇陀法師 ……………… 541
8 春興 … 550	
9「瓢の銘」 … 551	**第8巻　書翰篇**（荻野清，今栄蔵校注）
10 硯石 … 552	1989年9月30日刊
＊補注 ……………… 555	
	＊概説（荻野清）……………… 15
第7巻　俳論篇（宮本三郎，井本農一，今栄蔵，大内初夫校注）	書翰篇（荻野清，今栄蔵校注）…… 33
1989年7月31日刊	＊凡例 ……………… 35
	一 木因宛（延宝九年七月廿五日付）… 39
＊概説（井本農一）……………… 5	二 木因宛（延宝九年秋筆）…… 40
俳論篇 ……………… 17	三 木因宛（天和二年二月上旬付）… 41
＊解題 ……………… 18	四 木因宛（天和二年三月廿日付）… 44
＊凡例 ……………… 60	五 高山伝右衛門（麋塒）宛（天和二年五月十五日付）……………… 48
去来抄（宮本三郎校注）…… 63	六 半残宛（貞享二年正月廿八日付）… 51
先師評 ……………… 65	七 其角宛（貞享二年四月五日付）… 54
同門評 ……………… 89	八 千那宛（貞享二年五月十二日付）… 54
故実 ……………… 113	九 千那・尚白・青鴉宛（貞享二年七月十八日付）……………… 56
修行 ……………… 127	
三冊子（井本農一校注）…… 151	一〇 去来宛（貞享三年閏三月十日付）……………… 58
白双紙 ……………… 153	
赤双紙 ……………… 173	一一 寂照（知足）宛（貞享三年閏三月十六日付）……………… 60
わすれみづ（くろさうし）… 211	
葛の松原（今栄蔵校注）…… 237	一二 寂照（知足）宛（貞享三年十二月一日付）……………… 62
宇陀法師（今栄蔵校注）…… 267	
誹諧撰集法 ……………… 269	一三 東藤・桐葉宛（貞享三・四年三月十四日付）……………… 64
当流活法 ……………… 280	
巻頭并俳諧一巻沙汰 … 293	一四 寂照（知足）宛（貞享四年春筆カ）……………… 65
句合・評語（大内初夫校注）… 313	
貝おほひ ……………… 315	一五 寂照（知足）宛（貞享四年十一月廿四日付）……………… 66
十八番発句合 ……………… 343	
六番句合題 ……………… 343	一六 半左衛門宛（八日付・貞享年間）……………… 68
十二番句合題 ……………… 347	
田舎の句合 ……………… 357	一七 平庵宛（元禄元年二月十一日付）……………… 69
常盤屋の句合 ……………… 376	
続の原句合（冬の部）…… 396	一八 杉風宛（元禄元年二月中旬筆）… 70

一九 宗七宛（元禄元年二月十九日付） ……… 71
二〇 其角宛（元禄元年三・四月筆） …… 72
二一 惣七（猿雖）宛（元禄元年四月廿五日付） ……… 73
二二 卓袋宛（元禄元年四月十五日付） ……… 78
二三 卓袋（推定）宛（元禄元年四月末筆カ） ……… 80
二四 粕屋市兵衛（卓袋）宛（元禄元年九月十日筆） ……… 81
二五 益光宛（元禄元年十二月三日付） ……… 84
二六 尚白宛（元禄元年十二月五日付） ……… 87
二七 半左衛門宛（元禄二年正月十七日付） ……… 88
二八 嵐蘭宛（元禄二年閏正月廿六日付） ……… 90
二九 猿雖（推定）宛（元禄二年閏正月乃至二月初旬筆） ……… 91
三〇 桐葉宛（元禄二年二月十五日付） ……… 93
三一 何云宛（元禄二年四月下旬筆） …… 95
三二 如行宛（元禄二年七月廿九日付） ……… 96
三三 塵生宛（元禄二年八月二日付） …… 97
三四 卓袋（推定）宛（元禄二年九月一日） ……… 98
三五 山岸十左衛門宛（元禄二年九月筆） ……… 99
三六 木因宛（元禄二年九月十五日付） ……… 100
三七 杉風（推定）宛（元禄二年九月廿二日付） ……… 101
三八 菅外記（曲水）宛（元禄二年冬筆） ……… 102
三九 荷兮宛（元禄三年正月二日付） …… 103
四〇 式之・槐市宛（元禄三年正月五日付） ……… 104
四一 万菊丸（杜国）宛（元禄三年正月十七日付） ……… 106
四二 高橋喜兵衛（怒誰）宛（元禄三年四月八日付） ……… 107
四三 如行宛（元禄三年四月十日付） …… 108
四四 此筋・千川宛（元禄三年四月十日付） ……… 111

四五 北枝宛（元禄三年四月廿四日付） ……… 114
四六 乙州宛（元禄三年六月十五日付） ……… 115
四七 小春宛（元禄三年六月廿日付） …… 116
四八 浜田珍夕宛（元禄三年六月六日付） ……… 117
四九 牧童宛（元禄三年七月十七日付） ……… 118
五〇 智月宛（元禄三年七月廿三日付） ……… 121
五一 去来宛（元禄三年七・八月頃筆） ……… 122
五二 千那宛（元禄三年八月四日付） …… 125
五三 加生（凡兆）宛（元禄三年八月十八日付） ……… 126
五四 曲水宛（元禄三年九月六日付） …… 127
五五 加生（凡兆）宛（元禄三年九月十三日付） ……… 129
五六 茶屋与次兵衛（昌房）宛（元禄三年九月十六日付） ……… 130
五七 与次兵衛（昌房）宛（元禄三年九月廿八日付） ……… 131
五八 正秀宛（元禄三年九月廿八日付） ……… 132
五九 おとめ（羽紅）宛（元禄三年九月末筆） ……… 133
六〇 嵐蘭宛（元禄三年十月廿一日付） ……… 134
六一 句空宛（元禄三年十二月筆） …… 136
六二 北枝（推定）宛（元禄四年正月三日付） ……… 137
六三 曲水宛（元禄四年正月五日付） …… 139
六四 正秀宛（元禄四年正月十九日付） ……… 140
六五 嵐蘭宛（元禄四年二月十三日付） ……… 143
六六 怒誰宛（元禄四年二月廿二日付） ……… 144
六七 支幽・虚水宛（元禄四年二月廿二日付） ……… 146
六八 珍夕宛（元禄四年二月廿二日付） ……… 147
六九 意専（猿雖）宛（元禄四年五月十日付） ……… 148
七〇 正秀宛（元禄四年五月廿三日付） ……… 149

七一 去来宛(元禄四年七月十二日付) ………… *150*	九七 岸本八郎兵衛(公羽)宛(元禄六年三月五日付)………… *186*
七二 正秀宛(元禄四年閏八月十日付) ………… *151*	九八 岸本八郎兵衛(公羽)宛(元禄六年三月十日付)………… *187*
七三 句空宛(元禄四年秋筆) ………… *152*	九九 岸本八郎兵衛(公羽)宛(元禄六年三月十二日付)………… *188*
七四 去来宛(元禄四年九月九日付) ‥ *153*	一〇〇 許六宛(元禄六年三月廿日頃筆) ………… *192*
七五 中尾源左衛門(槐市)浜市右衛門(式之)宛(元禄四年九月廿三日付) *154*	一〇一 不玉宛(元禄六年春中付) ‥‥ *194*
七六 千那宛(元禄四年九月廿八日付) ‥ *158*	一〇二 荊口宛(元禄六年四月十九日付) ………… *195*
七七 曲水宛(元禄四年十一月五日付) ………… *159*	一〇三 許六宛(元禄六年五月四日付) ………… *199*
七八 曲水宛(元禄四年十一月十三日付) ………… *161*	一〇四 白雪宛(元禄六年八月廿日付) ………… *202*
七九 中尾源左衛門(槐市)浜市右衛門(式之)宛(元禄四年十一月十八日付) *163*	一〇五 松倉文左衛門(嵐竹)宛(元禄六年八月廿八日付) ………… *203*
八〇 句空(推定)宛(元禄五年正月十六日付) ………… *164*	一〇六 許六宛(元禄六年十月九日付) ………… *204*
八一 杉風宛(元禄五年二月七日付) ‥ *164*	一〇七 曲翠(曲水)宛(元禄六年十一月八日付) ………… *206*
八二 近藤左吉(呂丸)宛(元禄五年二月八日付) ………… *166*	一〇八 怒誰宛(元禄六年十一月八日付) ………… *208*
八三 珍碩宛(元禄五年二月十八日付) ………… *167*	一〇九 荊口宛(元禄六年十一月八日付) ………… *210*
八四 曲水宛(元禄五年二月十八日付) ………… *170*	一一〇 半左衛門宛(元禄六年十一月廿七日付) ………… *214*
八五 意専(猿雖)宛(元禄五年三月廿三日付) ………… *172*	一一一 松尾半左衛門宛(元禄七年正月筆) ………… *215*
八六 無名宛(元禄五年夏筆カ) ………… *174*	一一二 意専(猿雖)宛(元禄七年正月廿日付) ………… *217*
八七 高橋喜兵衛(怒誰)宛(元禄五年七月十四日付) ………… *175*	一一三 去来宛(元禄七年正月廿九日付) ………… *219*
八八 菅沼外記(曲水)宛(元禄五年九月十七日付) ………… *176*	一一四 梅丸宛(元禄七年二月十三日付) ………… *220*
八九 意専(猿雖)宛(元禄五年十二月三日付) ………… *177*	一一五 森川許六宛(元禄七年二月廿五日付) ………… *220*
九〇 許六(推定)宛(元禄五年十二月八日付) ………… *178*	一一六 無名宛(元禄七年春筆カ) ‥‥ *223*
九一 此筋・千川宛(元禄五年十二月廿三日付) ………… *179*	一一七 無名宛(元禄七年五月二日付) ………… *224*
九二 森五介(許六)宛(元禄五年十二月廿八日付) ………… *180*	一一八 曾良宛(元禄七年五月十六日付) ………… *225*
九三 馬指堂(曲水)宛(元禄五年十二月筆) ………… *181*	一一九 氷固宛(元禄七年閏五月五日付) ………… *227*
九四 許六宛(元禄六年正月十二日付) ………… *182*	一二〇 七郎右衛門(雪芝)宛(元禄七年閏五月十日付) ………… *228*
九五 木因宛(元禄六年正月廿日付) ‥ *183*	
九六 菅沼外記(曲水)宛(元禄六年二月八日付) ………… *184*	

一二一 去来(推定)宛(元禄七年閏五月十八日付) …… 229	一四五 遺状 その二 …… 280
一二二 杉風宛(元禄七年閏五月廿一日―推定―付) …… 230	一四六 遺状 その三 …… 281
一二三 猪兵衛宛(元禄七年閏五月廿一日付) …… 233	一四七 木示(桐葉)宛(天和年中・五月三日付) …… 282
一二四 曾良宛(元禄七年閏五月廿一日付) …… 235	一四八 無名(貞享元・二年筆カ) …… 283
一二五 支考宛(元禄七年閏五月廿三日付) …… 242	一四九 無名(年月不詳・廿四日付) …… 284
一二六 曲翠(曲水)宛(元禄七年閏五月晦日付) …… 243	一五〇 意専(猿雖)宛(年月不詳・廿三日付) …… 285
一二七 杉風宛(元禄七年六月三日付) …… 244	一五一 無名(年月日不詳) …… 286
一二八 猪兵衛宛(元禄七年六月三日付) …… 245	一五二 去来(推定)宛(元禄四年頃筆カ) …… 286
一二九 猪兵衛宛(元禄七年六月八日付) …… 247	〔追加〕 …… 288
一三〇 李由宛(元禄七年六月十五日付) …… 248	一五三 寂照(知足)宛(貞享三年十月十九日付) …… 288
一三一 許六宛(元禄七年六月十五日付) …… 251	一五四 寂照(知足)宛(貞享四年正月付) …… 290
一三二 杉風宛(元禄七年六月廿四日付) …… 252	一五五 智月宛(元禄三年正月十九日付) …… 293
一三三 曾良宛(元禄七年七月十日付) …… 258	一五六 酒堂宛(元禄三年四月十六日付) …… 294
一三四 去来宛(元禄七年八月九日付) …… 258	一五七 又七(乙州)宛(元禄三年四月廿一日筆カ) …… 295
一三五 露川(推定)宛(元禄七年八月廿日付) …… 261	一五八 又七(乙州)宛(元禄三年四・五月頃筆) …… 296
一三六 去来(推定)宛(元禄七年九月十日付) …… 263	一五九 曲水宛(元禄三年六月卅日付) …… 297
一三七 杉風宛(元禄七年九月十日付) …… 265	一六〇 去来宛(元禄三年七月筆) …… 301
一三八 此筋・千川(推定)宛(元禄七年九月十七日付) …… 268	一六一 高橋喜兵衛(怒誰)宛(元禄三年七月廿四日付) …… 303
一三九 松尾半左衛門宛(元禄七年九月廿三日付) …… 270	一六二 句空宛(元禄四年正月三日付) …… 305
一四〇 意専(猿雖)・土芳宛(元禄七年九月廿三日付) …… 272	一六三 去来(推定)宛(元禄四年三月九日付) …… 306
一四一 正秀宛(元禄七年九月廿五日付) …… 273	一六四 智月宛(元禄三・四年某月十日付) …… 310
一四二 曲翠(曲水)宛(元禄七年九月廿五日付) …… 275	一六五 正秀宛(元禄五年正月廿三日付) …… 311
一四三 松尾半左衛門宛(元禄七年十月付) …… 278	一六六 正秀宛(元禄五年三月廿一日付) …… 312
一四四 遺状 その一 …… 279	一六七 去来宛(元禄五年五月七日付) …… 313
	一六八 去来(推定)宛(元禄五年九月八日付) …… 323
	一六九 曲翠宛(元禄七年正月廿九日付) …… 325

一七〇　乙州宛（元禄七年四月七日付） …… 327
　　一七一　智月宛（元禄七年八月十四日付） …… 328
　〔本文増補の部〕 …… 330
　　五五　加生（凡兆）宛（元禄三年九月十三日付） …… 330
　　一四〇　意専（猿雖）・土芳宛（元禄七年九月廿三日付） …… 332
　追考の部 …… 335
　　一　意専（猿雖）宛（廿七日付） …… 335
　　二　曲水宛（二月廿三日付） …… 336
　　三　許六宛（無日付） …… 337
　　四　許六宛（六月廿八日付） …… 338
　　五　句空（推定）宛（無日付） …… 338
　　六　惣七（猿雖）・宗無宛（二月十六日付） …… 339
　　七　怒誰宛（孟夏十日付） …… 340
　　八　怒誰宛（季秋末付） …… 341
　　九　怒誰宛（正月廿九日付） …… 341
　　一〇　任行宛（十六日付） …… 342
　　一一　甚左衛門宛（霜月十七日付） …… 343
　　一二　無名宛（遊月廿四日） …… 344
　　一三　無名宛（十九日付） …… 345
　参考の部 …… 346
　　一　上林三入宛（廿二日付） …… 346
　　二　上林三入宛（廿二日付） …… 347
　　三　其角宛（十七日付） …… 348
　　四　其角宛（霜五日付） …… 349
　　五　許六宛（神無月十日付） …… 350
　　六　如水宛（廿三日付） …… 351
　　七　素堂宛（廿四日付） …… 351
　　八　晩山宛（十七日付） …… 352
　　九　北枝宛（十月十三日付） …… 353
　　一〇　北枝宛（正月廿四日付） …… 355
　　一一　北枝宛（六月廿四日付） …… 356
　　一二　正秀宛（廿三日付） …… 358
　　一三　野水宛（正月四日付） …… 358
　　一四　野水宛（廿二日付） …… 359
　　一五　嵐雪宛（三月廿三日付） …… 360
　　一六　無名宛（九月十五日付） …… 360
　　一七　無名宛（八月廿一日付） …… 361
＊補注（人名索引・地名索引） …… 363
＊付録　芭蕉受信書簡集 …… 399

第9巻　評伝・年譜・芭蕉遺語集（井本農一，久富哲雄，荻野清，今栄蔵，赤羽学著）
1989年10月30日刊

＊芭蕉評伝（井本農一） …… 9
　＊付　芭蕉伝記研究書目（久富哲雄） …… 131
＊芭蕉年譜（荻野清，今栄蔵） …… 149
芭蕉遺語集（俳論篇補遺）（赤羽学校注） …… 245
＊概説 …… 247
＊凡例 …… 264
　一　「草堂建立之序」抄 …… 267
　二　「石川丈山翁の六物になぞらへて芭蕉庵六物の記」抄 …… 267
　三　他郷即吾郷（『句餞別』） …… 268
　四　簔虫庵庵号の由来他（『庵日記』） …… 268
　五　『聞書七日草』抄 …… 269
　六　都の涼み過て（『花摘』） …… 282
　七　「月山発句合」序抄 …… 282
　八　『猿蓑』序抄 …… 282
　九　『西の雲』序抄 …… 283
　一〇　『雑談集』抄 …… 283
　一一　『己が光』序抄 …… 287
　一二　『芭蕉庵三日月日記』序 …… 288
　一三　『流川集』序抄 …… 289
　一四　『炭俵』序抄 …… 290
　一五　『別座鋪』序抄・贈芭曳餞別弁 …… 291
　一六　『句兄弟』の判語 …… 292
　一七　『芭蕉翁追善之日記』抄 …… 293
　一八　『笈日記』抄 …… 307
　一九　麋塒宛杉風書簡 …… 310
　二〇　去来本『おくのほそ道』後記抄 …… 313
　二一　『芭蕉翁行状記』抄 …… 314
　二二　『木がらし』序抄 …… 319
　二三　東藤子讃を乞ふ（『皺筥物語』） …… 320
　二四　俳諧に古人なし他（『初蟬』） …… 320
　二五　名所に雑の句ありたき事（『桃舐集』） …… 321
　二六　一所不住の形見（『芭蕉庵小文庫』） …… 322
　二七　『菊の香』序抄・「贈其角先生書」抄 …… 322
　二八　惟然子が頭の病ひ（『鳥の道』） …… 325
　二九　山家集を慕ふ他（『陸奥衛』） …… 325
　三〇　「無名庵月並吟会式」抄 …… 326
　三一　『俳諧問答』抄 …… 326
　三二　『篇突』抄 …… 347

三三 『梟日記』抄 …… 348
三四 無風雅第一の人(『続五論』) …… 350
三五 発句して心見せよ他(『俳諧猿舞師』) …… 350
三六 名月の二吟(『続猿蓑』) …… 351
三七 『続有磯海』序抄 …… 352
三八 『旅寝論』抄 …… 352
三九 翁の歓美したまひし狂歌他(『誹諧曾我』) …… 364
四〇 俳諧は三尺の童にさせよ他(『けふの昔』) …… 365
四一 『雪の葉』序抄 …… 366
四二 『一幅半(ひとのはん)』序抄 …… 366
四三 厠上の活法(『三上吟』) …… 367
四四 きりぎりすの鳴き弱りたる他(『誹諧草庵集』) …… 367
四五 桐の葉の一葉とへ(『杜撰集』) …… 368
四六 無名庵の寝覚(『射水川』) …… 368
四七 翁の示し三条(『其木がらし』) …… 369
四八 俳諧はあからさまなるがよし(『柿表紙』) …… 369
四九 其角が俳諧はつきぬべし他(『東西夜話』) …… 370
五〇 我が手筋(『渡鳥集』) …… 271
五一 付肌はさるものにて(『三河小町』) …… 372
五二 「厚為宛杉風書簡」抄 …… 372
五三 牧童はよき者他(『草刈笛』) …… 373
五四 野山をかけめぐる心地(『霜の光』) …… 374
五五 談合の相手なくては(『夜話くるひ』) …… 374
五六 昆若ずき(『麻生』) …… 375
五七 直江津聰信寺の一事他(『藁人形』) …… 375
五八 岱水との両吟(『木曾の谿』) …… 376
五九 『風俗文選』抄 …… 376
六〇 『俳諧雅楽集』序抄 …… 380
六一 『千鳥掛』序抄他 …… 380
六二 こなしてすべし(『正風彦根体』) …… 381
六三 『許野消息』抄 …… 381
六四 『歴代滑稽伝』抄 …… 383
六五 剃髪時の吟(『みかへり松』) …… 385
六六 『枕草子』を試みんと思はば(『それぞれ草』) …… 385
六七 『俳諧十論』抄 …… 385
六八 作を捨て作を好む(『桃の杖』) …… 387
六九 『葛飾』序抄 …… 387
七〇 『三画一軸』跋抄 …… 388
七一 宗因は此道の大功(『芭蕉盟』) …… 389
七二 心は無情狂狷の間にも有り(『水の友』) …… 389
七三 点者の戒め(『石舎利集』) …… 390
七四 千那の句評二題(『鎌倉海道』) …… 390
七五 『十論為弁抄』抄 …… 391
七六 死して亡せざる者は命長し(『放生日』) …… 393
七七 絶景物に心の奪はる所(『養虫庵集』) …… 393
七八 品川を踏み出したらば(『或問珍』) …… 393
七九 其角の作を許す他(『鉢袋』) …… 394
八〇 智周の句評・誹諧袖(『智周発句集』) …… 394
八一 秘事はなし他(『誹諧耳底記』) …… 395
八二 付合の書を止む(『くせ物語』) …… 396
八三 『曠野』の付合を悔む(『ばせを翁七部捜』) …… 396
八四 夏座敷を題に定む(『許六拾遺』) …… 397
八五 『杉風句集』序抄 …… 398
八六 杉風の耳のうときを哀れむ(『俳懺悔』) …… 398
八七 『霜の葉』序抄 …… 398
＊補注 …… 399

第10巻 俳書解題・綜合索引(島居清, 久富哲雄編)
1990年2月28日刊

俳書解題(島居清) …… 3
　凡例 …… 4
　解題俳書一覧 …… 5
　俳書解題 …… 17
　付 明治以降芭蕉研究書目録 …… 161
綜合索引(久富哲雄) …… 191
　凡例 …… 192
　発句索引 …… 193
　　凡例 …… 194
　　芭蕉の発句の部 …… 195
　　芭蕉以外の発句の部 …… 221
　連句索引 …… 235
　　凡例 …… 236

発句の部 ……………………… 237
　　付句の部 ……………………… 242
　語句索引 ………………………… 343
　凡例 ……………………………… 344

別巻1　補遺篇（井本農一，大谷篤蔵編）
1991年11月30日刊

発句篇（上）補訂（堀信夫編）………… 11
発句篇（下）補遺（大谷篤蔵編）……… 51
連句篇（上）補訂（大谷篤蔵編）……… 55
連句篇（中）補訂（阿部正美編）……… 63
連句篇（下）補遺（堀切実編）………… 81
　存疑の部　追加 ………………… 83
　　一　下谷あたりの（二句） …… 84
　　二　長刀（漢和俳諧十二句）… 84
　　三　十六夜の（二句） ………… 86
　　四　庵の夜も（二句） ………… 86
　　五　米くるゝ（二句） ………… 87
　　六　仮橋に（二句） …………… 88
　　七　松風通ふ（二句） ………… 88
　参考の部　追加 ………………… 89
　　一　はつ雪や（百韻） ………… 90
　　二　鶯も（三句） ……………… 100
　　三　力すまふ（歌仙） ………… 101
　訂正・追加考証 ………………… 108
点巻　補遺（島居清校注）……………… 115
　一夜一夜（歌仙） ……………… 116
紀行篇　補遺（井本農一）……………… 121
　鹿島紀行（鹿島詣） …………… 123
　笈の小文 ………………………… 125
　更科紀行（付・沖森本真蹟推敲本）… 129
　おくのほそ道（付・曾良本「おくのほ
　　そ道」） ……………………… 136
　嵯峨日記 ………………………… 165
　曾良旅日記 ……………………… 166
御雲本「甲子吟行画巻」（弥吉菅一校注）
　…………………………………… 179
俳文篇　補遺・補訂（尾形仂）………… 201
　四　柴の戸 ……………………… 203
　一四　馬上の残夢 ……………… 203
　三〇　四山瓢 …………………… 206
　五一　あすならう ……………… 206
　五五　美濃への旅 ……………… 207
　六八　「草の戸も」の詞書 …… 208
　七一　「木啄も」の詞書 ……… 209
　七八　文字摺石 ………………… 211

　一〇四　幻住菴記 ……………… 214
　一二一　芭蕉を移す詞 ………… 227
　一二四　許六離別の詞 ………… 227
　一二七　閉関之説 ……………… 228
　一三六　笠の記 ………………… 229
　追加 ……………………………… 232
　　一　「三十日月なし」の詞書 … 232
　　二　「団雪もて」の詞書 …… 233
　　三　「麦蒔て」の詞書 ……… 234
　　四　「はなのかげ」の詞書 … 235
　　五　「たこつぼや」の詞書 … 236
　　六　「おもかげや」の詞書 … 237
　　七　「夏草や」の詞書 ……… 238
　　八　道の記草稿 ……………… 239
　　九　「亀子が良才」草稿 …… 241
　　一〇　湖仙亭記 ……………… 242
三冊子　補遺（井本農一）……………… 245
旅寝論・落柿舎遺書（大内初夫校注）… 251
　旅寝論（大内初夫校注） ……… 252
　落柿舎遺書（大内初夫校注） … 299
書翰篇　補遺（今栄蔵校注）…………… 309
　＊凡例 …………………………… 310
　一七二　木因宛（貞享二年三月廿六日
　　付） …………………………… 311
　一七三　落梧・蕉笠宛（貞享四年十二月
　　朔日付） ……………………… 313
　一七四　杉風宛（貞享四年極月十三日
　　付） …………………………… 314
　一七五　荷兮（推定）宛（元禄元年九月
　　三日付） ……………………… 316
　一七六　其角宛（元禄元年極月五日付）
　　………………………………… 317
　一七七　落梧宛（元禄二年三月廿三日
　　付） …………………………… 320
　一七八　杉風宛（元禄二年四月廿六日
　　付） …………………………… 321
　一七九　呂丸（推定）宛（元禄二年六月
　　中旬頃筆） …………………… 323
　一八〇　曲水（推定）宛（元禄三年四月
　　中旬頃筆） …………………… 325
　一八一　孫右衛門（正秀）宛（元禄三年
　　七月十日付） ………………… 326
　一八二　与次兵衛（昌房）宛（元禄三年
　　九月二日付） ………………… 327
　一八三　曾良宛（元禄三年九月十二日
　　付） …………………………… 329

一八四 去來宛（元禄三年十二月下旬筆） ………………………………… *333*
一八五 半殘宛（元禄四年五月十日付） ……………………………………… *335*
一八六 羽紅（推定）宛（元禄四年九月十二日付） ……………………………… *337*
一八七 如行宛（元禄四年十月三日付） ………………………………………… *338*
一八八 杉風宛（元禄五年五月三日付） ………………………………………… *340*
一八九 許六宛（元禄五年十月廿五日付） ……………………………………… *341*
一九〇 許六宛（元禄五年十一月十三日付） ……………………………………… *343*
一九一 許六宛（元禄五年十二月十五日付） ……………………………………… *344*
一九二 怒誰宛（元禄五年十二月廿八日付） ……………………………………… *347*
一九三 小川のあま君（羽紅尼）宛（元禄六年正月十七日付） …………………… *348*
一九四 許六宛（元禄六年三月二日付） ………………………………………… *350*
一九五 意專（猿雖）宛（元禄六年三月四日付） …………………………………… *351*
一九六 岸本八郎兵衛（公羽）宛（元禄六年三月七、八日頃筆） …………………… *353*
一九七 闇指宛（元禄六年四月廿三日付） ……………………………………… *355*
一九八 猿雖（推定）宛（元禄六年七月廿五日付） ………………………………… *356*
一九九 杉風宛（元禄七年六月八日付） ………………………………………… *357*

存疑 ……………………………………………………………………………… *359*
一 大坂屋次郎太夫（萬乎）宛（元禄七年八月朔日付） ………………………… *359*
二 半殘宛（年月不詳・廿一日付） …………………………………………… *360*

書翰篇 図版拾遺 ………………………………………………………… *363*
一 木因宛（延宝九年七月廿五日付） ………………………………………… *365*
四〇 式之・槐市宛（元禄三年正月五日付） …………………………………… *366*
五七 与次兵衛（昌房）宛（元禄三年九月廿八日付） ……………………………… *367*
六六 怒誰宛（元禄四年二月十二日付） ……………………………………… *368*
九二 森五介（許六）宛（元禄五年十二月廿八日付） …………………………… *369*
九五 木因宛（元禄六年正月廿日付） ………………………………………… *370*
九八 岸本八郎兵衛（公羽）宛（元禄六年三月十日付） ………………………… *371*
一〇七 曲翠（曲水）宛（元禄六年十一月八日付） ……………………………… *372*
一一八 曾良宛（元禄七年五月十六日付） ……………………………………… *373*
一二七 杉風宛（元禄七年六月三日付） ……………………………………… *374*
一五五 智月宛（元禄三年正月十九日付） ……………………………………… *375*
一六四 智月宛（元禄三・四年某月十日付） …………………………………… *376*
一六五 正秀宛（元禄五年正月廿三日付） ……………………………………… *377*
一六六 正秀宛（元禄五年三月廿一日付） ……………………………………… *378*

書翰篇 補正（今栄蔵） ……………………………………………………… *379*
芭蕉年譜 増補（今栄蔵） …………………………………………………… *383*
芭蕉伝記研究書目 補遺（久富哲雄） ……………………………………… *395*
芭蕉遺語集 補遺（赤羽学校注） …………………………………………… *399*
一 貞享五年春大和行脚の記（真蹟懐紙） ……………………………………… *401*
二 芭蕉の消息（『にひはり』十四巻七号大正十三年七月所掲） ……………… *403*
三 許六宛野坡書簡 …………………………………………………………… *410*
四 『伊賀産湯』の芭蕉関係記事 …………………………………………… *424*
五 伊賀実録抄（『冬扇一路』） …………………………………………… *427*
六 「辛崎の松」の句の初案（『鎌倉海道』「報恩奠章」） …………………… *432*

[026] 国文学評釈叢書
東京堂
全3巻
1958年11月～1959年3月

〔1〕 竹取物語評釈
1958年11月10日刊

- ＊はしがき（岡一男） ………………………… 1
- ＊解題 ……………………………………………… 1
  - ＊一 書名―タカトリの物語かタケトリの物語か ……………………………… 2
  - ＊二 著作年代―時代の背景を中心として ……………………………………… 6
  - ＊三 作者―源順・源融・遍照説の批判 ……………………………………… 24
  - ＊四 文芸的意図―主題・素材・描写 ……… 30
  - ＊五 文体―読解及び鑑賞の方法 ………… 43
  - ＊六 文学史的地位―日本最初の小説としての竹取物語の価値 …………… 48
  - ＊七 伝本・注釈・研究史の概説 ………… 58
- 竹取物語評釈 ………………………………… 63
- ＊演習解答 …………………………………… 301
- ＊参考書目 …………………………………… 310
- ＊語句索引 …………………………………… 325

〔2〕 枕草子評釈
1958年11月30日刊

- ＊はしがき（阿部秋生） …………………… 1
- ＊解題 ……………………………………………… 1
  - ＊一 時代の背景 ……………………………… 1
  - ＊二 作品の解題および作者の伝記 …… 8
    - ＊イ 作品の解題 ………………………… 8
    - ＊ロ 作者の伝記 ………………………… 11
  - ＊三 文学史的地位 …………………………… 15
  - ＊四 文体―その特色と味読の方法 …… 26
  - ＊五 伝本 および注釈・批判・研究史 …………………………………………… 30
    - ＊イ 伝本 ………………………………… 30
    - ＊ロ 注釈・批評・研究史の概説 …… 34
- 枕草子評釈 …………………………………… 43
- ＊附図 …………………………………………… 242
  - ＊藤原氏系図 ……………………………… 243
  - ＊官位相当表 ……………………………… 244
  - ＊大内裏略図 ……………………………… 246
  - ＊内裏略図 ………………………………… 247
  - ＊清涼殿図 ………………………………… 248
  - ＊寝殿造図 ………………………………… 249
  - ＊旧暦月名表 ……………………………… 250
  - ＊方位時刻表 ……………………………… 250
- ＊語句索引 …………………………………… 266

〔3〕 おくの細道評釈
1959年3月25日刊

- ＊はしがき（板坂元） ……………………… 1
- ＊解題 ……………………………………………… 1
  - ＊一 時代の背景 ……………………………… 1
  - ＊二 作品及び作者の問題 ………………… 6
    - ＊書名 ……………………………………… 6
    - ＊成立 ……………………………………… 9
    - ＊性格 ……………………………………… 13
    - ＊作者 ……………………………………… 22
  - ＊三 文学史的位置 …………………………… 27
  - ＊四 文体 ………………………………………… 35
  - ＊五 伝本と註釈史 …………………………… 39
    - ＊伝本 ……………………………………… 39
    - ＊註釈史 …………………………………… 45
- おくのほそ道評釈 …………………………… 59
- ＊附図 おくのほそ道行程図 …………… 216
- ＊俳句索引 …………………………………… 219
- ＊地名人名索引 ……………………………… 228
- ＊語釈索引 …………………………………… 236

> [027] **国民の文学**
> 河出書房新社
> 全18巻
> 1963年8月～1965年1月
> (谷崎潤一郎, 川端康成, 中島健蔵, 瀬沼茂樹, 山本健吉, 荒正人, 中村真一郎編集委員)

第1巻 古事記
1964年3月20日刊

古事記(全)(福永武彦訳) 1
日本書紀(抄)(福永武彦訳) 189
風土記(抄)(福永武彦訳) 363
　常陸国風土記 367
　出雲国風土記 376
　播磨国風土記 380
　豊後国風土記 390
　肥前国風土記 392
　風土記逸文 395
　　一〔山城国〕賀茂の社 395
　　二〔摂津国〕夢野の鹿 396
　　三〔丹後国〕浦島子 396
　　四〔丹後国〕天女の羽衣 401
　　五〔備後国〕蘇民将来 403
琴歌譜(抄)(福永武彦訳) 405
　高橋振 407
　短埴安振(みじかはにやすぶり) 407
　伊勢神歌 407
　継根振(つぎねふり) 407
　庭立振 407
神楽歌(抄)(福永武彦訳) 409
　剱 411
　杓(ひさご) 411
　しなが鳥 411
　猪名野(ゐなの) 411
　我妹子(わぎもこ) 412
　細波(ささなみ) 412
　大宮 412
　湊田 413
　蟋蟀(きりぎりす) 413
　早歌(さうか) 413
　神上(かみあげ) 415

催馬楽(抄)(福永武彦訳) 417
　我が駒 419
　夏引(なつひき) 419
　貫河(ぬきがは) 419
　東屋 420
　飛鳥井 420
　我が門に 420
　我が門を 420
　大路 421
　朝津(あさむづ) 421
　いかにせむ 421
　桜人(さくらびと) 421
　葦垣 422
　山城 422
　紀の国 423
　浅緑 423
　総角(あげまき) 423
　力なき蝦(かへる) 423
風俗歌(抄)(福永武彦訳) 425
　こよるぎ 427
　君を措きて 427
　遠方(をちかた) 427
　小車(をぐるま) 427
　大鳥 428
　ちらちら 428
　鳴り高し 428
　彼の行く(かのゆく) 429
　甲斐風俗(かひのふぞく) 429
＊歌謡略注 431
＊解説(山本健吉) 445

第2巻 万葉集
1963年10月23日刊

万葉集(土屋文明訳) 1
　本文 3
＊解説(土屋文明) 613

第3巻 源氏物語(上)
1963年8月20日刊

源氏物語 上(与謝野晶子訳) 1
　桐壺 3
　帚木 18
　空蟬 44
　夕顔 51
　若紫 80

末摘花	…	*111*	椎が本 …	*229*
紅葉賀	…	*130*	総角 …	*252*
花宴	…	*146*	早蕨 …	*307*
葵	…	*152*	宿り木 …	*318*
榊	…	*180*	東屋 …	*371*
花散里	…	*208*	浮舟 …	*410*
須磨	…	*211*	蜻蛉 …	*456*
明石	…	*236*	手習 …	*490*
澪標	…	*259*	夢の浮橋 …	*533*
蓬生	…	*277*	＊注釈（池田弥三郎）…	*543*
関屋	…	*290*	＊解説（中村真一郎）…	*553*
絵合	…	*293*		
松風	…	*302*		

第5巻　王朝名作集（I）
1964年7月20日刊

薄雲 … *315*	竹取物語（川端康成訳）… *1*
朝顔 … *332*	伊勢物語（中河与一訳）… *41*
乙女 … *345*	落窪物語（小島政二郎訳）… *109*
玉鬘 … *373*	夜半の寝覚（円地文子訳）… *273*
初音 … *397*	＊注釈（池田弥三郎）… *515*
胡蝶 … *405*	＊解説（中村真一郎）… *525*
蛍 … *417*	
常夏 … *427*	

第6巻　王朝名作集（II）
1964年10月20日刊

篝火 … *440*	狭衣物語（中村真一郎訳）… *1*
野分 … *442*	堤中納言物語（中村真一郎訳）… *289*
行幸 … *452*	一　花桜折る中将 … *291*
藤袴 … *467*	二　このついで … *295*
真木柱 … *475*	三　虫愛づる姫君 … *299*
梅が枝 … *497*	四　ほどほどの懸想 … *306*
藤のうら葉 … *508*	五　逢坂こえぬ権中納言 … *309*
若菜（上）… *522*	六　貝合 … *316*
＊注釈（池田弥三郎）… *579*	七　思わぬ方にとまりする少将 … *321*
	八　花々のおんな子 … *328*

第4巻　源氏物語（下）
1963年9月23日刊

	九　はい墨 … *335*
	一〇　よしなしごと … *342*
源氏物語 下（与謝野晶子訳）… *1*	とりかえばや物語（永井龍男訳）… *345*
若菜（下）… *3*	＊注釈（池田弥三郎）… *470*
柏木 … *57*	＊解説（池田弥三郎）… *479*
横笛 … *81*	
鈴虫 … *92*	

第7巻　王朝日記随筆集
1964年5月20日刊

夕霧 … *100*	
御法 … *144*	
まぼろし … *155*	蜻蛉日記（室生犀星訳）… *1*
雲隠れ … *167*	和泉式部日記（森三千代訳）… *137*
匂宮 … *168*	更級日記（井上靖訳）… *189*
紅梅 … *175*	
竹河 … *183*	
橋姫 … *208*	

枕草子（田中澄江訳） ………………… 235
方丈記（佐藤春夫訳） ………………… 421
徒然草（佐藤春夫訳） ………………… 435
＊注釈（池田弥三郎） ………………… 515
＊解説（池田弥三郎） ………………… 523

第8巻　今昔物語
1964年1月20日刊

今昔物語（福永武彦訳） …………………… 1
　第一部　世俗 ……………………………… 3
　　夜の町から家来が現われる話 ………… 5
　　無我夢中で賊を切り倒す話 …………… 7
　　童の機転で大の男が助かる話 ………… 11
　　大力の僧が賊をいじめる話 …………… 14
　　蛇と力競べをした相撲人の話 ………… 16
　　人質の女房が力を見せる話 …………… 18
　　田んぼの中に人形を立てる話 ………… 20
　　絵師が大工に敵討ちをする話 ………… 21
　　碁の名人が女に負かされる話 ………… 23
　　瘡（できもの）を治させて逃げた女の
　　話 ………………………………………… 27
　　蛇の婚いだ娘を治療する話 …………… 31
　　地神に追われた陰陽師の話 …………… 32
　　天文博士が夢をうらなう話 …………… 35
　　陰陽師の子供が鬼神を見る話 ………… 37
　　死んだ妻が悪霊となる話 ……………… 38
　　朱雀門の倒れるのを当てる話 ………… 40
　　算道で女房どもを笑わせる話 ………… 42
　　玄象の琵琶が鬼に取られる話 ………… 46
　　和歌を添えて鏡を手放す話 …………… 48
　　前の妻が和歌を詠んで死ぬ話 ………… 49
　　無学の男がわからぬ歌に怒る話 ……… 51
　　東国の武士が一騎打ちをする話 ……… 53
　　親の敵と知って討ちとめる話 ………… 56
　　大盗袴垂にねらわれる話 ……………… 60
　　約束を信じて人質を許す話 …………… 62
　　親子で馬盗人を追いかける話 ………… 64
　第二部　宿報 ……………………………… 69
　　鷲に赤んぼを取られる話 ……………… 71
　　蕪とまじわって子ができる話 ………… 73
　　洪水に流されて木にすがる話 ………… 76
　　危うく密男とまちがえられる話 ……… 79
　　生理にされた子が助かる話 …………… 81
　　生贄の男が猿神を退治する話 ………… 96
　　百足と戦う蛇に加勢する話 …………… 107
　　無人島に住みついた兄妹の話 ………… 112

　　犬の鼻から蚕の糸が出る話 …………… 114
　　雨宿りをして金持ちになる話 ………… 116
　　芋粥を食って飽きる話 ………………… 118
　　生まれた子の命を予言する話 ………… 125
　　愛欲の心を起こした修行僧の話 …… 127
　　下女に打ち殺された武士の話 ………… 130
　　暗闇で矢を射かけられる話 …………… 131
　第三部　霊鬼 ……………………………… 133
　　水の精が人の顔を撫でる話 …………… 135
　　内裏の松原で鬼が女を食う話 ………… 136
　　怪しいものが御灯油（みあかしあぶら）
　　を盗む話 ………………………………… 137
　　安義の橋に現われた鬼女の話 ………… 138
　　子を産みに行き鬼女に会う話 ………… 143
　　恋人と泊まった堂に鬼が出る話 …… 145
　　鬼のため妻を吸い殺される話 ………… 147
　　寝ている侍を板が圧し殺す話 ………… 149
　　近江の国の生霊が京に来る話 ………… 150
　　嫉妬心から妻が箱をあける話 ………… 153
　　猟師の母親が鬼となる話 ……………… 155
　　人の姿した鬼が射られる話 …………… 157
　　死んだ妻とただの一夜逢う話 ………… 158
　　地獄から妻を訪ねて来る話 …………… 161
　　同じ姿の乳母が二人もいる話 ………… 163
　　三善の清行（きよつら）が空家へ引っ
　　越す話 …………………………………… 164
　　応天門の上で青く光る物の話 ………… 167
　　印南野（いなみの）の夜に葬式が出る
　　話 ………………………………………… 168
　　女の童に形を変じた狐の話 …………… 170
　　人に憑いた狐が恩を返す話 …………… 172
　　高陽川（かやがわ）の狐が滝口をだま
　　す話 ……………………………………… 175
　　産女の出る川を深夜に渡る話 ………… 179
　　鈴鹿山の古堂で肝をためす話 ………… 182
　　山道で常陸歌を歌って死ぬ話 ………… 184
　第四部　滑稽 ……………………………… 188
　　稲荷詣でに美人の女に逢う話 ………… 189
　　屈強の侍どもが牛車に酔う話 ………… 192
　　越前の守為盛が謀をめぐらす話 …… 194
　　言葉咎めをして渾名がつく話 ………… 199
　　大事な場所で一発鳴らす話 …………… 200
　　名ある僧が長持に隠れる話 …………… 201
　　盗人をたぶらかして逃げる話 ………… 202
　　御読経の僧が平茸にあたる話 ………… 203
　　鼻を持ち上げて朝粥を食う話 ………… 205
　　米断ちの聖人が見破られる話 ………… 207

尼と木伐が山中で舞を舞う話 …… 209
猫におびえた腹黒い大夫の話 …… 210
亀に抱きつき唇を食われる話 …… 214
谷底に落ちても平茸を取る話 …… 216
胡桃酒を飲んで溶けうせる話 …… 219
異端の術で瓜を盗まれる話 …… 221
がま蛙を退治した学生の話 …… 222
自分の影におびえた豪傑の話 …… 224
墓穴を宿とした二人の男の話 …… 226
第五部 悪行 …… 229
宣旨により許された盗賊の話 …… 231
何者とも知れぬ女盗賊の話 …… 232
世に隠れた人の婿に入る話 …… 238
人質の女房がこごえて死ぬ話 …… 242
念仏の法師が天罰を受ける話 …… 244
瓜一つ盗んだ子を勘当する話 …… 246
空家にして盗賊の裏をかく話 …… 249
盗賊から身の災難を教わる話 …… 252
悪事を働いた検非違使の話 …… 253
小屋寺の大鐘が盗まれる話 …… 255
羅城門の楼上で死人を見る話 …… 259
袴垂が死んだ直似をする話 …… 261
明法博士が強盗に殺される話 …… 262
鳥部寺で追剥に会った女の話 …… 263
大江山の藪の中で起こった話 …… 265
夫の死後に妻が売られる話 …… 267
丹波の守が胎児の生肝を取る話 …… 270
日向の守が無実の書生を殺す話 …… 273
主殿（とのも）の頭が無用の殺生をする話 …… 275
身代りとなって死んだ女の話 …… 278
わが子を捨てて逃げた女の話 …… 282
新羅の国で虎と鰐とが闘う話 …… 284
犬山の犬が大蛇を食い殺す話 …… 286
助けられた猿が恩を報じる話 …… 288
蜂の群れが山賊を刺し殺す話 …… 291
蜘蛛が蜂の復讐を逃れる話 …… 293
蛇にみいられて立てぬ女の話 …… 294
第六部 人情 …… 297
雨宿りの宿に一夜を契る話 …… 299
平中が本院の侍従に恋する話 …… 304
平中に逢った女が出家する話 …… 308
近江の国に婢となった女の話 …… 311
葦を刈る夫にめぐりあう話 …… 316
大納言の娘が安積山で死ぬ話 …… 319
信濃の国にあった姨捨山の話 …… 322
海松と貝によって縁を戻す話 …… 324

燕を見て再び夫を迎えない話 …… 326
第七部 奇譚 …… 329
賀茂祭に高札を立てた翁の話 …… 331
別れた女に逢って命を落とす話 …… 332
灯影に映って死んだ女房の話 …… 335
不破の関で夢に妻を見る話 …… 337
九州の人が度羅島に行く話 …… 339
道に迷って酒泉郷を訪ねる話 …… 340
馬に化身させられた僧の話 …… 343
北山の犬が人を妻とする話 …… 348
大きな死人が浜にあがる話 …… 351
自ら鳥部野に行って果てる話 …… 352
太刀帯の陣で魚を売る女の話 …… 353
怪しい振舞いをした物売女の話 …… 354
第八部 仏法 …… 357
鬼に追いかけられて逃げる話 …… 359
死んでも舌が残った僧の話 …… 362
岩と化した尼さんを見る話 …… 364
女の執念が凝って蛇となる話 …… 365
扇に顔を隠して死んだ狐の話 …… 369
弘法大師が修円僧都に挑む話 …… 371
京の町で百鬼夜行にあう話 …… 373
源信僧都の母君の往生の話 …… 376
蟹を助けて蛇の難を免れる話 …… 380
とんだ婿入りして笑われる話 …… 382
危うく賊難を逃れた夫婦の話 …… 386
鬼の唾で姿が見えなくなる話 …… 391
貧しい女がついに福運を得る話 …… 394
恋の虜となって仏道に励む話 …… 397
僧の稚児さんが黄金を生む話 …… 404
東宮の蔵人宗正が出家する話 …… 408
銅（あかがね）の煮湯を飲まされる娘の話 …… 410
密造した酒の中に蛇がいる話 …… 412
木の梢に現われ給うた仏の話 …… 414
天狗に狂った染殿の后の話 …… 415
天狗を祭る法師に術を習う話 …… 419
まちがって魂が他人にはいる話 …… 422
欲心から娘を鬼に食われる話 …… 425
＊注釈（池田弥三郎）…… 427
＊解説（桑原武夫）…… 435

第9巻 古今和歌集 新古今和歌集
1964年9月20日刊

古今和歌集（窪田空穂，窪田章一郎訳）…… 1
仮名序 …… 3

巻第一　春の歌　上	9
巻第二　春の歌　下	18
巻第三　夏の歌	27
巻第四　秋の歌　上	31
巻第五　秋の歌　下	41
巻第六　冬の歌	49
巻第七　賀の歌	53
巻第八　離別の歌	56
巻第九　羈旅の歌	62
巻第十　物名	65
巻第十一　恋の歌　一	72
巻第十二　恋の歌　二	81
巻第十三　恋の歌　三	89
巻第十四　恋の歌　四	98
巻第十五　恋の歌　五	107
巻第十六　哀傷の歌	118
巻第十七　雑の歌　上	124
巻第十八　雑の歌　下	134
巻第十九　雑体	144
巻第二十　大歌所御歌	156
墨滅の歌	160
真名序（紀淑望）	162
新古今和歌集（窪田空穂, 窪田章一郎訳）	167
仮名序	169
巻第一　春の歌　上	172
巻第二　春の歌　下	184
巻第三　夏の歌	195
巻第四　秋の歌　上	209
巻第五　秋の歌　下	229
巻第六　冬の歌	243
巻第七　賀の歌	263
巻第八　哀傷の歌	270
巻第九　離別の歌	285
巻第十　羈旅の歌	291
巻第十一　恋の歌　一	303
巻第十二　恋の歌　二	316
巻第十三　恋の歌　三	327
巻第十四　恋の歌　四	339
巻第十五　恋の歌　五	355
巻第十六　雑の歌　上	368
巻第十七　雑の歌　中	390
巻第十八　雑の歌　下	405
巻第十九　神祇の歌	430
巻第二十　釈教の歌	442
真名序	455
＊解説（窪田章一郎）	459
＊初句索引	467

第10巻　平家物語
1963年11月23日刊

保元物語（井伏鱒二訳）	1
巻の上	3
巻の中	29
巻の下	62
平治物語（井伏鱒二訳）	93
巻の上	95
巻の中	118
巻の下	146
平家物語（中山義秀訳）	175
巻の一	177
巻の二	209
巻の三	247
巻の四	280
巻の五	304
巻の七	341
巻の八	360
巻の九	387
巻の十	421
巻の十一	431
巻の十二	463
灌頂の巻	483
＊注釈（池田弥三郎）	495
＊解説（山本健吉）	502

第11巻　太平記
1964年2月20日刊

太平記（尾崎士郎訳）	1
第一篇	3
第二篇	167
第三篇	311
＊注釈（池田弥三郎）	452
＊解説（荒正人）	459

第12巻　謡曲狂言歌舞伎集
1964年12月20日刊

謡曲	1
高砂（世阿弥元清, 田中千禾夫訳）	3
清経（世阿弥元清, 窪田啓作訳）	11
野宮（世阿弥元清, 窪田啓作訳）	19

国民の文学

松風（観阿弥清次，世阿弥元清作，田中澄江訳） ……… 26
桧垣（世阿弥元清作，横道万里雄訳）‥ 36
藤戸 ……………………………………… 43
綾鼓（作者不明，飯沢匡訳） ………… 51
葵上（世阿弥元清作，丸岡明訳） …… 56
鵜飼（榎並佐衛門五郎作，世阿弥元清改作，横道万里雄訳） …………… 64
猩々（作者不明，窪田啓作訳） ……… 71
湯谷（作者不明，田中澄江訳） ……… 73
三井寺（作者不明，丸岡明訳） ……… 82
墨田川（観世十郎元雅作，内村直也訳） ……………………………………… 93
卒塔婆小町（観阿弥清次作，内村直也訳） ……………………………… 102
邯鄲（作者不明，飯沢匡訳） ……… 112
望月（作者不明，内村直也訳） …… 119
景清（作者不明，丸岡明訳） ……… 128
安宅（観世小次郎信光作，窪田啓作訳） …………………………………… 137
谷行（作者不明，田中千禾夫訳） … 150
船弁慶（観世小次郎信光作，丸岡明訳） …………………………………… 160
狂言 ……………………………………… 171
朝猿（丸岡明訳） …………………… 173
素襖落（窪田啓作訳） ……………… 182
附子（飯沢匡訳） …………………… 191
水掛聟（横道万里雄訳） …………… 198
花子 ………………………………… 203
猿座頭（内村直也訳） ……………… 213
布施無経（飯沢匡訳） ……………… 220
柿山伏（窪田啓作訳） ……………… 227
釣狐（飯沢匡訳） …………………… 230
歌舞伎 ………………………………… 237
仮名手本忠臣蔵（竹田出雲，三好松洛，並木千柳作，杉山誠訳） …… 239
菅原伝授手習鑑（竹田出雲，三好松洛，並木千柳作，戸板康二訳） … 325
妹背山婦女庭訓（近松半二作，円地文子訳） ……………………………… 340
五大力恋緘（並木五瓶作，加賀山直三訳） …………………………………… 352
天衣紛上野初花（河竹黙阿弥作，河竹登志夫訳） ……………………… 397
霜夜鐘十字辻筮（河竹黙阿弥作，河竹登志夫訳） ……………………… 409
＊注釈（池田弥三郎） ……………… 426

＊解説（横道万里雄，戸板康二） ……… 435

第13巻　西鶴名作集
1963年12月20日刊

西鶴名作集
好色一代男（里見弴訳） ………………… 1
好色五人女（武田麟太郎訳） ……… 119
好色一代女（丹羽文雄訳） ………… 179
武道伝来記－諸国敵討－（菊池寛訳） 249
世間胸算用（尾崎一雄訳） ………… 377
＊注釈（池田弥三郎） ……………… 422
＊年譜（暉峻康隆） ………………… 430
＊解説（吉田精一） ………………… 433

第14巻　近松名作集
1964年6月20日刊

近松名作集
曾根崎心中（宇野信夫訳） ……………… 1
堀川波鼓（なみのつづみ）（田中澄江訳） ‥ 17
高野山女人堂心中万年草（高野正巳訳） …… 43
傾城反魂香（北条秀司訳） …………… 65
梅川忠兵衛冥途の飛脚（高野正巳訳） …… 113
大経師（だいきょうじ）昔暦（小山祐士訳） ……………………………………… 139
国性爺合戦（飯沢匡訳） …………… 181
鑓の権三重帷子（ごんざかさねかたびら）（矢代静一訳） ………………………… 235
博多小女郎波枕（北条秀司訳） …… 275
平家女護島（にょごのしま）（鬼界が島の場）（武智鉄二訳） ………………… 301
心中天の網島（田中澄江訳） ……… 313
女殺油地獄（宇野信夫訳） ………… 345
心中宵庚申（巌谷槙一訳） ………… 379
＊注釈（池田弥三郎） ……………… 408
＊年譜（河竹登志夫） ……………… 417
＊解説（河竹登志夫） ……………… 420

第15巻　芭蕉名句集
1964年4月20日刊

芭蕉篇 ……………………………………… 1
俳句（加藤楸邨訳） ……………………… 3
連句（太田水穂訳） …………………… 77
紀行文（佐藤春夫訳） ……………… 162
野ざらし紀行 ……………………… 162

芳野紀行	169
奥の細道	180
俳文（水原秋桜子訳）	203
洒落堂記	203
幻住庵記	203
嵯峨日記	206
芭蕉を移す詞	213
許六離別詞	214
渋笠の銘	214
俳論（抄）（山本健吉訳）	216
三冊子（服部土芳）	216
去来抄（向井去来）	223
花屋日記（久保田万太郎訳）	235
蕪村篇	253
俳句（中村草田男訳）	255
俳文（佐藤春夫訳）	305
一茶篇	315
俳句（荻原井泉水訳）	317
おらが春（石田波郷訳）	352
＊俳諧年表（井本農一）	371
＊解説（山本健吉）	379

第16巻　南総里見八犬伝
1964年8月20日刊

南総里見八犬伝（白井喬二訳）	1
第一輯	3
第二輯	42
第三輯	80
第四輯	106
第五輯	155
第六輯	193
第七輯	229
第八輯	269
第九輯	324
＊注釈（池田弥三郎）	452
＊年譜（麻生磯次）	459
＊解説（花田清輝）	463

第17巻　江戸名作集
1964年11月20日刊

雨月物語（上田秋成作，円地文子訳）	1
巻の一	3
白峯	3
菊花の約	9
巻の二	17

浅茅が宿	17
夢応の鯉魚	25
巻の三	29
仏法僧	29
吉備津の釜	34
巻の四	42
蛇性の婬	42
巻の五	59
青頭巾	59
貧福論	64
春雨物語（上田秋成作，円地文子訳）	71
血かたびら	73
天津おとめ	81
目ひとつの神	86
死骨の笑顔	90
樊噲	98
世間子息気質（せけんむすこかたぎ）（江島屋其磧作，小島政二郎訳）	113
巻の一	115
巻の二	124
巻の三	134
巻の四	144
巻の五	154
東海道中膝栗毛（十辺舎一九作，伊馬春部訳）	163
浮世床（式亭三馬作，久保田万太郎訳）	419
＊注釈（池田弥三郎）	474
＊略歴（麻生磯次）	479
＊解説（安藤鶴夫）	485

第18巻　春色梅暦
1965年1月20日刊

春色梅暦（舟橋聖一訳）	1
春色辰巳園（巖谷槙一訳）	111
春色恵の花（巖谷槙一訳）	209
英対暖語（巖谷槙一訳）	261
春色梅見舟（巖谷槙一訳）	381
＊年譜	489
＊解説（暉峻康隆）	493

[028] 五山文学新集
東京大学出版会
全6巻，別巻2巻
1967年3月～1981年2月
（玉村竹二編）

第1巻
1967年3月31日刊

* ＊序（玉村竹二） ……………………… 3
* ＊凡例 …………………………………… 1
* 横川景三集
  * 小補集〔補庵絶句前半〕(享徳三年－寛正五年) ……………………………… 1
  * 補庵集〔補庵絶句後半〕(寛正五年－文正二年) ……………………………… 19
  * 小補東遊集(文正二年－応仁二年) …… 39
  * 小補東遊後集(文明元年) ……………… 89
  * 小補東遊続集(文明二年－文明四年) … 143
  * 補庵京華前集(文明四年－文明八年) … 201
  * 補庵京華後集(文明九年－文明十二年) … 311
  * 補庵京華続集(文明十二年－文明十四年) … 401
  * 補庵京華別集(文明十五年－文明十七年) … 503
  * 補庵京華新集(文明十七年－長享元年) … 613
  * 補庵京華外集 上(長享二年－延徳二年) … 733
  * 補庵京華外集 下(延徳二年－明応元年) … 797
  * 蕎蕌集 ………………………………… 849
  * 拾遺 …………………………………… 897
  * 附録一 諸賢雑文 ……………………… 939
  * 附録二 曇仲遺藁 ……………………… 947
* ＊解題 ………………………………… 987
* ＊横川景三略伝 ……………………… 1025
* ＊横川景三関係宗派図 ……………… 1037

第2巻
1968年3月31日刊

* ＊序（玉村竹二） ……………………… 3
* ＊凡例 …………………………………… 7
* 友山士偲集 …………………………… 1
  * 友山録 巻上 …………………………… 3
  * 友山録 巻中 …………………………… 53
  * 友山録 巻下 …………………………… 99
* 希世霊彦集 …………………………… 163
  * 村庵藁 上 ……………………………… 165
  * 村庵藁 中 ……………………………… 295
  * 村庵藁 下 ……………………………… 393
  * 希世霊彦集拾遺 ……………………… 495
* 惟肖得巖集 …………………………… 547
  * 東海瓊華集 一 ………………………… 549
  * 東海瓊華集 二 ………………………… 663
  * 東海瓊華集 三 ………………………… 741
  * 東海瓊華集律詩絶句 …………………… 821
  * 類聚東海瓊花集律詩部 ………………… 905
  * 東海瓊華集七言絶句 …………………… 967
  * 惟肖巖禅師疏 ………………………… 1037
  * 惟肖得巖集拾遺 ……………………… 1215
* ＊解題 ………………………………… 1237
  * ＊友山士偲集解題 …………………… 1239
  * ＊希世霊彦集解題 …………………… 1253
  * ＊惟肖得巖集解題 …………………… 1279

第3巻
1969年3月31日刊

* ＊序（玉村竹二） ……………………… 3
* ＊凡例 …………………………………… 9
* 天境霊致集 …………………………… 1
  * 無規矩 乾 ……………………………… 3
  * 無規矩 坤 ……………………………… 97
* 龍山徳見集 …………………………… 191
  * 黄龍十世録 …………………………… 193
* 東沼周曮集 …………………………… 291
  * 流水集 二 ……………………………… 293
  * 流水集 三 ……………………………… 341
  * 流水集 四 ……………………………… 419
  * 流水集 五 ……………………………… 455
  * 流水集拈香・小仏事 …………………… 499
  * 東沼和尚語録 ………………………… 531
  * 東沼周曮作品拾遺 …………………… 543
* 邵庵全雍集 …………………………… 549
  * 建長寺龍源菴所蔵詩集 二 …………… 551
  * 建長寺龍源菴所蔵詩集 三 …………… 593
  * 鎌倉建長寺龍源菴所蔵詩集 四 ……… 627
* 雪村友梅集 …………………………… 675
  * 宝覚真空禅師録 乾 …………………… 677
  * 宝覚真空禅師録 坤 …………………… 779
  * 岷峨集 ………………………………… 863
  * 雪村大和尚行道記 …………………… 905
* ＊解題 ………………………………… 941

*天境靈致集解題 ………… *943*
*龍山德見集解題 ………… *955*
*東沼周曮集解題 ………… *975*
*邵庵全雍集解題 ………… *987*
*雪村友梅集解題 ………… *1001*

第4巻
1970年3月31日刊

*序（玉村竹二）………… *3*
*凡例
正宗龍統集 ………………… *1*
　禿尾長柄箒 上 …………… *3*
　禿尾長柄箒 下 …………… *57*
　禿尾鐵苕箒 ……………… *115*
　正宗龍統作品拾遺 ……… *225*
　附録 袖中秘密蔵 ………… *241*
一曇聖瑞集 ………………… *277*
　幽貞集 …………………… *279*
中巖圓月集 ………………… *315*
　東海一漚集 一 …………… *317*
　東海一漚集 二 …………… *373*
　東海一漚集 三 …………… *403*
　東海一漚集 四 …………… *437*
　東海一漚集 五 …………… *489*
　東海一漚別集 …………… *519*
　一漚餘滴 ………………… *579*
　東海一漚餘滴別本 ……… *599*
　仏種慧濟禪師中岩月和尚自歴譜 … *609*
　中巖圓月作品拾遺 ……… *633*
在庵普在弟子某僧集 ……… *737*
　雲巣集 …………………… *739*
　[諸老宿詩軸雜詩等] …… *776*
　[正趯詩集] ……………… *807*
彦龍周興集 ………………… *829*
　半陶文集 一 ……………… *831*
　半陶文集 二 ……………… *921*
　半陶文集 三 ……………… *1047*
　彦龍周興作品拾遺 ……… *1159*
*解題 ……………………… *1167*
　*正宗龍統集解題 ……… *1169*
　*一曇聖瑞集解題 ……… *1197*
　*中巖圓月集解題 ……… *1205*
　*在庵普在弟子某僧集解題 … *1263*
　*彦龍周興集解題 ……… *1281*

第5巻
1971年3月31日刊

*序（玉村竹二）………… *3*
*凡例 ……………………… *11*
蘭坡景茝集 ………………… *1*
　雪樵獨唱集 絶句ノ一 …… *3*
　雪樵獨唱集 絶句ノ二 …… *53*
　雪樵獨唱集 二 …………… *77*
　雪樵獨唱集 三 …………… *145*
　雪樵獨唱集 四 …………… *209*
　雪樵獨唱集 五 …………… *273*
　雪樵獨唱集 疏 …………… *339*
　蘭坡景茝作品拾遺 ……… *471*
瑞溪周鳳集 ………………… *493*
　臥雲藁 …………………… *495*
　瑞溪疏 …………………… *585*
　温泉行記 ………………… *627*
一峰通玄集 ………………… *645*
　一峰知藏海滴集 ………… *647*
天隱龍澤集 ………………… *689*
　翠竹眞如集 一 …………… *691*
　翠竹眞如集 二 …………… *831*
　黙雲稿 異本 ……………… *913*
　天隱和尚文集 …………… *979*
　黙雲集 …………………… *1027*
　黙雲藁 …………………… *1085*
　天隱龍澤作品拾遺 ……… *1217*
*解題 ……………………… *1233*
　*蘭坡景茝集解題 ……… *1235*
　*瑞溪周鳳集解題 ……… *1283*
　*一峰通玄集解題 ……… *1301*
　*天隱龍澤集解題 ……… *1315*

第6巻
1972年3月31日刊

*序（玉村竹二）………… *3*
*凡例 ……………………… *15*
秋澗道泉集 ………………… *1*
　秋澗泉和尚語録 上 ……… *3*
　秋澗泉和尚語録 中 ……… *49*
　秋澗泉和尚語録 下 ……… *95*
南江宗沅集 ………………… *137*
　漁庵小藁 ………………… *139*
　南江宗沅作品拾遺 ……… *231*
季弘大叔集 ………………… *271*

五山文学新集

```
  蕉庵遺藁 ……………………………… 273
  附録 松山序等諸師雑稿 ………… 329
 鏡堂覺圓集 …………………………… 361
  鏡堂和尚語録 一 ………………… 363
  鏡堂和尚語録 二 ………………… 445
 無象靜照集 …………………………… 513
  無象和尚語録 上 ………………… 515
  無象和尚語録 下 ………………… 569
  興禅記 ……………………………… 623
  附録 無象照公夢遊天台偈軸并序 … 637
 萬里集九集 …………………………… 649
  梅花無尽蔵 一 …………………… 651
  梅花無尽蔵 二 …………………… 693
  梅花無尽蔵 三上 ………………… 739
  梅花無尽蔵 三下 ………………… 795
  梅花無尽蔵 四 …………………… 833
  梅花無尽蔵 五 …………………… 871
  梅花無尽蔵 六 …………………… 909
  梅花無尽蔵 七 …………………… 965
  萬里集九作品拾遺 ……………… 1005
  附録 明叔録（抄録） …………… 1029
 ＊解題 ……………………………… 1041
  ＊秋澗道泉集解題 ……………… 1043
  ＊南江宗沅集解題 ……………… 1055
  ＊季弘大叔集解題 ……………… 1075
  ＊鏡堂覺圓集解題 ……………… 1101
  ＊無象靜照集解題 ……………… 1113
  ＊萬里集九集解題 ……………… 1139
 補遺 ………………………………… 1225
 ＊補遺解題 ………………………… 1271
 ＊跋（玉村竹二） ………………… 1295

別巻1
1977年3月31日刊

＊序（玉村竹二） ……………………… 3
＊凡例 ………………………………… 11
江西龍派集 ……………………………… 1
 江西和尚語録 ………………………… 3
 江西和尚法語集 …………………… 35
 続翠稿 ……………………………… 69
 続翠詩集 …………………………… 171
 続翠詩藁 …………………………… 247
 江西龍派作品拾遺 ………………… 325
乾峰士曇集 …………………………… 337
 乾峰和尚語録 一 ………………… 339
 乾峰和尚語録 二 ………………… 405
```

```
  乾峰和尚語録 三 ………………… 465
  乾峰和尚語録 四 ………………… 511
  乾峰和尚語録 五 ………………… 587
 心田清播集 …………………………… 659
  聴雨外集 …………………………… 661
  心田播禅師疏 ……………………… 701
  心田播禅録 ………………………… 811
  心田詩藁 …………………………… 859
  春畊集 ……………………………… 907
 詩軸集成 ……………………………… 921
 ＊解題 ……………………………… 1121
  ＊江西龍派集解題 ……………… 1123
  ＊乾峰士曇集解題 ……………… 1141
  ＊心田清播集解題 ……………… 1153
  ＊詩軸集成解題 ………………… 1177

別巻2
1981年2月28日刊

＊序（玉村竹二） ……………………… 3
＊凡例 ………………………………… 9
東明和尚語録（東明慧日） …………… 1
 序 ……………………………………… 3
 東明慧日禅師住白雲山宝慶禅寺語録
  巻上 ………………………………… 4
 相州禅興禅寺語録 …………………… 8
 瑞鹿山園覚興聖禅寺語録 ………… 10
 亀谷山金剛寿福禅寺語録 ………… 18
 巨福山建長興国禅寺語録 ………… 20
 万寿禅寺語録 ……………………… 23
 東勝禅寺語録 ……………………… 24
 再住建長禅寺語録 ………………… 25
 再住寿福禅寺語録 ………………… 30
 再住園覚禅寺語録 ………………… 33
 三住建長禅寺語録 ………………… 37
 法語 ………………………………… 40
 仏祖賛 ……………………………… 43
 自賛 ………………………………… 46
 題跋 ………………………………… 49
 偈頌 ………………………………… 51
 小仏事 ……………………………… 57
 霊石如芝跋 ………………………… 61
 雲外雲岫跋 ………………………… 62
 竺仙梵僊撰東明和尚塔銘 ………… 63
瑯東陵日本録（東陵永瑯） ………… 65
 大元四明東陵和尚住日本国山城州霊
  亀山天龍資聖禅寺語録 ………… 67
```

東陵和尚住瑞龍山太平興国南禅々寺
　　語録 ………………………………… 71
　　疏類 ………………………………… 75
　　序 …………………………………… 78
  関東諸老遺藁 ……………………………… 87
  越雪集（元方正楞） ……………………… 115
　　山門 ………………………………… 117
　　諸山 ………………………………… 133
　　江湖 ………………………………… 149
　　同門 ………………………………… 154
　　化縁 ………………………………… 161
  驢雪藁（驢雪鷹灞） ……………………… 167
  天祥和尚録 乾（天祥一麟） …………… 237
　　天祥和尚初住薩州路黄龍山大願禅寺
　　　語録 ………………………………… 239
　　筑前州安国山聖福禅寺語 …………… 243
　　京城万寿禅寺語 ……………………… 249
　　東山建仁禅寺語録 …………………… 263
　　霊亀山天龍資聖禅寺語録 …………… 278
　　瑞龍山太平興国南禅々寺語録 ……… 281
　　[拈香] ………………………………… 288
　　[小仏事 上] ………………………… 310
  天祥和尚録 坤（天祥一麟） …………… 315
　　[小仏事 下] ………………………… 317
　　[陞座] ………………………………… 331
　　[真讃] ………………………………… 352
　　[偈頌 七言四句] …………………… 365
　　[偈頌 道号頌] ……………………… 384
　　[偈頌 七言八句 長偈] ……………… 390
　　[補遺] ………………………………… 398
  九淵遺稿（九淵龍睺） …………………… 403
　　葵斎手沢 ……………………………… 405
  栖碧摘藁（天章澄彧） …………………… 419
　　栖碧摘藁 ……………………………… 428
　　栖碧摘藁讃頌 ………………………… 451
　　栖碧摘藁古律詩 ……………………… 459
  心華詩藁（心華元棣） …………………… 479
  汝霖佐禅師疏（汝霖妙佐） ……………… 501
  繁驢㭊（惟忠通恕） ……………………… 569
　　上 ……………………………………… 571
　　　惟忠和尚初住越中州瑞井山金剛護
　　　国禅寺語録 ………………………… 573
　　　惟忠和尚住京城安国禅寺語録 …… 578
　　　惟忠和尚住東山建仁禅寺語録 …… 581
　　　惟忠和尚住霊亀山天龍資聖禅寺語
　　　録 …………………………………… 589

  　　惟忠和尚住瑞龍山太平興国南禅々寺
  　　　語録 ………………………………… 598
  　　[乗払] ………………………………… 607
  　　中 …………………………………… 609
  　　　仏祖賛 ……………………………… 611
  　　　自讃 ………………………………… 623
  　　　偈頌 ………………………………… 625
  　　下 …………………………………… 637
  　　　[偈頌] ……………………………… 639
  　　　[応制] ……………………………… 641
  　　　[道号頌] …………………………… 648
  　　　[七言八句] ………………………… 654
  ＊解題 …………………………………… 659
  ＊跋（玉村竹二） ………………………… 729

[029] **五山文学全集**
思文閣出版
全4巻, 別巻1巻
1973年2月
(上村観光編纂)

第1巻
1973年2月15日刊

東帰集 一巻（天岸慧広）………… *1*
済北集 二十巻（虎関師錬）………… *39*
鈍鉄集 一巻（鉄庵道生）………… *367*
禅居集 一巻（清拙正澄）………… *397*
雑著 一巻 ………… *473*
岷峨集 二巻（雪村友梅）………… *519*
雪村大和尚行道記 一巻（大用有諸）… *567*
松山集 一巻（竜泉今淬）………… *575*
天柱集 一巻（竺仙梵仙）………… *673*
南游集 一巻（別源円旨）………… *731*
東帰集 一巻（別源円旨）………… *754*
旱霖集 二巻（夢巌祖応）………… *793*

第2巻
1973年2月15日刊

東海一漚集 五巻（中巌円月）……… *869*
東海一漚集別集 一巻（中巌円月）… *1041*
東海一漚余滴 一巻（中巌円月）…… *1086*
若木集 一巻（此山妙在）………… *1093*
若木集拾遺 一巻（此山妙在）…… *1147*
若木集附録 一巻（此山妙在）…… *1157*
随得集 一巻（竜湫周沢）………… *1167*
性海霊見遺稿 一巻（鉄舟得済）… *1237*
閻浮集 一巻（鉄舟得済）………… *1257*
空華集 二十巻（義堂周信）……… *1327*
蕉堅稿 一巻（絶海中津）………… *1899*

第3巻
1973年2月15日刊

明極楚俊遺稿 二巻（明極楚俊）… *1959*
夢窓明極唱和篇 一巻（明極楚俊）… *2079*
了幻集 二巻（古剣妙快）………… *2089*

業鏡台 一巻（心華元棣）………… *2171*
鴉臭集 二巻（太白真玄）………… *2217*
草余集 三巻（愚仲周及）………… *2267*
雲壑猿吟 一巻（惟忠通恕）……… *2427*
懶室漫稿 零本三巻（仲芳円伊）… *2501*
南游稿 一巻（愕隠慧）…………… *2631*
真愚稿 一巻（西胤俊承）………… *2703*
竹居清事 一巻（慧鳳）…………… *2789*
竹居西游集 一巻（慧鳳）………… *2789*
投贈和答等諸詩小序 一巻（慧鳳）… *2851*
不二遺稿 三巻（岐陽方秀）……… *2877*

第4巻
1973年2月15日刊

翰林葫蘆集（景徐集麟）…………… *1*
　第一巻 ………… *1*
　第二巻 ………… *31*
　第三巻 ………… *79*
　第四巻 ………… *171*
　第五巻 ………… *243*
　第六巻 ………… *301*
　第七巻 ………… *329*
　第八巻 ………… *381*
　第九巻 ………… *427*
　第十巻 ………… *473*
　第十一巻 ………… *521*
　第十二巻 ………… *573*
　第拾三巻 ………… *607*
　第十四巻 ………… *659*

別巻1
1973年2月15日刊

五山文学小史（上村觀光, 長田偶得）… *1*
　第一　五山文学研究の価値 ………… *3*
　第二　五山文学の立地 ………… *11*
　第三　五山の起源並に沿革 ………… *14*
　第四　五山禅僧の文篇 ………… *26*
　第五　五山文学者列伝 ………… *45*
　第六　五山小史瑣談 ………… *205*
附録
　第一　日本禅林撰述書目 ………… *245*
　第二　日本禅林諸師別称並室名地名 … *255*
　第三　日本禅林諸師賜号 ………… *263*
　第四　五山文学者年表 ………… *271*
五山詩僧伝（上村觀光）…………… *303*

総序	305
一寧一山	333
鉄菴道生	337
南山士雲	339
清拙正澄	340
西礀士曇	342
明極楚俊	343
天岸慧廣	347
嵩山居中	349
虎関師錬	351
龍泉令淬	353
夢窓疎石	355
東陵永璵	357
無極志玄	360
無象靜照	362
不聞契聞	364
古先印元	366
蒙山智明	368
雪村友梅	369
寂室元光	373
天境霊致	375
遠渓祖雄	376
大道一以	377
石室善玖	379
竺仙梵仙	380
別源円旨	382
月林道皎	384
仁浩無涯	385
此山妙在	387
中巌円月	388
耕叟仙原	394
大木良中	395
秀涯全俊	395
鈍夫全快	396
黙翁妙誡	396
古源邵元	397
蘭洲良芳	398
春屋妙葩	399
性海霊見	403
無求周伸	406
愚中秀及	408
義堂周信	414
心華元棣	418
龍湫周澤	423
可翁宗然	425
平田慈均	426
乾峯士曇	427
空谷明應	427
友峯等盆	429
天章澄或	430
物外可什	432
一源會統	433
平心處斉	434
寰中元志	435
無夢一清	436
天祥一麟	436
子建浄業	438
霊巌道昭	439
天澤宏潤	439
大年法延	440
無伝正燈	441
大朴玄素	441
九峯信虔	442
曇芳周應	443
天鑑存円	443
在先希讓	444
約菴德久	445
無功周功	445
哲岩祖浚	446
雲渓支山	447
中山中嵩	448
絶海中津	448
中恕如心	452
汝霖良佐	453
椿庭海壽	455
太清宗渭	458
不遷法序	459
物先周格	460
古剣妙快	460
清渓通徹	462
明室楚亮	463
元容周頌	464
鐵舟德済	464
夢巌祖應	467
太岳周崇	468
竹香全悟	471
東洋充澎	471
東漸健易	472
惟肖得巖	473
玉畹梵芳	476
観中中諦	477
大周周甫	482
仲芳円伊	482
巌仲周噩	483

五山文学全集

西胤俊承 …… 484	綿谷周瞶 …… 558
惟忠通恕 …… 484	天英周賢 …… 559
勝剛長柔 …… 486	村菴霊彦 …… 560
愕隠慧蔵 …… 487	存耕祖黙 …… 563
岐陽方秀 …… 489	春渓洪曹 …… 564
南英周宗 …… 491	以遠澄期 …… 564
大用無用 …… 493	天祐梵暇 …… 565
海門承朝 …… 493	盆之集箴 …… 567
曇仲道芳 …… 494	天與清哲 …… 571
堅中圭密 …… 495	季瓊眞蘂 …… 573
景南英文 …… 496	月翁周鏡 …… 574
天錫成鎰 …… 497	月泉祥洞 …… 578
大年祥登 …… 497	季弘大淑 …… 578
大用有諸 …… 498	清巌正徹 …… 580
大椿周亨 …… 499	雲澤叔衡 …… 583
古幢周勝 …… 500	仰之泰 …… 584
中芳中正 …… 502	太極蔵主 …… 584
慶仲周賀 …… 505	旌室周馥 …… 589
江西龍派 …… 505	桃隠玄朔 …… 590
平仲中衡 …… 507	萬里集九 …… 591
梅陽章江 …… 508	華屋宗巌 …… 594
攸叙承倫 …… 509	惟明瑞智 …… 595
笑雲瑞訢 …… 509	季亨玄巌 …… 595
東旭等輝 …… 510	正珍書記 …… 596
竹菴大綠 …… 510	華嶽建冑 …… 596
慕哲龍攀 …… 511	玉英慶瑜 …… 597
九鼎器重 …… 511	正楞元芳 …… 598
心田清播 …… 512	天隠龍澤 …… 599
翺之慧鳳 …… 515	少林如春 …… 604
太白眞玄 …… 520	恕中中誓 …… 604
月渓中珊 …… 521	了菴桂悟 …… 605
瑞巌龍惺 …… 521	約之令契 …… 613
常菴龍崇 …… 523	桂庵玄樹 …… 614
雲章一慶 …… 524	正玖書記 …… 617
明遠俊哲 …… 531	横川景三 …… 617
南江宗侃 …… 531	桃源瑞仙 …… 620
東岳澂昕 …… 533	亀泉集證 …… 630
叔英宗播 …… 535	九淵龍賝 …… 632
斗南永傑 …… 536	景徐周麟 …… 635
竺雲等連 …… 536	壽春妙永 …… 640
東沼周巖 …… 539	蘭坡景茝 …… 641
祖渓德濬 …… 542	與可心交 …… 644
瑞渓周鳳 …… 546	周興彦龍 …… 645
一休宗純 …… 551	桂林德昌 …… 647
以篤信仲 …… 554	景甫壽陵 …… 649
原古志稽 …… 555	春莊椿 …… 650
惟馨梵桂 …… 557	琴叔景趣 …… 652

古桂弘稽	654	禅林文芸史譚(上村観光)	799
三盆永因	655	安覚は栄西の族弟に非ず	801
雪嶺永瑾	656	栄西伝に漏れたる遺事数則	807
用林材	657	栄西禅師の渡天企図に就きて	818
月舟壽桂	658	隆蘭渓と無隠円範	828
一韓智翃	661	大覚禅師の遺骨	831
如月壽印	662	禅忍と大覚録刊行	833
春和啓闍	664	範無隠と大覚録	835
湖月信鏡	666	関東往還記を読む	836
惟高妙安	668	聖一国師と覚琳上人	838
笑雲清三	672	鎌倉、室町時代禅書の刻版	839
一華碩由	673	足利尊氏願書の大蔵経	856
湖心碩鼎	674	足利尊氏、直義の懺悔	863
悦岩東念	677	足利義政の遺事	869
仁如宗堯	679	五山時代禅家の僧階	873
驢雪鷹灝	681	我邦中世の外交と禅僧	876
芳郷光隣	683	入明使僧妙増都聞に就きて	888
彭叔守仙	684	関山伝の雲門再来説に就きて	914
太原崇孚	686	応仁乱より観たる五山の学問	922
河清祖瀏	687	画僧朴堂老人	939
月渚永乗	688	梁雲居士と桂菴玄樹	944
継天壽戩	689	大内氏と五山の禅僧	947
茂彦善叢	692	太田道灌と相洛五山諸老	957
心翁等安	692	古抄中に見えたる古徳の遺事	972
策彦周良	693	室町時代関東の学問	981
江心承董	699	本邦現存の支那録	1014
一翁玄心	699	恵鳳蔵主と宋学	1017
春澤永恩	701	那並道円の備忘録	1018
竺雲恵心	703	史記抄の著者桃源瑞仙	1019
熙春龍喜	703	本邦に於ける百丈清規の流布	1026
鐵叟景秀	706	五山時代の連句	1044
玄圃霊三	707	禅文学より観たる花園	1049
景撤玄蘇	708	天龍寺の昌繕と浄慈の道聯	1065
英甫永雄	711	文明年間の金閣	1068
梅屋宗香	721	銀閣寺東求堂の書籍	1070
西笑承兌	721	東福寺の通天橋	1070
閑室元佶	723	禅宗の高僧と其の臨終	1074
古潤慈稽	728	碧山日録の著者に就きて	1086
文之玄昌	730	龍山徳見禅師附本邦饅頭の創始	1098
嘯岳鼎虎	732	饅頭や本節用集の著者林宗二の事蹟	1120
文英清韓	734	普門院の蔵書目録に就きて	1133
惟杏永哲	737	普門院経論章疎録語録儒書等目録	1141
以心崇伝	737	禅僧と絵画	1156
附録	743	足利時代の絵画と禅僧	1171
別称並室号	745	梵竺仙と足利直義	1183
撰述書目	763	蒙山智明と萬戸将軍	1184
謚号	777	以篤信仲と潘少卿	1185

五山文学全集

不聞契聞と高昌王子	1185
足利尊氏の懺悔文	1186
武山元理と惟高妙安	1190
中巌円月の政論	1191
永平道元の語録と無外義遠	1193
入宋僧の奇特	1195
唐土にて万歳楽を奏す	1197
足利時代我が貿易品の種類	1198
訴笑雲の入唐記	1199
夢窓国師の利用厚生法	1200
夢窓と嵐山の楓樹	1201
本邦宋学の先駆者桂菴伝の補遺	1202
跳念仏行	1204
夜半鐘のこと	1205
恩断江の風流	1206
在花梅	1206
猫と大蔵経	1207
西芳寺池中の鯉魚	1208
鯉魚、斎鐘を聞て集る	1209
全俊と宋景濂	1211
俊明極と梵竺仙	1211
牟子の理惑論	1212
愚仲周及と龍山徳見	1213
雄長老の狂歌	1215
徳川初期の儒学と五山の学問	1218
仏頂国師一糸文守	1226
朝鮮僧松雲大師と日本僧景徹玄蘇	1275
対州以酊菴の沿革	1296
湘雪西堂と石川丈山	1310
虎林中虔と水戸義公	1313
天龍寺の虎林と向井元升	1322
桂洲道倫と江村北海	1326
南山古梁と山梨稲川	1333
日支両国彼我逸存の典籍	1345
徳川初期の朝鮮通、規伯玄方	1359
幕末の慷慨僧天章慈英	1378
安国寺恵瓊伝の補遺	1381
利休居士と古渓和尚	1386
也足軒と玄圃和尚	1394
雨森芳洲の書簡	1396
文英清韓と加藤清正	1398
琉球国の禅宗	1400
那波活所と茂源紹柏	1401
支那に現存せる山本僧選文の古碑	1405
再び支那に現存せる日本僧選文の古碑に就きて	1411
本邦に於ける三教思想の研究	1417

附説（玉村竹二）	1
上村観光居士の五山文学研究史上の地位及びその略歴	1
上村観光氏著述・論文目録	51
別巻所見禅僧名索引	77
あとがき（凡例に代えて）	87

[030] 校註**国歌大系**
講談社
全28巻
1976年10月
（国民図書編）

※国民図書株式会社刊『国歌大系』（1928～1931年）の復刻版

第1巻　古歌謡集
1976年10月10日刊

＊例言	*1*
＊復刊のことば（山岸徳平）	*3*
紀記歌集	*3*
歌垣歌	*73*
琴歌譜	*77*
神楽歌	*81*
催馬楽	*105*
東遊歌	*125*
風俗歌	*127*
夜須礼歌	*133*
田歌	*137*
梁塵秘抄	*149*
今様雑芸	*253*
讃嘆	*283*
和讃	*291*
教化	*417*
順次往生講武歌謡	*463*
朗詠要集	*471*
宴曲	*483*
興福寺延年舞唱歌	*723*
日吉神社七社祭礼権現船謡	*731*
閑吟集	*743*
小歌	*795*

第2巻　万葉集全
1976年10月10日刊

＊例言	*1*
＊解題	*1*
＊万葉集難訓索引	*1*
万葉集	*1*

第3巻　八代集上
1976年10月10日刊

＊例言	*1*
＊解題	*1*
古今和歌集	*3*
後撰和歌集	*167*
拾遺和歌集	*375*
後拾遺和歌集	*567*

第4巻　八代集下
1976年10月10日刊

＊例言	*1*
＊解題	*1*
金葉和歌集	*1*
詞花和歌集	*115*
千載和歌集	*181*
新古今和歌集	*385*
歴代和歌勅撰考（吉田令世）	*667*

第5巻　十三代集　一
1976年10月10日刊

＊例言	*1*
＊解題	*1*
新勅撰和歌集	*1*
続後撰和歌集	*197*
続古今和歌集	*391*
続拾遺和歌集	*661*

第6巻　十三代集　二
1976年10月10日刊

＊例言	*1*
＊解題	*1*
新後撰和歌集	*1*
玉葉和歌集	*221*
続千載和歌集	*617*

第7巻　十三代集　三
1976年10月10日刊

＊例言	*1*
＊解題	*1*
続後拾遺和歌集	*1*
風雅和歌集	*191*

校註 国歌大系

新千載和歌集 499

第8巻　十三代集 四
1976年10月10日刊

＊例言 1
＊解題 1
新拾遺和歌集 1
新後拾遺和歌集 271
新続古今和歌集 489

第9巻　歌合 全
1976年10月10日刊

＊例言 1
＊解題 1
新葉和歌集 1
古今和歌六帖 213
続詞花和歌集 631
在民部卿家歌合 795
寛平御時后宮歌合 801
亭子院歌合 829
天徳内裏歌合 847
高陽院歌合 879
和歌拾遺六帖（沙門契沖） 899

第10巻　御集 六家集 上
1976年10月10日刊

＊例言 1
＊解題 1
崇徳天皇御製 1
後鳥羽院御集 23
土御門院御集 181
順徳院御集 附 拾遺 251
後醍醐天皇御製 411
長秋詠藻（藤原俊成） 439
拾玉集（釋慈鎮） 541

第11巻　六家集 下
1976年10月10日刊

＊例言 1
＊解題 1
秋篠月清集（良經） 1
山家集（西行法師） 155
拾遺愚草（定家） 319

拾遺愚草員外（定家） 618
壬二集（家隆） 719

第12巻　三十六人集 六女集
1976年10月10日刊

＊例言 1
＊解題 1
三十六人集 1
三十六人集補遺（長連恆編） 695
六女集 789
六女集補遺（長連恆編） 891

第13巻　中古諸家集
1976年10月10日刊

＊例言 1
＊解題 1
大江千里集 1
曾舟集附補遺（曾禰好忠） 21
前大納言公任卿集 77
恵慶法師集 157
和泉式部集 附 続集 177
赤染衛門集 363
大納言経信卿集 459
散木弃歌集（源俊頼） 479
左京大夫顕輔集 721
清輔朝臣集 749
左京大夫家集 805

第14巻　近古諸家集 全
1976年10月10日刊

＊例言 1
＊解題 1
源三位頼政集 1
平忠度集 95
鴨長明集（鴨長明） 111
金槐和歌集（源實朝） 127
式子内親王集（式子内親王） 203
季花集（宗良親王） 227
嘉喜門院集（嘉喜門院） 345
兼好法師集（兼好法師） 365
草庵集（頓阿法師） 401
続草庵和歌集（頓阿法師） 632
慕景集（太田道灌） 683
衆妙集（細川幽斎） 693

| 拳白集（木下勝俊）………… 783
| 草山和歌集（深草元政）………… 969

第15巻　近代諸家集 一
1976年10月10日刊

＊例言 ………… 1
＊解題 ………… 1
常山詠草（水戸光圀）………… 1
晩花集（下川邊長流）………… 137
漫吟集（圓珠庵契沖）………… 185
戸田茂睡歌集（戸田茂睡）………… 241
春葉集（荷田春滿）………… 265
あづま歌（加藤枝直）………… 341
賀茂翁歌集（賀茂眞淵）………… 485
天降言（田安宗武）………… 577
しづのや歌集（河津美樹）………… 615
杉のしづ枝（荷田蒼生子）………… 630
楫取魚彦歌集（楫取魚彦）………… 731
佐保川（鵜殿よの子）………… 769
散のこり（弓屋倭文子）………… 829
筑波子家集（土岐茂子）………… 847
松山集（塙保己一）………… 875

第16巻　近代諸家集 二
1976年10月10日刊

＊例言 ………… 1
＊解題 ………… 1
自撰歌（本居宣長）………… 1
うけらが花（加藤千蔭）………… 179
岡屋歌集（栗田土滿）………… 403
琴後集（村田春海）………… 487
稲葉集（本居大平）………… 723
後鈴屋集（本居春庭）………… 837

第17巻　近代諸家集 三
1976年10月10日刊

＊例言 ………… 1
＊解題 ………… 1
六帖詠草（小澤蘆庵）………… 1
藤簍冊子（上田秋成）………… 335
閑田詠草（伴蒿蹊）………… 425
獅子巌和歌集（釋涌蓮）………… 541
雲錦翁家集（賀茂季鷹）………… 663
柳園詠草（石川依平）………… 763

良寛歌集（良寛和尚）………… 843

第18巻　近代諸家集 四
1976年10月10日刊

＊例言 ………… 1
＊解題 ………… 1
桂園一枝（香川景樹）………… 1
桂園一枝拾遺（香川景樹）………… 113
浦の汐貝（熊谷直好）………… 195
亮々遺稿（木下幸文）………… 383
泊洎舎集（清水濱臣）………… 565
橘守部歌集（橘守部）………… 723
柳園家集（海野遊翁）………… 831

第19巻　近代諸家集 五
1976年10月10日刊

＊例言 ………… 1
＊解題 ………… 1
山斎歌集（鹿持雅澄）………… 1
柿園詠草（加納諸平）………… 175
橿園歌集（中島廣足）………… 315
空谷博聲集（釋幽眞）………… 461
千々廼屋集（千種有功）………… 599
草径集（大隈言道）………… 733
平賀元義集（平賀元義）………… 853
野鴈集（安藤野鴈）………… 909
和田嚴足家集（和田嚴足）………… 937

第20巻　明治初期諸家集 全
1976年10月10日刊

＊例言 ………… 1
＊解題 ………… 1
志濃夫廼舎歌集（橘曙覽）………… 1
海人の刈藻（太田垣蓮月）………… 131
しのぶぐさ（八田知紀）………… 181
調鶴集（井上文雄）………… 405
於知葉集（福田行誡）………… 525
瓊々室集（辨玉）………… 635
向陵集（野村望東）………… 725
眞爾園翁歌集（大國隆正）………… 765

第21巻　夫木和歌抄 上
1976年10月10日刊

校註 国歌大系

* 例言 ……………………………………… 1
* 解題 ……………………………………… 1
夫木和歌抄 上巻 ……………………… 1

第22巻　夫木和歌抄 下
1976年10月10日刊

* 例言 ……………………………………… 1
* 解題 ……………………………………… 1
夫木和歌抄 下巻 ……………………… 1

第23巻　風葉和歌集其他
1976年10月10日刊

* 例言 ……………………………………… 1
* 解題 ……………………………………… 1
風葉和歌集 ……………………………… 1
* 新修作者部類（字画順）……………… 251
* 和歌史年表 …………………………… 685

第24巻　総合索引 一（ア―オ）
1976年10月10日刊

* 例言 ……………………………………… 1
総合索引（一）あ―お ………………… 1

第25巻　総合索引 二（カ―シ）
1976年10月10日刊

* 例言 ……………………………………… 1
総合索引（二）か―し ………………… 876

第26巻　総合索引 三（ス―ノ）
1976年10月10日刊

* 例言 ……………………………………… 1
総合索引（三）す―の ………………… 1769

第27巻　総合索引 四（ハ―モ）
1976年10月10日刊

* 例言 ……………………………………… 1
総合索引（四）は―も ………………… 2609

第28巻　総合索引 五（ヤ―ヲ）頭註索引
1976年10月10日刊

* 例言 ……………………………………… 1
総合索引（五）や―を ………………… 3401
頭註索引 ………………………………… 3861
国歌大系総目次 ………………………… 1

[031] **古典セレクション**
小学館
全16巻
1998年4月〜1998年11月
（阿部秋生，秋山虔，今井源衛，鈴木日出男校注・訳）

第1巻　桐壺／帚木／空蝉／夕顔
1998年4月10日刊

* 凡例 ········· 3
源氏物語 ········· 7
　桐壺 ········· 9
　帚木 ········· 65
　空蝉 ········· 161
　夕顔 ········· 187
* 校訂付記 ········· 284
* 付録 ········· 289
　* 長恨歌（白楽天） ········· 290
　* 漢籍・史書・仏典引用一覧（今井源衛） ········· 301

第2巻　若紫／末摘花／紅葉賀／花宴
1998年4月10日刊

* 凡例 ········· 3
源氏物語 ········· 7
　若紫 ········· 9
　末摘花 ········· 109
　紅葉賀 ········· 179
　花宴 ········· 241
* 校訂付記 ········· 266
* 付録 ········· 273
　* 漢籍・史書・仏典引用一覧（今井源衛） ········· 275
　* 官位相当表 ········· 282

第3巻　葵／賢木／花散里
1998年5月10日刊

* 凡例 ········· 3
源氏物語 ········· 7
　葵 ········· 9
　賢木 ········· 109
　花散里 ········· 215
* 校訂付記 ········· 227
* 付録 ········· 231
　* 漢籍・史書・仏典引用一覧（今井源衛） ········· 232

第4巻　須磨／明石／澪標
1998年5月10日刊

* 凡例 ········· 3
源氏物語 ········· 7
　須磨 ········· 9
　明石 ········· 103
　澪標 ········· 189
* 校訂付記 ········· 260
* 付録 ········· 267
　* 漢籍・史書・仏典引用一覧（今井源衛） ········· 268

第5巻　蓬生／関屋／絵合／松風／薄雲
1998年6月10日刊

* 凡例 ········· 3
源氏物語 ········· 7
　蓬生 ········· 9
　関屋 ········· 61
　絵合 ········· 75
　松風 ········· 117
　薄雲 ········· 165
* 校訂付記 ········· 230
* 付録 ········· 235
　* 漢籍・史書・仏典引用一覧（今井源衛） ········· 236

第6巻　朝顔／少女／玉鬘
1998年6月10日刊

* 凡例 ········· 3
源氏物語 ········· 7
　朝顔 ········· 9
　少女 ········· 57
　玉鬘 ········· 163
* 校訂付記 ········· 248
* 付録 ········· 253
　* 漢籍・史書・仏典引用一覧（今井源衛） ········· 255

古典セレクション

＊図録 ………………………… 265

第7巻　初音／胡蝶／蛍／常夏／篝火／野分
1998年7月10日刊

＊凡例 …………………………… 3
源氏物語 ………………………… 7
　初音 …………………………… 9
　胡蝶 ………………………… 41
　蛍 …………………………… 87
　常夏 ………………………… 131
　篝火 ………………………… 179
　野分 ………………………… 191
＊校訂付記 …………………… 230
＊付録 ………………………… 235
　＊漢籍・史書・仏典引用一覧（今井源衛） ……………………… 237

第8巻　行幸／藤袴／真木柱／梅枝／藤裏葉
1998年7月10日刊

＊凡例 …………………………… 3
源氏物語 ………………………… 7
　行幸 …………………………… 9
　藤袴 ………………………… 67
　真木柱 ……………………… 101
　梅枝 ………………………… 183
　藤裏葉 ……………………… 225
＊校訂付記 …………………… 278
＊付録 ………………………… 283
　＊漢籍・史書・仏典引用一覧（今井源衛） ……………………… 285

第9巻　若菜 上
1998年8月10日刊

＊凡例 …………………………… 3
源氏物語 ………………………… 7
　若菜 上 ……………………… 9
＊校訂付記 …………………… 216
＊付録 ………………………… 221
　＊漢籍・史書・仏典引用一覧（今井源衛） ……………………… 223
　＊官位相当表 ……………… 234

第10巻　若菜 下／柏木
1998年8月10日刊

＊凡例 …………………………… 3
源氏物語 ………………………… 7
　若菜 下 ……………………… 9
　柏木 ………………………… 215
＊校訂付記 …………………… 298
＊付録 ………………………… 301
　＊漢籍・史書・仏典引用一覧（今井源衛） ……………………… 303
　＊官位相当表 ……………… 314

第11巻　横笛／鈴虫／夕霧／御法／幻
1998年9月10日刊

＊凡例 …………………………… 3
源氏物語 ………………………… 7
　横笛 …………………………… 9
　鈴虫 ………………………… 51
　夕霧 ………………………… 85
　御法 ………………………… 233
　幻 …………………………… 277
＊校訂付記 …………………… 327
＊付録 ………………………… 333
　＊漢籍・史書・仏典引用一覧（今井源衛） ……………………… 335
　＊図録 ……………………… 347

第12巻　匂兵部卿／紅梅／竹河／橋姫
1998年9月10日刊

＊凡例 …………………………… 3
源氏物語 ………………………… 7
　匂兵部卿 ……………………… 9
　紅梅 ………………………… 41
　竹河 ………………………… 73
　橋姫 ………………………… 161
＊校訂付記 …………………… 240
＊付録 ………………………… 245
　＊漢籍・史書・仏典引用一覧（今井源衛） ……………………… 247
　＊図録 ……………………… 259

第13巻　椎本／総角
1998年10月10日刊

＊凡例 ……………………………… *3*	＊図録 ………………………………… *339*
源氏物語 ………………………… *7*	
椎本 …………………………… *9*	
総角 …………………………… *91*	
＊校訂付記 ……………………… *275*	
＊付録 …………………………… *281*	
＊漢籍・史書・仏典引用一覧（今井源	
衛） ………………………… *283*	
＊図録 ………………………… *291*	

第14巻　早蕨／宿木
1998年10月10日刊

＊凡例 ……………………………… *3*
源氏物語 ………………………… *7*
　早蕨 …………………………… *9*
　宿木 …………………………… *53*
＊校訂付記 ……………………… *246*
＊付録 …………………………… *251*
　＊漢籍・史書・仏典引用一覧（今井源
　　衛） ………………………… *253*
　＊図録 ………………………… *259*

第15巻　東屋／浮舟
1998年11月10日刊

＊凡例 ……………………………… *3*
源氏物語 ………………………… *7*
　東屋 …………………………… *9*
　浮舟 …………………………… *145*
＊校訂付記 ……………………… *288*
＊付録 …………………………… *293*
　＊漢籍・史書・仏典引用一覧（今井源
　　衛） ………………………… *294*

第16巻　蜻蛉／手習／夢浮橋
1998年11月10日刊

＊凡例 ……………………………… *3*
源氏物語 ………………………… *7*
　蜻蛉 …………………………… *9*
　手習 …………………………… *129*
　夢浮橋 ………………………… *271*
＊校訂付記 ……………………… *310*
＊付録 …………………………… *321*
　＊漢籍・史書・仏典引用一覧（今井源
　　衛） ………………………… *323*

[032] 古典叢書
本邦書籍
全41巻
1989年1月～1990年11月
（複製）

〔1〕 山東京伝集 第一巻
1989年8月20日刊

昔話稲妻表紙 …………………………………… 1
本朝酔菩提 …………………………………… 167
双蝶記 ………………………………………… 385

〔2〕 山東京伝集 第二巻
1989年8月20日刊

忠臣水滸伝 …………………………………………… 1
優曇華物語（うどんげものがたり） ………… 223
手段詰物娼妓絹籭（てくだつめものしょうぎ
　ぬふるい） ……………………………………… 369
京伝予誌 ……………………………………… 391
仕懸文庫（しかけぶんこ） …………………… 417
通言総籬（つうげんそうまがき） …………… 449
夜半の茶漬（よはのちゃづけ） ……………… 483
志羅川夜船 …………………………………… 501

〔3〕 山東京伝集 第三巻
1989年8月20日刊

座敷芸忠臣蔵 ………………………………………… 1
菓物見立御世話―北尾政演 ……………………… 27
手前勝手御存商売物（ごぞんじのしょうばいもの）
　―北尾政演 ………………………………………… 33
江戸生艶気樺焼（えどうまれうわきのかばやき）
　…………………………………………………… 45
三国伝来無匂線香（さんごくでんらいにをわん
　せんこう）―政演 ………………………………… 55
将門秀郷時代世話二挺鼓（じだいせわにていつ
　づみ） …………………………………………… 67
復讎後祭祀（かたきうちあとのまつりき） …… 73
仁田四郎富士之人穴見物（ふじのひとあなけん
　ぶつ） …………………………………………… 83
孔子縞于時藍染（こうしじまときにあいぞめ） … 93

心挙早染草（しんがくはやぞめぐさ） ………… 105
京伝憂世之酔醒（きょうでんうきよのえいざめ）
　…………………………………………………… 117
玉磨青砥銭（たまみがきあおとせん） ………… 129
廬生夢魂其前日（ろせいゆめそのぜんじつ） … 141
世上洒落見絵図（せじょうしゃれけんのえず） … 155
唯心鬼打豆（ゆいしんおにうちまめ） ………… 169
昔々桃太郎発端話説（ももたろうほったんばな
　し） ……………………………………………… 187
栄花夢後日噺金々先生造花夢（きんきんせんせい
　ぞうかのゆめ） ………………………………… 203
口中乃不曇鏡甘哉名利研（あまいかなみょうりお
　ろし） …………………………………………… 217
万福長者栄華談（えいがものがたり） ………… 227
文法語 …………………………………………… 247
剪灯新話をやわらげしお伽婢子の昔がたり戯場花牡
　丹灯籠（わるきのはなぼたんどうろう） …… 287
長髭姿の蛇柳（ながかもじすがたのじゃやなぎ） … 313
侠客双蛺蝶全伝（おとこだてふたつちょうぜ
　んでん） ………………………………………… 341
通気粋語伝（つうきすいこでん） ……………… 381
洞房妓談繁々千話（しげしげちわ） …………… 405
指面草（さしもぐさ） …………………………… 425

〔4〕 山東京伝集 第四巻
1989年8月20日刊

団七黒茶碗釣船の花火朝茶湯一寸口切（あさちゃ
　のゆちょっとくちきり） ………………………… 1
敵討孫太郎虫（かたきうちまごたろうむし） … 31
妹背山長柄文台（いもせやまながらのぶんだい）
　…………………………………………………… 53
濡燕子宿傘（ぬれつばめねぐらからかさ） …… 81
於六櫛木曾仇討（おろくぐしきそのあだうち） … 127
客衆肝胆鏡 ……………………………………… 153
女侠三日月於傳 ………………………………… 167
糸桜本朝文粋（いとざくらほんちょうぶんすい） … 197
松梅竹取談（まつとうめたけとりものがたり） … 259
売茶翁祇園梶復讐煎茶濫觴（かたきうちせんちゃ
　のはじまり） …………………………………… 339
荒五郎茂兵衛金時牛兵衛志道軒往古講釈（しど
　うけんむかしこうしゃく） …………………… 355
安達ケ原那須野原糸車九尾狐（いとぐるまきゅう
　びのきつね） …………………………………… 385
敵討両輛車（かたきうちふたつぐるま） ……… 425

古典叢書

〔5〕 式亭三馬集 第一巻
1989年11月20日刊

＊（式亭三馬小伝） ……………………… 1
浮世風呂 ……………………………………… 10
浮世床 ……………………………………… 243
古今百馬鹿 ………………………………… 409
四十八癖 …………………………………… 447

〔6〕 式亭三馬集 第二巻
1989年11月20日刊

辰巳婦言（たつみふげん） ………………… 1
船頭深話―四季山人 ……………………… 39
船頭部屋―猪牙散人 …………………… 103
早替胸機関（はやがわりむねのからくり） … 131
人心覗機関（ひとごころのぞきからくり） … 165
潮来婦誌（いたこぶし） ………………… 201
狂言綺語（きょうげんきぎょ） ………… 261
大世楽屋探（ばきてぐせかいがくやさがし）・ 311
酩酊気質（なまえいかたぎ） …………… 369
（麻疹戯言）送麻疹神表（はしかのかみをおく
るひょう） ……………………………… 427
（麻疹戯言）麻疹与海鹿之弁（はしかとあし
かとのべん） …………………………… 436
素人狂言紋切形 …………………………… 445
傾城買談客物語（けいせいかいだんきゃくもの
がたり） ………………………………… 511

〔7〕 式亭三馬集 第三巻
1989年11月20日刊

忠臣蔵偏痴気論 ……………………………… 1
一盃綺言（いっぱいきげん） ……………… 43
狂言田舎操 ………………………………… 73
女房気質異赤縄 …………………………… 135
歌舞伎楽屋通 俳優家晶負気質 …………… 165
田舎芝居忠臣蔵 …………………………… 191
天道浮世出星操（てんどううきよのでづかい） 239
凧雲井物語（いかのぼりくもいものがたり） … 255
秋津島仇討物語（あきつしまあだうちものがた
り） ……………………………………… 287
難有孝行娘 ………………………………… 337
客者評判記（きゃくしゃひょうばんき） … 351

〔8〕 式亭三馬集 第四巻
1989年11月20日刊

躰はやわらぐ浄瑠璃本引書はかたい杜騙新書雲龍九
郎倫盗伝（うんりゅうくろうちゅうとうでん） 1
大津土産吃又平名画助刀（どもまたへいめいが
のすけだち） …………………………… 55
悪賊三大河怨霊三善提坂東太郎強盗譚 ……… 93
日高川清姫物語 …………………………… 115
昔帯のお艶好今織の市松形艶容歌妓結（はですが
たおどりこむすび） …………………… 149
玉藻前三国伝記 …………………………… 195
侠客荒金契情甑象冠辞筑紫不知火 ………… 211
恋窪昔話契情崎人伝（けいせいきじんでん） … 263
金銅名犬正宗名刀敵討宿六始（かたきうちやどろ
くのはじめ） …………………………… 287
巨勢金岡下画左甚五郎工腕彫一心命（うでのは
りものいっしんのいのち） …………… 335
緞子三本紅絹五疋大尽舞花街濫觴（だいじんま
いくるわのはじまり） ………………… 359

〔9〕 滝沢馬琴集 第一巻
1989年1月20日刊

鎮西八郎爲朝外伝椿説弓張月 ……………… 9

〔10〕 滝沢馬琴集 第二巻
1989年1月20日刊

鎮西八郎爲朝外伝椿説弓張月拾遺 …………… 3
校訂夢想兵衛胡蝶物語 …………………… 285

〔11〕 滝沢馬琴集 第三巻
1989年1月20日刊

近世説美少年録 ……………………………… 3
　第一輯 …………………………………… 21
　第二輯 ………………………………… 170
　第三輯 ………………………………… 315

〔12〕 滝沢馬琴集 第四巻
1989年1月20日刊

俊寛僧都島物語 ……………………………… 3
三七全伝南柯夢 …………………………… 187
三七全伝南柯夢後記 ……………………… 344

古典叢書

〔13〕　滝沢馬琴集　第五巻
1989年1月20日刊

頼豪阿闍梨怪鼠伝 …………………………………… 3
松染情史秋七草 …………………………………… 185

〔14〕　滝沢馬琴集　第六巻
1989年1月20日刊

墨田川梅柳新書 …………………………………… 3
復讐奇談稚枝鳩（ふくしゅうきだんわかえのはと） …………………………………… 155
新累解脱物語 …………………………………… 245

〔15〕　滝沢馬琴集　第七巻
1989年1月20日刊

阿旬伝兵衛実々記 …………………………………… 3
青砥藤綱摸稜案 …………………………………… 245
糸桜春蝶奇縁 …………………………………… 547
戯聞塩梅余史 …………………………………… 785

〔16〕　滝沢馬琴集　第八巻
1989年1月20日刊

玄同放言 …………………………………… 3
烹雑之記 …………………………………… 315
復讐小説月氷奇談 …………………………………… 417
花見虱盛衰記 …………………………………… 525
堪忍五両金言語 …………………………………… 539
人間万事塞翁馬 …………………………………… 551
敵討蚤取眠 …………………………………… 563

〔17〕　滝沢馬琴集Ⅱ　第九巻
1990年6月15日刊

校訂朝夷巡嶋記（あさひなしまめぐりのき） …… 1
　解題（乙羽生識） …………………………………… 1
　初編 …………………………………… 29
　第二編 …………………………………… 178
　第三編 …………………………………… 331
　第四編 …………………………………… 477

〔18〕　滝沢馬琴集Ⅱ　第十巻
1990年6月15日刊

校訂朝夷巡嶋記（あさひなしまめぐりのき） …… 1

第五編 …………………………………… 1
第六編 …………………………………… 134
第七編 …………………………………… 304
第八編 …………………………………… 434

〔19〕　滝沢馬琴集Ⅱ　第十一巻
1990年6月15日刊

狸和尚勧化帳化地蔵暑縁起化競丑満鐘 ……… 1
山中鹿之助助中牛之助十三鐘孝子勲績（じゅうさんがねかうしのいさほし） …………………………………… 47
守節雉恋主狗小説比翼文（せうせつひよくもん） … 93
雁金屋采女蝿屋裂袋次郎照子池浮名写絵（かがみがいけうきなのうつしゑ） …………………………………… 135
著作堂一夕話 …………………………………… 175
戌子日記 …………………………………… 277
笑府衿裂（えりたち）米 …………………………………… 417

〔20〕　滝沢馬琴集Ⅱ　第十二巻
1990年6月15日刊

新局玉石童子訓 …………………………………… 1
近世説美少年録　大団円 …………………………………… 594
近世説美少年録　附録（大町桂月） ……… 623

〔21〕　滝沢馬琴集Ⅱ　第十三巻
1990年6月15日刊

傾城水滸伝 …………………………………… 1

〔22〕　滝沢馬琴集Ⅱ　第十四巻
1990年6月15日刊

校訂傾城水滸伝 …………………………………… 1
　校訂傾城水滸伝拾遺物語 …………………………………… 319
風俗金魚伝 …………………………………… 355

〔23〕　滝沢馬琴集Ⅲ　第十五巻
1990年11月15日刊

＊批評（学海居士） …………………………………… 7
南総里見八犬伝―全九編 …………………………………… 35

〔24〕　滝沢馬琴集Ⅲ　第十六巻
1990年11月15日刊

南総里見八犬伝 …………………………………… 1

古典叢書

〔25〕　滝沢馬琴集III 第十七巻
1990年11月15日刊

南総里見八犬伝 ………………………… 1

〔26〕　滝沢馬琴集III 第十八巻
1990年11月15日刊

南総里見八犬伝 ………………………… 1

〔27〕　滝沢馬琴集III 第十九巻
1990年11月15日刊

南総里見八犬伝 ………………………… 1

〔28〕　滝沢馬琴集III 第二十巻
1990年11月15日刊

南総里見八犬伝 ………………………… 1

〔29〕　柳亭種彦集 第一巻
1990年2月30日刊

＊柳亭種彦小伝 ………………………… 1
浅間岳面影草紙（あさまがたけおもかげぞうし）
　……………………………………… 7
浅間岳面影草紙後帙逢州執着譚（あふしゅうしゅうちゃくものがたり）………… 77
綟手摺昔木偶（もぢてすりむかしにんぎょう）・215
天縁奇遇（てんえんきぐう）………………… 355
勢田橋竜女の本池（せたのはしりうにょのほんち）…………………………………… 427

〔30〕　柳亭種彦集 第二巻
1990年2月30日刊

修紫田舎源氏 …………………………… 1

〔31〕　柳亭種彦集 第三巻
1990年2月30日刊

校訂修紫田舎源氏 ……………………… 1
校訂修紫田舎源氏後編其由縁鄙廼俤 …… 390

〔32〕　柳亭種彦集 第四巻
1990年2月30日刊

白縫譚（合作：柳下亭種員）…………… 1

〔33〕　柳亭種彦集 第五巻
1990年2月30日刊

白縫譚（合作：柳下亭種員）…………… 1

〔34〕　柳亭種彦集 第六巻
1990年2月30日刊

白縫譚（合作：柳水亭種清）…………… 1

〔35〕　柳亭種彦集 第七巻
1990年2月30日刊

白縫譚（合作：猪波曉花，柳水亭種清）…・1

〔36〕　柳亭種彦集II 第八巻
1990年8月31日刊

正本製（しょうほんじたて）……………… 1
　楽屋の続き絵―於仲清七物語 ………… 6
　曽我祭―小稲判兵衛物語 …………… 45
　当年積雪白双紙（ことしもつもるゆきしろざうし）…………………………… 77
　昔模様女百合若―於菊幸介物語 …… 131
　吾妻花双蝶々（あづまのはなふたつてふてふ）
　…………………………………… 171
　吾妻与五郎新狂言 …………………… 201
　立物抄―於染久松物語 ……………… 229
　浄瑠璃狂言―夕霧伊左衛門物語 …… 323
阿波之鳴門（あはのなると）…………… 345
伊呂波引寺丹入節用 …………………… 429

〔37〕　柳亭種彦集II 第九巻
1990年8月31日刊

校訂邯鄲諸国物語（合作：笠亭仙果）…… 1

〔38〕　柳亭種彦集II 第十巻
1990年8月31日刊

誂染逢山鹿子 …………………………… 1
水木舞扇之猫骨 ……………………… 171
桜屋小七芸者菊の井忠孝両岸一覧 …… 205
柳糸花組交 …………………………… 239
南色梅早咲 …………………………… 279

日本古典文学全集・内容綜覧　151

| 国字小説三虫拇戦 ……………… 309
| 山崎余次兵衛将棊の段忠孝義理物語 … 343
| 下総遊君小桜武蔵文女巻筆山城寡婦小三合三国小女郎狐 ………………………… 377
| 校訂浅間ヶ岳煙の姿絵 ……………… 409
| 娘丹霞奴慧能堀川歌女猿曳 ………… 441
| 筑紫権六白波響談操競三人女――名京太郎物語 …………………………………… 475

〔39〕 柳亭種彦集II 第十一巻
1990年8月31日刊

* 緒言 ……………………………………… 1
| 清川文七梅桜振袖日記（むめさくらふりそでにつき）………………………………… 3
| 女合法辻談義（をんながつぱふつぢだんぎ）… 19
| 奴福平忠義伝春霞布袋本地（はるがすみほていのほんぢ）………………………… 57
| 花吹雪若衆宗玄（はなのふゞきわかしゆそうげん）…………………………………… 73
| 女模様稲妻染 ………………………… 103
| 元禄年間曽我狂言曽我太夫染 ……… 135
| 高野山万年草紙 ……………………… 151
| 小春治兵衛の名を仮て桔梗辻千種之衫（ききやうがつぢちぢがさのかたびら）… 177
| 趣向は浄瑠璃世界は歌舞伎画傀儡二面鏡（ゑあやつりにめんかゞみ）………… 205
| 嶋田之黒本前垂之赤本娘金平昔絵草紙 … 247
| 傾城盛衰記 …………………………… 289
| 新彫翻案道中双六 …………………… 329
| 浮世形六枚屏風 ……………………… 369

〔40〕 柳亭種彦集II 第十二巻
1990年8月31日刊

| 娘狂言三勝話（むすめきやうげんさんかつはなし）……………………………………… 1
| 忍草売対花籠（しのぶうりついのはなかご）… 45
| 浮世一休郭問答（うきよいつきうくるわもんだふ）……………………………………… 71
| 出村新兵衛小松屋宗七鯨帯博多合三国（くじらおびはかたどみくに）…………… 105
| 比翼紋松鶴賀（ひよくもんまつにつるが）… 135
| 音羽丹七女郎花喩粟島（おみなへしたとへのあはしま）……………………………… 173
| 新靭物語（しんうつほものがたり）… 209
| 小脇差夢の蝶鮫（こわきさしゆめのてふさめ）… 241

| 唐人髷今国姓爺（とうじんわげいまこくせんや）……………………………………… 277
| 浦里時次郎阿菊鴻助花杷名所扇（はるもみぢめいしょあふぎ）…………………… 313
| 雁寝紺屋作の早染（かりがねこんやさくのはやそめ）………………………………… 353
| 紅粉小万経師屋阿三笹色猪口暦手（さいろのちよくはこよみて）………………… 393

〔41〕 柳亭種彦集II 第十三巻
1990年8月31日刊

| 校訂灯篭踊秋之花園 ……………………… 1
| 蛙歌春土手節（かはづうたはるのどてぶし）… 39
| 敵討忍笠時代絵巻（しのぶがさじだいまきえ）… 79
| 関東小六昔舞台（くわんごうころくむかしぶたい）……………………………………… 97
| 富士裾うかれの蝶衒（ふじのすそうかれのてふどり）…………………………………… 149
| 出世奴小万の伝（しゆつせやつここまんのでん）… 173
| 平野屋小かん表具屋平兵衛床飾錦額無垢（とこかざりにしきのがくむく）……… 217
| 用捨箱 ………………………………… 249
| やまあらし …………………………… 415
| 柳亭日記 ……………………………… 437

> [033] **古典日本文学全集**
> 筑摩書房
> 全36巻，別巻1巻
> 1959年9月～1962年12月

第1巻　古事記 風土記 日本霊異記 古代歌謡
1960年5月4日刊

古事記（石川淳訳） ………………… *11*
　古事記序 ……………………………… *13*
　　上巻 ………………………………… *15*
　　中巻 ………………………………… *48*
　　下巻 ………………………………… *83*
風土記（倉野憲司訳） ………………… *107*
　常陸国風土記 ………………………… *109*
　播磨国風土記 ………………………… *116*
　出雲国風土記 ………………………… *124*
　肥前国風土記 ………………………… *128*
　豊後国風土記 ………………………… *133*
　諸国風土記逸文 ……………………… *135*
日本霊異記（倉野憲司訳） …………… *151*
　日本霊異記上巻 ……………………… *153*
　日本霊異記中巻 ……………………… *167*
　日本霊異記下巻 ……………………… *182*
古代歌謡（福永武彦訳） ……………… *195*
　古事記歌謡 …………………………… *197*
　日本書紀歌謡 ………………………… *238*
　琴歌譜 ………………………………… *269*
　神楽歌 ………………………………… *270*
　催馬楽 ………………………………… *274*
　風俗歌 ………………………………… *279*
*訳者のことば（石川淳，福永武彦）… *283*
*解説・鑑賞・研究 …………………… *285*
　*解説（倉野憲司）………………… *287*
　*古事記の芸術的価値（和辻哲郎）… *306*
　*妣が国へ・常世へ（折口信夫）… *315*
　*碑田阿礼（柳田国男）…………… *321*
　*倭建命と浪漫精神（高木市之助）… *330*
　*神話について（武田泰淳）……… *337*
　*風土記断章（神田秀夫）………… *342*
　*説話としての日本霊異記（植松茂）… *348*
　*古代歌謡（小島憲之）…………… *355*

　*記紀成立の歴史心理的基盤（肥後和男）……………………………… *368*
　*風土記参考地図 …………………… *381*

第2巻　万葉集（上）
1959年9月28日刊

万葉集（上）（村木清一郎訳）………… *1*
　巻第一 …………………………………… *3*
　巻第二 ………………………………… *18*
　巻第三 ………………………………… *44*
　巻第四 ………………………………… *76*
　巻第五 ………………………………… *108*
　巻第六 ………………………………… *129*
　巻第七 ………………………………… *153*
　巻第八 ………………………………… *184*
　巻第九 ………………………………… *211*
*解説・鑑賞・研究 …………………… *233*
　*解説（五味智英）………………… *235*
　*万葉集の鑑賞およびその批評（島木赤彦）……………………………… *249*
　*柿本人麿私見覚書（斎藤茂吉）… *321*
　*山部赤人（中村憲吉）…………… *348*
　*大伴旅人（土田杏村）…………… *365*
　*山上憶良（土屋文明）…………… *379*
　*大伴家持と万葉集（尾山篤二郎）… *389*
　*万葉時代（北山茂夫）…………… *400*
*便覧 …………………………………… *419*

第3巻　万葉集（下）
1962年9月30日刊

万葉集（下）（村木清一郎訳）………… *3*
　巻第十 …………………………………… *5*
　巻第十一 ……………………………… *53*
　巻第十二 ……………………………… *96*
　巻第十三 ……………………………… *129*
　巻第十四 ……………………………… *157*
　巻第十五 ……………………………… *178*
　巻第十六 ……………………………… *199*
　巻第十七 ……………………………… *216*
　巻第十八 ……………………………… *242*
　巻第十九 ……………………………… *261*
　巻第二十 ……………………………… *286*
*鑑賞・研究 …………………………… *315*
　*万葉びとの生活（折口信夫）…… *317*
　*抒情詩の運命（山本健吉）……… *324*

```
＊東歌・防人歌（田辺幸雄） ………… 335
＊万葉の伝統（小田切秀雄） ………… 346
＊便覧 ………… 376
```

第4巻　源氏物語（上）
1961年6月5日刊

源氏物語（上）（吉沢義則，加藤順三，宮
　　田和一郎，島田退蔵訳，山岸徳平改訂）5
　桐壺 ………… 7
　帚木 ………… 23
　空蝉 ………… 51
　夕顔 ………… 58
　若紫 ………… 87
　末摘花 ………… 116
　紅葉賀 ………… 135
　花宴 ………… 152
　葵 ………… 159
　賢木 ………… 186
　花散里 ………… 215
　須磨 ………… 218
　明石 ………… 246
　澪標 ………… 271
　蓬生 ………… 290
　関屋 ………… 303
　絵合 ………… 307
　松風 ………… 317
　薄雲 ………… 330
　朝顔 ………… 346
　乙女 ………… 357
＊解説・鑑賞・研究 ………… 383
　＊解説（山岸徳平） ………… 385
　＊紫式部（円地文子） ………… 392
　＊源氏物語の精神（風巻景次郎） ………… 399
　＊源氏物語の後宮世界（秋山虔） ………… 404
　＊「源氏」と現代（青野季吉） ………… 415
　＊源氏物語の時代的背景（家永三郎） ………… 423
＊付録 ………… 430

第5巻　源氏物語（中）
1961年11月10日刊

源氏物語（中）（吉沢義則，加藤順三，宮
　　田和一郎，島田退蔵訳，山岸徳平改訂）5
　玉鬘 ………… 7
　初音 ………… 32
　胡蝶 ………… 41
　蛍 ………… 53
　常夏 ………… 65
　篝火 ………… 78
　野分 ………… 81
　行幸 ………… 91
　藤袴 ………… 107
　真木柱 ………… 116
　梅枝 ………… 138
　藤裏葉 ………… 150
　若菜 上 ………… 165
　若菜 下 ………… 219
　柏木 ………… 271
　横笛 ………… 293
　鈴虫 ………… 303
　夕霧 ………… 312
　御法 ………… 351
　幻 ………… 361
　雲隠 ………… 374
　匂宮 ………… 375
　紅梅 ………… 383
　竹河 ………… 391
＊鑑賞・研究 ………… 415
　＊源氏物語の現代的価値（村岡典嗣） ………… 417
　＊若菜の巻など（堀辰雄） ………… 420
　＊紫式部という人について（松尾聡） ………… 423
　＊源氏物語の方法（西郷信綱） ………… 434
＊付録 ………… 447

第6巻　源氏物語（下）
1962年4月10日刊

源氏物語（下）（吉沢義則，加藤順三，宮
　　田和一郎，島田退蔵訳，山岸徳平改訂）3
　橋姫 ………… 5
　椎本 ………… 25
　総角 ………… 45
　早蕨 ………… 91
　宿木 ………… 102
　東屋 ………… 152
　浮舟 ………… 188
　蜻蛉 ………… 228
　手習 ………… 259
　夢浮橋 ………… 298
＊鑑賞・研究 ………… 307
　＊源氏物語研究（島津久基） ………… 309
　＊源氏物語（中村真一郎） ………… 337
　＊宇治の女君（清水好子） ………… 349

＊宇治十帖（小田切秀雄）………… 357
＊源氏物語の理念（森岡常夫）……… 362
＊源氏物語と現代小説（吉田精一）… 371
＊付録 …………………………………… 383

第7巻　王朝物語集
1960年7月5日刊

竹取物語（臼井吉見訳）……………………… 3
伊勢物語（中谷孝雄訳）……………………… 25
落窪物語（塩田良平訳）……………………… 85
堤中納言物語（臼井吉見訳）……………… 213
　花桜折る少将 ……………………………… 215
　このついで ………………………………… 217
　虫めづる姫君 ……………………………… 219
　ほどほどの懸想 …………………………… 224
　逢坂越えぬ権中納言 ……………………… 226
　貝あわせ …………………………………… 230
　思わぬ方にとまりする少将 ……………… 233
　はなだの女御 ……………………………… 238
　はいずみ …………………………………… 243
　よしなしごと ……………………………… 247
とりかえばや物語（中村真一郎訳）……… 251
＊解説・鑑賞・研究 ………………………… 369
　＊解説（松尾聡）…………………………… 371
　＊お伽噺としての竹取物語（和辻哲
　　郎）………………………………………… 393
　＊伊勢物語序説（窪田空穂）……………… 400
　＊落窪物語（小島政二郎）………………… 411
　＊堤中納言物語（小島政二郎）…………… 435
　＊とりかへばや物語（中村真一郎）…… 456

第8巻　王朝日記集
1960年11月5日刊

土佐日記（森三千代訳）……………………… 3
蜻蛉日記（円地文子訳）……………………… 29
和泉式部日記（円地文子訳）……………… 151
紫式部日記（森三千代訳）………………… 187
更級日記（関みさを訳）…………………… 249
＊解説・鑑賞・研究 ………………………… 287
　＊解説（秋山虔）…………………………… 289
　＊『土佐日記』の筆者（小宮豊隆）……… 312
　＊かげろふの日記（小島政二郎）………… 322
　＊「和泉式部日記」序（寺田透）………… 351
　＊王朝日記文学について（井上靖）……… 365
　＊平安女流文学の成立（西郷信綱）…… 371

＊参考地図 …………………………………… 384

第9巻　栄花物語
1962年2月15日刊

栄花物語（与謝野晶子訳）…………………… 5
＊解説・鑑賞・研究 ………………………… 409
　＊解説（松村博司）………………………… 411
　＊源氏物語から栄花物語へ（阿部秋
　　生）………………………………………… 424
　＊女性の文学としての栄花物語（冨倉
　　徳次郎）…………………………………… 434
　＊栄花物語の時代背景（山中裕）……… 442

第10巻　今昔物語集
1960年1月8日刊

今昔物語集（長野甞一訳）…………………… 7
　一　悉達太子 ………………………………… 9
　二　金剛醜女 ……………………………… 13
　三　盲人開眼 ……………………………… 15
　四　隠形の薬 ……………………………… 17
　五　蛇の子に牛乳 ………………………… 18
　六　断金の契り …………………………… 20
　七　孝女の徳 ……………………………… 21
　八　獅子の子 ……………………………… 23
　九　夜光玉 ………………………………… 25
　一〇　一角仙人 …………………………… 27
　一一　鹿母（ろくも）夫人 ……………… 31
　一二　兎身を焼く ………………………… 34
　一三　獅子と猿 …………………………… 35
　一四　亀と人と …………………………… 37
　一五　百獣の王 …………………………… 41
　一六　鶴と亀 ……………………………… 43
　一七　猿の肝 ……………………………… 44
　一八　棄老国 ……………………………… 45
　一九　眉間尺 ……………………………… 48
　二〇　孝子 ………………………………… 49
　二一　天の河の使 ………………………… 50
　二二　王昭君 ……………………………… 51
　二三　上陽人 ……………………………… 52
　二四　流詩に結ばれた恋 ………………… 53
　二五　孔子と童子 ………………………… 55
　二六　死生は賢愚によらず ……………… 56
　二七　荘子 ………………………………… 57
　二八　貞女 ………………………………… 58
　二九　女心は文よりも富貴 ……………… 59

三〇	瓶子の首	60
三一	賢い盗人	63
三二	神よりも人	66
三三	邪淫	68
三四	石工の知恵	72
三五	尼の持仏	73
三六	道命阿闍梨 (どうみょうあざり)	74
三七	慈悲深き僧	76
三八	道明寺	77
三九	女狐の死	80
四〇	きりぎりす	82
四一	いどみ心	82
四二	済源僧都	84
四三	僧都の母	85
四四	成合観音	88
四五	南無鋼鉄万貫好女多得 (まんがんこうにょたとく)	90
四六	竜宮城	91
四七	夫婦受難	95
四八	わらしべ長者	99
四九	穏形男 (おんぎょうおとこ)	103
五〇	運	105
五一	乞食 (こつじき) の聟	107
五二	菩薩の方便	108
五三	稚児	114
五四	吉祥天女	116
五五	大江定基 (おおえのさだもと)	117
五六	狂信	119
五七	満仲出家	123
五八	六の宮の姫君	127
五九	鴨	131
六〇	悪人往生	132
六一	后と聖人	136
六二	師弟	138
六三	母か子か	139
六四	達智門の捨児	140
六五	天狗	142
六六	染殿の后	145
六七	信濃路の怪	148
六八	聖者と智者	151
六九	冥途の使いも金次第	153
七〇	初恋	154
七一	乱酔の一夜	158
七二	殺人者	162
七三	橘季通	164
七四	強力僧都	166
七五	大学生と相撲人	167
七六	人間と大蛇	170
七七	平安朝の大相撲	171
七八	絵師と工匠	173
七九	碁聖	175
八〇	あさましき病い	177
八一	田園奇譚	180
八二	芸道三昧	181
八三	見るに涙のます鏡	182
八四	二人妻	183
八五	虎の威を借る小役人	184
八六	平維茂	186
八七	保昌と袴垂	192
八八	口は禍のもと	194
八九	武士道	196
九〇	馬盗人	198
九一	奇怪な結婚	200
九二	みちのく物語	202
九三	猿神	212
九四	蛇の島	219
九五	妹兄島 (いもせじま)	223
九六	砂金	224
九七	商人	227
九八	芋粥	229
九九	猟師の妻	234
一〇〇	水の精	236
一〇一	安義橋 (あきのはし)	237
一〇二	産女 (うぶめ)	240
一〇三	執心、妬心	241
一〇四	最も不快な物語	244
一〇五	死霊	245
一〇六	きつね	247
一〇七	平季武 (すえたけ)	250
一〇八	鈴鹿山	252
一〇九	稲荷詣で	254
一一〇	頼光四天王	256
一一一	五節のころ	258
一一二	はかりごと	262
一一三	綽名由来	266
一一四	上には上がある話	267
一一五	二人の老僧	267
一一六	鼻	269
一一七	青経 (あおつね) の君	271
一一八	三条中納言	273
一一九	穀断聖人	274
一二〇	鯛の荒巻	275
一二一	猫恐 (ねこおじ) の大夫	278
一二二	亀	281

一二三 あやまち	282
一二四 倒れた所で土つかめ	283
一二五 蝦蟇	285
一二六 影	287
一二七 墓穴	288
一二八 女怪盗	290
一二九 自分の墓標を建てた男	294
一三〇 盗人に拉致された女	297
一三一 阿弥陀聖	299
一三二 餓民	301
一三三 疎開	302
一三四 盗人慈心	304
一三五 小屋寺の鐘	306
一三六 羅城門	309
一三七 袴垂	310
一三八 鳥部寺	311
一三九 大江山	312
一四〇 生肝	315
一四一 日向の守と書生	317
一四二 危険な恋	319
一四三 貞操か愛児か	323
一四四 忠犬	324
一四五 水銀商人	326
一四六 蜂と蜘蛛	327
一四七 蛇性の淫―その一	328
一四八 蛇性の淫―その二	330
一四九 好色	331
一五〇 哀歌	334
一五一 葦刈り	339
一五二 影さえ身ゆる	341
一五三 姨母棄(おばすて)山	344
一五四 胡国渡り	345
一五五 山中の怪	347
一五六 人獣	351
一五七 巨人	353
一五八 満農(まの)の池	355
一五九 魚売り	356
一六〇 鮨	356
一六一 箸の墓	357
*解説・鑑賞・研究	361
*解説(長野甞一)	363
*「今昔物語」について(芥川竜之介)	377
*「今昔物語」(小島政二郎)	381
*「今昔物語」の世界(福永武彦)	412
*「今昔物語集」の時代背景(山田英雄)	422

第11巻　枕草子・方丈記・徒然草
1962年1月25日刊

枕草子(塩田良平訳)	3
方丈記(唐木順三訳)	233
徒然草(臼井吉見訳)	247
*解説・鑑賞・研究	333
*解説(塩田良平)	335
*〔鴨長明と『方丈記』〕(唐木順三)	349
*〔徒然草〕(臼井吉見)	355
*清少納言の「枕草子」(島崎藤村)	361
*枕草子について(和辻哲郎)	364
*兼好と長明と(佐藤春夫)	371
*徒然草(小林秀雄)	383
*卜部兼好(亀井勝一郎)	385
*付録	396

第12巻　古今和歌集 新古今和歌集
1962年3月10日刊

古今和歌集(窪田章一郎評釈)	4
仮名序	7
巻第一 春歌上	17
巻第二 春歌下	25
巻第三 夏歌	31
巻第四 秋歌上	35
巻第五 秋歌下	42
巻第六 冬歌	47
巻第七 賀歌	50
巻第八 離別歌	52
巻第九 羇旅歌	58
巻第十 物名	64
巻第十一 恋歌一	67
巻第十二 恋歌二	74
巻第十三 恋歌三	81
巻第十四 恋歌四	88
巻第十五 恋歌五	96
巻第十六 哀傷歌	102
巻第十七 雑歌上	107
巻第十八 雑歌下	115
巻第十九 雑体	121
巻第二十 大歌所御歌	124
新古今和歌集(小島吉雄評釈)	129
巻第一 春歌上	131
巻第二 春歌下	149
巻第三 夏歌	155
巻第四 秋歌上	165

```
巻第五  秋歌下 ……………………… 177
巻第六  冬歌 ………………………… 183
巻第七  賀歌 ………………………… 198
巻第八  哀傷歌 ……………………… 204
巻第九  離別歌 ……………………… 211
巻第十  羈旅歌 ……………………… 214
巻第十一 恋歌一 …………………… 223
巻第十二 恋歌二 …………………… 228
巻第十三 恋歌三 …………………… 235
巻第十四 恋歌四 …………………… 240
巻第十五 恋歌五 …………………… 245
巻第十六 雑歌上 …………………… 252
巻第十七 雑歌中 …………………… 264
巻第十八 雑歌下 …………………… 276
巻第十九 神祇歌 …………………… 295
巻第二十 釈教歌 …………………… 301
*解説・鑑賞・研究 ………………… 313
  *解説(窪田章一郎) ……………… 315
  *〔新古今和歌集〕(小島吉雄) …… 326
  *古今論集(佐佐木信綱) ………… 335
  *古今和歌集概説(窪田空穂) …… 341
  *紀貫之(萩谷朴) ………………… 354
  *新古今集の叙景と抒情(風巻景次
   郎) ……………………………… 359
  *陰者文学(山本健吉) …………… 368
  *新古今世界の構造(小田切秀雄) … 377
  *藤原定家(安田章生) …………… 387
*索引 ………………………………… 393
```

第13巻 大鏡 増鏡
1962年5月10日刊

```
大鏡(岡一男訳) ……………………… 5
  序 ……………………………………… 7
  帝王物語 …………………………… 11
  大臣物語 …………………………… 28
  雑々物語 …………………………… 154
  後日物語 …………………………… 179
増鏡(岡一男訳) …………………… 183
  序 …………………………………… 185
  第一  おどろの下 ………………… 188
  第二  新島もり …………………… 202
  第三  藤衣 ………………………… 213
  第四  三神山 ……………………… 221
  第五  内野の雪 …………………… 225
  第六  おりいる雲 ………………… 234
  第七  北野の雪 …………………… 240
```

```
第八   あすか川 …………………… 247
第九   草まくら …………………… 259
第十   老のなみ …………………… 267
第十一 さしぐし …………………… 282
第十二 うら千鳥 …………………… 300
第十三 秋のみ山 …………………… 304
第十四 春のわかれ ………………… 314
第十五 むら時雨 …………………… 322
第十六 久米のさら山 ……………… 335
第十七 草月の花 …………………… 350
*解説・鑑賞・研究 ………………… 357
  *解説(岡一男) …………………… 359
  *大鏡(小島政二郎) ……………… 375
  *「大鏡」再読(中村真一郎) ……… 392
  *増鏡作者の検討(石田吉貞) …… 398
  *「増鏡」と歴史(益田宗) ………… 407
*付録 ………………………………… 416
```

第14巻 正法眼蔵辨道話他 正法眼蔵随聞記
1962年8月25日刊

```
正法眼蔵辨道話(西尾実訳) ………… 3
正法眼蔵菩堤薩埵四摂法(西尾実訳) … 46
典座教訓(西尾実, 池田寿一訳) …… 59
*解説—正法眼蔵の文学史的位置と意
  義(西尾実) ……………………… 89
正法眼蔵随聞記(水野弥穂子訳) …… 117
*解説・鑑賞・研究
  *解説(水野弥穂子) ……………… 306
  *沙門道元(和辻哲郎) …………… 325
  *正法眼蔵の哲学私観(田辺元) … 378
  *道元(唐木順三) ………………… 386
```

第15巻 仏教文学集
1961年4月10日刊

```
仏教文学集 …………………………… 5
  〔最澄〕 ……………………………… 7
    発願文(勝又俊教訳) …………… 7
    山家学生式(勝又俊教訳) ……… 9
    顕戒論(勝又俊教訳) …………… 14
  〔空海〕 ……………………………… 24
    三教指帰(渡辺照宏訳) ………… 24
  〔円仁〕(慈覚大師) ………………… 58
    入唐求法巡礼行記(堀一郎訳) … 58
  〔源信〕 ……………………………… 82
```

往生要集（堀一郎訳）………… 82
〔法然〕………… 112
　選択本願念仏集（増谷文雄訳） 112
　登山状（増谷文雄訳）………… 127
　念仏問答（増谷文雄訳）……… 138
　一枚起請文（増谷文雄訳）…… 143
〔親鸞〕………… 145
　正信念仏偈（増谷文雄訳）…… 145
　和讃（増谷文雄訳）…………… 148
　書簡（増谷文雄訳）…………… 155
　歎異抄（増谷文雄訳）………… 163
〔日蓮〕………… 173
　立正安国論（堀一郎訳）……… 173
　佐渡御書（堀一郎訳）………… 191
　種種御振舞御書（堀一郎訳）… 198
〔一遍〕………… 212
　消息法語（増谷文雄訳）……… 212
〔蓮如〕………… 217
　御文（増谷文雄訳）…………… 217
〔明恵〕………… 222
　阿留辺幾宇和(明恵上人遺訓)（古田紹
　欽訳）………………………… 222
〔南浦紹明〕………… 226
　大応仮名法語（古田紹欽訳）… 226
〔瑩山紹瑾〕………… 232
　瑩山仮名法語（古田紹欽訳）… 232
〔夢窓疎石〕………… 234
　夢窓仮名法語（古田紹欽訳）… 234
　夢中問答（古田紹欽訳）……… 235
〔宗峯妙超〕………… 240
　大燈仮名法語（古田紹欽訳）… 240
　大燈国師遺誡（古田紹欽訳）… 248
〔抜隊得勝〕………… 249
　塩山仮名法語（古田紹欽訳）… 249
〔沢菴宗彭〕………… 254
　不動智神妙録（古田紹欽訳）… 254
　東海夜話（古田紹欽訳）……… 257
〔鈴木正三〕………… 260
　驢鞍橋（古田紹欽訳）………… 260
〔盤珪〕………… 266
　盤珪禅師語録（古田紹欽訳）… 266
〔白隠慧鶴〕………… 273
　坐禅和讃（古田紹欽訳）……… 273
　遠羅天釜(おらてがま)（古田紹欽訳） 274
　於仁安佐美(おにあざみ)（古田紹欽訳）
　………………………………… 279
〔慈雲尊者飲光〕………… 281

人となる道（古田紹欽訳）…… 281
　十善戒相（古田紹欽訳）……… 282
詩偈（西谷啓治訳）……………… 284
一言芳談（小西甚一訳）………… 324
梁塵秘抄（小西甚一訳）………… 347
＊解説・鑑賞・研究……………… 359
　＊解説（唐木順三）…………… 359
　＊文学上に於ける弘法大師（幸田露
　　伴）…………………………… 378
　＊法然の生涯（倉田百三）…… 388
　＊親鸞の語録について（亀井勝一郎） 415
　＊「立正安国論」と私（上原専禄）… 423
　＊日本の文芸と仏教思想（和辻哲郎） 434
＊付録（語彙・主要経典）……… 453

第16巻　平家物語
1960年4月10日刊

平家物語（冨倉徳次郎訳）……………… 9
　平家物語　巻第一………………… 11
　平家物語　巻第二………………… 46
　平家物語　巻第三………………… 82
　平家物語　巻第四……………… 114
　平家物語　巻第五……………… 145
　平家物語　巻第六……………… 173
　平家物語　巻第七……………… 199
　平家物語　巻第八……………… 229
　平家物語　巻第九……………… 253
　平家物語　巻第十……………… 293
　平家物語　巻第十一…………… 328
　平家物語　巻第十二…………… 367
　平家灌頂巻……………………… 395
＊解説・鑑賞・研究……………… 409
　＊解説（冨倉徳次郎）………… 411
　＊平家物語（小林秀雄）……… 425
　＊中世の叙事文学（石母田正）… 427
　＊有王と俊寛僧都（柳田国男）… 436
　＊平家物語の時代背景（西岡虎之助） 446
　＊「新平家物語」落穂集（吉川英治）… 457
＊平家物語年表…………………… 471
＊付録……………………………… 476

第17巻　義経記　曾我物語
1961年12月5日刊

義経記（高木卓訳）………………… 7
　巻一………………………………… 9

巻二 …………………………… 20
　　巻三 …………………………… 45
　　巻四 …………………………… 68
　　巻五 …………………………… 101
　　巻六 …………………………… 133
　　巻七 …………………………… 165
　　巻八 …………………………… 205
　曾我物語（高木卓訳）………… 223
　　巻一 …………………………… 225
　　巻二 …………………………… 243
　　巻三 …………………………… 252
　　巻四 …………………………… 266
　　巻五 …………………………… 285
　　巻六 …………………………… 297
　　巻七 …………………………… 309
　　巻八 …………………………… 321
　　巻九 …………………………… 331
　　巻十 …………………………… 345
　＊解説・鑑賞・研究 …………… 355
　　＊解説（高木卓）……………… 357
　　＊義経記成長の時代（柳田国男）… 367
　　＊義経伝説の展開（島津久基）… 376
　　＊曾我のこと（円地文子）…… 389
　　＊『曾我物語』の鑑賞（桐原徳重）… 392

第18巻　宇治拾遺物語　お伽草子
1961年8月5日刊

宇治拾遺物語（永積安明訳）…… 5
　序 ………………………………… 7
　巻第一 …………………………… 8
　巻第二 …………………………… 21
　巻第三 …………………………… 29
　巻第四 …………………………… 45
　巻第五 …………………………… 51
　巻第六 …………………………… 62
　巻第七 …………………………… 73
　巻第八 …………………………… 76
　巻第九 …………………………… 85
　巻第十 …………………………… 96
　巻第十一 ………………………… 107
　巻第十二 ………………………… 116
　巻第十三 ………………………… 128
　巻第十四 ………………………… 140
　巻第十五 ………………………… 149
お伽草子 …………………………… 165
　文正草子（福永武彦訳）……… 167

　鉢かづき（永井竜男訳）……… 184
　物くさ太郎（円地文子訳）…… 199
　蛤の草紙（円地文子訳）……… 212
　梵天国（円地文子訳）………… 220
　さいき（円地文子訳）………… 233
　浦島太郎（福永武彦訳）……… 238
　酒呑童子（永井竜男訳）……… 242
　福富長者物語（福永武彦訳）… 255
　あきみち（円地文子訳）……… 260
　熊野の御本地のさうし（永井竜男訳）… 270
　三人法師（谷崎潤一郎訳）…… 284
　秋夜長物語（あきのよのながものがたり）（永井竜男訳）…………………………… 296
＊解説・鑑賞・研究 ……………… 313
　＊解説（永積安明）…………… 315
　＊〔お伽草子〕（市古貞次）…… 326
　＊昔話と文学（柳田国男）…… 337
　＊説話文学の芸術性（風巻景次郎）… 354
　＊中世説話の伝承と発想（西尾光一）… 359
　＊お伽草子の芸術性（小田切秀雄）… 369
　＊草子の精神（花田清輝）…… 381

第19巻　太平記
1961年9月5日刊

太平記（市古貞次訳）…………… 5
　巻第一 …………………………… 7
　巻第二 …………………………… 20
　巻第三 …………………………… 43
　巻第四 …………………………… 59
　巻第五 …………………………… 70
　巻第六 …………………………… 84
　巻第七 …………………………… 100
　巻第八 …………………………… 116
　巻第九 …………………………… 138
　巻第十 …………………………… 160
　巻第十一 ………………………… 184
　巻第十二 ………………………… 200
　巻第十三 ………………………… 226
　巻第十四 ………………………… 246
　巻第十五 ………………………… 276
　巻第十六 ………………………… 298
　巻第十七 ………………………… 328
　巻第十八 ………………………… 363
　巻第十九 ………………………… 395
　巻第二十 ………………………… 410
　巻第二十一 ……………………… 432

＊梗概（巻第二十二－巻第四十）……… *452*
＊解説・鑑賞・研究 ……………………… *455*
　＊解説（市古貞次）…………………… *457*
　＊太平記の謎（高木市之助）………… *467*
　＊太平記と作者との関係について（谷宏）…………………………………… *474*
　＊太平記の人間像（山本健吉）……… *479*
　＊太平記の時代背景（永原慶二）…… *487*

第20巻　能・狂言名作集
1962年9月15日刊

能名作集（横道万里雄注解）…………… *5*
　高砂 ……………………………………… *7*
　頼政 ……………………………………… *17*
　清経 ……………………………………… *27*
　夕顔 ……………………………………… *35*
　松風 ……………………………………… *43*
　求塚 ……………………………………… *54*
　通小町 …………………………………… *64*
　葵上 ……………………………………… *71*
　道成寺 …………………………………… *79*
　黒塚 ……………………………………… *91*
　海人 ……………………………………… *101*
　石橋（しゃっきょう）………………… *112*
　三井寺 …………………………………… *117*
　自然居士（じねんこじ）……………… *129*
　望月 ……………………………………… *139*
　安宅 ……………………………………… *150*
　俊寛 ……………………………………… *165*
　邯鄲 ……………………………………… *173*
　一角仙人 ………………………………… *182*
　紅葉狩 …………………………………… *188*
狂言名作集（古川久注解）……………… *197*
　末広がり ………………………………… *199*
　靱猿 ……………………………………… *210*
　棒縛（ぼうしばり）…………………… *222*
　素袍落（すおうおとし）……………… *231*
　二人袴 …………………………………… *241*
　箕被（みかずき）……………………… *252*
　伯母が酒 ………………………………… *258*
　節分 ……………………………………… *265*
　蝸牛（かぎゅう）……………………… *271*
　宗論 ……………………………………… *278*
　無布施経（ふせないきょう）………… *291*
　丼礑（どぶかっちり）………………… *300*
　瓜盗人 …………………………………… *308*
　三人片輪 ………………………………… *313*
　悪太郎 …………………………………… *324*
　楽阿弥 …………………………………… *332*
＊解説・鑑賞・研究 ……………………… *337*
　＊解説（古川久、横道万里雄）……… *339*
　＊当麻（小林秀雄）…………………… *358*
　＊能の力（安部能成）………………… *360*
　＊能の形成と展開（小西甚一）……… *370*
　＊狂言の写実（滝井孝作）…………… *383*
　＊狂言の諷刺（古川久）……………… *390*

第21巻　実朝集 西行集 良寛集
1960年6月4日刊

実朝集―金槐集私鈔（斎藤茂吉評釈）…… *3*
西行集（川田順評釈）…………………… *55*
良寛集（吉野秀雄評釈）………………… *159*
＊解説・鑑賞・研究 ……………………… *311*
　＊解説（窪田章一郎）………………… *313*
　＊源実朝（斎藤茂吉）………………… *328*
　＊実朝（小林秀雄）…………………… *349*
　＊西行伝（川田順）…………………… *363*
　＊西行（小林秀雄）…………………… *379*
　＊大愚良寛小伝（吉野秀雄）………… *386*
　＊良寛における近代性（手塚富雄）… *405*
　＊近世短歌の究極処（小田切秀雄）… *411*
＊索引 ……………………………………… *425*

第22巻　井原西鶴集（上）
1959年11月5日刊

井原西鶴集（上）（麻生磯次訳）……… *1*
　好色一代男 ……………………………… *3*
　好色五人女 ……………………………… *95*
　好色一代女 ……………………………… *143*
　男色大鑑―本朝岩風俗 ………………… *204*
　西鶴置土産 ……………………………… *312*
＊解説・鑑賞・研究 ……………………… *351*
　＊解説（麻生磯次）…………………… *351*
　＊井原西鶴（幸田露伴）……………… *369*
　＊西鶴小論（田山花袋）……………… *374*
　＊西鶴について（正宗白鳥）………… *377*
　＊大阪人的性格（織田作之助）……… *392*
　＊西鶴雑感（丹羽文雄）……………… *405*

日本古典文学全集・内容綜覧　　**161**

古典日本文学全集

第23巻　井原西鶴集（下）
1960年12月10日刊

井原西鶴集（下）（麻生磯次訳） ……… 3
　武家義理物語 ……………………… 5
　日本永代蔵 大福新長者教 ………… 55
　世間胸算用 大晦日は一日千金 …… 128
　西鶴織留 …………………………… 178
　本朝桜陰比事（ほんちょうおういんひじ）… 245
　万の文反古（よろずのふみほうぐ）… 305
＊解説・鑑賞・研究 ………………… 347
　＊解説（麻生磯次） ……………… 347
　＊西鶴の輪郭（真山青果） ……… 365
　＊西鶴町人物雑感（武田麟太郎）… 369
　＊西鶴の方法（暉峻康隆） ……… 375
　＊西鶴と現代文学（臼井吉見） … 386

第24巻　近松門左衛門集
1959年12月5日刊

近松門左衛門集（高野正巳訳） ……… 1
　世継曾我 …………………………… 3
　曾根崎心中 ………………………… 29
　心中二枚絵草紙 …………………… 42
　碁盤太平記 ………………………… 61
　堀川波鼓 …………………………… 80
　心中重井筒（しんじゅうかさねいづつ）… 102
　心中万年草 ………………………… 124
　冥途の飛脚 ………………………… 142
　国性爺合戦 ………………………… 164
　鑓の権三重帷子（やりのごんざかさねかたびら） …………………………… 213
　博多小女郎波枕 …………………… 241
　心中天の網島 ……………………… 266
　女殺油地獄 ………………………… 292
＊解説・鑑賞・研究 ………………… 323
　＊解説（高野正巳） ……………… 325
　＊巣林子の二面（幸田露伴） …… 341
　＊近松の恋愛観（阿部次郎） …… 345
　＊心中の成立ち（田中澄江） …… 363
　＊「堀川波鼓」をめぐって（瓜生忠夫）
　　　　　　　　　　　　　　…… 371
　＊「国性爺合戦」の検討（小田切秀雄）
　　　　　　　　　　　　　　…… 378
　＊近松雑感（宇野信夫） ………… 385
　＊近松と時代文化（河竹繁俊） … 390
＊参考地図

第25巻　浄瑠璃名作集
1961年3月10日刊

浄瑠璃名作集（宇野信夫訳） ………… 3
　菅原伝授手習鑑 …………………… 5
　義経千本桜 ………………………… 73
　仮名手本忠臣蔵 …………………… 119
　妹背山婦女庭訓（いもせやまおんなていきん）
　　　　　　　　　　　　　　…… 164
　新版歌祭文 ………………………… 221
　伽羅先代萩（めいぼくせんだいはぎ）… 261
＊解説・鑑賞・研究 ………………… 311
　＊解説（宇野信夫） ……………… 313
　＊浄瑠璃の歴史（守随憲治） …… 329
　＊文楽鑑賞（岸田劉生） ………… 337
　＊文五郎芸談（吉田文五郎） …… 342
　＊私説浄るりの鑑賞（郡司正勝） … 367

第26巻　歌舞伎名作集
1961年1月10日刊

歌舞伎名作集（戸板康二注解） ……… 3
　傾城浅間岳（けいせいあさまがたけ） … 5
　五大力恋緘（ごだいりきこいのふうじめ）… 66
　東海道四谷怪談 …………………… 177
　与話情浮名横櫛 …………………… 267
　三人吉三廓初買 …………………… 306
　勧進帳 ……………………………… 332
＊解説・鑑賞・研究 ………………… 347
　＊解説（戸板康二） ……………… 349
　＊江戸演劇の特徴（永井荷風） … 364
　＊旧劇の美（岸田劉生） ………… 369
　＊私の歌舞伎鑑賞（円地文子） … 382
　＊外から観た歌舞伎（河竹登志夫）… 387

第27巻　椿説弓張月
1960年8月5日刊

椿説弓張月（高藤武馬訳） …………… 3
　前編 ………………………………… 5
　後編 ………………………………… 86
　続編 ………………………………… 174
　拾遺 ………………………………… 257
　残編 ………………………………… 317
＊解説・鑑賞・研究 ………………… 403
　＊解説（高藤武馬） ……………… 403

第28巻　江戸小説集（上）
1960年9月5日刊

世間子息気質（せけんむすこかたぎ）（小島政二郎訳） …………… 3
金々先生栄花夢（きんきんせんせいえいがのゆめ）（水野稔訳） …………… 47
江戸生艶気樺焼（えどうまれうわきのかばやき）（和田芳恵訳） …………… 57
遊子方言（ゆうしほうげん）（和田芳恵訳） … 71
通言総籬（つうげんそうまがき）（和田芳恵訳） …………… 91
雨月物語（石川淳訳） ……………… 115
春雨物語（石川淳訳） ……………… 177
春色梅児誉美（しゅんしょくうめごよみ）（里見弴訳） …………… 213
＊解説・鑑賞・研究 ………………… 311
　＊解説（水野稔） ………………… 311
　＊あさましや漫筆（佐藤春夫） … 330
　＊秋成私論（石川淳） …………… 334
　＊樊噲下の部分について（石川淳） … 340
　＊雨月物語について（三島由紀夫） … 342
　＊為永春水（永井荷風） ………… 345
　＊戯作・その伝統（小田切秀雄） … 358

第29巻　江戸小説集（下）
1961年5月6日刊

醒睡笑（小高敏郎訳） ……………… 3
風流志道軒伝（暉峻康隆訳） ……… 41
東海道中膝栗毛（三好一光訳） …… 75
柳髪新話浮世床（渡辺一夫，水野稔訳） … 297
＊解説・鑑賞・研究 ………………… 407
　＊解説―近世文学における笑いについて（暉峻康隆） … 409
　＊もう一つの修羅（花田清輝） … 424
　＊平賀源内評伝（暉峻康隆） …… 430
　＊三馬と僕（渡辺一夫） ………… 446
　＊三馬の芝居だましい（久保田万太郎） …………… 452

＊馬琴の小説とその当時の実社会（幸田露伴） …………… 422
＊馬琴と女（真山青果） …………… 428
＊「椿説弓張月」とその影響（中谷博） …………… 433
＊「為朝図」について（花田清輝） … 441

第30巻　松尾芭蕉集（上）
1960年3月10日刊

松尾芭蕉集（上）（加藤楸邨評釈） … 3
　寛文年代（1661－1673） ………… 5
　延宝年代（1673－1681） ………… 18
　天和年代（1681－1684） ………… 44
　貞享年代（1684－1688） ………… 60
　元禄年代・前期（1688－1692） … 161
　元禄年代・後期（1692－1694） … 263
＊解説・鑑賞・研究 ………………… 399
　＊解説（加藤楸邨） ……………… 341
　＊芭蕉のこと（島崎藤村） ……… 366
　＊芭蕉私見（萩原朔太郎） ……… 371
　＊芭蕉雑記（芥川竜之介） ……… 377
　＊芭蕉の俳諧精神（頴原退蔵） … 391
＊索引 ………………………………… 401

第31巻　松尾芭蕉集（下）
1961年7月5日刊

松尾芭蕉集（下） …………………… 5
　連句編 ……………………………… 7
　　木枯の巻（「冬の日」より）（頴原退蔵評釈） …………… 7
　　時雨の巻（「冬の日」より）（頴原退蔵評釈） …………… 32
　　炭売の巻（「冬の日」より）（山崎喜好評釈） …………… 46
　　霜月の巻（「冬の日」より）（山崎喜好評釈） …………… 64
　　鳶の羽の巻（「猿蓑」より）（樋口功評釈） …………… 81
　　市中の巻（「猿蓑」より）（樋口功評釈） …………… 97
　　灰汁桶の巻（「猿蓑」より）（樋口功評釈） …………… 108
　　梅若菜の巻（「猿蓑」より）（樋口功評釈） …………… 117
　　蛭子講の巻（「炭俵」より）（杉浦正一郎評釈） …………… 126
　　梅が香の巻（「炭俵」より）（杉浦正一郎評釈） …………… 143
　　空豆の巻（「炭俵」より）（杉浦正一郎評釈） …………… 159
　紀行・日記編 ……………………… 177
　　野ざらし紀行（井本農一訳） … 177

古典日本文学全集

　　鹿島紀行（井本農一訳）……………… 183
　　笈の小文（井本農一訳）……………… 186
　　更科紀行（井本農一訳）……………… 196
　　奥の細道（井本農一訳）……………… 198
　　嵯峨日記（井本農一訳）……………… 219
　俳文編（岩田九郎訳）………………… 226
　蕉門名句編（中島斌雄評釈）………… 259
　風俗文選（文暁著，井本農一訳）…… 292
　花屋日記（井本農一訳）……………… 306
＊解説・鑑賞・研究 ……………………… 319
　＊解説（井本農一）…………………… 321
　＊連句芸術の倫理的性格（能勢朝次） 335
　＊芭蕉と紀行文（小宮豊隆）………… 343
　＊蕉門の人々（室生犀星）…………… 366
　＊芭蕉の影響（山本健吉）…………… 384
＊参考地図

第32巻　与謝蕪村集　小林一茶集
1960年10月5日刊

与謝蕪村集（栗山理一評釈）……………… 5
　俳句編 …………………………………… 7
　　春の部 ………………………………… 7
　　夏の部 ………………………………… 57
　　秋の部 ………………………………… 99
　　冬の部 ………………………………… 135
　連句編 ………………………………… 170
　　「牡丹散て」の巻 …………………… 170
　俳詩編 ………………………………… 182
　　北寿老仙をいたむ …………………… 182
　　春風馬堤曲 …………………………… 185
　　澱河歌（でんがか）………………… 195
　俳文編 ………………………………… 199
　　洛東芭蕉庵再興記 …………………… 199
　　狐狸譚 ………………………………… 201
小林一茶集（中島斌雄評釈）………… 207
　俳句 …………………………………… 209
　父の終焉日記（みとり日記）……… 261
　おらが春 ……………………………… 275
　書簡五通 ……………………………… 301
＊解説・鑑賞・研究 …………………… 357
　＊解説（栗山理一）………………… 359
　＊積極的美・客観的美（正岡子規）… 379
　＊郷愁の詩人与謝蕪村（抄）（萩原朔太郎）……………………………………… 384
　＊蕪村風雅（石川淳）……………… 393
　＊一茶の晩年（相馬御風）………… 398

　＊一茶の生涯（島崎藤村）………… 402
　＊蕪村と一茶（臼井吉見）………… 406
＊索引 …………………………………… 413

第33巻　川柳集　狂歌集
1961年10月5日刊

川柳集（吉田精一評釈）………………… 5
　一　人間の生態 ………………………… 7
　二　笑話国列伝 ………………………… 40
　三　家庭の中の人間喜劇 ……………… 71
　四　吉原─江戸の愚か村 ……………… 111
　五　人間の季節 ………………………… 130
　六　歴史を笑う ………………………… 154
　七　職業の生態 ………………………… 201
　八　謎とき ……………………………… 215
狂歌集（浜田義一郎評釈）…………… 225
　初期の狂歌 …………………………… 227
　古今夷曲集を中心として …………… 243
　江戸狂歌 ……………………………… 268
＊解説・鑑賞・研究 …………………… 333
　＊解説〔川柳集〕（吉田精一）…… 335
　＊解説〔狂歌集〕（浜田義一郎）… 345
　＊川柳の文芸性（頴原退蔵）……… 353
　＊滑稽文学研究序説（麻生磯次）… 364
　＊狂歌を論ず（永井荷風）………… 378
　＊狂歌百鬼夜狂（石川淳）………… 383
＊索引 …………………………………… 391

第34巻　本居宣長集
1960年2月5日刊

本居宣長集
　〔方法論〕
　　初山踏（佐佐木治綱訳）…………… 7
　　玉勝間（佐佐木治綱訳）…………… 37
　〔古典論〕
　　古事記論
　　　古事記伝（総論）（大久保正訳）… 81
　　祝詞論
　　　大祓詞後釈（総論）（大久保正訳）
　　　……………………………………… 97
　　宣命論
　　　続紀歴朝詔詞解（総論）（大久保正訳）……………………………………… 98
　　古語拾遺論
　　　古語拾遺疑斎弁（大久保正訳）… 103

164　日本古典文学全集・内容綜覧

万葉集論
　万葉集重載歌及び巻の次第（大久保正訳）……… 107
古今集論
　古今集遠鏡（総論）（大久保正訳）
　　………………………………… 111
後撰集論
　後撰集詞のつかね緒 序（大久保正訳）……………………………… 118
新古今集論
　国歌八論同斥非評（久松潜一，大久保正訳）……………………… 119
　新古今集美濃の家づと（大久保正訳）……………………………… 121
草庵集論
　草庵集玉箒（総論）（大久保正訳）
　　………………………………… 129
源氏物語論
　源氏物語玉の小櫛 巻一（大久保正訳）……………………………… 131
〔文学論〕
　あしわけおぶね（太田善麿訳）…… 157
　石上私淑言 上巻（久松潜一訳）…… 174
〔言語論〕
　詞の玉緒（総論）（松村明訳）……… 209
　漢字三音考（松村明訳）…………… 214
　呵刈葭（松村明訳）………………… 227
〔古道論〕
　直毘霊（大久保正訳）……………… 248
　玉くしげ（太田善麿訳）…………… 260
〔政治論〕
　秘本玉くしげ（太田善麿訳）……… 273
＊解説・鑑賞・研究
　＊解説（久松潜一）………………… 319
　＊宣長学の意義および内在的関係（村岡典嗣）………………………… 337
　＊「もののあはれ」について（和辻哲郎）……………………………… 347
　＊本居宣長覚書（山本健吉）……… 354
　＊本居宣長（小田切秀雄）………… 365
　＊宣長とその思想（西郷信綱）…… 375

第35巻　江戸随想集
1961年2月10日刊

江戸随想集 ………………………………… 3
　折たく柴の記（古川哲史訳）…………… 5

駿台雑話（森銑三訳）……………… 143
飛騨山（森銑三訳）………………… 160
寓意草（森銑三訳）………………… 164
折々草（森銑三訳）………………… 178
孔雀楼筆記（森銑三訳）…………… 191
北窓瑣談（森銑三訳）……………… 204
閑田耕筆（森銑三訳）……………… 228
年々随筆（森銑三訳）……………… 246
筆のすさび（森銑三訳）…………… 254
退閑雑記（森銑三訳）……………… 265
述斎偶筆（森銑三訳）……………… 274
蘭学事始（杉浦明平訳）…………… 284
うづら衣（岩田九郎訳）…………… 313
＊解説・鑑賞・研究 ………………… 349
　＊「折たく柴の記」解説（古川哲史）… 351
　＊「折たく柴の記」について（桑原武夫）
　　………………………………… 366
　＊江戸時代の随筆（森銑三）……… 373
　＊「蘭学事始」について（杉浦明平）… 387
　＊「うづら衣」について（岩田九郎）… 391

第36巻　芸術論集
1962年10月30日刊

芸術論集
　歌論 …………………………………… 5
　　古来風体抄（久松潜一訳）……… 7
　　近代秀歌（久松潜一訳）………… 18
　　毎月抄（久松潜一訳）…………… 21
　　為兼卿和歌抄（福田秀一訳）…… 28
　　正徹物語（久松潜一訳）………… 37
　　歌意（久松潜一訳）……………… 57
　　真言弁（久松潜一訳）…………… 63
　〔連歌論〕……………………………… 71
　　筑波問答（久松潜一訳）………… 73
　　ひとり言（久松潜一訳）………… 80
　　吾妻問答（久松潜一訳）………… 89
　〔俳論〕……………………………… 93
　　御傘の序（横沢三郎訳）………… 95
　　笈の小文（横沢三郎訳）………… 98
　　去来抄（横沢三郎訳）…………… 100
　　三冊子（横沢三郎訳）…………… 121
　　俳諧問答（横沢三郎訳）………… 136
　　独言（横沢三郎訳）……………… 145
　　春泥発句集序（横沢三郎訳）…… 152
　　有の儘（横沢三郎訳）…………… 155
　＊解説（横沢三郎）………………… 157

〔小説論〕……………………… 165
　無名草子（久松潜一，中林英子訳） 167
　本朝水滸伝を読む並批評（久松潜一訳）…………………………… 193
〔演劇論〕……………………… 199
　舞楽 ………………………… 201
　　教訓抄（守随憲治訳）…… 201
　　続教訓抄（守随憲治訳）… 202
　能楽 ………………………… 206
　　風姿花伝（守随憲治訳）… 206
　　花鏡（守随憲治訳）……… 209
　　至花道（守随憲治訳）…… 214
　　申楽談儀（守随憲治訳）… 216
　　六輪一露（守随憲治訳）… 217
　浄瑠璃 ……………………… 220
　　難波土産発端（守随憲治訳）… 220
　　「竹子集」序（守随憲治訳）… 222
　　「貞享四年義太夫段物集」序（守随憲治訳）………………… 224
　　「紫竹集」序（守随憲治訳）… 224
　　「竹本秘伝丸」凡例（守随憲治訳）……………………………… 225
　　「鸚鵡ヶ杣」序（守随憲治訳）… 227
　歌舞伎 ……………………… 228
　　舞曲扇林（守随憲治訳）… 228
　　舞台百箇条（守随憲治訳）… 230
　　あやめ草（守随憲治訳）… 230
　　耳塵集（守随憲治訳）…… 232
　　賢外集（守随憲治訳）…… 233
　　古今役者大全（守随憲治訳）… 234
　　歌舞伎事始（守随憲治訳）… 235
　　中古戯場説（守随憲治訳）… 237
　　佐渡嶋日記（守随憲治訳）… 238
　　戯財録（守随憲治訳）…… 239
〔書道論〕……………………… 245
　入木抄（安田章生訳）……… 245
〔画論〕………………………… 250
　画法彩色法（安田章生訳）… 250
〔花道論〕……………………… 257
　池坊専応口法（安田章生訳）… 257
〔茶道論〕……………………… 263
　南方録（安田章生訳）……… 263
　小堀遠州書捨文（安田章生訳）… 274
〔造庭論〕……………………… 275
　作庭記（安田章生訳）……… 275
＊解説・鑑賞・研究 ………… 281
　＊解説（守随憲治）………… 283

＊日本における文芸評論の成立—古代から中世にかけての歌論（小田切秀雄）………………………… 306
＊芭蕉の位置とその不易流行観（広末保）…………………………… 312
＊芸談の採集とその意義（戸板康二）… 322
＊芸術論覚書（加藤周一）…… 332
＊日本人の美意識（八代修次）… 340

別巻　古典日本文学史
1962年12月25日刊

古典日本文学史 ……………………… 9
　古代前期（窪田章一郎）………… 11
　古代後期（塩田良平）…………… 63
　中世（冨倉徳次郎）……………… 169
　近世（暉峻康隆）………………… 249
＊古典日本文学年表 ……………… 369
＊索引 ……………………………… 561

[034] 西鶴大矢数注釈
勉誠社
全4巻，索引1巻
1986年12月～1992年3月
（前田金五郎著）

第1巻
1986年12月20日刊

* 凡例 ………………………………… 3
* 大矢数 序 ………………………… 5
* 大矢数 役人 ……………………… 15
* 大矢数 第一 ……………………… 27
* 大矢数 第二 ……………………… 109
* 大矢数 第三 ……………………… 173
* 大矢数 第四 ……………………… 231
* 大矢数 第五 ……………………… 287
* 大矢数 第六 ……………………… 343
* 大矢数 第七 ……………………… 397
* 大矢数 第八 ……………………… 451
* 大矢数 第九 ……………………… 507
* 大矢数 第十 ……………………… 563

第2巻
1987年3月25日刊

* 凡例 ………………………………… 3
* 大矢数 第十一 …………………… 5
* 大矢数 第十二 …………………… 59
* 大矢数 第十三 …………………… 111
* 大矢数 第十四 …………………… 165
* 大矢数 第十五 …………………… 223
* 大矢数 第十六 …………………… 275
* 大矢数 第十七 …………………… 327
* 大矢数 第十八 …………………… 379
* 大矢数 第十九 …………………… 431
* 大矢数 第二十 …………………… 483
* 大矢数 第二十一 ………………… 535

第3巻
1987年6月15日刊

* 凡例 ………………………………… 3
* 大矢数 第二十二 ………………… 5
* 大矢数 第二十三 ………………… 55
* 大矢数 第二十四 ………………… 105
* 大矢数 第二十五 ………………… 155
* 大矢数 第二十六 ………………… 205
* 大矢数 第二十七 ………………… 253
* 大矢数 第二十八 ………………… 299
* 大矢数 第二十九 ………………… 347
* 大矢数 第三十 …………………… 393
* 大矢数 第三十一 ………………… 441
* 大矢数 第三十二 ………………… 489
* 大矢数 第三十三 ………………… 535

第4巻
1987年9月30日刊

* 凡例 ………………………………… 7
* 大矢数 第三十四 ………………… 9
* 大矢数 第三十五 ………………… 57
* 大矢数 第三十六 ………………… 101
* 大矢数 第三十七 ………………… 147
* 大矢数 第三十八 ………………… 195
* 大矢数 第三十九 ………………… 243
* 大矢数 第四十 …………………… 291
* 大矢数（跋）……………………… 337
* 大矢数 第四十一 ………………… 345
* 大矢数 第四十二 ………………… 348
* 大矢数 第四十三 ………………… 352
* 大矢数 第四十四 ………………… 356
* 大矢数 第四十五 ………………… 359
* 大矢数 第四十六 ………………… 363
* 大矢数 第四十七 ………………… 367
* 大矢数 第四十八 ………………… 370
* 大矢数 第四十九 ………………… 374
* 大矢数 第五十 …………………… 377
* 大矢数 第五十一 ………………… 381
* 大矢数 第五十二 ………………… 385
* 大矢数 第五十三 ………………… 388
* 大矢数 第五十四 ………………… 392
* 大矢数 第五十五 ………………… 396
* 大矢数 第五十六 ………………… 400
* 大矢数 第五十七 ………………… 403
* 大矢数 第五十八 ………………… 407
* 大矢数 第五十九 ………………… 410
* 大矢数 第六十 …………………… 413
* 大矢数 第六十一 ………………… 417
* 大矢数 第六十二 ………………… 421

西鶴大矢数注釈

大矢数 第六十三	424
大矢数 第六十四	428
大矢数 第六十五	431
大矢数 第六十六	434
大矢数 第六十七	438
大矢数 第六十八	442
大矢数 第六十九	446
大矢数 第七十	450
大矢数 第七十一	454
大矢数 第七十二	458
大矢数 第七十三	462
大矢数 第七十四	466
大矢数 第七十五	470
大矢数 第七十六	474
大矢数 第七十七	477
大矢数 第七十八	481
大矢数 第七十九	485
大矢数 第八十	488
大矢数 第八十一	492
大矢数 第八十二	495
大矢数 第八十三	500
大矢数 第八十四	503
大矢数 第八十五	507
大矢数 第八十六	510
大矢数 第八十七	514
大矢数 第八十八	517
大矢数 第八十九	521
大矢数 第九十	525
大矢数 第九十一	529
大矢数 第九十二	532
大矢数 第九十三	536
大矢数 第九十四	540
大矢数 第九十五	544
大矢数 第九十六	548
大矢数 第九十七	552
大矢数 第九十八	555
大矢数 第九十九	559
大矢数 第百	563
大矢数 第百一	567
大矢数 第百二	571
大矢数 第百三	575
大矢数 第百四	579
大矢数 第百五	583
大矢数 第百六	587
大矢数 第百七	592
＊解説	597
＊跋	617

索引（小川武彦著）
1992年3月10日刊

語彙索引	1
全句索引	133
人名索引	281
『西鶴大矢数注釈』正誤表	298

あとがき（小川武彦）

```
[035]  西鶴選集
       おうふう
       全12巻24冊
    1993年10月〜1996年9月
```

〔1〕 世間胸算用〈影印〉（檜谷昭彦編）
1993年10月25日刊

* 凡例（檜谷昭彦） ················ 1
世間胸算用 ························ 3
* 解題（檜谷昭彦） ················ 227

〔2〕 世間胸算用〈翻刻〉（檜谷昭彦編）
1993年10月25日刊

* 凡例 ···························· 1
* 解題 ···························· 7
世間胸算用 ························ 19
　巻一 ···························· 19
　　一 問屋の寛濶女 ················ 25
　　二 長刀はむかしの鞘 ············ 31
　　三 伊勢海老は春の枛 ············ 37
　　四 鼠（ねずみ）の文つかひ ······ 45
　巻二 ···························· 51
　　一 銀壱匁の講中 ················ 55
　　二 詑言（うそ）も只はきかぬ宿 ·· 63
　　三 尤始末の異見 ················ 68
　　四 門柱も皆かりの世 ············ 74
　巻三 ···························· 81
　　一 都の㒵（かほ）見せ芝居 ······ 85
　　二 年の内の餅ばなは詠（なが）め · 92
　　三 小判は寐姿の夢（ゆめ） ······ 98
　　四 神さへ御目遽ひ ·············· 104
　巻四 ···························· 111
　　一 闇の夜のわる口 ·············· 115
　　二 奈良の庭竈 ·················· 122
　　三 亭主の入替り ················ 127
　　四 長崎の餅柱 ·················· 134
　巻五 ···························· 141
　　一 つまりての夜市 ·············· 145
　　二 才覚のぢくすだれ ············ 152
　　三 平太郎殿 ···················· 158
　　四 長久の江戸棚 ················ 166

* 参考文献 ························ 172
* 〈付〉近世の貨幣と物価について ·· 174

〔3〕 西鶴諸国はなし〈影印〉（江本裕編）
1993年11月30日刊

* 凡例（江本裕編） ················ 1
西鶴諸国はなし ···················· 3
* 解題（江本裕編） ················ 209

〔4〕 西鶴諸国はなし〈翻刻〉（江本裕編）
1993年11月30日刊

* 凡例 ···························· 3
* 解題 ···························· 7
西鶴諸国はなし ···················· 15
　巻一 ···························· 15
　　一 公事（くじ）は破らずに勝 ···· 19
　　二 見せぬ所は女大工 ············ 23
　　三 大晦日（おほつごもり）はあはぬ算
　　　用 ···························· 28
　　四 傘（からかさ）の御託宣 ······ 33
　　五 不思議のあし音 ·············· 36
　　六 雲中の腕押 ·················· 40
　　七 狐四天王 ···················· 44
　巻二 ···························· 49
　　一 姿の飛びのり物 ·············· 53
　　二 十二人の俄坊主 ·············· 56
　　三 水筋（みづすじ）のぬけ道 ···· 60
　　四 残る物とて金の鍋 ············ 63
　　五 夢路の風車 ·················· 68
　　六 男地蔵 ······················ 72
　　七 神鳴の病中 ·················· 75
　巻三 ···························· 81
　　一 蚤の籠ぬけ ·················· 85
　　二 面影の焼残り ················ 90
　　三 お霜月の作り髭 ·············· 94
　　四 紫女 ························ 96
　　五 行末の宝舟 ·················· 100
　　六 八畳敷の蓮の葉 ·············· 104
　　七 因果のぬけ穴 ················ 107
　巻四 ···························· 113
　　一 形は昼のまね ················ 117
　　二 忍び扇の長歌 ················ 121
　　三 命に替る鼻の先 ·············· 124
　　四 鷺（おとろく）は三十七度 ···· 127
　　五 夢に京より戻る ·············· 130

六　力なしの大仏（あふほとけ）……… 133
　　七　鯉のちらし紋 ……… 136
　巻五 ……… 139
　　一　挑灯に朝㒵（ちょうちんにあさかほ）… 143
　　二　恋の出見世（こいのてみせ）……… 146
　　三　楽の鱠鮎の手（たのしみのまことて）… 148
　　四　闇の手がた（くらがりのてがた）… 152
　　五　執心の息筋（しうしんのいきすじ）… 156
　　六　身を捨て油壺 ……… 159
　　七　銀が落てある（かねがおとしてある）… 162
＊出典一覧 ……… 165
＊西鶴略年譜 ……… 171

〔5〕　万の文反古〈影印〉（岡本勝編）
1994年2月10日刊

＊凡例（岡本勝編）……… 1
万の文反古 ……… 3
＊解説 ……… 211

〔6〕　万の文反古〈翻刻〉（岡本勝編）
1994年2月10日刊

＊凡例 ……… 1
＊解題 ……… 5
万の文反古 ……… 13
　巻一 ……… 13
　　一　世帯の大事は正月仕舞 ……… 19
　　二　栄花の引込所 ……… 25
　　三　百三十里の所を拾匁の無心 … 30
　　四　来る十九日の栄耀献立 ……… 33
　巻二 ……… 39
　　一　縁付（えんづき）まへの娘自慢 … 43
　　二　安立（あんりう）町の隠れ家 … 50
　　三　京にも思ふやう成事なし ……… 55
　巻三 ……… 63
　　一　京都の花嫌ひ ……… 67
　　二　明て㒵（をとろ）く書置箱 ……… 73
　　三　代筆は浮世の闇 ……… 80
　巻四 ……… 89
　　一　南部の人が見たも真言（まこと）… 93
　　二　此通りと始末の書付 ……… 99
　　三　人のしらぬ祖母の埋み金（ひとのしらぬはばのうづみかね）……… 105
　巻五 ……… 113
　　一　広き江戸にて才覚男 ……… 117
　　二　二膳居（すへ）る旅の面影 ……… 123

　　三　御恨みを傳へまいらせ候 ……… 128
　　四　桜よし野山難義の冬 ……… 134
＊参考文献 ……… 141
＊年譜 ……… 144

〔7〕　日本永代蔵〈影印〉（浮橋康彦編）
1995年4月10日刊

＊凡例（浮橋康彦）……… 1
日本永代蔵 ……… 3
＊解説（浮橋康彦）……… 271

〔8〕　日本永代蔵〈翻刻〉（浮橋康彦編）
1995年4月10日刊

＊凡例 ……… 1
＊解題 ……… 7
日本永代蔵 ……… 17
　巻一 ……… 17
　　一　初午（はつむま）は乗てくる仕合 … 21
　　二　二代目に破る扇の風 ……… 26
　　三　浪風静に神通丸（なみかぜしづかにじんづうまる）……… 32
　　四　昔は掛算今は当座銀（たうざぎん）… 39
　　五　世は欲の入札（いれふだ）に仕合 … 44
　巻二 ……… 51
　　一　世界の借屋大将 ……… 55
　　二　怪我の冬神鳴 ……… 62
　　三　才覚を笠に着る大黒 ……… 68
　　四　天狗は家な（の）風車 ……… 76
　　五　舟人馬かた鎧屋の庭 ……… 81
　巻三 ……… 89
　　一　煎じやう常とはかはる問薬 ……… 93
　　二　国に移して風呂釜の大臣 ……… 99
　　三　世はぬき取の観音の眼 ……… 104
　　四　高野山借銭塚（しゃくせんづか）の施主 ……… 111
　　五　紙子身袋（かみこしんたい）の破れ時 ……… 116
　巻四 ……… 123
　　一　祈るしるしの神の折敷（をしき）… 127
　　二　心を畳込古筆屏風 ……… 134
　　三　仕合の種を蒔銭（まきせん）……… 139
　　四　茶の十徳も一度に皆 ……… 145
　　五　伊勢ゑびの高買（たかがひ）……… 151
　巻五 ……… 161
　　一　廻り遠きは時計細工 ……… 165

二　世渡りには淀鯉のはたらき …… *171*
　　三　大豆一粒の光り堂（まめいちりうの
　　　ひかりどう） ……………………… *180*
　　四　朝の塩籠夕への油桶（あしたのしお
　　　かごゆうへのあぶらおけ） ……… *187*
　　五　三叒五分曙のかね ……………… *192*
　巻六 …………………………………… *199*
　　一　銀（かね）のなる木は門口の柊 … *203*
　　二　見立て養子が利発 ……………… *208*
　　三　買置（かいをき）は世の心やすい時
　　　………………………………………… *215*
　　四　身䑓（しんだい）かたまる淀川のう
　　　るし ………………………………… *220*
　　五　知恵をはかる八十八の升搔（ます
　　　かき） ……………………………… *225*
＊各章の解説・参考文献抄 ……………… *232*
＊西鶴略年譜 ……………………………… *250*
＊文献目録 ………………………………… *254*

〔9〕　武家義理物語〈影印〉（太刀川清編）
1994年4月25日刊

＊凡例（太刀川清） ……………………… *1*
武家義理物語 ……………………………… *3*
＊解題（太刀川清） ……………………… *249*

〔10〕　武家義理物語〈翻刻〉（太刀川清編）
1994年4月25日刊

＊凡例 ……………………………………… *1*
＊解題 ……………………………………… *7*
＊参考文献 ………………………………… *14*
武家義理物語 ……………………………… *15*
　序 ………………………………………… *17*
　巻一 ……………………………………… *19*
　　目録 …………………………………… *19*
　　一　我物ゆへに裸川 ……………… *21*
　　二　瘊子（ほくろげ）はむかしの面影 … *25*
　　三　衆道の友よぶ衛香炉（しゅだうの
　　　ともよぶちどりこうろ） ………… *30*
　　四　神のとがめの榎木屋敷 ……… *36*
　　五　死（しな）ば同じ浪枕とや …… *38*
　巻二 ……………………………………… *45*
　　目録 …………………………………… *47*
　　一　身䑓破る風の傘（からかさ） … *49*
　　二　御堂の太皷うつたり敵 ……… *54*
　　三　松風ばかりや残るらん脇指 …… *60*

　　四　我子をうち替手（かへで） …… *66*
　巻三 ……………………………………… *69*
　　目録 …………………………………… *71*
　　一　発明は瓢簞より出る …………… *73*
　　二　約束は雪の朝食 ………………… *78*
　　三　具足着て是みたか ……………… *81*
　　四　おもひもよらぬ首途（かどて）の篝
　　　入 …………………………………… *83*
　　五　家中に隠れなき蛇嫌ひ ………… *89*
　巻四 ……………………………………… *95*
　　目録 …………………………………… *97*
　　一　成ぼとかるひ縁組 ……………… *99*
　　二　せめては振袖着て成とも ……… *105*
　　三　恨の数読（かずよむ）永楽通宝 … *111*
　　四　丸綿かづきて偽りの世渡り …… *115*
　巻五 ……………………………………… *119*
　　目録 …………………………………… *121*
　　一　大工が拾ふ明ぼのゝかね ……… *123*
　　二　同じ子ながら捨たり抱たり …… *128*
　　三　人の言葉の末みたがよい ……… *132*
　　四　申合せし事も空き刀 …………… *137*
　　五　身がな二つ二人の男に ………… *139*
　巻六 ……………………………………… *145*
　　目録 …………………………………… *147*
　　一　筋目をつくり髭の男 …………… *149*
　　二　表むきは夫婦の中垣 …………… *154*
　　三　後にぞしる、恋の闇打 ………… *159*
　　四　形（すかた）の花とは前髪の時 … *166*
＊西鶴略年譜 ……………………………… *172*

〔11〕　武道伝来記〈影印〉（西島孜哉編）
1995年1月25日刊

＊凡例 ……………………………………… *1*
武道伝来記 ………………………………… *3*
＊解説 ……………………………………… *373*

〔12〕　武道伝来記〈翻刻〉（西島孜哉編）
1995年1月25日刊

＊凡例（西島孜哉） ……………………… *1*
＊解説 ……………………………………… *7*
武道伝来記 ………………………………… *21*
　巻一 ……………………………………… *21*
　　一　心底を弾琵琶の海 ……………… *27*
　　二　毒薬は箱入の命 ………………… *36*
　　三　嗻嗏（ものもうどれ）といふ俄正月 … *44*

四　内儀の利発は替た姿 ……… 54
　巻二 ……………………………… 63
　　一　思ひ入吹女尺八（おもひいれふくおんなしゃくはち） ……… 67
　　二　見ぬ人兒に宵の無分別 …… 74
　　三　身体（しんたい）破る落書の団 …… 80
　　四　命とらるゝ人魚の海 ……… 89
　巻三 ……………………………… 97
　　一　人指ゆびが三百石 ………… 101
　　二　按摩とらする化物屋敷 …… 108
　　三　大蛇も世に有人がみた様（ためし）
　　　　……………………………… 116
　　四　初茸狩は恋草の種 ………… 123
　巻四 ……………………………… 131
　　一　大夫格子に立名（たつな）の男 … 135
　　二　誰捨子の仕合（たれかすてごのしあはせ） ……………………… 143
　　三　無分別は見越の木登 ……… 149
　　四　踊の中の似世姿（にせすがた） …… 161
　巻五 ……………………………… 167
　　一　枕に残る薬違ひ …………… 171
　　二　吟味は奥嶋の袴 …………… 179
　　三　不断心懸の早馬 …………… 187
　　四　火燵もありく四足の庭 …… 195
　巻六 ……………………………… 201
　　一　女の作れる男文字 ………… 205
　　二　神木の咎めは弓矢八幡 …… 212
　　三　毒酒を請太刀（うけだち）の身 … 219
　　四　碓（いしうす）引べき垣生の琴 … 230
　巻七 ……………………………… 237
　　一　我が命の早使（はやつかひ） …… 241
　　二　若衆盛は宮城野の萩 ……… 249
　　三　新田原藤太 ………………… 255
　　四　愁（うれへ）の中へ樽肴 …… 262
　巻八 ……………………………… 269
　　一　野机（のつくえ）の煙くらべ … 273
　　二　惜（をし）や前髪箱根山颪 … 281
　　三　幡州の浦浪皆帰り打 ……… 287
　　四　行水してるゝ人の身の程 … 295
＊参考文献 ……………………………… 303
＊西鶴略年譜 …………………………… 305

〔13〕　好色五人女〈影印〉（石川了編）
1995年5月25日刊

＊凡例 …………………………………… 1
好色五人女 …………………………… 3

＊解題（石川了） …………………… 207

〔14〕　好色五人女〈翻刻〉（水田潤編）
1995年5月25日刊

＊凡例
＊解説 …………………………………… 7
好色五人女 …………………………… 25
　巻一 ……………………………… 25
　巻二 ……………………………… 53
　巻三 ……………………………… 85
　巻四 ……………………………… 115
　巻五 ……………………………… 147
＊関連資料 …………………………… 175
＊西鶴略年譜 ………………………… 190
＊主要参考文献 ……………………… 198
＊索引 ………………………………… 201

〔15〕　西鶴俗つれづれ〈影印〉（花田富二夫編）
1995年9月10日刊

＊凡例（花田富二夫） ………………… 1
西鶴俗つれづれ ……………………… 3
＊解題（花田富二夫）

〔16〕　西鶴俗つれづれ〈翻刻〉（花田富二夫編）
1995年9月10日刊

＊凡例 …………………………………… 1
＊解題 …………………………………… 7
西鶴俗つれづれ ……………………… 29
　巻一 ……………………………… 29
　　一　過き克（よき）は親の呉見悪敷（あしき）は酒 ……………………… 39
　　二　上戸丸はだかみだれ髪 …… 44
　　三　地獄の釜へ酒おとし ……… 49
　　四　おもはくちがひの酒樽 …… 54
　巻二 ……………………………… 59
　　一　只取ものは沢桔梗銀（さはききゃう）で取物はけいせい ……………… 63
　　二　作り七賢は竹の一よにみだれ … 70
　　三　まことのあやは後にしるゝ … 78
　巻三 ……………………………… 85
　　一　世にはふしぎのなまず釜 … 89
　　二　悪性あらはす蛍の光 ……… 94

西鶴選集

　三　一滴の酒一生をあやまる ………… 98
　四　酔ざめの酒うらみ ……………… 103
巻四 ……………………………………… 109
　一　孝と不孝の中にたつ武士 ……… 113
　二　序　嵯峨の隠家好色菴 ………… 119
　三　御所染の袖色ふかし …………… 127
　四　是ぞいもせのすがた山 ………… 130
巻五 ……………………………………… 133
　一　金の土用干伽羅（どようほしこひ）の口乞 …………………………… 137
　二　仏の為の常灯遊女の為の髪の油 145
　三　四十七番目の分限（ふんけん）又一番の貧者 ……………………… 150
＊出典一覧 ……………………………… 157
＊参考文献 ……………………………… 159
＊西鶴略年譜 …………………………… 160

〔17〕　懐硯〈影印〉（箕輪 吉次編）
1995年11月10日刊

＊凡例 ……………………………………… 1
懐硯 ……………………………………… 3
＊解題 …………………………………… 226

〔18〕　懐硯〈翻刻〉（箕輪 吉次編）
1995年11月10日刊

＊凡例 ……………………………………… 1
＊解題 ……………………………………… 7
懐硯 ……………………………………… 35
　序 ……………………………………… 37
　惣目録 ………………………………… 39
　巻一 …………………………………… 43
　　二王門の綱 ………………………… 43
　　照を取昼舟の中（てらをとりひるふねのなか） ……………………………… 48
　　長持には時ならぬ太皷（たいこ） 53
　　案内しつてむかしの寝所（ねところ） 61
　　人の花散（はなちる）疱瘡（ほうそう）の山 …………………………… 65
　巻二 …………………………………… 71
　　後家に成ぞこなひ ………………… 73
　　付きたき物は命に浮桶（うきおけ） 80
　　比丘尼に無用の長刀（なぎなた） 83
　　鞍の色にまよふ人 ………………… 91
　　椿は生木（いき）の手足 ………… 95
　巻三 ………………………………… 101

　　水浴（あびせ）は涙川 …………… 103
　　龍灯は夢のひかり ………………… 111
　　気色の森の倒石塔（きしょくのもりのころびせきたう） ……………… 114
　　枕は残るあけぼのゝ縁 …………… 120
　　誰かは住し荒屋敷 ………………… 125
巻四 ……………………………………… 133
　　大盗人入相の鐘（おおぬすひといりあいのかね） ……………………… 135
　　憂目を見する竹の世の中 ………… 143
　　文字すわる松江（ずんこう）の鱸 146
　　人真似は猿の行水 ………………… 151
　　見て帰る地獄極楽 ………………… 157
巻五 ……………………………………… 163
　　俤（おもかげ）の似せ男 ………… 165
　　明て悔しき養子が銀筥（あけてくやしきまうしがかねばこ） ………… 171
　　居合（ゐあい）もだますに手なし 177
　　織物屋の今中将姫 ………………… 182
　　御代（みよ）のさかりは江戸桜 … 185
＊出典一覧 ……………………………… 192
＊参考文献 ……………………………… 199
＊西鶴略年譜 …………………………… 201
1

〔19〕　好色一代男〈影印〉（浅野晃編）
1996年1月25日刊

＊凡例 ……………………………………… 1
好色一代男 ……………………………… 3
＊解題 …………………………………… 381

〔20〕　好色一代男〈翻刻〉（浅野晃編）
1996年1月25日刊

＊凡例 ……………………………………… 1
＊解題 ……………………………………… 9
好色一代男 ……………………………… 19
　巻一 …………………………………… 21
　　けした所が恋のはじまり ………… 23
　　はづかしながら文言葉 …………… 27
　　人には見せぬ所 …………………… 31
　　袖の時雨は懸るがさいはい ……… 35
　　尋てきく程ちぎり ………………… 39
　　煩悩の垢かき ……………………… 43
　　別れは当座はらひ ………………… 47
　巻二 …………………………………… 51

日本古典文学全集・内容綜覧　173

はにふの寝道具 …………… 55
　髪きりても捨られぬ世 …… 59
　女はおもはくの外 ………… 63
　誓紙のうるし判 …………… 67
　旅のでき心 ………………… 71
　出家にならねばならず …… 75
　うら屋もすみ所 …………… 79
巻三 …………………………… 83
　恋のすて銀 ………………… 87
　袖の海の肴売 ……………… 91
　是非もらひ着物（きるもの） …… 95
　一夜の枕物ぐるひ ………… 99
　集札は五匁の外 ………… 103
　木綿布子（もめんぬのこ）もかりの世 … 108
　口舌（くぜつ）の事ふれ ……… 112
巻四 ………………………… 117
　因果（ゐんぐは）の関守 ……… 121
　形見の水櫛（みづぐし） ……… 125
　夢の太刀風 ……………… 129
　替つた物は男傾城 ……… 133
　昼のつり狐 ……………… 137
　目に三月 ………………… 141
　火神鳴（ひがみなり）の雲がくれ … 145
巻五 ………………………… 149
　後には様（さま）付てよぶ …… 153
　ねがひの掻餅 …………… 158
　欲の世中に是は又 ……… 162
　命捨ての光物 …………… 166
　一日かして何程が物ぞ … 170
　当流の男を見しらぬ …… 174
　今こゝへ尻が出物 ……… 178
巻六 ………………………… 183
　喰さして袖の橘 ………… 187
　身は火にくばるとも …… 192
　心中箱 …………………… 197
　寝覚の菜好（ねざめのさいこのみ） … 201
　詠（ながめ）は初姿 …………… 205
　匂ひはかづけ物 ………… 209
　全盛歌書羽織 …………… 213
巻七 ………………………… 217
　其面影は雪むかし ……… 221
　末社らく遊び …………… 226
　人のしらぬわたくし銀 … 230
　さす盃は百二十里 ……… 235
　諸分の日帳 ……………… 240
　口添えて酒軽筥（さかかるこ） … 245
　新町の夕暮嶋原の曙 …… 250

巻八 ………………………… 255
　らく寝の車 ……………… 259
　情のかけろく …………… 263
　一盃たらいで恋里 ……… 267
　都のすがた人形 ………… 271
　床の責道具 ……………… 275
＊参考文献 ………………… 284
＊略年譜 …………………… 286

〔21〕　西鶴織留〈影印〉（加藤裕一編）
1996年3月25日刊

＊凡例（加藤裕一） ………………… 1
西鶴織留 ……………………… 3
＊解題（加藤裕一） ……………… 255

〔22〕　西鶴織留〈翻刻〉（加藤裕一編）
1996年3月25日刊

＊凡例 ………………………… 1
＊解説 ………………………… 7
西鶴織留 ……………………… 27
　巻一 ……………………… 27
　　一　津の国のかくれ里 …… 35
　　二　品玉とる種の松茸 …… 42
　　三　古帳（ふるちょう）よりは十八人口 … 50
　　四　所は近江蚊屋女才覚 …… 57
　巻二 ……………………… 65
　　一　保津川のながれ山崎の長者 … 69
　　二　五日帰りにお袋の異見（いけん） … 76
　　三　今が世の楠の木分限 …… 85
　　四　塩うりの楽すけ ……… 90
　　五　当流（たうりう）のもの好 …… 94
　巻三 ……………………… 99
　　一　引手になびく狸祖母（たぬきばば） … 103
　　二　芸者は人をそしりの種 … 109
　　三　色は当座の無分別 …… 114
　　四　何にても知恵の振売（ふりうり） … 121
　巻四 ……………………… 127
　　一　家主殿の鼻柱 ……… 131
　　二　命に掛の乞所 ……… 138
　　三　諸国の人を見知は伊勢 … 146
　巻五 ……………………… 157
　　一　只は見せぬ仏の箱 …… 161
　　二　一日暮しの中宿 …… 168
　　三　具足甲も質種（くそくかぶともしちたね） … 176

巻六 ……………………………… 183
　　一 官女の移り気 ……………… 187
　　二 時花笠の被物 (はやりかさのかづき) 192
　　三 子をおもふ親仁 (おやぢ) …… 200
　　四 千貫目の時心得た …………… 203
＊参考文献 ……………………………… 211
＊西鶴略年譜 …………………………… 215

〔23〕 **本朝桜陰比事〈影印〉**（川元ひとみ編）
1996年6月15日刊

＊凡例（川元ひとみ） …………………… 1
本朝桜陰比事 …………………………… 3
＊解題 …………………………………… 251

〔24〕 **本朝桜陰比事〈翻刻〉**（徳田武編）
1996年6月15日刊

＊凡例 …………………………………… 1
＊解説 …………………………………… 6
本朝桜陰比事 …………………………… 23
　巻一 ……………………………… 23
　　一 春の初の松葉山 ……………… 25
　　二 雲は晴る影法師 ……………… 30
　　三 御耳に立は同じ言葉 ………… 32
　　四 太皷の中はしらぬが因果 …… 35
　　五 人の名をよぶ妙薬 …………… 41
　　六 孖 (ふたご) は他人のはじまり … 44
　　七 命は九分目の酒 ……………… 48
　　八 形見の作り小袖 ……………… 49
　巻二 ……………………………… 55
　　一 十夜の半弓 …………………… 59
　　二 兼平の諷過 …………………… 64
　　三 仏の夢は五十日 ……………… 66
　　四 恨み千万近所へ縁付 ………… 70
　　五 俄大工は都の費 (つゐへ) …… 73
　　六 鯛鮹すゞき釣目安 …………… 78
　　七 聾 (つんぼう) も爰は聞所 …… 79
　　八 死人は目前の剱の山 ………… 84
　　九 京に隠れもなき女房去 (にょうほうさり) ……………………………… 86
　巻三 ……………………………… 91
　　一 悪事見へすく揃へ帷子 ……… 95
　　二 手形は消て正直か立 ………… 100
　　三 井戸は則未期 (すなわちまつご) の水 ………………………………… 101

　　四 落し手有拾ひ手有 …………… 104
　　五 念仏売てかねの声 …………… 106
　　六 待ば算用もあいよる中 ……… 110
　　七 銀遣へとは各別の書置 ……… 111
　　八 壺堀て欲の入物 ……………… 115
　　九 妻に泣 (なか) する梢の鶯 …… 117
　巻四 ……………………………… 123
　　一 利発女の口まね ……………… 127
　　二 善悪 (せんあく) ふたつの取物 … 133
　　三 見て気遣は夢の契 …………… 135
　　四 人の匂物を出しおくれ ……… 138
　　五 何れも京の妾女 (てかけ) 四人 … 139
　　六 参詣は枯木に花の都人 ……… 144
　　七 仕掛物は水になす桂川 ……… 146
　　八 仕もせぬ事を隠しそこなひ … 148
　　九 大事を聞出す琵琶の音 ……… 152
　巻五 ……………………………… 160
　　一 桜に被 (かづけ) る御所染 …… 163
　　二 四つ五器かさねての御意 …… 168
　　三 白浪のうつ脉取坊 (しらなみのうつみゃくとりほう) ………………… 169
　　四 両方よらねば埒の明ぬ蔵 …… 172
　　五 あぶなき物は筆の命毛 ……… 173
　　六 小指は高くゝりの覚 ………… 176
　　七 煙 (けふり) に移り気の人 …… 177
　　八 名は聞えて見ぬ人の凶 ……… 182
　　九 伝受の能太夫 ………………… 187
＊出典一覧 …………………………… 191
＊西鶴略年譜 ………………………… 196

[036] **私家集大成**
明治書院
全7巻
1973年11月〜1976年12月
（和歌史研究会編）

第1巻　中古I
1973年11月25日刊

私家集大成 中古I 本文 ……………… 9
　1 奈良帝 ……………………………… 11
　　奈良御集 …………………………… 11
　2 人麿I ……………………………… 11
　　柿本人丸集 ………………………… 11
　3 人麿II ……………………………… 17
　　柿本集 ……………………………… 17
　4 人麿III ……………………………… 31
　　柿本人麿集 ………………………… 31
　5 赤人I ……………………………… 51
　　あか人 ……………………………… 51
　6 赤人II ……………………………… 59
　　赤人集 ……………………………… 59
　7 家持I ……………………………… 64
　　やかもち …………………………… 64
　8 家持II ……………………………… 71
　　家持集 ……………………………… 71
　9 猿丸I ……………………………… 77
　　猿丸集 ……………………………… 77
　10 猿丸II ……………………………… 79
　　猿丸大夫集 ………………………… 79
　11 篁 ………………………………… 81
　　小野篁集 …………………………… 81
　12 小町I ……………………………… 84
　　小町集 ……………………………… 84
　13 小町II ……………………………… 88
　　小野小町集 ………………………… 88
　14 業平I ……………………………… 90
　　在中将集 …………………………… 90
　15 業平II ……………………………… 93
　　業平集 ……………………………… 93
　16 業平III ……………………………… 98
　　在原業平朝臣集 …………………… 98
　17 業平IV …………………………… 100
　　業平集 ……………………………… 100
　18 光孝天皇 ………………………… 102
　　仁和御集 …………………………… 102
　19 遍昭I ……………………………… 102
　　へむせう僧正 ……………………… 102
　20 遍昭II ……………………………… 104
　　遍昭集 ……………………………… 104
　21 棟梁 ……………………………… 107
　　棟梁集 ……………………………… 107
　22 敏行 ……………………………… 107
　　としゆき …………………………… 107
　23 千里 ……………………………… 108
　　千里集 ……………………………… 108
　24 素性I ……………………………… 112
　　素性集 ……………………………… 112
　25 素性II ……………………………… 115
　　素性集 ……………………………… 115
　26 興風I ……………………………… 116
　　興風集 ……………………………… 116
　27 興風II ……………………………… 118
　　おきかせ …………………………… 118
　28 興風III ……………………………… 119
　　藤原興風集 ………………………… 119
　29 躬恒I ……………………………… 120
　　躬恒集 ……………………………… 120
　30 躬恒II ……………………………… 130
　　躬恒集 ……………………………… 130
　31 躬恒III ……………………………… 138
　　躬恒集 ……………………………… 138
　32 躬恒IV …………………………… 148
　　みつね ……………………………… 148
　33 躬恒V ……………………………… 160
　　躬恒集 ……………………………… 160
　34 友則 ……………………………… 169
　　とものり …………………………… 169
　35 忠岑I ……………………………… 171
　　忠岑集 ……………………………… 171
　36 忠岑II ……………………………… 173
　　たゝみね …………………………… 173
　37 忠岑III ……………………………… 177
　　忠岑集 ……………………………… 177
　38 忠岑IV …………………………… 182
　　忠岑集 ……………………………… 182
　39 是則 ……………………………… 189
　　是則集 ……………………………… 189
　40 醍醐天皇 ………………………… 190
　　延喜御集 …………………………… 190

41 深養父I	……	*192*
深養父集	……	*192*
42 深養父II	……	*194*
深養父集	……	*194*
43 深養父III	……	*195*
深養父集	……	*195*
44 宇多院	……	*196*
寛平御集	……	*196*
45 定方	……	*197*
三条右大臣集	……	*197*
46 兼輔I	……	*198*
中納言兼輔集	……	*198*
47 兼輔II	……	*203*
兼輔集	……	*203*
48 兼輔III	……	*209*
堤中納言集	……	*209*
49 兼輔IV	……	*213*
中納言兼輔集	……	*213*
50 伊勢I	……	*217*
いせ	……	*217*
51 伊勢II	……	*231*
伊勢集	……	*231*
52 伊勢III	……	*246*
伊勢集	……	*246*
53 宗于	……	*262*
むねゆき	……	*262*
54 敦忠I	……	*263*
あつたゝ	……	*263*
55 敦忠II	……	*268*
敦忠集	……	*268*
56 元良親王	……	*270*
元良親王集	……	*270*
57 貫之I	……	*276*
貫之集	……	*276*
58 貫之II	……	*301*
貫之集	……	*301*
59 貫之III	……	*304*
貫之集	……	*304*
60 公忠I	……	*306*
源公忠朝臣集	……	*306*
61 公忠II	……	*308*
公忠集	……	*308*
62 公忠III	……	*309*
公忠集	……	*309*
63 公忠IV	……	*310*
公忠集	……	*310*
64 輔相	……	*311*
藤六集	……	*311*
65 朱雀院	……	*312*
朱雀院御集	……	*312*
66 元方	……	*313*
在原元方集	……	*313*
67 師輔	……	*314*
師輔集	……	*314*
68 檜垣嫗	……	*317*
檜垣嫗集	……	*317*
69 増基	……	*319*
増基法師集	……	*319*
70 中務I	……	*325*
中つかさ	……	*325*
71 中務II	……	*332*
中務集	……	*332*
72 清正	……	*342*
きよたゞ	……	*342*
73 頼基	……	*345*
よりもと	……	*345*
74 忠見I	……	*346*
たゞ見	……	*346*
75 忠見II	……	*352*
忠見集	……	*352*
76 安法	……	*356*
安法法師集	……	*356*
77 山田	……	*360*
山田集	……	*360*
78 信明I	……	*362*
信明集	……	*362*
79 信明II	……	*367*
のふあきら	……	*367*
80 信明III	……	*368*
信明朝臣集	……	*368*
81 元真	……	*372*
もとさね	……	*372*
82 朝忠I	……	*381*
朝忠集	……	*381*
83 朝忠II	……	*384*
あさたゞ	……	*384*
84 村上天皇	……	*386*
村上御集	……	*386*
85 実頼	……	*391*
清慎公集	……	*391*
86 師氏	……	*397*
海人手古良集	……	*397*
87 伊尹	……	*399*
一条摂政御集	……	*399*

私家集大成

88 本院侍従	407
本院侍従集	407
89 義孝	408
藤原義孝集	408
90 仲文	412
仲文集	412
91 小馬命婦	415
小馬命婦集	415
92 高明	418
西宮左大臣集	418
93 為信	420
為信集	420
94 順I	426
順集	426
95 順II	436
源順集	436
96 斎宮女御I	447
斎宮女御集	447
97 斎宮女御II	453
さいくうの女御	453
98 斎宮女御III	462
斎宮集	462
99 斎宮女御IV	466
斎宮女御集	466
100 源賢	469
源賢法眼集	469
101 御形宣旨	471
御形宣旨集	471
102 兼澄I	472
兼澄集	472
103 兼澄II	477
源兼澄集	477
104 恵慶	483
恵慶集	483
105 好忠I	493
曽祢好忠集	493
106 好忠II	506
好忠集	506
107 好忠III	509
好忠集	509
108 千穎	509
千穎集	509
109 惟成I	512
惟成弁集	512
110 惟成II	513
惟成集	513
111 元輔I	514

元輔集	514
112 元輔II	524
元輔集	524
113 元輔III	534
元輔集	534
114 兼盛I	539
兼盛集	539
115 兼盛II	546
かねもり	546
116 円融院	550
円融院御集	550
117 能宣I	553
よしのふ	553
118 能宣II	571
能宣集	571
119 能宣III	574
能宣集	574
120 輔尹	587
輔尹集	587
121 保憲女I	590
加茂保憲女集	590
122 保憲女II	599
賀茂女集	599
123 高光	605
たかみつ	605
124 道信I	607
道信集	607
125 道信II	612
道信朝臣集	612
126 時明	614
時明集	614
127 馬内侍	615
馬内侍集	615
128 朝光	623
朝光集	623
129 道綱母	628
傅大納言殿母上集	628
130 相如	630
相如集	630
131 為頼	632
為頼朝臣集	632
132 実方I	636
実方朝臣集	636
133 実方II	642
実方中将集	642
134 実方III	654
実方朝臣集	654

135 実方IV ……………………… 662	*赤人解題 ……………………… 771
実方集 ………………………… 662	*家持解題 ……………………… 772
136 清少納言I ………………… 663	*猿丸解題 ……………………… 772
清少納言集 …………………… 663	*篁解題 ………………………… 773
137 清少納言II ………………… 665	*小町解題 ……………………… 774
清少納言集 …………………… 665	*業平解題 ……………………… 774
138 重之 ………………………… 667	*光孝天皇解題 ………………… 773
しけゆき …………………… 667	*遍昭解題 ……………………… 777
139 具平親王 …………………… 676	*棟梁解題 ……………………… 778
中務親王集 …………………… 676	*敏行解題 ……………………… 778
140 長能I ……………………… 677	*千里解題 ……………………… 779
藤原長能集 …………………… 677	*素性解題 ……………………… 780
141 長能II ……………………… 682	*興風解題 ……………………… 781
長能集 ………………………… 682	*躬恒解題 ……………………… 783
142 小大君I …………………… 687	*友則解題 ……………………… 784
小大君集 ……………………… 687	*忠岑解題 ……………………… 785
143 小大君II …………………… 694	*是則解題 ……………………… 786
小大君集 ……………………… 694	*醍醐天皇解題 ………………… 786
144 小大君III ………………… 701	*深養父解題 …………………… 787
小大君集 ……………………… 701	*宇多院解題 …………………… 788
145 小大君IV ………………… 702	*定方解題 ……………………… 789
小大君集 ……………………… 702	*兼輔解題 ……………………… 789
146 重之子僧 …………………… 704	*伊勢解題 ……………………… 790
重之の子の僧の集 …………… 704	*宗于解題 ……………………… 791
147 重之女 ……………………… 706	*敦忠解題 ……………………… 792
重之女集 ……………………… 706	*元良親王解題 ………………… 793
148 冷泉院 ……………………… 709	*貫之解題 ……………………… 794
冷泉院御集 …………………… 709	*公忠解題 ……………………… 795
149 惟規 ………………………… 710	*輔相解題 ……………………… 795
藤原惟規集 …………………… 710	*朱雀院解題 …………………… 796
150 嘉言 ………………………… 711	*元方解題 ……………………… 796
大江嘉言集 …………………… 711	*師輔解題 ……………………… 797
151 匡衡 ………………………… 717	*檜垣嫗解題 …………………… 798
匡衡集 ………………………… 717	*増基解題 ……………………… 799
152 高遠 ………………………… 721	*中務解題 ……………………… 799
大弐高遠集 …………………… 721	*清正解題 ……………………… 800
153 紫式部I …………………… 734	*頼基解題 ……………………… 800
むらさき式部集 ……………… 734	*忠見解題 ……………………… 801
154 紫式部II …………………… 739	*安法解題 ……………………… 802
紫式部集 ……………………… 739	*山田解題 ……………………… 802
155 道命 ………………………… 745	*信明解題 ……………………… 803
道命阿闍利集 ………………… 745	*元真解題 ……………………… 803
156 道済 ………………………… 755	*朝忠解題 ……………………… 804
道済集 ………………………… 755	*村上天皇解題 ………………… 805
*解題 …………………………… 767	*実頼解題 ……………………… 805
*奈良帝解題 …………………… 769	*師氏解題 ……………………… 806
*人麿解題 ……………………… 770	*伊尹解題 ……………………… 806

私家集大成

＊本院侍従解題 …………… 807	＊二 歌人・家集名索引 …………… 1051
＊義孝解題 …………… 807	
＊仲文解題 …………… 808	### 第2巻　中古II
＊小馬命婦解題 …………… 808	1975年5月25日刊
＊高明解題 …………… 809	
＊為信解題 …………… 809	私家集大成 中古II 本文 …………… 7
＊順解題 …………… 810	1 和泉式部I …………… 9
＊斎宮女御解題 …………… 813	和泉式部集 …………… 9
＊源賢解題 …………… 814	2 和泉式部II …………… 35
＊御形宣旨解題 …………… 814	和泉式部集続集 …………… 35
＊兼澄解題 …………… 815	3 和泉式部III …………… 57
＊恵慶解題 …………… 816	和泉式部集 …………… 57
＊好忠解題 …………… 818	4 和泉式部IV …………… 62
＊千穎解題 …………… 819	和泉式部集 …………… 62
＊惟成解題 …………… 819	5 道長 …………… 71
＊元輔解題 …………… 820	御堂関白集 …………… 71
＊兼盛解題 …………… 820	6 選子内親王I …………… 74
＊円融院解題 …………… 821	大斎院前の御集 …………… 74
＊能宣解題 …………… 822	7 選子内親王II …………… 89
＊輔尹解題 …………… 822	大斎院御集 …………… 89
＊保憲女解題 …………… 823	8 選子内親王III …………… 95
＊高光解題 …………… 825	発心和歌集 …………… 95
＊道信解題 …………… 825	9 道成 …………… 98
＊時明解題 …………… 826	道成集 …………… 98
＊馬内侍解題 …………… 827	10 輔親I …………… 99
＊朝光解題 …………… 827	輔親家集 …………… 99
＊道綱母解題 …………… 828	11 輔親II …………… 107
＊相如解題 …………… 828	輔親集 …………… 107
＊為頼解題 …………… 829	12 公任 …………… 113
＊実方解題 …………… 829	大納言公任集 …………… 113
＊清少納言解題 …………… 830	13 赤染衛門I …………… 133
＊重之解題 …………… 831	赤染衛門集 …………… 133
＊具平親王解題 …………… 831	14 赤染衛門II …………… 156
＊長能解題 …………… 832	赤染衛門集 …………… 156
＊小大君解題 …………… 832	15 頼実 …………… 173
＊重之子僧解題 …………… 833	故侍中左金吾家集 …………… 173
＊重之女解題 …………… 834	16 経信母 …………… 176
＊冷泉院解題 …………… 834	帥大納言母集 …………… 176
＊惟規解題 …………… 835	17 定頼I …………… 177
＊嘉言解題 …………… 835	四条中納言集 …………… 177
＊匡衡解題 …………… 836	18 定頼II …………… 185
＊高遠解題 …………… 836	四条中納言定頼集 …………… 185
＊紫式部解題 …………… 836	19 歌人佚名 イ …………… 200
＊道命解題 …………… 837	佚名家集 …………… 200
＊道済解題 …………… 839	20 能因I …………… 200
	能因集 …………… 200
＊索引 …………… 841	21 能因II …………… 209
＊一 初句索引 …………… 843	

能因法師歌集 …… 209	45 師実 …… 346
22 四条宮主殿 …… 214	師実集 …… 346
主殿集 …… 214	46 国基 …… 347
23 家経 …… 220	津守国基集 …… 347
家経朝臣集 …… 220	47 成助 …… 352
24 伊勢大輔I …… 223	賀茂成助集 …… 352
伊勢大輔集 …… 223	48 顕綱 …… 353
25 伊勢大輔II …… 229	顕綱朝臣集 …… 353
伊勢大輔集 …… 229	49 康資王母 …… 357
26 伊勢大輔III …… 235	康資王母家集 …… 357
伊勢大輔集 …… 235	50 公実 …… 363
27 頼宗 …… 239	公実集 …… 363
入道右大臣集 …… 239	51 匡房I …… 363
28 範永 …… 243	江帥集 …… 363
範永朝臣集 …… 243	52 匡房II …… 379
29 相模I …… 250	匡房集 …… 379
相模集 …… 250	53 周防内侍 …… 383
30 相模II …… 268	周防内侍集 …… 383
相模集 …… 268	54 祐子内親王家紀伊 …… 387
31 相模III …… 269	一宮紀伊集 …… 387
思女集 …… 269	55 肥後 …… 389
32 相模IV …… 270	肥後集 …… 389
相模集 …… 270	56 在良 …… 396
33 出羽弁 …… 271	在良朝臣集 …… 396
出羽弁集 …… 271	57 俊忠I …… 398
34 四条宮下野 …… 276	帥中納言俊忠集 …… 398
四条宮下野集 …… 276	58 俊忠II …… 400
35 経衡 …… 288	中納言俊忠卿集 …… 400
経衡集 …… 288	59 顕季 …… 402
36 成尋母 …… 296	六条修理大夫集 …… 402
成尋阿闍梨母集 …… 296	60 摂津 …… 415
37 弁乳母 …… 309	前斎院摂津集 …… 415
弁乳母家集 …… 309	61 中宮上総 …… 417
38 大弐三位I …… 313	中宮上総集 …… 417
藤三位集 …… 313	62 俊頼I …… 417
39 大弐三位II …… 315	散木奇歌集 …… 417
大弐三位集 …… 315	63 俊頼II …… 475
40 為仲I …… 316	田上集 …… 475
橘為仲朝臣集 …… 316	64 二条太皇太后宮大弐 …… 478
41 為仲II …… 321	二条太皇太后宮大弐集 …… 478
橘為仲集 …… 321	65 行尊I …… 485
42 経信I …… 323	行尊大僧正集 …… 485
大納言経信卿集 …… 323	66 行尊II …… 494
43 経信II …… 328	行尊大僧正集 …… 494
経信卿家集 …… 328	67 為忠 …… 499
44 経信III …… 336	為忠集 …… 499
大納言経信集 …… 336	68 基俊I …… 509

私家集大成

基俊集 …… 509	92 有房II …… 730
69 基俊II …… 517	有房中将集・有房集 …… 730
基俊集 …… 517	93 資隆 …… 745
70 基俊III …… 519	禅林瘀葉集 …… 745
基俊集 …… 519	94 登蓮 …… 748
71 雅兼 …… 520	登蓮集 …… 748
雅兼卿集 …… 520	95 皇太后宮大進 …… 749
72 行宗 …… 523	皇太后宮大進集 …… 749
行宗集 …… 523	96 実国 …… 751
73 郁芳門院安芸 …… 534	前大納言実国集 …… 751
郁芳門院安芸集 …… 534	97 経正 …… 754
74 忠盛I …… 536	皇太后宮亮経正朝臣集 …… 754
刑部卿平忠盛朝臣集 …… 536	98 忠度 …… 757
75 忠盛II …… 538	忠度百首 …… 757
忠盛集 …… 538	99 経盛 …… 761
76 顕輔 …… 544	経盛卿家集 …… 761
左京大夫顕輔卿集 …… 544	100 頼輔 …… 766
77 待賢門院堀河 …… 549	刑部卿頼輔集 …… 766
待賢門院堀河集 …… 549	101 広言 …… 770
78 六条院宣旨 …… 553	惟宗広言集 …… 770
六条院宣旨集 …… 553	102 資賢 …… 774
79 成通 …… 557	入道大納言資賢集 …… 774
なりみち集 …… 557	103 成仲 …… 775
80 忠通 …… 560	祝部成仲集 …… 775
田多民治集 …… 560	104 惟方 …… 778
81 覚性法親王 …… 567	粟田口別当入道集 …… 778
出観集 …… 567	105 歌人佚名 ロ …… 789
82 光頼 …… 590	中御門大納言殿集 …… 789
桂大納言入道殿御集 …… 590	*解題 …… 791
83 清輔 …… 591	*和泉式部解題 …… 793
清輔朝臣集 …… 591	*道長解題 …… 794
84 公重 …… 605	*選子内親王解題 …… 795
風情集 …… 605	*道成解題 …… 797
85 俊恵 …… 622	*輔親解題 …… 798
林葉和歌集 …… 622	*公任解題 …… 799
86 頼政I …… 650	*赤染衛門解題 …… 800
源三位頼政集 …… 650	*頼実解題 …… 801
87 頼政II …… 673	*経信母解題 …… 802
頼政集 …… 673	*定頼解題 …… 803
88 重家 …… 674	*歌人佚名　イ　解題 …… 804
大宰大弐重家集 …… 674	*能因解題 …… 805
89 教長 …… 694	*四条宮主殿解題 …… 806
前参議教長卿集 …… 694	*家経解題 …… 806
90 覚綱 …… 722	*伊勢大輔解題 …… 807
覚綱集 …… 722	*頼宗解題 …… 807
91 有房I …… 726	*範永解題 …… 808
有房中将集 …… 726	*相模解題 …… 809

＊出羽弁解題	811
＊四条宮下野解題	811
＊経衡解題	811
＊成尋母解題	812
＊弁乳母解題	812
＊大弐三位解題	813
＊為仲解題	813
＊経信解題	815
＊師実解題	816
＊国基解題	817
＊成助解題	817
＊顕綱解題	817
＊康資王母解題	818
＊公実解題	818
＊匡房解題	819
＊周防内侍解題	819
＊祐子内親王家紀伊解題	820
＊肥後解題	820
＊在良解題	821
＊俊忠解題	821
＊顕季解題	822
＊摂津解題	823
＊中宮上総解題	823
＊俊頼解題	824
＊二条太皇太后宮大弐解題	825
＊行尊解題	825
＊為忠解題	826
＊基俊解題	827
＊雅兼解題	828
＊行宗解題	828
＊郁芳門院安芸解題	828
＊忠盛解題	829
＊顕輔解題	830
＊待賢門院堀河解題	831
＊六条院宣旨解題	831
＊成通解題	832
＊忠通解題	833
＊覚性法親王解題	833
＊光頼解題	834
＊清輔解題	834
＊公重解題	836
＊俊恵解題	837
＊頼政解題	838
＊重家解題	839
＊教長解題	840
＊覚綱解題	840
＊有房解題	841

＊資隆解題	841
＊登蓮解題	842
＊皇太后宮大進解題	842
＊実国解題	842
＊経正解題	843
＊忠度解題	843
＊経盛解題	844
＊頼輔解題	845
＊広言解題	845
＊資賢解題	845
＊成仲解題	846
＊惟方解題	847
＊歌人佚名　ロ　解題	847
＊索引	849
＊一　初句索引	851
＊二　歌人・家集名索引	1062

第3巻　中世I
1974年7月15日刊

私家集大成 中世I 本文	5
1 西行I	7
山家集	7
2 西行II	50
西行上人集	50
3 西行III	70
聞書集	70
4 西行IV	78
残集	78
5 実定	80
林下集	80
6 長方	92
長方集	92
7 寂然I	98
唯心房集	98
8 寂然II	103
唯心房集	103
9 寂然III	106
寂然法師集	106
10 実家	108
実家卿集	108
11 公衡	122
三位中将公衡卿集	122
12 大輔I	127
殷富門院大輔集	127
13 大輔II	137
殷富門院大輔集	137

私家集大成

14 親盛 …… 139	金槐和歌集 …… 370
藤原親盛集 …… 139	38 実朝II …… 387
15 親宗 …… 143	金槐和歌集 …… 387
中納言親宗集 …… 143	39 光家 …… 406
16 式子内親王 …… 147	浄照房 …… 406
萱斎院御集 …… 147	40 雅経 …… 408
17 守覚法親王I …… 156	明日香井集 …… 408
北院御室御集 …… 156	41 季経 …… 453
18 守覚法親王II …… 160	季経入道集 …… 453
守覚法親王集 …… 160	42 慈円 …… 457
19 師光 …… 166	拾玉集 …… 457
源師光集 …… 166	43 右京大夫 …… 607
20 小侍従I …… 169	建礼門院右京大夫集 …… 607
太皇太后宮小侍従集 …… 169	44 鑁也 …… 624
21 小侍従II …… 175	露色随詠集 …… 624
小侍従集 …… 175	45 土御門院 …… 639
22 小侍従III …… 180	土御門院御集 …… 639
小侍従集 …… 180	46 明恵 …… 654
23 寂蓮I …… 182	明恵上人歌集 …… 654
寂蓮家之集 …… 182	47 範宗 …… 661
24 寂蓮II …… 185	範宗集 …… 661
寂蓮集 …… 185	48 民部卿典侍 …… 682
25 俊成I …… 201	後堀河院民部卿典侍集 …… 682
長秋詠藻 …… 201	49 家隆 …… 685
26 俊成II …… 220	玉吟集 …… 685
五社百首 …… 220	*解題 …… 759
27 隆信I …… 228	*西行解題 …… 761
隆信朝臣集 …… 228	*実定解題 …… 763
28 隆信II …… 233	*長方解題 …… 764
藤原隆信朝臣集 …… 233	*寂然解題 …… 764
29 良経 …… 268	*実家解題 …… 768
秋篠月清集 …… 268	*公衡解題 …… 768
30 閑谷 …… 307	*大輔解題 …… 769
閑谷集 …… 307	*親盛解題 …… 770
31 隆房 …… 318	*親宗解題 …… 771
隆房集 …… 318	*式子内親王解題 …… 771
32 経家 …… 324	*守覚法親王解題 …… 772
経家卿集 …… 324	*師光解題 …… 772
33 光経 …… 327	*小侍従解題 …… 773
光経集 …… 327	*寂蓮解題 …… 774
34 長明 …… 344	*俊成解題 …… 775
長明集 …… 344	*隆信解題 …… 781
35 讃岐 …… 350	*良経解題 …… 782
讃岐集 …… 350	*閑谷解題 …… 783
36 寂身 …… 353	*隆房解題 …… 783
寂身法師集 …… 353	*経家解題 …… 784
37 実朝I …… 370	*光経解題 …… 784

私家集大成

```
＊長明解題 ……………………… 785
＊讃岐解題 ……………………… 785
＊寂身解題 ……………………… 786
＊実朝解題 ……………………… 787
＊光家解題 ……………………… 788
＊雅経解題 ……………………… 788
＊季経解題 ……………………… 788
＊慈円解題 ……………………… 789
＊右京大夫解題 ………………… 796
＊鑁也解題 ……………………… 796
＊土御門院解題 ………………… 797
＊明恵解題 ……………………… 797
＊範宗解題 ……………………… 800
＊民部卿典侍解題 ……………… 801
＊家隆解題 ……………………… 801
＊索引 …………………………… 813
 ＊一 初句索引 ………………… 815
 ＊二 歌人・家集名索引 ……… 1059
```

第4巻　中世II
1975年11月25日刊

```
私家集大成 中世II 本文 ………………… 5
 1 後鳥羽院 …………………………… 7
   後鳥羽院御集 ……………………… 7
 2 秀能 ………………………………… 48
   如願法師集 ………………………… 48
 3 定家 ………………………………… 74
   拾遺愚草 …………………………… 74
 4 順徳院 ……………………………… 169
   紫禁和歌草 ………………………… 169
 5 隆祐 ………………………………… 204
   隆祐朝臣集 ………………………… 204
 6 俊成女 ……………………………… 218
   俊成卿女家集 ……………………… 218
 7 雅成親王 …………………………… 223
   雅成親王集 ………………………… 223
 8 家良I ……………………………… 224
   後鳥羽院・定家・知家入道撰歌 … 224
 9 家良II ……………………………… 229
   衣笠前内大臣家良公集 …………… 229
10 信生 ………………………………… 258
   信生法師集 ………………………… 258
11 信実 ………………………………… 266
   信実朝臣家集 ……………………… 266
12 時朝 ………………………………… 273
   前長門守時朝入京田舎打聞集 …… 273
13 基平 ………………………………… 282
   深心院関白集 ……………………… 282
14 実材母 ……………………………… 284
   権中納言実材卿母集 ……………… 284
15 顕氏 ………………………………… 308
   従二位顕氏集 ……………………… 308
16 宗尊I ……………………………… 314
   瓊玉和歌集 ………………………… 314
17 宗尊II ……………………………… 328
   柳葉和歌集 ………………………… 328
18 宗尊III …………………………… 347
   中書王御詠 ………………………… 347
19 宗尊IV ……………………………… 357
   竹風和歌抄 ………………………… 357
20 為家I ……………………………… 383
   大納言為家集 ……………………… 383
21 為家II ……………………………… 443
   中院集 ……………………………… 443
22 為家III …………………………… 466
   中院詠草 …………………………… 466
23 為家IV ……………………………… 471
   中院集 為家 ……………………… 471
24 長綱I ……………………………… 477
   前権典厩集 ………………………… 477
25 長綱II ……………………………… 482
   藤原長綱集 ………………………… 482
26 時広 ………………………………… 493
   越前前司平時広集 ………………… 493
27 光俊 ………………………………… 498
   閑放集巻第三 ……………………… 498
28 雅顕 ………………………………… 502
   右近少将雅顕集 …………………… 502
29 実経 ………………………………… 505
   円明寺関白集 ……………………… 505
30 資平 ………………………………… 508
   資平集 ……………………………… 508
31 後嵯峨院大納言典侍 ……………… 512
   秋夢集 ……………………………… 512
32 澄覚法親王 ………………………… 513
   澄覚法親王集 ……………………… 513
33 親清四女 …………………………… 521
   平親清四女 ………………………… 521
34 親清五女 …………………………… 527
   平親清五女 ………………………… 527
35 景綱 ………………………………… 539
   沙弥蓮愉集 ………………………… 539
36 雅有I ……………………………… 554
```

日本古典文学全集・内容綜覧　185

私家集大成

　隣女集 …………………………… 554
37 雅有II …………………………… 620
　飛鳥井雅有集 …………………… 620
38 茂重 ……………………………… 644
　丹後前司茂重歌 ………………… 644
39 兼行 ……………………………… 650
　兼行集 …………………………… 650
40 亀山院 …………………………… 652
　亀山院御集 ……………………… 652
41 為信 ……………………………… 661
　為信集 …………………………… 661
42 長景 ……………………………… 670
　長景集 …………………………… 670
43 後二条院 ………………………… 675
　後二条院御集 …………………… 675
44 為理 ……………………………… 682
　従三位為理家集 ………………… 682
45 仏国 ……………………………… 707
　仏国禅師御詠 …………………… 707
＊解題 ……………………………… 709
　＊後鳥羽院解題 ………………… 711
　＊秀能解題 ……………………… 712
　＊定家解題 ……………………… 713
　＊順徳院解題 …………………… 714
　＊隆祐解題 ……………………… 715
　＊俊成女解題 …………………… 716
　＊雅成親王解題 ………………… 717
　＊家良解題 ……………………… 717
　＊信生解題 ……………………… 719
　＊信実解題 ……………………… 719
　＊時朝解題 ……………………… 720
　＊基平解題 ……………………… 722
　＊実材母解題 …………………… 722
　＊顕氏解題 ……………………… 723
　＊宗尊親王解題 ………………… 723
　＊為家解題 ……………………… 725
　＊長綱解題 ……………………… 729
　＊時広解題 ……………………… 729
　＊光俊解題 ……………………… 730
　＊雅顕解題 ……………………… 730
　＊実経解題 ……………………… 731
　＊資平解題 ……………………… 731
　＊後嵯峨院大納言典侍解題 …… 731
　＊澄覚法親王解題 ……………… 732
　＊親清四女解題 ………………… 732
　＊親清五女解題 ………………… 733
　＊景綱解題 ……………………… 733
　＊雅有解題 ……………………… 734
　＊茂重解題 ……………………… 738
　＊兼行解題 ……………………… 738
　＊亀山院解題 …………………… 739
　＊為信解題 ……………………… 739
　＊長景解題 ……………………… 740
　＊後二条院解題 ………………… 740
　＊為理解題 ……………………… 741
　＊仏国解題 ……………………… 741
＊索引 ……………………………… 745
　＊一、初句索引 ………………… 747
　＊二、歌人・家集名索引 ……… 976

第5巻　中世III
1974年11月25日刊

私家集大成 中世III 本文 ………… 5
1 伏見院 …………………………… 7
　伏見院御集 ……………………… 7
2 他阿 ……………………………… 65
　他阿上人家集 …………………… 65
3 実兼 ……………………………… 97
　実兼公集 ………………………… 97
4 俊光 ……………………………… 98
　権大納言俊光集 ………………… 98
5 為相 ……………………………… 114
　藤谷和歌集 ……………………… 114
6 為子 ……………………………… 124
　為子集 …………………………… 124
7 親子 ……………………………… 126
　親子集 …………………………… 126
8 公順 ……………………………… 128
　拾藻鈔 …………………………… 128
9 慈道親王 ………………………… 144
　慈道親王集 ……………………… 144
10 祐臣 ……………………………… 149
　自葉和歌集 ……………………… 149
11 道我 ……………………………… 156
　権僧正道我集 …………………… 156
12 浄弁 ……………………………… 160
　浄弁集 …………………………… 160
13 夢窓 ……………………………… 161
　正覚国師御詠 …………………… 161
14 兼好 ……………………………… 165
　兼好法師集 ……………………… 165
15 光吉 ……………………………… 175
　惟宗光吉集 ……………………… 175

16 為定	184	
大納言為定集	184	
17 公賢	188	
公賢集	188	
18 元可	212	
公義集	212	
19 光厳院	220	
花園院御製	220	
20 慶運I	225	
慶運法印集	225	
21 慶運II	233	
慶運集	233	
22 頓阿I	235	
草庵集	235	
23 頓阿II	278	
続草庵和歌集	278	
24 経氏	298	
25 為重	299	
為重朝臣詠草	299	
26 宗良親王	309	
李花和歌集	309	
27 嘉喜門院	339	
嘉喜門院集	339	
28 貞秀	342	
松田丹後守平貞秀集	342	
29 俊長	345	
紀伊国造俊長集	345	
30 歌人佚名 イ	349	
為尹卿集	349	
31 盛見	352	
大内盛見詠草	352	
32 宋雅	354	
宋雅集	354	
33 雅世I	357	
飛鳥井贈大納言雅世歌	357	
34 雅世II	362	
雅世卿集	362	
35 雅世III	380	
飛鳥井雅世集	380	
36 歌人佚名 ロ	406	
為富卿詠	406	
37 持為I	419	
持為卿詠	419	
38 持為II	427	
持為卿詠草	427	
39 持為III	432	
持和詠草	432	

40 尭孝I	436	
慕風愚吟集	436	
41 尭孝II	451	
尭孝法印日記	451	
42 後崇光院I	458	
沙玉和歌集	458	
43 後崇光院II	468	
沙玉和歌集	468	
44 後崇光院III	495	
沙玉和歌集	495	
45 実連I	502	
三条西実連詠草 享徳四年	502	
46 実連II	506	
三条西実連詠草	506	
47 正徹I	511	
招月正徹詠歌	511	
48 正徹II	517	
永享九年正徹詠草	517	
49 正徹III	522	
月草	522	
50 正徹IV	532	
草根集	532	
51 円雅	871	
円雅集	871	
52 義運	874	
義運集	874	
*解題	889	
*伏見院解題	891	
*他阿解題	893	
*実兼解題	894	
*俊光解題	894	
*為相解題	895	
*為子解題	896	
*親子解題	897	
*公順解題	897	
*慈道親王解題	898	
*祐臣解題	898	
*道我解題	898	
*浄弁解題	899	
*夢窓解題	899	
*兼好解題	901	
*光吉解題	901	
*為定解題	902	
*公賢解題	902	
*元可解題	903	
*光厳院解題	904	
*慶運解題	905	

私家集大成

* 頓阿解題 ………………………… 906
* 経氏解題 ………………………… 911
* 為重解題 ………………………… 911
* 宗良親王解題 …………………… 912
* 嘉喜門院解題 …………………… 913
* 貞秀解題 ………………………… 913
* 俊長解題 ………………………… 914
* 歌人佚名 イ 解題 ……………… 914
* 盛見解題 ………………………… 915
* 宋雅解題 ………………………… 915
* 雅世解題 ………………………… 916
* 歌人佚名 ロ 解題 ……………… 917
* 持為解題 ………………………… 917
* 尭孝解題 ………………………… 918
* 後崇光院解題 …………………… 920
* 実連解題 ………………………… 921
* 正徹解題 ………………………… 922
* 円雅解題 ………………………… 928
* 義運解題 ………………………… 928
* 索引 ……………………………… 931
  * 一、初句索引 ………………… 933
  * 二、歌人・家集名索引 ……… 1215

第6巻 中世IV
1976年5月25日刊

私家集大成 中世IV 本文 …………… 7
1 後花園院 ………………………… 9
  後花園院御集 …………………… 9
2 貞常親王I ……………………… 67
  貞常親王後大通院殿御詠 ……… 67
3 貞常親王II ……………………… 73
  後大通院殿御詠 貞常親王 …… 73
4 歌人佚名 イ …………………… 85
  猿鹿居歌集 ……………………… 85
5 心敬I …………………………… 94
  権大僧都心敬集 ………………… 94
6 心敬II ………………………… 106
  十体和歌 ……………………… 106
7 歌人佚名 ロ ………………… 116
  慕景集 ………………………… 116
8 歌人佚名 ハ ………………… 118
  慕景集並異本 ………………… 118
9 常縁 …………………………… 121
  東常縁集 ……………………… 121
10 親元 ………………………… 132
  道寿法師集 …………………… 132

11 義尚 ………………………… 134
  常徳院詠 ……………………… 134
12 義政 ………………………… 146
  慈照院殿義政公御集 ………… 146
13 雅親I ……………………… 156
  雅親詠草 文安五年 ………… 156
14 雅親II ……………………… 158
  飛鳥井雅親集 ………………… 158
15 雅親III …………………… 162
  亜槐集 ………………………… 162
16 雅親IV ……………………… 198
  続亜槐集 ……………………… 198
17 雅親V ……………………… 218
  雅親詠草 ……………………… 218
18 基佐 ………………………… 224
  基佐集 ………………………… 224
19 通秀 ………………………… 235
  十輪院御詠 …………………… 235
20 正広I ……………………… 247
  正広詠歌 ……………………… 247
21 正広II ……………………… 254
  松下集 ………………………… 254
22 雅種 ………………………… 352
  家集 …………………………… 352
23 政弘 ………………………… 360
  拾塵和歌集 …………………… 360
24 蓮如I ……………………… 390
  蓮如上人御詠歌 ……………… 390
25 蓮如II ……………………… 393
  蓮如上人御詠歌 ……………… 393
26 後土御門院I ……………… 398
  紅塵灰集 ……………………… 398
27 後土御門院II ……………… 420
  後土御門院御集 ……………… 420
28 後土御門院III …………… 422
  後土御門院御詠草 …………… 422
29 後土御門院IV ……………… 430
  後土御門院御詠草 …………… 430
30 後土御門院V ……………… 431
  後土御門院御詠草 …………… 431
31 尭恵 ………………………… 433
  下葉和歌集 …………………… 433
32 宗祇 ………………………… 453
  宗祇集 ………………………… 453
33 言国 ………………………… 462
  言国詠草 ……………………… 462
34 孝範 ………………………… 494

188 日本古典文学全集・内容綜覧

孝範集 …………………………… 494	58 尊運 …………………………… 890
35 基綱I …………………………… 498	高雄尊運詠草 …………………… 890
卑懐集 …………………………… 498	59 尊朝 …………………………… 891
36 基綱II ………………………… 518	高雄尊朝詠草 …………………… 891
基綱卿詠 ………………………… 518	60 邦高親王I …………………… 892
37 雅康 …………………………… 526	邦高親王御詠 …………………… 892
雅康卿詠草 ……………………… 526	61 邦高親王II ………………… 930
38 兼載 …………………………… 536	式部卿邦高親王御集 …………… 930
猪苗代兼載閑塵集 ……………… 536	62 実淳 …………………………… 936
39 智閑 …………………………… 548	実淳集 …………………………… 936
蒲生智閑和歌集 ………………… 548	*解題 …………………………… 955
40 冬良 …………………………… 571	*後花園院解題 ………………… 957
流霞集 …………………………… 571	*貞常親王解題 ………………… 957
41 済継I ………………………… 574	*歌人佚名 イ 解題 …………… 971
済継集 …………………………… 574	*心敬解題 ……………………… 972
42 済継II ………………………… 579	*歌人佚名 ロ 解題 …………… 973
姉小路済継卿詠草 ……………… 579	*歌人佚名 ハ 解題 …………… 974
43 済継III ……………………… 585	*常縁解題 ……………………… 974
参議済継集 ……………………… 585	*親元解題 ……………………… 976
44 雅俊 …………………………… 613	*義尚解題 ……………………… 976
園草 ……………………………… 613	*義政解題 ……………………… 978
45 政為 …………………………… 618	*雅親解題 ……………………… 980
碧玉集 …………………………… 618	*基佐解題 ……………………… 985
46 統秋 …………………………… 660	*通秀解題 ……………………… 985
松下抄 …………………………… 660	*正広解題 ……………………… 986
47 後柏原院 …………………… 692	*雅種解題 ……………………… 989
柏玉和歌集 ……………………… 692	*政弘解題 ……………………… 990
48 為広I ………………………… 757	*蓮如解題 ……………………… 990
為広詠草 ………………………… 757	*後土御門院解題 ……………… 992
49 為広II ………………………… 762	*尭恵解題 ……………………… 994
為広卿詠 ………………………… 762	*宗祇解題 ……………………… 995
50 為広III ……………………… 765	*言国解題 ……………………… 996
為広詠草 ………………………… 765	*孝範解題 ……………………… 997
51 肖柏 …………………………… 778	*基綱解題 ……………………… 998
春夢草 …………………………… 778	*雅康解題 ……………………… 999
52 常和 …………………………… 839	*兼載解題 ……………………… 999
常和集 …………………………… 839	*智閑解題 ……………………… 1000
53 済俊 …………………………… 840	*冬良解題 ……………………… 1000
歌集 ……………………………… 840	*済継解題 ……………………… 1001
54 宣光 …………………………… 842	*雅俊解題 ……………………… 1003
西林和歌集 ……………………… 842	*政為解題 ……………………… 1004
55 玄誉 …………………………… 847	*統秋解題 ……………………… 1005
玄誉法師詠歌聞書 ……………… 847	*後柏原院解題 ………………… 1006
56 言綱 …………………………… 862	*為広解題 ……………………… 1007
言綱卿詠草 ……………………… 862	*肖柏解題 ……………………… 1009
57 貞仍 …………………………… 876	*常和解題 ……………………… 1010
下つふさ集 ……………………… 876	*済俊解題 ……………………… 1010

私家集大成

＊宣光解題 ………… 1010
＊玄誉解題 ………… 1011
＊言綱解題 ………… 1015
＊貞仍解題 ………… 1016
＊尊運解題 ………… 1016
＊尊朝解題 ………… 1017
＊邦高親王解題 ……… 1017
＊実淳解題 ………… 1034
＊索引 …………………… 1037
＊一、初句索引 ……… 1039
＊二、歌人・家集名索引 … 1346

第7巻　中世V・補遺
1976年12月10日刊

私家集大成 第七巻 中世V 上 本文 ……… 7
1 実隆I …………………… 9
　再昌草 ………………… 9
2 実隆II ………………… 194
　雪玉集 ………………… 194
3 実隆III ………………… 424
　邦忠親王御筆集雪追加 … 424
4 キヤウ内侍 …………… 436
　キヤウ内侍集 ………… 436
5 遠忠I …………………… 438
　詠草大永七年中 ……… 438
6 遠忠II ………………… 462
　遠忠 …………………… 462
7 遠忠III ………………… 482
　十市遠忠詠草 ………… 482
8 遠忠IV ………………… 492
　十市遠忠詠草 ………… 492
9 遠忠V ………………… 508
　詠草 …………………… 508
10 為和 …………………… 519
　為和集 ………………… 519
11 守武 …………………… 584
　守武随筆 ……………… 584
12 尊鎮親王 ……………… 586
　尊鎮親王詠草 ………… 586
13 後奈良院I …………… 587
　後奈良院御製御月次御法楽公宴続
　歌抜書 ………………… 587
14 後奈良院II …………… 609
　後奈良院詠草書留 …… 609
15 後奈良院III ………… 612
　後奈良院御詠草 ……… 612

16 後奈良院IV …………… 620
　後奈良院御詠草添削 後柏原院 … 620
17 邦輔親王 ……………… 622
　邦輔親王集 …………… 622
18 公条I ………………… 642
　公条公集 ……………… 642
19 公条II ………………… 643
　称名院家集 …………… 643
20 歌人佚名 ……………… 688
　等貴和尚詠草 ………… 688
21 長伝 …………………… 694
　心珠詠藻 ……………… 694
22 貞康親王 ……………… 713
　貞康親王集 …………… 713
23 親俊 …………………… 717
　親俊詠草 ……………… 717
24 元就 …………………… 722
　贈従三位元就公御詠草 … 722
25 貞敦親王 ……………… 726
　貞敦親王御詠 ………… 726
26 直朝 …………………… 750
　桂林集 ………………… 750
27 雅敦 …………………… 757
　雅敦卿詠草 …………… 757
28 実枝 …………………… 774
　三光院詠 ……………… 774
29 言継 …………………… 802
　権大納言言継卿集 …… 802
30 宗分 …………………… 817
　宗分歌集 ……………… 817
31 国永 …………………… 818
　年代和歌抄 …………… 818
32 為仲 …………………… 893
　五辻為仲卿詠草 ……… 893
33 江雪 …………………… 895
　江雪詠草 ……………… 895
34 通勝I ………………… 910
　中院素然詠歌写 ……… 910
35 通勝II ………………… 911
　中院也足軒詠七十六首 … 911
36 通勝III ……………… 913
　通勝集 ………………… 913
37 幽斎 …………………… 949
　衆妙集 ………………… 949
38 氏真I ………………… 970
　今川氏真詠草 ………… 970
39 氏真II ………………… 979

今川氏真詠草 ……………	979
40 惺窩 …………………	999
惺窩和歌集 …………………	999
41 邦房親王 ………………	1009
邦房親王御詠 ………………	1009
42 時慶I …………………	1052
前参議時慶卿集 ……………	1052
43 時慶II …………………	1075
詠草 …………………………	1075
44 実条I …………………	1078
丹州に於ける実条公御詠草文禄三年自筆 ……………………	1078
45 実条II …………………	1080
実条公御詠草自筆 …………	1080
46 実条III ………………	1082
実条公御詠草慶長二年自筆	1082
47 実条IV ………………	1083
実条公御詠草慶長三年自筆	1083
48 実条V …………………	1084
三条西実条詠草慶長五年 …	1084
49 実条VI ………………	1088
実条公御詠草慶長八・九年	1088
50 実条VII ………………	1092
実条公御詠草 ………………	1092
51 実条VIII ……………	1093
実条公御詠草 ………………	1093
52 実条IX ………………	1095
東国名所在名ニ付雑雑覚 …	1095
53 実条X …………………	1095
寛永五年八月十五日中院亭御法楽詠草 ……………………	1095

第7巻　中世V・補遺
1976年12月10日刊

＊解題 ………………………	1099
＊実隆解題 …………………	1101
＊キヤウ内侍解題 …………	1183
＊遠忠解題 …………………	1183
＊為和解題 …………………	1186
＊守武解題 …………………	1186
＊尊鎮親王解題 ……………	1187
＊後奈良院解題 ……………	1187
＊邦輔親王解題 ……………	1191
＊公条解題 …………………	1209
＊歌人佚名解題 ……………	1211
＊長伝解題 …………………	1211

＊貞康親王解題 ……………	1212
＊親俊解題 …………………	1214
＊元就解題 …………………	1214
＊貞敦親王解題 ……………	1215
＊直朝解題 …………………	1217
＊雅敦解題 …………………	1218
＊実枝解題 …………………	1218
＊言継解題 …………………	1220
＊宗分解題 …………………	1221
＊国永解題 …………………	1222
＊為仲解題 …………………	1223
＊江雪解題 …………………	1223
＊通勝解題 …………………	1224
＊幽斎解題 …………………	1225
＊氏真解題 …………………	1226
＊惺窩解題 …………………	1228
＊邦房親王解題 ……………	1231
＊時慶解題 …………………	1234
＊実条解題 …………………	1239
＊索引 ………………………	1241
＊一、初句索引 ……………	1243
＊二、歌人・家集名索引 …	1607
補遺 …………………………	1609
1 興風III ………………	1611
藤原興風集 …………………	1611
2 好忠II …………………	1611
好忠集 ………………………	1611
3 好忠III ………………	1612
好忠集 ………………………	1612
4 惟成II …………………	1613
惟成集 ………………………	1613
5 歌人佚名 イ ……………	1613
佚名家集 ……………………	1613
6 頼政II …………………	1614
頼政集 ………………………	1614
7 歌人佚名 ロ ……………	1614
無名歌集 ……………………	1614
8 為世 ………………………	1615
為世集 ………………………	1615
9 経氏 ………………………	1620
源経氏歌集 …………………	1620
10 貞秀 ……………………	1632
貞秀朝臣集 …………………	1632
11 正徹V ………………	1636
正徹詠草 ……………………	1636
＊解題 ………………………	1663
＊興風解題 …………………	1663

* ＊好忠解題 ································· *1663*
* ＊惟成解題 ································· *1663*
* ＊歌人佚名　イ　解題 ················· *1664*
* ＊頼政解題 ································· *1664*
* ＊歌人佚名　ロ　解題 ················· *1664*
* ＊為世解題 ································· *1665*
* ＊経氏解題 ································· *1666*
* ＊貞秀解題 ································· *1667*
* ＊正徹解題 ································· *1668*
* ＊索引 ·· *1669*
  * ＊一、初句索引 ······················ *1669*
  * ＊二、歌人・家集名索引 ········· *1689*
* ＊後記（和歌史研究会） ················ *1691*

[037] **十返舎一九越後紀行集**
郷土出版社
全3巻
1996年3月
（下西善三郎編）

第1巻　『金草鞋』第八編
1996年3月22日刊

『金草鞋』第八編 ································· *1*
＊凡例 ·· *4*
　復刻・翻刻編 ·························· *5*
　　緒言 ···································· *7*
　　会津若松 ···························· *8*
　　高久 ·································· *10*
　　坂下（ばんげ） ····················· *11*
　　塔寺 ·································· *12*
　　舟戸 ·································· *13*
　　潟角 ·································· *14*
　　野沢 ·································· *15*
　　野尻 ·································· *16*
　　白坂 ·································· *17*
　　八田 ·································· *18*
　　焼山 ·································· *19*
　　天満 ·································· *20*
　　津川 ·································· *21*
　　諏訪峠 ································ *22*
　　湯口 ·································· *24*
　　新谷（あらや） ····················· *25*
　　綱木 ·································· *26*
　　赤谷 ·································· *27*
　　山内 ·································· *28*
　　米倉 ·································· *29*
　　五十公野（いぢみの） ············ *30*
　　新発田（しばた） ·················· *32*
　　新潟 ·································· *34*
　　赤塚 ·································· *36*
　　弥彦 ·································· *37*
　　寺泊 ·································· *38*
　　山田 ·································· *39*
　　出雲崎 ································ *40*
　　剣ケ峯 ································ *42*
　　与板 ·································· *43*

長岡	44
上除（かみのぞき）	46
宮本	47
妙法寺	48
柏崎	50
鯨波	52
米山峠	54
鉢崎	56
柿崎	57
潟町	58
黒井	59
春日新田	60
今町	61
高田	62
当国七不思議之内	64
現代文編	67
緒言	69
会津若松	70
高久	72
坂下	73
塔寺	74
舟戸	75
潟角	76
野沢	77
野尻	78
白坂	79
八田	80
焼山	81
天満	82
津川	83
諏訪峠	84
湯口	86
新谷	87
綱木	88
赤谷	89
山内	90
米倉	91
五十公野	92
新発田	94
新潟	96
赤塚	98
弥彦	99
寺泊	100
山田	101
出雲崎	102
剣ケ峯	104
与板	105

長岡	106
上除	108
宮本	109
妙法寺	110
柏崎	112
鯨波	114
米山峠	116
鉢崎	118
柿崎	119
潟町	120
黒井	121
春日新田	122
今町	123
高田	124
当国七不思議之内	126
＊監修のことばにかえて（加藤章）	129
＊十返舎一九と〈越後空間〉（下西善三郎）	
	131

第2巻　『金草鞋』第十八編
1996年3月22日刊

『金草鞋』第十八編	1
＊凡例	4
復刻・翻刻編	5
緒言	7
越中立山之図	8
其二	10
附言	12
越後高田	13
五智	14
長浜	15
有馬川	16
名立	17
能生	18
鍛治屋舗	19
糸魚川	20
青海・駒返	21
宇多	22
外浪・親不知	23
市振	24
堺	25
泊・相本橋	26
三日市	27
魚津・滑川	28
水橋・富山舟橋	30
富山・岩砕・横江・血掛	32

芦硲・湯川 ……………………… 33
美女杉・伏拝・桑谷 …………… 34
中津原・国見坂 ………………… 35
一谷大鏁 ………………………… 36
室堂 本社 ………………………… 37
絶頂本社 別山 …………………… 38
富山・小杉 ……………………… 42
高岡 ……………………………… 44
森山 ……………………………… 46
氷見 ……………………………… 47
荒山峠 …………………………… 48
二の宮 …………………………… 50
七尾 ……………………………… 51
和倉温泉 ………………………… 54
高岡・石動 ……………………… 57
倶利伽羅峠 ……………………… 58
竹之橋 …………………………… 60
津畑 ……………………………… 62
金沢 ……………………………… 64
現代文編 ………………………… 67
　緒言 …………………………… 69
　越中立山之図 ………………… 70
　其二 …………………………… 72
　附言 …………………………… 74
　越後高田 ……………………… 75
　五智 …………………………… 76
　長浜 …………………………… 77
　有馬川 ………………………… 78
　名立 …………………………… 79
　能生 …………………………… 80
　鍛治屋舗 ……………………… 81
　糸魚川 ………………………… 82
　青海・駒返 …………………… 83
　宇多 …………………………… 84
　外浪・親不知 ………………… 85
　市振 …………………………… 86
　堺 ……………………………… 87
　泊・相本橋 …………………… 88
　三日市 ………………………… 89
　魚津・滑川 …………………… 90
　水橋・富山舟橋 ……………… 92
　富山・岩硲・横江・血掛 …… 94
　芦硲・湯川 …………………… 95
　美女杉・伏拝・桑谷 ………… 96
　中津原・国見坂 ……………… 97
　一谷大鏁 ……………………… 98
　室堂 本社 ……………………… 99

　絶頂本社 別山 ……………… 100
　富山・小杉 ………………… 104
　高岡 ………………………… 106
　森山 ………………………… 108
　氷見 ………………………… 109
　荒山峠 ……………………… 110
　二の宮 ……………………… 112
　七尾 ………………………… 113
　和倉温泉 …………………… 116
　高岡・石動 ………………… 119
　倶利伽羅峠 ………………… 120
　竹之橋 ……………………… 122
　津畑 ………………………… 124
　金沢 ………………………… 126
＊『方言修行金草鞋』について（浅倉有子）
　　 ……………………………… 129
＊十返舎一九略年譜—旅と作品と越後
　と（中西善三郎） …………… 137
＊執筆分担一覧 ………………… 142
＊お世話になった方々・参考文献 …… 142

第3巻　『滑稽旅烏』初編
1996年3月22日刊

＊凡例 …………………………… 4
復刻・翻訳編 …………………… 5
　序 ……………………………… 7
　去夏遊歴之地理略図 ………… 8
　附言・滑稽旅烏 ……………… 10
現代文編 ………………………… 67
　序 ……………………………… 69
　去夏遊歴之地理略図 ………… 70
　附言・滑稽旅烏 ……………… 72
＊十返舎一九『滑稽旅烏』の世界（下西善
　三郎） ………………………… 129

[038] 洒落本大成
中央公論社
全29巻, 補巻1巻
1978年9月～1988年11月
(洒落本大成編集委員会編)

第1巻
1979年9月11日刊

* 編集のことば(水野稔, 中村幸彦, 神保五彌, 浜田啓介, 植谷元, 中野三敏)1
* 凡例 ………………………………… 2
両巴巵言 ……………………………… 15
史林残花 ……………………………… 33
南花余芳 ……………………………… 55
両都妓品 西都妓品両巴巵言 ………… 67
両都妓品 西都妓品史林残花 ………… 89
吉原源氏六十帖評判 ………………… 93
傾城つれつれ草 ……………………… 111
平安花柳録 …………………………… 119
嶹陽英華 ……………………………… 137
会海通窟 ……………………………… 151
白増譜言経 …………………………… 161
百花評林 ……………………………… 191
瓢金窟 ………………………………… 203
華里通商考 …………………………… 221
華里通商考(異本) …………………… 227
阿房枕言葉 …………………………… 235
泉台冶情 ……………………………… 261
烟花漫筆 ……………………………… 277
跖婦伝 ………………………………… 293
猪の文章 ……………………………… 309
当世花街談義 ………………………… 321
* 解題 ………………………………… 355

第2巻
1978年11月10日刊

* 凡例 ………………………………… 5
新版さんちゃ大評判吉原出世鑑 …… 9
吉原評判交代盤栄記 ………………… 35
詠楽詫論談 …………………………… 61
魂胆総勘定 …………………………… 81

本草妓要 ……………………………… 109
禁現大福帳 …………………………… 131
絵入花菖蒲待乳問答 ………………… 165
穿当珍話 ……………………………… 199
風俗七遊談 …………………………… 213
風俗八色談 …………………………… 237
西郭燈籠記 …………………………… 279
北州異素六帖 ………………………… 289
新月花余情 …………………………… 315
聖遊廓 ………………………………… 313
花街浪華色八卦 ……………………… 339
艶人史相秘事真告 …………………… 359
* 解題 ………………………………… 379

第3巻
1979年1月10日刊

* 凡例 ………………………………… 7
陽台遺編・妣閣秘言 ………………… 11
陽台遺編(異本) ……………………… 29
遊客年々考 …………………………… 41
水月ものはなし ……………………… 53
迷処邪正按内拾穂抄 ………………… 81
肉道秘鍵 ……………………………… 93
月花余情 ……………………………… 103
月花余情(異本) ……………………… 115
十二段弥味草紙 ……………………… 137
遊処俳倜くだまき綱目 ……………… 147
正夢後悔玉 …………………………… 165
感跖酔裏 ……………………………… 181
色道このてかしわ …………………… 199
列仙伝 ………………………………… 211
開学小筌 ……………………………… 229
袂案内 ………………………………… 267
原柳巷花語 …………………………… 275
拾遺枕草紙花街抄 …………………… 287
玄々経 ………………………………… 303
本朝色鑑 ……………………………… 315
夢中生楽 ……………………………… 331
游里教・戯言教 ……………………… 345
* 解題(中野三敏) …………………… 359

第4巻
1979年4月10日刊

* 凡例 ………………………………… 7
陽台三略 ……………………………… 11

洒落本大成

頭書絵抄和国婦家往来	25
西郭東涯優劣論	33
色道三略巻	41
永代蔵	53
旧変段	69
遊郭擲銭考	83
花洛色里つれつれ草	119
当世座持話	143
古今吉原大全	181
閑居放言	231
北里懲毖録	243
惚己先生夜話	253
間似合早粋	265
江戸評判娘揃	281
郭中奇譚	295
郭中奇譚(異本)	311
評判娘名寄草	329
あづまの花	337
遊子方言	345
辰巳之園	365
*解題	385

第5巻
1979年7月10日刊

*凡例	5
蕩子筌枉解 五言絶句	9
南江駅話	67
登楼篇	79
遊婦多数寄	89
擲銭青楼占	111
業平ひでん晴明もどき恋道双陸占	147
無量談	173
艶占奥儀抄	185
侠者方言	199
両国栞	213
遊里の花	227
浪花江南章台才女胆相撲	251
瓢軽雑病論	273
よるのすかかき	281
論語町	293
猿の人真似	309
濁里水	321
当世気とり草	353
*解題	373

第6巻
1979年10月10日刊

*凡例	7
宮郭八景論	11
花街浪華今八卦 附録七情星の占	21
南閭雑話	43
当世風俗通	65
越里気思案	83
きつねのも	91
風流睟談議	103
婦美車紫鑑	135
古今馬鹿集	163
吉原細見里のをだ巻評	173
一目千本	185
青楼花色寄	223
放蕩虚誕伝	247
東都青楼八詠并略記	259
後編風俗通	271
甲駅新話	291
青楼楽美種	313
寸南破良意	327
当世故事附選怪興	357
当世爰かしこ	371
*解題	385

第7巻
1980年1月10日刊

*凡例	7
当世左様候	11
今様張达風俗問答	23
無論里問答	37
契国策	57
郭中掃除雑編	81
妓者呼子鳥	97
浄瑠璃稽古風流	119
大通伝	131
北遊穴知鳥	141
通志選	159
桜河微言	175
中洲雀	183
売花新駅	193
娼妃地理記	207
ことぶき草	229
世説新語茶	235
広街一寸間遊	255

金枕遊女相談	267
傾城買指南所	287
契情買虎之巻	301
淫女皮肉論	331
三幅対	347
波南の家満	357
＊解題	375

第8巻
1980年4月10日刊

＊凡例	7
大通秘密論	11
おみなめし	31
胡蝶夢	49
一事千金	65
野路の胆言	91
女鬼産	107
廻覧奇談深淵情	121
風流廓中美人集	147
蚊不喰呪咀曽我	157
雑文穿袋	175
酔姿夢中	197
深川新話	211
美地の蠣殻	227
家暮長命四季物語	245
呼子鳥	257
風流裸人形	273
大通惣本寺杜選大和尚無頼通説法	283
大通愛想尽	297
大通禅師法語	305
百安楚飛	315
能似画	329
竜虎問答	343
＊解題（浜田啓介）	355

第9巻
1980年7月10日刊

＊凡例	7
名とり酒	11
伊賀越増補合羽之竜	33
大抵御覧	49
駅舎三友	63
粋町甲閨	77
南客先生文集	95
全盛東花色里名所鑑	111

多荷論	121
廓中名物論	131
客者評判記	137
粋のたもと	171
大通人好記	179
貧幸先生多佳余宇辞	191
当世真似山気登里	207
初葉南志	217
古今青楼噺之画有多	249
風流仙婦伝	271
芳深交話	289
遊婦里会談	303
隣壁夜話	319
甚孝記	337
情廓三十三番無陀所	345
見脈医術虚辞先生穴賢	355
弁蒙通人講釈	367
＊解題	383

第10巻
1980年10月10日刊

＊凡例	7
大通俗一騎夜行	11
根柄異軒之伝	51
神代椙昧論	61
口学諺種	79
玉菊燈籠弁	101
風俗砂払伝	113
奴通	125
喜夜来大根	137
娼註銚子戯語	149
空来先生翻草盲目	167
咲分論	181
胸註千字文	191
大通多名於路志	209
軽井茶話道中粋語録	219
里䦧風語	233
通人鬼打豆	243
廓遊唐人寐言	251
楼妓選	279
記原情語	291
雲井双紙	301
契情極秘巻	315
娼売応来	341
真女意題	349
＊解題（浜田啓介）	365

洒落本大成

第11巻
1981年1月10日刊

- *凡例 ………………………………………… 7
- 舌講油通汙 …………………………………… 11
- 通仁枕言葉 …………………………………… 25
- 東西南北突当富魂短 ………………………… 41
- 当世繁栄通宝 ………………………………… 53
- 宝船通人之寐言 ……………………………… 65
- 傾城異見之規矩 ……………………………… 79
- かよふ神の講釈 ……………………………… 89
- 公大無多言 …………………………………… 101
- にやんの事だ ………………………………… 117
- 三都仮名話 …………………………………… 127
- 通点興 ………………………………………… 137
- 無陀もの語 …………………………………… 145
- 新吾左出放題盲牛 …………………………… 155
- 通人三国師 …………………………………… 177
- 古今三通伝 …………………………………… 197
- 鯉池全盛噺 …………………………………… 205
- 大劇場世界の幕なし ………………………… 219
- 通人の寐言 …………………………………… 231
- 当世導通記 …………………………………… 255
- 登美賀遠佳 …………………………………… 277
- 根津見子楼茂 ………………………………… 287
- 深弥満於路志 ………………………………… 303
- 山下珍作 ……………………………………… 313
- こんたん手引くさ …………………………… 329
- 富賀川拝見 …………………………………… 343
- *解題（水野稔，浜田啓介）………………… 359
- *参考資料 …………………………………… 397

第12巻
1981年4月10日刊

- *凡例 ………………………………………… 7
- 太平楽巻物 …………………………………… 11
 - 稿本「阿千代之伝」 ……………………… 25
- 恵世ものかたり ……………………………… 37
- 蛇蛻青大通 …………………………………… 47
- 六丁一里 ……………………………………… 55
- 世話双紙歌舞妓の華 ………………………… 67
- 滸都洒美撰 …………………………………… 83
- 柳巷訛言 ……………………………………… 105
- 通神孔釈三教色 ……………………………… 119
- 古今無三人連 ………………………………… 139
- 徒然眸か川 …………………………………… 155
- 契情手管智恵鏡 ……………………………… 183
- 卯地臭意 ……………………………………… 197
- 歌妓琴塩屋之松 ……………………………… 209
- 金錦三調伝 …………………………………… 219
- 愚人贅漢居続借金 …………………………… 231
- 傾城蜂牛伝 …………………………………… 247
- 大の記山寺 …………………………………… 255
- 太平楽記文 …………………………………… 271
- 彙軌本紀 ……………………………………… 283
- 浪花花街今今八卦 …………………………… 297
- 二日酔卮觶 …………………………………… 313
- 甲駅妓談角鶏卵 ……………………………… 331
- *解題 ………………………………………… 349

第13巻
1981年7月10日刊

- *凡例 ………………………………………… 7
- 誰か袖日記 …………………………………… 11
- 鐘は並木か両国欤浮世の四時 ……………… 23
- 残座訓 ………………………………………… 35
- 千草結ひ色葉八卦 …………………………… 49
- 眸ヶ川後編真真の川 ………………………… 65
- 和唐珍解 ……………………………………… 87
- 息子部屋 ……………………………………… 113
- 無駄酸辛甘 …………………………………… 133
- 契情懐はなし ………………………………… 143
- 深川手習草紙 ………………………………… 155
- 粋宇瑠璃 ……………………………………… 165
- 客衆肝照子 …………………………………… 201
- 其あんか ……………………………………… 229
- 人遠茶懸物 …………………………………… 237
- 寒暖寐言 ……………………………………… 251
- むだ砂子 ……………………………………… 261
- 短華蘂葉 ……………………………………… 281
- 福神粋語録 …………………………………… 291
- 田舎芝居 ……………………………………… 309
- 古契三娼 ……………………………………… 331
- 解題（水野稔，中野三敏）………………… 351
- *参考資料 …………………………………… 391

第14巻
1981年10月10日刊

- *凡例 ………………………………………… 7
- 当世粋の源 …………………………………… 11
- 総籬 …………………………………………… 35

初衣抄	61
不仁野夫鑑	85
替理善運	97
傾城觿	111
女郎買之糠味噌汁	131
眸毛登喜	145
曽我糠袋	165
一目土堤	177
青楼五雁金	205
夜半の茶漬	219
吉原やうし	243
仙台風	259
大通手引草	275
捷逕早大通	287
性売往来	297
自惣鏡	309
志羅川夜船	333
＊解題（水野稔）	351

第15巻
1982年1月25日刊

＊凡例	7
青楼和談新造図彙	11
通気粋語伝	29
中洲の花美	49
南国駅路雀	69
まわし枕	91
閭中狂言廓大帳	105
京伝予誌	125
格子戯語	145
染抜五所紋	165
破紙子	181
学通三客	203
田舎談儀	217
傾城買四十八手	233
繁千話	255
美止女南話	273
文選臥坐	283
万更大師異聞本	301
面美多通身	317
南品あやつり	329
＊解題（水野稔，中野三敏）	345

第16巻
1982年5月10日刊

＊凡例	7
仕懸文庫	11
娼妓絹籭	37
せいろうひるのせかい錦之裏	59
四ツ谷新宿西遊記	79
取組手鑑	89
言葉の玉	107
眸のすじ書	123
色里諸例男女不躾方・大通禁言集	139
遊里不調法記	147
北廓鶏卵方	157
廓回粋通鑑	179
北華通情	193
老子興	215
塩梅加減粋庖丁	233
仮根草	257
養漢裸百貫	271
御膳手打翁曾我	297
天岩戸	315
名所拝見	335
かしく六三良見通三世相	343
廓の池好	367
＊解題（中野三敏）	379

第17巻
1982年9月10日刊

＊凡例	7
戯言浮世瓢単	9
来芝一代記	33
三眸一致うかれ草紙	53
廓通遊子	65
青楼阿蘭陀鏡	85
傾城買二筋道	109
石場妓談 辰巳婦言	127
温泉の垢	155
十界和尚話	179
津国毛及	199
手管早引廓節要	219
契情買猫之巻	237
傾城買談客物語	255
楼曲実諷教	279
品川楊枝	285
粋学問	303
仲街艶談	327
猫射羅子	345
＊解題	361

洒落本大成

第18巻
1983年2月20日刊

＊凡例 ················· 5
野暮の枝折 ················· 9
身体山吹色 ················· 33
二筋道後篇廓の癖 ················· 65
せいろう夜のせかい闇明月 ················· 91
契情買言告鳥 ················· 109
青楼真廓誌 ················· 129
大通契語 ················· 143
通俗子 ················· 159
南遊記 ················· 169
白狐通 ················· 203
松登妓話 ················· 227
青楼夜話鄭数可佳妓 ················· 249
疇昔の茶唐 ················· 265
虚実情の夜桜 ················· 283
囲多好醋 ················· 301
南門鼠 ················· 313
女楽巻 ················· 331
軽世界四十八手 ················· 343
＊解題 ················· 373

第19巻
1983年6月20日刊

＊凡例 ················· 7
大磯新話風俗通 ················· 11
女肆三人酩酊 ················· 39
昇平楽 ················· 63
部屋三味線 ················· 73
遊僊窟烟之花 ················· 97
三篇二筋道宵之程 ················· 121
風流傾城真之心 ················· 151
意妓口 ················· 171
客衆一華表 ················· 195
玉之帳 ················· 213
孔雀そめき ················· 237
廓写絵 ················· 251
契情実之巻 ················· 263
主管見通五臓眼 ················· 291
讃極史 ················· 311
品川海苔 ················· 323
青楼惣多手買 ················· 341
面美知之娌 ················· 355
青楼実記大門雛形 ················· 373

＊解題（神保五弥（ほか）） ················· 393

第20巻
1983年11月20日刊

＊凡例 ················· 7
恵比良濃梅 ················· 11
青楼夜話色講釈 ················· 29
抃笑妓談喜和美多里 ················· 47
五甲任侠甲子夜話 ················· 65
東都気娼廓胆競 ················· 83
言告鳥二篇廓之桜 ················· 99
千客万奇 ················· 121
善玉先生大通論 ················· 137
匂ひ袋 ················· 169
仮廓南渚比翼紫 ················· 187
雪月二蒲団 ················· 207
新織儚意鈔 ················· 225
契情買中夢之盗汗 ················· 251
滑稽埜良玉子 ················· 269
備語手多美 ················· 289
古物尋日扇香記 ················· 305
春色雨夜噺 ················· 327
三千之紙屑 ················· 343
甲子夜話後編姫意妃 ················· 363
＊解題（神保五弥（ほか）） ················· 391

第21巻
1984年4月25日刊

＊凡例 ················· 5
倡妓売舗商内神 ················· 9
契情買独稽古穴可至子 ················· 29
青楼奇談狐寶這入 ················· 53
青楼起承転合 ················· 77
後編遊冶郎 ················· 97
夢汗後篇妓情辺夢解 ················· 117
後編にほひ袋 ················· 143
狂言雑話五大刀 ················· 165
吉原談語 ················· 183
鄭意気地 ················· 207
標客三躰誌 ················· 237
倡客躾学問 ················· 259
青楼娥言解 ················· 287
青楼小鍋立 ················· 315
青楼日記 ················· 335
青楼松の内 ················· 353

200　日本古典文学全集・内容綜覧

洒落本大成

富岡八幡鐘	375
＊解題	391

第22巻
1984年12月20日刊

＊凡例	7
素見数子	11
通気多志婦足髢	31
南門鼠帰	49
南駅祇園会挑燈蔵	76
仕懸幕莫仇手本	89
ふしみた	107
仇手本後編通神蔵	117
花折紙	135
魂胆胡蝶枕	183
後涼東訛言	203
梅になく鳥	211
甲駅夜の錦	223
甲駅雪折笹	239
指南車	265
酒徒雅	289
真寸鏡	301
南品嫖客三人酩酊	315
岡女八目佳妓窺	327
教訓相撲取草	341
＊解題	361
＊参考資料	399

第23巻
1985年6月20日刊

＊凡例	7
傾城買杓子木	11
後篇契情実之巻	25
当世嘘之川	55
螺の世界	85
外国通唱	99
傾城買花角力	107
甲駅彫青とかめ	125
滑稽倡売往来	139
蓬駅妓談	155
南浜野圃の玉子	179
駅客娼せん	205
塩尻合戦仇名草青楼日記	239
廓早引うかれ鳥	257
両面手	267

こゝろの外	279
浮雀遊戯嶋	295
笑屁録	313
花妓素人面和倶噺	327
青楼草紙	339
＊解題（神保五彌（ほか））	355

第24巻
1985年11月25日刊

＊凡例	5
遊状文章大成	9
裸百貫	61
退屈晒落	73
船頭深話	83
通言東至船	133
花街滑稽一文塊	147
通客一盃記言	173
滑稽粋言穐潜妻	193
誹諧通言	219
遊女大学	239
南駅夜光珠	277
当世廓中掃除	299
辰巳船頭部屋	335
＊解題（神保五彌（ほか））	355

第25巻
1986年4月20日刊

＊凡例	7
北系兵庫結	11
家満安楽志	31
後編甲駅新語・三篇甲駅新語	49
青楼千字文	71
昼夜夢中鏡	85
高楼今楼意気地合戦	101
筬の千言	111
駿州府中阿倍川の流	129
通俗雲談	163
愛敬鶏子	175
粋が酔たか左登能花	189
四季の花	203
南楼丸一之巻	241
くるわの茶番	255
ふたもと松	269
居続夜話ふたもと松二篇	283
ふたもと松三篇	301

日本古典文学全集・内容綜覧　201

| 当世花筏 ………………………… 319
| 青楼籬の花 ……………………… 329
| *解題（神保五彌（ほか）） …… 349

第26巻
1986年9月20日刊

| *凡例 ……………………………… 7
| 傾城買禿筆 ……………………… 11
| 鄙風俗真垣 ……………………… 31
| 青楼洒落文台 …………………… 47
| 相合傘 …………………………… 55
| 財宝宮神戸導阿法談 …………… 69
| 幸好古事 ………………………… 75
| 百人裕 …………………………… 87
| 吉原帽子 ………………………… 95
| 後編吉原談語 ………………… 111
| 傾城仙家壺 …………………… 129
| 廓宇久為寿 …………………… 143
| 京伝居士談 …………………… 165
| 夢の糶拍子 …………………… 181
| 新かた後の月見 ……………… 195
| いろは雛形 …………………… 207
| 櫓下妓談婦身嘘 ……………… 213
| 裸土一覧 ……………………… 239
| 遊子娯言 ……………………… 263
| 当世粋の曙 …………………… 287
| 座敷の粧ひ …………………… 301
| 楼上三之友 …………………… 327
| *解題（神保五彌（ほか）） … 345
| *参考資料 ……………………… 395

第27巻
1987年3月20日刊

| *凡例 ……………………………… 5
| 東海探語 ………………………… 9
| 斯農鄙古間 ……………………… 29
| 青楼胸の吹矢 …………………… 39
| 玉菊全伝 花街鑑 ……………… 59
| 青楼快談玉野語言 ……………… 97
| 河東方言箱まくら …………… 113
| 穴学問後編 青楼女庭訓 ……… 147
| 南町大平記 …………………… 173
| 花街風流解 …………………… 183
| 登誓 …………………………… 225
| 青楼曙草 ……………………… 233

| 廓鑑余興 花街寿々女 ………… 259
| 田舎あふむ …………………… 289
| 色深狭睡夢 …………………… 299
| 北川蜆殻 ……………………… 335
| *解題（神保五彌（ほか）） … 359

第28巻
1987年9月20日刊

| *凡例 ……………………………… 7
| 新宿哂落梅ノ帰咲 ……………… 11
| ゆめあわせ ……………………… 21
| 風流辰巳妓談 楠下埜夢 ……… 31
| 青楼奇談初夢草紙 ……………… 45
| 清楼色唐紙 ……………………… 61
| 籠小紋 …………………………… 95
| 粋好伝夢枕 …………………… 113
| 潮来婦志 ……………………… 123
| 潮来婦志後編 ………………… 151
| 座敷茶番三狂人 ……………… 175
| 田舎滑稽清楼問答 …………… 187
| 傾城懐中鏡 …………………… 205
| 〔新宿夜話〕 …………………… 219
| 娼妓買指南処 ………………… 235
| 蘭蝶此糸小説妓娼媘子 ……… 255
| 後家集 ………………………… 281
| 艶道秘巻 ……………………… 297
| 新版赤油行 …………………… 303
| 鴨東訛言老楼志 ……………… 313
| 傾城情史大客 ………………… 373
| 清楼夜話 ……………………… 387
| 駅情新話夜色のかたまり …… 403
| *解題（神保五彌（ほか）） … 421

第29巻
1988年3月20日刊

| *凡例 ……………………………… 7
| 算亭主人南駅雑話後要心身上八卦 … 11
| 深川大全 ………………………… 39
| 夜告夢はなし …………………… 57
| 意気客初心 ……………………… 77
| つゞれの錦 ……………………… 97
| 興斗月 ………………………… 129
| さかもり弐編 ………………… 139
| 志家居名美 …………………… 149
| 思増山海の習草紙 …………… 179

客野穴	189
諸生教訓都無知己問答	239
女郎買夢物語	249
風俗三石士	271
十二時	291
金郷春夕栄	299
千歳松の色	315
傾城秘書	325
花霞	341
清楼文学鐸	349
傾城三略巻	353
苦界船乗合咄	365
郭中自通誤教	397
実妓教	409
色里三十三所息子順礼	413
*解題（植谷元，神保五彌，中村幸彦，中野三敏，水野稔）	427

補巻1
1988年11月20日刊

*凡例	7
当世会古左賀志	11
ものはくさ	37
遊里の花 上巻	73
新版絵入当世嚊吐語	87
山吹論	117
おむなつう文章	123
粋行弁	135
遊女案文	173
〔損者三友〕	209
魂胆情深川	231
胆競後編仇姿見	257
遊子評百伝	273
大通邯鄲栄花の現	317
教訓水の行すえ	337
粋話なにはの芦	359
巽夢語卒爾屋	371
浮世滑稽誰か面影	391
通妓酒見穿	403
春遊南訶一夢	413
実の巻心得方極意	429
偏界録	435
夢中角𱕴戯言	447
娼家用文章	469
*解題（中野三敏）	521
*洒落本刊本写本年表	573

*洒落本書名索引	657

```
[039] シリーズ江戸戯作
       桜楓社
       全2巻
    1987年3月～1989年6月
 （延広真治監修，山本陽史編）
```

〔1〕 山東京伝
1987年3月20日刊

* 『シリーズ江戸戯作』について（延広真治）……………………………… 3
* 凡例 ……………………………………… 5
八被般若角文字（はちかつきはんにゃあのつのもじ）………………………… 7
三国伝来無匂線香（にほひんせんかう）………… 19
先時怪談花芳野犬斑（はなはみよしのいぬはぶち）……………………………… 51
冨士之白酒阿部川紙子新板替道中助六（しんはんかはりましたどうちうすけろく）………… 73
百化帖準擬本草・笔津虫音禽（ひゃくくわてうみたてほんざう・ふてつむしこへのとりどり）105
侠中侠 悪言鮫骨（あくたいのけうこつ）……… 147
* 補注 …………………………………… 159
* 解題 …………………………………… 165
* 画題索引 ……………………………… 177
* 主要語句事項索引 …………………… 178

〔2〕 唐来三和
1989年6月10日刊

* 『シリーズ江戸戯作』について（延広真治）……………………………… 3
* 凡例 ……………………………………… 5
大千世界墻の外（だいせんせかいかきねのそと）…………………………………… 7
袖から袖へ手を入てしつと引〆廿二人書集芥の川川（かきあつめあくたのかはかは）……… 29
全体平気頼光邪魔入（らいくはうぢやまいり）… 51
東産返報通町御江戸鼻筋（とおりてうおゑどのはなすじ）………………………………… 63
冠言葉七目辻記（かふりことばななつめのゑとき）………………………………………… 95
再会親子銭独楽（めぐりあふおやこのぜにごま）…………………………………… 127
* 補注 …………………………………… 159
* 解題 …………………………………… 171
* 画題索引 ……………………………… 183
* 主要語句事項索引 …………………… 183

```
                                                    新潮日本古典集成
```

```
                                    巻第六 ………………………… 111
                                    巻第七 ………………………… 183
  [040] 新潮日本古典集成                巻第八 ………………………… 281
         新潮社                        巻第九 ………………………… 373
      全82巻，別巻12巻               *解説 …………………………… 435
      1976年6月～2004年4月             *万葉集の世界（二）萬葉歌の流れI（青
                                      木生子）………………………… 437
                                    *万葉集の生いたち（二）巻五～巻十
〔1〕 古事記（西宮一民校注）            の生いたち（伊藤博）………… 467
1979年6月10日刊                      *万葉集編纂年表（巻五～巻四）… 508
                                    *付録 …………………………… 521
*凡例 …………………………………… 9      *参考地図 ……………………… 523
古事記 ………………………………… 15
  上つ巻 ……………………………… 17  〔4〕 万葉集 三（青木生子，井手至，伊藤
  中つ巻 …………………………… 108      博（ほか）校注）
  下つ巻 …………………………… 204   1980年11月刊
*解説 ………………………………… 273
*付録 ………………………………… 319   *凡例 …………………………………… 11
  *神名の釈義 付索引 …………… 319   万葉集 …………………………………… 15
                                    巻第十 …………………………… 17
〔2〕 万葉集 一（青木生子，井手至，伊藤    巻第十一 ………………………… 167
     博，清水克彦，橋本四郎校注）        巻第十二 ………………………… 301
1976年11月10日刊                   *解説 …………………………… 405
                                    *万葉集の世界（三）萬葉歌の流れ
*凡例 ………………………………… 35      II（青木生子）………………… 407
万葉集 ………………………………… 39    *万葉集の生いたち（三）巻十一～巻
  巻第一 ……………………………… 41      十二の生いたち（伊藤博）…… 441
  巻第二 ……………………………… 87    *万葉集編纂年表（巻十～巻十二）… 478
  巻第三 …………………………… 159
  巻第四 …………………………… 257   〔5〕 万葉集 四（青木生子，井手至，伊藤
*解説 ………………………………… 359       博（ほか）校注）
  *万葉集の世界（一）萬葉の魅力（清水  1982年11月10日刊
   克彦）……………………………… 361
  *万葉集の生いたち（一）巻一～巻四   *凡例 …………………………………… 13
   の生いたち（伊藤博）…………… 373  万葉集 四 ……………………………… 19
  *万葉集編纂年表（巻一～巻四）…… 412   巻第十三 ………………………… 21
*付録 ………………………………… 425    巻第十四 ………………………… 85
  *参考地図 ………………………… 427    巻第十五 ………………………… 153
                                    巻第十六 ………………………… 219
〔3〕 万葉集 二（青木生子，井手至，伊藤  *解説 …………………………… 273
     博，清水克彦，橋本四郎校注）     *万葉集の世界（四）万葉集の歌の場
1978年11月10日刊                      （橋本四郎）…………………… 275
                                    *万葉集の生いたち（四）巻十三～巻
*凡例 ………………………………… 35      十六の生いたち（伊藤博）…… 317
万葉集 二 ……………………………… 33    *万葉集編纂年表（巻十三～巻十六） 366
  巻第五 ……………………………… 43  *付録 …………………………… 379
                                    *参考地図 ……………………… 381
```

日本古典文学全集・内容綜覧　205

新潮日本古典集成

〔6〕 万葉集 五（青木生子，井手至，伊藤博（ほか）校注）
1984年9月10日刊

* 凡例 ……………………………………… 33
万葉集 五 …………………………………… 39
 巻第十七 ………………………………… 41
 巻第十八 ………………………………… 115
 巻第十九 ………………………………… 169
 巻第二十 ………………………………… 241
* 解説 ……………………………………… 333
 * 万葉集の世界（五）萬葉びとの「ことば」とこころ（井手至） …… 335
 * 万葉集の生いたち（五）巻十七〜巻二十の生いたち（伊藤博） …… 367
 * 万葉集編纂年表（巻十七〜巻二十） 408
* 付録 ……………………………………… 423
 * 参考地図 ……………………………… 425
* 通巻付録 ………………………………… 431
 * 皇族・諸氏系図 ……………………… 433
 * 上代官位相当表 ……………………… 439
 * 人名索引 ……………………………… 445

〔7〕 日本霊異記（小泉道校注）
1984年12月5日刊

* 凡例 ……………………………………… 11
日本霊異記 ………………………………… 9
 上巻 ……………………………………… 19
 中巻 ……………………………………… 101
 下巻 ……………………………………… 205
* 解説（小泉道） ………………………… 315
* 付録 ……………………………………… 359
 * 古代説話の流れ ……………………… 361
 * 説話分布表 …………………………… 423
 * 説話分布図 …………………………… 426

〔8〕 竹取物語（野口元大校注）
1979年5月10日刊

* 凡例 ……………………………………… 3
竹取物語 …………………………………… 7
* 解説 伝承から文学への飛躍（野口元大） ……………………………… 87
* 附説 作中人物の命名法 ……………… 185
* 附録 ……………………………………… 199
 * 『竹取物語』関係資料 ……………… 200

* 本文校訂一覧 …………………………… 256
* 図録 ……………………………………… 259

〔9〕 伊勢物語（渡辺実校注）
1976年9月10日刊

* 凡例 ……………………………………… 9
伊勢物語 …………………………………… 11
* 解説 伊勢物語の世界 ………………… 137
* 附説 原伊勢物語を探る ……………… 195
* 附録 伊勢物語和歌綜覧 ……………… 227

〔10〕 古今和歌集（奥村恆哉校注）
1978年7月10日刊

* 凡例 ……………………………………… 5
古今和歌集 ………………………………… 9
 仮名序 …………………………………… 11
 巻第一 春歌上 ………………………… 27
 巻第二 春歌下 ………………………… 48
 巻第三 夏歌 …………………………… 68
 巻第四 秋歌上 ………………………… 79
 巻第五 秋歌下 ………………………… 102
 巻第六 冬歌 …………………………… 123
 巻第七 賀歌 …………………………… 132
 巻第八 離別歌 ………………………… 140
 巻第九 羈旅歌 ………………………… 155
 巻第十 物名 …………………………… 164
 巻第十一 恋歌一 ……………………… 179
 巻第十二 恋歌二 ……………………… 199
 巻第十三 恋歌三 ……………………… 217
 巻第十四 恋歌四 ……………………… 235
 巻第十五 恋歌五 ……………………… 256
 巻第十六 哀傷歌 ……………………… 280
 巻第十七 雑歌上 ……………………… 294
 巻第十八 雑歌下 ……………………… 317
 巻第十九 雑体 ………………………… 340
 巻第二十 大歌所御歌・神遊びの歌・東歌 ……………………………… 364
 墨滅歌 …………………………………… 374
 真名序 …………………………………… 379
* 解説 古今集のめざしたもの ………… 389
* 付録 ……………………………………… 411
 * 校訂付記 ……………………………… 412
 * 作者別索引 …………………………… 416
 * 初句索引 ……………………………… 421

新潮日本古典集成

〔11〕　土佐日記　貫之集（木村正中校注）
1988年12月15日刊

* 凡例 ……………………………… 3
* 土佐日記 ………………………… 9
* 貫之集 …………………………… 51
* 解説（木村正中）……………… 307
* 付録 …………………………… 375
  * 『貫之集』初句索引 ……… 377
  * 紀貫之略年譜 ……………… 388
  * 土佐日記関係地図 ………… 390

〔12〕　蜻蛉日記（犬養廉校注）
1982年10月10日刊

* 凡例 ……………………………… 3
* 蜻蛉日記 ………………………… 7
  * 上（天暦八年〜安和元年）…… 9
  * 中（安和二年〜天禄二年）…… 89
  * 下（天禄三年〜天延二年）… 183
  * 巻末歌集 ………………… 273
* 解説（犬養廉）………………… 289
* 付録 …………………………… 345
  * 蜻蛉日記関係年表 ………… 346
  * 蜻蛉日記関係系図 ………… 352
  * 和歌索引 …………………… 354

〔13〕　落窪物語（稲賀敬二校注）
1977年9月10日刊

* 凡例 ……………………………… 3
* 落窪物語 ………………………… 5
  * 巻一 ………………………… 7
  * 巻二 ………………………… 95
  * 巻三 ………………………… 179
  * 巻四 ………………………… 237
* 解説　表現のかなたに作者を探る（稲賀敬二）……………………… 297
* 付録 …………………………… 325
  * 本文校訂部分一覧表 ……… 327
  * 年立・付系図 ……………… 336

〔14〕　枕草子　上（萩谷朴校注）
1977年4月10日刊

* 凡例 ……………………………… 11
* 枕草子　上 …………………… 17

* 解説　清少納言枕草子―人と作品（萩谷朴）……………………… 331

〔15〕　枕草子　下（萩谷朴校注）
1977年5月10日刊

* 枕草子　下 …………………… 13
* 附録 …………………………… 279
  * 枕草子解釈年表 …………… 281
    * 主要人物氏別系譜 ……… 310
    * 主要人物年齢対照表 …… 316
  * 枕草子現存人名一覧 ……… 319
  * 枕草子地所名一覧 ………… 337
  * 枕草子動植物名一覧 ……… 347
  * 底本本文訂正一覧 ………… 361
  * 三巻本枕草子本文解釈論文一覧 …… 371
  * 附図 ………………………… 377

〔16〕　和泉式部日記　和泉式部集（野村精一校注）
1981年2月25日刊

* 凡例 ……………………………… 3
* 和泉式部日記 …………………… 9
* 和泉式部集 ……………………… 89
* 解説（野村精一）……………… 139
* 付録 …………………………… 195
  * 正集所引日記歌 …………… 197
  * 宸翰本所収歌対照表 ……… 202
  * 初句索引 …………………… 243
  * 図録 ………………………… 251

〔17〕　紫式部日記　紫式部集（山本利達校注）
1980年2月10日刊

* 凡例 ……………………………… 3
* 紫式部日記 ……………………… 9
* 紫式部集 ……………………… 113
* 解説（山本利達）……………… 165
* 付録 …………………………… 197
  * むらさき式部集 …………… 199
  * 栄花物語 …………………… 237
  * 主場面想定図 ……………… 239
  * 図録 ………………………… 245
  * 系図 ………………………… 254
  * 初句索引 …………………… 259

日本古典文学全集・内容綜覧　207

〔18〕 源氏物語 一（石田穣二，清水好子校注）
1976年6月10日刊

* 凡例 ……………………………… 3
* 源氏物語 一 …………………… 7
  * 桐壺 …………………………… 9
  * 帚木 …………………………… 43
  * 空蟬 ………………………… 103
  * 夕顔 ………………………… 119
  * 若紫 ………………………… 181
  * 末摘花 ……………………… 243
* 解説 …………………………… 285
* 付録 …………………………… 323
  * 長恨歌 ……………………… 325
  * 系図 ………………………… 332
  * 図録 ………………………… 335

〔19〕 源氏物語 二（石田穣二，清水好子校注）
1977年7月10日刊

* 凡例 ……………………………… 3
* 源氏物語 二 …………………… 7
  * 紅葉賀 ………………………… 9
  * 花宴 …………………………… 47
  * 葵 ……………………………… 63
  * 賢木 ………………………… 125
  * 花散里 ……………………… 191
  * 須磨 ………………………… 199
  * 明石 ………………………… 257
* 付録 …………………………… 311
  * 催馬楽ほか ………………… 313
  * 琵琶引 ……………………… 316
  * 系図 ………………………… 323
  * 図録 ………………………… 326

〔20〕 源氏物語 三（石田穣二，清水好子校注）
1978年5月10日刊

* 凡例 ……………………………… 3
* 源氏物語 三 …………………… 7
  * 澪標 …………………………… 9
  * 蓬生 …………………………… 53
  * 関屋 …………………………… 83
  * 絵合 …………………………… 91

* 松風 ……………………………… 117
* 薄雲 ……………………………… 147
* 朝顔 ……………………………… 187
* 少女 ……………………………… 215
* 玉鬘 ……………………………… 279
* 付録 ……………………………… 331
  * 天徳四年内裏歌合 …………… 333
  * 系図 …………………………… 348
  * 図録 …………………………… 351

〔21〕 源氏物語 四（石田穣二，清水好子校注）
1979年2月10日刊

* 凡例 ……………………………… 3
* 源氏物語 四 …………………… 7
  * 初音 …………………………… 9
  * 胡蝶 ………………………… 29
  * 螢 ……………………………… 57
  * 常夏 ………………………… 83
  * 篝火 ………………………… 113
  * 野分 ………………………… 121
  * 行幸 ………………………… 145
  * 藤袴 ………………………… 181
  * 真木柱 ……………………… 201
  * 梅枝 ………………………… 251
  * 藤裏葉 ……………………… 277
* 付録 …………………………… 309
  * 春秋優劣の論 ……………… 311
  * 薫集類抄 …………………… 330
  * 海漫々 ……………………… 340
  * 系図 ………………………… 342
  * 図録 ………………………… 345
  * 官位相当表 ………………… 358

〔22〕 源氏物語 五（石田穣二，清水好子校注）
1980年9月10日刊

* 凡例 ……………………………… 3
* 源氏物語 五 …………………… 7
  * 若菜 上 ……………………… 9
  * 若菜 下 …………………… 137
  * 柏木 ………………………… 265
  * 横笛 ………………………… 317
  * 鈴虫 ………………………… 343
* 付録 …………………………… 363

新潮日本古典集成

＊系図 ………………………… 365
＊図録 ………………………… 368

〔23〕 源氏物語 六（石田穣二，清水好子校注）
1982年5月10日刊

＊凡例 ……………………………… 3
源氏物語 六 ……………………… 7
　夕霧 ……………………………… 9
　御法 …………………………… 99
　幻 ……………………………… 125
　雲隠 …………………………… 155
　匂兵部卿 ……………………… 159
　紅梅 …………………………… 179
　竹河 …………………………… 197
　橋姫 …………………………… 253
　椎本 …………………………… 303
＊付録 …………………………… 353
　＊系図 ………………………… 355
　＊図録 ………………………… 359

〔24〕 源氏物語 七（石田穣二，清水好子校注）
1983年11月10日刊

＊凡例 ……………………………… 3
源氏物語 七 ……………………… 7
　総角 ……………………………… 9
　早蕨 …………………………… 123
　宿木 …………………………… 149
　東屋 …………………………… 267
＊付録 …………………………… 347
　＊飛香舎藤花の宴 …………… 349
　＊三日夜の儀 ………………… 352
　＊李夫人 ……………………… 353
　＊系図 ………………………… 356
　＊図録 ………………………… 360

〔25〕 源氏物語 八（石田穣二，清水好子校注）
1985年4月5日刊

＊凡例 ……………………………… 3
源氏物語 八 ……………………… 7
　浮舟 ……………………………… 9
　蜻蛉 …………………………… 99

　手習 …………………………… 171
　夢浮橋 ………………………… 257
＊付録 …………………………… 281
　＊陵園妾 ……………………… 283
　＊系図 ………………………… 286
　＊図録 ………………………… 290
＊年立 …………………………… 295

〔26〕 和漢朗詠集（大曽根章介，堀内秀晃校注）
1983年9月10日刊

＊凡例 ……………………………… 3
和漢朗詠集 ……………………… 7
　巻上 ……………………………… 9
　巻下 …………………………… 151
＊解説（大曽根章介，堀内秀晃） … 301
＊付録 …………………………… 345
　＊典拠一覧 …………………… 347
　＊影響文献一覧 ……………… 378
　＊作者一覧 …………………… 424

〔27〕 更級日記（秋山虔校注）
1980年7月10日刊

＊凡例 ……………………………… 7
更級日記 ………………………… 11
＊解説　更級日記の世界—その内と外
　（秋山虔） …………………… 113
＊付録 …………………………… 165
　＊奥書・勘物 ………………… 167
　＊年譜 ………………………… 173
　＊地図 ………………………… 186
　＊系図 ………………………… 191
　＊和歌索引 …………………… 194

〔28〕 狭衣物語 上（鈴木一雄校注）
1985年3月15日刊

＊凡例 ……………………………… 3
狭衣物語 上 ……………………… 5
　巻一 ……………………………… 7
　巻二 …………………………… 125
＊解説（鈴木一雄） …………… 257
＊付録 …………………………… 395
　＊校訂付記 …………………… 287
　＊狭衣物語系図 ……………… 292

日本古典文学全集・内容綜覧　209

新潮日本古典集成

〔29〕 狭衣物語 下（鈴木一雄校注）
1986年6月10日刊

＊凡例 ………………………………………… 3
狭衣物語 下 ……………………………… 5
　巻三 ……………………………………… 7
　巻四 …………………………………… 185
＊解説（鈴木一雄） …………………… 375
＊付録 …………………………………… 395
　＊校訂付記 …………………………… 397
　＊狭衣物語年立 ……………………… 405
　＊狭衣物語系図 ……………………… 431

〔30〕 堤中納言物語（塚原鉄雄校注）
1983年1月20日刊

＊凡例 ………………………………………… 3
堤中納言物語 ……………………………… 7
　このついで ……………………………… 9
　花桜折る少将 …………………………… 19
　よしなしごと …………………………… 31
　冬ごもる空のけしき …………………… 41
　虫愛づる姫君 …………………………… 45
　程ほどの懸想 …………………………… 65
　はいずみ ………………………………… 75
　はなだの女御 …………………………… 95
　かひあはせ …………………………… 115
　逢坂こえぬ権中納言 ………………… 131
　思はぬ方にとまりする少将 ………… 149
＊校訂覚書 ……………………………… 169
＊解説（塚原鉄雄） …………………… 177

〔31〕 大鏡（石川徹校注）
1989年6月20日刊

＊凡例 ………………………………………… 5
大鏡 ………………………………………… 9
　第一 ……………………………………… 11
　第二 ……………………………………… 55
　第三 …………………………………… 123
　第四 …………………………………… 189
　第五 …………………………………… 235
　第六 …………………………………… 299
＊解説（石川徹） ……………………… 349
＊付録
　＊十干十二支組み合せ一覧表 ……… 400
　＊年号読み方諸説一覧 ……………… 402

　＊系図（皇室　源氏　藤原氏　外戚関係） ……………………………………… 404
　＊付図（内裏略図ほか） …………… 410

〔32〕 今昔物語集 本朝世俗部一（阪倉篤義，本田義憲，川端善明校注）
1978年1月10日刊

＊凡例 ………………………………………… 7
今昔物語集 巻第二十二 本朝 ………… 15
今昔物語集 巻第二十三 本朝 ………… 51
今昔物語集 巻第二十四 本朝 付俗 … 107
＊解説今昔物語集の誕生（本田義憲） … 273
＊付録 …………………………………… 315
　＊説話的世界のひろがり …………… 315
　＊京師内外図 ………………………… 354
　＊登場人物年表 ……………………… 370

〔33〕 今昔物語集 本朝世俗部二（阪倉篤義，本田義憲，川端善明校注）
1979年8月10日刊

＊凡例 ………………………………………… 5
今昔物語集 巻第二十五 本朝 付世俗 … 13
今昔物語集 巻第二十六 本朝 付宿報 … 91
＊解説「辺境」説話の説（本田義憲） … 227
＊付録 …………………………………… 269
　＊説話的世界のひろがり …………… 271
　＊巻第二十五武者たちと合戦（年表）… 292
　＊巻第二十五系図 …………………… 315
　＊関東および奥州合戦地図 ………… 318

〔34〕 今昔物語集 本朝世俗部三（阪倉篤義，本田義憲，川端善明校注）
1981年4月10日刊

今昔物語集 巻第二十七 本朝 付霊鬼 … 17
今昔物語集 巻第二十八 本朝 付世俗 … 145
＊付録 …………………………………… 293
　＊説話的世界のひろがり …………… 295
　＊地図 ………………………………… 333

〔35〕 今昔物語集 本朝世俗部四（阪倉篤義，本田義憲，川端善明校注）
1984年5月30日刊

＊凡例 ………………………………………… 9

210　日本古典文学全集・内容綜覧

今昔物語集 巻第二十九 本朝 付悪行 …… *17*
今昔物語集 巻第三十 本朝 付雑事 …… *161*
今昔物語集 巻第三十一 本朝 付雑事 …… *227*
＊付録 …………………………………… *341*
　＊説話的世界のひろがり …………… *343*
　＊年表「盗・闘」………………………… *382*
　＊地図 ………………………………… *406*
　＊「説話的世界のひろがり」見出し索
　　引 ……………………………………… *410*
　＊頭注索引 …………………………… *413*

〔36〕　梁塵秘抄（榎克朗校注）
1979年10月10日刊

はじめに ………………………………… *3*
梁塵秘抄 巻第一 ……………………… *11*
　長歌 …………………………………… *13*
　古柳 …………………………………… *16*
　今様 …………………………………… *17*
梁塵秘抄 巻第二 ……………………… *23*
　法文歌 ………………………………… *25*
　四句神歌 ……………………………… *107*
　二句神歌 ……………………………… *185*
梁塵秘抄口伝集 巻第一 ……………… *223*
梁塵秘抄口伝集 巻第十 ……………… *227*
＊解説（榎克朗）……………………… *271*

〔37〕　山家集（後藤重郎校注）
1982年4月10日刊

＊凡例 …………………………………… *3*
山家集 …………………………………… *7*
　上 ……………………………………… *9*
　中 ……………………………………… *160*
　下 ……………………………………… *288*
＊解説（後藤重郎）…………………… *435*
＊付録 …………………………………… *467*
　＊校訂補記 …………………………… *468*
　＊西行関係略年表 …………………… *472*
　＊和歌初句索引 ……………………… *477*

〔38〕　無名草子（桑原博史校注）
1976年12月10日刊

＊凡例 …………………………………… *3*
無名草子 ………………………………… *5*
＊解説 ………………………………… *131*

＊付録 …………………………………… *155*
　＊本文訂正一覧 ……………………… *157*
　＊索引 ………………………………… *159*

〔39〕　宇治拾遺物語（大島建彦校注）
1985年9月10日刊

＊凡例 …………………………………… *13*
宇治拾遺物語 …………………………… *17*
＊解説（大島建彦）…………………… *543*
＊付録 …………………………………… *571*
　＊昔話「瘤取爺」伝承分布表・昔話「腰
　　折雀」伝承分布表 ………………… *573*

〔40〕　新古今和歌集 上（久保田淳校注）
1979年3月10日刊

＊凡例 …………………………………… *3*
新古今和歌集 上 ……………………… *7*
　真名序 ………………………………… *9*
　仮名序 ………………………………… *15*
　巻第一 春歌上 ……………………… *21*
　巻第二 春歌下 ……………………… *52*
　巻第三 夏歌 ………………………… *76*
　巻第四 秋歌上 ……………………… *110*
　巻第五 秋歌下 ……………………… *156*
　巻第六 冬歌 ………………………… *191*
　巻第七 賀歌 ………………………… *239*
　巻第八 哀傷歌 ……………………… *256*
　巻第九 離別歌 ……………………… *295*
　巻第十 羈旅歌 ……………………… *309*
＊解説（久保田淳）…………………… *339*

〔41〕　新古今和歌集 下（久保田淳校注）
1979年9月刊

＊凡例 …………………………………… *3*
新古今和歌集 下 ……………………… *7*
　巻第十一 恋歌一 …………………… *9*
　巻第十二 恋歌二 …………………… *37*
　巻第十三 恋歌三 …………………… *59*
　巻第十四 恋歌四 …………………… *87*
　巻第十五 恋歌五 …………………… *118*
　巻第十六 雑歌上 …………………… *147*
　巻第十七 雑歌中 …………………… *199*
　巻第十八 雑歌下 …………………… *231*
　巻第十九 神祇歌 …………………… *283*

新潮日本古典集成

　　巻第二十　釈教歌 ……………………… 305
＊付録 ………………………………………… 327
　＊校訂補記 ………………………………… 329
　＊出典、隠岐本合点・撰者名注記一覧
　　　　　　　　　　　　　　　　……… 332
　＊作者略伝 ………………………………… 371
　＊初句索引 ………………………………… 400

〔42〕　方丈記　発心集（三木紀人校注）
1976年10月10日刊

＊凡例 ………………………………………… 9
方丈記 ………………………………………… 13
発心集 ………………………………………… 41
＊解説　長明小伝 …………………………… 387
＊付録 ………………………………………… 423
　＊長明年譜 ………………………………… 425
　＊校訂個所一覧 …………………………… 433
　＊参考地図 ………………………………… 436

〔43〕　平家物語　上（水原一校注）
1979年4月10日刊

＊凡例 ………………………………………… 15
平家物語　上 ………………………………… 21
　巻第一 ……………………………………… 23
　巻第二 ……………………………………… 109
　巻第三 ……………………………………… 199
　巻第四 ……………………………………… 289
＊解説『平家物語』への途（水原一）…… 375
＊付録 ………………………………………… 401
　＊図録・系図 ……………………………… 403

〔44〕　平家物語　中（水原一校注）
1980年4月刊

＊凡例 ………………………………………… 15
平家物語　中 ………………………………… 21
　巻第五 ……………………………………… 23
　巻第六 ……………………………………… 103
　巻第七 ……………………………………… 173
　巻第八 ……………………………………… 247
＊解説　歴史と文学・広本と略本（水原
　　一）……………………………………… 313
＊付録 ………………………………………… 435
　＊地図・図録・系図 ……………………… 347

〔45〕　平家物語　下（水原一校注）
1981年12月刊

＊凡例 ………………………………………… 17
平家物語　下 ………………………………… 23
　巻第九 ……………………………………… 25
　巻第十 ……………………………………… 129
　巻第十一 …………………………………… 209
　巻第十二 …………………………………… 303
＊解説『平家物語』の流れ（水原一）…… 391
＊付録 ………………………………………… 429
　＊本文修正一覧・地図・図録・系図・
　　年表・補説索引 ………………………… 431

〔46〕　金槐和歌集（樋口芳麻呂校注）
1981年6月10日刊

＊凡例 ………………………………………… 3
金槐和歌集 …………………………………… 9
実朝歌拾遺 …………………………………… 191
＊解説　金槐和歌集―無垢の詩魂の遺書
　　（樋口芳麻呂）………………………… 227
＊付録 ………………………………………… 265
　＊校異一覧 ………………………………… 267
　＊参考歌一覧 ……………………………… 269
　＊勅撰和歌集入集歌一覧 ………………… 298
　＊実朝年譜 ………………………………… 302
　＊初句索引 ………………………………… 318

〔47〕　建礼門院右京大夫集（糸賀きみ江
校注）
1979年7月10日刊

＊凡例 ………………………………………… 3
建礼門院右京大夫集 ………………………… 7
＊解説　恋と追憶のモノローグ（糸賀き
　　み江）…………………………………… 171
＊付録 ………………………………………… 211
　＊人名一覧 ………………………………… 213
　＊勅撰集入集歌 …………………………… 219

〔48〕　古今著聞集　上（西尾光一，小林保
治校注）
1983年6月10日刊

古今著聞集上　細目 ………………………… 3
＊凡例 ………………………………………… 21

古今著聞集 上	25		浄土和讃	53
序	27		浄土高僧和讃	100
巻第一　神祇第一	31		正像末法和讃	142
巻第二　釈教第二	67		末燈鈔	177
巻第三　政道忠臣第三・公事第四	133		＊解説（伊藤博之）	237
巻第四　文学第五	159		付録	291
巻第五　和歌第六	195		恵信尼の手紙	293
巻第六　管絃歌舞第七	285		親鸞関係年譜	320
巻第七　能書第八・術道第九	345			
巻第八　孝行恩愛第十・好色第十一	365		**〔51〕　とはずがたり**（福田秀一校注）	
巻第九　武勇第十二・弓箭第十三	408		1978年9月10日刊	
巻第十　馬芸第十四・相撲強力第十五	434			
＊解説（西尾光一）	473		＊凡例	3
＊付録	517		とはずがたり	7
＊主要原漢文	519		巻一	9
＊図録	524		巻二	91
			巻三	155
〔49〕　古今著聞集 下（西尾光一，小林保治校注）			巻四	225
1986年12月10日刊			巻五	283
			＊解説（福田秀一）	333
古今著聞集下 細目	3		＊付録	391
＊凡例	19		＊年表	392
古今著聞集 下	23		＊系図	413
巻第十一　画図第十六・蹴鞠第十七	25		＊図録	417
巻第十二　博奕第十八・偸盗第十九	64			
巻第十三　祝言第二十・哀傷第二十一	111		**〔52〕　徒然草**（木藤才蔵校注）	
巻第十四　遊覧第二十二	139		1977年3月10日刊	
巻第十五　宿執第二十三・闘諍第二十四	150		＊凡例	15
巻第十六　興言利口第二十五	185		徒然草	19
巻第十七　怪異第二十六・変化第二十七	266		＊解説（木藤才蔵）	259
巻第十八　飲食第二十八	303		＊付録（図録）	327
巻第十九　草木第二十九	329			
巻第二十　魚虫禽獣第三十	359		**〔53〕　太平記 一**（山下宏明校注）	
＊解説（西尾光一）	421		1977年11月10日刊	
＊付録	463			
＊主要原漢文	465		＊凡例	7
＊人名・神仏名索引	467		太平記 一	11
			巻第一	13
〔50〕　歎異抄 三帖和讃（伊藤博之校注）			巻第二	49
1981年10月10日刊			巻第三	109
			巻第四	151
＊凡例	3		巻第五	205
歎異抄	9		巻第六	243
三帖和讃	51		巻第七	285
			巻第八	333

新潮日本古典集成

＊解説　太平記を読むにあたって（山下宏明）……… *391*
＊付録 ……… *412*
　＊太平記年表 ……… *414*
　＊系図 ……… *436*
　＊地図 ……… *442*

〔54〕　太平記 二（山下宏明校注）
1980年5月20日刊

＊凡例 ……… *7*
太平記 二 ……… *11*
　巻第九 ……… *13*
　巻第十 ……… *75*
　巻第十一 ……… *143*
　巻第十二 ……… *187*
　巻第十三 ……… *253*
　巻第十四 ……… *305*
　巻第十五 ……… *385*
＊解説　太平記と落書（山下宏明）……… *445*
＊付録 ……… *463*
　＊太平記年表 ……… *464*
　＊系図 ……… *486*
　＊地図 ……… *493*

〔55〕　太平記 三（山下宏明校注）
1983年4月10日刊

＊凡例 ……… *7*
太平記 三 ……… *11*
　巻第十六 ……… *13*
　巻第十七 ……… *95*
　巻第十八 ……… *189*
　巻第十九 ……… *269*
　巻第二十 ……… *315*
　巻第二十一 ……… *375*
　巻第二十二 ……… *427*
＊解説　太平記と女性（山下宏明）……… *469*
＊付録 ……… *483*
　＊太平記年表 ……… *485*
　＊系図 ……… *501*
　＊地図 ……… *509*

〔56〕　太平記 四（山下宏明校注）
1985年12月10日刊

＊凡例 ……… *7*

太平記 四 ……… *11*
　巻第二十三 ……… *13*
　巻第二十四 ……… *47*
　巻第二十五 ……… *109*
　巻第二十六 ……… *151*
　巻第二十七 ……… *219*
　巻第二十八 ……… *271*
　巻第二十九 ……… *319*
　巻第三十 ……… *379*
　巻第三十一 ……… *425*
＊解説　太平記の挿話（山下宏明）……… *475*
＊付録 ……… *497*
　＊太平記年表 ……… *499*
　＊系図 ……… *518*
　＊地図 ……… *524*

〔57〕　太平記 五（山下宏明校注）
1988年4月20日刊

＊凡例 ……… *7*
太平記 五 ……… *11*
　巻第三十二 ……… *13*
　巻第三十三 ……… *75*
　巻第三十四 ……… *137*
　巻第三十五 ……… *189*
　巻第三十六 ……… *251*
　巻第三十七 ……… *299*
　巻第三十八 ……… *347*
　巻第三十九 ……… *403*
　巻第四十 ……… *469*
＊解説 ……… *493*
＊付録 ……… *513*
　＊太平記年表 ……… *515*
　＊系図 ……… *534*
　＊地図 ……… *540*

〔58〕　謡曲集 上（伊藤正義校注）
1983年3月刊

＊凡例 ……… *5*
葵上 ……… *15*
阿漕 ……… *25*
朝顔 ……… *35*
安宅 ……… *45*
安達原 ……… *65*
海士 ……… *79*
蟻通 ……… *93*

井筒	101
鵜飼	113
浮舟	125
右近	135
善知鳥	145
采女	157
鵜羽	169
梅枝	181
江口	191
老松	203
鸚鵡小町	213
小塩	223
姨捨	235
女郎花	245
杜若	257
景清	267
柏崎	281
春日龍神	295
葛城	307
鉄輪	319
兼平	329
通小町	341
邯鄲	351
＊解説　謡曲の展望のために	361
＊各曲解題	391
＊付録	435
＊光悦本・古版本・間狂言版本・主要注釈一覧	438
＊謡曲本文・注釈・現代語訳一覧	442

〔59〕　謡曲集 中（伊藤正義校注）
1986年3月5日刊

＊凡例	5
清経	15
鞍馬天狗	27
呉服	39
源氏供養	51
項羽	61
皇帝	71
西行桜	79
桜川	91
実盛	105
志賀	119
自然居士	129
春栄	143
俊寛	159

猩々	169
角田川	175
誓願寺	189
善界	201
関寺小町	213
殺生石	225
千手重衡	239
卒都婆小町	251
大会	261
当麻	269
高砂	281
忠度	293
龍田	307
玉鬘	319
田村	329
定家	341
天鼓	353
東岸居士	365
道成寺	373
道明寺	385
融	397
朝長	411
＊各曲解題	427
＊付録	501
＊能楽諸流一覧	503
＊能面一覧	504
＊装束一覧	506
＊小道具・作り物一覧	508

〔60〕　謡曲集 下（伊藤正義校注）
1988年10月刊

＊凡例	5
難波	15
錦木	27
鵺	41
軒端梅	53
野宮	65
白楽天	77
芭蕉	89
花筐	101
班女	115
檜垣	127
氷室	137
百万	149
富士太鼓	159
藤戸	169

新潮日本古典集成

二人静	179
舟橋	189
舟弁慶	201
放生川	217
仏原	227
松風	237
松虫	251
三井寺	263
通盛	279
三輪	291
紅葉狩	301
盛久	313
八島	327
矢卓鴨	343
山姥	355
夕顔	367
遊行柳	377
湯谷	389
楊貴妃	403
頼政	415
籠太鼓	429
*各曲解題	439

〔61〕 世阿弥芸術論集（田中裕校注）
1976年9月刊

*凡例	5
風姿花伝	11
至花道	99
花鏡	115
九位	163
世子六十以後申楽談儀	171
*解説	265

〔62〕 連歌集（島津忠夫校注）
1979年12月10日刊

*凡例（連歌の手引を兼ねて）	3
文和千句第一百韻	15
至徳二年石山百韻	45
応永三十年熱田法楽百韻	75
享徳二年宗砌等何路百韻	105
寛正七年心敬等何人百韻	137
宗伊宗祇湯山両吟	173
水無瀬三吟	211
湯山三吟	247
新撰菟玖波祈念百韻	281

| 天正十年愛宕百韻 | 315 |
| *解説（島津忠夫） | 345 |

〔63〕 竹馬狂吟集 新撰犬筑波集（木村三四吾，井口壽校注）
1988年1月20日刊

*凡例	3
竹馬狂吟集	9
新撰犬筑波集	117
*解説（井口壽）	229
*付録	311
*諸本校異一覧	312
*初句索引	397
*図録	408

〔64〕 閑吟集 宗安小歌集（北川忠彦校注）
1982年9月10日刊

*凡例	3
閑吟集	9
宗安小歌集	159
*解説　室町小歌の世界―俗と雅の交錯（北川忠彦）	227
*付録	269
*宗安小歌集原文	271
*関係狂言歌謡一覧	281
*参考地図	286
*初句索引	289

〔65〕 御伽草子集（松本隆信校注）
1980年1月10日刊

*凡例	3
浄瑠璃十二段草紙	9
天稚彦草子	75
俵藤太物語	87
岩屋	143
明石物語	199
諏訪の本地―甲賀三郎物語	249
小男の草子	289
小敦盛絵巻	303
弥兵衛鼠絵巻	329
*解説　御伽草子の登場とその歩み（松本隆信）	367
*付録	393
*御伽草子目録	394

〔66〕 説経集(室木弥太郎校注)
1977年1月10日刊

* 凡例 3
かるかや 9
さんせう太夫 79
しんとく丸 153
をぐり 209
あいごの若 299
まつら長者 345
* 解説 391
* 付録 425
　* 地名・寺社名一覧 427
　* 校異等一覧 438
　* 本文挿絵一覧 450
　* 参考地図 457

〔67〕 好色一代男(松田修校注)
1982年2月10日刊

* 凡例 7
好色一代男 11
　巻一 13
　巻二 43
　巻三 75
　巻四 107
　巻五 139
　巻六 171
　巻七 205
　巻八 241
* 解説　「好色一代男」への道(松田修) 267
* 付録―『色道大鏡』による世之介悪所巡りの図 309

〔68〕 好色一代女(村田穆校注)
1976年8月10日刊

* 凡例 5
好色一代女 11
* 解説 199
* 付録 221
　* 西鶴略年譜 223
　* 近世の時刻制度 230
　* 近世の貨幣をめぐる常識 234

〔69〕 日本永代蔵(村田穆校注)
1977年2月10日刊

* 凡例 5
日本永代蔵 11
* 解説 211
* 付録 233
　* 西鶴略年譜 235
　* 近世の時刻制度 242
　* 近世の貨幣をめぐる常識 246

〔70〕 世間胸算用(金井寅之助, 松原秀江校注)
1989年2月20日刊

* 凡例 5
世間胸算用 11
* 解説―世にあるものは金銀の物語 169
* 付録　西鶴略年表 207

〔71〕 芭蕉句集(今栄蔵校注)
1982年6月10日刊

* 凡例 3
芭蕉句集 11
　存疑編 332
* 解説　芭蕉の発句―その芸境の展開
　　(今栄蔵) 337
* 付録 399
　* 松尾芭蕉略年譜 401
　* 出典一覧(一)俳書一覧 416
　* 出典一覧(二)真蹟図版所収文献一覧 424
　* 初句索引 434

〔72〕 芭蕉文集(富山奏校注)
1978年3月10日刊

* 凡例(序文を兼ねて) 7
一 柴の戸 15
二 月侘斎 16
三 茅舎の感 17
四 寒夜の辞 18
五 高山伝右衛門(麋塒)宛書簡 19
六 夏野の画讃 23
七 野ざらし紀行 24
八 山岸半残(重左衛門)宛書簡 44

新潮日本古典集成

九　自得の箴 …………………………………… 47
一〇　垣穂の梅 ………………………………… 48
一一　四山の瓢 ………………………………… 49
一二　笠の記 …………………………………… 51
一三　雪丸げ …………………………………… 53
一四　深川の雪の夜 …………………………… 54
一五　鹿島詣 …………………………………… 55
一六　笈の小文 ………………………………… 62
一七　十八楼の記 ……………………………… 91
一八　鵜舟 ……………………………………… 93
一九　更科紀行 ………………………………… 94
二〇　舶屋市兵衛（卓袋）宛書簡 ………… 100
二一　芭蕉庵十三夜 ………………………… 103
二二　深川八貧 ……………………………… 105
二三　おくのほそ道 ………………………… 106
二四　紙衾の記 ……………………………… 158
二五　貝増卓袋（市兵衛）宛書簡 ………… 160
二六　明智が妻の話 ………………………… 162
二七　洒落堂の記 …………………………… 164
二八　幻住庵の記 …………………………… 166
二九　此筋・千川宛書簡 …………………… 171
三〇　四条の河原涼み ……………………… 174
三一　小春宛書簡 …………………………… 175
三二　立花牧童（彦三郎）宛書簡 ………… 177
三三　雲竹自画像の讃 ……………………… 179
三四　水田正秀（孫右衛門）宛書簡 ……… 180
三五　嵯峨日記 ……………………………… 183
三六　堅田十六夜の弁 ……………………… 201
三七　島田の時雨 …………………………… 203
三八　雪の枯尾花 …………………………… 204
三九　栖去の弁 ……………………………… 205
四〇　浜田珍碩宛書簡 ……………………… 206
四一　菅沼曲水（定常）宛書簡 …………… 208
四二　窪田意専（惣七郎）宛書簡 ………… 212
四三　向井去来（平次郎）宛書簡 ………… 214
四四　芭蕉を移す詞 ………………………… 221
四五　机の銘 ………………………………… 224
四六　森川許六（五介）宛書簡 …………… 225
四七　宮崎荊口（太左衛門）宛書簡 ……… 227
四八　許六離別の詞 ………………………… 231
四九　閉関の説 ……………………………… 233
五〇　森川許六（五介）宛書簡 …………… 235
五一　杉山杉風（市兵衛）宛書簡 ………… 238
五二　河合曽良（惣五郎）宛書簡 ………… 243
五三　松村猪兵衛宛書簡 …………………… 249
五四　松村猪兵衛宛書簡 …………………… 251
五五　杉山杉風（市兵衛）宛書簡 ………… 253

五六　骸骨の絵讃 …………………………… 259
五七　河合曽良（惣五郎）宛書簡 ………… 260
五八　向井去来（平次郎）宛書簡 ………… 262
五九　向井去来（平次郎）宛書簡 ………… 265
六〇　杉山杉風（市兵衛）宛書簡 ………… 268
六一　秋の朝寝 ……………………………… 271
六二　松尾半左衛門宛書簡 ………………… 272
六三　窪田意専（惣七郎）・服部土芳（半
　　　左衛門）宛書簡 ……………………… 274
六四　水田正秀（孫右衛門）宛書簡 ……… 277
六五　菅沼曲翠（定常）宛書簡 …………… 280
六六　松尾半左衛門宛遺書 ………………… 283
六七　支考代筆の口述遺書（その一）…… 284
六八　支考代筆の口述遺書（その二）…… 286
六九　支考代筆の口述遺書（その三）…… 288
＊解説　芭蕉―その人と芸術（富山奏）　291
＊付録 ………………………………………… 367
　　＊芭蕉略年譜 …………………………… 369
　　＊芭蕉足跡略地図 ……………………… 380
　　＊所収句初句索引 ……………………… 384

〔73〕　近松門左衛門集（信多純一校注）
1986年10月10日刊

＊凡例 ………………………………………… 3
世継曽我 ……………………………………… 9
曽根崎心中 …………………………………… 71
心中重井筒 …………………………………… 105
国性爺合戦 …………………………………… 151
心中天の網島 ………………………………… 265
＊解説（信多純一）………………………… 317
＊付録 ………………………………………… 367
　　＊近松門左衛門略年譜 ………………… 369
　　＊挿絵中の文字翻刻 …………………… 372
　　＊参考地図 ……………………………… 380

〔74〕　浄瑠璃集（土田衛校注）
1985年7月10日刊

＊凡例 ………………………………………… 3
傾城八花形 …………………………………… 9
傾城三度笠 …………………………………… 105
仮名手本忠臣蔵 ……………………………… 151
桂川連理柵 …………………………………… 315
＊解説（土田衛）…………………………… 379
＊付録 ………………………………………… 411
　　＊『仮名手本忠臣蔵』初演役割番付 … 413

＊参考地図 ………………………… 414

〔75〕　雨月物語 癇癖談（浅野三平校注）
1979年1月10日刊

＊凡例 ……………………………………… 3
雨月物語 ………………………………… 9
　序 …………………………………………… 10
　巻之一 …………………………………… 13
　　白峯 …………………………………… 13
　　菊花の約 …………………………… 28
　巻之二 …………………………………… 45
　　浅茅が宿 …………………………… 45
　　夢応の鯉魚 ………………………… 61
　巻之三 …………………………………… 71
　　仏法僧 ………………………………… 71
　　吉備津の釜 ………………………… 84
　巻之四 …………………………………… 99
　　蛇性の婬 ……………………………… 99
　巻之五 …………………………………… 133
　　青頭巾 ………………………………… 133
　　貧福論 ………………………………… 146
癇癖談 …………………………………… 161
＊解説　執着─上田秋成の生涯と文学
　　（浅野三平） ………………………… 229
＊付録 ……………………………………… 259
　＊雨月物語紀行 …………………… 260
　＊『伊勢物語』抜萃 ………………… 267

〔76〕　春雨物語 書初機嫌海（美山靖校注）
1980年3月10日刊

＊凡例 ……………………………………… 3
春雨物がたり ………………………… 11
　序 …………………………………………… 11
　血かたびら …………………………… 12
　天津をとめ …………………………… 26
　海賊 ……………………………………… 37
　二世の縁 ……………………………… 51
　目ひとつの神 ……………………… 58
　死首のゑがほ ……………………… 67
　捨石丸 ………………………………… 82
　宮木が塚 ……………………………… 94
　歌のほまれ ………………………… 109
　樊噲 …………………………………… 112
書初機嫌海 ………………………… 157
＊解説（美山靖） …………………… 197

＊付録 …………………………………… 227
　＊「血かたびら」「天津をとめ」系図 ‥ 229
　＊「血かたびら」「天津をとめ」「海賊」
　　「歌のほまれ」略年表 …………… 230
　＊上田秋成略年譜 ………………… 233

〔77〕　与謝蕪村集（清水孝之校注）
1979年11月10日刊

＊凡例 ……………………………………… 3
蕪村句集 ………………………………… 9
俳詩 ……………………………………… 241
新花つみ ……………………………… 257
文章篇 ………………………………… 323
＊解説　『蕪村句集』と『新花つみ』の成
　　立 ……………………………………… 345
＊付録 …………………………………… 393
　＊与謝蕪村略年譜 ……………… 395
　＊季題一覧（蕪村句集・新花つみ） … 405

〔78〕　本居宣長集（日野龍夫校注）
1983年7月10日刊

＊凡例 ……………………………………… 3
紫文要領 ………………………………… 11
石上私淑言 …………………………… 249
＊解説　「物のあわれを知る」の説の来
　　歴（日野龍夫） …………………… 505
＊付録 …………………………………… 553
　＊宣長の読書生活 ……………… 555

〔79〕　誹風柳多留（宮田正信校注）
1984年2月10日刊

＊凡例 ……………………………………… 3
誹風柳多留 …………………………… 11
＊解説　四里四方に咲く新興文学の先駆
　　（宮田正信） ………………………… 241
＊付録 …………………………………… 285
　＊原作対照誹風柳多留 ……… 287
　＊初句索引 ………………………… 330

〔80〕　浮世床 四十八癖（本田康雄校注）
1982年7月刊

＊凡例 ……………………………………… 3
浮世床 …………………………………… 11

新潮日本古典集成

四十八癖 ………………………………… *189*
＊解説　暮しを写す―式亭三馬の文芸
　　（本田康雄）………………………… *387*
＊付録 …………………………………… *417*
　＊三馬店図 …………………………… *419*
　＊三馬店を中心とした日本橋周辺地
　　図 …………………………………… *420*
　＊日本橋本銀町長屋図 ……………… *422*
　＊式亭三馬年表 ……………………… *424*
　＊『浮世床』『四十八癖』金銭・物価等
　　対照索引 …………………………… *432*

〔81〕　東海道四谷怪談（郡司正勝校注）
1981年8月10日刊

＊凡例 ……………………………………… *3*
東海道四谷怪談 ………………………… *9*
＊解説　「四谷怪談」の成立（郡司正勝）
　　 ……………………………………… *399*
＊付録 …………………………………… *441*
　＊道具帳 ……………………………… *443*
　＊役割番付 …………………………… *449*
　＊役者評判記の位付・評判 ………… *459*
　＊香盤 ………………………………… *462*
　＊伊原本の地獄宿 …………………… *464*

〔82〕　三人吉三廓初買（今尾哲也校注）
1984年7月10日刊

＊凡例 ……………………………………… *3*
三人吉三廓初買 ………………………… *9*
＊解説　黙阿弥のドラマトゥルギー（今
　　尾哲也）…………………………… *491*
＊付録 …………………………………… *533*
　＊江戸三座芝居惣役者目録 ………… *535*
　＊狂言作者心得書 …………………… *540*

別巻1　南総里見八犬伝　一（濱田啓介校
　　訂）
2003年5月15日刊

＊凡例 ……………………………………… *3*
南総里見八犬伝 ………………………… *7*
　肇輯 …………………………………… *9*
　第二輯 ………………………………… *251*
＊解説　小説・南総里見八犬伝（濱田啓
　　介）………………………………… *501*

別巻2　南総里見八犬伝　二（濱田啓介校
　　訂）
2003年6月30日刊

＊凡例 ……………………………………… *3*
南総里見八犬伝 ………………………… *7*
　第三輯 ………………………………… *9*
　第四輯 ………………………………… *265*
＊解説　作者の生涯と身分（濱田啓介）　*483*

別巻3　南総里見八犬伝　三（濱田啓介校
　　訂）
2003年7月30日刊

＊凡例 ……………………………………… *3*
南総里見八犬伝 ………………………… *7*
　第五輯 ………………………………… *9*
　第六輯 ………………………………… *347*
＊解説　全編脚色の大要（濱田啓介）… *549*

別巻4　南総里見八犬伝　四（濱田啓介校
　　訂）
2003年8月30日刊

＊凡例 ……………………………………… *3*
南総里見八犬伝 ………………………… *7*
　第六輯 ………………………………… *9*
　第七輯 ………………………………… *109*
＊解説　戯作者馬琴の仕事（濱田啓介）　*453*

別巻5　南総里見八犬伝　五（濱田啓介校
　　訂）
2003年9月30日刊

＊凡例 ……………………………………… *3*
南総里見八犬伝 ………………………… *7*
　第八輯上帙 …………………………… *9*
　第八輯下帙 …………………………… *271*
＊解説　『八犬伝』と馬琴一家の体験（濱
　　田啓介）…………………………… *541*

別巻6　南総里見八犬伝　六（濱田啓介校
　　訂）
2003年10月30日刊

＊凡例 ……………………………………… *3*
南総里見八犬伝 ………………………… *7*

第九輯 ………………………………… 9
＊解説　『八犬伝』と歴史資料（濱田啓介）
　　　　　……………………………… 389

別巻7　南総里見八犬伝　七（濱田啓介校訂）
2003年11月30日刊

＊凡例 ………………………………………… 3
南総里見八犬伝 …………………………… 7
　　第九輯中帙 …………………………… 9
＊解説　『八犬伝』の地理（濱田啓介）‥ 453

別巻8　南総里見八犬伝　八（濱田啓介校訂）
2003年12月30日刊

＊凡例 ………………………………………… 3
南総里見八犬伝 …………………………… 7
　　第九輯下帙上 ………………………… 9
　　第九輯下帙中 ……………………… 307
＊解説　『八犬伝』の挿絵と口絵（濱田啓介）………………………………… 517

別巻9　南総里見八犬伝　九（濱田啓介校訂）
2004年1月30日刊

＊凡例 ………………………………………… 3
南総里見八犬伝 …………………………… 7
　　第九輯下帙之中 ……………………… 9
　　第九輯下帙之下甲 ………………… 135
＊解説　『八犬伝』の用字・語彙（濱田啓介）………………………………… 437

別巻10　南総里見八犬伝　十（濱田啓介校訂）
2004年2月25日刊

＊凡例 ………………………………………… 3
南総里見八犬伝 …………………………… 7
　　第九輯下帙之下乙号上 ……………… 9
　　第九輯下帙之下乙号中 …………… 253
＊解説　馬琴の評価と知友（濱田啓介）　469

別巻11　南総里見八犬伝　十一（濱田啓介校訂）
2004年3月30日刊

＊凡例 ………………………………………… 3
南総里見八犬伝 …………………………… 7
　　第九輯下帙下編之上 ………………… 9
　　第九輯下帙下編之中下 …………… 253
＊解説　明治の『八犬伝』（濱田啓介）‥ 501

別巻12　南総里見八犬伝　十二（濱田啓介校訂）
2004年4月30日刊

＊凡例 ………………………………………… 3
南総里見八犬伝 …………………………… 7
　　第九輯結局編 ………………………… 9
　　第九輯下編 ………………………… 243
＊解説　『八犬伝』の出版（濱田啓介）‥ 485

```
[041]  新
       日本古典文学大系
       岩波書店
       全100巻，別巻5巻
       1989年1月～2004年3月
```

第1巻　万葉集 一（佐竹昭広，山田英雄，工藤力男，大谷雅夫，山崎福之校注）
1999年5月20日刊

* 万葉集を読むために ……………………… 3
  * 書名と部立について（大谷雅夫）…… 3
* 凡例 …………………………………………… 15
万葉集 巻第一 …………………………………… 1
万葉集 巻第二 …………………………………… 69
万葉集 巻第三 …………………………………… 171
万葉集 巻第四 …………………………………… 305
万葉集 巻第五 …………………………………… 435
* 枕詞一覧 …………………………………… 35
* 地名一覧 …………………………………… 23
* 人名一覧 …………………………………… 2

第2巻　万葉集 二（佐竹昭広，山田英雄，工藤力男，大谷雅夫，山崎福之校注）
2000年11月20日刊

* 万葉集を読むために ……………………… 3
  * 万葉集の性格について（山田英雄）… 3
* 凡例 …………………………………………… 13
万葉集 巻第六 …………………………………… 1
万葉集 巻第七 …………………………………… 99
万葉集 巻第八 …………………………………… 199
万葉集 巻第九 …………………………………… 321
万葉集 巻第十 …………………………………… 403
* 枕詞一覧 …………………………………… 31
* 地名一覧 …………………………………… 17
* 人名一覧 …………………………………… 3

第3巻　万葉集 三（佐竹昭広，山田英雄，工藤力男，大谷雅夫，山崎福之校注）
2002年7月29日刊

* 万葉集を読むために ……………………… 3
  * 原文を読むことについて（山崎福之）……………………………………………… 3
  * 東歌の表記について（工藤力男）… 14
* 凡例 …………………………………………… 17
万葉集 巻第十一 ………………………………… 1
万葉集 巻第十二 ………………………………… 123
万葉集 巻第十三 ………………………………… 219
万葉集 巻第十四 ………………………………… 301
万葉集 巻第十五 ………………………………… 383
* 枕詞一覧 …………………………………… 21
* 地名一覧 …………………………………… 7
* 人名一覧 …………………………………… 3

第4巻　万葉集 四（佐竹昭広，山田英雄，工藤力男，大谷雅夫，山崎福之校注）
2003年10月30日刊

* 万葉集を読むために ……………………… 3
  * 歌語さまざま（工藤力男）………… 3
* 凡例 …………………………………………… 15
万葉集 巻第十六 ………………………………… 1
万葉集 巻第十七 ………………………………… 73
万葉集 巻第十八 ………………………………… 179
万葉集 巻第十九 ………………………………… 259
万葉集 巻第二十 ………………………………… 361
* 解説 ………………………………………… 493
  * 万葉集と仏教、および中国文学（大谷雅夫）………………………………… 495
  * 音韻と文法についての覚書（工藤力男）…………………………………… 509
* 枕詞一覧 …………………………………… 33
* 地名一覧 …………………………………… 23
* 人名一覧 …………………………………… 3

第5巻　古今和歌集（小島憲之，新井栄蔵校注）
1989年2月20日刊

* 凡例 …………………………………………… v
古今和歌集 ……………………………………… 1
　仮名序 ………………………………………… 4
　巻第一　春歌上 ……………………………… 19
　巻第二　春歌下 ……………………………… 38
　巻第三　夏歌 ………………………………… 56
　巻第四　秋歌上 ……………………………… 65
　巻第五　秋歌下 ……………………………… 87
　巻第六　冬歌 ………………………………… 105

巻第七　賀歌	113
巻第八　離別歌	120
巻第九　羇旅歌	133
巻第十　物名	140
巻第十一　恋歌一	152
巻第十二　恋歌二	174
巻第十三　恋歌三	191
巻第十四　恋歌四	208
巻第十五　恋歌五	227
巻第十六　哀傷歌	249
巻第十七　雑歌上	261
巻第十八　雑歌下	281
巻第十九　雑体	301
巻第二十　大歌所御歌・神遊びの歌・東歌	324
墨滅歌	334
真名序	338
書入れ一覧	357
*付録	363
*新撰万葉集上（抄）	364
*序注	373
*派生歌一覧	422
*古今和歌集注釈書目録	440
*解説	455
*付図「延喜式」による行政区分および京からの行程	32
*地名索引	23
*人名索引	12
*初句索引	2

第6巻　後撰和歌集（片桐洋一校注）
1990年4月20日刊

*凡例	v
後撰和歌集	1
巻第一　春上	4
巻第二　春中	18
巻第三　春下	28
巻第四　夏	48
巻第五　秋上	68
巻第六　秋中	83
巻第七　秋下	105
巻第八　冬	130
巻第九　恋一	148
巻第十　恋二	174
巻第十一　恋三	203
巻第十二　恋四	233

巻第十三　恋五	262
巻第十四　恋六	293
巻第十五　雑一	318
巻第十六　雑二	336
巻第十七　雑三	360
巻第十八　雑四	378
巻第十九　離別　羇旅	395
巻第二十　慶賀　哀傷	416
*付録	435
*底本書入定家勘物一覧	437
*底本書入行成本校異一覧	444
*他出一覧	451
*解説（片桐洋一）	471
*索引	
*歌枕・地名索引	35
*作者名・詞書人名索引	15
*初句索引	2

第7巻　拾遺和歌集（小町谷照彦校注）
1990年1月19日刊

*凡例	v
拾遺和歌集	1
巻第一　春	4
巻第二　夏	25
巻第三　秋	41
巻第四　冬	62
巻第五　賀	75
巻第六　別	86
巻第七　物名	102
巻第八　雑上	122
巻第九　雑下	145
巻第十　神楽歌	172
巻第十一　恋一	185
巻第十二　恋二	205
巻第十三　恋三	226
巻第十四　恋四	245
巻第十五　恋五	266
巻第十六　雑春	286
巻第十七　雑秋	310
巻第十八　雑賀	333
巻第十九　雑恋	351
巻第二十　哀傷	371
*付録	401
*他出文献一覧	403
*解説（小町谷照彦）	465
*索引	

新 日本古典文学大系

* 所収屏風歌等一覧 …………………… 58
* 所収歌合歌一覧 ……………………… 55
* 地名索引 ………………………………… 45
* 人名索引 ………………………………… 14
* 初句索引 ………………………………… 2

第8巻　後拾遺和歌集（久保田淳，平田喜信校注）
1994年4月20日刊

* 凡例 ……………………………………… v
後拾遺和歌抄序 ………………………… 4
　巻第一　春上 ………………………… 12
　巻第二　春下 ………………………… 49
　巻第三　夏 …………………………… 60
　巻第四　秋上 ………………………… 80
　巻第五　秋下 ………………………… 109
　巻第六　冬 …………………………… 122
　巻第七　賀 …………………………… 137
　巻第八　別 …………………………… 150
　巻第九　羈旅 ………………………… 164
　巻第十　哀傷 ………………………… 175
　巻第十一　恋一 ……………………… 199
　巻第十二　恋二 ……………………… 217
　巻第十三　恋三 ……………………… 233
　巻第十四　恋四 ……………………… 250
　巻第十五　雑一 ……………………… 266
　巻第十六　雑二 ……………………… 290
　巻第十七　雑三 ……………………… 313
　巻第十八　雑四 ……………………… 336
　巻第十九　雑五 ……………………… 354
　巻第二十　雑六 ……………………… 377
* 付録 ……………………………………… 399
　* 『後拾遺和歌集』異本歌 …………… 401
　* 後拾遺和歌抄目録序 ……………… 404
* 解説 ……………………………………… 409
* 索引
　* 地名索引 ……………………………… 62
　* 人名索引 ……………………………… 13
　* 初句索引 ……………………………… 2

第9巻　金葉和歌集　詞花和歌集（川村晃生，柏木由夫，工藤重矩校注）
1989年9月20日刊

* 凡例 ……………………………………… v
金葉和歌集（川村晃生，柏木由夫校注） … 4

詞花和歌集（工藤重矩校注） ………… 220
* 付録 ……………………………………… 351
　* 三奏本『金葉和歌集』 ……………… 353
　* 他出一覧 ……………………………… 389
　　* 金葉和歌集 ……………………… 389
　　* 詞花和歌集 ……………………… 408
　* 出典歌合・百首歌解説 …………… 420
* 解説 ……………………………………… 427
　* 『金葉和歌集』解説（川村晃生，柏木由夫） …………………………… 429
　* 『詞花和歌集』解説（工藤重矩） … 447
* 索引
　* 地名索引 ……………………………… 37
　* 人名索引 ……………………………… 12
　* 初句索引 ……………………………… 2

第10巻　千載和歌集（片野達郎，松野陽一校注）
1993年4月20日刊

* 凡例 ……………………………………… v
千載和歌集 ……………………………… 1
　序 ……………………………………… 4
　巻第一　春歌上 ……………………… 11
　巻第二　春歌下 ……………………… 33
　巻第三　夏歌 ………………………… 50
　巻第四　秋歌上 ……………………… 75
　巻第五　秋歌下 ……………………… 96
　巻第六　冬歌 ………………………… 119
　巻第七　離別歌 ……………………… 143
　巻第八　羈旅歌 ……………………… 151
　巻第九　哀傷歌 ……………………… 165
　巻第十　賀歌 ………………………… 186
　巻第十一　恋歌一 …………………… 198
　巻第十二　恋歌二 …………………… 215
　巻第十三　恋歌三 …………………… 236
　巻第十四　恋歌四 …………………… 253
　巻第十五　恋歌五 …………………… 271
　巻第十六　雑歌上 …………………… 287
　巻第十七　雑歌中 …………………… 315
　巻第十八　雑歌下 …………………… 348
　巻第十九　釈教歌 …………………… 365
　巻第二十　神祇歌 …………………… 381
* 付録 ……………………………………… 393
　* 他出文献一覧 ……………………… 395
* 解説（松野陽一） ……………………… 425
* 索引

新 日本古典文学大系

地名索引 ………………………… *42*
人名索引 ………………………… *13*
初句索引 ………………………… *2*

第11巻　新古今和歌集（田中裕，赤瀬信吾校注）
1992年1月20日刊

＊凡例 ………………………………… *v*
新古今和歌集 ……………………… *1*
　真名序 …………………………… *4*
　仮名序 …………………………… *14*
　巻第一　春歌上 ………………… *20*
　巻第二　春歌下 ………………… *46*
　巻第三　夏歌 …………………… *67*
　巻第四　秋歌上 ………………… *97*
　巻第五　秋歌下 ………………… *137*
　巻第六　冬歌 …………………… *168*
　巻第七　賀歌 …………………… *209*
　巻第八　哀傷歌 ………………… *225*
　巻第九　離別歌 ………………… *258*
　巻第十　羈旅歌 ………………… *270*
　巻第十一　恋歌一 ……………… *298*
　巻第十二　恋歌二 ……………… *322*
　巻第十三　恋歌三 ……………… *340*
　巻第十四　恋歌四 ……………… *364*
　巻第十五　恋歌五 ……………… *391*
　巻第十六　雑歌上 ……………… *418*
　巻第十七　雑歌中 ……………… *464*
　巻第十八　雑歌下 ……………… *493*
　巻第十九　神祇歌 ……………… *540*
　巻第二十　釈教歌 ……………… *559*
＊付録 ……………………………… *579*
　＊隠岐本識語 …………………… *581*
＊解説 ……………………………… *587*
＊索引
　地名索引 ………………………… *65*
　人名索引 ………………………… *19*
　初句索引 ………………………… *2*

第12巻　続日本紀　一（青木和夫，稲岡耕二，笹山晴生，白藤禮幸校注）
1989年3月20日刊

＊続日本紀への招待　巻第一から巻第六まで ………………………………… *3*
＊凡例 ……………………………… *17*

続日本紀　一 ……………………… *1*
　巻第一 …………………………… *2*
　巻第二 …………………………… *32*
　巻第三 …………………………… *64*
　巻第四 …………………………… *118*
　巻第五 …………………………… *158*
　巻第六 …………………………… *192*
＊補注 ……………………………… *237*
＊校異補注 ………………………… *445*
＊付表・付図 ……………………… *451*
＊解説 ……………………………… *473*
　＊続日本紀と古代の史書（笹山晴生） *475*
　＊書誌（吉岡眞之，石上英一） *535*
＊後記 ……………………………… *569*
＊異体字表 ………………………… *571*

第13巻　続日本紀　二（青木和夫，稲岡耕二，笹山晴生，白藤禮幸校注）
1990年9月7日刊

＊続日本紀への招待　巻第七から巻第十五まで ……………………………… *5*
＊凡例 ……………………………… *17*
続日本紀　二 ……………………… *1*
　巻第七 …………………………… *2*
　巻第八 …………………………… *40*
　巻第九 …………………………… *108*
　巻第十 …………………………… *176*
　巻第十一 ………………………… *242*
　巻第十二 ………………………… *286*
　巻第十三 ………………………… *336*
　巻第十四 ………………………… *384*
　巻第十五 ………………………… *414*
＊補注 ……………………………… *453*
＊校異補注 ………………………… *617*
＊付表・付図 ……………………… *651*
＊解説 ……………………………… *613*
　＊続日本紀における宣命（稲岡耕二） *663*

第14巻　続日本紀　三（青木和夫，稲岡耕二，笹山晴生，白藤禮幸校注）
1992年11月30日刊

続日本紀への招待　巻第十六から巻第二十四まで ………………………… *3*
＊凡例 ……………………………… *19*
続日本紀　三 ……………………… *1*

日本古典文学全集・内容綜覧　225

新 日本古典文学大系

```
巻第十六 ……………………………… 2
巻第十七 ……………………………… 38
巻第十八 ……………………………… 100
巻第十九 ……………………………… 128
巻第二十 ……………………………… 174
巻第二十一 …………………………… 260
巻第二十二 …………………………… 302
巻第二十三 …………………………… 356
巻第二十四 …………………………… 398
＊補注 …………………………………… 445
＊校異補注 ……………………………… 585
＊解説 …………………………………… 613
  ＊中国の史書と続日本紀（池田温）… 615
```

第15巻 続日本紀 四（青木和夫，稲岡耕二，笹山晴生，白藤禮幸校注）
1995年6月9日刊

```
続日本紀への招待 巻第二十五から巻第
  三十三まで ………………………… 3
＊凡例 …………………………………… 21
続日本紀 四 …………………………… 1
  巻第二十五 …………………………… 2
  巻第二十六 …………………………… 60
  巻第二十七 …………………………… 108
  巻第二十八 …………………………… 148
  巻第二十九 …………………………… 188
  巻第三十 ……………………………… 246
  巻第三十一 …………………………… 308
  巻第三十二 …………………………… 362
  巻第三十三 …………………………… 418
＊補注 …………………………………… 467
＊校異補注 ……………………………… 591
＊解説 …………………………………… 625
  ＊続日本紀の字彙（白藤禮幸）……… 627
  ＊続日本紀の述作と表記（沖森卓也）… 645
```

第16巻 続日本紀 五（青木和夫，稲岡耕二，笹山晴生，白藤禮幸校注）
1998年2月16日刊

```
＊続日本紀への招待 巻第三十四から巻
  第四十まで（青木和夫）…………… 3
＊凡例 …………………………………… 23
続日本紀 五 …………………………… 1
  巻第三十四宝亀七年正月より八年十二月まで … 2
  巻第三十五宝亀九年正月より十年十二月まで … 56
```

```
巻第三十六宝亀十一年正月より天応元年十二月
  まで ………………………………… 120
巻第三十七延暦元年正月より二年十二月まで・ 224
巻第三十八延暦三年正月より四年十二月まで・ 286
巻第三十九延暦五年正月より七年十二月まで・ 356
巻第四十延暦八年正月より十年十二月まで … 416
＊補注 …………………………………… 517
  ＊巻第三十四 ………………………… 519
  ＊巻第三十五 ………………………… 532
  ＊巻第三十六 ………………………… 550
  ＊巻第三十七 ………………………… 566
  ＊巻第三十八 ………………………… 583
  ＊巻第三十九 ………………………… 598
  ＊巻第四十 …………………………… 609
＊校異補注 ……………………………… 627
＊付表・付図 …………………………… 665
  ＊国府所在地一覧 …………………… 666
  ＊皇室系図 …………………………… 668
  ＊長岡京条坊図 ……………………… 669
＊後記（笹山晴生）……………………… 671
```

第17巻 竹取物語 伊勢物語（堀内秀晃，秋山虔校注）
1997年1月28日刊

```
＊凡例 …………………………………… iii
竹取物語（堀内秀晃校注）……………… 1
伊勢物語（秋山虔校注）………………… 77
＊付録 …………………………………… 195
  ＊竹取翁物語解（巻首）……………… 197
  ＊伊勢物語闕疑抄 …………………… 235
＊解説 …………………………………… 343
  ＊竹取物語の世界（堀内秀晃）……… 345
  ＊伊勢物語の世界形成（秋山虔）…… 359
```

第18巻 落窪物語 住吉物語（藤井貞和，稲賀敬二校注）
1989年5月19日刊

```
＊凡例 …………………………………… iii
落窪物語（藤井貞和校注）……………… 1
住吉物語（稲賀敬二校注）……………… 293
＊解説 …………………………………… 405
  ＊落窪物語 解説（藤井貞和）……… 407
  ＊住吉物語 解説（稲賀敬二）……… 447
  ＊落窪物語 研究文献目録（吉海直人編）…………………………………… 475
```

*住吉物語　研究文献目録（吉海直人編） 489

第19巻　源氏物語 一（柳井滋，室伏信助，大朝雄二，鈴木日出男，藤井貞和，今西祐一郎校注）
1993年1月20日刊

*凡例 iii
源氏物語 一
　桐壺 1
　帚木 29
　空蟬 81
　夕顔 97
　若紫 149
　末摘花 201
　紅葉賀 237
　花宴 271
　葵 287
　賢木 339
　花散里 393
*付録 401
　*大島本『源氏物語』（飛鳥井雅康等筆）の本文の様態（柳井滋） 403
*解説 435
　*物語としての光源氏（鈴木日出男） 437
　*大島本『源氏物語』採択の方法と意義（室伏信助） 456
　*大島本『源氏物語』の書写と伝来（柳井滋） 468

第20巻　源氏物語 二（柳井滋，室伏信助，大朝雄二，鈴木日出男，藤井貞和，今西祐一郎校注）
1994年1月20日刊

*凡例 iii
源氏物語 二
　須磨 1
　明石 49
　澪標 93
　蓬生 129
　関屋 157
　絵合 165
　松風 187
　薄雲 213
　朝顔 249
　少女 275
　玉鬘 329
　初音 375
　胡蝶 397
　蛍 423
*付録 447
　*大島本『源氏物語』（飛鳥井雅康等筆）の本文の様態（柳井滋） 449
*解説 483
　*「みやこ」と「京」―平安京の遠近法（今西祐一郎） 485
　*光源氏の物語の構想（大朝雄二） ... 510
　*大島本初音の巻の本文について（柳井滋） 528

第21巻　源氏物語 三（柳井滋，室伏信助，大朝雄二，鈴木日出男，藤井貞和，今西祐一郎校注）
1995年3月20日刊

*凡例 iii
源氏物語 三
　常夏 1
　篝火 27
　野分 33
　行幸 55
　藤袴 87
　真木柱 107
　梅枝 149
　藤裏葉 173
　若菜 上 201
　若菜 下 305
*付録 411
　*大島本『源氏物語』（飛鳥井雅康等筆）の本文の様態（柳井滋，室伏信助） 413
*解説 433
　*若菜の巻の冒頭部について（柳井滋） 435
　*歌と別れと（藤井貞和） 446
　*さすらう女君の物語（鈴木日出男） 472

第22巻　源氏物語 四（柳井滋，室伏信助，大朝雄二，鈴木日出男，藤井貞和，今西祐一郎校注）
1996年3月28日刊

*凡例 iii

新 日本古典文学大系

源氏物語 四
 柏木 ……………………………… 1
 横笛 ……………………………… 45
 鈴虫 ……………………………… 67
 夕霧 ……………………………… 85
 御法 ……………………………… 159
 幻 ………………………………… 183
 匂宮 ……………………………… 209
 紅梅 ……………………………… 229
 竹河 ……………………………… 247
 橋姫 ……………………………… 295
 椎本 ……………………………… 337
 総角 ……………………………… 379
＊付録 …………………………………… 471
 ＊大島本『源氏物語』(飛鳥井雅康等筆)の本文の様態(柳井滋, 室伏信助) 473
＊解説 …………………………………… 493
 ＊鈴虫はなんと鳴いたか(今西祐一郎) 495
 ＊続篇の胎動―匂宮・紅梅・竹河の世界(室伏信助) 509
 ＊薫における道心と執心(鈴木日出男) 526

第23巻　源氏物語 五(柳井滋, 室伏信助, 大朝雄二, 鈴木日出男, 藤井貞和, 今西祐一郎校注)
1997年3月21日刊

＊凡例 …………………………………… iii
源氏物語 五
 早蕨 ……………………………… 1
 宿木 ……………………………… 23
 東屋 ……………………………… 119
 浮舟 ……………………………… 185
 蜻蛉 ……………………………… 259
 手習 ……………………………… 319
 夢浮橋 …………………………… 389
＊付録 …………………………………… 409
 ＊大島本『源氏物語』(飛鳥井雅康等筆)の本文の様態(柳井滋, 室伏信助) 411
＊解説 …………………………………… 435
 ＊明融本「浮舟」巻の本文について(室伏信助) 437
 ＊『源氏物語』の行方(今西祐一郎) 460
 ＊世界の文学として読むために(藤井貞和) 478

第24巻　土佐日記 蜻蛉日記 紫式部日記 更級日記(長谷川政春, 今西祐一郎, 伊藤博, 吉岡曠校注)
1989年11月20日刊

＊凡例 …………………………………… v
土佐日記(長谷川政春校注) ……………… 3
蜻蛉日記(今西祐一郎校注) ……………… 39
紫式部日記(伊藤博校注) ………………… 253
更級日記(吉岡曠校注) …………………… 371
＊付録 …………………………………… 439
 ＊紀貫之略年譜 ……………………… 441
 ＊道綱母勅撰集入集歌一覧 ………… 443
 ＊紫式部略年譜 ……………………… 451
 ＊紫式部集　和歌他出一覧 ………… 456
 ＊紫式部日記・紫式部集　人名解説 459
 ＊更級日記　定家本傍注一覧 ……… 469
 ＊蜻蛉日記・更級日記　地名解説 … 471
＊付図 …………………………………… 484
＊解説 …………………………………… 495
 ＊土佐日記　解説(長谷川政春) …… 497
 ＊蜻蛉日記　解説(今西祐一郎) …… 515
 ＊紫式部日記　解説(伊藤博) ……… 535
 ＊更級日記　解説(吉岡曠) ………… 557
＊初句索引 ……………………………… 2

第25巻　枕草子(渡辺実校注)
1991年1月18日刊

＊凡例 …………………………………… ix
枕草子 …………………………………… 1
＊枕草子心状語要覧 …………………… 353
＊解説(渡辺実) ………………………… 367
 ＊大内裏図・内裏図 ………………… 392

第26巻　堤中納言物語 とりかへばや物語(大槻修, 今井源衛, 森下純昭, 辛島正雄校注)
1992年3月19日刊

＊凡例 …………………………………… v
堤中納言物語(大槻修校注) ……………… 4
 花桜折る少将 ……………………… 4
 このつゆで …………………………… 12
 虫めづる姫君 ……………………… 20
 ほどほどの懸想 …………………… 32
 逢坂越えぬ権中納言 ……………… 38

貝あはせ ………………………………	50
思はぬ方にとまりする少将 …………	60
はなだの女御 ………………………	72
はいずみ ……………………………	84
よしなしごと ………………………	96
（断章冬ごもる…） ………………	101
とりかへばや物語（今井源衛，森下純昭， 辛島正雄校注） ………………………	106
＊付録 ………………………………	357
＊『堤中納言物語』参考資料 ………	358
＊散逸古本『とりかへばや』参考資料	359
＊『とりかへばや物語』主要登場人物 官位・呼称変遷一覧 ………………	364
＊解説 ………………………………	367
＊『堤中納言物語』語り語られる世界 （大槻修） ………………………	369
＊参考文献 ………………………	386
＊『今とりかへばや』の定位（辛島正雄，森下純昭） ………………………	393
＊参考文献 ………………………	418

第27巻　本朝文粋（大曾根章介，金原理，後藤昭雄校注）
1992年5月28日刊

＊本朝文粋原文総目次 ………………	7
＊凡例 ………………………………	17
本朝文粋（抄） ……………………	1
本朝文粋原文（全） ………………	119
＊付録 ………………………………	379
＊作者・人名解説 ………………	381
＊文体解説 ………………………	415
＊解説 ………………………………	427
＊本朝文粋解説（大曽根章介） …	429
＊参考文献 ………………………	461

第28巻　平安私家集（犬養廉，後藤祥子，平野由紀子校注）
1994年12月20日刊

＊凡例 ………………………………	iii
伊勢集（平野由紀子校注） ………	3
檜垣嫗集（平野由紀子校注） ……	95
一条摂政御集（犬養廉校注） ……	109
安法法師集（犬養廉，後藤祥子，平野由紀子校注） ………………………	159
実方集（犬養廉，後藤祥子，平野由紀子校注） ………………………	187
公任集（後藤祥子校注） …………	267
能因集（犬養廉，平野由紀子校注） …	389
四条宮下野集（犬養廉校注） ……	445
＊付図 ………………………………	512
＊解説 ………………………………	517
＊王朝私家集の展開 ………………	519
＊索引	
＊地名索引 ………………………	50
＊人名索引 ………………………	25
＊初句索引 ………………………	2

第29巻　袋草紙（藤岡忠美校注）
1995年10月30日刊

＊凡例 ………………………………	iii
袋草紙 ………………………………	1
原文 ………………………………	339
＊付録 ………………………………	477
＊歌合年表 ………………………	479
＊解説（藤原忠美） ………………	485
＊索引	
＊人名索引 ………………………	27
＊事項索引 ………………………	12
＊漢詩索引 ………………………	11
＊和歌索引 ………………………	2

第30巻　日本霊異記（出雲路修校注）
1996年12月20日刊

＊解説目次 …………………………	3
＊凡例 ………………………………	7
日本霊異記　上巻 …………………	1
日本霊異記　中巻 …………………	55
日本霊異記　下巻 …………………	125
日本霊異記　原文 …………………	199
上巻 ………………………………	201
中巻 ………………………………	227
下巻 ………………………………	261
＊解説 ………………………………	301
＊経典名索引 ………………………	10
＊地名・寺社名索引 ………………	6
＊人名・神仏名索引 ………………	2

第31巻　三宝絵　注好選（馬淵和夫，小泉弘，今野達校注）
1997年9月22日刊

- ＊解説目次 ………………………………… 3
- ＊凡例 ……………………………………… 11
- 三宝絵（馬淵和夫，小泉弘校注）………… 1
  - 上 ……………………………………… 3
  - 中 ……………………………………… 73
  - 下 ……………………………………… 132
- 注好選（今野達校注）…………………… 227
  - 上 ……………………………………… 229
  - 中 ……………………………………… 287
  - 下 ……………………………………… 349
- 注好選原文 ……………………………… 397
  - 上 ……………………………………… 399
  - 中 ……………………………………… 414
  - 下 ……………………………………… 431
- ＊付録 …………………………………… 445
  - ＊源為憲雑感（大曾根章介）………… 447
  - ＊東寺観智院旧蔵本『三宝絵』の筆写者（外村展子）………………… 461
  - ＊「妙達和尚ノ入定シテヨミガヘリタル記」について（田辺秀夫）…… 473
- ＊解説 …………………………………… 488
  - ＊三宝絵解説（馬淵和夫）…………… 489
  - ＊『三宝絵』の後代への影響（小泉弘） ………………………………… 515
  - ＊注好選解説（今野達）……………… 541

第32巻　江談抄　中外抄　富家語（後藤昭雄，池上洵一，山根對助校注）
1997年6月27日刊

- ＊『江談抄』解説目次 …………………… 5
- ＊『中外抄』『富家語』の言談 ………… 15
- ＊凡例 …………………………………… 25
- 江談抄（山根對助，後藤昭雄校注）……… 1
  - 第一 …………………………………… 3
  - 第二 …………………………………… 31
  - 第三 …………………………………… 61
  - 第四 …………………………………… 105
  - 第五 …………………………………… 169
  - 第六 …………………………………… 215
- 中外抄（山根對助，池上洵一校注）…… 255
  - 上 ……………………………………… 257
  - 下 ……………………………………… 311
- 富家語（山根對助，池上洵一）………… 361
- 原文 ……………………………………… 473
  - 江談抄 ………………………………… 475
  - 中外抄 ………………………………… 549
  - 富家語 ………………………………… 573
- ＊解説 …………………………………… 591
  - ＊江談抄（後藤昭雄）………………… 593
  - ＊中外抄・富家語（池上洵一）……… 606
- ＊中外抄・富家語　人名索引 ………… 23
- ＊江談抄　人名索引 …………………… 2

第33巻　今昔物語集一（今野達校注）
1999年7月28日刊

- ＊説話目次 ……………………………… 3
- ＊凡例 …………………………………… 9
- 今昔物語集　巻第一　天竺 ……………… 1
- 今昔物語集　巻第二　天竺 …………… 99
- 今昔物語集　巻第三　天竺 …………… 205
- 今昔物語集　巻第四　天竺仏後 ……… 291
- 今昔物語集　巻第五　天竺仏前 ……… 385
- ＊付録 …………………………………… 475
  - ＊出典考証の栞 ……………………… 477
  - ＊出典考証 …………………………… 488
  - ＊古代インド地図 …………………… 508
- ＊解説（今野達）………………………… 513
- ＊地名索引 ……………………………… 16
- ＊人名・諸尊名索引 …………………… 2

第34巻　今昔物語集二（小峯和明校注）
1999年3月19日刊

- ＊説話目次 ……………………………… 3
- ＊凡例 …………………………………… 9
- 今昔物語集　巻第六　震旦仏法 ………… 1
- 今昔物語集　巻第七　震旦仏法 ……… 91
- 今昔物語集　巻第八（欠）…………… 173
- 今昔物語集　巻第九　震旦孝養 ……… 175
- 今昔物語集　巻第十　震旦国史 ……… 281
- ＊解説（小峯和明）……………………… 383
- ＊長安城復元図 ………………………… 411
- ＊中国地名地図 ………………………… 412
- ＊地名・寺社名索引 …………………… 12
- ＊人名・神仏名索引 …………………… 2

第35巻　今昔物語集 三（池上洵一校注）
1993年5月28日刊

* 説話目次 ………………………………… 3
* 凡例 …………………………………… 11
* 今昔物語集 三
  * 巻第十一　本朝付仏法 ……………… 3
  * 巻第十二　本朝付仏法 ……………… 99
  * 巻第十三　本朝付仏法 ……………… 197
  * 巻第十四　本朝付仏法 ……………… 281
  * 巻第十五　本朝付仏法 ……………… 375
  * 巻第十六　本朝付仏法 ……………… 467
* 解説（池上洵一） …………………… 573
* 地名・神社名索引 …………………… 23
* 人名・神仏名索引 …………………… 2

第36巻　今昔物語集 四（小峯和明校注）
1994年11月21日刊

* 説話目次 ………………………………… 3
* 凡例 ……………………………………… 9
* 今昔物語集 四
  * 巻第十七　本朝付仏法 ……………… 3
  * 巻第十八　（欠） …………………… 98
  * 巻第十九　本朝付仏法 ……………… 101
  * 巻第二十　本朝付仏法 ……………… 219
  * 巻第二十一　（欠） ………………… 316
  * 巻第二十二　本朝 …………………… 319
  * 巻第二十三　本朝 …………………… 345
  * 巻第二十四　本朝付世俗 …………… 383
  * 巻第二十五　本朝付世俗 …………… 487
* 解説（小峯和明） …………………… 543
* 索引
  * 地名・神社名索引 ………………… 21
  * 人名・神仏名索引 ………………… 2

第37巻　今昔物語集 五（森正人校注）
1996年1月30日刊

* 説話目次 ………………………………… 3
* 凡例 ……………………………………… 9
* 今昔物語集　巻第二十六　本朝宿報 ……… 1
* 今昔物語集　巻第二十七　本朝霊鬼 ……… 91
* 今昔物語集　巻第二十八　本朝世俗 ……… 183
* 今昔物語集　巻第二十九　本朝悪行 ……… 287
* 今昔物語集　巻第三十　本朝雑事 ……… 389
* 今昔物語集　巻第三十一　本朝雑事 ……… 435

* 解説 …………………………………… 517
  * 今昔物語集の編纂と本朝篇世俗部（森正人） ………………………… 519
* 地名・寺社名索引 …………………… 15
* 人名・神仏名索引 …………………… 2

第38巻　六百番歌合（久保田淳，山口明穂校注）
1998年12月21日刊

* 凡例 ……………………………………… v
* 六百番歌合 ……………………………… 1
  * 目録 …………………………………… 3
  * 春　上 ………………………………… 6
  * 春　中 ………………………………… 28
  * 春　下 ………………………………… 50
  * 夏　上 ………………………………… 71
  * 夏　下 ………………………………… 92
  * 秋　上 ………………………………… 111
  * 秋　中 ………………………………… 134
  * 秋　下 ………………………………… 156
  * 冬　上 ………………………………… 177
  * 冬　下 ………………………………… 201
  * 恋　一 ………………………………… 222
  * 恋　二 ………………………………… 241
  * 恋　三 ………………………………… 260
  * 恋　四 ………………………………… 278
  * 恋　五 ………………………………… 298
  * 恋　六 ………………………………… 317
  * 恋　七 ………………………………… 337
  * 恋　八 ………………………………… 357
  * 恋　九 ………………………………… 378
  * 恋　十 ………………………………… 402
  * 六百番陳情 …………………………… 427
* 解説 …………………………………… 485
  * 『六百番歌合』の和歌史的意義（久保田淳） ………………………… 487
  * 国語史よりみた『六百番歌合』（山口明穂） ………………………… 510
* 事項索引 ……………………………… 20
* 地名索引 ……………………………… 17
* 作者索引 ……………………………… 13
* 初句索引 ………………………………… 1

新 日本古典文学大系

第39巻　方丈記　徒然草（佐竹昭広，久保田淳校注）
1989年1月12日刊

* 凡例 ………………………………… ix
方丈記（佐竹昭広校注） ………………… 1
* 付録 ………………………………… 31
  * 付図1　平安京条坊図 ……………… 32
  * 付図2　大内裏略図 ………………… 33
  * 付図3　方丈記関係地図 …………… 34
  * 池亭記 ……………………………… 38
  * 鴨長明方丈記（兼良本） …………… 42
  * 方丈記（長享本） …………………… 54
  * 方丈記（延徳本） …………………… 58
  * 方丈記（真字本） …………………… 62
  * 鴨長明集 …………………………… 65
徒然草（久保田淳校注） ………………… 75
* 付録 ……………………………… 317
  * 付図1　京都周辺図 ……………… 318
  * 付図2　洛中周辺図 ……………… 319
  * 付図3　内裏図 …………………… 320
  * 付図4　清涼殿図 ………………… 321
  * 徒然草　人名一覧 ………………… 322
  * 徒然草　地名・建造物名一覧 …… 338
* 解説 ……………………………… 349
  * 方丈記管見（佐竹昭広） ………… 350
  * 徒然草、その作者と時代（久保田淳）
    ……………………………………… 375

第40巻　宝物集　閑居友　比良山古人霊託
（小泉弘，山田昭全，小島孝之，木下資一校注）
1993年11月22日刊

* 『宝物集』小見出し目次 …………… iv
* 『閑居友』説話章段目次 …………… vi
* 凡例 ………………………………… ix
宝物集（小泉弘，山田昭全校注） ……… 1
閑居友（小島孝之校注） ……………… 355
比良山古人霊託（木下資一） ………… 455
* 付録 ……………………………… 483
  * 『宝物集』和歌他出一覧 ………… 485
* 解説 ……………………………… 507
  * 宝物集　解説（山田昭全） ……… 507
  * 閑居友　解説（小島孝之） ……… 542
  * 比良山古人霊託　解説（木下資一校注） ……………………………… 564

* 索引
  『比良山古人霊託』人名解説 ……… 33
  『宝物集』歌人解説 …………………… 6
  『宝物集』和歌初句索引 ……………… 2

第42巻　宇治拾遺物語　古本説話集（三木紀人，浅見和彦，中村義雄，小内一明校注）
1990年11月20日刊

* 宇治拾遺物語　説話目次 …………… iii
* 古本説話集　説話目次 ……………… vii
* 凡例 ………………………………… ix
宇治拾遺物語（三木紀人，浅見和彦校注）
………………………………………… 3
古本説話集（中村義雄，小内一明校注）　399
* 付録 ……………………………… 517
  * 宇治拾遺物語類話一覧 ………… 519
* 解説 ……………………………… 537
  * 宇治拾遺物語の内と外（三木紀人）　537
  * 参考文献 ………………………… 567
* 固有名詞一覧 ………………………… 2

第43巻　保元物語　平治物語　承久記（栃木孝惟，日下力，益田宗，久保田淳校注）
1992年7月30日刊

* 凡例 ………………………………… ix
保元物語（栃木孝惟校注） ……………… 1
平治物語（日下力校注） ……………… 143
承久記（益田宗，久保田淳校注） …… 296
* 付録 ……………………………… 407
  * 保元物語　平治物語　人物一覧 … 409
  * 承久記　人物一覧 ………………… 459
  * 保元物語　参考資料 ……………… 481
  * 平治物語　参考資料 ……………… 503
  * 承久記　参考資料 ………………… 511
* 付図 ……………………………… 533
  * 系図 ……………………………… 534
  * 図 ………………………………… 542
* 解説 ……………………………… 553
  * 保元物語　解説（栃木孝惟） …… 555
  * 平治物語　解説（日下力） ……… 577
  * 承久記　解説（久保田淳） ……… 599

新 日本古典文学大系

第44巻　平家物語 上（梶原正昭, 山下宏明校注）
1991年6月20日刊

* 凡例 …………………………………… vii
* 平家物語 ……………………………… 1
  * 巻第一 ……………………………… 3
  * 巻第二 ……………………………… 63
  * 巻第三 ……………………………… 135
  * 巻第四 ……………………………… 197
  * 巻第五 ……………………………… 263
  * 巻第六 ……………………………… 321
* 付録 …………………………………… 371
  * 諸本異同解説 ……………………… 373
* 付図 …………………………………… 387
  * 系図 ………………………………… 389
  * 地図 ………………………………… 397
* 解説 …………………………………… 409
  * 『平家物語』の成り立ち（山下宏明）
    ………………………………………… 411
* 主要人物一覧 ………………………… 2

第45巻　平家物語 下（梶原正昭, 山下宏明校注）
1993年10月27日刊

* 凡例 …………………………………… vii
* 平家物語 ……………………………… 1
  * 巻第七 ……………………………… 3
  * 巻第八 ……………………………… 65
  * 巻第九 ……………………………… 115
  * 巻第十 ……………………………… 193
  * 巻第十一 …………………………… 257
  * 巻第十二 …………………………… 339
  * 灌頂巻 ……………………………… 387
* 付録 …………………………………… 411
  * 諸本異同解説 ……………………… 413
* 付図 …………………………………… 429
  * 系図 ………………………………… 430
  * 地図 ………………………………… 438
  * 参考図 ……………………………… 442
* 解説 …………………………………… 445
  * いくさ物語の形象とパターン（梶原正昭） ………………………………… 447
* 主要人物一覧 ………………………… 2

第46巻　中世和歌集 鎌倉篇（樋口芳麻呂, 糸賀きみ江, 片山享, 近藤潤一, 久保田淳, 佐藤恒雄, 川平ひとし校注）
1991年9月30日刊

* 凡例 …………………………………… iii
* 山家心中集（近藤潤一校注） ……… 1
* 南海漁父北山樵客百番歌合（片山享校注） …………………………………… 81
* 定家卿百番自歌合（川平ひとし校注） … 119
* 家隆卿百番自歌合（久保田淳, 川平ひとし校注） …………………………… 157
* 遠島御百首（樋口芳麻呂校注） …… 195
* 明恵上人歌集（片山享校注） ……… 217
* 文応三百首（樋口芳麻呂校注） …… 263
* 中院詠草（佐藤恒雄校注） ………… 331
* 金玉歌合（佐藤恒雄校注） ………… 369
* 永福門院百番御自歌合（糸賀きみ江校注） …………………………………… 393
* 解説（樋口芳麻呂） ………………… 429
  * 参考文献 …………………………… 456
* 索引
  * 地名索引 …………………………… 29
  * 人名索引 …………………………… 19
  * 初句索引 …………………………… 2

第47巻　中世和歌集 室町篇（伊藤敬, 荒木尚, 稲田利徳, 林達也校注）
1990年6月20日刊

* 凡例 …………………………………… iii
* 兼好法師集（荒木尚校注） ………… 1
* 慶運百首（稲田利徳校注） ………… 63
* 後普光園院殿御百首（伊藤敬校注） … 85
* 頓阿法師詠（伊藤敬, 稲田利徳校注） … 109
* 永享五年正徹詠草（稲田利徳校注） … 181
* 永享九年正徹詠草（稲田利徳校注） … 223
* 宝徳二年十一月仙洞歌合（伊藤敬校注） 255
* 寛正百首（荒木尚校注） …………… 313
* 内裏着到百首（林達也校注） ……… 353
* 再昌草（伊藤敬校注） ……………… 417
* 玄旨百首（林達也校注） …………… 471
* 解説（伊藤敬） ……………………… 493
  * 参考文献 …………………………… 522
* 索引
  * 地名索引 …………………………… 30
  * 人名索引 …………………………… 19

日本古典文学全集・内容綜覧　233

新 日本古典文学大系

*初句索引 ……………………… 2

第48巻　五山文学集（入矢義高校注）
1990年7月30日刊

*収録作品一覧 ………………………… iii
*凡例 …………………………………… ix
蕉堅藁（絶海中津） ……………………… 1
空華集抄（義堂周信） ………………… 195
済北集抄（虎関師錬） ………………… 236
岷峨集抄（雪村友梅） ………………… 245
寂室和尚語抄（寂室元光） …………… 266
南游・東帰集抄（別源円旨） ………… 275
東海一漚集抄（中巌円月） …………… 287
廿餘集抄（愚中周及） ………………… 302
了幻集抄（古剣妙快） ………………… 308
*解説 ………………………………… 317
　*五山の詩を読むために ………… 319

第49巻　竹林抄（島津忠夫，乾安代，鶴崎裕雄，鶴崎裕雄，寺島樵一，光田和伸校注）
1991年11月20日刊

*凡例 ………………………………… iii
竹林抄 ………………………………… 1
　竹林抄序 …………………………… 4
　巻第一　春連歌 …………………… 7
　巻第二　夏連歌 ………………… 54
　巻第三　秋連歌 ………………… 71
　巻第四　冬連歌 ……………… 122
　巻第五　恋連歌上 …………… 145
　巻第六　恋連歌下 …………… 173
　巻第七　旅連歌 ……………… 199
　巻第八　雑連歌上 …………… 224
　巻第九　雑連歌下 …………… 270
　巻第十　発句 ………………… 324
文安四年親当等何人百韻 ………… 373
*付録 ……………………………… 401
　*他出文献一覧 ………………… 403
*解説（島津忠夫） ……………… 445
*各句索引 …………………………… 2

第50巻　とはずがたり　たまきはる（三角洋一校注）
1994年3月22日刊

*凡例 ………………………………… iii

とはずがたり ………………………… 1
たまきはる ………………………… 251
*付録 ……………………………… 317
　*服飾関係語要覧、文様・意匠・造物一覧、詩歌一覧 ………………… 319
　*参考資料 ……………………… 343
　*『とはずがたり』年表 ………… 362
　*『たまきはる』作品構成表 …… 376
　*健御前略年譜 ………………… 381
　*『とはずがたり』関係系図 …… 385
　*『たまきはる』関係系図 …… 392
*解説（三角洋一） ……………… 399

第51巻　中世日記紀行集（福田秀一，岩佐美代子，川添昭二，大曽根章介，鶴崎裕雄，久保田淳校注）
1990年10月19日刊

*凡例 ………………………………… iii
高倉院厳島御幸記（大曽根章介，久保田淳校注） ………………………………… 1
高倉院升遐記（大曽根章介，久保田淳校注） ……………………………………… 25
海道記（大曽根章介，久保田淳校注） …… 69
東関紀行（大曽根章介，久保田淳校注） 125
うたたね（福田秀一校注） ……………… 155
十六夜日記（福田秀一校注） …………… 179
中務内侍日記（岩佐美代子校注） ……… 211
竹むきが記（岩佐美代子校注） ………… 271
都のつと（福田秀一校注） ……………… 345
小島のくちずさみ（福田秀一校注） …… 363
藤河の記（鶴崎裕雄，福田秀一校注） … 383
筑紫道記（川添昭二，福田秀一校注） … 405
北国紀行（鶴崎裕雄，福田秀一校注） … 433
宗祇終焉記（鶴崎裕雄，福田秀一校注） 450
佐野のわたり（鶴崎裕雄，福田秀一校注）
　…………………………………… 461
*付録 ……………………………… 473
　*参考資料 ……………………… 475
*解説 ……………………………… 505
　*中世日記紀行文学の展望（福田秀一） …………………………………… 507
　*参考文献 ……………………… 529
*索引
　*地名索引 ……………………… 10
　*和歌・連歌初句索引 ………… 2

第52巻　庭訓往来　句双紙（山田俊雄，入矢義高，早苗憲生校注）
1996年5月28日刊

＊凡例 v
庭訓往来（山田俊雄校注） 1
　　正月五日状 往信 3
　　正月六日状 返信 5
　　二月二十三日状 往信 7
　　二月二十三日状 返信 10
　　三月七日状 往信 13
　　三月十三日状 返信 20
　　四月五日状 往信 25
　　四月十一日状 返信 31
　　五月九日状 往信 37
　　五月日状 返信 40
　　六月七日状 往信 43
　　六月十一日状 返信 48
　　七月五日状 往信 54
　　七月日状 返信 57
　　七月晦日状 往信 60
　　八月七日状 返信 63
　　八月十三日状 単信 71
　　九月十三日状 往信 76
　　九月十三日状 返信 80
　　十月三日状 往信 83
　　十月三日状 返信 89
　　十一月十二日状 往信 96
　　十一月日状 返信 99
　　十二月三日状 往信 101
　　十二月三日状 返信 104
句双紙（入矢義高，早苗憲生校注） 111
　　一字 113
　　二字 114
　　三字 116
　　四言 119
　　五言 142
　　六言 165
　　七言 186
　　八言 222
　　五言対 246
　　六言対 276
　　七言長句 286
実語教童子教諺解 303
　　序 305
　　実語教諺解 306
　　童子教諺解 本 321

　　童子教諺解 末 345
＊付録 375
　　＊庭訓往来抄（抄）（山田俊雄） 377
　　＊句双紙　出典一覧（早苗憲生） 462
＊解説 537
　　＊『庭訓往来』の注に関する断章（山田俊雄） 539
　　＊『句双紙』解説（入矢義高） 564
　　＊『句双紙』の諸本と成立（早苗憲生） 581
＊『句双紙』読み下し索引 9
＊『庭訓往来（抄）』見出し語索引 2

第53巻　中華若木詩抄　湯山聯句鈔（大塚光信，尾崎雄二郎，朝倉尚校注）
1995年7月20日刊

＊凡例 iii
中華若木詩抄 3
湯山聯句鈔 301
＊付録 543
　　＊洛陽大仏鐘之銘 545
＊解説 555
　　＊抄物概説（大塚光信） 557
　　＊抄物で見る日本漢学の偏差値（尾崎雄二郎） 579
＊索引
　　＊書名索引 10
　　＊人名索引 2

第54巻　室町物語集　上（市古貞次，秋谷治，沢井耐三，田嶋一夫，徳田和夫校注）
1989年7月20日刊

＊凡例 iii
あしびき（市古貞次校注） 1
鴉鷺物語（沢井耐三校注） 85
伊吹童子（沢井耐三校注） 185
岩屋の草子（秋谷治校注） 215
転寝草紙（田嶋一夫校注） 269
かざしの姫君（市古貞次校注） 291
雁の草子（市古貞次校注） 311
高野物語（市古貞次校注） 325
小男の草子（徳田和夫校注） 351
西行（秋谷治校注） 371
さゝやき竹（沢井耐三校注） 393
猿の草子（沢井耐三校注） 433

新 日本古典文学大系

* 解説 469
  * 室町物語とその周辺（市古貞次）... 471

第55巻　室町物語集 下（市古貞次，秋谷治，沢井耐三，田嶋一夫，徳田和夫校注）
1992年4月20日刊

* 凡例 iii
しぐれ（沢井耐三校注） 1
大黒舞（徳田和夫校注） 55
俵藤太物語（田嶋一夫校注） 85
毘沙門の本地（徳田和夫校注） ... 141
弁慶物語（徳田和夫校注） 199
窓の教（田嶋一夫校注） 289
乳母の草紙（秋谷治校注） 337
師門物語（田嶋一夫校注） 361
* 付録 399
  * 室町物語複製翻刻書目録（沢井耐三編） 399
* 索引（市古貞次編） 2

第56巻　梁塵秘抄 閑吟集 狂言歌謡（小林芳規，武石彰夫，土井洋一，真鍋真弘，橋本朝生校注）
1993年6月21日刊

* 凡例 v
梁塵秘抄（小林芳規，武石彰夫校注） 3
閑吟集（土井洋一，真鍋真弘校注） 185
狂言歌謡（橋本朝生校注） 267
* 付録 401
  * (梁塵秘抄)付録注（小林芳規） 403
  * (梁塵秘抄口伝集)付録注（小林芳規） 419
  * (梁塵秘抄)口頭語集覧（小林芳規） 426
  * (梁塵秘抄)仏教語一覧（武石彰夫） 475
  * (梁塵秘抄口伝集)今様相承系譜 ... 481
  * (閑吟集)主要語彙一覧（土井洋一） 482
  * (閑吟集)地名・固有名詞一覧（土井洋一） 491
  * (狂言歌謡)演出用語一覧（橋本朝生） 501
* 解説 503
  * 梁塵秘抄の本文と用語（小林芳規） 505
  * 『梁塵秘抄』の世界（武石彰夫） 551
  * 『閑吟集』の中世小歌圏（真鍋昌弘） ... 571
  * 天理本『狂言抜書』と狂言歌謡（橋本朝生） 590

第57巻　謡曲百番（西野春雄校注）
1998年3月27日刊

* 五十音順曲名一覧 4
* 凡例 5
* 小段解説一覧 9
謡曲百番 1
高砂 3
朝長 9
夕顔 17
天鼓 22
鵺 28
邯鄲 34
頼政 39
浮舟 46
道成寺 52
鸚鵡小町 58
竹生島 64
西行桜 69
小袖曽我 75
百万 81
鞍馬天狗 87
難波 94
田村 100
定家 107
千手 114
養老 121
三輪 127
安宅 133
桧垣 143
葵上 149
通小町 155
山姥 160
善知鳥 168
楊貴妃 174
花形見 179
紅葉狩 187
当麻 193
通盛 199
芭蕉 205
班女 212

咸陽宮	219	張良	514
小塩	225	女郎花	519
熊坂	231	阿漕	526
采女	237	景清	532
鵜飼	244	白楽天	540
融	250	誓願寺	546
白鬚	257	熊野	553
忠度	263	唐船	561
玉鬘	270	梅枝	567
姨捨	276	海士	573
夜討曽我	282	蟬丸	581
鵜羽	289	松風	588
花月	295	小原御幸	596
杜若	300	舟橋	604
関寺小町	306	蟻通	610
遊行柳	313	実盛	615
龍田	319	野宮	623
清経	325	自然居士	629
源氏供養	332	富士太鼓	637
角田川	338	*付録	643
舟弁慶	346	*1 能舞台図	644
賀茂	354	*2 能楽面図録	645
兼平	360	*3 出立図録	667
江口	367	*4 用語一覧	682
錦木	373	*5 古今曲名一覧	699
善界	380	*解説(西野春雄)	733
呉服	386		
藤戸	392	**第58巻 狂言記**(橋本朝生,土井洋一校注)	
二人静	398	1996年11月20日刊	
柏崎	404		
猩々	412	*凡例	v
志賀	415	狂言記	1
盛久	421	巻一	3
仏原	429	巻二	43
卒都婆小町	434	巻三	79
殺生石	441	巻四	117
老松	447	巻五	155
八島	452	狂言記 外五十番	205
井筒	460	巻一	207
俊寛	466	巻二	237
東岸居士	472	巻三	261
玉井	477	巻四	289
三井寺	482	巻五	317
軒端梅	490	*付録	345
雲林院	496	*続狂言記	347
黒塚	502	*巻一	347
春日龍神	508	*巻二	369

新 日本古典文学大系

```
＊巻三 ………………………………  391
＊巻四 ………………………………  414
＊巻五 ………………………………  437
＊狂言記拾遺 ………………………  467
  ＊巻一 ……………………………  467
  ＊巻二 ……………………………  493
  ＊巻三 ……………………………  514
  ＊巻四 ……………………………  536
  ＊巻五 ……………………………  560
＊寛文五年版・元禄十二年版の挿絵 · 583
＊解説 …………………………………  591
  ＊狂言の中世と近世（橋本朝生）… 593
  ＊『狂言記』のことばに関する覚え書
    き（土井洋一） ………………… 622
＊曲名索引 ……………………………… 1
```

第59巻　舞の本（麻原美子，北原保雄校注）
1994年7月28日刊

```
＊凡例 …………………………………… v
入鹿 ……………………………………  3
大織冠 …………………………………  15
百合若大臣 ……………………………  43
信田 ……………………………………  70
満仲 ……………………………………  102
伊吹 ……………………………………  125
夢合せ …………………………………  138
馬揃 ……………………………………  144
浜出 ……………………………………  150
築島 ……………………………………  155
硫黄が島 ………………………………  181
文学 ……………………………………  188
木曾願書 ………………………………  205
敦盛 ……………………………………  210
那須与一 ………………………………  231
景清 ……………………………………  238
伏見常葉 ………………………………  270
常葉問答 ………………………………  286
笛の巻 …………………………………  295
未来記 …………………………………  305
烏帽子折 ………………………………  312
腰越 ……………………………………  340
堀川夜討 ………………………………  349
四国落 …………………………………  368
富樫 ……………………………………  377
笈捜 ……………………………………  390
八島 ……………………………………  405
```

```
清重 ……………………………………  429
高館 ……………………………………  438
元服曽我 ………………………………  466
和田酒盛 ………………………………  476
小袖曽我 ………………………………  496
剣讃嘆 …………………………………  511
夜討曽我 ………………………………  518
十番切 …………………………………  549
新曲 ……………………………………  565
＊解説 …………………………………  589
＊付録
  ＊旧国名地図 …………………………  16
  ＊主要地名一覧 ………………………  10
  ＊主要人名解説 ……………………… 2
```

第60巻　太閤記（檜谷昭彦，江本裕校注）
1996年3月15日刊

```
＊凡例
太閤記 …………………………………  1
  豊臣記自序 ……………………………  3
  凡例 ……………………………………  4
  或問 ……………………………………  5
  太閤記卷之綱目 ………………………  10
  巻一 ……………………………………  11
  巻二 ……………………………………  35
  巻三 ……………………………………  53
  巻四 ……………………………………  83
  巻五 ……………………………………  111
  巻六 ……………………………………  137
  巻七 ……………………………………  161
  巻八 ……………………………………  183
  巻九 ……………………………………  205
  巻十 ……………………………………  231
  巻十一 …………………………………  267
  巻十二 …………………………………  303
  巻十三 …………………………………  345
  巻十四 …………………………………  385
  巻十五 …………………………………  423
  巻十六 …………………………………  457
  巻十七 …………………………………  491
  巻十八 …………………………………  515
  巻十九 …………………………………  537
  巻二十（八物語・上） ………………  555
  巻二十一（八物語・中・下） ………  593
  巻二十二 ………………………………  629
```

* 〔付録〕北野大茶湯(巻七)茶道具一覧 ……………………………………………… 651
* 参考文献 …………………………………… 653
* 解説 ………………………………………… 657
    * 『太閤記』における「歴史」と「文芸」(檜谷昭彦) …………………………… 659
* 地名・寺社名等索引 …………………… 61
* 人名索引 …………………………………… 2

第61巻　七十一番職人歌合　新撰狂歌集　古今夷曲集(岩崎佳枝, 網野善彦, 高橋喜一, 塩村耕校注)
1993年3月26日刊

* 凡例 ……………………………………… iii
七十一番職人歌合(岩崎佳枝校注) ……… 1
新撰狂歌集(高橋喜一校注) …………… 147
古今夷曲集(高橋喜一, 塩村耕校注) … 205
* 付録 ……………………………………… 483
    * 七十一番職人歌合　職種一覧 …… 485
    * 付 七十一番職人歌合　職種索引 … 559
* 解説 ……………………………………… 561
    * 文学としての『七十一番職人歌合』(岩崎佳枝) ………………………… 563
    * 職人歌合研究をめぐる一、二の問題(網野善彦) ………………………… 580
    * 狂歌略史—源流から二つの撰集まで(高橋喜一, 塩村耕) …………… 591

第62巻　田植草紙　山家鳥虫歌　鄙廼一曲　琉歌百控(友久武文, 山内洋一郎, 真鍋昌弘, 森山弘毅, 井出幸男, 外間守善校注)
1997年12月22日刊

* 山家鳥虫歌　鄙廼一曲　巷謡編　細目 ………………………………………… 5
* 凡例 ……………………………………… 11
田植草紙(友久武文, 山内洋一郎校注) … 1
　朝歌二番 ………………………………… 3
　朝歌三番 ………………………………… 7
　朝歌四番 ……………………………… 10
　昼歌一番 ……………………………… 14
　昼歌二番 ……………………………… 17
　昼歌三番 ……………………………… 22
　昼歌四番 ……………………………… 24
　晩歌一番 ……………………………… 29
　晩歌二番 ……………………………… 39
　晩歌三番 ……………………………… 42
　晩歌四番 ……………………………… 47
　(追補)朝歌一番 ……………………… 54
　上り歌 ………………………………… 56
山家鳥虫歌(真鍋昌弘校注) …………… 57
　巻之上 ………………………………… 61
　巻之下 ……………………………… 109
鄙廼一曲(ひなのひとふし)(森山弘毅校注) ……………………………………… 161
巷謡編(井出幸男校注) ………………… 227
童謡古謡(真鍋昌弘校注) ……………… 349
琉歌百控(外間守善校注) ……………… 365
　琉歌百控　乾柔節流 ………………… 368
　琉歌百控　独節流 …………………… 434
　琉歌百控　覧節流 …………………… 503
* 解説 …………………………………… 573
    * 囃し田と『田植草紙』(友久武文) … 575
    * 『山家鳥虫歌』解説(真鍋昌弘) …… 592
    * 『鄙廼一曲』と近世の地方民謡(森山弘毅) ……………………………… 614
    * 『巷謡編』の成立とその意義(井出幸男) ………………………………… 636
    * 『童謡古謡』解説(真鍋昌弘) ……… 650
    * 琉歌　琉歌集『琉歌百控』の解説(外間守善) ………………………… 658

第63巻　本朝一人一首(小島憲之校注)
1994年2月21日刊

* 凡例 ……………………………………… 17
本朝一人一首 ……………………………… 1
　本朝一人一首序 ………………………… 3
　巻之一 …………………………………… 5
　巻之二 ………………………………… 45
　巻之三 ………………………………… 74
　巻之四 ……………………………… 115
　巻之五 ……………………………… 145
　巻之六 ……………………………… 180
　巻之七 ……………………………… 210
　巻之八 ……………………………… 252
　巻之九 ……………………………… 285
　巻之十 ……………………………… 300
　本朝一人一首附録 …………………… 326
　本朝一人一首後序 …………………… 336
　題二本朝一人一首後一 ……………… 340
　本朝一人一首跋 ……………………… 343
本朝一人一首補遺 ……………………… 345

新 日本古典文学大系

『本朝一人一首』原文 ……………… 349
*付録 443
　「鶯峰林先生自叙譜略」「称号義述」
　 ……………………………………… 445
　*作者系図 ……………………… 459
*解説(小島憲之) ………………… 471
*作者名索引 …………………………… 1

第64巻　護園録稿 如亭山人遺藁 梅墩詩鈔(日野龍夫, 揖斐高, 水田紀久校注)
1997年2月27日刊

*詩題目次 ………………………………… 3
*凡例 …………………………………… 17
護園録稿(抄)(けんえんろくこう)(日野龍夫校注) …………………………… 1
如亭山人遺藁(揖斐高校注) ……… 69
霞舟吟巻(首巻)(揖斐高校注) … 171
梅墩詩鈔(抄)(日野龍夫校注) … 263
竹外二十八字詩(抄)(水田紀久校注) ‥ 259
*解説 …………………………………… 435
　*護園録稿解説(日野龍夫) … 437
　*如亭詩の抒情—放浪の詩人と流れ
　　の女(揖斐高) ……………… 457
　*友野霞舟について(揖斐高) … 473
　*梅墩詩鈔解説(日野龍夫) … 493
　*絶句専家酔詩人藤井竹外(水田紀久) 511

第65巻　日本詩史 五山堂詩話(清水茂, 揖斐高, 大谷雅夫校注)
1991年8月30日刊

*凡例 ……………………………………… iii
読詩要領(清水茂校注) ……………… 1
日本詩史(大谷雅夫校注) ………… 31
五山堂詩話(揖斐高校注) ………… 155
孜孜斎詩話(大谷雅夫校注) ……… 231
夜航余話(揖斐高校注) …………… 281
漁村文話(清水茂校注) …………… 367
原文 ……………………………………… 465
　日本詩史 ……………………………… 467
　五山堂詩話 …………………………… 523
　孜孜斎詩話 …………………………… 555
*付録 …………………………………… 571
　*幣帚詩話附録・跋文 …………… 573
*解説 …………………………………… 581
　*詩話大概(揖斐高) ……………… 583

*読詩要領解説(清水茂) …………… 588
*日本詩史解説(大谷雅夫) ………… 596
*五山堂詩話解説(揖斐高) ………… 612
*孜孜斎詩話解説(大谷雅夫) ……… 633
*夜航余話解説(揖斐高) …………… 638
*漁村文話解説(清水茂) …………… 649

第66巻　菅茶山 頼山陽 詩集(水田紀久, 頼惟勤, 直井文子校注)
1996年7月19日刊

*詩題目次 ………………………………… iii
*凡例 …………………………………… xiii
菅茶山詩集(水田紀久校注) ………… 1
　黄葉夕陽村舎詩(前編)(抄) ……… 3
　黄葉夕陽村舎詩 後編(抄) ……… 97
　黄葉夕陽村舎詩 遺稿(抄) …… 131
頼山陽詩集(頼惟勤, 直井文子校注) ‥ 147
　山陽詩鈔(抄) ……………………… 149
　山陽遺稿詩(抄) …………………… 265
　日本楽府(抄) ……………………… 357
*解説 …………………………………… 367
　*菅茶山とその交遊(水田紀久) … 369
　*頼山陽とその作品(頼惟勤) …… 385

第67巻　近世歌文集 上(松野陽一, 上野洋三校注)
1996年4月22日刊

*凡例 ……………………………………… v
春の曙(上野洋三校注) ……………… 1
後鳥羽院四百年忌御会 付・隠岐記(上野洋三校注) ………………………… 15
山家記(上野洋三校注) ……………… 29
見延(みのぶ)のみちの記(上野洋三校注) ……………………………………… 47
三行記(さんこうき)(上野洋三校注) ‥ 93
倭謌五十人一首(上野洋三校注) … 133
烏丸光栄(からすまるみつひで)歌道教訓(上野洋三校注) ……………………… 169
初学考鑑(上野洋三校注) ………… 185
雲上歌訓(上野洋三校注) ………… 209
若むらさき(上野洋三校注) ……… 257
霞関集(松野陽一校注) …………… 303
水戸徳川家九月十三夜会(松野陽一校注) ……………………………………… 377
南部家桜田邸詩歌会(松野陽一校注) ‥ 385

田村家深川別業和歌(松野陽一校注)… *399*
諏訪浄光寺八景詩歌(松野陽一校注)… *405*
飛鳥山十二景詩歌(松野陽一校注)…… *425*
詠源氏物語和歌(松野陽一校注)……… *443*
遊角筈別荘記(つのはずのべっそうにあそぶのき)
　(松野陽一校注)……………………… *457*
大崎のつつじ(松野陽一校注)………… *493*
富士日記(松野陽一校注)……………… *503*
墨水遊覧記(松野陽一校注)…………… *517*
＊解説 ………………………………… *529*
　＊江戸時代前期の歌と文章(上野洋
　　三)……………………………… *531*
　＊近世和歌史と江戸武家歌壇(松野陽
　　一)……………………………… *548*
＊人名索引 …………………………… *12*
＊初句索引 …………………………… *2*

第68巻　近世歌文集　下(鈴木淳，中村博保校注)
1997年8月7日刊

＊藤簍冊子　細目 …………………… *v*
＊凡例 ………………………………… *vii*
あがた居の歌集(鈴木淳校注)………… *1*
布留の中道(鈴木淳校注)……………… *33*
庚子道の記(こうしみちのき)(中村博保校
　注)………………………………… *83*
旅のなぐさ(鈴木淳校注)……………… *107*
岡部日記(鈴木淳校注)………………… *127*
菅笠日記(鈴木淳校注)………………… *155*
　上の巻 ……………………………… *159*
　下の巻 ……………………………… *201*
ゆきかひ ……………………………… *241*
藤簍冊子(つづらぶみ)(中村博保校注)… *255*
　巻一 ………………………………… *258*
　巻二 ………………………………… *328*
　巻三 ………………………………… *388*
　巻四 ………………………………… *420*
　巻五 ………………………………… *467*
　巻六 ………………………………… *513*
＊解説 ………………………………… *563*
　＊江戸時代後期の歌と文章(鈴木淳)… *565*
　＊『藤簍冊子』の世界(中村博保)…… *584*
＊人名索引 …………………………… *13*
＊初句索引 …………………………… *2*

第69巻　初期俳諧集(森川昭，加藤定彦，乾裕幸校注)
1991年5月20日刊

＊凡例 ………………………………… *iii*
犬子集(森川昭，加藤定彦校注)……… *3*
大坂独吟集(乾裕幸校注)……………… *285*
談林十百韻(乾裕幸校注)……………… *429*
＊付録 ………………………………… *265*
　＊連句概説(乾裕幸)……………… *566*
＊解説 ………………………………… *573*
　＊初期俳諧の展開(乾裕幸)……… *575*
　＊過渡期の選集(加藤定彦)……… *596*
＊索引
　＊人名索引 ………………………… *43*
　＊発句・連句索引 ………………… *2*

第70巻　芭蕉七部集(白石悌三，上野洋三校注)
1990年3月20日刊

＊凡例 ………………………………… *iii*
冬の日(上野洋三校注)………………… *1*
春の日(上野洋三校注)………………… *29*
あら野(上野洋三校注)………………… *57*
ひさご(白石悌三校注)………………… *227*
猿蓑(白石悌三校注)…………………… *257*
炭俵(白石悌三校注)…………………… *357*
続猿蓑(上野洋三校注)………………… *455*
＊付録 ………………………………… *571*
　＊歌仙概説(白石悌三)…………… *572*
　＊幻住庵記の諸本(白石悌三)…… *584*
＊解説 ………………………………… *601*
　＊七部集の成立と評価(白石悌三)… *603*
　＊七部集の表現と俳言(上野洋三)… *616*
　＊七部集の書誌(加藤定彦)……… *632*
＊索引
　＊人名索引 ………………………… *29*
　＊発句・連句索引 ………………… *2*

第71巻　元禄俳諧集(大内初夫，桜井武次郎，雲英末雄校注)
1994年10月20日刊

＊凡例 ………………………………… *iii*
蛙合(大内初夫校注)…………………… *1*
続の原(大内初夫校注)………………… *21*

新撰都曲（雲英末雄校注）……………… 59
俳諧大悟物狂（桜井武次郎校注）……… 113
あめ子（桜井武次郎校注）……………… 147
元禄百人一句（雲英末雄校注）………… 171
卯辰集（大内初夫校注）………………… 189
蓮実（桜井武次郎校注）………………… 261
椎の葉（桜井武次郎校注）……………… 305
俳諧深川（大内初夫校注）……………… 345
花見車（雲英末雄校注）………………… 375
＊付録 ……………………………………… 493
　＊元禄俳論書 ……………………………… 496
　＊山中三吟評語 …………………………… 520
　＊三都対照俳壇史年表 …………………… 523
＊解説（雲英末雄） ……………………… 565
＊索引
　＊人名索引 ………………………………… 25
　＊発句・連句索引 ………………………… 2

第72巻　江戸座 点取俳諧集（鈴木勝忠，石川八朗，岩田秀行校注）
1993年2月25日刊

＊凡例 ……………………………………… iii
二葉之松（石川八朗校注）……………… 1
末若葉（石川八朗校注）………………… 63
江戸筏（石川八朗校注）………………… 109
万国燕（鈴木勝忠校注）………………… 205
俳諧草結（鈴木勝忠校注）……………… 289
俳諧童の的（岩田秀行校注）…………… 325
俳諧鵬（鈴木勝忠校注）………………… 409
＊解説 ……………………………………… 471
　＊総論（鈴木勝忠） ……………………… 473
　＊其角の批点について（石川八朗） …… 482
　＊江戸座の名称と高点付句集の句風（岩田秀行） ………………………… 499
＊索引
　＊人名索引 ………………………………… 30
　＊発句・付句・連句索引 ………………… 2

第73巻　天明俳諧集（山下一海，田中道雄，石川真弘，田中善信）
1998年4月27日刊

＊凡例 ……………………………………… iii
其雪影（そのゆきかげ）（山下一海校注）… 1
あけ烏（石川真弘校注）………………… 53
続明烏（田中善信，田中道雄校注）…… 87

写経社集（田中善信校注）……………… 173
夜半楽（やはんらく）（田中善信校注）… 191
花鳥篇（田中道雄校注）………………… 209
五車反古（ごしゃほうぐ）（石川真弘校注）… 229
秋の日（田中善信校注）………………… 287
ゑぼし桶（石川真弘校注）……………… 311
誹諧月の夜（田中善信校注）…………… 331
仮日記（石川真弘校注）………………… 353
遠江の記（田中道雄校注）……………… 375
＊解説 ……………………………………… 399
　＊安永天明俳諧と蕉風復興運動（田中道雄） ………………………………… 401
　＊夜半亭四部書（山下一海） ……………… 440
　＊蕪村系の俳書（石川真弘） ……………… 453
　＊蕪村の交友（田中善信） ………………… 459
＊人名索引 ………………………………… 25
＊発句・連句・俳詩索引 ………………… 2

第74巻　仮名草子集（渡辺守邦，渡辺憲司校注）
1991年2月28日刊

＊凡例 ……………………………………… iii
大坂物語（渡辺守邦校注）……………… 3
尤之双紙（渡辺守邦校注）……………… 53
清水物語（渡辺憲司校注）……………… 139
是楽物語（渡辺憲司校注）……………… 193
身の鏡（渡辺憲司校注）………………… 271
一休ばなし（渡辺守邦校注）…………… 321
都風俗鑑（渡辺憲司校注）……………… 427
＊付図
　＊大坂の陣関連地図 ……………………… 3
　＊「都風俗鑑」関連風俗付図 …………… 479
＊解説 ……………………………………… 481
　＊仮名草子─近世初期の出版と文学（渡辺守邦） ………………………… 483

第75巻　伽婢子（松田修，渡辺守邦，花田富二夫校注）
2001年9月20日刊

＊凡例 ……………………………………… iii
伽婢子（おとぎぼうこ）………………… 1
　惣目録 ……………………………………… 3
　序 …………………………………………… 9
　巻之一 ……………………………………… 12
　巻之二 ……………………………………… 35

巻之三	61
巻之四	97
巻之五	127
巻之六	151
巻之七	185
巻之八	219
巻之九	253
巻之十	279
巻之十一	307
巻之十二	339
巻之十三	369
＊付録	399
＊剪灯新話句解（影印）	401
＊解説	491
＊『伽婢子』の意義（花田富二夫）	493
＊脚注おぼえがき（渡辺守邦）	507

第76巻　好色二代男　西鶴諸国ばなし　本朝二十不孝（冨士昭雄，井上敏幸，佐竹昭広校注）
1991年10月30日刊

＊凡例	iii
好色二代男（冨士昭雄校注）	1
西鶴諸国ばなし（井上敏幸校注）	261
本朝二十不孝（佐竹昭広校注）	387
＊付録	501
＊京　島原遊廓図・揚屋町図	503
＊江戸　吉原遊廓図・揚屋町図	504
＊大坂　新町遊廓図	505
＊西鶴略年譜	506
＊解説	509
＊好色二代男（冨士昭雄）	511
＊西鶴諸国ばなし（井上敏幸）	529
＊本朝二十不孝（佐竹昭広）	545
＊参考文献	559

第77巻　武道伝来記　西鶴置土産　万の文反古　西鶴名残の友（谷脇理史，冨士昭雄，井上敏幸校注）
1989年4月20日刊

＊凡例	
武道伝来記（谷脇理史校注）	1
西鶴置土産（冨士昭雄校注）	257
万の文反古（谷脇理史校注）	363
西鶴名残の友（井上敏幸校注）	471

＊付録	563
＊京　島原遊廓図・揚屋町図	564
＊江戸　吉原遊廓図・揚屋町図	565
＊大阪　新町遊廓図	566
＊西鶴当時の通貨	567
＊解説	569
＊武道伝来記（谷脇理史）	571
＊西鶴置土産（冨士昭雄）	591
＊万の文反古（谷脇理史）	607
＊西鶴名残の友（井上敏幸）	621
＊参考文献	637

第78巻　けいせい色三味線　けいせい伝受紙子　世間娘気質（長谷川強校注）
1989年8月18日刊

＊凡例	vii
けいせい色三味線	1
けいせい伝受紙子	247
世間娘気質	385
＊付図	
＊坤郭之図（京・島原）	509
＊江戸葭原郭中之図（江戸・吉原）	509
＊大坂遊郭瓢箪町之図（大阪・新町）	510
＊解説	511

第79巻　本朝水滸伝　紀行　三野日記　折々草（高田衛，田中善信，木越治校注）
1992年10月20日刊

＊凡例	iii
本朝水滸伝　前編（高田衛校注）	1
本朝水滸伝　後編（木越治校注）	139
紀行（田中善信校注）	305
三野日記（田中善信校注）	433
折々草（高田衛校注）	455
＊解説	583
＊建部綾足の生涯（高田衛）	585
＊作品解説	597
＊本朝水滸伝（前後編）（木越治）	597
＊紀行（田中善信）	612
＊三野日記（田中善信）	620
＊折々草（高田衛）	627
＊地名索引	11
＊『本朝水滸伝』登場人物一覧	7
＊人名索引	2

新 日本古典文学大系

第80巻　繁野話 曲亭伝奇花釵児 催馬楽奇談 鳥辺山調綫（徳田武，横山邦治校注）
1992年2月刊

* 凡例 ……………………………………… iii
繁野話（徳田武校注） ………………… 1
曲亭伝奇花釵児（徳田武校注） ……… 127
催馬楽奇談（横山邦治校注） ………… 185
鳥辺山調綫（横山邦治校注） ………… 373
* 解説 …………………………………… 477
　* 読本大概（横山邦治） ……………… 479
　* 読本と中国小説（徳田武） ………… 499
　* 作品解説 ……………………………… 515

第81巻　田舎荘子 当世下手談義 当世穴さがし（中野三敏校注）
1990年5月30日刊

* 凡例 ……………………………………… iii
田舎荘子 …………………………………… 1
労四狂 …………………………………… 69
当世下手談義 ………………………… 105
当世穴さがし ………………………… 181
成仙玉一口玄談 ……………………… 249
* 付録 …………………………………… 333
　* 風俗文集　昔の反古 ……………… 335
* 解説 …………………………………… 361
　* 談義本略史 ………………………… 363

第82巻　異素六帖 古今俄選 粋宇瑠璃 田舎芝居（浜田啓介，中野三敏校注）
1998年2月26日刊

* 凡例 ……………………………………… iii
異素六帖（いそろくじょう）（中野三敏校注） 1
唐詩笑（中野三敏校注） ……………… 45
雑豆鼻糞軍談（まじりまめはなくそぐんだん）（中野三敏校注） ………………… 77
古今俄選（ここんにわかせん）（浜田啓介校注） ………………………………… 123
粋宇瑠璃（くろうるり）（浜田啓介校注） … 221
絵兄弟（中野三敏校注） ……………… 273
田舎芝居（中野三敏校注） …………… 327
茶番早合点（浜田啓介校注） ………… 359
* 解説 …………………………………… 451

第83巻　草双紙集（木村八重子，宇田敏彦，小池正胤校注）
1997年6月12日刊

* 凡例 ……………………………………… v
名人ぞろへ（木村八重子校注） ……… 1
たゞとる山のほとゝぎす（木村八重子校注） ………………………………………… 9
ほりさらい（木村八重子校注） ……… 17
熊若物語（木村八重子校注） ………… 33
亀甲の由来（木村八重子校注） ……… 53
漢楊宮（木村八重子校注） …………… 69
子子子子子子（木村八重子校注） …… 89
楠末葉軍談（くすのきばつようぐんだん）（木村八重子校注） ……………………… 105
猿影岸変化退治（木村八重子校注） … 127
狸の土産（木村八重子校注） ………… 147
其返報怪談（そのへんぽうばけさのばなし）（宇田敏彦校注） ………………………… 161
大違宝舟（おおちがいたからぶね）（宇田敏彦校注） ………………………………… 181
此奴和日本（こいつはにっぽん）（宇田敏彦校注） ……………………………………… 211
太平記万八講釈（宇田敏彦校注） …… 227
正札附息質（しょうふだつきむすこかたぎ）（宇田敏彦校注） ………………………… 253
悦贔屓蝦夷押領（よろこんぶひいきのえぞおし）（宇田敏彦校注） ………………… 277
買飴噎凧野弄話（あめをかったらたこやろばなし）（宇田敏彦校注） ………………… 303
色男其所此処（いろおとこそこでもここでも）（宇田敏彦校注） ……………………… 321
草双紙年代記（宇田敏彦校注） ……… 343
ヘマムシ入道昔話（小池正胤校注） … 361
童蒙話赤本事始（小池正胤校注） …… 427
会席料理世界も吉原（小池正胤校注） … 525
* 解説 …………………………………… 591
　* 草双紙の誕生と変遷（宇田敏彦） … 593
　* 赤小本から青本まで―出版物の側面（木村八重子） …………………… 601
　* 黄表紙―短命に終わった機知の文学（宇田敏彦） …………………………… 613
　* 読切合巻―歌舞伎舞台の紙上への展開（小池正胤） …………………… 623

244　日本古典文学全集・内容綜覧

新 日本古典文学大系

第84巻　寝惚先生文集　狂歌才蔵集　四方のあか（中野三敏，日野龍夫，揖斐高校注）
1993年7月28日刊

*凡例 ……………………………………… iii
寝惚先生文集（揖斐高校注） ………………… 1
通詩選笑知（日野龍夫校注） ………………… 51
狂歌才蔵集（中野三敏校注） ………………… 103
四方のあか（中野三敏校注） ………………… 245
壬戌紀行（揖斐高校注） ……………………… 331
奴凧 ……………………………………………… 439
南畝集（抄） …………………………………… 471
*付録 …………………………………………… 511
　*狂歌知足振 ………………………………… 513
　*狂歌師細見 ………………………………… 521
　*参考資料　唐詩選 ………………………… 527
*解説 …………………………………………… 537
　*解説（中野三敏） ………………………… 539

第85巻　米饅頭始　仕懸文庫　昔話稲妻表紙（水野稔校注）
1990年2月28日刊

*凡例 ……………………………………… iii
扇屋かなめ傘屋六郎兵衛米饅頭始 …………… 1
三筋緯客気植田（みすじだちきゃくのきうへだ） ……………………………………………… 17
太平記吾妻鑑玉磨青砥銭（たまみがくあをとがぜに） ………………………………………… 49
通言総籬 ………………………………………… 73
仕懸文庫 ………………………………………… 111
昔話稲妻表紙 …………………………………… 149
*付録 …………………………………………… 363
　*『通言総籬』『仕懸文庫』に現れた服飾・髪型等関係用語一覧 ………………… 365
　*『通言総籬』に登場する妓楼・茶屋・遊女一覧（付「遊女の格付」「妓楼の格付」） ………………………………………… 368
　*地図「深川七場所」「新吉原」 ………… 374
*解説 …………………………………………… 377
　*山東京伝——人と作品 …………………… 379

第86巻　浮世風呂　戯場粋言幕の外　大千世界楽屋探（神保五弥校注）
1989年6月20日刊

*凡例 ……………………………………………… v

浮世風呂 ………………………………………… 1
戯場粋言幕の外 ………………………………… 295
大千世界楽屋探 ………………………………… 359
*付録 …………………………………………… 437
　*賢愚湊銭湯新話（山東京伝） …………… 439
　*店法度書之事 ……………………………… 451
*解説 …………………………………………… 453
　*式亭三馬の人と文学 ……………………… 455

第87巻　開巻驚奇俠客伝（横山邦治，大高洋司校注）
1998年10月28日刊

*凡例 ……………………………………… iii
開巻驚奇俠客伝（かいかんきょうききょうかくでん） ………………………………………… 1
　第一集 ………………………………………… 3
　　巻之一 ……………………………………… 5
　　巻之二 ……………………………………… 40
　　巻之三 ……………………………………… 63
　　巻之四 ……………………………………… 88
　　巻之五 ……………………………………… 112
　第二集 ………………………………………… 143
　　巻之一 ……………………………………… 145
　　巻之二 ……………………………………… 177
　　巻之三 ……………………………………… 204
　　巻之四 ……………………………………… 229
　　巻之五 ……………………………………… 253
　第三集 ………………………………………… 283
　　巻之一 ……………………………………… 285
　　巻之二 ……………………………………… 316
　　巻之三 ……………………………………… 342
　　巻之四 ……………………………………… 371
　　巻之五 ……………………………………… 395
　第四集 ………………………………………… 425
　　巻之一 ……………………………………… 427
　　巻之二 ……………………………………… 464
　　巻之三 ……………………………………… 494
　　巻之四 ……………………………………… 528
　　巻之五 ……………………………………… 554
　第五集 ………………………………………… 587
　　巻之一 ……………………………………… 589
　　巻之二 ……………………………………… 619
　　巻之三 ……………………………………… 642
　　巻之四 ……………………………………… 665
　　巻之五 ……………………………………… 688
*注 ……………………………………………… 715

新 日本古典文学大系

*解説 ……………………………… 767
　*『開巻驚奇侠客伝』略注（横山邦治） 769
　*中国文学よりみた馬琴の一断面（西村秀人） 780
　*『開巻驚奇侠客伝』の口絵・挿絵（服部仁） 793
　*『開巻驚奇侠客伝』書誌解題（藤沢毅） 816
　*『開巻驚奇侠客伝』の骨格（大高洋司） 833

第88巻　修紫田舎源氏 上（鈴木重三校注）
1995年2月27日刊

*凡例 ……………………………… iii
修紫田舎源氏 上 ………………… 1
*注 ………………………………… 707
*付録 ……………………………… 729
　*和歌発句等一覧 ……………… 731
　*主要登場人物一覧 …………… 739

第89巻　修紫田舎源氏 下（鈴木重三校注）
1995年12月刊

*凡例 ……………………………… iii
修紫田舎源氏 下 ………………… 1
*注 ………………………………… 719
*付録 ……………………………… 737
　*和歌発句等一覧 ……………… 739
　*主要登場人物一覧 …………… 747
*解説（鈴木重三） ……………… 755

第90巻　古浄瑠璃　説経集（信多純一，阪口弘之校注）
1999年12月15日刊

*凡例 ……………………………… iii
浄瑠璃御前物語（信多純一校注）… 1
ほり江巻双紙（阪口弘之校注）… 107
をぐり（信多純一校注） ………… 157
かるかや（阪口弘之校注） ……… 247
さんせう太夫（阪口弘之校注）… 315
阿弥陀の胸割（阪口弘之校注）… 387
牛王の姫（阪口弘之校注） ……… 413
公平甲論（きんぴらかぶとろん）（阪口弘之校注） ……………… 439

一心二河白道（いっしんにがびゃくどう）（阪口弘之校注） ……… 493
*解説 ……………………………… 549
　*近世初期の語り物（信多純一）… 551

第91巻　近松浄瑠璃集 上（松崎仁，原道生，井口洋，大橋正叔校注）
1993年9月20日刊

*凡例 ……………………………… iii
世継曽我（大橋正叔校注） ……… 1
せみ丸（松崎仁校注） …………… 49
曾根崎心中（井口洋校注） ……… 103
丹波与作待夜の小室節（井口洋校注）… 131
百合若大臣野守鏡（大橋正叔，原道生校注） ……………………… 185
碁盤太平記（松崎仁校注） ……… 249
今宮の心中 ………………………… 285
大職冠 ……………………………… 327
天神記 ……………………………… 399
*付録 ……………………………… 477
　*1 曾根崎心中舞台図 ………… 479
　*2 大坂三十三所観音札所一覧 … 480
　*3 浄瑠璃文句評註難波土産抄 … 486
　*4 東海道宿駅一覧 …………… 492
　*5 心中重井筒抄 ……………… 495
　*6 塩冶浪人実名対照一覧 …… 499
　*7 難波芸者　橋々名所一覧 … 501
*解説 ……………………………… 507
　*浄瑠璃作者としての近松門左衛門（松崎仁） ………………… 509
　*『大職冠』ノート追録（原道生）… 527

第92巻　近松浄瑠璃集 下（松崎仁，原道生，井口洋，大橋正叔校注）
1995年12月22日刊

*凡例 ……………………………… iii
双生隅田川（原道生校注） ……… 1
津国女夫池（大橋正叔校注） …… 79
女殺油地獄（井口洋校注） ……… 165
信州川中島合戦（大橋正叔校注）… 223
心中宵庚申（井口洋校注） ……… 305
関八州繋馬（松崎仁校注） ……… 355
*付録 ……………………………… 463
　*絵尽し ………………………… 466

* 「福部の神　勤入」(鉢叩きの狂言)
　………………………………………… 493
*解説 ……………………………………… 495
*近松世話浄瑠璃の方法(井口洋)… 497
*『信州川中島合戦』―勘介の母の死
　(大橋正叔) ………………………… 515

第93巻　竹田出雲 並木宗輔 浄瑠璃集(角田一郎, 内山美樹子校注)
1991年3月20日刊

*凡例 ……………………………………… iii
芦屋道満大内鑑 ……………………………… 1
狭夜衣鴛鴦剣翅 …………………………… 135
新うすゆき物語 …………………………… 275
義経千本桜 ………………………………… 393
*付録 ……………………………………… 537
　*1 太夫役割　その他 ……………… 539
　*2 芦屋道満大内鑑　狭夜衣鴛鴦剣翅
　　の登場人物 ………………………… 545
　*3 当麻寺来迎会について ………… 552
　*4 刀剣参考図 ……………………… 553
　*5 謡曲「舟弁慶」抄録 …………… 554
*解説 ……………………………………… 559

第94巻　近松半二 江戸作者 浄瑠璃集(内山美樹子, 延広真治校注)
1996年9月20日刊

*凡例 ……………………………………… iii
伊賀越道中双六(いがごえどうちゅうすごろく)
　…………………………………………… 1
絵本太功記 ………………………………… 135
伊達競阿国戯場(だてくらべおくにかぶき)… 269
*付録 ……………………………………… 431
　*一 仮名写安土問答 ………………… 433
　*二 蛭小嶋武勇問答第四(抄) …… 504
　*三 三日太平記第五(抄) ………… 506
　*四 『絵本太功記』『太閤真顕記』対応
　　表 …………………………………… 507
　*五 人形一覧 ………………………… 515
*解説 ……………………………………… 543

第95巻　上方歌舞伎集(土田衛, 河合眞澄校注)
1998年7月21日刊

*凡例 ……………………………………… ii
けいせい浅間岳(土田衛校注) ……………… 1
おしゅん伝兵衛十七年忌(土田衛校注) … 75
伊賀越乗掛合羽(いがごえのりかけがっぱ)(河合眞澄校注) ……………………… 95
*付録 ……………………………………… 405
　*一 役者解説(土田衛校注) ……… 407
　*二 けいせい浅間岳・おしゅん伝兵衛
　　十七年忌　用語解説(土田衛校注) … 438
　*三 伊賀越乗掛合羽　狂言読本 … 443
　*四 伊賀越乗掛合羽　絵尽し …… 468
　*五 伊賀越乗掛合羽　番付 ……… 474
*解説 ……………………………………… 479
　*上方の元禄歌舞伎(土田衛) …… 481
　*「伊賀越乗掛合羽」解説(河合眞澄)
　　…………………………………………… 501

第96巻　江戸歌舞伎集(古井戸秀夫, 鳥越文蔵, 和田修校注)
1997年11月20日刊

*凡例 ……………………………………… ii
参会名護屋(さんかいなごや)(鳥越文蔵, 和田修校注) ………………………… 1
傾城阿佐間曾我(けいせいあさまそが)(鳥越文蔵, 和田修校注) ……………………… 39
御摂勧進帳(ごひいきかんじんちょう)(古井戸秀夫校注) ……………………………… 75
*付録 ……………………………………… 401
　*一 参会名護屋・傾城阿佐間曾我
　　人名解説 …………………………… 403
　*二 参会名護屋・傾城阿佐間曾我
　　用語解説 …………………………… 414
　*三 御摂勧進帳関連資料 ………… 441
　　*1 顔見世番付(新役者付)翻刻 … 441
　　*2 役割番付翻刻 ………………… 445
　　*3 顔見世番付(新役者付)図版 … 450
　　*4 役割番付図版 ………………… 452
　　*5 長唄正本　陸花袍 …………… 453
　　*6 正本　暫のせりふ …………… 454
　　*7 長唄正本　めりやす錦木 …… 455
　　*8 中村座狂言絵　御贔屓勧進帳 … 456
　　*9 参考　富本正本写本　色手綱恋
　　　関札表紙 ………………………… 461
　　*10 参考　新下り役者附(偽版・太郎番付) ………………………… 462
　*四 御摂勧進帳役者評判記抄録 …… 463

＊五　役者穿鑿論抄録 ……………… 475
＊六　御摂勧進帳地図 ……………… 480
＊解説 ……………………………… 481
　元禄期の江戸歌舞伎（和田修）… 483
＊御摂勧進帳　解説（古井戸秀夫）… 501

第97巻　当代江戸百化物　在津紀事　仮名世説（多治比郁夫，中野三敏校注）
2000年5月22日刊

＊凡例 ………………………………… iii
当代江戸百化物（とうだいえどひゃくばけもの）
　（中野三敏校注）………………………… 1
蓬左狂者伝（ほうさきょうしゃ）（中野三敏校
　注）……………………………………… 43
落栗物語（多治比郁夫校注）…………… 69
逢原紀聞（ほうげんきぶん）（中野三敏校注）
　 ………………………………………… 147
在津紀事（ざいしんきじ）（多治比郁夫校注）
　 ………………………………………… 189
泊洦筆話（ささなみひつわ）（中野三敏校注）
　 ………………………………………… 255
仮名世説（中野三敏校注）……………… 309
在津紀事　原文 ………………………… 385
＊解説 …………………………………… 405
　＊近世の人物誌（中野三敏）……… 407
　＊巌垣竜渓と『落栗物語』の作者（多治
　　比郁夫）…………………………… 427
　＊混沌社の成立と頼春水（多治比郁
　　夫）………………………………… 432
＊『当代江戸百化物』『蓬左狂者伝』『逢
　原紀聞』『泊洦筆話』『仮名世説』索引 2
＊『落栗物語』索引 ……………………… 12
＊『在津紀事』索引 ……………………… 17

第98巻　東路記　己巳紀行　西遊記（板坂耀子，宗政五十緒校注）
1991年4月刊

＊西遊記　章名目次 …………………… iv
＊凡例 …………………………………… vii
東路記（板坂耀子校注）………………… 1
己巳紀行（板坂耀子校注）……………… 103
西遊記（宗政五十緒校注）……………… 171
＊付録 …………………………………… 389
　＊東路記・己巳紀行　引用紀行一覧・ 391
　＊板本『西遊記』挿絵一覧 ………… 406

＊解説 …………………………………… 415
　＊貝原益軒『東路記』『己巳紀行』と江
　　戸前期の紀行文学（板坂耀子）…… 417
　　＊貝原益軒略年譜 ………………… 434
　＊橘南谿『西遊記』と江戸後期の紀行
　　文学（宗政五十緒）………………… 437
　　＊橘南谿略年譜 …………………… 459
＊西遊記　県別章名一覧 ……………… 16
＊地名索引 ……………………………… 2

第99巻　仁斎日札　たはれ草　不尽言　無可有郷（植谷元，水田紀久，日野龍夫校注）
2000年3月21日刊

＊凡例 …………………………………… ii
仁斎日札（じんさいにっさつ）（植谷元校注）1
たはれ草（水田紀久校注）……………… 37
不尽言（日野龍夫校注）………………… 135
筆のすさび（日野龍夫校注）…………… 247
無可有郷（むかうきょう）（日野龍夫，小林
　勇校注）………………………………… 377
仁斎日札　原文 ………………………… 439
＊解説 …………………………………… 463
　＊『仁斎日札』解説（植谷元）……… 465
　＊醇儒雨森芳洲－その学と人と－（水
　　田紀久）…………………………… 489
　＊『不尽言』『筆のすさび』解説（日野
　　龍夫）……………………………… 503
　＊鈴木桃野と『無可有郷』（小林勇）… 520

第100巻　江戸繁昌記　柳橋新誌（日野龍夫校注）
1989年10月刊

＊凡例 …………………………………… vii
江戸繁昌記 ……………………………… 1
柳橋新誌 ………………………………… 333
＊付録 …………………………………… 425
　＊江戸繁昌記 ……………………… 427
　＊柳橋新誌 ………………………… 535
＊解説 …………………………………… 571
　＊寺門静軒と成島柳北 ……………… 573

別巻1　八代集総索引（久保田淳監修）
1995年1月刊

各句索引 ………………………………… 5

作者名索引	381
詞書等人名索引	427
歌語索引	451
地名索引	499
＊あとがき（久保田淳）	513

別巻2　源氏物語索引（柳井滋，室伏信助，鈴木日出男，藤井貞和，今西祐一郎編）
1999年2月19日刊

語彙索引	3
作中和歌索引	565
作中人物一覧	597
総目次	661

別巻3　続日本紀索引 年表（笹山晴生，吉村武彦編）
2000年2月28日刊

| 続日本紀索引 | 1 |
| 続日本紀年表（笹山晴生編） | 1 |

別巻4　今昔物語集索引（小峯和明編）
2001年4月27日刊

語彙索引	3
結語一覧	506
人名・神仏名索引	509
地名・寺社名索引	539
詩歌・偈一覧	561
欠字一覧	569
説話総目次	逆1

別巻5　万葉集索引（佐竹昭広，山田英雄，工藤力男，大谷雅夫，山崎福之編）
2004年3月26日刊

全句索引	3
人名索引	431
地名索引	471
枕詞索引	509
万葉集年表	525

---

[042]　**新版絵草紙シリーズ**
千秋社
全9巻
1979年3月〜1984年3月
（鶴岡節雄校注）

第1巻　十返舎一九の房総道中記（曲亭馬琴）
1979年3月10日刊

房総道中記	11
行徳〈市川市〉	12
船橋〈船橋市〉・馬加〈千葉市幕張〉	14
毛見川〈千葉市検見川〉・登戸〈千葉市〉	16
寒河〈千葉市〉・曽我野〈千葉市〉	18
浜野〈千葉市〉・八幡〈市原市〉	20
五井〈市原市〉	22
姉ヶ崎〈市原市〉	24
奈良和〈奈良輪・君洋郡袖ヶ浦町〉・木更津〈木更津市〉	26
鹿生山〈鹿野山・君津市〉・佐貫〈富津市〉	28
天神山〈富津市〉・百首〈富津市〉	30
金谷〈富津市〉	32
保田〈安房郡鋸南町〉・勝山〈安房郡鋸南町〉	34
市部〈安房郡富山町〉・那古〈館山市〉	36
広瀬〈館山市〉・加茂〈安房郡丸山町〉	38
和多・和田〈安房郡和田町〉・江美〈江見・鴨川市〉	40
前原〈鴨川市〉・小松原〈鴨川市〉	42
小湊〈安房郡天津小湊町〉	44
天津〈安房郡天津小湊町〉・清澄〈安房郡天津小湊町〉	46
豆原初日峰〈夷隅郡大多喜町〉	48
松野〈勝浦市〉	50
大滝〈大多喜・夷隅郡大多喜町〉	52
長南〈長生郡長南町〉	54
笠もり〈笠森・長生郡長南町〉	56
茂原〈茂原市〉	58
わしのす〈鷲巣・茂原市〉	60
六地蔵〈長生郡長柄町〉	62

新版絵草紙シリーズ

宇留井土〈潤井戸・市原市〉……… 64
江戸着〈東京都〉……………… 66
＊解題 ………………………… 69
　＊十返舎一九と房総道中記（鶴岡節雄）……………………… 69

第2巻　山東京伝の房総の力士白藤源太談
1979年12月10日刊

東上総夷邊郡 白藤源太談（ひがしかづさのいしみのごほりしらふじげんだものがたり）（山東京伝）……………………… 7
白藤源太、引田源兵衛が婿となる……… 8
俵の左衛門が家臣筑麻栗之進、八幡不知の主退治におもむく ……… 12
源太が義弟波之介、主人筑麻栗之進を看病する ……………………… 16
栗之進、浪人岩壁蛇九郎にうたれ落命する ………………………… 20
つくばね親子、栗之進の霊魂にたすけらる ………………………… 24
源太が妻おかん、一子兵太と泣いて夫に意見 ……………………… 26
波之介の最期、源太の放埓は弟思いとわかる ……………………… 32
源太、奥州へ下ったつくばね親子をたすける ……………………… 36
盲となった源太が妻おかん、兵太をつれ夫のあとをおう ……… 39
つくばね親子、ふた山の狐の恩がえしにすくはれる ……………… 45
白藤源太、つくばね親子の仇討ちをたすける ……………………… 51
白藤源太、八幡不知の邪神を退治す る ……………………………… 53
花角力（はなずもう）白藤源太（山東京伝）・ 55
＊解題　白藤源太物語の成立（鶴岡節雄）……………………………… 73
＊資料編 ……………………… 99
　＊（1）小説　白藤伝（井上金峨）……… 99
　＊（2）上総国小高村実相寺出入関係文書 ……………………… 105
　＊（3）浄瑠璃台本〔大山参詣相模路飛入相撲の段（抜）〕 ……… 107

第3巻　仮名垣魯文の成田道中記
1980年8月5日刊

成田道中記（成田道中膝栗毛）（仮名垣魯文）……………………… 9
怪談春雨草紙（市川団十郎）……… 35
＊解題　絵草紙・成田屋・成田詣（鶴岡節雄）……………………… 71
　＊親玉の寄進した額堂 ……… 72
　＊黄表紙『千葉功』 ………… 74
　＊五代目と絵草紙 …………… 85
　＊七代目と成田草紙 ………… 90
＊資料 ………………………… 93
　＊『千葉功』 ………………… 94

第4巻　十返舎一九の甲州道中記
1981年7月10日刊

甲州道中記 …………………… 5
四谷新宿〈新宿区〉 …………… 6
高井戸〈杉並区〉 ……………… 8
石原〈調布市〉 ………………… 10
府中六社〈府中市〉 …………… 12
日野〈日野市〉・八王子〈八王子市〉… 14
駒木野〈八王子市〉 …………… 16
小仏峠 ………………………… 18
尾原〈小原〉・与瀬〈神奈川県津久井郡相模湖町〉 ……………… 20
吉野〈津久井郡藤野町〉 ……… 22
関野〈津久井郡藤野町〉・上の原（上野原）〈山梨県北都留郡上野原町〉… 24
つる川（鶴川）〈北都留郡上野原町〉… 26
奴多尻（野田尻）〈北都留郡上野原町〉…………………………… 28
犬目〈北都留郡上野原町〉 …… 30
戸沢〈鳥沢〉〈大月市富浜町〉 … 32
猿橋・駒橋〈大月市〉 ………… 34
大月〈大月市〉 ………………… 36
花崎（花咲）〈大月市大月町〉 … 38
初雁（初狩）〈大月市初狩町〉 … 40
黒奴多（黒野田）〈大月市笹子町〉… 42
鶴瀬〈東山梨郡大和村〉・勝沼〈東山梨郡勝沼町〉 ………………… 44
栗原〈山梨市〉 ………………… 46
石和〈東八代郡石和町〉 ……… 48
甲府〈甲府市〉 ………………… 50
鰍沢〈南巨摩郡鰍沢町〉 ……… 52

新版絵草紙シリーズ

　切石〈南巨摩郡中富町〉・下山〈南巨摩
　　郡身延町〉 ………………… 54
　身延山〈南巨摩郡身延町〉 ……… 56
　富士川下り ………………………… 58
　南部〈南巨摩郡南部町〉・万沢〈南巨摩
　　郡富沢町〉・猪原（宍原）〈静岡県清水市〉
　　…………………………………… 60
　松野〈静岡県庵原郡富士川町〉 …… 62
　甲府〈山梨県甲府市〉・韮崎〈韮崎市〉65
　台ヶ原〈北巨摩郡白州町〉・つた木〈蔦
　　木〉〈長野県諏訪郡富士見町〉 …… 67
　青柳〈諏訪郡富士見町〉・上のすは（上
　　の諏訪）〈諏訪市〉 ……………… 69
　下諏訪〈諏訪郡下諏訪町〉 ………… 71
＊解題 ………………………………… 74
　＊甲州の道中記（鶴岡節雄） …… 74
　　＊一九の甲州道中記 …………… 74
　　＊甲州道中の紀行・日記 ……… 79
　　＊詩歌と道中記──漢詩文から狂歌
　　　まで ……………………………… 83
＊〈付録〉 ……………………………… 90
　＊日記帳（上総国夷隅郡大野村名主喜
　　左エ門） ………………………… 90

第5巻　十返舎一九の江戸見物
1982年1月15日刊

江戸見物 ……………………………… 5
　発端 ………………………………… 7
　千住〈足立区〉 ……………………… 8
　馬喰町〈中央区〉 …………………… 10
　堺町芝居・葺屋町芝居〈中央区〉 … 12
　日本橋魚市〈中央区〉 ……………… 14
　芝神明宮・愛宕山〈港区〉 ………… 16
　虎之御門〈千代田区〉 ……………… 18
　神田明神宮〈千代田区〉 …………… 20
　湯嶋天神〈文京区〉 ………………… 22
　東叡山〈台東区〉 …………………… 24
　不忍弁天・山下〈台東区〉 ………… 26
　浅草観音〈台東区〉 ………………… 30
　待乳山聖天〈台東区〉 ……………… 32
　新吉原〈台東区〉 …………………… 34
　馬喰町〈中央区〉 …………………… 38
　両国橋〈墨田区〉 …………………… 40
　深川八幡宮〈江東区〉 ……………… 42
　羅漢寺〈江東区〉 …………………… 44

　かめゐ戸天神・妙見宮〈江東区・墨田
　　区〉 ……………………………… 46
　向嶋武蔵屋〈墨田区〉 ……………… 48
　角田川・梅若古跡〈墨田区〉 ……… 50
　真崎稲荷〈荒川区〉 ………………… 52
　王子〈北区〉 ………………………… 54
　たきの川・護国寺〈北区・豊島区〉 … 56
　ぞうしがや〈豊島区〉 ……………… 58
　堀之内〈杉並区〉 …………………… 60
　山王〈千代田区〉 …………………… 62
　増上寺・目黒不動〈港区・目黒区〉 … 64
＊付録　江戸名所百人一首 ………… 67
＊解題 ………………………………… 83
　＊一九の狂歌道中（鶴岡節雄） … 84

第6巻　十返舎一九の箱根江の島鎌倉道中記
1982年8月10日刊

東海道金草鞋 ………………………… 7
　高名輪・品川（港区・品川区） …… 8
　加那川（横浜市） …………………… 9
　程ヶ谷・戸塚（横浜市） …………… 10
　藤沢・平塚（藤沢市・平塚市） …… 11
　大磯鳴立沢・小田原（大磯町・小田原
　　市） ……………………………… 12
　箱根（足柄下郡箱根町） …………… 14
　三しま（静岡県三島市） …………… 14
箱根山七温泉江之島鎌倉廻金草鞋 … 15
　東海道三嶋宿（静岡県三島市） …… 16
　箱根山権現（足柄下郡箱根町） …… 18
　芦の湯・木賀（足柄下郡箱根町） … 20
　底倉・宮の下（足柄下郡箱根町） … 22
　堂ヶ嶋・塔の沢（足柄下郡箱根町） … 24
　湯本・小田原（足柄下郡箱根町・小田
　　原市） …………………………… 26
　道了権現（南足柄市） ……………… 28
　関本・曽賀野・猪の江（南足柄市・足
　　柄上郡） ………………………… 30
　十日市・糞毛（秦野市） …………… 32
　大山石尊（伊勢原市） ……………… 34
　子安・伊勢原・田村（伊勢原市・平塚
　　市） ……………………………… 36
　四谷・藤沢（藤沢市） ……………… 38
　荏之嶋弁才天（藤沢市） …………… 40
　腰越・星の井・初瀬観音（鎌倉市） … 42
　景政社・大仏（鎌倉市） …………… 44

新版絵草紙シリーズ

佐助稲荷・岩屋堂（鎌倉市） …………… 46
雪の下・段蔓（鎌倉市） …………………… 48
鶴岡八幡宮（鎌倉市） ……………………… 50
朝比奈切通・六浦（鎌倉市） ……………… 52
金沢・能見堂（横浜市） …………………… 54
杉本観音（鎌倉市） ………………………… 56
瑞泉寺・天台山（鎌倉市） ………………… 58
比企谷妙本寺・田代観音（鎌倉市） ……… 60
松葉谷安国寺・普陀洛寺（鎌倉市） ……… 62
若江嶋・若宮（鎌倉市） …………………… 64
由井浜（鎌倉市） …………………………… 66
佐竹天王・本覚寺（鎌倉市） ……………… 68
扇个谷・源氏山（鎌倉市） ………………… 70
浄光明寺・荒居焔魔（鎌倉市） …………… 72
長寿寺・明月院（鎌倉市） ………………… 74
松个岡・甘露井（鎌倉市） ………………… 76
山之内円覚寺（鎌倉市） …………………… 78
杉个谷・小袋坂（鎌倉市） ………………… 80
丸山稲荷・新宮六本杉（鎌倉市） ………… 82
巨福山興国建長寺（鎌倉市） ……………… 84
最明寺旧跡・亀の井（鎌倉市） …………… 86
離山（鎌倉市） ……………………………… 88
戸塚（横浜市） ……………………………… 90
＊解題 ……………………………………… 92
　＊名所記とそのカルチュア（鶴岡節雄）
　　………………………………………… 92

第7巻　十返舎一九の坂東秩父**埼玉道中記**
1983年3月1日刊

坂東順礼道中記（序） ……………………… 6
　峯が崎（東京都西多摩郡瑞穂町）・金
　　子（入間市）・並柳（飯能市）・か山（入間
　　郡日高町）・平沢（入間郡日高町） …… 7
　比企慈光寺＝坂東九番（比企郡都幾川
　　村） ……………………………………… 9
　比企岩殿＝坂東十番（東松山市）・比企
　　吉見観音＝坂東十一番（吉見町） …… 11
　深谷（深谷市）・本庄（本庄市） ………… 13
　岩槻慈恩寺＝坂東十二番（岩槻市） …… 15
　坂東順礼終 ……………………………… 17
秩父順礼道中記（序） …………………… 18
　江戸板ばし（東京都板橋区）・ねり馬
　　（東京都練馬区）・白子（和光市）・ひざ
　　折（朝霞市） …………………………… 19
　大わだ（新座市）・大井（入間郡大井町）
　　・河越（川越市） ……………………… 21

高坂（東松山市）・菅谷（比企郡嵐山町）
　・小川（比企郡小川町） ……………… 23
安戸（秩父郡東秩父村）・坂本（秩父郡
　東秩父村）・峠（秩父郡東秩父村・皆野
　町） ……………………………………… 25
四万部＝秩父一番（秩父市）・大棚＝秩
　父二番（秩父市） ……………………… 27
岩本＝秩父三番（秩父市）・あら木＝秩
　父四番（秩父市） ……………………… 29
古賀＝秩父五番（秩父郡横瀬村）・牛伏
　＝秩父七番（秩父郡横瀬村） ………… 31
荻の堂＝秩父六番（秩父郡横瀬村）・西
　善寺＝秩父八番（秩父郡横瀬村） …… 33
子之権現＝秩父郡横瀬村） ……………… 35
明智寺＝秩父九番（秩父郡横瀬村）・太
　子＝秩父十番（秩父郡横瀬村）・坂郡＝
　秩父十一番（秩父市） ………………… 37
野坂寺＝秩父十二番（秩父市）・はけの
　下＝秩父十三番（秩父市） …………… 40
今宮＝秩父十四番（秩父市） …………… 42
ぞうふくじ＝秩父十五番（秩父市）・妙
　見（秩父市） …………………………… 44
西光寺＝秩父十六番（秩父市）・林寺＝
　秩父十七番（秩父市） ………………… 46
がうと＝秩父十八番（秩父市）・りう石
　＝秩父十九番（秩父市） ……………… 48
岩の上＝秩父廿番（秩父市） …………… 50
矢の堂＝秩父廿一番（秩父市） ………… 52
わろう堂＝秩父廿二番（秩父市） ……… 54
おが坂＝秩父廿六番（秩父市） ………… 56
白山＝秩父廿四番（秩父市）・久那堂＝
　秩父廿五番（秩父市） ………………… 58
下影森＝秩父廿六番（秩父市）・上影森
　＝秩父廿七番（秩父市） ……………… 60
橋立＝秩父廿八番（秩父市） …………… 62
さゝのと＝秩父廿九番（秩父郡荒川村）
　…………………………………………… 64
深谷＝秩父三十番（秩父郡荒川村） …… 66
ひげそう大師（秩父郡荒川村）・三ツ
　峯（秩父郡荒川村） …………………… 68
わしのいハや＝秩父三十一番（秩父郡
　小鹿野町） ……………………………… 70
般若堂＝秩父三十二番（秩父郡小鹿野
　町）・ござかけ＝秩父三十三番（秩父郡吉
　田町） …………………………………… 72
水潜＝秩父三十四番（秩父郡皆野町）・
　順礼打納 ……………………………… 74

＊参考資料(『百番観世音霊験記』のうち
　「秩父三十四番」) 77
＊解題 81
　＊「一九の巡礼道中記」(鶴岡節雄) ... 81

第8巻　為永春水の南総里見八犬伝後日譚
1983年10月5日刊

南総里見八犬伝後日譚 1
＊主な登場人物系譜 2
＊はじめに 6
　初編(一部あらすじ) 8
　二編(あらすじ) 19
　三編(あらすじ) 24
　四編(あらすじ) 26
　五編(一部あらすじ) 29
　六編 49
　七編 73
　後日譚の虚実について 95

第9巻　十返舎一九の常陸道中記
1984年3月1日刊

金草鞋五編 7
　本所扇橋 8
　行徳・八幡 10
　金ヶ谷・白井・大森 12
　木おろし 14
　香取・津の宮・生栖・鹿嶋 16
　潮来 18
　玉造・小川 20
　水戸街道府中・筑波山 22
　宍戸・笠間 24
　真壁・野沢 26
　徳治郎・大沢・今市 28
　鉢石 30
　日光(1) 32
　日光(2) 34
　奥刕街道宇都宮 36
　沢村・大田原・黒羽・野上・川上・矢溝 38
　黒沢・下ノ宮・堀内・こなまぜ 40
　けがの・町田・佐竹寺・村松・水府・
　　さしろ 42
　小貫・西明寺・あま引・まかべ 44
　大御堂・つくバ山・山田・清瀧 46
　土浦・君嶋・江戸崎・滑川・佐原 49

香取・津ノ宮・小見川・小浪・瀧野・
　猿田・飯沼 50
＊〈参考資料〉
　＊南総記行旅眼石(十偏舎一九) 52
＊〈付録〉
　＊筑波紀行(雪中庵蓼太) 82
　＊下総銚子磯廻往来(十返舎一九) 88
　＊かしま紀行(松尾芭蕉) 90
＊〈解題〉
　＊たハれ歌師十返舎一九(鶴岡節雄) .. 92

[043] **新編日本古典文学全集**
小学館
全88巻
1994年3月～2002年11月

第1巻　古事記（山口佳紀，神野志隆光校注・訳）
1997年6月20日刊

＊古典への招待　『古事記』をよむ—軽太子・軽大郎女の物語 …………… 5
＊凡例 ……………………………………… 11
古事記 上つ巻 序を并せたり ……… 16
古事記 中つ巻 …………………………… 140
古事記 下つ巻 …………………………… 284
＊校訂付記 ………………………………… 386
＊解説 ……………………………………… 401
＊付録 ……………………………………… 437
　＊神代・歴代天皇系図 ……………… 438
　＊参考地図 …………………………… 442
　＊地名索引 …………………………… 452
　＊神名・人名索引 …………………… 462

第2巻　日本書紀(1)（小島憲之，直木孝次郎，西宮一民，蔵中進，毛利正守校注・訳）
1994年4月20日刊

＊古典への招待　『日本書紀』を読む …… 5
＊凡例 ……………………………………… 11
日本書紀 ………………………………… 15
　巻第一 ……………………………… 17
　巻第二 ……………………………… 109
　巻第三 ……………………………… 191
　巻第四 ……………………………… 239
　巻第五 ……………………………… 265
　巻第六 ……………………………… 297
　巻第七 ……………………………… 339
　巻第八 ……………………………… 399
　巻第九 ……………………………… 415
　巻第十 ……………………………… 467
＊校訂付記 ………………………………… 498
＊解説 ……………………………………… 505
＊参考文献 ………………………………… 559

＊付録 ……………………………………… 563
　＊日本書紀年表 ……………………… 564
　＊神名・人名・地名索引 …………… 582

第3巻　日本書紀(2)（小島憲之，直木孝次郎，西宮一民，蔵中進，毛利正守校注・訳）
1996年10月10日刊

＊古典への招待　歴史書としての『日本書紀』（直木孝次郎，大島信生）…… 5
＊凡例 ……………………………………… 11
日本書紀 ………………………………… 15
　巻第十一 …………………………… 17
　巻第十二 …………………………… 75
　巻第十三 …………………………… 99
　巻第十四 …………………………… 139
　巻第十五 …………………………… 215
　巻第十六 …………………………… 267
　巻第十七 …………………………… 283
　巻第十八 …………………………… 331
　巻第十九 …………………………… 355
　巻第二十 …………………………… 463
　巻第二十一 ………………………… 497
　巻第二十二 ………………………… 527
＊校訂付記 ………………………………… 594
＊付録 ……………………………………… 601
　＊日本書紀年表 ……………………… 602
　＊百済の官位 ………………………… 617
　＊新羅の官位 ………………………… 618
　＊古代朝鮮略図 ……………………… 620
　＊飛鳥周辺史跡地図 ………………… 622
　＊神名・人名・地名索引 …………… 638

第4巻　日本書紀(3)（小島憲之，直木孝次郎，西宮一民，蔵中進，毛利正守校注・訳）
1998年6月20日刊

＊古典への招待　近・現代史としての『日本書紀』（直木孝次郎，大島信生）… 5
＊凡例 ……………………………………… 11
日本書紀 ………………………………… 15
　巻第二十三 ………………………… 17
　巻第二十四 ………………………… 53
　巻第二十五 ………………………… 107
　巻第二十六 ………………………… 201
　巻第二十七 ………………………… 247
　巻第二十八 ………………………… 299

巻第二十九	347
巻第三十	471
*校訂付記	562
*付録	571
*日本書紀年表(舒明天皇～持統天皇)	572
*百済の官位	587
*百済の五部	588
*百済の王城と五方	589
*新羅の官位(京位)	590
*新羅の六部	592
*新羅の外位と旧高句麗・百済官人に対する授位	593
*高句麗の官位	594
*高句麗の五族と五部	596
*朝鮮三国と日本の位階対照表	598
*冠位・位階制一覧表	600
*天智～持統朝の官司・官職表	602
*古代朝鮮略図	608
*神名・人名・地名索引	646

第5巻　風土記(植垣節也校注・訳)
1997年10月20日刊

*古典への招待『風土記』を書いた「彼」	7
*凡例	13
播磨国風土記	17
出雲国風土記	129
豊後国風土記	283
肥前国風土記	309
常陸国風土記	353
逸文	423
〈摂津の国〉	424
〈山背の国〉	437
〈伊勢の国〉	445
〈尾張の国〉	450
〈駿河の国〉	453
〈相模の国〉	454
〈常陸の国〉	455
〈陸奥の国〉	466
〈越の国〉	471
〈丹後の国〉	472
〈伯耆の国〉	488
〈播磨の国〉	490
〈美作の国〉	493
〈備中の国〉	494
〈備後の国〉	496
〈淡路の国〉	498
〈阿波の国〉	499
〈伊予の国〉	503
〈土左の国〉	513
九州乙類風土記	
〈筑紫の国〉	518
九州甲類風土記	
〈筑前の国〉	538
〈筑後の国〉	544
〈豊前の国〉	548
〈肥後の国〉	551
〈日向の国〉	556
〈大隅の国〉	560
〈壱岐の嶋〉	562
九州風土記(甲乙不明)	
〈筑前の国〉	563
〈大隅の国〉	564
参考	566
〈大和の国〉	566
〈河内の国〉	567
〈摂津の国〉	567
〈山背の国〉	569
〈伊賀の国〉	571
〈伊勢の国〉	572
〈志摩の国〉	573
〈尾張の国〉	574
〈参河の国〉	575
〈遠江の国〉	575
〈駿河の国〉	575
〈伊豆の国〉	576
〈甲斐の国〉	577
〈相模の国〉	577
〈下総の国・上総の国〉	578
〈常陸の国〉	578
〈近江の国〉	578
〈美濃の国〉	579
〈飛騨の国〉	579
〈信濃の国〉	579
〈若狭の国〉	580
〈越前の国〉	580
〈丹後の国〉	580
〈因幡の国〉	582
〈伯耆の国〉	582
〈播磨の国〉	582
〈備前の国〉	583
〈備中の国〉	583

新編日本古典文学全集

```
　〈長門の国〉……………… 583
　〈紀伊の国〉……………… 583
　〈阿波の国〉……………… 584
　〈讃岐の国〉……………… 584
　〈伊予の国〉……………… 584
　〈土佐の国〉……………… 584
　〈筑前の国〉……………… 585
　〈豊前の国〉……………… 587
　〈豊後の国〉……………… 587
　〈肥前の国〉……………… 588
　〈肥後の国〉……………… 588
　〈日向の国・大隅の国・薩摩の国〉 588
　〈壱岐の嶋〉……………… 589
　〈所属国不明〉…………… 589
＊解説（広岡義隆）………… 591
＊付録 ………………………… 619
　＊風土記逸文地図 ………… 620
　＊「逸文」所収文献解題 … 626
```

第6巻　万葉集（1）（小島憲之，木下正俊，東野治之校注・訳）
1994年5月20日刊

```
＊古典への招待　万葉集を読む … 3
＊凡例 ………………………………… 9
万葉集 ……………………………… 13
　巻第一 ……………………………… 15
　巻第二 ……………………………… 71
　巻第三 …………………………… 155
　巻第四 …………………………… 265
＊校訂付記 ………………………… 377
＊解説 ……………………………… 383
＊付録 ……………………………… 449
　＊万葉集関係略年表 …………… 451
　＊人名一覧 ……………………… 456
　＊地名一覧 ……………………… 473
　＊系図 …………………………… 487
　＊参考地図 ……………………… 491
　＊初句索引 ……………………… 500
```

第7巻　万葉集（2）（小島憲之，木下正俊，東野治之校注・訳）
1995年4月10日刊

```
＊古典への招待　広瀬本万葉集の出現 … 3
＊凡例 ………………………………… 9
万葉集 ……………………………… 13
```

```
　巻第五 ……………………………… 15
　巻第六 ……………………………… 97
　巻第七 …………………………… 179
　巻第八 …………………………… 279
　巻第九 …………………………… 381
＊校訂付記 ………………………… 453
＊解説 ……………………………… 459
＊付録 ……………………………… 479
　＊万葉集関係年表 ……………… 481
　＊人名一覧 ……………………… 486
　＊地名一覧 ……………………… 502
　＊参考地図 ……………………… 515
　＊官位相当表 …………………… 516
　＊初句索引 ……………………… 526
```

第8巻　万葉集（3）（小島憲之，木下正俊，東野治之校注・訳）
1995年12月10日刊

```
＊古典への招待　万葉集の訓の揺れ … 3
＊凡例 ………………………………… 9
万葉集 ……………………………… 13
　巻第十 ……………………………… 15
　巻第十一 ………………………… 161
　巻第十二 ………………………… 287
　巻第十三 ………………………… 383
　巻第十四 ………………………… 453
＊校訂付記 ………………………… 519
＊解説 ……………………………… 527
＊付録 ……………………………… 545
　＊地名一覧 ……………………… 547
　＊参考地図 ……………………… 558
　＊初句索引 ……………………… 574
```

第9巻　万葉集（4）（小島憲之，木下正俊，東野治之校注・訳）
1996年8月10日刊

```
＊古典への招待　晩年の大伴家持 … 3
＊凡例 ………………………………… 9
万葉集 ……………………………… 13
　巻第十五 ………………………… 15
　巻第十六 ………………………… 83
　巻第十七 ………………………… 143
　巻第十八 ………………………… 225
　巻第十九 ………………………… 287
　巻第二十 ………………………… 365
```

＊校訂付記 ……………………………	*461*
＊解説 …………………………………	*469*
＊付録 …………………………………	*493*
＊万葉集関係略年表 ………………	*495*
＊人名一覧 …………………………	*500*
＊地名一覧 …………………………	*513*
＊初句索引 …………………………	*558*

第10巻　日本霊異記（中田祝夫校注・訳）
1995年9月10日刊

＊古典への招待　『霊異記』の多面的な世界 ………………………………	*7*
＊凡例 …………………………………	*13*
日本霊異記 ……………………………	*15*
上巻 …………………………………	*19*
中巻 …………………………………	*115*
下巻 …………………………………	*241*
訓釈 …………………………………	*373*
＊校訂付記 ……………………………	*385*
＊解説 …………………………………	*401*
＊付録 …………………………………	*445*
＊日本霊異記年表 …………………	*447*
＊日本霊異記地図 …………………	*457*
＊日本霊異記関係説話表 …………	*462*
＊主要参考文献 ……………………	*477*

第11巻　古今和歌集（小沢正夫，松田成穂校注・訳）
1994年11月20日刊

＊古典への招待　『古今和歌集』を読む人のために ………………………	*5*
＊凡例 …………………………………	*11*
古今和歌集 ……………………………	*15*
仮名序 ………………………………	*17*
巻第一　春歌上 ……………………	*31*
巻第二　春歌下 ……………………	*54*
巻第三　夏歌 ………………………	*77*
巻第四　秋歌上 ……………………	*89*
巻第五　秋歌下 ……………………	*115*
巻第六　冬歌 ………………………	*138*
巻第七　賀歌 ………………………	*148*
巻第八　離別歌 ……………………	*157*
巻第九　羇旅歌 ……………………	*172*
巻第十　物名 ………………………	*181*
巻第十一　恋歌一 …………………	*196*
巻第十二　恋歌二 …………………	*221*
巻第十三　恋歌三 …………………	*242*
巻第十四　恋歌四 …………………	*263*
巻第十五　恋歌五 …………………	*287*
巻第十六　哀傷歌 …………………	*313*
巻第十七　雑歌上 …………………	*328*
巻第十八　雑歌下 …………………	*354*
巻第十九　雑躰歌 …………………	*379*
巻第二十　大歌所御歌・神遊びの歌・東歌 …………………………	*407*
墨滅歌 ………………………………	*417*
真名序 ………………………………	*422*
＊校訂付記 ……………………………	*431*
異本所載歌 ……………………………	*435*
寛平御時后宮歌合 ……………………	*443*
亭子院女郎花合 ………………………	*481*
延喜十三年亭子院歌合 ………………	*491*
歌合　校訂付記 ……………………	*511*
＊解説 …………………………………	*513*
＊付録 …………………………………	*551*
＊作者略伝 …………………………	*552*
＊系図 ………………………………	*560*
＊地名地図 …………………………	*566*
＊年表 ………………………………	*568*
＊初句索引（古今和歌集／歌合）	*590*

第12巻　竹取物語　伊勢物語　大和物語　平中物語（片桐洋一，福井貞助，高橋正治，清水好子校注・訳）
1994年12月20日刊

＊古典への招待　初期物語の方法—その伝承性をめぐって（片桐洋一）	*5*
竹取物語（片桐洋一校注・訳） ……	*11*
＊凡例 …………………………………	*13*
本文 ……………………………………	*17*
＊校訂付記 ……………………………	*78*
＊解説 …………………………………	*81*
＊参考資料・参考文献 ………………	*99*
伊勢物語（福井貞助校注・訳） ……	*107*
＊凡例 …………………………………	*109*
本文 ……………………………………	*113*
＊解説 …………………………………	*227*
＊主要古注釈書一覧・参考文献 ……	*243*
大和物語（高橋正治校注・訳） ……	*247*
＊凡例 …………………………………	*249*
本文 ……………………………………	*253*

新編日本古典文学全集

*校訂付記 ………………… 421
*解説 …………………… 425
*参考文献 ………………… 442
平中物語（清水好子校注・訳）…… 445
*凡例 …………………… 447
　本文 …………………… 451
*校訂付記 ………………… 534
*解説 …………………… 537
*参考文献 ………………… 551
*付録 …………………… 555
　*系図（伊勢物語・大和物語・平中物語）………………… 557
　*年譜（伊勢物語・大和物語・平中物語）………………… 561
　*大和物語人物一覧 …………… 573
　*初句索引 …………………… 584

第13巻　土佐日記　蜻蛉日記（菊地靖彦，木村正中，伊牟田経久校注・訳）
1995年10月10日刊

*古典への招待　『土佐日記』と『蜻蛉日記』（木村正中）……………… 3
土佐日記（菊地靖彦校注・訳）…… 9
*凡例 …………………… 11
　本文 …………………… 15
*校訂付記 ………………… 57
*解説 …………………… 59
蜻蛉日記（木村正中，伊牟田経久校注・訳）…………………… 87
*凡例 …………………… 83
　本文 …………………… 89
*校訂付記 ………………… 380
*解説 …………………… 397
*付録 …………………… 437
　*蜻蛉日記年表 ……………… 439
　*蜻蛉日記関係系図 …………… 454
　*平安京条坊図 ……………… 455
　*京都歴史地図 ……………… 456
　*奈良歴史地図 ……………… 458
　*蜻蛉日記人物索引 …………… 462
　*蜻蛉日記地名索引 …………… 464
　*蜻蛉日記和歌初句索引 ………… 467
　*土佐日記和歌初句索引 ………… 468

第14巻　うつほ物語（1）（中野幸一校注・訳）
1999年6月20日刊

*古典への招待　物語史の中の『うつほ物語』…………………… 3
*凡例 …………………… 9
うつほ物語 ………………… 13
　俊蔭 …………………… 15
　藤原の君 ……………… 125
　忠（ただ）こそ ………… 205
　春日詣 ………………… 253
　嵯峨の院 ……………… 293
　吹上　上 ……………… 373
　祭の使 ………………… 439
　吹上　下 ……………… 509
*校訂付記 ……………… 545
*付録
　*図録 ………………… 562
　*官位相当表 …………… 570
　*京都歴史地図 ………… 572

第15巻　うつほ物語（2）（中野幸一校注・訳）
2001年5月20日刊

*古典への招待　男の物語・女の物語 …… 3
*凡例 …………………… 9
うつほ物語 ………………… 13
　菊の宴 ………………… 15
　あて宮 ………………… 111
　内侍のかみ …………… 155
　沖つ白波 ……………… 279
　蔵開（くらびらき）上 …… 319
　蔵開（くらびらき）中 …… 445
　蔵開（くらびらき）下 …… 521
*校訂付記 ……………… 608
*付録
　*年立 ………………… 631

第16巻　うつほ物語（3）（中野幸一校注・訳）
2002年8月20日刊

*古典への招待　物語はどのように読まれたか ……………… 3
*凡例 …………………… 9

うつほ物語 ……………………… 13
　国譲 上 ………………………… 15
　国譲 中 ………………………… 133
　国譲 下 ………………………… 247
　楼の上 上 ……………………… 403
　楼の上 下 ……………………… 503
＊校訂付記 ……………………… 622
＊解説 …………………………… 638
＊付録
　＊登場人物解説 ……………… 659
　＊和歌初句索引 ……………… 664

第17巻　落窪物語 堤中納言物語（三谷栄一，三谷邦明，稲賀敬二校注・訳）
2000年9月20日刊

＊古典への招待　実名の人物から修飾型命名へ―『落窪物語』と『堤中納言物語』の間（稲賀敬二） ……………… 3
落窪物語（三谷栄一，三谷邦明校注・訳）9
＊凡例 …………………………… 11
　巻之一 ………………………… 15
　巻之二 ………………………… 115
　巻之三 ………………………… 211
　巻之四 ………………………… 277
＊校訂付記 ……………………… 344
＊解説（三谷邦明） …………… 350
堤中納言物語（稲賀敬二校注・訳）… 379
＊凡例 …………………………… 381
　花桜折る少将 ………………… 385
　このついで …………………… 395
　虫めづる姫君 ………………… 405
　ほどほどの懸想 ……………… 421
　逢坂越えぬ権中納言 ………… 429
　貝合 …………………………… 443
　思はぬ方に泊りする少将 …… 455
　はなだの女御 ………………… 469
　はいずみ ……………………… 485
　よしなしごと ………………… 499
　末尾断簡 ……………………… 509
＊校訂付記 ……………………… 510
＊解説―十編の集合とその完成まで（稲賀敬二） …………………… 513
＊付録 …………………………… 537
　＊落窪物語人物関係図 ……… 538
　＊落窪物語年立 ……………… 540
　＊六条斎院禖子内親王物語合 … 549

　＊斎宮良子内親王貝合日記 … 569

第18巻　枕草子（松尾聰，永井和子校注・訳）
1997年11月20日刊

＊古典への招待　枕草子を読むたのしさ（永井和子） ………………… 13
＊凡例 …………………………… 19
枕草子 …………………………… 23
＊校訂付記 ……………………… 469
＊解説（永井和子） …………… 475
＊付録 …………………………… 519
　＊枕草子年表（岸上慎二編）… 520
　＊枕草子関係系図 …………… 532
　＊平安京大内裏・内裏図 …… 538
　＊京都歴史地図 ……………… 540
　＊平安京条坊図 ……………… 542

第19巻　和漢朗詠集（菅野禮行校注・訳）
1999年10月20日刊

＊古典への招待　『和漢朗詠集』をどう読むか ……………………… 5
＊凡例 …………………………… 11
和漢朗詠集 ……………………… 15
　巻上 …………………………… 17
　巻下 …………………………… 211
＊解説 …………………………… 419
＊付録 …………………………… 437
　＊漢詩文全文一覧 …………… 438
　＊作者略伝 …………………… 479
　＊和歌初句索引 ……………… 501
　＊漢詩文索引 ………………… 526

第20巻　源氏物語（1）（阿部秋生，秋山虔，今井源衛，鈴木日出男校注・訳）
1994年3月1日刊

＊古典への招待　『源氏物語』の成立（秋山虔） ……………………… 3
＊凡例 …………………………… 9
源氏物語 ………………………… 13
　桐壺 …………………………… 15
　帚木 …………………………… 51
　空蟬 …………………………… 115
　夕顔 …………………………… 133

日本古典文学全集・内容綜覧　259

新編日本古典文学全集

若紫	197
末摘花	263
紅葉賀	309
花宴	351
＊校訂付記	367
＊解説	375
＊付録	421
＊長恨歌	423
＊漢籍・史書・仏典引用一覧	433
＊年立	450
＊官位相当表	454
＊京都歴史地図	456
＊各巻の系図	458
＊図録	465

第21巻　源氏物語（2）（阿部秋生，秋山虔，今井源衛，鈴木日出男校注・訳）
1995年1月10日刊

＊古典への招待　正確な本文（阿部秋生）	3
＊凡例	9
源氏物語	15
葵	15
賢木	81
花散里	151
須磨	159
明石	221
澪標	277
蓬生	323
関屋	357
絵合	367
松風	395
薄雲	425
朝顔	467
＊校訂付記	497
＊付録	507
＊漢籍・史書・仏典引用一覧	509
＊年立	533
＊官位相当表	540
＊地図	542
＊各巻の系図	544
＊図録	551

第22巻　源氏物語（3）（阿部秋生，秋山虔，今井源衛，鈴木日出男校注・訳）
1996年1月10日刊

＊古典への招待　源氏物語は悪文であるか（秋山虔）	3
＊凡例	9
源氏物語	13
少女	15
玉鬘	85
初音	141
胡蝶	163
蛍	193
常夏	221
篝火	253
野分	261
行幸	287
藤袴	325
真木柱	347
梅枝	401
藤裏葉	429
＊校訂付記	464
＊付録	473
＊漢籍・史書・仏典引用一覧（今井源衛）	475
＊年立	491
＊地図	497
＊官位相当表	498
＊各巻の系図	500
＊図録	507

第23巻　源氏物語（4）（阿部秋生，秋山虔，今井源衛，鈴木日出男校注・訳）
1996年11月10日刊

＊古典への招待　物語本文の不整合について（今井源衛）	3
＊凡例	9
源氏物語	13
若菜　上	15
若菜　下	151
柏木	287
横笛	343
鈴虫	371
夕霧	393
御法	491
幻	519

*校訂付記 ………………………… 552	手習 ……………………………… 277
*付録 …………………………… 561	夢浮橋 …………………………… 371
*漢籍・史書・仏典引用一覧（今井源衛） 563	*校訂付記 ………………………… 396
*年立 ……………………………… 586	*付録 …………………………… 407
*官位相当表 ……………………… 592	*漢籍・史書・仏典引用一覧（今井源衛） 409
*各巻の系図 ……………………… 594	*年立 ……………………………… 426
*地図 ……………………………… 602	*官位相当表 ……………………… 430
*図録 ……………………………… 603	*各巻の系図 ……………………… 432
	*図録 ……………………………… 441
	*地図 ……………………………… 444

第24巻　源氏物語（5）（阿部秋生，秋山虔，今井源衛，鈴木日出男校注・訳）
1997年7月10日刊

* *底本・校合本解題（阿部秋生） 447
* *源氏物語主要人物解説（鈴木日出男編） 459
* *源氏物語作中人物索引 ……… 571
* *源氏物語作中和歌一覧 ……… 581
* *源氏物語作中和歌初句索引 … 614

*古典への招待　人物造型について（鈴木日出男） ………………………… 3	
*凡例 ……………………………… 9	
源氏物語 ………………………… 13	
匂兵部卿 ……………………… 15	
紅梅 …………………………… 37	
竹河 …………………………… 57	
橋姫 …………………………… 115	
椎本 …………………………… 167	
総角 …………………………… 221	
早蕨 …………………………… 343	
宿木 …………………………… 371	

第26巻　和泉式部日記　紫式部日記　更級日記　讃岐典侍日記（藤岡忠美，中野幸一，犬養廉，石井文夫校注・訳）
1994年9月20日刊

*古典への招待　女流日記文学の条件と特色 ………………………………… 5
和泉式部日記（藤岡忠美校注・訳）… 11
*凡例 ……………………………… 13
本文 …………………………… 17
*校訂付記 ………………………… 89
*解説 ……………………………… 90
紫式部日記（中野幸一校注・訳）… 115
*凡例 ……………………………… 117
本文 …………………………… 123
*校訂付記 ………………………… 223
*解説 ……………………………… 226
*登場人物一覧 …………………… 261
更級日記（犬養廉校注・訳）…… 273
*凡例 ……………………………… 275
本文 …………………………… 279
*解説 ……………………………… 361
讃岐典侍日記（石井文夫校注・訳）… 385
*凡例 ……………………………… 387
本文 …………………………… 391
*校訂付記 ………………………… 479
*解説 ……………………………… 482
*付録 …………………………… 507
*日記年表 …………………… 509

* *校訂付記 ………………………… 497
* *付録 …………………………… 509
  * *漢籍・史書・仏典引用一覧（今井源衛） 511
  * *地図 …………………………… 529
  * *年立 …………………………… 530
  * *官位相当表 …………………… 536
  * *各巻の系図 …………………… 538
  * *図録 …………………………… 548

第25巻　源氏物語（6）（阿部秋生，秋山虔，今井源衛，鈴木日出男校注・訳）
1998年4月1日刊

* *古典への招待　「形代」としての浮舟（秋山虔） ……………………… 3
* *凡例 ……………………………… 9
* 源氏物語 ………………………… 13
  * 東屋 …………………………… 15
  * 浮舟 …………………………… 103
  * 蜻蛉 …………………………… 199

新編日本古典文学全集

```
＊図録 ……………………………… 528
＊復元紫式部日記絵巻 …………… 535
```

第27巻　浜松中納言物語（池田利夫校注・訳）
2001年4月20日刊

```
＊古典への招待　渡唐物語の周辺 ………… 7
＊凡例 …………………………………… 13
浜松中納言物語 ………………………… 17
＊散逸首巻の梗概 ……………………… 19
　巻第一 ……………………………… 29
　巻第二 ……………………………… 123
　巻第三 ……………………………… 197
　巻第四 ……………………………… 285
　巻第五 ……………………………… 379
＊校訂付記 ……………………………… 452
＊解説 …………………………………… 459
　＊参考文献 …………………………… 476
＊付録 …………………………………… 483
　＊主要登場人物系図 ………………… 484
　＊作中中国地名略図 ………………… 485
　＊年立 ………………………………… 486
　＊初句索引 …………………………… 494
```

第28巻　夜の寝覚（鈴木一雄校注・訳）
1996年9月20日刊

```
＊古典への招待　紫の上と寝覚の上―成
　長する女主人公について ……………… 3
＊凡例 …………………………………… 9
夜の寝覚 ………………………………… 11
　巻一 ………………………………… 13
　巻二 ………………………………… 121
＊中間欠巻部分の内容 ………………… 223
　巻三 ………………………………… 227
　巻四 ………………………………… 319
　巻五 ………………………………… 429
＊末尾欠巻部分の内容 ………………… 547
＊校訂付記 ……………………………… 551
＊解説 …………………………………… 561
＊付録 …………………………………… 591
　＊系図 ………………………………… 592
　＊年立 ………………………………… 595
　＊寝覚物語絵巻 ……………………… 601
　＊官位相当表 ………………………… 616
　＊平安京条坊図 ……………………… 618
```

```
＊平安京大内裏図 ……………………… 619
＊京都歴史地図 ………………………… 620
```

第29巻　狭衣物語（1）（小町谷照彦，後藤祥子校注・訳）
1999年11月20日刊

```
＊古典への招待　王統の純愛物語（後藤
　祥子） ………………………………… 3
＊凡例 …………………………………… 9
狭衣物語 ………………………………… 13
　巻一（小町谷照彦校注・訳） ……… 15
　巻二（後藤祥子校注・訳） ………… 155
＊解説（小町谷照彦，後藤祥子） …… 307
＊参考文献 ……………………………… 341
＊付録 …………………………………… 349
　＊巻一・二の系図 …………………… 350
　＊年立 ………………………………… 352
　＊平安京内裏図・清涼殿図 ………… 358
　＊治安三年、藤原道長の南都七大寺巡
　　り・永承三年、藤原頼道の高野・粉河詣
　　でのコース ………………………… 359
　＊百番歌合 …………………………… 360
　＊狭衣物語絵巻 ……………………… 424
```

第30巻　狭衣物語（2）（小町谷照彦，後藤祥子校注・訳）
2001年11月20日刊

```
＊古典への招待　後悔の大将狭衣の君
　（小町谷照彦） ………………………… 3
＊凡例 …………………………………… 9
狭衣物語 ………………………………… 13
　巻三（小町谷照彦校注・訳） ……… 15
　巻四（後藤祥子校注・訳） ………… 205
＊校訂付記 ……………………………… 411
＊参考文献 ……………………………… 417
＊付録 …………………………………… 419
　＊巻三・四の系図 …………………… 420
　＊年立 ………………………………… 422
```

第31巻　栄花物語（1）（山中裕，秋山虔，池田尚隆，福長進校注・訳）
1995年8月10日刊

```
＊古典への招待『源氏物語』から『栄花物
　語』へ …………………………………… 3
```

* 凡例 ……………………………… 9
栄花物語 ………………………… 13
　巻第一　月の宴 ……………… 15
　巻第二　花山たづぬる中納言 … 85
　巻第三　さまざまのよろこび … 137
　巻第四　みはてぬゆめ ……… 179
　巻第五　浦々の別 …………… 235
　巻第六　かかやく藤壺 ……… 297
　巻第七　とりべ野 …………… 319
　巻第八　はつはな …………… 361
　巻第九　いはかげ …………… 463
　巻第十　ひかげのかづら …… 493
* 校訂付記 ……………………… 529
* 解説 …………………………… 531
* 付録 …………………………… 561
　* 系図 ………………………… 562
　* 栄花物語年表 ……………… 566

第32巻　栄花物語（2）（山中裕, 秋山虔, 池田尚隆, 福長進校注・訳）
1997年1月10日刊

* 古典への招待　『栄花物語』と古記録
　　―小一条院の東宮体位事件をめぐって 5
* 凡例 …………………………… 11
栄花物語 ………………………… 15
　巻第十一　つぼみ花 ………… 17
　巻第十二　たまのむらぎく … 45
　巻第十三　ゆふしで ………… 93
　巻第十四　あさみどり ……… 135
　巻第十五　うたがひ ………… 169
　巻第十六　もとのしづく …… 203
　巻第十七　おむがく ………… 261
　巻第十八　たまのうてな …… 297
　巻第十九　御裳ぎ …………… 327
　巻第二十　御賀（おほむが） … 359
　巻第二十一　後くゐの大将 … 375
　巻第二十二　とりのまひ …… 399
　巻第二十三　こまくらべの行幸 … 415
　巻第二十四　わかばえ ……… 437
　巻第二十五　みねの月 ……… 463
　巻第二十六　楚王のゆめ …… 497
* 校訂付記 ……………………… 541
* 付録 …………………………… 545
　* 系図 ………………………… 546
　* 図録 ………………………… 550
　* 栄花物語年表 ……………… 552

第33巻　栄花物語（3）
1998年3月10日刊

* 古典への招待　道長の仏事善業と「法成寺グループ」………………… 5
* 凡例 …………………………… 11
栄花物語 ………………………… 15
　巻第二十七　ころものたま … 17
　巻第二十八　わかみづ ……… 79
　巻第二十九　たまのかざり … 107
　巻第三十　つるのはやし …… 147
　巻第三十一　殿上の花見 …… 185
　巻第三十二　詞合 …………… 225
　巻第三十三　きるはわびしとなげく女房 … 259
　巻第三十四　暮まつほし …… 285
　巻第三十五　くものふるまひ … 319
　巻第三十六　根あはせ ……… 329
　巻第三十七　けぶりの後 …… 399
　巻第三十八　松のしづえ …… 423
　巻第三十九　布引の滝 ……… 463
　巻第四十　紫野 ……………… 509
* 校訂付記 ……………………… 531
* 解説 …………………………… 535
* 参考文献 ……………………… 541
* 付録 …………………………… 545
　* 系図 ………………………… 546
　* 栄花物語年表 ……………… 550

第34巻　大鏡（橘健二, 加藤静子校注・訳）
1996年6月20日刊

* 古典への招待　権力の帰趨を見つめるまなざし ……………………… 3
* 凡例 …………………………… 9
大鏡天 …………………………… 13
大鏡地 …………………………… 147
大鏡人 …………………………… 293
* 校訂付記 ……………………… 429
* 解説（加藤静子） …………… 433
* 参考文献 ……………………… 468
* 付録 …………………………… 471
　* 大鏡系図 …………………… 472
　* 大鏡年表 …………………… 481
　* 人物一覧 …………………… 512
　* 地図 ………………………… 562

新編日本古典文学全集

第35巻　今昔物語（1）（馬淵和夫，国東文麿，稲垣泰一校注・訳）
1999年4月20日刊

＊古典への招待　物語・説話と説話文学
　（国東文麿）……………………………… 9
＊凡例 ……………………………………… 15
今昔物語集 巻第十一 本朝付仏法 ……… 23
今昔物語集 巻第十二 本朝付仏法 …… 153
今昔物語集 巻第十三 本朝付仏法 …… 285
今昔物語集 巻第十四 本朝付仏法 …… 399
＊解説（馬淵和夫）……………………… 525
＊付録 …………………………………… 555
　＊出典・関連資料一覧 ………………… 556
　＊人名解説 ……………………………… 571
　＊仏教語解説 …………………………… 583
　＊地名・寺社名解説 …………………… 603
　＊旧国名地図 …………………………… 613

第36巻　今昔物語（2）（馬淵和夫，国東文麿，稲垣泰一校注・訳）
2000年5月20日刊

＊古典への招待　説話の断面―貧困と欲
　望と（馬淵和夫）……………………… 11
＊凡例 ……………………………………… 17
今昔物語集 巻第十五 本朝付仏法 ……… 25
今昔物語集 巻第十六 本朝付仏法 …… 149
今昔物語集 巻第十七 本朝付仏法 …… 293
今昔物語集 巻第十八（請本欠）……… 423
今昔物語集 巻第十九 本朝付仏法 …… 425
＊解説（承前）（稲垣泰一）…………… 587
＊付録 …………………………………… 599
　＊出典・関連資料一覧 ………………… 600
　＊人名解説 ……………………………… 612
　＊仏教語解説 …………………………… 623
　＊地名・寺社名解説 …………………… 634
　＊旧国名地図 …………………………… 645

第37巻　今昔物語（3）（馬淵和夫，国東文麿，稲垣泰一校注・訳）
2001年6月20日刊

＊古典への招待　橘と柑子の話（稲垣泰
　一）……………………………………… 9
＊凡例 ……………………………………… 15
今昔物語集 巻第二十 本朝付仏法 ……… 23

今昔物語集 巻第二十一（諸本欠）…… 155
今昔物語集 巻第二十二 本朝 ………… 157
今昔物語集 巻第二十三 本朝 ………… 193
今昔物語集 巻第二十四 本朝付世俗 … 243
今昔物語集 巻第二十五 本朝付世俗 … 383
今昔物語集 巻第二十六 本朝付宿報 … 455
＊解説（承前）（馬淵和夫）…………… 579
＊付録 …………………………………… 589
　＊出典・関連資料一覧 ………………… 590
　＊人名解説 ……………………………… 604
　＊仏教語解説 …………………………… 626
　＊地名・寺社名解説 …………………… 631
　＊旧国名地図 …………………………… 637

第38巻　今昔物語（4）（馬淵和夫，国東文麿，稲垣泰一校注・訳）
2002年6月20日刊

＊古典への招待　『今昔物語集』のおも
　しろさ（馬淵和夫）…………………… 9
＊凡例 ……………………………………… 15
今昔物語集 巻第二十七 本朝付霊鬼 …… 23
今昔物語集 巻第二十八 本朝付世俗 … 145
今昔物語集 巻第二十九 本朝付悪行 … 283
今昔物語集 巻第三十 本朝付雑事 …… 417
今昔物語集 巻第三十一 本朝付雑事 … 477
＊解説（承前）（稲垣泰一）…………… 583
＊付録 …………………………………… 593
　＊出典・関連資料一覧 ………………… 594
　＊人名解説 ……………………………… 609
　＊仏教語解説 …………………………… 621
　＊地名・寺社名解説 …………………… 624
　＊京都周辺図 …………………………… 631
　＊平安京図 ……………………………… 632
　＊旧国名地図 …………………………… 637

第39巻　住吉物語 とりかへばや物語（三角洋一，石埜敬子校注・訳）
2002年4月20日刊

＊古典への招待　改作物語と散逸物語―
　『住吉物語』『とりかへばや物語』の周辺
　（三角洋一）…………………………… 3
住吉物語（三角洋一校注・訳）………… 9
＊凡例 ……………………………………… 11
　上巻 ……………………………………… 15
　下巻 ……………………………………… 97

＊校訂付記 ………………………………… 137
＊解説 ……………………………………… 141
＊小学館所蔵『住吉物語絵巻』について 150
とりかへばや物語（石埜敬子校注・訳） 157
＊凡例 ……………………………………… 159
　巻第一 …………………………………… 163
　巻第二 …………………………………… 257
　巻第三 …………………………………… 311
　巻第四 …………………………………… 417
＊校訂付記 ………………………………… 522
＊解説 ……………………………………… 525
＊付録 ……………………………………… 541
　＊参考資料 ……………………………… 543
　＊主要人物系図 ………………………… 553
　＊年立 …………………………………… 556
　＊初句索引 ……………………………… 572

第40巻　松浦宮物語　無名草子（樋口芳麻呂，久保木哲夫校注・訳）
1999年5月20日刊

＊古典への招待　物語と藤原定家の周辺
　　（久保木哲夫） ………………………… 3
松浦宮物語（樋口芳麻呂校注・訳） ……… 9
＊凡例 ……………………………………… 11
　松浦宮物語 ……………………………… 15
＊校訂付記 ………………………………… 140
＊解説 ……………………………………… 141
無名草子（久保木哲夫校注・訳） ………… 167
＊凡例 ……………………………………… 169
　無名草子 ………………………………… 173
＊校訂付記 ………………………………… 286
＊解説 ……………………………………… 289
＊付録 ……………………………………… 311
　＊散逸物語参考資料 …………………… 313
　＊松浦宮物語系図 ……………………… 343
　＊官位相当表 …………………………… 344
　＊松浦宮物語初句索引 ………………… 347
　＊無名草子初句索引 …………………… 349

第41巻　将門記　陸奥話記　保元物語　平治物語（柳瀬喜代志，矢代和夫，松林靖明，信太周，犬井善壽校注・訳）
2002年2月20日刊

＊古典への招待　軍記物語の評価（信太
　　周） ……………………………………… 7
将門記（柳瀬喜代志，矢代和夫，松林靖
　　明校注・訳） …………………………… 13
＊凡例 ……………………………………… 15
　将門記 …………………………………… 19
＊解説 ……………………………………… 98
陸奥話記（柳瀬喜代志，矢代和夫，松林
　　靖明校注・訳） ………………………… 131
＊凡例 ……………………………………… 133
　陸奥話記 ………………………………… 135
＊解説 ……………………………………… 185
保元物語　平治物語（信太周，犬井善壽校
　　注・訳） ………………………………… 205
＊凡例 ……………………………………… 207
　保元物語　上 …………………………… 211
　保元物語　中 …………………………… 271
　保元物語　下 …………………………… 349
　平治物語　上 …………………………… 407
　平治物語　中 …………………………… 461
　平治物語　下 …………………………… 515
＊解説 ……………………………………… 567
＊付録 ……………………………………… 595
　＊年表 …………………………………… 596
　＊系図 …………………………………… 622
　＊地図・大内裏図 ……………………… 628
　＊『保元物語』『平治物語』人物略伝 … 632
　＊『将門記』『陸奥話記』人名索引 …… 646

第42巻　神楽歌　催馬楽　梁塵秘抄　閑吟集
（臼田甚五郎，新間進一，外村南都子，徳江元正校注・訳）
2000年12月20日刊

＊古典への招待　歌謡に見る思いのさま
　　ざま（外村南都子） …………………… 9
神楽歌（臼田甚五郎校注・訳） …………… 15
＊凡例 ……………………………………… 17
　神楽歌次第 ……………………………… 23
　　庭火 …………………………………… 27
　　阿知女法 ……………………………… 27
　　採物 …………………………………… 29
　　榊 ……………………………………… 29
　　幣 ……………………………………… 31
　　杖 ……………………………………… 32
　　篠 ……………………………………… 33
　　弓 ……………………………………… 35
　　剣 ……………………………………… 37
　　桙 ……………………………………… 39

新編日本古典文学全集

杓 …… 40	飛鳥井 …… 125
葛 …… 42	青柳 …… 126
韓神 …… 42	伊勢海 …… 126
大宜 …… 45	庭生 …… 127
阿知女法 …… 46	我門 …… 127
大前張（おおさいばり） …… 47	大芹 …… 129
宮人 …… 47	浅水 …… 130
難波方 …… 47	大路 …… 130
木綿志天 …… 48	我門乎 …… 131
前張 …… 48	鶏鳴 …… 132
階香取 …… 49	刺櫛 …… 132
井奈野 …… 50	逢路 …… 133
脇母古 …… 52	更衣 …… 134
小前張 …… 53	何為 …… 134
薦枕 …… 53	陰名 …… 135
志都夜乃小菅 …… 55	鷹子 …… 135
磯等前 …… 56	道口 …… 136
篠波 …… 58	老鼠 …… 136
殖春 …… 60	呂歌（りよのうた） …… 137
総角 …… 62	安名尊 …… 137
大宮 …… 64	新年 …… 137
湊田 …… 66	梅枝 …… 138
蟋蟀 …… 67	桜人 …… 139
千歳法 …… 69	葦垣 …… 140
早歌 …… 70	真金吹 …… 141
明星 …… 76	山城 …… 142
得銭子 …… 78	竹河 …… 143
木綿作 …… 81	河口 …… 144
朝倉 …… 83	美作 …… 144
昼目歌 …… 85	藤生野 …… 145
籠殿遊歌 …… 86	婦与我 …… 146
酒殿歌 …… 87	奥山 …… 146
湯立歌 …… 89	奥山 …… 147
其駒 …… 90	鷹山 …… 147
神上 …… 91	紀伊国 …… 148
*校訂付記 …… 93	石川 …… 149
*解説 …… 94	葛城 …… 150
催馬楽（臼田甚五郎校注・訳） …… 113	此殿 …… 151
*凡例 …… 115	此殿西 …… 152
律 …… 119	此殿奥 …… 152
我駒 …… 119	我家 …… 153
沢田川 …… 120	青馬 …… 154
高砂 …… 120	浅緑 …… 154
夏引 …… 122	妹之門 …… 155
貫河 …… 123	席田 …… 156
東屋 …… 124	鈴之川 …… 156
走井 …… 125	酒飲 …… 156

田中 ……………………………	*158*
美濃山 …………………………	*158*
大宮 ……………………………	*159*
角総 ……………………………	*159*
本滋 ……………………………	*160*
眉止之女 ………………………	*160*
無力蝦 …………………………	*161*
難波海 …………………………	*161*
*校訂付記 ………………………	*163*
*解説 ……………………………	*165*
梁塵秘抄(新間進一,外村南都子校注・訳) ………………………………	*173*
*凡例 ……………………………	*175*
巻第一 …………………………	*181*
長歌 十首 ……………………	*182*
祝 ……………………………	*182*
春 ……………………………	*182*
夏 ……………………………	*183*
秋 ……………………………	*183*
冬 ……………………………	*183*
雑 ……………………………	*184*
古柳 三十四首 ………………	*184*
春 五首 ……………………	*184*
今様 二百六十五首 …………	*185*
春 十四首 …………………	*185*
巻第二 …………………………	*189*
(法文歌) ……………………	*190*
四句神歌 百七十首 …………	*248*
二句神歌 百十八首 …………	*306*
捨遺 ……………………………	*336*
梁塵秘抄口伝集 巻第十 ……	*336*
夫木和歌抄 …………………	*337*
梁塵秘抄口伝集 ………………	*339*
梁塵秘抄口伝集巻第一 ……	*341*
梁塵秘抄口伝集巻第十 ……	*343*
*校訂付記 ………………………	*383*
*解説 ……………………………	*387*
閑吟集(徳江元正校注・訳) …	*411*
*凡例 ……………………………	*413*
閑吟集 …………………………	*419*
*校訂付記 ………………………	*507*
*解説 ……………………………	*509*
*初句索引 ………………………	*542*

第43巻　新古今和歌集(峯村文人校注・訳)
1995年5月10日刊

*古典への招待　伝統と創造 ……	*5*
*凡例 ……………………………	*11*
新古今和歌集 …………………	*15*
仮名序 …………………………	*17*
巻第一　春歌上 ………………	*23*
巻第二　春歌下 ………………	*49*
巻第三　夏歌 …………………	*69*
巻第四　秋歌上 ………………	*98*
巻第五　秋歌下 ………………	*137*
巻第六　冬歌 …………………	*167*
巻第七　賀歌 …………………	*208*
巻第八　哀傷歌 ………………	*223*
巻第九　離別歌 ………………	*255*
巻第十　羈旅歌 ………………	*267*
巻第十一　恋歌一 ……………	*293*
巻第十二　恋歌二 ……………	*318*
巻第十三　恋歌三 ……………	*337*
巻第十四　恋歌四 ……………	*361*
巻第十五　恋歌五 ……………	*388*
巻第十六　雑歌上 ……………	*415*
巻第十七　雑歌中 ……………	*461*
巻第十八　雑歌下 ……………	*490*
巻第十九　神祇歌 ……………	*536*
巻第二十　釈教歌 ……………	*556*
真名序 …………………………	*574*
*校訂付記 ………………………	*581*
*解説 ……………………………	*583*
*付録 ……………………………	*601*
*隠岐本跋 ……………………	*602*
*作者略伝 ……………………	*604*
*初句索引 ……………………	*629*

第44巻　方丈記 徒然草 正法眼蔵随聞記 歎異抄(神田秀夫,永積安明,安良岡康作校注・訳)
1995年3月10日刊

*古典への招待　中世の文学と思想(永積安明) …………………………	*3*
方丈記(神田秀夫校注・訳) ……	*13*
*凡例 ……………………………	*11*
本文 ……………………………	*15*
*解説 ……………………………	*39*
徒然草(永積安明校注・訳) ……	*67*
*凡例 ……………………………	*69*
*目次 ……………………………	*74*
本文 ……………………………	*81*

＊校訂付記 …………………………… 274
＊解説 ……………………………… 275
正法眼蔵随聞記（安良岡康作校注・訳）311
＊凡例 ……………………………… 313
　本文 ……………………………… 319
＊校訂付記 …………………………… 503
＊出典集 …………………………… 505
＊解説 ……………………………… 511
歎異抄（安良岡康作校注・訳）………… 529
＊凡例 ……………………………… 531
　本文 ……………………………… 535
＊校訂付記 …………………………… 573
＊解説 ……………………………… 574
＊付録 ……………………………… 593
　＊長明関係略年表 ……………… 594
　＊徒然草参考系図 ……………… 598
　＊兼好関係略年表 ……………… 599
　＊京都歴史地図 ………………… 605
　＊平安京条坊図 ………………… 606

第45巻　平家物語（1）（市古貞次校注・訳）
1994年6月刊

＊古典への招待 ……………………… 5
＊凡例 ………………………………… 11
平家物語 …………………………… 15
　巻第一 …………………………… 17
　巻第二 …………………………… 93
　巻第三 …………………………… 183
　巻第四 …………………………… 263
　巻第五 …………………………… 345
　巻第六 …………………………… 419
＊解説 ……………………………… 481
＊付録 ……………………………… 501
　＊系図 …………………………… 503
　＊年表 …………………………… 507
　＊図録 …………………………… 516
　＊地図 …………………………… 524

第46巻　平家物語（2）（市古貞次校注・訳）
1994年8月20日刊

＊古典への招待　戦国武将の「平家」享受
　…………………………………… 5
＊凡例 ………………………………… 11
平家物語 …………………………… 15
　巻第七 …………………………… 17

　巻第八 …………………………… 95
　巻第九 …………………………… 157
　巻第十 …………………………… 255
　巻第十一 ………………………… 335
　巻第十二 ………………………… 437
　灌頂巻 …………………………… 499
＊解説 ……………………………… 529
＊参考文献 ………………………… 552
＊付録 ……………………………… 557
　＊地図 …………………………… 558
　＊索引（神仏名・人名・地名索引／初
　　句索引） ……………………… 574

第47巻　建礼門院右京大夫集　とはずがたり（久保田淳校注・訳）
1999年12月20日刊

＊古典への招待　愛することの不思議 …… 3
建礼門院右京大夫集 ………………… 9
＊凡例 ……………………………… 11
　建礼門院右京大夫集 …………… 13
＊解説 ……………………………… 165
とはずがたり ……………………… 187
＊凡例 ……………………………… 189
　とはずがたり …………………… 191
　　巻一 …………………………… 193
　　巻二 …………………………… 281
　　巻三 …………………………… 349
　　巻四 …………………………… 423
　　巻五 …………………………… 483
＊解説 ……………………………… 535
＊付録 ……………………………… 563
　＊建礼門院右京大夫集年表 …… 565
　＊とはずがたり年表 …………… 572
　＊とはずがたり人名・地名索引 … 591
　＊建礼門院右京大夫集人名・地名索引
　　…………………………………… 593
　＊初句索引 ……………………… 598

第48巻　中世日記紀行集（長崎健，外村南都子，岩佐美代子，稲田利徳，伊藤敬校注・訳）
1994年7月刊

＊古典への招待　中世日記紀行文学の諸
　相（稲田利徳） …………………… 3
＊凡例 ………………………………… 9

海道記(長崎健校注・訳) ………… 11
信生法師日記(外村南都子校注・訳) … 85
東関紀行(長崎健校注・訳) ………… 105
弁内侍日記(岩佐美代子校注・訳) … 143
十六夜日記(岩佐美代子校注・訳) … 265
春の深山路(外村南都子校注・訳) … 305
道行きぶり(稲田利徳校注・訳) …… 389
なぐさみ草(稲田利徳校注・訳) …… 427
覧富士記(稲田利徳校注・訳) ……… 455
東路のつと(伊藤敬校注・訳) ……… 483
吉野詣記(伊藤敬校注・訳) ………… 513
九州道の記(伊藤敬校注・訳) ……… 543
九州の道の記(稲田利徳校注・訳) … 571
＊解説(稲田利徳) …………………… 587
＊付録 …………………………………… 617
　＊信生法師日記　歌集部 ………… 618
　＊地名索引 …………………………… 645
　＊和歌・連歌初句索引 …………… 654

第49巻　中世和歌集(井上宗雄校注・訳)
2000年11月20日刊

＊古典への招待　私説・中世和歌 ……… 5
＊凡例 …………………………………… 11
御裳濯河歌合 …………………………… 15
宮河歌合 ………………………………… 51
　参考資料贈定家卿文より …………… 87
金槐和歌集　雑部 ……………………… 89
　参考資料金槐和歌集補遺・吾妻鏡より … 126
正風体抄 ………………………………… 131
為相百首 ………………………………… 165
玉葉和歌集(抄) ………………………… 195
風雅和歌集(抄) ………………………… 283
　参考資料風雅和歌集仮名序より …… 347
新葉和歌集(抄) ………………………… 349
　参考資料新葉和歌集序より ………… 372
新続古今和歌集(抄) …………………… 375
正徹物語(抄) …………………………… 413
　参考資料東野州聞書より …………… 448
文亀三年三十六番歌合 ………………… 451
　参考資料再昌草より ………………… 496
衆妙集(抄) ……………………………… 499
集外歌仙 ………………………………… 513
＊解説 …………………………………… 525
　＊参考文献 …………………………… 544
＊付録 …………………………………… 551
　＊系図 ………………………………… 552

＊勅撰集・主要私撰集(平安末～室町)
　一覧 …………………………………… 554
＊作者略伝 ……………………………… 556
＊初句索引 ……………………………… 582

第50巻　宇治拾遺物語(小林保治，増古和子校注・訳)
1996年7月10日刊

＊古典への招待　説話集の読み方(小林保治) ………………………………… 11
＊凡例 …………………………………… 17
宇治拾遺物語　序 ……………………… 23
宇治拾遺物語　巻第一 ………………… 25
宇治拾遺物語　巻第二 ………………… 64
宇治拾遺物語　巻第三 ………………… 104
宇治拾遺物語　巻第四 ………………… 146
宇治拾遺物語　巻第五 ………………… 172
宇治拾遺物語　巻第六 ………………… 198
宇治拾遺物語　巻第七 ………………… 224
宇治拾遺物語　巻第八 ………………… 248
宇治拾遺物語　巻第九 ………………… 272
宇治拾遺物語　巻第十 ………………… 303
宇治拾遺物語　巻第十一 ……………… 331
宇治拾遺物語　巻第十二 ……………… 361
宇治拾遺物語　巻第十三 ……………… 396
宇治拾遺物語　巻第十四 ……………… 428
宇治拾遺物語　巻第十五 ……………… 458
＊校訂付記 ……………………………… 489
＊解説(小林保治，増古和子) ………… 497
＊付録 …………………………………… 537
　＊関係説話表 ………………………… 538
　＊洛中説話地図 ……………………… 546
　＊主要参考文献 ……………………… 548
　＊神仏名・人名・地名索引 ………… 566

第51巻　十訓抄(浅見和彦校注・訳)
1997年12月20日刊

＊古典への招待　『十訓抄』の魅力 …… 5
＊凡例 …………………………………… 11
十訓抄　序 ……………………………… 17
十訓抄　上 ……………………………… 21
十訓抄　中 ……………………………… 179
十訓抄　下 ……………………………… 349
＊校訂付記 ……………………………… 495
＊解説 …………………………………… 499

新編日本古典文学全集

* 付録 ………………………………… *511*
  * 関係類話一覧（山部和喜, 小秋元段, 住吉朋彦, 住吉晴子作成）……… *512*
  * 神仏名・人名・地名索引 …………… *549*
  * 漢詩・漢文索引 …………………… *555*
  * 和歌・今様冒頭句索引 …………… *557*

第52巻 沙石集（小島孝之校注・訳）
2001年8月20日刊

* 古典への招待　『沙石集』の説話とその社会的背景 ……………………… *7*
* 凡例 ………………………………… *13*
* 沙石集 巻第一 ……………………… *17*
* 沙石集 巻第二 ……………………… *69*
* 沙石集 巻第三 ……………………… *125*
* 沙石集 巻第四 ……………………… *169*
* 沙石集 巻第五本 …………………… *215*
* 沙石集 巻第五末 …………………… *257*
* 沙石集 巻第六 ……………………… *311*
* 沙石集 巻第七 ……………………… *351*
* 沙石集 巻第八―無常句書加 ……… *395*
* 沙石集 巻第九 ……………………… *441*
* 沙石集 巻第十本 …………………… *511*
* 沙石集 巻第十末 …………………… *567*
* 解説 ………………………………… *617*
* 付録・無住関係略年表（土屋有里子作成）………………………………… *635*

第53巻 曽我物語（梶原正昭, 大津雄一, 野中哲照校注・訳）
2002年3月20日刊

* 古典への招待　女の語り ……………… *5*
* 凡例 ………………………………… *11*
* 曽我物語 …………………………… *15*
  * 巻第一 ……………………………… *17*
  * 巻第二 ……………………………… *67*
  * 巻第三 ……………………………… *101*
  * 巻第四 ……………………………… *137*
  * 巻第五 ……………………………… *165*
  * 巻第六 ……………………………… *203*
  * 巻第七 ……………………………… *241*
  * 巻第八 ……………………………… *265*
  * 巻第九 ……………………………… *289*
  * 巻第十 ……………………………… *333*
* 校訂付記 …………………………… *373*

* 表記変更例 ………………………… *379*
* 解説 ………………………………… *383*
* 付録
  * 真名本からの訓読本省略箇所 …… *406*
  * 吾妻鏡 …………………………… *418*
  * 系図 ……………………………… *425*
  * 年表 ……………………………… *434*
  * 図録 ……………………………… *441*
  * 地図 ……………………………… *446*
  * 人名・神仏名・地名索引 ………… *462*

第54巻 太平記（1）（長谷川端校注・訳）
1994年10月20日刊

* 古典への招待　楠木正成の実像と虚構 ……………………………………… *7*
* 凡例 ………………………………… *13*
* 太平記 ……………………………… *15*
  * 巻第一 ……………………………… *17*
  * 巻第二 ……………………………… *53*
  * 巻第三 ……………………………… *121*
  * 巻第四 ……………………………… *165*
  * 巻第五 ……………………………… *237*
  * 巻第六 ……………………………… *283*
  * 巻第七 ……………………………… *325*
  * 巻第八 ……………………………… *369*
  * 巻第九 ……………………………… *421*
  * 巻第十 ……………………………… *479*
  * 巻第十一 …………………………… *541*
* 校訂付記 …………………………… *587*
* 解説 ………………………………… *601*
* 付録 ………………………………… *617*
  * 系図 ……………………………… *619*
  * 年表 ……………………………… *624*
  * 中世の武具 ……………………… *634*
  * 地図 ……………………………… *636*

第55巻 太平記（2）（長谷川端校注・訳）
1996年3月20日刊

* 古典への招待　後醍醐天皇と足利尊氏 ……………………………………… *7*
* 凡例 ………………………………… *13*
* 太平記 ……………………………… *15*
  * 巻第十二 …………………………… *17*
  * 巻第十三 …………………………… *81*
  * 巻第十四 …………………………… *143*

巻第十五	215
巻第十六	271
巻第十七	331
巻第十八	417
巻第十九	487
巻第二十	529
*校訂付記	581
*解説―『太平記』の構想と展開	599
*付録	609
*系図	610
*中世武士の館と暮し（藤本正行）	612
*年表	614
*大内裏・内裏図	623
*地図	627

第56巻　太平記（3）（長谷川端校注・訳）
1997年4月20日刊

*古典への招待　佐々木道誉―『太平記』の内と外	7
*凡例	13
太平記	15
巻第二十一	17
巻第二十二	81
巻第二十三	121
巻第二十四	155
巻第二十五	211
巻第二十六	287
巻第二十七	365
巻第二十八	397
巻第二十九	449
巻第三十	505
*校訂付記	553
*付録	567
*朝儀年中行事―巻二十四「朝儀廃絶の事」より	568
*年表	572
*系図	581
*地図	586

第57巻　太平記（4）（長谷川端校注・訳）
1998年7月20日刊

*古典への招待　『太平記』と光厳天皇	7
*凡例	13
太平記	15
巻第三十一	17

巻第三十二	53
巻第三十三	97
巻第三十四	141
巻第三十五	187
巻第三十六	211
巻第三十七	295
巻第三十八	341
巻第三十九	371
巻第四十	413
*校訂付記	453
*解説	463
*付録	473
*系図	474
*年表	476
*初句索引	485
*地図	486
*『太平記』の時代の武装（藤本正行解説・作図）	490

第58巻　謡曲集（1）（小山弘志，佐藤健一郎校注・訳）
1997年5月20日刊

*古典への招待　能と謡（小山弘志）	5
*凡例	11
翁	17
翁	20
脇能	27
高砂	29
養老	42
賀茂	54
竹生島	67
老松	77
嵐山	87
東方朔	97
鶴亀	108
修羅物	113
田村	115
八島	128
忠度	146
頼政	160
実盛	174
清経	190
朝長	202
敦盛	218
巴	232
鬘物	245

新編日本古典文学全集

東北	247
采女	259
江口	273
井筒	286
野宮	298
芭蕉	311
定家	325
半蔀	339
楊貴妃	350
二人静	361
杜若	371
羽衣	381
松風	390
熊野	405
大原御幸	420
檜垣	435
姨捨	447
関寺小町	460
四番目物（一）	473
雲林院	475
西行桜	487
葛城	499
三輪	511
＊舞台写真の曲目・演者・催会一覧	523
＊解説（小山弘志）	525
＊付録	545
＊用語一覧	545

第59巻　謡曲集（2）（小山弘志，佐藤健一郎校注・訳）
1998年2月10日刊

＊古典への招待　世阿弥という人（小山弘志）	5
＊凡例	11
四番目物（二）	17
百万	19
三井寺	31
隅田川	48
花筐	63
班女	78
蝉丸	91
富士太鼓	105
卒都婆小町	116
蟻通	128
弱法師	137
自然居士	149

邯鄲	166
錦木	179
通小町	196
善知鳥	207
求塚	219
藤戸	236
綾鼓	249
砧	260
葵上	274
道成寺	285
俊寛	301
景清	312
盛久	326
小袖曽我	342
安宅	354
切能	377
国栖	379
檀風	394
熊坂	418
昭君	432
鵺	445
黒塚（安達原）	459
紅葉狩	474
船弁慶	486
鞍馬天狗	506
善界	521
海人	533
融	549
山姥	564
石橋	583
猩々	592
＊舞台写真の曲目・演者・催会一覧	597
＊解説（承前）（小山弘志，佐藤健一郎）	599
＊付録	
＊旧国名地図	620
＊掲載曲目一覧	622

第60巻　狂言集（北川忠彦，安田章）
2001年1月10日刊

＊古典への招待　狂言へのあゆみ（安田章）	5
＊凡例	11
脇狂言	17
末広かり	19
大黒連歌	34

松楪（ゆづりは）	41
栗隈神明（くりこのしんめい）	56
大名狂言	63
粟田口	65
靱猿	86
二人大名	105
墨塗	128
武悪	142
小名狂言	167
千鳥	169
素袍落	183
縄綯	205
木六駄	221
棒縛	238
附子	256
聟女狂言	273
雞聟	275
船渡聟	285
貰聟	300
右近左近（おこさこ）	312
吹取	324
鬼山伏狂言	335
朝比奈	337
神鳴	346
節分	357
柿山伏	365
蟹山伏	373
通円	380
出家座頭狂言	385
宗論	387
魚説経	409
御茶の水	417
金津	426
月見座頭	439
集狂言	449
酢薑（はじかみ）	451
鳴子遣子（なるこやるこ）	459
金藤左衛門（きんとうざゑもん）	469
蜘盗人	479
菓争（このみあらそひ）	489
狸腹鼓（井伊直弼）	501
子の日（冷泉為理）	508
＊解説（北川忠彦，安田章）	513
＊付録	553
＊狂言名作解題	554

第61巻　連歌集　俳諧集（金子金治郎，雲英末雄，暉峻康隆，加藤定彦校注・訳）
2001年7月20日刊

＊古典への招待　連歌と俳諧の連句（雲英末雄）	5
＊凡例	11
連歌集（金子金治郎注解）	15
＊例言	16
文和千句第一百韻	17
姉小路今神明百韻	43
水無瀬三吟百韻	69
湯山三吟百韻	103
宗祇独吟何人百韻	143
雲牧両吟住吉百韻	177
宗養紹巴永原百韻	207
＊校訂付記	236
＊解説（金子金治郎）	239
＊歌仙式表	288
俳諧集（暉峻康隆，雲英末雄，加藤定彦注解）	291
哥いづれの巻（貞徳翁独吟百韻自註）	293
紅梅やの巻（紅梅千句）	325
蚊柱はの巻（蚊柱百句）	357
花にきてやの巻（西鶴大句数）	419
日本道にの巻（西鶴独吟百韻自註絵巻）	447
江戸桜の巻（俳諧七百五十韻）	511
折折ての巻（新花鳥）	541
菜の花やの巻（続明烏）	553
牡丹散ての巻（もゝすもゝ）	567
冬木だちの巻（もゝすもゝ）	583
＊解説（暉峻康隆，雲英末雄，加藤定彦）	599
＊「日本道にの巻」芝居・遊里語補注	642
＊初句索引	645

第62巻　義経記（梶原正昭）
2000年1月20日刊

＊古典への招待　『義経記』の読み方（利根川清）	5
＊凡例	11
義経記	15
巻第一	17
巻第二	47
巻第三	105

巻第四 ………………………… *155*
　　巻第五 ………………………… *225*
　　巻第六 ………………………… *293*
　　巻第七 ………………………… *373*
　　巻第八 ………………………… *437*
　補遺 雅信兄弟御弟の事 ……… *471*
　*校訂付記 …………………………… *479*
　*解説 ………………………………… *483*
　*付録 ………………………………… *515*
　　*関係年表 ……………………… *526*
　　*影響一覧 ……………………… *526*
　　*系図 …………………………… *532*
　　*地図 …………………………… *536*
　　*登場人物略伝 ………………… *538*
　　*地名索引 ……………………… *564*

第63巻　室町物語草子集（大島建彦，渡浩一校注・訳）
2002年9月20日刊

　*古典への招待　室町物語への招待（大島建彦）……………………………… *3*
　*凡例 ………………………………… *9*
　文正草子（大島建彦校注・訳）… *13*
　御曹子島渡（大島建彦校注・訳）… *91*
　猿源氏草紙（大島建彦校注・訳）… *119*
　ものくさ太郎（大島建彦校注・訳）… *149*
　橋立の本地（大島建彦校注・訳）… *175*
　和泉式部（大島建彦校注・訳）… *225*
　一寸法師（大島建彦校注・訳）… *243*
　浦島の太郎（大島建彦校注・訳）… *253*
　酒伝童子絵（大島建彦校注・訳）… *267*
　磯崎（渡浩一校注・訳）………… *327*
　熊野本地絵巻（渡浩一校注・訳）… *355*
　中将姫本地（渡浩一校注・訳）… *395*
　長宝寺よみがへりの草紙（渡浩一校注・訳）……………………………… *417*
　*解説（渡浩一）…………………… *451*
　*付録 ………………………………… *483*
　　*昔話「小さ子」資料一覧 …… *484*
　　*サエの神に関する近親相姦の伝承一覧 …………………………………… *498*

第64巻　仮名草子集（谷脇理史，岡雅彦，井上和人校注・訳）
1999年9月20日刊

　*古典への招待　一休さんと浮世房（谷脇理史）……………………………… *3*
　*凡例 ………………………………… *9*
　かなめいし（井上和人校注・訳）… *11*
　　上巻 …………………………… *13*
　　中巻 …………………………… *40*
　　下巻 …………………………… *65*
　浮世物語（谷脇理史校注・訳）… *85*
　　巻第一 ………………………… *87*
　　巻第二 ………………………… *118*
　　巻第三 ………………………… *149*
　　巻第四 ………………………… *183*
　　巻第五 ………………………… *205*
　一休ばなし（岡雅彦校注・訳）… *225*
　　序 ……………………………… *227*
　　巻之一 ………………………… *230*
　　巻之二 ………………………… *258*
　　巻之三 ………………………… *288*
　　巻之四 ………………………… *316*
　たきつけ草・もえくゐ・けしずみ（谷脇理史校注・訳）……………………… *365*
　　たきつけ草 …………………… *367*
　　もえくゐ ……………………… *383*
　　けしずみ ……………………… *406*
　御伽物語（岡雅彦校注・訳）…… *427*
　　序 ……………………………… *429*
　　巻一 …………………………… *431*
　　巻二 …………………………… *464*
　　巻三 …………………………… *508*
　　巻四 …………………………… *547*
　　巻五 …………………………… *588*
　*解説（谷脇理史）………………… *627*

第65巻　浮世草子集（長谷川強校注・訳）
2000年3月20日刊

　*古典への招待　浮世草子の一ピーク―趣向主義の時代 ……………………… *3*
　*凡例 ………………………………… *14*
　好色敗毒散 ………………………… *17*
　　序 ……………………………… *19*
　　巻之一 ………………………… *20*
　　巻之二 ………………………… *41*
　　巻之三 ………………………… *62*
　　巻之四 ………………………… *82*
　　巻之五 ………………………… *102*
　野白内証鑑 ………………………… *127*

| 序 ……………………………………… 129
| 一之巻 …………………………… 132
| 二之巻 …………………………… 206
| 三之巻 …………………………… 264
| 四之巻 …………………………… 325
| 五之巻 …………………………… 382
浮世親仁形気 ……………………… 443
| 序 ……………………………………… 445
| 一之巻 …………………………… 446
| 二之巻 …………………………… 468
| 三之巻 …………………………… 490
| 四之巻 …………………………… 511
| 五之巻 …………………………… 535
＊解説 ……………………………… 561
＊付録 ……………………………… 591
　＊登場地名一覧地図（京都・江戸・大坂）………………………………… 591

第66巻　井原西鶴集（1）（暉峻康隆，東明雅校注・訳）
1996年4月10日刊

＊古典への招待　「色好み」のルーツ（暉峻康隆）……………………………… 5
＊凡例 ………………………………… 11
好色一代男（暉峻康隆校注・訳）…… 15
| 巻一 ………………………………… 17
| 巻二 ………………………………… 45
| 巻三 ………………………………… 73
| 巻四 ……………………………… 103
| 巻五 ……………………………… 133
| 巻六 ……………………………… 163
| 巻七 ……………………………… 195
| 巻八 ……………………………… 229
好色五人女（東明雅校注・訳）…… 251
| 巻一 ……………………………… 253
| 巻二 ……………………………… 277
| 巻三 ……………………………… 307
| 巻四 ……………………………… 337
| 巻五 ……………………………… 365
好色一代女（東明雅校注・訳）…… 391
| 巻一 ……………………………… 393
| 巻二 ……………………………… 425
| 巻三 ……………………………… 455
| 巻四 ……………………………… 485
| 巻五 ……………………………… 513
| 巻六 ……………………………… 539

＊解説（暉峻康隆，東明雅）……… 569
＊付録 ……………………………… 587
　＊西鶴の時代の通貨 …………… 588
　＊『好色一代男』の舞台 ……… 590
　＊諸国遊里案内 ………………… 592
　＊西鶴年譜 ……………………… 598

第67巻　井原西鶴集（2）（宗政五十緒，松田修，暉峻康隆校注・訳）
1996年5月10日刊

＊古典への招待　流行作家時代―中期の作風（暉峻康隆）………………………… 5
＊凡例 ………………………………… 11
西鶴諸国ばなし（宗政五十緒校注・訳）… 15
| 巻一 ………………………………… 17
| 巻二 ………………………………… 47
| 巻三 ………………………………… 73
| 巻四 ……………………………… 101
| 巻五 ……………………………… 125
本朝二十不孝（松田修校注・訳）…… 149
| 巻一 ……………………………… 151
| 巻二 ……………………………… 181
| 巻三 ……………………………… 209
| 巻四 ……………………………… 235
| 巻五 ……………………………… 261
男色大鑑（暉峻康隆校注・訳）…… 287
| 巻一 ……………………………… 289
| 巻二 ……………………………… 333
| 巻三 ……………………………… 377
| 巻四 ……………………………… 415
| 巻五 ……………………………… 451
| 巻六 ……………………………… 487
| 巻七 ……………………………… 519
| 巻八 ……………………………… 557
＊解説（宗政五十緒，暉峻康隆，松田修）……………………………………… 593
　＊『男色大鑑』登場役者一覧 … 607
　＊西鶴の時代の通貨 …………… 622

第68巻　井原西鶴集（3）（谷脇理史，神保五彌，暉峻康隆校注・訳）
1996年12月10日刊

＊古典への招待　晩年のテーマと方法（暉峻康隆）………………………… 5
＊凡例 ………………………………… 13

日本永代蔵（谷脇理史校注・訳）………… 17
　巻一 …………………………………… 19
　巻二 …………………………………… 49
　巻三 …………………………………… 81
　巻四 …………………………………… 111
　巻五 …………………………………… 143
　巻六 …………………………………… 177
万の文反古（神保五彌校注・訳）………… 207
　巻一 …………………………………… 209
　巻二 …………………………………… 235
　巻三 …………………………………… 257
　巻四 …………………………………… 281
　巻五 …………………………………… 303
＊西鶴の時代の通貨 …………………… 330
世間胸算用（神保五彌校注・訳）………… 333
　巻一 …………………………………… 335
　巻二 …………………………………… 365
　巻三 …………………………………… 393
　巻四 …………………………………… 421
　巻五 …………………………………… 447
西鶴置土産（暉峻康隆校注・訳）………… 475
　巻一 …………………………………… 477
　巻二 …………………………………… 509
　巻三 …………………………………… 533
　巻四 …………………………………… 553
　巻五 …………………………………… 575
＊解説（谷脇理史，神保五彌，暉峻康隆）
　……………………………………… 599
＊付録 …………………………………… 619
　＊上方の商圏と『日本永代蔵』の舞台 … 620
　＊西鶴享受史年表 ………………… 622

第69巻　井原西鶴集（4）（冨士昭雄，広嶋進校注・訳）
2000年8月20日刊

＊古典への招待　西鶴の武家物（冨士昭雄）
　……………………………………… 3
＊凡例 …………………………………… 9
武道伝来記（冨士昭雄校注・訳）………… 13
　序 ……………………………………… 17
　巻一 …………………………………… 19
　巻二 …………………………………… 59
　巻三 …………………………………… 93
　巻四 …………………………………… 129
　巻五 …………………………………… 167
　巻六 …………………………………… 205

　巻七 …………………………………… 245
　巻八 …………………………………… 279
武家義理物語（広嶋進校注・訳）………… 315
　序 ……………………………………… 319
　巻一 …………………………………… 321
　巻二 …………………………………… 345
　巻三 …………………………………… 367
　巻四 …………………………………… 391
　巻五 …………………………………… 415
　巻六 …………………………………… 439
新可笑記（広嶋進校注・訳）……………… 465
　序 ……………………………………… 469
　巻一 …………………………………… 471
　巻二 …………………………………… 503
　巻三 …………………………………… 537
　巻四 …………………………………… 565
　巻五 …………………………………… 595
＊解説（冨士昭雄，広嶋進）…………… 623
＊〈付録〉西鶴武家物年表 ……………… 636

第70巻　松尾芭蕉集（1）（井本農一，堀信夫注解）
1995年7月20日刊

＊古典への招待　芭蕉の発句について（井本農一）………………………………… 3
＊凡例 …………………………………… 9
全発句 …………………………………… 15
＊解説（堀信夫）………………………… 543
＊付録 …………………………………… 569
　＊出典俳書一覧 ……………………… 571
　＊松尾芭蕉略年譜 …………………… 581
　＊参考地図 …………………………… 593
　＊初句索引 …………………………… 604

第71巻　松尾芭蕉集（2）（井本農一，久富哲雄，村松友次，堀切実校注・訳）
1997年9月20日刊

＊古典への招待　『奥の細道』の底本について―芭蕉自筆本の出現にふれて（井本農一）………………………………… 7
＊凡例 …………………………………… 13
紀行・日記編（井本農一，久富哲雄校注・訳）…………………………………… 17
＊例言 …………………………………… 18
　野ざらし紀行 ………………………… 19

鹿島詣（鹿島紀行） ……………………… 35	四一 うに掘る岡 ……………………… 218
笈の小文 ………………………………… 43	四二 伊勢参宮 …………………………… 219
更科紀行 ………………………………… 65	四三 伊賀新大仏之記 …………………… 220
おくのほそ道 …………………………… 73	四四 「猶見たし」詞書 ………………… 222
嵯峨日記 ………………………………… 145	四五 「ほろほろと」詞書 ……………… 223
俳文編（村松友次校注・訳） ………… 163	四六 あすならう ………………………… 224
＊例言 …………………………………… 164	四七 高野詣 ……………………………… 225
一 『貝おほひ』序 ……………………… 165	四八 「夏はあれど」詞書 ……………… 226
二 『拾八番句合』跋 …………………… 167	四九 湖山亭の記 ………………………… 227
三 『常盤屋句合』跋 …………………… 168	五〇 「やどりせむ」句入画賛 ………… 228
四 「しばの戸に」詞書 ………………… 169	五一 十八楼ノ記 ………………………… 229
五 「我ためか」詞書 …………………… 170	五二 鵜舟 ………………………………… 231
六 独寝の草の戸 ………………………… 171	五三 更科姨捨月之弁 …………………… 232
七 乞食の翁 ……………………………… 172	五四 素堂亭十日菊 ……………………… 236
八 笠やどり ……………………………… 173	五五 芭蕉庵十三夜 ……………………… 236
九 寒夜の辞 ……………………………… 174	五六 枯木の杖 …………………………… 239
一〇 笠はり一 …………………………… 175	五七 笠はり二 …………………………… 239
一一 夏野画賛 …………………………… 176	五八 越人におくる ……………………… 241
一二 『虚栗』跋 ………………………… 177	五九 深川八貧 …………………………… 242
一三 歌仙の賛 …………………………… 179	六〇 『あら野の』序 …………………… 245
一四 士峰の賛 …………………………… 180	六一 「草の戸も」詞書 ………………… 246
一五 「馬に寝て」詞書 ………………… 182	六二 「秋負ふ」詞書 …………………… 248
一六 「蘭の香や」詞書 ………………… 184	六三 秋鴉主人の佳景に対す …………… 248
一七 「蔦うゑて」詞書 ………………… 185	六四 「啄木も」詞書 …………………… 250
一八 籾する音 …………………………… 186	六五 夏の時鳥 …………………………… 252
一九 竹の奥 ……………………………… 188	六六 「野を横に」詞書 ………………… 253
二〇 「きぬたうちて」詞書 …………… 189	六七 高久の宿のほととぎす …………… 254
二一 「狂句こがらしの」詞書 ………… 190	六八 奥の田植歌 ………………………… 255
二二 酒に梅 ……………………………… 190	六九 軒の栗 ……………………………… 257
二三 一枝軒 ……………………………… 191	七〇 石河の滝 …………………………… 259
二四 「牡丹蘂分て」詞書 ……………… 192	七一 文字摺石 …………………………… 259
二五 「団雪もて」詞書 ………………… 193	七二 武隈の松 …………………………… 262
二六 三つの名 …………………………… 194	七三 「笠島や」詞書 …………………… 263
二七 垣穂の梅 …………………………… 195	七四 松島 ………………………………… 265
二八 『伊勢紀行』跋 …………………… 197	七五 天宥法印追悼の文 ………………… 266
二九 四山の瓢 …………………………… 199	七六 銀河ノ序 …………………………… 268
三〇 「はつゆきや」詞書 ……………… 202	七七 「薬欄に」詞書 …………………… 270
三一 雪丸げ ……………………………… 203	七八 「あかあかと」詞書 ……………… 270
三二 閑居ノ箴 …………………………… 204	七九 温泉ノ頌 …………………………… 273
三三 野ざらし紀行絵巻跋 ……………… 205	八〇 「さびしげに」詞書 ……………… 274
三四 藪の梅 ……………………………… 206	八一 敦賀にて …………………………… 276
三五 「養虫ノ説」跋 …………………… 207	八二 紙衾ノ記 …………………………… 277
三六 『続の原』句合跋 ………………… 211	八三 明智が妻 …………………………… 279
三七 保美の里 …………………………… 212	八四 少将の尼 …………………………… 280
三八 権七に示す ………………………… 214	八五 洒落堂記 …………………………… 282
三九 杖突坂の落馬 ……………………… 215	八六 重ねを賀す ………………………… 284
四〇 としのくれ ………………………… 217	八七 幻住庵記 …………………………… 285

八八 「道の記」草稿	304
八九 四条河原涼	305
九〇 「さてもそののち……」	306
九一 雲竹の賛	309
九二 鳥之賦	310
九三 卒塔婆小町賛	312
九四 杵の折れ	313
九五 落柿舎記	314
九六 いざよひ	315
九七 成秀庭上松を誉ること葉	317
九八 阿弥陀坊	319
九九 『忘梅』序	320
一〇〇 「いねこきの」詞書	321
一〇一 明照寺李由子に宿す	322
一〇二 島田のしぐれ	323
一〇三 雪の枯尾花	324
一〇四 亀子が良才	325
一〇五 栖去之弁	326
一〇六 芭蕉を移す詞	327
一〇七 机の銘	333
一〇八 三聖図賛	334
一〇九 僧専吟餞別之詞	335
一一〇 許六離別の詞	337
一一一 許六を送る詞	339
一一二 弔初秋七日雨星	340
一一三 閉関之説	341
一一四 悼松倉嵐蘭	343
一一五 東順の伝	346
一一六 素堂菊園之遊	347
一一七 嗒山送別	348
一一八 骸骨画賛	349
参考異文集付存疑	351
連句編(堀切実注解)	371
＊引用出典一覧	372
「狂句こがらしの」の巻(冬の日)	373
「霜月や」の巻(冬の日)	391
「雁がねも」の巻(あら野)	409
「木のもとに」の巻(ひさご)	427
「鳶の羽も」の巻(猿蓑)	443
「市中は」の巻(猿蓑)	461
「灰汁桶の」の巻(猿蓑)	477
「青くても」の巻(深川)	493
「むめがゝに」の巻(炭俵)	509
「空豆の」の巻(炭俵)	527
「秋ちかき」の巻(鳥の道)	543
「猿蓑に」の巻(続猿蓑)	559
＊解説	577
＊一 紀行・日記編(井本農一)	577
＊二 俳文編(村松友次)	589
＊三 連句編(堀切実)	599
＊参考文献	616
＊付録	
＊参考地図	621
＊初句索引	630

第72巻　近世俳句俳文集(雲英末雄，山下一海，丸山一彦，松尾靖秋校注・訳)
2001年3月20日刊

＊古典への招待　俳句と俳諧(山下一海)	9
＊凡例	15
近世俳句集(雲英末雄，山下一海，丸山一彦注解)	19
山崎宗鑑	21
荒木田守武	22
松永貞徳	24
野々口立圃	27
松江重頼	30
安原貞室	32
鶏冠井令徳	34
山本西武	35
北村季吟	37
高瀬梅盛	39
荻田安静	40
片桐良保	42
斎藤徳元	43
石田未得	45
高島玄札	46
杉木望一	48
杉木光貞妻	49
山岡元隣	50
北村湖春	52
田捨女	53
松山玖也	55
西山宗因	56
井原西鶴	59
菅野谷高政	62
内藤風虎	64
田中常矩	66
浜川自悦	67
岡西惟中	69
田代松意	71
野口在色	72

岸本調和	74	立羽不角	190
芳賀一晶	76	松木淡々	191
大淀三千風	78	仙石廬元坊	193
三井秋風	80	桜井吏登	194
伊藤信徳	81	長谷川馬光	196
池西言水	84	佐久間柳居	198
冨尾似船	87	和田希因	199
斎藤如泉	89	白井鳥酔	201
青木春澄	91	早野巴人	203
三上友及	92	横井也有	205
室賀徹士	94	千代女	207
半田常牧	95	有井諸九	209
小西来山	97	溝口素丸	212
椎本才麿	100	大島蓼太	213
上嶋鬼貫	103	炭太祇	216
水田西吟	107	与謝蕪村	221
北条団水	108	三宅嘯山	274
内藤露沾	110	建部涼袋	277
山口素堂	112	堀麦水	280
室井其角	115	高桑闌更	283
服部嵐雪	123	勝見二柳	287
向井去来	127	加藤暁台	289
内藤丈草	134	三浦樗良	292
野沢凡兆	138	上田無腸	296
中村史邦	142	高井几董	298
杉山杉風	144	黒柳召波	301
山本荷兮	145	吉分大魯	305
河合曾良	147	松村月渓	308
斎部路通	149	加舎白雄	310
越智越人	151	松岡青蘿	313
服部土芳	153	蝶夢	316
志太野坡	155	川上不白	318
各務支考	157	大伴大江丸	320
森川許六	160	吉川五明	325
浪化	165	榎本星布	327
広瀬惟然	167	高柳荘丹	329
立花北枝	170	井上士郎	331
岩田涼菟	173	宮紫暁	334
河合智月	175	大島完来	336
斯波園女	177	栗田樗堂	338
水間沾徳	179	夏目成美	340
貴志沾洲	180	常世田長翠	345
大高子葉	181	高橋東皐	347
坂本朱拙	183	田上菊舎	349
中川乙由	184	岩間乙二	351
稲津祇空	186	江森月居	353
秋色	188	鈴木道彦	356

新編日本古典文学全集

藤森素檗	359
建部巣兆	361
酒井抱一	363
小林一茶	365
川原一瓢	414
成田蒼虬	416
田川鳳朗	419
桜井梅室	422
近世俳文集(松尾靖秋,丸山一彦校注・訳)	425
山の井(季吟)	427
残雪	427
三月尽	428
五月雨	429
蛍	429
初秋	430
孟蘭盆	431
虫	432
紅葉	433
歳暮	434
宝蔵(元隣)	437
宝蔵序	437
筆	438
いまみや草(来山)	440
女人形の記	440
牡丹の記	441
良夜草庵の記	442
独ごと(鬼貫)	444
四季の詞	444
旅	447
蓑虫説(素堂)	451
焼蚊辞(嵐蘭)	454
猿蓑序(其角)	456
芭蕉翁終焉記(其角)	457
類柑子(其角)	468
ひなひく鳥	468
白兎公	471
鉢扣辞(去来)	473
落柿舎記(去来)	475
丈草誄(去来)	476
閑居賦(汶村)	480
寝ころび草(丈草)	483
百鳥譜(支考)	488
瓢辞(許六)	491
豆腐弁(許六)	494
鶉衣(也有)	496
奈良団賛	496
長短解	497
木履説	499
鼻箴	500
旅賦	502
借り物の弁	507
百虫賦	509
歎老辞	515
六林文集序	517
出代の弁(蜻局)	521
平泉(蓼太)	523
新花摘(蕪村)	525
『むかしを今』の序(蕪村)	546
『芭蕉翁附合集』序(蕪村)	548
『春泥句集』序(蕪村)	549
木の葉経(蕪村)	553
洛東芭蕉庵再興記(蕪村)	554
檜笠辞(蕪村)	558
宇治行(蕪村)	559
月夜の卯兵衛(蕪村)	561
歳末弁(蕪村)	562
弁慶図賛(蕪村)	563
春雨弁(樗良)	565
雨月賦(暁台)	567
三猿箴(成美)	568
父の死(一茶)	570
上総の老婆(一茶)	580
おらが春(一茶)	583
みちのくの旅	583
蛙の野送	585
親のない子	586
まゝ子	586
添乳	587
露の世	590
豆太鼓頌(寥松)	591
十二月花鳥譜(何丸)	593
心の箴(由誓)	595
＊解説(雲英末雄)	597
＊出典俳書一覧	617
＊季語別索引	628
＊初句索引	638

第73巻　近世和歌集(久保田啓一校注・訳)
2002年7月20日刊

＊古典への招待　〈正統〉と〈異端〉から見る近世和歌史	5
＊凡例	11

近世前期 ………………………………… 15
　木下長嘯子 ……………………………… 17
　後水尾院 ………………………………… 27
　万治御点（抄） ………………………… 53
　武者小路実陰 …………………………… 111
　下河辺長流 ……………………………… 137
近世中期 ………………………………… 145
　冷泉為村 ………………………………… 147
　萩原宗固 ………………………………… 174
　磯野政武 ………………………………… 180
　石野広通 ………………………………… 186
　日野資枝 ………………………………… 190
　内山淳時 ………………………………… 201
　小沢蘆庵 ………………………………… 206
　伴　蒿蹊 ………………………………… 228
　賀茂真淵 ………………………………… 237
　田安宗武 ………………………………… 257
　楫取魚彦 ………………………………… 274
　橘　千蔭 ………………………………… 286
　村田春海 ………………………………… 294
近世後期 ………………………………… 303
　賀茂季鷹 ………………………………… 305
　香川景樹 ………………………………… 315
　木下幸文 ………………………………… 352
　熊谷直好 ………………………………… 359
　千種有功 ………………………………… 365
＊解説 …………………………………… 375
＊初句索引 ……………………………… 414

第74巻　近松門左衛門集（1）（鳥越文蔵，山根為雄，長友千代治，大橋正叔，阪口弘之校注・訳）
1997年3月20日刊

＊古典への招待　近松世話浄瑠璃における金銭（鳥越文蔵）………………………… 3
＊凡例 …………………………………………… 9
おなつ清十郎五十年忌歌念仏（山根為雄校注・訳）………………………………… 13
淀鯉出世滝徳（長友千代治校注・訳）…… 59
忠兵衛梅川冥途の飛脚（阪口弘之校注・訳）………………………………………… 107
博多小女郎波枕（大橋正叔校注・訳）… 155
女殺油地獄（山根為雄校注・訳）……… 205
源五兵衛おまん薩摩歌（長友千代治校注・訳）………………………………………… 267

丹波与作待夜のこむろぶし（大橋正叔校注・訳）………………………………… 337
夕霧阿波鳴渡（山根為雄校注・訳）…… 399
長町女切腹（長友千代治校注・訳）…… 443
山崎与次兵衛寿の門松（阪口弘之校注・訳）………………………………………… 487
＊解説 ………………………………………… 539
　＊一　作者への道（大橋正叔）………… 539
　＊二　宇治加賀掾と近松（大橋正叔）… 542
　＊三　『世継曾我』の成立（大橋正叔）… 543
　＊四　竹本義太夫と近松（大橋正叔）… 545
　＊五　坂田藤十郎と近松（大橋正叔）… 549
　＊六　元禄期の浄瑠璃（大橋正叔）…… 554
　＊七　『曾根崎心中』の成立（大橋正叔）
　　 ………………………………………… 556
　＊八　新生竹本座（大橋正叔）………… 559
　＊九　世話浄瑠璃の分類（大橋正叔）… 561
　＊十　作品解説 ………………………… 563
＊付録 ………………………………………… 573
　＊諸国鐺じるし付図 …………………… 574
　＊大阪地図 ……………………………… 576
　＊近松略年譜 …………………………… 578

第75巻　近松門左衛門集（2）（鳥越文蔵，山根為雄，長友千代治，大橋正叔，阪口弘之校注・訳）
1998年5月1日刊

＊古典への招待　近松の浄るり本を百冊よむ時は習はずして三教の道に悟りを開く（長友千代治）…………………………… 3
＊凡例 …………………………………………… 9
曾根崎心中（山根為雄校注・訳）……… 13
心中二枚絵草紙（長友千代治校注・訳）… 45
与兵衛ひぢりめんおかめ卯月紅葉（阪口弘之校注・訳）………………………………… 83
跡追心中卯月の潤色（阪口弘之校注・訳）121
心中重井筒（大橋正叔校注・訳）……… 155
高野山女人堂心中万年草（阪口弘之校注・訳）
　　 ………………………………………… 195
心中刃は氷の朔日（長友千代治校注・訳）
　　 ………………………………………… 237
二郎兵衛おきさ今宮の心中（山根為雄校注・訳）………………………………………… 287
嘉平次おさが生玉心中（大橋正叔校注・訳）
　　 ………………………………………… 331

新編日本古典文学全集

紙屋治兵衛きいの国や小はる心中天の網島（山根為雄校注・訳） ……… 383
心中宵庚申（長友千代治校注・訳） ……… 433
堀川波鼓（鳥越文蔵校注・訳） ……… 485
大経師昔暦（大橋正叔校注・訳） ……… 529
鑓の権三重帷子（鳥越文蔵校注・訳） ……… 583
＊解説 ……… 639
　＊一　近松世話浄瑠璃の作劇法（大橋正叔） ……… 639
　＊二　浄瑠璃の節付（山根為雄） ……… 649
　＊三　作品解説 ……… 657
＊付録
　＊大阪三十三所めぐり図 ……… 666
　＊難波二十二社めぐり図 ……… 668

第76巻　近松門左衛門集（3）（鳥越文蔵，山根為雄，長友千代治，大橋正叔，阪口弘之校注・訳）
2000年10月20日刊

＊古典への招待　浄瑠璃から文楽へ（大橋正叔） ……… 3
＊凡例 ……… 9
出世景清（鳥越文蔵校注・訳） ……… 13
用明天王職人鑑（鳥越文蔵校注・訳） ……… 63
けいせい反魂香（山根為雄校注・訳） ……… 159
国性爺合戦（大橋正叔校注・訳） ……… 251
曽我王会稽山（長友千代治校注・訳） ……… 351
平家女護島（阪口弘之校注・訳） ……… 457
＊解説（大橋正叔） ……… 551
＊作品解説 ……… 569

第77巻　浄瑠璃集（鳥越文蔵，長友千代治，大橋正叔，黒石陽子，林久美子，井上勝志校注・訳）
2002年10月20日刊

＊古典への招待　浄瑠璃略史（鳥越文蔵） ……… 3
＊凡例 ……… 9
仮名手本忠臣蔵（長友千代治校注・訳） ……… 11
双蝶蝶曲輪日記（黒石陽子校注・訳） ……… 163
妹背山婦女庭訓（林久美子，井上勝志校注・訳） ……… 309
碁太平記白石噺（大橋正叔校注・訳） ……… 459
＊解説（井上勝志，長友千代治，大橋正叔，黒石陽子） ……… 671

第78巻　英草紙　西山物語　雨月物語　春雨物語（中村幸彦，高田衛校注・訳）
1995年11月10日刊

＊古典への招待　文人作家について（中村幸彦） ……… 5
英草紙（中村幸彦校注・訳） ……… 13
＊凡例 ……… 15
　序 ……… 19
　総目録 ……… 21
　第一巻 ……… 23
　第二巻 ……… 49
　第三巻 ……… 94
　第四巻 ……… 127
　第五巻 ……… 164
西山物語（高田衛校注・訳） ……… 191
＊凡例 ……… 193
　序 ……… 197
　巻之上 ……… 201
　巻之中 ……… 218
　巻之下 ……… 242
雨月物語（高田衛校注・訳） ……… 273
＊凡例 ……… 271
　序 ……… 275
　巻之一 ……… 277
　　白峯 ……… 277
　　菊花の約 ……… 291
　巻之二 ……… 306
　　浅茅が宿 ……… 306
　　夢応の鯉魚 ……… 321
　巻之三 ……… 330
　　仏法僧 ……… 330
　　吉備津の釜 ……… 342
　巻之四 ……… 357
　　蛇性の婬 ……… 357
　巻之五 ……… 388
　　青頭巾 ……… 388
　　貧福論 ……… 400
春雨物語（中村博保校注・訳） ……… 415
＊凡例 ……… 417
　序 ……… 421
　血かたびら ……… 423
　天津処女 ……… 436
　海賊 ……… 446
　二世の縁 ……… 458
　目ひとつの神 ……… 464
　死首の朝顔 ……… 472

282　日本古典文学全集・内容綜覧

捨石丸	487
宮木が塚	499
歌のほまれ	516
樊噲 上	518
樊噲 下	541
*校訂付記	563
*解説	567
*付録	621
*ますらを物語（中村博保校注）	622
*作者対照略年譜（高田衛編）	632

第79巻　黄表紙 川柳 狂歌（棚橋正博，鈴木勝忠，宇田敏彦注解）
1999年8月20日刊

*古典への招待　黄表紙・川柳・狂歌の誕生の前夜（棚橋正博）	5
黄表紙（棚橋正博校注）	11
*凡例	13
金々（きんきん）先生栄花夢	15
桃太郎後日噺	29
右通鑓而呿多（うそしっかり）雁取帳	43
従夫（それから）以来記	65
江戸生艶気樺焼	85
江戸春一夜千両	109
文武二道万石通	131
鸚鵡返文武二道	151
大極上請合売心学早染草	173
形容化粧唇動鼻下（はなした）長物語	195
*解説	219
川柳（鈴木勝忠注解）	249
*凡例	251
元禄期	253
享保期	303
宝暦前期	361
宝暦後期〔川柳時代〕	384
*解説	457
*川柳索引	471
狂歌（宇田敏彦注解）	477
*凡例	479
四方（よもの）赤良	481
唐衣橘洲	493
朱楽菅江	503
平秩（へづつ）東作	511
元木網（もとのもくあみ）	520
白鯉館卯雲（はくりくわんぼううん）	527
浜辺黒人	530

大屋裏住	533
手柄岡持	535
酒上不埒	539
山手白人	541
花道つらね	546
智恵内子	548
節松嫁々	552
馬場金埓	554
宿屋飯盛	557
鹿都部真顔	561
つむりの光	565
竹杖為軽	568
加保茶元成	571
腹唐秋人	573
紀定丸	576
その他	580
*解説	591
*狂歌索引	603
*付録　黄表紙・川柳・狂歌　作品年表	606

第80巻　洒落本 滑稽本 人情本（中野三敏，神保五彌，前田愛校注・訳）
2000年4月20日刊

*古典への招待　戯作の流れ（神保五彌）	3
洒落本（中野三敏校注）	9
*凡例	11
跖婦人伝	13
遊子方言	33
甲駅新話	55
古契三娼	79
傾城買四十八手	103
繁千話	129
傾城買二筋道	149
*解説	171
滑稽本（神保五彌校注）	185
*凡例	187
酩酊気質（なまゑひかたぎ）	189
浮世床	243
*解説	359
人情本（前田愛校注）	365
*凡例	367
春告鳥	371
*解説	599

新編日本古典文学全集

第81巻　東海道中膝栗毛（中村幸彦校注）
1995年6月10日刊

*古典への招待　弥次郎兵衛・北八論 …… 3
*凡例 …………………………………………… 9
東海道中膝栗毛 ……………………………… 13
*解説 ………………………………………… 511
*付録 ………………………………………… 543
　*早見道中記（抄） …………………… 545
　*東海道五十三次地図 ………………… 558

第82巻　近世随想集（鈴木淳，小高道子校注・訳）
2000年6月20日刊

*古典への招待　和学者と和歌惰弱論
　（鈴木淳） ………………………………… 3
*凡例 …………………………………………… 9
貞徳翁の記（小高道子校注・訳） ……… 13
紫の一本（鈴木淳校注・訳） …………… 29
排蘆小船（鈴木淳校注・訳） …………… 243
しりうごと（小高道子校注・訳） ……… 405
*解説（小高道子，鈴木淳） …………… 480
*付録・参考地図 ………………………… 507

第83巻　近世説美少年録（1）（徳田武校注・訳）
1999年7月20日刊

*古典への招待　馬琴〔読本〕の登場まで
　……………………………………………… 5
*凡例 ………………………………………… 11
近世説美少年録第一輯 …………………… 15
　巻之一 …………………………………… 17
　　第一回　諫を拒て管領古廟に陣す　屯
　　　を驚して水火驍将を懲す ………… 31
　　第二回　窮厄を脱れて弘元漁家に宿
　　　る　理乱を弁じて它六俊士を資く … 49
　巻之二 …………………………………… 71
　　第三回　賊巣を突て弘元連盈を捕ふ
　　　蛇穴を焼て義興禍胎を遺す ……… 72
　　第四回　御厨野に興房阿夏に遭ふ　鴨
　　　河原に両情春夢を結ぶ …………… 98
　巻之三 ………………………………… 121
　　第五回　緑巽亭に蛇蘖胎に馮る　千本
　　　畔に兇徒命を喪ふ ………………… 122
　巻之四 ………………………………… 157

　　第六回　密使茶店に貴翰を伝ふ　美婦
　　　子を携て情人を送る ……………… 158
　　第七回　二賊剪径して父女を屠る　一
　　　妻羞を忍て両讐に従ふ …………… 178
　巻之五 ………………………………… 191
　　第八回　神僧歌を咏じて解脱を示す
　　　阿夏計を定めて旧怨を雪む ……… 192
　　第九回　駿馬流に臨て母子を全うす
　　　美玉介と倣て孤客を留む ………… 209
　　第十回　関帝廟に少年義を結ぶ　福富
　　　村に幼女別を惜む ………………… 235
近世説美少年録第二輯 …………………… 253
　巻之一 ………………………………… 255
　　第十一回　旧情西を慕ふて阿夏起行
　　　す　遠謀程を誉めて福富贐を分つ … 267
　巻之二 ………………………………… 307
　　第十二回　憂苦訴難く泣て帰帆を俟
　　　つ　繁華親易く漫に遨遊を事とす … 308
　　第十三回　垂柳橋に客婦絃歌を売る
　　　侯鯖楼に旧妓を認る ……………… 330
　巻之三 ………………………………… 349
　　第十四回　苦雨初て霽て残花春に遇
　　　ふ　楽地空しからず赤縄更に繋ぐ … 350
　　第十五回　青蚨厄を釈て子母故郷に
　　　還る　黄門情を察して艶童西家に留る … 370
　　第十六回　三碗の清茶暗に元盛を動
　　　す　一箇の湯銚克く国友を悦しむ … 382
　巻之四 ………………………………… 397
　　第十七回　校瞽利を説て季孟を和ぐ
　　　墨吏勢を冒て役夫を屠る ………… 398
　　第十八回　讒を信じて道永嬖臣に誓
　　　ふ　怨を秘して尹賢香西を陥る … 417
　巻之五 ………………………………… 435
　　第十九回　茂林社に悪少捕らる　三石
　　　城に叔侄再会す …………………… 436
　　第二十回　享禄の役君臣乱離す　鷹捉
　　　山に晴賢豐を逐ふ ………………… 460
*解説 ………………………………………… 487
*付録 ………………………………………… 509
　*近世説美少年録年表〔一〕 ………… 510
　*主要登場人物 ………………………… 514
　*系図 …………………………………… 517
　*参考文献解題 ………………………… 518
　*地図 …………………………………… 524

第84巻　近世説美少年録(2)(徳田武校注・訳)
2000年7月20日刊

*古典への招待　馬琴と渡辺崋山 ………… 5
*凡例 …………………………………………… 11
近世説美少年録第三輯 ……………………… 15
　巻之一 ……………………………………… 17
　　第二十一回　猟箭を飛して晴賢麗人を拯ふ　妖獣を追ふて直行少年に遭ふ … 36
　　第二十二回　上市郷に斧柄恩人を倡ふ　奇偶を感じて落葉姪女を妻はす … 54
　巻之二 ……………………………………… 77
　　第二十三回　知母補益して遠志を奨す　車前効を論じて当帰を留む … 78
　　第二十四回　直行悪方加減を恣にす　晴賢竊甞て中毒に駭く …………… 104
　巻之三 ……………………………………… 127
　　第二十五回　訟を聴て順政賊情を知る　䩋を陳て落葉恩赦を乞ふ ……… 128
　　第二十六回　多金を斎して落葉女壻を遣る　唐布を索ねて晴賢義弟に遇ふ … 148
　巻之四 ……………………………………… 175
　　第二十七回　仙術を示して舌兪哄騙す　丹鼎を成りて福富指を染む …… 176
　　第二十八回　姦を詰りて有験観炉を破る　慾に耽りて大夫次家を亡す … 197
　巻之五 ……………………………………… 225
　　第二十九回　諫を遺して景市西都に赴く　壁を分ちて黄金東行を辞ふ … 226
　　第三十回　閨門を関して荷三太客を逐ふ　妓院に宿して朱之介禍に値ふ … 252
　新局玉石童子訓 …………………………… 283
　　巻之一上　第三十一回　自傷の落花衆人を惑しむ　無明の台月正婦を繋ぐ … 295
　　巻之一下　第三十二回　書刀を挺して弘元母子を托す　寺僕に憑て両少義姑を知る ………………………………… 319
　　巻之二上　第三十三回　穴隙を鑽て二賊夜師徒を脅す　生口を呈して両少年疑獄を解く ………………………………… 347
　　巻之二下　第三十四回　賞罰路を異にして乙芸家に還る　九四郎五金を晴賢に斎す ……………………………………… 375
　　巻之三上　第三十五回　陰徳陽報如如来柩を導く　積善天感落葉其実を賜ふ … 405
　新局玉石童子訓 第二版 …………………… 437

　　巻之三下　第三十六回　善悪少年月下に雌雄を争ふ　多財を復して柴六郎多財を喪ふ ……………………………………… 447
　　巻之四上　第三十七回　成勝通能遊歴して東路に赴く　晴賢松下に睡りて蚺蛇に呑る ……………………………………… 471
　　巻之四下　第三十八回　罪過を秘して晴賢阿鍵を訪ふ　小忠二怒て朱之介を逐ふ … 499
　　巻之五上　第三十九回　非常の根柢妙に奇瘡を美す　刑余の細人迭に機会に驚く … 527
　　巻之五下　第四十回　吾足斎盃を挙て住事を詳にす　晩稲袖を払て独閨門を正くす ……………………………………… 559
*解説 ………………………………………… 595
*付録 ………………………………………… 607
　*近世説美少年録年表〔二〕 …………… 608
　*主要登場人物 …………………………… 612
　*系図 ……………………………………… 614
　*馬琴略年譜・主要著作解題 …………… 615

第85巻　近世説美少年録(3)(徳田武校注・訳)
2001年10月20日刊

*古典への招待　その後の美少年 ………… 5
*凡例 …………………………………………… 11
新局玉石童子訓 第三版 ……………………… 15
　巻之十一　第四十一回　観音寺の城に衆少年武芸を呈す　弓馬槍棒主僕朱之介を懲す ………………………………………… 15
　巻之十二　第四十二回　家伝の刀子両善少年を留む　百金の証書同居の母子を裂く ………………………………………… 49
　巻之十三　第四十三回　深夜に盗を捕へて賢郎家宝を全す　闇刀玉を砕きて老賊創て懺悔す ……………………………… 81
　巻之十四　第四十四回　因果観世嚢金故主に復る　宿縁不空孤孀旧家に寓る … 111
　巻之十五　第四十五回　意見を示して俠者先途を奨す　前愆を筬て頭陀得度を許す ………………………………………… 139
新局玉石童子訓 第四版 ……………………… 171
　巻之十六　第四十六回　好純実を捼る暴巨椴の狂態　主僕貌を改る旅宿中の初瞽 ………………………………………… 171

新編日本古典文学全集

巻之十七 第四十七回 七鹿山の厄に四少年禍福を異にす 千仭の谷の中に神霊新奇を出現す 205
巻之十八 第四十八回 偽兵を率て健宗好純を襲ふ 酔夢を驚して良臣玉石を弁ず 233
巻之十九 第四十九回 野上駅に悪僕悪主を懲す 立合阪に仁人孝女を憐ぶ 265
巻之二十 第五十回 一金一薬盲亀浮木に遇る 押絵禍を告て成勝通能を行る 295
新局玉石童子訓 第五版 325
巻之二十一 第五十一回 部領中原に兄弟与主僕戦ふ 白猪の居宅に樅二郎夜客を饌す 325
巻之二十二 第五十二回 大江峯賊逐ふて松煙斎に説く 文武和合して故人故人を知る 359
巻之二十三 第五十三回 季彦孤忠東西に履歴す 範的好悪樅二郎を寛す 393
巻之二十四 第五十四回 渾不似を弁じて防守宿を移す 小雪太名を窃て巧に悪を資く 427
巻之二十五 第五十五回 鏑箭の短刀暗に樅二郎を陥る 両箇の健宗血を対決場に濺ぐ 459
新局玉石童子訓 第六版 493
巻之二十六 第五十六回 押絵勇を奮て十六郎を生拘く 兄妹奇功を奏して進で虎穴に臨む 493
巻之二十七 第五十七回 虐政迫て勇男女囚牢を闢す 阿甦寺に諸俊傑旧主に謁す 527
巻之二十八 第五十八回 一炊の栄華健宗郡県を受く 分兵の計略正忠飛鳥を放つ 561
巻之二十九 第五十九回 陣中に巽二を召ぶ狂津の禍事 池水に余毒を洗ふ賊婦の正論 595
巻之三十 第六十回 魚丸妖魔を対治して絶たる家を興す 晴賢命を免れて夜三池邨に走る 633
＊付録
＊近世説美少年録年表〔三〕 668
＊主要登場人物 670

第86巻　日本漢詩集（菅野禮行，徳田武校注・訳）
2002年11月10日刊

＊古典への招待　一紙は千金（菅野禮行） 15
＊凡例 21
上代（菅野禮行校注・訳） 25
1 宴に侍す（大友皇子） 25
2 山斎（河島皇子） 26
3 臨終（大津皇子） 27
4 山斎（中臣大島） 28
5 月を詠ず（文武天皇） 28
6 述懐（文武天皇） 29
7 唐に在りて本郷を憶ふ（釈弁正） 30
8 長王の宅に宴す（境部王） 31
9 七夕（山田三方） 32
10 宝宅に於て新羅の客を宴す（長屋王） 33
11 秋日長王宅に於て新羅の客を宴す（阿倍広庭） 34
12 常陸に在りて倭判官が還まりて京に在るに贈る（藤原宇合） 35
13 吉野川に遊ぶ（藤原宇合） 38
14 南荒に飄寓して、在京の故友に贈る（石上乙麻呂） 40
15 秋夜の閨情（石上乙麻呂） 40
16 命を銜んで本国に使す（阿部仲麻呂） 41
中古（一）（菅野禮行校注・訳） 43
17 神泉苑の花の宴に、「落花の篇」を賦す（嵯峨天皇） 43
18 秋日深山に入る（嵯峨天皇） 45
19 左大将軍藤冬嗣が「河陽の作」に和す（嵯峨天皇） 45
20 聖製の「旧宮に宿す」に和し奉り、製に応ず（藤原冬嗣） 46
21 諸友の唐に入るに別る（賀陽豊年） 47
22 遠く辺城に使す（小野岑守） 49
23 譴せられて豊後の藤太守に別る（淡海福良満） 50
24 伏枕吟（桑原宮作） 51
25 江頭の春暁（嵯峨天皇） 52
26 春日太弟の雅院（嵯峨天皇） 53
27 嵯峨の院の納涼に、探りて「帰」の字を得たり。製に応ず。（巨勢識人） 54

28 秋山の作。探りて「泉」の字を得たり。製に応ず。(朝野鹿取) ……… 55
29 良将軍の華山の荘を尋ぬるに、将軍期を失して在らず(仲雄王) ……… 56
30 金吾将軍良安世が「春斎にて筑前王大守の任に還るに別る」に和す(嵯峨天皇) ……… 57
31 左兵衛佐藤是雄爵を授けられ、(嵯峨天皇) ……… 58
32 文友に留別す(小野岑守) ……… 59
33 春日原掾が任に赴くに別る(巨勢識人) ……… 59
34 秋日友人に別る(巨勢識人) ……… 60
35 譴を蒙りて外居し、聊か以て述懐(仲雄王) ……… 60
36 懐を書して、王中書に呈す(仲雄王) ……… 61
37 辺に在りて友に贈る(小野岑守) ……… 62
38 晩秋懐ひを述ぶ(伴氏) ……… 62
39 「春閨怨」に和し奉る(朝野鹿取) ……… 63
40 「春閨怨」に和し奉る(巨勢識人) ……… 66
41 「長門怨」に和し奉る(巨勢識人) ……… 68
42 王昭君(嵯峨天皇) ……… 69
43 「王昭君」に和し奉る(良岑安世) ……… 70
44 梅花落(嵯峨天皇) ……… 71
45 澄公が「病に臥して懐ひを述ぶ(嵯峨天皇) ……… 71
46 「野女侍中を傷む」に和し奉る(藤原冬嗣) ……… 72
47 侍中翁主挽歌辞二首、其の一(嵯峨天皇) ……… 73
48 幽人の遺跡を訪ふ(平五月) ……… 74
49 河陽十詠、河陽花(嵯峨天皇) ……… 74
50 冷然院にて各一物を賦し、「澗(嵯峨天皇) ……… 75
51 賦して、「隴頭秋月明らかなり」(嵯峨天皇) ……… 75
52 神泉苑いて九月の落葉篇(嵯峨天皇) ……… 76
53 「寒下曲」に和し奉る(菅原清公) ……… 78
54 「巫山高」に和し奉る(有智子内親王) ……… 79
55 「関山月」に和し奉る(有智子内親王) ……… 80
56 老僧の山に帰るを見る(嵯峨天皇) ……… 81

57 老僧の山に帰るを見る、太上天(藤原冬嗣) ……… 81
58 浄公の山房に奇す(嵯峨天皇) ……… 82
59 南山中、新羅の道者に過ぎらる(空海) ……… 82
60 唐に在りて昶和尚の小山を観る(空海) ……… 83
61 入山興(空海) ……… 83
62 秋日叡山に登り、澄上人に謁す(藤原常嗣) ……… 87
63 落梅花(平城天皇) ……… 88
64 「落梅花」に和し奉る(小野岑守) ……… 89
65 春日の作(嵯峨天皇) ……… 89
66 「春日の作」に和し奉る(有智子内親王) ……… 90
67 「春日の作」に和し奉る(小野岑守) ……… 91
68 藤朝臣が「春日前尚書秋公の病(嵯峨天皇) ……… 92
69 藤朝臣が「春日前尚書秋公の病(小野岑守) ……… 92
70 閑庭の早梅(嵯峨天皇) ……… 93
71 菅清公が「春雨の作」に和す(嵯峨天皇) ……… 94
72 老翁公(嵯峨天皇) ……… 94
73 鞦韆篇(嵯峨天皇) ……… 95
74 「鞦韆篇」和し奉る(滋野貞主) ……… 97
75 暇日の閑居(良岑安世) ……… 99
76 藤神策大将が「門を閉ぢて静(滋野貞主) ……… 100
77 早春途中(藤原令緒) ……… 101
78 九日菊花を翫ぶ篇(嵯峨天皇) ……… 101
79 「擣衣引」に和し奉る(惟氏) ……… 103
80 試を奉じ、賦して「隴頭秋月明(小野篁) ……… 106
81 落葉を看る。令に応ず(滋野善永) ……… 107
82 除夜(嵯峨天皇) ……… 107
83 「除夜」に和し奉る(有智子内親王) ……… 108
84 閑庭にて雪に対す(仁明天皇) ……… 109
85 夕に播州高砂の湊に次ぐ(淡海福良満) ……… 110
86 試を奉じて、「天」を詠ず(小野岑守) ……… 111
87 試を奉じて、「王昭君」を賦す(小野末嗣) ……… 112

88 宮人の扇を翫ぶを看る（錦部彦公） ……………………………… 113
89 清涼殿の画壁の山水歌（嵯峨天皇） …………………………… 114
90 「清涼殿の画壁の山水歌」に和（菅原清公） …………………… 115
91 太上天皇が「秋日の作」に和（滋野貞主） …………………………… 117
92 秋雲篇、同舎の郎に示す（小野篁） ………………………………… 118
93 秋雲篇、同舎の郎に示す（滋野貞主） ……………………………… 119
中古（二）（菅野禮行校注・訳） 121
94 早秋（島田忠臣） ……………………… 121
95 紙を乞ひて隣舎に贈る（島田忠臣） ……………………………… 122
96 隣舎の紙書を贈らるるに答ふ（島田忠臣） ………………………… 122
97 三月晦日に春を送るに感じて（島田忠臣） ………………………… 122
98 七月一日（島田忠臣） …………… 123
99 常陸中別駕の任に之くを送る（島田忠臣） ………………………… 123
100 桜花を惜しむ（島田忠臣） …… 124
101 暮春（島田忠臣） ……………… 124
102 白詠（島田忠臣） ……………… 125
103 東郭の居に題す（島田忠臣） … 125
104 身に繋累無し（島田忠臣） …… 126
105 独り坐して古を懐ふ（島田忠臣） …………………………………… 127
106 後漢書の竟宴、各史を詠じて（島田忠臣） ……………………… 127
107 五言、夏の夜渤海の客に対し（島田忠臣） ……………………… 128
108 衙後晩望、懐ひを吟ず（島田忠臣） ……………………………… 129
109 讃州の菅使君、群臣内宴に侍（島田忠臣） ……………………… 129
110 雨中の桜花を賦す（島田忠臣） … 130
111 花前感有り（島田忠臣） ……… 131
112 八月十五夜の宴にして、各志（島田忠臣） ……………………… 131
113 重陽の日宴の侍して、同じく（島田忠臣） ……………………… 132
114 李孔を歎ず（島田忠臣） ……… 132
115 無題（島田忠臣） ……………… 133
116 弾琴を習ふを停む（藤原道真） … 134

117 晩春、同門会飲して、庭上の（藤原道真） ……………………… 135
118 博士難（藤原道真） …………… 136
119 路次にて、源相公が旧宅を観（藤原道真） ……………………… 138
120 思ふ所有り（藤原道真） ……… 138
121 春日丞相の家門を過ぎる（藤原道真） …………………………… 141
122 夏の夜鴻臚館に於て、北客の（藤原道真） ……………………… 141
123 阿満を夢みる（藤原道真） …… 142
124 早春の内宴に、仁寿殿に侍し（藤原道真） ……………………… 144
125 中途に春を送る（藤原道真） … 144
126 秋（藤原道真） ………………… 145
127 寒早十首。三を選す（藤原道真） 146
128 其の二（藤原道真） …………… 146
129 其の三（藤原道真） …………… 147
130 客舎の冬夜（藤原道真） ……… 147
131 春尽（藤原道真） ……………… 148
132 田詩伯を哭す（藤原道真） …… 149
133 夏日渤海の大使が郷に帰るに（藤原道真） ……………………… 149
134 詩友会飲して、同じく鶯声に（藤原道真） ……………………… 150
135 九日後朝、同じく「秋深し」（藤原道真） ………………………… 151
136 残菊に対して寒月を待つ（藤原道真） …………………………… 151
137 三月三日、朱雀院の柏梁殿に（藤原道真） ……………………… 152
138 九日後朝、同じく「秋思」を（藤原道真） ………………………… 152
139 自詠（藤原道真） ……………… 153
140 門を出でず（藤原道真） ……… 153
141 旅雁を聞く（藤原道真） ……… 154
142 九月十日（藤原道真） ………… 154
143 少き男女を慰む（藤原道真） … 155
144 秋夜（藤原道真） ……………… 157
145 家書を読む（藤原道真） ……… 157
146 梅花（藤原道真） ……………… 158
147 夜雨（藤原道真） ……………… 158
148 秋夜（藤原道真） ……………… 160
149 秋晩白菊に題す（藤原道真） … 160
150 風雨（藤原道真） ……………… 161
151 打滅す、其の一（藤原道真） … 161
152 打滅す、其の二（藤原道真） … 162

153 謫居の春雪（藤原道真）………… 162
中古（三）（菅野禮行校注・訳）………… 163
154 暮春、右尚書菅中丞が亭に（大江以言）………… 163
155 林花落ちて舟に灑ぐ（高階積善） 164
156 花落ちて春帰る路（藤原伊周） 165
157 池水 橋を繞りて流る（藤原敦信）………… 166
158 清夜月光多し（一条天皇）… 167
159 初蟬纔かに一声（一条天皇）…… 168
160 秋花秋に先だちて開く（具平親王）………… 169
161 早秋「秋は簟上より生ず」を（具平親王）………… 170
162 遥山暮煙を斂む（具平親王）…… 170
163 秋山を過ぎる（具平親王）……… 171
164 夏日、員外端尹の文亭に陪し（藤原為時）………… 172
165 諸知己の「銭塘水心寺の作」（藤原公任）………… 173
166 冬夜法音寺に宿りて、各志を（大江以言）………… 174
167 歳暮に園城寺の上方に遊ぶ（大江以言）………… 174
168 暮秋、宇治の別業に於ける即（藤原道長）………… 176
169 白河山家眺望の詩（藤原公任）… 177
170 書中に住事有り（一条天皇）…… 178
171 高礼部が「再び唐の故白太保（具平親王）………… 179
172 夢中同じく白太保・元相公に（高階積善）………… 179
173 夏日同じく「未だ風月の思に」（藤原為時）………… 180
174 美州の前刺史再三往復し、訪（藤原有国）………… 181
175 故工部橘郎中が詩巻に題す（具平親王）………… 182
176 斎院の相公の忌日に諷誦を修（藤原伊周）………… 183
177 秋日天台に登り、故康上人（藤原有国）………… 184
178 月下即事（大江匡衡）………… 185
179 八月十五夜、江州の野亭にて（大江匡衡）………… 186
180 月露夜方に長し（大江匡衡）…… 186
181 暮春、製に応ず（大江匡衡）…… 187

182 九月尽日、秘芸閣に於て同じ（大江匡衡）………… 188
183 初冬の感興（大江匡衡）………… 189
184 嵯峨野の秋望（大江匡衡）……… 189
185 七言。夏日左相府の書閣に陪（大江匡衡）………… 190
186 九月尽日、北野の廟に侍し、（大江匡衡）………… 191
187 王昭君（大江匡衡）………… 191
188 夏の夜、同じく「灯光は水底（大江匡衡）………… 192
189 暮秋、同じく「草木揺落す」（大江匡衡）………… 193
190 落花水を渡りて舞ふ（大江匡衡） 194
191 無情花自ら落つ（大江匡衡）…… 194
192 菊叢花未だ開かず（大江匡衡）… 195
193 秋夜учет亭に宿す。時に天晴れ（藤原周光）………… 196
194 花下に志を言ふ（藤原忠通）…… 197
195 夏の夜月前に志を言ふ（藤原敦光）………… 198
196 九月十三夜月を翫ぶ（藤原忠通） 199
197 月下に志を言ふ（藤原茂明）…… 200
198 牛女に代はりて志を言ふ（藤原茂明）………… 201
199 暮春即時（藤原明衡）………… 202
200 秋日偶吟（藤原忠通）………… 203
201 秋日志を言ふ（藤原周光）……… 204
202 秋夜閑詠（藤原忠通）………… 205
203 暮秋即事（中原広俊）………… 206
204 歳暮述懐（藤原周光）………… 207
205 炉辺にて閑談す（藤原明衡）…… 208
206 閑居して懐を述ぶ（藤原周光）… 209
207 夏日桂の別業即事（藤原忠通）… 210
208 冬日山家即事（藤原周光）……… 210
209 冬日故右京兆の東山の旧宅に向（釈蓮禅）………… 211
210 同国の江伯に着き、頓に之を作（釈蓮禅）………… 213
211 暮春清水寺に遊ぶ（藤原忠通）… 214
212 夏日禅房にて志を言ふ（藤原周光）………… 215
中世・戦国（菅野禮行校注・訳）………… 217
213 偈（無学祖元）………… 217
214 春望（虎関師錬）………… 218
215 江村（虎関師錬）………… 219

216 十九、重慶に至りて、舟中（雪村友梅）……… 220
217 鹿苑寺に宿す（雪村友梅）……… 220
218 沢雲夢を送る（中巌円月）……… 222
219 金陵懐古（中巌円月）……… 223
220 郷に帰りて博多に中留し、別（中巌円月）……… 224
221 壇の浦（中巌円月）……… 224
222 丁未四月十日、寿福方丈、無（義堂周信）……… 225
223 天竜の火後、四州に化縁す。（義堂周信）……… 226
224 庚戌の除夜、春林園上人に（義堂周信）……… 226
225 遣悶。二首（義堂周信）……… 227
226 甲寅の十月、泊船庵に遊ぶ古（義堂周信）……… 228
227 菅翰林学士の和せらるるに答（義堂周信）……… 228
228 雪中に三友の訪ふを謝す（義堂周信）……… 229
229 友人と期して至らず（絶海中津）……… 230
230 古寺（絶海中津）……… 231
231 春日北山の故人を尋ぬ（絶海中津）……… 231
232 歳暮の感懐、寧成甫に寄す（絶海中津）……… 232
233 郷友の志大道、金陵にて病に（絶海中津）……… 232
234 簡上人を悼む（絶海中津）……… 233
235 赤間が関（絶海中津）……… 234
236 無文章侍者に贈る（絶海中津）… 234
237 行人至る（絶海中津）……… 235
238 杜牧集を読む（絶海中津）……… 235
239 緑陰（絶海中津）……… 236
240 鵲（絶海中津）……… 236
241 端午（一休宗純）……… 237
242 尺八（一休宗純）……… 237
243 偶作（一休宗純）……… 238
244 風鈴（一休宗純）……… 238
245 自賛（一休宗純）……… 238
246 漁父（一休宗純）……… 239
247 杜詩を看る（一休宗純）……… 239
248 偶作（一休宗純）……… 239
249 和靖梅下の居（一休宗純）……… 240
250 破戒（一休宗純）……… 240
251 海南の偶作（細川頼之）……… 241

252 新正の口号（武田信玄）……… 242
253 春山笑ふがごとし（武田信玄）… 242
254 九月十三夜（上杉謙信）……… 243
255 乱を避けて舟を江州の湖上に（足利義昭）……… 244
256 南蛮を征せんと欲する時、此（伊達正宗）……… 245
近世（一）（徳田武校注・訳）……… 247
257 新居（石川丈山）……… 247
258 大人（石川丈山）……… 248
259 閑適（石川丈山）……… 249
260 壬寅夏五、地震を詠ず（石川丈山）……… 250
261 三足口号、寒山が体に倣ふ（石川丈山）……… 250
262 雨後の即興（石川丈山）……… 251
263 駿府（林羅山）……… 252
264 豊社に題す（松永尺五）……… 253
265 清水寺に遊ぶ（松永尺五）……… 254
266 慶安元年夏五、計らずも天恩（松永尺五）……… 254
267 山村晩に歩む（松永尺五）……… 255
268 自ら処す（那波活所）……… 256
269 重陽に旧を懐ふ（林鵞峰）……… 259
270 論語を読む（山崎闇斎）……… 261
271 斎居（山崎闇斎）……… 261
272 庸軒に題す（山崎闇斎）……… 262
273 蚊（山崎闇斎）……… 263
274 比叡山に遊ぶ（山崎闇斎）……… 263
275 慶安紀元、源京兆、一畝の地（木下順庵）……… 264
276 秋に感ず。其の三（安東省庵）… 268
277 感懐。其の三（安東省庵）……… 269
278 興を遣る（安東省庵）……… 270
279 朱先生を夢む（安東省庵）……… 270
280 朱魯璵先生の中原に帰るを送（安東省庵）……… 271
281 灯に対す（元政）……… 273
282 我に藜杖有り、提携すること三五（元政）……… 275
283 諸弟と同じく、韻を分ちて助の字を（元政）……… 277
284 草山の偶興（元政）……… 278
285 夏日の作（元政）……… 278
286 谷口の吟（元政）……… 279
287 六甲山は、昔、神功皇后、三韓を（元政）……… 279

288 母に従つて祭を観る（元政）…… 280	322 浦桃歌、順庵先生に寄せ奉る（室鳩巣）…… 318
289 閑居（元政）…… 282	323 稲若水、著はす所の孝女伝を示（室鳩巣）…… 322
290 芭蕉子、余が輩を東郊の別業（伊藤担庵）…… 285	324 張僧繇の翠嶂瑤林図を観る歌（荻生徂徠）…… 325
291 病中の偶成（伊藤担庵）…… 286	325 高生に贈る（荻生徂徠）…… 327
292 越より洛に帰る（伊藤担庵）…… 287	326 秋日、蓮光寺を訪ふ（荻生徂徠）…… 327
293 閑適（伊藤担庵）…… 287	327 正続院仏牙舎利詩四十三韻（万庵原資）…… 328
294 春日の偶作（伊藤担庵）…… 288	328 一書生医に逃る、詩以て之を（伊藤東涯）…… 333
295 延宝甲寅、我が越公を哭し奉（伊藤担庵）…… 288	329 乙亥中秋、古峰主人の宅に月（伊藤東涯）…… 334
296 矢島桂庵を悼む（村上冬嶺）…… 289	330 歳暮の書懐（伊藤東涯）…… 337
297 歳除の日、河東の水哉亭に会（村上冬嶺）…… 291	331 雑詠（伊藤東涯）…… 339
298 園城寺の絶頂（伊藤仁斎）…… 293	332 宝永行（伊藤東涯）…… 342
299 夜の懐（伊藤仁斎）…… 293	333 義士行（伊藤東涯）…… 345
300 宇治舟中の即事（伊藤仁斎）…… 294	334 樵夫詞（梁田蛻巌）…… 348
301 田家（伊藤仁斎）…… 294	335 季夏、病中の作（梁田蛻巌）…… 349
302 鷹峰の蕉窓主人の別業に遊ぶ（伊藤仁斎）…… 295	336 行楽、晩に江上を歩む（梁田蛻巌）…… 350
303 東山の即事（伊藤仁斎）…… 296	337 春雪歌（梁田蛻巌）…… 351
304 歳晩の書懐（伊藤仁斎）…… 297	338 野中清水歌（梁田蛻巌）…… 351
305 駒込別墅にて、花下に酒を酌（徳川光圀）…… 297	339 壬子歳晩、懐を書す（梁田蛻巌）…… 353
306 驢馬の歌（人見竹洞）…… 300	340 徳嶋の荒川生の白髪麪を恵む（梁田蛻巌）…… 353
307 春日漫興（林梅洞）…… 303	341 西播の道中（梁田蛻巌）…… 355
308 孟冬念五、篁渓中村伯行と往き（森儼塾）…… 307	342 孔雀を詠ず（祇園南海）…… 356
309 九日、城西に舟を泛ぶ（鳥山芝軒）…… 309	343 老矣行（祇園南海）…… 357
310 苦吟（鳥山芝軒）…… 309	344 新井使君、六十の華誕、恭し（祇園南海）…… 358
311 酔妓（鳥山芝軒）…… 309	345 己巳歳初の作（祇園南海）…… 361
312 白髪の歎（鳥山芝軒）…… 310	346 幽居（大潮元皓）…… 364
313 谷口亭に遊びて、政上人及び（鳥山芝軒）…… 310	347 月海禅師に寄せ懐ふ（大潮元皓）…… 365
314 傭奴（鳥山芝軒）…… 310	348 僧の文を学び兼て教を習ふに（大潮元皓）…… 366
315 人影（鳥山芝軒）…… 311	349 丹子明の松城に還るを送る（桂山彩巌）…… 368
316 児輔門、偶ま恙有り、月余起（鳥山芝軒）…… 311	350 八嶋懐古（桂山彩巌）…… 369
317 重ねて詩僧政上人の墓を過る（鳥山芝軒）…… 312	351 蛍沢に至りて故配大須加氏を（桂山彩巌）…… 370
318 終りに臨んで男輔門に示す（鳥山芝軒）…… 313	352 赤石の梁蛻岩に答ふ（桂山彩巌）…… 370
近世（二）（徳田武校注・訳）…… 315	353 神巫行（太宰春台）…… 371
319 中秋の作、第四首（新井白石）… 315	354 釣客行（服部南郭）…… 373
320 癸卯中秋、感有り（新井白石）… 316	355 圏熊行（服部南郭）…… 376
321 今歳の春初、有司、我が宅を（新井白石）…… 317	356 古瓦硯歌（服部南郭）…… 377

357 斎中の四壁に自ら山水を画き（服部南郭）……379
358 孤児行（安藤東野）……382
359 正徳元年、赤馬が関に祇役し（山県周南）……385
360 朝鮮の二使、席上に瓶梅を出（山県周南）……386
361 東都にて弄璋の報を得たり（山県周南）……386
362 鳴海駅に宿す、壁上に詩有り（山県周南）……387
363 雑詩、五首（平野金華）……388
364 壁に題す（平野金華）……390
365 癸卯八月望、月に対す、予時（本多猗蘭）……391
近世（三）（徳田武校注・訳）……395
366 田家雑興（秋山玉山）……395
367 阿蘇の池煙を望む、水斯立の（秋山玉山）……396
368 酔歌行、菅夷長に贈る（秋山玉山）……397
369 夢遊僊（秋山玉山）……399
370 古意（秋山玉山）……401
371 春別曲（秋山玉山）……401
372 夜帰（秋山玉山）……402
373 泉岳寺（秋山玉山）……402
374 詠懐（高野蘭亭）……403
375 放歌行（高野蘭亭）……404
376 耽酒行、谷文卿に贈る（高野蘭亭）……406
377 病中、秋文学の富岳より帰る（高野蘭亭）……407
378 歎老行（高野蘭亭）……408
379 鬻孫謡（湯浅常山）……410
380 射家圃引（鵜殿士寧）……412
381 自嘲（鵜殿士寧）……414
382 大雅道人歌（江村北海）……416
383 紫鷰行、老妓藤江の影戯を弄（江村北海）……417
384 永田俊平、麟鳳大字歌（江村北海）……420
385 雑詩（竜草廬）……425
386 鉄枴山歌（清田儋叟）……427
387 冬日、田士河の宅に会す（清田儋叟）……428
388 二兄に上る（清田儋叟）……430
389 千日行（大典）……431

390 蘭亭先生の鎌山草堂に題する（横谷藍水）……433
391 災後、卜居（横谷藍水）……435
392 即事（横谷藍水）……437
393 秋夜、諸子と蘭亭先生の宅に（横谷藍水）……437
394 阪越寓居（赤松滄洲）……438
395 雑感十四首（松崎観海）……440
396 城門行（松崎観海）……442
397 猿毛槍歌（千葉芸閣）……444
398 懐を書す（細井平洲）……448
399 延元帝の山陵を拝す（中井竹山）……451
400 旧詩巻を読む（六如）……454
401 秋日、山寺に遊びて作る（皆川淇園）……460
402 富士谷成寿が家の小集、感有（皆川淇園）……463
403 米大夫の採釣園に遊ぶ（藪孤山）……465
404 中竹山に寄す（藪孤山）……467
近世（四）（徳田武校注・訳）……469
405 浅間岳の焼石に題す（西山拙斎）……469
406 京を発す、諸友に留別す（柴野栗山）……472
407 余が家、例として後赤壁の夕（柴野栗山）……474
408 家児の誕辰に諸君を招飲し、謾（葛子琴）……477
409 児寅を悼む、四十韻（赤松滄室）……479
410 甘棠の火を免るることを聞き（亀井南冥）……484
411 江都より秋田に赴く途中、小（村瀬栲亭）……487
412 諸親に留別す（塚田大峯）……488
413 遥かに湖上の平紀宗を悼む（頼春水）……492
414 釈褐、自ら遣る（尾藤二洲）……495
415 白氏長慶集を読む（尾藤二洲）……497
416 今年癸未、雨ふらざること、四（菅茶山）……498
417 重ねて江湖詩社を結ぶ、十二（市河寛斎）……501
418 旧宅に寄題す（古賀精里）……503
419 文化壬申、始めて出でて郡事（頼杏坪）……505
420 役夫詞（山梨稲川）……509
421 陽月初六、夢香詞丈、予を松（野村篁園）……512

422 織田右府塑像を拝する引(頼山陽)
…………………………………… 516
423 子礼の東行を送る(広瀬淡窓) … 519
424 松永子登が宅にして阿束冑を(梁川星巌) …………………………… 522
425 至日書懐(藤森弘庵) ……………… 525
426 大槻磐渓詩集に題す(広瀬旭荘) … 528
427 小湖に荷花を看て感有り、懐(大沼枕山) ………………………… 532
＊解説(菅野禮行，徳田武校注・訳) … 535
＊漢詩索引 ……………………………… 558

第87巻 歌論集(橋本不美男，有吉保，藤平春男校注・訳)
2002年1月20日刊

＊古典への招待　歌学から歌論へ(有吉保) ………………………………… 3
＊凡例 …………………………………… 9
俊頼髄脳(橋本不美男校注・訳) ……… 13
古来風躰抄(有吉保校注・訳) ………… 247
近代秀歌(藤平春男校注・訳) ………… 447
詠歌大概(藤平春男校注・訳) ………… 471
毎月抄(藤平春男校注・訳) …………… 491
国家八論(藤平春男校注・訳) ………… 511
歌意考(藤平春男校注・訳) …………… 547
新学異見(藤平春男校注・訳) ………… 563
＊校訂付記 ……………………………… 585
＊解説(藤平春男，橋本不美男，有吉保)
　……………………………………… 589
＊歌論用語 ……………………………… 618
＊和歌初句索引 ………………………… 646

第88巻 連歌論集 能楽論集 俳論集(奥田勲，表章，堀切実，復本一郎校注・訳)
2001年9月20日刊

＊古典への招待　異種混在の効能(表章)
　………………………………………… 3
連歌論集(奥田勲校注・訳) …………… 7
＊凡例 …………………………………… 9
　筑波問答 ……………………………… 11
　ひとりごと …………………………… 53
　長六文 ………………………………… 75
　老のすさみ …………………………… 103
　連歌比況集 …………………………… 159
＊校訂付記 ……………………………… 192

＊解説 …………………………………… 195
能楽論集(表章校注・訳) ……………… 203
＊凡例 …………………………………… 205
　風姿花伝 ……………………………… 207
　花鏡 …………………………………… 293
　至花道 ………………………………… 337
　三道 …………………………………… 351
　拾玉得花 ……………………………… 371
　習道書 ………………………………… 397
＊校訂付記 ……………………………… 411
＊解説 …………………………………… 415
俳論集 …………………………………… 421
＊凡例 …………………………………… 423
　去来抄(堀切実校注・訳) …………… 425
　三冊子(榎本一郎校注・訳) ………… 545
＊校訂付記 ……………………………… 658
＊解説(堀切実) ………………………… 662

```
[044] 全対訳日本古典新書
      創英社
      全15巻
      1976年9月～1984年3月
```

〔1〕 有明けの別れ：ある男装の姫君の物語（大槻修訳・注）
1979年3月10日刊

*平安後期の時代と文学 ………………… 3
有明けの別れ 巻一 ……………………… 34
有明けの別れ 巻二 ……………………… 228
有明けの別れ 巻三 ……………………… 380
*風葉和歌集に収められた本物語の歌 . 482
*解説 ……………………………………… 488
*「有明けの別れ」と「とりかへばや」（原田朋美）………………………………… 502
*「有明けの別れ」略系図 ……………… 524
*参考文献 ………………………………… 526

〔2〕 和泉式部日記（鈴木一雄訳・注）
1976年9月1日刊

*『和泉式部日記』の世界―愛と孤独の文学 …………………………………… 3
*はじめに（鈴木一雄）…………………… 7
和泉式部日記 …………………………… 12
*本文解説 ……………………………… 142
*解題 …………………………………… 153

〔3〕 伊勢物語（永井和子訳・注）
1978年4月10日刊

*はじめに―伊勢物語覚え書（永井和子）
 ………………………………………… 3
伊勢物語 ………………………………… 20
*底本の勘物と奥書等 ………………… 206
*解説 …………………………………… 215
*系図 …………………………………… 228
*和歌初句索引 ………………………… 231

〔4〕 おくのほそ道（森川昭，村田直行訳・注）
1981年4月7日刊

*はじめに ………………………………… 3
おくのほそ道 ……………………………… 12
*解説・芭蕉の生涯 ……………………… 128
*『おくのほそ道』日程一覧 …………… 155
*『おくのほそ道』足跡図 ………… 裏見返し

〔5〕 小倉百人一首（犬養廉訳・注）
1976年12月26日刊

*はじめに ………………………………… 3
小倉百人一首 …………………………… 16
*百人一首の歴史（解説）……………… 216
*上句索引 ……………………………… 227
*下句索引 ……………………………… 231
*百人一首・文学史略年表 …………… 235

〔6〕 かげろふ日記（増田繁夫訳・注）
1978年12月5日刊

*はじめに（増田繁夫）…………………… 3
かげろふ日記 …………………………… 17
　上巻 …………………………………… 18
　中巻 ………………………………… 150
　下巻 ………………………………… 322
道綱母集 ……………………………… 484
*解説 …………………………………… 506
*関係者系図 …………………………… 525
*かげろう日記地図 …………………… 528
*かげろう日記年表 …………………… 530

〔7〕 古今和歌集（片桐洋一訳・注）
1980年6月5日刊

*はじめに ………………………………… 3
古今和歌集 ……………………………… 12
*解説 …………………………………… 452
*作者名索引（付作者解説）………… 468
*和歌各句索引 ………………………… 485

〔8〕 更級日記（吉岡曠訳・注）
1976年12月12日刊

*はじめに ………………………………… 3

全対訳日本古典新書

更級日記 ……………………… 12
＊御物本更級日記奥書・勘物 … 154
＊補注 …………………………… 157
＊解説 …………………………… 170
＊更級日記道程図（地図）…… 188
＊更級日記関係系図 …………… 190

〔9〕 竹取物語（室伏信助訳・注）
1984年3月1日刊

＊はじめに（室伏信助）………… 3
竹取物語 ………………………… 13
＊解説 …………………………… 102

〔10〕 歎異抄（松野純孝訳・注）
1977年9月16日刊

＊歎異抄とは、どういう書物か（松野純孝）……………………… 3
歎異抄 …………………………… 11
＊補注 ……………………………… 96
＊歎異抄について ……………… 120
＊親鸞略年譜 …………………… 134

〔11〕 徒然草（佐伯梅友訳・注）
1976年9月1日刊

＊徒然草を読もうとする人に …… 3
＊はじめに（佐伯梅友）………… 7
徒然草 …………………………… 17
＊解題 …………………………… 340

〔12〕 とはずがたり（井上宗雄，和田英道訳・注）
1984年3月刊

＊はじめに（井上宗雄，和田英道）………… 3
とはずがたり 巻一 ……………… 18
とはずがたり 巻二 …………… 146
とはずがたり 巻三 …………… 248
とはずがたり 巻四 …………… 360
とはずがたり 巻五 …………… 450
＊解説 …………………………… 526
＊関係者系図 …………………… 558
＊関係地図 ……………………… 559
＊『とはずがたり』年表 ……… 561

〔13〕 日本霊異記（池上洵一訳・注）
1978年12月23日刊

＊はじめに（池上洵一）………… 3
日本霊異記 上巻 ………………… 18
日本霊異記 中巻 ……………… 128
日本霊異記 下巻 ……………… 274
＊補注 …………………………… 430
＊解題 …………………………… 435

〔14〕 春雨物語（浅野三平訳・注）
1981年5月17日刊

＊はじめに（浅野三平）………… 3
春雨物語 ………………………… 10
　序 ……………………………… 10
　血かたびら …………………… 12
　天津処女 ……………………… 32
　海賊 …………………………… 50
　二世の縁 ……………………… 68
　目ひとつの神 ………………… 80
　死首の咲顔 …………………… 94
　捨石丸 ………………………… 118
　宮木が塚 ……………………… 138
　歌のほまれ …………………… 160
　樊噲 …………………………… 164
＊解題 …………………………… 238

〔15〕 方丈記（三木紀人訳・注）
1977年6月9日刊

＊はじめに（三木紀人）………… 3
方丈記 …………………………… 13
＊関係資料抄 …………………… 54
＊凡例 …………………………… 54
　＊父の死 ……………………… 56
　　＊鴨長明集 ………………… 56
　＊出発期 ……………………… 58
　　＊無名抄 …………………… 58
　＊恋 …………………………… 60
　　＊鴨長明集 ………………… 60
　＊津の国への旅 ……………… 60
　　＊鴨長明集 ………………… 60
　＊「瀬見小川」のこと ……… 62
　　＊無名抄 …………………… 62
　＊伊勢への旅 ………………… 66
　　＊伊勢記 …………………… 66

日本古典文学全集・内容綜覧　295

* ＊千載集 ………………………… 68
* ＊無名抄 ………………………… 68
* ＊中原有安 ……………………… 70
* ＊無名抄 ………………………… 70
* ＊俊恵法師 ……………………… 74
* ＊無名抄 ………………………… 74
* ＊新古今歌壇 …………………… 76
* ＊無名抄 ………………………… 76
* ＊失意 …………………………… 80
  * ＊新古今集・巻十八 …………… 80
* ＊出家 …………………………… 82
  * ＊源家長日記 …………………… 82
  * ＊十訓抄・巻九の七 …………… 90
  * ＊文机談・巻三 ………………… 94
  * ＊続歌仙落書 ………………… 102
* ＊鎌倉行 ……………………… 102
  * ＊莵玖波集・巻十七 ………… 102
  * ＊吾妻鏡 ……………………… 102
* ＊死 …………………………… 104
  * ＊月講式 ……………………… 104
* ＊〔解説〕方丈記と作者鴨長明―その素描 …………………… 108
* ＊長明略年譜 ………………… 116

[045] **叢書江戸文庫**
国書刊行会
第I期全26巻，第II期全12巻，第III期全12巻
1987年6月〜2002年5月
（高田衛，原道生責任編集）

第I期第1巻　漂流奇談集成（加藤貴校訂）
1990年5月25日刊

台州漂客記事 ……………………… 8
阿州船無人島漂流記 ……………… 10
番人打破船 ………………………… 16
竹内徳兵衛魯国漂流談 …………… 17
志州船台湾漂着話 ………………… 20
奥人安南国漂流記 ………………… 31
薩州人唐国漂流記 ………………… 34
幸太夫大全 ………………………… 54
松栄丸唐国漂流記 ………………… 80
無人島談話 ………………………… 92
島島物語 ………………………… 176
南瓢記 …………………………… 187
松前人韃靼漂流記 ……………… 261
唐土漂流記 ……………………… 263
漂客奇察加出奔記 ……………… 300
永寿丸魯国漂流記 ……………… 301
督乗丸魯国漂流記 ……………… 316
文化十三丙子歳薩州漂客見聞録 … 324
ブラホ物語 ……………………… 380
漂流人書状写 …………………… 388
紀州船米国漂流記 ……………… 401
＊解題（加藤貴） ……………… 427
＊日本近世漂流記年表 ………… 479
＊日本近世漂流関係文献目録 … 512

第I期第2巻　百物語怪談集成（太刀川清校訂）
1987年7月25日刊

諸国百物語 ………………………… 5
御伽百物語 ……………………… 147
大平百物語 ……………………… 261
＊解題（太刀川清） …………… 353

第I期第3巻　前太平記〔上〕（板垣俊一校訂）
1988年2月25日刊

前太平記 ………………………………… 18	巻第六 ……………………………………… 107
巻第一 …………………………………… 18	古河合戦事島広山軍事 ……………… 107
源家濫觴事 …………………………… 18	島広山没落事 ………………………… 111
多田満仲誕生事 ……………………… 20	辛島合戦事武蔵五郎貞世討死事 …… 113
貞純親王化白竜給事 ………………… 21	将武自害事相馬内裏兵火事 ………… 116
朱雀帝御即位事 ……………………… 24	多治経明自害事平将門最後合戦事 … 118
経基射鹿給事 ………………………… 24	大葦原四郎将平最後五郎将為討死
将門謀叛事内裏造営事 ……………… 27	事 …………………………………… 122
将門僉議事公連諫死事 ……………… 28	権守興世被誅事 ……………………… 123
洛中変異事 …………………………… 32	諸大将上洛恩賞事貞盛仁和詣事 …… 125
巻第二 …………………………………… 34	将門首懸獄門事俵藤太秀郷事 ……… 127
将門純友契約事 ……………………… 34	巻第七 ……………………………………… 132
純友聚徒党事賊徒勢汰事 …………… 37	備前国釜島城軍事 …………………… 132
花宴事伊予国脚力事 ………………… 39	讃州高松阿州中山合戦事 …………… 138
紀淑人任国下向事賊徒回忠事 ……… 41	備中国鳥岳城軍事 …………………… 140
純友遂電事 …………………………… 43	防州右田合戦事浅倉城軍事 ………… 144
純素軍事純業討死事 ………………… 46	樋田城明退事舟木輝義引例事 ……… 148
巻第三 …………………………………… 49	巻第八 ……………………………………… 151
大地震彗星事闘鶏事 ………………… 49	大宰府攻事 …………………………… 151
将門蜂起事清見原天皇事 …………… 50	追捕使西海道下向事 ………………… 155
御厨三郎軍事 ………………………… 52	忠平公辞摂政給事 …………………… 156
将門発向事繁盛意見事 ……………… 54	浅倉寄手敗北事 ……………………… 158
藤代川軍事国香中矢給事 …………… 56	樋田城軍事大内介智謀事 …………… 159
国香最後事土浦城落事 ……………… 59	純友兄弟出張黒崎柳浦事雷火事 …… 163
下野国司出奔事 ……………………… 61	豊前国柳浦合戦事 …………………… 166
将門奢侈事漢王昭君事 ……………… 63	同国若松浦合戦事 …………………… 168
巻第四 …………………………………… 68	巻第九 ……………………………………… 172
箕田城初度軍事夜討事 ……………… 68	筑前国黒崎城軍事交野遠山抜駆事 … 172
箕田軍評定事 ………………………… 71	官軍引退黒崎事源満仲殿事 ………… 177
重箕田城合戦事渡辺仕計略事 ……… 74	豊前国菱形山軍由理新三郎降参事 … 179
秀郷将門対面事 ……………………… 77	明達修法事純友兄弟不和玄宗皇帝
経基上洛事西国早馬事 ……………… 79	事 …………………………………… 182
禁中行事共事 ………………………… 80	巻第十 ……………………………………… 189
平貞盛東国下向事唐革小烏事 ……… 82	筑後国柳川城軍事 …………………… 189
巻第五 …………………………………… 86	左馬助殿黒崎攻事伊賀寿次郎討死
諸寺諸社御祈禱事 …………………… 86	事 …………………………………… 193
節度使下向事 ………………………… 87	純素乞和事漢楚鴻門之会事 ………… 197
貞盛下著武蔵国事被籠願書於当国	権亮純素最後事 ……………………… 206
一宮事 ……………………………… 91	黒崎城没落事伊賀寿太郎事 ………… 208
氷川明神垂跡事貞盛秀郷合体事 …… 93	筑前四郎純正最後事 ………………… 212
下野国宇都宮合戦事 ………………… 97	巻第十一 …………………………………… 215
御厨三郎討死事 ……………………… 101	征西将軍西海道進発事 ……………… 215
坂上近高藤原玄明被誅事 …………… 104	博多合戦事慶幸春実焼賊船事 ……… 216
	箱崎合戦事有信純年景家等討死事 … 219
	純友逃帰予州為遠保被虜事 ………… 223
	諸大将帰洛勧賞事藤原忠文卒去事 … 226
	定阿入道被虜事 ……………………… 229

叢書江戸文庫

巻第十二 ………………………… 233
　賀茂行幸事 ………………… 233
　為亡卒令修法会給事 ……… 234
　武蔵守仕病死事武州浅草寺修造事 235
　村上御即位事 ……………… 239
　天満天神鎮坐北野千本松事 … 240
巻第十三 ………………………… 252
　頼光誕生事 ………………… 252
　六孫王経基薨逝事 ………… 253
　内裏炎上内侍所事 ………… 254
　村上帝崩御事立太子評定事 … 257
　西宮殿謀叛事 ……………… 260
　武蔵介善時回忠事 ………… 262
　左馬頭殿与西宮殿会合事折檻事 263
巻第十四 ………………………… 271
　西宮殿被囚給繁延蓮茂被召捕事 271
　相模介千晴被虜事 ………… 273
　西宮殿流罪事 ……………… 275
　謀叛与党輩事源家人々恩賞事 278
　左馬頭殿住吉参詣示現事 … 279
　九頭明神事 ………………… 283
　円融院即位事 ……………… 284
　満仲朝臣移多田致仕渡部綱事 285
巻第十五 ………………………… 289
　美丈丸縦逸勘気事 ………… 289
　美丈丸赴横川幸寿丸替命事 … 293
　法華三昧院建立事 ………… 298
　円融院元服事 ……………… 300
　佐渡国脚力事西宮殿帰洛事 … 301
　頼光朝臣総州下向事卜部季武事 … 304
巻第十六 ………………………… 309
　満仲京都宿所強盗事 ……… 309
　源満成卒去事源賢阿闍梨再父子対面事 ……………… 311
　頼光朝臣瑞夢事周文王事 … 316
　碓井貞光事 ………………… 321
　頼光朝臣洛事酒田公時事 … 325
巻第十七 ………………………… 329
　洛中妖怪事渡部綱斬捕鬼手事 329
　内裏炎上事大地震事 ……… 335
　頼光朝臣瘧病事土蜘蛛退治事 337
　花山院御即位事 …………… 341
　藤原保輔同斎明事匡衡手負季孝横死事 ……………… 342
　保昌謀策斎明被誅事 ……… 346
　碓井貞光虜保輔事 ………… 350
巻第十八 ………………………… 354

弘徽殿女御入内隠事 ………… 354
　主上潜幸花山寺事 ………… 356
　主上落飾行脚御事 ………… 357
　一条院御即位事 …………… 358
　満仲朝臣祝髪事 …………… 359
　藤原保輔籠居堀川院被誅事 … 360
　頼光朝臣被進馬於東二条殿事 364
　伴別当相橘頼経事同妻事 … 365
　源頼信元服事満慶入道木像事 367
　頼光朝臣自桝花女伝弓矢事 … 369
　春日行幸事 ………………… 371
　加蔵尼平良門事 …………… 373
巻第十九 ………………………… 378
　平良門蜂起事多田攻事 …… 378
　花山法皇御幸多田八講事 … 386
　洛中大風日吉神託事 ……… 388
　丹波日代立早馬事頼光朝臣進発事 389
　頼光朝臣依感夢保昌四天王等意見事 ……………… 391
　頼光朝臣打越丹後事籠宮権現願書事 ……………… 394
巻第二十 ………………………… 398
　酒顛童子退治事 …………… 398
　大江山城落事 ……………… 408
　頼光朝臣上洛勧賞事 ……… 412
＊解題（板垣俊一） ………… 415

第Ⅰ期第4巻　前太平記〔下〕（板垣俊一校訂）
1989年5月24日刊

前太平記 ………………………… 18
　巻第二十一 ………………… 18
　　市原野狡童為源頼信被虜事 … 18
　　頼光朝臣狡童誅戮事 …… 21
　　伊吹山凶賊被滅事 ……… 23
　　関白宣旨伊周調伏法事 … 31
　巻第二十二 ………………… 37
　　花山院通四君給事 ……… 37
　　官兵囲於伊周宅事木幡詣事 39
　　伊周隆家赴配所事 ……… 43
　　中宮御産御祈事伊周隆家帰洛事 50
　　満慶入道薨逝事 ………… 54
　巻第二十三 ………………… 56
　　千手丸殿誕生事 ………… 56
　　一条院崩御事 …………… 60
　　三条院御即位事 ………… 62

298　日本古典文学全集・内容綜覧

千手丸殿元服事	63
後一条院御即位事	66
小一条院御事	67
頼光朝臣逝去事	70
四天皇等向後事	71
巻第二十四	75
平忠常謀叛事	75
葛餝城夜討事	78
千葉城軍事	79
官軍東国下向隅田河合戦事	82
成道寄千葉城事	87
直方寄千葉城事	90
光業棄国上都事	94
巻第二十五	96
頼信朝臣東国下向事	96
武州川越合戦事	97
岩付中野合戦事卜部武俊最後事	102
平家敗北権介忠頼自害事	106
岩淵合戦事中村太郎忠将被討事	110
巻第二十六	114
頼信渡海給事平忠常降参事	114
頼信朝臣上洛事勧賞事	119
後一条院崩御事	120
八幡太郎殿誕生事	121
河内国通法寺建立事	124
後冷泉院御即位事落星事	126
頼信朝臣逝去事	129
巻第二十七	131
安倍頼良奢侈事	131
鬼切部合戦事	133
頼義朝臣鎮守府将軍宣下事	135
将軍参詣石清水事	137
将軍奥州下向事	139
安倍頼良降参事	140
将軍国務事安倍貞任狼藉事	142
安倍頼時叛逆事	146
巻第二十八	148
伊具十郎永衡被誅事黄巾赤眉事	148
将軍帰国府給事	151
加美河合戦事	153
頼義朝臣再鎮守府将軍宣下事	155
天喜五年六月七日合戦事飛泉涌出事	156
為時興重軍勢催促事	159
栗坂合戦事頼時中流矢事	161
頼時最後事進国解事	164
巻第二十九	167
鳥海合戦事義家武勇事	167
加藤景季最後事	170
致輔為清等討死事	172
将軍成七騎給事	174
佐伯経範討死事	179
平太夫国妙事	182
茂頼遇進将軍事帰府事	184
源斉頼出羽下向事	187
巻第三十	190
新司経重朝臣奥州下向上洛事	190
将軍武則営岡会合事	191
小松柵軍事	193
亡瑞鎧事	198
康平五年九月五日合戦事	200
石坂柵軍事	204
巻第三十一	208
衣川攻事	208
賊徒敗北事大麻生野瀬原落城事	213
将軍入鳥海柵事	216
黒沢尻鶴脛比与鳥落城事	219
厨川攻事神火事	220
経清被誅事	223
貞任最後合戦事	226
千世童子事	230
厨川柵破事則任妻事	231
巻第三十二	235
宗任以下降参事	235
良昭所擒正任降参事	238
耳納寺新通法寺建立事	239
八幡殿弓勢事	240
貞任等首献京都事	242
将軍上洛鎌倉八幡造営事	244
新羅三郎殿元服事	246
将軍入洛恩賞事	248
壺井八幡宮勧請事	250
安倍宗任奉公事	251
巻第三十三	263
予州朝臣頼義祝髪事	263
後冷泉院崩御事	264
後三条院御即位事	265
白河院御即位事	266
源国房同重宗等隠謀事	267
青野原合戦事重宗討死事	271
国房降参事	276
予州禅門逝去事	279
巻第三十四	280
真衡嫁娶与秀武不和事	280

清衡家衡与秀武同意事 ……………… 283
　　義家鎮守府将軍宣宗任下筑紫事 …… 285
　　真衡妻語正経助兼等事 ……………… 287
　　真衡舘軍事 …………………………… 288
　　将軍召真衡秀武等事 ………………… 291
　　真衡秀武和睦事家衡移出羽事 ……… 292
　　堀河院御即位事 ……………………… 295
　巻第三十五 …………………………… 297
　　家衡拒将軍事 ………………………… 297
　　武衡与家衡同意事 …………………… 299
　　将軍催軍勢事秩父十郎武綱事 ……… 301
　　将軍出陣大宅光任事 ………………… 303
　　金沢柵初度軍事権五郎景正事 ……… 306
　　傔仗助兼事 …………………………… 311
　　将軍帰国府給事 ……………………… 313
　巻第三十六 …………………………… 316
　　義光奥州下向事楽工時秋事 ………… 316
　　将軍義光対面事武衡家衡攻国府事 … 321
　　清衡敗北義光忠追北事 ……………… 323
　　将軍所労義光忠囲金沢柵事 ………… 326
　　成衡討死事 …………………………… 328
　　源氏敗北事将軍平愈事 ……………… 333
　　鬼丸蜘蛛切事 ………………………… 334
　巻第三十七 …………………………… 337
　　将軍再進発出羽事雲上雁事 ………… 337
　　金沢攻事剛臆之座事 ………………… 340
　　強撃亀次事惟弘討死事 ……………… 342
　　武衡乞降事季賢赴城中事 …………… 345
　　金沢柵没落事 ………………………… 348
　　武衡被誅事千任被斬罪事 …………… 349
　　家衡被討事 …………………………… 351
　　将軍上洛事 …………………………… 354
　巻第三十八 …………………………… 356
　　堀河院御物怪事前奥州鳴弦事 ……… 356
　　義親陰謀事配流事 …………………… 360
　　前奥州逝去事 ………………………… 363
　　無間地獄事 …………………………… 366
　　鳥羽院御即位事 ……………………… 369
　　義親首上京都事 ……………………… 370
　巻第三十九 …………………………… 375
　　義光語鹿島三郎事 …………………… 375
　　義忠朝臣横死事 ……………………… 379
　　鹿島被誅事同怨霊事 ………………… 381
　　義綱蒙虚名事引籠甲賀山事 ………… 386
　　為義追討使事 ………………………… 389
　　甲賀山軍事 …………………………… 390
　巻第四十 ……………………………… 395

　　義綱剃髪事義弘諫父自害事 ………… 395
　　義俊義範同自害事 …………………… 399
　　義綱入道降参子共自害事 …………… 401
　　義明季賢討死事 ……………………… 403
　　為義上洛義綱入道配流事 …………… 407
　　為義武勇事 …………………………… 408
＊索引 …………………………………………… I

第I期第5巻　前々太平記（矢代和夫（代表）校訂）
1988年8月25日刊

前々太平記 ……………………………………… 20
　巻之一（矢代和夫校訂） …………………… 20
　　聖武天皇御即位之事 ………………… 20
　　藤原宇合東夷征伐天変之事 ………… 20
　　玉津島明神勧請之事 ………………… 21
　　渤海国王使来朝之事 ………………… 23
　　長屋王叛逆柿本人丸之事 …………… 24
　　立后立遣唐使之事 …………………… 25
　　舎人親王薨去始病痘瘡事 …………… 28
　　大伴子虫報旧主之讐事 ……………… 29
　　藤原廣嗣謀反玄昉法師之事 ………… 30
　巻之二（矢代和夫校訂） …………………… 35
　　東大寺大仏像開眼之事 ……………… 35
　　行基菩薩菩提仏哲来朝之事 ………… 36
　　遣唐使古麻呂論著座之事 …………… 39
　　太上皇崩立橘諸兄薨去之事 ………… 40
　　皇太子廃立奈良麻呂陰謀之事 ……… 41
　　藤原仲麻呂賜姓名饗異賊事 ………… 42
　　鋳改銭文事 …………………………… 44
　　光明皇后浴室潅濯之事 ……………… 44
　巻之三（矢代和夫校訂） …………………… 48
　　高野天皇落飾弓削道鏡之事 ………… 48
　　恵美押勝謀叛江洲高嶋合戦之事 …… 48
　　天皇遷淡路孝謙帝重祚之事 ………… 52
　　下野国日光山開闢之事 ……………… 53
　　和気清麻呂直言配流之事 …………… 55
　　称徳帝崩御立太子評議之事 ………… 57
　　道鏡流罪秦嫗毒之事 ………………… 57
　　阿倍仲麻呂在唐卒事 ………………… 60
　巻之四（矢代和夫校訂） …………………… 64
　　井上皇后咒咀藤原百川諫諍之事 …… 64
　　矢田部黒麻呂孝行後漢趙宣之事 …… 65
　　中将姫剃髪当麻寺曼陀羅之事 ……… 66
　巻之五（矢代和夫校訂） …………………… 79
　　大風洪水河部左京溺水事 …………… 79

吉備大臣之薨去之事 ……………… 83	嵯峨天皇御製小野篁詩才事 ……… 160
遣唐使船沈没通信使来朝之事 …… 85	書改殿門額空海擲筆事 …………… 162
三島大明神勧請伊豆国之事 ……… 86	巻之十一（矢代和夫校訂） ……… 164
伊治呰麻呂叛逆征東将軍下向之事 … 87	大法師玄賓辞官事 ………………… 164
征東使合戦金窪兵太勇力之事 …… 89	大地震藤原園人後漢劉寛事 ……… 165
藤原小黒麻呂奥州発向之事 ……… 92	貸救米穀於饑民事 ………………… 166
巻之六（矢代和夫校訂） …………… 94	遠江配住新羅人謀叛事 …………… 167
年号改元之事 ………………………… 94	感賞藤原氏勲功周公旦蕭何事 …… 168
贈軍粮於奥州桓武天皇受禅之事 … 95	藤原冬嗣撰弘仁格式 ……………… 170
盗賊安達八郎東晋戴淵之事 ……… 96	釈最澄築叡山戒檀遷化事 ………… 171
土師古人賜菅原姓相撲之始事 …… 99	孝子娶貞婦事 ……………………… 172
慶俊僧都愛宕山再興之事 ………… 100	巻之十二（矢代和夫校訂） ……… 179
征東使与呰麻呂合戦之事 ………… 102	御譲位上皇嵯峨遷幸事 …………… 179
金窪中流矢贈冑於敵陣之事 ……… 104	旱魃被修防法事 …………………… 180
継縄智謀呰麻呂最期之事 ………… 106	浦嶋子帰故郷後漢劉晨阮肇事 …… 181
征東使凱陣帰京之事 ……………… 108	孝女子安良売事 …………………… 185
巻之七（矢代和夫校訂） ………… 110	良峯安世奉撰学生書作水車事 …… 186
氷上川継謀叛露顕之事 …………… 110	仁明天皇御即位始置検非違使事 … 187
八幡大神称大菩薩事 ……………… 112	賜餞於遣唐使小野篁配流事 ……… 188
天王寺蝦蟆妖怪之事 ……………… 114	巻之十三（鈴木孝庸校訂） ……… 192
新都経営藤原種継横死之事 ……… 115	始建野宮禊斎王事 ………………… 192
天皇親禱雨商湯王之事 …………… 117	空海阿闍梨入定事実恵始為東寺長
陸奥蝦夷蜂起古佐美東征之事 …… 118	者事 ……………………………… 194
巻之八（矢代和夫校訂） ………… 123	淳和天皇崩御奨学院事 …………… 196
藤代権内敢死斉賓卑聚之事 ……… 123	嵯峨天皇晏駕事 …………………… 197
坂上田村麻呂蝦夷征伐之事 ……… 126	菅丞相降臨事 ……………………… 199
平安城新都造営之事 ……………… 126	円仁慈覚大師帰朝去承和五年入唐也避難風
比叡山延暦寺開基之事 …………… 128	事 ………………………………… 202
続日本紀修撰之事 ………………… 131	横川中堂建事 ……………………… 204
藤原伊勢人創鞍馬寺之事 ………… 131	巻之十四（鈴木孝庸校訂） ……… 206
釈善珠任僧正官之事 ……………… 133	豊後献白亀改元年号事 …………… 206
田村麻呂夷賊退治任官位之事 …… 134	仁明天皇崩御事宗貞出家事 ……… 207
巻之九（矢代和夫校訂） ………… 136	文徳天皇御即位嘉祥天交有所以事 · 208
清水寺建立鹿間塚之事 …………… 136	惟喬惟仁位争事 …………………… 210
神泉苑行幸緒継任参議事 ………… 137	清和天皇御即位以八幡宮移男山事 … 214
朔旦冬至賀之事 …………………… 138	以閏十月小改大賀朔旦冬至事用宣
桓武天皇崩御安殿皇子受禅事 …… 139	明暦事 …………………………… 215
釈空海帰朝之事 …………………… 140	応天門焼失事 ……………………… 216
伊予親王謀叛露顕之事 …………… 142	巻之十五（鈴木孝庸校訂） ……… 220
平城天皇御譲位内麻呂免紫服事 … 144	主上始講周易事 …………………… 220
上皇御剃髪藤原仲成伏誅之事 …… 144	壹演阿闍梨立空事 ………………… 222
始置賀茂大院事 …………………… 147	諡最澄伝教大師円仁慈覚大師事 … 223
坂上田村麻呂逝去晋蔡邕之事 …… 148	日上有冠左右成珥事 ……………… 225
巻之十（矢代和夫校訂） ………… 150	祇園社移愛宕郡事撰貞観格十二巻
奥州夷賊再蜂起事 ………………… 150	事 ………………………………… 226
男女禁入僧尼寺朝山遇難事 ……… 151	惟喬親王出家事 …………………… 229
釈空海開高野山賜洛陽東寺事 …… 158	夏雪降事大極殿焼亡事 …………… 230

日本古典文学全集・内容綜覧　301

巻之十六上（鈴木孝庸校訂）………… 234
　　陽成院御即位基経公摂政事 ………… 234
　　出羽国夷賊退治事 …………………… 238
　　清和天皇御落飾登霞事 ……………… 243
　巻之十六下（鈴木孝庸校訂）………… 247
　　在原業平卒事伊勢物語事 …………… 247
　　光孝天皇御即位造浜名橋事 ………… 249
　　帝行幸于芹川行平蒙勅勘事 ………… 253
　　主上崩御事 …………………………… 257
　巻之十七（松林靖明校訂）…………… 261
　　宇多天皇御即位金岡画賢聖障子事 · 261
　　蒙古出来事文室善友智謀事 ………… 265
　　融大臣薨去摂州大融寺事 …………… 271
　　醍醐天皇御即位山科大領故事 ……… 274
　　菅丞相左遷法皇御制止事 …………… 278
　巻之十八（松林靖明校訂）…………… 283
　　時平大臣上三代実録事 ……………… 283
　　菅家薨筑紫事 ………………………… 286
　　法皇建仁和寺事 ……………………… 289
　　創撰古今集事 ………………………… 293
　　鈴鹿山群盗退治事 …………………… 296
　巻之十九（松林靖明校訂）…………… 302
　　主上始読史記事 ……………………… 302
　　法皇御幸熊野事 ……………………… 303
　　不時桃季花実事時平大臣薨事 ……… 307
　　志貴毗沙門出現事 …………………… 310
　　正月七日供初若菜事 ………………… 315
　　源光源氏物語事 ……………………… 317
　巻之二十（松林靖明校訂）…………… 321
　　菅霊焼京師及洪水等事 ……………… 321
　　空海文策入経蔵小野小町事 ………… 325
　　菅霊再震洛下事 ……………………… 330
　　大和国献八足兎事 …………………… 333
　　主上疱瘡事 …………………………… 336
　巻之二十一（松林靖明校訂）………… 340
　　多武峯創建事 ………………………… 340
　　延喜式風土記全篇事 ………………… 343
　　道風讃賢聖障子事 …………………… 347
　　清貫希世雷死菅家贈官事 …………… 350
　　寛平法皇崩御事 ……………………… 354
　　本朝武宗多田廟事 …………………… 356
　＊解題（板垣俊一）…………………… 359

第Ⅰ期第6巻　都の錦集（中嶋隆校訂）
1989年11月10日刊

元禄曽我物語 ……………………………… 5
元禄太平記 ……………………………… 81
沖津しら波 ……………………………… 177
当世智恵鑑 ……………………………… 249
＊解題（中嶋隆）……………………… 337

第Ⅰ期第7巻　伴蒿蹊集（風間誠史校訂）
1993年2月20日刊

国文世々の跡（くにつふみよよのあと）… 5
訳文童喩（うしつぶみわらはのさとし）… 59
閑田文草 ………………………………… 101
門田のさなへ …………………………… 269
あし曳の日記 …………………………… 301
かぐ土のあらび ………………………… 311
津島祭記 ………………………………… 321
＊解題（風間誠史）…………………… 325

第Ⅰ期第8巻　八文字屋集（篠原進校訂）
1988年4月25日刊

風流曲三味線 ……………………………… 5
女男伊勢風流 …………………………… 229
愛敬昔色好 ……………………………… 295
＊解題（篠原進）……………………… 359

第Ⅰ期第9巻　竹本座浄瑠璃集〔一〕（平田澄子校訂）
1988年6月25日刊

諸葛孔明鼎軍談（平田澄子校訂）……… 7
大内裏大友真鳥（だいだいりおおとものまとり）
　　（高橋比呂子校訂）………………… 77
七小町（ななこまち）（伊川龍郎校訂）… 147
三荘大夫（さんしょうだゆう）五人嬢（池山晃校訂）…………………………………… 225
加賀国篠原合戦（宮園正樹校訂）……… 313
＊解題（平田澄子，高橋比呂子，伊川龍郎，池山晃，宮園正樹）…………… 399

第Ⅰ期第10巻　豊竹座浄瑠璃集〔一〕（原道生校訂）
1991年8月30日刊

大仏殿万代石楚（黒石陽子校訂）………… 7
北条時頼記（西川良和校訂）…………… 69
摂津国長柄人柱（つのくにながらのひとばしら）
　　（池山晃校訂）……………………… 153

後三年奥州軍記（青山博之，西川良和校訂）………………………………… 227
忠臣金短冊（ちゅうしんこがねのたんざく）（平田澄子校訂）…………… 319
＊解題（原道生，黒石陽子，西川良和，池山晃，平田澄子）………………… 395

第Ⅰ期第11巻　豊竹座浄瑠璃集〔二〕（向井芳樹校訂）
1990年3月30日刊

那須与市西海硯（山崎睦也，鈴木一夫，小川嘉昭校訂）………………… 7
和田合戦女舞鶴（西岡直樹校訂）………… 79
鶸（ひばり）山姫捨松（白瀬浩司，河合祐子校訂）………………………… 155
播州皿屋舗（早川久美子校訂）………… 247
南蛮銅後藤目貫（山田和人校訂）……… 329
＊解題（向井芳樹，小川嘉昭，西岡直樹，白瀬浩司，早川久美子，山田和人）… 389

第Ⅰ期第12巻　馬場文耕集（岡田哲校訂）
1987年10月20日刊

＊凡例 ………………………………………… 2
世間御旗本容気 …………………………… 5
近代公実厳秘録 …………………………… 87
当時珍説要秘録 …………………………… 177
明君享保録 ………………………………… 255
＊解題（岡田哲）…………………………… 303

第Ⅰ期第13巻　佚斎樗山集（飯倉洋一校訂）
1988年10月5日刊

＊凡例 ………………………………………… 2
田舎荘子 …………………………………… 5
田舎荘子外篇 ……………………………… 59
河伯井蛙文談 ……………………………… 125
再来田舎一休 ……………………………… 163
六道士会録 ………………………………… 217
英雄軍談 …………………………………… 285
雑篇田舎荘子 ……………………………… 359
＊解題（飯倉洋一）………………………… 423

第Ⅰ期第14巻　近松半二浄瑠璃集〔一〕（原道生校訂）
1987年6月20日刊

役行者大峰桜（黒石陽子校訂）…………… 7
愛護稚名歌勝閧（三浦広子校訂）……… 101
小野道風青柳硯（原道生校訂）………… 191
太平記菊水之巻（法月敏彦校訂）……… 283
山城の国畜生塚（青山博之校訂）……… 379
＊解題（原道生，黒石陽子，三浦広子，法月敏彦，青山博之）…………………… 461

第Ⅰ期第15巻　江戸作者浄瑠璃集（田川邦子校訂）
1989年4月20日刊

志賀の敵討（田川邦子校訂）……………… 7
糸桜本町育（星野洋子校訂）……………… 79
伊達競阿国戯場（田川邦子校訂）……… 149
驪山（めぐろやま）比翼塚（田川邦子校訂） 261
加々山旧錦絵（宮井浩司校訂）………… 365
＊解題（田川邦子，星野洋子，宮井浩司）
　……………………………………………… 463

第Ⅰ期第16巻　仏教説話集成〔一〕（西田耕三校訂）
1990年9月28日刊

本朝諸仏霊応記 …………………………… 5
諸仏感応見好書 …………………………… 53
善悪因果集 ………………………………… 167
準提菩薩念誦霊験記 ……………………… 275
勧化一声雷 ………………………………… 317
西院河原口号伝 …………………………… 391
弥陀次郎発心伝 …………………………… 457
＊解題（西田耕三）………………………… 521
＊参考文献目録 …………………………… 564

第Ⅰ期第17巻　近世紀行集成（板坂耀子校訂）
1991年2月20日刊

壬申紀行 …………………………………… 5
本朝奇跡談 ………………………………… 49
未曽有記 …………………………………… 91
続未曽有記 ………………………………… 171
筑紫道草（つくしのみちくさ）…………… 271

花見の日記 ………………………………… 377
＊解題（板坂耀子） ……………………… 425

第I期第18巻　山東京伝集（佐藤深雪校訂）
1987年8月25日刊

善知安方忠義伝 ……………………………… 5
梅之与四兵衛物語梅花氷裂 …………… 237
＊解題（佐藤深雪） ……………………… 349

第I期第19巻　滑稽本集〔一〕（岡雅彦校訂）
1990年4月27日刊

和装兵衛 ……………………………………… 5
和装兵衛　後編 …………………………… 53
浮世くらべ ………………………………… 85
当世杜選商（こじつけあきない） ……… 105
指面草（さしもぐさ） …………………… 119
叶福助（かのうふくすけ）略縁起 …… 147
旧観帖　初編 ……………………………… 167
旧観帖　二編 ……………………………… 205
旧観帖　三編 ……………………………… 249
狂言田舎操 ………………………………… 291
人間万事虚誕計 …………………………… 349
人間万事虚誕計　後編 …………………… 383
＊解題（岡雅彦） ………………………… 411

第I期第20巻　式亭三馬集（棚橋正博校訂）
1992年3月30日刊

天道浮世出星操 ……………………………… 5
人間一心覗替繰 …………………………… 37
麻疹戯言 …………………………………… 59
ひだり甚五郎腕雕（うでのほりもの）一心命 …… 75
七癖上戸 …………………………………… 115
早替胸（はやがわりむね）のからくり …… 167
忠臣蔵偏痴気論（ちゅうしんぐらへんちきろん）
　　…………………………………………… 211
一盃綺言 …………………………………… 247
古今百馬鹿（ここんひゃくばか） ……… 279
人心覗（ひとごころのぞき）からくり … 323
＊解説（棚橋正博） ……………………… 367

第I期第21巻　近世説美少年録〔上〕（内田保広校訂）
1993年4月23日刊

近世説美少年録第一輯巻之一 ……………… 8
近世説美少年録第一輯序 …………………… 9
　第一回　諌を拒て管領古廟に陣す　屯を驚して水火驕将を懲す …… 21
　第二回　窮厄を脱れて弘元漁家に宿る　理乱を弁して它六俊士を資く …… 34
近世説美少年録第一輯巻之二 …………… 51
　第三回　賊巣を突て弘元連盈を捕ふ　蛇穴を焼て義興禍胎を遺す …… 51
　第四回　御廟野に興房阿夏に遭ふ　鴨河原に両情春夢を結ぶ …… 70
近世説美少年録第一輯巻之三 …………… 85
　第五回　録巽亭に蛇蘗胎に馮る　千本畔に兇徒命を喪ふ …… 85
近世説美少年録第一輯巻之四 ………… 109
　第六回　密使茶店に貴翰と伝ふ　美婦子を携て情人を送る …… 109
　第七回　二賊剪径して父女を屠る　一妻羞を忍て両讐に従ふ …… 123
近世説美少年録第一輯巻之五 ………… 133
　第八回　神僧歌を咏して鮮脱を示す　阿夏計を定めて旧怨を雪む …… 133
　第九回　駿馬流に臨て母子を全うす　美玉介と做て孤客を留 …… 145
　第十回　関帝廟に少年義を結ぶ　福富村に幼女を惜む …… 160
近世説美少年録第二輯巻之一 ………… 178
美少年録第二輯総論螟蛉詞 …………… 178
　第十一回　旧情西を慕ふて阿夏起行す　遠謀程を警めて福富贐を分つ …… 191
　第十二回　憂苦訴難く泣て帰帆を俟つ　繁華親易く漫に邀遊を事とす …… 219
　第十三回　垂柳橋に客婦絃歌を売る　侯鯖樓に洛人旧妓を認る …… 234
近世説美少年録第二輯巻之三 ………… 249
　第十四回　苦雨初て霽て残花春に遇ふ　楽地空しからず赤縄更に繋ぐ …… 249
　第十五回　青蚨厄を釈て子母故郷に還る　黄門情を察して艶童西家に留る …… 263
　第十六回　三碗の清茶暗に元盛を動す　一箇の湯銚克国友を悦しむ …… 272

第I期第22巻　近世説美少年録〔下〕（内田保広校訂）
1993年5月25日刊

近世説美少年録第二輯巻之四 ……………… 8

第十七回　狡豎利を説て季孟を和ぐ　墨
　　吏勢を冐て役夫を屠る ………………… 8
　第十八回　讒を信して道永豎臣に誓ふ
　　怨を秘して尹賢香西を陷る ………… 22
近世説美少年錄第二輯卷之五 ……………… 34
　第十九回　茂林社に惡少捕らる　三石の
　　城に叔姪再会す …………………… 34
　第二十回　亨祿の役君臣亂離す　鷹捉山
　　に晴賢麑を逐ふ …………………… 52
近世説美少年錄第三輯卷之一 ……………… 74
近世説美少年錄第三輯序 …………………… 74
　第二十一回　獵箭を飛して晴賢麗人を
　　拯ふ　妖獸を追ふて直行少年に遭ふ … 90
　第二十二回　上市郷に斧柄恩人を倡ふ
　　奇偶を感じて落葉姪女を妻はす …… 102
近世説美少年錄第三輯卷之二 …………… 118
　第二十三回　知母捕益して遠志を奬す
　　車前に効を論して當歸を留む …… 118
　第二十四回　直行悪方加減を恣にす　晴
　　賢窈窕に中毒して駭く ……………… 137
近世説美少年錄第三輯卷之三 …………… 152
　第二十五回　訟を聽て順政賊情を知る
　　娚を陳て落葉恩赦を乞ふ ………… 152
　第二十六回　多金を齎して落葉女壻を
　　遺る　唐布を索ねて晴賢義弟に遇ふ … 166
近世説美少年錄第三輯卷之四 …………… 186
　第二十七回　仙術を示して舌兪今日哄
　　騙す　丹鼎成りて福富指を染 …… 186
　第二十八回　姦を詰りて有驗觀炉と破
　　る　恥に耻りて大夫次家を亡す … 200
近世説美少年錄第三輯卷之五 …………… 221
　第二十九回　諫を遺して景市西都に赴
　　く　壁を分ちて黄金東行を辭ふ … 221
　第三十回　闔門を關して荷三太客を逐
　　ふ　妓院に宿して朱之介禍に值ふ … 238
＊解題（内田保広） …………………… 267

第Ⅰ期第23巻　文化2年11月 江戸三芝居顔見世狂言集（近藤瑞男，古井戸秀夫校訂）
1989年9月30日刊

清和源氏二代将（鹿倉秀典，品川隆重，
　古井戸秀夫，水田かや乃校訂） ……… 5
けいせい吉野鐘（近藤瑞男，古井戸秀夫，
　吉本紀子校訂） …………………… 179
蝶花形恋羯鼓氏（鹿倉秀典，古井戸秀夫，
　水田かや乃校訂） ………………… 307

付録 ……………………………………… 401
　三芝居新役者付 ……………………… 404
　三芝居役割番付 ……………………… 410
　長唄詞章 若緑姿相生彩色松汐汲 琴唄
　　村時雨 …………………………… 435
　役者大極丸 江戸之巻 ……………… 436
＊解題（古井戸秀夫） ………………… 457

第Ⅰ期第24巻　役者合巻集（佐藤悟校訂）
1990年7月25日刊

近江源氏湖月照（大竹寿子校訂） ………… 5
扇々爰書初（大竹寿子校訂） …………… 101
孖算女行烈（内村和至校訂） …………… 219
絃天狗俳諧（佐藤悟校訂） ……………… 317
＊解題（佐藤悟） ……………………… 413
＊役者名義合巻作品目録 ……………… 434

第Ⅰ期第25巻　中本型読本集（高木元校訂）
1988年1月25日刊

風俗本朝別女伝 …………………………… 5
小説比翼文 ……………………………… 65
復讐鳴立沢（かたきうちしぎたつさわ） … 133
復讐奇談七里浜（ふくしうきだん） …… 181
高野薙髪刀（こうやかみそり） ………… 261
復仇女実語教 …………………………… 325
＊解題（高木元） ……………………… 391

第Ⅰ期第26巻　近世奇談集成（1）（高田衛（代表）校訂）
1992年12月20日刊

＊凡例 ……………………………………… 2
老媼茶話（高橋昭彦校訂） ………………… 5
　老媼茶話巻之壱 ………………………… 14
　　崔広宗（さいこうそう）〔太平広記〕… 14
　　王宇窮（おううきゅう）〔述異記〕… 14
　　山魈（さんさう）〔広異記〕 ……… 15
　　知通（ちつう）〔酉陽雑俎日〕 …… 16
　　盧処（ろしょ）〔宣室志〕 ………… 16
　　蘇陰〔潜確居類書日〕 ……………… 17
　　温会〔酉陽雑俎日〕 ………………… 18
　　酔人〔茅亭客話〕 …………………… 18
　　石中の人〔二程全書十九〕 ………… 18
　　文浄〔聞奇録〕 ……………………… 19
　　膈臆（かくいつ）の僧〔広五行記〕… 19

叢書江戸文庫

顧光宝	20
石憲〔宣室志〕	20
興進〔事文類聚後集二十〕	21
小町髑髏	21
註千字文	23
斎地記	23
仏祖統記	23
三才図会	24
群居解頤	24
〔保暦間記〕	25
琵琶法師伝	25
釜渕川猿	26
大蛇〔鬼九郎左衛門事〕	28
大蛇〔海の恒世〕	28
大蛇〔船越殺大蛇〕	29
化仏（ばけほとけ）	31
老媼茶話巻之弐	32
山寺の狸	32
悪人	39
敵打	43
猫魔怪	50
怨積霊鬼（おんせきれいき）	52
只見川毒流	57
伊藤怨霊	58
狸	59
老媼茶話巻之参	61
猪苗代の城化物	61
舌長姥	62
〔会津諏訪の朱の盤〕	63
薬師堂人魂	63
亡魂	65
血脈奇特	66
酸川野幽霊（すかわのゆうれい）	67
飯寺村（にいでら）の青五輪	68
允殿（じょうどの）館大入道	69
杜若屋敷	70
幽霊	74
天狗	76
女大刀	77
如丹亡霊	78
老媼茶話巻之四	82
高木右馬助大刀	82
大亀の怪	84
安部井強八両蛇をきる	87
魔女	89
山伏悪霊	91
堀主水逢女悪霊	100
并、主水行末	104
老媼茶話巻之五	110
男色宮崎喜曽路〔男色敵討〕	110
男色玉川典礼	117
猪鼻山天狗	121
播州姫路城	125
嶋原城化物	125
山姥髭（かもし）	126
奇病	127
窟（くつ）村死女	128
老媼茶話巻之六	130
大鳥一平	130
水野十郎左衛門	132
尾関忠吉	135
五勇の弁	140
血気の勇	141
老人夜話	141
磐梯山怪物	143
飯綱の方	145
狐	149
彦作亡霊	152
一目坊	153
山中の鬼女	155
狼	156
邪見の報	157
老媼茶話巻之七	160
釜煎	160
牛裂	162
焼松灸	163
鋸引	164
狐	166
冨永金左衛門	168
八天幻術	170
因果即報	171
沼沢の怪	172
夢の告	173
入定の執念	175
〔老媼茶話拾遺〕	177
〔菊渕大蛇〕	177
〔諏訪越中〕	180
〔由井正雪〕	182
〔由井正雪、丸橋忠弥が謀叛〕	190
〔丸橋忠弥〕	192
〔切支丹〕	196
〔耶蘇征尉記日〕	201
宿直草（御伽物語）（高田衛校訂）	203
死霊解脱物語聞書（高田衛校訂）	333

*解題(高田衛, 高橋明彦) ……… 391

第II期第27巻　続百物語怪談集成(太刀川清校訂)
1993年9月20日刊

古今百物語評判 ……………………… 5
諸国新百物語 ………………………… 79
万世百物語 …………………………… 147
新説百物語 …………………………… 205
近代百物語 …………………………… 277
教訓百物語 …………………………… 329
*解題(太刀川清) …………………… 355

第II期第28巻　石川雅望集(稲田篤信校訂)
1993年10月30日刊

近江県物語 …………………………… 5
天羽衣 ………………………………… 153
飛弾匠物語 …………………………… 203
とはずがたり ………………………… 397
*解題(稲田篤信) …………………… 419

第II期第29巻　浅井了意集(坂巻甲太校訂)
1993年12月20日刊

堪忍記 ………………………………… 3
三井寺物語 …………………………… 211
城物語 ………………………………… 267
*解題(坂巻甲太) …………………… 319

第II期第30巻　只野真葛集(鈴木よね子校訂)
1994年2月28日刊

むかしばなし ………………………… 5
奥州ばなし …………………………… 193
いそづたひ …………………………… 243
独考 …………………………………… 259
　独考論(曲亭馬琴) ………………… 310
　独考余編(曲亭馬琴編) …………… 371
異国より邪法ひそかに渡、年経て諸人に
　及びし考 …………………………… 389
女中文教服式・女子文章訓付節句由来 … 393
月次文 ………………………………… 407

真葛がはら …………………………… 417
歌文拾遺 ……………………………… 521
*解題(鈴木よね子) ………………… 543

第II期第31巻　浮世草子時事小説集(倉員正江校訂)
1994年4月15日刊

貧人太平記 …………………………… 5
頼朝三代鎌倉記 ……………………… 31
今川一睡記 …………………………… 119
農民太平記 …………………………… 193
名物焼蛤 ……………………………… 255
*解題(倉員正江) …………………… 329

第II期第32巻　森島中良集(石上敏校訂)
1994年7月25日刊

蛇蛻青大通(ぬけがらあおだいつう) … 5
万象亭(まんぞうてい)戯作濫觴 …… 15
さうは虎巻 …………………………… 37
琉球談 ………………………………… 59
画本纂怪興(えほんさんがいきょう) … 111
凩草紙(こがらしぞうし) …………… 143
鄙都言種(ひとことぐさ) …………… 237
中華手本唐人蔵(からでほんとうじんぐら) … 285
見聞(けんもん)雑志 ………………… 317
付録　森島中良狂歌選 ……………… 351
*解題(付・森島中良著作略年譜・肖像集)(石上敏) ………………………… 357

第II期第33巻　馬琴草双紙集(板坂則子校訂)
1994年9月20日刊

松株木(まつのかぶき)三階奇談 …… 7
敵討雑居寝物語 ……………………… 43
行平鍋須磨酒宴 ……………………… 107
女護嶋恩愛俊寛 ……………………… 171
照子池浮名写絵 ……………………… 233
牽牛織女願糸竹 ……………………… 319
*解題(板倉則子) …………………… 421

第II期第34巻　浮世草子怪談集(木越治校訂)
1994年10月20日刊

多満寸太礼 ……………………………… 5
和漢乗合船 ……………………………… 145
金玉(きんぎょく)ねぢぶくさ …………… 247
＊解題(木越治) ………………………… 331

第II期第35巻　柳亭種彦合巻集(佐藤悟(代表)校訂)
1995年1月20日刊

鱸庖丁青砥切味(内村和至校訂) ………… 5
画傀儡(えあやつり)二面鏡(土屋順子校訂)
　………………………………………… 127
娘金平(きんひら)昔絵草紙(松村倫子校訂) ……………………………………… 239
関東小六昔舞台(佐藤悟校訂) …………… 347
花桜木春夜話(広部俊也校訂) …………… 539
＊解題(佐藤悟(付・柳亭種彦略伝)) …… 607

第II期第36巻　人情本集(武藤元昭校訂)
1995年3月25日刊

清談峯初花 ……………………………… 3
清談峯初花　後編 ……………………… 45
今様操文庫 ……………………………… 95
今様操文庫　後編 ……………………… 143
風俗吾妻男 ……………………………… 191
風俗吾妻男　二編 ……………………… 243
風俗吾妻男　三編 ……………………… 283
＊解題(武藤元昭) ……………………… 327

第II期第37巻　豊竹座浄瑠璃集〔三〕(山田和人(代表)校訂)
1995年6月25日刊

道成寺現在蛇鱗(森地美代子校訂) ……… 7
久米仙人(くめせんにん)吉野桜(山田和人校訂) ……………………………… 101
摂州渡辺橋供養(早川久美子校訂) …… 183
祇園祭礼信仰記(白瀬浩司校訂) ……… 273
祇園女御九重錦(伊藤馨校訂) ………… 379
＊解題(山田和人，森地美代子，早川久美子，白瀬浩司，伊藤馨) …………… 481

第II期第38巻　竹本座浄瑠璃集〔二〕(宮本瑞夫(代表)校訂)
1995年12月24日刊

三浦大助紅梅靮(法月敏彦校訂) ………… 7
応神天皇八白幡(飯島満校訂) …………… 95
甲賀三郎窟物語(西川良和校訂) ………… 175
猿丸太夫鹿巻毫(宮本瑞夫校訂) ………… 261
御所桜堀川夜討(黒石陽子校訂) ………… 335
＊解題(宮本瑞夫，法月敏彦，飯島満，西川良和，黒石陽子) ………………… 411

第III期第39巻　近松半二浄瑠璃集〔二〕(阪口弘之(代表)校訂)
1996年4月20日刊

蘭奢待(らんじゃたい)新田系図(沙加戸弘校訂) ………………………………… 7
姻袖鏡(阪口弘之，後藤博子校訂) ……… 97
太平記忠臣講釈(田中直子校訂) ………… 185
傾城阿波の鳴門(林久美子校訂) ………… 285
道中亀山噺(安田絹枝校訂) ……………… 379
＊解題(阪口弘之，沙加戸弘，後藤博子，田中直子，林久美子，安田絹枝) … 457

第III期第40巻　竹本座浄瑠璃集〔三〕(原道生(代表)校訂)
1996年6月20日刊

行平(ゆきひら)磯馴松(池山晃校訂) …… 7
小栗判官車街道(田川邦子校訂) ………… 85
男作(おとこだて)五鴈金(高橋比呂子校訂) ……………………………………… 169
軍法富士見西行(加藤敦子校訂) ………… 249
楠昔噺(原道生校訂) ……………………… 347
＊解題(原道生，池山晃，田川邦子，高橋比呂子，加藤敦子) ………………… 441

第III期第41巻　小枝繁集(横山邦治(代表)校訂)
1997年4月20日刊

絵本壁落穂(えほんたまのおちば)(横山邦治校訂) ………………………………… 5
松王物語(まつおうものがたり)(田中則雄校訂) ……………………………… 241
津摩加佐禰(つまがさね)(横山邦治校訂) 385
＊解題(横山邦治，田中則雄) …………… 491

第III期第42巻　多田南嶺集（風間誠史（代表）校訂）
1997年5月25日刊

鎌倉諸芸袖日記 …………………………… 5
大系図（おおけいず）蝦夷噺 ……………… 83
教訓私儘育 ………………………………… 149
世間母親容気 ……………………………… 243
絵本花の鏡 ………………………………… 321
半宵談（はんしょうだん）………………… 357
＊解題（風間誠史）………………………… 387

第III期第43巻　十返舎一九集（棚橋正博校訂）
1997年9月15日刊

心学㫖計草（しんがくとけいぐさ）……… 5
滑稽（じょうだん）しつこなし …………… 37
串戯（じょうだん）しつこなし 後編 …… 69
串戯（じょうだん）しつこなし …………… 101
敵討余世波善津多（かたきうちよせばよかった）
　…………………………………………… 153
列国怪談聞書帖 …………………………… 189
諸用附会案文（こじつけあんもん）……… 261
和蘭影絵於都里綺（おつりき）…………… 341
初役金烏帽子魚（はつやくこがねのえぼしうお）
　…………………………………………… 383
＊解題付十返舎一九略年表（棚橋正博）… 393

第III期第44巻　仏教説話集成〔二〕（西田耕三校訂）
1998年1月10日刊

地蔵菩薩応験新記 ………………………… 5
瑞応塵露集 ………………………………… 105
新選発心伝 ………………………………… 247
霊魂得脱篇 ………………………………… 327
満霊上人徳業伝 …………………………… 383
彦山権現霊験記 …………………………… 417
正続院仏牙舎利記 ………………………… 427
女人愛執恠異録 …………………………… 447
善悪報因縁集 ……………………………… 471
＊解題（西田耕三）………………………… 551

第III期第45巻　原典落語集（二村文人校訂）
1999年11月20日刊

＊凡例 ……………………………………… 2
ちり落し …………………………………… 5
一粒撰噺種本 ……………………………… 13
咄の開帳 …………………………………… 45
遊子戯語（ゆうしけご）…………………… 69
正月もの …………………………………… 91
仮名手本忠臣蔵 …………………………… 105
商売百物語 ………………………………… 113
四季物語 …………………………………… 153
新話虎の巻 ………………………………… 159
茶番の正本 ………………………………… 165
初昔茶番出花 ……………………………… 215
船玉物語 …………………………………… 263
＊解題（二村文人）………………………… 297

第III期第46巻　西沢一風集（若木太一他校訂）
2000年4月25日刊

寛濶曽我物語（神谷勝広校訂）…………… 5
女大名丹前能（若木太一校訂）…………… 213
風流今平家（川元ひとみ校訂）…………… 343
＊解題（若木太一，神谷勝広，川元ひとみ）
　…………………………………………… 435

第III期第47巻　新局玉石童子訓〔上〕（内田保広，藤澤毅校訂）
2001年2月25日刊

新局玉石童子訓巻之一上冊 ……………… 11
新局玉石童子訓小序 ……………………… 11
　第三十一回 自傷の落花衆人を惑しむ
　　無明の台月正婦を繋ぐ ……………… 21
新局玉石童子訓巻之一下冊 ……………… 41
　第三十二回 書刀を介して弘元母子を
　　托す 寺僕に憑で両少義姑を知る …… 41
新局玉石童子訓巻之二上冊 ……………… 61
　第三十三回 穴隙を鑽て二賊夜師徒を
　　脅す 生口を呈して両少年疑獄を解く … 61
新局玉石童子訓巻之二下冊 ……………… 82
　第三十四回 賞罰路を異にして乙芸家
　　に還る 九四郎五金を晴賢に齎す …… 82
新局玉石童子訓巻之三上冊 ……………… 106

第三十五回　陰徳陽報如如来柩を導く
　積善天感落葉其実を賜ふ ………… *106*
新局玉石童子訓巻之三下冊 ………… *142*
　第三十六回　善悪少年月下に雌雄を争
　　ふ　多財を復して柒六郎多財を喪ふ *143*
新局玉石童子訓巻之四上冊 ………… *166*
　第三十七回　成勝通能遊歴して東路に
　　赴く　晴賢松下に睡りて蚖蛇に呑る *162*
新局玉石童子訓巻之四下冊 ………… *184*
　第三十八回　罪過を秘して晴賢阿鍵を
　　訪ふ　小忠二怒て朱之介を逐ふ … *184*
新局玉石童子訓巻之五上冊 ………… *206*
　第三十九回　非常の根抵妙に奇瘡を美
　　す　刑余の細人迯に機会に驚く … *206*
新局玉石童子訓巻之五下冊 ………… *231*
　第四十回　五足斎盃を挙て往事を詳に
　　す　晩稲袖を払て独閨門を正くす … *231*
新局玉石童子訓巻六之十一 ………… *261*
新局玉石童子訓第三版附言 ………… *261*
　第四十一回　観音寺の城に衆少年武芸
　　を呈す　弓馬槍棒主僕朱之介を懲す *271*
新局玉石童子訓巻之十二 …………… *291*
　第四十二回　家伝の刀子両善少年を留
　　む　百金の証書同居の母子を裂く … *291*
新局玉石童子訓巻之十三 …………… *317*
　第四十三回　深夜に盗を捕へて賢郎家
　　宝を全す　闇刀玉を砕きて老賊剏て懺悔
　　す ………………………………… *317*
新局玉石童子訓巻之十四 …………… *340*
　第四十四回　因果観面嚢金故主に復る
　　宿縁不空孤孀旧家に寓る ……… *340*
新局玉石童子訓巻之十五
　第四十五回　意見を示して俠者先途を
　　奨す　前愆を篾て頭陀得度を許す … *361*
新局玉石童子訓巻之十六 …………… *390*
新局玉石童子訓第四版附言 ………… *390*
　第四十六回　好純実を捞る暴巨楳の狂
　　態　主僕貌を改る旅宿中の初誓 …… *401*
新局玉石童子訓巻之十七 …………… *420*
　第四十七回　七鹿山の厄に四少年禍福
　　を異にす　千仭の谷の中に神霊新奇を出
　　現す ……………………………… *420*
新局玉石童子訓巻之十八 …………… *463*
　第四十八回　偽兵を率て健宗好純を襲
　　ふ　酔夢を驚して良臣玉石を弁ず …… *443*

第III期第48巻　新局玉石童子訓〔下〕（内田保広，藤沢毅校訂）
2001年6月20日刊

新局玉石童子訓巻之十九 …………… *8*
　第四十九回　野上駅に悪僕悪主を賺す
　　立合阪に仁人孝女を憐ふ ……… *8*
新局玉石童子訓巻之二十 …………… *30*
　第五十回　一金一薬盲亀浮木に遇ふ　押
　　絵禍を告て成勝通能を行る ……… *30*
新局玉石童子訓巻之二十一 ………… *60*
新局玉石童子訓第五贅言 …………… *60*
　第五十一回　部領河原に兄弟与主僕戦
　　ふ　白猪の居宅に樅二郎夜客を饌す *69*
新局玉石童子訓巻之二十二 ………… *92*
　第五十二回　大江峯張逐るて松煙斎に
　　説く　文武和合して故人故人を知る *92*
新局玉石童子訓巻之二十三 ………… *119*
　第五十三回　季彦孤忠東西に履歴す　範
　　的奸悪樅二郎を寛す …………… *119*
新局玉石童子訓巻之二十四 ………… *145*
　第五十四回　渾不似を弁して防守宿を
　　移す　小雪太名を窃て功に悪を資く *145*
新局玉石童子訓巻之二十五 ………… *172*
　第五十五回　鏑箭の短刀暗に樅二郎を
　　陥る　両箇の健宗血を対決場に灌ぐ *172*
新局玉石童子訓巻之二十六 ………… *202*
新局玉石童子訓第六版小序 ………… *202*
　第五十六回　押絵勇を奮て十六郎を生
　　拘る　兄妹奇功を奏して進で虎穴に臨む
　　 …………………………………… *211*
新局玉石童子訓巻之二十七 ………… *231*
　第五十七回　虐政迫て勇男女囚牢を闖
　　す　阿甦寺に諸俊旧主に謁す …… *231*
新局玉石童子訓巻之二十八 ………… *257*
　第五十八回　一炊の栄華健宗郡県を受
　　く　分兵の計略正忠飛鳥を放つ … *257*
新局玉石童子訓巻之二十九 ………… *283*
　第五十九回　陣中に巽二を召ぶ柾津の
　　禍事　池水に余毒を洗ふ賊婦の正論 *283*
新局玉石童子訓巻之三十 …………… *311*
　第六十回　魚丸妖魔を対治して絶たる
　　家を興す　晴賢命を免れて夜三池邨に走
　　る ………………………………… *311*
＊解題（内田保広，藤沢毅） ……… *343*
＊月都大内鏡（つきのみやこおおうちかがみ）‥ *385*

第Ⅲ期第49巻　福森久助脚本集（古井戸秀夫（代表）校訂）
2001年8月20日刊

花三升吉野深雪（『三ヶ月おせん』と『犬神遣い』）（品川隆重，古井戸秀夫，水田かや乃校訂） ················ 3
四天王御江戸鏑（『土蜘蛛』と『中組の綱五郎』）（大倉直人，鹿倉秀典，古井戸秀夫校訂） ················ 159
歌川豊国画『役者似顔早稽古』（影印・翻刻）（寺田詩麻校訂） ················ 319
＊付録（『花三升吉野深雪』関連資料・『四天王御江戸鏑』関連資料） ············ 383
＊解題（古井戸秀夫） ················ 453

第Ⅲ期第50巻　東海道名所記／東海道分間絵図（冨士昭雄（代表）校訂）
2002年5月31日刊

東海道名所記（冨士昭雄校訂） ················ 7
東海道分間絵図（佐伯孝弘校訂） ········· 205
＊解題（冨士昭雄） ················ 387

---

[046] 続日本歌謡集成
東京堂出版部
全5巻
1961年6月～1964年2月

第1巻　中古編（新間進一編）
1964年2月25日刊

＊はしがき（新間進一） ················ 1
解説 ················ 7
　第一　上代歌謡拾遺 ················ 7
　第二　承徳本古謡集 ················ 8
　第三　「皇太神宮年中行事」所収神事歌謡 ················ 9
　第四　神楽歌・催馬楽拾遺 ················ 9
　第五　「梁塵秘抄」拾遺 ················ 10
　第六　「古今目録抄」紙背今様 ················ 12
　第七　新編今様集 ················ 13
　第八　新編田歌集 ················ 17
　第九　物語日記の歌謡 ················ 21
　第十　大報恩寺仏体内所現歌謡 ········· 21
　第十一　新編和讃集 ················ 22
　第十二　国宝本三帖和讃 ················ 29
　第十三　新編教化集 ················ 33
　第十四　新編訓伽陀集 ················ 34
　第十五　仏教歌謡拾遺 ················ 35
　第十六　天文本伊勢神楽歌 ················ 37
　第十七　花祭歌謡 ················ 37
　第十八　地方神楽歌拾遺 ················ 38
　第十九　延年等芸能歌謡拾遺 ········· 38
　第二十　補遺 ················ 40
本文
　第一　上代歌謡拾遺 ················ 43
　第二　承徳本古謡集 ················ 49
　第三　「皇太神宮年中行事」所収神事歌謡 ················ 61
　第四　神楽歌・催馬楽拾遺 ········· 67
　第五　「梁塵秘抄」拾遺 ················ 73
　第六　「古今目録抄」紙背今様 ········· 79
　第七　新編今様集 ················ 87
　　一　宝篋印陀羅尼経料紙、今様 ········· 89
　　二　東北大学図書館蔵、今様 ········· 90
　　三　伝伏見院勅筆の写し、今様 ········ 91

続日本歌謡集成

　　四　諸書に見える今様 ……………… 91
　第八　新編田歌集 ……………………… 119
　第九　物語日記の歌謡 ………………… 129
　第十　大報恩寺仏体内所現歌謡 ……… 137
　第十一　新和讃集 ……………………… 141
　　一　空也和讃 ………………………… 142
　　二　尊経閣文庫本「方丈記」巻末和讃
　　　　……………………………………… 146
　　三　仏生講伽陀和讃 ………………… 147
　　四　成道和讃 ………………………… 147
　　五　阿弥陀名義秘密讃 ……………… 147
　　六　大唐三蔵和讃 …………………… 152
　　七　聖徳太子和讃 …………………… 156
　　八　融通声明和讃 …………………… 158
　　九　熊野権現和讃 …………………… 159
　　十　「地蔵講法則」所載和讃 ……… 161
　　十一　真言安心和讃 ………………… 162
　　十二　光明真言和讃 ………………… 164
　　十三　伝教大師和讃 ………………… 167
　　十四　慈恵大師和讃 ………………… 171
　第十二　国宝本三帖和讃 ……………… 177
　　一　浄土和讃 ………………………… 179
　　二　浄土高僧和讃 …………………… 201
　　三　正像末法和讃 …………………… 221
　　国宝本三帖和讃補注 ………………… 229
　第十三　新編教化集 …………………… 243
　第十四　新編訓伽陀集 ………………… 261
　第十五　仏教歌謡拾遺 ………………… 277
　第十六　天文本伊勢神楽歌 …………… 285
　第十七　花祭歌謡 ……………………… 309
　第十八　地方神楽歌拾遺 ……………… 319
　第十九　延年等芸能歌謡拾遺 ………… 325
　第二十　補遺 …………………………… 337
　　一　「浄業和讃」の序・凡例 ……… 338
　　二　「正像末和讃」の自然法爾の章、
　　　　及び奥書 ………………………… 340
　　三　「染殿皇后手中和讃」の序 …… 342

第2巻　中世編（志田延義編）
1961年6月15日刊

＊はしがき（志田延義）………………………… 1
解説 ………………………………………………… 7
　第一　多武峰延年詞章 ………………………… 7
　　一　開口 ……………………………………… 7
　　二　大風流 …………………………………… 8
　　三　小風流 …………………………………… 11

　　四　連事 ……………………………………… 12
　　五　連事本（六和尚本）…………………… 13
　第二　園城寺伝記所収開口 ………………… 15
　第三　異説秘抄口伝巻 ……………………… 19
　第四　撰要両曲巻（臼杵甚五郎）………… 23
　第五　新編狂言歌謡集 ……………………… 26
　第六　空也僧鉢たゝきの歌 ………………… 29
　第七　わらべうた …………………………… 30
　第八　時世を謡った巷歌 …………………… 31
　第九　三州設楽郡の田歌（天正の田歌）
　　　　……………………………………………… 32
　第十　古戸田楽の歌謡と詞章 ……………… 34
　第十一　飛騨国益田郡森八幡宮田祭
　　　　行之詞・踊歌 …………………………… 36
　第十二　武蔵国杉山神社神寿歌 …………… 37
　第十三　常州茨城国植唄 …………………… 37
　第十四　肥後国阿蘇宮祭礼田歌 …………… 39
　第十五　田植歌ならびに農耕神事歌謡
　　　　類 ………………………………………… 40
　第十六　会津城下正月門附の福吉・蚕
　　　　種数の詞 ………………………………… 41
　第十七　筑前博多年始囃詞七首の内 …… 42
　第十八　雨乞踊歌 …………………………… 43
　第十九　踊歌類 ……………………………… 43
　第二十　地方歌謡類 ………………………… 45
　第二十一　日本風土記の山歌 ……………… 45
　第二十二　物語草子歌謡と小歌類 ………… 46
　第二十三　琉球歌 …………………………… 47
本文
　第一　多武峰延年詞章 ……………………… 49
　　一　開口延年衆中 ………………………… 51
　　二　大風流延年衆中 ……………………… 65
　　三　小風流延年衆中 ……………………… 89
　　四　連事延年衆中 ………………………… 111
　　五　連事本（六和尚本）常行堂六和尚用之
　　　　……………………………………………… 129
　第二　園城寺伝記所収開口 ………………… 139
　第三　異説秘抄口伝巻 ……………………… 149
　第四　撰要両曲巻 …………………………… 161
　第五　新編狂言歌謡集 ……………………… 173
　第六　空也僧鉢たゝきの歌 ………………… 209
　第七　わらべうた …………………………… 213
　第八　時世を謡った巷歌 …………………… 219
　第九　三州設楽郡の田歌（天正の田歌）
　　　　……………………………………………… 229
　第十　古戸田楽の歌謡と詞章 ……………… 237

312　日本古典文学全集・内容綜覧

第十一　飛騨国益田郡森八幡宮田神祭
　　　　　行之詞・踊歌 ………………… 279
　　　　飛騨国益田郡森八幡宮田神祭行之
　　　　詞 …………………………………… 280
　　　　　　行之詞 ………………………… 280
　　　　　　踊歌 …………………………… 283
　第十二　武蔵国杉山神社神寿歌 ………… 289
　第十三　常州茨城田植唄 ………………… 305
　第十四　肥後国阿蘇宮祭礼田歌 ………… 321
　第十五　田植歌ならびに農耕神事歌謡
　　　　　類 …………………………………… 327
　第十六　会津城下正月門附の福吉・蚕
　　　　　種数の詞 ………………………… 343
　　　　　　福吉ノ詞 ……………………… 344
　　　　　　蚕種数ノ詞 …………………… 344
　第十七　筑前博多年始囃詞七首の内 … 347
　第十八　雨乞踊歌 ………………………… 351
　第十九　踊歌類 …………………………… 361
　第二十　地方歌謡類 ……………………… 371
　第二十一　日本風土記の山歌 …………… 377
　第二十二　物語草子歌謡と小歌類 ……… 383
　　　　　　上 ……………………………… 385
　　　　　　下 ……………………………… 391
　第二十三　琉球歌 ………………………… 399
　補遺　第十四肥後国阿蘇宮祭礼田歌補
　　　　遺 …………………………………… 407

第3巻　近世編　上（浅野建二編）
1961年9月25日刊

＊はしがき（浅野建二）……………………… 1
解説 …………………………………………… 7
　第一　御船歌集成 ………………………… 7
　　（1）浅野藩御船歌集 …………………… 8
　　（2）尾張船歌 …………………………… 14
　　（3）御船歌枕 …………………………… 15
　　（4）尾張国船唄集 ……………………… 15
　　（5）尾張御船歌 ………………………… 15
　　（6）御船唄話集 ………………………… 16
　　（7）尾張藩御船歌 ……………………… 16
　　（8）尾張藩御船歌集 …………………… 16
　　（9）御船歌 ……………………………… 16
　　（10）船歌目録 ………………………… 17
　　（11）御船唄 …………………………… 18
　　（12）御船うた ………………………… 18
　　（13）御船歌新道中 …………………… 18
　　（14）御祝儀御船唄 …………………… 19

　　（15）ふな歌 …………………………… 19
　　（16）御船歌 …………………………… 20
　　（17）加賀藩御船歌 …………………… 20
　　（18）伊予吉田藩御船歌 ……………… 20
　　（19）御作御船唄 ……………………… 21
　　（20）御船歌 …………………………… 21
　　（21）御船唄稽古本 …………………… 21
　　（22）御船唄留 ………………………… 21
　　（23）松江藩御船唄 …………………… 22
　　（24）伊豆安良里船唄 ………………… 23
　　（25）江府御船唄抄 …………………… 23
　　（26）御船歌 …………………………… 23
　第二　延享五年小歌しやうが集 ………… 24
　第三　淡路農歌 …………………………… 25
　第四　鄙㕝一曲 …………………………… 27
　第五　童謡集 ……………………………… 29
　第六　春遊興 ……………………………… 30
　第七　豔歌選 ……………………………… 31
＊参考文献 …………………………………… 34
＊凡例 ………………………………………… 37
本文
　第一　御船歌集成 ………………………… 41
　　　御船歌集成目次 ……………………… 43
　　　　1　浅野藩御船歌集 ………………… 55
　　　　2　尾張船歌 ……………………… 189
　　　　3　尾張船歌拾遺 ………………… 223
　第二　延享五年小歌しやうが集 ……… 245
　第三　淡路農歌 ………………………… 267
　第四　鄙㕝一曲 ………………………… 281
　第五　童謡集 …………………………… 315
　第六　春遊興 …………………………… 323
　第七　豔歌選 …………………………… 337

第4巻　近世編　下（浅野建二編）
1963年8月30日刊

＊はしがき（浅野建二）……………………… 1
解説 …………………………………………… 5
　第一　初期踊歌集成 ……………………… 5
　　（1）伊達家治家記録躍歌 ……………… 5
　　（2）武蔵国西多摩郡小河内村鹿島
　　　踊歌 ………………………………… 6
　　（3）伊豆新島若郷大踊歌 ……………… 8
　　（4）駿河元志太郡徳山村盆踊歌 …… 10
　　（5）伊賀国阿山郡島ケ原村上村雨乞
　　　踊歌・伊賀国阿山郡島ケ原村下村雨乞踊
　　　歌 …………………………………… 12

続日本歌謡集成

- （6）越後国刈羽郡黒姫村綾子舞歌 … 14
- （7）大和国吉野郡大塔村篠原踊歌 … 17
- （8）但馬・播磨国地方ザンザカ踊歌 …… 18
- （9）阿波国神踊歌集 …… 21
- （10）伊予国北宇和郡津之浦いさ踊歌 …… 24
- 第二 万葉歌集 …… 28
- 第三 南葵文庫旧蔵小唄打聞 …… 32
- 第四 弦曲粋弁当 …… 32
- 第五 浮れ草 …… 35

本文
- 第一 初期踊歌集成 …… 39
  - 1 伊達家治家記録躍歌 …… 41
  - 2 武蔵国西多摩郡小河内村鹿島踊歌 …… 51
  - 3 伊豆新島若郷大踊歌 …… 59
  - 4 駿河元志太郡徳山村盆踊歌 …… 71
  - 5 伊賀国阿山郡島ケ原村上村雨乞踊歌 …… 83
  - 6 越後国刈羽郡黒姫村綾子舞歌 …… 101
  - 7 大和国吉野郡大塔村篠原踊歌 …… 113
  - 8 但馬・播磨国地方ザンザカ踊歌 …… 125
  - 9 阿波国神踊歌集 …… 145
  - 10 伊予国北宇和郡津之浦いさ踊歌 …… 157
- 第二 万葉歌集 …… 169
- 第三 南葵文庫旧蔵小唄打聞 …… 193
- 第四 弦曲粋弁当 …… 225
- 第五 浮れ草 …… 297

第5巻 近代編（志田延義編）
1962年3月30日刊

＊はしがき（志田延義） …… 1
解説 …… 5
- 第一 小学唱歌集 …… 5
- 第二 幼稚園唱歌集 …… 7
- 第三 唱歌選 …… 8
- 第四 尋常小学唱歌（抄） …… 14
- 第五 地理教育鉄道唱歌（東海道）・東京地理教育電車唱歌 …… 17
- 第六 あづま流行時代子供うた …… 19
- 第七 軍歌選 …… 20
- 第八 さんびか …… 22
  - 一 讃美歌第一編 …… 22
  - 二 讃美歌第二編（抄） …… 26
- 第九 校歌・寮歌選 …… 28
- 第十 流行歌選 …… 31

本文
- 第一 小学唱歌集 …… 39
- 第二 幼稚園唱歌集 …… 73
- 第三 唱歌選 …… 85
- 第四 尋常小学唱歌（抄） …… 103
- 第五 地理教育鉄道唱歌（東海道）・東京地理教育電車唱歌 …… 117
  - 地理教育鉄道唱歌（東海道） …… 118
  - 東京地理教育電車唱第一集歌 …… 122
- 第六 あづま流行時代子供うた …… 127
- 第七 軍歌選 …… 157
- 第八 さんびか …… 171
  - 讃美歌第一編 …… 173
  - 讃美歌第二編（抄） …… 355
  - さんびか首歌索引 …… 364
- 第九 校歌・寮歌選 …… 371
- 第十 流行歌選 …… 399

> [047]　続日本随筆大成
> 吉川弘文館
> 全12巻，別巻12巻
> 1979年6月～1983年4月
> （森銑三，北川博邦編）

第1巻
1979年6月30日刊

*序言（森銑三） ……………………………… *1*
*凡例 ……………………………………………… *3*
*解題（北川博邦，小出昌洋） ……………… *5*
講習余筆（中村蘭林） ………………………… *1*
雲室随筆（釈雲室） …………………………… *75*
坐臥記（桃西河） ……………………………… *103*
しがらみ（広瀬蒙斎） ………………………… *255*
消夏雑識（松本愚山） ………………………… *275*

第2巻
1979年8月30日刊

*凡例 ……………………………………………… *1*
*解題（北川博邦，小出昌洋） ……………… *3*
常山楼筆余（湯浅常山） ……………………… *1*
寝ざめの友（近藤万丈） ……………………… *91*
九桂草堂随筆（広瀬旭荘） …………………… *127*

第3巻
1979年10月30日刊

*凡例 ……………………………………………… *1*
*解題（北川博邦，小出昌洋） ……………… *3*
見し世の人の記（脇蘭室） …………………… *1*
拙古先生筆記（奥田尚斎） …………………… *31*
䉵瓠（すうこ）（河野鐵兜） ………………… *53*
寒檠（かんけい）璅綴（浅野梅堂） ………… *123*
過庭（かてい）余聞（楠本碩水） …………… *307*

第4巻
1979年12月30日刊

*凡例 ……………………………………………… *1*
*解題（北川博邦） ……………………………… *3*

一字訓（雨森芳洲） …………………………… *1*
護園雑話 ………………………………………… *63*
酔迷余録（中根香亭） ………………………… *109*
零砕雑筆（中根香亭） ………………………… *195*
塵塚（中根香亭） ……………………………… *321*

第5巻
1980年2月28日刊

*凡例 ……………………………………………… *1*
*解題（北川博邦，小出昌洋） ……………… *3*
間思随筆（加藤景範） ………………………… *1*
対鷗楼閑話（倉成龍渚） ……………………… *31*
自覚談（村山太白） …………………………… *107*
気吹舎（いぶきのや）筆叢（平田篤胤） … *141*
宿直物語（沢田名垂） ………………………… *209*
待問雑記（橘守部） …………………………… *237*

第6巻
1980年4月30日刊

*凡例 ……………………………………………… *1*
*解題（北川博邦，小出昌洋） ……………… *3*
仙語記（村田春海） …………………………… *1*
退閑雑記（松平定信） ………………………… *11*
閑度雑談（中村新斎） ………………………… *255*

第7巻
1980年6月30日刊

*凡例 ……………………………………………… *1*
*解題（北川博邦，小出昌洋） ……………… *3*
一昔話（いっせきわ）（加藤良斎） ………… *1*
墨水遺稿碩鼠（せきそ）漫筆（黒川春村） …… *21*

第8巻
1980年8月30日刊

*凡例 ……………………………………………… *1*
*解題（北川博邦，小出昌洋） ……………… *3*
寓意草（岡村良通） …………………………… *1*
紫のゆかり（伝 山岡浚明） ………………… *77*
所以者何（大田南畝問，田宮橘庵答） …… *99*
松の下草（黒川盛隆） ………………………… *131*
春夢独談（沢近嶺） …………………………… *157*
ありやなしや（清水碟洲） …………………… *265*

日本古典文学全集・内容綜覧　315

続日本随筆大成

第9巻
1980年10月30日刊

* 凡例 ……………………………………… 1
* 解題（北川博邦，小出昌洋）……… 3
古今物忘れの記（建部綾足）………… 1
屠龍工随筆（小栗百万）……………… 21
松楼私語（大田南畝）………………… 75
落葉の下草（藤井高尚問，中村歌右衛門
　　答）………………………………… 87
歌舞伎雑談（中村芝翫）……………… 95
かしのくち葉（中島広足）…………… 115
石亭画談（竹本石亭）………………… 179
口嗜小史（西田春耕）………………… 231
市川栢莚舎事録（池須賀散人）……… 295
太平楽皇国性質（松亭金水）………… 335

第10巻
1980年12月30日刊

* 凡例 ……………………………………… 1
* 解題（北川博邦，小出昌洋）……… 3
醍醐随筆（中山三柳）………………… 1
杏林内省録（緒方惟勝）……………… 61
黄華堂（こうかどう）医話（橘南谿）…… 231
老牛余喘（小寺清之）………………… 261
貧政（勝田半斎）……………………… 359

第11巻
1981年2月28日刊

* 凡例 ……………………………………… 1
* 解題（北川博邦，小出昌洋）……… 3
寐（ね）ものがたり（鼠渓）………… 1
久保之取蛇尾（くほのすさび）（入江昌喜）‥ 99
犬鶏（けんけい）随筆（間宮永好）…… 249

第12巻
1981年4月30日刊

* 凡例 ……………………………………… 1
* 解題（北川博邦，小出昌洋）……… 3
強斎先生雑話筆記（山口春水編）…… 1
しづのおだまき（小冥野夫）………… 277

別巻1　近世風俗見聞集1
1981年10月30日刊

* 解題（小出昌洋）……………………… 3
* 凡例 ……………………………………… 3
そゞろ物語（三浦浄心）……………… 1
むかしむかし物語（財津種菶）……… 29
元文世説雑録 ………………………… 69

別巻2　近世風俗見聞集2
1981年12月30日刊

* 解題（小出昌洋）……………………… 3
* 凡例 ……………………………………… 3
月堂見聞集 上（本島知辰編）……… 1

別巻3　近世風俗見聞集3
1982年2月28日刊

* 凡例 ……………………………………… 3
月堂見聞集 中（本島知辰編）……… 1

別巻4　近世風俗見聞集4
1982年4月30日刊

* 凡例 ……………………………………… 3
月堂見聞集 下（本島知辰編）……… 1

別巻5　近世風俗見聞集5
1982年6月30日刊

* 解題（小出昌洋）……………………… 3
* 凡例 ……………………………………… 3
久夢日記 ……………………………… 1
元禄宝永珍話 ………………………… 153
享保世話 ……………………………… 329

別巻6　近世風俗見聞集6
1982年8月30日刊

* 解題（小出昌洋）……………………… 3
* 凡例 ……………………………………… 3
宝暦現来集 上（山田桂翁）………… 1

別巻7　近世風俗見聞集7
1982年10月30日刊

＊凡例 ……………………………………… 3
宝暦現来集 下（山田桂翁）……………… 1

別巻8　近世風俗見聞集8
1982年12月30日刊

＊解題（小出昌洋）……………………… 3
＊凡例 ……………………………………… 3
寛保延享江府風俗志 ……………………… 1
天弘録 …………………………………… 27
花吹雪隈手廼塵（恕堂閑人）………… 127

別巻9　近世風俗見聞集9
1983年2月28日刊

＊解題（小出昌洋）……………………… 3
＊凡例 ……………………………………… 3
巷街贅説 上（塵哉翁）………………… 1

別巻10　近世風俗見聞集10
1983年4月30日刊

＊解題（小出昌洋）……………………… 3
＊凡例 ……………………………………… 3
巷街贅説 下（塵哉翁）………………… 1
豊芥子日記（石塚豊芥子）…………… 299

別巻11　民間風俗年中行事 上
1983年6月30日刊

＊解題（小出昌洋）……………………… 3
＊凡例 ……………………………………… 3
諸国年中行事（操巵子）………………… 1
増補江戸年中行事 ……………………… 87
石井士彰東都歳時記（石井蟲）……… 115
山城四季物語（坂内直頼）…………… 131
案内者　（中川喜雲）………………… 217
閭里歳時記（川野辺寛）……………… 325
正月揃（白眼居士）…………………… 369

別巻12　民間風俗年中行事 下
1983年8月30日刊

＊解題（小出昌洋）……………………… 3
＊凡例 ……………………………………… 3
北里年中行事（花楽散人）……………… 1
芝居年中行事（はじゆう）……………… 17

おとしばなし年中行事（林屋正蔵）……… 29
民間時令（山崎美成）…………………… 69
年中故事（玉田永教）………………… 213

大学古典叢書

[048] **大学古典叢書**
勉誠社
全8巻
1985年4月～1989年3月

第1巻 新註雨月物語（高田衛，稲田篤信編著）
1985年4月30日刊

*凡例 …………………………………………… 1
雨月物語 本文篇 ……………………………… 1
　雨月物語序 ………………………………… 3
　巻之一 ……………………………………… 5
　　白峯 …………………………………… 5
　　菊花の約 ……………………………… 18
　巻之二 ……………………………………… 31
　　浅茅が宿 ……………………………… 31
　　夢応の鯉魚 …………………………… 45
　巻之三 ……………………………………… 52
　　仏法僧 ………………………………… 52
　　吉備津の釜 …………………………… 63
　巻之四 ……………………………………… 76
　　蛇性の婬 ……………………………… 76
　巻之五 ……………………………………… 104
　　青頭巾 ………………………………… 104
　　貧福論 ………………………………… 115
参考篇 ………………………………………… 129
　『撰集抄』巻一―第七 新院御墓讃州白峯有之事 …………………… 131
　『四国遍礼霊場記』巻二 綾松山白峯寺洞林院 ………………………… 133
　『古今小説』第十六巻 范巨卿雞黍死生交 …………………………… 135
　『伽婢子』巻六 藤井清六遊女宮城野を娶事 遊女宮木野 ……………… 144
　『怪談全書』巻之二 魚服 …………… 149
　『とのゐ袋』巻四 伏見桃山亡霊の行列の事 …………………………… 150
　『剪灯新話』巻二 牡丹灯記 ………… 151
　『道成寺縁起』上・下巻 ……………… 156
　『雨月物語』青頭巾（底本の影印） … 164
　『艶道通鑑』巻之四 大江定基の段 … 168
　『続近世畸人伝』巻二 岡野左内 …… 170

*解説 …………………………………………… 173
*上田成略年譜 ……………………………… 180

第2巻 新註今昔物語集 付 芥川龍之介（西沢正二編著）
1989年3月3日刊

新註今昔物語 ………………………………… 3
　第一部〈名編抄〉 ………………………… 5
　　巻十四 第三話 紀伊の国の道成寺の僧、法華を写して蛇を救ふ語 …… 7
　　巻十五 第三十九話 源信僧都の母の尼、往生する語 ………………… 12
　　巻十七 第三十三話 比叡山の僧、虚空蔵の助けによりて、智りを得る語 … 18
　　巻二十二 第七話 高藤の内大臣の語 …………………………………… 29
　　巻二十二 第八話 時平の大臣、国経大納言の妻を取る語 …………… 38
　　巻二十四 第八話 女、医師の家に行き、瘡を治して逃ぐる語 ……… 46
　　巻二十八 第一話 近衛舎人どもの稲荷詣でに、重方、女に値ふ語 …… 51
　　巻三十 第四話 中務の大輔の娘、近江の郡司の婢となりし語 ……… 55
　　巻三十 第五話 身貧しき男の去りし妻、摂津の守の妻となりし語 …… 62
　第二部〈芥川龍之介関係の説話〉
　　巻四 第二十四話 竜樹、俗の時、隠形の薬を作る語 ………………… 67
　　巻二十九 第十八話 羅城門の上層に登りて死にし人を見たる盗人の語 … 69
　　巻二十八 第二十話 池の尾の禅珍内供の鼻の語 …………………… 71
　　巻二十六 第十七話 利仁将軍、若き時、京より敦賀に五位を将て行く語 … 75
　　巻十六 第三十三話 貧しき女、清水観音に仕りて、助けを得たる語 …… 84
　　巻二十九 第三話 人に知られざる女盗人の語 ………………………… 88
　　巻十九 第十四話 讃岐の国多度の郡の五位、法を聞きてすなはち出家せる語 … 97
　　巻三十 第一話 平の定文、本院の侍従に仮借せる語 ………………… 105

巻二十九 第二十三話 妻を具して丹
  波の国に行きし男、大江山に於いて縛ら
  れたる語 112
  巻十九 第五話 六の宮の姫君の夫、
  出家せる語 116
*解説 125
*参考芥川龍之介の歴史小説梗概 139
*関連作品―谷崎潤一郎〈少将滋幹の母〉
  ・堀辰雄〈曠野〉の梗概 150

第3巻 新註百人一首 付 歌人説話（深津睦
夫，西沢正二編著）
1986年10月25日刊

新註百人一首 1
  1 秋の田の 天智天皇 1
  2 春過ぎて 持統天皇 6
  3 足引の 柿本人丸 12
  4 田子の浦に 山辺赤人 14
  5 奥山に 猿丸大夫 16
  6 かささぎの 中納言家持 17
  7 天の原 安倍仲麿 20
  8 わが庵は 喜撰法師 22
  9 花の色は 小野小町 24
  10 これやこの 蟬丸 27
  11 わたの原 参議篁 29
  12 天つ風 僧正遍昭 31
  13 筑波嶺の 陽成院 34
  14 陸奥の 河原左大臣 37
  15 君がため 光孝天皇 39
  16 立ち別れ 中納言行平 41
  17 ちはやぶる 在原業平朝臣 43
  18 住の江の 藤原敏行朝臣 44
  19 難波潟 伊勢 45
  20 わびぬれば 元良親王 48
  21 いま来むと 素性法師 50
  22 吹くからに 文屋康秀 51
  23 月見れば 大江千里 52
  24 このたびは 菅家 53
  25 名にし負はば 三条右大臣 63
  26 小倉山 貞信公 64
  27 みかの原 中納言兼輔 65
  28 山里は 源宗于朝臣 66
  29 心あてに 凡河内躬恒 67
  30 有明の 壬生忠岑 68
  31 朝ぼらけ 坂上是則 70
  32 山川に 春道列樹 71

  33 久万の 紀友則 72
  34 誰をかも 藤原興風 73
  35 人はいさ 紀貫之 74
  36 夏の夜は 清原深養父 76
  37 白露に 文屋朝康 77
  38 忘らるる 右近 78
  39 浅茅生の 参議等 79
  40 忍ぶれど 平兼盛 80
  41 恋すてふ 壬生忠見 81
  42 契りきな 清原元輔 84
  43 逢ひ見ての 権中納言敦忠 85
  44 逢ふことの 中納言朝忠 86
  45 あはれとも 謙徳公 88
  46 由良の門を 曽弥好忠 90
  47 八重むぐら 恵慶法師 92
  48 風をいたみ 源重之 93
  49 御垣守 大中臣能宣朝臣 94
  50 君がため 藤原義孝 96
  51 かくとだに 藤原実方朝臣 99
  52 明けぬれば 藤原道信朝臣 102
  53 嘆きつつ 右大将道綱母 103
  54 忘れじの 儀同三司母 104
  55 滝の音は 大納言公任 106
  56 あらざらむ 和泉式部 109
  57 めぐり逢ひて 紫式部 112
  58 有馬山 大弐三位 115
  59 やすらはで 赤染衛門 116
  60 大江山 小式部内侍 118
  61 いにしへの 伊勢大輔 120
  62 夜をこめて 清少納言 120
  63 今はただ 左京大夫道雅 123
  64 朝ぼらけ 権中納言定頼 124
  65 恨みわび 相模 126
  66 もろともに 大僧正行尊 127
  67 春の夜の 周防内侍 128
  68 心にも 三条院 130
  69 嵐吹く 能因法師 132
  70 寂しさに 良暹法師 135
  71 夕されば 大納言経信 136
  72 音に聞く 祐子内親王家紀伊 .. 141
  73 高砂の 権中納言匡房 141
  74 憂かりける 源俊頼朝臣 145
  75 契りおきし 藤原基俊 148
  76 わたの原 法性寺入道前関白太政大
    臣 152
  77 瀬をはやみ 崇徳院 157
  78 淡路島 源兼昌 169

大学古典叢書

　79　秋風に　左京大夫顕輔 …………　170
　80　長からむ　待賢門院堀河 ………　172
　81　ほととぎす　後徳大寺左大臣 …　173
　82　思ひわび　道因法師 ………………　178
　83　世の中よ　皇太后宮大夫俊成 …　179
　84　ながらへば　藤原清輔朝臣 ……　182
　85　夜もすがら　俊恵法師 ……………　183
　86　嘆けとて　西行法師 ………………　184
　87　村雨の　寂蓮法師 …………………　190
　88　難波江の　皇嘉門院別当 …………　192
　89　玉の緒よ　式子内親王 ……………　192
　90　見せばやな　殷富門院大輔 ………　193
　91　きりぎりす　後京極摂政前太政大臣
　　　……………………………………………　194
　92　わが袖は　二条院讃岐 ……………　195
　93　世の中は　鎌倉右大臣 ……………　196
　94　み吉野の　参議雅経 ………………　206
　95　おほけなく　前大僧正慈円 ………　207
　96　花さそふ　入道前太政大臣 ………　210
　97　来ぬ人を　権中納言定家 …………　211
　98　風そよぐ　従二位家隆 ……………　215
　99　人もをし　後鳥羽院 ………………　218
　100　ももしきや　順徳院 ………………　228
＊解説（深津睦夫記）………………………　231

第4巻　新註**無名草子**（川島絹江，西沢正二編著）
1986年3月20日刊

無名草子　本文篇 ……………………………　5
　物語りの場 ……………………………………　7
　捨てがたきものの論 ………………………　14
　　月 ………………………………………………　15
　　手紙 …………………………………………　16
　　夢 ………………………………………………　17
　　涙 ………………………………………………　18
　　阿弥陀仏 ……………………………………　18
　　法華経 ………………………………………　20
　源氏物語 ………………………………………　22
　狭衣物語 ………………………………………　49
　夜の寝覚 ………………………………………　53
　浜松中納言物語 ……………………………　62
　玉藻に遊ぶ ……………………………………　67
　古本とりかへばや …………………………　68
　隠れ蓑 …………………………………………　69
　今とりかへばや ……………………………　70
　心高き東宮の宣旨 …………………………　73

　朝倉 ……………………………………………　74
　岩うつ浪 ………………………………………　74
　海人の苅藻 ……………………………………　75
　末葉の露 ………………………………………　77
　露の宿り ………………………………………　78
　三河に咲ける ………………………………　79
　宇治の河浪 ……………………………………　80
　駒迎へ …………………………………………　81
　緒絶えの沼 ……………………………………　81
　うきなみ ………………………………………　82
　松浦宮物語 ……………………………………　83
　今の世の物語 ………………………………　83
　歌物語 …………………………………………　84
　和歌集 …………………………………………　85
　女性論 …………………………………………　89
　　小野小町 ……………………………………　91
　　清少納言 ……………………………………　92
　　小式部内侍 ………………………………　94
　　和泉式部 ……………………………………　95
　　宮の宣旨 ……………………………………　97
　　伊勢御息所 ………………………………　98
　　兵衛内侍 ……………………………………　99
　　紫式部 ………………………………………　100
　　皇后定子 ……………………………………　103
　　上東門院彰子 ……………………………　105
　　大斎院選子 ………………………………　106
　　小野皇太后宮 ……………………………　108
　物語りの終焉 ………………………………　109
＊補注 ……………………………………………　110
参考篇 ……………………………………………　115
　一　現存物語の部 …………………………　117
　二　散逸物語の部 …………………………　173
　三　女性論の部 ……………………………　181
＊解説 ……………………………………………　189

第5巻　新註**去来抄**（尾形仂，野々村勝英，嶋中道則編著）
1986年4月30日刊

＊はじめに（尾形仂）………………………　1
去来抄 ……………………………………………　1
　先師評 …………………………………………　3
　同門評 …………………………………………　28
　故実 ……………………………………………　53
　修行 ……………………………………………　68
去来書簡 …………………………………………　95
　不玉宛　去来書簡 …………………………　97

浪化宛 去来書簡 ………………… *111*	『慈元抄』 …………………………… *67*
許六宛 去来書簡 ………………… *132*	『灰坊』（昔話） …………………… *67*
旅寝論 ……………………………… *157*	『当山略縁起』（清園寺） ………… *70*
雑抄 ………………………………… *213*	姥皮 ………………………………… *71*
＊本文中俳人名略注 ……………… *225*	『鉢かづき』 ………………………… *71*
＊解説 ……………………………… *235*	『花世の姫』 ………………………… *72*
＊去来略年譜 ……………………… *244*	『姥皮』（昔話） …………………… *74*
	『鳳凰山甚目寺略縁起』 …………… *75*
第6巻 演習**伊勢物語**―拾穂抄（片桐洋一，青木賜鶴子編著）	稚児観音縁起 ……………………… *75*
1987年12月15日刊	『長谷寺霊験記』巻下第廿二 …… *75*
	『和州旧跡幽考』巻三 ……………… *77*
＊はしがき（片桐洋一） …………… *1*	『古今著聞集』巻八 ………………… *78*
伊勢物語拾穂抄（翻刻） …………… *1*	『碧山日録』巻二 …………………… *80*
＊解説 ……………………………… *223*	『兒灌頂私記』 ……………………… *80*
＊伊勢物語概説 ………………… *225*	橋弁慶 ……………………………… *81*
＊「伊勢物語拾穂抄」について …… *239*	『じぞり弁慶』 ……………………… *81*
＊《付録》	『義経記』巻三 ……………………… *83*
＊関係系図 ……………………… *249*	『橋弁慶』（謡曲） …………………… *85*
＊関係年表 ……………………… *252*	小男の草子 ………………………… *87*
＊和歌初句索引 ………………… *257*	『小男の草子』（異本） …………… *87*
	『ひきう殿物語』 …………………… *88*
第7巻 古活字版**伊曽保物語**（飯野純英校訂，小堀桂一郎解説）	『ひめゆり』 ………………………… *90*
1986年3月28日刊	『すねこたんばこ』（昔話） ………… *91*
	鏡男絵巻 …………………………… *95*
古活字版伊曽保物語 ……………… *7*	『神道集』巻八第四五「鏡宮事」 … *95*
巻上 …………………………… *9*	『法華経直談鈔』巻八 ……………… *97*
巻中 …………………………… *48*	『鏡男』（狂言） …………………… *98*
巻下 …………………………… *99*	『本朝語園』巻八 …………………… *101*
＊解説（小堀桂一郎） …………… *147*	『尼裁判』（昔話） ………………… *102*
	『隠里』（謡曲） …………………… *103*
第8巻 新註**室町物語集**（濱中修編著）	『鼠浄土』（昔話） ………………… *105*
1989年3月17日刊	橋姫物語 …………………………… *106*
	『奥義抄』 …………………………… *106*
新註室町物語集 本文篇 …………… *5*	『顕注密勘抄』 ……………………… *107*
京太郎物語 ………………………… *7*	『袖中抄』巻八 ……………………… *109*
姥皮 ………………………………… *13*	『和歌色葉』 ………………………… *111*
稚児観音縁起 ……………………… *22*	『弘安十年古今歌注』 ……………… *111*
橋弁慶 ……………………………… *27*	『毘沙門堂古今集註』 ……………… *112*
小男の草子 ………………………… *37*	『釣舟』 ……………………………… *112*
鏡男絵巻 …………………………… *42*	『住吉橋姫』（謡曲） ……………… *113*
橋姫物語 …………………………… *46*	『屋代本平家物語』剣巻 …………… *115*
伊吹童子 …………………………… *55*	『曾我物語』巻八 …………………… *116*
参考篇 ……………………………… *63*	『火桶の草子』 ……………………… *116*
京太郎物語 ………………………… *64*	『扶桑京華志』巻一 ………………… *118*
『烏帽子折』 ……………………… *65*	『出来斎京土産』巻七 ……………… *119*
	『菟芸泥赴』巻四上 ………………… *119*
	『山城名勝志』巻十七 ……………… *120*

日本古典文学全集・内容綜覧 **321**

伊吹童子 ……………………………… *121*
　『伊吹童子』巻上（異本）………… *121*
　『三国伝記』巻六 ……………………… *124*
　『渓嵐拾葉集』巻六 …………………… *125*
　『廊御子記』…………………………… *125*
　『曽我物語』巻二 ……………………… *126*
　『太平記』巻十三 ……………………… *127*
　『大江山酒天童子』…………………… *128*
　『大江山』（謡曲）…………………… *130*
影印『伊吹童子』（国会図書館蔵本）… *131*
＊解説 …………………………………… *143*

[049] **対訳古典シリーズ**
旺文社
全20巻
1988年5月

〔1〕　万葉集（上）（桜井満訳注）
1988年5月2日刊

＊凡例 ……………………………………… *5*
万葉集 巻第一 …………………………… *9*
万葉集 巻第二 …………………………… *45*
万葉集 巻第三 …………………………… *103*
万葉集 巻第四 …………………………… *181*
万葉集 巻第五 …………………………… *257*
万葉集 巻第六 …………………………… *315*
＊補注 ……………………………………… *373*
＊解説（桜井満）………………………… *389*
　＊〔一〕万葉集の組織 ………………… *389*
　＊〔二〕万葉集の名義と成立 ………… *402*
　＊〔三〕作品の解釈と鑑賞 …………… *432*
＊人名・地名総覧 ………………………… *475*
＊主要地図・系図 ………………………… *561*
＊万葉集略年表 …………………………… *566*

〔2〕　万葉集（中）（桜井満訳注）
1988年5月2日刊

＊凡例 ……………………………………… *5*
万葉集 巻第七 …………………………… *9*
万葉集 巻第八 …………………………… *79*
万葉集 巻第九 …………………………… *151*
万葉集 巻第十 …………………………… *201*
万葉集 巻第十一 ………………………… *311*
万葉集 巻第十二 ………………………… *401*
＊補注 ……………………………………… *471*
＊解説（桜井満）………………………… *479*
　＊〔一〕万葉の風土と歴史 …………… *479*
　＊〔二〕作品の解釈と鑑賞 …………… *513*
＊人名・地名総覧 ………………………… *531*
＊主要地図・系図 ………………………… *589*
＊万葉集略年表 …………………………… *598*

対訳古典シリーズ

〔3〕　万葉集（下）（桜井満訳注）
1988年5月2日刊

＊凡例 ……………………………………… 5
万葉集　巻第十三 ……………………… 9
万葉集　巻第十四 ……………………… 59
万葉集　巻第十五 ……………………… 107
万葉集　巻第十六 ……………………… 155
万葉集　巻第十七 ……………………… 197
万葉集　巻第十八 ……………………… 255
万葉集　巻第十九 ……………………… 299
万葉集　巻第二十 ……………………… 355
＊補注 …………………………………… 420
＊解説（桜井満） ……………………… 427
　＊〔一〕万葉びとの生活と表現 ……… 427
　＊〔二〕作品の解釈と鑑賞 …………… 457
＊人名・地名総覧 ……………………… 479
＊主要地図・系図 ……………………… 552
＊万葉集略年表 ………………………… 556
＊あとがき ……………………………… 564
＊初句索引 ……………………………… 567

〔4〕　竹取物語（雨海博洋訳注）
1988年5月2日刊

＊凡例
竹取物語 ………………………………… 7
＊解説（雨海博洋） …………………… 157
　＊登場人物 …………………………… 187
　＊斑竹姑娘 …………………………… 210
　＊『竹取物語』諸本系統並びに代表的
　　伝本 ………………………………… 241
　＊参考資料 …………………………… 253
　＊参考文献目録 ……………………… 305

〔5〕　古今和歌集（小町谷照彦訳注）
1988年5月2日刊

＊凡例 ……………………………………… 3
古今和歌集 ……………………………… 7
　仮名序 ………………………………… 8
　巻第一　春歌上 ……………………… 31
　巻第二　春歌下 ……………………… 47
　巻第三　夏歌 ………………………… 62
　巻第四　秋歌上 ……………………… 70
　巻第五　秋歌下 ……………………… 86
　巻第六　冬歌 ………………………… 101

　巻第七　賀歌 ………………………… 108
　巻第八　離別歌 ……………………… 114
　巻第九　羈旅歌 ……………………… 125
　巻第十　物名 ………………………… 131
　巻第十一　恋歌一 …………………… 141
　巻第十二　恋歌二 …………………… 156
　巻第十三　恋歌三 …………………… 169
　巻第十四　恋歌四 …………………… 182
　巻第十五　恋歌五 …………………… 197
　巻第十六　哀傷歌 …………………… 214
　巻第十七　雑歌上 …………………… 225
　巻第十八　雑歌下 …………………… 241
　巻第十九　雑躰 ……………………… 257
　巻第二十　大歌所御歌・神遊びの歌・東
　　歌 …………………………………… 275
　家々に証本と称する本に書き入れなが
　　ら、墨を以ちて滅ちたる歌 ……… 282
　真名序 ………………………………… 286
＊校訂付記 ……………………………… 301
＊補注 …………………………………… 303
＊解説（小町谷照彦） ………………… 327
＊参考文献 ……………………………… 342
＊歌合出典一覧 ………………………… 346
＊作者略伝・作者名索引 ……………… 347
＊地名索引 ……………………………… 362
＊歌語索引 ……………………………… 373
＊初句索引 ……………………………… 394

〔6〕　土佐日記（村瀬敏夫訳注）
1988年5月2日刊

＊凡例 ……………………………………… 7
土佐日記 ………………………………… 9
＊解説（村瀬敏夫） …………………… 93
　＊貫之の生涯 ………………………… 93
　＊土佐日記について ………………… 145
＊紀貫之年譜 …………………………… 161
＊紀氏系図 ……………………………… 170
＊土佐日記旅程図 ……………………… 172

〔7〕　堤中納言物語（池田利夫訳注）
1988年5月2日刊

＊凡例 ……………………………………… 5
堤中納言物語 …………………………… 7
　花桜折る中将 ………………………… 7
　このついで …………………………… 23

日本古典文学全集・内容綜覧　323

対訳古典シリーズ

```
虫めづる姫君 ……………………  37
ほどほどの懸想 …………………  61
逢坂越えぬ権中納言 ……………  73
貝合 ………………………………  95
思はぬ方にとまりする少将 …… 113
はなだの女御 …………………… 137
はいずみ ………………………… 161
よしなしごと …………………… 183
〔付録〕天喜三年五月三日六条斎院禖子
　　　内親王家歌合 ……………… 198
＊解説（池田利夫）……………………… 209
```

〔8〕　枕冊子（上）（田中重太郎訳注）
1988年5月2日刊

```
＊凡例 ………………………………………  9
枕冊子 上巻 ………………………………  9
＊補注 …………………………………… 404
＊解説（田中重太郎）…………………… 421
　＊一 序説 …………………………… 421
　＊二 書名 …………………………… 422
　＊三 作者 …………………………… 427
　＊四 成立年時と諸本 ……………… 434
　＊五 内容と精神 …………………… 437
　＊六 文学史的意義 ………………… 442
＊参考文献 ……………………………… 445
＊系図 …………………………………… 451
＊章段索引 ……………………………… 461
```

〔9〕　枕冊子（下）（田中重太郎訳注）
1988年5月2日刊

```
＊凡例 ……………………………………  11
枕冊子 下巻 ……………………………  11
　補遺 ………………………………… 436
＊年譜 …………………………………… 470
＊章段索引 ……………………………… 472
＊固有名詞索引 ………………………… 480
```

〔10〕　更級日記（池田利夫訳注）
1988年5月2日刊

```
＊凡例 ……………………………………… 6
＊地図 ……………………………………… 8
更級日記 …………………………………  11
＊奥書・勘物 …………………………… 158
＊解説 …………………………………… 163
```

```
＊年譜 …………………………………… 186
```

〔11〕　今昔物語集 本朝世俗部（一）（武石彰夫訳注）
1988年5月2日刊

```
＊凡例
今昔物語集 巻第二十二 本朝 ………… 9
今昔物語集 巻第二十三 本朝 ………… 77
今昔物語集 巻第二十四 本朝 付世俗 … 181
＊解説（武石彰夫）……………………… 473
＊参考付図 ……………………………… 506
```

〔12〕　今昔物語集 本朝世俗部（二）（武石彰夫訳注）
1988年5月2日刊

```
＊凡例
今昔物語集 巻第二十五 本朝 付世俗 …… 7
今昔物語集 巻第二十六 本朝 付宿報 … 159
＊解説（武石彰夫）……………………… 419
＊『今昔物語集』研究文献目録（石橋義秀）
　………………………………………… 469
＊参考付図 ……………………………… 484
```

〔13〕　今昔物語集 本朝世俗部（三）（武石彰夫訳注）
1988年5月2日刊

```
＊凡例
今昔物語集 巻第二十七 本朝 付霊鬼 ……  11
今昔物語集 巻第二十八 本朝 付世俗 … 255
＊解説（武石彰夫）……………………… 535
＊参考付図 ……………………………… 590
```

〔14〕　今昔物語集 本朝世俗部（四）（武石彰夫訳注）
1988年5月2日刊

```
＊凡例
今昔物語集 巻第二十九 本朝 付悪行 …  11
今昔物語集 巻第三十 本朝 付雑事 …… 289
今昔物語集 巻第三十一 本朝 付雑事 … 413
＊解説（武石彰夫）……………………… 633
＊今昔物語集〈本朝世俗部〉索引（石橋義秀）……………………………… 695
＊参考付図 ……………………………… 754
```

対訳古典シリーズ

〔15〕 方丈記 付 発心集（抄）（今成元昭訳注）
1988年5月2日刊

* 凡例 ……………………………… 7
方丈記 ……………………………… 9
発心集（抄） ……………………… 61
* 解説 …………………………… 141
* 参考文献 ……………………… 183
* 鴨長明年譜 …………………… 184
* 参考地図 ……………………… 190

〔16〕 歎異抄（安良岡康作訳注）
1988年5月2日刊

* 凡例 ……………………………… 7
歎異抄 ……………………………… 9
　第一部 …………………………… 10
　第二部 …………………………… 30
　後記 ……………………………… 66
　流罪記録 ………………………… 76
　奥書 ……………………………… 80
* 補注 ……………………………… 82
* 解説 …………………………… 107
　* 一、書名と成立、及び著者 … 107
　* 二、組織と解説 ……………… 121
　　* 第一部 ……………………… 125
　　* 第二部 ……………………… 145
　　* 後記 ………………………… 168
　* 三、文学的意義 ……………… 174
　* 四、『歎異抄』を読まれる方へ … 180
* 参考文献 ……………………… 184

〔17〕 徒然草（安良岡康作訳注）
1988年5月2日刊

* 凡例 ……………………………… 11
徒然草 上巻 ……………………… 13
徒然草 下巻 ……………………… 225
* 解説（安良岡康作） …………… 435
　* 書名と著者 …………………… 435
　* 著者兼好の伝記 ……………… 436
　* 『徒然草』の成立 …………… 444
　* 『徒然草』第一部の特質 …… 447
　* 『徒然草』第二部の特質 …… 451
　* 『徒然草』の中世文学的意義 … 464

* 『徒然草』における人間描写（西尾実） ……………………………… 468
* 参考文献 ……………………… 473
* 年譜 …………………………… 476
* 文段索引 ……………………… 479
* 固有名詞索引 ………………… 483
* 徒然草関係地図 ……………… 492

〔18〕 奥の細道 他四編（麻生磯次訳注）
1988年5月2日刊

* 凡例 ……………………………… 5
* 奥の細道足跡全図 ……………… 6
奥の細道 …………………………… 9
野ざらし紀行 ……………………… 89
鹿島紀行 ………………………… 113
笈の小文 ………………………… 125
更科紀行 ………………………… 161
　〔参考〕曾良随行日記 ………… 171
* 解説（麻生磯次） ……………… 197
　* 芭蕉の生涯と作品 …………… 197
　* 芭蕉の紀行文 ………………… 211
* 若い世代と芭蕉（大岡信） …… 228
* 参考文献 ……………………… 232
* 年譜 …………………………… 238
* 俳句索引 ……………………… 242

〔19〕 近松世話物集（守随憲治訳注）
1988年5月2日刊

* 凡例 ……………………………… 5
曾根崎心中 ………………………… 7
冥途の飛脚 ……………………… 55
紙屋治兵衛きいの国や小はる心中天の網島 … 129
女殺油地獄 ……………………… 213
　〔参考〕難波みやげ（発端抄） … 317
* 補注 …………………………… 330
* 解説（鳥居フミ子） …………… 353
* 参考文献 ……………………… 377
* 年譜 …………………………… 380

〔20〕 雨月物語（大輪靖宏訳注）
1988年5月2日刊

* 凡例 ……………………………… 3
雨月物語序 ………………………… 9
巻之一 …………………………… 12

日本古典文学全集・内容綜覧　325

白峯 ………………………………… 12
　　菊花の約 …………………………… 40
　巻之二 ………………………………… 70
　　浅茅が宿 …………………………… 70
　　夢応の鯉魚 ………………………… 100
　巻之三 ………………………………… 118
　　仏法僧 ……………………………… 118
　　吉備津の釜 ………………………… 142
　巻之四 ………………………………… 172
　　蛇性の婬 …………………………… 172
　巻之五 ………………………………… 234
　　青頭巾 ……………………………… 234
　　貧福論 ……………………………… 258
　＊補注 …………………………………… 285
　＊解説（大輪靖宏）…………………… 325
　　＊一 作者上田秋成 ………………… 325
　　＊二 書名と成立 …………………… 333
　　＊三 作品の鑑賞 …………………… 339
　　＊四 雨月物語の意義 ……………… 358
　＊参考文献 ……………………………… 361
　＊上田秋成年譜 ………………………… 364
　＊語句索引 ……………………………… 369

[050] **竹本義太夫浄瑠璃正本集**
大学堂書店
上下巻
1995年2月
（古浄瑠璃正本集刊行会）

上巻
1995年2月28日刊

＊序（古浄瑠璃正本集刊行会）…………… 1
＊例言（古浄瑠璃正本集刊行会）………… 1
竹本義太夫浄瑠璃正本集 …………………… 1
　一　大日本神道秘蜜の巻付御月日侍ゆ
　　　らい ……………………………………… 3
　二　松浦五郎景近 ……………………… 22
　三　空也聖人御由来 …………………… 37
　四　賢女の手習并新暦 ………………… 61
　五　雪女 ………………………………… 82
　六　柏崎 ……………………………… 100
　七　法隆寺開帳 ……………………… 120
　八　祝言記 …………………………… 148
　九　頼朝伊豆日記 …………………… 164
　十　蒲御曹子東童歌（かばのおんぞうしあづ
　　　まどうか）……………………………… 192
　十一　弱法師 ………………………… 219
　十二　新版腰越状 …………………… 245
　十三　都富士 ………………………… 276
　十四　多田院開帳 …………………… 303
　十五　大福神社考 …………………… 336
　十六　自然居士 ……………………… 367
　十七　佐藤忠信廿日正月 …………… 396
　十八　忠臣身替物語 ………………… 423
　十九　信濃源氏木曽物語 …………… 448
　二十　三井寺狂女 …………………… 478
　二十一　根元曽我 …………………… 504

下巻
1995年2月28日刊

　二十二　大友真鳥 …………………… 537
　二十三　四ツ橋供養 ………………… 578
　二十四　小野道風 …………………… 598
　二十五　一心五戒魂 ………………… 624

二十六 ひら仮名太平記	668
二十七 当麻中将姫	700
二十八 富貴曽我	733
二十九 信田小太郎	760
三十 曽根崎心中後日遊女誠草	800
三十一 神詫粟万石	813
三十二 永代蔵	830
三十三 頼光跡目論	863
三十四 那須与一小桜威并船遺恨	881
三十五 斎藤別当実盛	898
三十六 義経東六法	938
付録一 大坂すけ六心中物語	940
付録二 一心五戒魂切上るり道中評判敵討	948
付録三 阿漕	955
＊竹本義太夫浄瑠璃正本集解題	963
＊大日本神道秘蜜の巻付御月日侍ゆらい	965
＊松浦五郎景近	971
＊空也聖人御由来	974
＊賢女の手習并新暦	978
＊雪女	980
＊柏崎	983
＊法隆寺開帳	987
＊祝言記	989
＊頼朝伊豆日記	992
＊蒲御曹子東童歌（かばのおんぞうしあづまどうか）	997
＊弱法師	1001
＊新版腰越状	1005
＊都富士	1007
＊多田院開帳	1013
＊大福神社考	1015
＊自然居士	1018
＊佐藤忠信廿日正月	1026
＊忠臣身替物語	1031
＊信濃源氏木曽物語	1036
＊三井寺狂女	1037
＊根元曽我	1039
＊大友真鳥	1042
＊四ツ橋供養	1044
＊小野道風	1046
＊一心五戒魂	1049
＊ひら仮名太平記	1055
＊当麻中将姫	1060
＊富貴曽我	1061
＊信田小太郎	1068
＊曽根崎心中後日遊女誠草	1071
＊神詫粟万石	1077
＊永代蔵	1078
＊頼光跡目論	1082
＊那須与一小桜威并船遺恨	1085
＊斎藤別当実盛	1089
＊義経東六法	1091
＊大坂すけ六心中物語	1092
＊一心五戒魂切上るり道中評判敵討	1094
＊阿漕	1097
＊竹本義太夫浄瑠璃正本集図版	1103

[051] 近松全集
思文閣出版
全12巻
1978年5月
（藤井紫影校註）

※大阪朝日新聞社刊『近松全集』（1925～1928年）の復刻版

第1巻
1978年5月10日刊

- ＊近松全集序（大阪朝日新聞社） ………… 1
- ＊はしがき ………………………………… 1
- 1 源氏供養 ………………………………… 1
- 2 瀧口横笛 ………………………………… 33
- 3 舍利 ……………………………………… 87
- 4 三社託宣 ………………………………… 143
- 5 念仏往生記 ……………………………… 191
- 6 牛若千人斬 ……………………………… 251
- 7 あふひのうへ …………………………… 299
- 8 赤染衛門栄花物語 ……………………… 345
- 9 藍染川 …………………………………… 385
- 10 東山殿子日遊 …………………………… 447
- 11 鳥羽恋塚物語 …………………………… 495
- 12 惟喬惟仁位諍 …………………………… 541
- 13 十六夜物語 ……………………………… 581
- 14 平安城 …………………………………… 625
- 15 つれづれ草 ……………………………… 665
- 16 亀谷物語 ………………………………… 703
- 17 京わらんべ ……………………………… 747

第2巻
1978年5月10日刊

- 1 世継曾我 ………………………………… 1
- 2 甲子祭 …………………………………… 57
- 3 以呂波物語 ……………………………… 111
- 4 賢女手習井新暦 ………………………… 173
- 5 津戸三郎 ………………………………… 221
- 6 凱陣八島 ………………………………… 281
- 7 千載集 …………………………………… 337
- 8 薩摩守忠度 ……………………………… 399
- 9 盛久 ……………………………………… 465
- 10 主馬判官盛久 …………………………… 523
- 11 しゆつせ景清 …………………………… 595
- 12 三世相 …………………………………… 653
- 13 佐々木大鑑 ……………………………… 719
- 14 源三位頼政 ……………………………… 779

第3巻
1978年5月10日刊

- 1 頼朝浜出 ………………………………… 1
- 2 大原御幸 ………………………………… 59
- 3 信濃源氏木曾物語 ……………………… 115
- 4 弁慶京土産 ……………………………… 185
- 5 本朝用文章 ……………………………… 245
- 6 花洛受法記 ……………………………… 303
- 7 天智天皇 ………………………………… 357
- 8 忠臣身替物語 …………………………… 419
- 9 自然居士 ………………………………… 483
- 10 えぼし折 ………………………………… 553
- 11 十二段 …………………………………… 623
- 12 大覚僧正御伝記 ………………………… 703
- 13 柏崎 ……………………………………… 755

第4巻
1978年5月10日刊

- 1 日本西王母 ……………………………… 1
- 2 都乃富士 ………………………………… 97
- 3 ひら仮名太平記 ………………………… 165
- 4 松風村雨束帯鑑 ………………………… 245
- 5 融大臣 …………………………………… 341
- 6 弱法師 …………………………………… 391
- 7 多田院 …………………………………… 457
- 8 釈迦如来誕生会 ………………………… 541
- 9 鎌田兵衛名所盃 ………………………… 641
- 10 佐藤忠信廿日正月 ……………………… 695
- 11 当麻中将姫 ……………………………… 763

第5巻
1978年5月10日刊

- 1 曽我七以呂波 …………………………… 1
- 2 頼朝伊豆日記 …………………………… 55
- 3 根元曽我 ………………………………… 123
- 4 百日曽我 ………………………………… 207
- 5 当流小栗判官 …………………………… 307
- 6 義経東六法 ……………………………… 369

7 今川了俊	425
8 交武五人男	493
9 下関猫魔達	559
10 信田小太郎	621
11 浦島年代記	717

第6巻
1978年5月10日刊

1 蟬丸	1
2 天皷	67
3 曽我五人兄弟	155
4 大磯虎稚物語	247
5 賀古教信七墓廻	307
6 一心五戒魂	409
7 最明寺殿百人上臈	505
8 曽根崎心中	575
9 えがらの平田	625
10 源五兵衛おまんさつま歌	695

第7巻
1978年5月10日刊

1 甲賀三郎	1
2 雪女五枚羽子板	105
3 用明天皇職人鑑	199
4 源義経将棊経	309
5 田村将軍初観音	413
6 本領曾我	453
7 加壇曾我	553
8 心中二枚絵草紙	657
9 兼好法師物見車	703
10 碁盤太平記	755
11 興兵衛おかめ卯月の紅葉	799

第8巻
1978年5月10日刊

1 曽我扇八景	1
2 吉野忠信	93
3 堀川波鼓	173
4 卯月の潤色	223
5 酒呑童子枕言葉	263
6 重井筒	349
7 傾城反魂香	399
8 高野山女人堂心中万年草	491
9 丹波興作待夜のこむろぶし	539

10 淀鯉出世瀧徳	607
11 おなつ清十郎五十年忌歌念仏	667
12 心中刃は氷の朔日	721
13 椀狩劔本地	779

第9巻
1978年5月10日刊

1 曽我虎が暦	1
2 今宮心中	99
3 百合若大臣野守鏡	149
4 孕常盤追加孕常盤	231
5 源氏冷泉節	313
6 忠兵衛梅川冥途の飛脚	357
7 吉野都女楠	413
8 大職冠	503
9 夕霧阿波鳴渡	587
10 けいせい懸物揃	639
11 弘徽殿鵜羽産家	695
12 嫗山姥	793

第10巻
1978年5月10日刊

1 長町女腹切	1
2 傾城吉岡染	53
3 天神記	143
4 殘静胎内捃	235
5 相模入道千疋犬	329
6 娥哥かるた	425
7 音曲百枚笹	515
8 嵯峨天皇甘露雨	529
9 大経師昔暦	621
10 持統天皇歌軍法	683
11 嘉平次おさが生玉心中	785
12 国性爺合戦	843

第11巻
1978年5月10日刊

1 国性爺後日合戦	1
2 鑓の権三重帷子	99
3 聖徳太子絵伝記	157
4 山崎興次兵衛寿の門松	249
5 日本振袖始	301
6 曽我会稽山	381
7 傾城酒呑童子	475

8 博多小女郎波枕 ………………… 565
9 善光寺御堂供養 ………………… 615
10 本朝三国志 ……………………… 675
11 平家女護嶋 ……………………… 757
12 傾城嶋原蛙合戦 ………………… 841

第12巻
1978年5月10日刊

1 井筒業平河内通 ……………………… 1
2 双生隅田川 …………………………… 95
3 日本武尊吾妻鑑 ……………………… 177
4 紙屋治兵衛きいの国や小はる心中天の綱島 … 267
5 津国女夫池 …………………………… 319
6 女殺油地獄 …………………………… 415
7 甲斐信玄越後謙信信州川中嶋合戦 … 481
8 唐船噺今国性爺 ……………………… 567
9 心中宵庚申 …………………………… 643
10 関八州繁馬 …………………………… 697
11 源氏長久移徒悦 ……………………… 805
12 暦 ……………………………………… 855

---

[052] 近松全集
岩波書店
全17巻，補遺1巻
1985年11月〜1996年6月
（近松全集刊行会編纂）

第1巻
1985年11月20日刊

*刊行の辞（近松全集刊行会）………… 1
*凡例 ……………………………………… 5
世継曽我 ………………………………… 1
出世景清 ………………………………… 65
三世相 …………………………………… 131
佐々木先陣 ……………………………… 207
薩摩守忠度 ……………………………… 275
千載集 …………………………………… 353
主馬判官盛久 …………………………… 423
盛久 ……………………………………… 509
今川了俊 ………………………………… 575
津戸三郎 ………………………………… 653

第2巻
1987年3月20日刊

*凡例 ……………………………………… 3
烏帽子折 ………………………………… 1
大覚大僧正御伝記〔女人即身成仏記〕… 79
天智天皇 ………………………………… 157
豊年秋の田 ……………………………… 233
せみ丸 …………………………………… 305
大磯虎稚物語 …………………………… 391
吉野忠信 ………………………………… 471
十二段 …………………………………… 571
曽我七以呂波 …………………………… 665

第3巻
1986年11月20日刊

*凡例 ……………………………………… 3
本朝用文章 ……………………………… 1
最明寺殿百人上臈 ……………………… 67
日本西王母〔南大門秋彼岸〕 ………… 147

曽我五人兄弟	269
団扇曽我	373
百日曽我	467
天鼓〔丹州千年狐〕	567

第4巻
1986年3月20日刊

*凡例	3
曽根崎心中	1
用明天王職人鑑	43
心中二枚絵草紙	165
本領曽我	215
加増曽我	325
卯月紅葉	441
堀川波鼓	493
卯月の潤色	547
五十年忌歌念仏	593

第5巻
1986年7月18日刊

*凡例	3
松風村雨束帯鑑	1
心中重井筒	109
丹波与作待夜のこむろぶし	163
雪女五枚羽子板	237
けいせい反魂香	341
心中刃は氷の朔日	449
淀鯉出世滝徳	517
傾城吉岡染	581
心中万年草	683

第6巻
1987年7月20日刊

*凡例	3
酒呑童子枕言葉	1
孕常盤	93
源氏れいぜいぶし	187
兼好法師物見車	237
碁盤太平記	297
吉野都女楠	351
鎌田兵衛名所盃	457
源義経将棋経	523
薩摩歌	639

第7巻
1987年11月20日刊

*凡例	3
曽我扇八景	1
曽我虎が磨	105
今宮の心中	217
冥途の飛脚	275
百合若大臣野守鏡	337
大職冠	429
夕霧阿波鳴渡	527
けいせい懸物揃	583
嫗山姥	647

第8巻
1988年3月30日刊

*凡例	3
長町女腹切	1
殘静胎内㧖	57
天神記	165
持統天王歌軍法	271
相摸入道千疋犬	393
釈迦如来誕生会	507
娥歌かるた	637

第9巻
1988年9月30日刊

*凡例	3
嵯峨天皇甘露雨	1
弘徽殿鵜羽産家	109
賀古教信七墓廻	225
音曲百枚笹	339
枇狩剣本地	359
大経師昔暦	491
生玉心中	561
国性爺合戦	627

第10巻
1989年2月10日刊

*凡例	3
国性爺後日合戦	1
鑓の権三重帷子	129
聖徳太子絵伝記	199
山崎与次兵衛寿の門松	319

日本古典文学全集・内容綜覧　331

日本振袖始	383
曽我会稽山	489
傾城酒呑童子	615
博多小女郎波枕	743

第11巻
1989年8月25日刊

＊凡例	3
本朝三国志	1
平家女護島	111
傾城島原蛙合戦	233
井筒業平河内通	343
双生隅田川	469
日本武尊吾妻鑑	577
心中天の網島	695

第12巻
1990年8月10日刊

＊凡例	3
津国女夫池	1
女殺油地獄	125
信州川中島合戦	205
唐船噺今国性爺	319
浦島年代記	415
心中宵庚申	531
関八州繋馬	599

第13巻
1991年3月28日刊

＊凡例	3
他力本願記	1
以呂波物語	83
悦賀楽平太	163
日親上人徳行記	239
融の大臣	321
大原問答	383
文武五人男	459

第14巻
1991年10月30日刊

＊凡例	3
猫魔達	1
当流小栗判官	73

田村将軍初観音	149
善光寺御堂供養	193
仏御前扇軍	275
大塔宮曦鎧	401

第15巻　翻刻編
1989年12月22日刊

＊凡例	3
仏母摩耶山開帳	1
今源氏六十帖	33
けいせい阿波のなると	63
水木辰之助餞振舞	95
姫蔵大黒柱	121
百夜小町・夕ぎり七ねんき	147
上京の謡始	177
けいせいゑどざくら	195
一心二河白道	223
けいせい仏の原	259
けいせい仏の原（上本）	291
つるがの津三階蔵	319
あみだが池新寺町	345
福寿海	373

第15巻　影印編
1989年12月22日刊

仏母摩耶山開帳	1
今源氏六十帖	29
けいせい阿波のなると	53
水木辰之助餞振舞	81
姫蔵大黒柱	101
百夜小町・夕ぎり七ねんき	125
上京の謡始	147
けいせいゑどざくら	169
一心二河白道	203
けいせい仏の原	229
けいせい仏の原（上本）	253
つるがの津三階蔵	283
あみだが池新寺町	305
福寿海	327

第16巻　翻刻編
1990年12月20日刊

| ＊凡例 | 3 |
| 御曹司初寅詣 | 1 |

けいせい富士見る里 ……………………… 27	和田忍笑宛書簡（葛粉の消息）……… 28
新小町栄花車 …………………………… 55	五 出自・家系 ………………………… 30
けいせい壬生大念仏 ……………………… 85	系譜（甲）………………………… 30
女郎来迎柱 ……………………………… 139	系譜（乙）………………………… 38
けいせい三の車 ………………………… 171	系譜（丙）………………………… 43
からさき八景屏風 ……………………… 201	親類書 ……………………………… 47
吉祥天女安産玉 ………………………… 229	前々より差出候親類書之覚 ……… 52
傾城金龍橋 ……………………………… 255	乍恐以書付奉願覚 ………………… 58
大名なぐさみ曽我 ……………………… 279	『宝蔵』…………………………… 60
春日仏師枕時鶏 ………………………… 305	近松軒画人物図 …………………… 65
けいせい若むらさき …………………… 329	法妙寺近松墓 ……………………… 65
けいせいぐぜいの舟 …………………… 355	広済寺近松墓 ……………………… 66
まつかぜ ………………………………… 391	本圀寺杉森信義・智義墓 ………… 67
壬生秋の念仏 …………………………… 417	本圀寺岡本為竹墓 ………………… 67
木曽海道幽霊敵討 ……………………… 449	法妙寺過去帳 ……………………… 68
	広済寺過去帳 ……………………… 69
第17巻 影印編	二位大納言実藤卿筆法華経和歌 … 70
1994年4月27日刊	後西院勅筆色紙 …………………… 74
	開山講中列名縁起 ………………… 75
*凡例 ………………………………………… 5	開山百講中列名縁起 ……………… 77
伝記資料 …………………………………… 1	開山講中列名掛額 ………………… 79
一 肖像 ………………………………… 3	六 近松筆序跋類 ……………………… 80
近松画像辞世文 ………………… 口絵	『曽根崎心中』（六行本）序 …… 80
近松画像 …………………………… 3	『鵜鵡ヶ杣』跋 …………………… 81
二 画賛・短冊 ………………………… 4	『傾城盃軍談』序 ………………… 82
遊女画賛 ………………………… 口絵	『国性爺御前軍談』序 …………… 83
富士画賛 …………………………… 4	『国性爺大明丸』序 ……………… 85
鷺図画賛 …………………………… 6	『諸葛孔明鼎軍談』絵尽序 ……… 86
「もみちせぬ」発句短冊 ………… 7	七 雑 …………………………………… 87
「花と花と」発句短冊 …………… 7	「ふしみ八景」…………………… 87
「先咲し」発句短冊 ……………… 7	『傾城請状』……………………… 89
三 遺墨 ………………………………… 8	『歌系図』………………………… 94
草稿『平家女護島』二葉 ……… 8・10	『音曲頻伽鳥』…………………… 95
菊花堂の記 ………………………… 11	『泉曲集』………………………… 96
辞世文草稿 ………………………… 12	「金子一高日記」抄 ……………… 98
四 書簡 ………………………………… 13	八 補遺 ………………………………… 99
半酔宛書簡 ………………………… 13	『てんぐのだいり』……………… 99
宛名不明書簡（妹背海苔の消息）… 14	絵入本 …………………………………… 129
横井宗内宛書簡 …………………… 16	1（1）世継曾我 …………………… 131
伊勢屋清兵衛宛書簡（紀州行辞りの	1（2）世継曾我 …………………… 135
文）………………………………… 13	2 夕霧追善物語（三世相）……… 136
伊勢屋清兵衛宛書簡（尼崎行辞りの	3 ふぢと（佐々木先陣）………… 138
文）………………………………… 14	4 薩摩守忠度（千載集）………… 141
薬屋新右衛門宛書簡（二種）…… 20	5 主馬判官盛久 …………………… 144
後藤小左衛門宛書簡 ……………… 22	6（1）今川了俊 …………………… 148
かん取や五郎左衛門宛書簡 ……… 24	6（2）今川了俊 …………………… 151
和田忍笑宛書簡（扇の礼状）…… 26	7 門出やしま（津戸三郎）……… 154

日本古典文学全集・内容綜覧　333

近松全集

8（1）源氏ゑぼしをり（烏帽子折）‥ 157	35（1）吉野都女楠 …………………… 267
8（2）源氏ゑぼしをり（烏帽子折） 160	35（2）神通女楠（吉野都女楠）…… 268
8（3）げんじゑぼしをり（烏帽子折）	36 義経将基経（源義経将基経）… 271
……………………………………… 163	37 薩摩歌 ………………………………… 274
9 女人即身成仏記 ………………… 166	38 曾我扇八景 …………………………… 274
10（1）天智天皇 …………………… 170	39 三度笠ゑづくし（冥途の飛脚）… 277
10（2）天智天皇 …………………… 173	40 百合若大臣野守鏡 ………………… 280
10（3）天智天皇 …………………… 177	41 堀山姥 ………………………………… 282
11 大磯虎稚物語 …………………… 179	42（1）天神記 …………………………… 285
12 吉野忠信 ………………………… 183	42（2）天神記 …………………………… 289
13 義経追善女舞（曾我七以呂波）… 186	43 持統天皇歌軍法 …………………… 291
14 南大門秋彼岸 …………………… 190	44 恋八卦柱暦（大経師昔暦） … 293
15 曾我五人兄弟 …………………… 193	45（1）座敷操御伽軍記（国性爺合戦）
16 百日曾我（団扇曾我） ………… 195	……………………………………… 298
17 百日曾我 ………………………… 198	45（2）国性爺御前軍談（国性爺合戦）
18 丹州千年狐 ……………………… 201	……………………………………… 310
19（1）曽根崎心中 ………………… 204	45（3）国性爺合戦 …………………… 325
19（2）曽根崎心中 ………………… 206	45（4）国性爺合戦 …………………… 333
19（3）天満屋おはつゑづくし（曽根	45（5）国性爺合戦 …………………… 333
崎心中） …………………………… 207	45（6）国性爺合戦 …………………… 334
20（1）用明天王職人鑑 …………… 210	45（7）国性爺合戦 …………………… 334
20（2）用明天王職人鑑 …………… 213	45（8）国性爺合戦 …………………… 335
21（1）心中二枚絵草紙 …………… 214	45（9）国性爺軍談（国性爺合戦）… 335
21（2）心中二枚絵草紙 …………… 216	45（10）国性爺合戦 …………………… 341
22 本領曾我 ………………………… 218	46（1）国性爺後日軍談（国性爺後日
23 加増曾我 ………………………… 220	合戦） ……………………………… 342
24 卯月紅葉 ………………………… 223	46（2）国性爺後日大唐和言誉（国性
25 飾磨褐布染（五十年忌歌念仏）… 225	爺後日合戦） ……………………… 356
26 松風村雨束帯鑑 ………………… 227	47 好色橋弁慶（鑓の権三重帷子）… 358
27（1）重井筒（心中重井筒）…… 229	48（1）日本振袖始 …………………… 362
27（2）難波重井筒（心中重井筒）… 232	48（2）盛衰開分兄弟（日本振袖始） 366
27（3）心中重井筒 ………………… 233	48（3）日本振袖始 …………………… 376
28（1）丹波与作待夜のこむろぶし · 236	49（1）曾我会稽山 …………………… 378
28（2）ゑびす講結御神（丹波与作待	49（2）曾我会稽山 …………………… 385
夜のこむろぶし） ………………… 238	50（1）本朝三国志 …………………… 390
28（3）丹波与作（丹波与作待夜のこ	50（2）本朝三国志 …………………… 397
むろぶし） ………………………… 241	51 平家女護島 ………………………… 399
29 けいせい反魂香 ………………… 243	52 井筒業平河内通 …………………… 405
30 天満神明氷の朔日（心中刃は氷	53 双生隅田川 ………………………… 411
の朔日） …………………………… 247	54（1）津国女夫池 …………………… 418
31 傾城吉岡染 ……………………… 249	54（2）室町千畳敷（津国女夫池）… 419
32（1）源氏華洛錦（酒呑童子枕言葉）	54（3）津国女夫池 …………………… 424
……………………………………… 251	54（4）津国女夫池 …………………… 427
32（2）酒呑童子枕言葉 …………… 263	55 信州川中島合戦 …………………… 430
32（3）酒呑童子枕言葉 …………… 263	56 浦島年代記 ………………………… 432
33 孕常盤 …………………………… 264	57 関八州繁馬 ………………………… 438
34 碁盤太平記 ……………………… 265	（58）他力本願記 ……………………… 444

（59）（1）以呂波物語 …………… *448*
（59）（2）弘法大師之御本地（以呂波物語） …………… *452*
（60）悦賀楽平太 …………… *455*
（61）日親上人徳行記 …………… *458*
（62）融の大臣 …………… *462*
（63）念仏往生記（大原問答） …………… *465*
（64）下関猫魔達（猫魔達） …………… *468*
（65）当流小栗判官 …………… *470*
（66）（1）仏御前扇軍 …………… *474*
（66）（2）仏御前扇軍 …………… *480*
67 けいせい富士見る里 …………… *481*
68 けいせい壬生大念仏 …………… *482*
69 けいせい三の車 …………… *483*

第17巻　解説編
1994年4月27日刊

＊凡例 …………… 7
伝記資料 …………… *1*
一　肖像 …………… *3*
　1 近松画像辞世文 …………… *3・29*
　2 近松画像 …………… *3*
　3 近松遺影（一） …………… *3*
　4 近松遺影（二） …………… *4*
　5 近松遺影（三） …………… *5*
二　画賛・短冊 …………… *7*
　1 遊女画賛 …………… *7*
　2 富士画賛 …………… *7*
　3 鷺図画賛 …………… *8*
　4 芦すゞめ画賛 …………… *9*
　5 高砂人形遣い画賛 …………… *10*
　6 福禄寿画賛 …………… *10*
　7 鬼念仏画賛 …………… *11*
　8 竹本筑後掾画像賛 …………… *12*
　9「もみちせぬ」発句短冊 …………… *12*
　10「花と花と」発句短冊 …………… *12*
　11「先咲し」発句短冊 …………… *13*
　12「近きみち」発句短冊 …………… *13*
　13「春秋に」「一日に」狂歌短冊 …………… *13*
　14「織姫は」の句 …………… *14*
　15「秋の笘屋」の句 …………… *15*
三　遺墨 …………… *17*
　1 草稿『平家女護島』二葉 …………… *17*
　2 菊花堂の記 …………… *20*
　3 庭前八景 …………… *22*
　4 辞世文草稿 …………… *28*

四　書簡 …………… *30*
　1 半酔宛書簡 …………… *30*
　2 宛名不明書簡（妹背海苔の消息） …………… *30*
　3 横井宗内宛書簡 …………… *32*
　4 伊勢屋清兵衛宛書簡（紀州行辞りの文） …………… *37*
　5 伊勢屋清兵衛宛書簡（尼崎行辞りの文） …………… *38*
　6 薬屋新右衛門宛書簡（二種） …………… *39*
　7 後藤小左衛門宛書簡 …………… *42*
　8 かん取や五郎左衛門宛書簡 …………… *43*
　9 和田忍笑宛書簡（扇の礼状） …………… *45*
　10 和田忍笑宛書簡（葛粉の消息） …………… *47*
五　出自・家系 …………… *51*
　1 杉森家系譜 …………… *51*
　　（1）系譜（甲） …………… *51・53*
　　（2）系譜（乙） …………… *51・53*
　　（3）系譜（丙） …………… *51・67*
　　（4）親類書 …………… *51・72*
　　（5）前々より差出候親類書之覚 … *52・74*
　　（6）乍恐以書付奉願覚 …………… *52・78*
　2『宝蔵』 …………… *80*
　3『越藩史略』 …………… *81*
　4 命名書 …………… *81*
　5 子孫 …………… *82*
　　（1）杉森多門 …………… *82*
　　（2）景鯉 …………… *83*
　　（3）松屋太右衛門（杉森由泉） … *84*
　　近松軒画人物図 …………… *85*
　6 墓碑・遺品 …………… *86*
　　（1）法妙寺近松墓 …………… *87*
　　（2）広済寺近松墓 …………… *88*
　　（3）本圀寺杉森信義・智義墓 …………… *88*
　　（4）本圀寺岡本為竹墓 …………… *89*
　　（5）法妙寺過去帳 …………… *90*
　　（6）広済寺過去帳 …………… *90*
　　（7）広済寺近松関係什物 …………… *91*
　　（イ）二位大納言実藤卿筆法華経和歌 …………… *91*
　　（ロ）後西院勅筆色紙 …………… *91*
　　（ハ）開山講中列名縁起 …………… *92*
　　（ニ）開山百講中列名縁起 …………… *93*
　　（ホ）開山講中列名掛額 …………… *93*
　　（ヘ）妙見堂みくじ札・同版木 … *93*
六　近松筆序跋類 …………… *95*
　1『曽根崎心中』（六行本）序 …………… *95*
　2『鸚鵡ヶ杣』跋 …………… *95*

日本古典文学全集・内容綜覧　　335

3 『傾城盃軍談』序 ………… 96
　　4 『国性爺御前軍談』序 ……… 97
　　5 『国性爺大明丸』序 ………… 100
　　6 『諸葛孔明鼎軍談』絵尽序 … 100
　七 雑 …………………………… 102
　　1 「ふしみ八景」 ……………… 102
　　2 『傾城請状』 ………………… 103
　　3 『歌系図』 …………………… 104
　　4 『音曲頻伽鳥』 ……………… 104
　　5 『泉曲集』 …………………… 105
　　6 「金子一高日記」 …………… 106
　　7 『凱陣八島』 ………………… 115
　　8 『狗張子』 …………………… 116
　八 補遺 ………………………… 119
　　1 『てんぐのだいり』 ………… 119
絵入本 ……………………………… 135
　1（1）世継曽我 ………………… 137
　1（2）世継曽我 ………………… 141
　2 夕霧追善物語（三世相） …… 143
　3 ふぢと（佐々木先陣） ……… 145
　4 薩摩守忠度（千載集） ……… 148
　5 主馬判官盛久 ………………… 151
　6（1）今川了俊 ………………… 155
　6（2）今川了俊 ………………… 159
　7 門出やしま（津戸三郎） …… 161
　8（1）源氏ゑほしをり（烏帽子折） … 165
　8（2）源氏ゑほしをり（烏帽子折） … 168
　8（3）げんじゑほしをり（烏帽子折）… 171
　9 女人即身成仏記 ……………… 173
　10（1）天智天皇 ………………… 178
　10（2）天智天皇 ………………… 182
　10（3）天智天皇 ………………… 185
　補 せみ丸 ……………………… 188
　11 大磯虎稚物語 ……………… 189
　12 吉野忠信 …………………… 193
　13 義経追善女舞（曽我七以呂波）… 197
　14 南大門秋彼岸 ……………… 201
　15 曽我五人兄弟 ……………… 205
　16 百日曽我（団扇曽我） ……… 207
　17 百日曽我 …………………… 211
　18 丹州千年狐 ………………… 213
　19（1）曽根崎心中 ……………… 217
　19（2）曽根崎心中 ……………… 219
　19（3）天満屋おはつゑづくし（曽根崎心中） ……………………… 220
　20（1）用明天王職人鑑 ………… 224
　20（2）用明天王職人鑑 ………… 227

　21（1）心中二枚絵草紙 ………… 228
　21（2）心中二枚絵草紙 ………… 230
　22 本領曽我 …………………… 232
　23 加増曽我 …………………… 234
　24 卯月紅葉 …………………… 237
　25 飾磨褐布染（五十年忌歌念仏）… 239
　26 松風村雨束帯鑑 …………… 242
　27（1）重井筒（心中重井筒） … 244
　27（2）難波重井筒（心中重井筒）… 247
　27（3）心中重井筒 ……………… 249
　28（1）丹波与作待夜のこむろぶし … 251
　28（2）ゑびす講結御神（丹波与作待夜のこむろぶし） ………… 254
　28（3）丹波与作（丹波与作待夜のこむろぶし） …………………… 258
　29 けいせい反魂香 …………… 260
　30 天満神明氷の朔日（心中刃は氷の朔日） ……………………… 264
　31 傾城吉岡染 ………………… 267
　32（1）源氏華洛錦（酒呑童子枕言葉） 269
　32（2）酒呑童子枕言葉 ………… 271
　32（3）酒呑童子枕言葉 ………… 273
　33 孕常盤 ……………………… 274
　34 碁盤太平記 ………………… 276
　35（1）吉野都女楠 ……………… 279
　35（2）神通女楠（吉野都女楠） … 280
　36 義経将棊経（源義経将棊経）… 283
　37 薩摩歌 ……………………… 286
　38 曽我扇八景 ………………… 287
　39 三度笠ゑづくし（冥途の飛脚）… 290
　40 百合若大臣野守鏡 ………… 294
　41 嫗山姥 ……………………… 296
　42（1）天神記 …………………… 299
　42（2）天神記 …………………… 303
　43 持統天皇歌軍法 …………… 306
　44 恋八卦柱暦（大経師昔暦） … 308
　45（1）座敷操御伽軍記（国性爺合戦）313
　45（2）国性爺御前軍談（国性爺合戦）322
　45（3）国性爺合戦 ……………… 333
　45（4）国性爺合戦 ……………… 342
　45（5）国性爺合戦 ……………… 343
　45（6）国性爺合戦 ……………… 344
　45（7）国性爺合戦 ……………… 345
　45（8）国性爺合戦 ……………… 346
　45（9）国性爺軍談（国性爺合戦） … 347
　45（10）国性爺合戦 ……………… 355

46（1）国性爺後日軍談（国性爺後日合戦）	*356*
46（2）国性爺後日大唐和言誉（国性爺後日合戦）	*367*
47 好色橋弁慶（鑓の権三重帷子）	*369*
48（1）日本振袖始	*370*
48（2）盛衰開分兄弟（日本振袖始）	*374*
48（3）日本振袖始	*383*
49（1）曽我会稽山	*385*
49（2）曽我会稽山	*392*
50（1）本朝三国志	*398*
50（2）本朝三国志	*406*
51 平家女護島	*408*
52 井筒業平河内通	*414*
53 双生隅田川	*422*
54（1）津国女夫池	*429*
54（2）室町千畳敷（津国女夫池）	*432*
54（3）津国女夫池	*437*
54（4）津国女夫池	*440*
55 信州川中島合戦	*442*
56 浦島年代記	*445*
57 関八州繋馬	*452*
58 他力本願記	*458*
59（1）以呂波物語	*460*
59（2）弘法大師之御本地（以呂波物語）	*464*
60 悦賀楽平太	*467*
61 日親上人徳行記	*470*
62 融の大臣	*471*
63 念仏往生記（大原問答）	*475*
64 下関猫魔達（猫魔達）	*480*
65 当流小栗判官	*483*
66（1）仏御前扇軍	*486*
66（2）仏御前扇軍	*493*
67 けいせい富士見る里	*494*
68 けいせい壬生大念仏	*495*
69 けいせい三の車	*496*
補『けいせい仏の原』役割番付	*497*
＊年譜	*501*
＊刊行を終えるにあたって（近松全集刊行会）	*513*
＊総目索引	*1*

補遺1　上本けいせい仏の原（下巻）
1996年6月5日刊

上本けいせい仏の原 ……………………… *1*

---

[053] 中世歌書翻刻
稲田浩子
全4巻
1970年11月～1973年3月

第1巻　慕風愚吟集
1970年11月15日刊

＊解題 ……………………………………… *1*
＊凡例 ……………………………………… *3*
慕風愚吟集 ………………………………… *4*
＊和歌索引 ………………………………… *43*

第2巻　蒲生智閑和歌集
1971年8月15日刊

＊解題 ……………………………………… *1*
＊凡例 ……………………………………… *5*
蒲生智閑和歌集 …………………………… *6*
＊和歌索引 ………………………………… *57*

第3巻　今井為和集（上）
1972年9月30日刊

＊解題 ……………………………………… *1*
＊凡例 ……………………………………… *3*
今井為和集（上） ………………………… *4*

第4巻　今井為和集（中）
1973年3月31日刊

今井為和集（中） ………………………… *1*

中世の文学

```
[054] 中世の文学
    三弥井書店
    第I期全27巻
    1971年2月～2001年12月
```

〔1〕　歌論集（一）（久松潜一編校）
1971年2月28日刊

＊概説…中世の歌論　一（久松潜一）……… 3
＊解題 …………………………………………… 7
＊凡例 ………………………………………… 69
歌仙落書（有吉保校注） …………………… 71
西行上人談抄（糸賀きみ江校注）………… 99
古来風躰抄（松野陽一校注）…………… 115
正治二年俊成卿和字奏状（井上宗雄校注）………………………………… 269
近代秀歌（久保田淳，山口明穂校注）… 277
衣笠内府歌難詞（久保田淳校注）……… 287
詠歌大概（久保田淳校注）……………… 297
秀歌大躰（山口明穂，久保田淳校注）… 303
毎月抄（久保田淳校注）………………… 315
京極中納言相語（久保田淳校注）……… 331
越部禅尼消息（森本元子校注）………… 339
詠歌一躰（福田秀一，佐藤恒雄校注）… 347
＊補注 ……………………………………… 391
＊校異 ……………………………………… 447

〔2〕　連歌論集（一）（木藤才蔵，重松裕巳校注）
1972年4月28日刊

＊解説 ………………………………………… 3
＊凡例 ……………………………………… 23
連珠合璧集 ………………………………… 25
　連珠合璧集序 …………………………… 26
　連珠合璧集上 …………………………… 27
　　一　天象 ……………………………… 27
　　二　光物 ……………………………… 28
　　三　聲物 ……………………………… 33
　　四　降物 ……………………………… 36
　　五　吹物 ……………………………… 40
　　六　時節 ……………………………… 42
　　七　時分 ……………………………… 44

　　八　山類 ……………………………… 47
　　九　海辺 ……………………………… 51
　　十　水辺 ……………………………… 53
　　十一　地儀 …………………………… 59
　　十二　国郡 …………………………… 63
　　十三　居所 …………………………… 66
　　十四　草類 …………………………… 72
　　十五　木類 …………………………… 90
　　十六　鳥類 ………………………… 102
　　十七　獣類 ………………………… 113
　　十八　虫類 ………………………… 117
　　十九　魚類 ………………………… 121
　　廿　貝類 …………………………… 123
　連珠合璧集下 ………………………… 125
　　廿一　人倫 ………………………… 126
　　廿二　人躰 ………………………… 135
　　廿三　夢類 ………………………… 137
　　廿四　人態 ………………………… 139
　　廿五　述懐付懐旧 ………………… 140
　　廿六　釈教 ………………………… 141
　　廿七　神祇 ………………………… 147
　　廿八　羇旅 ………………………… 152
　　廿九　恋部 ………………………… 153
　　卅　衣類 …………………………… 156
　　卅一　食物 ………………………… 161
　　卅二　火類 ………………………… 162
　　卅三　雑物 ………………………… 163
　　卅四　管絃 ………………………… 175
　　卅五　色部 ………………………… 177
　　卅六　禁中 ………………………… 178
　　卅七　人名 ………………………… 180
　　卅八　雑類 ………………………… 184
　　卅九　詞類 ………………………… 189
　　四十　数字 ………………………… 194
　　四十一　重詞 ……………………… 195
　　四十二　引合 ……………………… 196
＊付録　連歌付合の事 ………………… 205
＊連珠合璧集寄合索引 ………………… 221
＊連歌付合の事寄合索引 ……………… 283

〔3〕　雑談集（山田昭全，三木紀人編校）
1973年9月20日刊

＊解説 ………………………………………… 3
＊凡例 ……………………………………… 37
＊目録 ……………………………………… 39
雑談集巻之第一 …………………………… 45

338　日本古典文学全集・内容綜覧

中世の文学

雑談集巻之第二 ……………………… 80
雑談集巻之第三 ……………………… 90
雑談集巻第四 ………………………… 122
雑談集巻之第五 ……………………… 153
雑談集巻之第六 ……………………… 190
雑談集巻之第七 ……………………… 215
雑談集巻第八 ………………………… 243
雑談集巻之第九 ……………………… 263
雑談集巻第十 ………………………… 296
＊補注 …………………………………… 327

〔4〕 風雅和歌集（次田香澄，岩佐美代子編校，池上洵一校注）
1985年5月20日刊

＊風雅和歌集解説 ……………………… 3
　＊一 風雅集の特色 …………………… 3
　＊二 撰集の経過 ……………………… 15
　＊三 撰者の問題 ……………………… 20
　＊四 風雅集序について ……………… 26
　＊五 伝本 ……………………………… 34
　＊六 参考文献 ………………………… 39
＊凡例 …………………………………… 42
風雅和歌集 ……………………………… 45
　序 ……………………………………… 47
　巻第一 春歌上 ………………………… 53
　巻第二 春歌中 ………………………… 67
　巻第三 春歌下 ………………………… 86
　巻第四 夏歌 …………………………… 101
　巻第五 秋歌上 ………………………… 123
　巻第六 秋歌中 ………………………… 136
　巻第七 秋歌下 ………………………… 151
　巻第八 冬歌 …………………………… 167
　巻第九 旅歌 …………………………… 194
　巻第十 恋歌一 ………………………… 205
　巻第十一 恋歌二 ……………………… 218
　巻第十二 恋歌三 ……………………… 234
　巻第十三 恋歌四 ……………………… 248
　巻第十四 恋歌五 ……………………… 264
　巻第十五 雑歌上 ……………………… 277
　巻第十六 雑歌中 ……………………… 312
　巻第十七 雑歌下 ……………………… 338
　巻第十八 釈教歌 ……………………… 383
　巻第十九 神祇歌 ……………………… 394
　巻第（二十）賀歌 ……………………… 404
＊作者略伝 ……………………………… 417
＊初句索引 ……………………………… 463

〔5〕 閑居友（美濃部重克校注）
1974年12月25日刊

＊解説 …………………………………… 1
＊凡例 …………………………………… 59
＊閑居友上目次 ………………………… 63
閑居友上 ………………………………… 65
＊閑居友下目次 ………………………… 123
閑居友下 ………………………………… 124
＊訂正部分の原態一覧 ………………… 164
＊補注 …………………………………… 165

〔6〕 三国伝記（上）（池上洵一校注）
1976年12月10日刊

＊解説 …………………………………… 3
＊凡例 …………………………………… 25
＊目録 …………………………………… 28
三国伝記 巻第一 序 …………………… 41
三国伝記 巻第一 ……………………… 43
三国伝記 巻第二 ……………………… 108
三国伝記 巻第三 ……………………… 157
三国伝記 巻第四 ……………………… 202
三国伝記 巻第五 ……………………… 250
三国伝記 巻第六 ……………………… 295
＊補注 …………………………………… 352

〔7〕 今物語・隆房集・東斎随筆（久保田淳，大島貴子，藤原澄子，松尾葦江校注）
1979年5月21日刊

＊解説（久保田淳，藤原澄子）………… 3
＊凡例 …………………………………… 87
隆房集 …………………………………… 89
今物語 …………………………………… 119
東斎随筆 ………………………………… 169
＊補注 …………………………………… 235
＊和歌・連歌索引 ……………………… 313
＊漢詩句索引 …………………………… 321

〔8〕 六家抄（片山享，久保田淳編校）
1980年1月31日刊

＊解説 …………………………………… 1
＊凡例 …………………………………… 50
六家抄 …………………………………… 53
　補遺 …………………………………… 302

日本古典文学全集・内容綜覧　339

*補注 ………………………………… 309
*初句索引 …………………………… 311

〔9〕 三国伝記（下）（池上洵一校注）
1982年7月25日刊

*解説〔補遺〕 ……………………… 3
*凡例 ……………………………… 13
*目録 ……………………………… 16
三国伝記 巻第七 …………………… 29
三国伝記 巻第八 …………………… 74
三国伝記 巻第九 …………………… 122
三国伝記 巻第十 …………………… 164
三国伝記 巻第十一 ………………… 215
三国伝記 巻第十二 ………………… 262
*補注 ……………………………… 317
*参考〔国会図書館所蔵写本文〕 … 369

〔10〕 連歌論集（二）（木藤才蔵校注）
1982年11月5日刊

*解説 ……………………………… 3
*凡例 ……………………………… 107
長六文 ……………………………… 109
心付事少々 ………………………… 131
老のすさみ ………………………… 139
発句判詞 …………………………… 187
分葉集 ……………………………… 207
宗祇袖下 …………………………… 225
淀渡 ………………………………… 281
七人付句判詞 ……………………… 297
浅茅 ………………………………… 315
連歌秘伝抄 ………………………… 377
初心抄 ……………………………… 407
初学用捨抄 ………………………… 421
連歌諸体秘伝抄 …………………… 457
*索引 ……………………………… 521

〔11〕 拾遺愚草古注（上）（石川常彦校注）
1983年3月18日刊

*解説 ……………………………… 1
*凡例 ……………………………… 86
常縁口伝和歌（A類注） …………… 91
拾遺愚草抄出聞書（C類注） ……… 113
拾遺愚草不審（注文部） …………… 297

〔12〕 連歌論集（三）（木藤才蔵校注）
1985年7月10日刊

*解説 ……………………………… 3
*凡例 ……………………………… 45
初心求詠集 ………………………… 47
花能万賀喜 ………………………… 87
宗砌 田舎への状 …………………… 101
密伝抄 ……………………………… 109
砌塵抄 ……………………………… 125
かたはし …………………………… 137
筆のすさび ………………………… 149
ささめごと―改編本 ……………… 176
所々返答 …………………………… 259
ひとりごと ………………………… 291
心敬有伯への返事 ………………… 311
岩橋跋文 …………………………… 319
私用抄 ……………………………… 331
老のくりごと ……………………… 367
心敬法印庭訓 ……………………… 387
*引用句索引 ……………………… 403

〔13〕 拾遺愚草古注（下）（石川常彦校注）
1989年6月16日刊

拾遺愚草俟後抄 …………………… 1
*拾遺愚草諸注番号一覧表 ………… 465
*終りに（島津忠夫） ……………… 500

〔14〕 連歌論集（四）（木藤才蔵校注）
1990年4月15日刊

*解説 ……………………………… 3
*凡例 ……………………………… 62
梅春抄 ……………………………… 65
連歌延徳抄 ………………………… 87
若草記 ……………………………… 105
景感道 ……………………………… 119
肖柏伝書 …………………………… 143
永文 ………………………………… 159
連歌比況集 ………………………… 169
五十七ヶ条 ………………………… 197
雨夜の記 …………………………… 221
篠目 ………………………………… 307
連歌初心抄 ………………………… 329
四道九品 …………………………… 365
当風連歌秘事 ……………………… 385

中世の文学

*引当句初句索引 ……………………… 415

〔15〕 源平盛衰記（一）（市古貞次，大曽根章介，久保田淳，松尾葦江校注）
1991年4月15日刊

*凡例 …………………………………………… 7
源平盛衰記 巻第一 …………………………… 9
源平盛衰記 巻第二 ………………………… 37
源平盛衰記 巻第三 ………………………… 67
源平盛衰記 巻第四 ………………………… 109
源平盛衰記 巻第五 ………………………… 151
源平盛衰記 巻第六 ………………………… 187
*文書類の訓読文 …………………………… 223
*校異 …………………………………………… 234
*源平盛衰記と諸本の記事対照表 …… 239
*参考資料 …………………………………… 251

〔16〕 榻鴫暁筆（市古貞次校注）
1992年1月15日刊

*凡例 ……………………………………………… 17
榻鴫暁筆序 …………………………………… 19
榻鴫暁筆第一 ………………………………… 20
榻鴫暁筆第二 ………………………………… 47
榻鴫暁筆第三 ………………………………… 69
榻鴫暁筆第四 相論上 ……………………… 101
榻鴫暁筆第五 相論下 ……………………… 122
榻鴫暁筆第六 ………………………………… 139
榻鴫暁筆第七 ………………………………… 155
榻鴫暁筆第八 ………………………………… 164
榻鴫暁筆第九 ………………………………… 169
榻鴫暁筆第十 ………………………………… 201
榻鴫暁筆第十一 ……………………………… 235
榻鴫暁筆第十二 ……………………………… 249
榻鴫暁筆第十三 ……………………………… 260
榻鴫暁筆第十四 ……………………………… 280
榻鴫暁筆第十五 ……………………………… 291
榻鴫暁筆第十六 ……………………………… 319
榻鴫暁筆第十七 ……………………………… 338
榻鴫暁筆第十八 ……………………………… 361
榻鴫暁筆第十九 ……………………………… 380
榻鴫暁筆第二十 ……………………………… 420
榻鴫暁筆第廿一 ……………………………… 446
榻鴫暁筆第廿二 ……………………………… 461
榻鴫暁筆第廿三 ……………………………… 512
榻鴫暁筆追加 ………………………………… 552

*解説・解題 ………………………………… 573

〔17〕 早歌全詞集（外村久江，外村南都子校注）
1993年4月15日刊

*解説 ……………………………………………… 3
*凡例 …………………………………………… 20
撰要目録巻 …………………………………… 27
宴曲集巻第一 ………………………………… 41
宴曲集巻第二 ………………………………… 52
宴曲集巻第三 ………………………………… 59
宴曲集巻第四 ………………………………… 70
宴曲集巻第五 ………………………………… 86
宴曲抄上 ……………………………………… 101
宴曲抄中 ……………………………………… 117
宴曲抄下 ……………………………………… 133
真曲抄 ………………………………………… 148
究百集 ………………………………………… 163
拾菓集上 ……………………………………… 182
拾菓集下 ……………………………………… 199
拾菓抄 ………………………………………… 215
別紙追加曲 …………………………………… 234
玉林苑上 ……………………………………… 251
玉林苑下 ……………………………………… 266
外物 …………………………………………… 281
異説秘抄口伝巻 ……………………………… 300
撰要両曲巻 …………………………………… 318
*早歌文献目録 ……………………………… 348
*曲名索引 …………………………………… 360

〔18〕 源平盛衰記（二）（松尾葦江校注）
1993年5月15日刊

*凡例 …………………………………………… 7
源平盛衰記 巻第七 …………………………… 9
源平盛衰記 巻第八 ………………………… 41
源平盛衰記 巻第九 ………………………… 73
源平盛衰記 巻第十 ………………………… 109
源平盛衰記 巻第十一 ……………………… 145
源平盛衰記 巻第十二 ……………………… 189
*文書類の訓読文 …………………………… 221
*校異 ………………………………………… 224
*補注 ………………………………………… 229
*源平盛衰記と諸本の記事対照表 …… 269
*解説　源平盛衰記の伝本について …… 280

日本古典文学全集・内容綜覧　341

中世の文学

〔19〕 源平盛衰記（三）（黒田彰，松尾葦江校注）
1994年5月15日刊

*凡例 ……………………………………… 7
源平盛衰記 巻第十三 ………………… 9
源平盛衰記 巻第十四 ………………… 39
源平盛衰記 巻第十五 ………………… 71
源平盛衰記 巻第十六 ………………… 107
源平盛衰記 巻第十七 ………………… 141
源平盛衰記 巻第十八 ………………… 185
*文書類の訓読文 ……………………… 222
*校異 …………………………………… 231
*補注 …………………………………… 237
*源平盛衰記と諸本の記事対照表 …… 329

〔20〕 天理本狂言六義（上巻）（北川忠彦，田口和夫，関屋俊彦，橋本朝生，永井猛，稲田秀雄校注）
1994年5月15日刊

天理本狂言六義（上巻）
*凡例 ……………………………………… 5
　一　餅酒 ………………………………… 9
　二　昆布柿 ……………………………… 11
　三　二千石 ……………………………… 13
　四　文蔵 ………………………………… 17
　五　磁石 ………………………………… 22
　六　悪太郎 ……………………………… 25
　七　悪坊 ………………………………… 27
　八　宗論 ………………………………… 29
　九　不腹立 ……………………………… 32
　十　飛越新発意 ………………………… 34
　十一　牛馬 ……………………………… 36
　十二　鍋八撥 …………………………… 40
　十三　鬮罪人 …………………………… 43
　十四　煎物 ……………………………… 45
　十五　水掛聟 …………………………… 47
　十六　懐中聟 …………………………… 48
　十七　孫聟 ……………………………… 50
　十八　無縁聟 …………………………… 52
　十九　武悪 ……………………………… 54
　二十　附子 ……………………………… 59
　二十一　柿山伏 ………………………… 61
　二十二　腰祈 …………………………… 64
　二十三　梟 ……………………………… 67
　二十四　犬山伏 ………………………… 69
　二十五　因幡堂 ………………………… 71
　二十六　鏡男 …………………………… 73
　二十七　文山賊 ………………………… 75
　二十八　連歌盗人 ……………………… 78
　二十九　昆布売 ………………………… 82
　三十　二人大名 ………………………… 85
　三十一　鶏流 …………………………… 87
　三十二　夷毘沙門 ……………………… 89
　三十三　夷大黒 ………………………… 95
　三十四　大黒連歌 ……………………… 98
　三十五　毘沙門連歌 …………………… 101
　三十六　仏師 …………………………… 104
　三十七　今神明 ………………………… 108
　三十八　胙 ……………………………… 111
　三十九　栗焼 …………………………… 113
　四十　無布施経 ………………………… 117
　四十一　どちはぐれ …………………… 121
　四十二　名取川 ………………………… 124
　四十三　鈍根草 ………………………… 128
　四十四　長刀応答 ……………………… 132
　四十五　素袍落 ………………………… 134
　四十六　賽の目 ………………………… 137
　四十七　角水 …………………………… 140
　四十八　二人袴 ………………………… 142
　四十九　伊呂波 ………………………… 145
　五十　塗師 ……………………………… 147
　五十一　謀生種 ………………………… 151
　五十二　子盗人 ………………………… 154
　五十三　止動方角 ……………………… 156
　五十四　墨塗 …………………………… 159
　五十五　大般若 ………………………… 161
　五十六　茫々頭 ………………………… 163
　五十七　舎弟 …………………………… 166
　五十八　楽阿弥 ………………………… 169
　五十九　口真似 ………………………… 172
　六十　見乞咲嘩 ………………………… 175
　六十一　金岡 …………………………… 178
　六十二　猿座頭 ………………………… 182
　六十三　伯養 …………………………… 186
　六十四　比丘貞 ………………………… 189
　六十五　若市 …………………………… 192
　六十六　横座 …………………………… 195
　六十七　引括 …………………………… 200
　六十八　寝音曲 ………………………… 203
　六十九　縄綯 …………………………… 206
　七十　不見不聞 ………………………… 210
　七十一　鬼瓦 …………………………… 213

七十二 鶏聟	216
七十三 引敷聟	220
七十四 折紙聟	224
七十五 地蔵舞	230
七十六 骨皮	234
七十七 魚説法	237
七十八 吃り	241
七十九 福の神	245
八十 茶壺	248
八十一 長光	251
八十二 法師ケ母	253
八十三 音曲聟	256
八十四 庖丁聟	259
八十五 貫聟	262
八十六 岡太夫	266
八十七 八幡前	270
八十八 口真似聟	274
八十九 釣狐	276
九十 唐相撲	283
九十一 首引	285
九十二 節分	288
九十三 鬼継子	293
九十四 朝比奈	297
九十五 八尾	302
九十六 政頼	304
九十七 博奕十王	309
九十八 馬口労	313
九十九 鎧	316
百 槌	321
百一 隠笠	325
百二 鷹盗人	328
百三 鷹礫	332
百四 石神	335
百五 抜殻	340
百六 野中清水	343
百七 老武者	346
百八 髭櫓	350
百九 雪打合	353
百十 秀句傘	357
百十一 今参	363
百十二 鼻取相撲	367
百十三 文相撲	371
百十四 入間川	372
百十五 萩大名	376
百十六 粟田口	381
百十七 靱猿	386
百十八 鈍太郎	391

百十九 鳴子	395
百二十 遺子	399
*上巻曲名索引	403

〔21〕 **源平盛衰記(四)**(美濃部重克，松尾葦江校注)
1994年10月25日刊

*凡例	7
源平盛衰記 巻第十九	9
源平盛衰記 巻第二十	41
源平盛衰記 巻第二十一	75
源平盛衰記 巻第二十二	101
源平盛衰記 巻第二十三	129
源平盛衰記 巻第二十四	161
*文書類の訓読文	195
*校異	203
*補注	207
*源平盛衰記諸本の記事対照表	237

〔22〕 **天理本狂言六義(下巻)**(北川忠彦，田口和夫，関屋俊彦，橋本朝生，永井猛，稲田秀雄校注)
1995年5月25日刊

天理本狂言六義(下巻)

*凡例	5
一 末広がり	9
二 目近米骨	13
三 張蛸	16
四 三本柱	18
五 麻生	20
六 三人夫	23
七 鷹雁金	27
八 筑紫奥	31
九 蛸	35
十 祐善	38
十一 通円	42
十二 双六	45
十三 花子	49
十四 川原太郎	57
十五 伯母ケ酒	59
十六 千切木	62
十七 太刀奪	65
十八 真奪	68
十九 腥物	69
二十 成上り	72

中世の文学

二十一	狐塚	74
二十二	花盗人	77
二十三	瓜盗人	80
二十四	鱸庖丁	82
二十五	富士松	88
二十六	ぬらぬら	93
二十七	鐘の音	94
二十八	薩摩守	96
二十九	金津地蔵	99
三十	花折新発意	103
三十一	若菜	106
三十二	田植	109
三十三	鞍馬参	112
三十四	舟ふな	114
三十五	八句連歌	116
三十六	胸突	119
三十七	痺	122
三十八	柑子	124
三十九	柑子俵	126
四十	棒縛	128
四十一	樋の酒	132
四十二	三人片輪	134
四十三	拄杖	137
四十四	呂蓮	140
四十五	井礑	143
四十六	鞠座頭	145
四十七	清水座頭	147
四十八	花争	149
四十九	歌争	151
五十	伊文字	154
五十一	二九十八	159
五十二	米市	161
五十三	仁王	165
五十四	水汲新発意	168
五十五	六地蔵	171
五十六	膏薬煉	175
五十七	文荷	179
五十八	内沙汰	184
五十九	三人長者	187
六十	松脂	190
六十一	筒竹筒	193
六十二	枕物狂	196
六十三	竹の子	201
六十四	茶子味梅	206
六十五	人を馬	209
六十六	盆山	213
六十七	瘦松	215
六十八	舟渡聟	218
六十九	太子手鉾	224
七十	酸辛	229
七十一	若和布	233
七十二	お冷	240
七十三	鶯	243
七十四	児流鏑馬	248
七十五	宗八	252
七十六	釣針	256
七十七	酒講式	260
七十八	泣尼	265
七十九	小傘	273
八十	千鳥	279
八十一	川上	285
八十二	才宝	290
八十三	忠喜	294
八十四	芥川	298
八十五	箕被	301
八十六	腹切ず	307
八十七	吹取	311
八十八	連尺	316
八十九	塗附	320
九十	木六駄	324
九十一	雷	330
九十二	黄精	334
九十三	禁野	337
九十四	岩橋	339
九十五	勝栗	342
九十六	蟹山伏	344
九十七	苞山伏	348
九十八	茸	351
九十九	蝸牛	353
百	木実争	357
百一	井杭	359
百二	禰宜山伏	365

『抜書』のみに記される曲 … 372
　合柿（百三） … 372
　牛盗人（百三十四） … 373
　松樵（百三十七） … 375
　右流左止（百四十九） … 376
　太鼓負（百五十） … 378
＊解説（田口和夫） … 379
＊全巻曲名索引 … 406

〔23〕　新古今増抄（一）（大坪利絹校注）
1997年4月1日刊

中世の文学

＊『新古今増抄』覚え書き ……………… 1
＊凡例 ………………………………… 13
新古今増抄 序（外箋）新古今和歌集仮名
　序 ……………………………………… 19
新古今増抄 春上（外箋）時代・撰者・部
　立・歌数・大旨・題号 ………………… 40
新古今増抄 春上（外箋）〔一〕番歌～〔九
　八〕番歌 ……………………………… 47
新古今増抄 春下〔九九〕番歌～〔一七四〕
　番歌 …………………………………… 164
新古今増抄 夏（外箋）〔一七五〕番歌～
　〔二八四〕番歌 ………………………… 237
＊注継続 ………………………………… 333

〔24〕　新古今増抄（二）（大坪利絹校注）
2001年9月20日刊

＊凡例 ……………………………………… 1
新古今増抄 秋上（外箋）〔二八五〕番歌～
　〔四三六〕番歌 ………………………… 7
新古今増抄 秋下（外箋）〔四三七〕番歌～
　〔五五〇〕番歌 ………………………… 165
＊注継続 ………………………………… 271

〔25〕　源平盛衰記（六）（美濃部重克，榊
　原千鶴校注）
2001年8月10日刊

＊凡例 ……………………………………… 7
源平盛衰記 巻第三十一 ………………… 9
源平盛衰記 巻第三十二 ………………… 41
源平盛衰記 巻第三十三 ………………… 79
源平盛衰記 巻第三十四 ………………… 121
源平盛衰記 巻第三十五 ………………… 167
源平盛衰記 巻第三十六 ………………… 213
＊文書類の訓読文 ……………………… 251
＊校異 …………………………………… 257
＊補注 …………………………………… 265
＊源平盛衰記と諸本の記事対照表 ……… 351

〔26〕　六代勝事記・五代帝王物語（弓削
　繁校注）
2000年6月19日刊

＊解説『六代勝事記』 …………………… 3
＊凡例 …………………………………… 59
六代勝事記 ……………………………… 61

五代帝王物語 …………………………… 99
＊補注 …………………………………… 159
＊参考文献 ……………………………… 289
＊関係系図 ……………………………… 299
＊記事年表 ……………………………… 305
＊六代勝事記　詩歌索引 ……………… 318
＊人名索引 ……………………………… 319

〔27〕　新古今増抄（三）（大坪利絹校注）
2001年12月21日刊

＊凡例 ……………………………………… 1
新古今増抄 冬（外箋）〔五五一〕番歌～
　〔七〇六〕番歌 ………………………… 7
新古今増抄 賀（外箋）〔七〇七〕番歌～
　〔七五六〕番歌 ………………………… 144
＊注継続 ………………………………… 193

日本古典文学全集・内容綜覧　345

> [055] **中世文芸叢書**
> 広島中世文芸研究会
> 全12巻，別巻3巻
> 1965年1月～1973年1月

第1巻　宗祇連歌古注
1965年1月1日刊

＊凡例 ……………………………………… *1*
水無瀬三吟百韻注 ……………………… *3*
湯山三吟百韻注 ………………………… *21*
宗伊宗祇両吟百韻注 …………………… *61*
宗祇独吟名所百韻注 …………………… *71*
宗祇独吟何人百韻注 …………………… *84*
三嶋千句注 ……………………………… *102*
　　三嶋千句校異 ……………………… *179*
＊解説 …………………………………… *195*
＊初句索引 ……………………………… *223*

第2巻　中世源氏物語梗概書
1965年7月1日刊

＊凡例 ……………………………………… *1*
源氏大概真秘抄（対校・源氏大綱）…… *1*
＊解説 …………………………………… *185*

第3巻　野坂本草根集
1965年12月1日刊

野坂本草根集
＊凡例 ……………………………………… *1*
　　春部 ………………………………… *2*
　　夏部 ………………………………… *50*
　　秋部 ………………………………… *79*
　　冬部 ………………………………… *122*
　　恋部 ………………………………… *153*
＊解説 …………………………………… *212*

第4巻　鎌倉末期連歌学書
1965年11月1日刊

＊凡例
野坂本賦物集 …………………………… *1*

連證集 …………………………………… *75*
解説 ……………………………………… *125*
野坂本賦物集索引 ……………………… *167*

第5巻　新古今注
1966年1月10日刊

＊凡例 ……………………………………… *1*
新古今注 ………………………………… *1*
新古今抜書抄（凡例）………………… *165*
＊解説 …………………………………… *217*
＊初句索引 ……………………………… *243*

第6巻　田植唄本集
1966年5月1日刊

＊凡例
高松屋古本田唄集 ……………………… *1*
田植歌雑紙 ……………………………… *12*
田植大哥双紙 …………………………… *39*
田うゑ哥写 ……………………………… *72*
青笹上大江子本田唄集 ………………… *99*
＊解説（友久武文）…………………… *172*
＊索引 …………………………………… *185*

第7巻　詞花和歌集注
1966年7月1日刊

＊凡例
詞花和歌集 ……………………………… *1*
＊解説 …………………………………… *186*
＊初句索引 ……………………………… *193*

第8巻　松平文庫本唐鏡
1966年10月1日刊

松平文庫本唐鏡
＊一、　凡例 ……………………………… *1*
　一、　唐鏡総目次 …………………… *3*
　一、　唐鏡本文 ……………………… *9*
＊一、　唐鏡人名索引 ………………… *159*
＊一、　唐鏡解説 ……………………… *173*

第9巻　瀬戸内寺社縁起集
1967年4月1日刊

＊凡例 ……………………………………… *1*

中世文芸叢書

鰐長寺縁起複製と翻刻 ……………… 3
志度寺縁起複製と翻刻 ……………… 43
筥山竹林寺縁起複製と翻刻 ………… 139
須佐神社縁起翻刻 …………………… 183
*解説 …………………………………… 196
　*鰐長寺縁起解説（和田茂樹）…… 196
　*志度寺縁起解説（友久武文）…… 207
　*筥山竹林寺縁起解説（友久武文）… 227
　*須佐神社縁起解説（竹本宏夫）… 242

第10巻　酬恩庵本狂雲集
1967年8月1日刊

*凡例
酬恩庵本狂雲集 ……………………… 1
諸本対校表 …………………………… 53
　その一（狂雲集の部1）…………… 54
　その二（道号の部1）……………… 111
　その三（狂雲集の部2）…………… 116
　その四（道号の部2）……………… 127
自戒集 ………………………………… 129
*解説 …………………………………… 163

第11巻　広本住吉物語集
1967年11月10日刊

*凡例
白峰寺本「住吉物語」………………… 1
神宮文庫本「住吉物かたり」………… 73
野坂家本「住よしもの語」…………… 149
*解説 …………………………………… 223
　*広本住吉物語集和歌索引 ………… 255

第12巻　宮増伝書・異本童舞抄
1968年6月1日刊

*一、凡例
一、広大本　宮増伝書 ……………… 1
　（1）笛ノ本（笛彦兵衛系伝書）… 1
　（2）宮増弥左衛門親次伝書（大永八年奥書）………………………………… 64
　（3）似我与左衛門国廣伝書「風皷次第之事」（天文二年奥書）…………… 69
　（4）宮増弥左衛門親次「皷道歌」（仮題）…………………………………… 81
*宮増弥左衛門本の識語 ……………… 83
一、吉川本　花伝書（異本童舞抄）… 85

*一、広大本宮増伝書及び吉川家本花伝書（異本童舞抄）解題 ……… 166

別巻1　連歌とその周辺
1967年12月1日刊

良阿と周阿（木藤才蔵）……………… 1
莵玖波集の俳諧（田中裕）…………… 27
連歌に於ける「本意」意識の源流について（水上甲子三）…………………… 45
今川了俊と梵燈庵―良基連歌の継承をめぐって（島津忠夫）………………… 62
長禄千句の寄舎―大山祇神社連歌（和田茂樹）………………………………… 79
賢聖房承祐について―室町幕府連歌宗匠（稲田利徳）………………………… 106
心敬の「さひ」について（湯浅清）… 128
広島大学本「連歌故実抄」―いわゆる宗祇初心抄のことなど（湯之上早苗）… 146
堂上連歌壇の俳諧―文明十八年和漢狂句その他（両角倉一）………………… 168
白鷗の辞―五山文学の詩想についての一考察（中川徳之助）………………… 188
連句連歌会の形態―「実隆公記」を中心に（朝倉尚）………………………… 211
宗長第二の句集『那智籠』（伊地知鐵男）………………………………………… 238
一休宗純と柴屋軒宗長（中本環）…… 254
守武千句論（江藤保定）……………… 272
修行時代までの紹巴―里村紹巴伝考証その一（奥田勲）……………………… 302
籠造寺氏の連歌（米倉利明）………… 323
連歌における季題意識の成長―千句・万句の題について（余語敏男）……… 339
住吉物語の和歌・連歌・歌謡―原本性追求の試み（友久武文）……………… 361
千載集雑部の二、三の問題（黒川昌享）… 380
否定の助詞「ばや」について―菟玖波集の「むめ水とてもすくもあらばや」に寄せて（山内洋一郎）……………………… 402
連珠合璧集に見られる源氏寄合―源氏小鏡・光源氏一部連歌寄合・源氏物語内連歌付合などとの関連（伊井春樹）… 421
紫塵愚抄と宗祇の周辺（稲賀敬二）… 437
*あとがき（編集委員一同）………… 456

別巻2　新撰菟玖波集 自立語索引
1970年6月10日刊

*序（金子金治郎）
*凡例 ………………………………………… 1
新撰菟玖波集序文 ………………………… 4
自立語索引 ………………………………… 8
　一、序文の部 …………………………… 8
　二、連歌の部 …………………………… 23
　三、漢詩の部 …………………………… 221
　四、詞書・左注の部 …………………… 226
*あとがき（山根清隆）…………………… 240

別巻3　中世文芸■五十号記念論集
1973年1月20日刊

兼載伝の再吟味―付・彰考館文庫『和漢
　聯句』翻刻（金子金次郎）……………… 5
翻刻『梵燈庵日発句』（大阪天満宮文庫
　本）―解説・吉川本と比較した場合（湯
　之上早苗）……………………………… 30
心敬の表現―「－もなし」をめぐって（山
　根清隆）………………………………… 50
宗碩発句集について（余語敏男）………… 69
宗牧連歌論書『胸中抄』について（小川幸
　三）……………………………………… 91
心象風景表現と新古今歌風（黒川昌享） 118
素材「冬月」をめぐって―新古今集の特
　色（安瀬原悦子）……………………… 137
藤原良経―その初学期をめぐって（片山
　享）……………………………………… 157
正徹の和歌の新資料「月草」について（稲
　田利徳）………………………………… 176
「備後国風俗歌」（阿波国稲垣家蔵）につ
　いて―その解説と翻刻（竹本宏夫）… 199
白鷗の辞（Ⅵ）―五山文学の詩想につ
　いての一考察（中川徳之助）………… 216
禅林における詩会の様相―相国寺維那
　衆強訴事件・内衆の詩会（朝倉尚）… 235
伏見宮貞成の生きかた―『看聞日記』に
　見られる「無力」について・応永期の場
　合（位藤邦生）………………………… 258
住吉物語諸本の分類―和歌の固定と流
　動相を手がかりとして（友久武文）… 276
河原院の亡霊（熊本守男）……………… 296

枕草子にあらわれる「……係助詞（係り）
　……をかし（結び）」構文の特徴―係助詞
　と「をかし」の関係（小沢昭人）…… 312
風葉和歌集雑部の構造（藤河家利昭）… 325
源氏物語の秘説―その発生期について
　の覚え書き（伊井春樹）……………… 347
東山文庫本「七豪源氏」所載の注釈資料
　―十四世紀中葉の源氏研究の周辺（稲賀
　敬二）…………………………………… 366
福井文庫目録（広島大学文学部国語学国
　文学研究室蔵）（湯之上早苗，小川幸三
　編）……………………………………… 385

[056] **勅撰歌歌枕集成**
おうふう
全3巻
1994年10月～1995年9月
（吉原栄徳著）

〔1〕 本文編
1994年10月25日刊

＊まえがき ………………………………… 1
＊凡例（勅撰歌歌枕地名詠入歌本文・勅
　撰歌詞書地名記述歌本文） ………… 3
勅撰歌歌枕地名詠入歌本文 ……………… 1
　日本国 ……………………………………… 1
　　秋津島（根） ………………………… 1
　　蜻蛉羽の姿の国 ……………………… 2
　　葦原 …………………………………… 3
　　葦原の瑞穂の国 ……………………… 4
　　敷島 …………………………………… 6
　　敷島の道 ……………………………… 8
　　豊葦原（国） ………………………… 11
　　日の本 ………………………………… 11
　　大和 …………………………………… 12
　　大和島根 ……………………………… 14
　山城国 …………………………………… 16
　　山城 …………………………………… 16
　　県の宮 ………………………………… 20
　　県の井戸 ……………………………… 20
　　朝日（の）山 ………………………… 21
　　愛宕の峰 ……………………………… 22
　　化野 …………………………………… 22
　　化野の玉川 …………………………… 23
　　粟田 …………………………………… 23
　　嵐（の）山 …………………………… 23
　　有栖川 ………………………………… 27
　　石川 …………………………………… 27
　　斎院 …………………………………… 27
　　泉川 …………………………………… 28
　　稲荷の神 ……………………………… 31
　　稲荷山 ………………………………… 31
　　岩陰 …………………………………… 31
　　岩坂の山 ……………………………… 32
　　岩清水 ………………………………… 32

岩田 ……………………………………… 35
岩田の森 ………………………………… 35
岩田の小野 ……………………………… 36
入野（の原） …………………………… 37
浮田の森 ………………………………… 39
宇多 ……………………………………… 39
宇多（の）野 …………………………… 40
宇多の焼野 ……………………………… 40
内裏 ……………………………………… 40
宇治 ……………………………………… 40
宇治の網代（木） ……………………… 40
宇治（の）川 …………………………… 41
宇治の川舟 ……………………………… 44
宇治の川長 ……………………………… 44
宇治の里人 ……………………………… 44
宇治の柴舟 ……………………………… 45
宇治の滝つ瀬 …………………………… 45
宇治の殿 ………………………………… 45
宇治の橋姫 ……………………………… 45
宇治の橋（守） ………………………… 47
宇治の都 ………………………………… 48
宇治の宮人 ……………………………… 48
宇治の渡り ……………………………… 49
宇治山 …………………………………… 49
内野 ……………………………………… 50
瓜生山 …………………………………… 50
音無の滝 ………………………………… 50
音羽 ……………………………………… 51
音羽（の）川 …………………………… 51
音羽の里 ………………………………… 53
音羽の滝 ………………………………… 53
音羽（の）山 …………………………… 54
大荒木 …………………………………… 56
大内山【御室山】 ……………………… 56
大内山【内裏】 ………………………… 57
大江山 …………………………………… 58
大沢の池 ………………………………… 59
大原 ……………………………………… 60
大原川 …………………………………… 60
大原の里 ………………………………… 61
大原（の）山 …………………………… 61
大原【大原野】 ………………………… 62
大原の神【大原野の神】 ……………… 63
大原の里【大原野の里】 ……………… 63
大原（の）山【大原野の山】 ………… 63
大宮 ……………………………………… 64
大宮人 …………………………………… 67

日本古典文学全集・内容綜覧　　**349**

勅撰歌歌枕集成

朧の清水	73
大堰川	74
笠置の窟	82
笠取(の)山	82
霞の谷	82
鹿背山	83
片岡の神	84
片岡の森	84
桂	84
桂川	85
桂の里	85
桂(の)人	86
桂宮	86
紙屋川	86
神山	87
亀の尾(の)山	89
亀の尾(山)の滝	90
亀山	90
賀茂	91
賀茂(の)川	91
賀茂の神山	93
賀茂の羽川	93
賀茂の御生	93
賀茂の社〈瑞垣〉	94
北野	95
衣笠岡	95
貴船川	95
貴船の神	96
清滝	97
清滝川	97
久世	98
恭仁の都	98
雲の上	100
雲の上人	108
雲の林	109
雲居【雲居寺】	110
雲居【内裏】	110
暗部(の)山	124
鞍馬(の)山	126
栗栖野	126
九重【内裏】	126
九重【内裏】	127
小島が崎	135
木の島	135
木の島の御社	135
木幡川	135
木幡の里	135
木幡(の)山〈峰〉	136
狛(の辺り)	136
衣手の森	137
冴野の沼	137
嵯峨	138
嵯峨(の)野	139
嵯峨野の道	141
嵯峨の山	141
鷺坂	142
鷺坂山	142
桜本	142
沢田川	142
樒が原	143
塩竈(の浦)	143
標野	144
下の社	144
白川	144
白川の滝	146
白川(の辺り)	146
炭竈の里	146
瀬見の小川	147
芹川	147
其の神山	147
園韓神	149
高雄(の)山	149
竹田	149
糺の宮	149
糺の森	149
橘の小島	150
玉川	150
たまくらの野	151
玉津島	151
玉津島姫	151
玉の井	152
千代の古道	152
月の林	153
月の輪	153
綴喜の里	153
綴喜の原	153
常盤の里	153
常盤の橋	154
常盤の森	154
常盤(の)山	155
戸無瀬	158
戸無瀬川	158
戸無瀬の滝	159
鳥羽	159

350 日本古典文学全集・内容綜覧

鳥羽田	160	美豆野	187
鳥羽田の里	161	美豆の上野	187
戸無瀬川	161	美豆野の里	187
鳥辺野	161	美豆の御牧	187
鳥辺山	162	美豆の森	188
中川	163	美豆の渡守	188
中川の宿	165	美豆の小川	188
楢の小川	165	三室戸山	188
双の池	165	御室（の）山	188
双の岡	165	都	189
鳴滝	166	都路	222
西（の）川	166	都（の）人	222
西の山	166	宮の中	226
野宮	166	梅津	227
藐姑射の山	166	梅津川	227
橋姫	168	梅宮	227
羽束師の森	168	紫（の）野	227
花（の）山	169	百敷	228
柞の森	170	桃園	231
久方の中なる川	170	八入の岡	231
久方の中に生ひたる里	171	八瀬	231
櫃川の橋	171	八十宇治川	232
氷室（の）山	171	八十宇治人	233
平野	171	八幡山	234
広沢の池	172	山科	234
深草	172	山科の里	235
深草の里	173	山科の宮	236
深草の野	175	吉田の神	236
深草の山	175	淀	236
伏見	176	淀野	237
伏見の里	177	淀の川舟	238
伏見の沢	178	淀の川長	239
伏見山	179	淀の渡り	239
船岡	179	井関	239
堀河	180	井手	240
真木の島人	180	井手の里人	241
真木の島舟	180	井手の柵	241
槇尾山	180	井手の下帯	242
松尾の神	181	井手の（玉）川	242
松尾山	181	井手の中道	244
松原（の）山	182	井手の渡り	244
御生野	182	小倉	244
瓶原	182	小倉（の）山	245
御倉山	183	小塩	250
神輿岡	183	小塩（の）山	251
御手洗（川）	183	男山	252
美豆	186	小野	253

小野の里人	254	大島峰	306
小野の篠原	254	大原（の里）	307
小野の炭竈〈焼〉	257	蜻蛉の小野	307
小野の古〈細〉道	257	香具山	308
小野（の）山	257	柏木の森	309
小野の山里	258	春日	310
大和国	259	春日の里	312
大和	259	春日（の）野	313
大和島根	263	春日（野）の原	323
大和路	263	春日（の）山	323
赤膚の山	264	春日の八乙女	332
秋篠の里	264	かたちの小野	332
秋津（の）野	264	片岡	333
朝の原	266	片岡（の）山	334
明日香	267	勝間田の池	334
明日香風	270	葛城	335
明日香（の）川	271	葛城の神	339
明日香の里	280	葛城の橋	339
明日香の寺	280	葛城（の）山	340
明日香井	280	神奈備川	343
阿太大野	280	神奈備の岩瀬の森	344
穴師	281	神奈備の三室の山	345
穴師（の）川	281	神奈備の森	346
穴師の檜原	282	神奈備（の）山	347
穴師の山〈岳〉	282	神岡山	350
天の香具山	283	猟路の池	350
天の香具山	286	軽の池	350
在原	286	軽の市	351
青根が峰	286	象の小川	351
斑鳩	287	象山	352
生駒（の）山〈岳〉	287	きなれの山	352
石上	290	久米（路）の岩橋	352
板田の橋	296	久米路の神	354
稲淵の滝	297	久米路の橋	354
岩倉	297	久米の橋作り	355
岩瀬の森	297	倉橋川	355
岩瀬（の）山	298	倉橋山	355
磐余野	299	栗栖の小野	355
磐余の池	300	黒髪山	356
今城の丘〈外山〉	300	越の大野	356
妹背川	300	巨勢の野	357
妹背（の）山	301	佐紀野	357
浮田の森	303	小檜隈	358
宇陀の野	304	佐保（の）川	358
宇治間山	304	佐保（の）山	364
大荒木	305	佐保（の辺り）	367
大荒木の森	305	佐保姫	368

猿沢の池	370	羽易の山	417
敷島	370	初瀬	418
菅田の池	371	初瀬（の）川	419
菅原	371	初瀬の里	422
曽我の川	372	初瀬の寺	422
袖振る山	373	初瀬の檜原	422
高城の峰	374	初瀬（の）山	423
高間	374	初瀬女〈乙女〉	427
高間の山〈峰〉	375	春の日	428
高円	377	春の日の名に負ふ山	429
高円の野	378	日晩野	429
高円（の）山	380	日晩の山	429
高円の尾上	382	一言の神	429
高円の尾上の宮	382	檜隈川	429
高山	383	檜原の山〈が峰〉	430
滝つの都	383	広瀬川	431
竹田の原	384	伏見	431
竜田	384	伏見の里	432
竜田（の）川	385	二上山	433
竜田（の）山	390	藤原の都	433
竜田姫	397	布留	434
竜田山の里	399	布留川	436
辰の市	399	布留（から小）野	437
珠城の宮	399	布留の里	440
手向（の）山	400	布留の高橋	440
鳥羽山	401	布留の滝	441
飛火（の）野	401	布留の（中）道	441
飛火の原	402	布留の〈き〉都	442
十市	402	布留の社	442
十市の池	403	布留の山	443
十市の里〈村〉	403	巻向	444
十市の山	404	巻向（の）山	447
遠つ明日香の都	404	益田の池	447
泊瀬の山	404	待乳（の）山	448
富雄川	405	御垣が原	450
豊浦	405	三笠	452
豊浦の寺	405	三笠の森	452
豊浦の宮	405	三笠（の）山	453
中（なる）川	406	水分山	464
夏箕（の）川	406	みなれ山	464
奈良	407	三船の山	464
奈良の古里	409	耳成（の）山	466
奈良の都	410	三室の岸	466
奈良の山	414	三室（の）山	467
奈良思の岡〈山〉	416	都	470
楢の葉	417	宮路	474
楢の葉の名に負ふ宮	417	宮（の）滝	474

み吉野	475	芦屋の海	543
み吉野の岩の懸路〈道〉	481	芦屋の浦	543
み吉野の（大）川	482	芦屋の沖	543
み吉野の大宮処	482	芦屋の里	544
み吉野の里	483	葦間の池	545
み吉野の滝	483	味経の池	545
み吉野の山	485	あはきの浦	545
三輪	491	阿倍（の）島	545
三輪川	492	有馬菅	546
三輪古菅	493	有馬の出湯	546
三輪の神〈社〉	493	有馬山	547
三輪の檜原	494	生田	548
三輪（の）山	495	生田の池	548
六田の淀	499	生田の海	548
矢田（の）野	499	生田の浦	548
山階の山	501	生田（の）川	548
山の辺	501	生田の森	549
逝廻丘	501	岩手の里	551
弓月（が下）	502	岩手の森	552
弓月が岳	502	浦の初島	552
結八川	503	榎夏	553
吉野	503	大江	553
吉野の奥	505	大伴	553
吉野（の）川	506	お前の沖	555
吉野の国	515	笠縫の島	556
吉野の里	515	川島	556
吉野の滝	516	亀井	556
吉野の宮	516	昆陽の葦葺き	557
吉野（の）山〈岳〉	518	昆陽の海人	557
小倉の山〈峰〉	527	昆陽の池	557
小野の蜻蛉	528	昆陽の篠屋	558
尾上の宮	528	昆陽の松原	558
小墾田	528	昆陽（の辺り）	559
小墾田の宮	529	こり須磨（の浦）	561
小初瀬	529	五月（の）山	561
小初瀬の山	529	佐比江	562
摂津国	531	敷津の浦	562
津の国	531	四極山	563
津の国飼	538	須磨	564
芥川	538	須磨の海人	565
浅香の浦	538	須磨の浦	567
浅沢沼	539	須磨の浦人	569
浅沢水	539	須磨の浦舟	570
浅沢小野	539	須磨の関（守）	570
芦の屋	540	住の江	573
芦（の）屋の海人	543	住の江の浦	577
芦屋潟	543	住の江の神	577

住の江の岸(波)	578	難波の宮	643
住の江の浜	579	難波人	644
住の江の松	580	難波堀江	645
住吉	583	難波女	645
住吉の浦	586	難波辺り	646
住吉の神	587	難波男	647
住吉の岸(波)	589	鳴尾	647
住吉の里	590	鳴尾の浦	648
住吉の細江	590	鳴尾の沖	648
住吉の松	590	布引の滝	649
住吉の宮〈瑞垣〉	599	野中の(清)水	650
住吉の岡	599	羽束の山	653
高槻村	599	原の池	653
高津の宮	599	姫島	653
高浜	600	広田の神	654
太刀造江	600	堀江	654
玉川の里	600	堀江の橋	656
玉出の岸	601	待兼山	657
玉出の水	602	真野	657
田蓑	602	真野の浦	658
田蓑の島	602	真野の継橋	659
垂水	603	御影の松	659
津守の海人	603	み佐比江	659
津守の浦	604	三島江	659
津守の沖	605	三島江の入〈玉〉江	661
津守の神	605	三島の芥火	662
敏馬	605	御津	662
敏馬が磯	606	御津の海人	662
敏馬が〈の〉崎	606	御津の浦	663
遠里小野	606	御津の泊	663
長洲(の浜)	608	御津の浜(松)	664
長柄	609	水無瀬(の)川	666
長柄の橋	610	水無瀬(の)里	668
長居	614	水無瀬(の)山	668
長居の浦	614	湊川	669
奈古の海人	614	湊山	669
奈古の門	614	敏馬の浦	670
灘	614	都	671
難波	616	武庫の浦	672
難波江	625	武庫の奥	673
難波潟	629	八十島	673
難波門	636	横野	673
難波の浦	636	淀(の)川	673
難波の里	639	淀の継橋	674
難波の寺	639	渡辺	675
難波(の御)津	639	和田の岬	675
難波の湊	643	猪名の笹〈伏〉原	675

猪名の笹屋	676	伊勢の神風	711
猪名の柴山	676	阿漕が浦	711
猪名野（の原）	677	阿漕の海人	712
猪名の湊	678	朝熊の宮	712
河内国	678	朝熊（の山）	712
河内女	678	朝日の宮	712
天の川	678	雨の宮	713
石川	680	十鈴（の）川	713
交野	680	磯の宮	715
交野の里	682	一志の海人	715
交野の野	682	一志の浦	715
交野の原	683	内外の宮	716
草香江	683	大淀の浦	716
草香の山	684	大淀の浜	717
樟葉の宮	684	鏡の宮	717
忍の岡	684	河口の関	717
高瀬の淀	685	神垣山	717
高安の里	685	神路（の）山	717
渚	685	清き渚	720
日置野	685	桜の宮	720
御墓山	686	鈴鹿川	720
和泉国	686	鈴鹿の関	722
和泉	686	鈴鹿山	722
穴師	687	竹川	723
沖津の浜	687	竹の都	724
紀路の遠山	687	千尋の浜	724
堺	688	月読の神	724
信太の森	688	月読の森	724
高師の浦	689	豊宮川	724
高師の浜	689	長浜	725
茅渟の壮男	690	長浜の浦	725
日根	691	涙川	725
吹飯の浦	691	涙の川	734
井関の山	693	錦の浦	737
東国	693	二見潟	737
東	693	二見の浦	737
東人	694	御裳濯川	737
東路	695	宮川	739
東野	701	山田の原	740
東乙女	701	湯都磐村	740
伊勢国	702	わかの松原	741
伊勢島	702	忘井	741
伊勢（島）の浜荻	703	渡会	742
伊勢の海人	704	小野の古江	743
伊勢の天つ雁	708	小野の湊	743
伊勢の海	708	苧生の海	743
伊勢の浦	711	苧生の浦	744

苧生の湊 ……………………… 745	庵崎 …………………………… 769
志摩国 ………………………… 745	庵原 …………………………… 769
網の浦 ……………………… 745	浮島が〈の〉原 …………… 769
をみの浦 …………………… 746	宇津の山 …………………… 770
伊賀国 ………………………… 746	有渡浜 ……………………… 772
花垣の里 …………………… 746	興津の浜 …………………… 772
尾張国 ………………………… 747	清見が関 …………………… 772
粟手の浦 …………………… 747	清見潟 ……………………… 775
粟手の森 …………………… 748	木枯の森 …………………… 776
年魚市潟 …………………… 748	こぬみの浜 ………………… 776
加家の湊 …………………… 748	こぬよの浜 ………………… 777
須佐の入江 ………………… 748	賤機山 ……………………… 777
知多の村 …………………… 749	竹之下道 …………………… 777
鳴海 ………………………… 749	田子 ………………………… 778
鳴海の海人 ………………… 749	田子の海人 ………………… 778
鳴海の海 …………………… 749	田子の浦 …………………… 778
鳴海の浦 …………………… 750	富士 ………………………… 780
鳴海の沖 …………………… 750	富士（の）川 ……………… 782
鳴海（の）潟 ……………… 750	富士の裾野 ………………… 782
鳴海の野 …………………… 752	富士の嶺〈山〉 …………… 783
鳴海の浜 …………………… 752	御手洗川 …………………… 792
呼継の浜 …………………… 752	三保 ………………………… 792
三河国 ………………………… 753	三保の浦 …………………… 792
伊良湖が崎 ………………… 753	三保の沖 …………………… 793
伊良湖の海人 ……………… 753	三保の杣山〈人〉 ………… 793
衣の浦 ……………………… 753	岡部 ………………………… 793
然菅（の渡り） …………… 754	伊豆国 ………………………… 794
高師（の）山 ……………… 755	伊豆（国） ………………… 794
引馬の野 …………………… 755	伊豆の海 …………………… 794
二村（の）山 ……………… 756	伊豆の御山 ………………… 795
三河の八橋 ………………… 757	子恋の森 …………………… 795
宮路山 ……………………… 757	甲斐国 ………………………… 796
八橋 ………………………… 757	甲斐 ………………………… 796
遠江国 ………………………… 758	甲斐が〈の白〉嶺 ………… 796
引佐細江 …………………… 758	甲斐路 ……………………… 797
大の浦 ……………………… 758	差出の磯 …………………… 797
佐夜の中山 ………………… 759	塩の山 ……………………… 798
白菅の湊 …………………… 763	都留郡 ……………………… 798
長浜 ………………………… 763	富士の鳴沢 ………………… 798
浜名の橋 …………………… 763	山梨岡 ……………………… 798
駿河国 ………………………… 765	小笠原 ……………………… 799
駿河国 ……………………… 765	相模国 ………………………… 799
駿河 ………………………… 765	足柄の関 …………………… 799
駿河の海 …………………… 767	足柄の山（路） …………… 800
駿河の山 …………………… 767	鎌倉の里 …………………… 802
安倍の市人 ………………… 768	小余綾の磯 ………………… 802
磐城の山 …………………… 768	鶴が岡 ……………………… 804

箱根路	804	葦の浦	837
箱根の山	804	梓の杣	838
武蔵国	805	粟津(の)野	839
武蔵鐙	805	粟津の森	839
武蔵野	805	逢坂	839
浅羽(の)野	810	逢坂の関	843
荒繭の崎	810	逢坂の関(の清)水	855
霞の関	811	逢坂の関守る神	857
狭山	811	逢坂(の)山	857
隅田川	811	青柳の村	859
立野(の駒)	812	伊香が崎	860
多摩川	813	伊香具(の海)	860
多摩の横野	813	不知哉(川)	860
堀兼の井	813	不知哉川	861
三芳野	813	石山の峰	861
向岡	814	磯崎	861
上総国	815	石辺の山	862
黒戸の浜	815	板倉	862
末の里(人)	815	犬上	862
末の原野	815	岩蔵山	862
下総国	816	岩清水	863
葛飾	816	岩根(の)山	863
葛飾の浦	818	伊吹	864
真間の入江	818	伊吹(の)山〈岳〉	864
真間の浦	818	彌高(の)山	864
真間の継橋	819	打出の浜	865
常陸国	820	うねの野	866
常陸	820	老蘇の森	866
常陸帯	821	沖つ島山	868
鹿島	822	息長川	868
鹿島の帯	822	沖の小島	868
鹿島の崎	822	音高(の)山	869
霞の浦	823	大国の里	869
恋瀬川	823	大倉山	869
志筑の森	823	大岳	869
高間の浦	824	大比叡	869
筑波嶺〈山〉	824	陪膳の浜	870
男女川	829	鏡(の)山	870
小野の御牧	829	堅田の海人	873
近江国	830	堅田の浦	873
近江	830	勝野	873
近江路	833	勝野の原〈野〉	873
近江の海	835	香取の浦	874
近江の宮	837	蒲生野	874
近江の乙女	837	神山	875
朝妻	837	亀の岡	875
朝日の里	837	唐崎	875

唐崎の浜	876	千坂の浦	905
餉山	876	千千の松原	905
来増の山	876	筑摩江	906
桐生の岡	876	筑摩(野)	906
朽木の杣	877	筑摩の神	906
暗部の里	877	筑摩の祭	906
栗本の里	878	鳥籠	907
己高山	878	鳥籠の海	907
坂田	878	鳥籠の浦	907
桜川	878	鳥籠の山	908
楽浪	878	長沢の池	910
志賀津の海人	884	長等	910
志賀の海人	885	長等の浦	911
志賀の海	885	長等の山	911
志賀の浦	885	名取川	913
志賀の大曲	889	七の社〈神垣〉	913
志賀の唐崎	890	七坐す(の御)神	913
志賀の手兒ら	891	連庫山	914
志賀の波(路)	891	新居の里	914
志賀の花園	892	鳰の海	914
志賀の浜松	893	野島が崎	915
志賀の古里	893	野路	916
志賀の都	894	野路の玉川	916
志賀(の)山	894	走井	916
志賀の山越え〈道〉	895	波母山	917
志賀の山里	896	日吉の宮〈社〉	917
信楽の里	896	日吉	917
信楽の(杣)山	896	日吉の神	918
篠原	898	日吉の神垣〈宮〉	919
塩津山	898	比良の湊	919
関【逢坂】	899	比良(の)山〈岳〉	920
関路	899	船木の山	921
関の清水	900	真木の村	921
関(の小)川	900	益原の里	922
関山	900	松が崎	922
瀬田の長橋	900	真野の入江	922
高島	901	真野の浦(人)	923
高野の村	902	真野の浜	923
鷹尾山	903	三上(の)山〈岳〉	923
田上	903	水茎の岡	924
田上川	903	御津の浜	926
田上山	903	三村の山	926
玉野の原	904	都	927
玉の緒山	904	三井の(清)水	928
玉井	904	水尾(の)浦	928
手向の山	905	水尾の山〈杣〉	928
千枝(の村)	905	守りける〈るてふ〉山	929

勅撰歌歌枕集成

守山	929
諸神	931
野洲	931
野洲（の）川	931
山	932
山（の）井	935
木綿園	938
万木の森	938
横川	938
余呉の浦	939
吉田の里	939
若松の森	939
岡田の原	939
雄琴の里	940
小比叡	940
美濃国	940
美濃（国）	940
美濃山	941
五貫川	941
宇留間	942
関【不破】	942
関の藤川	942
垂井	943
長良の川	943
野上（の里）	943
不破の関	944
美濃の中山	945
美濃の御山	945
蓆田	946
飛騨国	947
飛騨（の）匠	947
飛騨人	947
位（の）山	948
双六の市場	952
丹生の川	952
丹生の杣人	952
信濃国	953
信濃	953
信濃路	954
信濃野	954
信濃の檀弓	954
浅間	955
浅間の山〈岳〉	955
犬飼の御湯	956
風越（の峰）	956
木曽路の橋	957
木曽の麻衣〈麻布〉	957
木曽の懸橋	957
木曽の神坂	958
木曽の山道	958
桐原の駒	958
久米路の橋	958
更級	958
更級川	960
更級の里	960
更級の山	960
須賀の荒野	961
園原	961
千曲（の）川	961
七久里の出湯	962
伏屋	962
神坂	962
御射山	963
望月の駒	963
姨捨（の）山	964
上野国	967
伊香保の沼	967
可保夜が沼	968
佐野の中川	968
佐野の舟橋	968
多胡の入野	969
利根川	970
双子山	970
下野国	970
下野	970
安蘇の河原	971
標茅が原	971
那須の湯	971
双見山	972
美香保の崎	972
室の八島	972
陸奥国	974
陸奥	974
岩代国	981
安積の沼	981
安積（の）山	982
安達野	983
安達の駒	983
安達の原	983
安達の檀弓	983
阿武隈（川）	984
黒塚	986
信夫	986
信夫が原	987

信夫の浦	988	小黒崎	1027
信夫の奥（の通路）	988	雄島	1027
信夫の里〈辺り〉	989	雄島が〈の〉磯	1028
信夫の鷹	989	雄島が崎	1028
信夫の森	989	雄島の海人	1029
信夫（の）山	991	雄島の苫屋	1030
信夫綟摺り〈の（摺り）衣・の乱れ〉	994	緒絶の橋	1030
白河の関	997	陸中国	1031
関【白河】	999	岩手	1031
十綱の橋	999	岩手の山	1033
鳥屋野	1000	衣川	1034
山（の）井	1000	衣の関	1034
磐城国	1002	陸奥国	1035
会津の山	1002	蝦夷	1035
佐波古の御湯	1002	沖の井	1036
下紐の関	1003	奥の海	1036
勿来の関	1003	壺の碑	1036
真野の草原	1004	尾駮の駒	1036
陸前国	1005	羽前国	1037
浮島	1005	恋の山	1037
塩釜	1006	袖の浦	1037
塩釜の磯	1006	最上川	1040
塩釜の浦	1006	羽後国	1042
末の松	1008	岩見の川	1042
末の松山	1010	象潟	1042
袖の渡り	1012	北陸道	1043
武隈の松	1012	越の国	1043
玉造江	1014	越	1043
千賀の浦	1014	越路	1046
千賀の塩釜	1014	越路の浦	1049
十布（の浦）	1015	越路の山	1050
名取川	1015	越の海	1050
名取郡	1017	越の山路	1051
名取の御湯	1017	若狭国	1051
野田の玉川	1018	若狭路	1051
憚の関	1018	青葉の山	1051
籠の〈が〉島	1018	後瀬（の）山	1052
松が浦島	1019	越前国	1053
松島	1020	有乳（の）山〈峰〉	1053
松島の海人	1021	五幡	1055
松島の磯	1021	帰山	1055
松山	1022	越（路）の白山〈嶺〉	1058
みつの小島	1023	白山	1059
宮城が〈野の〉原	1023	玉江	1061
宮城野	1024	敦賀の浦	1062
都島	1027	三国の渡り	1063
		越中国	1063

勅撰歌歌枕集成

有磯の海 …… 1063	但馬国 …… 1089
有磯の浦 …… 1063	出石の宮 …… 1089
有磯の浜 …… 1064	入佐の山 …… 1089
石瀬野 …… 1064	二見の浦 …… 1090
卯の花山 …… 1065	因幡国 …… 1090
越の水海 …… 1066	因幡 …… 1090
多祜の浦 …… 1066	因幡(の)山〈峰〉 …… 1090
奈児の(入)江 …… 1067	荒船の御社 …… 1092
奈児の海 …… 1068	伯耆国 …… 1092
奈児の浦 …… 1069	伯耆 …… 1092
奈児の湊 …… 1069	出雲国 …… 1093
布勢の水海 …… 1070	出雲 …… 1093
二上山 …… 1071	出雲の宮 …… 1093
古江(の浦) …… 1074	飫の河原 …… 1094
古江の村 …… 1075	袖師の浦 …… 1094
三島野 …… 1075	矢野の神山 …… 1094
丹波国 …… 1077	石見国 …… 1095
生野 …… 1077	石見 …… 1095
生野の里 …… 1078	石見潟 …… 1096
生野の道 …… 1078	石見野 …… 1096
大江山 …… 1078	石見の海 …… 1096
かつらの山 …… 1079	妹山 …… 1098
神田の里 …… 1079	鴨山 …… 1098
神奈備(の)山 …… 1080	高田の山 …… 1098
熊鞍 …… 1080	高角山 …… 1098
雲田の村 …… 1080	高間の山 …… 1099
酒井の村 …… 1080	領布振る峰 …… 1099
千年(の)山 …… 1080	簀宇の浦 …… 1099
鼓の山 …… 1081	播磨国 …… 1100
長田 …… 1081	播磨 …… 1100
日置の里 …… 1081	播磨潟 …… 1100
藤坂山 …… 1081	播磨路 …… 1100
増井 …… 1081	明石 …… 1101
丹後国 …… 1082	明石潟 …… 1101
足の占山 …… 1082	明石の浦 …… 1103
天の橋立 …… 1082	明石の沖 …… 1105
浦島(の子) …… 1083	明石の門〈瀬戸〉 …… 1105
橋立 …… 1084	明石の泊 …… 1106
吹飯 …… 1085	印南野 …… 1106
水江 …… 1085	揖保の湊 …… 1107
由良の門 …… 1086	加古の島 …… 1108
与謝 …… 1086	加古の湊 …… 1108
与謝の海人 …… 1087	唐荷の島 …… 1108
与謝の海 …… 1087	飾磨 …… 1109
与謝の浦 …… 1087	飾磨川 …… 1109
与謝の湊 …… 1088	飾磨の海人 …… 1109
能野の宮 …… 1088	飾磨の市 …… 1110

飾磨の褐	1110	大島の鳴門	1129
高潟	1110	笹島	1130
高砂	1110	長門国	1130
高砂の浦	1114	長門	1130
高砂の鐘	1114	阿武の松原	1130
高砂の松	1114	棚井	1131
高砂の山〈峰〉	1117	豊浦の里	1131
龍野	1118	紀伊国	1132
都太の入〈細〉江	1118	紀の国	1132
藤江の浦	1118	紀の海	1134
藤江の岸	1119	飽の浜	1135
室の泊	1119	葦若の浦	1135
尾上の里	1119	糸鹿山	1135
尾上の(寺の)鐘	1119	岩代の神	1135
美作国	1120	岩代の野	1136
美作	1120	岩代の松	1136
久米の佐良山	1120	岩代の森	1138
備前国	1121	岩代の岡	1138
唐琴	1121	岩田川	1138
虫明の瀬戸	1121	庵崎	1139
備中国	1122	妹が島	1139
あきさか山	1122	浦の初島	1140
いな井	1122	音無(の)川	1140
岩崎の松	1122	音無の里	1140
石屋(の)山	1123	形見の浦	1141
彌高山	1123	神倉山	1142
神島	1123	熊野川	1142
吉備の中山	1124	熊野山	1142
黒髪山	1124	心を発す門	1142
白月山	1124	佐野の渡り	1142
高倉山	1125	佐野の岡	1143
玉田の野	1125	塩屋	1144
月出が崎	1125	隅田川原	1144
長田の山	1125	高島の石	1144
長尾の村	1125	高野	1144
二万の里	1126	高野の玉川	1145
鄙の中山	1126	高野(の)山〈峰〉	1145
細谷川	1126	玉津島	1146
松山	1126	玉津島姫	1148
松井	1127	玉津島守	1149
備後国	1127	千尋の浜	1149
鞆の浦	1127	渚の森	1149
安芸国	1128	渚の岡	1149
安直潟	1128	名草の浜	1149
周防国	1129	名草山	1150
大島	1129	名高の浦	1151
大島の灘	1129	那智の山(嶺)	1151

勅撰歌歌枕集成

鳴滝	1152
日高の杣守	1152
日前の宮	1152
吹上	1152
吹上の浜	1153
藤代の御坂	1154
古屋	1154
み熊野	1155
み熊野の浦	1155
み熊野の神	1157
み熊野の浜	1158
み熊野の山	1158
三の山	1158
水穂の浦	1158
三輪の崎	1158
牟婁郡	1159
由良の岬	1159
由良の湊	1160
和歌の浦	1161
和歌の浦路	1175
和歌の浦人	1176
和歌の浦舟	1177
小為手の山	1177
淡路国	1178
淡路	1178
淡路潟	1179
淡路島山	1179
淡路(の)島	1180
浅野(の)原	1183
野島が崎	1184
野島の浦	1185
松帆の浦	1185
絵島	1185
絵島が磯	1186
絵島が崎	1186
阿波国	1186
木津神の浦	1186
里の海人	1186
鳴門	1187
鳴門の浦	1188
鳴門の沖	1188
鳴門の浜	1188
讃岐国	1189
綾の川	1189
松が〈の〉浦	1189
松山	1189
箕浦	1190
伊予国	1190
伊予国	1190
伊予簾	1191
宇和郡	1191
土佐国	1191
室戸	1191
筑紫	1192
筑紫	1192
筑紫櫛	1195
筑紫の道	1195
筑紫舟	1196
たちの小川	1196
筑前国	1197
朝倉	1197
朝倉山	1197
生の松(原)	1197
漆川	1199
大野	1199
思川	1199
香稚	1202
香稚の潟	1202
香稚の宮	1203
香稚の渡り	1203
かする潟	1203
梶島	1204
鐘の岬	1204
竈門山	1204
刈萱(の関)	1204
木の丸殿	1205
佐屋形山	1205
志賀の海人	1205
志賀の島	1208
袖の湊	1208
染川	1209
鼓の岳	1210
箱崎の松	1210
引津の津	1210
英彦の高嶺	1211
御笠の森	1211
湯原	1211
豊国	1212
豊国	1212
豊前国	1213
宇佐	1213
企救の浜	1213
蔵無の浜	1214
門司(の関)	1214

豊後国	1215	商山	1237
木綿山	1215	藐姑射の山	1237
肥前国	1216	蓬が島	1238
鏡の神	1216	韓国	1238
玉島（の）川	1216	鬱陵の島	1238
玉島の里	1217	天竺国	1239
領布振る山	1217	迦毘羅衛	1239
松浦	1217	鶴の林	1239
松浦潟	1218	補陀落（の海）	1241
松浦川	1218	霊山	1241
松浦佐用姫	1219	鷲の山（嶺）	1241
松浦の〈が〉沖	1220	未詳	1245
松浦（の）山	1220	逢瀬川	1245
松浦舟	1221	かけ島	1245
肥後国	1222	かささぎ山	1245
葦北	1222	高瀬山	1246
岩戸の山	1222	ながむら山	1246
白川	1222	ねぶりの森	1246
戯島	1223	真柴川	1246
鼓の滝	1223	藻塩の浦	1246
野坂の浦	1223	夕景山	1247
水島	1223	夕八山	1247
水島の浦	1224	夕ゐる山	1247
日向国	1225	勅撰歌詞書地名記述歌本文	1249
日に向ひ	1225	日本国	1251
橘の小戸	1225	日の本	1251
速日の峰	1225	敷島の道	1251
薩摩国	1226	山城国	1251
薩摩潟	1226	山城国	1251
大隈国	1226	山城守	1251
気色の森	1226	県の井戸	1251
嘆の森	1227	朝日山	1252
壱岐国	1227	粟田	1252
みるめの浦	1227	粟田口	1252
対馬国	1228	嵐の山	1252
対馬	1228	有栖川	1252
浅茅山	1228	安祥寺	1253
震旦国	1229	泉川	1253
唐国・韓国	1229	稲荷	1253
唐人・韓人	1231	稲荷大明神	1253
唐船・韓船	1232	稲荷の社〈宝庫〉	1253
胡の国人	1232	岩倉	1254
都	1233	岩坂山	1254
唐土	1233	石清水	1254
唐土船	1235	石清水（の社）	1254
亀の上の山	1236	石清水臨時祭（舞人）	1255
亀山	1236	新熊野	1255

勅撰歌歌枕集成

新日吉社	1255	賀茂	1276
今宮	1255	賀茂社（の社）	1277
右近の馬場	1255	賀茂の斎院	1279
宇多院	1256	賀茂川	1279
内裏	1256	賀茂大明神	1279
宇治川	1261	鴨御祖明神	1279
宇治殿	1262	賀茂（臨時）祭（使・舞人）	1280
宇治（の網代）	1262	賀陽院（殿）	1281
宇治橋	1263	感神院	1282
太秦	1263	閑院	1282
瓜生山	1263	北白河	1282
雲林院	1264	北野	1283
雲居寺	1265	北野社〈宮〉	1283
音無の滝	1266	北山	1284
音羽川	1266	貴船	1285
音羽の滝	1266	貴船明神	1285
音羽山	1266	貴船社	1285
大内	1266	京	1285
大内山【御室山】	1267	京極の家	1289
大内山【内裏】	1267	清滝川	1289
大沢の池	1267	清水	1289
大原	1267	清水寺	1290
大原川	1269	清水寺地主権現	1290
大原の里	1269	清水の観音	1290
大原山	1269	祇園	1291
大原（野）	1269	禁中	1291
大原野大明神	1269	草津	1292
大原野祭	1269	九条の家〈堂〉	1292
大原野社	1270	久邇の都	1292
朧の清水	1270	雲の上	1292
大井	1270	雲居	1292
大井川	1270	暗部山	1293
高山寺	1272	鞍馬	1293
香隆寺	1272	鞍馬の坂	1293
神楽岡	1272	鞍馬山	1293
笠置の窟	1273	栗栖野	1293
笠取山	1273	光台寺	1293
片岡（社）	1273	光明山	1293
桂	1273	月林（輪）寺	1294
桂宮	1274	観音寺	1294
革堂	1274	観音院	1294
河原院	1274	勧修寺	1294
上の御社	1275	観勝寺	1295
上の社	1275	久我	1295
紙屋川	1275	九重	1295
亀山殿	1275	五条	1295
亀山の仙洞	1276	木の島	1295

木の島の御社	1295	常盤の山庄〈山里〉	1316
西寺	1295	常盤の森	1316
最勝金剛院	1296	鳥羽	1316
最勝寺	1296	鳥羽殿	1316
最勝四天王院	1296	鳥辺野	1317
斎院	1297	長谷	1317
斎院の長官	1299	長岡	1317
西院	1299	南禅院	1318
西園寺	1299	西川	1318
双林寺	1301	西坂本の山庄〈山里〉	1318
嵯峨	1302	西大寺	1319
嵯峨野	1302	西京	1319
鶯坂山	1303	西宮の家	1319
桜本	1304	西八条の家	1319
三条の家	1304	西山	1319
三福寺	1304	二尊院	1321
下出雲寺	1304	二条殿	1321
下(の御)社	1304	仁和寺	1321
浄金剛寺	1304	野宮	1322
常在光院	1305	八条の家	1323
浄妙寺	1305	花山	1323
白川	1305	柞の森	1324
白河殿	1307	日野の山庄	1324
真言院	1308	東の五条	1324
新玉津島社	1308	東山	1324
神明寺	1308	氷室山	1326
栖霞寺	1308	平等院	1326
清涼寺	1308	平野祭	1326
関戸院	1308	平野社	1326
芹川	1309	広沢	1326
禅林寺	1309	広沢の池	1327
園韓神	1309	深草	1327
染殿	1309	深草の里	1327
大覚寺	1309	深草の山	1327
醍醐	1310	伏見	1327
醍醐の山	1310	伏見殿	1328
内裏	1310	伏見の里	1328
高雄	1313	船岡	1328
田名尾社	1313	普門寺	1328
玉井	1313	遍照寺	1329
持明院殿	1313	法興院	1329
長講堂	1314	菩提(樹)院	1329
長楽寺	1314	法華山寺	1329
月の輪	1314	法華堂	1330
亭子院	1314	法性寺	1330
東寺	1315	法金剛院	1331
栂尾	1315	法成寺	1331

勅撰歌歌枕集成

法勝寺	1332	円宗寺	1346
法住寺	1332	円明寺	1346
法輪(寺)	1333	小倉	1347
堀河院	1333	小倉の山荘	1347
本宮	1333	小倉山	1347
本宮使	1334	小塩山	1347
本院	1334	男山	1347
真木島	1334	小野	1347
松尾(社)	1334	大和国	1349
松尾祭	1335	大和(国)	1349
瓶原の宮	1335	大和守〈国司〉	1349
神輿岡	1335	明日香川	1350
御手洗川	1335	明日香川原	1350
美豆野	1335	在原寺	1350
美豆の御牧	1335	生駒山	1350
都	1335	石上	1350
都なる母〈親〉	1339	石上寺	1350
都なる〈の〉人	1339	磐余野	1351
都なる娘	1340	今城谷	1351
都なる女	1340	大島峰	1351
宮の中	1340	大峰	1351
梅宮	1341	柿本明神	1353
紫野	1341	香具山	1353
百敷	1341	春日	1353
桃園	1342	春日社〈の社〉	1354
八幡(宮)	1342	春日大明神	1355
八幡の御山	1342	春日野	1355
山崎	1342	春日の榎本の明神	1356
山科	1343	春日の神木	1356
山科の山荘	1343	春日祭〈使〉	1356
吉田	1343	春日若宮	1356
吉田祭	1343	勝間田の池	1357
良峰(寺)	1343	神奈備の山	1357
淀の渡り	1344	木殿	1357
来迎院	1344	倉橋山	1357
霊山	1344	興福寺	1357
臨川寺	1344	佐保川	1357
蓮華心院	1344	佐保の家	1357
蓮華王院	1344	佐保山	1358
六条の家	1344	猿沢の池	1358
六条若宮	1345	笙の岩屋	1358
六波羅蜜寺	1345	神仙	1358
往生院	1345	菅原寺	1359
鷲尾	1345	高岡	1359
井関	1346	竜田川	1359
井手	1346	竜田山	1359
円城寺	1346	手向山	1360

多武峰	1360	江口	1371
東大寺	1360	大伴	1371
奈良	1360	河尻	1372
奈良の京〈都・宮〉	1361	神奈備の森	1372
南円堂	1361	亀井	1372
長谷寺	1361	古曽部	1372
初瀬	1361	昆陽の宿	1373
初瀬川	1362	佐比江	1373
初瀬山	1362	敷津の浦	1373
日晩野	1362	四天王寺	1373
日晩の山	1362	四極山	1373
ふきこしの宿	1363	浄橋寺	1373
伏見	1363	称名寺	1374
伏見の里	1363	神呪寺	1374
藤原の宮	1363	吹田	1374
布留の滝	1363	須磨	1374
布留の寺	1363	須磨の浦	1374
布留の山	1364	須磨の駅	1374
古屋の泊	1364	住の江	1374
待乳の山	1364	住吉	1375
三笠山	1364	住吉社〈の宮・の社〉	1377
御岳	1364	住吉郡	1378
三室山	1364	住吉の浜	1378
都	1365	住吉の松	1378
宮(の)滝	1365	住吉明神	1378
三輪川	1365	田蓑島	1378
三輪社〈の社〉	1365	天王寺	1379
三輪の明神	1366	長柄	1380
三輪(の)山	1366	長柄の橋	1380
室生	1366	難波	1380
山階寺	1366	難波江	1382
山の辺	1367	難波の浦	1382
吉野川	1367	難波の宮	1382
吉野の滝	1367	難波堀江	1382
吉野宮	1368	鳴尾	1382
吉野山	1368	布引の滝	1383
龍門寺	1368	野中の清水	1383
龍門の滝	1368	羽束	1383
若宮	1368	葉室	1383
摂津国	1369	兵庫	1384
摂津国	1369	福原の都	1384
津の国	1369	堀江	1384
芦(の)屋	1370	本社	1384
有馬の湯〈明神〉	1371	御影の松	1384
生田	1371	三島江	1384
生田の海	1371	御津寺	1384
岩手の森	1371	御津の浜	1384

勅撰歌歌枕集成

水無瀬	1385	二見の浦	1400
水無瀬川	1385	御裳濯川	1400
箕面の山寺	1385	神渡の浜	1400
八十島祭（使）	1385	忘井	1401
山路	1385	伊賀国	1401
淀川	1385	花垣の里	1401
河内国	1386	尾張国	1402
河内（国）	1386	尾張（国）	1402
天の川	1386	熱田	1402
交野	1387	熱田社〈大明神〉	1402
教興寺	1387	亀井の寺	1402
獅子の窟	1387	鳴海	1403
太子廟	1387	鳴海野	1403
渚院	1387	鳴海の浦	1403
和泉国	1388	鳴海寺	1403
和泉（国）	1388	鳴海の渡り	1403
信太の森	1388	三河国	1404
日根	1388	三河（国）	1404
吹飯の浦	1388	然菅の渡り	1404
井関の山	1388	高師山	1404
東国	1389	二村山	1404
東	1389	宮路山	1404
東路	1393	八橋	1404
東なる人	1393	遠江国	1405
東	1393	遠江（国）	1405
伊勢国	1394	佐夜の中山	1405
伊勢国	1394	浜名の橋	1406
伊勢	1394	駿河国	1406
伊勢太神宮	1396	駿河（国）	1406
伊勢の勅使	1396	宇津の山	1406
雨の宮	1396	清見が関	1407
一志の駅	1397	清見潟	1407
斎宮の内宮	1397	田子の浦	1407
いはて寺	1397	富士	1407
大淀（の浦）	1397	富士の宮〈社〉	1407
神路山	1397	富士の山	1407
外宮	1397	伊豆国	1408
斎宮	1398	伊豆国	1408
鈴鹿川	1398	伊豆の御山	1408
鈴鹿の関	1398	走湯山	1408
鈴鹿の頓宮	1398	三島社	1408
鈴鹿山	1398	甲斐国	1409
太神宮	1399	甲斐（国）	1409
月読の社	1400	甲斐歌	1409
豊受太神宮	1400	相模国	1409
内宮	1400	相模	1409
錦の浦	1400	相模歌	1409

相模守 …………………… 1409	叡山 …………………… 1421
足柄の関 ………………… 1409	延暦寺 …………………… 1421
鎌倉 ……………………… 1410	老蘇の森 ………………… 1422
箱根 ……………………… 1410	音高山 …………………… 1422
三崎 ……………………… 1410	大国の里 ………………… 1422
円覚寺 …………………… 1410	大倉山 …………………… 1422
武蔵国 …………………… 1411	大津 ……………………… 1422
武蔵（国）……………… 1411	大津の宮 ………………… 1422
武蔵野 ………………… 1411	大宮 ……………………… 1422
入間郡 ………………… 1411	陪膳の浜 ………………… 1423
隅田川 ………………… 1411	鏡の宿 …………………… 1423
三芳野の里 …………… 1412	鏡山 ……………………… 1423
上総国 …………………… 1412	甲賀の駅 ………………… 1423
上総（国）……………… 1412	神山 ……………………… 1423
黒戸の浜 ……………… 1412	亀山 ……………………… 1423
下総国 …………………… 1413	唐崎 ……………………… 1423
下総国 ………………… 1413	百済寺 …………………… 1424
下総守 ………………… 1413	暗部の里 ………………… 1424
常陸国 …………………… 1414	桜川 ……………………… 1424
常陸（国）……………… 1414	志賀 ……………………… 1424
常陸歌 ………………… 1414	志賀の浦 ………………… 1424
筑波山 ………………… 1414	志賀の山 ………………… 1424
小野の御牧 …………… 1414	志賀の山越え …………… 1425
近江国 …………………… 1415	十禅師官 ………………… 1425
近江国 ………………… 1415	塩津山 …………………… 1425
近江 …………………… 1416	新羅明神 ………………… 1425
朝日の里 ……………… 1416	関【逢坂】……………… 1426
梓の山 ………………… 1416	関寺 ……………………… 1426
粟津 …………………… 1416	関の清水 ………………… 1426
粟津野 ………………… 1416	関山 ……………………… 1426
仰木 …………………… 1417	瀬田橋 …………………… 1426
逢坂 …………………… 1417	大乗院 …………………… 1426
逢坂の関 ……………… 1417	高野村 …………………… 1426
逢坂山 ………………… 1417	鷹尾の山 ………………… 1426
青柳村 ………………… 1417	田上 ……………………… 1426
安楽 …………………… 1417	田上の山里 ……………… 1427
安楽谷 ………………… 1417	玉野 ……………………… 1427
伊香が崎 ……………… 1417	玉井 ……………………… 1427
石山 …………………… 1417	千枝村 …………………… 1427
石山寺 ………………… 1420	竹生島 …………………… 1427
板倉 …………………… 1420	千坂の浦 ………………… 1427
岩蔵山 ………………… 1420	千々の松原 ……………… 1427
岩根山 ………………… 1420	長沢の池 ………………… 1428
飯室 …………………… 1420	長等（の）山 …………… 1428
飯室谷 ………………… 1421	南山 ……………………… 1428
彌高山 ………………… 1421	二宮 ……………………… 1428
打出の浜 ……………… 1421	新居里 …………………… 1428

勅撰歌歌枕集成

野路	1428
走井	1428
日吉の宮〈社〉	1429
比叡(山)	1429
日吉十禅師(社・宮)	1430
日吉(社・宮・社)	1431
日吉の聖真子(宮)	1433
日吉の地主権現	1433
日吉祭	1433
日吉の客人の宮	1433
日吉神輿	1433
東坂本	1433
本社	1434
真木村	1434
益原里	1434
松が崎	1434
真野の入江	1434
客人の権現	1434
客人の宮	1434
三上(の)山	1434
三村の山	1435
都	1435
三井寺	1435
水尾山	1436
無動寺	1436
守山	1437
諸神の里	1437
野洲川	1437
山	1437
山の井	1438
木綿園	1438
横川	1438
吉田の里	1439
若松の森	1439
雄琴の里	1439
園城寺	1439
美濃国	1440
美濃(国)	1440
美濃歌	1440
美濃守	1440
青墓	1440
宇留間	1440
墨俣	1440
谷汲	1441
垂井	1441
長良川	1441
不破の関	1441
信濃国	1442
信濃(国)	1442
信濃守	1442
浅間の岳	1442
犬飼の御湯	1442
風越の峰	1442
木曽路	1442
更級の里	1442
善光寺(如来)	1443
園原	1443
束間の湯	1443
神坂	1443
姨捨山	1443
下野国	1444
下野(国)	1444
下野守	1444
那須	1444
室の八島	1444
陸奥国	1445
陸奥国	1445
陸奥国	1446
陸奥歌	1447
陸奥国(守・介)	1447
陸奥守	1447
岩代国	1448
安積の沼	1448
安積山	1448
安達	1448
安達の原	1448
阿武隈川	1448
黒塚	1448
信夫郡	1448
白河	1448
白河の関	1448
関【白河】	1449
磐城国	1449
佐波古の御湯	1449
勿来の関	1449
陸前国	1450
浮島	1450
塩釜	1450
塩釜の浦	1450
武隈の松	1450
名取郡	1450
名取の御湯	1450
松島	1450
都島	1451

陸奥国	1451	長田村	1460
沖の井	1451	日置の村	1460
出羽国	1452	藤坂山	1460
出羽（国）	1452	増井	1460
羽後国	1452	丹後国	1460
象潟	1452	丹後（国）	1460
北陸道	1453	丹後守	1461
越	1453	天の橋立	1461
越	1453	但馬国	1461
越なる人	1454	但馬国	1461
若狭国	1454	但馬の湯	1461
青葉山	1454	出石の宮	1461
加賀国	1455	気多川	1461
加賀守	1455	二見の浦	1462
能登国	1455	因幡国	1462
能登	1455	因幡（国）	1462
能登守	1455	荒船の御社	1462
越前国	1456	伯耆国	1463
越前国	1456	伯耆（国）	1463
有乳山	1456	大山	1463
帰山	1456	出雲国	1463
越の白山	1456	出雲（国）	1463
白山	1456	石見国	1464
三国の渡り	1456	石見	1464
越中国	1456	石見潟	1464
越中国	1457	隠岐国	1464
越中守	1457	隠岐国	1464
多祜の浦	1457	西国	1465
布勢の水海	1457	西国	1465
越後国	1457	西の国	1465
越後（国）	1457	播磨国	1465
寺泊	1457	播磨（国）	1465
佐渡国	1458	明石	1466
佐渡国	1458	明石の浦	1466
丹波国	1458	印南野	1466
丹波国	1458	揖保の湊	1466
穴太の観音【菩提寺】	1458	大蔵谷	1466
生野	1459	書写（山）	1466
かつらの山	1459	高潟	1467
神田の里	1459	高砂	1467
神奈備山	1459	高砂の松	1467
熊鞍	1459	三草山	1467
雲田の村	1459	美作国	1468
酒井の村	1459	美作（国）	1468
千年山	1459	吉備国	1468
千世能山	1459	吉備国	1468
鼓山	1460	備前国	1469

備前（国）	1469	熊野川	1482
備前守	1469	熊野の浦	1482
唐琴	1469	粉河寺	1482
虫明	1469	粉河の観音	1483
備中国	1470	三山	1483
備中国	1470	四十九院の岩屋	1483
あきさか国	1470	塩屋の王子	1483
いな井	1470	新宮	1483
岩崎	1470	高島	1483
石屋山	1470	玉川	1484
彌高山	1471	玉津島（社）	1484
神島	1471	玉津島姫	1484
高倉山	1471	那智（山）	1484
長田山	1471	吹上の浜	1485
中山	1471	補陀落の海	1485
二万里	1471	発心門の王子	1485
松山	1471	本宮	1485
松井	1471	本山	1485
湯河と言ふ寺	1471	み熊野	1485
備後国	1472	三の山	1485
備後	1472	三穂の岩室	1486
鞆	1472	和歌の浦	1486
安芸国	1472	淡路国	1487
安芸の一宮	1472	淡路	1487
厳島	1472	四国	1487
高富の浦	1473	四国	1487
周防国	1473	阿波国	1488
周防（国）	1473	阿波国	1488
大島の鳴門	1473	阿波守	1488
長門国	1474	木津神の浦	1488
長門	1474	讃岐国	1488
壇の浦	1474	讃岐（国）	1488
紀伊国	1474	綾川	1489
紀伊国	1474	狭岑の島	1489
紀の国	1475	善通寺	1489
岩代の浜	1475	松山	1489
岩代の松	1475	伊予国	1490
岩代の王子	1475	伊予国	1490
岩田	1475	一宮	1490
岩田川	1475	三島の明神	1490
上野	1475	土佐国	1491
音無の川	1476	土左（国）	1491
高野	1476	室戸	1491
高野の山	1477	筑紫	1492
（高野の）山の明神	1478	筑紫	1492
神倉	1478	筑紫櫛	1495
熊野	1478	小川の橋	1495

筑前国 ………………………… 1496
　筑前国 ……………………… 1496
　筑前守 ……………………… 1496
　安楽寺 ……………………… 1496
　香椎の浦 …………………… 1496
　香椎社（宮） ……………… 1496
　竈門の明神 ………………… 1497
　竈門山 ……………………… 1497
　佐屋形山 …………………… 1497
　志賀の島 …………………… 1497
　吹田の温泉 ………………… 1497
　大宰〈権〉帥 ……………… 1497
　鼓の岳 ……………………… 1497
　博多 ………………………… 1497
　箱崎（宮） ………………… 1498
　英彦の山 …………………… 1498
豊前国 ………………………… 1498
　宇佐使 ……………………… 1498
　宇佐宮 ……………………… 1498
　門司の関 …………………… 1498
肥前国 ………………………… 1499
　肥前国 ……………………… 1499
肥後国 ………………………… 1499
　肥後国 ……………………… 1499
　阿蘇社 ……………………… 1499
　石戸山 ……………………… 1499
　白川 ………………………… 1499
　戯島 ………………………… 1500
　鼓の滝 ……………………… 1500
日向国 ………………………… 1500
　日向国 ……………………… 1500
大隅国 ………………………… 1501
　大隅国 ……………………… 1501
対馬国 ………………………… 1501
　対馬 ………………………… 1501
震旦国 ………………………… 1502
　函谷関 ……………………… 1502
　唐 …………………………… 1502
　蓬莱山 ……………………… 1502
　明州 ………………………… 1502
　唐土 ………………………… 1502
　唐土判官 …………………… 1503
韓国 …………………………… 1504
　鬱陵の島 …………………… 1504
天竺国 ………………………… 1504
　天竺 ………………………… 1504
　南天竺 ……………………… 1504

　霊鷲山 ……………………… 1505
未詳 …………………………… 1505
　浄名院 ……………………… 1505
　大梅山別伝院 ……………… 1505
　ながむら山 ………………… 1506
　湊 …………………………… 1506
＊地名索引（五十音順） …… 1507
　＊勅撰歌歌枕地名索引（五十音順）・ 1508
　＊勅撰歌詞書地名索引（五十音順）・ 1521
＊あとがき …………………… 1529
＊付表等
　＊勅撰和歌集〔二十一代集〕一覧 … 1530
　＊勅撰和歌集部立一覧表 ……… 1531
　＊律令下の畿内と周辺の交通路 …… 1532

〔2〕　資料・研究編
1995年6月25日刊

＊まえがき …………………………… 1
ファジーな歌枕―収録する歌枕 …… 10
　幻の歌枕 ………………………… 10
　異称のある歌枕 ………………… 43
　歌枕に見る皇居 ………………… 55
　異称のある歌枕一覧 …………… 63
似而非歌枕―削除した歌枕 ……… 70
　似而非歌枕 ……………………… 70
　似而非歌枕本文 ………………… 75
勅撰歌歌枕地名解説 ……………… 85
勅撰歌詞書地名解説 ……………… 217
勅撰歌に見ない万葉歌地名解説 ……… 279
五十音順初出及び伝承歌・地名一覧 · 333
歌番号順・部位別歌枕一覧 ……… 393
類聚歌枕一覧 ……………………… 499
勅撰歌歌枕の用法―歌集・部位・技法・
　読合せ用語 …………………… 523
作者と勅撰歌地名一覧―歌枕編 …… 833
作者と勅撰歌地名一覧―詞書編 …… 1065
作者と万葉歌地名一覧 …………… 1145
歌枕・地名関係歌書一覧 ………… 1169
引用・参考文献一覧 ……………… 1176
＊あとがき ………………………… 1181
＊付表等
　＊勅撰和歌集〔二十一代集〕一覧 … 1182
　＊勅撰和歌集部立一覧表 ……… 1183
　＊律令下の畿内の周辺の交通路 …… 1184

〔3〕 索引編
1995年9月10日刊

* まえがき ················· 1
勅撰歌歌枕地名詠入歌人名索引 ··· 5
　男性 ····················· 9
　僧侶 ··················· 116
　女性 ··················· 130
　神仏 ··················· 152
　読人知らず ············· 152
勅撰歌詞書（左注）地名記述歌人名索引 ··· 163
　男性 ··················· 166
　僧侶 ··················· 184
　女性 ··················· 190
　神仏 ··················· 196
　読人知らず ············· 197
万葉歌地名詠入歌人名索引 ··· 201
勅撰歌歌枕地名詠入歌初句索引―万葉歌を含む ··· 219
音引歌枕・地名一覧 ······· 335
省文や隠題（掛詞）的な表現による歌枕とその索引 ··· 369
補遺歌と万葉歌防人・防人妻の人名 ··· 381
* あとがき ··············· 384
* 付表等
　* 勅撰和歌集〔二十一代集〕一覧 ··· 385
　* 勅撰和歌集部位一覧表 ··· 386
　* 律令下の畿内の周辺の交通路 ··· 387
* 勅撰歌詞書（左注）地名歌番号一覧―関連万葉歌地名歌番号付載 ··· 229
* 勅撰歌歌枕・地名歌番号一覧―関連万葉地名歌番号・歌枕記名歌学書名付載 ··············· 1

---

[057] **鶴屋南北全集**
三一書房
全12巻
1971年5月～1974年12月

第1巻（郡司正勝編）
1971年9月30日刊

* 凡例 ··················· 1
天竺徳兵衛万里入舩（てんじくとくべえばんりのいりふね）（内山美樹子校訂） ··· 7
四天王楓江戸粧（してんわうもみぢのゑどくるま）（落合清彦校訂） ··· 57
彩入御伽草（いろゑいりおとぎざうし）（落合清彦校訂） ··· 143
時桔梗出世請状（ときもききょうしゅっせのうけじょう）（郡司正勝校訂） ··· 215
阿国御前化粧鏡（おくにごぜんけしょうのすがたみ）（郡司正勝校訂） ··· 281
高麗大和皇白浪（こまやまとくものしらなみ）（落合清彦校訂） ··· 353
金毘羅御利生敵討乗合噺（かたきうちのりあいばなし）（郡司正勝校訂） ··· 433
* 解説（郡司正勝） ········· 461

第2巻（廣末保編）
1971年11月30日刊

* 凡例 ··················· 1
霊験曾我籬（れいげんそがのかみがき）（落合清彦校訂） ··· 7
貞操花鳥羽恋塚（みさほのはなとばのこひづか）（廣末保, 菊池明校訂） ··· 131
勝相撲浮名花触（かちずまふうきなのはなぶれ）（廣末保校注） ··· 241
絵本合法衢（ゑほんがっぽうがつぢ）（菊池明校注） ··· 295
睦蓬萊曾我（むつましできほうらいそが） ··· 409
恋女房讐討双六（こいにょうぼうあたうちすごろく）（落合清彦校訂） ··· 453
* 解説（廣末保） ··········· 485
* 参考　絵本合法衢（菊池明校訂）

鶴屋南北全集

第3巻（浦山政雄編）
1972年5月31日刊

* 凡例 ………………………………… 1
* 心謎解色糸（こころのなぞとけたいろいと）（浦山政雄校注） ……………………… 7
* 当穐八幡祭（できあきやわたまつり）（浦山政雄校注） ……………………… 85
* 四天王櫓礎（してんわうやぐらのいしずへ）（浦山政雄校注） ……………………… 191
* 盟話水滸伝（じだいせわすいこでん）（浦山政雄校注） ……………………… 283
* 松梅鴬曽我（みどりのはなはるつげそが） ……………………… 365
* 昔模様戯場雛形（むかしもやうかぶきのひながた）（浦山政雄校注） ……………………… 447
* 当世染戯場雛形（たうせいぞめかぶきのひながた）（浦山政雄校注） ……………………… 475
* 解説（浦山政雄） ……………………… 505

第4巻（大久保恵国編）
1972年2月29日刊

* 凡例 ………………………………… 1
* 謎帯一寸徳兵衛（なぞのおびちょっととくべい）（大久保忠国校注） ……………………… 7
* 色一座梅椿（いろいちざうめとしらたま）（大久保忠国校注） ……………………… 79
* 姿花江戸伊達染（すがたのはなあづまのだてぞめ）（大久保忠国校注） ……………………… 177
* 解脱衣楓累（げだつのきぬもみぢがさね）（大久保忠国校注） ……………………… 257
* 伊勢平氏額英幣（いせへいじむめのみてぐら） ……………………… 321
* 盟三五大切（かみかけてさんごたいせつ） ……………………… 425
* 復讐奢高砂（かたきうちこここはたかさご）（大久保忠国校注） ……………………… 469
* 解説（大久保忠国） ……………………… 497

第5巻（藤尾真一編）
1971年5月30日刊

* 凡例 ………………………………… 1
* お染久松色読販（おそめひさまつうきなのよみうり）（藤尾真一校訂） ……………………… 7
* 戻橋背御摂（もどりばしせなにごひいき）（松井敏明校訂） ……………………… 57
* 隅田川花御所染（すみだがわはなのごしょぞめ）（服部幸雄校訂） ……………………… 167
* 杜若艶色紫（かきつばたいろもゑどぞめ）（梅崎史子校訂） ……………………… 279
* 梅柳若葉加賀染（うめやなぎわかばのかがぞめ） ……………………… 327
* 怪談岩倉万之丞（くわいだんいわくらまんのじょう）（小池章太郎校訂） ……………………… 419
* 怪談鳴見絞（くわいだんなるみしぼり）（小池章太郎校訂） ……………………… 447
* 解説（藤尾真一） ……………………… 479

第6巻（竹柴蚓太郎編）
1971年7月31日刊

* 凡例 ………………………………… 1
* 染纈竹春駒（そめたづなたけのはるごま）（竹柴蚓太郎校注） ……………………… 7
* 容賀扇曽我（なぞらへてふじかわそが）（竹柴蚓太郎校注） ……………………… 115
* 染替蝶桔梗（そめかへてでうにききやう）（竹柴蚓太郎校注） ……………………… 155
* 桜姫東文章（さくらひめあづまぶんしやう）（竹柴蚓太郎校注） ……………………… 259
* 大和名所千本桜（やまとめいしょせんぼんざくら） ……………………… 339
* 曾我祭東鑑（そがまつりあずまかがみ）（服部幸雄校注） ……………………… 347
* 小町紅牡丹隈取（こまちべにほたんのくまどり）（小池章太郎校注） ……………………… 373
* 三都俳優水滸伝（だいとくわいかぶきすいこでん）（服部幸雄校注） ……………………… 403
* 解説（竹柴蚓太郎、服部幸雄） ……… 483

第7巻（郡司正勝編）
1973年5月31日刊

* 凡例 ………………………………… 1
* 恵咲梅半官贔屓（むろのうめはんぐわんびゐき）（井草利夫校訂） ……………………… 7
* 曾我梅菊念力弦（そがきゃくだいおもひのはりゆみ）（郡司正勝校訂） ……………………… 15
* 四天王産湯玉川（してんわううぶゆのたまがわ）（落合清彦校訂） ……………………… 157
* 恵方曾我万吉原（ゑほうそがよろづよしはら）（上原輝男校訂） ……………………… 251
* 蝶鶲山崎踊（てふもひよくやまざきおどり）（菊池明校訂） ……………………… 367

鶴屋南北全集

昔全今物語（むかしながらいまものがたり）（郡司正勝校訂）……… 445
＊解説（郡司正勝）……… 475

第8巻（廣末保編）
1972年8月31日刊

＊凡例 ……… 1
三賀荘曾我嶋台（さんがのしゃうそがのしまだい）（菊池明校注）……… 7
敵討櫓太鼓（かたきうちやぐらのたいこ）（廣末保校注）……… 139
玉藻前御園公服（たまものまへくもゐのはかぎぬ）（廣末保校注）……… 223
霊験亀山鉾（れいけんかめやまほこ）（廣末保、落合清彦校注）……… 357
成田山御手乃綱五郎（なりたさんみてのつなごろう）（落合清彦校注）……… 477
＊解散（廣末保）……… 529

第9巻（浦山政雄編）
1974年7月31日刊

＊凡例 ……… 1
菊宴月白浪（きくのゑんつきのしらなみ）（浦山政雄校注）……… 7
浮世柄比翼稲妻（うきよづかひよくのいなづま）（浦山政雄校注）……… 111
法懸松成田利劔（けさがけまつなりのりけん）（浦山政雄校注）……… 219
八重霞曽我組糸（やゑかすみそがのくみいと）……… 311
女扇忠臣要（をんなあふぎちのぎのかなめ）（浦山政雄校注）……… 429
女扇の後日物語いろは演義（浦山政雄校注）……… 459
伝鶴屋南北自筆台帳〔題名不明〕（菊池明校注）……… 485
＊解説（浦山政雄）……… 491

第10巻（大久保忠国編）
1973年10月31日刊

＊凡例 ……… 1
慳雑石尊贐（とりまぜてせきそんみやげ）（大久保忠国校注）……… 7
御国入曾我中村（おくにいりそがなかむら）（大久保忠国校注）……… 117

初冠曾我皐月富士根（げんぷんそがさつきのふじがね）……… 281
紋尽五人男（もんづくしごにんおとこ）……… 371
四十七手本裏張（かながきてほんのわらばり）（大久保忠国校注）……… 443
＊解説（大久保忠国）……… 469

第11巻（藤尾真一編）
1972年11月15日刊

＊凡例 ……… 1
仮名曽我当蓬莱（かなでそがねざしのふじがね）（藤尾真一校注）……… 7
東海道四谷怪談（とうかいどうよつやくわいだん）（藤尾真一校注）……… 149
鬼若根元台（おにわかこんげんだい）（松井敏明校注）……… 245
曾我中村穐取込（そがなかむらあきのとりこみ）（小池章太郎校注）……… 281
紫女伊達染（かきつばたをんなのだてぞめ）（服部幸雄校注）……… 409
裙模様沖津白浪（つまもようおきつしらなみ）（小池章太郎校注）……… 465
＊解説（藤尾真一）……… 525

第12巻（竹柴瑳太郎編）
1974年12月31日刊

＊凡例 ……… 1
独道中五十三駅（ひとりたびごちうさんつぎ）（竹柴瑳太郎校訂）……… 7
藤川舩艪話（ふじかわふねのりあいばなし）（松井敏明校訂）……… 159
菊月千種の夕暎（きくづきちぐさのあかねぞめ）（服部幸雄校訂）……… 241
例服曽我伊達染（しせせものそがのだてぞめ）（郡司正勝校訂）……… 273
梅暦曙曽我（うめごよみあけぼのそが）（郡司正勝校訂）……… 333
蝶蝶子梅菊（てうてうふたごのきゅうだい）……… 389
金幣猿嶋郡（きんのざいさるしまだいり）……… 461
寂光門松後万歳（しでのかどまつごまんざい）（大久保忠国校注）……… 533
極らくのつらね（大久保忠国校注）……… 535
＊解説（服部幸雄、松井敏明、大久保忠国、郡司正勝）……… 539
＊鶴屋南北作者年表 ……… 589

[058] **定本西鶴全集**
中央公論社
全14巻
1949年12月～1975年3月
(穎原退蔵, 暉峻康隆, 野間光辰編)

第1巻
1951年8月10日刊

＊凡例 ……………………………… 3
＊解説（野間光辰）………………… 5
絵入好色一代男 …………………… 25
　巻一 ……………………………… 25
　巻二 ……………………………… 51
　巻三 ……………………………… 77
　巻四 ……………………………… 103
　巻五 ……………………………… 129
　巻六 ……………………………… 155
　巻七 ……………………………… 183
　巻八 ……………………………… 213
絵入諸艶大鑑（好色二代男）…… 233
　巻一 ……………………………… 233
　巻二 ……………………………… 267
　巻三 ……………………………… 301
　巻四 ……………………………… 331
　巻五 ……………………………… 359
　巻六 ……………………………… 389
　巻七 ……………………………… 419
　巻八 ……………………………… 447

第2巻
1949年12月15日刊

＊凡例 ……………………………… 3
＊解説（暉峻康隆）………………… 5
大坂堺筋 椀久一世の物語 ……… 21
　上巻 ……………………………… 23
　下巻 ……………………………… 45
椀久二世の物語 …………………… 65
　上巻 ……………………………… 67
　下巻 ……………………………… 89
好色五人女 ………………………… 113
　巻一 ……………………………… 113

　巻二 ……………………………… 133
　巻三 ……………………………… 157
　巻四 ……………………………… 181
　巻五 ……………………………… 203
絵入好色一代女 …………………… 223
　巻一 ……………………………… 223
　巻二 ……………………………… 251
　巻三 ……………………………… 277
　巻四 ……………………………… 303
　巻五 ……………………………… 327
　巻六 ……………………………… 349

第3巻
1955年9月20日刊

＊凡例 ……………………………… 3
＊解説（暉峻康隆）………………… 5
絵入西鶴諸国はなし ……………… 13
　巻一 ……………………………… 13
　巻二 ……………………………… 41
　巻三 ……………………………… 65
　巻四 ……………………………… 89
　巻五 ……………………………… 111
絵入本朝二十不孝 ………………… 133
　巻一 ……………………………… 133
　巻二 ……………………………… 159
　巻三 ……………………………… 183
　巻四 ……………………………… 205
　巻五 ……………………………… 227
一宿道人懐硯 ……………………… 249
　巻一 ……………………………… 249
　巻二 ……………………………… 277
　巻三 ……………………………… 301
　巻四 ……………………………… 327
　巻五 ……………………………… 351

第4巻
1964年12月20日刊

＊凡例 ……………………………… 3
＊解説（暉峻康隆）………………… 5
本朝若風俗男色大鑑 ……………… 19
　巻一 ……………………………… 19
　巻二 ……………………………… 55
　巻三 ……………………………… 91
　巻四 ……………………………… 123
　巻五 ……………………………… 153

定本西鶴全集

巻六 ………………………………	*183*
巻七 ………………………………	*211*
巻八 ………………………………	*245*
諸国敵討武道伝来記 ………………	*277*
巻一 ………………………………	*277*
巻二 ………………………………	*315*
巻三 ………………………………	*341*
巻四 ………………………………	*367*
巻五 ………………………………	*397*
巻六 ………………………………	*425*
巻七 ………………………………	*455*
巻八 ………………………………	*481*

第5巻
1959年1月15日刊

＊凡例 ………………………………	*3*
＊解説（暉峻康隆，野間光辰）……	*5*
新板絵入武家義理物語 ……………	*17*
巻一 ………………………………	*17*
巻二 ………………………………	*43*
巻三 ………………………………	*65*
巻四 ………………………………	*87*
巻五 ………………………………	*109*
巻六 ………………………………	*131*
絵入新可笑記 ………………………	*155*
巻一 ………………………………	*155*
巻二 ………………………………	*189*
巻三 ………………………………	*221*
巻四 ………………………………	*247*
巻五 ………………………………	*275*
絵入本朝櫻陰比事 …………………	*301*
巻一 ………………………………	*301*
巻二 ………………………………	*331*
巻三 ………………………………	*363*
巻四 ………………………………	*391*
巻五 ………………………………	*423*

第6巻
1959年10月20日刊

＊凡例 ………………………………	*3*
＊解説（野間光辰）…………………	*5*
絵入好色盛衰記 ……………………	*39*
巻一 ………………………………	*39*
巻二 ………………………………	*65*
巻三 ………………………………	*93*

巻四 ………………………………	*117*
巻五 ………………………………	*143*
色里三所世帯 ………………………	*169*
巻上 ………………………………	*169*
巻中 ………………………………	*193*
巻下 ………………………………	*217*
絵入新吉原つねつね草 ……………	*243*
上 …………………………………	*243*
下 …………………………………	*275*
嵐無常物語 …………………………	*297*

第7巻
1950年12月5日刊

＊凡例 ………………………………	*3*
＊解説（暉峻康隆）…………………	*5*
日本永代蔵 …………………………	*15*
巻一 ………………………………	*15*
巻二 ………………………………	*41*
巻三 ………………………………	*69*
巻四 ………………………………	*95*
巻五 ………………………………	*123*
巻六 ………………………………	*151*
絵入世間胸算用 ……………………	*177*
巻一 ………………………………	*177*
巻二 ………………………………	*203*
巻三 ………………………………	*227*
巻四 ………………………………	*251*
巻五 ………………………………	*275*
絵入西鶴織留 ………………………	*299*
巻一 ………………………………	*299*
巻二 ………………………………	*333*
巻三 ………………………………	*361*
巻四 ………………………………	*385*
巻五 ………………………………	*411*
巻六 ………………………………	*433*

第8巻
1950年3月20日刊

＊凡例 ………………………………	*3*
＊解説（暉峻康隆）…………………	*5*
絵入西鶴置土産 ……………………	*17*
巻一 ………………………………	*17*
巻二 ………………………………	*45*
巻三 ………………………………	*67*
巻四 ………………………………	*85*

巻五	105
西鶴俗つれづれ	127
巻一	127
巻二	149
巻三	171
巻四	189
巻五	209
新板ゑ入万の文反古	229
巻一	229
巻二	251
巻三	271
巻四	293
巻五	313

第9巻
1951年11月10日刊

＊凡例	3
＊解説（暉峻康隆，野間光辰）	5
絵入道頓堀出替り姿難波の㒵は伊勢の白粉	25
巻二	25
巻三	53
暦	75
小竹集序	107
かすがの	109
いろ香	111
絵入一目玉鉾	113
巻一	113
巻二	165
巻三	205
巻四	255
絵入西鶴名残の友	299
巻一	299
巻二	317
巻三	333
巻四	351
巻五	365

第10巻
1954年12月10日刊

＊凡例	3
＊解説（野間光辰）	5
生玉萬句	25
哥仙 大坂俳諧師	67
誹諧独吟一日千句	107
古今誹諧師手鑑	189

西鶴俳諧大句数	213
俳諧虎溪の橋	287
俳諧物種集 新付合	313

第11巻上
1972年8月25日刊

＊凡例	3
＊解説（暉峻康隆，野間光辰）	5
俳諧五徳	55
西鶴五百韻	79
飛梅千句	119
山海集	195
俳諧百人一句難波色紙	235
誹諧誹諧三ヶ津哥仙絵入	337
高名集	379
俳諧本式百韻 精進贐	449
古今古今俳諧女哥仙 すかた絵入	461

第11巻下
1975年3月31日刊

＊凡例	3
＊解説（野間光辰）	7
西鶴大矢数	31
連句・附句・句評補遺	377
仙台大矢数巻之下	379
誹諧昼網	383
阿蘭陀丸二番船	384
引導集	384
稿本くまのからす	385
〔西鶴評点湖水等三吟百韻巻断簡〕	386
〔西鶴評点政昌等三吟百韻巻〕	392
〔西鶴評点如雲等五吟百韻巻〕	402
〔西鶴評点山太郎独吟歌仙巻〕	412
江戸点者寄合俳諧	418
嵐無常物語 下	431
＊補註	452

第12巻
1970年7月30日刊

＊凡例	3
＊解説（野間光辰）	7
俳諧之口伝	65
俳諧のならひ事	87
俳諧特牛	109

絵入俳諧石車 ……………………………… 143
　西鶴独吟百韻自註絵巻 …………………… 269
　西鶴十三回忌歌仙こころ葉 ……………… 315
　俳諧百回忌の跡 …………………………… 355
　新編西鶴発句集 …………………………… 385
　新編西鶴書簡集 …………………………… 449
　＊付 新編西鶴発句集初句索引 …………… 471

第13巻
1950年7月15日刊

＊凡例 ……………………………………………… 5
連句集 ……………………………………………… 7
　大坂独吟集 ………………………………………… 9
　草枕 ………………………………………………… 19
　珍重集 ……………………………………………… 26
　胴骨 ………………………………………………… 35
　大坂檀林櫻千句 …………………………………… 59
　太郎五百韻 ………………………………………… 136
　難波風 ……………………………………………… 159
　大硯 ………………………………………………… 168
　三鐵輪 ……………………………………………… 173
　兩吟一日千句 ……………………………………… 181
　六日飛脚 …………………………………………… 256
　仙台大矢数 ………………………………………… 265
　見花数寄 …………………………………………… 270
　句箱 ………………………………………………… 274
　わたし船 …………………………………………… 279
　通し馬 ……………………………………………… 295
　みつかしら ………………………………………… 299
　熱田宮雀 …………………………………………… 307
　夢想俳諧 …………………………………………… 312
　日本行脚文集 ……………………………………… 314
　大悟物狂 …………………………………………… 316
　生駒堂 ……………………………………………… 321
　団袋 ………………………………………………… 323
　渡し船 ……………………………………………… 328
　四国猿 ……………………………………………… 332
　かたはし …………………………………………… 335
　我が庵 ……………………………………………… 337
　蓮の実 ……………………………………………… 341
　河内羽二重 ………………………………………… 347
　八重一重 …………………………………………… 351
附　句集 …………………………………………… 355
　（一）俳諧三部抄 ………………………………… 357
　（二）逸題 ………………………………………… 357
　（三）二葉集 ……………………………………… 358

　（四）花みち ……………………………………… 366
　（五）太夫桜 ……………………………………… 368
　（六）近来俳諧風躰抄 …………………………… 369
　（七）阿蘭陀丸二番船 …………………………… 370
　（八）雲喰ひ ……………………………………… 371
　（九）それそれ草 ………………………………… 373
　（一〇）引導集 …………………………………… 374
　（一一）わたまし抄 ……………………………… 376
　（一二）備後砂 …………………………………… 377
　（一三）乙夜随筆 ………………………………… 378
　（一四）うしろひも ……………………………… 379
句評集 …………………………………………… 381
　（一）尾陽鳴海俳諧喚続集 ……………………… 383
　（二）俳諧関相撲 ………………………………… 391
　（三）物見車 ……………………………………… 395
　（四）逸題 ………………………………………… 402
　（五）歌水艶山兩吟歌仙 ………………………… 404
　（六）難波土産 …………………………………… 408
　（七）奈良土産 …………………………………… 417
　（八）蓮の花笠 …………………………………… 418
　（九）俳諧寄垣諸抄大成 ………………………… 418
　（一〇）俳諧塗笠 ………………………………… 419
　（一一）西鶴冥途物語 …………………………… 420

第14巻
1953年2月20日刊

＊凡例 ……………………………………………… 3
＊解説（暉峻康隆，野間光辰） ………………… 5
扶桑近代艶隠者 ………………………………… 19
　巻一 ……………………………………………… 19
　巻二 ……………………………………………… 45
　巻三 ……………………………………………… 67
　巻四 ……………………………………………… 89
　巻五 ……………………………………………… 109
真実伊勢物語 …………………………………… 133
　巻一 ……………………………………………… 133
　巻二 ……………………………………………… 165
　巻三 ……………………………………………… 193
浮世栄花一代男 ………………………………… 219
　巻一 ……………………………………………… 219
　巻二 ……………………………………………… 249
　巻三 ……………………………………………… 279
　巻四 ……………………………………………… 309
凱陣八嶋 加賀掾正本 ……………………………… 337

[059] 徳川文芸類聚
国書刊行会
全12巻
1970年1月
（国書刊行会編）

第1巻　事実小説
1970年9月1日刊

＊徳川文芸類聚序（坪内逍遥） ………… 1
＊緒言（図書刊行会） ………………… 5
＊例言（朝倉無声） …………………… 15
福斎物語 ……………………………… 1
風流夢浮橋 …………………………… 11
京縫鎖帷子 …………………………… 58
御入部伽羅女 ………………………… 79
富宮筒 ………………………………… 144
諸国心中女 …………………………… 150
忠義太平記大全 ……………………… 203
女敵高麗茶碗 ………………………… 333
雲州松江の鱸 ………………………… 351
操草紙 ………………………………… 380
<small>風来紅葉</small>金唐革 …………………… 404
川童一代噺 …………………………… 411
観延政命談 …………………………… 438

第2巻　教訓小説
1970年9月1日刊

＊例言（朝倉無声） …………………… 1
可笑記 ………………………………… 1
為愚癡物語 …………………………… 169
浮世物語 ……………………………… 333
古今堪忍記 …………………………… 389
子孫大黒柱 …………………………… 470
庭訓染匂車 …………………………… 523

第3巻　遍歴小説
1970年9月1日刊

＊例言（図書刊行会） ………………… 1
西鶴冥途物語 ………………………… 1
小夜嵐 ………………………………… 24

続小夜嵐 ……………………………… 178
新小夜嵐 ……………………………… 201
三千世界色修行 ……………………… 257
珍術罌粟散国 ………………………… 291
異国奇談和荘兵衛 …………………… 326
異国再見和荘兵衛後編 ……………… 355
異国風俗笑註烈子 …………………… 373
東唐細見噺 …………………………… 417
成仙玉一口玄談 ……………………… 437
三千世界見て来た咄 ………………… 480
<small>見て来た咄し後編</small>濡手で粟 ………… 498

第4巻　怪談小説
1970年9月1日刊

＊例言（朝倉無声） …………………… 1
百物語評判 …………………………… 1
新百物語 ……………………………… 47
狗張子 ………………………………… 87
玉箒木 ………………………………… 171
拾遺御伽婢子 ………………………… 231
怪醜夜光魂 …………………………… 275
太平百物語 …………………………… 318
御伽厚化粧 …………………………… 373
御伽空穂猿 …………………………… 406
怪談登志男 …………………………… 448
万世百物語 …………………………… 492

第5巻　洒落本
1970年9月1日刊

＊例言（朝倉無声） …………………… 1
異素六帖 ……………………………… 1
聖遊廓 ………………………………… 22
郭中奇譚 ……………………………… 33
辰巳之園 ……………………………… 43
遊子方言 ……………………………… 58
南閨雑話 ……………………………… 73
婦美車紫鏡 …………………………… 89
契国策 ………………………………… 111
売花新駅 ……………………………… 129
妓者呼子鳥 …………………………… 138
南江駅話 ……………………………… 155
一事千金 ……………………………… 163
大抵御覧 ……………………………… 184
美地の蠣殻 …………………………… 193
芳深交話 ……………………………… 207

徳川文芸類聚

白拍子の文反古誰が袖日記	216
世説新語茶	225
新宿穴学問	239
月下余情	250
喜夜来大根	257
真女意題	264
山下珍作	276
恵世物語	289
富賀川拝見	295
二日酔厄輝	307
和唐珍解	321
無駄酸辛甘	337
短華蘂木	343
古契三娼	351
男倡新宗玄々経	366
仮里択中洲之華美	374
自惚鏡	389
青楼画の世界錦之裏	406
北華通情	420
猫謝羅子	438
南門鼠	449
喜和美多里	462
甲子夜話	476
恵比良濃梅	489
やまあらし	502

第6巻　脚本　上
1970年9月1日刊

＊例言（饗庭篁村）	1
恵方男勢梅宿参会名護屋	1
浅黄絡黒小袖兵根元曽我（つはものこんげんそが）	16
女三宮二枕 女忠臣乱箱和国御翠殿	31
女人角砕大峯山 嫉妬鱗削日高河三世道成寺	49
照手火性煙 名月水性池小栗鹿目石	65
星合照手当流源氏小栗十二段	76
凱陣十二段	90
富士源氏三保門松傾城伊豆日記	103
傾城金秤目	114
名歌徳三升玉垣	290
当秋八幡祭	368

第7巻　脚本　下
1970年9月1日刊

＊例言（水谷不倒）	1

四天王十寸鏡	1
傾城暁の鐘	19
傾城山崎通	54
傾城天の羽衣	63
お花半七京羽二重新雛形	153
傾城黄金鱐	202
桑名屋徳蔵入舟噺	320
霧太郎天狗酒宴	414

第8巻　浄瑠璃
1970年9月1日刊

＊例言（水谷不倒）	1
たかだち五段	1
むらまつ	18
小袖そが	34
しんとく丸	45
しのだづま	59
さんせう太夫	85
阿弥陀胸割	98
風流和田酒盛	106
滝口横笛	125
石川五右衛門	146
甲賀三郎	167
藍染川	207
源氏六十帖	231
あふひの上	258
平安城	274
三井寺狂女	289
傾城八花形	313
西行法師墨染桜	350
傾城二河白道	387
傾城浅間岳	425
後藤伊達目貫	442
今川了俊	491

第9巻　俗曲　上
1970年9月1日刊

旧刻都羽二重拍子扇	1
宮古路月下の梅	44
新版宮古路窓の梅	83
常磐種	115
桜草集	285
柏葉集	407
新内節正本集	484
増補宮蘭集都大全	556

第10巻　俗曲 下
1970年9月1日刊

＊例言（高野斑山） ………………… *1*
色竹蘭曲集 …………………………… *1*
半太夫節正本集 …………………… *82*
十寸見声曲集 ……………………… *159*
歌撰集 ……………………………… *237*
荻江節正本 ………………………… *252*
常磐友前集 ………………………… *283*
常磐友後集 ………………………… *409*
歌沢節正本 ………………………… *527*

第11巻　雑俳
1970年9月1日刊

＊例言 ………………………………… *1*
俳諧武玉川 …………………………… *1*
俳諧金砂子 ………………………… *228*
新撰猿莬玖波集 …………………… *249*
俳諧高天鴬 ………………………… *271*
難波土産 …………………………… *299*
江戸土産 …………………………… *317*
若えびす …………………………… *338*
冠独歩行 …………………………… *363*
俳諧万人講 ………………………… *376*
俳諧三尺のむち …………………… *407*
俳諧あづまからげ ………………… *416*
青木賊 ……………………………… *431*
歌羅衣 ……………………………… *456*

第12巻　評判記
1970年9月1日刊

＊例言（図書刊行会） ……………… *1*
戯作評判花折紙 …………………… *1*
絵草紙評判記菊寿草 ……………… *35*
稗史評判岡目八目 ………………… *55*
江戸土産 …………………………… *67*
三題噺作者評判記 ………………… *79*
楽屋奥言鳴久者評判記 …………… *96*
犬夷評判記 ………………………… *122*
風流真顕記 ………………………… *158*
評判筆果報 ………………………… *199*
評判鴬宿梅 ………………………… *235*
浪花其末葉 ………………………… *247*
能評判うそ咄 ……………………… *264*

新版歌仙すまふ評林 ……………… *275*
当世名家評判記 …………………… *280*
冬至梅宝暦評判記 ………………… *296*
学者角力勝負附評判 ……………… *313*
諸宗評判記 ………………………… *322*
評判千種声 ………………………… *341*
富貴地座位 ………………………… *354*
京都名物水の富貴寄 ……………… *377*
五十三次江戸土産 ………………… *392*
宝貨篤 ……………………………… *405*
娘評判記あづまの花軸 …………… *415*
赤烏帽子 …………………………… *420*
吉原丸鑑 …………………………… *428*

```
[060] 特選日本の古典
       グラフィック版
       世界文化社
       全12巻，別巻2巻
       1986年
```

第1巻　古事記
1986年刊

古事記（近藤啓太郎訳） ……………… 5
　上つ巻—神々の誕生 ………………… 12
　中つ巻—建国のひびき ……………… 60
　下つ巻—王位継承 …………………… 92
＊私見古事記（邦光史郎） …………… 109
　＊帝紀を選び本辞を照合して偽りを
　　ただし　後世に伝えたい ………… 110
　＊古代人の歴史や生活の一端を知る
　　貴重な覗き窓として活用 ………… 117
　＊死のけがれを祓うことによって
　　清浄になれるという観念 ………… 122
　＊諸悪の権化であった須佐之男命が善
　　神に変身する不可思議 …………… 130
　＊出雲王朝の創始者　大国主命が演じ
　　るドンファンの冒険譚 …………… 136
　＊大和王朝に屈服した出雲王朝の敗
　　北の歴史を語る出雲神話 ………… 140
　＊稲作農民が渡来した事実を神話的
　　に表現した天孫降臨説話 ………… 143
　＊南方の島々からアイヌへ環太平洋的
　　に広がる海幸山幸説話 …………… 149
　＊神武天皇の東征譚は単なる英雄説
　　話にすぎないのだろうか ………… 152
　＊ここに全く理解に苦しむような大
　　きな謎が横たわっている ………… 157
＊主要人物事典 ………………………… 162
＊地図—古事記のふるさと …………… 164
＊図版目録 ……………………………… 166

第2巻　万葉集
1986年刊

万葉集（池田彌三郎訳） ……………… 5
＊歌と恋に生きた額田王 ……………… 29
＊宮廷歌人の最高峰柿本人麻呂 ……… 50
＊旅愁を歌う高市黒人 ………………… 59
＊叙景歌の新風山部赤人 ……………… 84
＊筑紫文壇の中心大伴旅人 …………… 92
＊不遇の才人山上憶良 ………………… 98
＊兵士の嘆き防人歌 …………………… 123
＊孤独と憂愁の歌人大伴家持 ………… 136
＊飛鳥路の旅（井口樹生） …………… 146
＊万葉びとの生活（山田宗睦） ……… 154
＊万葉集と近代短歌（岡野弘彦） …… 158
＊解説万葉集（中西進） ……………… 162
＊万葉の花 ……………………………… 140
＊地図—万葉の歌枕 …………………… 138
＊飛鳥路万葉の旅 ……………………… 153
＊図版目録 ……………………………… 166

第3巻　竹取物語　伊勢物語
1986年刊

竹取物語（岡部伊都子訳） …………… 5
伊勢物語（中村真一郎訳） …………… 57
＊解説伊勢物語（金田元彦） ………… 150
＊海外の竹取説話（伊藤清司） ……… 156
＊解説竹取物語（三谷栄一） ………… 160
＊工芸品にみる伊勢物語 ……………… 140
＊伊勢物語のうた二百九首 …………… 145
＊地図—伊勢物語ゆかりの地 ………… 164
＊図版目録 ……………………………… 166

第4巻　枕草子　蜻蛉日記
1986年刊

枕草子（田辺聖子訳） ………………… 5
蜻蛉日記（竹西寛子訳） ……………… 77
＊対談後宮サロンと女房文学（村井康彦，
　田辺聖子） …………………………… 150
＊解説枕草子・蜻蛉日記（西村亨） … 160
＊王朝貴族の生活・生活事典（西村亨） 136
＊地図—王朝文学ゆかりの平安京 …… 165
＊図版目録 ……………………………… 166

第5巻　源氏物語
1986年刊

源氏物語（円地文子訳） ……………… 5
　第一部—愛と苦悩の青春 …………… 12
　　桐壺 …………………………………… 12

帚木	16
空蟬	19
夕顔	21
若紫	24
末摘花	27
紅葉賀	30
花宴	31
葵	33
賢木	35
花散里	37
須磨	38
明石	41
第二部―六条の院の華やかな日々	44
澪標	44
蓬生	49
関屋	50
絵合	53
松風	54
薄雲	56
槿	57
乙女	59
玉鬘	62
初音	64
胡蝶	66
蛍	69
常夏	71
篝火	72
野分	74
行幸	75
藤袴	77
真木柱	79
梅枝	80
藤裏葉	82
第三部―別離	84
若菜 上	84
若菜 下	88
柏木	91
横笛	97
鈴虫	98
夕霧	100
御法	104
幻	106
第四部―宿命の若者たち	110
匂宮	110
紅梅	112
竹河	113
橋姫	116

椎本	119
総角	121
早蕨	125
宿木	127
東屋	130
浮舟	132
蜻蛉	135
手習	136
夢浮橋	138
*「源氏物語」と紫式部(竹西寛子)	148
*"いろごのみ"の生涯―光源氏と二十一人の女性たち(西村亨)	154
*解説源氏物語の窓(犬養廉)	160
*遊びのなかの源氏物語	140
*地図―源氏物語ゆかりの地	159
*主要人物事典	164
*図版目録	166

第6巻　平家物語
1986年刊

平家物語(瀬戸内晴美訳)	5
第一部―栄華	13
第二部―暗雲	56
第三部―寂光	104
*平家物語の戦ぶり(稲垣史生)	140
*源平の盛衰(和歌森太郎)	150
*解説平家物語(金田一春彦)	155
*主要人物事典	162
*地図―源平合戦の図	164
*図版目録	166

第7巻　徒然草　方丈記
1986年刊

徒然草(島尾敏雄訳)	5
方丈記(堀田善衞訳)	85
*長明と兼好(木藤才蔵)	153
*解説徒然草・方丈記(吉田精一)	158
*密教美術の神秘性(中村渓男)	144
*地図―徒然草・方丈記ゆかりの地	163
*徒然草事典	164
*図版目録	166

第8巻　好色五人女
1986年刊

特選日本の古典 グラフィック版

好色五人女（吉行淳之介訳） ……………………… 5
  好色五人女 ………………………………………… 14
    巻一　お夏清十郎物語 ………………………… 14
    巻二　樽屋おせん物語 ………………………… 32
    巻三　暦屋おさん物語 ………………………… 48
    巻四　八百屋お七物語 ………………………… 68
    巻五　おまん源五兵衛物語 …………………… 88
  万の文反古 ……………………………………… 100
    京にも思うようなることなし ………………… 100
    御恨みを伝えまいらせ候 ……………………… 104
  世間胸算用 ……………………………………… 112
    鼠の文づかい …………………………………… 112
    奈良の庭竈 ……………………………………… 118
  西鶴置土産 ……………………………………… 122
    大釜のぬき残し ………………………………… 122
    あたご颪の風さむし …………………………… 128
    人には棒振虫同前に思われ …………………… 132
    子が親の勘当逆川をおよぐ …………………… 136
＊対談好色とはなにか（暉峻康隆，吉行淳之介） ……………………………………………… 148
＊解説西鶴の生涯と作風（暉峻康隆） ………… 160
＊町人文化の華 …………………………………… 140
＊元禄期の髪型（郡司正勝） …………………… 164
＊地図―西鶴ゆかりの大阪 ……………………… 165
＊図版目録 ………………………………………… 166

第9巻　奥の細道
1986年刊

奥の細道（山本健吉訳） …………………………… 5
＊漂泊者の系譜（目崎徳衛） …………………… 146
＊芭蕉の近江（森澄雄） ………………………… 152
＊解説奥の細道（尾形仂） ……………………… 158
＊芭蕉の旅 ………………………………………… 140
＊蕉門十哲―芭蕉の門人たち …………………… 162
＊地図―奥の細道の旅 …………………………… 164
＊図版目録 ………………………………………… 166

第10巻　心中天網島
1986年刊

心中天網島（水上勉訳） …………………………… 5
  曽根崎心中 ………………………………………… 12
    観音廻り ………………………………………… 12
    生玉の段 ………………………………………… 14
    天満屋の段 ……………………………………… 22
    お初・徳兵衛道行 ……………………………… 26

  心中天網島 ………………………………………… 34
    上の巻 …………………………………………… 34
    中の巻 …………………………………………… 48
    下の巻 …………………………………………… 59
    名残りの橋づくし ……………………………… 63
  女殺油地獄 ………………………………………… 72
    上の巻 …………………………………………… 72
    中の巻 …………………………………………… 83
    下の巻 …………………………………………… 95
  堀川波鼓 ………………………………………… 116
    上の巻 ………………………………………… 116
    中の巻 ………………………………………… 126
    下の巻 ………………………………………… 135
＊訳後雑記近松の女たち ………………………… 142
＊近松の文学と節付け（内山美樹子） ………… 148
＊心中の季節（諏訪春雄） ……………………… 154
＊解説近松の出自と作力（郡司正勝） ………… 160
＊地図―元禄時代の大坂 ………………………… 159
＊文楽小事典 ……………………………………… 166
＊図版目録 ………………………………………… 167

第11巻　雨月物語
1986年刊

雨月物語（藤本義一訳） …………………………… 5
  白峯 ………………………………………………… 12
  菊花の約 …………………………………………… 34
  浅茅が宿 …………………………………………… 48
  夢応の鯉魚 ………………………………………… 68
  吉備津の釜 ………………………………………… 86
  蛇性の婬 ………………………………………… 100
＊訳後雑記 ………………………………………… 136
＊日本の幽霊（暉峻康隆） ……………………… 148
＊雨月物語の怪奇性（馬場あき子） …………… 152
＊解説雨月物語（中村博保） …………………… 158
＊芝居の怪談ばなし（菊池明） ………………… 140
＊地図―雨月物語ゆかりの地 …………………… 165
＊図版目録 ………………………………………… 166

第12巻　東海道中膝栗毛
1986年刊

東海道中膝栗毛（安岡章太郎訳） ………………… 5
＊道中今昔（尾崎秀樹） ………………………… 148
＊解説東海道中膝栗毛（神保五彌） …………… 158
＊地図―東海道中膝栗毛案内図 ………………… 164
＊図版目録 ………………………………………… 166

388　日本古典文学全集・内容綜覧

別巻1　百人一首
1986年刊

百人一首(大岡信訳) 5
＊伝説の美女小野小町 24
＊抒情を詠う貴公子在原業平 36
＊学問の神様菅原道真 44
＊屏風歌の名人紀貫之 57
＊恋に燃えた生涯和泉式部 80
＊孤独なす女清少納言 93
＊放浪の詩人西行法師 119
＊秘めた情熱を詠う式子内親王 124
＊激情の新古今歌人藤原定家 134
＊文武兼備の帝王後鳥羽院 137
＊歌かるたの歴史(関忠夫) 140
＊異種百人一首(伊藤嘉夫) 150
＊解説百人一首(久保田淳) 154
＊歌人紹介 158
＊図版目録 164
＊索引 166

別巻2　お伽草子
1986年刊

お伽草子(円地文子訳) 5
　浦島太郎 12
　俵藤太 24
　梵天国 40
　鶴の草子 56
　花世の姫 74
　一寸法師 88
　かくれ里 94
　ものくさ太郎 109
　百合若大臣 124
＊お伽草子にみる昔話の世界(稲田浩二)
　................................ 150
＊解説お伽草子(檜谷昭彦) 156
＊その他のお伽草子 162
＊図版目録 167

[061] 日本歌学大系
風間書房
全10巻，別巻10巻
1980年4月～1997年2月

第1巻(佐佐木信綱編)
1958年11月30日刊

＊解題 1
歌経標式(真本)(藤原濱成) 1
歌経標式(抄本)(藤原濱成) 10
倭歌作式(喜撰) 18
和歌式(孫姫) 26
石見女式 31
新選万葉集序(菅原道真，源當時) ... 35
古今和歌集序(紀貫之，紀淑望) 37
新選和歌集序(紀貫之) 44
和歌体十種(壬生忠岑) 45
和歌十体(源道濟) 50
類聚証(藤原實頼) 52
新選和歌髄脳 58
新選髄脳(藤原公任) 64
九品和歌(藤原公任) 67
能因歌枕(略本)(能因) 69
能因歌枕(広本)(能因) 73
隆源口伝(隆源) 108
俊頼髄脳(源俊頼) 118
奥義抄(藤原清輔) 222
和歌童蒙抄(巻十)(藤原範兼) 371

第2巻(佐佐木信綱編)
1956年7月31日刊

＊解題 1
袋草紙上巻(藤原清輔) 1
袋草紙下巻(藤原清輔) 90
和歌初学抄(藤原清輔) 172
歌仙落書 249
続歌仙落書 267
贈定家卿文(西行) 287
西行上人談抄(蓮阿) 289
千載和歌集序(藤原俊成) 299

日本古典文学全集・内容綜覧　　389

日本歌学大系

慈鎮和尚自歌合（十禅師跋）（藤原俊成）
　　　　　　　　　　　　　　　　　　　302
古来風体抄（初撰本）（藤原俊成） ……… *303*
古来風体抄（再撰本）（藤原俊成） ……… *415*

第3巻（佐佐木信綱編）
1956年12月31日刊

*凡例 ……………………………………………… *1*
*解題 ……………………………………………… *1*
後鳥羽天皇御口伝（後鳥羽天皇選） ……… *1*
八雲御抄（順徳天皇選） …………………… *9*
和歌色葉（上覺） …………………………… *95*
三体和歌 …………………………………… *269*
新古今和歌集序（藤原良經，藤原親經） *273*
長明無名抄（鴨長明） …………………… *277*
瑩玉集（鴨長明） ………………………… *321*
近代秀歌（遺送本）（藤原定家） ………… *326*
近代秀歌（自筆本）（藤原定家） ………… *331*
詠歌大概（藤原定家） …………………… *339*
毎月抄（藤原定家） ……………………… *346*
秀歌大体（藤原定家） …………………… *355*
百人秀歌（藤原定家） …………………… *362*
百人一首（藤原定家） …………………… *368*
和歌秘抄（藤原定家） …………………… *374*
先達物語（定家卿相語）（藤原定家） …… *381*
越部禅尼消息（俊成女） ………………… *385*
八雲口伝（詠歌一体）（藤原爲家） ……… *388*
追加（慶融法眼抄）（慶融） ……………… *402*
夜の鶴（阿佛尼） ………………………… *404*
竹園抄（藤原爲顯） ……………………… *410*
水無瀬の玉藻 …………………………… *429*

第4巻（佐佐木信綱編）
1956年1月31日刊

*凡例 ……………………………………………… *1*
*解題 ……………………………………………… *1*
和歌口伝（愚管抄）（源承） ………………… *1*
秋風抄序（眞觀） ………………………… *52*
簸河上（眞觀） …………………………… *56*
野守鏡（源有房） ………………………… *64*
歌苑連署事書 …………………………… *97*
爲顯卿和歌抄（京極爲顯） ……………… *108*
和歌庭訓（二條爲世） …………………… *115*
和歌用意條々（二條爲世） ……………… *121*
延慶両卿訴陳状（二條爲世） …………… *127*

和歌大綱 ………………………………… *138*
悦目抄（藤原基俊） ……………………… *146*
和歌無底抄（藤原基俊） ………………… *187*
和歌肝要（藤原俊成） …………………… *253*
定家物語（藤原定家） …………………… *258*
桐火桶（藤原定家） ……………………… *264*
愚秘抄（藤原定家） ……………………… *291*
三五記（藤原定家） ……………………… *313*
愚見抄（藤原定家） ……………………… *354*
定家十体（藤原定家） …………………… *362*
未来記（藤原定家） ……………………… *380*
雨中吟（藤原定家） ……………………… *384*
和歌口伝抄（藤原定家） ………………… *386*
玉伝集和歌最頂 ………………………… *391*
深秘九章 ………………………………… *395*
阿古根浦口伝 …………………………… *398*

第5巻（佐佐木信綱編）
1957年7月31日刊

*解題 ……………………………………………… *1*
代集 ……………………………………………… *1*
井蛙抄（頓阿） …………………………… *18*
愚問賢注（二條良基，頓阿） …………… *123*
近来風体（二條良基） …………………… *141*
耕雲口伝（耕雲） ………………………… *154*
和歌所へ不審條々（二言抄）（今川了俊）
　　　　　　　　　　　　　　　　　　　166
了俊一子伝（弁要抄）（今川了俊） ……… *177*
落書露顕（今川了俊） …………………… *190*
師説自見集（抄）（今川了俊） …………… *213*
徹書記物語（正徹物語 上）（正徹） …… *220*
清厳茶話（正徹物語 下）（正徹） ……… *245*
冷泉家和歌秘々口伝 …………………… *270*
心敬私語（心敬） ………………………… *280*
東野州聞書（東常縁） …………………… *329*
兼載雑談（猪苗代兼載） ………………… *390*
筆のまよひ（飛鳥井雅親） ……………… *426*
かりねのすさみ（素純） ………………… *437*

第6巻（佐佐木信綱編）
1956年4月30日刊

*凡例 ……………………………………………… *1*
*解題 ……………………………………………… *1*
初学一葉（三條西實枝） …………………… *1*
聞書全集（細川幽齋） …………………… *55*

和歌講談（冷泉爲満）	120
耳底記（烏丸光廣）	142
戴恩記（歌林雑話）（松永貞徳）	209
資慶卿口伝（烏丸資慶）	254
資慶卿消息（烏丸資慶）	256
資慶卿口授（烏丸資慶）	258
光雄卿口授（烏丸光雄）	270
渓雲問答（中院通茂）	291
初学考鑑（武者小路實陰）	361
詞林拾葉（似雲）	374
和歌教訓十五個条（烏丸光栄）	506
内裏進上の一巻（烏丸光栄）	508
聴玉集（烏丸光栄）	516

第7巻（佐佐木信綱編）
1958年11月30日刊

*解題	1
林葉累塵集序（下川邊長流）	1
万葉代匠記（初稿本）惣釈（抄）（契沖）	3
万葉代匠記（精選本）惣釈（抄）（契沖）	5
河社（抄）（契沖）	8
寛文五年文詞（戸田茂睡）	9
梨本集（戸田茂睡）	10
国歌八論（荷田在滿）	81
附評（本居宣長）	
国歌八論余言（田安宗武）	99
国歌八論再論（荷田在滿）	108
国歌八論余言拾遺（加茂眞淵）	116
国歌論臆説（加茂眞淵）	127
臆説剰言（田安宗武）	138
再奉答金吾君書（加茂眞淵）	147
歌論（田安宗武）	156
歌体約言（田安宗武）	162
国歌八論斥排（大菅公圭）	167
附評（本居宣長）	
国歌八論斥排再評（藤原維齋）	187
附評（本居宣長）	
国歌八論評（伴蒿蹊）	192
歌意考（草稿本）（加茂眞淵）	200
歌意考（精選本）（加茂眞淵）	211
にひまなび（加茂眞淵）	218
古風小言（加茂眞淵）	230
県居歌道教訓（加茂眞淵）	236
あしわけ小船（本居宣長）	238
石上私淑言（本居宣長）	311
歌と詞のけぢめを言へる書（横井千秋）	419

百千鳥（丘岬俊平）	424

第8巻（佐佐木信綱編）
1956年7月31日刊

*凡例	1
*解題	1
五級三差（富士谷成章）	1
五級三差弁（富士谷御杖）	5
哆南弁乃異則（富士谷御杖）	9
歌道非唯抄（富士谷御杖）	22
真言弁（富士谷御杖）	40
北辺髄脳（富士谷御杖）	68
真幸千陰歌問答（加藤千陰）	104
答小野勝書（加藤千陰）	109
贈稲掛大平書（村田春海）	112
答村田春海書（稲掛大平）	125
再贈稲掛大平書（村田春海）	135
歌がたり（村田春海）	151
ふるの中道（小澤蘆庵）	166
ふりわけ髪（小澤蘆庵）	194
新学異見（香川景樹）	215
古今和歌集正義総論（香川景樹）	225
桂園遺文（香川景樹）	235
大ぬさ（中川自休）	280
大ぬさ弁（丹羽氏嘩）	322
歌学提要（内山眞弓）	379
歌のしるべ（藤井高尚）	398
歌の大意（長野義言）	414
こぞのちり（大隈言道）	465
ひとりごち（大隈言道）	473

第9巻（佐佐木信綱編）
1958年7月31日刊

*凡例	1
*解題	1
歌道大意（平田篤胤）	1
歌林一枝（中神守節）	49
言葉の直路（松田直兄）	240
八雲のしをり（間宮永好）	269
新学異見弁（業合大枝）	295
調の説（八田知紀）	328
調の直路（八田知紀）	332
古今集序正義注追考（熊谷直好）	339
古今集正義総論補注（熊谷直好）	347

日本歌学大系

古今集正義総論補注論・同弁（八田知紀論，熊谷直好弁）……………… *361*
稲木抄（伴林光平）……………… *371*
垣内七草（伴林光平）……………… *398*
歌道大意（伴林光平）……………… *404*
園の池水（伴林光平）……………… *409*
翠園応答録（鈴木重嶺）………… *431*
＊日本歌学大系総目録 ……………… *1*

第10巻（久曽神昇，樋口芳麻呂編）
1963年1月31日刊

書名索引 ……………………………… *1*
人名索引 ……………………………… *65*
和歌索引 …………………………… *255*
漢詩索引 …………………………… *439*
跋 …………………………………… *450*

別巻1（久曽神昇編）
1959年6月30日刊

＊凡例 ………………………………… *1*
＊解題 ………………………………… *1*
難後拾遺抄（源經信）……………… *1*
綺語抄（藤原仲實）……………… *26*
　上 天象部・時節部・坤儀部・水部・海部 ……………………………… *26*
　中 神仙部・人倫部・官位部・人行部・人詞部・居処部・財貨部 ……… *60*
　下 動物部・植物部 ……………… *103*
和歌童蒙抄（藤原範兼）………… *128*
　第一 天部 ………………………… *128*
　第二 時節 ………………………… *144*
　第三 地部 ………………………… *159*
　第四 人部・人体部 ……………… *181*
　第五 居処部・賽貨部・文部・武部・伎芸部・飯食部 ………………… *201*
　第六 音楽部・漁猟部・服餝部・資用部・仏神部 …………………… *217*
　第七 草部・木部 ………………… *241*
　第八 鳥部 ………………………… *273*
　第九 獣部・魚貝部・虫部 ……… *287*
五代集歌枕（藤原範兼）………… *302*
　巻上第一 山 ……………………… *302*
　　第二 嶺・岳・隈・杣・林・坂・野・澤・田・原・牧・窟・杜・社・寺 …… *343*
　　巻下第三 海・江・浦・河付河原・淵・瀬・瀧・池・沼・嶋 ……………… *375*
　　第四 濱・潟・崎・礒・岸・津・淀・湊・泊・渡・井・温泉・水・石・郡・里・村・都・宮・関・市・道・橋 ……… *431*

別巻2（久曽神昇編）
1958年11月30日刊

＊解題 ………………………………… *1*
袖中抄（顯昭）……………………… *1*
色葉和難集 ……………………… *341*
＊歌語索引 ………………………… *601*

別巻3（久曽神昇編）
1964年5月31日刊

＊凡例 ………………………………… *1*
＊解題 ………………………………… *1*
万物部類倭歌抄（藤原定家）……… *1*
八雲御抄（順徳天皇）…………… *187*
和歌手習口伝（藤原定家）……… *449*

別巻4（久曽神昇編）
1980年4月20日刊

＊凡例 ………………………………… *1*
＊解題 ………………………………… *1*
万葉集時代難事 …………………… *47*
柿本朝臣人麻呂勘文 ……………… *77*
勅選和歌作者目録 ………………… *95*
古今集序注 ……………………… *125*
古今集注 ………………………… *165*
拾遺抄注 ………………………… *385*
後拾遺抄注 ……………………… *413*
詞華集注 ………………………… *455*
五代勅選 ………………………… *487*
散木集注 ………………………… *517*

別巻5（久曽神昇編）
1981年11月5日刊

＊凡例（久曽神昇）………………… *1*
＊解題 ………………………………… *1*
顯秘抄（顯昭）……………………… *1*
六百番陳状（顯昭）………………… *65*
顯注密勘抄（顯昭，藤原定家）… *137*

僻案抄（藤原定家）	309
後選集正義	341
堀河院百首聞書	387

別巻6（久曽神昇編）
1984年11月5日刊

＊凡例（久曽神昇）	1
＊解題	1
一 古六歌仙	59
二 新選和歌集	61
三 金玉集	83
四 深窓秘抄	89
五 十五番歌合	96
六 三十人選	100
七 三十六人選〔甲〕	109
八 公任卿選歌仙〔乙〕	120
九 佐竹本三十六歌仙〔丙〕	124
一〇 古三十六人歌合〔丁〕	131
一一 古三十六人歌合〔戊〕	134
一二 古三十六人歌合〔己〕	145
一三 古三十六歌僊秘談〔庚〕	151
一四 玄々集	164
一五 中古三十六人歌合	189
一六 後六々選	191
一七 続歌仙三十六人選	202
一八 中古歌仙	206
一九 新六家選〔甲〕	212
二〇 新六歌仙〔乙〕	215
二一 新六歌仙〔丙〕	218
二二 新六歌仙〔丁〕	220
二三 勅選六歌仙〔戊〕	222
二四 新六歌仙〔別〕	222
二五 新続六歌仙〔別〕	223
二六 続六歌仙〔別〕	224
二七 新歌仙歌合	225
二八 元暦三十六人歌合	228
二九 新三十六人選歌合〔甲〕	230
三〇 新三十六人〔乙〕	238
三一 新三十六歌仙〔丙〕	241
三二 新三十六人歌合〔丁〕	243
三三 新中古歌選〔別〕	245
三四 新歌仙	248
三五 新続三十六選	250
三六 後三十六人歌合〔甲〕	275
三七 後三十六人歌合〔乙〕	290
三八 新選三十六人歌合	293

三九 中歌仙	295
四〇 天皇三十六人奉選	298
四一 皇子三十六人選	300
四二 竹園三十六人選	303
四三 槐門三十六人和歌	305
四四 執政三十六人和歌	310
四五 相国三十六人選	314
四六 武家三十六人和歌	318
四七 秀才三十六人和歌	320
四八 続秀才三十六人選	323
四九 釈教三十六人歌仙	325
五〇 高僧三十六人選	328
五一 僧歌仙三十六人選	332
五二 門主三十六人選	335
五三 女三十六人選〔甲〕	339
五四 女房三十六人歌合〔乙〕	347
五五 女房三十六人歌合〔丙〕	354
五六 女歌仙〔丁〕	360
五七 続女歌仙〔戊〕	362
五八 后宮三十六人選	364
五九 新選皇后三十六人和歌	369
六〇 八代集秀歌	374
六一 自讃歌	383
六二 正風体	396
六三 練玉和歌抄	406
六四 時代不同歌合〔甲〕	452
六五 時代不同歌合〔乙〕	472
六六 新時代不同歌合	478
六七 小倉百人一首	498
六八 新百人一首	512
六九 後選百人一首	518
七〇 武家百人一首	524
七一 武備百人一首	529
七二 女百人一首	540
七三 名所百人一首	546

別巻7（久曽神昇編）
1986年10月20日刊

＊凡例（久曽神昇）	1
＊解題	1
＊和漢朗詠集	1
＊新選朗詠集	14
＊和歌一字抄	20
＊和歌題林抄	26
＊歌林良材集	30
＊続歌林良材集	35

日本歌学大系

和漢朗詠集（藤原公任） ……………… 37
新選朗詠集（藤原基俊） ……………… 93
雨朗詠集索引（和歌・漢詩文） ……… 145
和歌一字抄（藤原清輔） ……………… 193
和歌題林抄（一條兼良） ……………… 331
歌林良材集（一條兼良） ……………… 405
続歌林良材集（下河邊長流） ………… 481

別巻8（久曽神昇編）
1989年6月5日刊

＊凡例（久曽神昇） …………………… 1
＊解題 …………………………………… 1
　＊拾花集 ……………………………… 1
　＊私玉抄 ……………………………… 2
　＊六花集 ……………………………… 7
　＊和歌部類 …………………………… 8
　＊松緑集 ……………………………… 10
　＊特殊技巧歌 ………………………… 12
拾花集 …………………………………… 15
私玉抄 …………………………………… 103
六花集 …………………………………… 438
和歌部類 ………………………………… 499
松緑集（堯慶） ………………………… 561
特殊技巧歌（日導） …………………… 590

別巻9（久曽神昇編）
1992年7月5日刊

＊凡例（久曽神昇） …………………… 1
＊解題 …………………………………… 1
　＊長歌言葉珠衣 ……………………… 1
　＊長歌選格 …………………………… 2
　＊短歌選格 …………………………… 5
　＊文章選格 …………………………… 7
　＊古風三体考 ………………………… 10
　＊歌体緊要考 ………………………… 11
　＊長歌規則 …………………………… 12
長歌言葉珠衣（小國重年） …………… 15
長歌選格（橘守部） …………………… 239
短歌選格（橘守部） …………………… 333
文章選格（橘守部） …………………… 386
古風三体考（田中芳樹） ……………… 492
歌体緊要考（大江東平） ……………… 515
長歌規則（源知至） …………………… 564

別巻10（久曽神昇編，日本歌学大系別巻索引作成委員会）
1997年2月5日刊

＊序（久曽神昇） ……………………… 1
書名索引 ………………………………… 1
人名索引 ………………………………… 73
和歌索引 ………………………………… 265
漢詩索引 ………………………………… 637
＊後記（日本歌学大系別巻索引作成委員
　会） …………………………………… 693

[062] **日本歌謡集成**
東京堂出版部
全12巻
1979年9月〜1980年8月
（高野辰之編）

第1巻　上古編
1960年8月25日刊

* ＊解説（高野辰之） ………………………… 1
  * ＊第一　古事記歌通釈 …………………… 1
  * ＊第二　古事記謡歌註 …………………… 2
  * ＊第三　日本紀歌之解 …………………… 3
  * ＊第四　琴歌譜 …………………………… 3
  * ＊第五　仏足石和歌集解 ………………… 4
  * ＊第六　古風土記歌 ……………………… 5
* 第一　古事記歌通釈 ………………………… 1
* 第二　古事記謡歌註 ……………………… 165
* 第三　日本紀歌解槻乃落葉 ……………… 289
* 第四　琴歌譜 ……………………………… 503
* 第五　仏足石和歌集解 …………………… 517
* 第六　古風土記歌 ………………………… 541
* 記紀歌索引 ………………………………… 557

第2巻　中古編
1960年7月25日刊

* ＊解説（高野辰之） ………………………… 1
  * ＊第一　南京遺響 ………………………… 1
  * ＊第二　神楽和琴秘譜 …………………… 1
  * ＊第三　催馬楽抄 天治本 ………………… 2
  * ＊第四　楽章類語鈔 ……………………… 2
  * ＊第五　梁塵愚案抄 ……………………… 3
  * ＊第六　梁塵後抄 ………………………… 3
  * ＊第七　本朝楽府三種合解 東遊 ………… 4
  * ＊第八　風俗譜 …………………………… 5
  * ＊第九　やまとまひ歌譜 ………………… 5
  * ＊第十　藤のしなひ ……………………… 5
  * ＊第十一　梁塵秘抄巻第二 ……………… 6
  * ＊第十二　梁塵秘抄口傅集巻第十 ……… 7
  * ＊第十三　唯心房集 ……………………… 8
  * ＊第十四　今様譜 ………………………… 9
* 第一　南京遺響 ……………………………… 1

* 第二　神楽和琴秘譜 ……………………… 141
* 第三　催馬楽抄 天治本 …………………… 147
* 第四　楽章類語鈔 ………………………… 161
* 第五　梁塵愚案抄 ………………………… 261
* 第六　梁塵後抄 …………………………… 301
* 第七　本朝楽府三種合解 東遊 …………… 399
* 第八　風俗譜 ……………………………… 449
* 第九　やまとまひ歌譜 …………………… 455
* 第十　藤のしなひ ………………………… 463
* 第十一　梁塵秘抄巻第二 ………………… 473
* 第十二　梁塵秘抄口傅集巻第十 ………… 513
* 第十三　唯心房集 ………………………… 533
* 第十四　今様譜 …………………………… 545

第3巻　中古編
1960年5月25日刊

* ＊解題（高野辰之） ………………………… 1
  * ＊第一　倭漢朗詠集（行成本） ………… 1
  * ＊第二　和漢朗詠集註 …………………… 3
  * ＊第三　新撰朗詠集 ……………………… 3
  * ＊第四　朗詠九十首抄 …………………… 4
  * ＊第五　朗詠要抄 ………………………… 5
  * ＊第六　朗詠要集 ………………………… 6
* 第一　倭漢朗詠集（行成本） ……………… 1
  * 上巻 ………………………………………… 4
    * 春 ………………………………………… 5
    * 夏 ……………………………………… 19
    * 秋 ……………………………………… 24
    * 冬 ……………………………………… 38
  * 下巻 ……………………………………… 44
    * 雑 ……………………………………… 45
* 第二　和漢朗詠集註 ……………………… 85
  * 巻上 ……………………………………… 88
    * 春 ……………………………………… 91
    * 夏 …………………………………… 142
    * 秋 …………………………………… 161
    * 冬 …………………………………… 212
  * 巻下 …………………………………… 260
    * 雑 …………………………………… 262
* 第三　新撰朗詠集 ……………………… 407
  * 巻上 …………………………………… 408
    * 春 …………………………………… 409
    * 夏 …………………………………… 420
    * 秋 …………………………………… 425
    * 冬 …………………………………… 438
  * 巻下 …………………………………… 443

雑 ……………………………………… 443	一四 菩提心讚(珍海巳講) ……………… 20
第四 朗詠九十首抄 ……………………… 479	一五 智證大師和讚(藤原通憲) ………… 22
春 …………………………………… 481	一六 弘法大師和讚(藤原成範) ………… 24
夏 …………………………………… 482	一七 極楽願往生歌(西念) ……………… 26
秋 …………………………………… 482	一八 慈惠大師和讚(寶地房證眞) ……… 31
冬 …………………………………… 484	一九 涅槃和讚(源空上人) ……………… 34
雑 …………………………………… 484	二〇 観音和讚(解脱上人) ……………… 38
第五 朗詠要抄 …………………………… 493	二一 四座講法則 ………………………… 39
第六 朗詠要集 …………………………… 501	涅槃和讚(明惠上人) ………………… 41
＊索引	羅漢和讚(明惠上人) ………………… 46
＊一 倭漢朗詠集註 ………………… 509	遺跡和讚(明惠上人) ………………… 48
＊甲 漢詩文 …………………… 511	二二 太子和讚(明惠上人) ……………… 51
＊乙 和歌 ……………………… 532	二三 文讚(空阿彌陀仏) ………………… 52
＊二 和漢朗詠集 …………………… 541	二四 善導大師和讚(聖光上人) ………… 52
＊甲 漢詩文 …………………… 543	二五 浄土和讚(親鸞上人) ……………… 54
＊乙 和歌 ……………………… 560	二六 高僧和讚(親鸞上人) ……………… 65
	二七 正像末和讚(親鸞上人) …………… 75
第4巻　中古近世編	二八 疑惑讚(親鸞上人) ………………… 79
1960年10月25日刊	二九 皇太子聖徳奉讚(親鸞上人) ……… 81
	三〇 愚禿悲歎述懐(親鸞上人) ………… 82
＊解説(高野辰之) ………………………… 1	三一 善光寺如来和讚(親鸞上人) ……… 83
＊第一 古讚集 ……………………………… 2	三二 帖外和讚(親鸞上人) ……………… 84
＊第二 教化 ………………………………… 5	三三 法華和讚(日蓮上人) ……………… 85
＊第三 訓伽陀 ……………………………… 8	三四 百利口語(一遍上人) ……………… 86
＊第四 講式・声歌 ………………………… 9	三五 聖徳太子讚(思圓上人) …………… 90
＊第五 和讚雑集 …………………………… 9	三六 真言安心和讚(思圓上人) ………… 91
＊第六 順礼歌 ……………………………… 10	三七 光明眞言和讚(思圓上人) ………… 92
＊第七 補遺 ………………………………… 11	三八 浄業和讚 …………………………… 93
第一 古讚集 ………………………………… 1	(巻上) ………………………………… 93
一 百石讚歎 ……………………………… 2	(巻中) ………………………………… 112
1 叡山所伝 …………………………… 2	(巻下) ………………………………… 136
2 高野山所伝附厚恩賛・報恩賛・師	三九 天台智者大師和讚荻原鈔 ………… 163
恩賛 ………………………………… 2	第二 教化 ………………………………… 179
3 三宝絵詞所載 ……………………… 2	一 天台宗法華八講有用教化 ………… 180
4 拾遺和歌集所載 …………………… 2	二 天台大師供次第教化 ……………… 180
二 法華讚歎 ……………………………… 2	三 沙彌戒導師教化(眞喜律師) ……… 181
三 舎利讚歎(慈覺大師) ………………… 3	四 教化之文章色々(懐空僧都) ……… 182
四 註本覺讚(慈覺大師) ………………… 4	五 東寺修正作法教化 ………………… 206
五 極楽国彌陀和讚(千觀阿闍梨) ……… 6	仏名導師作法教化 …………………… 208
六 天台大師和讚(惠心僧都) …………… 7	修正作法裏書ノ教化 ………………… 209
七 天台智者大師画讚(顏魯公) ……… 11	六 往生講式教化 ……………………… 209
八 極楽六時讚(惠心僧都) …………… 93	七 御影供導師教化(覺鑁上人) ……… 210
九 来迎讚(惠心僧都) ………………… 13	無常導師教化(覺鑁上人) …………… 210
一〇 二十五菩薩和讚(惠心僧都) …… 15	龍女教化(覺鑁上人) ………………… 210
一一 山王和讚(惠心僧都) …………… 16	八 塔供養諷誦導師教化 ……………… 210
一二 彌陀如来和讚(覺超僧都) ……… 17	九 仏名会教化 ………………………… 210
一三 舎利講式和讚(永觀律師) ……… 19	一〇 建春門院御念仏結願教化 ……… 212

一一 羅漢供次第教化 …………… 212	第五 和讃雑集 ……………………… 291
一二 羅漢供教化 …………………… 113	一 釈尊御誕生和讃 ……………… 292
一三 八祖銘ノ教化 ………………… 217	二 釈迦牟尼如来和讃 …………… 293
一四 弘法大師御影供表白教化 …… 218	三 釈迦如来和讃 ………………… 294
一五 上清滝論匠教化 ……………… 218	四 仏生会和讃 …………………… 295
一六 仁和寺百部最勝経供養教化 … 218	五 八相和讃 ……………………… 297
一七 修正教化 ……………………… 219	六 因位和讃 ……………………… 299
一八 太秦広隆寺所用教化 ………… 219	七 荼毘和讃 ……………………… 303
一九 諸大師供教化 ………………… 220	八 舎利和讃 ……………………… 303
二〇 諸大師供教化 ………………… 221	九 釈迦彌陀恩徳和讃 …………… 306
二一 山門大会教化 ………………… 222	一〇 釈迦彌陀恩徳和讃 ………… 307
二二 声明五音博士所載教化 ……… 223	一一 釈迦彌陀恩徳和讃 ………… 311
二三 錫杖教化 ……………………… 223	一二 阿彌陀和讃 ………………… 312
二四 大師講法則所載教化 ………… 223	一三 彌陀和讃 …………………… 314
二五 法隆寺々要日記所載教化 …… 224	一四 阿彌陀いろは和讃 ………… 317
二六 三宝院奮記所載教化 ………… 225	一五 阿彌陀和讃 ………………… 318
二七 醍醐寺新要録所載教化 ……… 226	一六 阿彌陀如来和讃 …………… 319
二八 部類表白集所載教化 ………… 226	一七 阿彌陀如来和讃 …………… 322
二九 延文四年結縁灌頂記所載教化 … 227	一八 阿彌陀経和讃 ……………… 325
三〇 初夜導師教化(播州法華山所用)	一九 掌中和讃 …………………… 327
……………………………………… 227	二〇 浄土荘厳和讃 ……………… 332
三一 曼供誦経導師作法教化 ……… 229	二一 西方和讃 …………………… 332
三二 曼荼羅供教化 ………………… 230	二二 浄土十楽和讃 ……………… 337
三三 夏始表白教化 ………………… 230	二三 大慈利益和讃 ……………… 345
三四 乞戒作法教化 ………………… 230	二四 五種正行和讃 ……………… 346
三五 乞戒作法教化 ………………… 230	二五 名号和讃 …………………… 350
三六 蓮花成院修正導師作法教化 … 231	二六 名号和讃 …………………… 351
三七 修正導師作法教化 …………… 231	二七 念仏和讃 …………………… 352
三八 結縁灌頂大阿声明次第所載教化 231	二八 念仏和讃 …………………… 353
三九 伝法灌頂誦経導師教化二十八種 232	二九 念仏和讃 …………………… 355
四〇 後柏原院一周聖忌御経供養教化 238	三〇 念仏和讃 …………………… 355
四一 後奈良院三回聖忌御経供養教化 238	三一 鞍馬寺融通念仏和讃 ……… 357
四二 代々先皇法語集所載教化 …… 238	三二 本願決疑和讃 ……………… 358
四三 灌頂会教化 …………………… 239	三三 帰命本願和讃 ……………… 362
第三 訓伽陀 ………………………… 241	三四 浄土志蓮和讃 ……………… 365
一 天台宗常用 …………………… 242	三五 摂取不捨和讃 ……………… 365
二 声明要略集所載 ……………… 242	三六 無常和讃 …………………… 366
三 声明口訣所載 ………………… 242	三七 無常和讃 …………………… 368
四 法隆寺所用 …………………… 242	三八 無常和讃 …………………… 369
五 仏名会法則所載 ……………… 243	三九 無常和讃 …………………… 369
第四 講式・声歌 …………………… 245	四〇 無常和讃 …………………… 370
一 二十五三昧式 ………………… 246	四一 厭欣和讃 …………………… 371
二 六道講式 ……………………… 256	四二 歓喜踊躍和讃 ……………… 373
三 順次往生講式 ………………… 260	四三 観音和讃 …………………… 373
四 極楽声歌 ……………………… 279	四四 観音和讃 …………………… 375
五 称名寺所伝声歌 ……………… 282	四五 観世音和讃 ………………… 376
六 六座念仏式 …………………… 283	四六 観音和讃 …………………… 378

四七　観音和讃 ……………………… 379
　　四八　二十五菩薩和讃 ……………… 380
　　四九　因果和讃 ……………………… 381
　　五〇　石女地獄和讃 ………………… 382
　　五一　女人往生和讃 ………………… 383
　　五二　曼荼羅供略和讃 ……………… 384
　　五三　賽の河原地蔵和讃 …………… 393
　　五四　賽の河原地蔵和讃 …………… 395
　　五五　中将姫号法如和讃 …………… 398
　　五六　中将姫和讃 …………………… 399
　　五七　俊寛和讃 ……………………… 400
　　五八　敦盛卿和讃 …………………… 401
　　五九　一の谷組打和讃 ……………… 402
　　六〇　道成寺清姫和讃 ……………… 405
　　六一　苅萱道心和讃 ………………… 406
　　六二　梅若丸和讃 …………………… 408
　　六三　阿波鳴戸和讃 ………………… 409
　　六四　葛の葉和讃 …………………… 410
　　六五　松虫鈴虫和讃 ………………… 411
　　六六　八百屋お七和讃 ……………… 413
　　六七　心行自然和讃 ………………… 415
　第六　順礼歌（御詠歌） ……………… 449
　　一　西国三十三番順礼歌 …………… 450
　　二　四国八十八ヶ所御本尊御歌 …… 453
　　三　秩父霊場三十四ヶ所観世音御詠歌 … 460
　　四　阪東霊場三十三ヶ所観世音御詠歌 … 463
　　五　釈迦如来三十二相御詠歌 ……… 466
　　六　地蔵大菩薩四十八体御詠歌 …… 469
　　七　信濃国善光寺御詠歌 …………… 473
　　八　京都六阿彌陀御詠歌 …………… 474
　　九　武州六阿彌陀御詠歌 …………… 475
　　一〇　山城国六道地蔵尊六所御詠歌 … 476
　　一一　諸仏御詠歌 …………………… 476
　　一二　弘法大師御詠歌 ……………… 479
　　一三　円光大師二十五霊所御詠歌 … 480
　第七　補遺 ……………………………… 483
　　寒念仏の讃 …………………………… 484
　　春駒歌 ………………………………… 499
　　地蔵和讃 ……………………………… 501
　　善光寺如来和讃 ……………………… 505
　　念仏和讃 ……………………………… 511

第5巻　近古編
1960年4月25日刊

＊解説（高野辰之） ……………………… 1
　＊第一　延年舞曲歌謡 ………………… 1

　＊第二　宴曲 …………………………… 2
　＊第三　日吉七社船謡考証略解 ……… 4
　＊第四　田植草子 ……………………… 5
　＊第五　田楽歌謡 ……………………… 6
　＊第六　曲乱久世舞要集 ……………… 8
　＊第七　狂言小歌集 …………………… 8
　＊第八　幸若舞曲歌謡 ………………… 8
　＊第九　閑吟集 ………………………… 9
　＊第十　禁中千秋万歳歌 ……………… 10
　＊第十一　青陽唱詰 …………………… 10
　＊第十二　十二段草子 ………………… 11
　＊第十三　上るり十二段 ……………… 12
　＊第十四　中古雑唱集 ………………… 13
第一　延年舞曲歌謡 ……………………… 1
　一　多武略所伝連事 …………………… 2
　二　興福寺延年舞式 …………………… 15
第二　宴曲 ………………………………… 23
　一　撰要目録 …………………………… 24
　二　真曲抄 ……………………………… 31
　三　宴曲集 ……………………………… 40
　四　宴曲抄 ……………………………… 71
　五　究百集 ……………………………… 97
　六　拾菓集 ……………………………… 107
　七　拾菓抄 ……………………………… 125
　八　別紙追加曲 ………………………… 136
　九　玉林苑 ……………………………… 145
　十　外物 ………………………………… 161
　補遺 ……………………………………… 172
第三　日吉七社船謡考証略解 …………… 173
第四　田植草子 …………………………… 199
第五　田楽歌謡 …………………………… 221
　一　春日若宮祭田楽歌謡 ……………… 223
　　1　合浦 ……………………………… 223
　　2　菊水 ……………………………… 223
　　3　二星 ……………………………… 226
　　4　比擬開口（もどきかいこ）……… 227
　二　鳳来寺田楽歌謡 …………………… 229
第六　曲乱久世舞要集 …………………… 239
第七　狂言小歌集 ………………………… 283
第八　幸若舞曲歌謡 ……………………… 291
　一　曲節集 ……………………………… 293
　二　短中之部 …………………………… 330
第九　閑吟集 ……………………………… 375
第十　禁中千秋万歳歌 …………………… 397
第十一　青陽唱詰 ………………………… 403
第十二　十二段草子 ……………………… 421
第十三　上るり十二段 …………………… 449

| 第十四　中古雑唱集 ……………… 457
*宴曲曲名索引 ………………………… 501

第6巻　近世編
1960年3月25日刊

*解説（高野辰之） ……………………… 1
第一　隆達節小歌集（新編） …………… 1
第二　隆達小歌百首 …………………… 25
第三　編笠節唱歌 ……………………… 41
第四　阿国歌舞伎歌 …………………… 49
第五　采女歌舞伎草子絵詞 …………… 53
第六　業平躍歌 ………………………… 59
第七　寛永十二年跳記 ………………… 65
第八　万歳躍 …………………………… 73
第九　聖霊踊歌 ………………………… 81
第十　踊唱歌 …………………………… 91
第十一　吉原はやり小歌総まくり …… 99
第十二　ぬれぼとけ …………………… 113
第十三　淋敷座之慰 …………………… 123
第十四　長歌古今集 …………………… 171
第十五　糸竹初心集 …………………… 183
第十六　当世小歌集 …………………… 205
第十七　当世なげ節 …………………… 213
第十八　紙鳶 …………………………… 221
第十九　大幣 …………………………… 247
第二十　はやり歌古今集 ……………… 289
第二十一　松の葉 ……………………… 305
第二十二　三味線組歌補遺 …………… 395
第二十三　落葉集 ……………………… 401

第7巻　近世編
1960年9月25日刊

*解説（高野辰之） ……………………… 1
　*第一　日本女護島 …………………… 1
　*第二　踊口説集 ……………………… 3
　　*1　祇園踊口説 …………………… 3
　　*2　つくし物八種 ………………… 4
　　*3　今道念節 ……………………… 7
　　*4　津村節 ………………………… 8
　　*5　絵入おどり今様くどき ……… 9
　*第三　若緑 …………………………… 9
　*第四　増補絵入松の落葉 …………… 10
　*第五　新投節 ………………………… 12
　*第六　大阪音頭 ……………………… 13
　*第七　浜萩 …………………………… 14

　*第八　琴線和歌の糸 ………………… 15
　*第九　山家鳥虫歌 …………………… 16
　*第十　巷謡篇 ………………………… 16
　*第十一　伊勢音頭二見真砂 ………… 17
第一　日本女護島 ……………………… 1
第二　踊口説集 ………………………… 9
　1　祇園踊口説 ………………………… 10
　2　つくし物八種 ……………………… 27
　3　今道念節 …………………………… 32
　4　津村節 ……………………………… 53
　5　絵入おどり今様くどき …………… 59
第三　若緑 ……………………………… 75
第四　増補絵入松の落葉 ……………… 127
第五　新投節 …………………………… 233
　島原加賀節 …………………………… 240
　夕霧間の山並に替り唱歌 …………… 241
第六　大阪音頭 ………………………… 243
第七　浜萩 ……………………………… 259
第八　琴線和歌の糸 …………………… 272
第九　山家鳥虫歌 ……………………… 349
第十　巷謡篇 …………………………… 377
第十一　伊勢音頭二見真砂 …………… 435

第8巻　近世編
1960年11月25日刊

*解説（高野辰之） ……………………… 1
　*第一　新編歌祭文集 ………………… 1
　*第二　遊里歌 ………………………… 2
　　*1　色里迦陵嚬 …………………… 3
　　*2　色里新迦陵嚬 ………………… 3
　　*3　音曲色巣籠 …………………… 3
　　*4　色里名取川 …………………… 4
　*第三　新大成糸の調 ………………… 4
　*第四　歌系図 ………………………… 5
　*第五　箏曲考 ………………………… 5
　*第六　吾嬬箏譜考証 ………………… 8
　*第七　松響閣箏話 …………………… 9
第一　新編歌祭文集 …………………… 1
第二　遊里歌 …………………………… 81
　1　色里迦陵嚬 ………………………… 82
　2　色里新迦陵嚬 ……………………… 117
　3　音曲色巣籠 ………………………… 125
　4　色里名取川 ………………………… 144
第三　新大成糸の調 …………………… 175
第四　歌系図（流石菴羽積） …………… 341
第五　箏曲考 …………………………… 373

日本歌謡集成

| 第六 吾嬬筝譜考証 | 483 |
| 第七 松響閣筝話（今泉千春） | 569 |

第9巻　近世編
1960年12月15日刊

＊解説（高野辰之）	1
＊第一 女里彌寿豊年蔵	1
＊第二 哥撰集	1
＊附 兎里彌寿	2
＊第三 旧刻荻江節正本	4
＊第四 新編江戸長唄集	5
＊附 常盤友	5
＊歌曲花川渡	6
＊歌曲花屋台	8
＊第五 江戸端唄集	9
第一 女里彌寿豊年蔵	1
第二 哥撰集	33
第三 旧刻荻江節正本	49
第四 新編江戸長唄集	79
第五 江戸端唄集	417
歌沢節	418
改正哇袖鏡	438
端唄部類三編	468
＊新編江戸長唄集索引	487

第10巻　近世編
1961年1月25日刊

＊解説（高野辰之）	1
＊第一 都羽二重拍子扇	1
＊第二 宮古路月下の梅	1
＊第三 宮薗鸚鵡石	3
＊第四 宮薗新曲集	4
＊第五 春富士都錦	4
＊第六 常磐種	4
＊第七 桜草集	5
第一 都羽二重拍子扇	1
第二 宮古路月下の梅	51
第三 宮薗鸚鵡石	95
第四 宮薗新曲集	145
第五 春富士都錦	159
第六 常磐種	239
第七 桜草集	423

第11巻　近世編
1961年2月15日刊

＊解説（高野辰之）	1
＊第一 蘭曲後撰集	1
＊第二 半太夫節正本集	2
＊第三 十寸見声曲集	2
＊第四 柏葉集	3
＊第五 新内節正本集	4
＊第六 巷歌集	4
第一 蘭曲後撰集	1
第二 半太夫節正本集	79
第三 十寸見声曲集	161
第四 柏葉集	245
第五 新内節正本集	327
第六 巷歌集	403
1 越風石臼歌	404
2 古今栢楯歌	426
3 都々逸節根元集	428
4 笑本板古猫	448
5 粋の懐	462
6 大津絵節	562

第12巻　近世編
1960年6月25日刊

＊解説（高野辰之）	1
第一編 本州東部俚謡	1
甲 関東地方	1
一 東京府	1
1 祝賀歌	1
2 舞踊歌	2
3 雑謡	4
4 童謡	11
二 神奈川県	24
1 祝賀歌	24
2 舞踊歌	25
3 雑謡	41
4 童謡	43
三 千葉県	44
1 祝賀歌	44
2 舞踊歌	49
3 雑謡	55
4 童謡	60
四 埼玉県	64
1 祝賀歌	64
2 舞踊歌	65

3 雑謡 …… 67	4 童謡 …… 165
4 童謡 …… 69	丙 中部地方 …… 166
五 茨城県 …… 70	一 新潟県 …… 166
1 祝賀歌 …… 70	1 祝賀歌 …… 166
2 舞踊歌 …… 70	2 舞踊歌 …… 169
3 雑謡 …… 72	3 雑謡 …… 181
4 童謡 …… 74	4 童謡 …… 198
六 群馬県 …… 78	二 長野県 …… 202
1 祝賀歌 …… 78	1 祝賀歌 …… 202
2 舞踊歌 …… 80	2 舞踊歌 …… 204
3 雑謡 …… 80	3 雑謡 …… 207
4 童謡 …… 81	4 童謡 …… 209
七 栃木県 …… 83	三 静岡県 …… 221
1 雑謡 …… 83	1 祝賀歌 …… 221
2 童謡 …… 83	2 舞踊歌 …… 222
乙 東北地方 …… 85	3 雑謡 …… 224
一 福島県 …… 85	4 童謡 …… 229
1 祝賀歌 …… 85	四 山梨県 …… 233
2 舞踊歌 …… 86	1 舞踊歌 …… 233
3 雑謡 …… 94	2 雑謡 …… 234
4 童謡 …… 95	3 童謡 …… 234
二 宮城県 …… 101	第二編 本州西部俚謡 …… 237
1 祝賀歌 …… 101	甲 中部地方 …… 237
2 舞踊歌 …… 101	一 愛知県 …… 237
3 雑謡 …… 102	1 祝賀歌 …… 237
4 童謡 …… 102	2 舞踊歌 …… 239
三 岩手県 …… 103	3 雑謡 …… 245
1 祝賀歌 …… 103	4 童謡 …… 247
2 舞踊歌 …… 104	二 岐阜県 …… 250
3 雑謡 …… 111	1 祝賀歌 …… 250
4 童謡 …… 115	2 童謡 …… 251
四 青森県 …… 124	三 三重県 …… 252
1 舞踊歌 …… 124	1 祝賀歌 …… 252
2 雑謡 …… 127	2 舞踊歌 …… 255
3 童謡 …… 131	3 雑謡 …… 285
五 北海道庁 …… 132	4 童謡 …… 293
1 舞踊歌 …… 132	四 富山県 …… 303
2 雑謡 …… 133	1 舞踊歌 …… 303
3 童謡 …… 133	2 雑謡 …… 304
六 秋田県 …… 134	3 童謡 …… 304
1 舞踊歌 …… 134	五 石川県 …… 306
2 雑謡 …… 135	1 祝賀歌 …… 306
3 童謡 …… 138	2 舞踊歌 …… 306
七 山形県 …… 139	3 雑謡 …… 311
1 祝賀歌 …… 139	4 童謡 …… 314
2 舞踊歌 …… 140	六 福井県 …… 319
3 雑謡 …… 157	1 舞踊歌 …… 319

2 童謡 …… 320	3 童謡 …… 522
乙 近畿地方 …… 323	五 徳島県 …… 527
一 滋賀県 …… 323	1 祝賀歌 …… 527
1 舞踊歌 …… 323	2 舞踊歌 …… 528
2 雑謡 …… 323	3 雑謡 …… 541
3 童謡 …… 324	4 童謡 …… 546
二 京都府 …… 325	六 愛媛県 …… 547
1 祝賀歌 …… 325	1 祝賀歌 …… 547
2 舞踊歌 …… 325	2 舞踊歌 …… 550
3 雑謡 …… 354	3 雑謡 …… 560
4 童謡 …… 355	4 童謡 …… 562
三 奈良県 …… 359	七 高知県 …… 565
1 祝賀歌 …… 359	1 祝賀歌 …… 565
2 舞踊歌 …… 359	2 舞踊歌 …… 565
3 雑謡 …… 364	3 雑謡 …… 566
4 童謡 …… 364	4 童謡 …… 567
四 和歌山県 …… 366	丁 雲伯地方 …… 571
1 祝賀歌 …… 366	一 島根県 …… 571
2 舞踊歌 …… 366	1 舞踊歌 …… 571
3 雑謡 …… 397	2 雑謡 …… 579
4 童謡 …… 398	3 童謡 …… 583
五 大阪府 …… 426	二 鳥取県 …… 586
1 舞踊歌 …… 426	1 祝賀歌 …… 586
2 雑謡 …… 427	2 舞踊歌 …… 586
3 童謡 …… 430	3 雑謡 …… 587
六 兵庫県 …… 434	4 童謡 …… 587
1 舞踊歌 …… 434	第三編 九州沖縄俚謡 …… 590
2 雑謡 …… 436	甲 豊日地方 …… 590
3 童謡 …… 443	一 福岡県 …… 590
丙 中国四国地方 …… 449	1 祝賀歌 …… 590
一 岡山県 …… 449	2 舞踊歌 …… 600
1 舞踊歌 …… 449	3 雑謡 …… 617
2 雑謡 …… 450	4 童謡 …… 624
3 童謡 …… 451	二 大分県 …… 625
二 広島県 …… 452	1 祝賀歌 …… 625
1 祝賀歌 …… 452	2 舞踊歌 …… 627
2 舞踊歌 …… 455	3 雑謡 …… 635
3 雑謡 …… 481	4 童謡 …… 640
4 童謡 …… 492	三 宮崎県 …… 643
三 山口県 …… 496	1 舞踊歌 …… 643
1 祝賀歌 …… 496	2 雑謡 …… 646
2 舞踊歌 …… 496	3 童謡 …… 647
3 雑謡 …… 506	乙 肥筑地方 …… 649
4 童謡 …… 509	一 佐賀県 …… 649
四 香川県 …… 512	1 祝賀歌 …… 649
1 祝賀歌 …… 512	2 舞踊歌 …… 653
2 舞踊歌 …… 513	3 雑謡 …… 655

4 童謡 ………………………… 658
　二 長崎県 ……………………… 661
　　1 祝賀歌 ……………………… 661
　　2 舞踊歌 ……………………… 661
　　3 雑謡 ………………………… 668
　　4 童謡 ………………………… 678
　三 熊本県 ……………………… 681
　　1 祝賀歌 ……………………… 681
　　2 舞踊歌 ……………………… 685
　　3 雑謡 ………………………… 692
　　4 童謡 ………………………… 699
丙 薩隅沖地方 ………………… 701
　一 鹿児島県 …………………… 701
　　1 祝賀歌 ……………………… 701
　　2 舞踊歌 ……………………… 709
　　3 雑謡 ………………………… 721
　　4 童謡 ………………………… 726
　二 沖縄県 ……………………… 726
　　1 祝賀歌 ……………………… 726
　　2 雑謡 ………………………… 727

[063] **日本古典全書**
朝日新聞社
全109巻
1946年12月～1970年8月
（高木市之助，久松潜一，山岸徳平（ほか）監修）

〔1〕　竹取物語・伊勢物語（南波浩校註）
1960年7月1日刊

竹取物語（南波浩校註） ……………………… 1
＊解説 ………………………………………… 3
　＊新しいジャンルの発生 …………………… 3
　＊物語の名称 ………………………………… 5
　＊成立時期 …………………………………… 5
　＊成立基盤 …………………………………… 18
　＊作者論 ……………………………………… 22
　＊物語文学の享受者層 ……………………… 33
　＊古本系伝本について ……………………… 36
　＊竹取物語の創造性とその本質 …………… 41
＊研究文献目録 ……………………………… 59
＊凡例 ………………………………………… 67
　竹取物語（古本） …………………………… 71
＊補註 ………………………………………… 141
　＊附説 難題と五人の貴族名との関連
　　性 ………………………………………… 166
伊勢物語（南波浩校註） ……………………… 169
＊解説 ………………………………………… 171
　＊歌物語の性格 ……………………………… 171
　＊伊勢物語の形成過程―形態的考察 ・ 178
　＊作者の主体精神―内容的考察 ・ 188
　＊伊勢物語の伝本 …………………………… 199
　＊塗籠本の史的意義 ………………………… 213
　＊新資料民部卿局筆塗籠本について ・ 221
　＊伊勢物語の意義 …………………………… 239
　＊主要註釈書目録 …………………………… 250
　＊塗籠本伊勢物語年譜 ……………………… 252
＊凡例 ………………………………………… 256
　伊勢物語 …………………………………… 259
＊補註 ………………………………………… 364

日本古典全書

〔2〕 大和物語（南波浩校註）
1961年10月18日刊

*解説 …………………………………… 3
　*大和物語の名義と時代思潮 ………… 3
　*大和物語の作者と成立時期 ………… 22
　*大和物語の伝本系統 ………………… 39
　*底本の性格 …………………………… 54
　*大和物語の構成 ……………………… 57
　*大和物語の特質 ……………………… 83
*研究文献 ……………………………… 98
*凡例 …………………………………… 105
大和物語 ………………………………… 107
*補註 …………………………………… 297

〔3〕 土佐日記（萩谷朴校註）
1950年5月15日刊

*解説 …………………………………… 3
　*一 寛平以後の時代の様相 ………… 3
　*二 土佐日記の成立 ………………… 6
　*三 日記文学―土佐日記の形態 …… 9
　*四 紀行文学―土佐日記の素材 …… 14
　*五 戯曲的性格―土佐日記の構成 … 18
　*六 歌論書―土佐日記の主題 ……… 21
　*七 仮名書き和文の普及―土佐日記
　　　の効用 …………………………… 26
　*八 貫之の閲歴 ……………………… 28
　*九 貫之の他の作品 ………………… 32
　*一〇 歌人としての貫之 …………… 44
　*一一 貫之の功績 …………………… 51
　*一二 土佐日記の本文史 …………… 53
　*一三 土佐日記本文の校訂 ………… 55
　*一四 土佐日記の研究書 …………… 61
　*一五 土佐日記の現代的意義 ……… 64
*凡例 …………………………………… 67
土佐日記 ………………………………… 71
古今和歌集序 …………………………… 105
大井川行幸和歌序 ……………………… 113
新撰和歌序 ……………………………… 115
天慶八年梁簡ノ銘 ……………………… 119
天慶二年二月二十九日紀貫之家歌合 … 122
三月三日紀師匠曲水宴序 ……………… 127
自撰本貫之集 …………………………… 131
貫之全歌集 ……………………………… 137

〔4〕 宇津保物語 一（宮田和一郎校註）
1951年6月20日刊

*解説 …………………………………… 3
　*一 仮名文学の時代 ………………… 3
　*二 宇津保物語の題名 ……………… 7
　*三 著作年代と作者 ………………… 9
　*四 巻序 ……………………………… 11
　*五 本文の構成 ……………………… 14
　*六 宇津保物語の盛衰 ……………… 17
　*七 本文の不備錯乱 ………………… 19
　*八 文学史上の地位 ………………… 21
　*九 諸本及び註釈書など …………… 25
*梗概 …………………………………… 27
*各巻にあらはれる人人 ………………… 69
*凡例 …………………………………… 75
宇津保物語 ……………………………… 77
　俊蔭 ………………………………… 77
　藤原の君 …………………………… 157
　忠こそ ……………………………… 216
　嵯峨院 ……………………………… 249

〔5〕 宇津保物語 二（宮田和一郎校註）
1949年3月30日刊

*凡例 …………………………………… 3
*各巻にあらはれる人人 ………………… 5
宇津保物語 ……………………………… 11
　梅の花笠 一名「春日詣」 ………… 11
　吹上（上） ………………………… 37
　祭の使 ……………………………… 84
　吹上（下） ………………………… 135
　菊の宴 ……………………………… 160
　あて宮 ……………………………… 228

〔6〕 宇津保物語 三（宮田和一郎校註）
1951年6月20日刊

*凡例 …………………………………… 3
*各巻にあらはれる人人 ………………… 5
宇津保物語 ……………………………… 9
　初秋 一名「とばかりの名月」又「相撲
　　の節会」又「内侍のかみ」 ……… 9
　田鶴の村鳥 一名「沖の白浪」 …… 102
　蔵開（上） ………………………… 129
　蔵開（中） ………………………… 222

〔7〕　宇津保物語 四（宮田和一郎校註）
1955年1月15日刊

＊凡例 ……………………………………… 3
＊各巻にあらはれる人人 ………………… 6
宇津保物語 ……………………………… 13
　蔵開（下） …………………………… 13
　国譲（上） …………………………… 79
　国譲（中） …………………………… 157

〔8〕　宇津保物語 五（宮田和一郎校註）
1957年3月20日刊

＊凡例 ……………………………………… 3
＊各巻にあらはれる人人 ………………… 6
宇津保物語 ……………………………… 11
　国譲（下） …………………………… 11
　楼の上（上） ………………………… 128
　楼の上（下） ………………………… 202

〔9〕　蜻蛉日記（喜多義勇校註）
1949年7月30日刊

＊解説 ……………………………………… 3
　＊一　時代 ……………………………… 3
　＊二　作者とその周囲 ………………… 5
　＊三　兼家とその周囲 ………………… 8
　＊四　日記の事件と人物 ……………… 11
　＊五　書名 ……………………………… 17
　＊六　底本及び諸本 …………………… 19
　＊七　参考書及び論文 ………………… 20
　＊八　現代的意義 ……………………… 23
　＊九　蜻蛉日記年表 …………………… 26
＊系図 …………………………………… 35
＊凡例 …………………………………… 40
蜻蛉日記 ………………………………… 43
　上巻 …………………………………… 43
　中巻 …………………………………… 97
　下巻 …………………………………… 166

〔10〕　堤中納言物語 落窪物語（松村誠一，
　　　所弘校註）
1951年12月15日刊

堤中納言物語（松村誠一校註） …………… 1
＊解説 ……………………………………… 3
　＊一　短編文学の発生 ………………… 3

　＊二　書名について …………………… 9
　＊三　成立の時代 ……………………… 11
　＊四　写本の系統 ……………………… 20
　＊五　研究書目 ………………………… 27
＊凡例 …………………………………… 34
　堤中納言物語 ………………………… 35
落窪物語（所弘校註） …………………… 107
＊解説 …………………………………… 109
　＊一　王朝文学の流れ ……………… 109
　＊二　風俗の一斑 …………………… 112
　＊三　題号と作者 …………………… 117
　＊四　成立期 ………………………… 118
　＊五　評論 …………………………… 122
　＊六　伝本と研究書など …………… 129
　＊七　その後の継子物語 …………… 135
＊凡例 …………………………………… 139
＊系図 …………………………………… 142
　落窪物語 …………………………… 143

〔11〕　平中物語・和泉式部日記・篁物語
　　　（山岸徳平校註）
1959年5月10日刊

平中物語 …………………………………… 1
＊解説 ……………………………………… 3
　＊色好み平中 …………………………… 3
　＊平中物語の存在 ……………………… 7
　＊平定文の伝 ………………………… 12
　＊平中物語の成立 …………………… 16
　＊参考文献 …………………………… 21
＊凡例 …………………………………… 23
　平中物語 ……………………………… 25
和泉式部日記 …………………………… 111
＊解説 …………………………………… 113
　＊題号 ………………………………… 113
　＊作者と成立年代 …………………… 114
　＊内容と価値 ………………………… 132
　＊諸本 ………………………………… 135
　＊和泉式部の伝記 …………………… 147
　　＊一　家系・出生・少女時代 …… 148
　　＊二　橘道貞との結婚生活 ……… 153
　　＊三　為尊・敦道両親王との恋愛 … 155
　　＊四　上東門院出仕・藤原保昌との
　　　　　結婚・晩年 ………………… 162
　＊参考文献 …………………………… 196
＊略年表 ………………………………… 175
＊凡例 …………………………………… 182

日本古典文学全集・内容綜覧　　405

日本古典全書

　和泉式部日記 ………………… 183
　篁物語 ……………………… 265
　＊解説 ……………………… 267
　　＊物語と日記と家集 ………… 267
　　＊小野篁 ………………… 269
　　＊篁物語の構成と成立 ……… 272
　　＊参考文献 ……………… 276
　＊凡例 ……………………… 278
　　篁物語 …………………… 281

〔12〕　源氏物語 一（池田亀鑑校註）
1946年12月15日刊

＊解説 …………………………… 3
　＊物語の名称 ………………… 3
　＊巻冊数について …………… 5
　＊巻名と巻序 ………………… 11
　＊並びの巻について ………… 15
　＊物語の構想と各巻の配列 … 18
　＊各巻の孤立性と連関性 …… 26
　＊短篇性と長篇性 …………… 29
　＊作者について ……………… 34
　＊紫式部の略歴 ……………… 37
　＊紫式部の作家的生活 ……… 42
　＊物語の主題 ………………… 46
　＊執筆動機について ………… 52
　＊執筆期間 …………………… 53
　＊巻々の成立順位 …………… 59
　＊写実的精神と手法 ………… 62
　＊浪漫的精神と手法 ………… 65
　＊モデル論 …………………… 71
　＊もののあはれと時代的環境 … 74
　＊後代文学への影響 ………… 79
　＊諸本とその系統 …………… 84
　＊主要なる研究書 …………… 88
　＊源氏物語の現代的意義 …… 101
＊梗概 ………………………… 107
＊系図 ………………………… 147
＊凡例 ………………………… 154
源氏物語 ……………………… 159
　桐壺 ………………………… 159
　帚木 ………………………… 184
　空蟬 ………………………… 230
　夕顔 ………………………… 242
　若紫 ………………………… 289
　末摘花 ……………………… 336
　紅葉賀 ……………………… 368

　花宴 ………………………… 397

〔13〕　源氏物語 二（池田龜鑑校註）
1949年2月25日刊

＊凡例 ………………………… 3
＊系圖 ………………………… 7
源氏物語 ……………………… 15
　葵 …………………………… 15
　賢木 ………………………… 64
　花散里 ……………………… 115
　須磨 ………………………… 120
　明石 ………………………… 165
　澪標 ………………………… 204
　蓬生 ………………………… 236
　關屋 ………………………… 259
　繪合 ………………………… 264
　松風 ………………………… 282
　薄雲 ………………………… 303

〔14〕　源氏物語 三（池田龜鑑校註）
1950年10月30日刊

＊凡例 ………………………… 3
＊系圖 ………………………… 8
源氏物語 ……………………… 17
　朝顔 ………………………… 19
　少女 ………………………… 40
　玉鬘 ………………………… 91
　初音 ………………………… 133
　胡蝶 ………………………… 148
　蛍 …………………………… 170
　常夏 ………………………… 190
　篝火 ………………………… 212
　野分 ………………………… 216
　行幸 ………………………… 235
　藤袴 ………………………… 263
　真木柱 ……………………… 278
　梅枝 ………………………… 317
　藤裏葉 ……………………… 337

〔15〕　源氏物語 四（池田龜鑑校註）
1952年3月20日刊

＊凡例 ………………………… 3
＊系圖 ………………………… 8
源氏物語 ……………………… 17

若菜 上	*15*
若菜 下	*118*
柏木	*223*
横笛	*265*
鈴蟲	*285*

〔16〕 源氏物語 五（池田亀鑑校註）
1954年1月10日刊

＊凡例	*3*
＊系圖	*8*
源氏物語	*17*
夕霧	*17*
御法	*90*
幻	*110*
雲隠	*133*
匂宮	*134*
紅梅	*150*
竹河	*164*
橋姫	*208*
椎本	*248*

〔17〕 源氏物語 六（池田亀鑑校註）
1955年1月10日刊

＊凡例	*3*
＊系圖	*8*
源氏物語	*15*
總角	*15*
早蕨	*111*
宿木	*132*
東屋	*232*

〔18〕 源氏物語 七（池田亀鑑校註）
1955年12月20日刊

＊凡例	*3*
系圖	*7*
源氏物語	*13*
浮舟	*13*
蜻蛉	*90*
手習	*151*
夢浮橋	*223*
古本山路の露	*243*
＊解説	*245*
古本山路の露	*249*
＊源氏物語年立	*293*

＊凡例	*294*
＊年立	*295*

〔19〕 紫式部日記（玉井幸助校註）
1952年6月30日刊

＊解説	*3*
＊一 その時代	*3*
＊二 女流文学	*25*
＊三 紫式部	*31*
＊四 紫式部日記	*76*
＊略年表	*94*
＊作者系圖	*97*
＊凡例	*98*
紫式部日記	*101*
一 後一條天皇御誕生の記	*101*
二 還啓以後年末までの記	*165*
三 寛弘六年の記	*180*
四 寛弘七年の記	*215*

〔20〕 狭衣物語 上（松村博司，石川徹校註）
1965年7月20日刊

＊解説	*3*
＊題名の由来と作品の性格	*3*
＊梗概	*11*
＊主題と構想	*47*
＊構想の素材	*63*
＊一 史実との関係	*63*
＊二 先行物語の影響	*72*
＊作者について	*84*
＊成立について	*131*
＊表現について	*156*
＊後代への影響	*159*
＊この物語の評論・註釈について	*164*
＊狭衣物語研究文献	*168*
＊凡例	*182*
狭衣物語	*185*
巻第一	*185*
巻第二	*279*
＊補註	*286*
＊校異	*457*
＊狭衣物語（上巻）登場人物関係表	*464*

〔21〕 狭衣物語 下（松村博司，石川徹校註）
1967年12月刊

＊凡例 ………………………………………… 3
狭衣物語 …………………………………… 7
　巻第三 ……………………………………… 7
　巻第四 ……………………………………… 148
＊補註 ………………………………………… 294
＊校異 ………………………………………… 365
＊狭衣物語年立 ……………………………… 377
＊狭衣物語登場人物関係表 ………………… 397
＊狭衣物語研究文献　追加・訂正 ………… 411

〔22〕 更級日記（玉井幸助校註）
1950年2月25日刊

＊解説 ………………………………………… 3
　＊更級日記の脊景 ………………………… 3
　＊作者の血統 ……………………………… 13
　＊菅原孝標の女 …………………………… 19
　＊更級日記梗概 …………………………… 35
　＊更級日記の錯簡と伝本 ………………… 48
　＊略年表 …………………………………… 64
　＊系圖 ……………………………………… 68
＊凡例 ………………………………………… 69
更級日記 …………………………………… 71
　一 東海道旅行記 ………………………… 71
　二 家居の記 ……………………………… 92
　三 宮仕への記 …………………………… 134
　四 結婚以後の記 ………………………… 155

〔23〕 讃岐典侍日記（玉井幸助校註）
1953年12月20日刊

＊解説 ………………………………………… 3
　＊その時代 ………………………………… 3
　＊讃岐典侍日記の形態と内容 …………… 12
　＊讃岐典侍日記の伝本 …………………… 15
　＊讃岐典侍日記作者考 …………………… 18
　＊作者の家系とその生涯 ………………… 26
　＊讃岐典侍日記の鑑賞 …………………… 30
＊参考資料 …………………………………… 48
　＊讃岐典侍日記中の人物 ………………… 48
　　＊人物一覧表 …………………………… 48
　　＊皇室、廷臣の項の考證 ……………… 54
　　＊女房の項の考證 ……………………… 57

　　＊僧侶の項の考證 ……………………… 65
　　＊未詳の人々の考證 …………………… 67
　＊堀河天皇崩御の項の記録 ……………… 71
　＊鳥羽天皇即位式 ………………………… 79
　＊潅佛會 …………………………………… 82
　＊鳥羽天皇内裏移御 ……………………… 84
　＊鳥羽天皇の大嘗會御禊 ………………… 87
　＊鳥羽天皇の大嘗會 ……………………… 90
＊年表 ………………………………………… 96
＊系圖 ………………………………………… 104
　＊皇室御系圖 ……………………………… 104
　＊源氏系圖 ………………………………… 104
　＊藤原氏系圖 ……………………………… 105
　＊堀河院御母方村上源氏系圖 …………… 108
　＊作者系圖 ………………………………… 109
＊凡例 ………………………………………… 110
讃岐典侍日記 ……………………………… 113

〔24〕 健寿御前日記（玉井幸助校註）
1954年3月10日刊

＊解説 ………………………………………… 3
　＊その時代 ………………………………… 3
　＊健寿御前日記の形態と内容 …………… 12
　＊作者の家系とその生涯 ………………… 38
　＊健寿御前日記の伝本 …………………… 55
＊参考資料 …………………………………… 58
　＊建春門院 ………………………………… 58
　＊八條院 …………………………………… 70
　＊春華門院 ………………………………… 71
　＊仁和寺の舎利會 ………………………… 74
　＊高倉天皇の朝観行幸 …………………… 76
　＊法金剛院小御堂供養 …………………… 85
　＊萱の御所の火災 ………………………… 85
　＊鴨合、今様合 …………………………… 86
　＊最勝光院供養 …………………………… 88
　＊二位の尼の堂供養 ……………………… 92
　＊安元御賀記 ……………………………… 96
　＊木曽義仲北陸宮の皇位を奏請す ……… 111
＊年表 ………………………………………… 114
＊系圖 ………………………………………… 120
＊凡例 ………………………………………… 125
健寿御前日記 ……………………………… 127

〔25〕 とはずがたり（次田香澄校註）
1966年11月20日刊

日本古典全書

* 解説 …………………………… 3
  * 一 時代思潮 ………………… 3
  * 二 久我雅忠女 ……………… 15
  * 三 作品の形成 ……………… 26
  * 四 他の文学との関係 ……… 34
  * 五 作品の主題・構想 ……… 42
  * 六 作品の素材と構成 ……… 56
  * 七 人間描写 ………………… 64
  * 八 紀行篇 …………………… 88
  * 九 作品の特質 ……………… 113
  * 一〇 作品の意義 …………… 135
  * 一一 梗概 …………………… 142
  * 一二 本文の制定 …………… 148
  * 一三 文献・論文 …………… 182
* 凡例 …………………………… 186
とはずがたり ………………… 189
* 年譜 …………………………… 461
* 系圖 …………………………… 474
* 地圖 …………………………… 477

〔26〕 枕冊子（田中重太郎校註）
1947年6月25日刊

* 解説 …………………………… 1
  * 清少納言の世界 …………… 3
  * 作者と時代 ………………… 8
  * 書名 ………………………… 16
  * 原形とその成立・内容 …… 25
  * 諸本と底本 ………………… 30
  * 影響と研究史 ……………… 35
* 年表 …………………………… 43
* 系圖 …………………………… 60
* 凡例 …………………………… 67
枕冊子 ………………………… 71
　補遺 ………………………… 421
* 補註 …………………………… 426

〔27〕 方丈記（細野哲雄校註）
1970年8月20日刊

* 解説 …………………………… 3
  * 一 鴨長明の略伝本とその周辺 … 3
  * 二 方丈記における無常の問題 … 25
  * 三 解題 ……………………… 49
  * 鴨長明略年譜 ……………… 63
* 凡例 …………………………… 72
方丈記 ………………………… 75

長享本方丈記 ………………… 97
延徳本方丈記 ………………… 105
眞字本方丈記 ………………… 112
参考資料 ……………………… 116
池亭記 ………………………… 128
無名抄 ………………………… 133
鴨長明集 ……………………… 215
正治二年第二百首 …………… 230
* 鴨長明和歌集索引 …………… 239

〔28〕 徒然草（橘純一校註）
1947年1月25日刊

* 解説 …………………………… 3
  * 一 著者卜部兼好 …………… 3
  * 二 著作の時期 ……………… 10
  * 三 内容と思想 ……………… 33
  * 四 諸本と註釈 ……………… 44
* 凡例 …………………………… 51
  * 本書本文の校訂について …… 54
  * 本書の頭註について ………… 78
徒然草 ………………………… 87

〔29〕 海道記・東関紀行 十六夜日記（玉井幸助、石田吉貞校註）
1951年4月10日刊

* 古人の踏んだ東海道（玉井幸助）… 1
  * 一 鎌倉時代までの記録 …… 1
  * 二 順路と日程 ……………… 4
  * 三 古人の旅情 ……………… 7
  * 四 海道筋の文化 …………… 11
  * 五 名所旧跡 ………………… 20
海道記（玉井幸助校註）……… 27
* 解説 …………………………… 47
* 凡例 …………………………… 56
　海道記 ……………………… 59
東関紀行（玉井幸助校註）…… 141
* 解説 …………………………… 143
* 凡例 …………………………… 158
　東関紀行 …………………… 159
十六夜日記（石田吉貞校註）… 203
* 解説 …………………………… 205
  * 一 著者 ……………………… 205
  * 二 細川荘について ………… 226
  * 三 十六夜日記の解題 ……… 239
* 凡例 …………………………… 255

日本古典文学全集・内容綜覧　409

日本古典全書

十六夜日記 ·························· 257

〔30〕 古事記 上（神田秀夫，太田善麿校註）
1962年5月20日刊

＊解説 ································ 3
　＊古事記の成立について ············ 3
　＊古事記の神話・伝説について ···· 25
　＊古事記の歌謡詞章について ······ 42
　＊古事記の研究史について ········ 61
　＊校訂 ···························· 84
　＊文体 ··························· 103
　＊読みくだし ····················· 155
　＊参考文献 ······················· 160
＊凡例 ······························ 163
古事記 ······························ 165
＊補註 ······························ 294
＊校異補記 ·························· 297

〔31〕 古事記 下（神田秀夫，太田善麿校註）
1963年8月31日刊

＊解説 ································ 1
　＊1 神武天皇の時代 ················ 3
　＊2 日本書紀の潤色と紀年の虚構 ···· 7
　＊3 古事記の崩年干支と年表 ······ 13
　＊4 古事記の「御年」 ·············· 20
　＊5 古事記の伝説（以上、神田） ·· 21
　＊6 古事記の歌謡詞章を中心として
　　　（以下、太田） ················ 29
＊凡例 ······························ 49
古事記 ······························· 51
＊補註 ······························ 304
＊考異補記 ·························· 346

〔32〕 日本書紀 一（武田祐吉校註）
1948年1月30日刊

＊解説 ································ 3
　＊一 成立 ·························· 3
　＊二 内容 ·························· 6
　＊三 性質 ·························· 9
　＊四 文章 ························· 13
　＊五 訓法 ························· 19
　＊六 態度 ························· 24
　＊七 文学性 ······················· 29
　＊八 歌謡 ························· 32

＊九 研究史 ························· 35
＊一〇 伝本及び研究書 ·············· 38
＊凡例 ······························ 46
日本書紀 ···························· 49
　第一 ······························ 51
　第二 ····························· 127

〔33〕 日本書紀 二（武田祐吉校註）
1953年6月20日刊

＊凡例 ································ 3
日本書紀 ······························ 7
　第三 ································ 7
　第四 ······························ 47
　第五 ······························ 71
　第六 ······························ 97
　第七 ····························· 135
　第八 ····························· 187
　第九 ····························· 201

〔34〕 日本書紀 三（武田祐吉校註）
1954年10月20日刊

＊凡例 ································ 3
日本書紀 ······························ 1
　第十 ································ 7
　第十一 ··························· 37
　第十二 ··························· 85
　第十三 ·························· 103
　第十四 ·························· 135
　第十五 ·························· 199
　第十六 ·························· 243

〔35〕 日本書紀 四（武田祐吉校註）
1955年12月30日刊

＊凡例 ································ 3
日本書紀 ······························ 7
　第十七 ···························· 7
　第十八 ··························· 49
　第十九 ··························· 67
　第二十 ·························· 163
　第二十一 ························ 193
　第二十二 ························ 219
　第二十三 ························ 279

410　日本古典文学全集・内容綜覧

〔36〕 日本書紀 五（武田祐吉校註）
1956年12月10日刊

* 凡例 ……………………………………… 3
日本書紀 …………………………………… 7
　第二十四 ……………………………… 7
　第二十五 ……………………………… 49
　第二十六 …………………………… 127
　第二十七 …………………………… 167

〔37〕 日本書紀 六（武田祐吉校註）
1957年6月30日刊

* 凡例 ……………………………………… 3
日本書紀 …………………………………… 7
　第二十八 ……………………………… 7
　第二十九 ……………………………… 43
　第三十 ……………………………… 149

〔38〕 風土記 上（久松潜一校註）
1959年10月10日刊

* 解説 ……………………………………… 3
　* 風土記の成立と各風土記の性格 …… 3
　* 補考 ………………………………… 16
* 凡例 …………………………………… 44
風土記 …………………………………… 45
　常陸国風土記 ………………………… 45
　播磨国風土記 ………………………… 103
　豊後国風土記 ………………………… 201
　肥前国風土記 ………………………… 227

〔39〕 風土記 下（久松潜一校註）
1960年10月30日刊

* 解説 ……………………………………… 3
　* 一 風土記の内容と風土 …………… 3
　* 二 風土記の文学性 ………………… 5
　* 三 出雲風土記 ……………………… 9
　* 四 風土記逸文 ……………………… 13
　* 五 風土記の研究史 ………………… 14
　* 附篇
　　* 出雲国風土記の底本について …… 17
　　* 風土記逸文一覧表 ………………… 22
* 凡例 …………………………………… 41
風土記 …………………………………… 43
　出雲国風土記 ………………………… 43

　風土記逸文 …………………………… 209

〔40〕 栄花物語 一（松村博司校註）
1956年5月20日刊

* 解説 ……………………………………… 3
　* 題名 …………………………………… 3
　* 成立 …………………………………… 6
　* 作者 ………………………………… 23
　* 作製年代 …………………………… 53
　* 内容 ………………………………… 61
　* 諸本 ………………………………… 93
* 本巻所収各巻解説 …………………… 112
* 系圖 …………………………………… 125
* 御歴代御諱並に太政大臣諡號一覧 … 142
* 凡例 …………………………………… 144
栄花物語 ………………………………… 147
　月の宴 ………………………………… 147
　花山尋ぬる中納言 …………………… 196
　様々の悦 ……………………………… 232
　見はてぬ夢 …………………………… 260
　浦々の別 ……………………………… 297
　輝く藤壺 ……………………………… 341
　鳥邊野 ………………………………… 356

〔41〕 栄花物語 二（松村博司校註）
1957年7月20日刊

* 本巻所収各巻解説 ……………………… 3
* 凡例 …………………………………… 32
栄花物語 ………………………………… 35
　初花 …………………………………… 35
　岩蔭 …………………………………… 108
　日蔭のかづら ………………………… 128
　蒼み花 ………………………………… 153
　玉の村菊 ……………………………… 172
　ゆふしで ……………………………… 206
　淺緑 …………………………………… 234
　疑 ……………………………………… 257
　もとのしづく ………………………… 280

〔42〕 栄花物語 三（松村博司校註）
1958年4月5日刊

* 本巻所収各巻解説 ……………………… 3
* 凡例 …………………………………… 27
栄花物語 ………………………………… 31

日本古典文学全集・内容綜覧　411

日本古典全書

```
音楽 ......................................... 31
玉の臺 ...................................... 54
御裳著 ...................................... 72
御賀 ......................................... 94
後悔の大将 ................................ 103
鳥の舞 ..................................... 119
駒競の行幸 ................................ 128
若菜 ........................................ 142
嶺の月 ..................................... 159
楚王の夢 .................................. 182
衣の珠 ..................................... 214
若水 ........................................ 258
玉の飾 ..................................... 276
鶴の林 ..................................... 303
```

〔43〕 栄花物語 四（松村博司校註）
1959年1月10日刊

```
＊本巻所収各巻解説 ....................... 3
＊凡例 ........................................ 34
栄花物語 .................................... 37
  殿上の花見 ............................... 37
  歌合 ........................................ 64
  著るは侘しと嘆く女房 ................. 88
  晩待星 ................................... 105
  蜘蛛の振舞 ............................. 138
  根合 ...................................... 133
  煙の後 ................................... 182
  松の下枝 ................................ 197
  布引の瀧 ................................ 224
  紫野 ...................................... 256
```

〔44〕 大鏡（岡一男校註）
1960年4月30日刊

```
＊解説 ......................................... 3
＊一 大鏡の出現 ........................... 3
＊二 大鏡の構想 ........................... 6
＊三 大鏡の語り手たちの風丰 ....... 11
＊四 大鏡の構成と文学的価値 ....... 16
＊五 大鏡の書名 ......................... 19
＊六 大鏡の文学的ジャンル ........... 23
＊七 大鏡の成立年代と作者 ........... 25
＊八 大鏡の諸本・註釈・現代語訳 .... 31
＊年表 ........................................ 35
＊系圖 ........................................ 49
＊凡例 ........................................ 57
```

```
大鏡 ........................................... 59
```

〔45〕 今鏡（板橋倫行校註）
1950年11月20日刊

```
＊解説 ......................................... 3
  ＊大鏡を継ぐもの ........................ 3
  ＊今鏡と小鏡と続世継 ................. 5
  ＊いつ筆が執られたか ................. 7
  ＊今鏡の描くもの ....................... 10
  ＊推定される作者 ...................... 19
  ＊今鏡の諸伝本 ......................... 25
  ＊畠山本と尾張本など ................ 28
  ＊白鳥の唄 ............................... 35
  ＊いままでの研究 ...................... 39
＊系図 ........................................ 40
＊凡例 ........................................ 48
今鏡 ........................................... 51
```

〔46〕 増鏡（岡一男校註）
1948年10月25日刊

```
＊解説 ......................................... 3
  ＊一 歴史文学としての増鏡の地位 ... 3
  ＊二 書名 ................................... 5
  ＊三 作者 ................................... 5
  ＊四 著作年代 ............................. 8
  ＊五 増鏡の諸本、特に古本と流布本
    について ................................ 12
  ＊六 増鏡の文芸形式とその伝統 .... 16
  ＊七 増鏡の史觀と文芸的価値 ....... 25
  ＊八 註釈・評論の文献 ................ 38
＊系図 ........................................ 41
＊梗概 ........................................ 53
＊凡例 ........................................ 62
増鏡 ........................................... 65
```

〔47〕 平家物語 上（冨倉徳次郎校註）
1949年9月10日刊

```
＊解説 ......................................... 3
  ＊一 いとぐち ............................. 3
  ＊二「平家物語」の成立過程 ........... 5
    ＊（一）「平家物語」の芽生え .......... 5
    ＊（二）「平家物語」の成立 ............ 20
    ＊（三）「平家物語」の完成 ............ 26
    ＊（四）「読みもの系」諸本の成立 .... 28
```

```
 *（五）「平家物語」の流動 ……………  29
 *三 内容と構成 ………………………  32
  *（一）平家興亡史としての面 ……  36
  *（二）歴史語りとしての面 ………  40
  *（三）「語りもの」としての面 ……  50
 *四「平家物語」の文芸性 ……………  59
 *五 平曲の歴史 ………………………  70
 *六「平家物語」の伝本 ………………  80
 *七 本書の底本とその意義 …………  85
 *八 参考書 ……………………………  89
*凡例 ……………………………………  97
平家物語 ………………………………… 101
*平氏系図 ……………………………… 101
 巻第一 ………………………………… 103
 巻第二 ………………………………… 167
 巻第三 ………………………………… 241
 巻第四 ………………………………… 308


〔48〕 平家物語 中（冨倉徳次郎校註）
1949年2月25日刊

*凡例 ……………………………………  3
平家物語 …………………………………  7
 巻第五 …………………………………  7
 巻第六 …………………………………  65
 巻第七 ………………………………… 116
 巻第八 ………………………………… 178
 巻第九 ………………………………… 229


〔49〕 平家物語 下（冨倉徳次郎校註）
1949年6月10日刊

平家物語 …………………………………  3
 巻第十 …………………………………  3
 巻第十一 ………………………………  71
 巻第十二 ……………………………… 143
 平家灌頂巻 …………………………… 194
 附録 …………………………………… 215


〔50〕 日本靈異記（武田祐吉校註）
1950年9月30日刊

*解説 ……………………………………  3
 *一 時代 ………………………………  3
 *二 書名、卷數 ………………………  5
 *三 撰者 ………………………………  5
 *四 成立年代 …………………………  7
```

```
 *五 組織 ………………………………  9
 *六 文章、読法 ……………………… 12
 *七 訓釈 ……………………………… 15
 *八 内容 ……………………………… 20
 *九 資料 ……………………………… 30
 *一〇 思想 …………………………… 36
 *一一 説話 …………………………… 41
 *一二 文学史上の位置 ……………… 44
 *一三 後世の影響 …………………… 47
 *一四 伝本、研究書 ………………… 50
 *一五 訳文 …………………………… 56
*凡例 …………………………………… 59
日本靈異記 ……………………………… 61


〔51〕 今昔物語 一（長野甞一校註）
1953年4月刊

*解説 ……………………………………  3
 *一 今昔物語の発見 …………………  3
 *二 名稱と組織 ………………………  4
 *三 短篇小説の宝庫 ………………… 10
  *（一）テーマと素材 ……………… 10
  *（二）構成 ………………………… 20
  *（三）描寫 ………………………… 31
  *（四）文章 ………………………… 39
 *四 文学的のイズム ………………… 44
 *五 ユーモア ………………………… 54
 *六 文学的価値 ……………………… 62
 *七 資料的価値 ……………………… 65
 *八 作者と成立年代 ………………… 67
 *九 宇治大納言源隆国 ……………… 74
  *（一）轉換の時代 ………………… 75
  *（二）血の流れ …………………… 96
  *（三）宇治の山房 ………………… 106
 *一〇 参考すべき主要なる研究文献 141
*凡例 …………………………………… 149
今昔物語 ……………………………… 153
 巻十一 本朝付佛法 ………………… 153
 巻十二 本朝付佛法 ………………… 268


〔52〕 今昔物語 二（長野甞一校註）
1953年8月30日刊

*解説 ……………………………………  3
 *醍醐源氏系図 …………………………  4
 *隆国年譜 ………………………………  6
*凡例 …………………………………… 19
```

今昔物語 ……………………………………… 23
　巻十三 本朝付佛法 ………………………… 12
　巻十四 本朝付佛法 ………………………… 121
　巻十五 本朝付佛法 ………………………… 231

〔53〕　今昔物語 三（長野甞一校註）
1954年2月5日刊

＊凡例 ………………………………………… 3
今昔物語 ……………………………………… 7
　巻十六 本朝付佛法 ………………………… 7
　巻十七 本朝付佛法 ………………………… 131
　巻十八 （缺巻） …………………………… 242
　巻十九 本朝付佛法 ………………………… 243

〔54〕　今昔物語 四（長野甞一校註）
1955年3月31日刊

＊凡例 ………………………………………… 3
今昔物語 ……………………………………… 7
　巻二十 本朝付佛法 ………………………… 7
　巻廿一 （缺巻） …………………………… 125
　巻廿二 本朝 ………………………………… 126
　巻廿三 本朝付大織冠 ……………………… 154
　巻廿四 本朝付世俗 ………………………… 198

〔55〕　今昔物語 五（長野甞一校註）
1955年8月1日刊

＊凡例 ………………………………………… 3
今昔物語 ……………………………………… 7
　巻廿五 本朝付世俗 ………………………… 7
　巻廿六 本朝付宿報 ………………………… 71
　巻廿七 本朝付靈鬼 ………………………… 183

〔56〕　今昔物語 六（長野甞一校註）
1956年9月30日刊

＊凡例 ………………………………………… 3
今昔物語 ……………………………………… 7
　巻廿八 本朝付世俗 ………………………… 7
　巻廿九 本朝付悪行 ………………………… 128
　巻三十 本朝付雑事 ………………………… 249
　巻卅一 本朝付雑事 ………………………… 301

〔57〕　宇治拾遺物語 上（野村八良校註）
1949年10月30日刊

＊解説 ………………………………………… 3
　＊一 説話文学の発達 ……………………… 3
　＊二 巻頭文の吟味 ………………………… 4
　＊三 諸本 …………………………………… 10
　＊四 流布本 ………………………………… 13
　＊五 此の物語の成立過程 ………………… 16
　＊六 著作年代 ……………………………… 26
　＊七 各條の型 ……………………………… 30
　＊八 内容 …………………………………… 32
　＊九 形式 …………………………………… 36
　＊一〇 価値と影響 ………………………… 40
＊凡例 ………………………………………… 43
宇治拾遺物語 ………………………………… 47
　巻第一 ……………………………………… 47
　巻第二 ……………………………………… 79
　巻第三 ……………………………………… 112
　巻第四 ……………………………………… 146
　巻第五 ……………………………………… 168
　巻第六 ……………………………………… 189
　巻第七 ……………………………………… 211

〔58〕　宇治拾遺物語 下（野村八良校註）
1950年2月刊

宇治拾遺物語 ………………………………… 3
　巻第八 ……………………………………… 3
　巻第九 ……………………………………… 23
　巻第十 ……………………………………… 49
　巻第十一 …………………………………… 73
　巻第十二 …………………………………… 98
　巻第十三 …………………………………… 126
　巻第十四 …………………………………… 153
　巻第十五 …………………………………… 178

〔59〕　古本説話集 本朝神仙傳（川口久雄校註）
1967年9月30日刊

梅澤本 古本説話集 …………………………… 1
＊解説 ………………………………………… 3
　＊序説 ……………………………………… 3
　＊傳來と發見 ……………………………… 6
　＊體裁と表記 ……………………………… 7
　＊内容（一） ……………………………… 9

```
　＊内容（二） ……………………………  17
　＊比較文学的考察 ………………………  49
　＊成立と系統 ……………………………  53
　＊わが説話文学と中國説話文学 ………  56
　＊わが説話文学と説話畫 ………………  59
　＊主要研究文獻目録 ……………………  61
＊西歐語による日本説話文学翻譯研究
　文獻目録（ベルナール・フランク，ダグ
　ラス・E. ミルズ共編，川口久雄訳） 67
＊凡例 ………………………………………  79
　古本説話集　上 …………………………  81
　古本説話集　下 ………………………… 155
＊補註 ……………………………………… 251
大江匡房　本朝神仙傳 ……………………… 275
＊解説 ……………………………………… 277
　＊序説 …………………………………… 277
　＊書名 …………………………………… 280
　＊撰者 …………………………………… 282
　＊成立 …………………………………… 283
　＊内容 …………………………………… 285
　＊關係説話集との比較 ………………… 305
　＊神仙の性格 …………………………… 307
　＊神仙文学の流れ ……………………… 310
　＊本朝神仙傳の世界 …………………… 313
　＊諸本と研究 …………………………… 316
　＊結び―文学史的地位 ………………… 323
＊凡例 ……………………………………… 325
　本朝神仙傳 ……………………………… 327

〔60〕　吉利支丹文学集　上（新村出，柊源
　一校註）
1957年11月30日刊

＊解説 ………………………………………  3
　＊一　吉利支丹文学の思想的背景―キ
　　リスト教の成立から日本渡来まで ……  3
　＊二　吉利支丹文学成立の地盤―吉利
　　支丹布教史をたどりつゝ ………………  34
　　＊I　キリスト教の傳播及び興隆の
　　　時代 ………………………………  37
　　＊II　最初の禁制と雌伏の時代 ……  67
　　＊III　徳川初期における中興發展
　　　の時代 ……………………………  74
　　＊IV　徳川幕府の迫害と宗門潜伏
　　　の時代 ……………………………  77
　＊三　吉利支丹文学 ………………………  84
　　＊I　吉利支丹文学の意味 ………  84

　　＊II　吉利支丹宗教文学 ……………  92
　　＊III　教外文学 ……………………… 118
　　＊IV　古逸吉利支丹文学 …………… 128
　　＊V　吉利支丹語学書 ……………… 132
　　＊VI　ドミニコ會関係刊行書 ……… 142
　　＊VII　吉利支丹文学研究のあと … 149
　＊四　こんてむつすむん地 ……………… 171
＊凡例 ……………………………………… 185
こんてむつすむん地 ……………………… 189
＊目録 ……………………………………… 191
　卷第一 …………………………………… 199
　卷第二 …………………………………… 265
　卷第三 …………………………………… 296
　卷第四 …………………………………… 371
本語對照表 ………………………………… 391

〔61〕　吉利支丹文学集　下（新村出，柊源
　一校註）
1960年1月15日刊

どちりなきりしたん ………………………  3
＊解説 ………………………………………  5
　＊序言 ……………………………………  5
　＊一　キリスト教教義書の歴史 ………  9
　＊二　日本におけるドチリナ・キリシ
　　タンの成立 …………………………  18
　＊三　ドチリナ・キリシタンの諸本 ……  25
　＊四　出版者後藤宗因 …………………  36
　＊五　他の教義書との関係 ……………  38
＊凡例 ………………………………………  42
　どちりなきりしたん ……………………  45
イソポのハブラス ………………………… 175
＊解説 ……………………………………… 177
　＊序言 …………………………………… 177
　＊一　イソポの傳記 …………………… 179
　＊二　イソポ物語 ……………………… 187
　＊三　天草本イソポのハブラス ……… 195
　＊四　国字本伊曽保物語の古活字版 … 208
＊凡例 ……………………………………… 212
　イソポのハブラス ……………………… 215
＊附録 ……………………………………… 329
　＊I　本語對照表 ……………………… 329
　＊II　吉利支丹版ローマ字假名對照表
　　………………………………………… 338
```

日本古典文学全集・内容綜覧　　**415**

日本古典全書

〔62〕 万葉集 一（森本治吉，佐伯梅友，藤森朋夫，石井庄司校註）
1947年12月20日刊

＊解説 3
　＊一 名義 3
　＊二 用字法 9
　＊三 歌の年代 30
　＊四 内容 33
　＊五 歌数 46
　＊六 編輯目的（附、私歌集） 49
　＊七 分類法 54
　＊八 編纂者 58
　＊九 伝来と感化 61
　＊一〇 研究、研究書 65
＊凡例 68
万葉集 73
　巻第一 73
　巻第二 97
　巻第三 131
　巻第四 173
　奥書 335

〔63〕 万葉集 二（佐伯梅友，藤森朋夫，石井庄司校註）
1950年8月30日刊

万葉集 1
　巻第五 3
　巻第六 37
　巻第七 69
　巻第八 99
　巻第九 137

〔64〕 万葉集 三（佐伯梅友，藤森朋夫，石井庄司校註）
1953年2月25日刊

万葉集 1
　巻第十 3
　巻第十一 51
　巻第十二 91

〔65〕 万葉集 四（佐伯梅友，藤森朋夫，石井庄司校註）
1953年3月25日刊

万葉集 1
　巻第十三 3
　巻第十四 27
　巻第十五 59
　巻第十六 83
　巻第十七 109

〔66〕 万葉集 五（佐伯梅友，藤森朋夫，石井庄司校註）
1955年5月30日刊

万葉集 1
　巻第十八 3
　巻第十九 51
　巻第二十 101

〔67〕 古今和歌集（西下経一校註）
1948年9月10日刊

＊解説 3
　＊一 文化の流れ 3
　＊二 和歌史 6
　＊三 名称と組織 8
　＊四 その成立 11
　＊五 伝本 13
　＊六 古今の調べ 16
　＊七 古今のことば 17
　＊八 古今のこころ 22
　＊九 古今集と貫之 26
　＊一〇 参考文献 29
＊凡例 33
古今和歌集 37
　墨滅歌 213
　古今和歌集序 216

〔68〕 和泉式部集・小野小町集（窪田空穂校註）
1958年10月5日刊

和泉式部集 1
＊解説 3
　＊和泉式部の伝記 3
　＊作品とその時代 9
　＊式部の性格と歌風 11
＊凡例 17
　和泉式部集 第一 19
　和泉式部集 第二 46

416　日本古典文学全集・内容綜覧

和泉式部集 第三 ………………… 73
　　和泉式部集 第四 ………………… 94
　　和泉式部集 第五 ………………… 120
　　和泉式部続集 上 ………………… 146
　　和泉式部続集 下 ………………… 204
　　拾遺 ……………………………… 258
小野小町集
＊解説 ……………………………… 269
　　＊小町の伝記 …………………… 269
　　＊和歌史上の小町 ……………… 273
＊凡例 ……………………………… 278
　　小野小町集 …………………… 279

〔69〕　中古三女歌人集（佐々木信綱校註）
1948年6月30日刊

＊序
式子内親王集 ……………………… 1
＊解説 ……………………………… 3
＊凡例 ……………………………… 7
　　式子内親王集 …………………… 9
　　雖入勅撰不見家集歌 ………… 36
建禮門院右京大夫集 …………… 49
＊解説 ……………………………… 51
＊凡例 ……………………………… 82
　　建禮門院右京大夫集 ………… 83
俊成卿女集 ……………………… 171
＊解説 ……………………………… 173
＊凡例 ……………………………… 178
　　俊成卿女集 …………………… 179

〔70〕　山家集（伊藤嘉夫校註）
1947年12月30日刊

＊解説 ……………………………… 3
　　＊一 西行と歌 ………………… 3
　　＊二 山家集 …………………… 6
　　＊三 西行の諸集 ……………… 8
　　＊四 山家集大成本 …………… 13
　　＊五 花と月と ………………… 17
　　＊六 明治以後の西行文献 …… 21
＊凡例 ……………………………… 23
山家集 …………………………… 27
　　山家集 上 …………………… 27
　　山家集 中 …………………… 103
　　山家集 下 …………………… 166
　　補遺 ………………………… 232

　　西行和歌拾遺 ………………… 276
　　存疑・誤伝西行和歌 ………… 305

〔71〕　金槐和歌集（齋藤茂吉校註）
1950年5月30日刊

＊解説 ……………………………… 3
＊凡例 ……………………………… 19
金槐和歌集 ……………………… 21
貞享本所載歌 …………………… 97
補遺 ……………………………… 104
　　夫木和歌抄所載歌 …………… 104
　　新和歌集所載歌 ……………… 106
　　吾妻鏡所載歌 ………………… 106
　　法燈縁起所載歌 ……………… 107
　　雑歌集所載歌 ………………… 108
　　東撰和歌六帖所載歌 ………… 108
　　六孫王神社蔵詠草 …………… 109
　　鶴岡八幡宮蔵詠草 …………… 109
金槐集選釈 ……………………… 111

〔72〕　新古今和歌集（小島吉雄校註）
1959年6月15日刊

＊解説 ……………………………… 3
　　＊成立と撰集過程 ……………… 3
　　＊集の内容と編纂上の特色 …… 7
　　＊伝本 ………………………… 11
　　＊新古今歌風とその特色 ……… 14
　　＊研究史概略 附、研究書と註釈書 …… 29
　　＊本書頭註所引本略號解説 …… 36
＊凡例 ……………………………… 39
新古今和歌集 …………………… 43
底本奥書 ………………………… 407
〔附一〕新古今和歌集隠岐御選抄本御
　　跋文 ………………………… 411
〔附二〕底本奥書所載以外の諸本出入
　　歌 …………………………… 413

〔73〕　歌合集（峯岸義秋校註）
1947年12月30日刊

＊解説 ……………………………… 3
　　＊一 歌合の方式 ……………… 3
　　＊二 歌合の歴史 ……………… 12
　　＊三 歌合の解題　上 ………… 18
　　＊四 歌合の解題　中 ………… 31

```
  *五 歌合の解題 下 ……………… 44
  *凡例 ……………………………… 62
  在民部卿家歌合 ………………… 69
  亭子院歌合 延喜十三年 宇多上皇御判 … 74
  天徳内裏歌合 天徳四年 実頼判 … 92
  賀陽院水閣歌合 長元八年 輔親判 … 127
  承暦内裏歌合 承暦二年 顕房判 … 152
  高陽院七首歌合 寛治八年 経信判 … 173
  左近衛権中将俊忠朝臣家歌合 長治元年
    俊頼判 ……………………… 203
  内大臣家歌合 元永元年 俊頼・基俊判 … 212
  内大臣家歌合 元永二年 顕季判 … 249
  廣田社歌合 承安二年 俊成判 … 282
  御裳濯河歌合 文治年間 俊成判 … 337
  宮河歌合 文治年間 定家判 …… 359
  麗景殿女御絵合 永承五年 …… 381
  後冷泉院根合 永承六年 頼宗判 … 387
  六條齋院物語合 天喜三年 …… 394
  皇后宮春秋歌合 天喜四年 頼宗判 … 398

〔74〕 宗武・曙覧歌集（土岐善麿校註）
1950年6月30日刊

序
田安宗武歌集 ………………………… 1
 *解説 ………………………………… 3
   田安宗武歌集 ………………… 35
 橘曙覧歌集 …………………………… 87
 *解説 ………………………………… 89
   橘曙覧歌集 …………………… 117
    松籟艸 第一集 ……………… 117
    襟裸艸 第二集 ……………… 158
    春明艸 第三集 ……………… 198
    君来艸 第四集 ……………… 221
    白蛇集 第五集 ……………… 242
    福寺艸 補遺 ………………… 263
  橘曙覧の家にいたる詞 …………… 276
  たのしめる歌のはしがき ………… 278
  たのしめるたふれ歌 ……………… 278

〔75〕 良寛歌集（吉野秀雄校註）
1952年6月30日刊

 *解説 ………………………………… 1
  *良寛調について ………………… 1
  *良寛の歌の発足・個性・推敲につい
    て ………………………………… 15

  *発足 ……………………………… 15
  *個性 ……………………………… 18
  *推敲 ……………………………… 21
 *良寛と万葉との関係について …… 23
 *本集の成立について ……………… 37
  *諸本の校合 ……………………… 38
  *古歌との對比 …………………… 40
  *配列の順序 ……………………… 41
  *語句歌意の解釈 ………………… 42
  *内容の多化と純化 ……………… 42
  *餘言 ……………………………… 45
 *参考文献 …………………………… 46
*凡例 ………………………………… 50
良寛歌集 ……………………………… 55
  短歌 ………………………………… 55
  旋頭歌 …………………………… 196
  雑體歌 …………………………… 202
  長歌 ……………………………… 203

〔76〕 菟玖波集 上（福井久蔵校註）
1948年4月30日刊

*解説 …………………………………… 3
 *一 連歌道の建設 ………………… 3
 *二 二條良基 ……………………… 6
 *三 菟玖波集 …………………… 12
 *四 諸本異同考 ………………… 14
 *五 二條良基略年譜 …………… 25
*凡例 ………………………………… 29
菟玖波集 ……………………………… 31
 序 …………………………………… 31
 巻第一 ……………………………… 39
 巻第二 ……………………………… 68
 巻第三 ……………………………… 90
 巻第四 …………………………… 109
 巻第五 …………………………… 133
 巻第六 …………………………… 156
 巻第七 …………………………… 182
 巻第八 …………………………… 198
 巻第九 …………………………… 218
 巻第十 …………………………… 246

〔77〕 菟玖波集 下（福井久蔵校註）
1951年1月30日刊

菟玖波集 ……………………………… 1
 巻第十一 …………………………… 3
```

巻第十二	32
巻第十三	79
巻第十四	107
巻第十五	134
巻第十六	159
巻第十七	183
巻第十八	229
巻第十九	246
巻第二十	299

〔78〕 俳諧七部集 上（萩原蘿月校註）
1950年1月15日刊

* 解説 …… 3
  * 一 七部集の流行熱 …… 3
  * 二 七部集の成立（刊行）年代と編者 …… 12
  * 三 芭蕉の変風と七部の書 …… 14
  * 四 七部集の内容に就いて …… 16
  * 五 七部集の版本に就いて …… 22
  * 六 七部集の校本に就いて …… 26
  * 七 七部集の註本に就いて …… 28
  * 八 原本の用字訂正に就いて …… 43
* 凡例 …… 58
俳諧七部集 …… 61
  冬の日 …… 61
  春の日 …… 85
  眩野 …… 109

〔79〕 俳諧七部集 下（萩原蘿月校註）
1952年7月30日刊

俳諧七部集 …… 1
  ひさご …… 3
  猿蓑 …… 25
  炭俵 …… 111
  続猿蓑 …… 193

〔80〕 芭蕉句集（穎原退蔵，山崎喜好校註）
1958年3月20日刊

* 解説 …… 3
  * 芭蕉俳句における作風の変遷 …… 3
  * 署名 …… 13
  * 芭蕉俳句の総句数 …… 15
  * 句集・註釈書など（すべて明治以後） …… 19

* 凡例 …… 26
芭蕉句集 …… 29
  存疑の部 …… 267
  誤傳の部 …… 325
* 索引 …… 361
  * 引用書目索引 …… 362
  * 俳句索引 …… 398

〔81〕 芭蕉文集（穎原退蔵校註）
1955年2月20日刊

* 解説 …… 3
  * 芭蕉文集について …… 3
  * 本篇解題 …… 12
  * 参考篇解題 …… 44
  * 紀行文・日記篇解題 …… 52
* 俳文を主とせる芭蕉略年譜 …… 61
* 凡例 …… 65
芭蕉文集 …… 69
参考篇 …… 195
紀行文・日記篇 …… 239
* 附図 奥の細道略図・野晒紀行略図・笈の小文略図

〔82〕 与謝蕪村集（穎原退蔵校註，清水孝之増補）
1957年12月20日刊

* 解説 …… 3
  * 生涯について …… 3
  * 編著 …… 8
  * 評論 …… 10
  * 発句篇 …… 16
  * 文章篇 …… 26
  * 連句篇 …… 29
* 蕪村年譜 …… 34
* 凡例 …… 49
与謝蕪村集 …… 51
  発句篇 …… 51
  文章篇 …… 205
  連句篇 …… 345
* 索引 …… 369

〔83〕 小林一茶集（伊藤正雄校註）
1953年9月30日刊

* 解説 …… 1

日本古典全書

```
＊一茶の伝記 ………………………… 2
＊一茶の俳風 ………………………… 9
＊一茶研究の栞 …………………… 23
＊作品解題 ………………………… 42
＊一茶略年譜 ……………………… 47
＊凡例 ……………………………… 55
小林一茶集 ………………………… 57
  俳句集 …………………………… 57
  文集 …………………………… 189
  父の終焉日記 ………………… 237
  おらが春 ……………………… 264
  書簡抄 ………………………… 310
```

〔84〕　上代歌謡集（高木市之助校註）
1967年5月30日刊

```
＊解説 ……………………………… 3
  ＊第一部 記紀歌謡について … 13
  ＊第二部以下 万葉歌謡集其の他の処
    置について …………………… 17
  ＊本書の構成と各文献資料の解説 … 22
  ＊参考文献 ……………………… 27
＊凡例 ……………………………… 31
上代歌謡集 ………………………… 37
  第一部 記紀歌謡集 …………… 37
  第二部 万葉歌謡集 ………… 307
  第三部 琴歌譜歌謡集 ……… 331
  第四部 その他諸家歌謡集 … 349
＊補註 …………………………… 399
```

〔85〕　梁塵秘抄（小西甚一校註）
1953年1月20日刊

```
＊解説 ……………………………… 3
＊系譜 …………………………… 37
＊年譜 …………………………… 39
＊凡例 …………………………… 42
梁塵秘抄 ………………………… 47
  拾遺 ………………………… 161
  梁塵秘抄口伝集巻第一 …… 163
  梁塵秘抄口伝集巻第十 …… 165
＊補註 …………………………… 209
```

〔86〕　中世歌謡集（浅野建二校註）
1951年2月28日刊

```
閑吟集 ……………………………… 1
```

```
＊解説 ……………………………… 3
  ＊一 小歌の環境 ……………… 3
  ＊二 書名について …………… 6
  ＊三 成立事情 ………………… 8
  ＊四 歌数と題材 ……………… 9
  ＊五 連articulation編纂法 …… 13
  ＊六 諸芸能との関渉 ……… 16
  ＊七 諸本とその系統 ……… 21
  ＊八 主要な研究書 ………… 24
＊凡例 …………………………… 36
  閑吟集 ………………………… 41
中古雑唱集 ……………………… 163
＊解説 …………………………… 164
  ＊一 中古の歌謡 …………… 165
  ＊二 成立について ………… 167
  ＊三 内容と価値 …………… 169
  ＊四 編者 …………………… 171
  ＊五 刊本と研究書 ………… 173
＊凡例 …………………………… 181
  中古雑唱集 ………………… 185
  閑吟集補遺 ………………… 313
  中古雑唱集補遺 …………… 318
```

〔87〕　近世歌謡集（笹野堅校註）
1956年9月刊

```
＊解説 ……………………………… 3
  ＊近世歌謡大概 ……………… 3
  ＊隆達節小歌集成 …………… 12
  ＊淋敷座之慰 ………………… 21
  ＊姫小松 ……………………… 31
  ＊山家鳥虫歌 ………………… 36
  ＊鄙廼一曲 …………………… 49
  ＊引用歌謡書目 ……………… 54
＊凡例 …………………………… 73
隆達節小歌集成 …………………… 75
淋敷座之慰 ……………………… 117
姫小松 …………………………… 209
山家鳥虫歌 ……………………… 273
鄙廼一曲 ………………………… 361
```

〔88〕　謡曲集 上（野上豊一郎，田中允校註）
1949年11月30日刊

```
＊解説 ……………………………… 3
  ＊一 能の台本 ………………… 3
  ＊二 序破急の理論 …………… 5
```

```
　＊三　謡曲の種別 ………………………………… 8
　＊四　謡曲の作者 ………………………………… 17
　＊五　謡曲作風の変遷 …………………………… 23
　＊六　流派の分立 ………………………………… 30
＊凡例 ……………………………………………… 47
謡曲集 ……………………………………………… 53
　初番目物（脇能物） …………………………… 53
　二番目物（修羅場） …………………………… 107
　三番目物（鬘物） ……………………………… 173
```

〔89〕　謡曲集 中（田中允校註）
1953年9月10日刊

```
＊凡例 ………………………………………………… 3
謡曲集 ……………………………………………… 11
　四番目物（雑物） ……………………………… 11
＊附載 …………………………………………… 294
```

〔90〕　謡曲集 下（田中允校註）
1957年1月25日刊

```
＊凡例 ………………………………………………… 3
謡曲集 ………………………………………………… 7
　五番目物（切能物） ……………………………… 7
補遺 ……………………………………………… 103
＊附載 …………………………………………… 319
　＊一　毛利本と中巻所載曲との校異 ……… 319
　＊二　車屋本一覧 ……………………………… 326
　＊三　上・中巻補正 …………………………… 333
```

〔91〕　狂言集 上（古川久校註）
1953年5月15日刊

```
＊解説 ………………………………………………… 3
　＊狂言の語義 …………………………………… 3
　＊狂言劇の沿革 ………………………………… 6
　＊狂言劇の構成 ………………………………… 12
　＊狂言劇の舞台 ………………………………… 18
　＊狂言文の展開 ………………………………… 24
　＊狂言文の形式 ………………………………… 34
　＊狂言文の内容 ………………………………… 41
　＊狂言の価値 …………………………………… 47
　＊参考書目 ……………………………………… 50
＊凡例 ……………………………………………… 58
三番叟 ……………………………………………… 61
福の神 ……………………………………………… 63
連歌毘沙門 ………………………………………… 67
```

```
恵比須毘沙門 ……………………………………… 72
若菜 ………………………………………………… 77
餅酒 ………………………………………………… 85
昆布柿 ……………………………………………… 93
筑紫奥 …………………………………………… 101
末廣がり ………………………………………… 110
墨塗 ……………………………………………… 120
萩大名 …………………………………………… 130
入間川 …………………………………………… 140
雁盗人 …………………………………………… 150
靱猿 ……………………………………………… 158
今参 ……………………………………………… 167
秀句傘 …………………………………………… 180
文蔵 ……………………………………………… 191
二千石 …………………………………………… 198
痺り ……………………………………………… 205
富士松 …………………………………………… 209
寝音曲 …………………………………………… 216
清水 ……………………………………………… 223
栗焼 ……………………………………………… 231
抜殼 ……………………………………………… 237
附子 ……………………………………………… 244
狐塚 ……………………………………………… 253
眞奪 ……………………………………………… 260
寶の槌 …………………………………………… 265
闇罪人 …………………………………………… 274
止動方角 ………………………………………… 287
素袍落 …………………………………………… 297
＊附図（能舞台平面図） ………………………… 附録
```

〔92〕　狂言集 中（古川久校註）
1954年11月15日刊

```
＊凡例 ………………………………………………… 3
縄綯 …………………………………………………… 5
千鳥 ………………………………………………… 13
木六駄 ……………………………………………… 21
武悪 ………………………………………………… 34
伊文字 ……………………………………………… 47
八幡前 ……………………………………………… 55
引敷聟 ……………………………………………… 67
二人袴 ……………………………………………… 75
庖丁聟 ……………………………………………… 83
法師が母 …………………………………………… 92
川上座頭 …………………………………………… 96
金岡 ……………………………………………… 104
座禅 ……………………………………………… 108
```

日本古典全書

鈍太郎	119
塗師	128
岡太夫	133
髭櫓	140
伊呂波	145
鱸庖丁	148
伯母が酒	155
水汲新発意	161
腹立ず	167
花折新発意	174
布施無経	182
泣尼	191
名取川	200
宗論	205
蟹山伏	217
柿山伏	221
犬山伏	228
膏薬煉	235
鍋八撥	239
煎物	247
昆布売	253
合柿	261
伯養	267
丼礑	275
茶嚢座頭	282
月見座頭	293

〔93〕 狂言集 下（古川久校註）
1956年1月20日刊

＊凡例	3
花盗人	17
瓜盗人	25
三人片輪	31
茶壺	41
佛師	47
金津地蔵	56
文山立	63
悪坊	68
比丘貞	73
庵の梅	81
腰祈	87
枕物狂	92
今悔	98
朝比奈	105
餌指十王	110
節分	113

半銭	119
神鳴	123
鵆	128
八句連歌	137
居杭	142
米市	152
業平餅	163
鹿ぞ啼く	173
鬼争	181
見物左衛門	190
唐人子寳	193
楽阿彌	198
鉢叩	202
天正狂言本	207
＊解説	209
＊凡例	229
天正狂言本	231
＊曲名索引	333

〔94〕 近松門左衛門集 上（高野正巳校註）
1950年6月30日刊

＊解説	3
＊一 近世演劇の発達	3
＊二 近松の出現	11
＊三 近松の歌舞伎狂言	23
＊四 近松が加賀掾のために書いた浄瑠璃	32
＊五 近松が義太夫のために書いた浄瑠璃	43
＊六 近松の悲劇脚色上の手法	54
＊七 近松の狂言本と浄瑠璃本の種類	69
＊八 近松作品の現代的意義	73
＊九 世継曾我	75
＊一〇 出世景清	77
＊一一 曾根崎心中	79
＊一二 源五兵衛おまん薩摩歌	82
＊一三 用明天皇職人鑑	86
＊一四 心中二枚絵草紙	91
＊凡例	94
世継曾我	97
出世景清	135
曾根崎心中	171
源五兵衛おまん薩摩歌	193
用明天皇職人鑑	247
心中二枚絵草紙	319

〔95〕　近松門左衛門集 中（高野正巳校註）
1951年8月30日刊

＊解説 ……………………………………… 3
　＊一　碁盤太平記 ………………………… 3
　＊二　堀川波皷 …………………………… 5
　＊三　心中重井筒 ………………………… 7
　＊四　心中萬年草 ………………………… 10
　＊五　傾城反魂香 ………………………… 15
　＊六　丹波與作待夜の小室節 …………… 19
　＊七　淀鯉出世瀧徳 ……………………… 22
＊凡例 ……………………………………… 26
碁盤太平記 ………………………………… 29
堀川波皷 …………………………………… 59
心中重井筒 ………………………………… 91
心中萬年草 ………………………………… 121
傾城反魂香 ………………………………… 151
丹波與作待夜の小室節 …………………… 217
淀鯉出世瀧徳 ……………………………… 261

〔96〕　近松門左衛門集 下（高野正巳校註）
1952年7月20日刊

＊解説 ……………………………………… 3
　＊一　五十年忌歌念佛 …………………… 3
　＊二　冥途の飛脚 ………………………… 7
　＊三　国性爺合戰 ………………………… 9
　＊四　鑓の権三重帷子 …………………… 12
　＊五　心中天の網島 ……………………… 15
　＊六　女殺油地獄 ………………………… 19
　＊近松研究参考書 ………………………… 23
＊凡例 ……………………………………… 25
五十年忌歌念佛 …………………………… 27
冥途の飛脚 ………………………………… 61
国性爺合戰 ………………………………… 95
鑓の権三重帷子 …………………………… 171
心中天の網島 ……………………………… 214
女殺油地獄 ………………………………… 252

〔97〕　竹田出雲集（鶴見誠校註）
1956年11月10日刊

＊解説 ……………………………………… 3
　＊作者の解説 ……………………………… 3
　　＊イ　竹田出雲と竹田小出雲 ………… 3
　　＊ロ　三好松洛 ………………………… 22
　　＊ハ　並木千柳 ………………………… 25

＊作品の解説 ……………………………… 29
＊凡例 ……………………………………… 63
菅原伝授手習鑑 …………………………… 65
義経千本桜 ………………………………… 173
假名手本忠臣蔵 …………………………… 258

〔98〕　近松半二集（守随憲治校註）
1949年6月30日刊

＊解説 ……………………………………… 3
　＊一　操浄瑠璃芝居の概要 ……………… 3
　＊二　作者の略伝 ………………………… 11
　＊三　節章略解 …………………………… 13
　＊四　武田信玄　長尾謙信　本朝廿四
　　　　孝 ………………………………… 21
　＊五　近江源氏先陣館 …………………… 40
　＊六　十三鐘絹懸柳妹脊山婦女庭訓 …… 50
　＊七　諸本 ………………………………… 64
＊凡例 ……………………………………… 71
武田信玄 長尾謙信 本朝廿四孝 ………… 73
近江源氏先陣館 …………………………… 187
十三鐘絹懸柳妹脊山婦女庭訓 …………… 305

〔99〕　歌舞伎十八番集（河竹繁俊校註）
1952年1月10日刊

＊解説 ……………………………………… 3
　＊一　歌舞伎十八番について …………… 3
　＊二　勧進帳 ……………………………… 11
　＊三　鳴神 ………………………………… 15
　＊四　毛抜 ………………………………… 17
　＊五　景清 ………………………………… 19
　＊六　矢の根 ……………………………… 21
　＊七　助六 ………………………………… 25
　＊八　暫 …………………………………… 28
　　＊主要参考書目 ………………………… 32
＊凡例 ……………………………………… 33
勧進帳 ……………………………………… 37
鳴神 ………………………………………… 55
毛抜 ………………………………………… 93
景清 ………………………………………… 153
矢の根 ……………………………………… 175
助六 ………………………………………… 183
暫 …………………………………………… 257

日本古典文学全集・内容綜覧　　423

日本古典全書

〔100〕　仮名草子集　上（野田壽雄校註）
1960年3月30日刊

＊解説 ………………………………………… 3
　＊一　假名草子の名稱 ……………………… 3
　＊二　近世初頭の出版の流行 ……………… 6
　＊三　當時の時代情勢 …………………… 10
　＊四　假名草子の範圍 …………………… 15
　＊五　假名草子の時期區分 ……………… 19
　＊六　假名草子の分類 …………………… 26
　＊七　作者と讀者 ………………………… 52
　＊八　假名草子の意義 …………………… 61
　＊九　作品解説 …………………………… 69
　＊一〇　參考文献 ………………………… 95
＊凡例 ……………………………………… 101
恨の介 ……………………………………… 103
薄雪物語 …………………………………… 161
ねごと草 …………………………………… 213
元の木阿彌 ………………………………… 249
遊女情くらべ ……………………………… 277
難波物語 …………………………………… 301

〔101〕　仮名草子集　下（野田寿雄校註）
1962年7月10日刊

＊解説 ………………………………………… 3
　＊參考文献 ………………………………… 22
＊凡例 ……………………………………… 25
竹斎 ………………………………………… 27
東海道名所記 ……………………………… 83
仁勢物語 …………………………………… 283

〔102〕　井原西鶴集　一（藤村作校註）
1949年9月30日刊

＊解説 ………………………………………… 3
　＊一　西鶴 ………………………………… 3
　＊二　好色一代男 ………………………… 12
　＊三　好色五人女 ………………………… 17
　＊四　文體 ………………………………… 22
　＊五　西鶴を生んだ社會 ………………… 24
＊凡例 ……………………………………… 32
好色一代男 ………………………………… 39
好色五人女 ………………………………… 215

〔103〕　井原西鶴集　二（藤村作校註）
1950年12月25日刊

＊解説 ………………………………………… 3
　＊一　好色一代女 ………………………… 3
　＊二　文體 ………………………………… 5
　＊三　好色盛衰記 ………………………… 6
好色一代女 ………………………………… 15
好色盛衰記 ………………………………… 149

〔104〕　井原西鶴集　三（藤村作校註）
1950年3月30日刊

＊解説 ………………………………………… 3
　＊一　町人物 ……………………………… 3
　＊二　日本永代蔵 ………………………… 4
　＊三　世間胸算用 ………………………… 9
　＊四　西鶴織留 ………………………… 13
日本永代蔵 ………………………………… 21
世間胸算用 ………………………………… 155
西鶴織留 …………………………………… 259

〔105〕　井原西鶴集　四（藤村作校註）
1951年8月20日刊

＊解説 ………………………………………… 3
　＊一　西鶴諸国はなし …………………… 3
　＊二　武家義理物語 ……………………… 8
西鶴諸国はなし …………………………… 17
武家義理物語 ……………………………… 107

〔106〕　上田秋成集（重友毅校註）
1957年2月15日刊

＊解説 ………………………………………… 3
　＊上田秋成 ………………………………… 3
　＊雨月物語 ………………………………… 14
　＊藤簍冊子（抄） ………………………… 22
　＊春雨物語 ………………………………… 23
　＊癇癖談 …………………………………… 30
　＊結語 ……………………………………… 35
＊秋成研究書目 …………………………… 40
　＊作品集 …………………………………… 40
　＊註釋書 …………………………………… 44
　＊研究書 …………………………………… 44
＊上田秋成略年譜 ………………………… 48
＊凡例 ……………………………………… 60

雨月物語	63
雨月物語巻之一	65
白峯	65
菊花の約	76
雨月物語巻之二	88
浅茅が宿	88
夢応の鯉魚	99
雨月物語巻之三	106
仏法僧	106
吉備津の釜	115
雨月物語巻之四	127
蛇性の婬	127
雨月物語巻之五	152
青頭巾	152
貧福論	161
藤簍冊子（抄）	171
月の前	171
剣の舞	177
春雨物語	183
血かたびら	184
天津処女	195
海賊	204
二世の縁	213
目ひとつの神	218
死首の咲顔	225
捨石丸	237
宮木が塚	246
歌のほまれ	257
樊噲 上	277
樊噲 下	295
くせものがたり	295
癇癖談 上	297
癇癖談 下	314

〔107〕 **浮世床**（中西善三校註）
1955年6月20日刊

＊解説	3
＊作者の伝記	3
＊三馬の作品	7
＊浮世床	27
＊滑稽本	33
＊凡例	66
浮世床	67

〔108〕 **東海道中膝栗毛**（笹川臨風校註）
1953年11月15日刊

＊解説	3
＊東海道の往来	3
＊道中物の出板	4
＊一九の略歴	5
＊東海道中膝栗毛	8
＊その影響	16
＊一九の著作表	19
＊凡例	27
東海道中膝栗毛	29

〔109〕 **作品と作者**（朝日新聞社編）
1950年5月刊

国文学略史	1
書目解題と作者解説	27
作品編	29
作者編	100
年表	161
索引	1
難訓索引	10

日本古典文学全集・内容綜覧　425

[064] 日本古典評釈・全注釈叢書
角川書店
1966年5月～2001年5月

〔1〕 土佐日記全注釈（萩谷朴著）
1967年8月30日刊

土佐日記全評釈 ……………………… 1
* はじめに …………………………… 3
* 凡例にかえて ……………………… 2
  承平四年 ……………………………… 51
   〔1〕十二月廿一日 序・国府〜大津・ 51
   〔2〕十二月廿二日 大津 …………… 62
   〔3〕十二月廿三日 大津 …………… 67
   〔4〕十二月廿四日 大津 …………… 74
   〔5〕十二月廿五日 大津〜国府 …… 81
   〔6〕十二月廿六日 国府〜大津 …… 84
   〔7〕十二月廿七日 大津〜鹿児崎〜浦戸 ……………………………… 91
   〔8〕十二月廿八日 浦戸〜大湊 … 107
   〔9〕十二月廿九日 大湊 ………… 109
  承平五年 ……………………………… 111
   〔10〕一月一日 大湊 ……………… 111
   〔11〕一月二日 大湊 ……………… 123
   〔12〕一月三日 大湊 ……………… 124
   〔13〕一月四日 大湊 ……………… 124
   〔14〕一月五日 大湊 ……………… 127
   〔15〕一月六日 大湊 ……………… 127
   〔16〕一月七日 大湊 ……………… 128
   〔17〕一月八日 大湊 ……………… 154
   〔18〕一月九日 大湊〜宇多〜奈半 ‥ 161
   〔19〕一月十日 奈半 ……………… 179
   〔20〕一月十一日 奈半〜羽根〜室津 ……………………………… 179
   〔21〕一月十二日 室津 …………… 187
   〔22〕一月十三日 室津 …………… 188
   〔23〕一月十四日 室津 …………… 194
   〔24〕一月十五日 室津 …………… 199
   〔25〕一月十六日 室津 …………… 202
   〔26〕一月十七日 室津〜御崎〜（津呂） ……………………………… 205
   〔27〕一月十八日 （津呂） ……… 214
   〔28〕一月十九日 （津呂） ……… 222
   〔29〕一月廿日 （津呂） ………… 223
   〔30〕一月廿一日 （津呂）〜御崎〜（野根） …………………………… 240
   〔31〕一月廿二日 （野根）〜（日和佐） ……………………………… 250
   〔32〕一月廿三日 （日和佐） …… 257
   〔33〕一月廿四日 （日和佐） …… 258
   〔34〕一月廿五日 （日和佐） …… 259
   〔35〕一月廿六日 （日和佐）〜（鹿ノ首岬）〜（答島） ……………… 260
   〔36〕一月廿七日 （答島） ……… 275
   〔37〕一月廿八日 （答島） ……… 280
   〔38〕一月廿九日 （答島）〜（小松島）〜土佐泊 ………………………… 280
   〔39〕一月卅日 土佐泊〜沼島〜たな川（灘）〜灘（谷川） ………… 293
   〔40〕二月一日 灘（谷川）〜黒崎〜箱浦〜（佐野・貝塚） ……………… 300
   〔41〕二月二日 （佐野・貝塚） … 307
   〔42〕二月三日 （佐野・貝塚） … 308
   〔43〕二月四日 （佐野・貝塚） … 309
   〔44〕二月五日 灘（佐野・貝塚）〜大津〜石津〜住吉〜澪標（一の洲） … 316
   〔45〕二月六日 澪標（一の洲）〜難波〜河尻 ………………………… 344
   〔46〕二月七日 河尻〜（江口・曲）・ 348
   〔47〕二月八日 （江口・曲）〜鳥飼・ 353
   〔48〕二月九日 鳥飼〜曲〜渚〜鵜殿 ……………………………… 358
   〔49〕二月十日 鵜殿 ……………… 381
   〔50〕二月十一日 鵜殿〜男山〜山崎 ……………………………… 382
   〔51〕二月十二日 山崎 …………… 391
   〔52〕二月十三日 山崎 …………… 391
   〔53〕二月十四日 山崎 …………… 392
   〔54〕二月十五日 山崎 …………… 392
   〔55〕二月十六日 山崎〜まがり〜嶋坂〜桂川〜京・跋 ……………… 397
* 作者について ……………………… 433
  * 一 貫之の家系と人間形成 …… 433
  * 二 貫之の生涯と業績 ………… 453
* 作品について ……………………… 478
  * 一 土佐日記の成立 …………… 478
  * 二 土佐日記の素材と形態 …… 479
  * 三 土佐日記の主題 …………… 481
  * 四 土佐日記の構想と手法 …… 486
  * 五 土佐日記の表現と文体 …… 495

＊六　土佐日記の意識と効果 ……………… *502*
＊七　土佐日記の研究史 …………………… *513*
付録　自撰本貫之集遺文 …………………… *519*
＊土佐日記の旅 ……………………………… *523*
＊典拠一覧 …………………………………… *561*
＊和歌各句索引 ……………………………… *563*
＊単語総索引 ………………………………… *567*
＊事項索引 …………………………………… *585*
＊図版目次 …………………………………… *600*

〔2〕　蜻蛉日記全注釈　上巻（柿本奨著）
1966年8月20日刊

＊はしがき（柿本奨） …………………………… *1*
＊凡例 ……………………………………………… *8*
蜻蛉日記上 ……………………………………… *13*
　天暦八年 ……………………………………… *20*
　天暦九年 ……………………………………… *50*
　天暦十年 ……………………………………… *60*
　天徳元年 ……………………………………… *80*
　応和二年 …………………………………… *117*
　応和三年 …………………………………… *132*
　康保元年 …………………………………… *137*
　康保二年 …………………………………… *157*
　康保三年 …………………………………… *166*
　康保四年 …………………………………… *199*
　安和元年 …………………………………… *210*
蜻蛉日記中 …………………………………… *255*
　安和二年 …………………………………… *255*
　天禄元年 …………………………………… *308*
　天禄二年 …………………………………… *390*
＊追記 ………………………………………… *519*

〔3〕　蜻蛉日記全注釈　下巻（柿本奨著）
1966年11月20日刊

＊凡例 …………………………………………… *5*
蜻蛉日記下 ……………………………………… *9*
　天禄三年 ……………………………………… *9*
　天延元年 …………………………………… *107*
　天延二年 …………………………………… *136*
付　道綱母の集 ……………………………… *237*
＊追記 ………………………………………… *271*
＊解説 ………………………………………… *275*
　＊一　書名 ………………………………… *275*
　＊二　作者 ………………………………… *276*
　　＊(1)伝記 ……………………………… *276*

　＊(2)文学的素養 ………………………… *278*
＊三　内容 …………………………………… *282*
＊四　成立 …………………………………… *284*
＊五　本文整定 ……………………………… *287*
　＊(1)本文校訂 …………………………… *287*
　＊(2)本文改訂 …………………………… *293*
　　＊(A)改訂本の本文 ………………… *293*
　　＊(B)諸本書入れ本文改訂案 ……… *294*
　　＊(C)板本書入れ本文改訂案 ……… *295*
　　＊(D)『解環』書入れ本文改訂案 … *310*
　　＊(E)注釈書その他の掲出本文 … *311*
　＊(3)本書の本文整定方針 …………… *317*
　＊(4)誤写の諸相 ………………………… *324*
＊六　注釈書など …………………………… *327*
＊誤写一覧 …………………………………… *330*
＊引歌一覧 …………………………………… *342*
＊和歌各句索引 ……………………………… *351*
＊語句索引 …………………………………… *365*
＊事項索引 …………………………………… *480*
＊あとがき（柿本奨） ……………………… *490*
＊付図 ………………………………………… *493*
　＊系図 …………………………………… *493*
　＊平安京条理図 ………………………… *496*
　＊平安京周辺地図 ……………………… 折込

〔4〕　枕冊子全注釈（一）（田中重太郎著）
1972年12月30日刊

＊序説 …………………………………………… *7*
＊能因本枕冊子について …………………… *12*
＊凡例 ………………………………………… *19*
枕草子全注釈　一 …………………………… *23*
＊索引 ………………………………………… *523*

〔5〕　枕冊子全注釈（二）（田中重太郎著）
1975年10月20日刊

＊凡例 …………………………………………… *7*
枕草子全注釈　二 …………………………… *11*
＊索引 ………………………………………… *401*

〔6〕　枕冊子全注釈（三）（田中重太郎著）
1978年1月10日刊

＊凡例 …………………………………………… *7*
枕草子全注釈　三 …………………………… *11*
＊索引 ………………………………………… *427*

日本古典評釈・全注釈叢書

〔7〕 枕冊子全注釈（四）（田中重太郎著）
1983年3月31日刊

＊凡例 ……………………………………… 7
枕草子全注釈 四 ………………………… 11
＊索引 ……………………………………… 353

〔8〕 枕冊子全注釈（五）（田中重太郎，鈴木弘道，中西健治著）
1995年1月31日刊

＊凡例 ……………………………………… 9
枕草子全注釈 五 ………………………… 13
三巻本系統逸文篇 ………………………… 377
＊五巻索引 ………………………………… 475
＊全巻索引 ………………………………… 491
＊枕冊子諸注釈書章段対照表 …………… 545
＊完結にあたって（中西健治）………… 563

〔9〕 栄花物語全注釈（一）（松村博司著）
1969年8月30日刊

＊序説 ……………………………………… 9
＊凡例 ……………………………………… 23
栄花物語 巻第一 月の宴 ……………… 1
＊巻第一 解説 …………………………… 191
栄花物語 巻第二 花山たづぬる中納言 ‥ 197
＊巻第二 解説 …………………………… 310
栄花物語 巻第三 さまざまのよろこび ‥ 315
＊巻第三 解説 …………………………… 415
栄花物語 巻第四 みはてぬゆめ ……… 419
＊巻第四 解説 …………………………… 550
＊略系図 …………………………………… 555
＊事項索引 ………………………………… 561

〔10〕 栄花物語全注釈（二）（松村博司著）
1971年5月10日刊

＊凡例 ……………………………………… 7
栄花物語 巻第五 浦浦の別 …………… 11
＊巻第五 解説 …………………………… 144
栄花物語 巻第六 かかやく藤壺 ……… 149
＊巻第六 解説 …………………………… 211
栄花物語 巻第七 とりべ野 …………… 217
＊巻第七 解説 …………………………… 310
栄花物語 巻第八 はつはな …………… 315
＊巻第八 解説 …………………………… 587

＊略系図 …………………………………… 593
＊事項索引 ………………………………… 599

〔11〕 栄花物語全注釈（三）（松村博司著）
1972年6月15日刊

＊凡例 ……………………………………… 8
栄花物語 巻第九 いはかげ …………… 13
＊巻第九 解説 …………………………… 85
栄花物語 巻第十 ひかげのかづら …… 89
＊巻第十 解説 …………………………… 174
栄花物語 巻第十一 つぼみ花 ………… 179
＊巻第十一 解説 ………………………… 248
栄花物語 巻第十二 たまのむらぎく … 251
＊巻第十二 解説 ………………………… 372
栄花物語 巻第十三 ゆふしで ………… 379
＊巻第十三 解説 ………………………… 472
栄花物語 巻第十四 あさみどり ……… 475
＊巻第十四 解説 ………………………… 554
＊補訂・追記 ……………………………… 557
＊略系図 …………………………………… 559
＊事項索引 ………………………………… 565

〔12〕 栄花物語全注釈（四）（松村博司著）
1974年1月10日刊

＊凡例 ……………………………………… 8
栄花物語 巻第十五 うたがひ ………… 13
＊巻第十五 解説 ………………………… 122
栄花物語 巻第十六 もとのしづく …… 125
＊巻第十六 解説 ………………………… 243
栄花物語 巻第十七 おむがく ………… 247
＊巻第十七 解説 ………………………… 327
栄花物語 巻第十八 たまのうてな …… 329
＊巻第十八 解説 ………………………… 390
栄花物語 巻第十九 御裳ぎ …………… 395
＊巻第十九 解説 ………………………… 455
栄花物語 巻第二十 御賀 ……………… 457
＊巻第二十 解説 ………………………… 487
栄花物語 巻第二十一 後くゐの大将 … 491
＊巻第二十一 解説 ……………………… 536
栄花物語 巻第二十二 とりのまひ …… 539
＊巻第二十二 解説 ……………………… 570
＊補訂・追記 ……………………………… 571
＊略系図 …………………………………… 573
＊事項索引 ………………………………… 579

〔13〕 栄花物語全注釈（五）（松村博司著）
1975年12月25日刊

＊凡例 ……………………………… 7
栄花物語 巻第二十三 こまくらべの行幸
　　　　　　　　　　　　　　　　…… 11
＊巻第二十三　解説 ……………… 56
栄花物語 巻第二十四 わかばえ ………… 59
＊巻第二十四　解説 ……………… 113
栄花物語 巻第二十五 みねの月 ………… 117
＊巻第二十五　解説 ……………… 184
栄花物語 巻第二十六 楚王のゆめ ……… 191
＊巻第二十六　解説 ……………… 276
栄花物語 巻第二十七 ころものたま … 279
＊巻第二十七　解説 ……………… 404
栄花物語 巻第二十八 わかみづ ………… 407
＊巻第二十八　解説 ……………… 462
＊補訂・追記 ……………………… 464
＊略系図 …………………………… 467
＊事項索引 ………………………… 473

〔14〕 栄花物語全注釈（六）（松村博司著）
1976年12月25日刊

＊凡例 ……………………………… 9
栄花物語 巻第二十九 たまのかざり …… 13
＊巻第二十九　解説 ……………… 103
栄花物語 巻第三十 つるのはやし ……… 105
＊巻第三十　解説 ………………… 189
栄花物語 巻第三十一 殿上の花見 ……… 193
＊巻第三十一　解説 ……………… 273
栄花物語 巻第三十二 歌合 ……………… 277
＊巻第三十二　解説 ……………… 346
栄花物語 巻第三十三 きるはわびしとな
　げく女房 ………………………… 349
＊巻第三十三　解説 ……………… 393
栄花物語 巻第三十四 暮まつほし ……… 395
＊巻第三十四　解説 ……………… 465
栄花物語 巻第三十五 くものふるまひ ‥ 469
＊巻第三十五　解説 ……………… 483
＊略系図 …………………………… 485
＊事項索引 ………………………… 491

〔15〕 栄花物語全注釈（七）（松村博司著）
1978年9月30日刊

＊凡例 ……………………………… 8

栄花物語 巻第三十六 根あはせ ………… 13
＊巻第三十六　解説 ……………… 160
栄花物語 巻第三十七 けぶりの後 ……… 165
＊巻第三十七　解説 ……………… 210
栄花物語 巻第三十八 松のしづえ ……… 213
＊巻第三十八　解説 ……………… 289
栄花物語 巻第三十九 布引の滝 ………… 293
＊巻第三十九　解説 ……………… 380
栄花物語 巻第四十 紫野 ………………… 385
＊巻第四十　解説 ………………… 425
＊補訂・追記 ……………………… 428
＊解説 ……………………………… 431
＊栄華物語系図 …………………… 495
＊略系図 …………………………… 515
＊事項索引 ………………………… 521

〔16〕 栄花物語全注釈（八）索引編（松村
　博司著）
1981年2月25日刊

＊まえがき ………………………… 1
語句索引 自立語篇 ………………… 5
和歌五句索引 ……………………… 237
個人別和歌初句索引 ……………… 263
人名索引 …………………………… 271
図版分類索引 ……………………… 321
日本古典全書本・日本古典文学大系本頁・
　行数対照表 ……………………… 331
＊あとがき（松村博司著） ………… 383

〔17〕 栄花物語全注釈 別巻（松村博司著）
1982年5月10日刊

＊まえがき ………………………… 1
年表 ………………………………… 5
系図 ………………………………… 165
系図索引 …………………………… 231
研究史 ……………………………… 241
研究史年表 ………………………… 289
補説 ………………………………… 317
＊あとがき（松村博司著） ………… 343

〔18〕 平家物語全注釈 上巻（冨倉徳次郎
　著）
1966年5月20日刊

＊はしがき（冨倉徳次郎） ………… 1

*序説 ………………………………… 7
  *一 平家物語解釈の問題点 ……… 7
    *(イ)本書の底本とその意義 … 10
    *(ロ)「語り」の項目について … 13
  *二 平家物語注釈書の回顧 ……… 19
*凡例 ………………………………… 25
平家物語 巻第一 …………………… 31
平家物語 巻第二 …………………… 223
平家物語 巻第三 …………………… 385
平家物語 巻第四 …………………… 519
*比叡山を中心とする古道図

〔19〕 平家物語全注釈 中巻（冨倉徳次郎著）
1967年5月20日刊

*凡例 ………………………………… 5
平家物語 巻第五 …………………… 11
平家物語 巻第六 …………………… 157
平家物語 巻第七 …………………… 281
平家物語 巻第八 …………………… 447
*上巻 補遺・訂正 ………………… 589

〔20〕 平家物語全注釈 下巻（一）（冨倉徳次郎著）
1967年12月20日刊

*凡例 ………………………………… 5
平家物語 巻第九 …………………… 11
平家物語 巻第十 …………………… 209
平家物語 巻第十一 ………………… 405

〔21〕 平家物語全注釈 下巻（二）（冨倉徳次郎著）
1968年8月30日刊

*凡例 ………………………………… 4
平家物語 巻第十二 ………………… 9
平家灌頂巻 ………………………… 157
*附録 ………………………………… 227
  *堂供養 …………………………… 229
  *願文 ……………………………… 246
  *延喜聖代 ………………………… 251
*平家物語概説 ……………………… 257
  *いとぐち ………………………… 257
  *一 平家物語の成立過程 ………… 257
    *(一)平家物語の芽生え ……… 259

  *(二)平家物語の成立 …………… 267
  *(三)平家物語の完成 …………… 272
  *(四)読みもの系諸本の成立 … 273
  *(五)平家物語の流動 …………… 274
*二 内容と構成 …………………… 275
  *(一)一の規定 …………………… 277
  *(二)二の規定 …………………… 279
  *(三)三の規定 …………………… 281
  *(四)四の規定 …………………… 284
*三 平家物語の文芸性 …………… 288
*四 平曲の歴史 …………………… 293
*五 平家物語の諸伝本 …………… 298
  *(一)灌頂巻を立てない語りもの
  系の諸本 ………………………… 299
  *(二)灌頂巻を立てた語りもの系
  の諸本 …………………………… 301
  *(三)墨譜本 ……………………… 302
  *(四)読みもの系の諸本 ………… 303
*平家物語読み方参考資料 ………… 305
*平家物語参考系図 ………………… 334
*平家物語年表 ……………………… 343
  *平家物語前史年表 ……………… 345
  *平家物語歴史年表 ……………… 357
*平家物語索引 ……………………… 403
  *年号索引 ………………………… 407
  *人名・神仏名索引 ……………… 408
  *地名索引 ………………………… 435
  *和歌・連歌・今様・朗詠・偈索引 … 445
  *語句索引 ………………………… 448
  *主要事項索引 …………………… 563
  *挿図索引 ………………………… 570
*跋（冨倉徳次郎） ………………… 578
*補遺・訂正 ………………………… 592

〔22〕 徒然草全注釈 上巻（安良岡康作著）
1967年2月10日刊

*序（安良岡康作） ………………… 3
徒然草 ……………………………… 17
*口絵解説 …………………………… 572
*徒然草主要注釈書目一覧 ………… 580

〔23〕 徒然草全注釈 下巻（安良岡康作著）
1968年5月20日刊

徒然草全注釈 ……………………… 1
*凡例 ………………………………… 3

＊徒然草概説 …………………… 560
　＊はじめに ……………………… 560
　＊一 『徒然草』の成立 ………… 560
　＊二 『徒然草』第一部 ………… 565
　＊三 第一部から第二部へ ……… 570
　＊四 『徒然草』第二部(上) …… 573
　＊五 『徒然草』第二部(下) …… 586
　＊六 『徒然草』における著者と読者 … 593
　＊七 『徒然草』の作風と史的意義 … 602
＊口絵解説 ……………………… 610
＊上巻注釈補訂 ………………… 626
＊徒然草語句索引 ……………… 632
＊徒然草事項索引 ……………… 692
＊図版目次 ……………………… 708
＊跋(安良岡康作) ……………… 712

〔24〕 おくのほそ道評釈(尾形仂著)
2001年5月31日刊

＊総説 ……………………………… 5
＊凡例 ……………………………… 17
おくのほそ道 …………………… 19
　発端 …………………………… 19
　旅立ち ………………………… 31
　草加 …………………………… 39
　室の八島 ……………………… 47
　日光(一)―仏五左衛門 ……… 55
　日光(二)―御山詣拝 ………… 62
　日光(三)―黒髪山・裏見の滝 … 69
　那須野 ………………………… 77
　黒羽 …………………………… 85
　雲巌寺 ………………………… 93
　殺生石・遊行柳 ……………… 103
　白河の関 ……………………… 114
　須賀川 ………………………… 124
　浅香山・信夫の里 …………… 137
　飯塚の里 ……………………… 149
　笠島 …………………………… 162
　武隈の松 ……………………… 169
　宮城野 ………………………… 176
　壺の碑 ………………………… 188
　末の松山・塩竃の浦 ………… 198
　塩竃明神 ……………………… 207
　松島 …………………………… 214
　瑞巌寺・石の巻 ……………… 227
　平泉(一)―高館 ……………… 239
　平泉(二)―中尊寺 …………… 252

　尿前の関 ……………………… 258
　尾花沢 ………………………… 269
　立石寺 ………………………… 278
　最上川 ………………………… 284
　出羽三山(一)―羽黒山 ……… 291
　出羽三山(二)―月山・湯殿山 … 302
　鶴岡・酒田 …………………… 314
　象潟 …………………………… 317
　越後路 ………………………… 335
　市振 …………………………… 342
　越中路 ………………………… 350
　金沢 …………………………… 356
　多太神社 ……………………… 365
　那谷 …………………………… 374
　山中 …………………………… 382
　全昌寺 ………………………… 392
　汐越の松・天龍寺・永平寺 … 398
　福井 …………………………… 405
　敦賀 …………………………… 411
　種の浜 ………………………… 422
　大垣 …………………………… 428
　跋 ……………………………… 440
＊語句索引 ……………………… 443
＊発句索引 ……………………… 464
＊『おくのほそ道』旅程図 …… 466
＊あとがき(尾形仂) …………… 468

〔25〕 雨月物語評釈(鵜月洋著)
1969年3月10日刊

＊はしがき(暉峻康隆) ………… 1
＊凡例 ……………………………… 5
雨月物語評釈
　巻之一 ………………………… 7
　　雨月物語序 ………………… 9
　　白峯 ………………………… 20
　　菊花の約 …………………… 105
　巻之二 ………………………… 185
　　浅茅が宿 …………………… 187
　　夢応の鯉魚 ………………… 275
　巻之三 ………………………… 325
　　仏法僧 ……………………… 327
　　吉備津の釜 ………………… 387
　巻之四 ………………………… 463
　　蛇性の淫 …………………… 465
　巻之五 ………………………… 573
　　青頭巾 ……………………… 575

日本古典文学全集・内容綜覧　431

貧福論 …………………………… 632
＊概説 ……………………………………… 699
＊参考文献一覧 …………………………… 713
＊語句索引 ………………………………… 728
＊異体字表 ………………………………… 772
＊あとがき（中村博保） ………………… 775

〔26〕　方丈記全注釈（簗瀬一雄著）
1971年8月10日刊

＊序（簗瀬一雄著） ……………………… 1
＊凡例 ……………………………………… 8
方丈記全注釈 …………………………… 11
　一 ……………………………………… 13
　二 ……………………………………… 36
　三 ……………………………………… 148
　四 ……………………………………… 161
　五 ……………………………………… 186
　六 ……………………………………… 268
＊参考資料 ………………………………… 285
　＊一　異本方丈記（長享本） ………… 285
　＊二　異本方丈記（延徳本） ………… 288
　＊三　真字本方丈記 …………………… 291
　＊四　五大災厄関係資料（平家物語・玉
　　　　葉など） ………………………… 293
　＊五　池上篇并序（白居易） ………… 303
　＊六　草堂記（白居易） ……………… 305
　＊七　池亭記（慶滋保胤） …………… 308
　＊八　香山に擬へて草堂を模するの記
　　　　（源通親） ………………………… 312
　＊九　長明伝記資料（系図・家長日記
　　　　など） ………………………… 315
＊付図（京都付近図・平安京条坊図） … 325
＊鴨長明年譜 ……………………………… 327
＊解説 ……………………………………… 331
　＊一　鴨長明について ………………… 331
　＊二　方丈記について ………………… 352
　＊三　研究の手引き …………………… 368
＊索引 ……………………………………… 373
　＊一　方丈記語彙索引 ………………… 374
　＊二　事項索引（語釈・補注・評説の部）
　　　　………………………………… 393
　　＊（一）人名索引 …………………… 393
　　＊（二）書名索引 …………………… 394
　　＊（三）項目索引 …………………… 396

〔27〕　紫式部日記全注釈　上巻（萩谷朴著）
1971年11月10日刊

＊はじめに（萩谷朴著） ………………… 1
＊凡例 ……………………………………… 8
紫式部日記全注釈　上巻 ………………… 17
＊付図　土御門殿（第一期）想定復元図
　　　　巻末折込

〔28〕　紫式部日記全注釈　下巻（萩谷朴著）
1973年2月30日刊

＊凡例 ……………………………………… 6
紫式部日記全注釈　下巻 ………………… 15
＊解説 ……………………………………… 467
　＊作者について ………………………… 467
　＊作品について ………………………… 508
＊附篇 ……………………………………… 545
　＊一、年表 ……………………………… 548
　＊二、日出入・月出入時刻推算表 …… 556
　＊三、具注暦復元 ……………………… 559
　＊四、記録資料 ………………………… 579
＊索引 ……………………………………… 611
　＊和歌各句・引用詞句索引 …………… 613
　＊語釈欄項目索引 ……………………… 615
　＊解説欄項目索引 ……………………… 637
　＊語釈・解説欄引用書名人名索引 …… 639
＊おわりに（萩谷朴著） ………………… 651

〔29〕　古代歌謡全注釈　古事記編（土橋寛著）
1972年1月20日刊

＊凡例 ……………………………………… 7
古代歌謡全注釈　古事記編 ……………… 11
　一　須佐之男命の歌 …………………… 13
　　1八雲立つ出雲八重垣 ……………… 13
　二　八千矛神と沼河比売・須勢理毘売
　　　（神語） …………………………… 19
　　2八千矛の神の命は ………………… 19
　　3八千矛の神の命 …………………… 30
　　4ぬばたまの黒き御衣を …………… 40
　　5八千矛の神の命や ………………… 48
　三　高比売の歌 ………………………… 56
　　6天なるや弟棚機の（夷振） ……… 56
　四　火遠理命と豊玉毘売 ……………… 63
　　7赤玉は緒さへ光れど ……………… 63

| 8 沖つ鳥鴨着く島に ……………… 64
| 五 神武天皇大和平定の歌（来目歌）… 67
| 9 宇陀の高城に ………………… 67
| 10 忍坂の大室屋に ……………… 73
| 11 みつみつし久米の子らが ……… 76
| 12 みつみつし久米の子らが ……… 78
| 13 神風の伊勢の海の …………… 80
| 14 楯並めて伊那佐の山の ……… 83
| 六 神武天皇と伊須気余理比売 …… 87
| 15 大和の高佐士野を …………… 87
| 16 かつがつも最前立てる ……… 88
| 17 胡鷰子鶺鴒千鳥ま鵐 ………… 91
| 18 嬢子に直に会はむと ………… 92
| 19 葦原のしけしき小屋に ……… 95
| 七 当芸志美美命の謀叛 …………… 99
| 20 狭井川よ雲立ち渡り ………… 99
| 21 畝火山は雲とゐ …………… 102
| 八 幣羅の少女の歌 ………………… 104
| 22 御真木入日子はや …………… 104
| 九 倭建命の出雲建征伐 …………… 108
| 23 やつめさす出雲建が ………… 108
| 一〇 倭建命の東国征伐 …………… 114
| 24 さねさし相模の小野に ……… 114
| 25 新治筑波を過ぎて …………… 117
| 26 日々並べて夜には九夜 ……… 118
| 27 ひさかたの天の香具山 ……… 119
| 28 高光る日の御子 ……………… 125
| 29 尾張に直に向かへる ………… 128
| 一一 倭建命の望郷歌 ……………… 134
| 30 大和は国の真秀ろば ………… 134
| 31 命の全けむ人は（思国歌）… 137
| 32 はしけやし我家の方よ（片歌）… 142
| 一二 倭建命の辞世 ………………… 144
| 33 嬢子の床の辺に ……………… 144
| 一三 倭建命の葬歌 ………………… 148
| 34 なづきの田の稲幹に ………… 148
| 35 浅小竹原腰泥む ……………… 152
| 36 海が行けば腰泥む …………… 157
| 37 浜っ千鳥浜よは行かず ……… 158
| 一四 忍熊王の歌 …………………… 164
| 38 いざ吾君振熊が ……………… 164
| 一五 神功皇后の勧酒歌と謝酒歌（酒楽の歌）… 169
| 39 この御酒は我が御酒ならず … 169
| 40 この御酒を醸みけむ人は …… 176
| 一六 応神天皇の国見歌 …………… 180
| 41 千葉の葛野を見れば ………… 180
| 一七 応神天皇と矢河枝比売 ……… 184
| 42 この蟹や何処の蟹 …………… 184
| 一八 応神天皇と皇太子 …………… 197
| 43 いざ子供野蒜摘みに ………… 197
| 44 水たまる依網の池の ………… 202
| 45 道の後古波陀嬢子を ………… 206
| 46 道の後古波陀嬢子は ………… 207
| 一九 国主の奏歌 …………………… 209
| 47 品陀の日の御子 ……………… 209
| 48 白檮の生に横臼を作り ……… 213
| 二〇 須須許理が作った酒 ………… 217
| 49 須須許理が作った醸みし御酒に・217
| 二一 大山守命の謀叛と宇遅能和紀郎子 …… 220
| 50 ちはやぶる宇治の渡りに …… 220
| 51 ちはや人宇治の渡りに ……… 221
| 二二 仁徳天皇と吉備の黒日売 …… 225
| 52 沖辺には小舟つららく ……… 225
| 53 おしてるや難波の埼よ ……… 227
| 54 山県に蒔ける菘菜も ………… 232
| 55 大和辺に西風吹き上げて …… 234
| 56 大和辺に行くは誰が夫 ……… 236
| 二三 石之日売皇后の嫉妬 ………… 238
| 57 つぎねふや山代川を ………… 238
| 58 つぎふねや山代川を ………… 242
| 59 山代にい及け鳥山 …………… 246
| 60 御諸のその高城なる ………… 247
| 61 つぎねふ山代女の …………… 249
| 62 山代の筒木の宮に …………… 251
| 63 つぎねふ山代女の（志都歌の歌返）… 252
| 二四 仁徳天皇と八田の若郎女 …… 258
| 64 八田の一本菅は ……………… 258
| 65 八田の一本菅は ……………… 261
| 二五 女鳥王と速総別王 …………… 264
| 66 女鳥の我が王の ……………… 264
| 67 高行くや速別の ……………… 265
| 68 雲雀は天に翔る ……………… 266
| 69 梯立の倉椅山を ……………… 268
| 70 梯立の倉椅山は ……………… 270
| 二六 雁の卵 ………………………… 272
| 71 たまきはる内の朝臣 ………… 272
| 72 高光る日の御子 ……………… 274
| 73 汝が御子や遂に知らむと（本岐歌の片歌）… 275
| 二七 枯野の琴 ……………………… 277
| 74 枯野を塩に焼き（志都歌の歌返）277

二八　履中天皇の難波宮脱出 …… 283
　　75多遅比野に寝むと知りせば …… 283
　　76埴生坂我が立ち見れば …… 286
　　77大坂に遇ふや嬢子を …… 288
　二九　軽太子の悲恋 …… 291
　　78あしひきの山田を作り（志良宜歌） …… 291
　　79小竹葉に打つや霰の …… 294
　　80うるはしとさ寝しさ寝てば（夷振の上歌） …… 295
　　81大前小前宿禰が …… 297
　　82宮人の足結の小鈴（宮人振） …… 299
　　83天飛む軽の嬢子 …… 300
　　84天飛む軽嬢子 …… 302
　　85天飛ぶ鳥も使ふぞ（天田振） …… 303
　　86大君を島に放らば（夷振の片下） …… 305
　　87夏草の阿比泥の浜の …… 307
　　88君が行き日長くなりぬ …… 308
　　89こもりくの泊瀬の山の …… 312
　　90こもりくの泊瀬の川の（読歌） …… 316
　三〇　雄略天皇と若日下部王 …… 320
　　91日下部の此方の山と …… 320
　三一　雄略天皇と引田部の赤猪子（志都歌） …… 325
　　92御諸の厳白檮が本 …… 325
　　93引田の若栗栖原 …… 330
　　94御諸に築くや玉垣 …… 331
　　95日下江の入江の蓮（志都歌） …… 333
　三二　吉野の童女 …… 335
　　96呉床居の神の御手もち …… 335
　三三　蜻蛉の功績 …… 339
　　97み吉野の小牟漏が岳に …… 339
　三四　葛城山の猟 …… 343
　　98やすみしし我が大君の …… 343
　三五　岡に逃げ隠れた嬢子 …… 347
　　99嬢子のい隠る岡を …… 347
　三六　三重の采女（天語歌） …… 351
　　100纏向の日代の宮は …… 351
　　101大和のこの高市に …… 359
　　102百磯城の大宮人は …… 361
　三七　春日の袁杼比売 …… 365
　　103水そそく臣の嬢子（宇吉歌） …… 365
　　104やすみしし我が大君の（志都歌） …… 367
　三八　袁祁命と志毘臣の歌掛き …… 369
　　105大宮の遠つ端手 …… 369
　　106大匠拙劣みこそ …… 370
　　107大君の心を緩み …… 371
　　108潮瀬の波折りを見れば …… 372
　　109大君の御子の柴垣 …… 373
　　110大魚よし鮪突く海人よ …… 374
　三九　顕宗天皇と近江の置目 …… 378
　　111浅茅原小谷を過ぎて …… 378
　　112置目もや淡海の置目 …… 382
＊解説 …… 383
＊系図 …… 416
＊歌謡語彙総索引 …… 419
＊主要語釈・事項索引 …… 455
＊あとがき（土橋寛） …… 465
＊古代歌謡地図 …… 折込み

〔30〕　好色一代男全注釈 上巻（前田金五郎著）
1980年2月5日刊

＊凡例 …… 3
好色一代男 巻一 …… 7
　けした所が恋のはじまり …… 14
　はづかしながら文言葉 …… 47
　人には見せぬ所 …… 63
　袖の時雨は懸るがさいはい …… 81
　尋てきく程ちぎり …… 101
　煩悩の垢かき …… 119
　別れは当座はらひ …… 136
好色一代男 巻二 …… 159
　はにふの寝道具 …… 164
　髪きりても捨てられぬ世 …… 179
　女はおもはくの外 …… 205
　誓紙のうるし判 …… 230
　旅のでき心 …… 252
　出家にならねばならず …… 278
　うら屋も住所 …… 301
好色一代男 巻三 …… 327
　恋のすて銀 …… 335
　袖の海の肴売 …… 358
　是非もらひ着物 …… 377
　一夜の枕物ぐるひ …… 386
　集礼は五匁の外 …… 401
　木綿布子もかりの世 …… 420
　口舌の事ふれ …… 437

〔31〕 好色一代男全注釈 下巻（前田金五郎著）
1981年1月10日刊

* 凡例 ………………………………………… 5
好色一代男 巻四 ……………………………… 9
　因果の関守 ……………………………… 14
　形見の水櫛 ……………………………… 35
　夢の太刀風 ……………………………… 47
　替つた物は男傾城 ……………………… 60
　昼のつり狐 ……………………………… 70
　目に三月 ………………………………… 84
　火神鳴の雲がくれ …………………… 103
好色一代男 巻五 …………………………… 119
　後は様つけて呼 ……………………… 125
　ねがひの掻餅 ………………………… 138
　欲の世中に是は又 …………………… 155
　命捨ての光物 ………………………… 169
　一日かして何程が物ぞ ……………… 181
　当流の男を見しらぬ ………………… 192
　今爰へ尻が出物 ……………………… 206
好色一代男 巻六 …………………………… 221
　喰さして袖の橘 ……………………… 226
　身は火にくばるとも ………………… 236
　心中箱 ………………………………… 249
　寝覚の菜好 …………………………… 260
　詠は初姿 ……………………………… 273
　匂ひはかづけ物 ……………………… 285
　全盛歌書羽織 ………………………… 297
好色一代男 巻七 …………………………… 311
　其面影は雪むかし …………………… 316
　末社らく遊び ………………………… 328
　人のしらぬわたくし銀 ……………… 348
　さす盃は百二十里 …………………… 360
　諸分の日記 …………………………… 379
　口添えて酒軽篭 ……………………… 391
　新町の夕暮嶋原の曙 ………………… 403
好色一代男 巻八 …………………………… 419
　らく寝の車 …………………………… 423
　情のかけろく ………………………… 432
　一盃たらいで恋里 …………………… 441
　都のすがた人形 ……………………… 450
　床の責道具 …………………………… 462
跋文 ………………………………………… 473
刊記 ………………………………………… 477
* 総説 ……………………………………… 479
* 語句索引 ………………………………… 513
* 跋（前田金五郎） ……………………… 543

[065] 日本古典文学幻想コレクション
国書刊行会
全3巻
1995年12月〜1996年4月
（須永朝彦編訳）

第1巻　奇談
1995年12月15日刊

日本霊異記 …………………………… 11
　狐妻 ………………………………… 11
　役の優婆塞（えんのうばそく）…… 13
　吉祥天女像 ………………………… 16
　石を産む …………………………… 17
大鏡 …………………………………… 18
　後少将義孝 ………………………… 18
　花山院 ……………………………… 20
今昔物語集 …………………………… 24
　一角仙人 …………………………… 24
　震旦の天狗 ………………………… 30
　染殿の后 …………………………… 36
　蕪の怪 ……………………………… 40
　油瓶の怪 …………………………… 43
　嫉妬 ………………………………… 45
　乳母の怪 …………………………… 48
　瓜 …………………………………… 49
　北山の狗 …………………………… 52
　巨人の屍 …………………………… 56
　不思議の小船 ……………………… 58
　萱草（かんぞう）と紫苑 ………… 59
成通卿口伝日記（藤原成道）……… 62
　鞠の精 ……………………………… 62
唐物語（藤原成範）………………… 65
　雪々 ………………………………… 65
古事談（源顕兼）…………………… 68
　浦島子 ……………………………… 68
　怪女漂着 …………………………… 72
　伴大納言の夢 ……………………… 73
　実方の執心 ………………………… 74
　無毛の大鳥 ………………………… 75
　浄蔵の鉢 …………………………… 75
　大御室の寿命 ……………………… 77

堕地獄 ………………………………… 78
笛を聞く大蛇 ………………………… 79
花山院の前生 ………………………… 80
発心集（鴨長明）…………………… 81
　転生の蝶 …………………………… 81
　亡妻の現身 ………………………… 83
　白髪丸 ……………………………… 85
続古事談 ……………………………… 86
　神泉の竜 …………………………… 86
　文書の守神 ………………………… 87
宇治拾遺物語 ………………………… 88
　平茸の村 …………………………… 88
　百鬼夜行 …………………………… 89
　外法 ………………………………… 91
　陽成院の化物 ……………………… 96
　一条桟敷屋の鬼 …………………… 97
　まどわし神 ………………………… 98
　夢買う人 …………………………… 99
　魔往生 …………………………… 101
　縹緲城 …………………………… 103
　魚養 ……………………………… 106
今物語（藤原信実）……………… 108
　不思議の文字 …………………… 108
　地獄の紫式部 …………………… 109
古今著聞集（橘成実）…………… 110
　験競べ …………………………… 110
　能因法師 ………………………… 113
　女房小大進 ……………………… 114
　吒祇尼の法 ……………………… 117
　成通の今様 ……………………… 119
　天竺の冠者 ……………………… 121
　鬼の足跡 ………………………… 123
　水餓鬼 …………………………… 124
　泰通邸の狐 ……………………… 126
　唐猫変化 ………………………… 128
　螺の尼 …………………………… 129
　伊勢の人魚 ……………………… 130
沙石集（無住）…………………… 131
　雉 ………………………………… 131
撰集抄 ……………………………… 133
　人を造る ………………………… 133
　恵心僧都の水観 ………………… 137
　経信と鬼神 ……………………… 138
平家物語 …………………………… 140
　頼豪阿闍梨 ……………………… 140
　鵺 ………………………………… 142
太平記 ……………………………… 148

436　日本古典文学全集・内容綜覧

天王寺の妖霊星 …………………… 148	小はだの小平治 …………………… 234
天王寺の未来記 …………………… 151	半日閑話（大田南畝）…………… 238
大森彦七 …………………………… 153	天女降臨 …………………………… 238
義残後覚（愚軒）………………… 167	一話一言（大田南畝）…………… 240
果進居士 …………………………… 167	河童銭 ……………………………… 240
醍醐随筆（中山三柳）…………… 171	北国奇談巡杖記（鳥翠台北茎）… 241
犬神 ………………………………… 171	槌子坂（つちこざか）の怪 …… 241
果心居士 …………………………… 173	石麪（せきめん）………………… 242
髪より滴る炎 ……………………… 174	地縮 ………………………………… 243
男色大鑑（井原西鶴）…………… 176	猫多羅天女 ………………………… 243
伽羅若衆 …………………………… 176	奥州波奈志（只野真葛）………… 245
人形の恋 …………………………… 181	めいしん …………………………… 245
老媼茶話 …………………………… 187	狐つかい …………………………… 247
猪苗代の化物 ……………………… 187	影の病 ……………………………… 250
杜若屋敷 …………………………… 189	兎園小説 …………………………… 251
播州姫路城 ………………………… 194	怪しき少女（文宝堂〈亀屋久右衛門〉）
一目坊 ……………………………… 196	………………………………… 251
沼沢の怪 …………………………… 198	夢の朝顔（文宝堂〈亀屋久右衛門〉）‥ 253
諸国里人談（菊岡沾涼）………… 199	うつろ舟の女（琴嶺舎〈滝沢宗伯〉）‥ 255
森囃 ………………………………… 199	中陵漫録（佐藤中陵）…………… 259
髪切 ………………………………… 200	徳七天狗談 ………………………… 259
犬の転生 …………………………… 201	芭蕉の精 …………………………… 260
源五郎狐 …………………………… 202	石妖 ………………………………… 261
新著聞集（神谷養勇軒）………… 204	北窓瑣談（梅茸仙史橘春暉〈橘南谿〉）‥ 263
妖猫友を誘う ……………………… 204	降毛 ………………………………… 263
怪しの若衆 ………………………… 205	パタパタ …………………………… 264
狼婆 ………………………………… 207	狐の児 ……………………………… 264
裏見寒話 …………………………… 208	水漉石 ……………………………… 265
柳の精 ……………………………… 208	乳汁を好む老人 …………………… 266
煙霞奇談（西村白鳥）…………… 211	鶴の昇天 …………………………… 266
城主の亡霊 ………………………… 211	巷街贅説（塵哉翁）……………… 268
東遊記（橘南谿）………………… 213	転生奇聞 …………………………… 268
大骨 ………………………………… 213	反古のうらがき（鈴木桃野）…… 272
不食病 ……………………………… 215	宮人降天 …………………………… 272
西遊記（橘南谿）………………… 219	麻布の幽霊 ………………………… 273
徐福 ………………………………… 219	閑窓瑣談（為永春水）…………… 275
豆腐の怪 …………………………… 221	上野の長毛 ………………………… 275
笈埃随筆（百井塘雨）…………… 222	丸木船 ……………………………… 276
蹲踞（つくばい）の辻 ………… 222	海録（山崎美成）………………… 279
八百比丘尼（やおびくに）……… 223	天狗小僧虎吉 ……………………… 279
梅翁随筆 …………………………… 225	＊解題（須永朝彦）……………… 281
仙女伝 ……………………………… 225	＊原典所収書目一覧
天狗六兵衛 ………………………… 227	
耳嚢（根岸鎮衛）………………… 230	**第2巻　伝綺**
怪僧奇聞 …………………………… 230	1996年2月20日刊
妖怪三本五郎左衛門 ……………… 231	
呼出し山 …………………………… 233	古事記 ………………………………………… 9

日本古典文学幻想コレクション

- 少名毘古那神 ……………………… 9
- 紅葉男と霞男 ……………………… 10
- 日本書紀 …………………………… 13
  - 箸墓 ……………………………… 13
- 風土記 ……………………………… 15
  - 童子女(うない)の松原 ………… 15
  - 夢野 ……………………………… 17
  - 宇治の橋姫 ……………………… 18
- 王朝物語 …………………………… 19
  - 俊蔭(宇津保物語) ……………… 19
- 紀行 ………………………………… 37
  - 鶯姫(海道記) …………………… 37
- 御伽草子 …………………………… 41
  - 天稚彦物語 ……………………… 41
  - 化物草紙 ………………………… 48
  - 玉水物語 ………………………… 51
  - おこぜ …………………………… 64
  - 子易物語 ………………………… 70
  - 還城楽物語 ……………………… 81
  - 花鳥風月 ………………………… 89
- 謡曲 ………………………………… 104
  - 土蜘蛛 …………………………… 104
  - 犀 ………………………………… 107
  - 岡崎 ……………………………… 109
  - 天鼓 ……………………………… 113
  - 花月 ……………………………… 116
- 狂言 ………………………………… 122
  - 博奕十王 ………………………… 122
  - くさびら ………………………… 129
  - 木実争(このみのあらそい) …… 133
  - 武悪 ……………………………… 139
- 舞の本 ……………………………… 148
  - 百合若大臣 ……………………… 148
- 浄瑠璃 ……………………………… 168
  - 祇園女御九重錦(ぎおんにょごここのえのにしき)(若竹笛躬, 中邑阿契) …… 168
- 歌舞伎 ……………………………… 196
  - 惟高親王魔術冠(これたかしんのうまじゅつのかんむり)(並木正三) ………… 196
- 合巻 ………………………………… 249
  - 玉藻前三国伝記(武亭三馬) …… 249
- *解題(須永朝彦) ………………… 267
- *原典所収書目一覧 ……………… 287

第3巻　怪談
1996年4月25日刊

- 伽婢子(おとぎぼうこ)(瓢水子松雲(浅井了意)) …………………… 11
  - 牡丹灯籠 ………………………… 11
  - 絵馬の妬み ……………………… 17
  - 長鬚国 …………………………… 21
  - 屏風の怪 ………………………… 26
  - 人面瘡 …………………………… 28
- 狗張子(いぬはりこ)(沙門了意(浅井了意)) ………………………… 31
  - 死して二人となる ……………… 31
  - 男郎花 …………………………… 33
  - 愛執の蝍虫 ……………………… 36
- 因果物語(鈴木正三著, 義雲雲歩編) …… 42
  - 女人と変じた僧達 ……………… 42
  - 愛執の蛇身 ……………………… 44
- 曾呂利物語 ………………………… 46
  - 荒寺の化物 ……………………… 46
  - 耳切れうん市 …………………… 49
  - 夢争い …………………………… 52
- 諸国百物語 ………………………… 54
  - 執拗なる化物 …………………… 54
  - 首の番という化物 ……………… 56
  - さかさまの幽霊 ………………… 57
  - 乙姫の執心 ……………………… 59
  - 化物を化かす …………………… 60
- 宿直草(とのいぐさ) ……………… 63
  - 見越入道 ………………………… 63
  - たぬき薬 ………………………… 65
  - 山姫 ……………………………… 67
- 新御伽婢子(未達(西村市郎右衛門)) …… 68
  - 遊女猫分食(ゆうじょねこわけ) …… 68
- 古今百物語評判(山岡元隣著, 山岡元恕編) ………………………………… 71
  - 河太郎 …………………………… 71
- 奇異雑談集 ………………………… 73
  - 人を馬になして売る …………… 73
- 西鶴諸国はなし(井原西鶴) ……… 76
  - 傘の御託宣 ……………………… 76
  - 雲中の腕押 ……………………… 79
  - 生馬仙人 ………………………… 82
  - 紫女 ……………………………… 85
  - 鯉のちらし紋 …………………… 88
- 新可笑記(井原西鶴) ……………… 91
  - 歌の姿の美女二人 ……………… 91
- 西鶴名残の友(井原西鶴) ………… 95
  - 腰抜け幽霊 ……………………… 95
- 諸国新百物語 ……………………… 95

438　日本古典文学全集・内容綜覧

日本古典文学幻想コレクション

百物語	99
玉箒木（林義喘）	102
碁子の精霊（ごいしのせいれい）	102
多満寸太礼（たますだれ）（辻堂非風子）	113
柳精の霊妖	113
執心の連歌	118
拾遺御伽婢子（柳糸堂）	122
夢中の闘佷（むちゅうのとうこん）	122
金玉ねぢぶくさ（章花堂）	125
鼠の鉄火	125
御伽百物語（青木鷺水）	128
灯火の女	128
猿畠山の仙	132
画中の美女	137
一夜船（北条団水）	141
花の一字の東山	141
御慇懃なる幽霊	143
和漢乗合船（落月堂操巵）	146
白小袖奇聞	146
怪醜夜光魂（かいしゅうやこうのたま）	153
一念の衣魚	153
高慢の果	158
太平百物語（祐佐（菅生堂人恵忠居士））	160
野州川の変化	160
天狗の縄	162
紀伊国の隠家	163
力士の精	167
陰魔羅鬼	168
御伽厚化粧（筆天斎（中尾伊助））	170
小面の怪	170
赤間関の幽鬼	174
御伽空穂猿（おとぎうつぼざる）（摩志田好話）	178
山姑（やまんば）	178
新著聞集（神谷養勇軒）	182
累の怨霊	182
怪談登志男（憇雪舎素及）	186
濡衣の地蔵	186
白昼の幽霊	189
万世百物語（烏有庵）	193
変化の玉章（へんげのたまずさ）	193
下界の天人	197
怪談老の杖（平秩東作）	202
幽霊の筆跡	202
小豆ばかり	205
新説百物語（高古堂主人（小幡宗左衛門））	207
ぬっぺりぼう	207
栗の功名	208
人形奇聞	210
近代百物語（鳥飼酔雅（吉文字屋半兵衛））	214
手練の狐	214
繁野話（近路行者（都賀庭鐘））	218
竜の窟	218
垣根草（草官散人）	231
古井の妖鏡	231
怪世談（あやしのよがたり）（荒木田麗女）	236
飛頭蛮	236
譚海（津村淙庵）	242
紅毛幻術	242
春雨物語（上田秋成）	245
目ひとつの神	245
反古のうらがき（鈴木桃野）	252
怪談	252
〔附録〕夷歌百鬼夜狂	258
＊解題（須永朝彦）	273
＊原典所収書目一覧	290

日本古典文学全集・内容綜覧　439

[066] 日本古典文学全集
小学館
全51巻
1970年11月～1995年5月
（秋山虔，市古貞次，五味智英（ほか）編）

第1巻　古事記 上代歌謡（荻原浅男，鴻巣隼雄校注・訳）
1973年11月5日刊

古事記（荻原浅男校注・訳） …………… 7
＊解説 …………………………………… 9
＊凡例 …………………………………… 37
　上巻 并せて序 ……………………… 43
　中巻 ………………………………… 149
　下巻 ………………………………… 270
＊校訂付記 ……………………………… 355
上代歌謡（鴻巣隼雄校注・訳） ………… 369
＊解説 …………………………………… 371
＊凡例 …………………………………… 387
　日本書紀歌謡 ……………………… 391
　風土記歌謡 ………………………… 486
　続日本紀歌謡 ……………………… 504
＊校訂付記 ……………………………… 511

第2巻　万葉集 一（小島憲之，木下正俊，佐竹昭広校注・訳）
1971年1月25日刊

＊解説 …………………………………… 3
＊凡例 …………………………………… 51
万葉集 巻第一 ………………………… 55
万葉集 巻第二 ………………………… 107
万葉集 巻第三 ………………………… 187
万葉集 巻第四 ………………………… 289
＊校訂付記 ……………………………… 393
＊補論 …………………………………… 399
　＊万葉集以前（小島憲之） ………… 401
　＊竜田山と狭岑島（木下正俊） …… 413
　＊人麻呂の反歌一首（佐竹昭広） … 418
＊付録 …………………………………… 425
　＊人名一覧 …………………………… 427
　＊地名一覧 …………………………… 449

　＊系図 ………………………………… 461
　＊参考地図 …………………………… 465

第3巻　万葉集 二（小島憲之，木下正俊，佐竹昭広校注・訳）
1972年5月31日刊

＊解説 …………………………………… 3
＊凡例 …………………………………… 37
万葉集 巻第五 ………………………… 41
万葉集 巻第六 ………………………… 121
万葉集 巻第七 ………………………… 197
万葉集 巻第八 ………………………… 285
万葉集 巻第九 ………………………… 377
＊校訂付記 ……………………………… 445
＊補論 …………………………………… 451
　＊万葉人の散文を読むために（小島憲之） ………………………… 453
　＊蓬客と松浦佐用姫（木下正俊） … 465
　＊「見ゆ」の世界（佐竹昭広） ……… 475
＊付録 …………………………………… 489
　＊人名一覧 …………………………… 490
　＊地名一覧 …………………………… 507
　＊系図 ………………………………… 522
　＊官位相当表 ………………………… 524
　＊参考地図 …………………………… 526

第4巻　万葉集 三（小島憲之，木下正俊，佐竹昭広校注・訳）
1973年12月10日刊

＊解説 …………………………………… 3
＊凡例 …………………………………… 31
万葉集 巻第十 ………………………… 35
万葉集 巻第十一 ……………………… 167
万葉集 巻第十二 ……………………… 281
万葉集 巻第十三 ……………………… 369
万葉集 巻第十四 ……………………… 441
＊校訂付記 ……………………………… 507
＊補論 …………………………………… 515
　＊春の雁（小島憲之） ……………… 517
　＊「腫浪」の訓義（木下正俊） ……… 521
　＊「諍」か「浄」か（佐竹昭広） …… 525
＊付録 …………………………………… 529
　＊人名一覧 …………………………… 531
　＊地名一覧 …………………………… 533
　＊参考地図 …………………………… 548

第5巻　万葉集 四（小島憲之，木下正俊，佐竹昭広校注・訳）
1975年10月31日刊

- ＊解説 ……………………………………… 3
- ＊凡例 ……………………………………… 33
- 万葉集 巻第十五 ………………………… 37
- 万葉集 巻第十六 ………………………… 101
- 万葉集 巻第十七 ………………………… 157
- 万葉集 巻第十八 ………………………… 233
- 万葉集 巻第十九 ………………………… 289
- 万葉集 巻第二十 ………………………… 363
- ＊校訂付記 ………………………………… 451
- ＊補論 ……………………………………… 459
  - ＊万葉語の「語性」（小島憲之） ……… 461
  - ＊蔽孤射と双六（木下正俊） …………… 469
  - ＊万葉・古今・新古今（佐竹昭広） …… 476
- ＊付録 ……………………………………… 529
  - ＊人名一覧 ……………………………… 485
  - ＊地名一覧 ……………………………… 501
  - ＊参考地図 ……………………………… 512
  - ＊初句索引 ……………………………… 514

第6巻　日本霊異記（中田祝夫校注・訳）
1975年11月30日刊

- ＊解説 ……………………………………… 7
- ＊凡例 ……………………………………… 45
- 日本霊異記 ……………………………… 49
  - 上巻 …………………………………… 51
  - 中巻 …………………………………… 139
  - 下巻 …………………………………… 257
  - 訓釈 …………………………………… 381
- ＊校訂付記 ………………………………… 393
- ＊付録 ……………………………………… 409
  - ＊日本霊異記年表 ……………………… 411
  - ＊日本霊異記地図 ……………………… 421
  - ＊日本霊異記関係説話表 ……………… 426
  - ＊主要参考文献 ………………………… 440

第7巻　古今和歌集（小沢正夫校注・訳）
1971年4月10日刊

- ＊解説 ……………………………………… 5
- ＊凡例 ……………………………………… 43
- 古今和歌集 ……………………………… 47
  - 仮名序 ………………………………… 49

- 巻第一　春歌上 ………………………… 63
- 巻第二　春歌下 ………………………… 84
- 巻第三　夏歌 …………………………… 104
- 巻第四　秋歌上 ………………………… 115
- 巻第五　秋歌下 ………………………… 139
- 巻第六　冬歌 …………………………… 159
- 巻第七　賀歌 …………………………… 168
- 巻第八　離別歌 ………………………… 176
- 巻第九　羇旅歌 ………………………… 190
- 巻第十　物名 …………………………… 198
- 巻第十一　恋歌一 ……………………… 212
- 巻第十二　恋歌二 ……………………… 236
- 巻第十三　恋歌三 ……………………… 254
- 巻第十四　恋歌四 ……………………… 272
- 巻第十五　恋歌五 ……………………… 292
- 巻第十六　哀傷歌 ……………………… 316
- 巻第十七　雑歌上 ……………………… 329
- 巻第十八　雑歌下 ……………………… 351
- 巻第十九　雑躰 ………………………… 372
- 巻第二十　大歌所御歌・神遊びの歌・東歌 ………………………………………… 397
- 墨滅歌 …………………………………… 407
- 真名序 …………………………………… 413
- ＊校訂付記 ………………………………… 421
- 異本所載歌 ……………………………… 425
- 寛平御時后宮歌合 ……………………… 433
- 亭子院女郎花合 ………………………… 469
- 延喜十三年亭子院歌合 ………………… 479
- ＊歌合　校訂付記 ………………………… 497
- ＊付録 ……………………………………… 499
  - ＊作者略伝 ……………………………… 500
  - ＊系図 …………………………………… 510
  - ＊年表 …………………………………… 516
  - ＊初句索引 ……………………………… 526
    - ＊（一）古今和歌集 …………………… 526
    - ＊（二）歌合 …………………………… 540

第8巻　竹取物語 伊勢物語 大和物語 平中物語（片桐洋一，福井貞助，高橋正治，清水好子校注・訳）
1972年12月20日刊

- ＊解説／物語文学の形成（鈴木一雄） …… 5
- 竹取物語（片桐洋一校注・訳） ………… 23
- ＊解説 ……………………………………… 25
- ＊凡例 ……………………………………… 47
  - 竹取物語 ……………………………… 51

日本古典文学全集

*校訂付記 ………………………………… 109
伊勢物語（福井貞助校注・訳） ………… 111
*解説 ……………………………………… 113
*凡例 ……………………………………… 129
　伊勢物語 ………………………………… 133
大和物語（高橋正治校注・訳） ………… 245
*解説 ……………………………………… 247
*凡例 ……………………………………… 265
　大和物語 ………………………………… 269
*校訂付記 ………………………………… 435
平中物語（清水好子校注・訳） ………… 439
*解説 ……………………………………… 441
*凡例 ……………………………………… 457
　平中物語 ………………………………… 461
*校訂付記 ………………………………… 545
*付録 ……………………………………… 547
　*系図（伊勢物語・平中物語・大和物語） ……………………………………… 548
　*年譜（伊勢物語・大和物語・平中物語） ……………………………………… 552
　*大和物語人物一覧 …………………… 562
　*和歌索引 ……………………………… 576

第9巻　土佐日記　蜻蛉日記（松村誠一，木村正中，伊牟田経久校注・訳）
1973年3月30日刊

土佐日記（松村誠一校注・訳） ………… 3
*解説 ……………………………………… 5
*凡例 ……………………………………… 25
　土佐日記 ………………………………… 29
*校訂付記 ………………………………… 69
*和歌各句索引 …………………………… 70
蜻蛉日記（木村正中，伊牟田経久校注・訳） ……………………………………… 75
*解説 ……………………………………… 77
*凡例 ……………………………………… 119
　蜻蛉日記 ………………………………… 123
　　上巻 …………………………………… 125
　　中巻 …………………………………… 203
　　下巻 …………………………………… 301
　　巻末歌集 ……………………………… 395
*校訂付記 ………………………………… 411
*付録 ……………………………………… 429
　*蜻蛉日記年表 ………………………… 431
　*和歌各句索引 ………………………… 446
　*蜻蛉日記関係地図 …………………… 463

第10巻　落窪物語　堤中納言物語（三谷栄一，稲賀敬二校注・訳）
1972年8月18日刊

*物語文学の展開（鈴木一雄） ………… 5
*落窪物語（三谷邦明） ………………… 18
*堤中納言物語（稲賀敬二） …………… 47
落窪物語（三谷栄一校注・訳） ………… 71
*凡例 ……………………………………… 73
　落窪物語 ………………………………… 77
　　巻之一 ………………………………… 79
　　巻之二 ………………………………… 177
　　巻之三 ………………………………… 271
　　巻之四 ………………………………… 335
*校訂付記 ………………………………… 399
*付録 ……………………………………… 405
　*系図 …………………………………… 406
　*年立 …………………………………… 408
堤中納言物語（稲賀敬二校注・訳） …… 417
*凡例 ……………………………………… 419
　堤中納言物語 …………………………… 425
*校訂付記 ………………………………… 539

第11巻　枕草子（松尾聰，永井和子校注・訳）
1974年4月30日刊

*解説 ……………………………………… 11
*凡例 ……………………………………… 53
枕草子 ……………………………………… 63
*校訂付記 ………………………………… 471
*付録 ……………………………………… 483
　*枕草子年表 …………………………… 484
　*枕草子関係系図 ……………………… 496
　*枕草子絵巻 …………………………… 502

第12巻　源氏物語　一（阿部秋生，秋山虔，今井源衛校注・訳）
1970年11月25日刊

*解説 ……………………………………… 3
*凡例 ……………………………………… 85
源氏物語 …………………………………… 89
　桐壷 ……………………………………… 91
　帚木 ……………………………………… 127
　空蟬 ……………………………………… 189
　夕顔 ……………………………………… 207

442　日本古典文学全集・内容綜覧

若紫	271
末摘花	337
紅葉賀	381
花宴	421
＊校訂付記	437
長恨歌	441
＊付録	451
＊各巻の系図	453
＊主要古注釈書一覧	457
＊官位相当表	462
＊図録	464

第13巻　源氏物語　二（阿部秋生，秋山虔，今井源衛校注・訳）
1972年1月25日刊

＊凡例	3
源氏物語	7
葵	9
賢木	73
花散里	143
須磨	151
明石	211
澪標	267
蓬生	313
関屋	347
絵合	357
松風	385
薄雲	415
朝顔	457
＊校訂付記	487
＊付録	493
＊各巻の系図	495
＊官位相当表	502
＊地図	504
＊図録	508

第14巻　源氏物語　三（阿部秋生，秋山虔，今井源衛校注・訳）
1972年11月20日刊

＊凡例	3
源氏物語	7
少女	9
玉鬘	79
初音	135
胡蝶	155

蛍	185
常夏	213
篝火	245
野分	253
行幸	279
藤袴	317
真木柱	339
梅枝	393
藤裏葉	421
＊校訂付記	455
＊付録	461
＊各巻の系図	463
＊官位相当表	470
＊地図	472
＊図録	473
＊源氏物語と年中行事（一）	477

第15巻　源氏物語　四（阿部秋生，秋山虔，今井源衛校注・訳）
1974年2月10日刊

＊凡例	3
源氏物語	7
若菜　上	9
若菜　下	143
柏木	277
横笛	331
鈴虫	359
夕霧	381
御法	477
幻	505
＊校訂付記	539
＊付録	549
＊各巻の系図	550
＊官位相当表	558
＊図録	560
＊源氏物語と年中行事（二）	565

第16巻　源氏物語　五（阿部秋生，秋山虔，今井源衛校注・訳）
1995年5月31日刊

＊凡例	3
源氏物語	7
匂宮	9
紅梅	31
竹河	51

橋姫	107
椎本	159
総角	211
早蕨	333
宿木	361
*校訂付記	485
*付録	495
*各巻の系図	496
*官位相当表	506
*図録	508
*源氏物語と年中行事(三)	513

第17巻　源氏物語 六(阿部秋生, 秋山虔, 今井源衛校注・訳)
1976年2月29日刊

*凡例	3
源氏物語	7
東屋	9
浮舟	95
蜻蛉	189
手習	265
夢浮橋	357
*校訂付記	383
*付録	393
*各巻の系図	394
*底本・校合本解題	403
*源氏物語主要人物解説	415
*源氏物語作中人物索引	506
*源氏物語作中和歌一覧	517
*源氏物語作中和歌初句索引	550
*年立	557

第18巻　和泉式部日記 紫式部日記 更級日記 讃岐典侍日記(藤岡忠美, 中野幸一, 犬養廉(ほか)校注・訳)
1971年6月10日刊

*日記文学の形成(秋山虔)	5
*和泉式部日記(藤岡忠美)	14
*紫式部日記(中野幸一)	31
*更級日記(犬養廉)	46
*讃岐典侍日記(石井文夫)	65
和泉式部日記(藤岡忠美校注・訳)	79
*凡例	81
和泉式部日記	85
*校訂付記	152

紫式部日記(中野幸一校注・訳)	153
*凡例	155
紫式部日記	161
*校訂付記	258
*登場人物一覧	261
更級日記(犬養廉校注・訳)	275
*凡例	277
更級日記	283
讃岐典侍日記(石井文夫校注・訳)	363
*凡例	365
讃岐典侍日記	371
*校訂付記	457
*付録	461
*主要参考文献	462
*日記年表	479
*図録	498
*復元　紫式部日記絵巻	505

第19巻　夜の寝覚(鈴木一雄校注・訳)
1974年10月31日刊

*後期物語文学の世界	3
*夜の寝覚	15
*凡例	33
夜の寝覚	37
*校訂付記	574
*付録	585
*系図	586
*寝覚物語絵巻	589
*主要参考文献	604

第20巻　大鏡(橘健二校注・訳)
1974年12月20日刊

*解説	3
*凡例	29
大鏡 上	33
大鏡 中	161
大鏡 下	301
*校訂付記	435
*付録	439
*系図	440
*年譜	449
*人物一覧	480
*地図	526

第21巻　今昔物語集 一（馬淵和夫，国東文麿，今野達校注・訳）
1971年7月10日刊

* 解説 ……………………………………… *9*
* 凡例 ……………………………………… *55*
今昔物語集 巻第十一 本朝付仏法 ……… *61*
今昔物語集 巻第十二 本朝付仏法 ……… *207*
今昔物語集 巻第十三 本朝付仏法 ……… *349*
今昔物語集 巻第十四 本朝付仏法 ……… *473*

第22巻　今昔物語集 二（馬淵和夫，国東文麿，今野達校注・訳）
1992年9月15日刊

* 解説 ……………………………………… *11*
* 凡例 ……………………………………… *31*
今昔物語集 巻第十五 本朝付仏法 ……… *37*
今昔物語集 巻第十六 本朝付仏法 ……… *175*
今昔物語集 巻第十七 本朝付仏法 ……… *333*
今昔物語集 巻第十八〔諸本欠〕 ………… *477*
今昔物語集 巻第十九 本朝付仏法 ……… *479*

第23巻　今昔物語集 三（馬淵和夫，国東文麿，今野達校注・訳）
1974年7月31日刊

* 解説 ……………………………………… *9*
* 凡例 ……………………………………… *19*
今昔物語集 巻第二十 本朝付仏法 ……… *25*
今昔物語集 巻第二十一〔諸本欠〕 ……… *173*
今昔物語集 巻第二十二 本朝 …………… *175*
今昔物語集 巻第二十三 本朝 …………… *213*
今昔物語集 巻第二十四 本朝付世俗 …… *269*
今昔物語集 巻第二十五 本朝付世俗 …… *429*
今昔物語集 巻第二十六 本朝付宿報 …… *507*

第24巻　今昔物語集 四（馬淵和夫，国東文麿，今野達校注・訳）
1976年3月31日刊

* 解説 ……………………………………… *9*
* 凡例 ……………………………………… *19*
今昔物語集 巻第二十七 本朝付霊鬼 …… *25*
今昔物語集 巻第二十八 本朝付世俗 …… *159*
今昔物語集 巻第二十九 本朝付悪行 …… *315*
今昔物語集 巻第三十 本朝付雑事 ……… *463*
今昔物語集 巻第三十一 本朝付雑事 …… *527*

第25巻　神楽歌 催馬楽 梁塵秘抄 閑吟集（臼田甚五郎，新間進一校注・訳）
1976年3月20日刊

神楽歌（臼田甚五郎校注・訳） …………… *9*
* 解説 ……………………………………… *11*
* 凡例 ……………………………………… *29*
　神楽歌次第 ……………………………… *35*
　庭火 ……………………………………… *39*
　採物 ……………………………………… *40*
　大前張 …………………………………… *58*
　小前張 …………………………………… *64*
　明星 ……………………………………… *89*
* 校訂付記 ……………………………… *107*
催馬楽（臼田甚五郎校注・訳） …………… *109*
* 解説 …………………………………… *111*
* 凡例 …………………………………… *119*
　律 ……………………………………… *123*
　呂歌 …………………………………… *140*
* 校訂付記 ……………………………… *165*
梁塵秘抄（新間進一校注・訳） …………… *167*
* 解説 …………………………………… *169*
* 凡例 …………………………………… *189*
　梁塵秘抄 ……………………………… *195*
* 校訂付記 ……………………………… *349*
閑吟集（臼田甚五郎校注・訳） …………… *353*
* 解説 …………………………………… *355*
* 凡例 …………………………………… *377*
　（真名序） ……………………………… *383*
　（仮名序） ……………………………… *388*
　閑吟集 ………………………………… *390*
* 校訂付記 ……………………………… *471*
* 初句索引 ……………………………… *473*

第26巻　新古今和歌集（峯村文人校注・訳）
1974年3月20日刊

* 解説 ……………………………………… *5*
* 凡例 ……………………………………… *27*
　仮名序 …………………………………… *33*
　新古今和歌集 …………………………… *39*
* 校訂付記 ……………………………… *597*
* 付録 …………………………………… *599*
　* 隠岐本跋 …………………………… *600*
　* 作者略伝 …………………………… *602*

日本古典文学全集

```
*初句索引 ............................... 625
```

第27巻　方丈記 徒然草 正法眼蔵随聞記 歎異抄（神田秀夫，永積安明，安良岡康作校注・訳）
1971年8月10日刊

```
方丈記（神田秀夫校注・訳） ................. 3
*解説 ..................................... 5
*凡例 .................................... 23
　方丈記 ................................. 27
徒然草（永積安明校注・訳） ................ 51
*解説 .................................... 53
*凡例 .................................... 79
*目次 .................................... 85
　徒然草 ................................. 93
*校訂付記 .............................. 286
正法眼蔵随聞記（安良岡康作校注・訳） ... 287
*解説 ................................... 289
*凡例 ................................... 305
　正法眼蔵随聞記 ....................... 311
*校訂付記 .............................. 495
*出典集 ................................. 499
歎異抄（安良岡康作校注・訳） ............ 505
*解説 ................................... 507
*凡例 ................................... 523
　歎異抄 ................................ 527
*校訂付記 .............................. 563
```

第28巻　宇治拾遺物語（小林智昭校注・訳）
1973年6月30日刊

```
*解説 .................................... 11
*凡例 .................................... 45
宇治拾遺物語　序 ......................... 51
宇治拾遺物語巻第一 ....................... 53
宇治拾遺物語巻第二 ....................... 92
宇治拾遺物語巻第三 ...................... 131
宇治拾遺物語巻第四 ...................... 172
宇治拾遺物語巻第五 ...................... 197
宇治拾遺物語巻第六 ...................... 222
宇治拾遺物語巻第七 ...................... 248
宇治拾遺物語巻第八 ...................... 272
宇治拾遺物語巻第九 ...................... 295
宇治拾遺物語巻第十 ...................... 326
宇治拾遺物語巻第十一 .................... 354
宇治拾遺物語巻第十二 .................... 384
```

```
宇治拾遺物語巻第十三 .................... 418
宇治拾遺物語巻第十四 .................... 451
宇治拾遺物語巻第十五 .................... 481
```

第29巻　平家物語 一（市古貞次校注・訳）
1973年9月30日刊

```
*解説 ..................................... 5
*凡例 .................................... 28
平家物語 ................................. 31
　巻第一 ................................. 33
　巻第二 ................................ 107
　巻第三 ................................ 195
　巻第四 ................................ 271
　巻第五 ................................ 349
　巻第六 ................................ 421
*付録 ................................... 481
　*系図 ................................. 482
　*地図 ................................. 486
　*図録 ................................. 490
```

第30巻　平家物語 二（市古貞次校注・訳）
1975年6月30日刊

```
*解説 ..................................... 5
*凡例 .................................... 33
平家物語 ................................. 37
　巻第七 ................................. 39
　巻第八 ................................ 115
　巻第九 ................................ 175
　巻第十 ................................ 271
　巻第十一 .............................. 349
　巻第十二 .............................. 447
　灌頂巻 ................................ 505
*付録 ................................... 533
　*地図 ................................. 534
```

第31巻　義経記（梶原正昭校注・訳）
1971年10月10日刊

```
*解説 ..................................... 5
*凡例 .................................... 39
平家物語 ................................. 43
　巻第一 ................................. 45
　巻第二 ................................. 75
　巻第三 ................................ 133
　巻第四 ................................ 185
```

巻第五	255
巻第六	323
巻第七	403
巻第八	467
補遺	501
*校訂付記	509
*付録	513
*系図	514
*地図	518
*『義経記』関係年表	520
*『義経記』影響一覧	528
*登場人物略伝	534
*地名索引	560

第32巻　連歌俳諧集（金子金治郎，暉峻康隆，中村俊定注解）
1974年6月30日刊

*解説	5
*凡例	89
連歌編（金子金治郎注解）	93
*例言	94
文和千句第一百韻	95
姉小路今神明百韻	121
湯山三吟百韻	147
宗祇独吟何人百韻	187
守武独吟俳諧百韻	219
雪牧両吟住吉百韻	245
*校訂付記	275
*付表・所収百韻対照表	276
俳諧編（暉峻康隆，中村俊定注解）	279
*引用注釈書一覧	280
哥いづれの巻（貞徳翁独吟百韻自註）	281
花で候の巻（西翁十百韻・恋俳諧）	309
江戸桜の巻（七百五十韻）	333
鷺の足の巻（次韻）	357
詩あきんどの巻（虚栗）	371
こがらしのの巻（冬の日）	383
霜月やの巻（冬の日）	399
雁がねもの巻（阿羅野）	415
木のもとにの巻（ひさご）	431
鳶の羽もの巻（猿蓑）	445
市中はの巻（猿蓑）	461
灰汁桶のの巻（猿蓑）	475
青くてもの巻（深川）	489
むめがゝにの巻（炭俵）	503
空豆のの巻（炭俵）	519

秋ちかきの巻（鳥の道）	533
猿蓑にの巻（続猿蓑）	545
牡丹散ての巻（もゝすもゝ）	559
冬木だちの巻（もゝすもゝ）	573
*付録　初句索引	587

第33巻　謡曲集 一（小山弘志，佐藤喜久雄，佐藤健一郎校注・訳）
1973年5月31日刊

*解説	5
*凡例	45
脇能	53
修羅物	129
鬘物	237
四番目物（一）	441
*舞台写真の曲目・演者・催会一覧	517

第34巻　謡曲集 二（小山弘志，佐藤喜久雄，佐藤健一郎校注・訳）
1975年3月31日刊

*解説	5
*凡例	25
四番目物（二）	33
切能	327
*付録	535
*用語一覧	537
*掲載曲目一覧	575
*舞台写真の曲目・演者・催会一覧	576

第35巻　狂言集（北川忠彦，安田章校注）
1992年10月15日刊

*解説	5
*凡例	59
脇狂言	66
大名狂言	110
小名狂言	212
聟女狂言	306
鬼山伏狂言	372
出家座頭狂言	418
集狂言	482
*付録　狂言名作解題	565

第36巻　御伽草子集（大島建彦校注・訳）
1974年9月30日刊

＊解説	5
＊凡例	35
文正草子	41
鉢かづき	76
小町草紙	110
御曹子島渡	129
唐糸草子	155
木幡狐	184
七草草紙	199
猿源氏草紙	204
ものぐさ太郎	231
さざれ石	257
蛤の草紙	262
小敦盛	283
二十四孝	298
梵天国	328
のせ猿草子	357
猫の草子	367
浜出草紙	379
和泉式部	385
一寸法師	394
さいき	403
浦島太郎	414
横笛草紙	425
酒呑童子	444
をこぜ	475
瓜姫物語	486
鼠の草子	496
＊付録	513
＊鼠の草子（絵）	514
＊昔話「小さ子」伝承分布図	528
＊昔話「瓜姫」伝承分布図	531

第37巻　仮名草子集 浮世草子集（神保五彌，青山忠一，岸得蔵，谷脇理史，長谷川強校注・訳）
1971年12月刊

仮名草子集	5
＊解説	7
露殿物語（神保五彌，青山忠一校注・訳）	43
＊凡例	45
露殿物語	48
田夫物語（岸得蔵校注・訳）	117
＊凡例	119
田夫物語	123
浮世物語（谷脇理史校注・訳）	143
＊凡例	145
浮世物語	148
元のもくあみ（岸得蔵校注・訳）	283
＊凡例	285
元のもくあみ	289
浮世草子集	319
＊解説	321
好色敗毒散（長谷川強校注・訳）	345
＊凡例	347
好色敗毒散	350
浮世親仁形気（長谷川強校注・訳）	453
＊凡例	455
浮世親仁形気	458
＊付録	571

第38巻　井原西鶴集　一（暉峻康隆，東明雅校注・訳）
1971年3月10日刊

＊解説	5
＊凡例	63
俳諧大句数	69
好色一代男	99
好色五人女	307
好色一代女	427

第39巻　井原西鶴集　二（宗政五十緒，松田修，暉峻康隆校注・訳）
1973年1月31日刊

＊解説	5
＊凡例	59
西鶴諸国ばなし	65
本朝二十不孝	185
男色大鑑	311
＊『男色大鑑』登場役者一覧	599

第40巻　井原西鶴集　三（谷脇理史，神保五彌，暉峻康隆校注・訳）
1972年4月30日刊

＊解説	5
＊参考文献案内	63

*西鶴略年譜	73
*凡例	81
日本永代蔵	87
万の文反古	265
世間胸算用	381
西鶴置土産	511

第41巻　松尾芭蕉集（井本農一，堀信夫，
　村松友次校注・訳）
1972年6月30日刊

*解説	5
*凡例	39
発句編（堀信夫，井本農一注解）	43
*例言	44
本文	45
紀行・日記編（井本農一校注・訳）	283
*例言	284
野ざらし紀行	285
鹿島詣	301
笈の小文	309
更科紀行	331
おくのほそ道	339
嵯峨日記	387
俳文編（村松友次校注・訳）	401
*例言	402
参考異文集	557
*付録	571
*出典俳書一覧	573
*松尾芭蕉略年譜	587
*季語別索引	598
*初句索引	602

第42巻　近世俳句俳文集（栗山理一，山下
　一海，丸山一彦，松尾靖秋校注・訳）
1972年2月29日刊

*解説	9
*凡例	48
近世俳句集（栗山理一，山下一海，丸山 　一彦注解）	51
山崎宗鑑	53
荒木田守武	55
松永貞徳	56
野々口立圃	59
松江重頼	61
安原貞室	64

鶏冠井令徳	66
山本西武	67
北村季吟	68
高瀬梅盛	70
斎藤徳元	72
荻田安静	73
杉木望一	75
石田未得	76
片桐良保	77
高島玄札	79
田捨女	80
松山玖也	82
西山宗因	83
井原西鶴	86
菅野谷高政	88
内藤風虎	89
田中常矩	91
岡西惟中	92
田代松意	94
野口在色	95
岸本調和	96
大淀三千風	98
三井秋風	99
伊藤信徳	101
小西来山	103
池西言水	106
椎本才麿	109
上島鬼貫	112
水田西吟	116
北条団水	118
内藤露沾	119
山口素堂	121
宝井其角	124
服部嵐雪	132
向井去来	137
内藤丈草	145
野沢凡兆	152
中村史邦	158
杉山杉風	160
山本荷兮	162
河合曾良	164
斎部路通	166
越智越人	169
服部土芳	171
志太野坡	173
各務支考	176
森川許六	178

浪化 …………………………… *183*	榎本星布 ………………………… *356*
広瀬惟然 ………………………… *186*	高柳荘丹 ………………………… *358*
立花北枝 ………………………… *188*	井上士朗 ………………………… *360*
岩田涼菟 ………………………… *191*	宮紫暁 …………………………… *363*
川合智月 ………………………… *193*	栗田樗堂 ………………………… *366*
斯波園女 ………………………… *195*	夏目成美 ………………………… *369*
水間沾徳 ………………………… *197*	常世田長翠 ……………………… *374*
貴志沾洲 ………………………… *199*	高橋東阜 ………………………… *376*
大高子葉 ………………………… *200*	田上菊舎 ………………………… *378*
坂本朱拙 ………………………… *201*	岩間乙二 ………………………… *380*
中川乙由 ………………………… *203*	江森月居 ………………………… *382*
稲津祇空 ………………………… *205*	鈴木道彦 ………………………… *385*
秋色 ……………………………… *207*	藤森素檗 ………………………… *388*
立羽不角 ………………………… *208*	建部巣兆 ………………………… *390*
松木淡々 ………………………… *210*	酒井抱一 ………………………… *392*
仙石廬元坊 ……………………… *211*	小林一茶 ………………………… *394*
桜井吏登 ………………………… *213*	清水一瓢 ………………………… *442*
長谷川馬光 ……………………… *215*	成田蒼虬 ………………………… *444*
佐久間柳居 ……………………… *216*	田川鳳朗 ………………………… *447*
和田希因 ………………………… *218*	桜井梅室 ………………………… *450*
白井鳥酔 ………………………… *220*	近世俳文集（松尾靖秋，丸山一彦校注・
早野巴人 ………………………… *222*	訳）……………………………… *453*
横井也有 ………………………… *224*	山の井（季吟）…………………… *455*
千代女 …………………………… *226*	宝蔵（元隣）……………………… *464*
有井諸九 ………………………… *228*	今宮草（来山）…………………… *467*
溝口素丸 ………………………… *231*	独言（鬼貫）……………………… *470*
大島蓼太 ………………………… *232*	蓑虫ノ説（素堂）………………… *476*
炭太祇 …………………………… *235*	焼蚊辞（嵐蘭）…………………… *479*
与謝蕪村 ………………………… *240*	猿蓑ノ序（其角）………………… *481*
三宅嘯山 ………………………… *302*	芭蕉翁終焉記（其角）…………… *482*
建部涼袋 ………………………… *306*	類柑子（其角）…………………… *493*
堀麦水 …………………………… *308*	鉢扣ノ辞（去来）………………… *498*
高桑闌更 ………………………… *312*	落柿舎ノ記（去来）……………… *500*
勝見二柳 ………………………… *316*	丈草ガ詠（去来）………………… *501*
加藤暁台 ………………………… *317*	閑居ノ賦（汶村）………………… *505*
三浦樗良 ………………………… *321*	寝ころび草（丈草）……………… *507*
土田無腸 ………………………… *325*	百鳥ノ譜（支考）………………… *512*
高井几董 ………………………… *327*	瓢ノ辞（許六）…………………… *514*
黒柳召波 ………………………… *330*	豆腐ノ弁（許六）………………… *517*
吉分大魯 ………………………… *334*	鶉衣（也有）……………………… *519*
松村月渓 ………………………… *337*	出代の弁（蜻局）………………… *543*
加舎白雄 ………………………… *339*	平泉（蓼太）……………………… *545*
松岡青蘿 ………………………… *342*	新花摘（蕪村）…………………… *547*
蝶夢 ……………………………… *345*	昔を今の序（蕪村）……………… *568*
川上不白 ………………………… *347*	芭蕉翁附合集序（蕪村）………… *570*
大伴大江丸 ……………………… *349*	春泥句集序（蕪村）……………… *571*
吉川五明 ………………………… *354*	木の葉経（蕪村）………………… *575*

洛東芭蕉庵再興記（蕪村）	576
桧笠辞（蕪村）	580
宇治行（蕪村）	581
月夜の卯兵衛（蕪村）	582
歳末弁（蕪村）	583
弁慶図賛（蕪村）	584
春雨弁（樗良）	586
雨月賦（暁台）	588
三猿箴（成美）	589
父の死（一茶）	591
上総の老婆（一茶）	593
おらが春（一茶）	596
豆太鼓頌（寥松）	604
十二月花鳥譜（何丸）	606
心の箴（由誓）	607
＊付録	611
＊出典俳書一覧	612
＊季語別索引	621
＊初句索引	626

第43巻　近松門左衛門集　一（森修，鳥越文蔵，長友千代治校注・訳）
1972年3月31日刊

＊解説	3
＊凡例	51
曾根崎心中	55
源五兵衛おまん薩摩歌	85
心中二枚絵草紙	155
与兵衛おかめひぢりめん卯月の紅葉	193
堀川波鼓	231
おなつ清十郎五十年忌歌念仏	275
跡追心中卯月の潤色	321
心中重井筒	353
高野山女人堂心中万年草	393
丹波与作待夜の小室節	435
淀鯉出世滝徳	493
心中刃は氷の朔日	543
＊付録	593
＊大阪三十三所廻り図	594
＊諸国鑓じるし付図	596
＊難波二十二社廻り図	598
＊東海道五十三次図	600

第44巻　近松門左衛門集　二（鳥越文蔵校注・訳）
1975年8月31日刊

＊解説	3
＊凡例	23
忠兵衛梅川冥途の飛脚	27
二郎兵衛おきさ今宮の心中	73
夕霧阿波鳴渡	117
長町女腹切	161
大経師昔暦	205
嘉平次おさが生玉心中	257
鑓の権三重帷子	309
山崎与次兵衛寿の門松	363
博多小女郎波枕	413
紙屋治兵衛きいの国や小はる心中天の網島	461
女殺油地獄	511
心中宵庚申	573
＊付録	625
＊大阪地図	626
＊近松略年譜	628

第45巻　浄瑠璃集（横山正校注・訳）
1971年11月10日刊

＊解説	3
＊凡例	51
椀久末松山	53
袂の白しぼり	93
傾城三度笠	145
八百やお七	191
三勝半七二十五年忌	245
ふたつ腹帯	285
壇浦兜軍記	347
菅原伝授手習鑑	487

第46巻　黄表紙　川柳　狂歌（浜田義一郎，鈴木勝忠，水野稔校注）
1971年9月10日刊

総説	5
黄表紙（浜田義一郎校注）	17
＊解説	19
＊凡例	39
金々先生栄花夢（恋川春町画・作）	41

日本古典文学全集

親敵討腹鼓（朋誠堂喜三次作，恋川春町画） ………………………………… 55
夫ハ楠木是ハ嘘木無益委記（恋川春町画・作） ……………………………… 69
虚言八百万八伝（四方屋本太郎作，北尾重政画） …………………………… 87
夫ハ小倉山是ハ鎌倉山景清百人一首（朋誠堂喜三二作，北尾重政画） … 105
江戸生艶気樺焼（山東京伝作，北尾政演画） ………………………………… 117
御手料理御知而巳大悲千禄本（芝全交作，北尾政演画） …………………… 139
将門秀郷時代世話二挺鼓（山東京伝作，哥麿門人行麿画） ……………… 147
鸚鵡返文武二道（恋川春町作，北尾政美画） ………………………………… 159
遊妓寔卵角文字（女郎／誠心玉子の角文字）（芝全交作，北尾政美画） … 179
川柳（鈴木勝忠校注） ……………………………………… 199
＊解説 …………………………………………………… 201
＊凡例 …………………………………………………… 217
　元禄期 ………………………………………………… 219
　享保期 ………………………………………………… 269
　宝暦前期 ……………………………………………… 327
　宝暦後期―川柳時代 ………………………………… 350
＊川柳索引 ……………………………………………… 423
狂歌（水野稔校注） ……………………………………… 433
＊解説 …………………………………………………… 435
＊凡例 …………………………………………………… 443
　唐衣橘洲 ……………………………………………… 445
　四方赤良 ……………………………………………… 454
　平秩東作 ……………………………………………… 468
　朱楽菅江 ……………………………………………… 478
　元木網 ………………………………………………… 487
　白鯉館卯雲 …………………………………………… 493
　大屋裏住 ……………………………………………… 497
　浜辺黒人 ……………………………………………… 500
　手柄岡持 ……………………………………………… 504
　酒上不埒 ……………………………………………… 508
　山手白人 ……………………………………………… 510
　花道つらね …………………………………………… 514
　智恵内子 ……………………………………………… 517
　節松嫁々 ……………………………………………… 521
　馬場金埒 ……………………………………………… 524
　宿屋飯盛 ……………………………………………… 528
　鹿都部真顔 …………………………………………… 534
　つむりの光 …………………………………………… 538

　竹杖為軽 ……………………………………………… 542
　加保茶元成 …………………………………………… 546
　腹唐秋人 ……………………………………………… 549
　紀定丸 ………………………………………………… 552
＊狂歌索引 ……………………………………………… 557
＊付録 黄表紙題答一覧―年代別・板元別 ………… 561

第47巻　洒落本　滑稽本　人情本（中野三敏，神保五彌，前田愛校注）
1971年5月10日刊

＊総説 …………………………………………………… 3
洒落本 …………………………………………………… 15
＊解説 …………………………………………………… 17
＊凡例 …………………………………………………… 31
　跖婦人伝 ……………………………………………… 33
　遊子方言 ……………………………………………… 53
　甲駅新話 ……………………………………………… 75
　古契三娼 ……………………………………………… 99
　傾城買四十八手 ……………………………………… 123
　繁千話 ………………………………………………… 149
　傾城買二筋道 ………………………………………… 169
滑稽本 …………………………………………………… 191
＊解説 …………………………………………………… 193
＊凡例 …………………………………………………… 199
　酩酊気質 ……………………………………………… 201
　浮世床 ………………………………………………… 255
人情本 …………………………………………………… 371
＊解説 …………………………………………………… 373
＊凡例 …………………………………………………… 379
　春告鳥 ………………………………………………… 381

第48巻　英草紙　西山物語　雨月物語　春雨物語（中村幸彦，高田衛，中村博保校注・訳）
1973年2月28日刊

＊解説 …………………………………………………… 5
英草紙（中村幸彦校注・訳） ……………………… 67
＊凡例 …………………………………………………… 69
　序 ……………………………………………………… 73
　英草紙 ………………………………………………… 77
西山物語（高田衛校注・訳） ……………………… 245
＊凡例 …………………………………………………… 247
　序 ……………………………………………………… 251
　巻之上 ………………………………………………… 255

巻之中 ……………………………… 272
　　巻之下 ……………………………… 296
　雨月物語（高田衛校注・訳）………… 323
　＊凡例 ……………………………………… 325
　　序 ………………………………………… 329
　　巻之一 ……………………………… 331
　　　白峯 …………………………………… 331
　　　菊花の約 …………………………… 345
　　巻之二 ……………………………… 360
　　　浅茅が宿 …………………………… 360
　　　夢応の鯉魚 ………………………… 375
　　巻之三 ……………………………… 384
　　　仏法僧 ………………………………… 384
　　　吉備津の釜 ………………………… 396
　　巻之四 ……………………………… 411
　　　蛇性の婬 …………………………… 411
　　巻之五 ……………………………… 442
　　　青頭巾 ………………………………… 442
　　　貧福論 ………………………………… 454
　春雨物語（中村博保校注・訳）……… 469
　＊凡例 ……………………………………… 471
　　序 ………………………………………… 475
　　血かたびら ………………………… 477
　　天津処女 …………………………… 489
　　海賊 ………………………………… 499
　　二世の縁 …………………………… 511
　　目ひとつの神 ……………………… 517
　　死首の朝顔 ………………………… 525
　　捨石丸 ……………………………… 540
　　宮木が塚 …………………………… 552
　　歌のほまれ ………………………… 569
　　樊噲　上 …………………………… 571
　　樊噲　下 …………………………… 594
　＊校訂付記 ……………………………… 617
　＊付録 …………………………………… 621
　　＊ますらを物語（中村博保校注）…… 622
　　＊作者対照略年譜（高田衛編）……… 632

第49巻　東海道中膝栗毛（中村幸彦校注）
1975年12月24日刊

＊解説 ……………………………………… 3
＊凡例 ……………………………………… 33
東海道中膝栗毛 ………………………… 39
　付録　早見道中記（抄）……………… 529

第50巻　歌論集（橋本不美男，有吉保，藤平春男校注・訳）
1975年4月30日刊

＊解説 ……………………………………… 5
＊凡例 ……………………………………… 35
俊頼髄脳（橋本不美男校注・訳）……… 39
古来風躰抄（有吉保校注・訳）………… 271
近代秀歌（藤平春男校注・訳）………… 467
詠歌大概（藤平春男校注・訳）………… 491
毎月抄（藤平春男校注・訳）…………… 511
国歌八論（藤平春男校注・訳）………… 531
歌意考（藤平春男校注・訳）…………… 567
新学異見（藤平春男校注・訳）………… 583
＊校訂付記 ……………………………… 605
＊歌論用語 ……………………………… 608
＊和歌初句索引 ………………………… 630

第51巻　連歌論集　能楽論集　俳論集（伊地知鐵男，表章，栗山理一校注・訳）
1973年7月31日刊

連歌論集（伊地知鐵男校注・訳）……… 3
＊解説 ……………………………………… 5
＊凡例 ……………………………………… 13
　　僻連抄 ……………………………… 15
　　ささめごと ………………………… 63
　　当風連歌秘事 ……………………… 161
＊校訂付記 ……………………………… 197
能楽論集（表章校注・訳）……………… 201
＊解説 ……………………………………… 203
＊凡例 ……………………………………… 211
　　風姿花伝 …………………………… 213
　　花鏡 ………………………………… 299
　　至花道 ……………………………… 343
　　三道 ………………………………… 357
　　拾玉得花 …………………………… 377
＊校訂付記 ……………………………… 403
俳論集（栗山理一校注・訳）…………… 407
＊解説 ……………………………………… 409
＊凡例 ……………………………………… 417
　　去来抄 ……………………………… 419
　　三冊子 ……………………………… 517
＊校訂付記 ……………………………… 625

```
[067] 日本古典文学大系
      岩波書店
      全100巻，索引2巻
      1951年9月～1969年2月
      （高木市之助，西尾実，久松潜一，麻生
      磯次，時枝誠枝監修）
```

第1巻 古事記 祝詞（倉野憲司，武田祐吉校注）
1958年6月5日刊

古事記 ………………………………… 3
＊解説 ………………………………… 9
＊凡例 ………………………………… 34
　古事記 ……………………………… 41
＊補注 ………………………………… 344
祝詞 …………………………………… 363
＊解説 ………………………………… 367
＊凡例 ………………………………… 383
　祝詞 ………………………………… 385

第2巻 風土記（秋本吉郎校注）
1958年4月5日刊

＊解説 ………………………………… 7
＊凡例 ………………………………… 31
常陸国風土記 ………………………… 33
出雲国風土記 ………………………… 93
播磨国風土記 ………………………… 257
豊後国風土記 ………………………… 355
肥前国風土記 ………………………… 377
逸文 …………………………………… 413
＊風土記地図（常陸国　出雲国　播磨国
　　豊後国　肥前国）……………… 巻末

第3巻 古代歌謡集（土橋寛，小西甚一校注）
1957年7月5日刊

＊解説 ………………………………… 7
古事記歌謡（土橋寛校注）………… 33
日本書紀歌謡（土橋寛校注）……… 123
続日本紀歌謡（土橋寛校注）……… 215

風土記歌謡（土橋寛校注）………… 223
佛足石歌（土橋寛校注）…………… 239
神楽歌（小西甚一校注）…………… 295
催馬楽（小西甚一校注）…………… 379
東遊歌（小西甚一校注）…………… 421
風俗歌（小西甚一校注）…………… 431
雑歌（小西甚一校注）……………… 459

第4巻 万葉集 一（高木市之助，五味智英，大野晋校注）
1957年5月6日刊

＊解説 ………………………………… 3
＊各巻の解説 ………………………… 43
＊校注の覚え書 ……………………… 51
＊凡例 ………………………………… 61
万葉集 巻一 ………………………… 1
万葉集 巻二 ………………………… 53
万葉集 巻三 ………………………… 131
万葉集 巻四 ………………………… 229
＊補注 ………………………………… 321
＊異体字表 …………………………… 369

第5巻 万葉集 二（高木市之助，五味智英，大野晋校注）
1959年9月5日刊

＊解説 ………………………………… 3
＊各巻の解説 ………………………… 26
＊校注の覚え書 ……………………… 36
＊凡例 ………………………………… 47
万葉集 巻五 ………………………… 49
万葉集 巻六 ………………………… 123
万葉集 巻七 ………………………… 197
万葉集 巻八 ………………………… 269
万葉集 巻九 ………………………… 357
＊補注 ………………………………… 423
＊異体字表 …………………………… 475

第6巻 万葉集 三（高木市之助，五味智英，大野晋校注）
1960年10月5日刊

＊解説 ………………………………… 3
＊各巻の解説 ………………………… 18
＊校注の覚え書 ……………………… 31
＊凡例 ………………………………… 47

| 万葉集 巻十 ……………………… 49
| 万葉集 巻十一 …………………… 155
| 万葉集 巻十二 …………………… 255
| 万葉集 巻十三 …………………… 331
| 万葉集 巻十四 …………………… 405
| ＊補注 ……………………………… 459
| ＊異体字表 ………………………… 479

第7巻　万葉集 四（高木市之助，五味智英，大野晋校注）
1962年5月7日刊

| ＊解説 ………………………………… 3
| ＊各巻の解説 ……………………… 16
| ＊校注の覚え書 …………………… 28
| ＊凡例 ……………………………… 47
| 万葉集 巻十五 …………………… 49
| 万葉集 巻十六 …………………… 111
| 万葉集 巻十七 …………………… 169
| 万葉集 巻十八 …………………… 249
| 万葉集 巻十九 …………………… 311
| 万葉集 巻二十 …………………… 391
| ＊補注 ……………………………… 482
| ＊異体字表 ………………………… 505

第8巻　古今和歌集（佐伯梅友校注）
1958年3月5日刊

| ＊解説 ………………………………… 3
| ＊凡例 ……………………………… 87
| 古今和歌集 ………………………… 91
| 　仮名序 …………………………… 93
| 　巻第一　春歌上 ………………… 105
| 　巻第二　春歌下 ………………… 117
| 　巻第三　夏歌 …………………… 129
| 　巻第四　秋歌上 ………………… 136
| 　巻第五　秋歌下 ………………… 151
| 　巻第六　冬歌 …………………… 163
| 　巻第七　賀歌 …………………… 169
| 　巻第八　離別歌 ………………… 174
| 　巻第九　羇旅歌 ………………… 184
| 　巻第十　物名 …………………… 190
| 　巻第十一　恋歌一 ……………… 200
| 　巻第十二　恋歌二 ……………… 213
| 　巻第十三　恋歌三 ……………… 224
| 　巻第十四　恋歌四 ……………… 236
| 　巻第十五　恋歌五 ……………… 250

| 　巻第十六　哀傷歌 ……………… 265
| 　巻第十七　雑歌上 ……………… 275
| 　巻第十八　雑歌下 ……………… 291
| 　巻第十九　雑体 ………………… 306
| 　巻第二十　大歌所御歌 ………… 324
| 　真名序 …………………………… 334
| ＊校異 ……………………………… 345
| ＊作者索引 ………………………… 352

第9巻　竹取物語 伊勢物語 大和物語（阪倉篤義，大津有一，築島裕，阿部俊子，今井源衛校注）
1957年10月5日刊

| 竹取物語（阪倉篤義校注） ……… 3
| ＊解説 ………………………………… 5
| ＊凡例 ……………………………… 25
| 　竹取物語 ………………………… 29
| ＊補注 ……………………………… 68
| 伊勢物語（大津有一，築島裕校注） 79
| ＊解説 ……………………………… 81
| ＊凡例 ……………………………… 105
| 　伊勢物語 ………………………… 111
| ＊補注 ……………………………… 188
| 大和物語（阿部俊子，今井源衛校注） … 205
| ＊解説 ……………………………… 207
| ＊凡例 ……………………………… 227
| 　大和物語 ………………………… 231
| ＊補注 ……………………………… 367
| ＊校異 ……………………………… 377

第10巻　宇津保物語 一（河野多麻校注）
1959年12月5日刊

| ＊解説 ………………………………… 3
| ＊凡例 ……………………………… 27
| うつほ物語 ………………………… 31
| 　俊蔭 ……………………………… 33
| 　忠こそ …………………………… 119
| 　藤原の君 ………………………… 157
| 　嵯峨院 …………………………… 223
| 　梅の花笠 ………………………… 273
| 　吹上 上 ………………………… 305
| 　吹上 下 ………………………… 361
| 　祭の使 …………………………… 391
| ＊補注 ……………………………… 449

日本古典文学大系

第11巻　宇津保物語 二（河野多麻校注）
1961年5月6日刊

- ＊凡例 …………………………………… 3
- うつほ物語 …………………………… 7
  - 菊の宴 ……………………………… 9
  - あて宮 …………………………… 87
  - 初秋 ……………………………… 123
  - 田鶴の群鳥 …………………… 221
  - 蔵開上 …………………………… 253
  - 蔵開中 …………………………… 347
  - 蔵開下 …………………………… 405
- ＊嵯峨院と菊宴との重複本文の対照 … 473
- ＊補注 ……………………………… 505

第12巻　宇津保物語 三（河野多麻校注）
1962年12月25日刊

- ＊解説 ……………………………… 2
- ＊凡例 ……………………………… 45
- うつほ物語 ……………………… 49
  - 国譲 上 ………………………… 51
  - 国譲 中 ………………………… 143
  - 国譲 下 ………………………… 235
  - 楼上 上 ………………………… 361
  - 楼上 下 ………………………… 443
- ＊補注 ……………………………… 535

第13巻　落窪物語 堤中納言物語（松尾聡, 寺本直彦校注）
1957年8月6日刊

- 落窪物語（松尾聡校注） ……… 3
- ＊解説 ……………………………… 5
- ＊凡例 ……………………………… 37
- ＊系図 ……………………………… 40
  - 落窪物語 ………………………… 43
- ＊補注 ……………………………… 249
- 堤中納言物語（寺本直彦校注） … 331
- ＊解説 ……………………………… 333
- ＊凡例 ……………………………… 359
  - 堤中納言物語 …………………… 367
- ＊補注 ……………………………… 433

第14巻　源氏物語 一（山岸徳平校注）
1958年1月6日刊

- ＊解説 ……………………………… 3
- ＊凡例 ……………………………… 19
- 源氏物語 ………………………… 23
  - 桐壺 ……………………………… 25
  - 帚木 ……………………………… 53
  - 空蟬 ……………………………… 107
  - 夕顔 ……………………………… 121
  - 若紫 ……………………………… 175
  - 末摘花 …………………………… 233
  - 紅葉賀 …………………………… 269
  - 花宴 ……………………………… 301
  - 葵 ………………………………… 315
  - 賢木 ……………………………… 365
  - 花散里 …………………………… 415
- ＊補注 ……………………………… 421
- ＊校異 ……………………………… 438
- ＊付図 ……………………………… 485

第15巻　源氏物語 二（山岸徳平校注）
1959年11月5日刊

- ＊凡例 ……………………………… 3
- 源氏物語 ………………………… 7
  - 須磨 ……………………………… 9
  - 明石 ……………………………… 55
  - 澪標 ……………………………… 99
  - 蓬生 ……………………………… 135
  - 關屋 ……………………………… 161
  - 絵合 ……………………………… 169
  - 松風 ……………………………… 189
  - 薄雲 ……………………………… 213
  - 朝顔 ……………………………… 247
  - 乙女 ……………………………… 271
  - 玉鬘 ……………………………… 327
  - 初音 ……………………………… 375
  - 胡蝶 ……………………………… 393
  - 蛍 ………………………………… 417
- ＊補注 ……………………………… 440
- ＊校異 ……………………………… 478
- ＊付図 ……………………………… 495

第16巻　源氏物語 三（山岸徳平校注）
1961年1月6日刊

- ＊凡例 ……………………………… 3
- 源氏物語 ………………………… 7
  - 常夏 ……………………………… 9

篝火	37
野分	43
行幸	65
藤袴	97
真木柱	115
梅枝	157
藤裏葉	181
若菜 上	209
若菜 下	315
*補注	419
*校異	463
*付図	477

第17巻　源氏物語 四（山岸徳平校注）
1962年4月5日刊

*凡例	3
源氏物語	7
柏木	9
横笛	53
鈴虫	75
夕霧	93
御法	171
幻	193
匂宮	217
紅梅	233
竹河	249
橋姫	295
椎本	337
総角	379
*補注	473
*校異	517
*付図	529

第18巻　源氏物語 五（山岸徳平校注）
1963年4月5日刊

*凡例	3
源氏物語	7
早蕨	9
宿木	31
東屋	129
浮舟	199
蜻蛉	275
手習	337
夢浮橋	415
*補注	437

*校異	497
*付図	509

第19巻　枕草子 紫式部日記（池田亀鑑，岸上慎二，秋山虔校注）
1958年9月5日刊

枕草子（池田亀鑑，岸上慎二校注）	3
*解説	5
*凡例	31
*目次	34
枕草子	43
*補注	333
*校異	363
*系図	386
*年表	392
紫式部日記（池田亀鑑，秋山虔校注）	403
*解説	405
*凡例	439
紫式部日記	441
*補注	510
*系図	517
*跋	519

第20巻　土左・かげろふ・和泉式部・更級日記（鈴木知太郎，川口久雄，遠藤嘉基，西下経一校注）
1957年12月刊

土左日記（鈴木知太郎校注）	3
*解説	5
*凡例	22
土左日記	27
*補注（附　地名一覧・旅程図）	60
*校異	81
かげろふ日記（川口久雄校注）	83
*解説	85
*凡例	103
*系図	106
かげろふ日記	109
*補注	338
*校異	352
和泉式部日記（遠藤嘉基校注）	379
*解説	381
*凡例	394
和泉式部日記	399
*補注	447

日本古典文学大系

更級日記（西下経一校注） ………… *461*
＊解説 ……………………………… *463*
＊凡例 ……………………………… *475*
　更級日記 ………………………… *479*
＊補注 ……………………………… *541*

第21巻　大鏡（松村博司校注）
1960年9月5日刊

＊解説 ……………………………… *3*
＊凡例 ……………………………… *30*
大鏡 ………………………………… *33*
裏書 ………………………………… *287*
原状 ………………………………… *415*
読法 ………………………………… *421*
＊補注 ……………………………… *437*
＊付録（地図・系図） ……………… 巻末

第22巻　今昔物語集　一（山田孝雄，山田忠雄，山田英雄，山田俊雄校注）
1959年3月5日刊

＊解説 ……………………………… *3*
＊凡例 ……………………………… *43*
今昔物語集　巻第一　天竺 ……… *49*
今昔物語集　巻第二　天竺 ……… *121*
今昔物語集　巻第三　天竺 ……… *201*
今昔物語集　巻第四　天竺 付仏後 … *265*
今昔物語集　巻第五　天竺 付仏前 … *335*
＊補注 ……………………………… *403*
＊校異 ……………………………… *501*

第23巻　今昔物語集　二（山田孝雄，山田忠雄，山田英雄，山田俊雄校注）
1960年4月5日刊

＊解説 ……………………………… *2*
＊凡例 ……………………………… *47*
今昔物語集　巻第六　震旦 付仏法 … *49*
今昔物語集　巻第七　震旦 付仏法 … *119*
今昔物語集　巻第八〔諸本欠〕 …… *183*
今昔物語集　巻第九　震旦 付孝養 … *185*
今昔物語集　巻第十　震旦 付国史 … *265*
＊補注 ……………………………… *341*
＊校異 ……………………………… *439*

第24巻　今昔物語集　三（山田孝雄，山田忠雄，山田英雄，山田俊雄校注）
1961年3月5日刊

＊解説 ……………………………… *2*
＊凡例 ……………………………… *47*
今昔物語集　巻第十一　本朝 付仏法 …… *49*
今昔物語集　巻第十二　本朝 付仏法 …… *127*
今昔物語集　巻第十三　本朝 付仏法 …… *203*
今昔物語集　巻第十四　本朝 付仏法 …… *271*
今昔物語集　巻第十五　本朝 付仏法 …… *345*
今昔物語集　巻第十六　本朝 付仏法 …… *419*
今昔物語集　巻第十七　本朝 付仏法 …… *501*

第25巻　今昔物語集　四（山田孝雄，山田忠雄，山田英雄，山田俊雄校注）
1962年3月5日刊

＊解説 ……………………………… *2*
＊凡例 ……………………………… *47*
今昔物語集　巻第十八〔諸本欠〕 …… *49*
今昔物語集　巻第十九　本朝 付仏法 …… *51*
今昔物語集　巻第二十　本朝 付仏法 …… *141*
今昔物語集　巻第二十一〔諸本欠〕 … *219*
今昔物語集　巻第二十二　本朝 …… *223*
今昔物語集　巻第二十三　本朝 …… *243*
今昔物語集　巻第二十四　本朝 付世俗 … *275*
今昔物語集　巻第二十五　本朝 付世俗 … *359*
今昔物語集　巻第二十六　本朝 付宿報 … *405*
今昔物語集　巻第二十七　本朝 付霊鬼 … *477*

第26巻　今昔物語集　五（山田孝雄，山田忠雄，山田英雄，山田俊雄校注）
1963年3月5日刊

＊解説 ……………………………… *2*
＊凡例 ……………………………… *47*
今昔物語集　巻第二十八　本朝 付世俗 … *49*
今昔物語集　巻第二十九　本朝 付悪行 … *133*
今昔物語集　巻第三十　本朝 付雑事 …… *209*
今昔物語集　巻第三十一　本朝 付雑事 … *245*
＊校異　付底本・校本存巻一覧 …… *311*
＊補注 ……………………………… *447*
＊「補注・頭注補記・頭注」要語一覧 … *571*

第27巻　宇治拾遺物語（渡邊綱也，西尾光一校注）
1960年5月6日刊

* 解説 ……………………………………… 3
* 凡例 ……………………………………… 32
* 説話目録 ………………………………… 38
〔宇治拾遺物語序〕 ……………………… 48
宇治拾遺物語 …………………………… 53
* 補注 ……………………………………… 436

第28巻　新古今和歌集（久松潜一，山崎敏夫，後藤重郎校注）
1958年2月5日刊

* 解説 ……………………………………… 3
* 凡例 ……………………………………… 27
新古今和歌集 …………………………… 31
　仮名序 …………………………………… 33
　巻第一　春歌上 ………………………… 39
　巻第二　春歌下 ………………………… 56
　巻第三　夏歌 …………………………… 69
　巻第四　秋歌上 ………………………… 88
　巻第五　秋歌下 ………………………… 114
　巻第六　冬歌 …………………………… 133
　巻第七　賀歌 …………………………… 160
　巻第八　哀傷歌 ………………………… 170
　巻第九　離別歌 ………………………… 192
　巻第十　羈旅歌 ………………………… 200
　巻第十一　恋歌一 ……………………… 217
　巻第十二　恋歌二 ……………………… 233
　巻第十三　恋歌三 ……………………… 245
　巻第十四　恋歌四 ……………………… 261
　巻第十五　恋歌五 ……………………… 279
　巻第十六　雑歌上 ……………………… 296
　巻第十七　雑歌中 ……………………… 326
　巻第十八　雑歌下 ……………………… 345
　巻第十九　神祇歌 ……………………… 375
　巻第廿　釈教歌 ………………………… 388
　真名序 …………………………………… 406
隠岐本跋 ………………………………… 409
異本所載歌 ……………………………… 411
* 補注 ……………………………………… 418
* 校異 ……………………………………… 421
* 作者略伝 ………………………………… 459

第29巻　山家集 金槐和歌集（風巻景次郎，小島吉雄校注）
1961年4月5日刊

山家集（風巻景次郎校注） …………… 5
* 解説 ……………………………………… 7
* 凡例 ……………………………………… 16
　山家集 …………………………………… 21
　付録 ……………………………………… 267
　　板本六家集中の山家和歌集にありて底本になき歌 …………… 268
　　松屋本山家集にのみ所載歌 ……… 270
　　聞書集 ………………………………… 274
　　聞書残集 ……………………………… 290
金槐和歌集（小島吉雄校注） ………… 295
* 解説 ……………………………………… 297
* 凡例 ……………………………………… 314
　金槐和歌集 ……………………………… 321
* 補注 ……………………………………… 431
* 校異 ……………………………………… 445

第30巻　方丈記 徒然草（西尾実校注）
1957年6月5日刊

方丈記 …………………………………… 3
* 解説 ……………………………………… 5
* 凡例 ……………………………………… 19
　方丈記 …………………………………… 23
* 校異 ……………………………………… 46
* 付図 ……………………………………… 51
徒然草 …………………………………… 53
* 解説 ……………………………………… 55
* 凡例 ……………………………………… 77
　徒然草 …………………………………… 89

第31巻　保元物語 平治物語（永積安明，島田勇雄校注）
1961年7月5日刊

* 解説 ……………………………………… 2
* 凡例 ……………………………………… 44
保元物語 ………………………………… 49
平治物語 ………………………………… 185
* 補注 ……………………………………… 295
付録 ……………………………………… 341
　古活字本 保元物語 …………………… 343
　古活字本 平治物語 …………………… 401

日本古典文学全集・内容綜覧　459

```
＊古活字本略注 ……………………… 469
＊清濁参考資料一覧 ……………… 475
＊付図 ……………………………… 488
```

第32巻　平家物語 上（高木市之助，小澤正夫，渥美かをる，金田一春彦校注）
1959年2月5日刊

```
＊解説 ………………………………… 3
＊凡例 ……………………………… 67
＊目録 ……………………………… 76
平家物語 …………………………… 75
  巻第一 …………………………… 83
  巻第二 ………………………… 141
  巻第三 ………………………… 209
  巻第四 ………………………… 269
  巻第五 ………………………… 331
  巻第六 ………………………… 386
＊補注 …………………………… 433
＊校異補記 ……………………… 455
＊付図 …………………………… 467
```

第33巻　平家物語 下（高木市之助，小澤正夫，渥美かをる，金田一春彦校注）
1960年11月5日刊

```
＊解説 ………………………………… 3
＊凡例 ……………………………… 47
＊目録 ……………………………… 54
平家物語 …………………………… 75
  巻第七 …………………………… 61
  巻第八 ………………………… 118
  巻第九 ………………………… 164
  巻第十 ………………………… 237
  巻第十一 ……………………… 302
  巻第十二 ……………………… 379
  灌頂巻 ………………………… 423
＊補注 …………………………… 444
＊校異補記 ……………………… 463
＊平家読み方一覧 ……………… 478
＊地図 …………………………… 501
＊系図 …………………………… 巻末
```

第34巻　太平記 一（後藤丹治，釜田喜三郎校注）
1960年1月6日刊

```
＊解説 ………………………………… 5
＊凡例 ……………………………… 28
太平記 ……………………………… 31
  巻第一 …………………………… 33
  巻第二 …………………………… 57
  巻第三 …………………………… 95
  巻第四 ………………………… 123
  巻第五 ………………………… 157
  巻第六 ………………………… 181
  巻第七 ………………………… 209
  巻第八 ………………………… 239
  巻第九 ………………………… 277
  巻第十 ………………………… 317
  巻第十一 ……………………… 361
  巻第十二 ……………………… 391
＊補注 …………………………… 432
```

第35巻　太平記 二（後藤丹治，釜田喜三郎校注）
1961年6月5日刊

```
＊凡例 ………………………………… 6
太平記 ………………………………… 9
  巻第十三 ………………………… 11
  巻第十四 ………………………… 41
  巻第十五 ………………………… 87
  巻第十六 ……………………… 123
  巻第十七 ……………………… 173
  巻第十八 ……………………… 227
  巻第十九 ……………………… 273
  巻第二十 ……………………… 301
  巻第二十一 …………………… 335
  巻第二十二 …………………… 365
  巻第二十三 …………………… 389
  巻第二十四 …………………… 409
  巻第二十五 …………………… 445
＊補注 …………………………… 469
＊付録 …………………………… 495
```

第36巻　太平記 三（後藤丹治，岡見正雄校注）
1962年10月5日刊

```
＊凡例 ………………………………… 7
太平記 ……………………………… 11
  巻第二十六 …………………… 13
  巻第二十七 …………………… 53
```

巻第二十八	‥‥‥‥‥‥‥‥‥‥	*83*
巻第二十九	‥‥‥‥‥‥‥‥‥‥	*111*
巻第三十	‥‥‥‥‥‥‥‥‥‥	*147*
巻第三十一	‥‥‥‥‥‥‥‥‥‥	*173*
巻第三十二	‥‥‥‥‥‥‥‥‥‥	*203*
巻第三十三	‥‥‥‥‥‥‥‥‥‥	*239*
巻第三十四	‥‥‥‥‥‥‥‥‥‥	*275*
巻第三十五	‥‥‥‥‥‥‥‥‥‥	*305*
巻第三十六	‥‥‥‥‥‥‥‥‥‥	*341*
巻第三十七	‥‥‥‥‥‥‥‥‥‥	*369*
巻第三十八	‥‥‥‥‥‥‥‥‥‥	*397*
巻第三十九	‥‥‥‥‥‥‥‥‥‥	*429*
巻第四十	‥‥‥‥‥‥‥‥‥‥	*467*
＊補注	‥‥‥‥‥‥‥‥‥‥	*481*

第37巻　義経記（岡見正雄校注）
1959年5月6日刊

＊解説	‥‥‥‥‥‥‥‥‥‥‥‥‥‥	*5*
＊凡例	‥‥‥‥‥‥‥‥‥‥‥‥‥‥	*31*
義経記	‥‥‥‥‥‥‥‥‥‥‥‥‥‥	*33*
巻第一	‥‥‥‥‥‥‥‥‥‥	*35*
巻第二	‥‥‥‥‥‥‥‥‥‥	*57*
巻第三	‥‥‥‥‥‥‥‥‥‥	*99*
巻第四	‥‥‥‥‥‥‥‥‥‥	*137*
巻第五	‥‥‥‥‥‥‥‥‥‥	*189*
巻第六	‥‥‥‥‥‥‥‥‥‥	*241*
巻第七	‥‥‥‥‥‥‥‥‥‥	*299*
巻第八	‥‥‥‥‥‥‥‥‥‥	*361*
＊補注	‥‥‥‥‥‥‥‥‥‥‥‥‥‥	*391*
＊義経記関係史料・文学対照表	‥‥‥	*450*
＊付図	‥‥‥‥‥‥‥‥‥‥‥‥‥‥	*459*

第38巻　御伽草子（市古貞次校注）
1958年7月5日刊

＊解説	‥‥‥‥‥‥‥‥‥‥‥‥‥‥	*5*
＊凡例	‥‥‥‥‥‥‥‥‥‥‥‥‥‥	*23*
御伽草子	‥‥‥‥‥‥‥‥‥‥‥‥‥	*27*
文正さうし	‥‥‥‥‥‥‥‥‥‥	*29*
鉢かづき	‥‥‥‥‥‥‥‥‥‥	*58*
小町草紙	‥‥‥‥‥‥‥‥‥‥	*86*
御曹子島渡	‥‥‥‥‥‥‥‥‥‥	*102*
唐糸さうし	‥‥‥‥‥‥‥‥‥‥	*124*
木幡狐	‥‥‥‥‥‥‥‥‥‥	*148*
七草草紙	‥‥‥‥‥‥‥‥‥‥	*161*
猿源氏草紙	‥‥‥‥‥‥‥‥‥‥	*165*

物くさ太郎	‥‥‥‥‥‥‥‥‥‥	*187*
さゞれいし	‥‥‥‥‥‥‥‥‥‥	*208*
蛤の草紙	‥‥‥‥‥‥‥‥‥‥	*212*
小敦盛	‥‥‥‥‥‥‥‥‥‥	*229*
二十四孝	‥‥‥‥‥‥‥‥‥‥	*241*
梵天国	‥‥‥‥‥‥‥‥‥‥	*265*
のせ猿さうし	‥‥‥‥‥‥‥‥‥‥	*289*
猫のさうし	‥‥‥‥‥‥‥‥‥‥	*297*
浜出草紙	‥‥‥‥‥‥‥‥‥‥	*307*
和泉式部	‥‥‥‥‥‥‥‥‥‥	*312*
一寸法師	‥‥‥‥‥‥‥‥‥‥	*319*
さいき	‥‥‥‥‥‥‥‥‥‥	*327*
浦嶋太郎	‥‥‥‥‥‥‥‥‥‥	*337*
横笛草紙	‥‥‥‥‥‥‥‥‥‥	*346*
酒呑童子	‥‥‥‥‥‥‥‥‥‥	*361*
福富長者物語	‥‥‥‥‥‥‥‥‥‥	*385*
あきみち	‥‥‥‥‥‥‥‥‥‥	*394*
熊野の御本地のさうし	‥‥‥‥	*411*
三人法師	‥‥‥‥‥‥‥‥‥‥	*434*
秋夜長物語	‥‥‥‥‥‥‥‥‥‥	*460*
＊補注	‥‥‥‥‥‥‥‥‥‥‥‥‥‥	*486*

第39巻　連歌集（伊地知鐵男校注）
1960年3月5日刊

＊解説	‥‥‥‥‥‥‥‥‥‥‥‥‥‥	*3*
＊凡例	‥‥‥‥‥‥‥‥‥‥‥‥‥‥	*34*
菟玖波集抄	‥‥‥‥‥‥‥‥‥‥‥‥‥	*37*
新撰菟玖波集抄	‥‥‥‥‥‥‥‥‥‥‥	*175*
水無瀬三吟何人百韻注	‥‥‥‥‥‥‥	*343*
＊補注	‥‥‥‥‥‥‥‥‥‥‥‥‥‥	*367*
＊校異	‥‥‥‥‥‥‥‥‥‥‥‥‥‥	*407*

第40巻　謡曲集　上（横道萬里雄，表章校注）
1960年12月5日刊

＊解説	‥‥‥‥‥‥‥‥‥‥‥‥‥‥	*5*
＊凡例	‥‥‥‥‥‥‥‥‥‥‥‥‥‥	*29*
観阿弥関係の能	‥‥‥‥‥‥‥‥‥‥‥	*41*
古作の能	‥‥‥‥‥‥‥‥‥‥‥‥‥	*107*
世阿弥の能	‥‥‥‥‥‥‥‥‥‥‥‥	*211*
元雅の能	‥‥‥‥‥‥‥‥‥‥‥‥‥	*383*
＊補注	‥‥‥‥‥‥‥‥‥‥‥‥‥‥	*425*
＊校異補記	‥‥‥‥‥‥‥‥‥‥‥‥	*459*

第41巻　謡曲集　下（横道萬里雄，表章校注）
1963年2月5日刊

- ＊解説 ……………………………………… 4
- ＊凡例 ……………………………………… 28
- 禅竹関係の能 …………………………… 33
- 宮増関係の能 …………………………… 67
- 信光の能 ………………………………… 111
- 長俊の能 ………………………………… 183
- 禅鳳の能 ………………………………… 227
- 世阿弥時代の能 ………………………… 255
- その他の能 ……………………………… 303
- ＊補注 ……………………………………… 425
- ＊校異補記 ………………………………… 455
- ＊謡曲読み癖一覧 ………………………… 463
- ＊諸役出立図 ……………………………… 477

第42巻　狂言集　上（小山弘志校注）
1960年7月5日刊

- ＊解説 ……………………………………… 3
- ＊各部の解説 ……………………………… 38
- ＊凡例 ……………………………………… 45
- 脇狂言 …………………………………… 51
- 大名狂言 ………………………………… 124
- 小名狂言 ………………………………… 243
- 聟狂言 …………………………………… 424

第43巻　狂言集　下（小山弘志校注）
1961年10月5日刊

- ＊各部の解説 ……………………………… 4
- ＊凡例 ……………………………………… 13
- 女狂言 …………………………………… 19
- 鬼山伏狂言 ……………………………… 115
- 出家座頭狂言 …………………………… 220
- 集狂言 …………………………………… 356
- ＊補説 ……………………………………… 461
- ＊参考文献 ………………………………… 469
- ＊曲名索引 ………………………………… 472

第44巻　中世近世歌謡集（新間進一，志田延義，淺野建二校注）
1959年1月6日刊

- ＊中世近世歌謡概観 ……………………… 5
- 撰要目録・宴曲集（新間進一校注） …… 9
- ＊解説 ……………………………………… 11
- ＊凡例 ……………………………………… 34
- 　撰要目録 ………………………………… 37
- 　宴曲集 …………………………………… 49
- ＊補注 ……………………………………… 109
- ＊校異 ……………………………………… 127
- 閑吟集（志田延義校注） ………………… 131
- ＊解説 ……………………………………… 133
- ＊凡例 ……………………………………… 143
- 　閑吟集 …………………………………… 145
- ＊補注 ……………………………………… 189
- 狂言歌謡（志田延義校注） ……………… 197
- ＊解説 ……………………………………… 199
- ＊凡例 ……………………………………… 203
- 　狂言歌謡 ………………………………… 205
- ＊補注 ……………………………………… 240
- 田植草紙（志田延義校注） ……………… 243
- ＊解説 ……………………………………… 245
- ＊凡例 ……………………………………… 252
- 　田植草紙 ………………………………… 253
- 隆達小歌集（淺野建二校注） …………… 299
- ＊解説 ……………………………………… 301
- ＊凡例 ……………………………………… 315
- 　隆達小歌集 ……………………………… 319
- ＊補注 ……………………………………… 331
- ＊校異 ……………………………………… 337
- 松の葉（淺野建二校注） ………………… 341
- ＊解説 ……………………………………… 343
- ＊凡例 ……………………………………… 352
- 　松の葉 …………………………………… 355
- ＊補注 ……………………………………… 517

第45巻　芭蕉句集（大谷篤蔵，中村俊定校注）
1962年6月5日刊

- 発句篇（大谷篤蔵校注） ………………… 3
- ＊解説 ……………………………………… 5
- ＊凡例 ……………………………………… 15
- 　芭蕉句集 ………………………………… 17
- ＊補注 ……………………………………… 243
- 連句篇（中村俊定校注） ………………… 281
- ＊解説 ……………………………………… 283
- ＊凡例 ……………………………………… 294
- 　冬の日 …………………………………… 295
- 　曠野 ……………………………………… 347

ひさご	359
猿蓑	371
炭俵	413
続猿蓑	445
深川	477
鶴の歩みの巻	489
＊作者略伝	519
＊俳書一覧	523
＊芭蕉年譜	527
＊初句索引	532

第46巻　芭蕉文集（杉浦正一郎，宮本三郎，荻野清校注）
1959年10月5日刊

紀行・日記（杉浦正一郎，宮本三郎校注）	33
俳文（杉浦正一郎，宮本三郎校注）	131
評語（荻野清校注）	249
書簡（荻野清校注）	333

第47巻　西鶴集 上（麻生磯次，板坂元，堤精二校注）
1957年11月5日刊

＊解説	3
＊凡例	31
好色一代男（板坂元校注）	37
好色五人女（堤精二校注）	219
好色一代女（麻生磯次校注）	325

第48巻　西鶴集 下（野間光辰校注）
1960年8月5日刊

＊解説	3
＊附図	15
＊凡例	23
日本永代蔵	29
世間胸算用	193
西鶴織留	313
＊補注	463

第49巻　近松浄瑠璃集 上（重友毅校注）
1958年11月5日刊

＊解説	3
＊凡例	11

曾根崎心中	17
堀川波鼓	37
重井筒	65
丹波與作待夜の小室節	91
五十年忌歌念佛	129
冥途の飛脚	159
夕霧阿波鳴渡	189
大経師昔暦	217
鑓の權三重帷子	253
山崎與次兵衛壽の門松	291
博多小女郎波枕	323
心中天の網島	355
女殺油地獄	389
心中宵庚申	429
＊補注	465

第50巻　近松浄瑠璃集 下（守隨憲治，大久保忠国校注）
1959年8月6日刊

＊解説	3
＊凡例	21
出世景清	25
用明天王職人鑑	57
けいせい反魂香	121
嫗山姥	177
国性爺合戦	227
平家女護嶋	293
＊附載　近松の言説	355
＊補注	360

第51巻　浄瑠璃集 上（乙葉弘校注）
1960年6月6日刊

＊解説	3
＊凡例	37
頼光跡目論	41
八百屋お七	69
ひらかな盛衰記	103
夏祭浪花鑑	197
仮名手本忠臣蔵	291
＊補注	383

第52巻　浄瑠璃集 下（鶴見誠校注）
1959年6月5日刊

＊解説	3

日本古典文学大系

＊凡例	35
源平布引滝	39
新版歌祭文	121
鎌倉三代記	181
伽羅先代萩	283
＊補注	391

第53巻　歌舞伎脚本集 上（浦山政雄，松崎仁校注）
1960年2月5日刊

＊解説	3
＊凡例	37
傾城壬生大念仏	43
幼稚子敵討	105
韓人漢文手管始	269
＊補注	443

第54巻　歌舞伎脚本集 下（浦山政雄，松崎仁校注）
1961年12月5日刊

＊解説	3
＊凡例	17
名歌徳三舛玉垣	23
お染久松色読販	169
小袖曽我薊色縫	273
＊補注	481
＊歌舞伎用語	512
＊付図	527

第55巻　風来山人集（中村幸彦校注）
1961年8月7日刊

＊解説	3
＊凡例	27
根南志具佐	33
根無草後編	95
風流志道軒伝	153
風来六部集 上	225
風来六部集 下	267
神霊矢口渡	301
＊補注	401
＊「神霊矢口渡」の節章解説（祐田善雄）	449

第56巻　上田秋成集（中村幸彦校注）
1959年7月6日刊

＊解説	3
＊凡例	27
雨月物語	33
白峯	37
菊花の約	47
浅茅が宿	59
夢応の鯉魚	70
仏法僧	77
吉備津の釜	86
蛇性の婬	98
青頭巾	122
貧福論	131
春雨物語	143
血かたびら	145
天津処女	155
海賊	162
二世の縁	170
目ひとつの神	175
死首の咲がほ	181
捨石丸	191
宮木が塚	200
歌のほまれ	212
樊噲	214
胆大小心録	249
＊補注	383

第57巻　川柳 狂歌集（杉本長重，濱田義一郎校注）
1958年12月5日刊

川柳集（杉本長重校注）	3
＊解説	5
＊凡例	25
誹風柳多留（抄）	27
誹風柳多留拾遺（抄）	219
狂歌集（濱田義一郎校注）	265
＊解説	267
＊凡例	295
徳和歌後万載集	297
蜀山百首	453
吾妻曲狂歌文庫	471
＊作者索引	503

第58巻　蕪村集 一茶集（暉峻康隆，川島つゆ校注）
1959年4月6日刊

蕪村集（暉峻康隆校注） ………………………… 3
＊解説 ……………………………………………… 5
＊凡例 ……………………………………………… 38
　俳句篇 …………………………………………… 39
　連句篇 …………………………………………… 203
　和詩篇 …………………………………………… 257
　文章篇 …………………………………………… 269
＊補注 ……………………………………………… 298
一茶集（川島つゆ校注） ………………………… 299
＊解説 ……………………………………………… 301
＊凡例 ……………………………………………… 319
　俳句 ……………………………………………… 321
　連句 ……………………………………………… 363
　父の終焉日記 …………………………………… 403
　おらが春 ………………………………………… 431
　文集 ……………………………………………… 479
＊補注 ……………………………………………… 530

第59巻　黄表紙 洒落本集（水野稔校注）
1958年10月6日刊

黄表紙集 …………………………………………… 5
＊解説 ……………………………………………… 7
＊凡例 ……………………………………………… 29
　金々先生栄花夢 ………………………………… 33
　高漫斉行脚日記 ………………………………… 47
　栄花程五十年蕎麦価五十銭 見徳一炊
　　夢 ……………………………………………… 69
　手前勝手 御存商売物 …………………………… 87
　御手料理御知而已 大悲千禄本 ………………… 107
　順廻能名題家 莫切自根金生木 ………………… 115
　江戸生艶気樺焼 ………………………………… 135
　文武二道万石通 ………………………………… 157
　孔子縞于時藍染 ………………………………… 177
　大極上請合売 心学早染艸 ……………………… 197
　敵討義女英 ……………………………………… 217
＊補注 ……………………………………………… 241
洒落本集 …………………………………………… 243
＊解説 ……………………………………………… 245
＊凡例 ……………………………………………… 265
　遊子方言 ………………………………………… 269
　辰巳之園 ………………………………………… 295
　軽井茶話 道中粋語録 …………………………… 319

　卯地臭意 ………………………………………… 339
　通言総籬 ………………………………………… 353
　傾城買四十八手 ………………………………… 387
　青楼昼之世界 錦之裏 …………………………… 417
　傾城買二筋道 …………………………………… 441
＊補注 ……………………………………………… 466

第60巻　椿説弓張月 上（後藤丹治校注）
1958年8月6日刊

＊解説 ……………………………………………… 3
＊凡例 ……………………………………………… 56
椿説弓張月 ………………………………………… 61
　前篇 ……………………………………………… 63
　後篇 ……………………………………………… 227
　続篇 ……………………………………………… 413
＊補注 ……………………………………………… 483

第61巻　椿説弓張月 下（後藤丹治校注）
1962年1月6日刊

＊凡例 ……………………………………………… 3
椿説弓張月 ………………………………………… 9
　続篇 ……………………………………………… 11
　拾遺 ……………………………………………… 129
　残篇 ……………………………………………… 269
＊補注 ……………………………………………… 447

第62巻　東海道中膝栗毛（麻生磯次校注）
1958年5月刊

＊解説 ……………………………………………… 3
＊凡例 ……………………………………………… 16
東海道中膝栗毛 …………………………………… 17
　発端 ……………………………………………… 19
　初編 ……………………………………………… 47
　二編 ……………………………………………… 81
　三編 ……………………………………………… 133
　四編 ……………………………………………… 182
　五編 ……………………………………………… 229
　六編 ……………………………………………… 319
　七編 ……………………………………………… 371
　八編 ……………………………………………… 423
＊補注 ……………………………………………… 496
＊付図 ……………………………………………… 巻末

日本古典文学大系

第63巻 浮世風呂（中村通夫校注）
1957年9月5日刊

- ＊解説 9
- ＊凡例 41
- 浮世風呂前編 男湯之巻 47
- 浮世風呂二編 女中湯之巻 109
- 浮世風呂三編 女中湯之遺漏 173
- 浮世風呂四編 男湯再編 237
- ＊補注 309

第64巻 春色梅兒誉美（中村幸彦校注）
1962年8月6日刊

- ＊解説 4
- ＊凡例 35
- 春色梅兒誉美 39
- 梅暦餘興 春色辰巳園 239
- ＊補注 441
- ＊諸本對照表 453
- ＊付図 461

第65巻 歌論集 能楽論集（久松潜一，西尾実校注）
1951年9月5日刊

- 歌論集（久松潜一校注） 3
- ＊解説 5
- ＊凡例 22
  - 新撰髄脳 25
  - 和歌九品 31
  - 無名抄 35
  - 近代秀歌 99
  - 詠歌大概 113
  - 毎月抄 125
  - 後鳥羽院御口伝 141
  - 為兼卿和歌抄 153
  - 正徹物語 165
- ＊補注 235
- ＊校異 285
- 能楽論集（西尾実校注） 309
- ＊解説 311
- ＊凡例 337
  - 風姿花伝 341
  - 至花道 399
  - 花鏡 409
  - 遊楽習道風見 439

- 九位 447
- 拾玉得花 453
- 三道 469
- 申楽談儀 483
- ＊補注 547

第66巻 連歌論集 俳論集（木藤才蔵，井本農一校注）
1961年2月6日刊

- 連歌論集（木藤才蔵） 3
- ＊解説 5
- ＊凡例 30
  - 連理秘抄 33
  - 筑波問答 69
  - 十問最秘抄 107
  - さゝめごと 119
  - 吾妻問答 205
- ＊補注 239
- 俳論集（井本農一校注） 275
- ＊解説 277
- ＊凡例 299
  - 去来抄 303
  - 三冊子 379
- ＊補注 453

第67巻 日本書紀 上（坂本太郎，家永三郎，井上光貞，大野晋校注）
1967年3月31日刊

- ＊解説 3
- ＊凡例 71
- 日本書紀 75
  - 巻第一 76
  - 巻第二 134
  - 巻第三 188
  - 巻第四 218
  - 巻第五 236
  - 巻第六 256
  - 巻第七 282
  - 巻第八 320
  - 巻第九 330
  - 巻第十 362
  - 巻第十一 382
  - 巻第十二 418
  - 巻第十三 432
  - 巻第十四 456

巻第十五 ……………………	502
＊底本奥書 ……………………	536
＊補注 ……………………	543
＊校異 ……………………	641
＊異體字表 ……………………	652

第68巻　日本書紀 下（坂本太郎，家永三郎，井上光貞，大野晋校注）
1965年7月5日刊

＊凡例 ……………………	3
日本書紀 ……………………	7
巻第十六 ……………………	8
巻第十七 ……………………	18
巻第十八 ……………………	48
巻第十九 ……………………	62
巻第二十 ……………………	132
巻第二十一 ……………………	154
巻第二十二 ……………………	172
巻第二十三 ……………………	216
巻第二十四 ……………………	236
巻第二十五 ……………………	268
巻第二十六 ……………………	326
巻第二十七 ……………………	352
巻第二十八 ……………………	382
巻第二十九 ……………………	410
巻第三十 ……………………	484
＊補注 ……………………	538
＊校異 ……………………	604
＊付表・付図 ……………………	615

第69巻　懐風藻 文華秀麗集 本朝文粋（小島憲之校注）
1964年6月5日刊

＊解説 ……………………	3
＊凡例 ……………………	45
懐風藻 ……………………	51
文華秀麗集 ……………………	185
本朝文粋〔抄〕 ……………………	319
＊補注 ……………………	449
＊詩人小伝 ……………………	505

第70巻　日本霊異記（遠藤嘉基，春日和男校注）
1967年3月20日刊

＊解説 ……………………	2
＊凡例 ……………………	42
日本霊異記 ……………………	49
上巻 ……………………	51
中巻 ……………………	159
下巻 ……………………	301
＊補注 ……………………	453

第71巻　三教指帰 性霊集（渡邊照宏，宮坂有勝校注）
1965年11月5日刊

＊解説 ……………………	13
＊凡例 ……………………	77
三教指帰 ……………………	83
性霊集 ……………………	149
＊補注 ……………………	473
＊三教指帰 ……………………	473
＊性霊集 ……………………	493
＊聾瞽指帰・三教指帰対照表 ……………………	542
＊三教指帰・聾瞽指帰校異 ……………………	544
＊三教指帰引用・関係文献目録 ……………………	550
＊『詠十喩詩』出典一覧表 ……………………	553
＊性霊集醍醐本・高野板目次互照表 ……………………	557
＊性霊集校異 ……………………	565
＊性霊集引用・関係文献目録 ……………………	568
＊空海をめぐる人物略伝 ……………………	573
＊性霊集作品略年譜 ……………………	589

第72巻　菅家文草 菅家後集（川口久雄校注）
1966年10月5日刊

＊作品目次 ……………………	3
＊解説（付録年表・系図・参考地図） ……………………	23
＊凡例 ……………………	95
詩篇 ……………………	103
菅家文草　巻第一 ……………………	105
菅家文草　巻第二 ……………………	167
菅家文草　巻第三 ……………………	247
菅家文草　巻第四 ……………………	297
菅家文草　巻第五 ……………………	371
菅家文草　巻第六 ……………………	441
菅家後集 ……………………	471
散文篇 ……………………	527
菅家文草　巻第七 ……………………	529
菅家文草　巻第八 ……………………	546

日本古典文学大系

```
菅家文草 巻第九 ……………… 560
菅家文草 巻第十 ……………… 575
菅家文草 巻第十一 …………… 588
菅家文草 巻第十二 …………… 602
＊参考附載 …………………… 621
＊補注 ………………………… 635
```

第73巻　和漢朗詠集 梁塵秘抄（川口久雄，志田延義校注）
1965年1月6日刊

```
＊解説 …………………………… 8
＊凡例 ………………………… 41
和漢朗詠集 …………………… 45
  巻上 目録 ………………… 46
  巻下 目録 ……………… 149
＊補注 ………………………… 259
＊出典一覧 …………………… 287
```

第74巻　歌合集（萩谷朴，谷山茂校注）
1965年3月5日刊

```
古代篇（萩谷朴校注）………… 5
＊解説 …………………………… 7
＊凡例 ………………………… 48
  本文 ………………………… 53
＊作者略伝 …………………… 271
中世篇（谷山茂校注）……… 283
＊解説 ………………………… 285
＊凡例 ………………………… 320
  本文 ………………………… 325
＊補注 ………………………… 519
＊作者略伝 …………………… 559
```

第75巻　栄花物語 上（松村博司，山中裕校注）
1964年11月5日刊

```
＊解説 …………………………… 3
＊凡例 ………………………… 19
栄花物語 ……………………… 23
  巻第一 月の宴 …………… 25
  巻第二 花山たづぬる中納言 … 69
  巻第三 さまざまのよろこび … 101
  巻第四 みはてぬゆめ …… 127
  巻第五 浦々の別 ………… 159
  巻第六 かゞやく藤壺 …… 197
```

```
  巻第七 とりべ野 ………… 211
  巻第八 はつはな ………… 237
  巻第九 いはかげ ………… 299
  巻第十 ひかげのかづら … 317
  巻第十一 つぼみ花 ……… 341
  巻第十二 たまのむらぎく … 359
  巻第十三 ゆふしで ……… 389
  巻第十四 あさみどり …… 415
  巻第十五 うたがひ ……… 437
＊勘物 ………………………… 459
＊補注（付校訂）……………… 473
＊系図 ………………………… 553
```

第76巻　栄花物語 下（松村博司，山中裕校注）
1965年10月5日刊

```
＊解説 …………………………… 5
＊凡例 ………………………… 15
栄花物語 ……………………… 21
  巻第十六 もとのしづく …… 23
  巻第十七 おむがく ……… 59
  巻第十八 たまのうてな … 81
  巻第十九 御裳ぎ ………… 99
  巻第廿 御賀 ……………… 119
  （巻第廿一）後くゐの大将 … 129
  （巻第廿二）とりのまひ … 145
  （巻第廿三）こまくらべの行幸 … 155
  （巻第廿四）わかばえ …… 169
  （巻第廿五）みねの月 …… 185
  （巻第廿六）楚王のゆめ … 207
  （巻第廿七）ころものたま … 237
  （巻第廿八）わかみづ …… 275
  （巻第廿九）たまのかざり … 293
  （巻第卅）つるのはやし … 317
  （巻第卅一）（殿上の花見）… 339
  （巻第卅二）（詞合）……… 363
  （巻第卅三）（きるはわびしとなげく女房）… 385
  （巻第卅四）（暮まつほし）… 401
  （巻第卅五）（くものふるまひ）… 421
  （巻第卅六）（根あはせ）… 427
  （巻第卅七）（けぶりの後）… 469
  （巻第卅八）（松のしづえ）… 483
  （巻第卅九）（布引の滝）… 507
  （巻第四十）（紫野）……… 535
＊勘物 ………………………… 549
```

*補注(付校訂、他本による校訂異文) *561*	*校訂一覧 ………………………………… *519*
*系図 …………………………………… *635*	*系図 …………………………………… *541*

第77巻 筒・平中・浜松中納言物語(遠藤嘉基,松尾聰校注)
1964年5月6日刊

筒物語 平中物語(遠藤嘉基校注) ……… *3*	
*解説 ……………………………………… *5*	
*凡例 ……………………………………… *19*	
筒物語 …………………………………… *23*	
*補注 ……………………………………… *39*	
平中物語 ………………………………… *49*	
*補注 ……………………………………… *107*	
浜松中納言物語(松尾聰校注) ………… *123*	
*解説 …………………………………… *125*	
*凡例 …………………………………… *147*	
浜松中納言物語 ……………………… *153*	
*補注 …………………………………… *441*	

第78巻 夜の寝覚(阪倉篤義校注)
1964年12月5日刊

*解説 ……………………………………… *3*
*凡例 ……………………………………… *38*
夜の寝覚 ………………………………… *41*
巻一 …………………………………… *43*
巻二 …………………………………… *117*
巻三 …………………………………… *187*
巻四 …………………………………… *249*
巻五 …………………………………… *323*
*欠巻部分の内容 ……………………… *403*
*補注 …………………………………… *425*
*系図 …………………………………… *449*

第79巻 狭衣物語(三谷栄一,関根慶子校注)
1965年8月6日刊

*解説 ……………………………………… *3*
*凡例 ……………………………………… *23*
狭衣物語 ………………………………… *25*
巻一 …………………………………… *27*
巻二 …………………………………… *117*
巻三 …………………………………… *215*
巻四 …………………………………… *339*
*補注 …………………………………… *469*

第80巻 平安鎌倉私家集(久松潜一,松田武夫,関根慶子,青木生子校注)
1964年9月5日刊

*解説 ……………………………………… *3*
*凡例 ……………………………………… *38*
好忠集(松田武夫校注) ………………… *41*
和泉式部集(青木生子校注) …………… *131*
大納言経信集 附 散木奇謌集 第六 悲歎部(関根慶子校注) …………………… *181*
長秋詠藻(久松潜一校注) ……………… *255*
式子内親王集(久松潜一校注) ………… *359*
建礼門院右京大夫集(久松潜一校注) … *413*
俊成卿女家集(久松潜一校注) ………… *513*
*補注 …………………………………… *549*

第81巻 正法眼蔵 正法眼蔵随聞記(西尾実,鏡島元隆,酒井得元,水野弥穂子校注)
1965年12月6日刊

*解説 ……………………………………… *3*
*凡例 ……………………………………… *63*
正法眼蔵 ………………………………… *67*
正法眼蔵随聞記 ………………………… *315*
*補注(附校訂) ………………………… *439*
*道元禅師略年譜 ……………………… *475*
*伝灯仏祖法系略図 …………………… *487*

第82巻 親鸞集 日蓮集(名畑応順,多屋頼俊,兜木正亨,新間進一校注)
1964年4月6日刊

親鸞集(名畑応順,多屋頼俊校注) ……… *5*
*解説 ……………………………………… *7*
*凡例 ……………………………………… *24*
正信念仏偈 ……………………………… *27*
三帖和讃 ………………………………… *43*
消息 ……………………………………… *113*
歎異抄 …………………………………… *191*
〔付〕恵信尼の消息 …………………… *217*
*補注 …………………………………… *231*
日蓮集(兜木正亨,新間進一校注) …… *267*
*解説 …………………………………… *269*
*凡例 …………………………………… *288*

立正安国論	291
開目抄	327
消息文抄	421
*補注	487

第83巻　假名法語集（宮坂宥勝校注）
1964年8月5日刊

*解説	3
*凡例	45
横川法語	51
一枚起請文	53
覚海法橋法語	55
栂尾明恵上人遺訓	59
道範消息	76
一遍上人語録	84
妻鏡	158
一言芳談	185
仏法夢物語	216
真言内証義	226
盲安杖	241
万民徳用	262
反故集	280
玉かがみ	349
秘密安心又略	358
人となる道	373
慈雲短篇法語	397
*補注	429

第84巻　古今著聞集（永積安明,島田勇雄校注）
1966年3月10日刊

*解説	3
*凡例	41
古今著聞集	45
序	47
巻第一	49
巻第二	70
巻第三	107
巻第四	122
巻第五	140
巻第六	196
巻第七	231
巻第八	243
巻第九	269
巻第十	285

巻第十一	308
巻第十二	331
巻第十三	360
巻第十四	377
巻第十五	384
巻第十六	405
巻第十七	453
巻第十八	475
巻第十九	491
巻第二十	509
*補注	547
*古今著聞集標目	613

第85巻　沙石集（渡邊綱也校注）
1966年5月6日刊

説話対照目次	3
*解説	11
*凡例	51
沙石集	55
巻第一　并序	57
巻第二	90
巻第三	132
巻第四	167
巻第五本	200
巻第五末	226
巻第六	260
巻第七	293
巻第八	335
巻第九	369
巻第十本	396
巻第十末	431
拾遺	463
*補注	509

第86巻　愚管抄（岡見正雄,赤松俊秀校注）
1967年1月25日刊

*解説	3
*凡例	35
愚管抄	39
巻第一	41
巻第二	77
巻第三	129
巻第四	177
巻第五	225
巻第六	273

巻第七 ……………………………… 319
＊補注（巻第一〜七・参考）……… 359
＊附載 …………………………………… 529

第87巻　神皇正統記　増鏡（岩佐正，時枝誠記，木藤才蔵校注）
1965年2月5日刊

神皇正統記（岩佐正校注）…………… 3
＊解説 …………………………………… 5
＊凡例 …………………………………… 33
　　神皇正統記 ………………………… 37
＊補注 …………………………………… 195
増鏡（時枝誠記，木藤才蔵校注）…… 213
＊解説 …………………………………… 215
＊凡例 …………………………………… 241
　　増鏡 ………………………………… 245
＊補注 …………………………………… 489
＊系図 …………………………………… 533

第88巻　曽我物語（市古貞次，大島建彦校注）
1966年1月11日刊

＊解説 …………………………………… 3
＊諸本対照表 …………………………… 26
＊凡例 …………………………………… 37
曽我物語 ………………………………… 41
　　目録 ………………………………… 43
　　巻第一 ……………………………… 49
　　巻第二 ……………………………… 99
　　巻第三 ……………………………… 132
　　巻第四 ……………………………… 161
　　巻第五 ……………………………… 197
　　巻第六 ……………………………… 242
　　巻第七 ……………………………… 272
　　巻第八 ……………………………… 304
　　巻第九 ……………………………… 333
　　巻第十 ……………………………… 365
　　巻第十一 …………………………… 388
　　巻第十二 …………………………… 407
＊補注 …………………………………… 427
＊曽我物語地図 ………………………… 461

第89巻　五山文学集　江戸漢詩集（山岸徳平校注）
1966年2月10日刊

＊解説 …………………………………… 5
＊凡例 …………………………………… 45
五山文学集 ……………………………… 49
　　明極楚俊（明極楚俊遺稿）……… 51
　　鉄庵道生（鈍鉄集）……………… 54
　　天岸慧広（東帰集）……………… 57
　　虎関師練（済北集）……………… 60
　　竜泉令淬（松山集）……………… 68
　　雪村友梅（岷峨集）……………… 72
　　寂室元光（寂室録）……………… 77
　　別源円旨（南遊集・東帰集）…… 80
　　此山妙在（若木集）……………… 85
　　中巌円月（東海一漚集）………… 87
　　夢巌祖応（旱霖集）……………… 92
　　竜湫周沢（随得集）……………… 95
　　性海霊見（性海霊見遺稿）……… 98
　　愚中周及（卯余集）……………… 99
　　義堂周信（空華集）……………… 101
　　鉄舟徳済（閻浮集）……………… 109
　　絶海中津（蕉堅稿）……………… 114
　　古剣妙快（了幻集）……………… 119
　　中恕如心（碧雲稿）……………… 122
　　惟忠通恕（雲壑猿吟）…………… 125
　　愕隠慧奯（南遊稿）……………… 131
　　西胤俊承（真愚稿）……………… 134
　　岐陽方秀（不二遺稿）…………… 140
　　江西竜派（豕養菴集・続翠詩集）… 143
　　心田清播（心田詩藁（聴雨集））… 147
　　靭之恵鳳（竹居清事）…………… 149
　　一休宗純（狂雲集・続狂雲詩集）… 150
　　桂菴玄樹（島隠漁唱集）………… 156
　　景徐周麟（翰林葫蘆集）………… 158
　　春沢永恩（枯木稿）……………… 163
江戸漢詩集 ……………………………… 167
　　藤原惺窩（惺窩先生文集）……… 169
　　藤原為景（白鷗集）……………… 172
　　林　羅山（羅山詩集）…………… 173
　　林　梅洞（自撰梅洞詩集）……… 176
　　石川丈山（新編覆醤集）………… 177
　　堀　杏庵（杏陰集）……………… 180
　　松永尺五（尺五集）……………… 182
　　那波活所（活所遺藁）…………… 184
　　岡　長洲（来青軒詩稿）………… 186

中江藤樹（藤樹先生遺稿）………	187
徳川光圀（常山文集）………………	188
伊藤仁斎（古学先生詩集）…………	192
伊藤東涯（紹述先生詩集）…………	195
烏山芝軒（芝軒吟稿）………………	197
新井白石（白石詩草）………………	199
荻生徂徠（徂徠集）…………………	202
梁田蛻巌（蛻巌先生文集）…………	205
祇園南海（南海先生詩文集・南海先生後集）……	208
太宰春台（春台先生文集）…………	211
服部南郭（南郭先生文集）…………	214
山県周南（周南文集）………………	217
田阪瀬山（瀬山詩集）………………	220
本多猗蘭（猗蘭台集）………………	223
大内熊耳（熊耳先生詩集）…………	226
秋山玉山（玉山先生詩集）…………	228
谷 蘗山（芙蓉詩集）………………	230
奥田三角（三角亭集）………………	233
石島筑波（芝荷園文集）……………	236
高野蘭亭（蘭亭先生詩集）…………	237
清田儋叟（孔雀楼文集）……………	240
服部白賁（蹈海集）…………………	242
江村北海（北海先生詩鈔）…………	245
武田梅竜（梅竜先生遺稿）…………	248
原 双桂（双桂集）…………………	250
後藤芝山（芝山先生詩集）…………	253
宇野醴泉（宇野醴泉先生詩文鈔）…	254
皆川淇園（淇園詩集）………………	256
薮 孤山（孤山先生遺稿）…………	258
岡 君章（半間園遺稿）……………	261
赤松蘭室（蘭室先生詩文集）………	263
尾藤二洲（静寄軒文集）……………	267
古賀精里（精里初集抄）……………	270
村瀬栲亭（栲亭初稿）………………	271
赤田臥牛（臥牛集）…………………	274
市川寛斎（寛斎先生遺稿・寛斎先生摘草）……	276
劉 琴渓（静文館詩集）……………	281
菅 茶山（黄葉夕陽邨舎詩・黄葉夕陽邨舎詩後編・黄葉夕陽邨舎詩遺稿）…	283
頼 春風（春風館詩鈔）……………	289
頼 杏坪（春草堂詩鈔）……………	291
頼 山陽（山陽詩鈔・山陽遺稿）…	293
梁川星巌（星巌集）…………………	300
小栗鶴阜（鶴阜詩集）………………	306
小栗常山（常山遺稿）………………	308
野村篁園（篁園詩鈔）………………	311
広瀬淡窓（遠思楼詩鈔）……………	315
草場珮川（珮川詩鈔）………………	318
尾池桐陽（穀似集）…………………	320
尾池松湾（梅隠詩稿）………………	321
友野霞舟（霞舟先生詩集）…………	322
藍沢南城（南城三余集）……………	325
大槻磐渓（磐渓詩鈔）………………	327
藤井竹外（竹外二十八字詩）………	330
鈴木松塘（松塘詩鈔）………………	333
原 采蘋（采蘋詩集）………………	335
梁川紅蘭（紅蘭小集）………………	337
江馬細香（湘夢遺稿）………………	339
僧 元政（艸山集）…………………	341
僧 万庵（江陵詩集）………………	344
僧 大潮（松浦詩集）………………	347
僧 慈周（六如庵詩鈔）……………	349
僧 機外（閑雲遺稿）………………	353
僧 日謙（聴松庵詩鈔）……………	356
僧 猶空（寂蓮華詩集）……………	358
僧 徳竜（北山詩集）………………	360
僧 海雲（捃拾集）…………………	363
僧 知影（独鶴詩集）………………	364
僧 良寛（良寛詩集）………………	367
〔狂詩〕	
一休宗純（一休諸国物語）………	371
蜀山人（通詩選笑知・狂詩選諺解）	372
滅方海（太平楽府・勢多唐巴詩）…	374
銅脈先生（精物楽府）……………	375
愚仏（太平詩集・続太平楽府）…	376
淤足斎（太平風雅）………………	378
鄒可潭（太平三曲）………………	380
方外道人（茶菓詩・笑註干菓詩）…	380
石臼先生（諷題三咏）……………	382
兆載坊（狂詩馬鹿集）……………	383
*補注	385
*百聯抄	463
*作者・作品一覧	471

第90巻　假名草子集（前田金五郎，森田武校注）
1965年5月6日刊

*解説 ………………………………	3
*凡例 ………………………………	29
犬枕（前田金五郎校注）…………	33
恨の介（前田金五郎校注）………	49

竹斎（前田金五郎校注） ………… 89
仁勢物語（前田金五郎校注） ………… 161
夫婦宗論物語（前田金五郎校注） ……… 231
浮世物語（前田金五郎校注） ………… 241
伊曽保物語（森田武校注） ………… 355
＊補注 ………… 475

第91巻　浮世草子集（野間光辰校注）
1966年11月5日刊

＊解説 ………… 3
＊凡例 ………… 45
好色万金丹 ………… 53
色道大全傾城禁短気 ………… 153
新色五巻書 ………… 385
＊補注 ………… 515
＊附録 ………… 535

第92巻　近世俳句俳文集（阿部喜三男，麻生磯次校注）
1964年7月6日刊

近世俳句集（阿部喜三男校注） ………… 3
＊目次 ………… 5
＊解説 ………… 9
＊凡例 ………… 27
　近世俳句集 ………… 31
＊補注 ………… 209
＊引用俳書一覧表 ………… 220
＊俳句索引 ………… 227
近世俳文集（麻生磯次校注） ………… 241
＊目次 ………… 243
＊解説 ………… 247
＊凡例 ………… 265
　風俗文選 ………… 267
　鶉衣 ………… 353
＊補注 ………… 473

第93巻　近世和歌集（高木市之助，久松潜一校注）
1966年8月6日刊

＊解説 ………… 3
＊凡例 ………… 43
賀茂真淵（高木市之助校注） ………… 49
田安宗武（高木市之助校注） ………… 117
良寛（高木市之助校注） ………… 175

小沢蘆庵（久松潜一校注） ………… 255
香川景樹（久松潜一校注） ………… 331
橘 曙覧（久松潜一校注） ………… 395
大隈言道（久松潜一校注） ………… 457
＊補注 ………… 521

第94巻　近世文学論集（中村幸彦校注）
1966年12月5日刊

＊解説 ………… 3
＊凡例 ………… 39
国歌八論 ………… 45
歌意考 ………… 73
源氏物語玉の小櫛〔抄〕 ………… 89
歌学提要 ………… 131
徂徠先生答問書〔抄〕 ………… 167
〔参考〕徂徠先生答問書 ………… 179
詩学逢原 ………… 221
作詩志彀 ………… 263
淡窓詩話 ………… 349
＊補注 ………… 407

第95巻　戴恩記 折たく柴の記 蘭東事始（小高敏郎，松村明校注）
1964年10月5日刊

戴恩記（小高敏郎校注） ………… 3
＊解説 ………… 5
＊凡例 ………… 17
　戴恩記 ………… 19
＊補注 ………… 94
折たく柴の記（松村明校注） ………… 133
＊解説 ………… 135
＊凡例 ………… 145
　折たく柴の記 ………… 147
＊補注 ………… 427
蘭東事始（松村明校注） ………… 451
＊解説 ………… 453
＊凡例 ………… 465
　蘭東事始 ………… 467
＊補注 ………… 517

第96巻　近世随想集（中村幸彦，野村貴次，麻生磯次校注）
1965年9月6日刊

ひとりね（中村幸彦校注） ………… 3

日本古典文学全集・内容綜覧　473

日本古典文学大系

＊解説	5
＊凡例	21
ひとりね	25
＊補注	209
孔雀楼筆記（中村幸彦校注）	243
＊解説	245
＊凡例	257
孔雀楼筆記	259
＊補注	359
槐記（野村貴次校注）	375
＊解説	377
＊凡例	391
槐記	393
＊補注	485
山中人饒舌（麻生磯次校注）	499
＊解説	501
＊凡例	513
山中人饒舌	515

第97巻　近世思想家文集（家永三郎，清水茂，大久保正，小高敏郎，石浜純太郎，尾藤正英校注）
1966年6月6日刊

＊（解説）近世思想界概観（家永三郎）	5
童子問（清水茂校注）	25
＊解説	27
＊凡例	45
童子問	49
「童子問」原文	201
＊補注	261
玉くしげ（大久保正校注）	293
＊解説	295
＊凡例	317
玉くしげ	319
＊補注	347
都鄙問答（小高敏郎校注）	349
＊解説	351
＊凡例	367
都鄙問答	369
＊補注	501
翁の文（石浜純太郎，水田紀久，大庭脩校注）	517
＊解説	519
＊凡例	537
翁の文	539
＊補注	563

自然真営道／統道真伝〔抄〕（尾藤正英校注）	567
＊解説	569
＊凡例	588
自然真営道〔抄〕	591
統道真伝〔抄〕	667
「自然真営道・統道真伝」原文	683
＊補注	709

第98巻　歌舞伎十八番集（郡司正勝校注）
1965年6月5日刊

＊凡例	5
歌舞伎十八番集	11
＊解説	13
矢の根	51
助六	59
暫	141
鞘当	165
勧進帳	175
鳴神	193
毛抜	233
（景清）	279
役者論語	291
＊解説	293
舞台百ヶ条	308
芸鑑	311
あやめぐさ	317
耳塵集	327
続耳塵集	346
賢外集	354
佐渡嶋日記	364
＊補注	385
＊附帳	435
＊現行本	459
＊用語一覧	479

第99巻　文楽浄瑠璃集（祐田善雄校注）
1965年4月5日刊

＊解説	3
＊凡例	33
菅原伝授手習鑑	41
義経千本桜	143
一谷嫩軍記	229
妹背山婦女庭訓	255
艶容女舞衣	279

摂州合邦辻 ……………………… 303
伊賀越道中双六 ………………… 329
絵本太功記 ……………………… 351
＊補注 …………………………… 371
＊人形一覧表 …………………… 409
＊文楽用語 ……………………… 441

第100巻　江戸笑話集（小高敏郎校注）
1966年7月5日刊

＊解説 …………………………… 3
＊凡例 …………………………… 37
きのうはけふの物語 …………… 45
鹿の巻筆 ………………………… 157
軽口露がはなし ………………… 225
軽口御前男 ……………………… 293
鹿の子餅 ………………………… 349
聞上手 …………………………… 387
鯛の味噌津 ……………………… 423
無事志有意 ……………………… 449
＊補注 …………………………… 505

〔索引1〕　日本古典文学大系索引（1－66巻）（岩波書店編集部編）
1964年11月20日刊

＊凡例 …………………………… 3
語句・事項索引 ………………… 9
和歌・俳句・歌謡索引 ………… 377
総目録 …………………………… 545

〔索引2〕　日本古典文学大系索引（67－100巻）（岩波書店編集部編）
1969年2月5日刊

＊凡例 …………………………… 3
語句・事項索引 ………………… 11
初句索引 ………………………… 365
総目録 …………………………… 457

[068] **日本小咄集成**
筑摩書房
上中下巻
1971年9月〜1971年12月
（浜田義一郎，武藤禎夫編）

上巻
1971年9月25日刊

＊凡例
戯言養気集 ……………………… 1
きのふはけふの物語（抄） ……… 43
醒睡笑（抄）（安楽庵策伝編） …… 79
当世軽口咄揃 …………………… 137
新板はなし大全 ………………… 177
新板かの子ばなし ……………… 217
新版絵入軽口御前男 …………… 243
当世軽口露休置土産 …………… 279
当流軽口初笑（小泉松泉編） …… 315
絵本軽口瓢金苗（如毫編） ……… 347
絵本初音森（西川祐代） ………… 367
軽口独狂言 ……………………… 379
軽口春の遊 ……………………… 399
＊解説（浜田義一郎，武藤禎夫） … 421

中巻
1971年10月25日刊

＊凡例
話稿鹿の子餅（木室卯雲） ……… 1
珍話楽牽頭（がくたいこ）（稲穂） … 27
楽牽頭後篇坐笑産（ざしょうみやげ）（稲穂編）
………………………………… 51
坐笑産後篇近目貫（きんめぬき）（稲穂） … 77
聞上手（小松百亀編） …………… 105
聞上手二篇（小松百亀） ………… 127
聞上手三篇（奇山（小松屋百亀）） … 149
俗談口拍子（軽口耳穢） ………… 169
当世落咄今歳噺（ことしばなし）（武子編） … 197
興話飛談語（とびだんご）（宇津山人菖蒲房）
………………………………… 219
友だちばなし（鳥居清経） ……… 237
新口吟咄川（いまでがわ）（竜耳斎聞取序） · 251

再成（ふたたび）餅（即岳庵青雲斎編） 269
安永新板絵入軽口五色帋（かるくちごしきがみ）
　（百尺亭竿頭編） 289
茶のこもち（唐辺僕編） 319
富来話有智（ふくわうち）（雞肋斎画餅（小
　松百亀）） 343
聞童子（不知足（小松百亀）序） 361
新落一のもり（来風山人序） 379
＊解説（浜田義一郎，武藤禎夫） 401

下巻
1971年12月20日刊

＊凡例
一の富（見徳斎序） 1
立春話大集（りっしゅんはなしおほよせ）（常等
　亭君竹，後素軒蘭庭撰） 19
鹿子餅後篇譚嚢（たんのう）（馬場雲壺序跋）.. 65
福の神（大食堂満腹序） 83
こころの春さめ咄（鳥居清経） 101
万の宝（よろずのたから）（四方赤良序）.. 113
民和新繁（みんなしんぱん）（九尺庵蘭陵山
　人序・跋） 133
笑顔はじめ 153
柳巷訛言（さとなまり）（朋誠堂喜三二）.. 167
落咄大雅楽（だいかぐら）（出方題序）.. 183
喜美談語（ぎみだんご）（談洲楼焉馬編）.. 197
落噺臍繰金（へそくりがね）（十返舎一九）.. 223
落噺広ams夜鑑（ひろしなやかん）（美屋一作序）
　.................................. 237
譚話江戸嬉笑（えどぎしょう）（楽亭馬笑，福
　亭三笑，古今亭三鳥合作，式亭三馬評）
　.................................. 249
新板しかた噺浪速みやげ 263
新作種がしま（三笑亭可楽） 283
落噺恵方棚（小野秋津撰） 295
新作笑話たいこの林（林屋正蔵（初代））.. 305
粋興奇人伝（仮名垣魯文，山々亭有人合
　輯，春廼屋幾久校合） 317
＊解説（浜田義一郎，武藤禎夫） 343
＊参考文献 361
＊索引 1

[069] **日本思想大系**
岩波書店
全67巻
1970年5月〜1982年5月
（家永三郎，石母田正，井上光貞，相良
亨，中村幸彦，尾藤正英，吉川幸次郎編）

第1巻　古事記（青木和夫，石母田正，小林
芳規，佐伯有清校注）
1982年2月25日刊

＊凡例 3
古事記 9
＊序（青木和夫，小林芳規校注） 10
　上巻（石母田正，岡田精司，佐伯有清
　　（ほか）校注） 18
　中巻（佐伯有清，小林芳規校注） 116
　下巻（青木和夫，小林芳規校注） 228
＊補注 305
＊訓読補注 477
　　＊類義字一覧 533
　　＊同訓異字一覧 555
＊校異 585
＊解説 603
　＊日本神話と歴史―出雲系神話の背
　　景（石母田正） 605
　＊古事記訓読について（小林芳規）... 649
＊後記 693

第2巻　聖徳太子集（家永三郎，藤枝晃，早
島鏡正，築島裕校注）
1975年4月4日刊

＊凡例 3
憲法十七条（家永三郎，築島裕校注） ... 11
勝鬘経義疏（早島鏡正，築島裕校注） ... 25
上宮聖徳法王帝節（家永三郎，築島裕校
　注） 353
＊補注 379
＊〔参考〕E本（「勝鬘義疏本義」敦煌本）
　（藤枝晃，古泉円順） 429
＊解説 461

* 歴史上の人物としての聖徳太子（家永三郎） ………… 463
* 憲法十七条（家永三郎） ………… 475
* 勝鬘経義疏（藤枝晃） ………… 484
* 上宮聖徳法王帝説（家永三郎） ………… 545
* 「憲法十七条」「勝鬘経義疏」「上宮聖徳法王帝説」の国語史学的考察（築島裕） ………… 555

第3巻　律令（井上光貞，関晃，土田直鎮，青木和夫校注）
1976年12月20日刊

* 凡例 ………… 7
律 ………… 15
令 ………… 125
* 補注 ………… 485
* 校異 ………… 702
* 訓読注 ………… 714
* 解説 ………… 741
  * 日本律令の成立とその注釈書（井上光貞） ………… 743
  * 律令の古訓点について（築島裕） ………… 811
* 解題（早川庄八，吉田孝） ………… 823

第4巻　最澄（安藤俊雄，薗田香融校注）
1974年5月29日刊

* 凡例 ………… 3
顕戒論 ………… 8
顕戒論を上るの表 ………… 157
顕戒論縁起 ………… 163
山家学生式 付得業学生式・表文 ………… 194
守護国界章（巻上の下） ………… 207
決権実論 ………… 251
願文 ………… 285
原文 ………… 289
* 補注 ………… 397
* 解説 ………… 137
  * 最澄とその思想（薗田香融） ………… 439

第5巻　空海（川崎庸之校注）
1975年3月7日刊

* 凡例 ………… 3
秘密曼荼羅十住心論 ………… 7
原文 ………… 301

* 補注 ………… 395
* 解説 ………… 403
  * 空海の生涯と思想（川崎庸之） ………… 405
  * 『十住心論』の底本及び訓読について（大野晋） ………… 437
* 略年譜 ………… 443

第6巻　源信（石田瑞麿校注）
1970年9月25日刊

* 凡例 ………… 5
往生要集 ………… 7
  巻上 ………… 9
  巻中 ………… 117
  巻下 ………… 219
  末文書簡 ………… 321
  往生要集原文 ………… 323
* 補注 ………… 407
* 解説 ………… 425
  * 『往生要集』の思想史的意義 ………… 427
  * 『往生要集』の諸本 ………… 496
* 参考文献 ………… 498
* 源信略年譜 ………… 499

第7巻　往生伝 法華験記（井上光貞，大曽根章介校注）
1974年9月25日刊

* 凡例 ………… 5
日本往生極楽記 ………… 9
大日本国法華経験記 ………… 43
続本朝往生伝 ………… 221
本朝神仙伝 ………… 255
拾遺往生伝 ………… 277
* 補注 ………… 393
原文 ………… 499
* 校異 ………… 626
参考 ………… 639
  後拾遺往生伝 ………… 641
  三外往生記 ………… 671
  本朝新修往生伝 ………… 683
  高野山往生伝 ………… 695
  念仏往生伝 ………… 704
* 解説 ………… 709
  * 文献解題—成立と特色（井上光貞） ………… 711
  * 諸本解題（大曽根章介） ………… 761
* 参考文献 ………… 773

日本思想大系

第8巻　古代政治社会思想（山岸徳平，竹内理三，家永三郎，大曽根章介校注）
1979年3月29日刊

* 凡例 ……………………………………… 5
* 遷都平城詔 ……………………………… 9
* 造立盧舎那仏詔 ………………………… 11
* 法成寺金堂供養願文（藤原広業）…… 15
* 貞恵伝（藤原仲麻呂）………………… 21
* 武智麻呂伝（延慶）…………………… 25
* 乞骸骨表（吉備真備）………………… 39
* 〔参考〕私教類聚（吉備真備）……… 43
* 革命勘文（三善清行）………………… 49
* 藤原保則伝（三善清行）……………… 59
* 意見十二箇条（三善清行）…………… 75
* 寛平御遺誡（宇多天皇）……………… 103
* 九条右丞相遺誡（九条師輔）………… 115
* 菅家遺誡 ………………………………… 123
* 新猿楽記（藤原明衡）………………… 133
* 遊女記（大江匡房）…………………… 153
* 傀儡子記（大江匡房）………………… 157
* 暮年記（大江匡房）…………………… 161
* 狐媚記（大江匡房）…………………… 165
* 勘申（藤原敦光）……………………… 169
* 将門記 …………………………………… 185
* 陸奥話記 ………………………………… 229
* 〔参考〕尾張国郡司百姓等解 ……… 253
* 原文 ……………………………………… 269
* ＊補注 …………………………………… 335
* ＊解説 …………………………………… 513
  * ＊古代政治社会思想論序説（家永三郎）………………………………… 515

第9巻　天台本覚論（多田厚隆，大久保良順，田村芳朗，浅井円道校注）
1973年1月25日刊

* ＊凡例 …………………………………… 3
* 本理大綱集（伝最澄）………………… 7
* 天台法華宗牛頭法門要纂（伝最澄）… 23
* 修禅寺決（伝最澄）…………………… 41
* 本覚讃　註本覚讃（伝良源）………… 97
* 本覚讃釈（伝源信）…………………… 101
* 真如観（伝源信）……………………… 119
* 三十四箇事書（伝源信）……………… 151
* 漢光類聚（伝忠尋）…………………… 187
* 相伝法門見聞（心賀）………………… 287

* 原文 ……………………………………… 319
* 参考　枕双紙補遺・天台伝南岳心要 … 407
* ＊補注 …………………………………… 415
* ＊解説 …………………………………… 475
  * ＊天台本覚思想概説（田村芳朗）… 477
  * ＊本理大綱集・牛頭法門要纂・修禅寺決（浅井円道）…………………… 549
  * ＊本覚讃注疏・真如観・三十四箇事書（田村芳朗）…………………… 564
  * ＊漢光類聚（大久保良順）………… 569
  * ＊相伝法門見聞（多田厚隆）……… 584
* ＊相承略系譜 …………………………… 594

第10巻　法然　一遍（大橋俊雄校注）
1971年1月25日刊

* ＊凡例 …………………………………… 3
* 法然 ……………………………………… 7
  * 往生要集釈 …………………………… 9
  * 三部経大意 …………………………… 23
  * 無量寿経釈 …………………………… 41
  * 選択本願念仏集 ……………………… 87
  * 一枚起請文 …………………………… 163
  * 消息文 ………………………………… 165
  * 七箇条制誡 …………………………… 231
  * 原文（往生要集釈・無量寿経釈・選択本願念仏集・七箇条制誡）…… 237
* 一遍 ……………………………………… 287
  * 一遍上人語録 ………………………… 289
  * 播州法語集 …………………………… 351
* ＊補注 …………………………………… 379
* ＊解説 …………………………………… 387
  * ＊法然における専修念仏の形成 … 389
  * ＊一遍とその法語集について …… 454
* ＊参考文献 ……………………………… 486

第11巻　親鸞（星野元豊，石田充之，家永三郎校注）
1971年4月26日刊

* ＊凡例 …………………………………… 3
* 教行信証 ………………………………… 7
  * 原文 …………………………………… 261
* ＊補注 …………………………………… 425
* ＊梵語一覧表 …………………………… 465
* ＊解説 …………………………………… 469

* 歴史上の人物としての親鸞（家永三郎）…… 471
* 『教行信証』の思想と内容（星野元豊）…… 495
* 『教行信証』解題（石田充之）…… 577

第12巻 道元 上（寺田透，水野弥穂子校注）
1970年5月25日刊

* 凡例 …… 5
辨道話 …… 9
正法眼蔵 …… 33
* 校異 …… 453
渉典 …… 457
* 主要祖師略解説 …… 491
* 伝燈仏祖法系略図 …… 505
* 解説 …… 509
  * 『正法眼蔵』の思惟の構造（寺田透） …… 511
  * 『正法眼蔵』の本文作成と渉典について（水野弥穂子） …… 576

第13巻 道元 下（寺田透，水野弥穂子校注）
1972年2月25日刊

* 凡例 …… 5
正法眼蔵 …… 9
十二巻正法眼蔵 …… 305
* 校異 …… 497
渉典 …… 504
* 主要祖師略解説 …… 529
* 道元関係中国地図 …… 534
* 解説 …… 539
  * 道元における分裂（寺田透） …… 541
  * 「道元」上下巻の本文作成を終えて（水野弥穂子） …… 602
* 道元禅師略年譜 …… 615
* 参考文献 …… 625

第14巻 日蓮（戸頃重基，高木豊校注）
1970年12月24日刊

* 凡例 …… 5
守護国家論 …… 13
顕謗法抄 …… 75

南条兵衛七郎殿御書 …… 101
法花題目抄 …… 111
金吾殿御返事 …… 123
転重軽受法門 …… 127
観心本尊抄 付副状 …… 131
如説修行鈔 …… 159
顕仏未来記 …… 167
富木殿御書 …… 175
法花取要抄 …… 177
可延定業御書 …… 189
撰時抄 …… 193
忘持経事 …… 245
報恩抄 …… 249
四信五品抄 …… 299
下山抄 …… 309
本尊問答抄 …… 337
諫暁八幡抄 …… 351
〔問題篇〕 …… 371
　色心二法事 …… 373
　三大秘法抄 …… 379
　小蒙古御書 …… 383
　承久合戦之間事 …… 384
原文 …… 387
* 補注 …… 429
* 校訂 …… 467
* 解説 …… 469
  * 諸本解説 …… 596
  * 参考文献 …… 617

第15巻 鎌倉旧仏教（鎌田茂雄，田中久夫校注）
1971年11月25日刊

* 凡例 …… 5
解脱上人戒律興行願書（鎌田茂雄校注）…… 9
愚迷発心集（鎌田茂雄校注）…… 13
興福寺奏状（田中久夫校注）…… 31
摧邪輪 巻上（田中久夫校注）…… 43
却癈忘記（高弁 長円記）（田中久夫校注） …… 107
法相二巻抄（鎌田茂雄校注）…… 125
禅宗綱目（鎌田茂雄校注）…… 159
興正菩薩御教誡聴聞集（田中久夫校注）…… 189
華厳法界義鏡（鎌田茂雄校注）…… 227
原文 …… 303
　解脱上人戒律興行願書（ほか）…… 304
* 補注 …… 429

日本古典文学全集・内容綜覧　479

```
  ＊却癈忌記（ほか）……………… 429
＊解説 …………………………………… 457
  ＊はしがき ………………………… 459
  ＊著作者略伝（田中久夫） ……… 461
  ＊収載書目解題（田中久夫） …… 500
  ＊南都教学の思想史的意義（鎌田茂
    雄） ……………………………… 528
＊鎌倉時代仏教者年代一覧 …………… 570
＊年表 …………………………………… 571
```

第16巻　中世禅家の思想（市川白弦，入矢義高，柳田聖山校注）
1972年10月25日刊

```
＊凡例 …………………………………………… 3
興禅護国論（柳田聖山校注） ………………… 7
  原文 ………………………………………… 99
中正子（入矢義高校注） …………………… 123
  原文 ……………………………………… 171
塩山和泥合水集（市川白弦校注） ………… 187
狂雲集（市川白弦校注） …………………… 273
＊補注 ………………………………………… 389
＊解説 ………………………………………… 437
  ＊栄西と『興禅護国論』の課題（柳田聖
    山） ……………………………………… 439
  ＊中巌と『中正子』の思想的性格（入矢義
    高） ……………………………………… 487
  ＊抜隊の諸問題（市川白弦） …………… 509
  ＊一休とその禅思想（市川白弦） ……… 536
＊主要参考文献 ……………………………… 579
```

第17巻　蓮如　一向一揆（笠原一男，井上鋭夫校注）
1972年9月25日刊

```
＊凡例 …………………………………………… 5
蓮如 ……………………………………………… 9
  御文（御文章）（笠原一男校注） ………… 9
  蓮如上人御一代聞書　付　第八祖御物語
    空善聞書（井上鋭夫校注） ………… 111
一向一揆 …………………………………… 185
  本福寺跡書（井上鋭夫校注） ………… 185
  官知論（井上鋭夫，大桑斉校注） …… 237
  参州一向宗乱記（笠原一男校注） …… 275
  朝倉始末記（井上鋭夫，桑山浩然，藤
    木久志校注） ………………………… 325
  賢会書状（井上鋭夫校注） …………… 427
```

```
  竹松隼人覚書（井上鋭夫校注） ……… 437
  真宗信仰の諸形態（笠原一男，井上鋭夫，
    小栗純子校注） ……………………… 445
  名帳 ……………………………………… 446
  絵系図 …………………………………… 448
  中野物語 ………………………………… 449
  天十物語 ………………………………… 455
  二十一箇条 ……………………………… 462
  了智定書 ………………………………… 463
  道宗覚書 ………………………………… 464
  真恵上人御定 …………………………… 466
  九十箇条制法 …………………………… 468
  庫裡法門記 ……………………………… 476
＊補注 ………………………………………… 529
＊解説 ………………………………………… 587
  ＊蓮如―その行動と思想（笠原一男） … 589
  ＊一向一揆―真宗と民衆（井上鋭夫） … 615
  ＊文献解題 ……………………………… 641
  ＊参考文献 ……………………………… 679
＊蓮如年譜・一向一揆年表 ………………… 681
＊付図 ………………………………………… 705
```

第18巻　おもろさうし（外間守善，西郷信綱校注）
1972年12月23日刊

```
＊凡例 …………………………………………… 3
おもろさうし ………………………………… 9
＊補注 ………………………………………… 495
＊語法 ………………………………………… 518
＊解説 ………………………………………… 525
  ＊おもろ概説（外間守善） ……………… 527
  ＊オモロの世界（西郷信綱） …………… 594
```

第19巻　中世神道論（大隅和雄校注）
1977年5月25日刊

```
＊凡例 …………………………………………… 3
倭姫命世記 ……………………………………… 7
中臣祓訓解 …………………………………… 39
大和葛城宝山記 ……………………………… 57
天地麗気記 …………………………………… 69
類聚神祇本源（抄）（度会家行） …………… 79
  天地開闢篇 ……………………………… 82
  禁誡篇 …………………………………… 107
  神道玄義篇 ……………………………… 114
旧事本紀玄義（抄） ………………………… 135
```

諸神本懐集 ……………………… 181
唯一神道名法要集 ……………… 209
原文 ……………………………… 253
＊解説 …………………………… 337
　＊中世神道論の思想史的位置 … 339
　＊収載書目について …………… 367
　＊参考文献 ……………………… 382

第20巻　寺社縁起（桜井徳太郎，萩原龍夫，宮田登校注）
1975年12月23日刊

＊凡例 ……………………………… 3
元興寺伽藍縁起 …………………… 7
信貴山縁起 ………………………… 23
当麻曼荼羅縁起 …………………… 29
粉河寺縁起 ………………………… 37
本浄山羽賀寺縁起 ………………… 69
朝熊山縁起 ………………………… 77
諸山縁起 …………………………… 89
北野天神縁起 ……………………… 141
八幡愚童訓 甲 …………………… 169
八幡愚童訓 乙 …………………… 207
日光山縁起 ………………………… 275
白山之記 …………………………… 291
六郷開山仁聞大菩薩本紀 ………… 305
原漢文 ……………………………… 327
＊補注 ……………………………… 371
＊解説 ……………………………… 443
　＊縁起の類型と展開（桜井徳太郎）… 445
　＊神祇思想の展開と神社縁起（萩原龍夫）……………………………… 479
　＊霊山信仰と縁起（宮田登）…… 501

第21巻　中世政治社会思想 上（石井進，石母田正，笠松宏至，勝俣鎮夫，佐藤進一校注）
1972年12月5日刊

幕府法（笠松宏至校注）…………… 7
武家家法（石井進校注）…………… 177
家訓（石井進校注）………………… 309
置文（石井進校注）………………… 369
一揆契状（石井進校注）…………… 395
＊補注 ……………………………… 429
＊解題 ……………………………… 477
＊解説（石母田正）………………… 565

第22巻　中世政治社会思想 下（笠松宏至，佐藤進一，百瀬今朝雄校注）
1981年2月25日刊

＊凡例 ……………………………… 7
公家思想（笠松宏至，佐藤進一校注）… 12
庶民思想（百瀬今朝雄，佐藤進一校注）… 164
＊解説 ……………………………… 385
　＊本書の構成について（佐藤進一）… 387
　＊公家法の特質とその背景（佐藤進一）……………………………… 395
　＊鎌倉後期の公家法について（笠松宏至）……………………………… 407
　＊解題（笠松宏至，佐藤進一，百瀬今朝雄）……………………………… 417

第23巻　古代中世芸術論（林屋辰三郎校注）
1973年10月25日刊

＊凡例 ……………………………… 3
教訓抄（植木行宣校注）…………… 9
洛陽田楽記（守屋毅校注）………… 217
作庭記（林屋辰三郎校注）………… 223
入木抄（赤井達郎校注）…………… 249
古来風躰抄（島津忠夫校注）……… 261
無名草子（北川忠彦校注）………… 347
老のくりごと（島津忠夫校注）…… 409
君台観左右帳記（赤井達郎，村井康彦校注）……………………………… 423
珠光心の文（村井康彦校注）……… 447
専応口伝（村井康彦，赤井達郎校注）… 449
ひとりごと（島津忠夫校注）……… 465
禅鳳雑談（北川忠彦校注）………… 479
八帖花伝書（中村保үdu校注）…… 511
わらんべ草（北川忠彦校注）……… 667
等伯画説（赤井達郎校注）………… 697
＊解説 ……………………………… 711
　＊古代中世の芸術思想（林屋辰三郎）… 713
　＊解題（植木行宣，守屋毅，林屋辰三郎（ほか））……………………………… 748

第24巻　世阿弥　禅竹（表章，加藤周一校注）
1974年4月9日刊

＊凡例 ……………………………… 5

日本古典文学全集・内容綜覧　481

世阿弥 …… 11
　風姿花伝 …… 13
　花習内抜書（能序破急事）…… 67
　音曲口伝（音曲声出口伝）…… 73
　花鏡 …… 83
　至花道 …… 111
　二曲三体人形図 …… 121
　三道 …… 133
　曲付次第 …… 145
　風曲集 …… 155
　遊楽習道風見 …… 161
　五位 …… 169
　九位 …… 173
　六義 …… 179
　拾玉得花 …… 183
　五音曲条々 …… 197
　五音 …… 205
　習道書 …… 233
　夢跡一紙 …… 241
　却来華 …… 245
　金島書 …… 249
　世子六十以後申楽談儀（申学談儀）…… 259
　金春大夫宛書状 …… 315
禅竹 …… 321
　六輪一露之記（付 二花一輪）…… 323
　六輪一露之記注 …… 335
　歌舞髄脳記 …… 341
　五音三曲集 …… 353
　幽玄三輪 …… 375
　六輪一露秘注（文正本・寛正本）…… 379
　明宿集 …… 399
　至道要抄 …… 417
＊補注・校訂付記 …… 425
＊解説 …… 513
　＊世阿弥の戦術または能楽論（加藤周一）…… 515
　＊世阿弥と禅竹の伝書（表章）…… 542

第25巻　キリシタン書　排邪書（海老沢有道，H. チースリク，土井忠生（ほか）校注）
1970年10月26日刊

＊凡例 …… 5
キリシタン書 …… 11
　どちりいな―きりしたん（H. チースリク，土井忠生，大塚光信校注）…… 13
　病者を扶くる心得（H. チースリク，土井忠生，大塚光信校注）…… 83
　仏法之次第略抜書（海老沢有道校注）…… 103
　妙貞問答 中・下巻（海老沢有道校注）…… 113
　サカラメンタ提要付録（H. チースリク，土井忠生，大塚光信校注）…… 181
　御パシヨンの観念（H. チースリク，土井忠生，大塚光信校注）…… 225
　丸血留の道（H. チースリク，土井忠生，大塚光信校注）…… 323
　こんちりさんのりやく（片岡弥吉校注）…… 361
　天地始之事（田北耕也校注）…… 381
排耶書 …… 411
　排耶蘇（海老沢有道校注）…… 413
　排吉利支丹文（海老沢有道校注）…… 419
　破提宇子（海老沢有道校注）…… 423
　破吉利支丹（海老沢有道校注）…… 449
　対治邪執論（海老沢有道校注）…… 459
参考（ドチリナ―キリシタン本文の異同）…… 477
原漢文 …… 490
＊補注 …… 503
＊解説 …… 513
　＊キリシタン宗門の伝来（海老沢有道）…… 515
　＊キリシタン書とその思想（チースリク，H.）…… 551
　＊排耶書の展開（海老沢有道）…… 593
　＊収載書目解題 …… 607
　＊参考文献 …… 641
＊洋語一覧表 …… 1

第26巻　三河物語　葉隠（斎木一馬，岡山泰四，相良亨校注）
1974年6月25日刊

＊凡例 …… 3
三河物語 …… 9
葉隠 …… 213
＊補注 …… 581
＊解説 …… 621
　＊『三河物語』考（斎木一馬）…… 623
　＊『三河物語』のことば（大塚光信）…… 649
　＊『葉隠』の世界（相良亨）…… 657

*『葉隠』の諸本について（佐藤正英）
………………………………………… 685
*『三河物語』新旧地名対照表 ………… 693
*『葉隠』系図 …………………………… 696

第27巻　近世武家思想（石井紫郎校注）
1974年11月25日刊

*凡例 ……………………………………… 3
第一部　家訓 ……………………………… 9
第二部　赤穂事件 ……………………… 163
〔参考〕………………………………… 453
　武家諸法度 …………………………… 454
　諸士法度 ……………………………… 463
　徳川成憲百箇条 ……………………… 468
*解説 …………………………………… 477

第28巻　藤原惺窩　林羅山（石田一良, 金谷治校注）
1975年9月25日刊

*凡例 ……………………………………… 3
藤原惺窩 …………………………………… 7
　寸鉄録 …………………………………… 9
　大学要略 ………………………………… 41
　惺窩先生文集（抄）…………………… 79
林羅山 …………………………………… 113
　春鑑抄 ………………………………… 115
　三徳抄 ………………………………… 151
　羅山林先生文集（抄）……………… 187
　仮名性理 ……………………………… 237
　〈参考〉心学五倫書 ………………… 257
　本佐録 ………………………………… 269
　彝倫抄（松永尺五）………………… 303
　童蒙先習（小瀬甫庵）……………… 331
*補注 …………………………………… 359
*解説 …………………………………… 409
　*前期幕藩体制のイデオロギーと朱子学派の思想（石田一良）…… 411
　*藤原惺窩の儒学思想（金谷治）…… 449
　*林羅山の思想（石田一良）………… 471
　*『心学五倫書』の成立事情とその思想的特質（石毛忠）………… 490
　*松永尺五の思想と小瀬甫庵の思想（玉懸博之）…………………… 505

第29巻　中江藤樹（山井湧, 山下龍二, 加地伸行, 尾藤正英校注）
1974年7月25日刊

*凡例 ……………………………………… 3
文集（二編）（山井湧校注）…………… 7
翁問答（山下龍二校注）………………… 19
孝経啓蒙（加地伸行校注）…………… 179
*藤樹先生年譜（尾藤正英）………… 281
*補注 …………………………………… 303
*解説 …………………………………… 25
　*陽明学の要点（山井湧）…………… 335
　*中国思想と藤樹（山下龍二）……… 356
　*『孝経啓蒙』の諸問題（加地伸行）… 408
　*中江藤樹の周辺（尾藤正英）……… 463
*解題 …………………………………… 479

第30巻　熊沢蕃山（後藤陽一, 友枝龍太郎校注）
1971年7月26日刊

*凡例 ……………………………………… 3
集義和書 …………………………………… 7
集義和書（補）………………………… 357
大学或問 ………………………………… 405
*解説 …………………………………… 465
　*熊沢蕃山の生涯と思想の形成（後藤陽一）………………………… 467
　*熊沢蕃山と中国思想（友枝龍太郎）… 535
　*熊沢蕃山年譜 ……………………… 581
　*収録書目解題 ……………………… 587
　*参考文献 …………………………… 593

第31巻　山崎闇斎学派（西順蔵, 阿部隆一, 丸山真男校注）
1980年3月25日刊

*凡例 ……………………………………… 5
大学垂加先生講義（山崎闇斎）………… 9
本然気質性講説（山崎闇斎）…………… 67
敬斎箴（山崎闇斎編）…………………… 74
敬斎箴講義（山崎闇斎）………………… 80
敬説筆記（佐藤直方）………………… 100
絅斎先生敬斎箴講義（浅見絅斎）…… 120
敬斎箴筆記（三宅尚斎）……………… 190
拘幽操（山崎闇斎編）………………… 200
拘幽操附録（浅見絅斎編）…………… 202

拘幽操辨（伝佐藤直方） ………… 211
〈参考〉湯武論（佐藤直方，三宅尚斎）‥ 216
拘幽操師説（浅見絅斎） ………… 229
拘幽操筆記（三宅尚斎） ………… 238
仁説問答（山崎闇斎編） ………… 244
仁説問答師説（浅見絅斎） ……… 253
絅斎先生仁義礼智筆記（浅見絅斎） 305
劄録（浅見絅斎） ………………… 318
〈参考〉中国辨（浅見絅斎） …… 416
〈参考〉中国論集（佐藤直方） … 420
学談雑録（佐藤直方） …………… 427
雑話筆記（若林強斎） …………… 463
＊解説 ……………………………… 525
　＊解題（阿部隆一） …………… 527
　＊崎門学派諸家の略伝と学風（阿部隆一） ……………………………… 561
　＊闇斎学と闇斎学派（丸山真男） …… 601

第32巻　山鹿素行（田原嗣郎，守本順一郎校注）
1970年8月25日刊

＊凡例 ……………………………… 3
聖教要録 …………………………… 7
山鹿語類　巻第二十一 …………… 29
山鹿語類　巻第三十三 …………… 173
山鹿語類　巻第四十一 …………… 243
配所残筆 …………………………… 317
原文 ………………………………… 339
参考 ………………………………… 399
＊補注 ……………………………… 427
＊解説 ……………………………… 451
　＊山鹿素行における思想の基本的構成（田原嗣郎） ………………… 453
　＊山鹿素行における思想の歴史的性格（守本順一郎） ……………… 500
＊解題 ……………………………… 548

第33巻　伊藤仁斎　伊藤東涯（吉川幸次郎，清水茂校注）
1971年10月29日刊

＊凡例 ……………………………… 3
伊藤仁斎 …………………………… 9
　語孟字義（清水茂校注） ……… 11
　原文 ……………………………… 114
　古学先生文集（清水茂校注） … 169
　原文 ……………………………… 263
伊藤東涯 …………………………… 297
　古今学変（清水茂校注） ……… 299
　原文 ……………………………… 449
＊補注 ……………………………… 501
＊解説 ……………………………… 563
　＊仁斎東涯学案（吉川幸次郎） … 565
＊解題（清水茂） ………………… 622
＊伊藤仁斎・東涯略系図 ………… 632
＊伊藤仁斎・東涯略年譜 ………… 633
＊著述目録　参考文献 …………… 649

第34巻　貝原益軒　室鳩巣（荒木見悟，井上忠校注）
1970年11月25日刊

＊凡例 ……………………………… 3
貝原益軒 …………………………… 7
　大疑録 …………………………… 9
　五常訓 …………………………… 65
　書簡 ……………………………… 169
　〈付録〉女大学 ………………… 201
室鳩巣 ……………………………… 229
　書簡 ……………………………… 231
　読続大意録 ……………………… 325
　〈参考〉遊佐木斉書簡 ………… 341
　原文（大疑録・室鳩巣書簡・読続大意録） …………………………… 387
＊解説 ……………………………… 443
　＊朱子学の哲学的性格―日本儒学解明のための視点設定（荒木見悟）‥ 445
　＊貝原益軒の思想（荒木見悟） … 467
　＊貝原益軒の生涯とその科学的業績―「益軒書簡」の解題にかえて（井上忠） ……………………………… 492
　＊室鳩巣の思想（荒木見悟） … 505
　＊女大学について（石川松太郎） … 531

第35巻　新井白石（松村明，尾藤正英，加藤周一校注）
1975年7月4日刊

＊凡例 ……………………………… 3
西洋紀聞（松村明校注） ………… 7
（参考）長崎注進邏馬人事 ……… 83
東雅（抄）（松村明校注） ……… 101
鬼神論（友枝龍太郎校注） ……… 145

読史余論(公武治乱考)(益田宗校注) ‥ 183	*藪狐山と亀井昭陽父子(頼惟勤) ‥‥ 553
白石先生手簡(新室手簡)(松村明校注)	*徂徠門弟以後の経学説の性格(頼惟
‥‥‥‥‥‥‥‥‥‥‥‥‥‥‥‥ 433	勤) ‥‥‥‥‥‥‥‥‥‥‥‥‥ 572
*補注 ‥‥‥‥‥‥‥‥‥‥‥‥‥‥ 473	*文学史上の徂徠学・反徂徠学(日野
*解説 ‥‥‥‥‥‥‥‥‥‥‥‥‥‥ 503	龍夫) ‥‥‥‥‥‥‥‥‥‥‥‥ 577
*新井白石の世界(加藤周一) ‥‥ 505	*解題 ‥‥‥‥‥‥‥‥‥‥‥‥‥‥ 590
*新井白石の歴史思想(尾藤正英) ‥ 555	
*解題 ‥‥‥‥‥‥‥‥‥‥‥‥‥‥ 569	

第38巻　近世政道論(奈良本辰也校注)
1976年5月28日刊

第36巻　荻生徂徠(吉川幸次郎, 丸山真男,
西田太一郎(ほか)校注)
1973年4月10日刊

*凡例 ‥‥‥‥‥‥‥‥‥‥‥‥‥‥‥ 3	治国家根元(伝 本多正信) ‥‥‥‥‥ 7
弁道(西田太一郎校注) ‥‥‥‥‥‥‥ 9	本多平八郎聞書(本多忠勝) ‥‥‥‥ 21
弁名(西田太一郎校注) ‥‥‥‥‥‥ 37	池田光政日記 抄(池田光政) ‥‥‥ 31
学則(西田太一郎校注) ‥‥‥‥‥ 187	燕居偶筆(大月履斎) ‥‥‥‥‥‥‥ 71
原文(弁道・弁名・学則) ‥‥‥‥ 199	紀州政事草(伝 徳川吉宗) ‥‥‥ 125
政談(辻達也校注) ‥‥‥‥‥‥‥ 259	温知政要(徳川宗春) ‥‥‥‥‥‥ 155
太平策(丸山真男校注) ‥‥‥‥‥ 447	人見弥右衛門上書(人見棠) ‥‥‥ 169
徂徠集(西田太一郎校注) ‥‥‥‥ 487	富国建議(林子平) ‥‥‥‥‥‥‥ 189
*補注 ‥‥‥‥‥‥‥‥‥‥‥‥‥‥ 547	伝国の詞 他(上杉治憲) ‥‥‥‥ 227
*荻生徂徠年譜 ‥‥‥‥‥‥‥‥‥ 607	政語(松平定信) ‥‥‥‥‥‥‥‥ 249
*解題 ‥‥‥‥‥‥‥‥‥‥‥‥‥‥ 619	迂言(広瀬淡窓) ‥‥‥‥‥‥‥‥ 279
*解説 ‥‥‥‥‥‥‥‥‥‥‥‥‥‥ 627	茶道の政道の助となるべきを論へる文
*徂徠学案(吉川幸次郎) ‥‥‥ 629	(井伊直弼) ‥‥‥‥‥‥‥‥‥ 345
*「政談」の社会的背景(辻達也) ‥ 741	時事五箇条(吉田東洋) ‥‥‥‥‥ 351
*「太平策」考(丸山真男) ‥‥‥‥ 787	経緯愚説(真木保臣) ‥‥‥‥‥‥ 359
	世の手本(渋井太室) ‥‥‥‥‥‥ 369
	柳子新論(山県大弐) ‥‥‥‥‥‥ 391
	*解説 ‥‥‥‥‥‥‥‥‥‥‥‥‥‥ 421

第37巻　徂徠学派(頼惟勤校注)
1972年4月26日刊

	*近世政道論の展開 ‥‥‥‥‥‥ 423
*凡例 ‥‥‥‥‥‥‥‥‥‥‥‥‥‥‥ 3	*解題 ‥‥‥‥‥‥‥‥‥‥‥‥‥‥ 447
太宰春台 ‥‥‥‥‥‥‥‥‥‥‥‥‥ 5	

第39巻　近世神道論　前期国学(平重道,
阿部秋生校注)
1972年7月25日刊

経済録(抄)経済録拾遺 ‥‥‥‥‥ 7	
聖学問答 ‥‥‥‥‥‥‥‥‥‥‥ 57	
斥非 斥非附録 ‥‥‥‥‥‥‥‥ 137	*凡例 ‥‥‥‥‥‥‥‥‥‥‥‥‥‥‥ 5
服部南郭 南郭先生文集(抄) ‥‥‥ 193	近世神道論 ‥‥‥‥‥‥‥‥‥‥‥‥ 9
尾藤二洲 ‥‥‥‥‥‥‥‥‥‥‥‥ 245	神道伝授(林羅山) ‥‥‥‥‥‥‥ 11
素餐録 ‥‥‥‥‥‥‥‥‥‥‥‥ 247	吉川惟足 ‥‥‥‥‥‥‥‥‥‥‥‥ 59
正学指掌 ‥‥‥‥‥‥‥‥‥‥‥ 317	玉伝秘訣 ‥‥‥‥‥‥‥‥‥‥ 59
崇孟(藪狐山) ‥‥‥‥‥‥‥‥‥ 355	土金之秘決 ‥‥‥‥‥‥‥‥‥ 67
読辨道(亀井昭陽) ‥‥‥‥‥‥‥ 385	君道伝 ‥‥‥‥‥‥‥‥‥‥‥ 73
*解説 ‥‥‥‥‥‥‥‥‥‥‥‥‥‥ 485	神籬磐境之大事(吉川従長) ‥‥‥ 77
*太宰春台の人と思想(尾藤正英) ‥ 487	陽復記(度会延佳) ‥‥‥‥‥‥‥ 85
*服部南郭の生涯と思想(日野龍夫) ‥ 515	山崎闇斎 ‥‥‥‥‥‥‥‥‥‥‥ 119
*尾藤二洲について(頼惟勤) ‥‥ 532	垂加社語 ‥‥‥‥‥‥‥‥‥‥ 119

```
　　持授抄 ……………………………… 129
　　神代巻講義 …………………………… 141
　　神路手引草（増穂残口） ……………… 189
　　恭軒先生初会記（藤塚知直） ………… 235
　　神道学則日本魂（松岡雄淵） ………… 251
前期国学 …………………………………… 263
　戸田茂睡 ………………………………… 265
　　寛文五年文詞 ………………………… 265
　　梨本集序 ……………………………… 267
　　梨本書 ………………………………… 274
　　雑説（抄）―万葉代匠記総釈（契沖）… 309
　　創学校啓（荷田春満） ………………… 329
　　賀茂真淵 ……………………………… 339
　　　文意考 ……………………………… 340
　　　歌意考 ……………………………… 348
　　　邇飛麻那微 ………………………… 357
　　　国意考 ……………………………… 374
　　　語意考 ……………………………… 394
　　〈参考〉 ………………………………… 421
　　　紫家七論（安藤為章） ……………… 422
　　　創学校啓草稿本（荷田春満） ……… 442
　　　書意（賀茂真淵） …………………… 444
　　　和学大概（村田春海） ……………… 448
＊補注 ……………………………………… 453
＊解説 ……………………………………… 495
　＊儒家神道と国学（阿部秋生） ………… 497
　＊近世の神道思想（平重道） …………… 507
　＊契沖・春満・真淵（阿部秋生） ……… 559

第40巻　本居宣長（吉川幸次郎，佐竹昭広，
日野龍夫校注）
1978年1月25日刊

＊凡例 ……………………………………… 3
玉勝間 ……………………………………… 8
うひ山ぶみ ………………………………… 511
＊解説 ……………………………………… 541
　＊玉勝間覚書（佐竹昭広） ……………… 543
　＊宣長学成立まで（日野龍夫） ………… 565
　＊文弱の価値―「物のあはれを知る」
　　補考（吉川幸次郎） ………………… 593
　＊主要著作年譜 ………………………… 626

第41巻　三浦梅園（島田虔次，田口正治校
注）
1982年5月31日刊
```

＊凡例 ……………………………………… 5
玄語（島田虔次訳注） …………………… 9
玄語原文　付　校異（田口正治校訂） …… 375
玄語図（尾形純男校注） ………………… 547
＊解説 ……………………………………… 603
　＊『玄語』稿本について（田口正治）… 605
　＊三浦梅園の哲学（島田虔次） ………… 635
　＊玄語図読図について（尾形純男） … 673
　＊三浦梅園略年譜（田口正治） ………… 681
＊索引 ……………………………………… 9

第42巻　石門心学（柴田実校注）
1971年2月25日刊

＊凡例 ……………………………………… 5
倹約斉家論（石田梅岩） …………………… 9
石田先生語録〔抄〕（石田梅岩） ………… 33
莫妄想（石田梅岩） ……………………… 103
坐談随筆（手島堵庵） …………………… 117
知心弁疑（手島堵庵） …………………… 129
児女ねむりさまし（手島堵庵） ………… 143
前訓（手島堵庵） ………………………… 159
会友大旨（手島堵庵） …………………… 185
心学承伝之図・聖賢証語国字解序（上河
　淇水） …………………………………… 201
道二翁道話（中沢道二） ………………… 207
鳩翁道話（柴田鳩翁） …………………… 233
松翁ひとり言（布施松翁） ……………… 293
朱学弁（鎌田柳泓） ……………………… 299
心学五則（鎌田柳泓） …………………… 357
理学秘訣（鎌田柳泓） …………………… 375
心学奥の桟（鎌田柳泓） ………………… 405
＊解説 ……………………………………… 447
　＊石門心学について …………………… 449
　＊石田先生語録について ……………… 511
　＊参考文献 ……………………………… 517

第43巻　富永仲基　山片蟠桃（水田紀久，有
坂隆道校注）
1973年8月27日刊

＊凡例 ……………………………………… 3
富永仲基 …………………………………… 9
　出定後語 ………………………………… 11
山片蟠桃 …………………………………… 139
　夢ノ代 …………………………………… 141
＊補注 ……………………………………… 617

＊解説 …………………… *643*	＊解説 …………………… *581*
＊富永仲基と山片蟠桃―その懐徳堂との関係など（水田紀久）………… *645*	＊安藤昌益研究の現状と展望（尾藤正英）………………………… *585*
＊『出定後語』と富永仲基の思想史研究法（水田紀久）……………… *653*	＊佐藤信淵―人物・思想ならびに研究史（島崎隆夫）……………… *602*
＊『出定後語』の版本（梅谷文夫）‥ *685*	＊解題 …………………… *617*
＊山片蟠桃と『夢ノ代』（有坂隆道）‥ *693*	

第44巻　本多利明 海保青陵（塚谷晃弘, 蔵並省自校注）
1970年6月25日刊

＊凡例 ………………………… *5*	
本多利明（塚谷晃弘校注）………… *9*	
経世秘策 …………………… *11*	
西域物語 …………………… *87*	
交易論 ……………………… *165*	
＊補注 ……………………… *201*	
海保青陵（蔵並省自校注）……… *213*	
稽古談 ……………………… *215*	
新墾談 ……………………… *348*	
＊補注 ……………………… *413*	
＊解説 ……………………… *419*	
＊江戸後期における経世家の二つの型―本多利明と海保青陵の場合（塚谷晃弘）…………………… *421*	
＊本多利明（塚谷晃弘）………… *443*	
＊収載書目解題 ………… *474*	
＊海保青陵（蔵並省自）………… *481*	
＊収載書目解題 ………… *501*	

第45巻　安藤昌益 佐藤信淵（尾藤正英, 島崎隆夫校注）
1977年12月23日刊

＊凡例 ………………………… *3*	
安藤昌益（尾藤正英）…………… *9*	
自然真営道 …………………… *11*	
掠職手記 …………………… *274*	
石碑銘 ……………………… *283*	
原文 ………………………… *287*	
佐藤信淵（島崎隆夫）…………… *359*	
天柱記 ……………………… *361*	
混同秘策 …………………… *425*	
垂統秘録 …………………… *487*	
経済要略 …………………… *519*	
＊補注 ……………………… *571*	

第46巻　佐藤一斎 大塩中斎（相良亨, 溝口雄三, 福永光司校注）
1980年5月23日刊

＊凡例 ………………………… *3*
佐藤一斎（相良亨, 溝口雄三校注）… *7*
　言志録 ……………………… *9*
　言志後録 …………………… *57*
　言志晩録 …………………… *107*
　言志耋録 …………………… *167*
　原文 ………………………… *219*
＊補注 ……………………… *291*
大塩中斎（福永光司校注）……… *357*
　洗心洞箚記 ………………… *359*
　〔附録〕一斎佐藤氏に寄する書 ……… *559*
　原文 ………………………… *563*
＊補注 ……………………… *635*
＊解説 ……………………… *707*
　＊『言志四録』と『洗心洞箚記』（相良亨）……………………… *709*
　＊天人合一における中国的独自性（溝口雄三）………………… *739*

第47巻　近世後期儒家集（中村幸彦, 岡田武彦校注）
1972年3月25日刊

＊凡例 ………………………… *3*
細井平洲（中村幸彦校注）……… *7*
　嚶鳴館遺草（抄）…………… *7*
　平洲先生諸民江教諭書取 … *23*
中井竹山（中村幸彦校注）……… *44*
　非徴（総非）………………… *43*
　与今村泰行論国事・経済要語 … *63*
問学挙要（中村幸彦校注）……… *73*
聖道得門（中村幸彦校注）……… *127*
入学新論（岡田武彦校注）……… *163*
約言（岡田武彦校注）…………… *221*
弁妄（岡田武彦校注）…………… *245*
書簡（岡田武彦校注）…………… *275*

鳴鶴相和集(岡田武彦校注) 295
〈付録〉寛政異学禁関係文書(中村幸彦校注) 319
原文 351
*補注 441
*解説 477
　*概説　第一部　近世後期儒学界の動向(中村幸彦) 479
　*概説　第二部　明末と幕末の朱王学(岡田武彦) 499
*解題(一)(中村幸彦) 518
*解題(二)(岡田武彦) 539

第48巻　近世史論集(松本三之介,小倉芳彦校注)
1974年1月25日刊

*凡例 7
大日本史賛藪(小倉芳彦校注) 11
　原文 246
保建大記(小倉芳彦校注) 321
　原文 372
大勢三転考(鈴木英雄校注) 385
*補注 463
　系図 528
*解説 541
　*解題(小倉芳彦) 543
　*近世における歴史叙述とその思想(松本三之介) 578

第49巻　頼山陽(植手通有校注)
1977年10月25日刊

*凡例 5
日本政記 7
国朝政紀稿本の後に書す(跋) 458
原文 459
*補注 627
*解説 653

第50巻　平田篤胤　伴信友　大国隆正(田原嗣郎,関晃,佐伯有清,芳賀登校注)
1973年9月25日刊

*凡例 5
平田篤胤(田原嗣郎校注) 9
　霊の真柱 11

新鬼神論 133
伴信友(関晃,佐伯有清校注) 271
　長等の山風 273
大国隆正(芳賀登,佐伯有清校注) 401
　本学挙要 403
　学統辨論 459
　新真公法論并附録 493
*補注 519
*解説 563
　*『霊の真柱』以後における平田篤胤の思想について(田原嗣郎) 565
　*伴信友の学問と『長等の山風』(佐伯有清,関晃) 595
　*大国隆正の学問と思想—その社会的機能を中心として(芳賀登) 619
*文献解題 651
*参考文献 659
*年譜 661

第51巻　国学運動の思想(芳賀登,松本三之介校注)
1971年3月29日刊

*凡例 3
岩にむす苔(生田万) 9
待問雑記(橘守部) 49
明道書(和泉真国) 125
産須那社古伝抄(六人部是香) 221
世継草(鈴木重胤) 231
済生要略(桂誉重) 245
国益本論(宮負定雄) 291
遠山毘古(宮内嘉長) 311
離屋学訓(鈴木朖) 361
沢能根世利(長野義言) 407
園能池水(伴林光平) 451
大帝国論(竹尾正胤) 487
古史略(角田忠行) 529
献芹詹語(矢野玄道) 547
*補注 587
*作者略伝 621
*国学者門人系統表 628
*解説 631
　*幕末国学の思想史的意義—主として政治思想の側面について(松本三之介) 633

* 幕末変革期における国学者の運動と論理—とくに世直し状況と関連させて(芳賀登) ……… 662
* 参考文献 ……… 715

第52巻　二宮尊徳 大原幽学(奈良本辰也, 中井信彦校注)
1973年5月30日刊

* 凡例 ……… 3
二宮尊徳(奈良本辰也校注) ……… 7
　三才報徳金毛録 ……… 9
　仕法四種 ……… 49
　二宮翁夜話 ……… 121
大原幽学(中井信彦校注) ……… 235
　微味幽玄考 ……… 237
　義論集 ……… 355
* 解説 ……… 401
　* 二宮尊徳の人と思想(奈良本辰也) ……… 403
　* 「微味幽玄考」と大原幽学の思想(中井信彦) ……… 442
　* 参考文献 ……… 485
　* 年譜 ……… 487

第53巻　水戸学(今井宇三郎, 瀬谷義彦, 尾藤正英校注)
1973年4月28日刊

* 凡例 ……… 5
正名論(藤田幽谷) ……… 9
校正局諸学士に与ふるの書(藤田幽谷) ……… 15
丁巳封事(藤田幽谷) ……… 25
新論(会沢正志斎) ……… 49
壬辰封事(藤田東湖) ……… 161
中興新書(豊田天功) ……… 193
告志篇(徳川斉昭) ……… 209
弘道館記(徳川斉昭) ……… 229
退食間話(会沢正志斎) ……… 233
弘道館記述義(藤田東湖) ……… 259
防海新策(豊田天功) ……… 339
人臣去就説(会沢正志斎) ……… 353
時務策(会沢正志斎) ……… 361
原文[正名論・与校正局諸学士書・丁巳封事・新論・弘道館記述義] ……… 369
* 補注 ……… 449
* 解説 ……… 471
　* 解題(瀬谷義彦) ……… 473

* 水戸学の背景(瀬谷義彦) ……… 507
* 水戸学における儒教の受容—藤田幽谷・会沢正志斎を主として(今井宇三郎) ……… 525
* 水戸学の特質(尾藤正英) ……… 556
* 水戸学年表 ……… 583

第54巻　吉田松陰(吉田常吉, 藤田省三, 西田太一郎校注)
1978年11月22日刊

* 凡例 ……… 3
書簡 ……… 7
西遊日記 ……… 393
東北遊日記 ……… 445
回顧録 ……… 535
江戸獄記 ……… 572
狂夫の言 ……… 581
囚室雑論 ……… 590
* 解説 ……… 595
　* 書目撰定理由—松陰の精神史的意味に関する一考察(藤田省三) ……… 597
　* 吉田松陰年譜 ……… 623
　* 主要人物索引 ……… 1

第55巻　渡辺崋山 高野長英 佐久間象山 横井小楠 橋本左内(佐藤昌介, 植手通有, 山口宗之校注)
1971年6月25日刊

* 凡例 ……… 9
渡辺崋山(佐藤昌介校注) ……… 15
　外国事情書 ……… 17
　再稿西洋事情書 ……… 43
　初稿西洋事情書 ……… 57
　慎機論 ……… 65
　鴃舌小記・鴃舌或問 ……… 73
　退役願書之稿 ……… 95
　崋山書簡 付 遺書 ……… 105
高野長英(佐藤昌介校注) ……… 159
　戊戌夢物語 ……… 161
　わすれがたみ(別名、鳥の鳴音) ……… 171
　蛮社遭厄小記 ……… 185
　西洋学師ノ説 ……… 203
　西説医原枢要(抄) ……… 211
佐久間象山(植手通有校注) ……… 235
　省諐録 ……… 237

日本思想大系

　上書 ································ 261
　象山書簡 ···························· 325
　雑纂 ································ 393
　原文（省諐録 雑纂） ················ 411
横井小楠（山口宗之校注） ·············· 425
　意見書 ······························ 427
　小楠書簡 ···························· 469
　談話筆記 ···························· 495
橋本左内（山口宗之校注） ·············· 521
　啓発録 ······························ 523
　意見書 ······························ 533
　左内書簡 ···························· 557
　雑纂 ································ 581
＊補注 ································ 593
＊解説 ································ 605
　＊渡辺崋山と高野長英（佐藤昌介） ··· 607
　＊佐久間象山における儒学・武士精神・
　　洋学—横井小楠との比較において（植手
　　通有） ···························· 652
　＊橋本左内・横井小楠—反尊攘・倒幕
　　思想の意義と限界（山口宗之） ····· 686
　＊参考文献 ·························· 717
　＊年表 ······························ 720

第56巻　幕末政治論集（吉田常吉, 佐藤誠
　三郎校注）
1976年4月30日刊

＊凡例 ································· 3
第一章 開国の衝撃 ······················ 7
第二章 公武合体と尊王攘夷との交錯 ··· 169
第三章 再統一への模索 ················ 305
＊解説 ································ 553
　＊幕末における政治的対立の特質（佐
　　藤誠三郎） ························ 555
＊底本に使用した文献 ·················· 581
＊収載文書一覧 ·························· 1

第57巻　近世仏教の思想（柏原祐泉, 藤井
　学校注）
1973年6月25日刊

＊凡例 ································· 3
三彝訓（柏原祐泉校注） ·················· 7
僧分教誡三罪録（柏原祐泉校注） ········· 35
総斥排仏弁（柏原祐泉校注） ············ 105

妙好人伝（初篇 仰誓、二篇 僧純）（柏原
　祐泉校注） ·························· 147
宗義制法論（藤井学校注） ·············· 255
妙正物語（藤井学校注） ················ 355
千代見草（藤井学校注） ················ 397
原文（三彝訓・宗義制法論） ············ 455
＊補注 ································ 499
＊解説 ································ 515
　＊近世の排仏思想（柏原祐泉） ······· 517
　＊護法思想と庶民教化（柏原祐泉） ··· 533
　＊不受不施思想の分析（藤井学） ····· 557
　＊近世仏教の特色（藤井学） ········· 574

第58巻　民衆運動の思想（庄司吉之助, 林
　基, 安丸良夫校注）
1970年7月25日刊

＊凡例 ································· 3
三浦命助（森嘉兵衛校注） ················ 9
菅野八郎（庄司吉之助校注） ············· 87
宝氷水府太平記（瀬谷義彦校注） ········ 169
美国四民乱放記（長光徳和校注） ········ 185
狐塚千本鑓（森田雄一校注） ············ 207
鴨の騒立（高橋磌一, 塚本学校注） ······ 237
奥州信夫郡伊達郡の御百姓衆一揆之次
　第（庄司吉之助校注） ················ 273
秩父領飢渇一揆（森田雄一校注） ········ 287
浮世の有さま 二 御蔭耳目第一（安丸良
　夫校注） ···························· 307
慶応伊勢御影見聞諸国不思儀之扣（安丸
　良夫校注） ·························· 373
＊補注 ································ 383
＊解説 ································ 389
　＊「民衆運動の思想」（安丸良夫） ···· 391
　＊各篇解題 ·························· 437

第59巻　近世町人思想（中村幸彦校注）
1975年11月28日刊

＊凡例 ································· 3
長者教 ································· 7
子孫鑑（寒河正親） ···················· 17
町人嚢（西川如見） ···················· 85
町人考見録（三井高房） ··············· 175
百姓分量記（常盤潭北） ··············· 235
教訓雑長持（伊藤単朴） ··············· 303
〈参考〉六諭衍義大意（室鳩巣） ······· 365

490　日本古典文学全集・内容綜覧

家訓 ………………………………… *378*
＊補注 ……………………………… *393*
＊解説 ……………………………… *407*

第60巻　近世色道論（野間光辰校注）
1976年8月25日刊

＊凡例 ………………………………… *3*
心友記 ………………………………… *7*
ぬれほとけ ………………………… *27*
たきつけ草　もえくゐ　けしすみ … *93*
色道小鏡 …………………………… *133*
艶道通鑑 …………………………… *205*
〈参考〉辨惑増鏡（艶道通鑑批評）… *349*
＊補注 ……………………………… *363*
＊解説 ……………………………… *373*
＊増穂残口の人と思想（中野三敏）… *401*

第61巻　近世芸道論（西山松之助，渡辺一郎，郡司正勝校注）
1972年1月25日刊

＊凡例 ………………………………… *3*
南方録（西山松之助校注）………… *9*
立花図屛風（西山松之助校注）… *177*
立花大全（西山松之助校注）…… *189*
抛入花伝書（西山松之助校注）… *245*
香之書（西山松之助校注）……… *287*
兵法家伝書（渡辺一郎校注）…… *301*
新陰流兵法目録事（渡辺一郎校注）… *345*
五輪書（渡辺一郎校注）………… *355*
兵法三十五箇条（渡辺一郎校注）… *395*
竹子集（序）（郡司正勝校注）… *401*
貞享四年義太夫段物集（序）（郡司正勝校注）… *407*
音曲口伝書（郡司正勝校注）…… *415*
老のたのしみ抄（郡司正勝校注）… *439*
古今役者論語魁（郡司正勝校注）… *463*
<small>作者式法</small>戯財録（郡司正勝校注）… *493*
＊補注 ……………………………… *533*
＊浄瑠璃歌舞伎人名一覧 ………… *570*
＊南方録　付図 …………………… *579*
＊解説 ……………………………… *583*
　＊近世芸道思想の特質とその展開（西山松之助）………………… *585*
　＊近世の遊芸論（西山松之助）… *612*

＊兵法伝書形成についての一試論（渡辺一郎）…………………………… *645*
＊浄るり・かぶきの芸術論（郡司正勝）………………………………… *674*

第62巻　近世科学思想 上（古島敏雄，安芸皎一校注）
1972年5月25日刊

＊凡例 ………………………………… *5*
百姓伝記抄（古島敏雄校注）……… *9*
農業全書抄（古島敏雄校注）…… *67*
（参考）農業全書総目録 ……… *165*
綿圃要務（古島敏雄校注）……… *169*
農業自得抄（古島敏雄校注）…… *219*
中村直三著作四点（古島敏雄校注）
　伊勢錦 ………………………… *254*
　ちわら早稲 …………………… *257*
　稲種選択法 …………………… *260*
　稲田収量実験表 ……………… *263*
前島家農事日記（古島敏雄校注）… *273*
御本丸様書上（安芸皎一校注）… *313*
御普請一件（安芸皎一校注）…… *319*
丑春川除御普請御仕様帳（安芸皎一校注）… *369*
未之川除御普請御仕様帳（安芸皎一校注）… *383*
丑之春御普請御仕様帳（安芸皎一校注）… *393*
戌秋追急水留御普請出来形帳（安芸皎一校注）… *401*
川通御普請所御願付留帳（安芸皎一校注）… *407*
龍王村地内御普請仕末書（安芸皎一校注）… *415*
＊解説 ……………………………… *421*
　＊I　問題の所在（古島敏雄）… *423*
　＊II　『農業全書』出現前後の農業知識（古島敏雄）…………… *431*
　＊III　幕末期農書とその知識獲得方法（古島敏雄）…………… *453*
　＊IV　地方書にあらわれた治水の地域性と技術の発展（古島敏雄）… *471*
　＊V　護岸水制概説（安芸皎一）… *481*
　＊VI　信玄堤（安芸皎一）…… *498*
＊解題（古島敏雄）……………… *510*

日本古典文学全集・内容綜覧　**491**

日本思想大系

第63巻　近世科学思想 下（広瀬秀雄，中山茂，大塚敬節校注）
1971年8月25日刊

* 凡例 5
* 二儀略説（広瀬秀雄校注） 9
* 天文瓊統 巻之一（中山茂校注） 109
* 星学手簡 抄（広瀬秀雄校注） 193
* 蕙徴（大塚敬節校注） 223
* 医事或問（大塚敬節校注） 343
* 師説筆記（大塚敬節校注） 375
* 補注 415
* 解説 451
  * はじめに 453
  * 近世前期の天文暦学（広瀬秀雄） ... 455
  * 解題 463
    * 小林謙貞と二儀略説（広瀬秀雄） 465
    * 渋川春海と天文瓊統（中山茂） ... 470
    * 星学手簡（広瀬秀雄） 476
    * ヨーロッパ科学思想の伝来と受容（尾原悟） 481
    * 中国系天文暦学の伝統と渋川春海（中山茂） 497
  * 近世前期の医学（大塚敬節） 512
  * 参考文献 543

第64巻　洋学 上（沼田次郎，松村明，佐藤昌介校注）
1976年11月5日刊

* 凡例 5
* 青木昆陽（松村明校注） 11
  * 和蘭訳訳（松村明校注） 11
  * 和蘭文訳（松村明校注） 19
  * 和蘭文字略考（松村明校注） 33
* 前野良沢 69
  * 和蘭訳文略（松村明校注） 69
  * 和蘭訳筌（松村明校注） 127
  * 管蠡秘言（佐藤昌介校注） 127
* 杉田玄白 183
  * 和蘭医事問答（松村明，酒井シヅ校注） 183
  * 狂医之言（佐藤昌介校注） 227
  * 形影夜話（佐藤昌介校注） 245
  * 野叟独語（佐藤昌介校注） 291
* 大槻玄沢 317
  * 蘭学階梯（松村明校注） 373
  * 蘭訳梯航（松村明校注） 373
  * 捕影問答（佐藤昌介校注） 401
* 司馬江漢 445
  * 和蘭天説（沼田次郎，広瀬秀雄校注） 445
  * 西洋画談（沼田次郎校注） 489
  * 和蘭通舶（沼田次郎校注） 497
* 補注 541
* 解説 569
  * 人物略伝・収載書目解題 571
  * 洋学の思想的特質と封建批判論・海防論（佐藤昌介） 609
  * 近世のオランダ語学―昆陽以前の一、二の問題（松村明） 640
  * 司馬江漢と蘭学（沼田次郎） 649
* 洋学史略年表 673

第65巻　洋学 下（広瀬秀雄，中山茂，小川鼎三校注）
1972年6月26日刊

* 凡例 5
* 求力法論（中山茂，吉田忠校注） 9
* 理学入式遠西観象図節（広瀬秀雄校注） 53
* ラランデ暦書管見（抄）（中山茂校注） .. 167
* 解体新書（小川鼎三，酒井シヅ校注） ... 207
* 原文 319
* 遁花秘訣（小川鼎三，酒井シヅ校注） ... 361
* 補注 385
* 解説 417
  * 洋学としての天文学―その形成と展開（広瀬秀雄） 419
  * 近代科学と洋学（中山茂） 441
  * 解題 461
    * 志筑忠雄と「求力法論」（中山茂） 462
    * 吉雄南皐と「遠西観象説」（広瀬秀雄） 466
    * 高橋至時と「ラランデ暦書管見」（中山茂） 473
  * 近代医学の先駆―解体新書と遁花秘訣（小川鼎三） 479
  * 参考文献 526

第66巻　西洋見聞集（沼田次郎，松沢弘陽校注）
1974年12月24日刊

```
*凡例 ………………………………………… 3
航米日録（沼田次郎校注）……………… 7
仏英行（柴田剛中日載七・八より）（君塚
　進校注）…………………………………… 261
英国探索（松沢弘陽校注）……………… 477
*補注（航米日録）………………………… 545
*解説 ……………………………………… 549
　*玉虫左太夫と航米日録（沼田次郎）　551
　*柴田剛中とその日載（君塚進）　565
　*英国探索始末（松沢弘陽）…………… 579
　*幕末の遣外使節について―万延元
　　年の遣米使節より慶応元年の遣仏使節
　　まで（沼田次郎）……………………… 599
　*さまざまな西洋見聞―「夷情探索」
　　から「洋行」へ（松沢弘陽）………… 621
　*参考文献 ……………………………… 681
```

第67巻　民衆宗教の思想（村上重良，安丸良夫校注）
1971年9月25日刊

```
*凡例 ………………………………………… 3
一尊如来きの …………………………… 10
　お経様（抄）……………………………… 10
黒住教（黒住宗忠）……………………… 44
　日々家内心得の事 ……………………… 44
　黒住教教書 歌集〔附録〕伝 歌集 ……… 45
　黒住教教書 文集道の部 ……………… 71
天理教（中山みき）……………………… 180
　みかぐらうた …………………………… 180
　おふでさき ……………………………… 189
　おさしづ（抄）…………………………… 304
金光教（金光大神）……………………… 312
　金光大神覚 ……………………………… 312
　金光大神理解（抄）…………………… 364
富士講 …………………………………… 424
　三十一日の御巻 ………………………… 424
　角行藤仏舸記（御大行の巻）………… 452
　御身抜 …………………………………… 482
丸山教（伊藤六郎兵衛）………………… 486
　おしらべ（教祖親蹟御法）（抄）……… 486
*解説 ……………………………………… 561
　*幕末維新期の民衆宗教について（村
　　上重良）………………………………… 563
　*一尊如来きのと如来教・一尊教団（村
　　上重良）………………………………… 571
　*黒住宗忠と黒住教（村上重良）……… 587
```

```
*中山みきと天理教（村上重良）……… 599
*金光大神と金光教（村上重良）……… 616
*富士講（安丸良夫）…………………… 634
*角行藤仏舸記と角行関係文書につ
　いて（伊藤堅吉）……………………… 646
*丸山教（安丸良夫）…………………… 649
```

[070] **日本随筆大成**
吉川弘文館
第Ⅰ期全23巻，第Ⅱ期全24巻，第Ⅲ期全24巻，別巻全10巻
1973～1979年5月
（日本随筆大成編輯部編，関根正直，和田英松，田辺勝哉監修）

第Ⅰ期第1巻
1975年3月10日刊

*解題（丸山季夫） 1
梅村載筆（林羅山） 1
筆のすさび（菅茶山） 73
覊旅漫録（滝沢馬琴） 159
仙台間語（林笠翁） 305
*あとがき（吉川弘文館編集部） 452

第Ⅰ期第2巻
1975年4月5日刊

*解題（丸山季夫） 1
春波楼筆記（司馬江漢） 1
瓦礫雑考（喜多村信節） 79
紙魚室雑記（城戸千楯） 181
桂林漫録（桂川中良） 277
柳亭記（柳亭種彦） 323
尚古造紙挿（暁鐘成） 407
*あとがき（吉川弘文館編集部） 482

第Ⅰ期第3巻
1975年4月30日刊

*解題（丸山季夫） 1
雲錦随筆（暁鐘成） 1
松屋棟梁集（高田与清） 149
橿園随筆（中島広足） 199
近世女風俗考（生川春明） 307
*あとがき（吉川弘文館編集部）

第Ⅰ期第4巻
1975年5月20日刊

*解題（丸山季夫） 1
蘿月菴国書漫抄（尾崎雅嘉） 1
画譚雞肋（中山高陽） 157
煙霞綺談（西村白鳥） 197
柳亭筆記（柳亭種彦） 247
磯山千鳥（堀寿成） 393
橘窓自語（橋本経亮） 413
*あとがき（吉川弘文館編集部） 514

第Ⅰ期第5巻
1975年6月10日刊

*解題（丸山季夫） 1
玄同放言（滝沢馬琴） 1
都の手ぶり（石川雅望） 287
織錦舎随筆（村田春海） 309
*あとがき（吉川弘文館編集部） 440

第Ⅰ期第6巻
1975年6月10日刊

*解題（丸山季夫） 1
睡余小録（藤原吉迪） 1
八水随筆 125
歴世女装考（山東京山） 145
書儈贅筆 339
楢の落葉物語（伴林光平） 375
金曽木（大田南畝） 383
鋸屑譚（谷川士清） 421
*あとがき（吉川弘文館編集部） 459

第Ⅰ期第7巻
1975年7月20日刊

*解題（丸山季夫） 1
上代衣服考（豊田長敦） 1
雨窓閑話 57
屋気野随筆（小野高潔） 123
寸錦雑綴（森島中良） 137
泊洦筆話（清水浜臣） 213
弁正衣服考 253
心の双紙（松平定信） 281
*あとがき（吉川弘文館編集部） 298

第Ⅰ期第8巻
1975年7月25日刊

*解題（丸山季夫）……………… 1
半日閑話（大田南畝）…………… 1
*あとがき（吉川弘文館編集部）…… 582

第Ⅰ期第9巻
1975年8月25日刊

*解題（丸山季夫）……………… 1
過庭紀談（原瑜）………………… 1
嚶々筆語（野之口隆正）………… 121
花街漫録（西村藐庵）…………… 239
*あとがき（吉川弘文館編集部）…… 402

第Ⅰ期第10巻
1975年9月15日刊

*解題（丸山季夫）……………… 1
遠碧軒記（黒川道祐）…………… 1
風のしがらみ（土肥経平）……… 177
著作堂一夕話（滝沢馬琴）……… 297
海人のくぐつ（中島広足）……… 377
善庵随筆（朝川鼎）……………… 419
*あとがき（吉川弘文館編集部）…… 486

第Ⅰ期第11巻
1975年11月10日刊

*解題（丸山季夫）……………… 1
古老茶話（柏崎永以）…………… 1
秉燭譚（伊藤東涯）……………… 163
四方の硯（畑維竜）……………… 259
*あとがき（吉川弘文館編集部）

第Ⅰ期第12巻
1975年10月15日刊

*解題（丸山季夫）……………… 1
梅園叢書（三浦安貞）…………… 1
野乃舎随筆（大石千引）………… 69
おもひぐさ（本居宣長）………… 115
閑窓瑣談（佐々木貞高）………… 133
還魂紙料（柳亭種彦）…………… 203
擁書漫筆（高田与清）…………… 307
西洋画談（司馬江漢）…………… 479
*あとがき（吉川弘文館編集部）…… 490

第Ⅰ期第13巻
1975年11月15日刊

*解題（丸山季夫）……………… 1
思ひの儘の記（勢多章甫）……… 1
用捨箱（柳亭種彦）……………… 107
向岡閑話（大田南畝）…………… 225
撈海一得（鈴木煥卿）…………… 325
松陰随筆（鈴木基之）…………… 383
槻の落葉信濃漫録（荒木田久老）…… 401
*あとがき（吉川弘文館編集部）…… 444

第Ⅰ期第14巻
1975年12月20日刊

*解題（丸山季夫）……………… 1
兼葭堂雑録（木村孔恭稿，暁鐘成）…… 1
文会雑記（湯浅元禎）…………… 163
閑窓瑣談（後編）（佐々木貞高）… 369
畏庵随筆（若槻敬）……………… 433
*あとがき（吉川弘文館編集部）

第Ⅰ期第15巻
1975年1月5日刊

*解題（丸山季夫）……………… 1
北辺随筆（富士谷御杖）………… 1
燕居雑話（日尾荊山）…………… 151
骨董集（山東京伝）……………… 337
*あとがき（吉川弘文館編集部）…… 556

第Ⅰ期第16巻
1976年1月30日刊

*解題（丸山季夫）……………… 1
かしのしづ枝（中島広足）……… 1
幽遠随筆（入江昌喜）…………… 85
松屋叢考（高田与清）…………… 155
宮川舎漫筆（宮川政運）………… 243
駒谷夙言（松村梅岡）…………… 353
*あとがき（吉川弘文館編集部）…… 388

第Ⅰ期第17巻
1976年3月10日刊

*解題（丸山季夫）……………… 1
古今沿革考（柏崎永以）………… 1

異説まちまち(和田烏江)……… 63
閑際筆記(藤井懶斎)……… 157
独語(太宰春台)……… 259
又楽庵示蒙話(栗原信充)……… 289
南嶺子(多田義俊)……… 323
南嶺子評(伊勢貞丈)……… 397
＊あとがき(吉川弘文館編集部)

第I期第18巻
1976年4月1日刊

＊解題(丸山季夫)……… 1
世事百談(山崎美成)……… 1
閑田耕筆(伴蒿蹊)……… 149
閑田次筆(伴蒿蹊)……… 291
天神祭十二時(山含亭意雅栗三)……… 455
＊あとがき(吉川弘文館編集部)

第I期第19巻
1976年4月20日刊

＊解題(丸山季夫)……… 1
筆の御霊(田沼善一)……… 1
東牖子(田宮仲宣)……… 91
鳴呼矣草(田宮仲宣)……… 197
斉諧俗談(大朏東華)……… 285
一宵話(秦鼎著, 牧墨僊編)……… 375
＊あとがき(吉川弘文館編集部)

第I期第20巻
1976年7月15日刊

＊解題(丸山季夫)……… 1
昆陽漫録(青木昆陽)……… 1
続昆陽漫録(青木昆陽)……… 199
続昆陽漫録補(青木昆陽)……… 229
南嶺遺稿(多田義俊)……… 257
南嶺遺稿評(伊勢貞丈)……… 319
秉穂録(岡田挺之)……… 327
＊あとがき(吉川弘文館編集部)

第I期第21巻
1976年5月20日刊

＊解題(丸山季夫)……… 1
年々随筆(石原正明)……… 1
嘉良喜随筆(山口幸充)……… 119

烹雑の記(滝沢馬琴)……… 413
＊あとがき(吉川弘文館編集部)

第I期第22巻
1976年6月15日刊

＊解題(丸山季夫)……… 1
三のしるべ(藤井高尚)……… 1
好古日録(藤貞幹)……… 51
好古小録(藤貞幹)……… 153
茅窓漫録(茅原定)……… 243
＊あとがき(吉川弘文館編集部)

第I期第23巻
1976年8月16日刊

＊解題(丸山季夫)……… 1
遊芸園随筆(川路聖謨)……… 1
奇遊談(川口好和)……… 269
包丁書録(林羅山)……… 333
こがね草(石川雅望)……… 351
花街漫録正誤(喜多村信節)……… 361
＊あとがき(吉川弘文館編集部)

第II期第1巻
1973年11月25日刊

＊解題(丸山季夫)……… 1
兎園小説(滝沢馬琴編)……… 1
草廬漫筆(武田信英)……… 357
＊あとがき(吉川弘文館編集部)

第II期第2巻
1973年12月15日刊

＊解題(丸山季夫)……… 1
松屋叢話(小山田与清)……… 1
堤醒紀談(山崎美成)……… 55
円珠庵雑記(契沖)……… 177
仮名世話(大田南畝著, 文宝堂散木補)……… 241
一時随筆(岡西惟中)……… 299
梅の塵(梅の舎主人)……… 351
当代江都百化物(馬場文耕)……… 387
＊あとがき(吉川弘文館編集部)

第II期第3巻
1974年1月12日刊

* 解題（丸山季夫） ………………… 1
* 筱舎（ささのや）漫筆（西田直養） ……… 1
* 萍花漫筆（桃華園） ………………… 337
* 兎園小説外集（滝沢馬琴） ………… 377
* あとがき（吉川弘文館編集部）

第II期第4巻
1974年1月25日刊

* 解題（丸山季夫） ………………… 1
* 兎園小説別表（滝沢馬琴編） ……… 1
* 八十翁疇昔話（財津種莢） ………… 125
* 牟芸古雅志（瀬川如皐（二世）編） … 169
* 雲萍雑志 ……………………………… 241
* 閑なるあまり（松平定信） ………… 327
* 画証録（喜多村信節） ……………… 339
* あとがき（吉川弘文館編集部）

第II期第5巻
1974年2月10日刊

* 解題（丸山季夫） ………………… 1
* 兎園小説余録（滝沢馬琴） ………… 1
* 兎園小説拾遺（滝沢馬琴編） ……… 73
* 保敬随筆（小泉保敬） ……………… 161
* 梅園拾葉（三浦梅園） ……………… 187
* 新著聞集（神谷養勇軒） …………… 231
* あとがき（吉川弘文館編集部）

第II期第6巻
1974年2月25日刊

* 解題（丸山季夫） ………………… 1
* 雉岡随筆（五十嵐篤好） …………… 1
* 三養雑記（山崎美成） ……………… 63
* 清風瑣言（上田秋成） ……………… 163
* 尤の草紙（斎藤徳元） ……………… 195
* 近世奇跡考（山東京伝） …………… 251
* あとがき（吉川弘文館編集部）

第II期第7巻
1974年3月20日刊

* 解題（丸山季夫） ………………… 1

第II期第8巻
1974年4月10日刊

* 它山石初編（松井羅州） …………… 1
* 筠庭雑録（喜多村信節） …………… 75
* 勇魚鳥（北山久備） ………………… 157
* 蜘蛛の糸巻（山東京伝） …………… 295
* 橘窓茶話（雨森芳洲） ……………… 347
* あとがき（吉川弘文館編集部）

第II期第8巻
1974年4月10日刊

* 解題（丸山季夫） ………………… 1
* 一挙博覧（鈴木忠候） ……………… 1
* 萍の跡（釈立綱） …………………… 43
* 筠庭雑考（喜多村信節） …………… 87
* 目さまし草（清中亭叔親） ………… 205
* 反古籠（森島中良） ………………… 245
* 閑窓自語（柳原紀光） ……………… 263
* 雑説嚢話（林自見） ………………… 351
* あとがき（吉川弘文館編集部）

第II期第9巻
1974年5月10日刊

* 解題（丸山季夫） ………………… 1
* 先進繡像玉石雑誌（栗原信充編） … 1
* 二川随筆（細川宗春，山川素石） … 391
* あとがき（吉川弘文館編集部）

第II期第10巻
1974年4月25日刊

* 解題（丸山季夫） ………………… 1
* 飛鳥川（柴村盛方） ………………… 1
* 続飛鳥川 ……………………………… 23
* 江戸雀（菱川師宣撰） ……………… 45
* 積翠閑話（中村経年） ……………… 285
* 尾崎雅嘉随筆（尾崎雅嘉） ………… 367
* 閑窓筆記（西村遠里） ……………… 387
* あとがき（吉川弘文館編集部）

第II期第11巻
1974年5月25日刊

* 解題（丸山季夫） ………………… 1
* 梅翁随筆 ……………………………… 1
* 桜の林（千家尊澄問，岩政信比古答） … 123
* 新増補浮世絵類考（竜田舎秋錦編） … 167

*あとがき（吉川弘文館編集部）

第II期第12巻
1974年6月10日刊

＊解題（丸山季夫）................................ 1
筬埃随筆（百井塘雨）............................ 1
玲瓏随筆（沢庵）................................ 287
十八大通（三升屋二三治）..................... 397
本朝世事談綺（菊岡沾涼）..................... 417
＊あとがき（吉川弘文館編集部）

第II期第13巻
1974年7月10日刊

＊解題（丸山季夫）................................ 1
河社（契沖）...................................... 1
多波礼草（雨森芳洲）......................... 183
本朝世事談綺正誤（山崎美成）............... 245
桑楊庵一夕話（岸識之）...................... 303
鄰女晤言（慈延）............................... 375
＊あとがき（吉川弘文館編集部）.............. 1

第II期第14巻
1974年7月25日刊

＊解題（丸山季夫）................................ 1
蓴菜（ぬなはの）草紙（多田義寛）............ 1
足薪翁記（柳亭種彦）........................... 43
奴師労之（やっこだこ）（大田南畝）........ 173
比古婆衣（伴信友）............................ 197
西山公随筆（徳川光圀）...................... 367
＊あとがき（吉川弘文館編集部）

第II期第15巻
1974年8月10日刊

＊解題（丸山季夫）................................ 1
南留別志（荻生徂徠）........................... 1
可成三註（篠崎東海，小林有之，岩井清則註）..................................... 51
非なるべし（富士谷成章）.................... 123
南留別志の弁.................................. 143
あるまじ（伊勢貞丈）......................... 159
ざるべし（谷真潮）............................ 163
北窓瑣談（橘春暉）............................ 169
醋中清話（小島成斎）......................... 351

＊あとがき（吉川弘文館編集部）

第II期第16巻
1974年8月25日刊

＊解題（丸山季夫）................................ 1
三省録（志賀忍著，原義胤補訂）............. 1
三省録後編（原義胤）......................... 113
火浣布略説（平賀鳩渓（平賀源内）編）.. 237
年山紀聞（安藤為章）......................... 257
＊あとがき（吉川弘文館編集部）

第II期第17巻
1974年9月25日刊

＊解題（丸山季夫）................................ 1
遊京漫録（清水浜臣）........................... 1
胡蝶庵随筆（聖応）............................ 129
柳庵随筆初編（栗原信充）.................... 155
柳庵随筆（栗原信充）......................... 189
＊あとがき（吉川弘文館編集部）

第II期第18巻
1974年10月10日刊

＊解題（丸山季夫）................................ 1
柳庵随筆余編（栗原信充）...................... 1
曲肱漫筆...................................... 13
薫風雑話（渋川時英）.......................... 47
立路随筆（林百助）........................... 105
北国奇談巡杖記（鳥翠台北𦾔）............... 143
南屏燕語（釈南山）............................ 207
答問雑稿（清水浜臣）......................... 297
＊あとがき（吉川弘文館編集部）

第II期第19巻
1975年2月10日刊

＊解題（丸山季夫）................................ 1
楓軒偶記（小宮山昌秀）........................ 1
諺草小言（小宮山昌秀）...................... 233
燕石雑志（滝沢馬琴）......................... 263
＊あとがき（吉川弘文館編集部）

第II期第20巻
1974年10月25日刊

諸国里人談（菊岡沾凉） ……………… 413
*あとがき（吉川弘文館編集部）

*解題（丸山季夫） ……………………… 1
静軒痴談（寺門静軒） …………………… 1
閑散余録（南川維遷） …………………… 53
於路加於比（笠亭仙果） ………………… 95
只今御笑草（瀬川如皐） ……………… 179
夏山雑談（平直方述） ………………… 211
銀鶏一睡南柯乃夢（畑銀鶏） ………… 355
猿著聞集（八島定岡） ………………… 401
*あとがき（吉川弘文館編集部）

第III期第1巻
1976年10月20日刊

*解題（小出昌洋） ……………………… 1
傍廂（かたびさし）（斎藤彦麻呂） …… 1
傍廂糾繆（かたびさしきゅうびゅう）（岡本保孝） ……………………………… 135
ねざめのすさび（石川雅望） ………… 151
理斎随筆（志賀理斎） ………………… 225
花月草紙（松平定信） ………………… 387

第II期第21巻
1974年11月10日刊

*解題（丸山季夫） ……………………… 1
折々草（建部綾足） ……………………… 1
難波江（岡本保孝） ……………………… 91
*あとがき（吉川弘文館編集部）

第III期第2巻
1976年11月20日刊

*解題（北川博邦, 小出昌洋, 向井信夫） ……………………………………… 1
浪華百事談 ……………………………… 1
異本洞房語園（庄司勝富） …………… 289
洞房語園後集（庄司勝富） …………… 347
洞房語園異本考異（石原徒流） ……… 363
筆のすさび（橘泰） …………………… 403
おほうみのはら（富士谷成章） ……… 473

第II期第22巻
1974年11月28日刊

*解題（丸山季夫） ……………………… 1
下馬のおとなひ（堀秀成） ……………… 1
松の落葉（藤井高尚） …………………… 17
蜑の焼藻の記（森山孝盛） …………… 199
闇の曙（新井白蛾） …………………… 265
*あとがき（吉川弘文館編集部）

第III期第3巻
1976年12月15日刊

*解題（北川博邦） ……………………… 1
中陵漫録（佐藤成裕） …………………… 1
柳庵雑筆（栗原信充） ………………… 363

第II期第23巻
1974年12月23日刊

*解題（丸山季夫） ……………………… 1
卯花園漫録（石上宣続） ………………… 1
雅遊漫録（大枝流芳） ………………… 253
*あとがき（吉川弘文館編集部）

第III期第4巻
1977年1月10日刊

*解題（北川博邦, 小出昌洋） ………… 1
古今雑談思出草紙（東随舎） …………… 1
俗耳鼓吹（ぞくじくすい）（大田南畝） … 133
消閑雑記（岡西惟中） ………………… 179
賤のをだ巻（森山孝盛） ……………… 225
醒睡笑（安楽庵策伝） ………………… 269
近世商賈尽狂歌合（石塚豊芥子） …… 355

第II期第24巻
1975年1月10日刊

*解題（丸山季夫） ……………………… 1
赤穂義士随筆（山崎美成） ……………… 1
思斉漫録（中村弘毅） ………………… 137
南畝莠言（大田南畝, 文宝亭編） …… 167
晤語（名島政方） ……………………… 249
輶軒小録（伊藤東涯） ………………… 329
莘野茗談（平秩東作） ………………… 363
なゐの日並（笠亭仙果） ……………… 383

第III期第5巻
1977年2月15日刊

*解題（北川博邦，小出昌洋）……… 1
天朝墨談（五十嵐篤好）……… 1
蒼梧随筆（大塚嘉樹）……… 151
梅窓筆記（橋本経亮）……… 311
関の秋風（松平定信）……… 365
浪華の風（久須美祐雋）……… 387
癇癖談（上田秋成）……… 407

第III期第6巻
1977年3月5日刊

*解題（北川博邦，小出昌洋）……… 1
三余叢談（長谷川宣昭）……… 1
とはずかたり（中井甃庵）……… 65
近来見聞噺の苗（暁鐘成）……… 97
駿台雑話（室鳩巣）……… 175
むさしあぶみ（浅井了意）……… 369
南向茶話（酒井忠昌）……… 413

第III期第7巻
1977年5月10日刊

*解題（小出昌洋）……… 1
後松日記（松岡行義）……… 1

第III期第8巻
1977年3月5日刊

*解題（北川博邦，小出昌洋）……… 1
見た京物語（木室卯雲）……… 1
天野政徳随筆（天野政徳）……… 25
凌雨漫録 ……… 127
琵響録（高橋宗直）……… 155
訓蒙浅語（大田晴軒）……… 195
榊巷談苑（榊原篁洲）……… 239

第III期第9巻
1977年4月5日刊

*解題（北川博邦，小出昌洋）……… 1
百草 ……… 1
我宿草 ……… 135
愚雑俎（田宮橘庵）……… 201
松亭漫筆（中村経年）……… 291
孝経楼漫筆（山本北山）……… 363

第III期第10巻
1977年6月7日刊

*解題（北川博邦，小出昌洋）……… 1
関秘録 ……… 1
牛馬問（新井白蛾）……… 203
和漢嘉話宿直文（三宅嘯山）……… 275
春湊浪話（土肥経平）……… 375
松竹問答（松岡辰方）……… 447

第III期第11巻
1977年7月11日刊

*解題（北川博邦，小出昌洋）……… 1
百草露（含弘堂偶斎）……… 1
麓の花（山崎美成）……… 293
妙々奇談（周滑平）……… 347
しりうごと（小説家主人）……… 405
難後言（遠藤春足）……… 449
鳥おどし（川崎重恭）……… 457
金剛談（小林元僩）……… 475

第III期第12巻
1977年8月10日刊

*解題（北川博邦，小出昌洋）……… 1
梅園日記（北静廬）……… 1
瀬田問答（大田南畝問・編，瀬名定雄答）……… 231
後は昔物語（手柄岡持）……… 263
白石先生紳書（新井白石）……… 297
桃岡雑記（八田知紀）……… 481

第III期第13巻
1977年9月12日刊

*解題（北川博邦）……… 1
塩尻（巻之一～巻之二十五）（天野信景）1

第III期第14巻
1977年10月12日刊

塩尻（巻之廿六～巻之五十）（天野信景）1

第III期第15巻
1977年11月12日刊

塩尻（巻之五十一～巻之七十一）（天野信景）……………………………… 1

第III期第16巻
1977年12月10日刊

塩尻（巻之七十二～巻之百）（天野信景） 1

第III期第17巻
1978年1月5日刊

＊解題（小出昌洋） ………………………… 1
塩尻拾遺（巻一～巻四十九）（天野信景） 1

第III期第18巻
1978年1月25日刊

塩尻拾遺（巻五十一～巻百二十）（天野信景）……………………………………… 1

第III期第19巻
1978年2月28日刊

＊解題（小出昌洋） ………………………… 1
翁草（巻之一～巻之三十五）（神沢杜口） 1

第III期第20巻
1978年4月5日刊

翁草（巻之三十六～巻之六十三）（神沢杜口）……………………………………… 1

第III期第21巻
1978年5月6日刊

翁草（巻之六十四～巻之百二）（神沢杜口）……………………………………… 1

第III期第22巻
1978年6月10日刊

翁草（巻之百三～巻之百三十二）（神沢杜口）……………………………………… 1

第III期第23巻
1978年7月5日刊

翁草（巻之百三十三～巻之百六十六）（神沢杜口）………………………………… 1

第III期第24巻
1978年8月5日刊

＊翁草解題追補（小出昌洋） ……………… 1
翁草（巻之百六十七～巻之二百）（神沢杜口）……………………………………… 1

別巻1　一話一言1
1978年8月30日刊

＊解題（小出昌洋） ………………………… 1
一話一言（巻一～巻八）（大田南畝）……… 1
＊あとがき（吉川弘文館編集部）………… 368

別巻2　一話一言2
1978年9月30日刊

一話一言（巻九～巻十六）（大田南畝）…… 1
＊あとがき（吉川弘文館編集部）………… 386

別巻3　一話一言3
1978年10月31日刊

一話一言（巻十七～巻二十四）（大田南畝）……………………………………… 1
＊あとがき（吉川弘文館編集部）………… 384

別巻4　一話一言4
1978年11月23日刊

一話一言（巻二十五～巻三十二）（大田南畝）……………………………………… 1
＊あとがき（吉川弘文館編集部）………… 398

別巻5　一話一言5
1978年12月11日刊

一話一言（巻之三十三～巻之三十九）（大田南畝）………………………………… 1
＊あとがき（吉川弘文館編集部）………… 368

別巻6　一話一言6
1979年1月5日刊

日本の文学 古典編

一話一言（巻四十一〜巻四十八）（大田南畝）………………………………… 1
一話一言 補遺（巻一〜巻九）………… 365
一話一言 追加 ……………………… 553
＊あとがき（吉川弘文館編集部）……… 568

別巻7　嬉遊笑覧1
1979年2月15日刊

＊解題（小出昌洋）………………………… 1
嬉遊笑覧（巻一〜巻三）………………… 1
＊あとがき（吉川弘文館編集部）……… 424

別巻8　嬉遊笑覧2
1979年3月20日刊

嬉遊笑覧（巻三〜巻五）………………… 1
＊あとがき（吉川弘文館編集部）……… 268

別巻9　嬉遊笑覧3
1979年4月5日刊

嬉遊笑覧（巻六〜巻九）………………… 1
＊あとがき（吉川弘文館編集部）……… 466

別巻10　嬉遊笑覧4
1979年5月7日刊

嬉遊笑覧（巻十〜巻十二・附録）……… 1
＊あとがき（吉川弘文館編集部）……… 372

[071] **日本の文学 古典編**
ほるぷ出版
全46巻
1976年6月〜1989年6月

第1巻　古事記（金井清一校注・訳）
1987年7月刊

＊凡例 ……………………………………… 4
＊総説 ……………………………………… 5
古事記 …………………………………… 33
　創世神話 ……………………………… 33
　国生み神話 …………………………… 42
　黄泉国訪問神話 ……………………… 56
　天照大御神と須佐之男命 …………… 93
　須佐之男命 ………………………… 124
　大国主神 …………………………… 142
　国譲り神話 ………………………… 174
　天孫降臨神話 ……………………… 221
　海幸山幸神話 ……………………… 261

第2巻　万葉集　一（曾倉岑, 阿蘇瑞枝, 小野寛校注・訳）
1987年7月刊

＊凡例 ……………………………………… 2
＊総説（一）……………………………… 3
万葉集 …………………………………… 17
　巻第一 ………………………………… 19
　巻第二 ………………………………… 67
　巻第三 ……………………………… 147
　巻第四 ……………………………… 207
　巻第五 ……………………………… 239
＊作者小伝（遠藤宏）………………… 283
＊初句索引 …………………………… 307
＊参考地図 …………………………… 315

第3巻　万葉集　二（曾倉岑, 阿蘇瑞枝, 小野寛校注・訳）
1987年7月刊

＊凡例 ……………………………………… 2

*総説（二） …… 3	
万葉集 …… 23	
巻第六 …… 23	
巻第七 …… 55	
巻第八 …… 87	
巻第九 …… 131	
巻第十 …… 175	
巻第十一 …… 225	
巻第十二 …… 263	
巻第十三 …… 281	
*作者小伝（遠藤宏） …… 309	
*初句索引 …… 327	
*参考地図 …… 335	

第4巻　万葉集 三（曾倉岑, 阿蘇瑞枝, 小野寛校注・訳）
1987年7月刊

*凡例 …… 2	
*総説（三） …… 3	
万葉集 …… 23	
巻第十四 …… 23	
巻第十五 …… 79	
巻第十六 …… 113	
巻第十七 …… 143	
巻第十八 …… 187	
巻第十九 …… 215	
巻第二十 …… 273	
*作者小伝（遠藤宏） …… 349	
*初句索引 …… 365	
*参考地図 …… 373	

第5巻　竹取物語　大和物語（高橋亨校注・訳）
1986年9月刊

竹取物語 …… 3	
*凡例 …… 4	
*総説 …… 5	
本文 …… 13	
大和物語 …… 145	
*凡例 …… 146	
*総説 …… 147	
本文 …… 155	

第6巻　伊勢物語　土左日記（中田武司校注・訳）
1986年9月刊

伊勢物語 …… 7	
*凡例 …… 8	
*総説 …… 9	
本文 …… 23	
土左日記 …… 227	
*凡例 …… 228	
*総説 …… 229	
本文 …… 241	

第7巻　古今和歌集（川村晃生校注・訳）
1986年9月刊

*凡例 …… 2	
*総説 …… 3	
古今和歌集 …… 17	
*初句索引 …… 355	
*作者索引 …… 363	

第8巻　蜻蛉日記（増田繁夫校注・訳）
1986年9月刊

*凡例 …… 6	
*総説 …… 7	
蜻蛉日記 …… 21	
上巻 …… 21	
中巻 …… 169	
下巻 …… 367	

第9巻　枕草子 上（鈴木日出男校注・訳）
1987年7月刊

*凡例 …… 4	
*総説 …… 5	
枕草子 …… 17	

第10巻　枕草子 下（鈴木日出男校注・訳）
1987年7月刊

*凡例 …… 5	
枕草子 …… 7	

第11巻　源氏物語 一（伊井春樹，日向一雅，百川敬仁（ほか）校注・訳）
1986年9月刊

* 凡例 ……………………………………… *2*
* 総説 ……………………………………… *3*
源氏物語 ……………………………………… *15*
　桐壺 ……………………………………… *15*
　帚木 ……………………………………… *65*
　空蟬 ……………………………………… *125*
　夕顔 ……………………………………… *149*
　若紫 ……………………………………… *223*
　末摘花 …………………………………… *293*
　紅葉賀 …………………………………… *349*
　花宴 ……………………………………… *389*

第12巻　源氏物語 二（伊井春樹，日向一雅，百川敬仁（ほか）校注・訳）
1986年9月刊

* 凡例 ……………………………………… *2*
源氏物語 ……………………………………… *3*
　葵 ………………………………………… *3*
　賢木 ……………………………………… *47*
　花散里 …………………………………… *93*
　須磨 ……………………………………… *103*
　明石 ……………………………………… *147*
　澪標 ……………………………………… *187*
　蓬生 ……………………………………… *227*
　関屋 ……………………………………… *245*
　絵合 ……………………………………… *255*
　松風 ……………………………………… *285*
　薄雲 ……………………………………… *309*
　朝顔 ……………………………………… *351*

第13巻　源氏物語 三（伊井春樹，日向一雅，百川敬仁（ほか）校注・訳）
1986年9月刊

* 凡例 ……………………………………… *2*
源氏物語 ……………………………………… *3*
　少女 ……………………………………… *3*
　玉鬘 ……………………………………… *75*
　初音 ……………………………………… *123*
　胡蝶 ……………………………………… *137*
　蛍 ………………………………………… *167*
　常夏 ……………………………………… *185*

　篝火 ……………………………………… *221*
　野分 ……………………………………… *229*
　行幸 ……………………………………… *241*
　藤袴 ……………………………………… *267*
　真木柱 …………………………………… *283*
　梅枝 ……………………………………… *317*
　藤裏葉 …………………………………… *327*

第14巻　源氏物語 四（伊井春樹，日向一雅，百川敬仁（ほか）校注・訳）
1987年7月刊

* 凡例 ……………………………………… *2*
源氏物語 ……………………………………… *3*
　若菜 上 ………………………………… *3*
　若菜 下 ………………………………… *91*
　柏木 ……………………………………… *211*
　横笛 ……………………………………… *255*
　鈴虫 ……………………………………… *279*
　夕霧 ……………………………………… *293*
　御法 ……………………………………… *347*
　幻 ………………………………………… *369*

第15巻　源氏物語 五（伊井春樹，日向一雅，百川敬仁（ほか）校注・訳）
1987年7月刊

* 凡例 ……………………………………… *2*
源氏物語 ……………………………………… *3*
　匂宮 ……………………………………… *3*
　紅梅 ……………………………………… *19*
　竹河 ……………………………………… *35*
　橋姫 ……………………………………… *77*
　椎本 ……………………………………… *123*
　総角 ……………………………………… *165*
　早蕨 ……………………………………… *255*
　宿木 ……………………………………… *279*

第16巻　源氏物語 六（伊井春樹，日向一雅，百川敬仁（ほか）校注・訳）
1987年7月刊

* 凡例 ……………………………………… *2*
源氏物語 ……………………………………… *3*
　東屋 ……………………………………… *3*
　浮舟 ……………………………………… *67*
　蜻蛉 ……………………………………… *159*

| 手習 ································ 213
| 夢浮橋 ······························ 307
| *主要人物解説 ················· 355
| *年立 ································· 378

第17巻　紫式部日記　和泉式部日記（古賀典子，三田村雅子校注・訳）
1987年7月刊

紫式部日記 ······························ 5
*凡例 ·· 6
*総説 ·· 7
　本文 ····································· 21
和泉式部日記 ······················· 215
*凡例 ···································· 216
*総説 ···································· 217
　本文 ··································· 229

第18巻　更級日記　建礼門院右京大夫集（三角洋一校注・訳）
1986年9月刊

更級日記 ··································· 9
*凡例 ······································· 10
*総説 ······································· 11
　本文 ····································· 21
建礼門院右京大夫集 ············ 215
*凡例 ···································· 216
*総説 ···································· 217
　序 ······································ 227
　本文 ·································· 228

第19巻　大鏡 上（海野泰男校注・訳）
1986年9月刊

*凡例 ·· 4
*総説 ·· 5
大鏡 ··· 17
　第一巻 ································ 17
　第二巻 ································ 83
　第三巻 ······························ 217

第20巻　大鏡 下（海野泰男校注・訳）
1986年9月刊

*凡例 ·· 4
大鏡 ··· 5

　第四巻 ·································· 5
　第五巻 ································ 93
　第六巻 ······························ 223

第21巻　堤中納言物語（大槻修校注・訳）
1986年9月刊

*凡例 ·· 2
*総説 ·· 3
堤中納言物語 ··························· 9
　花桜折る中将 ······················· 9
　このついで ························ 27
　虫めづる姫君 ···················· 44
　ほどほどの懸想 ················· 80
　逢坂こえぬ権中納言 ·········· 94
　貝あはせ ························· 122
　思はぬ方にとまりする少将 … 144
　はなだの女御 ·················· 173
　はいずみ ························· 204
　よしなしごと ·················· 233
　冬ごもる空の（断章）········ 249

第22巻　今昔物語集 上（小峯和明，森正人校注・訳）
1987年7月刊

*凡例 ·· 5
*総説 ·· 7
今昔物語集 ····························· 21
　天竺 ···································· 21
　震旦 ···································· 95
　本朝 仏法 ························· 149

第23巻　今昔物語集 下（小峯和明，森正人校注・訳）
1987年7月刊

*凡例 ·· 5
今昔物語 ··································· 7
　本朝 世俗 ····························· 7

第24巻　歌謡集（外村南都子校注・訳）
1986年9月刊

*凡例 ·· 2
*総説 ·· 3
神楽歌 ····································· 27

日本の文学 古典編

催馬楽 ………………………… 43
梁塵秘抄 ……………………… 57
早歌 ………………………… 105
閑吟集 ……………………… 173
田植草紙 …………………… 209
隆達小歌 …………………… 237

第25巻　新古今和歌集（佐藤恒雄校注・訳）
1986年9月刊

＊凡例 ………………………… 2
＊総説 ………………………… 3
新古今和歌集 ………………… 21
＊初句索引 ………………… 317
＊作者索引 ………………… 325

第26巻　方丈記 宇治拾遺物語（浅見和彦, 小島孝之校注・訳）
1987年7月刊

方丈記 ………………………… 3
＊凡例 ………………………… 4
＊総説 ………………………… 5
　本文 ………………………… 27
宇治拾遺物語 ……………… 145
＊凡例 ……………………… 146
＊総説 ……………………… 147
　序 ………………………… 159
　本文 ……………………… 163

第27巻　百人一首 秀歌選（久保田淳校注・訳）
1987年7月刊

＊凡例 ………………………… 9
＊総説 ………………………… 11
百人一首 …………………… 25
秀歌選 ……………………… 173
＊初句索引 ………………… 417

第28巻　保元物語 平治物語（日下力校注・訳）
1986年9月刊

保元物語 ……………………… 3
＊凡例 ………………………… 4
＊総説 ………………………… 5

　本文 ………………………… 13
平治物語 …………………… 231
＊凡例 ……………………… 232
＊総説 ……………………… 233
　序 ………………………… 241
　本文 ……………………… 244

第29巻　平家物語 上（栃木孝惟校注・訳）
1987年7月刊

＊凡例 ………………………… 4
＊総説 ………………………… 5
平家物語 …………………… 29

第30巻　平家物語 下（栃木孝惟校注・訳）
1987年7月刊

＊凡例 ………………………… 4
平家物語 ……………………… 5

第31巻　徒然草 上（稲田利徳校注・訳）
1986年9月刊

＊凡例 ………………………… 6
＊総説 ………………………… 7
徒然草 ……………………… 25

第32巻　徒然草 下（稲田利徳校注・訳）
1986年9月刊

＊凡例 ………………………… 5
徒然草 ………………………… 7

第33巻　太平記 上（大曾根章介, 松尾葦江校注・訳）
1986年9月刊

＊凡例 ………………………… 5
＊総説 ………………………… 7
太平記 ……………………… 21

第34巻　太平記 下（大曾根章介, 松尾葦江校注・訳）
1986年9月刊

＊凡例 ………………………… 4
太平記 ………………………… 5

日本の文学 古典編

第35巻　義経記（村上学校注・訳）
1986年9月刊

* 凡例 ……………………………………… 4
* 総説 ……………………………………… 5
* 義経記 …………………………………… 13

第36巻　能 能楽論 狂言（竹本幹夫，橋本朝生校注・訳）
1987年7月刊

能 ………………………………………… 5
* 凡例 ……………………………………… 6
* 総説 ……………………………………… 7
　自然居士 ……………………………… 25
　隅田川 ………………………………… 52
　当麻 …………………………………… 79
　忠度 ………………………………… 104
　熊野 ………………………………… 133
　楊貴妃 ……………………………… 166
　吉野静 ……………………………… 194
能楽論 ………………………………… 223
* 凡例 …………………………………… 224
* 総説 …………………………………… 225
　物学条々 …………………………… 233
狂言 …………………………………… 275
* 凡例 …………………………………… 276
* 総説 …………………………………… 277
　猿座頭 ……………………………… 289
　禁野 ………………………………… 307
　泣尼 ………………………………… 327
　鏡男 ………………………………… 344
　文荷 ………………………………… 358
　蟹山伏 ……………………………… 376
　鈍根草 ……………………………… 388
* 付録 …………………………………… 407

第37巻　歌論 連歌論 連歌（奥田勲校注・訳）
1987年7月刊

* 凡例 ……………………………………… 2
* 総説 ……………………………………… 3
歌論 ……………………………………… 25
　新撰髄脳（藤原公任） ……………… 27
　近代秀歌（藤原定家） ……………… 42
　正徹物語（正徹） …………………… 84

連歌論 ………………………………… 107
　吾妻問答（宗祇） …………………… 109
　至宝抄（紹巴） ……………………… 196
連歌 …………………………………… 221
　紫野千句 第一百韻 ………………… 223
　宗祇独吟何人百韻 ………………… 246
　守武等俳諧百韻 …………………… 278

第38巻　お伽草子（沢井耐三校注・訳）
1986年9月刊

* 凡例 ……………………………………… 2
* 総説 ……………………………………… 3
　一寸法師 ……………………………… 23
　ささやき竹 …………………………… 37
　酒呑童子 ……………………………… 51
　文正草子 …………………………… 109
　梵天国 ……………………………… 175
　うたたねの草子 …………………… 227
　精進魚類物語 ……………………… 259

第39巻　世間胸算用（市古夏生校注・訳）
1986年9月刊

* 凡例 ……………………………………… 4
* 総説 ……………………………………… 5
世間胸算用 ……………………………… 31
* 付録 …………………………………… 315
　一　大晦日はあはぬ算用（『西鶴諸国ばなし』巻一の三）……………… 317
　二　胸こそ踊れこの盆前（『本朝二十不孝』巻五の一）………………… 328
　三　世渡りには淀鯉のはたらき（『日本永代蔵』巻五の二）…………… 340
　四　太鼓の中はしらぬが因果（『本朝桜陰比事』巻一の四）…………… 358
　五　世帯の大事は正月仕舞（『万の文反古』巻一の一）………………… 373

第40巻　芭蕉集（雲英末雄校注・訳）
1987年7月刊

* 凡例 ……………………………………… 2
* 総説 ……………………………………… 3
おくのほそ道 …………………………… 39
発句篇 ………………………………… 133
連句篇 ………………………………… 217

日本古典文学全集・内容綜覧　507

去来抄 ·········· 275
*芭蕉略年譜 ·········· 313
*発句篇・出典俳書一覧 ·········· 323
*初句索引 ·········· 327
*おくのほそ道行程図 ·········· 333

第41巻　国性爺合戦　曾根崎心中（原道生校注・訳）
1987年7月刊

*凡例 ·········· 6
*総説 ·········· 7
国性爺合戦 ·········· 29
曾根崎心中 ·········· 295

第42巻　雨月物語（日野龍夫校注・訳）
1986年9月刊

*凡例 ·········· 2
*総説 ·········· 3
序 ·········· 29
雨月物語 ·········· 31

第43巻　蕪村集　一茶集（揖斐高校注・訳）
1986年9月刊

蕪村集 ·········· 3
*凡例 ·········· 4
*総説 ·········· 5
　発句篇 ·········· 23
　俳詩篇
　　北寿老仙をいたむ ·········· 103
　　春風馬堤曲 ·········· 110
　　澱河歌 ·········· 124
　俳文篇
　　新花つみ（抄） ·········· 129
　　顔見世 ·········· 149
　　春泥句集序 ·········· 155
　　洛東芭蕉庵再興記 ·········· 168
　付篇
　　夜半翁終焉記 ·········· 179
*蕪村略年譜 ·········· 195
一茶集 ·········· 201
*凡例 ·········· 202
*総説 ·········· 203
　発句篇 ·········· 219
　俳文篇

寛政三年紀行（抄） ·········· 269
父の終焉日記（抄） ·········· 279
おらが春（抄） ·········· 299
俳諧寺記 ·········· 310
*一茶略年譜 ·········· 315
*初句索引
　*蕪村集 ·········· 323
　*一茶集 ·········· 327

第44巻　東海道中膝栗毛（武藤元昭校注・訳）
1987年7月刊

*凡例 ·········· 4
*総説 ·········· 5
東海道中膝栗毛 ·········· 29

第45巻　南総里見八犬伝（徳田武校注・訳）
1987年7月刊

*凡例 ·········· 4
*総説 ·········· 5
南総里見八犬伝 ·········· 19

第46巻　江戸笑話集（宮尾與男校注・訳）
1987年7月刊

*凡例 ·········· 6
*総説 ·········· 7
醒睡笑 ·········· 25
*凡例 ·········· 26
　醒睡笑之序 ·········· 27
　本文 ·········· 29
当世軽口にがわらひ ·········· 269
*凡例 ·········· 270
　序 ·········· 271
　本文 ·········· 272

| [072] 日本文学古註釈大成
| 日本図書センター
| 1978年10月～1979年8月

〔1〕 源氏物語古註釈大成1
1978年10月20日刊

＊解題
源氏物語岷江入楚 上（中院通勝）……………… 1

〔2〕 源氏物語古註釈大成2
1978年10月20日刊

＊解題
源氏物語岷江入楚 中（中院通勝）……………… 1

〔3〕 源氏物語古註釈大成3
1978年10月20日刊

＊解題
源氏物語岷江入楚 下（中院通勝）……………… 1

〔4〕 源氏物語古註釈大成4
1978年10月20日刊

＊解題
源氏物語評釈（萩原廣通）……………… 1

〔5〕 源氏物語古註釈大成5
1978年10月20日刊

＊解題
源氏物語細流抄（三条西公条）……………… 1
源氏官職故実秘抄（壷井義知）………… 627

〔6〕 源氏物語古註釈大成6
1978年10月20日刊

＊解題
河海抄（四辻善成）……………… 1
花鳥余情（一条兼良）……………… 1
紫女七論（安藤為章）……………… 1

〔7〕 源氏物語古註釈大成7
1978年10月20日刊

＊解題 …………………………………… 2
異本紫明抄 ……………………………… 3
紫明抄（素寂）………………………… 283
すみれ草（北村久備）………………… 1

〔8〕 源氏物語古註釈大成8
1978年10月20日刊

＊解題
源氏物語釈（藤原伊行）……………… 1
原中最秘鈔（源親行，源義行，源行阿）‥ 29
源氏物語古註「若紫」「末摘花」………… 89
源氏一滴集（正徹）…………………… 113
種玉篇次抄（宗祇）…………………… 335
源氏物語不審抄出（宗祇）…………… 347
花屋抄 …………………………………… 383
源氏物語蜀山鈔 ………………………… 449
源氏物語ひとりごち（伊勢貞丈）……… 467
源注拾遺（契沖）……………………… 1
源氏外伝（熊沢蕃山）………………… 167

〔9〕 源氏物語古註釈大成9
1978年10月20日刊

＊解題
＊附録 北村季吟略伝（樋口功）……… 巻頭
増註源氏物語湖月抄 上（北村季吟）……… 1

〔10〕 源氏物語古註釈大成10
1978年10月20日刊

＊解題
増註源氏物語湖月抄 中（北村季吟）……… 1

〔11〕 源氏物語古註釈大成11
1978年10月20日刊

＊解題
増註源氏物語湖月抄 下（北村季吟）……… 1

〔12〕 万葉集古註釈大成
1978年11月20日刊

＊解題

万葉緯（今井似閑）................ 1

〔13〕 万葉集古註釈大成
1978年11月20日刊

＊解題
万葉集新考（安藤野雁）............ 1
万葉集残考（高井宣風）............ 1

〔14〕 万葉集古註釈大成
1978年11月20日刊

＊解題
万葉集仙覚抄（仙覚）.............. 1
万葉集名物考 139
万葉動植考（伊藤多羅）.......... 353
万葉草木考（西門蘭渓）.......... 423

〔15〕 枕草子古註釈大成
1978年11月20日刊

＊解題
清少納言枕草紙抄（加藤磐斎）..... 31

〔16〕 枕草子古註釈大成
1978年11月20日刊

＊解題
枕草子春曙抄〔杠園抄〕（北村季吟標註，
　　岩崎美隆旁註）................ 1
付録
　枕草紙私記 1

〔17〕 枕草子古註釈大成
1978年11月20日刊

＊解題
枕草紙傍註（岡西惟中）............ 1
枕草紙存疑（岡本保孝）.......... 401
枕草子私記（岩崎美隆）............ 1
枕草紙装束撮要抄（壷井義知）...... 1

〔18〕 徒然草古註釈大成
1978年11月20日刊

＊解題
徒然草拾遺抄（黒川由純）.......... 1

徒然草野追（林羅山）.............. 1

〔19〕 徒然草古註釈大成
1978年11月20日刊

＊緒言
徒然草諸抄大成（浅香山井編）...... 2

〔20〕 徒然草古註釈大成
1978年11月20日刊

＊解題
徒然草文段抄（北村季吟）.......... 1

〔21〕 古今集古註釈大成
1978年12月20日刊

＊解題
古今和歌余材集（契沖）............ 1
古今集註 1
古今秘註抄 247

〔22〕 平家物語古註釈大成
1978年12月20日刊

＊解題
平家物語集解 1
平家物語抄 1
平義器談（伊勢貞丈）............ 715
五武器談（伊勢貞丈）............ 800

〔23〕 平家物語古註釈大成
1978年12月20日刊

＊解題
平家物語標註（平道樹）.......... 151
平家物語考証（野々宮定基）...... 389

〔24〕 蜻蛉日記古註釈大成
1979年4月20日刊

＊解題
蜻蛉日記解環（坂徴）.............. 1
蜻蛉日記紀行解（田中大秀）........ 1
かげろふの日記解環補遺（田中大秀）..... 63

日本文学古註釈大成

〔25〕 紫式部日記古註釈大成
1979年4月20日刊

＊解題
紫式部日記傍注（壷井義知） ………… 1
紫式部日記註釈（藤井高尚，清水宣昭）‥ 71
紫式部日記解（足立稲直） ………… 1
紫式部日記解（足立稲直原撰，田中大秀補訂） ………… 195

〔26〕 伊勢物語古註釈大成
1979年5月20日刊

＊解題
伊勢物語拾穂抄（北村季吟） ………… 1
勢語臆断（釈契沖） ………… 165
勢語臆断別勘（伊勢貞丈） ………… 385
勢語図説抄（齋藤彦麿） ………… 393
よしやあしや（上田秋成） ………… 599
伊勢物語審註（高宮環中） ………… 1
伊勢物語難語考（屋代弘賢） ………… 211
伊勢物語直解（三条西実隆） ………… 221
勢語諸註参解 ………… 287
伊勢物語髄脳 ………… 425
伊勢物語嬰児抄 ………… 1
伊勢物語昨非抄（立綱） ………… 81
参考伊勢物語（屋代弘賢） ………… 101
伊勢物語新釈（藤井高尚） ………… 1

〔27〕 落窪物語古註釈大成
1979年5月20日刊

＊解題
落窪物語註解（笠因直麿） ………… 1
落窪物語大成（中邨秋香） ………… 1

〔28〕 土佐日記古註釈大成
1979年6月20日刊

＊解題
土佐日記考證（岸本由豆流） ………… 1
土左日記創見（香川景樹） ………… 147
土佐日記解（田中大秀） ………… 313
土佐日記地理弁（早崎益撰，鹿持雅澄著） ………… 515
土佐日記舟の直路（橘守部） ………… 539
土佐日記講註（池田正式）

〔29〕 狭衣物語古註釈大成
1979年6月20日刊

＊解題
狭衣物語目録並年序（釈切臨） ………… 1
狭衣旁註書入本（石川雅望，清水浜臣）‥ 17
狭衣下紐（法眼紹巴） ………… 427
狭衣系図（三条西実隆） ………… 511

〔30〕 大和物語日記古註釈大成
1979年6月20日刊

＊解題
大和物語纂註（前田夏蔭） ………… 1
大和物語管窺抄（高橋残夢） ………… 151
大和物語系図 ………… 257
大和物語別勘（北村季吟） ………… 271
大和物語追考（北村季吟） ………… 282
大和物語抄（北村季吟） ………… 1
大和物語虚静抄（木崎雅興） ………… 251
大和物語錦繍抄（前田夏蔭） ………… 507

〔31〕 栄花物語古註釈大成
1979年6月20日刊

＊解題
栄花物語目録年立（土肥経平） ………… 1
　上之巻 ………… 1
　下之巻 ………… 40
重修栄花物語系図（檜山成徳） ………… 61
　帝王・源氏系図 ………… 61
　藤氏系図 ………… 68
栄花物語抄（岡本保孝） ………… 80
　抄 ………… 81
　附録 ………… 467
栄花物語考（安藤為章） ………… 509
　年齢の事 ………… 509
　宮仕所の頃 ………… 511
栄花物語事蹟考勘（野村尚房） ………… 525
　考勘 ………… 525
　諸巻年表 ………… 536
＊附録・総索引 ………… 1

〔32〕 竹取物語古註釈大成
1979年8月20日刊

＊解題

日本古典文学全集・内容綜覧　511

解題物語考（加納諸平）……………… 1
竹取物語解（田中大秀）……………… 33
竹取物語抄補注（小山儀（伯鳳））………… 1
竹取物語抄補記（田中躬之）…………… 1
竹取物語伊佐々米言（狛毛呂茂（野田帯刀））……………………………… 67

謡曲拾葉抄（犬井貞恕）……………… 1

〔33〕 新古今集古註釈大成
1979年8月20日刊

＊解題
尾張の家苞（石原正明）……………… 1
新古今私抄 …………………………… 1

〔34〕 太平記・義経記・源平盛衰記古註釈大成
1979年8月20日刊

＊解題
太平記抄 ……………………………… 1
太平記賢愚抄（釈乾三）……………… 333
太平記年表（河原貞頼）……………… 425
太平記系図 …………………………… 475
＊解題 ………………………………… 1
源平盛衰記問答 ……………………… 3
義経記大全（松風廬）………………… 27

〔35〕 祝詞講義 上
1979年8月20日刊

＊解題
祝詞講義 上 ………………………… 1

〔36〕 祝詞講義 下
1979年8月20日刊

＊解題
祝詞講義 下 ………………………… 1
中臣寿詞講義 上巻 ………………… 498
中臣寿詞講義 下巻 ………………… 610
祝詞講義附録 ………………………… 1
延喜式祝詞講義竟宴歌集 …………… 11

〔37〕 謡曲拾葉抄
1979年8月20日刊

＊解題

[073] 新訂校註**日本文学大系**
風間書房
全16巻
1955年3月～1966年9月

第1巻
1955年3月30日刊

*解題 ……………………………… *1*
*補遺 ……………………………… *1*
竹取物語 ………………………… *1*
伊勢物語 ………………………… *37*
大和物語 ………………………… *93*
浜松中納言物語 ………………… *193*
無名草子 ………………………… *399*
堤中納言物語 …………………… *467*

第2巻
1955年4月15日刊

*解題 ……………………………… *1*
*追補 ……………………………… *42*
土佐日記 ………………………… *1*
和泉式部日記 …………………… *29*
更級日記 ………………………… *79*
清少納言枕草子 ………………… *133*
方丈記 …………………………… *411*
徒然草 …………………………… *435*

第3巻
1955年4月30日刊

*解題 ……………………………… *1*
*追補 ……………………………… *49*
落窪物語 ………………………… *1*
宇治拾遺物語 …………………… *201*

第4巻
1955年2月15日刊

*解題 ……………………………… *1*
*補遺（山岸徳平）
源氏物語上巻

桐壺 ……………………………… *5*
帚木 ……………………………… *26*
空蝉 ……………………………… *65*
夕顔 ……………………………… *75*
若紫 ……………………………… *115*
末摘花 …………………………… *155*
紅葉賀 …………………………… *182*
花宴 ……………………………… *206*
葵 ………………………………… *215*
賢木 ……………………………… *255*
花散里 …………………………… *297*
須磨 ……………………………… *301*
明石 ……………………………… *339*
澪標 ……………………………… *373*
蓬生 ……………………………… *400*
関屋 ……………………………… *419*
絵合 ……………………………… *424*
松風 ……………………………… *440*
薄雲 ……………………………… *458*
槿 ………………………………… *484*
少女 ……………………………… *502*

第5巻
1955年2月28日刊

源氏物語中巻

玉鬘 ……………………………… *5*
初音 ……………………………… *40*
胡蝶 ……………………………… *53*
蛍 ………………………………… *71*
常夏 ……………………………… *88*
篝火 ……………………………… *107*
野分 ……………………………… *111*
行幸 ……………………………… *127*
藤袴 ……………………………… *151*
真木柱 …………………………… *164*
梅枝 ……………………………… *197*
藤裏葉 …………………………… *214*
若菜（上） ……………………… *235*
若菜（下） ……………………… *321*
柏木 ……………………………… *405*
横笛 ……………………………… *439*
鈴虫 ……………………………… *455*
夕霧 ……………………………… *468*
御法 ……………………………… *527*
幻 ………………………………… *543*
雲隠 ……………………………… *562*

新訂校註 日本文学大系

匂宮 ……………………… 563

第6巻
1955年3月15日刊

源氏物語下巻
　紅梅 ……………………… 5
　竹河 ……………………… 16
　橋姫 ……………………… 52
　椎本 ……………………… 84
　總角 ……………………… 116
　早蕨 ……………………… 190
　宿木 ……………………… 206
　東屋 ……………………… 284
　浮舟 ……………………… 338
　蜻蛉 ……………………… 397
　手習 ……………………… 444
　夢浮橋 …………………… 501
＊源氏物語各巻梗概 ……… 1
＊源氏物語各巻系図 ……… 39
＊追補（山岸徳平） ……… 52

第7巻
1955年6月15日刊

＊解題 …………………… 1
＊追補 …………………… 23
古本住吉物語 …………… 1
古今著聞集 ……………… 51

第8巻
1955年5月30日刊

＊解題 …………………… 1
＊追補（山岸徳平） ……… 37
大鏡 ……………………… 1
増鏡 ……………………… 238

第9巻
1955年5月15日刊

＊解題 …………………… 1
平家物語 ………………… 17
　巻一 …………………… 17
　巻二 …………………… 69
　巻三 …………………… 129
　巻四 …………………… 182

　巻五 …………………… 234
　巻六 …………………… 281
　巻七 …………………… 320
　巻八 …………………… 370
　巻九 …………………… 412
　巻十 …………………… 477
　巻十一 ………………… 531
　巻十二 ………………… 587
　灌頂巻 ………………… 623

第10巻
1956年2月15日刊

＊解題 …………………… 1
＊万葉集難訓索引 ……… 1
万葉集 …………………… 1
　巻一 …………………… 3
　巻二 …………………… 22
　巻三 …………………… 52
　巻四 …………………… 92
　巻五 …………………… 131
　巻六 …………………… 160
　巻七 …………………… 192
　巻八 …………………… 224
　巻九 …………………… 262
　巻十 …………………… 290
　巻十一 ………………… 339
　巻十二 ………………… 379
　巻十三 ………………… 410
　巻十四 ………………… 443
　巻十五 ………………… 464
　巻十六 ………………… 487
　巻十七 ………………… 511
　巻十八 ………………… 543
　巻十九 ………………… 568
　巻二十 ………………… 602

第11巻
1955年8月15日刊

三十六人集 ……………… 1
　柿本集 ………………… 3
　躬恆集 ………………… 31
　素性法師集 …………… 65
　猿丸大夫集 …………… 75
　家持集 ………………… 79
　業平集 ………………… 99

兼輔集	103
敦忠集	125
公忠集	131
齋宮集	139
敏行集	153
宗宇集	157
清正集	161
興風集	173
是則集	177
小大君集	183
能宣集	207
兼盛集	219
貫之集	247
伊勢集	349
赤人集	409
遍昭集	429
＊解題	巻頭1

第12巻
1955年8月30日刊

源順集	437
元輔集	471
朝忠集	507
高光集	517
友則集	525
小町集	533
忠岑集	545
頼基集	553
源重之集	559
信明集	587
元眞集	605
仲文集	639
忠見集	647
中務集	667
三十六人集補遺（長連恒編）	695
猿丸大夫集	697
家持集	699
業平集	701
兼輔集	702
敦忠集	703
公忠集	705
齋宮女御集	706
敏行集	708
宗宇集	710
清正集	711
興風集	713

是則集	715
小大君集	716
能宣集	717
兼盛集	725
貫之集	729
伊勢集	733
遍昭集	738
源順集	739
元輔集	742
朝忠集	748
高光集	749
友則集	750
忠岑集	751
頼基集	761
源重之集	762
元眞集	769
仲文集	770
忠見集	776
中務集	782
六女集	789
清少納言集	791
紫式部集	797
小馬命婦集	817
賀茂保憲女集	827
経信卿母集	859
俊成卿女集	867
六女集補遺（長連恒編）	891
清少納言集	893
紫式部集	895
俊成卿女集	897
＊追補―三十六人集に就いて（山岸徳平）	巻頭1

第13巻
1955年6月30日刊

古今和歌六帖	1
第一帖	13
第二帖	84
第三帖	139
第四帖	182
第五帖	234
第六帖	321
拾遺	421
続詞花和歌集	419
寛平御時后宮歌合	581
天徳内裏歌合	607

```
*解題 ............................................. 1
  *古今六帖 ...................................... 2
  *続詞花和歌集 ................................. 19
  *寛平御時后宮歌合 ............................ 26
  *天徳内裏歌合 ................................. 31
*追補（山岸徳平） ................................. 33
```

第14巻
1955年7月15日刊

```
*解題 ............................................. 1
古今和歌集 ......................................... 1
後撰和歌集 ....................................... 167
詞花和歌集 ....................................... 375
```

第15巻
1955年7月30日刊

```
拾遺和歌集 ......................................... 1
後拾遺和歌集 .................................... 193
金葉和歌集 ....................................... 399
```

第16巻
1955年9月15日刊

```
千載和歌集 ......................................... 1
新古今和歌集 .................................... 205
```

---

[074] 作者別時代別 **女人和歌大系**
風間書房
全6巻
1962年11月～1978年9月
（長澤美津編）

第1巻　歌謡期・万葉集期・勅撰集期
1962年11月10日刊

```
*序（久松潜一）
*緒言（長沢美津） ................................. 1
*凡例 .............................................. 1
*図表
  *1 総括表
  *2 時代別主要女歌人図表
    *A、　記紀時代
    *B、　万葉時代
    *C、　平安時代
    *D、　鎌倉時代
    *E、　江戸時代
  *3 勅撰集女性人数並に比率図表
第一篇 歌謡期 ..................................... 9
  1、　古事記作品 ............................... 12
  2、　日本書紀作品 ............................. 16
  3、　其他（琴歌譜・風土記） .................. 22
第二篇 万葉期 ..................................... 23
  万葉集作品 ...................................... 25
    （1）初期 ..................................... 26
    （2）中期 ..................................... 30
    （3）後期 ..................................... 42
    （4）特殊歌 .................................. 56
*作者略伝（歌謡期・万葉期） ................... 64
第三篇 勅撰集期 .................................. 73
  勅撰和歌集作品―各集別「初出者歌数
  と実数」及び「読人不知の歌数」 ...... 75
    （1）古今和歌集 ............................... 76
    （2）後撰和歌集 .............................. 110
    （3）拾遺和歌集 .............................. 137
    （4）後拾遺和歌集 ........................... 191
    （5）金葉和歌集 .............................. 255
    （6）詞花和歌集 .............................. 285
    （7）千載和歌集 .............................. 289
    （8）新古今和歌集 ........................... 331
```

作者別時代別 女人和歌大系

（9）新勅撰和歌集 …………… *361*	和泉式部続集 …………… *236*
（10）続後撰和歌集 …………… *379*	和泉式部日記の歌 …………… *267*
（11）続古今和歌集 …………… *398*	14、紫式部集・紫式部日記 …… *271*
（12）続拾遺和歌集 …………… *412*	紫式部集 …………… *272*
（13）新後撰和歌集 …………… *424*	紫式部日記歌の歌 …………… *281*
（14）玉葉和歌集 …………… *449*	15、伊勢大輔集 …………… *283*
（15）続千載和歌集 …………… *474*	16、弁乳母集 …………… *293*
（16）続後拾遺和歌集 …………… *486*	17、出羽弁集 …………… *301*
（17）風雅和歌集 …………… *490*	18、大弐三位集 …………… *308*
（18）新千載和歌集 …………… *507*	19、相模集（玉藻集）・相模集・思女集
（19）新拾遺和歌集 …………… *515*	…………… *312*
（20）新後拾遺和歌集 …………… *519*	玉藻集 …………… *313*
（21）新続古今和歌集 …………… *524*	相模集 …………… *337*
（付）新葉和歌集（準勅撰集） …… *528*	思女集 …………… *339*
＊作者略伝（勅撰集期） …………… *538*	20、経信卿母集 …………… *341*
＊便覧 …………… *605*	21、康資王母集（伯母集） …… *345*
＊索引 …………… *615*	22、周防内侍集 …………… *355*
＊（1）第一巻作者名索引 …………… *617*	23、紀伊集（裕子内親王家紀伊集・一
＊（2）第一巻初句索引 …………… *625*	宮紀伊集） …………… *363*
	24、清少納言・枕草子 …………… *369*
第2巻　勅撰集期　私家集・歌合	清少納言集 …………… *370*
1965年8月20日刊	枕草子の歌抄出 …………… *373*
	25、下野集（四条宮下野集） …… *375*
＊緒言（長沢美津） …………… *1*	26、肥後集（京極家関白肥後集） … *394*
＊凡例 …………… *3*	27、摂津集（前斎宮摂津集） …… *406*
第一篇　勅撰集期　私家集 …………… *1*	28、安芸集（郁芳院安芸集） …… *410*
1、伊勢集 …………… *3*	29、堀川集（侍賢門院堀川集） … *415*
2、小町集 …………… *36*	30、二条太皇太后宮大弐集 …… *423*
3、中務集 …………… *44*	31、式子内親王集（萱斎院御集） … *434*
4、本院侍従集 …………… *59*	32、成尋阿闍梨母集（成尋阿闍梨日
5、檜垣嫗集 …………… *63*	記） …………… *445*
6、蜻蛉日記の歌 …………… *67*	33、小侍従集（大宮小侍従集） … *451*
傅大納言母上集 …………… *74*	34、殷富門院大輔集 …………… *459*
道綱母集 …………… *78*	35、二条院讃岐集 …………… *466*
7、赤染衛門集 …………… *83*	36、六条院宣旨集 …………… *472*
8、斎宮女御集 …………… *120*	37、俊成卿女集 …………… *479*
9、馬内侍集 …………… *128*	38、更級日記 …………… *514*
10、発心和歌集・大斎院前御集・大	39、重之女集 …………… *518*
斎院御集 …………… *140*	40、御形宣旨集 …………… *523*
発心和歌集 …………… *141*	41、建礼門院右京大夫集 …… *526*
大斎院前御集 …………… *145*	42、讃岐典侍日記の歌 …………… *553*
大斎院御集 …………… *167*	43、弁内侍日記の歌 …………… *555*
11、小大君集 …………… *177*	弁内侍の歌 …………… *556*
12、小馬命婦集 …………… *188*	少将内侍の歌 …………… *563*
13、和泉式部集・和泉式部続集・和	44、中務内侍日記の歌 …………… *567*
泉式部日記 …………… *193*	45、秋夢集 …………… *573*
和泉式部集 …………… *194*	46、十六夜日記 …………… *575*

日本古典文学全集・内容綜覧　517

47、賀茂保憲女集 ……………… 581
48、主殿集 …………………… 594
49、実材母集の歌 …………… 604
50、平親清四女集の歌 ……… 635
51、平親清五女集の歌 ……… 644
52、嘉喜門院御集 …………… 660
53、徽安門院一条集（貞和百首歌）… 667
第二篇 歌合 …………………… 671
　1、亭子院歌合 延喜13年3月13日(913) … 673
　2、京極御息所（褒子）歌合 延喜21年5月 (921) …………………………… 675
　3、内裏菊合 天暦7年10月28日(953) …… 680
　4、坊城右大臣（師輔）歌合 天暦10年8月11日(956) ……………………… 681
　5、天徳四年内裏歌合 天徳4年3月30日(960) ………………………… 683
　6、庚甲の夜内裏歌合 応和2年5月4日(962) ………………………… 686
　7、女四の宮歌合（規子内親王前栽歌合）天禄3年8月28日(972) ……… 688
　8、蔵人頭家（実資）歌合 永延2年7月7日(988) …………………………… 693
　9、上東門院菊合 長元5年10月18日(1032)・ 694
　10、賀陽院水閣歌合 長元8年5月16日(1035) ………………………… 697
　11、弘徽殿女御（生子）歌合 長久2年2月12日(1041) ………………… 700
　12、麗景殿女御（延子）絵合 永承5年4月26日(1050) ………………… 703
　13、祐子内親王家歌合 永承5年6月5日(1050) …………………………… 706
　14、後冷泉院根合 永承6年5月5日(1051)・・ 709
　15、六条斎院（禖子）物語歌合 天喜3年5月3日(1055) ………………… 710
　16、皇后宮歌合（皇后宮寛子春秋歌合）天喜4年4月30日(1056) ……… 712
　17、郁芳門院媞子内親王合 寛治7年5月5日(1093) …………………… 716
　18、高揚院七番歌合（前太政大臣家歌合）寛治8年8月19日(1094) …… 718
　19、左近衛権中将俊忠朝臣家歌合 長治元年5月(1104) ………………… 724
　20、内大臣家（忠通）歌合（内大臣家両判歌合）元永元年10月2日(1118) … 726
　21、内大臣家（忠通）歌合 元永2年7月13日(1119) ………………………… 728
　22、広田社歌合 承安2年12月17日(1172) ‥ 730

　23、千五百番歌合 建仁元年(土御門院御宇)(1202) ………………………… 734
（付）永福門院歌合の歌 ……… 774
　　十五夜歌合・歌合当座 …… 774
　　五種歌合 …………………… 775
　　仙洞五十番歌合 …………… 775
　　永福門院歌合 ……………… 776
　　永福門院百番御自家合 …… 777
＊索引 …………………………… 789
　＊掲載歌初句索引 …………… 791

第3巻　私家集期 江戸
1968年10月31日刊

＊緒言（長沢美津） …………………… 1
＊凡例 …………………………………… 4
第一篇 武家系統女性の和歌作品 …… 1
　第一章 概説 ………………………… 3
　第二章 和歌作品 …………………… 8
　　（A）作品掲載作者の歌 ………… 8
　　　柴田勝家の妻 ………………… 8
　　　武田勝頼の妻 ………………… 8
　　　淀君 …………………………… 8
　　　大蔵卿局 ……………………… 8
　　　豊臣秀次の妻等 ……………… 8
　　　細川忠興の妻 ………………… 9
　　　徳川頼宣の妻 ………………… 9
　　　伊達政宗母 …………………… 9
　　　伊達政宗妻 …………………… 9
　　　伊達政宗女 …………………… 9
　　　伊達吉村妻 …………………… 9
　　　伊達重村女 …………………… 9
　　　伊達重村妻 …………………… 10
　　　伊達宗村妻 …………………… 10
　　　伊達斉義妻 …………………… 10
　　　伊達斉邦妻 …………………… 10
　　　伊達慶邦妻 …………………… 10
　　　前田利長妻 …………………… 10
　　　前田斉広妻 …………………… 10
　　　前田斉泰妻 …………………… 10
　　　徳川尋子 ……………………… 11
　　　小野寺丹子 …………………… 17
　　　徳川宗春側室阿薫 …………… 18
　　　徳川治紀側室補子 …………… 47
　　　徳川吉子 ……………………… 66
　　（B）作品掲載外作者 …………… 94
第二篇 私家集ある女性の和歌作品 … 95

第一章 概説 …………………… 97
第二章 和歌作品 ………………… 100
　(A)作品掲載作者の歌 ………… 100
　　(1)江戸・京都中心の作者 …… 100
　　　村上吉子 ………………… 100
　　　山田亀子 ………………… 101
　　　池玉瀾「白芙蓉」 ………… 102
　　　土岐筑波子「筑波子家集」 … 104
　　　鵜殿余野子「佐保川」「凉月遺
　　　　草」 …………………… 114
　　　小曽根紅子 ……………… 136
　　　油谷倭文子「散のこり」「伊香保
　　　　の道ゆきぶり」 ………… 137
　　　矢部正子「矢部正子小集」 … 146
　　　荷田蒼生子「杉のしづ枝」 … 151
　　　菱田縫子 ………………… 187
　　　荷田貝子 ………………… 188
　　　杉浦真崎 ………………… 189
　　　多田千枝子「けぶりのすゑ」… 190
　　　柳原安子「月桂一葉」 …… 200
　　　秋園古香 ………………… 202
　　(2)地方の作者 ……………… 206
　　　田捨女「貞閑尼公詠吟」「伊呂波
　　　　歌」 …………………… 206
　　　井上通女「住事集」 ……… 213
　　　野中婉 …………………… 231
　　　石塚倉子「むろの八嶋」 … 233
　　　牧野路子 ………………… 255
　　　菊池袖子「菊園集」 ……… 256
　　　松原三穂子（付）見垣まき子 285
　　　貞心尼「もしほ草」「はちすの
　　　　露」にある良寛との贈答歌 287
　　　付　妙現尼 ……………… 314
　　　本居藤子「藤の落葉」 …… 315
　(B)作品掲載外、私家集ある女性
　　作家 ………………………… 321
第三篇　私家集外に和歌のある女性作品 323
第一章　概説 …………………… 325
第二章　和歌作品 ……………… 330
　(A)作品掲載作者の歌 ………… 330
　　(1)日記・紀行・随筆中の和歌作
　　品 …………………………… 330
　　　理慶尼「武田勝頼滅亡記」より
　　　　抄出 …………………… 330
　　　妙仙尼「山路の露」より抄出 332
　　　柳沢町子「松蔭日記」より抄出 335

　　　荒木田麗女「池の藻屑」「初午の
　　　　日記」「後午の日記」「五葉」
　　　　「桃の園生」より抄出 …… 341
　　　頼静「梅颿日記」「遊洛記」より
　　　　抄出 …………………… 361
　　　只野真葛「奥州波奈志」「以曽都
　　　　堂比」より抄出 ………… 366
　　　岡田土聞の妻「奥の荒波」より
　　　　抄出 …………………… 367
　　　森知乗尼 ………………… 372
　　(2)遊女系統に属する作品 …… 374
　　　吉野 ……………………… 374
　　　八千代 …………………… 374
　　　勝山 ……………………… 374
　　　常盤 ……………………… 374
　　　小紫 ……………………… 374
　　　大はし …………………… 374
　　　雲井 ……………………… 374
　　　采女 ……………………… 375
　　　雲井 ……………………… 375
　　　音羽 ……………………… 375
　　　高尾 ……………………… 375
　　　滝川 ……………………… 375
　　　珊瑚 ……………………… 375
　　　花紫 ……………………… 375
　　　九重 ……………………… 375
　　　花扇 ……………………… 376
　　　辻かげにたつ女 ………… 376
　　　辻君 ……………………… 376
　　　菊園 ……………………… 376
　　　深草太夫 ………………… 376
　　　祇園梶子家集「梶の葉」より … 377
　　　祇園百合子家集「佐遊李葉」よ
　　　　り ……………………… 385
　　　武女旅日記「庚子道の記」より
　　　　抄出 …………………… 393
第四編　江戸末期女性の和歌作品 … 397
第一章　概説 …………………… 399
第二章　和歌作品 ……………… 401
　(A)作品掲載作者の歌 ………… 401
　　　生田鎬子 ………………… 401
　　　星野愛子 ………………… 402
　　　梅田信子 ………………… 403
　　　高畠式部「麦の舎集」「詠草」「十
　　　二支和歌」「日々詠草」 … 404
　　　津崎矩子（村岡局） ……… 497
　　　太田垣蓮月「海人のかる藻」… 498

```
　　松尾多勢子 ……………………… 518
　　野村望東尼「向陵集」「上京日記」
　　　「夢かぞへ」「防州日記」 ……… 519
　　　黒沢とき ……………………… 552
　　　菊池民子 ……………………… 554
　　　大橋牧子 ……………………… 555
　　　手塚増子 ……………………… 556
　　　手塚操子 ……………………… 557
　　　山田歌子 ……………………… 558
　　　後藤いつ女 …………………… 558
　　　中山慶子・愛子・綱子 ……… 559
　　　若江薫子 ……………………… 560
　　　中山宮子 ……………………… 561
　　　西郷千恵子 …………………… 562
　　　中野竹子 ……………………… 562
　　　静寛院宮「静寛院宮御詠草」 … 563
　　（B）作品掲載外作者 …………… 635
　第五篇 私撰収集録和歌作品及び狂歌其
　　他の和歌作品 …………………… 637
　　第一章 概説 ……………………… 639
　　第二章 和歌作品 ………………… 642
　　　私撰和歌集等の女性和歌 …… 642
　　　　「鰒玉集」より抄出 ………… 643
　　　　「伊那歌道史」より抄出 …… 651
　　　　「和歌類題鄙のてぶり」より抄出 … 656
　　　　「採玉集」より抄出 ………… 658
　　　　「土佐藩の女性歌」 ………… 660
　　　　「瓊浦集」より抄出 ………… 662
　　　狂歌 …………………………… 664
　　　　「古今狂歌歌袋」中女性の狂歌抄
　　　　出 …………………………… 664
　　　　「江戸砂子紅塵集」より抄出 … 664
　　　　「女流狂歌集」より抄出 …… 664
　　　其他 …………………………… 677
　　　　藩主によって集められた和歌、水
　　　　戸藩女歌人の詠草抄出 …… 677
　　　　有栖川文乗女王詠草 ……… 684
＊付録歌道諸派系統表 ……………… 685
＊私家集期主要女性作家一覧 ……… 687
＊作家略伝（私家集期）…………… 689
＊索引 ………………………………… 721
　（1）第三巻作者名索引 ………… 723
　（2）第三巻初句索引 …………… 727

第4巻　研究編 通巻年表
1972年12月15日刊

＊女人和歌大系全四巻完結に際して（長
　沢美津）………………………………… 1
＊凡例 ……………………………………… 4
補遺之部 ………………………………… 1
　万葉集期 ……………………………… 3
　　問答の歌 …………………………… 3
　勅撰集期 ……………………………… 4
　　後撰和歌集 ………………………… 4
　　拾遺和歌集 ………………………… 6
　　後拾遺和歌集 ……………………… 7
　　金葉和歌集 ………………………… 7
　　新古今和歌集 ……………………… 8
　　健御前（けんごぜ）の歌 ………… 9
　　御深草院二条（ごふかくさゐんにで
　　う）の歌 …………………………… 12
　　「竹向が記」の歌 ………………… 19
　私家集期 ……………………………… 23
　　淀君 ………………………………… 23
　　京極伊知子（きょうごくいちこ）の
　　歌 …………………………………… 24
　　杉浦国頭室荷田真崎子遺詠 ……… 27
研究之部 ………………………………… 31
　勅撰集期 ……………………………… 33
　　第一篇 八代集における贈答歌と女
　　性歌 ………………………………… 33
　　第二篇 後拾遺和歌集と女歌人 … 251
　　第三篇 女性歌の断層 …………… 349
　私家集期 江戸期の女性生活と和歌 … 439
年表 女人和歌大系一、二、三巻にわた
　る年表 ……………………………… 643
付 女人和歌大系一、二、三巻の訂正 … 701
索引 掲載歌初句索引 ……………… 707

第5巻　近代期前編
1978年6月15日刊

＊緒言（長沢美津）……………………… 1
＊凡例 ……………………………………… 4
＊図表
　＊1. 総括図　図一 …………………… 5
　＊2. 近代期（前編）主要女歌人図表
　　図二 ………………………………… 6
第一篇 明治前期の女性の歌集 ………… 1
　第一章 概説 …………………………… 3
　第二章 歌集 …………………………… 11
　　（A）御集 …………………………… 11
```

昭憲皇太后「新輯昭憲皇太后御
　　集」……………………………… 11
　　貞明皇后「貞明皇后御歌謹解」… 23
　　（付）英照皇太后御歌 …………… 35
　（B）私歌集 ……………………………… 36
　　税所敦子「御垣の下草」………… 36
　　丸山宇米古「雪間乃宇米」…… 114
　　西升子「磯菜集」……………… 126
　　間宮八十子「松のしづ枝」…… 146
　　中島歌子「萩のしづく」……… 194
　　小池道子「柳の露」…………… 234
　　樋口一葉「樋口一葉歌集」…… 261
　　柳原白蓮「踏絵」「幻の華」「地平
　　線」…………………………… 323
　　九条武子「金鈴」……………… 351
　（C）特殊歌集 …………………………… 358
　　森香子「森香子詠草」………… 358
　　フランセス・ホークス・カメロン
　　バーネット「雲のかよひ路」… 371
　　バチェラー八重子「若きウタリに」
　　…………………………………… 373
第二篇　明治前期の女性の遺歌集 … 387
　第一章　概説 ……………………… 389
　第二章　明治前期の遺歌集 ……… 391
　　（A）個人歌集 ……………………… 391
　　跡見花蹊「花のしづく」……… 391
　　芝山益子「放懐楼歌集」……… 411
　　遠山稲子「稲子遺稿」………… 422
　　前田曼子「花筐」……………… 433
　　（付）前田朗子「窓のともしび」抄
　　…………………………………… 454
　　（付）江戸さい子「にひしほ」抄 … 459
　　関井林子「落葉集」…………… 461
　　（B）追悼歌集より女性歌抄出 … 468
　　天璋院追慕の歌「松のした露」… 468
　　高崎胤子遺稿と追悼「わすれがた
　　み」…………………………… 471
　　高崎正風百日祭「なつのかは」
　　（「夏川」兼題歌）…………… 476
　　豊原文秋五十年忌に「志のぶぐ
　　さ」（「依笛偲昔」兼題歌）… 477
　　落合直澄追悼歌集「夢の余波」… 481
　　成島玉園（遺稿）の追悼歌「玉園遺
　　光」…………………………… 497
　　徳川義直二百五十年祭追悼集「か
　　たみの水くき」……………… 500
第三篇　明治前期の選集の女性歌 ……… 505

　第一章　概説 ……………………… 507
　第二章　選集 ……………………… 508
　　新竹集 …………………………… 508
　　埋木廼花 ………………………… 518
　　明治現存三十六歌撰 …………… 521
　　明治現存続三十六歌撰 ………… 524
　　明治歌集 ………………………… 527
　　開化新題歌集 …………………… 552
　　明治開化和歌集 ………………… 553
　　女子穎才集 ……………………… 580
　　大八洲歌集 ……………………… 598
　　老の友かき ……………………… 613
　　明治響洋歌集 …………………… 615
　　梅か香 …………………………… 631
　　苔のしづく ……………………… 633
　　内外詠史歌集 …………………… 634
　　庭の摘草 ………………………… 654
　　昭代集 …………………………… 660
　　歌集あけぼの …………………… 677
　　玉琴 ……………………………… 683
　　新題歌集 ………………………… 691
　　国民歌集 ………………………… 714
　　新題詠歌詞林 …………………… 716
　　白玉集（鯱玉集よりの撰集）… 723
　　明治百人一首 …………………… 726
　　勅題歌集 ………………………… 727
＊系統図 ………………………………… 745
＊近代前期女歌人一覧表 ……………… 746
＊作者略伝 ……………………………… 747
＊索引 …………………………………… 753
　＊作者名 ……………………………… 755
　＊歌集名 ……………………………… 757

第6巻　近代期後編
1978年9月15日刊

＊跋―女人和歌大系完成によせる（土岐
　善麿）………………………………… 1
＊凡例 …………………………………… 1
＊近代期（後編）主要女歌人図表　図一 … 2
第一篇　明治後期（30年－45年）の女性
　歌集 …………………………………… 1
　第一章　概説 ………………………… 3
　第二章　歌集 ………………………… 9
　　与謝野晶子「みだれ髪」「小扇」「曙
　　染」（合著恋衣より抄出）「舞姫」「夏より
　　秋へ」…………………………………… 9

日本古典文学全集・内容綜覧　521

茅野雅子「みをつくし」(恋衣より抄
       出)「金沙集」…………………… 60
       山川登美子「白百合」(恋衣より抄
       出)「白百合拾遺・以後」稿本「花のちり
       塚」 83
       四賀光子「藤の実以前」「藤の実」‥ 128
       白岩艶子「采風」 144
       矢尾孝子「雞冠木」 148
 第二篇 大正期の女性歌集 …………… 161
   第一章 概説 ……………………… 163
   第二章 歌集 ……………………… 168
       岡本かの子「かろきねたみ」「わが最
       終歌集」 168
       原阿佐緒「涙痕」 183
       水町京子「不知火」 194
       今井邦子「片々」「光を慕ひつつ」‥ 202
       若山喜志子「無花果」 ……………… 221
       片山廣子「翡翠」「野に住みて」 …… 233
       杉浦翠子「寒紅梅」「藤浪」 ………… 255
       竹尾ちよ「梨の花」 274
       三ヶ島葭子「吾木香」(一、雑木集 二、
       青煙集) 280
       中原綾子「真珠貝」 293
       高安やす子「内に聴く」 ……………… 306
       津軽照子「野の道」 315
       阿部静枝「秋草」 327
       杉田鶴子「菩提樹」 ………………… 337
       (付)灰燼集女性歌抄出 ………… 353
 第三篇 昭和前期(元年-20年)の女性歌
     集 ……………………………… 361
   第一章 概説 ……………………… 363
   第二章 歌集 ……………………… 369
       北見志保子「月光」 369
       長沢美津「氾青」 378
       川端千枝「白い扇」 ………………… 388
       久保田不二子「苔桃」 ……………… 402
       栗原潔子「寂寥の眼」 ……………… 423
       清水千代「白木蓮」 ………………… 449
       君島夜詩「韓草」 465
       生方たつゑ「山花集」 ……………… 475
       五島美代子「暖流」 ………………… 492
       井伊文子「中城さうし」 ……………… 512
       斉藤史「魚歌」 519
       井戸川美和子「旅雁」 532
       倉地与年子「白き征矢」 544
       遠山光栄「杉生」 559
       真鍋美恵子「怪」 571

       川上小夜子「朝ごころ」 …………… 583
       松本初子「藤むすめ」 ……………… 618
       梶原緋佐子「逢坂越え」 …………… 626
       大井重代「山茶花」 ………………… 638
       菅野清子「風花」 653
       近江満子「紫に咲く」 668
 *系統図 694
 *近代後期女歌人一覧表 696
 *作者略伝 698
 *索引 705S
   *作者(関連者)名 707
   *書名 710
 *あとがき(長沢美津) 713

[075] 俳諧文庫会叢書
菁柿堂
全3巻
1949年6月
（俳諧文庫会編）

第1巻　三冊子（服部土芳）
1949年6月1日刊

＊『三冊子』解題（奈良鹿郎） ………… 3
＊土芳略伝（真下喜太郎） ………… 16
三冊子 ………… 23
　三冊子序 ………… 25
　しろさうし ………… 27
　あかさうし ………… 49
　くろさうし ………… 93

第2巻　藤野古白集（藤野古白）
1949年6月1日刊

＊「藤野古白集」のはじめに（真下喜太郎）
俳句 ………… 3
和歌 ………… 33
情鬼 ………… 35
＊藤野潔の伝 ………… 47
＊遺稿跋並追弔詩文 ………… 78
＊古白に関する諸家の記述 ………… 97

第3巻　ひとり言（上島鬼貫）
1949年6月1日刊

＊「ひとり言」のはじめに（真下喜太郎）1
ひとり言 ………… 1

[076] 俳書叢刊
臨川書店
全9巻
1988年5月
（復刻版）
（天理図書館綿屋文庫編）

第1巻
1988年5月1日刊

長短抄 ………… 3
兼載独吟千句註 ………… 81
宗長百番連歌合實隆肖柏兩半 ………… 285
（守武千句草案）立願誹諧とくきん千句 … 351
宗因発句帳 ………… 471
＊各巻編成一覧

第2巻
1988年5月1日刊

伊勢山田俳諧集 ………… 3
汚塵集 ………… 73
野犴集 ………… 207
氷室守郡山 ………… 293
河船徳萬歳 ………… 443
信徳十百韻 ………… 465
季吟日記 ………… 549
誹諧渡奉公 ………… 599
＊各巻編成一覧

第3巻
1988年5月1日刊

俳諧蒙求守武西翁流 ………… 3
西山梅翁蚊柱百韻しふ団返答 ………… 65
俳諧大矢数千八百韻 ………… 111
點滴集巻三 ………… 273
うろこかた ………… 337
談林俳諧批判 ………… 383
俳諧太平記 ………… 445
うちくもり砥 ………… 453
誹諧物見車返答特牛 ………… 473

俳書叢刊

河内羽二重 幸賢撰 ………………………… 507
＊各巻編成一覧

第4巻
1988年5月1日刊

桃青三百韻 附両吟二百韻 ……………………… 3
誹諧江戸十歌仙 追加自悦 ………………………… 47
伊勢宮笥 ……………………………………… 85
江戸宮笥 ……………………………………… 121
明烏 …………………………………………… 175
稲莚 …………………………………………… 199
沾徳随筆 ……………………………………… 293
津の玉柏 ……………………………………… 445
胡蝶判官 信徳重徳 ……………………………… 523
＊各巻編成一覧

第5巻
1988年5月1日刊

孤松 春・夏・秋・冬 ……………………………… 3
流川集 ………………………………………… 231
初蟬 …………………………………………… 275
住吉物語 ……………………………………… 359
鳥のみち ……………………………………… 445
続別座敷 ……………………………………… 523
蓑笠 …………………………………………… 609
＊各巻編成一覧

第6巻
1988年5月1日刊

許六集 ………………………………………… 3
旅舘日記 ……………………………………… 83
五老文集 ……………………………………… 121
（浪化日記一）壬申日誌 ……………………… 175
（浪化日記二）丙子丁丑風月藻全 …………… 223
（浪化日記三）風雅戊寅集 …………………… 305
（浪化日記四）風雅己卯集 …………………… 415
＊各巻編成一覧

第7巻
1988年5月1日刊

金毘羅会 ……………………………………… 3
虚空集 ………………………………………… 93
裳能伊編波 …………………………………… 133

菊の杖 ………………………………………… 171
伊賀産湯 ……………………………………… 207
前句諸点 咲やこの花 …………………………… 257
夏木立 ………………………………………… 345
祇園拾遺物語 ………………………………… 381
燕都枝折 ……………………………………… 451
＊各巻編成一覧

第8巻
1988年5月1日刊

（几董句稿一）日発句集 ……………………… 3
（几董句稿二）発句集巻之三 ………………… 71
（几董句稿三）甲午之夏ほく帖巻の四 ……… 137
（几董句稿四）丙申之句帖巻五 ……………… 215
（几董句稿五）丁酉之句帖巻六 ……………… 275
（几董句稿六）戊戌之句帖 …………………… 345
連句曾草稿 幷定式且探題発句記 ……………… 401
（几董句稿七）辛丑春月並句会記春夜社中 … 447
（几董句稿八）甲辰壇林曾句記 幷文音句禄春夜樓執筆 ……………………………………… 501
（几董句稿九）寛政己酉句禄夜半亭 ………… 543
＊各巻編成一覧

第9巻
1988年5月1日刊

晋明集二稿 …………………………………… 3
晋明家集三稿春夏 …………………………… 93
丁未戊申筆記 晋明集第四稿 …………………… 129
巳酉筆記 晋明集第五稿 ………………………… 181
初懐帋全 ……………………………………… 227
壬寅初懐帋 …………………………………… 247
樗良発句集 …………………………………… 267
椿花文集 ……………………………………… 331
梅日記・さくら日記 …………………………… 391
＊各巻編成一覧

[077] 俳書叢刊 第7期
天理図書館
全8巻
1962年6月〜1963年6月
（天理図書館綿屋文庫）

第1巻（沽徳）
1962年6月10日刊

＊書誌
＊凡例
沽徳随筆 ………………………………… 1

第2巻（兼載）
1962年刊

＊書誌
＊凡例
兼載独吟千句註 ………………………… 1

第3巻（静竹窓菊子編）
1962年刊

＊書誌
＊凡例
前句諸点咲やこの花 …………………… 1

第4巻（雪中庵対山編）
1962年12月25日刊

＊書誌
＊凡例
稲莚 ……………………………………… 1

第5巻（寸木編）
1963年3月10日刊

＊書誌
＊凡例
金毘羅会 ………………………………… 1

第6巻（中田心友編）
1962年刊

＊書誌
＊凡例
伊勢宮笥 ………………………………… 1

第7巻（中田心友編）
1963年6月25日刊

＊書誌
＊凡例
江戸宮笥 ………………………………… 1

第8巻（一有編）
1963年6月25日刊

＊書誌
＊凡例
明烏 ……………………………………… 1

[078] 芭蕉紀行集
明玄書房
全3巻（改版1冊）
1967年5月～1978年12月

第1巻　野ざらし紀行・鹿島詣（弥吉菅一, 赤羽学, 檀上正孝著）
1967年5月1日刊

- ＊序 …………………………………… 1
- ＊凡例 ………………………………… 5
- 解説 …………………………………… 7
  - 一　芭蕉と紀行文 …………………… 7
  - 二　『野ざらし紀行』について ……… 31
  - 三　『野ざらし紀行』の旅程 ………… 45
  - 四　『鹿島詣』について …………… 84
- 『野ざらし紀行』 …………………… 105
  - 一　『野ざらし紀行』（波静本）…… 105
    - 付素堂の序 ……………………… 116
  - 二　酬和の句（菊本本）…………… 119
- 『野ざらし紀行』関係の諸作品 ……… 124
  - 一　俳文 …………………………… 124
    - 「夏野画讚」 …………………… 124
    - 「士峰讚」 ……………………… 124
    - 「竹の奥」 ……………………… 125
    - 「籾する音」 …………………… 125
    - 「木の葉散」の詞書 …………… 126
    - 「酒に梅」 ……………………… 127
    - 「一枝軒」 ……………………… 127
    - 「三聖人図讚」 ………………… 128
    - 「野ざらし紀行絵巻跋」 ………… 128
  - 二　発句 …………………………… 129
  - 三　連句 …………………………… 133
    - 「狂句こがらしの」の巻 ………… 133
    - 「霜月や」の巻 ………………… 138
    - 「海くれて」の巻 ………………… 143
    - 「何とはなしに」の巻 …………… 148
    - 附　連句（歌仙）の構成 ………… 152
  - 四　書簡 …………………………… 155
    - 其角宛 …………………………… 155
    - 千那宛 …………………………… 155
  - 五　評語 …………………………… 157
- 『鹿島詣』（秋瓜本）……………… 166
- ＊芭蕉足跡図 ………………………… 174
- ＊参考文献について ………………… 175
- ＊後記 ………………………………… 187
- ＊索引 ………………………………… 189
  - ＊一　発句・連句・和歌 …………… 189
  - ＊一　一般語彙 …………………… 194

第1巻　改版 野ざらし紀行・鹿島詣（弥吉菅一, 赤羽学, 西村真砂子, 檀上正孝）
1978年12月20日刊

- ＊改版の序 …………………………… 1
- ＊凡例 ………………………………… 7
- 解説 …………………………………… 9
  - 一　芭蕉と紀行文 …………………… 9
  - 二　『野ざらし紀行』について ……… 35
  - 三　『野ざらし紀行』の旅程 ………… 65
  - 四　『鹿島詣』について …………… 97
- 『野ざらし紀行』 …………………… 140
  - 一　『野ざらし紀行』（濁子清書絵巻本）……………………………… 140
  - 二　酬和の句（新蹟初稿本）……… 163
- 校本『野ざらし紀行』 ……………… 168
- 『野ざらし紀行』関係の諸作品 ……… 213
  - 一　俳文 …………………………… 213
    - 士峰の讚 ………………………… 213
    - てふ女に贈る …………………… 213
    - 竹の奥 …………………………… 214
    - 籾する音 ………………………… 215
    - 木の葉散る ……………………… 215
    - きぬたうちて …………………… 216
    - 酒に梅 …………………………… 216
    - 一枝軒 …………………………… 217
    - 団雪もて ………………………… 217
    - 馬上の残夢（一）………………… 218
    - 馬上の残夢（二）………………… 218
    - 夏野画賛 ………………………… 218
    - 牡丹蘂 …………………………… 219
    - 三聖図の賛 ……………………… 219
    - 野ざらし紀行絵巻の跋 ………… 220
  - 二　発句 …………………………… 221
  - 三　連句 …………………………… 225
    - 「狂句こがらしの」の巻 ………… 225
    - 「霜月や」の巻 ………………… 230
    - 「海くれて」の巻 ………………… 235
    - 「何とはなしに」の巻 …………… 240
    - 附　連句（歌仙）の構成 ………… 244

四　書簡 …………………………… *247*	葛城山 ……………………………… *160*
半残宛 ………………………… *247*	高野登山端書 ……………………… *160*
木因宛 ………………………… *249*	早苗の讃 …………………………… *161*
其角宛 ………………………… *250*	「夏はあれど」の詞書 ……………… *162*
千那宛 ………………………… *251*	美濃への旅 ………………………… *162*
五　評語 …………………………… *253*	瓜畑 ………………………………… *163*
『鹿島詣』(秋瓜本) …………………… *261*	十八楼の記 ………………………… *163*
校本『鹿島詣』 ………………………… *267*	「又やたぐひ」の詞書 ……………… *164*
＊芭蕉足跡図 ………………………… *280*	鵜舟 ………………………………… *164*
＊一　野ざらし紀行の旅程・足跡図 …… *280*	更科姨捨月之弁 …………………… *165*
＊二　鹿島詣の旅程・足跡図 …… *282*	芭蕉庵十三夜 ……………………… *166*
＊芭蕉及び芭蕉の紀行文全般・『野ざら	二　俳句 …………………………… *167*
し紀行』『鹿島詣』関係研究文献 …… *283*	三　連句 …………………………… *178*
＊校正余録 …………………………… *305*	「旅人と」の巻 ………………… *178*
＊後記 ………………………………… *307*	「星崎の」の巻 ………………… *184*
＊索引 ………………………………… *309*	「何の木の」の巻 ……………… *188*
	四　書簡 …………………………… *193*
第2巻　笈の小文・更科紀行(弥吉菅一，赤	寂照宛 ………………………… *193*
羽学，西村真砂子，檀上正孝)	杉風宛 ………………………… *194*
1968年5月10日刊	惣七宛 ………………………… *196*
	五　評語 …………………………… *201*
＊序 …………………………………… *1*	＊芭蕉足跡図 ………………………… *212*
＊凡例 ………………………………… *5*	＊『笈の小文』諸本異同表 …………… *215*
解説 …………………………………… *7*	＊参考文献 …………………………… *257*
一『笈の小文』について …………… *7*	＊後記 ………………………………… *263*
二『更科紀行』について ………… *43*	＊索引 ………………………………… *265*
三『笈の小文』の旅程 …………… *67*	
四『笈の小文』以後及び『更科紀行』の	**第3巻　おくの細道**
旅程 …………………………… *105*	1971年10月30日刊
『笈の小文』 …………………………… *127*	
付『庚午紀行』 …………………… *143*	＊序 …………………………………… *1*
『更科紀行』 …………………………… *148*	＊凡例 ………………………………… *9*
『笈の小文』関係の諸作品 …………… *153*	『おくの細道』の意義 ………………… *11*
一　俳文 …………………………… *153*	序　意義に関する問題点 ………… *11*
「星崎の」の詞書 ……………… *153*	一『おくの細道』題名の意義 …… *12*
保美の里 ……………………… *153*	二『おくの細道』行脚の意義 …… *14*
権七に示す …………………… *154*	三『おくの細道』作品の意義 …… *19*
「いざ出む」の詞書 …………… *154*	結　俳諧的紀行としての意義 …… *26*
杖突坂の落馬 ………………… *155*	『おくの細道』の諸本と成立 ………… *30*
歳暮 …………………………… *156*	一『おくの細道』の諸本 ………… *30*
「二日にも」の詞書 …………… *156*	(一)　芭蕉自筆稿本 …………… *30*
うに掘る岡 …………………… *156*	1　野坡所持本 ……………… *30*
伊勢参宮 ……………………… *157*	2　松平志摩守買上本 ……… *30*
「梅稀に」の詞書 ……………… *158*	3　晋流所持本 ……………… *31*
伊賀新大仏之記 ……………… *158*	(二)　知人・門人筆写本 ……… *31*
「ほろほろと」の詞書 ………… *159*	Ⅰ　素竜本 …………………… *31*
あすならう …………………… *160*	1　西村本 ………………… *31*

2 柿衞本 ………………………… 33	一 俳文 …………………………… 159
3 杉風本 ………………………… 34	二 俳句 …………………………… 170
II 曾良本 ………………………… 34	三 連句 …………………………… 179
4 曾良本 ………………………… 34	「さみだれを」の巻 ………… 179
5 河西本 ………………………… 36	「馬かりて」の巻 …………… 184
III 去来本 ………………………… 36	四 書簡 …………………………… 190
6 菊本本 ………………………… 36	五 評語 …………………………… 193
7 天理本 ………………………… 48	『おくの細道』旅中の曽良の句 …… 200
8 村治本 ………………………… 59	＊『おくの細道』旅程表 …………… 210
（三）板本 …………………………… 61	＊『おくの細道』芭蕉曾良足跡図 … 226
1 井筒屋本 ……………………… 61	＊『新撰古暦便覧』元禄二年の条 … 228
2 蝶夢本 ………………………… 63	＊『おくの細道』研究文献 ………… 229
3 寛政板本 ……………………… 64	＊後記 ………………………………… 255
4 半化坊本 ……………………… 64	＊索引 ………………………………… 259
5 桜寿軒白字本 ………………… 64	
6 永機本 ………………………… 64	
（四）絵入本 ………………………… 65	
1 百家交筆奥の細道 …………… 65	
2 香雪・交山絵入本 …………… 65	
（五）注釈本 ………………………… 65	
1 おくの細道鈔 ………………… 65	
2 奥細道菅菰抄 ………………… 65	
3 奥の細道解 …………………… 65	
4 鼇頭奥之細道 ………………… 65	
二 『おくの細道』の成立 ………… 67	
（一）環境から ……………………… 69	
1 幻住庵滞在中 ………………… 69	
2 嵯峨滞在中 …………………… 70	
3 閉関の時期 …………………… 72	
（二）俳文から ……………………… 72	
（三）句から ………………………… 81	
A 西村本記載の句で旅中の句形	
から推敲されているもの ……… 82	
B 西村本記載の句で推敲のみら	
れないもの ………………………… 89	
新資料『奥細道歌枕抄』紹介 ……… 96	
『おくの細道』の旅程 ……………… 101	
一 事実と虚構 …………………… 101	
二 作品の構成 …………………… 102	
三 旅心の胚胎から江戸出発まで … 104	
四 江戸から芦野里まで—東路 …… 105	
五 白河関から平泉まで—陸奥路 … 106	
六 尿前関から象潟まで—出羽路 … 111	
七 越後路から大垣まで—越路 …… 114	
『おくの細道』本文 ………………… 119	
『おくの細道』校異 ………………… 153	
『おくの細道』関係の諸作品 ……… 159	

[079] 芭蕉発句全講
明治書院
全5巻
1994年10月～1998年10月
（阿部正美著）

第1巻
1994年10月20日刊

＊自序（阿部正美） ……………… *1*
＊凡例 ……………………………… *5*
寛文二年 …………………………… *1*
寛文三年 …………………………… *4*
寛文四年 …………………………… *6*
寛文六年 …………………………… *8*
寛文七年 …………………………… *24*
寛文八年 …………………………… *40*
寛文九年 …………………………… *42*
寛文十年 …………………………… *44*
寛文十一年 ………………………… *48*
寛文十二年 ………………………… *55*
延宝二年 …………………………… *61*
延宝三年 …………………………… *67*
延宝四年 …………………………… *75*
延宝五年 …………………………… *92*
延宝六年 …………………………… *121*
延宝七年 …………………………… *141*
延宝八年 …………………………… *154*
延宝九年・天和元年 ……………… *183*
天和二年 …………………………… *225*
天和三年 …………………………… *246*
天和四年・貞享元年 ……………… *263*
貞享二年 …………………………… *371*
＊初句索引 ………………………… *443*
＊語句索引 ………………………… *447*

第2巻
1995年11月10日刊

＊凡例 ……………………………… *3*
貞享三年 …………………………… *1*
貞享四年 …………………………… *38*
貞享五年・元禄元年 ……………… *163*

＊初句索引 ………………………… *373*
＊語句索引 ………………………… *377*

第3巻
1996年9月20日刊

＊凡例 ……………………………… *3*
元禄二年 …………………………… *1*
元禄三年 …………………………… *314*
＊初句索引 ………………………… *454*
＊語句索引 ………………………… *457*

第4巻
1997年10月20日刊

＊凡例 ……………………………… *3*
元禄四年 …………………………… *1*
元禄五年 …………………………… *170*
元禄六年 …………………………… *235*
＊初句索引 ………………………… *354*
＊語句索引 ………………………… *356*

第5巻
1998年10月30日刊

＊凡例 ……………………………… *3*
元禄七年 …………………………… *1*
年代不明 …………………………… *223*
＊芭蕉発句概説 …………………… *313*
＊補訂 ……………………………… *349*
＊三句索引 ………………………… *359*
＊語句索引 ………………………… *387*

[080] 芭蕉連句抄
明治書院
全12巻
1965年12月～1989年10月
（阿部正美著）

〔1〕
1965年12月15日刊

* 序（麻生磯次） …………………… 1
* 凡例 ……………………………… 5
寛文五年 ……………………………… 1
　一 百韻「野は雪にかるれどかれぬ紫苑哉」 …………………………… 1
寛文七年 ……………………………… 52
　二 付合「かたに着物かゝる物かはうき難所」 ……………………… 52
　三 付合「後生ねがひとみ侍がた」 …… 54
　四 付合「賤が寝ざまの寒さつらしな」 ……………………………… 56
延宝二年 ……………………………… 58
　五 三物「抜ば露の玉散太刀か一葉切」 ……………………………… 58
延宝三年 ……………………………… 60
　六 三物「君も臣もさぞな三肌をあはせ衣」 ……………………… 60
　七 百韻「いと涼しき大徳也けり法の水」 ……………………… 63
延宝四年 ……………………………… 129
　八 百韻「此梅に牛も初音と鳴つべし」 ……………………… 129
　九 百韻「梅の風俳諸国にさかむなり」 ……………………… 216
　一〇 歌仙「時節嚊伊賀の山ごえ華の雪」 ……………………… 283
　一一 付合「草の庵夏を一種のたのしみに」 ……………………… 308
　一二 付合「月の中の桂は凡そ何程ぞ」 ……………………… 309
　一三 付合「焼亡はきのふと過て葛城や」 ……………………… 311
　一四 付合「松のこずえにうつる日の入」 ……………………… 313

　一五 付合「川かぜ寒き夜半の雪隠」 … 315
　一六 付合「たまのちぎりに玉ぞとるゝ」 …………………… 317
　一七 付合「むつくりとしてどこやらはかどあらせ」 ……………… 319
延宝五年 ……………………………… 321
　十八 百韻「あら何ともなやきのふは過てふくと汁」 ………… 321
* 用語索引 ………………………… 403
* 初句索引 ………………………… 415
* あとがき（阿部正美） …………… 421

〔2〕
1969年3月1日刊

* 凡例 ……………………………… 1
延宝六年 ……………………………… 1
　一九 付合「宝いくつあつらへの夢あけの春」 ……………………… 1
　二〇 百韻「物の名も蛸や古郷のいかのぼり」 ……………………… 3
　二一 百韻「さぞな都浄瑠璃小哥はこゝの花」 ……………………… 63
　二二 歌仙「実や月間口千金の通り町」 ……………………………… 129
　二三 付合「手盥に五日の雨と流す也」 ……………………… 159
　二四 付合「経によう似た鶯のこゑ」 … 161
　二五 符号「寐覚佗しき沢庵の耳」 …… 162
　二六 付合「御息所の店がへなりけり」 ……………………… 164
　二七 百韻「色付や豆腐に落し薄紅葉」 ……………………… 166
　二八 付合「大鋸屑の煙りもともに不二の岳」 ……………………… 225
　二九 付合「虫の髭白髪とこそは成にけれ」 ……………………… 227
　三〇 付合「孔子は鯉魚のさしみにあてられ」 ……………………… 229
　三一 付合「説経芝居うづら啼也」 …… 231
　三二 付合「捨る身も鬼の餌食の生肴」 ……………………… 233
　三三 付合「鉄橋に大焦熱の苦を受る」 ……………………… 235
　三四 付合「膳棚の少こぶかき山見えて」 ……………………… 237

三五 付合「碓の歌も集にや入ぬらん」
　　　　　　　　　　　　　　　239
三六 付合「武者ぶりを引つくろひてよ
　　はよはと」　　　　　　　　241
三七 付合「桶一つ物の哀をとゞめた
　　り」　　　　　　　　　　　243
三八 付合「馬の沓かゝる所の秋也け
　　り」　　　　　　　　　　　245
三九 付合「裳を見ればかるひ装束」‥247
四〇 付合「うなり声既に平家と聞時
　　は」　　　　　　　　　　　248
四一 付合「あつたら真桑泥水の末」250
四二 付合「相場に立しよざの浦浪」252
四三 付合「上は脇ざし中は竹べら」254
四四 付合「魚の腸其まゝ海に沈めら
　　れ」　　　　　　　　　　　256
四五 付合「大屋の退屈薄紅葉する」258
四六 付合「むかし語石の枕の秋の暮」
　　　　　　　　　　　　　　　260
四七 歌仙「のまれけり都の大気江戸の
　　秋」　　　　　　　　　　　262
四八 歌仙「青葉より紅葉散けり旅ぎせ
　　る」　　　　　　　　　　　291
四九 歌仙「塩にしてもいざことづてん
　　都鳥」　　　　　　　　　　326
五〇 歌仙「わすれ草煎菜につまん年の
　　暮」　　　　　　　　　　　354
延宝七年　　　　　　　　　　　384
五一 百韻「須广ぞ秋志賀奈良伏見でも
　　是は」　　　　　　　　　　384
五二 百韻「見渡せば詠れば須广の秋」
　　　　　　　　　　　　　　　449
＊用語索引　　　　　　　　　　515
＊初句索引　　　　　　　　　　531
＊あとがき（阿部正美）　　　　539

〔3〕　天和調の時代
1974年8月25日刊

＊凡例　　　　　　　　　　　　　1
延宝七年（承前）　　　　　　　　1
　五三 付合「鮭の時宿は豆腐の雨夜哉」
　　　　　　　　　　　　　　　　1
　五四 三物「塔高し梢の秋の嵐より」‥4
　五五 付合「はりぬきの猫もしる也今朝
　　の秋」　　　　　　　　　　　6
延宝九年・天和元年　　　　　　　8

五六 付合「山里いやよのがるゝとても
　　町庵」　　　　　　　　　　　8
五七 付合「葛西の院の住捨し跡」‥11
五八 百韻「八人や誹諧うたふ里神楽」
　　　　　　　　　　　　　　　13
五九 百韻「春澄にとへ稲負鳥といへる
　　あり」　　　　　　　　　　79
六〇 百韻「世に有て家立は秋の野中
　　哉」　　　　　　　　　　　143
六一 付合「附贄一ツ爰に置けり日ク
　　露」　　　　　　　　　　　210
六二 三物「秋とはゞよ詞はなくて江戸
　　の隠」　　　　　　　　　　214
天和二年　　　　　　　　　　　220
六三 付合「蒜の籬に鳶をながめて」‥220
六四 百韻「錦どる都にうらん百つゝじ」
　　　　　　　　　　　　　　　224
六五 世吉「田螺とられて蝸牛の盆なき
　　やうらやむ」　　　　　　　288
六六 歌仙「月と泣夜生雪魚の朧闇」‥318
六七 歌仙「飽よことし心と臼の轟と」
　　　　　　　　　　　　　　　341
六八 歌仙「詩あきんど年を貪ル酒債
　　哉」　　　　　　　　　　　369
天和三年　　　　　　　　　　　401
六九 歌仙「花にうき世我酒白く食黒
　　し」　　　　　　　　　　　401
七〇 歌仙「故岬垣穂に木瓜も無屋か
　　な」　　　　　　　　　　　431
七一 歌仙「夏馬の遅行我を絵に見る心
　　かな」　　　　　　　　　　449
＊用語索引　　　　　　　　　　469
＊初句索引　　　　　　　　　　486
＊あとがき（阿部正美）　　　　493

〔4〕　「冬の日」前後
1976年5月25日刊

凡例
天和四年・貞享元年　　　　　　　1
　七二 三物「栗野老山しだ尉が秋こそあ
　　れ」　　　　　　　　　　　　1
　七三 付合「もののふの落足つかれ食飢
　　て」　　　　　　　　　　　　4
　七四 付合「何となふ柴ふく風もあはれ
　　なり」　　　　　　　　　　　6

芭蕉連句抄

七五 付合「ばせを野分其句に草鞋かへよかし」 …… 8
七六 付合「宿まいらせむさいぎやうならば秋暮」 …… 10
七七 付合「花の咲みながら草の翁かな」 …… 13
七八 歌仙「師の桜むかし拾はん落葉哉」 …… 15
七九 付合「霜の宿の旅寐に蚊屋をきせ甲」 …… 33
八〇 三物「此海に草鞋すてん笠しぐれ」 …… 35
八一 三物「馬をさへ詠むる雪の朝かな」 …… 39
八二 付合「しのぶさへ枯て餅買ふ舍かな」 …… 43
八三 歌仙「狂句こがらしの身は竹斉に似たる哉」 …… 45
八四 歌仙「はつ雪のことしも袴きてかへる」 …… 95
八五 歌仙「つゝみかねて月とり落す霽かな」 …… 138
八六 歌仙「炭売のをのがつまこそ黒からめ」 …… 187
八七 歌仙「霜月や鶴のイヽならびゐて」 …… 237
八八 表六句「いかに見よと難面うしをうつ霰」 …… 279
八九 三物「市人にいで是うらん笠の雪」 …… 286
九〇 歌仙「海くれて鴨の声ほのかに白し」 …… 291
九一 付合「檜笠雪をいのちの舍リ哉」 …… 319

貞享二年 …… 321
九二 付合「われもさびよ梅よりおくの藪椿」 …… 321
九三 付合「毒白しきのふや鶴を盗れし」 …… 324
九四 三物「我桜鮎サクサク枇杷の広葉哉」 …… 328
九五 付合「樫の木の花にかまはぬ姿哉」 …… 331
九六 三物「梅絶て日永し桜今三日」 …… 333
九七 歌仙「薄をきりて蓬にふきけり」 …… 335

九八 歌仙「何とはなしに何やら床し菫艸」 …… 338
九九 二十四句「杜若われに発句のおもひあり」 …… 362
一〇〇 歌仙「つくづくと榎の花の袖にちる」 …… 377
一〇一 十二句「おもひ立木曾や四月のさくら狩」 …… 400
一〇二 歌仙「牡丹蘂深く逕出る蝶の別れ哉」 …… 407
一〇三 付合「独書をみる草の戸の中」 …… 425
一〇四 付合「夏草よ吾妻路まとへ五三日」 …… 427
一〇五 付合「侘おもしろくとちのかゆ煮る」 …… 429
一〇六 付合「榎木の風の豆がらをふく」 …… 431
一〇七 付合「小僧ふたりぞかしこまりける」 …… 433
一〇八 付合「我恋は色紙をもてる笑より」 …… 435
一〇九 百韻「涼しさの凝くだくるか水車」 …… 437
一一〇 付合「目出度人の数にもいらん年のくれ」 …… 489

＊用語索引 …… 493
＊初句索引 …… 507
＊あとがき（阿部正美） …… 513

〔5〕 貞享の四季
1978年5月20日刊

＊凡例
貞享三年 …… 1
一一一 百韻「日の春をさすがに鶴の歩ミ哉」 …… 1
一一二 歌仙「花咲て七日鶴見る籠哉」 …… 86
一一三 五句「深川は童さく野も野分哉」 …… 108
一一四 三十四句「冬景や人寒からぬ市の梅」 …… 112
貞享四年 …… 133
一一五 歌仙「久かたやこなれこなれと初雲雀」 …… 133

532　日本古典文学全集・内容綜覧

一一六 歌仙「花に遊ぶ虻なくらひそ友雀」............ 154
一一七 三物「卯花も母なき宿ぞ冷じき」............ 172
一一八 三物「埒せよわらほす宿の友すゞめ」............ 175
一一九 歌仙「時は秋吉野をこめし旅のつと」............ 179
一二〇 世吉「旅人と我名をよばれん初霽」............ 200
一二一 半歌仙「江戸桜心かよはゞいくしぐれ」............ 227
一二二 十句「しろかねに蛤をめせ霜夜の鐘」............ 236
一二三 十句「時雨時雨に鎰かり置ん草の庵」............ 242
一二四 歌仙「京まではまだなかぞらや雪の雲」............ 248
一二五 歌仙「めづらしや落葉のころの翁草」............ 266
一二六 歌仙「星崎の闇を見よとや啼千鳥」............ 283
一二七 三物「麦はえて能隠家や畑村」............ 302
一二八 表六句「やき飯や伊羅古の雪にくづれけん」............ 305
一二九 表六句「置炭や更に旅とも思はれず」............ 310
一三〇 歌仙「笠寺やもらぬ崖も春の雨」............ 314
一三一 四句「幾落葉それほど袖も綻びず」............ 331
一三二 三物「面白し雪にやならん冬の雨」............ 335
一三三 歌仙「磨なをす鏡も清し雪の花」............ 338
一三四 付合「薬のむさらでも霜の枕かな」............ 361
一三五 三十句「凩のさむさかさねよ稲葉山」............ 363
一三六 歌仙「ためつけて雪見にまかる帋子哉」............ 377
一三七 半歌仙「旅人と我見はやさん笠の雪」............ 395
一三八 表六句「霰かとまたほどかれし笠やどり」............ 405

一三九 歌仙「箱根越す人もあるらし今朝の雪」............ 409
一四〇 半歌仙「たび寝よし宿の師走の夕月夜」............ 426
一四一 二十四句「露冴て筆に汲ほすしみづかな」............ 435
一四二 付合「かちならば杖つき坂を落馬哉」............ 446
＊用語索引 455
＊初句索引 471
＊あとがき（阿部正美）............ 479

〔6〕 吉野・更科の旅
1979年11月10日刊

＊凡例
貞享五年・元禄元年 1
一四三 歌仙「何の木の花とは知らず匂ひ哉」............ 1
一四四 付合「暖簾の奥ものぶかし北の梅」............ 26
一四五 付合「時雨てや花迄残るひの木笠」............ 29
一四六 付合「梅の木の猶やどり木や梅の花」............ 31
一四七 一七句及付句六句「紙衣のぬるとも折む雨の花」............ 34
一四八 付合「さまざまの事おもひ出す桜かな」............ 49
一四九 三物「杜若語るも旅のひとつかな」............ 51
一五〇 付合「しるべして見せばやみの、田植歌」............ 54
一五一 歌仙「皷子花の短夜ねぶる昼間哉」............ 57
一五二 表六句「どこまでも武蔵野の月影涼し」............ 76
一五三 付合「見せばやな茄子をちぎる軒の畑」............ 80
一五四 五十韻「蓮池の中に藻の花まじりけり」............ 82
一五五 付合「山かげや身を養む瓜ばたけ」............ 106
一五六 三物「蔵のかげかたばみの花めづらしや」............ 108
一五七 歌仙「ほとゝぎす愛を西へかひがしへか」............ 110

芭蕉連句抄

一五八 表六句「よき家や雀よろこぶ背戸の粟」………… 128
一五九 歌仙「初秋は海やら田やらみどりかな」………… 132
一六〇 付合「琴引ならふ窓によらばや」………… 152
一六一 付合「酒に興ある友を集る」‥ 154
一六二 歌仙「粟稗にとぼしくもあらず草の菴」………… 156
一六三 五句「色々のきくもひとつの匂ひ哉」………… 182
一六四 付合「見送リのうしろや寂し秋の風」………… 188
一六五 歌仙「鳫がねもしづかに聞ばからびずや」………… 191
一六六 半歌仙「月出ば行灯消サン座敷かな」………… 243
一六七 半歌仙「しら菊に高き鶏頭おそろしや」………… 255
一六八 半歌仙「蜻蛉の壁を抱ゆる西日かな」………… 265
一六九 歌仙「其かたちみばや枯木の杖の長ケ」………… 277
一七〇 歌仙「雪ごとにうつばりたはむ住ゐ哉」………… 300
一七一 歌仙「雪の夜は竹馬の跡に我つれよ」………… 319
一七二 三十句「皆拝め二見の七五三をとしの暮」………… 340

元禄二年 ………… 359
一七三 歌仙「水仙は見るまを春に得たりけり」………… 359
一七四 歌仙「衣装して梅改むる匂ひかな」………… 381
一七五 歌仙「かげろふの我肩にたつかみこかな」………… 404
一七六 付合「月花を雨の秋の色香哉」………… 432

*用語索引 ………… 437
*初句索引 ………… 450
*あとがき（阿部正美）………… 457

〔7〕 奥の風雅
1981年4月20日刊

*凡例 ………… 1
元禄二年（承前）………… 1

一七七 歌仙「蓑おふ人を枝折の夏野哉」………… 1
一七八 付合「落くるやたかくの宿の郭公」………… 36
一七九 歌仙「風流の初やおくの田植歌」………… 39
一八〇 三物「旅衣早苗に包食乞ん」‥ 73
一八一 歌仙「かくれ家や目だゝぬ花を軒の栗」………… 79
一八二 三物「茨やうを又習けりかつみ草」………… 108
一八三 四句「雨晴て栗の花咲跡見哉」………… 112
一八四 歌仙「すゞしさを我やどにしてねまる也」………… 115
一八五 歌仙「おきふしの麻にあらはす小家かな」………… 147
一八六 歌仙「さみだれをあつめてすゞしもがみ川」………… 172
一八七 三物「水の奥氷室尋る柳哉」‥ 205
一八八 歌仙「御尋に我宿せばし破れ蚊や」………… 208
一八九 三物「風の香を南に近し䖝上川」………… 231
一九〇 歌仙「有難や雪をかほらす風の音」………… 234
一九一 歌仙「めづらしや山をいで羽の初茄子」………… 261
一九二 七句「涼しさや海に入たる䖝上川」………… 287
一九三 歌仙「温海山や吹浦かけて夕涼」………… 294
一九四 四句「忘るなよ虹に蟬鳴山の雪」………… 326
一九五 二十句「文月や六日も常の夜には似ず」………… 329
一九六 二十六句「星今宵師に駒牽て留たし」………… 344
一九七 四句「薬欄にいづれの花をくさ枕」………… 361
一九八 四句「寝る迄の名残也けり秋の蚊屋」………… 365
一九九 半歌仙「残暑暫手毎にれうれ瓜茄子」………… 370
二〇〇 表六句「小鯛さす柳すずしや海士が妻」………… 382

芭蕉連句抄

二〇一　世吉「しほらしき名や小松ふく萩芒」……387
二〇二　五十韻「ぬれて行や人もおかしき雨の萩」……412
二〇三　歌仙「馬かりて燕追行わかれかな」……440
二〇四　歌仙「あなむざんやな冑の下のきりぎりす」……478
二〇五　付合「もの書て扇子へぎ分る別哉」……502
二〇六　付合「胡蝶にもならで秋ふる菜むし哉」……505
二〇七　半歌仙「野あらしに鳩吹立る行脚哉」……508
二〇八　表六句「こもり居て木の実草の実拾はばや」……519
二〇九　三物「それそれにわけつくされし庭の秋」……524
二一〇　歌仙「はやう咲九日も近し宿の菊」……526
二一一　四句「秋の暮行さきざきの苫屋哉」……545
＊用語索引 ……551
＊初句索引 ……565
＊あとがき（阿部正美）……573

〔8〕　「ひさご」と「猿蓑」
1983年11月20日刊

＊凡例 ……1
元禄二年（承前）……1
　二一二　歌仙「一泊り見かはる萩の枕かな」……1
　二一三　歌仙「いざ子ども走ありかむ玉霰」……20
　二一四　五十韻「暁や雪をすきぬく藪の月」……38
　二一五　付合「少将のあまの咄や志賀の雪」……65
　二一六　付合「草箒かばかり老の家の雪」……68
元禄三年 ……71
　二一七　歌仙「鴛の笠落したる椿かな」……71
　二一八　四十句「木の本に汁も膾も桜哉」……92

二一九　歌仙「木のもとに汁も膾もさくらかな」……115
二二〇　歌仙「種芋や花のさかりに売ありく」……126
二二一　歌仙「木のもとに汁も鱠も桜かな」……151
二二二　付合「いろいろの名もむつかしや春の草」……196
二二三　歌仙「市中は物のにほひや夏の月」……203
二二四　歌仙「秋立て干瓜辛き雨気かな」……263
二二五　歌仙「月見する座にうつくしき顔もなし」……282
二二六　半歌仙「白髪ぬく枕の下やきりぎりす」……302
二二七　三物「稗柿や鞠のかゝりの見ゆる家」……313
二二八　歌仙「灰汁桶の雫やみけりきりぎりす」……315
二二九　付合「月しろや膝に手を置宵の宿」……380
二三〇　歌仙「鳶の羽も刷ぬはつしぐれ」……383
二三一　五十韻「とりどりのけしきあつむる時雨哉」……442
二三二　歌仙「霜に今行や北斗の星の前」……466
二三三　歌仙「ひき起す霜の薄や朝の門」……484
二三四　歌仙「半日は神を友にや年忘レ」……502
元禄四年 ……525
　二三五　二十句「梅若菜まりこの宿のとろゝ汁」……525
＊用語索引 ……559
＊初句索引 ……576
＊あとがき（阿部正美）……583

〔9〕　「深川」まで
1986年9月30日刊

凡例 ……1
元禄四年（承前）……1
　二三六　半歌仙「日を負て寝る牛起す雲雀かな」……1

日本古典文学全集・内容綜覧　535

芭蕉連句抄

二三七 五句「芽出しより二葉に茂る柿ノ実」 ………… 12
二三八 歌仙「蝿ならぶはや初秋の日藪かな」 ………… 17
二三九 歌仙「牛部屋に蚊の声よはし秋の風」 ………… 42
二四〇 歌仙「安安と出ていざよふ月の雲」 ………… 69
二四一 歌仙「うるはしき稲の穂並の朝日哉」 ………… 91
二四二 付合「草の戸や日暮てくれし菊の酒」 ………… 112
二四三 歌仙「御明の消て夜寒や轡むし」 ………… 115
二四四 付合「門に入れば梅がゝにほふ藪の中」 ………… 134
二四五 付合「石も木も仏といへば拝むなり」 ………… 136
二四六 付合「名残ぞと取置雛の顔をみて」 ………… 137
二四七 付合「革踏皮の裏新敷ふみすべり」 ………… 139
二四八 付合「右左リ膳をすえても淋しくて」 ………… 141
二四九 付合「うき恋に文つき返し笑れて」 ………… 142
二五〇 付合「庵寺の縁に筵を打敷て」 ………… 144
二五一 付合「抱あげらるゝ藤の花ぶさ」 ………… 146
二五二 付合「もえかねる水風呂の下焼付て」 ………… 148
二五三 三句「古寺や花より明るきんの声」 ………… 150
二五四 付合「たふとがる涙やそめてちる紅葉」 ………… 152
二五五 付合「木嵐に手やあてゝ見む一重壁」 ………… 156
二五六 半歌仙「もらぬほどけふは時雨よ草の屋ね」 ………… 158
二五七 付合「能程に積かはれよみのゝ雪」 ………… 169
二五八 九句「水仙やしろき障子のとも移り」 ………… 171
二五九 付合「奥庭もなくて冬木の梢かな」 ………… 178

二六〇 歌仙「其にほひ桃より白し水仙花」 ………… 180
二六一 歌仙「此里は山を四面や冬籠り」 ………… 202
二六二 半歌仙断片「京にあきて此木がらしや冬住居」 ………… 221
二六三 三物「宿かりて名をなのらする時雨哉」 ………… 225

元禄五年(承前) ………… 229
二六四 歌仙「鶯や餅に糞する椽の先」 ………… 229
二六五 和漢歌仙「破風口に日影やよはる夕涼」 ………… 252
二六六 半歌仙「名月や箒吹雨の晴をまて」 ………… 277
二六七 歌仙「青くても有べきものを唐辛子」 ………… 289
二六八 十句「苅かぶや水田の上の秋の雲」 ………… 321
二六九 三物「秋にそふてゆかばや末は小松川」 ………… 330
二七〇 歌仙「けふばかり人も年よれ初時雨」 ………… 333
二七一 歌仙「口切に境の庭ぞなつかしき」 ………… 358
二七二 十六句「月代を急ぐやふなり村時雨」 ………… 379
二七三 三物「寒菊の隣もありやいけ大根」 ………… 391
二七四 歌仙「洗足に客と名の付寒さかな」 ………… 395
二七五 歌仙「打よりて花入探れんめつばき」 ………… 419
二七六 半歌仙「木枯しにうめる間おそき入湯哉」 ………… 440
二七七 歌仙「水鳥よ汝は誰を恐るゝぞ」 ………… 451
二七八 三物「としわすれ盃に桃の花書ン」 ………… 474

＊用語索引 ………… 479
＊初句索引 ………… 498
＊あとがき(阿部正美) ………… 505

〔10〕 軽みの時代(上)
1987年9月30日刊

＊凡例 ………… 1

芭蕉連句抄

元禄六年 ……………………………… 1
　二七九 三十四句「蒟蒻にけふは売かつ若菜哉」………………………… 1
　二八〇 歌仙「野は雪に鯲の非をしる若菜哉」…………………………… 24
　二八一 三物「梅がゝに通り過れば弓の音」……………………………… 43
　二八二 付合「人声の沖には何を呼やらん」……………………………… 46
　二八三 歌仙「篠の露はかまにかけし茂哉」……………………………… 48
　二八四 歌仙「風流のまことを鳴やほとゝぎす」……………………… 69
　二八五 付合「春風や麦の中行水の音」……………………………… 89
　二八六 付合「香炉の灰のしめる長雨」……………………………… 91
　二八七 付合「麦に来て明日又なかん桜哉」……………………………… 93
　二八八 付合「鉦一つ首にかけたる身ぞやすき」…………………………… 94
　二八九 歌仙「其富士や五月晦日二里の旅」……………………………… 95
　二九〇 歌仙「朝顔や夜は明きりし空の色」…………………………… 113
　二九一 歌仙「初茸やまだ日数経ぬ秋の露」…………………………… 133
　二九二 歌仙「帷子は日ゝにすさまじ鴨の声」…………………………… 154
　二九三 歌仙「いざよひはとり分闇のはじめ哉」………………………… 178
　二九四 歌仙「十三夜あかつき闇のはじめかな」………………………… 198
　二九五 三物「漆せぬ琴や作らぬ菊の友」……………………………… 218
　二九六 三物「月やその鉢木の日のした面」……………………………… 221
　二九七 歌仙「振売の鴈あはれ也ゑびす講」…………………………… 224
　二九八 歌仙「芹焼やすそ輪の田井の初氷」…………………………… 276
　二九九 歌仙「雪の松おれ口みれば尚寒し」…………………………… 299
　三〇〇 歌仙「いさみたつ鷹引居る霰哉」…………………………… 325
　三〇一 歌仙「いさみ立鷹引すゆる嵐かな」……………………………… 345
　三〇二 三十二句「寒菊や小糠のかゝる臼の傍」……………………… 370
　三〇三 表六句「もののふの大根苦きはなし哉」……………………… 390
　三〇四 二十四句「後風鳶の身振ひの猶寒し」……………………………… 395
　三〇五 半歌仙「雪や散る笠の下なる頭巾迄」……………………………… 408
　三〇六 付合「菅蓑の毛なみや氷る庵の暮」……………………………… 418
　三〇七 十二句「生ながらひとつにこほる生海鼠哉」………………… 422
　三〇八 付合「打こほしたる餅を掃よせ」…………………………… 432
＊用語索引 ……………………………… 437
＊初句索引 ……………………………… 455
＊あとがき（阿部正美）………………… 463

〔11〕　軽みの時代（中）
1988年9月25日刊

＊凡例 ………………………………… 1
元禄七年 ……………………………… 1
　三〇九 表八句「年たつや家中の礼は星月夜」………………………… 1
　三一〇 三物「長閑さや寒の残りも三ヶ一」……………………………… 8
　三一一 歌仙「むめがゝにのつと日の出る山路かな」………………… 11
　三一二 歌仙「八九間空で雨降る柳かな」………………………………… 67
　三一三 歌仙「傘におしわけみたる柳かな」…………………………… 123
　三一四 歌仙「五人ぶち取てしだるゝ柳かな」………………………… 143
　三一五 半歌仙「水音や小鮎のいさむ二俣瀬」…………………………… 162
　三一六 歌仙「空豆の花さきにけり麦の縁」…………………………… 172
　三一七 付合「卯の花やくらき柳の及ごし」…………………………… 226
　三一八 歌仙「紫陽草や藪を小庭の別座鋪」…………………………… 229
　三一九 歌仙「新麦はわざとすゝめぬ首途かな」……………………… 252
　三二〇 付合「やはらかにたけよことしの手作麦」…………………… 278

日本古典文学全集・内容綜覧　537

芭蕉連句抄

　　三二一　歌仙「世は旅に代かく小田の行戻リ」………… 282
　　三二二　半歌仙「水鶏啼と人のいへばや佐屋泊」………… 303
　　三二三　歌仙「柳小折片荷は凉し初真瓜」………… 318
　　三二四　歌仙「牛流す村のさはぎや五月雨」………… 348
　　三二五　歌仙「鷽に朝日さす也竹閣子」………… 376
　　三二六　歌仙「葉がくれをこけ出て瓜の暑さ哉」………… 399
　　三二七　二十四句「夕貌や蔓に場をとる夏座敷」………… 422
＊用語索引 ………… 445
＊初句索引 ………… 460
＊あとがき（阿部正美）………… 467

〔12〕　軽みの時代（下）
1989年10月10日刊

＊凡例 ………… 1
元禄七年〔承前〕 ………… 1
　　三二八　歌仙「夏の夜や崩て明し冷し物」………… 1
　　三二九　歌仙「秋ちかき心の寄や四畳半」………… 46
　　三三〇　十三句「ひらひらとあがる扇や雲のみね」………… 77
　　三三一　付合「菜種ほすむしろの端や夕涼ミ」………… 89
　　三三二　歌仙「あれあれて末は海行野分哉」………… 91
　　三三三　付合「折折や雨戸にさはる荻のこゑ」………… 116
　　三三四　表六句「稲妻に額かゝゆる戸口かな」………… 118
　　三三五　表六句「松茸に交る木の葉も匂ひかな」………… 122
　　三三六　十六句「松茸や都に近き山の形リ」………… 125
　　三三七　歌仙「つぶつぶと掃木をもる榎実哉」………… 134
　　三三八　三十句「残る蚊に袷着て寄る夜寒哉」………… 152
　　三三九　歌仙「松茸やしらぬ木の葉のへばりつき」………… 170

　　三四〇　五十韻「松風に新酒をすます夜寒哉」………… 190
　　三四一　歌仙「猿蓑にもれたる霜の松露哉」………… 217
　　三四二　三物「菊に出てならと難波は青月夜」………… 278
　　三四三　三物「秋風にふかれて赤し鳥の足」………… 282
　　三四四　三物「舛買て分別かはる月見かな」………… 284
　　三四五　歌仙「秋もはやばらつく雨に月の形」………… 310
　　三四六　半歌仙「烁の夜を打崩したる咄かな」………… 337
　　三四七　半歌仙「此道や行人なしに烁の暮」………… 351
　　三四八　歌仙「白菊の眼に立て見る塵もなし」………… 367
年代不明 ………… 393
　　三四九　付合「ほんとぬけたる池の蓮の実」………… 393
　　三五〇　付合「亀山や嵐の山や此山や」………… 395
　　三五一　付合「煤掃の道具大かた取出し」………… 397
　　三五二　付合「枯はてゝみじかき髪の口惜き」………… 399
　　三五三　付合「青の間は重なる山の月闇く」………… 401
　　三五四　付合「笠敷て嬉しく今朝になしけるよ」………… 403
　　三五五　付合「冬の砧の涙きはつく」………… 405
補遺 ………… 407
貞享四年 ………… 407
　　三五六　付合「かれ枝にからすのとまりけり秋の暮」………… 407
元禄六年 ………… 410
　　三五七　三物「雛ならで名乗を名乗ル人もがな」………… 410
＊用語索引 ………… 417
＊初句索引 ………… 432
＊あとがき（阿部正美）………… 439

[081] **芭蕉連句全註解**
桜楓社
全10巻，別巻1巻
1979年6月～1983年10月
（島居清著）

第1巻
1979年6月20日刊

*自序（鳥居清） ……………… 巻頭
寛文五年
　一「野は雪に」百韻 ……………… 1
寛文七年以前
　二「かたに着物」「後生ねがひと」「賤が寝ざまの」付合 ……………… 37
寛文十年
　三「君も臣も」「抜ば露の」三句 ……… 43
延宝三年
　四「いと涼しき」百韻 ……………… 47
延宝四年以前
　五「草の庵」「焼亡は」「月の中の」付合 ……………………………………… 83
　六「松のこづえに」「川かぜ寒き」「たまのちぎりに」「むつくりと」付合 ‥ 89
延宝四年
　七「此梅に」百韻 ……………… 95
　八「梅の風」百韻 ……………… 95
　九「時節嚊」歌仙 ……………… 171
延宝五年
　一〇「あら何共なや」百韻 ……… 185
延宝六年
　一一「さぞな都」百韻 ……………… 221
　一二「物の名も」百韻 ……………… 221
*初句索引 ……………………………… 287

第2巻
1979年10月20日刊

*凡例 ……………………………………… 6
延宝六年
　一三「実や月」歌仙 ……………… 7
　一四「色付や」百韻 ……………… 21
　一五「のまれけり」歌仙 ……… 53

　一六「青葉より」歌仙 ……………… 53
　一七「塩にしても」歌仙 …………… 53
　一八「わすれ草」歌仙 ……………… 53
延宝六年以前
　一九「宝いくつ」二句「手盥に」三句「経にょう似た」二句「寝覚侘しき」三句「御息所の」三句 ……………… 109
　二〇「大鋸屑の」付合 ……………… 115
　「虫の髭」付合 ……………………… 117
　「むかし語」付合 …………………… 118
　「孔子を鯉魚の」付合 ……………… 118
　「説経芝居」付合 …………………… 119
　「捨る身も」付合 …………………… 120
　「鉄橋に」付合 ……………………… 120
　「膳棚の」付合 ……………………… 121
　「碪の」付合 ………………………… 122
　「武者ぶりを」付合 ………………… 122
　「桶一つ」付合 ……………………… 123
　「馬の沓」付合 ……………………… 124
　「もすそを見れば」付合 …………… 124
　「うなり声」付合 …………………… 125
　「あつたら真桑」付合 ……………… 126
　「相場に立し」付合 ………………… 126
　「上は脇指」付合 …………………… 127
　「魚の腸」付合 ……………………… 127
　「大屋の退屈」付合 ………………… 128
延宝七年
　二一「須広ぞ秋」百韻 ……………… 131
　二二「見渡せば」百韻 ……………… 131
延宝九年
　二三「鷺の足」五十韻 ……………… 193
　二四「春澄にとへ」百韻 …………… 193
　二五「世に有て」百韻 ……………… 193
　二六「附贅一ツ」四句 ……………… 193
　二七「秋とはゞよ」付合 …………… 273
　二八「鮭の時」付合「塔高し」付合「はりぬきの」付合 ……………………… 277
*初句索引 ……………………………… 283

第3巻
1980年6月5日刊

*凡例 ……………………………………… 6
天和二年
　二九「錦どる」百韻 ……………… 9
　三〇「田螺とられて」世吉 ………… 41
　三一「月と泣夜」歌仙 ……………… 53

芭蕉連句全註解

三二「蒜の籃に」付合 …………… 67
三三「花にうき世」歌仙 …………… 71
三四「ものゝふの」付合 …………… 85
三五「山里いやよ」付合「葛西の院の」付合 …………… 89
三六「詩あきんど」歌仙 …………… 93
三七「飽やことし」付合 …………… 104

天和三年
　三八「故艸」歌仙 …………… 117
　三九「夏馬の遅行」…………… 129

貞享元年
　四〇「栗野老」三物 …………… 143
　四一「何となふ」付合 …………… 147
　四二「はせを野分」付合「宿まいらせむ」付合「花の咲」付合 …………… 151
　四三「師の桜」歌仙 …………… 155
　四四「霜の宿の」付合 …………… 167
　四五「能程に」付合 …………… 171
　四六「此海に」表六句 …………… 175
　四七「しのぶさへ」付合 …………… 179
　四八「狂句こがらしの」歌仙 …………… 183
　四九「はつ雪の」歌仙 …………… 195
　五〇「つゝみかねて」歌仙 …………… 206
　五一「炭売の」歌仙 …………… 217
　五二「霜月や」歌仙 …………… 229
　五三「いかに見よと」表合六句 …………… 240
　五四「市人に」付合 …………… 245
　五五「馬をさへ」付合 …………… 249
　五六「海くれて」歌仙 …………… 253
　五七「檜笠」付合 …………… 267

貞享二年
　五八「われもさびよ」付合 …………… 271
　五九「梅白し」付合 …………… 275
　六〇「我桜」付合 …………… 279
　六一「樫の木の」付合 …………… 283
　六二「梅絶て」付合 …………… 287
　六三「辛崎の」付合 …………… 291
　六四「何とはなしに」歌仙 …………… 295
　六五「つくづくと」歌仙 …………… 307
　六六「杜若」二十四句 …………… 319
　六七「ほとゝぎす」歌仙 …………… 329
　六八「おもひ立」十二句 …………… 343
＊初句索引 …………… 347

第4巻
1980年10月20日刊

貞享二年
　六九「牡丹薬」歌仙 …………… 7
　七〇「夏草よ」付合 …………… 21
　七一「独書をみる」付合「薄をきりて」付合 …………… 25
　七二「侘おもしろく」「榎木の風の」「小僧ふたりぞ」「我恋は」付合 …………… 29
　七三「涼しさの」百韻 …………… 35
　七四「目出度人の」付合 …………… 67

貞享三年
　七五「日の春を」百韻 …………… 71
　七六「花咲て」歌仙 …………… 105
　七七「深川は」付合 …………… 119
　七八「蜻蛉の」半歌仙 …………… 123
　七九「冬景や」三十四句 …………… 131

貞享四年
　八〇「久かたや」歌仙 …………… 143
　八一「花に遊ぶ」歌仙 …………… 157
　八二「卯花も」付合 …………… 169
　八三「埘せよ」付合 …………… 173
　八四「時は秋」歌仙 …………… 177
　八五「旅人と」四十四 …………… 189
　八六「江戸桜」半歌仙 …………… 205
　八七「しろがねに」十句 …………… 213
　八八「時雨時雨に」十句 …………… 219
　八九「京までは」歌仙 …………… 225
　九〇「めづらしや」歌仙 …………… 239
　九一「星崎の」歌仙 …………… 253
　九二「置炭や」表六句 …………… 267
　九三「麦はえて」付合 …………… 271
　九四「やき飯や」表六句 …………… 275
　九五「笠寺や」歌仙 …………… 279
　九六「幾落葉」付合 …………… 291
　九七「面白し」付合 …………… 295
　九八「磨なをす」歌仙 …………… 299
　九九「薬のむ」付合 …………… 313
　一〇〇「ためつけて」歌仙 …………… 317
　一〇一「旅人と」半歌仙 …………… 329
　一〇二「霰かと」表六句 …………… 337
　一〇三「箱根越す」歌仙 …………… 341
　一〇四「たび寝よし」半歌仙 …………… 355
　一〇五「かちならば」付合 …………… 363
　一〇六「露冴て」二十四句 …………… 367
　一〇七「凩の」三十句 …………… 377

貞享四年以前
　一〇八「かれ枝に」付合 …………… 389
＊初句索引 …………… 393

芭蕉連句全註解

第5巻
1981年5月20日刊

＊凡例 …………………………………… 6
元禄元年
　一〇九「何の木の」歌仙 ………………… 7
　一一〇「梅の木の」付合 ……………… 21
　一一一「暖簾の」付合 ………………… 25
　一一二「時雨てや」付合 ……………… 29
　一一三「紙衣の」表六句・付句・裏十
　　　　一句 …………………………… 33
　一一四「さまざまの」付合 …………… 43
　一一五「杜若」付合 …………………… 47
　一一六「しるべして」付合 …………… 51
　一一七「皷子花の」歌仙 ……………… 55
　一一八「どこまでも」表六句 ………… 67
　一一九「蓮池の」五十韻 ……………… 71
　一二〇「見せばやな」付合 …………… 89
　一二一「蔵のかげ」付合 ……………… 93
　一二二「よき家や」表六句 …………… 97
　一二三「初秋は」歌仙 ………………… 101
　一二四「粟稗に」歌仙 ………………… 115
　一二五「色々の」歌仙 ………………… 129
　一二六「しら菊に」半歌仙 …………… 143
　一二七「厂がねも」歌仙 ……………… 151
　一二八「月出ば」半歌仙 ……………… 165
　一二九「其かたち」歌仙 ……………… 173
　一三〇「雪の夜は」歌仙 ……………… 187
　一三一「雪ごとに」歌仙 ……………… 201
　一三二「皆拝め」三十句 ……………… 215
元禄元年以前
　一三三「折提る」付合「ぬけ初る」付合
　　　　　…………………………………… 227
元禄二年
　一三四「水仙は」歌仙 ………………… 231
　一三五「衣裳して」歌仙 ……………… 245
　一三六「かげろふの」歌仙 …………… 259
　一三七「月花を」付合 ………………… 273
　一三八「蒜おふ」歌仙 ………………… 277
　一三九「落くるや」付合 ……………… 291
　一四〇「風流の」歌仙 ………………… 295
　一四一「かくれ家や」歌仙 …………… 299
　一四二「旅衣」付合 …………………… 323
　一四三「茨やうを」付合 ……………… 327
　一四四「雨晴て」付合 ………………… 331
＊初句索引 ……………………………… 335

第6巻
1981年10月20日刊

＊凡例 …………………………………… 6
元禄二年
　一四五「すゞしさを」歌仙 …………… 9
　一四六「おきふしの」歌仙 …………… 20
　一四七「さみだれを」歌仙 …………… 33
　一四八「水の奥」付合 ………………… 47
　一四九「御尋に」付合 ………………… 51
　一五〇「風の香も」付合 ……………… 65
　一五一「有難や」歌仙 ………………… 69
　一五二「めづらしや」歌仙 …………… 83
　一五三「涼しさや」七句 ……………… 97
　一五四「温海山や」歌仙 ……………… 103
　一五五「忘るなよ」付合 ……………… 117
　一五六「忘なよ」歌仙 ………………… 121
　一五七「文月や」二十句 ……………… 135
　一五八「星今宵」二十六句 …………… 143
　一五九「薬欄に」付合 ………………… 153
　一六〇「寝る迄の」付合 ……………… 157
　一六一「残暑暫」半歌仙 ……………… 161
　一六二「小鯛さす」表六句 …………… 169
　一六三「しほらしき」四十四 ………… 173
　一六四「ぬれて行や」五十句 ………… 187
　一六五「馬かりて」歌仙 ……………… 203
　一六六「あなむざんやな」歌仙 ……… 217
　一六七「もの書て」付合 ……………… 229
　一六八「胡蝶にも」付合 ……………… 233
　一六九「野あらしに」半歌仙 ………… 237
　一七〇「こもり居て」表六句 ………… 245
　一七一「それぞれに」付合 …………… 249
　一七二「はやう咲」歌仙 ……………… 253
　一七三「秋の暮」付合 ………………… 265
　一七四「一泊り」歌仙 ………………… 269
　一七五「いざ子ども」歌仙 …………… 283
　一七六「とりどりの」五十韻 ………… 297
　一七七「霜に今」歌仙 ………………… 313
　一七八「暁や」五十韻 ………………… 327
　一七九「少将の」付合「草等」付合 …… 343
＊初句索引 ……………………………… 345

第7巻
1982年6月20日刊

元禄三年
　一八〇「鶯の」歌仙 ……………………… 7

芭蕉連句全註解

　一八一「日を負て」半歌仙 …… 19
　一八二「種芋や」歌仙 …… 27
　一八三「木の本に」（その一）四十句 … 41
　一八四「木の本に」（その二）歌仙 …… 55
　一八五「木のもとに」（その三）歌仙 … 65
　一八六「いろいろの」歌仙 …… 79
　一八七「市中は」歌仙 …… 93
　一八八「秋立て」歌仙 …… 107
　一八九「白髪ぬく」半歌仙 …… 119
　一九〇「稗柿や」付合 …… 127
　一九一「月しろや」付合 …… 131
　一九二「月見する」歌仙 …… 135
　一九三「灰汁桶の」歌仙 …… 147
　一九四「見送りの」付合 …… 161
　一九五「鳶の羽も」歌仙 …… 165
　一九六「ひき起す」歌仙 …… 179
　一九七「半日は」歌仙 …… 191
元禄四年
　一九八「梅若菜」（その一）歌仙 …… 205
　一九九「梅若菜」（その二）歌仙 …… 219
　二〇〇「芽出しより」付合 …… 229
　二〇一「蝿ならぶ」歌仙 …… 233
　二〇二「牛部屋に」歌仙 …… 247
　二〇三「安々と」歌仙 …… 261
　二〇四「御明の」歌仙 …… 275
　二〇五「うるはしき」歌仙 …… 289
　二〇六「草の戸や」付合 …… 303
　二〇七「たふとがる」付合 …… 307
　二〇八「木嵐に」付合 …… 311
　二〇九「もらぬほど」半歌仙 …… 315
　二一〇「水仙や」十二句 …… 323
　二一一「奥庭も」付合 …… 329
　二一二「其にほひ」歌仙 …… 333
　二一三「此里は」歌仙 …… 347
　二一四「京に」八句 …… 361
　二一五「宿かりて」付合 …… 365
＊初句索引 …… 369

第8巻
1982年10月20日刊

元禄五年
　二一六「鶯や」歌仙 …… 7
　二一七「破風口に」和漢歌仙 …… 21
　二一八「名月や」半歌仙 …… 35
　二一九「青くても」歌仙 …… 43
　二二〇「苅かぶや」歌仙 …… 57

　二二一「秋にそふて」付合 …… 71
　二二二「けふばかり」歌仙 …… 75
　二二三「口切に」歌仙 …… 89
　二二四「月代を」十六句 …… 103
　二二五「水鳥よ」歌仙 …… 111
　二二六「寒菊の」付合 …… 125
　二二七「洗足に」歌仙 …… 129
　二二八「打よりて」歌仙 …… 143
　二二九「木枯しに」歌仙 …… 157
　二三〇「としわすれ」付合 …… 165
元禄六年
　二三一「蒟蒻に」歌仙 …… 169
　二三二「野は雪に」歌仙 …… 183
　二三三「梅か香や」付合 …… 197
　二三四「人声の」付合 …… 201
　二三五「春嬉し」付合 …… 205
　二三六「春風や」付合 …… 209
　二三七「風流の」歌仙 …… 213
　二三八「篠の露」歌仙 …… 227
　二三九「其富士や」歌仙 …… 241
　二四〇「朝顔や」歌仙 …… 255
　二四一「初茸や」歌仙 …… 269
　二四二「帷子は」歌仙 …… 283
　二四三「いざよひは」歌仙 …… 299
　二四四「十三夜」歌仙 …… 313
　二四五「漆せぬ」付合「月やその」付合
　　　　…… 327
＊初句索引 …… 333

第9巻
1983年5月20日刊

＊凡例 …… 6
元禄六年
　二四六「振売の」歌仙 …… 7
　二四七「芹焼や」歌仙 …… 21
　二四八「武士の」六句 …… 35
　二四九「後風」二十四句 …… 39
　二五〇「雪の松」歌仙 …… 49
　二五一「いさみたつ」歌仙 …… 63
　二五二「いさみ立」歌仙 …… 77
　二五三「寒菊や」三十二句 …… 91
　二五四「雪や散る」半歌仙 …… 105
　二五五「生ながら」歌仙 …… 113
元禄七年
　二五六「年たつや」八句 …… 127
　二五七「長閑さや」付合 …… 133

二五八「雛ならで」付合 ……………… 137
二五九「むめがゝに」歌仙 …………… 141
二六〇「傘に」歌仙 …………………… 155
二六一「五人ぶち」歌仙 ……………… 169
二六二「八九間」歌仙 ………………… 183
二六三「水音や」半歌仙 ……………… 199
二六四「空豆の」歌仙 ………………… 207
二六五「卯の花や」付合 ……………… 221
二六六「紫陽草や」歌仙 ……………… 225
二六七「新麦は」歌仙 ………………… 239
二六八「やはらかに」付合 …………… 253
二六九「世は旅に」歌仙 ……………… 257
二七〇「水鶏啼と」歌仙 ……………… 271
二七一「柳小折」歌仙 ………………… 285
二七二「鶯に」歌仙 …………………… 299
＊初句索引 ……………………………… 313

第10巻
1983年8月20日刊

元禄七年
　二七三「葉がくれを」歌仙 …………… 9
　二七四「牛流す」歌仙 ………………… 23
　二七五「夕貌や」歌仙 ………………… 37
　二七六「夏の夜や」歌仙 ……………… 51
　二七七「菜種ほす」付合 ……………… 67
　二七八「ひらひらと」歌仙 …………… 71
　二七九「秋ちかき」歌仙 ……………… 85
　二八〇「あれあれて」歌仙 …………… 99
　二八一「残る蚊に」三十句 …………… 113
　二八二「折々や」付合 ………………… 125
　二八三「稲妻に」六句 ………………… 129
　二八四「百合過て」六句 ……………… 133
　二八五「松茸に」六句 ………………… 137
　二八六「松茸や」十六句 ……………… 141
　二八七「つぶつぶと」歌仙 …………… 149
　二八八「松茸や」歌仙 ………………… 163
　二八九「松風に」五十韻 ……………… 177
　二九〇「猿蓑に」歌仙 ………………… 197
　二九一「升買て」歌仙 ………………… 211
　二九二「穐秋もはや」歌仙 …………… 225
　二九三「秋風に」付合「菊に出て」付合
　　　　 ………………………………… 239
　二九四「妹の夜を」半歌仙 …………… 243
　二九五「此道や」半歌仙 ……………… 251
　二九六「白菊の」歌仙 ………………… 259
年代未詳
　二九七「抱あげらるゝ」「もえかねる」
　　　　「古寺の」付合 ………………… 273
　二九八「香炉の灰の」「麦に来て」「鉦
　　　　一つ」付合 ……………………… 279
　二九九「打こぼしたる」付合 ………… 285
　三〇〇「ほんとぬけたる」付合 ……… 289
　三〇一「枯はてゝ」「亀山や」「宵の間
　　　　は」「笠敷て」「冬の砧の」付合 … 293
　三〇二「煤掃の」「鐘つく人も」「庭に
　　　　箒を」「入相の」付合 …………… 299
　「空也の鹿の」付句一句 ……………… 303
　三〇三「笠寺や」付合 ………………… 307
　三〇四「やしきの客は」「桜をこぼす」
　　　　「綿ふきありく」付合「端居がちなる」付
　　　　合 ……………………………… 309
　三〇五「門に入れば」「石も木も」「名
　　　　残ぞと」「革踏皮の」「右左リ」「うき恋に」
　　　　「庵寺の」付合 ………………… 315
　三〇六「引おこす」六句 ……………… 323
　三〇七「菅簀の」付合 ………………… 327
補遺
　三〇八「山かげや」付合 ……………… 331
＊初句索引 ……………………………… 335

別巻1
1983年10月10日刊

存疑
　三〇九「さゝげたり」八句 …………… 7
　三一〇「小傾城」八句 ………………… 13
　三一一「松杉に」十句 ………………… 19
　三一二「いざかたれ」歌仙 …………… 25
　三一三「百景や」付合 ………………… 37
　三一四「ひょろひょろと」付合 ……… 41
　三一五「いざさらば」表六句 ………… 45
　三一六「寂しさの」歌仙 ……………… 49
　三一七「重重と」歌仙 ………………… 63
　三一八「あかあかと」付合 …………… 77
　三一九「湖水より」付合 ……………… 81
　三二〇「両の手に」歌仙 ……………… 85
　三二一「薄原」付合 …………………… 101
　三二二「下谷あたりの」付合 ………… 105
　三二三「米くるゝ」「庵の夜も」「仮橋
　　　　に」「十六夜の」付合 …………… 109
参考
　三二四「力すまふ」歌仙 ……………… 115
　三二五「のたりのたりと」付句 ……… 115

三二六「はつ雪や」独吟百韻 ………… *115*
　「鶯も」独吟三句 …………………… *115*
　三二七「松の花」歌仙 ……………… *115*
＊初句索引 ……………………………… *127*
＊総索引 ………………………………… *135*
　＊総索引凡例 ………………………… *136*
　＊（一）書名索引 …………………… *137*
　＊（二）人名索引 …………………… *145*
　＊（三）語句・付合語索引 ………… *156*
＊あとがき（鳥居三青）………………… *243*

```
[082] 噺本大系
      東京堂出版
      全20巻
      1975年11月～1979年12月
```

第1巻（武藤禎夫，岡雅彦編）
1975年11月25日刊

＊序 ………………………………………… *1*
＊凡例 ……………………………………… *5*
寒川入道筆記（慶長十八年成立）………… *3*
戯言養気集（慶長・元和頃刊）…………… *33*
昨日は今日の物語 ……………………… *67*
　古活字十行本（元和・寛永頃刊）……… *67*
　古活字八行本（元和・寛永頃刊）……… *105*
　整版九行本（寛永十三年刊）…………… *140*
　写本（書写年不明）……………………… *186*
　〔参考〕………………………………… *204*
わらいくさ（明暦二年刊）………………… *209*
百物語（万治二年刊）……………………… *217*
私可多咄（寛文十一年刊）………………… *255*
＊所収書目解題 ………………………… *311*
＊付録（『昨日は今日の物語』主要諸本
　説話一覧）…………………………… *315*

第2巻（武藤禎夫，岡雅彦編）
1976年2月25日刊

＊凡例 ……………………………………… *3*
醒睡笑（元和九年序）……………………… *3*
　巻之一 …………………………………… *4*
　巻之二 …………………………………… *34*
　巻之三 …………………………………… *55*
　巻之四 …………………………………… *76*
　巻之五 …………………………………… *103*
　巻之六 …………………………………… *133*
　巻之七 …………………………………… *161*
　巻之八 …………………………………… *184*
理屈物語（寛文七年刊）…………………… *213*
　巻之一 …………………………………… *214*
　巻之二 …………………………………… *227*
　巻之三 …………………………………… *239*
　巻之四 …………………………………… *250*

噺本大系

巻之五 ……………………… 261
巻之六 ……………………… 270
＊所収書目解題 ……………… 281

第3巻（武藤禎夫，岡雅彦編）
1976年4月30日刊

＊凡例 …………………………… 3
一休はなし(寛文八年刊) ……… 3
一休関東咄(寛文十二年刊) …… 63
狂哥咄(寛文十二年刊) ………… 97
かなめいし(寛文頃刊) ………… 169
竹斎はなし(寛文十二年刊) …… 203
一休諸国物語(寛文十二年頃刊) … 247
＊所収書目解題 ……………… 319

第4巻（武藤禎夫，岡雅彦編）
1976年6月15日刊

＊凡例 …………………………… 3
秋の夜の友(延宝五年刊) ……… 3
囃物語(延宝八年刊) …………… 51
杉楊枝(延宝八年刊) …………… 91
新竹斎(貞享四年刊) …………… 175
籠耳(貞享四年刊) ……………… 223
二休咄(貞享五年刊) …………… 273
諸国落首咄(元禄十一年刊) …… 315
＊所収書目解題 ……………… 345

第5巻（武藤禎夫，岡雅彦編）
1975年12月25日刊

＊凡例 …………………………… 3
宇喜蔵主古今咄揃(延宝六年刊) … 3
当世咄揃にがわらひ(延宝七年刊) … 42
軽口大わらひ(延宝八年刊) …… 78
当世手打笑(延宝九年刊) ……… 116
当世口まね笑(延宝九年序) …… 151
野鹿武左衛門口伝はなし(天和三年刊) … 180
鹿の巻筆(貞享三年刊) ………… 201
正直咄大鑑(貞享四年刊) ……… 241
当世はなしの本(貞享頃刊) …… 282
＊所収書目解題 ……………… 291

第6巻（武藤禎夫，岡雅彦編）
1976年1月25日刊

＊凡例 …………………………… 3
枝珊瑚珠(元禄三年刊) ………… 3
軽口露がはなし(元禄四年刊) … 35
遊小僧(元禄七年刊) …………… 74
初音草噺大鑑(元禄十一年刊) … 102
露新軽口はなし(元禄十一年刊) … 195
露五郎兵衛新はなし(元禄十四年刊) … 222
軽口御前男(元禄十六年刊) …… 230
軽口ひやう金房(元禄頃刊) …… 261
＊所収書目解題 ……………… 293

第7巻（武藤禎夫，岡雅彦編）
1976年3月25日刊

＊凡例 …………………………… 3
軽口あられ酒(宝永二年刊) …… 3
露休置土産(宝永四年刊) ……… 34
軽口星鉄炮(正徳四年刊) ……… 65
軽口福蔵主(正徳六年刊) ……… 95
軽口出宝台(享保四年刊) ……… 126
軽口はなしとり(享保十二年刊) … 152
軽口機嫌嚢(享保十三年刊) …… 175
座狂はなし(享保十五年刊) …… 200
咲顔福の門(享保十七年刊) …… 212
軽口独機嫌(享保十八年刊) …… 234
軽口蓬萊山(享保十八年刊) …… 257
水打花(享保頃刊) ……………… 276
軽口もらいゑくぼ(享保頃刊) … 305
＊所収書目解題 ……………… 327

第8巻（武藤禎夫，岡雅彦編）
1976年6月30日刊

＊凡例 …………………………… 3
軽口初売買(元文四年) ………… 3
軽口福おかし(元文五年) ……… 24
軽口新歳袋(元文六年) ………… 41
軽口耳過宝(寛保二年) ………… 59
軽口若夷(寛保二年) …………… 78
軽口へそ順礼(延享三年) ……… 94
軽口瓢金苗(延享四年) ………… 113
軽口笑布袋(延享四年) ………… 132
軽口浮瓢箪(寛延四年) ………… 152
軽口腹太鼓(宝暦二年) ………… 175
軽口福徳利(宝暦三年) ………… 198
軽口豊年遊(宝暦四年) ………… 219
口合恵宝袋(宝暦五年) ………… 238

日本古典文学全集・内容綜覧 545

噺本大系

軽口東方朔（宝暦十二年）・・・・・・・・・・・・ 256
軽口扇の的（宝暦十二年）・・・・・・・・・・・・ 273
軽口はるの山（明和五年）・・・・・・・・・・・・ 288
軽口片頬笑（明和七年）・・・・・・・・・・・・・・ 304
＊所収書目解題・・・・・・・・・・・・・・・・・・・・・・ 331

第9巻（武藤禎夫編）
1979年1月30日刊

＊凡例・・・・・・・・・・・・・・・・・・・・・・・・・・・・・・・・・ 3
話稿鹿の子餅（明和九年正月刊）・・・・・・・ 3
珍話楽牽頭（がくだいこ）（明和九年九月序）・・・ 23
軽口大黒柱（安永二年正月刊）・・・・・・・・・ 43
聞上手（安永二年正月序）・・・・・・・・・・・・・ 56
興話飛談語（安永二年正月刊）・・・・・・・・・ 75
楽牽頭後編坐笑産（みやげ）（安永二年正月序）・・ 90
俗談口拍子（安永二年正月跋）・・・・・・・・・ 111
落咄今歳（ことし）咄（安永二年正月序）・・・ 132
口拍子編聞上手二篇（安永二年三月序）・・ 151
聞上手三篇（安永二年閏三月序）・・・・・・・ 168
坐笑産後編近目貫（安永二年閏三月序）・・ 185
御伽噺（安永二年閏三月序）・・・・・・・・・・・ 207
当世口合千里の翅（つばさ）（安永二年閏三月序） 218
再成餅（ふたたびもち）（安永二年四月刊）・・・ 240
興話都鄙談語三篇（とびだんご）（安永二年四月刊）・・・・・・・・・・・・・・・・・・・・・・・・・・・・・・・・ 257
芳野山（安永二年四月序）・・・・・・・・・・・・ 269
出頬題（安永二年夏序）・・・・・・・・・・・・・・ 276
仕形噺（安永二年五月頃刊）・・・・・・・・・・・ 290
＊所収書目解題・・・・・・・・・・・・・・・・・・・・ 315

第10巻（武藤禎夫編）
1979年2月28日刊

＊凡例・・・・・・・・・・・・・・・・・・・・・・・・・・・・・・・・・ 3
安永新版絵入軽口五色㑪（がみ）（安永三年正月刊）・・・・・・・・・・・・・・・・・・・・・・・・・・・・・・・・・・・ 3
茶のこもち（安永三年正月刊）・・・・・・・・ 28
新口稚獅子（おさなじし）（安永三年正月刊）・・ 47
富来話有智（ふくわうち）（安永三年正月序）・・ 64
新口花笑顔（安永四年正月刊）・・・・・・・・・ 79
一のもり（安永四年正月序）・・・・・・・・・・・ 99
聞童子（安永四年正月序）・・・・・・・・・・・・ 117
軽口駒佐羅衛（安永五年正月刊）・・・・・・・ 133
年忘噺角力（安永五年正月刊）・・・・・・・・・ 151
売言葉（安永五年正月刊）・・・・・・・・・・・・ 172
鳥の町（安永五年正月序）・・・・・・・・・・・・ 186

新口一座の友（安永五年正月序）・・・・・・・ 204
一の富（安永五年刊）・・・・・・・・・・・・・・・・ 214
立春噺大集（君竹撰・安永五年四月刊）・・ 227
立春噺大集（蘭庭撰・安永五年四月刊）・・ 247
高笑ひ（安永五年六月刊）・・・・・・・・・・・・ 266
咄の会三席目夕涼新話集（安永五年七月刊）・・ 284
＊所収書目解題・・・・・・・・・・・・・・・・・・・・ 321

第11巻（武藤禎夫編）
1979年3月30日刊

＊凡例・・・・・・・・・・・・・・・・・・・・・・・・・・・・・・・・・ 3
蝶夫婦（安永六年正月刊）・・・・・・・・・・・・・ 3
春侍（安永六年正月刊）・・・・・・・・・・・・・・ 17
管巻（安永六年正月刊）・・・・・・・・・・・・・・ 35
咄の会七席目時勢（いまよう）話大全（安永六年正月刊）・・・・・・・・・・・・・・・・・・・・・・・・・・・・・・・ 52
咄の会七席目時勢（いまよう）話綱目（安永六年正月刊）・・・・・・・・・・・・・・・・・・・・・・・・・・・・・・・ 74
喜美賀楽寿（よろこびがらす）（安永六年正月序）・・・・・・・・・・・・・・・・・・・・・・・・・・・・・・・・・・・・・・・ 94
さとすゞめ（安永六年正月序）・・・・・・・・ 106
鹿子餅後編譚嚢（たんのう）（安永六年序）・・・ 119
春笑一刻（安永七年正月刊）・・・・・・・・・・ 135
乗合舟（安永七年正月刊）・・・・・・・・・・・・ 147
今歳笑（安永七年正月序）・・・・・・・・・・・・ 160
福の神（安永七年正月序）・・・・・・・・・・・・ 172
鯛の味噌津（安永八年正月刊）・・・・・・・・ 186
寿々葉羅井（すすはらい）（安永八年正月刊）・・ 199
気のくすり（安永八年正月序）・・・・・・・・ 216
御笑酒宴（安永八年正月序）・・・・・・・・・・ 230
珍話金財布（安永八年正月序）・・・・・・・・ 237
万の宝（安永九年正月序）・・・・・・・・・・・・ 248
落噺大御世話（おおきにおせわ）（安永九年正月刊）・・・・・・・・・・・・・・・・・・・・・・・・・・・・・・・・・・・ 264
落し噺明朝梅（安永九年正月刊）・・・・・・ 278
初登（安永九年正月刊）・・・・・・・・・・・・・・ 284
落咄鼠の笑（安永九年正月刊）・・・・・・・・ 296
笑長者（安永九年正月刊）・・・・・・・・・・・・ 308
当世新話はつ鰹（安永十年正月刊）・・・・ 322
いかのぼり（安永十年正月序）・・・・・・・・ 332
豆談語（安永年間刊）・・・・・・・・・・・・・・・・ 342
＊所収書目解題・・・・・・・・・・・・・・・・・・・・ 355

第12巻
1979年5月30日刊

| 噺本大系 |

| *凡例 ……………………………………… 3
| 春帖咄（天明二年正月刊）……………… 3
| 新作狂話笑顔はじめ（天明二年頃序）…… 20
| 柳巷訛言（さとなまり）（天明三年正月刊）… 29
| 歳旦話（天明三年正月刊）……………… 40
| 夜明烏（がらす）（天明三年正月刊）…… 61
| 落咄人来鳥（天明三年刊）……………… 76
| 福喜多留（ふきたる）（天明五年頃序）… 83
| 福茶釜（天明六年正月序）……………… 91
| 百福物語（天明八年正月序）……………… 102
| 千年草（天明八年正月序）……………… 113
| 落咄はつわらい（天明八年頃序）……… 124
| 独楽新話（天明八年頃刊）……………… 137
| 笑の種蒔（天明九年頃序）……………… 146
| うぐひす笛（天明頃刊）………………… 154
| 間女（まめ）畑（天明頃刊）……………… 168
| 落話花之家抄（はなしやしょう）（寛政二年正月序）……………………………………… 179
| 振鷺亭噺日記（寛政三年正月序）……… 190
| 和良無吐富貴樽（ふうきたる）（寛政四年正月刊）・ 201
| 笑の切り（寛政四年正月序）……………… 211
| 拍子幕（寛政四年頃序）………………… 216
| 笑府衿裂米（おとしばなしえりたちこめ）（寛政五年正月序）……………………………… 221
| 軽口四方の春（寛政六年正月序）……… 228
| 滑稽即興噺（寛政六年十一月刊）……… 250
| わらひ鯉（寛政七年正月序）……………… 278
| 軽口筆彦咄（寛政七年正月序）………… 290
| 鳩灘雑話（寛政七年正月序）…………… 315
| *所収書目解題 …………………………… 339

第13巻（武藤禎夫編）
1979年6月30日刊

| *凡例 ……………………………………… 3
| 喜美談語（きびだんご）（寛政八年正月刊）… 3
| 噺手本忠臣蔵（寛政八年正月刊）……… 24
| 雅興春の行衛（寛政八年三月刊）……… 33
| 落噺詞葉（ことば）の花（寛政九年正月刊）… 59
| 臍が茶（寛政九年正月刊）……………… 81
| 巳入吉原井の種（寛政九年正月刊）…… 112
| 新噺庚申講（寛政九年初冬刊）………… 119
| 新話違なし（寛政九年霜月刊）………… 150
| 落噺無事志有意（寛政十年正月跋）…… 173
| 新作鶴の毛衣（寛政十年正月序）……… 201
| 新玉箒（寛政十年四月序）……………… 207

| 新製欣々雅話（きんきんばなし）（寛政十一年正月刊）………………………………… 230
| 意戯常談（寛政十一年正月序）………… 254
| 塩梅余史（寛政十一年正月序）………… 261
| 腮（あご）の掛金（寛政十一年正月跋）… 272
| 虎智（こち）のはたけ（寛政十二年正月刊）… 282
| 慶山新製曲雑話（ばなし）（寛政十二年九月刊）… 290
| 新作落咄馬鹿大林（寛政十三年正月刊）… 313
| 滑稽好（寛政十三年正月刊）…………… 327
| 太郎花（寛政頃刊）……………………… 337
| *所収書目解題 …………………………… 349

第14巻（武藤禎夫編）
1979年8月30日刊

| *凡例 ……………………………………… 3
| 新話笑の友（享和元年三月刊）………… 3
| 新選勧進話（享和二年正月刊）………… 24
| 落咄臍（へそ）くり金（享和二年正月序）… 53
| そこぬけ釜（享和二年正月序）………… 65
| 一口饅頭（享和二年正月序）…………… 72
| 御贔屓咄の新玉（享和二年正月序）…… 80
| 落咄山しよ味噌（享和二年正月刊）…… 87
| 珍学問（享和三年正月刊）……………… 91
| 花の咲（えみ）（享和三年正月序）……… 104
| 福山椒（享和三年正月序）……………… 117
| 落噺のぞきからくり（享和三年正月序）… 122
| 新選軽口麻疹噺（はしかばなし）（享和三年夏刊）・ 126
| 東都真衛（えどまえ）（享和四年正月序）… 145
| 落咄腰巾着（享和四年正月序）………… 155
| 笑府商内上手（享和四年正月序）……… 168
| 新作落語蚖蝶児（かわびらこ）（文化二年正月刊）・ 178
| 譚話江戸嬉笑（文化三年正月序）……… 190
| 落咄見世びらき（文化三年正月序）…… 202
| 正月もの（文化三年正月序）…………… 214
| 瓢百集（文化四年正月刊）……………… 222
| 玉尽一九噺（文化五年正月刊）………… 230
| 妙伍天連都（文化八年正月刊）………… 250
| 新作種がしま（文化八年頃刊）………… 267
| 新選臍（へそ）の宿かえ（文化九年正月刊）… 276
| よりどりみどりはなし句応（文化九年正月刊）… 309
| 会席噺袋（文化九年四月刊）…………… 319
| 新作落咄福三笑（文化九年頃序）……… 340
| *所収書目解題 …………………………… 349

噺本大系

第15巻（武藤禎夫編）
1979年10月30日刊

* 凡例 ･････････････････････････････････････ 3
百生瓢（ひくなりふくべ）（文化十年正月刊） ･･･ 3
落はなし笑嘉登（わらうかど）（文化十年刊） ･･･ 12
落咄駅路馬士唄二篇（文化十一年刊） ･･････ 23
おとし譚富久喜多留（ふくきたる）（文化十一年正月序） ･･･････････････････････････････ 37
山の笑（文化十一年正月頃序） ･････････････ 47
璃寛芝翫花競二巻噺（文化十一年二月刊） ･･ 55
落咄熟志柿（文化十三年頃刊） ･･･････････ 78
落咄口取肴（文化十五年正月序） ･････････ 92
一雅話三笑（文化頃刊） ･････････････････ 100
新作落咄無塩諸美味（ぶえんのもろあじ）（文化頃刊） ････････････････････････････････ 112
笑ふ門（文化頃刊） ･････････････････････ 128
落咄恵方棚（文政二年正月刊） ･･･････････ 132
仕形落語工風智恵輪（文政四年正月刊） ･･ 140
春興噺万歳（文政五年正月刊） ･･･････････ 153
小倉百首噺題話（文政六年五月刊） ･･･････ 187
落噺屠蘇喜言（文政七年正月刊） ･････････ 215
新作咄土産（文政十年正月刊） ･･･････････ 229
俳諧百（もも）の種（文政八年正月刊） ･････ 238
軽口頓作ますおとし（文政九年正月刊） ･･･ 246
落噺頴懸鎖（文政九年正月刊） ･･･････････ 258
七福神落噺（文政十二年正月刊） ･････････ 300
御かげ道中噺栗毛（文政十三年四月刊） ･･ 308
初春仙女香・女郎買舎もの江戸かせぎ・かこひもの落噺（文政頃刊） ･････････････ 326
* 所収書目解題 ･････････････････････････ 339

第16巻（武藤禎夫編）
1979年11月30日刊

* 凡例 ･････････････････････････････････････ 3
新作笑話（はなし）の林（天保二年正月刊） ･･ 3
十二支紫（えどむらさき）（天保三年正月刊） ･･ 14
落噺笑富林（天保四年正月刊） ･･･････････ 22
東海道中滑稽譚（天保六年正月序） ･･･････ 43
笑話草かり籠（天保七年正月序） ･････････ 58
はなしの種（天保十年正月刊） ･･･････････ 68
新作可楽即考（天保十三年刊） ･･･････････ 75
面白艸紙噺図会（天保十五年正月刊） ･････ 79
古今秀句落し噺（天保十五年正月序） ･････ 94
噺の魁（さきがけ）二編（天保十五年刊） ･･ 105
落噺千里藪（弘化三年正月刊） ･･･････････ 122

しんさくおとしばなし（弘化頃刊） ･･･････ 166
噺大全（嘉永初年頃刊） ･････････････････ 177
落しばなし（嘉永三年正月刊） ･･･････････ 186
落咄笑種蒔（安政三年正月序） ･･･････････ 207
三都寄合噺（安政四年正月刊） ･･･････････ 221
春色三題噺初編（元治元年正月刊） ･･･････ 243
追善落語梅屋集（うめのやしゅう）（慶応元年六月序） ･･･････････････････････････････ 269
雨夜のつれづれ三題咄（明治初年頃刊） ･･ 287
昔咄し（明治三年秋序） ･････････････････ 305
開化新作一口ばなし（明治十三年秋序） ･･ 316
開化新作落語の吹寄（明治十八年九月刊） ･･ 331
* 所収書目解題 ･････････････････････････ 353

第17巻（武藤禎夫編）
1979年4月30日刊

* 凡例 ･････････････････････････････････････ 3
絵本軽口福笑（明和五年正月刊） ･････････ 3
絵本珍宝岬（明和頃刊） ･････････････････ 18
新軽口恵方宝（明和頃刊） ･･･････････････ 27
新軽口初商ひ（明和頃刊） ･･･････････････ 35
絵本初春噺の種（安永頃刊） ･････････････ 43
春みやげ（安永三年正月序） ･････････････ 51
和漢咄会（安永四年正月刊） ･････････････ 69
春遊機嫌袋（安永四年正月刊） ･･･････････ 123
風流はなし亀（安永四年正月刊） ･････････ 134
今様咄（安永四年正月刊） ･･･････････････ 146
書集津盛噺（安永五年正月刊） ･･･････････ 158
頓作万八噺（安永五年正月刊） ･･･････････ 169
新噺［買言葉］（安永六年正月刊） ･･･････ 180
青楼吉原咄（安永七年十一月序） ･････････ 191
はなしのほやく自在餅（安永年間頃刊） ･･ 212
富久和佳志（ふくわかし）（安永末年頃刊） ･･ 223
新作落咄笑上戸（天明四年刊） ･･･････････ 235
新作落咄徳治伝（天明七年刊） ･･･････････ 247
落咄下司の智恵（天明八年刊） ･･･････････ 259
百福茶大年咄（天明九年正月刊） ･････････ 271
落咄新米幇頭持（たいこもち）（天明九年刊） ･･ 287
落咄炉開噺三切（天明九年刊） ･･･････････ 299
新作落咄比文谷（ひもんや）噺（天明九年刊） ･･ 311
かるくちかたいはなし（天明九年刊） ･････ 318
春の伽（天明頃刊） ･････････････････････ 329
* 所収書目解題 ･････････････････････････ 341

548 　日本古典文学全集・内容綜覧

噺本大系

第18巻（武藤禎夫編）
1979年9月30日刊

- *凡例 …………………………………… 3
- 福種笑門松(寛政二年刊) …………………… 3
- 新作徳盛噺(寛政二年刊) …………………… 15
- 青楼(さと)育咄雀(寛政五年正月刊) ………… 27
- 新版新作咄の総合三才智恵(寛政九年刊) …… 39
- 落噺三番叟福種蒔(寛政十三年正月刊) ……… 50
- 六冊懸徳用草紙(享和二年正月刊) …………… 61
- 新版流行はなし亀(享和四年刊) ……………… 77
- 落噺常々草(文化七年頃刊) …………………… 85
- 落咄堵蘇機嫌(文化十四年正月刊) …………… 102
- 落咄福寿草(文政二年正月刊) ………………… 126
- おとぎばなし(文政五年正月刊) ……………… 137
- 新作はなしのいけす(文政五年正月刊) ……… 180
- 絵本戯(おどけ)忠臣蔵噺(文政頃刊) ………… 199
- 延命養談数(天保四年正月刊) ………………… 219
- 落噺百歌選(天保五年正月刊) ………………… 248
- 落噺年中行事(天保七年正月刊) ……………… 272
- 新作昔はなし(弘化三年正月刊) ……………… 302
- 俳諧発句一題噺(嘉永四年正月刊) …………… 315
- *所収書目解題 ………………………… 337

第19巻（武藤禎夫編）
1979年12月30日刊

- *凡例 …………………………………… 3
- 即当笑合(寛政八年秋序) ……………………… 3
- 臍煎茶呑噺(おへそでわかしたちゃのみばなし)
  (寛政十二年序) ……………………………… 24
- 画ばなし当時梅(文化七年十二月刊) ………… 36
- 身振噺寿賀多八景(文化十一年正月刊) ……… 65
- 百面相仕方ばなし(天保十年頃刊) …………… 78
- しんばし一口ばなし ………………………… 104
- 縁取ばなし(弘化二年正月刊) ………………… 122
- 万灯賑ばなし初・二編(五年正月序) ………… 133
- 大寄噺の尻馬初編(嘉永頃刊) ………………… 144
- [芝居絵落噺貼込帳] …………………………… 168
- しみのすみか物語(文化二年正月刊) ………… 180
- 白痴(しれもの)物語(文政八年夏序) ………… 223
- 嗣足改題本二十五種 …………………………… 261
  - 嗚呼笑(安永十年正月序) ……………… 262
  - 梅屋舗(安永頃刊) ……………………… 266
  - 富久喜多留(天明二年正月序) ………… 269
  - 語満在(天明二年正月序) ……………… 271
  - 話問訥(天明二年正月序) ……………… 274
- 話句翁(天明三年正月序) ……………………… 276
- 猫に小判(天明五年正月序) …………………… 279
- 扇子売(天明六年正月序) ……………………… 282
- 十千(とち)万両(天明六年冬序) ……………… 285
- 評判の俵(天明八年正月序) …………………… 287
- 室の梅(天明九年正月序) ……………………… 290
- ふくら雀(天明九年正月序) …………………… 294
- 年の市(天明頃序) ……………………………… 298
- 御慶三笑(寛政二年正月序) …………………… 302
- 駿河茄子(なすび)(寛政二年頃序) …………… 305
- 大神楽(寛政三年正月序) ……………………… 308
- 落咄梅の笑(寛政五年正月序) ………………… 311
- 戯話華籃(おとしばなしはなえくぼ)(寛政五年
  正月序) ……………………………………… 313
- 松の内(寛政十三年頃序) ……………………… 316
- 福助噺(文化二年正月序) ……………………… 319
- 笑顔始(文化五年正月序) ……………………… 325
- 恵方土産(文化六年正月序) …………………… 331
- 落咄春雨夜話(文化六年正月序) ……………… 334
- 亜良井粉(文化九年頃序) ……………………… 337
- 咄の蔵入(文政三年正月序) …………………… 340
- *所収書目解題 ………………………… 347
- *あとがき(武藤禎夫) ………………… 360

第20巻
1979年7月30日刊

- *凡例 …………………………………… 2
- 開口新語(寛延四年三月序) …………………… 3
- 善謔随訳(安永四年正月刊) …………………… 38
- 善謔随訳続編(寛政十年正月刊) ……………… 79
- 訳準笑話(文化七年正月刊) …………………… 112
- 囚談(文政七年秋刊) …………………………… 156
- 奇談新編(天保十三年序) ……………………… 172
- 笑府(昭和五年九月刊) ………………………… 209
- 笑府初編(明和五年十月刊) …………………… 247
- 笑林広記鈔(安永七年刊) ……………………… 299
- 解顔新話(寛政六年十月刊) …………………… 315
- *所収書目解題 ………………………… 359

日本古典文学全集・内容綜覧　549

秘籍江戸文学選

[083] **秘籍江戸文学選**
日輪閣
全10巻
1974年7月〜1975年11月
（吉田精一，山路閑古，馬屋原成男監修）

第1巻　阿奈遠加之（上巻）藐姑射秘言（岡田甫訳・解説）
1974年7月8日刊

* はじめに（岡田甫） ………………………… 3
* 例言 …………………………………………… 5
  阿奈遠加之（沢田名垂） ……………………… 7
  藐姑射秘言（黒沢翁満） ……………………… 97
* 解題 ………………………………………… 291

第2巻　痿陰隠逸伝 長枕褥合戦（大村沙華校注）
1974年9月25日刊

* 切絵図 ………………………………………… 2
* はじめに ……………………………………… 5
* 平賀源内略伝 ………………………………… 9
  痿陰隠逸伝（平賀源内） …………………… 45
  長枕褥合戦（平賀源内） …………………… 145
  長枕褥合戦原本抄 ………………………… 313

第3巻　逸著聞集 阿奈遠加之（下巻）（岡田甫訳・解説）
1974年11月25日刊

* 例言 …………………………………………… 7
  逸著聞集（山岡俊明） ………………………… 9
  阿奈遠加之（下巻）（沢田名重） ………… 207
* 解題 ………………………………………… 277

第4巻　末摘花夜話（山路閑古校注）
1975年1月25日刊

* 序（山路閑古） ……………………………… 11
* 凡例 ………………………………………… 15
  誹風末摘花初篇 安永五年版 ………………… 21
* 閑談夜話（序）序文について ……………… 23

初篇（その一）十八句の解説。………… 24
* 閑談夜話（一）末摘花の書名、末番句、破礼句、恋句などの所説が記してある。………………………………………… 34
  初篇（その二）二十二句の解説。……… 35
* 閑談夜話（二）末摘花公判裁判のこと。破礼句人情論など。 ……………… 48
  初篇（その三）二十四句の解説。……… 49
* 閑談夜話（三）「十三と十六」の句について。 …………………………………… 63
  初篇（その四）二十七句の解説。……… 64
* 閑談夜話（四）破礼句と前句付のこと。破礼句の「逃げ」のこと。 ………… 82
  初篇（その五）二十二句の解説。……… 85
* 閑談夜話（五）芭蕉俳諧の恋句について。 …………………………………… 100
* 難句「おのれゆへりんしもせねと大くぜつ（初・15）」の解説。 ……………… 101
  初篇（その六）二十一句の解説。…… 101
* 閑談夜話（六）破礼句の類句について。 …………………………………… 113
* 難句「池で鳴ルやうだと二人リ首を上げ（初・23）」 …………………………… 114
  初篇（その七）十五句の解説。……… 114
* 閑談夜話（七）初篇雑感。難句の解について。 ………………………………… 124
* 難句「ねじわらをかへと四五人おやしかけ（初・25）」 ……………………… 124
* 難句「おへきるとあをいだやうにぎんが出る（初・25）」 ……………………… 125
* 難句「しんこうにつれて行下女れこさ也（初・27）」 ………………………… 126
* 難句「やみの下女よいよいで行くむごい事（初・29）」 ……………………… 126
* 難句「べっ甲を下かいへおとす長つぼね（初・31）」 ………………………… 127
  誹風末摘花二篇 天明三年版 ……………… 129
  二篇（その一）十九句の解説。……… 131
* 閑談夜話（八）初篇、二篇の序文の解説。 ………………………………………… 143
* 再び末番句、破礼句、恋句について。 145
  二篇（その二）二十句の解説。……… 147
* 閑談夜話（九）二篇の排列上の錯誤について。 ………………………………… 159
* 「する」「させる」なる基本的破礼語について。 ………………………………… 160
  二篇（その三）七区の解説。………… 161

* 閑談夜話(十)二篇に佳句の少ないこと。 …… 164
* 難句「なき女二人リ迄ある御たしなみ(二・6)」 …… 165
* 難句「御ぜん迄あるかれるかと下女が宿(二・10)」 …… 166
* 難句「出しかけてひれひれさせるこわいやつ(二・15)」 …… 167
* 難句「おやかして油をつぐを待て居る(二・28)」 …… 168
* 難句「かむやうに成たと笑ふ出合茶屋(二・28)」 …… 169
誹風末摘花三篇 寛政三年版 …… 173
　三篇(その一)十九句の解説。 …… 175
* 閑談夜話(十一)三篇の序文の解説。 …… 187
　三篇(その二)九句の解説。 …… 190
* 閑談夜話(十二)深川芸者と松が岡の解説。 …… 195
　三篇(その三)二十句の解説。 …… 199
* 閑談夜話(十三)「けころ」と「角細工」の解説。 …… 209
　三篇(その四)二十七句の解説。 …… 213
* 閑談夜話(十四)三篇に於ける出典未詳の句について。破礼句中、性具に関する用語について。 …… 227
　三篇(その五)三十一句の解説。 …… 233
* 閑談夜話(十五)再び三篇に於ける出典未詳の句について。前句付より独立単句への推移について。 …… 247
* 難句「きらわれた下女どんぶりにされる也(三・4)」 …… 250
* 難句「通夜のにわほうほうなめに二人リ合イ(三・11)」 …… 250
* 難句「へのこを釣って来門番にしからせ(三・23)」 …… 251
* 難句「色咄シ大事をへのこぶちまける(三・23)」 …… 251
誹風末摘花四篇 享和元年版 …… 253
　四篇(その一)二十句の解説。 …… 255
* 閑談夜話(十六)四篇の序文について。四篇は選り屑を並べた形で、佳句に乏しいこと。 …… 268
　四篇(その二)九句の解説。 …… 269
* 閑談夜話(十七) …… 275
* 「とんだいいものさと与吉まけおしみ(四・16)」 …… 275

* 「町内でしらぬハ亭主斗り也(四・17)」 …… 276
* 索引 …… 279
* 後記(山路閑古) …… 295

第5巻　春情妓談水揚帳 幾夜物語(入江智英訳・解説)
1975年3月25日刊

* はじめに(入江智英) …… 9
* 例言 …… 13
春情妓談水揚帳(柳亭種彦) …… 15
幾夜物語(元来庵介米) …… 145
* 解題 …… 290

第6巻　医心方房内(山路閑古校注)
1975年5月25日刊

医心方第二十八 房内 …… 7
* まえがき …… 9
　医心方第二十八 至理第一 …… 17
　　養陽第二 …… 62
　　養陰第三 …… 75
　　和志第四 …… 84
　　臨御第五 …… 103
　　五常第六 …… 114
　　五徴第七 …… 120
　　五欲第八 …… 123
　　十動第九 …… 127
　　四至第十 …… 130
　　九気第十一 …… 133
　　九法第十二 …… 136
　　卅法第十三 …… 151
　　九状第十四 …… 186
　　六勢第十五 …… 189
　　八益第十六 …… 191
　　七損第十七 …… 202
　　還精第十八 …… 216
　　施写第十九 …… 228
　　治傷第廿 …… 238
　　求子第廿一 …… 257
　　好女第廿二 …… 284
　　悪女第廿三 …… 290
　　禁忌第廿四 …… 295
　　断鬼交第廿五 …… 316
　　用薬石第廿六 …… 322
　　玉茎小第廿七 …… 368

日本古典文学全集・内容綜覧　551

秘籍江戸文学選

  玉門大第廿八 ………………… *373*
  少女痛第廿九 ………………… *378*
  長婦傷第卅 …………………… *382*
 ＊あとがき（山路閑古） ………… *388*

第7巻　玉の盃　好色変生男子（林美一訳・
 解説）
1975年7月25日刊

＊はじめに（林美一） ……………… *11*
玉の盃（色亭乱馬） ………………… *17*
好色変生男子 ………………………… *133*
＊作品解説（林美一） ……………… *289*

第8巻　江戸風流小咄（宮尾しげを校注）
1975年9月25日刊

＊はしがき …………………………… *3*
＊凡例 ………………………………… *5*
戯言養気集 …………………………… *7*
きのふは今日の物語 ………………… *17*
醒睡笑 ………………………………… *63*
私可多咄 ……………………………… *93*
宇喜蔵主古今噺揃 …………………… *93*
当世軽口にがわらひ咄揃 …………… *93*
噺物語 ………………………………… *93*
当世咄揃軽口大笑 …………………… *93*
新撰咄揃当世口まね笑 ……………… *93*
談林利口雀 …………………………… *119*
当世咄嘘八百巻 ……………………… *119*
鹿の巻筆 ……………………………… *119*
枝珊瑚珠 ……………………………… *119*
かの子はなし ………………………… *119*
御存知の軽口露がはなし …………… *119*
正直咄大鑑 …………………………… *119*
露鹿懸合咄 …………………………… *119*
初音草噺大鑑 ………………………… *119*
軽口百登瓢箪 ………………………… *119*
軽口御前男 …………………………… *119*
軽口三杯機嫌 ………………………… *221*
軽口千葉古の玉 ……………………… *221*
当流軽口初笑 ………………………… *221*
軽口初売買 …………………………… *221*
軽口花咲顔 …………………………… *221*
絵本軽口瓢金苗 ……………………… *221*
軽口浮瓢箪 …………………………… *221*
軽口腹太鼓 …………………………… *221*

口合恵宝袋 …………………………… *221*
絵本軽口恵方謎 ……………………… *221*
軽口闇鉄砲 …………………………… *221*
軽口福徳利 …………………………… *221*
軽口表裏車 …………………………… *221*
軽口はなしどり ……………………… *221*
軽口独狂言 …………………………… *221*
さし枕 ………………………………… *261*
開談議 ………………………………… *293*
＊解題 ………………………………… *338*
＊索引 ………………………………… *353*

第9巻　春歌拾遺考（添田知道著）
1975年10月25日刊

＊はしがき …………………………… *11*
春歌拾遺考 …………………………… *13*
 1 歌謡原流の春を辿って―万葉から中
  世歌謡まで ……………………… *15*
 うませ越し ………………………… *18*
 朝寝髪 ……………………………… *20*
 人言は ……………………………… *20*
 明日よりは ………………………… *21*
 今さらに …………………………… *21*
 上つ毛野 …………………………… *22*
 彼の寝渡る ………………………… *24*
 鶏は鳴きぬてふ …………………… *26*
 総角や ……………………………… *26*
 山城の ……………………………… *26*
 瓜作り ……………………………… *26*
 如何にせん ………………………… *27*
 力なき蝦 …………………………… *27*
 花の錦 ……………………………… *30*
 新茶の茶壺 ………………………… *30*
 柳の陰 ……………………………… *31*
 思ひ出すとは ……………………… *31*
 誰そよお軽忽 ……………………… *31*
 科もない尺八を …………………… *32*
 一夜こねばとて …………………… *32*
 上さに人の打ち被く ……………… *32*
 嫌申（す）やは …………………… *32*
 今結た髪が ………………………… *33*
 昨夜の夜這ひ男 …………………… *33*
 面白の春雨や ……………………… *36*
 帯をやりたれば …………………… *39*
 とても名の立たば ………………… *39*
 手に手をしめて …………………… *40*

悋気心に	40	朝妻船のうち	69
梅は匂よ	41	しがらみのうち	69
思ふとも	42	梅がえのうち	69
ひとり寝覚の	42	くしだのうち	70
尺八の	42	捨小舟	70
独寝に	43	ちらしのうち	70
寝みだれ髪の	43	さかつきのうち	71
ゆくりもそろり	43	くどきのうち	71
君ゆえならば	44	野中	72
三味線本手目録	47	門ばしら	73
端手目録	48	いけだ	73
裏組目録	48	舟うた	75
本手 琉球組	49	しつねん	75
鳥組	50	唐人歌	76
腰組	50	津島まつり	76
不詳組	51	高尾	78
飛弾組	52	さるおんかた 七首のうち	79
しのび組	52	そう 十首のうち	79
浮世組	53	けいせい 十四首のうち	79
葉手組 まつにござれ	54	おとこ 二十六首のうち	80
葛の葉	54	おんな 十九首のうち	80
長崎	55	ほうし 二十四首のうち	81
しもさほり	55	2 諸国盆踊唱歌 抜粋	87
京鹿子	56	山城の部	87
はで片撥	57	大和の部	88
裏組 賎	57	河内の部	90
にしき木	57	和泉の部	93
青柳	58	摂津の部	95
はや舟	58	伊賀の部	97
八はた	59	伊勢の部	98
みす組	60	志摩の部	99
なよし	60	尾張の部	100
初伝 揺上 二伝 乱後夜	61	三河の部	100
三伝 七つ子	62	遠江の部	101
四伝 松むし 五伝 浅黄 六伝 茶碗	62	甲斐の部	102
七伝 堺 八伝 中島	62	伊豆の部	102
雲井らうさい	63	相模の部	104
恋つくし	64	安房の部	105
飛鳥川	65	上総の部	105
有あけ	66	常陸の部	106
玉の緒	67	下野の部	107
加賀ぶし	67	出羽の部	107
長崎節	67	若狭の部	108
のんやほふし	67	加賀の部	108
水鶏のうち	68	能登の部	109
花笠のうち	68	越中の部	109
舟橋のうち	68	越後の部	110

秘籍江戸文学選

　　佐渡の部 ………………………… 111
　　丹波の部 ………………………… 111
　　丹後の部 ………………………… 112
　但馬の部 …………………………… 112
　　因幡の部 ………………………… 113
　　伯耆の部 ………………………… 113
　　石見の部 ………………………… 114
　　隠岐の部 ………………………… 115
　　播磨の部 ………………………… 115
　　美作の部 ………………………… 116
　　備前の部 ………………………… 116
　　備中の部 ………………………… 117
　　備後の部 ………………………… 117
　　周防の部 ………………………… 118
　　長門の部 ………………………… 118
　　紀伊の部 ………………………… 119
　　淡路の部 ………………………… 119
　　阿波の部 ………………………… 120
　　讃岐の部 ………………………… 121
　　伊予の部 ………………………… 121
　　土佐の部 ………………………… 122
　　筑前の部 ………………………… 122
　筑後の部 …………………………… 123
　　豊前の部 ………………………… 124
　　豊後の部 ………………………… 124
　　肥前の部 ………………………… 125
　　肥後の部 ………………………… 126
　　日向の部 ………………………… 126
　　大隈の部 ………………………… 127
　　薩摩の部 ………………………… 127
　　壱岐の部 ………………………… 128
　　対嶋の部 ………………………… 128
3 吉原流行小歌惣まくり …………… 131
　　さかな端唄づくし ……………… 132
　　れんぼながし ………………… 133
　　一節切り ………………………… 133
　　ゆめのかよひ路ひらくくすし …… 134
　　ほそりづくし …………………… 134
　　れんぼの砧 ……………………… 135
　　砧の巻歌浄瑠璃 ………………… 136
　　ひきよく ………………………… 137
　　すずむし ………………………… 137
　　葛の葉 …………………………… 137
　　人目の関 ………………………… 138
　　片撥かはりぶし ………………… 138
　　雲井のらうさい ………………… 139
　　吉原かはり名寄せただのり ……… 139

　　かはり美人揃へ ………………… 140
　　禿おもはくおどり ……………… 142
　　かはりぬめり歌 ………………… 143
　　江戸名所 ………………………… 147
　　しのぶ売 ………………………… 147
　　教草吉原雀 ……………………… 148
　　しほくみ ………………………… 151
　　髭やっこ ………………………… 153
4 小唄→端唄 ………………………… 157
　　みだれがみ ……………………… 157
　　小六節 …………………………… 158
　　よいわいな節 …………………… 159
　　うまれぶし ……………………… 159
　　女手前 …………………………… 159
　　梅にも春 ………………………… 161
　　もあひ傘 ………………………… 161
　　閨の春雨 ………………………… 162
　　筆のあや ………………………… 163
　　明けやすき ……………………… 163
　　たをやめ ………………………… 163
　　粋な浮世 ………………………… 163
　　茶つみ …………………………… 164
　　一声 ……………………………… 164
　　雨の藤 …………………………… 165
　　花も実も ………………………… 165
　　かやの広さ ……………………… 165
　　花は上野か ……………………… 166
　　短か夜 …………………………… 166
　　窓の月 …………………………… 167
　　明やすき ………………………… 167
　　蝙蝠 ……………………………… 167
　　其日ぐらし ……………………… 168
　　君は今 …………………………… 168
　　むらさき ………………………… 168
　　水や空 …………………………… 169
　　あやめ草 ………………………… 170
　　なかぬ蛍 ………………………… 170
　　をばな …………………………… 170
　　夕ぐれ …………………………… 171
　　今朝の別れ ……………………… 171
　　月かげ …………………………… 172
　　紫の戸 …………………………… 172
　　あふ夜 …………………………… 172
　　七くさ …………………………… 172
　　君来ずば ………………………… 173
　　恋という字 ……………………… 173
　　秋の野 …………………………… 173

七夕 …… 174	花におく露 …… 196
傘の雪 …… 174	潮来ぶし …… 197
めぐる日 …… 174	どどいつ …… 199
羽織かくして …… 175	春の部 …… 201
遠ぎぬた …… 175	夏の部 …… 203
雪の肌 …… 175	秋の部 …… 204
おち葉 …… 176	冬の部 …… 204
雪の曙 …… 176	雑の部 …… 205
送り駕 …… 176	6 流行歌・潜行歌 …… 208
雪の夜 …… 176	手まり唄十二月 …… 208
雪の夜道 …… 177	お江戸日本橋 …… 211
船の内 …… 177	因州因幡 …… 215
雪はしんしん …… 177	新保広大寺 …… 219
雪が降る …… 178	かかる所へ …… 222
軒しのぶ …… 178	舟に船頭 …… 223
ふせ屋の月 …… 178	ぬれたどし …… 224
まつ宵 …… 178	翠帳紅閨 …… 225
うたたね …… 179	いさましや …… 225
忍ぶ身 …… 179	いやととびのく …… 226
乱れ髪 …… 179	あまり寝たさに …… 226
鐘の恨み …… 180	穴のふかさと …… 227
うき草 …… 180	しげく逢ふのは …… 227
宇治は茶所 …… 180	7 俚謡かけめぐり …… 229
よそでとく …… 181	琉球と鹿児島が …… 229
冬ごもり …… 181	安里屋ユンタ …… 230
嬉しさ …… 181	ナークニー …… 233
まつの葉 …… 182	歌小聞分かち …… 234
かな文 …… 182	かいされ …… 234
つげの櫛 …… 182	国頭ジントーヨー …… 235
八まん鐘 …… 183	ケーヒットリ節 …… 237
天の岩戸 …… 183	山原汀間当 …… 238
辻君 …… 183	でんすなー …… 239
一人して …… 184	与郵国しょんかねー …… 241
花も咲く …… 184	伊良部トウガニー …… 241
さそう水 …… 185	山原ユンタ …… 242
手習ひ …… 185	ナカジョウジイぬナビユンタ …… 244
腹のたつ時や …… 185	雨の降らんのに …… 247
月の八日 …… 186	可愛がられて …… 247
夜つゆ …… 187	雨の降る夜は …… 248
人の口 …… 187	裏の畑に芋うえて …… 249
ほれて通うに …… 187	新町のおかしゃまは …… 249
めりやす …… 190	おっかっつぁんの …… 250
土手ぶしの内 …… 191	どういうこんなんバカじゃろかい · 250
北州千歳の寿 …… 192	浜節 …… 251
5 二十六文字のあやとり …… 194	ジョンスイさん …… 251
恋の所訳も …… 194	七つ釜ほどこづかれて …… 252
女波やさしき …… 195	いうちゃすまんなんじょけん …… 253

秘籍江戸文学選

バラ節	253
おろろん	254
どうづき歌	255
地固唄	256
稗は搗いても	257
さぁこれから私が音頭	257
犀川の河原で	258
下益城のざれ唄	258
粉挽唄	259
臼よ早まえ	260
伊予節	261
十七八なる姐さんが	261
下津井ぶし	262
歳神唄	264
福知山音頭	264
馬がものゆうた	265
せぐろめたかへ	265
今度いくときや	266
風も吹かぬのに	267
志摩子守唄	269
土づき唄	270
布施田の部	271
片田の部	271
御座の部	272
茶つみ唄	272
片田の茶もみ唄	275
臼すり唄	276
米つき唄	278
夜なべ唄	279
岐阜音頭	280
かんこ踊り	281
越後いたこ	283
甲州長持歌	288
下川さ瀬沢	289
お茶の花咲きゃ	289
わしと行かぬか	290
江の島で	290
大島ぶし	291
よばひおじゃらば	292
チョーンコ チョンコ	292
牛蒡じゃきんぴら牛蒡	293
可愛い主さんに	296
可愛い主さんと	297
ヤーハぶし	298
あの山見るたび	300
さっさ節	301
はなよめご	301

あんこさま	302
木伐り歌	303
唐桑麦搗き唄	304
麦搗節	305
いづれこれより御免な蒙り	305
雨は降ってもからかさなど要らぬ	306
山口で見わたしゃ	306
あのぜい このぜい	307
まつりにけにやんべ	307
津軽盆唄	309
津軽じょんから節	313
忍路高島	317
帯も十勝で	317
追分はじめは	318
恋の道にも	318
いやな追分	319
沖をながめて	319
ひとり娘が	320
櫛をさしたり	320
シャモが来たなら	321
メノコうらめし	321
ピリカ	322
クコルオペレポックレシポ	322
ヤーレン ソーラン	324
8 長老春歌而不倦	328
「春歌」次第書	334
商魂の発想から	334
春歌おしくらまんじゅう	340
性歌はどう扱われていたか	345
春歌さぐり	350

第10巻　春調俳諧集　幽灯録（山路閑古校注）
1975年11月28日刊

＊序文	13
＊例言	19
歌仙「船いくさの巻」	23
百韻「下がかり並べ百員」	94
幽灯録 通称壇之浦合戦記	231
右原文抄	279
＊跋文	286
＊索引	289

[084] 秘められたる古典名作全集
富士出版
全3巻
1997年
（復刻版）
（風俗資料研究会編）

第1巻　春色恋の手料理
1997年刊

一、閨中大機関（からくり）（東都吾妻男編次） ………… 3
二、偽紫女源氏（淫齊白水編） ………… 36
三、金の奈留気（吾妻雄兎子編） ………… 91
四、艶色品定女（女好庵主人） ………… 171
五、風俗枕拍子（玉門舎） ………… 191
六、春色恋の手料理（東都佐襧那賀） ‥ 211

第2巻　はるさめごろも
1997年刊

*序 ………… 1
*解題 ………… 3
袋法師詞書 ………… 1
真情春雨衣 ………… 17

第3巻　はしり水
1997年刊

*序
はしり水 ………… 1

[085] 評釈江戸文学叢書
講談社
全10巻，別巻1巻
1970年9月

第1巻　西鶴名作集（藤井乙男著）
1970年9月25日刊

*序言（藤井乙男） ………… 1
*解題 ………… 1
好色一代男 ………… 37
　巻一 ………… 38
　巻二 ………… 58
　巻三 ………… 79
　巻四 ………… 100
　巻五 ………… 121
　巻六 ………… 142
　巻七 ………… 165
　巻八 ………… 190
好色五人女 ………… 205
　巻一 ………… 206
　巻二 ………… 223
　巻三 ………… 242
　巻四 ………… 264
　巻五 ………… 284
好色一代女 ………… 301
　巻一 ………… 302
　巻二 ………… 326
　巻三 ………… 348
　巻四 ………… 370
　巻五 ………… 390
　巻六 ………… 409
日本永代蔵 ………… 431
　巻一 ………… 432
　巻二 ………… 453
　巻三 ………… 476
　巻四 ………… 497
　巻五 ………… 520
　巻六 ………… 544
世間胸算用 ………… 565
　巻一 ………… 567
　巻二 ………… 587
　巻三 ………… 606

評釈江戸文学叢書

巻四 …………………………… 626	巻之五 …………………………… 816
巻五 …………………………… 644	
*追考 …………………………… 663	**第3巻　傑作浄瑠璃集上（樋口慶千代著）**
	1970年9月25日刊
第2巻　浮世草子名作集（藤井乙男著）	*序（上田萬年）…………………………… 1
1970年9月25日刊	*はしがき（樋口慶千代）………………… 1
	*浄瑠璃概説 ……………………………… 1
*序（藤井乙男）…………………………… 1	*凡例及び底本 …………………………… 7
*凡例 ……………………………………… 1	曾根崎心中 ……………………………… 1
*解題 ……………………………………… 1	傾城反魂香 ……………………………… 41
流風御前義經記 ………………………… 117	丹波興作待夜のこむろぶし …………… 117
一之巻 …………………………… 118	おなつ清十郎五十年忌歌念仏 ………… 151
読初 ……………………………… 130	忠兵衛梅川冥途の飛脚 ………………… 197
二之巻 …………………………… 146	国性爺合戦 ……………………………… 247
三之巻 …………………………… 170	鑓の権三重帷子 ………………………… 293
四之巻 …………………………… 197	曾我會稽山 ……………………………… 345
五之巻 …………………………… 220	博多小女郎波枕 ………………………… 389
六之巻 …………………………… 244	紙屋治兵衛きいの国や小はる心中天の網嶋 … 441
七之巻 …………………………… 266	女殺油地獄 ……………………………… 491
八之巻 …………………………… 288	心中宵庚申 ……………………………… 549
元禄太平記 ……………………………… 313	暦 ………………………………………… 603
一 ………………………………… 315	傾城八花がた …………………………… 647
二 ………………………………… 329	八百屋お七 ……………………………… 713
三 ………………………………… 343	心中二つ腹帯（はらおび）……………… 767
四 ………………………………… 356	*追考 …………………………………… 821
五 ………………………………… 371	
六 ………………………………… 387	**第4巻　傑作浄瑠璃集下（樋口慶千代著）**
七 ………………………………… 402	1970年9月25日刊
八 ………………………………… 418	
好色敗毒散 ……………………………… 435	*凡例及び底本 …………………………… 1
巻之一 …………………………… 437	逆櫓松矢籠梅ひらかな盛衰記 …………… 1
巻之二 …………………………… 455	團七九郎兵衛釣船三婦一寸徳兵衛夏祭浪花鑑 … 39
巻之三 …………………………… 471	菅原伝授手習鑑 ………………………… 85
巻之四 …………………………… 488	大物船矢倉吉野花矢倉義經千本桜 …… 115
巻之五 …………………………… 505	仮名手本忠臣蔵 ………………………… 201
色道大全傾城禁短気 …………………… 525	一谷嫩軍記 ……………………………… 341
一之巻 …………………………… 528	武田信玄長尾謙信本朝廿四孝 ………… 383
二之巻 …………………………… 567	関取千両幟 ……………………………… 407
三之巻 …………………………… 604	傾城阿波の鳴門 ………………………… 429
四之巻 …………………………… 642	近江源氏先陣館 ………………………… 453
五之巻 …………………………… 681	神霊矢口渡 ……………………………… 487
六之巻 …………………………… 718	十三鐘絹懸柳妹背山婦女庭訓 ………… 519
〔附録〕好色産毛 ………………………… 756	美濃や三勝かねや半七艶容女舞衣（はですがた
巻之一 …………………………… 756	をんなまひぎぬ）………………… 571
巻之二 …………………………… 772	おはん長右衛門桂川連理柵 …………… 599
巻之三 …………………………… 787	おそめ久松新版歌祭文 ………………… 623
巻之四 …………………………… 802	

伊賀越道中双六	645
伽羅先代萩（めいぼくせんだいはぎ）	707
おしゅん傳兵衞近頃河原の達引（ちかごろかはらのたてひき）	739
御陣九州地理八道彦山権現誓助剣（ひこさんごんげんちかひのすけだち）	761
絵本太功記	801
増補生写朝顔話（しやううつしあさがほはなし）	831
＊追考	871

第5巻　歌舞伎名作集上（河竹繁俊著）
1970年9月25日刊

＊歌舞伎脚本の展開―序に代へて（河竹繁俊）	1
＊凡例	1
勧善懲悪覗機関（井村長庵）（河竹黙阿弥）	1
東海道四谷怪談（お岩の怪談）（鶴屋南北（四世））	193
五大力恋緘（小万源五兵衞）（並木五瓶（初代））	341
傾情吾嬬鑑（桜田治助（初代？））	489
三十石艠始（並木正三）	661
参考	779
源平雷伝記（絵入狂言本）（市川団十郎（初代））	781
けいせい仏の原（絵入狂言本）（近松門左衛門）	825

第6巻　歌舞伎名作集下（河竹繁俊著）
1970年9月25日刊

＊凡例（河竹繁俊）	1
歌舞伎十八番集	1
＊解題	3
勧進帳	51
景清	83
矢の根	119
毛抜	131
鳴神	215
暫	281
〔参考〕暫	316
助六所縁江戸桜	397
世話狂言集	525
＊解題	527
弁天娘女男白浪（白浪五人男）	571

三人吉三巴白浪（三人吉三）	655
興話情浮名横櫛（切られ与三）	797
＊附録	885
＊歌舞伎十八番集の附帳（控）	887
＊『暫』のせりふ・つらね集	913
＊『外郎売』のせりふ	934
＊歌舞伎十八番集主要興行年表	936
＊世話狂言集主要興行年表	978

第7巻　俳諧名作集（潁原退蔵著）
1970年9月25日刊

＊序言（潁原退蔵）	1
＊凡例	1
発句篇	9
山崎宗鑑	3
荒木田守武	6
松永貞徳	10
野々口親重	15
松江重頼	17
安原貞室	20
北村季吟	23
西山宗因	26
井原西鶴	38
菅野谷高政	45
岡西惟中	47
田代松意	50
田中常矩	52
伊藤信徳	54
小西來山	57
池西言水	67
椎本才麿	75
上島鬼貫	79
山口素堂	90
松尾芭蕉	98
榎本其角	182
服部嵐雪	207
内藤丈草	217
向井去來	232
森川許六	245
各務支考	257
立花北枝	263
志田野坡	269
杉山杉風	276
越智越人	280
廣瀬惟然	285
野澤凡兆	291

評釈江戸文学叢書

浪化	301
齋部路道	305
岩田涼菟	311
中川乙由	314
岸本調和	317
立羽不角	320
水間沾徳	323
松木淡々	326
建部綾足	330
横井也有	335
千代女	341
炭太祇	347
与謝蕪村	362
堀麥水	387
加藤曉臺	393
三浦樗良	405
高桑闌更	413
加舎白雄	424
大島蓼太	434
黒柳召波	443
吉分大魯	452
高井几董	457
松岡青蘿	468
大伴大江丸	472
夏目成美	482
鈴木道彦	488
建部巣兆	492
井上士朗	498
小林一茶	506
松窓乙二	525
田川鳳朗	529
成田蒼虬	534
櫻井梅室	539

連句篇 547
* 連句概説 549
  * 一 連句の名義 549
  * 二 連句の文芸的意義 550
  * 三 連句の作法 570
  蟋蟀の巻 597
  蛭子講の巻 628
  牡丹の巻 654

俳文篇 681
  笑の説(立圃) 683
  恵比寿大黒棚(元隣) 684
  莊子像讃(宗因) 686
  女人形の記(來山) 687
  蓑虫説(素堂) 688

四季(鬼貫)	690
紫門辞(芭蕉)	693
閉関説(芭蕉)	695
幻住庵記(芭蕉)	696
奥の細道(芭蕉)	701
嘲仏骨表(其角)	733
落柿舎記(去來)	734
鼠賦并引(去來)	736
瓢辞(許六)	738
宴柳後園序(支考)	741
手足弁(汶村)	742
愛幕説(淡々)	743
臍の頌(友水子)	744
出代の弁(蟾局)	746
奈良団讃(也有)	747
鬼伝(也有)	748
妖物論(也有)	750
百虫譜(也有)	752
洛東芭蕉庵再興記(蕪村)	757
葛の翁図讃(蕪村)	760
宇治行(蕪村)	762
春風馬堤曲(蕪村)	763
薦里歌(曉臺)	766
春雨弁(樗良)	768
吉野紀行(白雄)	770
三猿箴(成美)	773
青田づら跋(成美)	775
新小莚序(巣兆)	777
おらが春(一茶)	778
茶摺小木序(乙二)	782
豆太鼓頌(寥松)	784
*索引	787

第8巻　洒落本草双紙集(笹川種郎著)
1970年9月25日刊

*はしがき(笹川種郎)	1
黄表紙	1
*概説	3
*解題	19
金々先生栄花夢(恋川春町)	37
夫ハ楠木是ハ噓木無益委記(むだいき)(恋川春町)	49
長生見度記(ながいきみたひき)(朋誠堂喜三二)	65
右通儲而咥多雁取帳(うそつかりがんとりちゃう)(奈蒔野馬乎人)	81

評釈江戸文学叢書

御手料理御知而已大悲千禄本（だいひのせんろくほん）（芝全交） ……… 99
順廻能名題家莫切自根金生木（きるたのねからねのなるき）（唐来参和） ……… 105
江戸生艶気樺焼（山東京伝） ……… 121
文武二道万石通（朋誠堂喜三二） ……… 137
〔参考〕鸚鵡返文武二道（あふむがへしぶんぶのふたみち） ……… 153
孔子縞于時藍染（山東京伝） ……… 155
大極上請合売心学早染艸（山東京伝） ……… 171
即席耳学問（市場通笑） ……… 187
栄花夢後日話金々先生造化夢（きんきんせんせいざうくはのゆめ）（山東京伝） ……… 207
又焼直鉢冠姫稗史億説年代記（くさざうしこじつけねんだいき）（式亭三馬） ……… 223
合巻本 ……… 241
＊概説 ……… 243
＊解題 ……… 244
  偐紫田舎源氏（柳亭種彦） ……… 247
洒落本 ……… 419
＊概説 ……… 421
＊解題 ……… 427
  聖遊廓（ひじりいうくわく） ……… 441
  遊子方言（田舎老人多田爺） ……… 459
  辰巳之園（夢中散人寝言先生） ……… 483
  南閨雑話（夢中散人寝言先生） ……… 509
  大抵御覧（朱楽菅江） ……… 533
  通言総籬（つうげんそうまがき）（山東京伝） ……… 551
  〔参考〕傾城艫 ……… 583
  古契三娼（山東京伝） ……… 585
  手段詰物娼妓絹籭（てくだつめものしやうぎきぬぶるひ） ……… 613
  青楼書の世界錦之裏（山東京伝） ……… 637
  辰巳婦言（式亭三馬） ……… 659
  〔参考〕小紋雅話 ……… 697
  〔参考〕異総六帖 ……… 698
  〔参考〕客衆肝照子（きやくしゆきもかゞみ） ……… 699
人情本 ……… 701
＊概説 ……… 703
＊解題 ……… 706
  小さん金五郎仮名文章娘節用（曲山人） ……… 707

第9巻　読本傑作集（和田萬吉著）
1970年9月25日刊

＊はしがき（樋口慶千代） ……… 1

＊読本概説（樋口慶千代） ……… 1
＊日本文学に影響を及ぼした支那小説
　―江戸時代を主として（長澤規矩也） ……… 1
＊凡例及び底本 ……… 1
釈評雨月物語 ……… 1
＊「雨月物語」前の怪異小説（樋口慶千代） ……… 3
＊「雨月物語」の解説及び作者（樋口慶千代） ……… 4
　巻之一 ……… 7
　　白峯 ……… 7
　　菊花の約 ……… 24
　巻之二 ……… 39
　　浅茅が宿 ……… 39
　　夢応の鯉魚 ……… 55
　巻之三 ……… 64
　　仏法僧 ……… 64
　　吉備津の釜 ……… 76
　巻之四 ……… 96
　　蛇性の婬 ……… 96
　巻之五 ……… 124
　　青頭巾 ……… 124
　　貧福論 ……… 137
釈評南総里見八犬伝 ……… 149
＊「釈評南総里見八犬伝」緒言（和田萬吉） ……… 151
＊「南総里見八犬伝」の著者及び成立（和田萬吉） ……… 153
＊「南総里見八犬伝」の梗概（和田萬吉） ……… 209
第十三回　尺素を遺て因果みづから訟　雲霧を払て妖孽はじめて休（第二輯巻之二） ……… 307
第二十回　一双の玉児義を結ぶ　三尺の童子志を演（第二輯巻之五） ……… 331
第廿一回　額蔵間諜信乃を全す　犬塚懐旧青梅を観る（第三輯巻之一） ……… 348
第廿五回　情を含て浜路憂苦を訟ふ　奸を告て額蔵主家に還る（第三輯巻之三） ……… 367
第三十一回　水閣の扁舟両雄を資く　江村の釣翁双狗を認む（第四輯巻之一） ……… 388
第三十二回　杪欛を除て少年号を得たり　角觝を試て修験争を解く（第四輯巻之一） ……… 407
第三十五回　念玉戯に笛を借る　妙真哀て婦を返す（第四輯巻之三） ……… 424

日本古典文学全集・内容綜覧　561

第三十六回 忍を破りて犬田與山林戦
　ふ 怨を含て沼藺四大を傷害す（第四輯巻
　之三）……………………… 447
第四十七回 荘助三たび道節を試す 双
　玉交其主に還る（第五輯巻之五）… 466
第四十八回 駄馬暗に両夫妻を導く 兄
　弟悲て二老親を全す（第五輯巻之五）478
第五十六回 旦開野歌舞して暗に釵兒
　を遺す 小文吾諷諫して高く舟水を論す
　（第六輯巻之三）……………… 499
第六十一回 紫門を敲きて雛衣寃枉を
　訴ふ 故事を弁して礼儀薄命を告ぐ（第六
　輯巻之五下冊）……………… 520
第六十六回 妖邪を斬て礼儀父の怨を
　雪む 毒婦を亐て縁連白井に還る（第七輯
　巻之三）……………………… 544
第七十四回 牛を軒て悌順答恩銭を辞
　ふ 枕を卸して磯九残雪窖に墜つ（第八輯
　巻之一）……………………… 561
第七十五回 酔客を趕て小文吾次団太
　に遇ふ 短刀を懐にして仮髻女犬田を按
　摩す（第八輯巻之一）……… 581
第八十三回 得失地を易て勇士厄に遇
　ふ 片袖禍を移して賢女独知る（第八輯巻
　之五）………………………… 597
第八十四回 夜泊の孤舟暗に窮士を資
　く 逆旅の小集妙に郷豪を懲す（第八輯
　巻之五）……………………… 618
第八十九回 奇功を呈して義侠冤囚を
　寧す 秘策を詳にして忠欵奸佞を鋤く（第
　八輯巻之八上套）…………… 644
第九十三回 轎に坐して守如主を救ふ
　川を隔て孝嗣志を演ぶ（第九輯巻之一）
　………………………………… 670
第百十回 反間の術妙椿犬江を遠さく
　妖書の甓仁妙真に辞別す（第九輯巻之
　十）…………………………… 689
第百三十三回 客船を哄して水寃鬼酒
　を沽る 波底に没みて海龍王仁を刺んと
　す（第九輯巻之二十二）…… 717
第百三十四回 苟子の海中に與保千金
　を撈る 蕃山の窮難に照文一将に逢ふ（第
　九輯巻之二十三）…………… 738
＊「南総里見八犬伝」の末書の紹介 …… 762
＊馬琴略年譜 ………………………… 766

第10巻　滑稽本名作集（三田村鳶魚著）
1970年9月25日刊

＊滑稽本概説 ……………………………… 1
東海道中膝栗毛 ……………………… 245
＊解題 ……………………………………… 246
　発端（彌次郎兵衛北八江戸出立の由
　　来）……………………………… 264
　初編（江戸発足品川を経て箱根に至
　　る）……………………………… 284
　二編 ……………………………… 310
　三編 ……………………………… 348
　四編 ……………………………… 383
　五編 ……………………………… 419
　六編 ……………………………… 486
　七編 ……………………………… 525
　八編 ……………………………… 564
有喜世物真似舊観帖 ………………… 619
＊解題 …………………………………… 620
　初編 ……………………………… 628
　二編 ……………………………… 651
　三編 ……………………………… 688
譚話浮世風呂 ………………………… 705
＊解題 …………………………………… 706
　前編 ……………………………… 716
　二編 ……………………………… 758
　三編 ……………………………… 804
　四編 ……………………………… 850

別巻　索引
1970年9月25日刊

＊はしがき ………………………………… 1
＊凡例 ……………………………………… 1
江戸文学叢書索引 ……………………… 1

[086] 藤原定家全歌集
河出書房新社
上下巻
1985年6月～1986年6月

上巻（久保田淳著）
1985年3月28日刊

* 凡例 ……………………………………… 3
拾遺愚草 上 …………………………… 7
拾遺愚草 中 ………………………… 133
拾遺愚草 下 ………………………… 327
* 補注 …………………………………… 477

下巻（久保田淳著）
1986年6月30日刊

* 凡例 ……………………………………… 3
拾遺愚草員外雑歌 ……………………… 7
拾遺愚草員外之外 …………………… 145
補遺 …………………………………… 285
* 補注 …………………………………… 295
* 出所一覧 …………………………… 309
* 歌枕一覧 …………………………… 345
* 定家年譜 …………………………… 375
* 解説 ………………………………… 457
* 初句索引 …………………………… 485

[087] 蕪村秀句
永田書房
全3巻
1991年6月～1993年7月

〔1〕
1991年6月28日刊

春の部 ……………………………………… 7
夏の部 …………………………………… 77
秋の部 ………………………………… 143
冬の部 ………………………………… 183
* 蕪村の俳句―後記に代えて（永田龍太郎） ……………………………… 217
* 参考文献 …………………………… 230
* 俳句作品総索引 …………………… 233

〔2〕
1992年10月27日刊

春の部 ……………………………………… 7
夏の部 …………………………………… 41
秋の部 …………………………………… 93
冬の部 ………………………………… 145
春風馬堤曲 …………………………… 189
* 蕪村を求めて―後記に代えて（永田龍太郎） ……………………………… 212
* 蕪村発句作成年号一覧 …………… 233
* 俳句作品総索引 …………………… 235

〔3〕
1993年7月8日刊

春の部 ……………………………………… 7
夏の部 …………………………………… 81
秋の部 ………………………………… 137
冬の部 ………………………………… 187
* 芭蕉と蕪村の俳句―後記に代えて（永田龍太郎） ………………………… 232
* 蕪村発句作成年号一覧 …………… 253
* 俳句作品総目次 …………………… 255
* 五十音初句索引 …………………… 283

日本古典文学全集・内容綜覧 563

蕪村全集

[088] 蕪村全集
創元社
全2巻
1948年5月～1948年6月
（穎原退蔵編著）

第1巻　発句篇　文章篇
1948年5月15日刊

* 序言 …………………………………… 1
* 藤井紫影先生序 ……………………… 1
* 河東碧梧桐氏序 ……………………… 3
* 芥川龍之介氏序 ……………………… 5
* はしがき ……………………………… 1
* 凡例 …………………………………… 1
発句篇
文章篇
　新花摘 ……………………………… 347
　十番左右合 ………………………… 367
　序跋類 ……………………………… 378
　　一、古今短冊集跋 ……………… 378
　　二、夜半亭発句帖跋 …………… 379
　　三、鬼貫句選跋 ………………… 380
　　四、平安二十歌仙序 …………… 381
　　五、其雪影序 …………………… 384
　　六、太祇句選序 ………………… 386
　　七、この辺序 …………………… 388
　　八、也哉抄序 …………………… 390
　　九、むかしを今の序 …………… 392
　　一〇、芭蕉翁附合集序 ………… 393
　　一一、左比志遠理序 …………… 394
　　一二、春泥句集序 ……………… 396
　　一三、蘆陰句選序 ……………… 400
　　一四、桃李序 …………………… 401
　　一五、花鳥篇序 ………………… 402
　　一六、俳題正名序 ……………… 404
　　一七、五車反古序 ……………… 405
　　一八、宴楽序 …………………… 406
　　一九、隠口塚序 ………………… 407
　　二〇、貞徳終焉記奥書 ………… 408
　　温故集序 ………………………… 408
　短篇類 ……………………………… 409
　　一、木の葉経 …………………… 409
　　二、宋屋追悼辞 ………………… 410
　　三、顔見世 ……………………… 411
　　四、蓑虫説 ……………………… 412
　　五、宋阿卅三回忌追悼 ………… 414
　　六、乾鮭の句に脇をつぐ辞 …… 415
　　七、洛東芭蕉庵再興記 ………… 416
　　八、浪華病臥の記 ……………… 420
　　九、檜笠辞 ……………………… 421
　　一〇、伏波将軍の語 …………… 422
　　一一、追慕辞 …………………… 423
　　一二、宇治行 …………………… 424
　　一三、歳旦説 …………………… 426
　　一四、夢説 ……………………… 429
　　一五、螺盃銘 …………………… 430
　　一六、春の月 …………………… 431
　　一七、点の損徳論 ……………… 432
　　一八、二見文臺の画法 ………… 435
　　一九、梅女に句を送る辞 ……… 440
　　二〇、芭蕉の眞蹟に添ふる辞 … 441
　　二一、雪亭の号を与ふる辞 …… 441
　　二二、月夜の卯兵衛 …………… 442
　　二三、題春草 …………………… 443
　　二四、百物語 …………………… 444
　　二五、歳末解 …………………… 445
　　二六、牛祭 ……………………… 446
　　二七、自讃の詞 ………………… 446
　　二八、宋阿の文に添ふる詞 …… 448
　　二九、茶筌売 …………………… 449
　　三〇、焦尾琴説 ………………… 450
　鉢たゝき ……………………………… 451
　哉留の弁 ……………………………… 451
　書画戯之記 …………………………… 452
　画讃類 ………………………………… 453
　　一、天の橋立図賛 ……………… 453
　　二、定盛法師像讃 ……………… 454
　　三、馬提灯 ……………………… 455
　　四、其角真蹟賛 ………………… 456
　　五、高麗茶碗図賛 ……………… 457
　　六、其角句稿賛 ………………… 458
　　七、葛の翁図賛 ………………… 459
　　八、土器売賛 …………………… 462
　　九、俳仙群会の図賛 …………… 463
　　一〇、狐の法師に化たる画賛 … 463
　　一一、鍬の図賛 ………………… 464
　　一二、漫画の讃 ………………… 465
　　一三、怪物図譜 ………………… 466
　　一四、弁慶図賛 ………………… 469

564　日本古典文学全集・内容綜覧

一五、鍬の賛 …………………… 470
　一六、水落石出図賛 ……………… 471
　　三十六俳仙図跋 ……………… 471
　　狸の図賛 ……………………… 472
　　安良居祭図賛 ………………… 472
　〔補〕封の儘跋 ………………… 473
雑類 …………………………………… 474
　一、晋我追悼曲 ………………… 474
　二、春風馬堤曲と澱河歌 ……… 476
　三、取句法 ……………………… 480
　四、漢詩文 ……………………… 482
　五、句巻評語 …………………… 484
　六、蕉門姿情 …………………… 506
　七、夜半雑録 …………………… 506

第2巻　連句篇
1948年6月15日刊

＊凡例
連句篇
　一、夜半亭百韻（元文三年） …………… 1
　二、湯島百韻（元文三年） ……………… 2
　三、時々庵百韻（元文三、四年） ……… 4
　四、霜時雨の巻（元文四年） …………… 5
　五、雪の柳の巻（元文四年） …………… 8
　六、夜半亭歳旦（寛保元年） …………… 11
　七、宇都宮歳旦（寛保四年） …………… 11
　八、紅葉の巻（延享年中） ……………… 13
　九、柳ちりの巻（延享、寛延年中） …… 16
　一〇、夕焼の巻（延享、寛延年中） …… 19
　一一、火桶の巻（延享、寛延年中） …… 22
　一二、細工人の巻（延享、寛延年中）
　　　　　　　　　　　　 ……………… 25
　一三、一瓢年賀四十四（宝暦二年） …… 29
　一四、双林寺千句（宝暦二年） ………… 32
　一五、その鯛の巻（宝暦二年） ………… 34
　一六、橋立青嵐の巻（宝暦五年） ……… 38
　一七、笠に脚袢の巻（宝暦六年） ……… 41
　一八、附句一章（宝暦七年） …………… 44
　一九、戴恩謝の巻（宝暦八年） ………… 44
　二〇、雲裡追善の巻（宝暦十一年） …… 48
　二一、冬籠りの巻（明和六年） ………… 50
　二二、鉢たたきの巻（明和六年） ……… 53
　二三、年忘れの巻（明和七年） ………… 56
　二四、歳旦三つ物（明和八年） ………… 59
　二五、春の水の巻（明和八年） ………… 61
　二六、風鳥の巻（明和八年） …………… 64

　二七、衣配りの巻（明和八年） ………… 67
　二八、歳旦三ツ物（明和九年） ………… 70
　二九、陽炎の巻（明和九年） …………… 72
　三〇、朧月の巻（明和九年） …………… 75
　三一、欠け欠けての巻（明和九年） …… 78
　三二、古衾の巻（安永元年） …………… 81
　三三、行く年の巻（安永元年） ………… 84
　三四、歳旦三ツ物（安永二年） ………… 87
　三五、紅梅の巻（安永二年） …………… 89
　三六、梅の日影の巻（安永二年） ……… 93
　三七、萍の巻（安永二年） ……………… 96
　三八、太祇追善の巻（安永二年） ……… 99
　三九、一夜四唫の巻（安永二年） ……… 102
　四〇、煤払ひの巻（安永二年） ………… 114
　四一、歳旦三ツ物（安永三年） ………… 117
　四二、宵曙の巻（安永三年） …………… 118
　四三、菜の花の巻（安永三年） ………… 121
　四四、イめばの巻（安永三年） ………… 124
　四五、鄙曇りの巻（安永三年） ………… 127
　四六、あらし山の巻（安永三年） ……… 131
　四七、夕風の巻（安永三年） …………… 134
　四八、昔を今の巻（安永三年） ………… 137
　四九、断片（安永三年） ………………… 140
　五〇、芭蕉忌の巻（安永三年） ………… 141
　五一、月うるみの巻（安永三年） ……… 142
　五二、日の筋の巻（安永三年） ………… 145
　五三、歳旦三ツ物（安永四年） ………… 147
　五四、御忌の鐘の巻（安永四年） ……… 148
　五五、浮葉巻葉の巻（安永四年） ……… 151
　五六、梅二輪の巻（安永五年） ………… 154
　五七、花にぬれての巻（安永五年） …… 157
　五八、写経社集の巻（安永五年） ……… 158
　五九、玉巻芭蕉の巻（安永五年） ……… 161
　六〇、閑古鳥の巻（安永五年） ………… 165
　六一、月夜の巻（安永五年） …………… 168
　六二、断章（安永五年） ………………… 169
　六三、霜に嘆ずの巻（安永五年） ……… 170
　六四、歳旦の巻（安永六年） …………… 174
　六五、穂変の巻（安永六年） …………… 177
　六六、額髪の巻（安永六年） …………… 180
　六七、留別の巻（安永六年） …………… 184
　六八、いざ雪車の巻（安永六年） ……… 187
　六九、雪門追善の巻（安永七年） ……… 190
　七〇、惜春の巻（安永七年） …………… 193
　七一、頼ある桜の巻（安永七年） ……… 197
　七二、雨は時雨の巻（安永七年） ……… 200
　七三、千代の春の巻（安永八年） ……… 202

七四、太郎月の巻(安永八年) ……… 203
七五、大魯追善の巻(安永八年) …… 207
七六、樗の老の巻(安永八年) ……… 209
七七、野の池の巻(安永八年) ……… 211
七八、枯野の巻(安永八年) ………… 213
七九、うくひすやの巻(安永九年) ‥ 216
八〇、桃李の巻(安永九年) ………… 218
八一、身の秋の巻(安永年中) ……… 224
八二、夕顔もの巻(安永年中) ……… 227
八三、よその夜の巻(安永年中) …… 230
八四、乾鮭の巻(安永年中) ………… 233
八五、秋萩の巻(安永年中) ………… 236
八六、海見えての巻(安永年中) …… 239
八七、短夜の巻(安永年中) ………… 240
八八、蚊屋の巻(安永年中) ………… 242
八九、さくら井の巻(安永年中) …… 244
九〇、涕かみての巻(天明二年) …… 246
九一、糸によるの巻(天明二年) …… 247
九二、花鳥篇の巻(天明二年) ……… 248
九三、月に漕ぐの巻(天明二年) …… 252
九四、夕附日の巻(天明三年) ……… 253
九五、祖翁追善の巻(天明三年) …… 254
九六、五車反古の巻(天明三年) …… 259
九七、表六句(天明六年) …………… 264
九八、雨の杜若の巻(天明三年) …… 265
九九、かしこき人の巻(天明三年) ‥ 266
一〇〇、君とわれの巻(年代不詳) … 268
一〇一、五句(年代不詳) …………… 272
一〇二、四句(年代不詳) …………… 273

[089] **仏教説話文学全集**
隆文館
全12巻
1968年9月〜1973年1月
(仏教説話文学全集刊行会編)

第1巻
1968年9月25日刊

美人も醜い女も死ねば同じという話 …… 7
人の命には限りがあるという話 ………… 10
陽根を断つより心を断てという話 ……… 13
愚友を捨てて ……………………………… 16
形ある仏と形なき仏 ……………………… 19
心の刀を取りのぞけ ……………………… 23
真昼にたいまつを持つ男の話 …………… 28
治病の話 …………………………………… 31
世にも恐ろしい傷は憂いであるという
　話 ………………………………………… 35
信ずれば深い河も浅いという話 ………… 39
生きることのみ考えては修行はできな
　いという話 ……………………………… 42
種に応じて報いがあるという話 ………… 44
紙くずと縄の端 …………………………… 48
おしろいをつけた尼僧の話 ……………… 53
もののあわれを知らぬ老人の話 ………… 55
調身の術 …………………………………… 60
愚かな男も信心すれば羅漢になれると
　いう話 …………………………………… 65
何をたのんで生きるべきか ……………… 70
この世の苦はわが身があるということ … 72
貧欲なくば憂いなしという話 …………… 76
あふれ出る知恵を板金で妨いだ男の話 … 80
報恩の道 …………………………………… 84
口はわざわいのもと ……………………… 89
蛇の死骸の髪飾り ………………………… 92
み教えの道に時節はないという話 ……… 108
小欲で足ることを知れ …………………… 115
修行者の雨乞い …………………………… 117
人が猿のまねをして座禅するという話 ・ 121
雪山童子物語 ……………………………… 125
アジャセ王の改悟 ………………………… 135
お釈迦さまも教化できなかった男の話 ・ 186

生老病死ということ ………………	*196*
人の上に立つには …………………	*207*
六方に礼拝するということは ……	*218*
梵天への道というのは ……………	*231*
維摩居士 ……………………………	*243*
鬼子母神物語 ………………………	*273*
金剛のきね …………………………	*291*
治国について大切なことは ………	*300*
ウデン王の改悟 ……………………	*306*
死刑囚が染衣をつけたので生きられた という話 ………………………	*318*
真の富というものは ………………	*324*
修行者タツニカの家 ………………	*338*
ビンビサーラ王の治罪 ……………	*361*
八法と自賛 …………………………	*371*
大海の水を汲む男の話 ……………	*382*
多く求むれば嫌われるという話 …	*388*
風変わりの婿と嫁えらび …………	*398*
キツネとツルベの話 ………………	*404*
サルと井戸の月 ……………………	*407*
ゴデカの求道 ………………………	*409*
浮き名 ………………………………	*412*
ウリ盗人 ……………………………	*415*
嫁の歌 ………………………………	*417*
オウムの使い ………………………	*419*
糞居士とまぼろしの女 ……………	*422*

第2巻
1969年1月10日刊

悪事は仏さまに通じないという話 ………	*11*
癩女のほどこし ……………………	*24*
金の麦 ………………………………	*30*
愛におぼれた人妻のむくい ………	*33*
多根樹の種子 ………………………	*35*
二人の孤児 …………………………	*40*
放火猿 ………………………………	*44*
牛飼いとガマ ………………………	*51*
悪医のなれのはて …………………	*59*
ビンバシャラ王と二竜王 …………	*64*
無稲稈竜王 …………………………	*71*
大叫声王の金幢 ……………………	*80*
ニンニク ……………………………	*88*
不浄観 ………………………………	*93*
坊さんは酒を飲むなという話 ……	*96*
淫女の末路 …………………………	*101*
布施の功徳 …………………………	*105*

シッククッの帰仏 …………………	*110*
海神問答 ……………………………	*114*
歌のめぐみ …………………………	*120*
米の油と無想の味 …………………	*123*
蓮池問答 ……………………………	*124*
雛鳥のいのち ………………………	*127*
汗の香り ……………………………	*129*
法滅の相 ……………………………	*133*
乳光如来 ……………………………	*143*
七人の王女 …………………………	*147*
金耀童子 ……………………………	*159*
棄老国物語 …………………………	*171*
王子の身肉 …………………………	*177*
ラマ王 ………………………………	*181*
人頭の象、象頭の人 ………………	*185*
長者の孝道 …………………………	*188*
オウムの説法 ………………………	*192*
猿の説法 ……………………………	*196*
欲少なきは福多し …………………	*200*
何の光明か …………………………	*202*
高慢の男 ……………………………	*204*
身肉のほどこし ……………………	*206*
あだを恩に …………………………	*210*
女の本能 ……………………………	*213*
長者と帝釈天 ………………………	*216*
宿命 …………………………………	*218*
女 ……………………………………	*220*
沸屎地獄 ……………………………	*223*
食べ物の一半 ………………………	*224*
太子と道人 …………………………	*225*
天人の七衰 …………………………	*226*
ある大梵天王の寿命 ………………	*230*
欲味過患出 …………………………	*232*
象の宿命 ……………………………	*234*
学問ばかりが生きる道でないという話 ·	*236*
七粒の豆 ……………………………	*238*
二つの心 ……………………………	*240*
大魚の難 ……………………………	*245*
屠殺者の昇天 ………………………	*247*
小僧の発心 …………………………	*249*
仏の神通 ……………………………	*251*
四姓平等ということ ………………	*268*
善見大王 ……………………………	*277*
死後の世界 …………………………	*294*
私財三千万両 ………………………	*315*
帝釈の妬み …………………………	*318*
貧者の身施 …………………………	*321*

天下の三愚人 ……………………… 325	愛すれば悩みありという話 ……… 20
愛のちぶさ ………………………… 329	恋に悩める修行者の話 …………… 27
生かすも殺すも心がけ一つという話 … 333	道楽者の出家 ……………………… 30
一日の生のねがい ………………… 336	国王となるには …………………… 34
死を招いた古物商の貪欲 ………… 340	血気の勇 …………………………… 38
欲の牢獄 …………………………… 343	カツナ画師の布施 ………………… 40
虎の口のとげ ……………………… 345	アショカ王が人の頭を売らせた話 … 44
貪欲は最大の悪・無欲は最上の善という	黄金の毒蛇 ………………………… 48
話 ……………………………… 347	けがの功名 ………………………… 52
竜の陸見物 ………………………… 352	人を見て法を説けという話 ……… 56
定めなき浮き世 …………………… 355	肥取りのニダイ …………………… 59
仏の笑い …………………………… 359	身は王に心は仏に ………………… 73
地獄の里もカネしだいというけれど … 362	心眼と肉眼 ………………………… 78
蜜蜂のいましめ …………………… 365	妻の道を守れという話 …………… 82
靴なおしの夢 ……………………… 369	阿弥陀仏の四十八願 ……………… 90
心か行か …………………………… 373	五悪に苦しむ人 …………………… 113
人世わずか十年 …………………… 376	イダイケ夫人物語 ………………… 131
群盲索象 …………………………… 379	極楽の世界 ………………………… 141
出来ぬ相談 ………………………… 382	修道者の中の大丈夫 ……………… 146
我所鳥 ……………………………… 386	火葬場から生まれた火生童子の話 … 150
とかく言葉というものは ………… 388	薬師如来の十二大願 ……………… 175
今も変わらぬ親と子の意見 ……… 390	梵天王の帰依 ……………………… 187
五百人の溺死 ……………………… 392	魔王の王子ショシュの悲しみ …… 199
とかく男というものは …………… 394	光明の世界 ………………………… 206
ハシノク王の四将 ………………… 398	永遠なるさとり …………………… 228
美はいずこに ……………………… 401	大いなるさとり …………………… 247
仏の日傘 …………………………… 403	この世にあられた仏 ……………… 257
片ひじの報い ……………………… 405	さとりへの道 ……………………… 265
虎の子の悟道 ……………………… 410	仏の病 ……………………………… 277
貪欲の修行者 ……………………… 412	大慈悲の力 ………………………… 290
多貪の修行者 ……………………… 414	力士の降伏 ………………………… 299
樹上の修行者 ……………………… 416	外道ニクダ ………………………… 303
羅刹鬼との一夜 …………………… 419	元帥の力 …………………………… 313
口と心 ……………………………… 422	天女マリシテン …………………… 317
白骨観 ……………………………… 425	毘沙門天王 ………………………… 320
千肘の坑 …………………………… 429	ミロクの生天 ……………………… 325
小欲知足も時によるという話 …… 431	ミロクの世 ………………………… 333
出家とその妻 ……………………… 433	在家の人への教え ………………… 342
娼婦バスダッタの昇天 …………… 436	弁天さまの願い …………………… 350
心おごれる修行者の話 …………… 442	修行者迫害の罪 …………………… 357
七頭の鬼 …………………………… 446	欲心について ……………………… 364
	苦の世界 …………………………… 369
第3巻	魔王のもだえ ……………………… 376
1969年5月5日刊	ゼンムドクという女 ……………… 399
	いましめを守りて ………………… 415
友情 ………………………………… 7	布施について ……………………… 419
教えと病 …………………………… 17	童女が如来の尊称を受けたという話 …… 428

第4巻
1969年9月15日刊

物の出しおしみをするなという話 ………… 9
農夫の争い ……………………………… 12
草木の愛護 ……………………………… 15
他人を笑うものは笑われるという話 …… 19
天への道 ………………………………… 21
灰を食べても生きられるという話 ……… 25
五円の施しもまた尊しという話 ………… 27
蒔かぬ種ははえぬという話 ……………… 29
吉凶の相などないという話 ……………… 33
臭い水と酢 ……………………………… 37
王城の七事 ……………………………… 39
猟師の発心 ……………………………… 42
仏陀と聖母 ……………………………… 45
センダラが王になった時 ………………… 86
外道の説法 ……………………………… 92
女は男に生まれ変わりたいというが …… 118
文殊菩薩の前世物語 …………………… 124
布施の徳 ………………………………… 130
酒の害 …………………………………… 132
五蓋 ……………………………………… 135
人とわれとは常に同じでないという話 … 140
ロバに似た修道者 ……………………… 145
八斎戒を守るという話 ………………… 149
説法の心得 ……………………………… 154
こどもが母の胎内にやどるということ
　は ……………………………………… 163
大悲の誓願と修行について …………… 172
虚空蔵菩薩 ……………………………… 186
賢護長者たちの求道 …………………… 197
こころの旅路—善財童子求道の旅 …… 205
　序曲　獅子奮迅三昧 ………………… 205
　1　文殊菩薩 ………………………… 235
　2　修行者功徳雲 …………………… 240
　3　修行者海雲 ……………………… 242
　4　修行者善住 ……………………… 244
　5　良医ミガ ………………………… 246
　6　長者解説 ………………………… 248
　7　修行者海幢 ……………………… 250
　8　休捨信女 ………………………… 253
　9　毘目多羅仙人 …………………… 256
　10　バラモン方便命 ………………… 259
　11　弥多羅尼 ………………………… 262
　12　修行者善現 ……………………… 265
　13　釈天主童子 ……………………… 267

　14　自在信女 ………………………… 269
　15　長者甘露頂 ……………………… 272
　16　長者法宝周羅 …………………… 275
　17　長者普眼妙香 …………………… 277
　18　満足王 …………………………… 279
　19　大光王 …………………………… 283
　20　不動信女 ………………………… 287
　21　随順一切衆生 …………………… 291
　22　長者青蓮華香 …………………… 293
　23　船師自在 ………………………… 296
　24　長者無上勝 ……………………… 298
　25　獅子奮迅尼 ……………………… 300
　26　婆須蜜多女 ……………………… 304
　27　長者安住 ………………………… 308
　28　観世音菩薩 ……………………… 310
　29　正趣菩薩 ………………………… 313
　30　大天 ……………………………… 315
　31　安住地神 ………………………… 317
　32　婆娑婆陀夜天 …………………… 319
　33　甚深妙徳離垢光明夜天 ………… 330
　34　喜目観察衆生夜天 ……………… 335
　35　妙徳救護衆生夜天 ……………… 342
　36　寂静音夜天 ……………………… 349
　37　妙徳守護諸城夜天 ……………… 355
　38　開敷樹華夜天 …………………… 358
　39　願勇光明守護衆生夜天 ………… 365
　40　妙徳円満林天 …………………… 375
　41　ゴーパー婦人 …………………… 380
　42　仏母マーヤー夫人 ……………… 393
　43　天主光童女 ……………………… 398
　44　偏友童子と善智衆芸童子 ……… 400
　45　賢勝信女 ………………………… 402
　46　長者堅固解脱 …………………… 403
　47　長者妙月 ………………………… 404
　48　長者無勝軍 ……………………… 405
　49　バラモン尸毘最勝 ……………… 406
　50　徳生童子と有徳童女 …………… 407
　51　ミロク菩薩 ……………………… 410
　52　文殊菩薩 ………………………… 423
　53　普賢菩薩 ………………………… 424

第5巻
1969年12月25日刊

家出息子とその父 ………………………… 17
火の家 ……………………………………… 25
まぼろしの城 ……………………………… 33

一味の雨	36	人それぞれ異なるという話	163
衣の裏の宝珠	43	知恵は太き縄のごとし	165
良医とその子	45	善をなし報いなきをくやむなかれという話	167
新しい医者と古い医者	49		
宝	55	シュミラの貪欲	170
我の相	58	人は財宝のために集まるなかれという話	172
甘露と毒薬	61		
眉間の宝珠	64	節食の利	174
一味の薬	67	砂の城	176
凡夫の愛	69	愛欲のきずな	178
毛端の水滴	72	糞尿の中の一子	181
欲の深い長者	74	一切衆生に定性なし	182
諸法はみな空であるという話	76	箱とはき物と槌	185
指と月	88	婿の失敗	189
好堅樹	89	短気な徳者	192
破戒の人	91	愚かな男と水	193
獅子吼ということ	94	愚かな男とその妻	194
如意珠の徳	97	愚かな男と頭	196
樹根を捨てて枝葉によじ登るという話	99	愚かな男と牛乳	197
諸子の母に対するごとく	102	愚かな男とその子の死	198
土の瓶と陶器の瓶	104	愚かな男と塩	199
蘇を飲んで水を飲むの愚かさ	107	知恵多き外道	200
長者の勤苦と菩薩の勤苦	110	三階建ての建築	202
老病人と珍しい宝	112	愚かな男の孝行	204
心は風のごとし	114	山賊と国王	205
豚と虎のたたかい	116	愚かな男の知恵	207
糞を背負う人	119	無知な国王	208
二人の男	120	愚かな母	209
白害	123	愚かな国王	210
ホラの音	125	甘蔗	211
盲人と色	127	水底の延べ棒	212
亀と水狗	128	愚かな商人	214
牛とロバ	130	王のまね	215
米をほおばったオシ	132	煎った種子	216
毒神を退治したやさしいお嫁さんの話	134	長者の商売	217
あばれ馬が目ざめて名馬となった話	138	目のない仙人	218
毒樹の根だやし	141	宝の箱の持ち主	219
海ガメの甲の上の宿	143	無知な村人	220
カラスとクジャク	145	木の実	221
帝釈天の宝瓶	147	瓦師よりもロバ	222
一片の肉と一身の肉	149	未知の妻	224
イバラのトゲと貪噴のトゲ	153	火中の服	226
獅子と痴犬	155	鼻	227
諸法はすべてまぼろしのごとしという話	157	妙薬	228
		はげ頭	229
醜女の影	159	愚かな男と壁	230
ネコの食べ物	161	愚かな男と竹の筒	231

短気な牛飼い	232
愚かな小僧	233
牛ドロボウ	234
オシドリの鳴き声	236
共有の女	238
師匠の足	239
頭と尾	240
忠臣の望み	241
無物の報酬	242
愚かな召使い	243
形見わけ	245
黄金の影	246
病人とキジの肉	247
羅刹の服	248
肝っ玉男の小心	249
幸運な男	250
愚かな門番	253
半分のせんべい	254
間抜けな男	255
お婆さんのとんち	256
金と毒蛇	257
欲	258
こどもの首	259
眼病の苦しみ	260
こどもと亀	261
人まね	262
長者の種蒔き	263
ロバの乳	264
およばぬ恋	265
ラクダの頭	267
愚かな男と賊	268
白い黒馬	270
非法の報い	271
忠実な使用人	272
新妻の疑い	273
愚かな男の恨み	274
一つの餅	275
長者の口車	276
鳩の後悔	277
乱暴な竜王	278
馬鹿の上下	282
鳥やけだもののこどばを聞き分ける王様の話	283
買った禍い	287
森婦	289
橘の誘惑	291
得道の縁	293
神通力くらべ	295
度し難い人々	297
仏の喜憂	300
少年の願い	303
金の釜	306
邪念の報い	307
口舌の禍い	308
僧と鬼	309
鬼と逃走	311
僧のよろこび	313
人の一心	314
熱湯の中のお金	315
悪鬼との距離	316
心中の毒蛇	317
怪我の功名	319
死人のない家の火を求むれど	322
糞を混ぜた珍味	324
大波を雪山と思った猿の話	326
空を実と思ったあわれな人たちの話	327
神技の応酬	329
万能な調理師	331
五毒なき肉	333
いずれが狂っているのか	335
応報の食べもの	337
こわれた瓶	338
布施ならぬ布施	339
鬼の肩車	341
不信心な妻子	343
薬草の嘆き	345
胎内の転輪聖王	346
不眠不休の音楽	348
誓願の果報	349
一滴の水	351
福田	352
心馬の訓練	354
のんきな死刑囚	356
五大施	358
貧者の宝を思うがごとし	362
国主なき国家	365
製油業者の罪	368
子獅子は獅子の吼える声をおそれない	370
金剛の甲冑	375
悪い知識を持てば涅槃は得られないという話	377
善業の功徳	381
七事の水喩	387
画家の共同制作	390

マンゴーの実の成熟 ……………… 392	一握りの砂 ……………………… 221
四種の生活 ………………………… 394	ケンイ国王の首 ………………… 260
生死に去来なし …………………… 397	帝釈天の地獄落ち ……………… 262
井戸に落ちた子とその父親 …… 400	センタン長者 …………………… 267
悪僧の念仏には利益がないという話 …… 402	仁王の屍 ………………………… 270
四人の妻 …………………………… 407	人間とカメ ……………………… 274
琴のたとえ ………………………… 412	七日の報恩 ……………………… 280
たった一つの門 …………………… 415	偽らざるものは強し …………… 283
四つの食べ物 ……………………… 418	象の王様の死 …………………… 287
鷹より強き小鳥 …………………… 421	仁愛の道は最高であるという話 …… 291
身を裁き心を掘れ ………………… 423	猿の肝 …………………………… 295
六匹の動物と一本の柱 …………… 428	捨て子の孝養 …………………… 298
キツネとカメ ……………………… 430	猿の悪竜退治 …………………… 306
恐怖の岸を逃れて ………………… 432	猿と人間 ………………………… 312
灰河 ………………………………… 435	畜生でも恩を知る ……………… 314
十人十色ということ ……………… 439	捕われの竜 ……………………… 321
琴の音を取れという王様の話 …… 441	裸の国の物語 …………………… 327
ネコとネズミ ……………………… 443	六年苦行の因縁 ………………… 330
少女の夢 …………………………… 444	猿の掛け橋 ……………………… 334
アカダ薬の効用 …………………… 446	馬の王様クヤ …………………… 337
宝を数えて ………………………… 448	魚の王様と綱 …………………… 339
財産を四つに分けるということは …… 450	カメの王様とヤモリ …………… 340
いのちこそ貴重な宝であるという話 …… 452	竜と象の獅子 …………………… 342
スズメの仕返し …………………… 457	菩薩の争い ……………………… 345
自分の影に溺れて死んだ男の話 ……… 460	シヤノク ………………………… 348
	顔は醜くとも …………………… 357
第6巻	儒童菩薩 ………………………… 365
1970年5月12日刊	レンゲ夫人 ……………………… 369
	ジドウニヨ物語 ………………… 373
恩讐の行方 ………………………… 9	オウムの孝養 …………………… 378
明月珠 ……………………………… 24	オウムの消防 …………………… 380
九色の鹿 …………………………… 34	持戒と博学 ……………………… 382
孝行息子セン ……………………… 40	雨宿りの濡れぎぬ ……………… 385
ゴンジキの乳房 …………………… 48	竜王の慈悲 ……………………… 387
キンナラ王女と善財王子の恋物語 …… 55	ガチョウとコウノトリ ………… 389
猿と仙人 …………………………… 86	仙人の衣を着た猟師 …………… 390
王園と塔 …………………………… 90	神通力を失った仙人 …………… 391
餓えた虎に身を投げた王子の物語 …… 95	夜叉鬼と商人 …………………… 393
金色王 ……………………………… 113	ニワトリとネコ ………………… 394
切り株太子 ………………………… 121	王と毒蛇 ………………………… 396
善生童子の身肉 …………………… 124	カメと商人 ……………………… 399
シビ王 ……………………………… 128	ウワバミと商人 ………………… 401
頂生王栄華物語 …………………… 133	魔神の帰伏 ……………………… 403
悪眼バラモン ……………………… 160	慈心毒を消す …………………… 404
スダナ太子物語 …………………… 169	まず法を得よ …………………… 406
天の罰はみずからつくる業によるという話 …… 204	鬼と商人 ………………………… 409
	わが子の血をすする母 ………… 411

王舎城の因縁話	413
ウサギの捨身供養	416
ゼンエ仙人の供養	418

第7巻
1970年9月10日刊

恋人の舞い	7
恩をあだにした毒蛇の話	12
王冠を得るまで	19
ガ鳥の王様マンメン	30
勇士ジョウビン	35
夫のために	38
禁断の木の実	41
幸いなる夢	43
不貞な女	46
音響王	70
釜の中の肉	80
メスの虎と獅子の王様	84
髪結い師とカメ	87
忠義なカラスの話	90
貧しき二人の友	98
乞食の王様	116
双頭の鳥	123
王子の身施	127
慈力王	134
大光明王	137
自分の目玉を布施した王様の話	146
お金を愛する男の話	163
ひえのカユ	172
金色の獅子	181
大悲の破戒	186
大悲のかなた	189
忍従の常不軽菩薩	193
肘のともしび	197
妙音菩薩	202
観音さまの功徳	209
浄蔵と浄眼	218
愛別離苦	224
忍	229
帝釈天と阿修羅の戦い	235
テンソンの出家	243
寿命の増減	257
ハンソク王	264
ガンの王様の説法	268
宝燈の世界	271
神仙と王道	281

金色をした鹿の王様	289
獅子と大蛇	300
二人の修行者	302
永遠の行願	312
王子と悪魔の出家問答	319
徳光太子	346
三童子の発心	358
七宝のクツ	363
永遠の恨み	370
知恵くらべ	373
福徳第一	379
カメと旅人	384
仏の借金	386
ウサギの求道	390
水牛の歩み	393
双頭の仏	395
シュジャダイ太子の孝行	399

第8巻
1971年5月25日刊

ダイヤクの知謀	7
前世の業の報いはどうすることもできないという話	79
ミョウコウ夫人因縁物語	107
鹿の王様ひとりの男	120
ジャクジョウ王の血	130
猿とケマン師	137
キツツギと獅子	142
恩を忘れた男の話	148
小枝王子と不貞の妻	153
ダチと猿と象	164
獅子王とワシ王	167
センダイハリ仙人の忍辱	171
コダのあわれみ	178
蓋事王の威徳	186
一片の魚肉	200
富豪の息子と製針工の娘	218
奇特のカワラ師	225
不孝のむくい	231
良心の呵責	242
童子の理髪師	251
名医リュウスイ	260
センダンマダイ太子	275
キンダイという小僧	295
湧き出る宝塔	300
シラミとノミ	312

五百匹の猿の溺死 ………………… 314
商那の衣 …………………………… 318
常啼の求道 ………………………… 323
仁孝の花実 ………………………… 354
孝子の功徳 ………………………… 358
シャタダ物語 ……………………… 364
バラモン長爪 ……………………… 368
王舎城物語 ………………………… 373
如意宝珠 …………………………… 380
ある男と女の話 …………………… 394
あるバラモンの失敗 ……………… 401
香味の誘惑 ………………………… 404
仏とショーダラー ………………… 409
禅定を間違えた僧の話 …………… 422

第9巻
1971年11月25日刊

好色ミョウコウ王物語 ……………… 7
ニミ大王と二人の王子 …………… 126
目連と魔 …………………………… 133
エンマ大王の裁き ………………… 140
信士の家の白い犬 ………………… 151
ホッカシャ王の出家 ……………… 157
エンマ王と老バラモン …………… 161
愚かなマカロの悟り ……………… 167
カラナシの花 ……………………… 171
ある夫婦の情死 …………………… 175
師匠の僧が地獄に落ちたという話 … 177
けちな鬼の話 ……………………… 184
福業の力 …………………………… 191
醜き女が美しくなったという話 … 194
メミョウ菩薩とカニシュカ王 …… 206
鳩摩羅多とジャヤタ ……………… 229
ロクロの耳の深さ ………………… 237
仏陀蜜多 …………………………… 239
提婆菩薩 …………………………… 246
僧伽耶舎と餓鬼 …………………… 256
バスバンゾ ………………………… 260
優波毱の威儀 ……………………… 275
十六王子 …………………………… 278
獅子王と野ギツネ ………………… 284
雁の恩返し ………………………… 286
愛憎乱麻 …………………………… 292
不思議なクジラの物語 …………… 320
捨子物語 …………………………… 348
イザリになった太子の話 ………… 362

結婚をたすけた牛の話 …………… 377
猟師はなぜ鹿を捕えてはいけないかと
　いう話 …………………………… 389
ウサギと仙人 ……………………… 397
金色の猿 …………………………… 405
ヒヅリ大師の教え ………………… 416

第10巻
1972年3月3日刊

髪の供養 ……………………………… 7
カショウ兄弟の帰仏 ………………… 27
仏の神通 ……………………………… 47
世を捨てた身に恐ろしいという文字は
　ないという話 …………………… 67
一夜の宿 ……………………………… 76
女の道連れ …………………………… 80
マリッカ夫人 ………………………… 84
名医ジーヴァカ ……………………… 92
舎利弗とデーヴァダッタ ………… 117
囚われのウダエン王 ……………… 124
センダの策房 ……………………… 133
六人の不良僧と阿難 ……………… 139
ガロと娼婦 ………………………… 152
同宿 ………………………………… 157
孤独と仏と象王 …………………… 159
置き忘れられた瓔珞 ……………… 164
長老を尊敬するということ ……… 170
供養の煩を避けて ………………… 172
悪王ホッシャミタラ ……………… 176
シュダの得た一つの悟り ………… 180
奇妙な淫欲に泣く女の話 ………… 193
アジャータサッツ王の暴逆 ……… 210
デーヴァダッタとその悪友 ……… 222
舎利弗と目連の入滅 ……………… 226
バカリ聖者の自刃 ………………… 238
デーヴァダッタの服薬 …………… 242
マハー・カッチャーナと老女 …… 245
祇園精舎の由来 …………………… 249
シマン外道の入信 ………………… 268
ダンミリの出家 …………………… 280
ミロクの出家 ……………………… 285
キンダイの給仕 …………………… 295
ラーフラの出家 …………………… 298
難陀の勤修 ………………………… 303
釈尊の涅槃 ………………………… 314
迦葉とその妻 ……………………… 328

失意の阿難	333	釈迦族の滅亡	382
強情な舎利弗	342	冥想にあれば雑音は耳にはいらぬという話	393
横柄なヒツリョウガバシャ	345	女のさか恨み	397
阿難という名の由来	347	要領のよい男にだまされた僧の話	400
仏は名医であるという話	355	腹の使い	405
バラモン城の受難	361	ケシキ尼層の苦難	409
聖者舎利弗	368	病気の僧のウミ血を洗う	415
人の悪口は言うまじき事	384	シュクダイタの神通	418
聖者ハクラ	391		
釈尊の侍者阿難	394		
ルリ王の焼死	404		

第12巻
1973年1月10日刊

コンゴウの焼死	407
太ったパセーナディ王のなげき	412
一片のマンゴー	415
ブッダミッタ	423
竜樹菩薩	430

菩薩の生誕（下天）	7
入胎	15
降誕	20
太子の誕生	20
降誕の瑞相	23
バラモンの占い	30
三時の宮殿	39
聖母の死	41
学芸の教養	41
武芸の試合	44
立太子	50
エンブ樹下の瞑想	52
太子妃の選定	54
四門の遊観	57
出家	80
太子宮殿をあとに	80
苦行林の第一夜	102
宮殿の悲しみ	107
太子を追って	118
ビンビサーラ王との会見	124
二仙人との問答	128
苦行の六年	133
苦行を捨てて	138
菩提樹下の大願	141
降魔	144
成道	161
釈尊の説法（転法輪）（1）	171
梵天の願い	171
ロクヤオンへ	174
商主の供養	177
ウバカ外道の帰依	179
ムチャリング龍王の帰依	181
五人の修行者のために	182
ヤクの帰依	187

第11巻
1972年5月20日刊

最後の供養をしたジュンダの話	7
六師外道の降伏	49
バツギ共和国	76
娼婦アンババリ	80
ラーフラの悲しみ	85
釈尊と王女	92
アショーカ王の寿命が延びたという話	95
思わざる不幸をまねいたカルダイの話	97
デーヴァダッタの地獄落ち	101
苦悩から救われたアジャータサッツ王のよろこび	122
人肉のあつもの	141
僧のエンマン	146
馬糧の麦	196
舎利弗と目連の神通	216
淫欲のいましめ	227
センダラ娘の恋	231
栴檀の鉢	242
カルダイの最後	246
舎利弗と目連の出家	255
地獄を見て来た男の話	305
貧女の一灯	329
美しき瞳を持った王子の悲しい物語	339
ウバナンダの敷物	359
リュウセと毒蛇の因縁	364
ジュダイカ長者の富	371
さんげの功徳	379

```
    迦葉兄弟の教化 ………………… 192
    ビンビサーラ王の帰依 ………… 213
    舎利弗と大目連 ………………… 223
    大迦葉の帰依 …………………… 229
  釈尊の説法（転法輪）（2） ………… 232
    スダッタ長者の帰仏 …………… 232
    祇園精舎の建立 ………………… 247
    父王シュトーダナ王と仏との会見 ‥ 250
    パセーナディ王の帰仏 ………… 261
    仏の行脚 ………………………… 270
    デーヴァダッタのしっと ……… 273
    アジャータシヤトゥル王の帰仏 … 277
    アンババーリの入信 …………… 282
    長者の済度 ……………………… 289
  入涅槃 ……………………………… 298
    阿難の悲しみ …………………… 298
    入滅は近づけり ………………… 307
    最終の弟子スバッダ …………… 318
    最後の説法 ……………………… 323
    死を悼む人天 …………………… 336
    八つの舎利 ……………………… 343
    仏説の結集 ……………………… 352
    アショーカ王の崇仏 …………… 352
  釈迦族の歴史 ……………………… 354
仏教談話文学全集1.2付録
  仏教談話文学全集総目次
```

[090] **文化文政江戸発禁文庫**
図書出版美学館
全10巻，別巻1巻
1983年1月～1983年12月
（青木信光編）

第1巻
1983年1月31日刊

＊はじめに（青木信光） ……………… 16
長枕褥合戦 ……………………………… 19
花の幸（みゆき） ……………………… 79
蔽姑射秘言（はこやのひめごと） …… 139
兵法虎の巻 ……………………………… 291
閨房秘史 ………………………………… 311

第2巻
1983年2月20日刊

＊はじめに（青木信光） ……………… 17
真情春雨衣 ……………………………… 19
佐世身八開伝（させみはつかいでん） … 191
大阪落城 ………………………………… 281

第3巻
1983年3月15日刊

＊はじめに（青木信光） ……………… 17
千種花二羽蝶々（ちぐさのはなふたばちょうちょう） ……………………………… 19

第4巻
1983年5月11日刊

＊はじめに（青木信光） ……………… 17
春情花朧夜 ……………………………… 19
大東閨語 ………………………………… 287

第5巻
1983年6月11日刊

＊はじめに（青木信光） ……………… 17
春情妓談水揚帳 ………………………… 19

春情心の多気 ……………………… 113

第6巻
1983年7月21日刊

*はじめに（青木信光）……………… 17
仇枕浮名草紙 ………………………… 19
壇の浦合戦記 ………………………… 129
仮寝の遊女（ゆめ）物語 …………… 209
鼠染春色糸（ねずみをめはるのいろいと）…… 247

第7巻
1983年8月2日刊

*はじめに（青木信光）……………… 17
染分手綱物語 ………………………… 19
袋法師絵詞 …………………………… 291
小柴垣草紙 …………………………… 307

第8巻
1983年9月6日刊

*はじめに（青木信光）……………… 17
開註年中行誌（かいちゅうねんじゅうぎょうじ）・19
春色入船日記 ………………………… 115
とのる袋 ……………………………… 207
新撰古今枕大全 ……………………… 235
色里三所世帯（いろさとみところせたい）…… 253

第9巻
1983年10月14日刊

*はじめに（青木信光）……………… 17
釈花八粧矢的文庫 …………………… 19
好色四季ばなし ……………………… 121
真実伊勢物語 ………………………… 235

第10巻
1983年11月28日刊

*はじめに（青木信光）……………… 17
鴛鴦の手枕 …………………………… 19
心中恋のかたまり …………………… 103
好色小柴垣 …………………………… 217
弓削道鏡物語 ………………………… 283

別巻
1983年12月16日刊

*はじめに（青木信光）……………… 17
好色小咄集成 ………………………… 19
きくかさね譚 ………………………… 155
女護島延喜入船 ……………………… 241
はつはな ……………………………… 285

[091] **平安朝歌合大成**
同朋舎出版
全5巻
1995年5月〜1996年12月
（増補新訂版）

第1巻
1995年5月10日刊

＊序（田中親美） ……………………（2）
＊序（久松潜一） ……………………（3）
＊序に代へて（池田亀鑑） …………（4）
＊自序（萩谷朴） ……………………（6）
＊凡例 ………………………………（12）
別一 惟喬親王歌合 …………………… 1
一 〔仁和元―三年夏〕民部卿行平歌合 … 3
二 〔仁和三年八月廿六日以前春〕中将御
　　息所歌合 ……………………………… 13
三 〔仁和四年―寛平三年秋〕内裏菊合 … 15
四 〔寛平五年九月以前秋〕是貞親王歌合
　　 ……………………………………… 24
五 〔寛平五年九月以前〕皇太夫人班子女
　　王歌合 ……………………………… 34
六 〔寛平八年六月以前后宮胤子歌合〕 … 80
七 〔寛平九年春〕東宮御息所温子小箱合
　　 ……………………………………… 92
八 寛平御時歌合雑載 ………………… 97
九 昌泰元年秋亭子院女郎花合 ……… 99
一〇 某年秋宇多院女郎花合 ………… 112
一一 某年秋朱雀院女郎花合 ………… 117
一二 延喜元年八月十五夜或所歌合 … 120
一三 〔延喜元年八月廿五日或所前栽合〕
　　 ……………………………………… 123
一四 〔延喜四年以前〕秋或所歌合 … 124
一五 宇多院物名歌合 ………………… 126
一六 延喜五年四月廿八日右兵衛少尉貞
　　文歌合 ……………………………… 134
一七 延喜六年右兵衛少尉貞文歌合 … 148
十八 某年貞文歌合雑載 ……………… 152
一九 〔延喜五―八年〕秋本院左大臣時平
　　前栽合 ……………………………… 154
二〇 延喜十三年三月十三日亭子院歌合 … 159
二一 〔延喜十二―三年〕夏陽成院歌合 … 193
二二 延喜十三年八月〔十三日〕亭子院・
　　女七宮歌合 ………………………… 199
二三 某年秋藤壺女御前栽合 ………… 202
二四 延喜十三年九月九日陽成院歌合 … 204
二五 延喜十三年十月十三日内裏菊合 … 209
二六 延喜十六年七月七日庚申亭子院殿
　　上人歌合 …………………………… 217
二七 延喜十九年八月藤壺女御歌合雑載 … 225
二八 延喜廿一年〔五月〕京極御息所褒子
　　歌合 ………………………………… 227
二九 某年躬恒判問答歌合 …………… 246
三〇 或所春秋問答歌合 ……………… 253
三一 〔延喜四―廿二年〕秋東宮保明親王
　　帯刀陣歌合 ………………………… 254
三二 〔延喜廿一―二年初冬〕内裏歌合 … 259
三三 〔延長五年〕秋小一条左大臣忠平前
　　栽合 ………………………………… 265
三四 〔延長二―七年〕秋式部卿敦慶親王
　　前栽合 ……………………………… 275
三五 某年女四宮勤子内親王歌合 …… 276
三六 〔延長八年以前〕春近江御息所周子
　　歌合 ………………………………… 278
三七 〔延長八年九月以前〕内裏歌合 … 285
三八 〔承平五年夏〕大納言恒佐扇合 … 286
三九 天慶二年二月八日貫之歌合 …… 287
四〇 〔天慶六年七月以前〕陽成院親王二
　　人歌合 ……………………………… 295
四一 或所歌合雑載 …………………… 305
四二 天暦二年九月十五日庚申陽成院一
　　宮姫君歌合 ………………………… 307
四三 天暦七年十月廿八日内裏菊合 … 316
四四 天暦九年閏九月内裏紅葉合 …… 325
四五 天暦十年〔二月廿九日〕麗景殿女御
　　荘子女王歌合 ……………………… 328
四六 天暦十年〔三月廿九日〕斎宮女御徽
　　子女王歌合 ………………………… 341
四七 天暦十年五月廿九日宣燿殿御息所
　　芳子瞿麦合 ………………………… 345
四八 天暦十年八月十一日防城右大臣師
　　輔前栽合 …………………………… 350
四九 天暦十一年二月蔵人所衆歌合 … 357
五十 或所前栽合雑載 ………………… 359
五一 〔天暦十一年以前〕秋内裏前栽合 … 360
五二 〔天徳二年七月以前〕中宮歌合 … 361
別二 天徳三年八月十六日内裏詩合 … 362
五三 天徳〔三年〕八月廿三日〔斎宮女御
　　徽子女王〕前栽合雑載 …………… 366

平安朝歌合大成

五四 天徳三年九月十八日庚申中宮女房歌合 …… 368	別四の二 永観元年七月七日庚申斎院選子内親王女郎花合 …… 622
五五 天徳四年三月卅日内裏歌合 …… 370	別四の三〔永観元年九月〕斎院選子内親王菊合 …… 623
五六 某年麗景殿女御・中将御息所歌合 451	八二〔永観頃〕秋比叡山僧房前栽合 …… 624
五七 某年或所歌合 …… 452	別五〔永観頃〕殿上人女房鶯時鳥問答歌 …… 625
五八〔応和元年十二月以前〕春或所紅梅合 …… 453	八三〔永観頃〕七月或所歌合 …… 626
五九 応和二年三月資子内親王歌合 …… 454	八四〔永観頃〕左大将朝光男女房歌合 …… 627
六〇 応和二年五月四日庚申内裏歌合 … 455	八五〔永観頃〕秋或所歌合 …… 628
六一 応和二年九月五日庚申河原院歌合 465	八六〔永観頃〕春雅材女達歌合 …… 629
六二 応和三年七月中旬宰相中将伊尹君達春秋歌合 …… 474	八七 寛和元年八月十日内裏歌合 …… 632
六三 康保三年五月五日下総守順馬毛名歌合 …… 484	八八 寛和二年六月十日内裏歌合 …… 638
六四 康保三年閏八月十五夜内裏前栽合 493	八九 寛和二年七月七日皇太后詮子瞿麦合 …… 658
六五 康保三年十月廿二日（十七日トモ）内裏後度前栽合 …… 501	九〇〔寛和二年七月廿一日以前〕七月七日宗子内親王瞿麦合 …… 667
六六〔康保元—四年五月〕東宮御息所懐子歌合 …… 503	別六〔寛和頃〕五月斎院選子内親王蛍合 …… 669
六七 某年或所歌合 …… 504	別七〔寛和頃〕八月斎院選子内親王負態虫歌 …… 670
六八 某年春或所歌合 …… 507	別八〔寛和頃〕右大将済時謎語 …… 671
六九 某年九月五日〔河原院〕紅葉合 …… 511	別九〔正暦元年以前〕或所謎合 …… 672
七〇 某年十二月或所歌合 …… 513	九一 永延二年七月七日蔵人頭実資歌合 673
七一 或所草он雑載 …… 515	九二 永延二年七月廿七日蔵人頭実資後度歌合 …… 678
七二 天禄三年八月十八日規子内親王前栽歌合 …… 516	九三 某年出羽国郡名歌合 …… 683
七三 天禄四年五月廿一日平融院・資子内親王乱碁歌合 同六月十六日平融院勝態扇歌・同七月七日資子内親王負態扇歌 …… 550	別一〇〔永延二年十月六日殿上侍臣大堰川歌合〕 …… 686
七四 天延三年二月十七日庚申堀河権中納言朝光歌合 …… 562	九四〔永延元—三年五月〕太政大臣頼忠石山寺歌合 …… 687
七五 天延三年三月十日一条中納言為光歌合 …… 569	九五〔永延元年—永祚元年頃〕冬左近衛権中将公任歌合 …… 690
七六 某年一条大納言為光石名取歌合 577	九六 某年秋女御〔諟子〕男女歌合 …… 691
七七 貞元二年八月十六日三条左大臣頼忠前栽歌合 …… 580	九七 正暦四年五月五日東宮居貞親王帯刀陣歌合 …… 692
別三〔貞元二年以前〕秋一品宮資子内親王萩花競 …… 598	別一一 某年東宮〔居貞親王〕石名取 …… 698
七八〔天延元年七月—天元二年六月〕后宮〔媓子〕草合 …… 599	九八〔正暦年間〕夏或所歌合 …… 699
七九 天元四年四月廿六日故右衛門督斉敏君達謎合 …… 600	九九〔正暦年間〕夏花山法皇東院歌合 …… 700
八〇 某年〔五月〕故右衛門督斉君達後度謎歌合 …… 611	**第2巻** 1995年11月10日刊
八一〔天元五年以前〕春右近少将光昭・中務歌合 …… 615	一〇〇 某年公任歌合 …… 708
別四〔斎院女御尊子歌合〕 …… 621	一〇一 某年或所春夜詠二首歌合 …… 709
	一〇二 某年河内国人歌合 …… 710
	一〇三 某年或所四季恋三首歌合 …… 711

日本古典文学全集・内容綜覧　579

一〇三の二　某年或所歌合 ……………… 715
一〇四　某年或所不合恋歌合 …………… 716
一〇五　某年或宮菊合 …………………… 717
別一二　某年内裏扇合 …………………… 718
別一二の二〔長徳四年秋〕宰相中将斉信
　　前栽合 ……………………………… 720
一〇六〔長徳三年—長保元年〕五月五日
　　左大将公季根合 …………………… 722
一〇六の二〔長保二年以前〕重之歌合 … 723
一〇七〔長徳元年〕少納言道方〔〔長保三
　　年〕中納言隆家〕歌合 …………… 724
一〇八〔長保四年〕十月故東三条院追善
　　八講菊合 …………………………… 726
一〇九　長保五年五月十五日左大臣道長
　　歌合 ………………………………… 728
一一〇　寛弘年間花山法皇歌合雑載 …… 744
一一一〔寛弘四年一月—五年二月〕前十
　　五番歌合 …………………………… 750
一一二〔寛弘四年一月—五年二月〕後十
　　五番歌合 …………………………… 775
一一三〔寛弘四—七年〕冬伝大納言道綱
　　歌合 ………………………………… 789
一一三の二〔寛弘七—八年〕春前大宰大
　　弐高遠貝合 ………………………… 791
一一四〔長徳二年八月—寛弘八年六月〕
　　弘徽殿女御義子歌合 ……………… 792
別一三　長和四年四月八日大宰帥敦康親
　　王歌合 ……………………………… 793
一一五〔長保—長和頃〕或所草合 ……… 794
一一六〔寛仁元年七月〕斎院選子内親王
　　草合 ………………………………… 795
一一七　某年斎院選子内親王歌合 ……… 797
一一八〔寛仁末治安頃〕或所歌合 ……… 798
一一九〔治安万寿頃〕或所歌合 ………… 800
別一四　某年右近馬場殿上人種合 ……… 801
一二〇　万寿二年五月五日東宮学士阿波
　　守義忠歌合 ………………………… 804
一二一　某年春賭弓歌合 ………………… 814
一二二　長元五年十月十八日上東門院彰
　　子菊合 ……………………………… 818
一二三　長元八年五月十六日関白左大臣
　　頼通歌合 …………………………… 832
一二四　長暦二年九月十三日権大納言師
　　房歌合 ……………………………… 868
一二五　長暦二年晩冬権大納言師房歌合 … 876
一二六　長久元年〔正月五日庚申〕一品宮
　　修子内親王歌合 …………………… 882

一二七　長久元年五月六日庚申斎宮良子
　　内親王貝合 ………………………… 884
一二八　長久二年二月十二日弘徽殿女御
　　生子歌合 …………………………… 894
一二九　長久二年四月七日権大納言師房
　　歌合 ………………………………… 906
一三〇　長久二年五月十二日庚申祐子内
　　親王名所歌合 ……………………… 914
一三一〔長久二年〕夏一品宮修子内親王
　　歌合 ………………………………… 921
一三二〔長久頃〕橘義清歌合 …………… 923
一三三　某年冬権大納言師房歌合 ……… 924
一三三の二　永承二年五月五日前斎院馨
　　子内親王根合 ……………………… 929
一三四〔永承三年〕春鷹司殿倫子百和香
　　歌合 ………………………………… 930
一三五〔永承三—四年五月〕六条斎院禖
　　子内親王歌合 ……………………… 938
一三六　永承四年十一月九日内裏歌合 … 952
一三七　永承四年十二月二日庚申六条斎
　　院禖子内親王歌合 ………………… 971
一三八　永承五年二月三日庚申六条斎院
　　禖子内親王歌合 …………………… 980
一三九　永承五年四月廿六日前麗景殿女
　　御延子歌絵合 ……………………… 986
一四〇　永承〔五年〕五月五日六条斎院禖
　　子内親王歌合 ……………………… 998
一四一　永承五年六月五日庚申祐子内親
　　王歌合 ……………………………… 1000
一四二〔永承五年以前秋〕式部大輔資業
　　歌合 ………………………………… 1014
一四三　永承五年十一月修理大夫俊綱歌
　　合雑載 ……………………………… 1015
一四四　永承六年正月八日庚申六条斎院
　　禖子内親王歌合 …………………… 1017
一四五　永承六年春内裏歌合 …………… 1024
一四六　永承六年五月五日内裏根合 …… 1026
一四七　永承六年五月十一日庚申祐子内
　　親王歌合雑載 ……………………… 1043
一四八〔永承六年〕夏六条斎院禖子内親
　　王歌合 ……………………………… 1045
一四九　永承〔四—七年〕九月十九日関白
　　左大臣頼通家蔵人所歌合 ………… 1057
一五〇　天喜元年六条院禖子内親王歌合 … 1063
一五一　天喜元年東宮女御馨子内親王歌
　　合 …………………………………… 1064

平安朝歌合大成

一五二 天喜元年五月近江守泰憲三井寺
　　　歌合 …………………………………… 1065
一五三 天喜元年八月越中守頼家名所歌
　　　合 ……………………………………… 1067
一五四〔寛徳二年十月―天喜二年七月〕
　　　夏左京大夫道雅障子絵合 ………… 1072
一五五 某年権大納言師房障子絵歌合 · 1080
一五六 天喜二年秋蔵人所歌合 ………… 1081
一五七 天喜二年秋播磨守兼房歌合 …… 1082
一五八〔永承五年九月―天喜二年十一
　　　月〕冬大宰大弐資通歌合 ………… 1088
一五九 某年筑紫大山寺歌合 …………… 1092
一六〇 天喜三年五月三日庚申六条斎院
　　　禖子内親王物語歌合 ……………… 1094
一六一〔天喜四年閏三月〕六条斎院禖子
　　　内親王歌合 ………………………… 1124
一六二 天喜四年四月九日庚申或所歌合 1129
一六三 天喜四年四月卅日皇后宮寛子春
　　　秋歌合 ……………………………… 1132
一六四 天喜四年五月頭中将顕房歌合 · 1164
一六五〔天喜四年五月〕六条斎院禖子内
　　　親王歌合 …………………………… 1172
一六六〔天喜四年七月〕六条斎院禖子内
　　　親王歌合 …………………………… 1174
一六七〔天喜三―五年五月〕六条斎院禖
　　　子内親王歌合 ……………………… 1177
一六八〔天喜四年〕八月六条斎院禖子内
　　　親王歌合 …………………………… 1181
一六九〔天喜五年〕九月十三日六条斎院
　　　禖子内親王歌合 …………………… 1185
一七〇〔某年立秋日〕六条斎院禖子内親
　　　王歌合 ……………………………… 1188
一七一 天喜六年八月右近少将公基歌合
　　　　　範永歌合 ………………………………… 1192
一七二〔康平三年以前〕春伊勢大輔女達
　　　山家三番歌合 ……………………… 1201
一七三〔康平三年〕四月廿六日庚申祐子
　　　内親王歌合 ………………………… 1211
一七四〔永承元年―康平三年〕夏頼資資
　　　成歌合 ……………………………… 1213
一七五〔康平四年三月十九日〕祐子内親
　　　王名所歌合 ………………………… 1217
一七六 某年秋祐子内親王草合歌雑載 · 1223
一七七〔康平五年〕七月廿七日無動寺賢
　　　聖院歌合 …………………………… 1225
一七八 康平六年十月三日丹後守公基歌
　　　合 ……………………………………… 1233

一七九 康平七年十二月廿九日庚申禖子
　　　内親王歌合 ………………………… 1239
一八〇 某年三月十余日禖子内親王歌合 1242
一八一 某年春庚申禖子内親王歌合 …… 1250
一八二 某年五月五日禖子内親王歌合 · 1254
一八三 治暦元年十二月皇太后宮禎子内
　　　親王歌合 …………………………… 1258
一八四 治暦二年五月五日皇后宮寛子歌
　　　合 ……………………………………… 1259
一八五〔治暦二年〕夏滝口本所歌合 …… 1265
一八六 治暦二年九月九日庚申禖子内親
　　　王歌合 ……………………………… 1270
一八七 治暦三年三月十五日備中守定綱
　　　歌合 ………………………………… 1273
一八八 治暦三年四月備中守定綱歌合 · 1281
一八九 治暦四年十二月廿二日庚申禖子
　　　内親王歌合 ………………………… 1282
一九〇 某年夏禖子内親王歌合 ………… 1291
一九一 某年四月庚申西国受領歌合 …… 1295
一九二 某年通宗歌合 …………………… 1300
一九二の二〔治暦四年四月十七日―延久
　　　元年六月四日〕参議隆綱歌合 …… 1301
一九三 延久二年正月八日庚申禖子内親
　　　王歌合 ……………………………… 1302
一九四 延久四年三月十九日能登守通宗
　　　気多宮歌合 ………………………… 1305
一九五 延久年間或所歌合 ……………… 1308
一九六 某年或所紅葉歌合 ……………… 1309
一九七 承保二年二月廿七日陽明門院殿
　　　上歌合 ……………………………… 1311
一九八 承保二年八月廿日摂津守有綱歌
　　　合 ……………………………………… 1314
一九九 承保二年九月内裏歌合 ………… 1318
二〇〇 承保三年十一月十四日前右衛門
　　　佐経仲歌合 ………………………… 1324
二〇一〔承暦元年十一月〕出雲守経仲名
　　　所歌合 ……………………………… 1333
二〇二 承暦元年讃岐守顕季歌合 ……… 1335
二〇三 承暦二年四月廿八日内裏歌合 · 1342

第3巻
1996年2月20日刊

二〇四 承暦二年四月卅日内裏後番歌合 1378
二〇五 承暦二年十月十九日庚申禖子内
　　　親王歌合 …………………………… 1387

日本古典文学全集・内容綜覧　581

二〇六〔承暦三―四年〕禖子内親王男女
　房歌合 1391
二〇七　承暦三年四月廿二日庚申或所歌
　合 1395
二〇八〔承暦三年内裏歌合〕................. 1398
二〇九　承暦四年十月二日庚申篤子内親
　王家侍所歌合 1399
二一〇〔永保元年内裏歌合〕................. 1403
二一一　永保二年四月廿九日前出雲守経
　仲歌合 1404
二一二〔延久三年―永保二年〕秋多武峯
　往生院歌合 1407
二一三　永保三年三月廿日篤子内親王家
　侍所歌合 1413
別一五　永保三年夏関白師実家女房歌合　1418
二一四　永保三年十月斎宮媞子内親王歌
　合 1419
二一五　応徳三年三月十九日故若狭守通
　宗女子達歌合 1424
別一六〔応徳三年九月以前或所歌合〕　1436
二一六〔寛治三年以前〕顕家歌合 1437
二一七　寛治三年八月廿三日庚申太皇太
　后宮寛子扇歌合 1438
二一八　寛治五年八月廿三日左近衛中将
　宗通歌合雑載 1446
二一九　寛治五年十月十三日従二位親子
　草子合 1455
二二〇　寛治五年内裏歌合雑載 1463
別一七　寛治六年四月廿二日白河上皇紫
　野草合 1464
二二一　寛治六年五月五日頭中将宗通歌
　合 1465
二二二　寛治七年三月十四日奈良歌合雑
　載 1466
二二三　寛治七年五月五日郁芳門院媞子
　内親王根合 1468
二二四　寛治七年秋関白師実歌合 1491
二二五　某年或所歌合 1492
二二六　某年秋或所前栽合 1493
二二七　嘉保元年八月十九日前関白師実
　歌合 1494
二二八　嘉保元年八月前関白師実後番歌
　合 1537
二二九　嘉保二年三月内裏歌合 1538
二三〇　嘉保二年八月廿八日郁芳門院媞
　子内親王前栽合 1539

二三一〔嘉保二年晩秋〕郁芳門院媞子内
　親王後番前栽合 1549
二三二　永長元年三月廿二日権大納言家
　忠歌合 1550
二三三　永長元年三月廿三日中宮篤子内
　親王家侍所歌合 1554
二三四　永長元年五月三日中宮権大夫能
　実歌合 1558
二三五　永長元年五月三日左兵衛佐師時
　歌合 1563
二三六　永長元年五月廿五日権中納言匡
　房歌合 1569
二三七〔永長元年夏内裏歌合〕............. 1572
二三八〔永長元年夏斎院令子内親王歌
　合〕 1573
二三九〔永長元年以前秋〕経信歌合 ... 1575
二四〇　承徳元年東塔東谷歌合 1576
二四一　承徳二年正月十一日庚申或名
　所歌合 1582
別一八　承徳二年三月三日中宮篤子内親
　王花合 1584
別一九〔嘉保元年―承徳二年〕八月十五
　日夜関白師通歌合 1585
二四二　康和二年四月八日宰相中将国
　信歌合 1586
二四三　康和二年五月五日備中守仲実女
　子根合 1614
二四四　康和四年閏五月二日・同七日内
　裏艶書歌合 1620
二四五〔康和四年以前〕或所歌合雑載　1643
別二〇〔康和四年以前〕或所小弓合歌　1644
二四六　長治元年五月〔廿日以前〕散位広
　綱歌合 1645
二四七　長治元年五月廿日散位広綱後番
　歌合 1653
二四八　長治元年五月廿一日因幡権守重
　隆歌合 1657
二四九　長治元年五月廿六日左近衛権中
　将俊忠歌合 1663
二五〇　長治元年五月備後守宗光歌合 · 1676
二五一　長治元年六月権中納言匡房歌合　1677
別二一〔長治二年二月十三日〕白河法皇
　小弓合歌 1678
別二二　長治二年閏二月廿四日中宮篤子
　内親王花合 1679
二五二〔長治二年三月以前〕或所歌合　1682

二五三	長治二年七月〔木工頭俊頼女子達〕歌合 …… 1683
二五四	〔嘉承元年以前〕或所歌合 …… 1689
二五五	嘉承二年〔春〕中宮篤子内親王歌合 …… 1690
二五六	〔嘉承年間〕或所歌合 …… 1691
別二三	〔嘉承二年七月以前内裏前栽合〕…… 1692
二五七	天仁二年三月比叡山歌合雑載 · 1693
二五八	天仁二年十月右中弁為隆歌合 · 1695
二五九	天仁二年十一月修理大夫顕季歌合雑載 …… 1696
二六〇	天仁二年冬右兵衛督師頼歌合 · 1699
二六一	天永元年四月廿九日右近衛中将師時山家五番歌合 …… 1702
二六二	〔天永元年閏七月以前〕参議顕実歌合 …… 1712
二六三	〔天永二年十二月以前春権中納言匡房〕歌合 …… 1713
二六四	〔天永二年十二月以前春権中納言匡房〕後番歌合 …… 1715
二六五	〔天永二年十二月以前権中納言匡房〕歌合雑載 …… 1717
二六六	〔天永二年十二月以前〕或所草合 …… 1719
二六七	天永三年正月或所歌合 …… 1720
二六八	永久元年閏三月加賀守顕輔歌合 1721
二六九	永久元年十一月少納言定通歌合 1722
二七〇	永久二年八月十五日夜内裏歌合 1724
二七一	永久二年九月三井寺歌合 …… 1725
二七二	永久二年秋太神宮禰宜歌合 …… 1726
二七三	永久二年秋太神宮禰宜後番歌合 1729
二七四	永久三年五月太神宮禰宜歌合 · 1730
二七五	永久三年十月廿六日内大臣忠通前度歌合 …… 1732
二七六	永久三年十月廿六日内大臣忠通後度歌合 …… 1743
二七七	永久三年十月中務権大輔顕輔歌合雑載 …… 1746
二七八	永久三年十二月太神宮禰宜後番歌合 …… 1750
二七九	永久三年大宮〔権右中弁伊通〕歌合 …… 1752
二八〇	永久四年四月四日白河院鳥羽殿北面歌合 …… 1753
二八一	永久四年四月右近衛中将雅定歌合雑載 …… 1761
二八二	永久四年五月中務権大輔顕輔歌合 …… 1762
二八三	永久四年五月琳賢房歌合 …… 1765
二八四	永久四年六月四日参議実行歌合 1766
二八五	永久四年七月廿一日右兵衛佐忠隆歌合 …… 1779
二八六	永久四年七月雲居寺歌合 …… 1782
二八七	永久四年八月雲居寺結縁経後宴歌合 …… 1784
二八八	永久四年九月十八日雲居寺後番歌合 …… 1792
二八九	永久四年九月修行三番歌合 …… 1794
二九〇	永久四年十月斎宮宣旨歌合 …… 1795
二九一	永久五年五月九日内大臣忠通歌合 …… 1797
二九二	永久五年五月十一日内大臣忠通歌合 …… 1798
二九三	永久五年内裏歌合 …… 1802
二九四	元永元年五月右近衛中将雅定歌合 …… 1803
二九五	元永元年六月廿九日右兵衛督実行歌合 …… 1809
二九六	元永元年十月二日内大臣忠通歌合 …… 1818
二九七	元永元年十月十一日内大臣忠通歌合 …… 1848
二九八	元永元年十月十三日内大臣忠通歌合 …… 1852
二九九	元永元年十月十八日内大臣忠通歌合 …… 1858
別二三の二	元永二年五月十七日禅定院歌合 …… 1859
三〇〇	元永二年七月十三日内大臣忠通歌合 …… 1860
三〇一	〔元永元—二年秋〕内大臣忠通歌合 …… 1890
三〇二	〔永久四年夏—保安元年夏〕民部卿宗通歌合 …… 1892
三〇三	保安二年閏五月十三日内蔵頭長実歌合 …… 1893
三〇四	保安二年閏五月廿六日内蔵頭長実歌合 …… 1898
三〇五	保安二年九月十二日関白内大臣忠通歌合 …… 1907
三〇六	保安三年二月廿日無動寺歌合 · 1929
三〇七	〔保安三年以前〕秋顕隆歌合 … 1933

三〇八〔保安四年春以前〕斎宮妴子内親王石名取歌合 ………………… 1935
三〇九〔保安四年以前春〕権中納言俊忠歌合 ……………………………… 1938
三一〇〔保安四年七月以前〕忠実紙紙合 …………………………………… 1939
三一一〔天治元年春〕権僧正永縁花林院歌合 ……………………………… 1941
三一二〔天治元年以前春〕長実歌合 … 1975
三一三〔天治元年以前春〕雲居寺歌合雑載 ………………………………… 1976
三一四 天治元年五月無動寺歌合 …… 1977
三一四の二 天治元年一乗院歌合 … 1978
三一五 大治元年八月摂政左大臣忠通歌合 ………………………………… 1979
三一六 某年忠通歌合雑載 ………… 1990
三一七〔大治三年正月以前〕雅定歌合 1991
三一八〔大治三年正月以前〕或所歌合 1993
三一九〔大治三年八月以前〕俊頼歌合雑載 ………………………………… 1994
三二〇 大治三年八月廿九日神祇伯顕仲西宮歌合 ……………………… 1995
三二一 大治三年九月廿一日神祇伯顕仲南宮歌合 ……………………… 2005
三二二 大治三年九月十八日神祇伯顕仲住吉社歌合 …………………… 2010
三二三〔大治五年九月十三夜〕殿上蔵人歌合 ……………………………… 2016
三二四〔天治二年正月―天承元年十二月〕三河守為忠名所歌合 ………… 2020
三二五〔長承二年八月以前春〕顕輔歌合雑載 ……………………………… 2024
三二六〔長承二年九月〕一品宮禧子内親王月合 …………………………… 2025
三二七 長承二年十一月十八日相撲立詩歌合 ……………………………… 2026
三二八 長承三年六月丹後守為忠歌合 · 2032

第4巻
1996年7月20日刊

三二九 長承三年九月十三日中宮亮顕輔歌合 …………………………… 2036
三三〇 保延元年四月十九日内裏歌合 · 2054
別二四 保延元年五月十七日待賢門院璋子扇紙合 …………………………… 2057
三三一 保延元年八月播磨守家成歌合 · 2058
三三二 保延元年〔十月〕播磨守家成歌合 ………………………………… 2065
三三三 保延二年三月左京大夫家成歌合 2069
三三四 保延二年夏左京大夫家成歌合 · 2071
三三五〔保延三年以前夏〕神祇伯顕仲歌合 ………………………………… 2072
三三六 保延三年九月十四日三井寺歌合 2073
三三七 保延三年閏九月中宮亮経定歌合 ………………………………… 2074
三三八 保延四年〔十一月―十二月〕或所歌合 ……………………………… 2077
三三九〔保延二年十二月―永治元年十一月〕中納言伊通歌合雑載 ………… 2078
別二五〔康治元年正月十四日以前〕琳賢古歌合 …………………………… 2080
三四〇〔久安元年八月以前〕或所歌合雑載 ………………………………… 2081
三四一 久安二年三月左京大夫顕輔歌合 2083
三四二 久安二年六月左京大夫顕輔歌合雑載 ……………………………… 2085
三四三 久安三年十二月左京大夫顕輔歌合雑載 …………………………… 2087
三四四 久安三年或所歌合 …………… 2090
三四五 久安五年七月山路歌合 …… 2091
三四六 久安五年〔九月〕廿八日右衛門督家成歌合 ……………………… 2094
三四七〔仁平元年二月十一日以前〕祇園社歌合 ……………………………… 2107
三四八〔仁平三年正月以前〕左京大夫顕輔歌合 …………………………… 2108
三四九〔久寿二年五月以前〕山家歌合雑載 ………………………………… 2109
三五〇〔仁平三年三月―永暦元年二月〕勧修寺歌合 ……………………… 2110
三五一〔保元二年八月―永暦元年七月〕内大臣公教歌合 ………………… 2111
三五二 永暦元年七月太皇太后宮大進清輔歌合 …………………………… 2113
三五三 永暦元年八月太皇太后宮大進清輔後番歌合雑載 ………………… 2127
三五四〔久安二年四月―応保元年十二月〕准后暲子内親王虫合 …………… 2130
三五五 応保二年三月十三日中宮育子貝合雑載 …………………………… 2131
三五六 長寛二年八月十五夜俊恵歌林苑歌合雑載 ………………………… 2136

三五七〔長寛元年八月—二年九月〕太皇
　　太后宮大進清輔歌合 …………… 2139
三五八〔長寛元年八月—二年九月〕兵庫
　　頭頼政歌合 ……………………… 2140
三五九〔永万元年四月以前〕範兼歌合 2141
三六〇　仁安元年五月太皇太后宮亮経盛
　　歌合 ……………………………… 2142
三六一　仁安元年〔八月廿七日以前〕中宮
　　亮重家歌合 ……………………… 2148
〔三六二〕……………………………… 2176
三六三　仁安二年二月太皇太后宮大進清
　　輔歌合雑載 ……………………… 2177
三六四〔仁安二年春〕太皇太后宮大進清
　　輔後番沓歌合 …………………… 2181
三六五　仁安二年八月太皇太后宮亮経盛
　　歌合 ……………………………… 2183
三六六〔仁安二年秋〕奈良歌合雑載 … 2206
三六七　仁安二年〔十二月〕俊恵歌林苑歌
　　合雑載 …………………………… 2210
三六八　某年俊恵歌林苑歌合雑載 …… 2214
三六九〔仁安三年春〕奈良歌合雑載 … 2217
三七〇〔仁安三年秋〕前中務少輔季経歌
　　合 ………………………………… 2218
三七一〔仁安三年冬〕太皇太后宮亮経盛
　　歌合雑載 ………………………… 2221
三七二〔嘉応元年四月〕園城寺長吏大僧
　　正覚忠歌合 ……………………… 2225
三七三　嘉応元年五月観智法眼歌合 … 2227
三七四〔嘉応元年夏—秋〕前検非違使別
　　当頼輔歌合 ……………………… 2228
三七五　嘉応元年十一月或所歌合 …… 2233
三七六〔嘉応元年十二月十一日以前〕或
　　所歌合 …………………………… 2234
三七七　嘉応元年左兵衛督成範歌合 … 2235
三七八　嘉応二年五月廿九日左衛門督実
　　国歌合 …………………………… 2236
三七九　嘉応二年九月十三日宝荘厳院詩
　　歌合 ……………………………… 2253
三八〇〔嘉応二年八—九月〕右近少将通
　　親歌合 …………………………… 2254
三八一　嘉応二年十月九日散位敦頼住吉
　　社歌合 …………………………… 2256
三八二　嘉応二年十月〔十九日〕建春門院
　　滋子北面歌合 …………………… 2288
三八三　承安元年〔春〕太皇太后宮亮経盛
　　歌合 ……………………………… 2314
三八四　某年経盛歌合雑載 …………… 2317

三八四の二　承安元年〔夏〕南都松下歌合
　　雑載 ……………………………… 2318
三八五　承安元年八月十三日全玄法印歌
　　合雑載 …………………………… 2319
三八六　承安二年〔秋〕法輪寺歌合 …… 2322
三八七　承安二年十二月沙弥道因広田社
　　歌合 ……………………………… 2324
別二六〔承安二年夏—秋〕按察使公通十
　　首歌会 …………………………… 2369
三八八　承安二年閏十二月宰相入道観蓮
　　歌合 ……………………………… 2371
三八九　某年冬宰相入道観蓮歌合 …… 2378
三九〇　某年或所故郷歌合 …………… 2379
三九一　承安三年三月一日右大臣兼実歌
　　合 ………………………………… 2380
三九二　承安三年夏左兵衛佐経正歌合 · 2381
三九三　承安三年八月十五日三井寺新羅
　　社歌合 …………………………… 2383
三九四　承安三年或所歌合 …………… 2397
三九五〔承安四年四月以前〕内山歌合 2398
三九六　安元元年三月大宰大弐重家歌合 2399
三九七　安元元年〔三月〕散位清輔歌合 2403
三九八　安元元年七月二日高松女院妹子
　　内親王歌合雑載 ………………… 2404
三九九　安元元年七月廿三日右大臣兼実
　　歌合 ……………………………… 2406
四〇〇　安元元年閏九月十七日右大臣兼
　　実歌合 …………………………… 2409
四〇一　安元元年十月十日右大臣兼実歌
　　合 ………………………………… 2415
四〇二〔安元二年春〕延暦寺歌合 …… 2426
四〇三〔承安四年—安元二年〕春稲荷社
　　歌合 ……………………………… 2427
四〇四〔承安四年—安元二年〕秋内大臣
　　重盛菊合 ………………………… 2428
四〇五　安元二年四月廿日河原院歌合 2429
四〇六　安元二年十月卅日河原院歌合 · 2431
四〇七〔安元三年六月以前〕清輔歌合 2432
四〇八〔安元三年六月以前〕三井寺新羅
　　社歌合 …………………………… 2433
四〇九　治承二年正月権禰宜重保歌合 · 2436
四一〇　治承二年三月十五日権禰宜重保
　　別雷社歌合 ……………………… 2437
四一一〔仁安元年—治承二年〕春寂念歌
　　合 ………………………………… 2474
四一二　治承二年閏六月廿一日右大臣兼
　　実歌合 …………………………… 2477

平安朝歌合大成

四一三〔治承二年七月以前〕中宮権大夫
　　時忠歌合 …………………………… 2478
四一四〔治承二年八月廿三日以前〕前播
　　磨守隆親歌合 ……………………… 2479
四一五〔治承二年八月廿三日以前〕前右
　　京権大夫師光歌合雑載 …………… 2481
四一六〔治承二年八月廿三日以前〕隆信
　　歌合 ………………………………… 2483
四一七〔治承二年八月廿三日以前〕遍昭
　　寺歌合 ……………………………… 2485
四一八〔治承二年八月廿三日以前〕律師
　　範玄歌合 …………………………… 2486
四一九〔治承二年八月廿三日以前〕日吉
　　社五首歌合雑載 …………………… 2488
四二〇〔治承二年八月廿三日以前〕叡山
　　歌合雑載 …………………………… 2493
四二一〔治承二年八月廿三日以前〕或所
　　歌合雑載 …………………………… 2494
四二二　治承二年八月或所歌合十二番歌合 · 2496
四二三　治承二年九月卅日右大臣兼実歌
　　合 …………………………………… 2505
四二四　治承三年六月十日右大臣兼実歌
　　合 …………………………………… 2506
四二五　治承三年九月廿九日右大臣兼実
　　歌合 ………………………………… 2507
四二六　治承三年十月十八日右大臣兼実
　　歌合 ………………………………… 2508
四二七　某年右大臣兼実歌合雑載 …… 2527
四二八〔治承三年以前冬〕頼政歌合 … 2529
四二九〔治承四年五月以前〕春日社歌合
　　雑載 ………………………………… 2530
四三〇〔治承四年五月以前〕三井寺山家
　　歌合 ………………………………… 2532
四三一〔治承四年十二月廿四日以前〕中
　　院僧正玄縁歌合 …………………… 2540
四三二　某年賀茂社歌合 ……………… 2541
四三三　某年薬師寺八幡社歌合 ……… 2542
四三四〔治承三年―寿永元年〕冬内蔵頭
　　季能歌合 …………………………… 2543
四三五〔寿永元年以前〕右近中将資盛歌
　　合雑載 ……………………………… 2544
四三六〔寿永元年以前春〕右近中将有房
　　八幡社歌合雑載 …………………… 2547
四三七〔寿永元年以前〕経家歌合 …… 2549
四三八〔寿永元年以前〕権禰宜重保男女
　　房歌合 ……………………………… 2550

四三九〔寿永元年以前〕院北面歌合雑載
　　 ……………………………………… 2551
四四〇〔寿永元年以前〕或所歌合雑載 2552
別二七〔寿永元年以前〕或所草合歌 … 2554
四四一　寿永元年春日若宮社歌合 …… 2555
四四二〔寿永二年七月以前夏〕忠度歌合
　　 ……………………………………… 2556
四四三〔寿永二年七月以前〕法橋宗円歌
　　合 …………………………………… 2558
四四四〔寿永二年七月以前〕或所名所歌
　　合 …………………………………… 2559
四四五〔寿永二年十一月以前〕左京大夫
　　修範歌合 …………………………… 2560
四四六〔安元二年―寿永二年〕侍従家隆
　　歌合雑載 …………………………… 2561
四四七〔寿永二年以前〕住吉社歌合 … 2562
四四八〔寿永二年以前〕清水歌合 …… 2563
四四九〔寿永二年以前〕清水寺歌合 … 2564
四五〇〔寿永二年以前〕或所歌合雑載 2565
四五一　寿永二年或所歌合 …………… 2567
四五二　元暦元年九月神主重保別雷社後
　　番歌合 ……………………………… 2568
四五二の二　元暦元年十一月三日権中納
　　言経房歌合 ………………………… 2571
四五三　元暦元年十二月法印慈円歌合 · 2572
四五三の二　某年或所歌合 …………… 2573
四五四〔文治元年以前〕権中納言長方歌
　　合 …………………………………… 2574
四五五〔文治元年以前〕入道親盛歌合 2575
四五六〔文治元年以前〕醍醐寺清滝社歌
　　合 …………………………………… 2576
四五七〔文治元年以前〕石清水社歌合 2577
四五八　某年石清水社後番歌合雑載 … 2578
四五九　某年或所歌合 ………………… 2580
四五九の二　文治元年八月六日権中納言
　　経房歌合 …………………………… 2581
四六〇　文治二年九月春日若宮社歌合 · 2582
四六一〔文治二年九月〕奈良歌合 …… 2583
四六二　文治二年十月廿二日大宰権帥経
　　房歌合 ……………………………… 2584
四六三〔文治二年十二月〕中納言兼光歌
　　合 …………………………………… 2604
四六四　文治三年七月貴船社歌合 …… 2605
四六五〔文治五年十一月以前〕西行三十
　　六番御裳濯河歌合 ………………… 2607
四六六〔文治五年十一月以前〕西行続三
　　十六番宮河歌合 …………………… 2643

第5巻
1996年12月25日刊

- 第一部 索引篇 ……………………… 2675
- ＊凡例総則・歌合年表凡例 ………… 2676
- ＊古筆索引凡例・人名索引凡例 …… 2677
- ＊歌題索引凡例 ……………………… 2678
- ＊評語索引凡例 ……………………… 2679
- ＊和歌五句索引凡例 ………………… 2680
  - 歌合年表 ………………………… 2681
  - 古筆索引 ………………………… 2693
  - 人名索引 ………………………… 2707
    - 男子之部 …………………… 2708
    - 僧侶之部 …………………… 2724
    - 女子之部 …………………… 2728
  - 歌題索引 ………………………… 2739
  - 評語索引 ………………………… 2755
  - 和歌五句索引 …………………… 2769
- 第二部 史論・総説・書志篇 ……… 3031
  - 第一章 平安朝歌合の歴史 ……… 3032
  - 第二章 平安朝歌合の分類 ……… 3091
  - 第三章 平安朝歌合の構成 ……… 3174
  - 第四章 平安朝歌合の歌論 ……… 3248
  - 第五章 平安朝歌合の書志 ……… 3272
- ＊附録 平安朝歌合古筆集鑒 ……… 3349

[092] 平安文学叢刊
古典文庫
全5巻
1953年11月〜1966年6月

第1巻　校本枕冊子 上巻（田中重太郎編著）
1953年11月20日刊

- ＊序（池田龜鑑） …………………………… 1
- ＊自序 ………………………………………… 1
- ＊凡例 ………………………………………… 7
- ＊諸本解題 ………………………………… 21
  - ＊（一）伝能因所持本系統諸本（古活字本・慶安本を含む） ……………… 21
  - ＊（二）三巻本（安貞二年奥書本）系統 …………………………………………… 30
  - ＊（三）前田家本 ……………………… 60
  - ＊（四）堺本系統（宸翰本を含む） …… 62
- 校本枕冊子〔第一段—第百十七段〕 ……… 1

第2巻　校本枕冊子 下巻（田中重太郎編著）
1956年3月30日刊

- 校本枕冊子〔第百十八段—第三百二十三段〕 ………………………… 349—834
- 〔奥書〕 ……………………………… 834—836
- ＊章段索引 …………………………………… 1
- ＊下巻末に ………………………………… 1

第3巻　校本枕冊子 附巻（田中重太郎編著）
1957年11月10日刊

- 枕冊子諸本逸文 ……………………………… 3
  - （一）三巻本系統諸本逸文 ……………… 3
  - （二）前田家本逸文 ……………………… 27
  - （三）堺本系統諸本逸文 ………………… 69
- ＊諸本原態表 ……………………………… 111
  - ＊（一）伝能因所持本系統諸本原態表　113—129
  - ＊（二）三巻本系統諸本原態表 ‥ 131—150
  - ＊（三）前田家本原態表 ………… 151—159
  - ＊（四）堺本系統諸本原態表 …… 161—176
- ＊三巻本勘物対照表 ……………………… 177

＊枕冊子絵巻詞書本本文異文対照表 ……… 203
＊定家筆「臨時祭試楽調楽」所引枕冊子
　本文について ……………………………… 221
＊永禄元年以前枕冊子断簡 ………………… 229
＊武藤元信旧蔵本清少納言枕双紙〔略本〕… 241
＊校本枕冊子抜書本（解説）………………… 261
＊校本枕冊子抜書本〔永禄三年写本〕
　複製 ………………………………………… 1
＊三巻本枕草子〔富岡家旧蔵本〕複製 …… 75
＊主要註釈書章段対照表 …………………… 1
＊諸本綜合章段索引 ………………………… 23
＊跋 …………………………………………… 45

第4巻（吉田幸一著）
1959年9月9日刊

＊序（久松潜一）……………………………… 1
本文篇一 和泉式部日記（物語）……………… 9
　一、和泉式部日記 校本第一（底本・寛
　　元奥書本）……………………………… 11
＊寛元本系校異 ……………………………… 102
＊応永本誤写訂正案 ………………………… 112
　二、和泉式部日記 校本第二（底本・応
　　永奥書本）……………………………… 115
　三、和泉式部日記 三條西本（底本・三
　　條西本）………………………………… 203
本文篇二 和泉式部の和歌（歌集）………… 239
　一、和泉式部正集 校本（底本・水戸
　　彰考館蔵甲本）………………………… 241
＊和泉式部正集校異追加 …………………… 413
　二、和泉式部続集 校本（底本・丹鶴
　　叢書本）………………………………… 415
　　一、伝行成筆和泉式部集切 …………… 543
　　二、伝西行筆和泉式部続集 …………… 553
　三、宸翰本和泉式部集 校本（底本・藤
　　原定信筆影写本）……………………… 575
　四、松井本和泉式部集（底本・静嘉
　　堂文庫蔵松井文庫本）………………… 607
　五、幽斎本和泉式部集（底本・上野
　　図書館本）……………………………… 633
　六、勅撰集所収和泉式部歌 ……………… 647
　七、和泉式部歌補遺 ……………………… 695
本文篇三 和泉式部に取材した後代の作
品 ……………………………………………… 705
　一、和泉式部関係中世物語 ……………… 707
　　（一）いづみしきぶの物がたり（室町
　　初期古写・戸川濱男氏蔵本）………… 709

（二）和泉式部 奈良絵本（室町末期
古写・清水泰氏蔵本）…………………… 720
（三）いづみしきぶ お伽草子板本 …… 729
（四）小式部 奈良絵本（近世初期写・
島津久基博士旧蔵本）…………………… 738
二、和泉式部関係謡曲十番 ………………… 751
（一）東北〔別名、軒端梅・軒端・東
北院・好文木〕（忠清本）……………… 753
（二）誓願寺（伝信光筆本）……………… 757
（三）和泉式部（樋口本）………………… 762
（四）稲荷〔別名、和泉式部・稲荷山〕
（樋口本）………………………………… 764
（五）貴布禰〔別名、和泉式部〕（樋
口本）……………………………………… 767
（六）和泉式部〔別名、書写・書写詣〕
（吉川本）………………………………… 772
（七）花盗人（田中允氏蔵紺表紙本）
 ……………………………………………… 776
（八）小式部（田中允氏蔵紺表紙本）
 ……………………………………………… 778
（九）鳴門（角淵本）……………………… 780
（十）法華竹〔別名、和泉式部・歌楽
師〕（江島氏蔵二番綴本）……………… 783
＊索引 ………………………………………… 785
　＊一、和泉式部日記総索引 文章語
　　研究会編 ……………………………… 3
　＊二、和泉式部歌初句索引 …………… 187
　＊三、和泉式部歌諸本歌順番号対照
　　表 ………………………………………… 288
　　＊（一）和泉式部正集 …………………… 286
　　＊（二）和泉式部続集 …………………… 259
　　＊（三）宸翰本和泉式部集 ……………… 248
　　＊（四）松井本和泉式部集 ……………… 245
　　＊（五）和泉式部日記歌 ………………… 240
　　＊附、伝行成筆切一覧表 ……………… 241
　　＊附、伝西行筆続集一覧表 …………… 234
＊跋（吉田幸一）……………………………… 229
＊附記 ………………………………………… 289

第5巻（吉田幸一著）
1966年6月10日刊

＊自序（吉田幸一）…………………………… 1
資料篇一 和泉式部作品の基本文献複製 …… 7
　一、和泉式部日記 寛元本系〈飛鳥井
　　雅章筆本〉……………………………… 1

| 二、 和泉式部集 宸翰系本〈藤原定信筆本影写本〉……………… 127
| 三、 いづみしきふの物かたり〈鴨脚家本〉…………………… 177
| 四、 和泉式部正集〈松平文庫本〉…… 1
| 五、 和泉式部続集〈松平文庫本〉…… 183
資料篇二 和泉式部歌集拾遺 …………… 1
*はしがき ………………………………… 2
| 一、 伝行成筆和泉式部集切〈補遺一葉〉………………………………… 挿1
| 二、 飛鳥井雅有筆八幡切 ………… 挿2
| 三、 伝西行筆和泉式部集転写本〈大阪市立大学本〉……………………… 3
| 四、 磐斎本和泉式部家之集〈宮内庁書陵部本〉……………………………… 19
| 五、 長隣編和泉式部家集本〈神宮文庫本〉………………………………… 37
| 六、 静居編和泉式部全集本〈静嘉堂文庫本〉……………………………… 77
| 七、 勅撰集入集歌補遺 …………… 188
*和泉式部歌集〔本文篇〕下句索引 …… 189
*和泉式部集〈松平文庫本〉初句索引 … 227
*和泉式部歌集拾遺〔資料篇〕初句索引 253

[093] **傍訳古典叢書**
明治書院
全2巻
1954年12月～1957年1月
（麻生磯次著）

第1巻
1954年12月20日刊

*はしがき（麻生磯次）…………………… 1
*解説 ……………………………………… 1
　*一、 作者 ………………………………… 1
　*二、 紫式部の略歴 ……………………… 1
　*三、 紫式部の人柄 ……………………… 3
　*四、 源氏物語の名称と巻数 …………… 4
　*五、 源氏物語成立の事情 ……………… 6
　*六、 源氏物語の構想と主題 …………… 7
　*七、 源氏物語の性格と特質 …………… 9
　*八、 源氏物語の諸本 ………………… 11
　*九、 註釈書 …………………………… 12
*略系図 ………………………………… 14
*人物関係図（桐壺・帚木）…………… 15
*官職表 ………………………………… 16
*清涼殿正面図・平面図 ……………… 17
桐壺 ……………………………………… 19
　長恨歌 ……………………………… 115
帚木 …………………………………… 125

第2巻
1957年1月20日刊

*略系図 ………………………………… 269
*人物関係図（空蟬・夕顔・若紫）…… 270
空蟬 …………………………………… 271
夕顔 …………………………………… 301
若紫 …………………………………… 411

[094] **万葉集古註釈集成**
日本図書センター
全20巻
1989年4月～1991年10月

第1巻　近世編1
1989年4月25日刊

＊長流伝記資料〔参考資料〕（橋本進吉）5
万葉集名寄（下河辺長流） ················· *33*
万葉集古事并詞（下河辺長流） ··········· *151*
万葉集鈔（下河辺長流） ···················· *163*
万葉集管見（下河辺長流） ·················· *195*
枕詞燭明抄（下河辺長流） ·················· *403*

第2巻　近世編1
1989年4月25日刊

続歌林良材集（下河辺長流） ················ *5*
万葉集僻案抄（荷田春満） ··················· *63*
万葉集童子問（荷田春満） ·················· *211*
万葉集類林（海北若冲） ···················· *337*
　巻一 ·· *341*
　巻二 ·· *379*
　巻三 ·· *412*

第3巻　近世編1
1989年4月25日刊

万葉集類林（海北若冲） ······················ *7*
　巻四 ··· *8*
　巻五 ·· *57*
　巻六 ··· *101*
　巻七 ··· *137*
　巻八 ··· *164*
　巻九 ··· *207*
　巻十 ··· *252*
　巻十一 ·· *293*
　巻十二 ·· *338*
　巻十三 ·· *390*

第4巻　近世編1
1989年4月25日刊

万葉集類林（海北若冲） ······················· *5*
　巻十四 ··· *8*
　巻十五 ··· *61*
万葉集大考（賀茂真淵） ···················· *147*
歌意考（賀茂真淵） ························· *177*
撰集万葉徴（田中道麿） ···················· *217*
　上 ·· *237*
　中 ·· *315*

第5巻　近世編1
1989年4月25日刊

撰集万葉徴（田中道麿） ······················· *5*
　下 ·· *7*
万葉集東語栞（田中道麿） ·················· *101*
万葉考槻落葉（荒木田久老） ··············· *151*
万葉集佳調 上（長瀬真幸） ················ *371*

第6巻　近世編1
1989年4月25日刊

万葉集佳調 下（長瀬真幸） ··················· *5*
万葉集佳調拾遺（長瀬真幸） ················ *61*
万葉集会説（上田秋成） ···················· *121*
冠辞考続貂（上田秋成） ···················· *137*
万葉集目安補正（池永秦良稿，上田秋成
　補） ·· *255*

第7巻　近世編1
1989年4月25日刊

仮字遣奥山路（石塚竜麿） ····················· *5*
難波旧地考（荒木田久老） ·················· *373*

第8巻　近世編1
1989年4月25日刊

長歌詞珠衣（小国重年） ······················· *5*

第9巻　近世編1
1989年4月25日刊

古言清濁考（石塚竜麿） ······················· *5*
金砂（上田秋成） ···························· *373*

万葉集古註釈集成

一 ……………………	377
二 ……………………	397
三 ……………………	414
四 ……………………	434

第10巻　近世編1
1989年4月25日刊

金砂（上田秋成）…………………	5
五 ……………………	7
六 ……………………	22
七 ……………………	40
八 ……………………	61
九 ……………………	84
十 ……………………	103
金砂剰言（上田秋成）……………	125
古葉剰言（上田秋成）……………	147
万葉集書目提要（木村正辞）……	161

第11巻　近世編2
1991年10月25日刊

楢山拾葉（石川清民）……………	5

第12巻　近世編2
1991年10月25日刊

万葉集秘訣（伝 尭以）…………	5
万葉集拾穂抄 巻第一（北村季吟）…	227

第13巻　近世編2
1991年10月25日刊

万葉集拾穂抄 巻第二（北村季吟）…	5
万葉代匠記〔初稿本・巻一上〕（釈契沖）……	119
国歌八論（荷田在満）……………	219
八論余言（田安宗武）……………	283
八論余言拾遺（賀茂真淵）………	311

第14巻　近世編2
1991年10月25日刊

歌体約言（田安宗武）……………	5
万葉玉の小琴（本居宣長）………	31
楢乃嬬手〔目録・一〜二〕（楫取魚彦）…	119

第15巻　近世編2
1991年10月25日刊

楢乃嬬手〔三〜四〕（楫取魚彦）……	5
万葉集類句〔一〜三〕（長野美波留）……	235

第16巻　近世編2
1991年10月25日刊

万葉集類句〔四〜五〕（長野美波留）……	5
万葉山常百首（本居大平）………	157
万葉集禽獣虫魚草木考 上巻（小林義兄）	
…………………………	239
万葉用字格（釈春登）……………	359

第17巻　近世編2
1991年10月25日刊

柿本人麻呂事蹟考弁（岡熊臣）…	5
長歌撰格（橘守部）………………	117
万葉集灯（富士谷御杖）…………	315
巻之一 …………………………	345

第18巻　近世編2
1991年10月25日刊

万葉集灯（富士谷御杖）…………	5
巻之二 …………………………	7
巻之三 …………………………	65
巻之四 …………………………	113
巻之五 …………………………	171
万葉折木四哭考（喜多村節信）…	235
万葉集攷証 巻一（岸本由豆流）…	273

第19巻　近世編2
1991年10月25日刊

短歌撰格（橘守部）………………	5
万葉物名考（高橋残夢）…………	167

第20巻　近世編2
1991年10月25日刊

竜田考（六人部是香）……………	5
万葉集新考稿（安藤野雁）………	129
東語例（物集高世）………………	239
＊近世に於ける万葉研究（久松潜一）…	319

日本古典文学全集・内容綜覧　591

＊近世国学者の万葉学研究（芳賀登）… 457

> [095] **未刊随筆百種**
> 中央公論社
> 全12巻
> 1976年5月〜1978年3月
> （森銑三，野間光辰，朝倉治彦監修，三田村鳶魚編）

第1巻
1976年5月10日刊

＊再刊にあたって（森銑三）………………… 1
＊凡例 ………………………………………… 3
＊叙言（鳶魚幽人）………………………… 7
＊解題 ………………………………………… 13
岡場遊郭考（安藤菊二校訂）……………… 17
操曲入門口伝之巻（安藤菊二校訂）…… 191
新役竜の庖丁（安藤菊二校訂）………… 201
江戸拾葉（宇田敏彦校訂）……………… 213
吉原春秋二度の景物（朝倉治彦校訂）… 279
文政年間漫録（朝倉治彦校訂）………… 295
慶応雑談（朝倉治彦校訂）……………… 349
博奕仕方風聞書（宇田敏彦校訂）……… 379
＊索引 ……………………………………… 393
＊後記（朝倉治彦）……………………… 405

第2巻
1976年7月10日刊

＊解題 ………………………………………… 5
享和雑記（宇田敏彦校訂）………………… 9
俗事百工起源（安藤菊二校訂）………… 79
浅草志（安藤菊二校訂）………………… 127
勝扇子（安藤菊二校訂）………………… 195
青楼年暦考（安藤菊二校訂）…………… 209
天明紀聞寛政紀聞（宇田敏彦校訂）…… 253
済生堂五部雑録（安藤菊二校訂）……… 299
＊索引 ……………………………………… 425
＊後記（朝倉治彦）……………………… 441

第3巻
1976年9月10日刊

＊解題 ………………………………………… 5

尾陽戯場事始（宇田敏彦校訂）……………… 11
迂鈍（安藤菊二校訂）……………………… 89
吉原失墜（安藤菊二校訂）………………… 127
村摂記（宇田敏彦校訂）…………………… 155
事々録（安藤菊二校訂）…………………… 211
文政外記天保改革雑談（宇田敏彦校訂） 387
＊索引 ……………………………………… 409
＊後記（朝倉治彦）………………………… 419

第4巻
1976年11月10日刊

＊解題 ……………………………………… 5
業要集（宇田敏彦校訂）……………………… 11
傾城百人一首（安藤菊二校訂）…………… 183
古今東名所（宇田敏彦校訂）……………… 199
かくやいかにの記（宇田敏彦校訂）……… 217
戯言養気集（宇田敏彦校訂）……………… 241
文化秘筆（安藤菊二校訂）………………… 275
＊索引 ……………………………………… 409
＊後記（朝倉治彦）………………………… 417

第5巻
1977年1月10日刊

＊解題 ……………………………………… 5
七種宝納記（宇田敏彦校訂）……………… 11
及瓜漫筆（安藤菊二校訂）………………… 45
天保風説見聞秘録（宇田敏彦校訂）…… 145
東都一流江戸節根元集（宇田敏彦校訂） 269
芸界きくま、の記（安藤菊二校訂）……… 327
秘登利古刀（宇田敏彦校訂）……………… 363
寛延雑秘録（安藤菊二校訂）……………… 399
＊索引 ……………………………………… 453
＊後記（朝倉治彦）………………………… 465

第6巻
1977年3月10日刊

＊解題 ……………………………………… 5
宝丙密秘登津（宇田敏彦校訂）…………… 11
世のすがた（宇田敏彦校訂）……………… 33
き、のまにまに（安藤菊二校訂）………… 45
豊島郡浅草地名考（安藤菊二校訂）…… 223
白石先生宝貨事略追加（安藤菊二校訂） 249
俗語問屋場始末（安藤菊二校訂）………… 259
宝夢録（安藤菊二校訂）…………………… 265

関東潔競伝（宇田敏彦校訂）……………… 317
江戸図書目提要（安藤菊二校訂）……… 375
家守杖（安藤菊二校訂）…………………… 413
＊索引 ……………………………………… 441
＊後記（朝倉治彦）………………………… 453

第7巻
1977年5月10日刊

＊解題 ……………………………………… 5
洛水一滴抄（宇田敏彦校訂）……………… 17
鄙雑俎（宇田敏彦校訂）…………………… 69
江戸愚俗徒然噺（安藤菊二校訂）……… 119
素謡世々之蹟（宇田敏彦校訂）…………… 209
崎陽賊船考（安藤菊二校訂）……………… 257
高田雲雀（安藤菊二校訂）………………… 287
露草双紙（宇田敏彦校訂）………………… 305
楓林腐草（宇田敏彦校訂）………………… 389
柔話（宇田敏彦校訂）……………………… 427
＊索引 ……………………………………… 453
＊後記（朝倉治彦）………………………… 461

第8巻
1977年7月10日刊

＊解題 ……………………………………… 5
文廟外記（宇田敏彦校訂）………………… 9
一徳物語（安藤菊二校訂）………………… 23
江戸自慢（宇田敏彦校訂）………………… 45
柳営譜略（安藤菊二校訂）………………… 61
公鑑（安藤菊二校訂）……………………… 147
水戸前中納言殿御系記（安藤菊二校訂） 187
三十三ヶ条案文（宇田敏彦校訂）……… 193
御町中御法度御穿鑿遊女諸事出入書留
　（宇田敏彦校訂）………………………… 221
踊之著慕駒連（安藤菊二校訂）…………… 281
真佐喜のかつら（宇田敏彦校訂）……… 291
雑交苦口記（宇田敏彦校訂）……………… 411
角力め組鳶人足一条（宇田敏彦校訂）… 453
＊索引 ……………………………………… 467
＊後記（朝倉治彦）………………………… 477

第9巻
1977年9月10日刊

＊解題 ……………………………………… 5
愚痴拾遺物語（宇田敏彦校訂）…………… 9

未刊随筆百種

頃日全書（宇田敏彦校訂） ……………… 27
使奏心得之事（安藤菊二校訂） …………… 65
公侯潙績（宇田敏彦校訂） ………………… 71
享保通鑑（宇田敏彦校訂） ………………… 87
狩野五家譜（安藤菊二校訂） ……………… 291
獄秘書（安藤菊二校訂） …………………… 309
裏見寒話（宇田敏彦校訂） ………………… 319
＊索引 ………………………………………… 469
＊後記（朝倉治彦） ………………………… 479

川越松山之記（安藤菊二校訂） …………… 131
峡陽来書（宇田敏彦校訂） ………………… 197
見延攷（宇田敏彦校訂） …………………… 207
近世珍談集（安藤菊二校訂） ……………… 221
難砥為可話（宇田敏彦校訂） ……………… 235
門前地改更之実録（宇田敏彦校訂） ……… 407
桐竹紋十郎手記（宇田敏彦校訂） ………… 423
玉川参登鯉伝（安藤菊二校訂） …………… 441
一本草（宇田敏彦校訂） …………………… 457
＊索引 ………………………………………… 463
＊未刊随筆百種書名索引 …………………… 473
＊跋（鳶魚生） ……………………………… 477
＊後記（朝倉治彦） ………………………… 481

第10巻
1977年11月10日刊

＊解題 ………………………………………… 5
小唄打聞（安藤菊二校訂） ………………… 13
柳亭浄瑠璃本目録（安藤菊二校訂） ……… 43
新徴組目録（宇田敏彦校訂） ……………… 59
六国列香之弁（安藤菊二校訂） …………… 65
六国四季之火合（安藤菊二校訂） ………… 73
在京在阪中日記（安藤菊二校訂） ………… 77
貴賎上下考（宇田敏彦校訂） ……………… 145
文政雑説集（宇田敏彦校訂） ……………… 163
天狗騒動実録（宇田敏彦校訂） …………… 187
緑山砂子（宇田敏彦校訂） ………………… 205
十寸見編年集（宇田敏彦校訂） …………… 221
雪の降道（宇田敏彦校訂） ………………… 313
花柳古鑑（安藤菊二校訂） ………………… 437
＊索引 ………………………………………… 477
＊後記（朝倉治彦） ………………………… 491

第11巻
1978年1月10日刊

＊解題 ………………………………………… 5
大江戸春秋（宇田敏彦校訂） ……………… 9
東台見聞誌（安藤菊二校訂） ……………… 49
寛政秘策（安藤菊二校訂） ………………… 73
江戸芝居年代記（安藤菊二，宇田敏彦校訂） ……………………………………… 101
＊索引 ………………………………………… 395
＊後記（朝倉治彦） ………………………… 415

第12巻
1978年3月10日刊

＊解題 ………………………………………… 5
天保新政録（安藤菊二校訂） ……………… 11

[096] 未刊連歌俳諧資料
俳文学会
第一輯全6巻，第二輯全2巻，第三輯全3巻，第四輯全5巻，
1952年1月～1961年12月

第1輯1
1952年1月25日刊

奥細道菅菰抄附録（蓑笠庵梨一）……… 1
＊解題（尾形仂）………………………… 60

第1輯2
1952年2月29日刊

談林軒端の独活（田代松意）…………… 1
＊解説（尾形仂）………………………… 60

第1輯3
1952年4月26日刊

ささめごと（心敬）……………………… 1
＊解説（小西甚一）……………………… 67

第1輯4
1952年8月23日刊

天水抄 …………………………………… 1
　巻第一 ………………………………… 1
　巻第二 ………………………………… 39
＊附記（小高敏郎）……………………… 89
　＊書誌・凡例 ………………………… 89
　＊参考 ………………………………… 90

第1輯5
1952年12月15日刊

連歌延徳抄猪苗代兼載自筆（猪苗代兼載）………………………………………… 1
＊解説（池田重記）………………… 19～20

第1輯6
1952年12月25日刊

詠句大概 ………………………………… 1
＊解説（尾形仂）………………………… 29

第2輯1
1953年3月25日刊

初心求詠集（宗砌）……………………… 1
＊凡例 …………………………………… 1
＊解題 …………………………………… 37

第2輯2
1953年10月25日刊

蕉門録 合冊 …………………………… 1
　蕉門録 乾（藤井晋流述）…………… 3
　蕉門録 坤（藤井晋流述）…………… 63
＊蕉門録の解説と著者小伝（矢部保太郎）
………………………………………… 139
＊あとがき（久富哲雄）……………… 143

第3輯1　奥細道拾遺
1958年12月10日刊

＊解題 …………………………………… 1
奥細道拾遺（柴立園莎青編）…………… 4
＊略注（久富哲雄）……………………… 45

第3輯2　芭蕉翁追善日記
1959年7月20日刊

＊解説（岡田利兵衛）…………………… 1
＊凡例 …………………………………… 6
芭蕉翁追善日記（支考）………………… 7
＊正誤表 ………………………………… 69

第3輯3　齋藤徳元独吟千句
1959年8月1日刊

＊解説（森川昭）………………………… 1
齋藤徳元独吟千句（齋藤徳元）………… 3
＊正誤表 ………………………………… 53

第4輯1　芭蕉庵三日月甘記
1961年1月15日刊

＊解説（久富哲雄） ………………………… 1
芭蕉庵三日月日記（稿本）（松尾芭蕉）…… 9
芭蕉庵三日月日記（版本）（松尾芭蕉）…… 27
＊稿本の補注 ……………………………… 75

第4輯2　柴ふく風
1961年1月15日刊

＊解題（久富哲雄） ………………………… 2
柴ふく風（平角） …………………………… 4

第4輯3　七日艸
1961年5月30日刊

＊解題（久富哲雄） ………………………… 1
七日艸 ……………………………………… 5

第4輯4　あしそろへ
1961年6月25日刊

＊書誌（朝倉治彦） ………………………… 1
あしそろへ（只丸） ………………………… 1
＊正誤表 …………………………………… 51

第4輯5　誹諧 釿始 助叟撰
1961年12月20日刊

＊解説（今泉準一） ………………………… 2
＊附表「釿始」作者名一覧表 ……………… 17
誹諧 釿始 助叟撰 ………………………… 22
＊正誤表 …………………………………… 49

[097] 三弥井古典文庫
三弥井書店
上下巻
1993年3月～2000年4月

上巻　平家物語（上）（福田晃，佐伯真一，
　　　小林美和校注）
1993年4月20日刊

平家物語（上） …………………………… 1
＊凡例 ……………………………………… 5
　巻一 ……………………………………… 11
　巻二 ……………………………………… 73
　巻三 ……………………………………… 141
　巻四 ……………………………………… 205
　巻五 ……………………………………… 269
　巻六 ……………………………………… 327
＊付録 ……………………………………… 377
　＊地図 …………………………………… 378
　＊系図 …………………………………… 380
　＊略年表 ………………………………… 387

下巻　平家物語（下）（佐伯真一校注）
2000年4月20日刊

平家物語（下） …………………………… 1
＊凡例 ……………………………………… 5
　巻七 ……………………………………… 11
　巻八 ……………………………………… 73
　巻九 ……………………………………… 123
　巻十 ……………………………………… 201
　巻十一 …………………………………… 269
　巻十二 …………………………………… 343
　灌頂巻 …………………………………… 385
＊解説 ……………………………………… 407
＊付録 ……………………………………… 417
　＊甲冑図解 ……………………………… 418
　＊略年表 ………………………………… 419

[098] **室町時代物語集**
井上書房
全5巻
1962年5月〜1962年6月
（太田武夫校訂，横山重校訂・編）

第1巻
1962年5月20日刊

- ＊序文（藤井乙男）…………… 1
- ＊再刊の辞（横山重）…………… 5
- ＊例言（横山重，太田武夫）…… 1
- 室町時代物語集第一 …………… 1
  - 一 八幡宮御縁起（校訂者蔵写本）…… 3
  - 二 八幡本地（校訂者蔵奈良絵本）…… 11
  - 三 八まんの本地（校訂者蔵奈良絵本）…… 21
  - 四 八幡の御本地（承応二年刊丹緑本）…… 32
  - 五 熊野の本地（蜷川第一氏蔵奈良絵本）…… 46
  - 六 くまのゝ本地（古梓堂文庫蔵奈良本）…… 59
  - 七 熊野の本地（杭全神社蔵絵巻）…… 80
  - 八 熊野御本地（元和八年絵巻）…… 101
  - 九 くまのゝほんち（寛永頃刊丹緑本）…… 118
  - 一〇 いつくしまのゑんぎ（元和八年写本）…… 146
  - 一一 いつくしまの御ほん地（明暦二年刊本）…… 168
  - 一二 みしま（藤井乙男博士蔵奈良絵本）…… 185
  - 一三 鏡男絵巻（帝国図書館蔵絵巻）…… 200
  - 一四 上野国赤城山御本地（天保二年写本）…… 203
  - 一五 たむらのさうし（正保頃刊本）…… 214
  - 一六 すゝか（古梓堂文庫蔵奈良絵本）…… 239
  - 一七 青葉のふえの物かたり（寛文七年刊本）…… 276
  - 一八 仁明天皇物語（帝国図書館蔵奈良絵本）…… 283
  - 一九 賀茂之本地（承応頃刊本）…… 293
  - 二〇 牛頭天王御縁起（文明十四年巻子本）…… 307
  - 二一 きをんの御本地（承応明暦頃刊本）…… 311
  - 二二 天神記（彰考館蔵絵巻）…… 317
  - 二三 てんしん（奈良絵本）…… 325
  - 二四 天神本地（慶安元年刊本）…… 332
- ＊室町時代物語集第一解題 …… 343
  - ＊八幡宮御縁起 …… 345
  - ＊八幡本地 …… 345
  - ＊八まんの本地 …… 346
  - ＊八幡の御本地 …… 347
  - ＊附 …… 348
    - ＊八幡縁起諸本 …… 348
    - ＊誉田神社蔵「神功皇后御縁起」解題 …… 349
    - ＊楠林安三郎氏蔵「八幡之縁起」解題 …… 350
  - ＊熊野の本地 …… 354
  - ＊くまのゝ本地 …… 355
    - ＊高野辰之博士蔵「熊野ノ本地」解題 …… 356
  - ＊熊野の本地 …… 356
    - ＊京大国文学研究室蔵「くま野」解題 …… 359
  - ＊熊野御本地 …… 360
    - ＊酒井宇吉氏蔵絵巻解題 …… 363
  - ＊くまのゝほんち …… 365
  - ＊附 …… 367
    - ＊刊本「ごすいでん」諸本 …… 367
      - ＊寛文八年刊「御すいでん」解題 …… 367
      - ＊東洋文庫蔵「御すいでん」解題 …… 368
      - ＊東大図書館蔵「御すいでん」解題 …… 369
    - ＊写本「熊野本地」諸本 …… 371
      - ＊高安六郎博士蔵「くまのゝ本地」解題 …… 371
      - ＊酒井宇吉氏蔵奈良絵本「熊野の本地」解題 …… 374
      - ＊高安六郎博士蔵「くまのゝほんち」解題 …… 375
      - ＊東大国文研究室蔵「くまのゝ御ほん地のさうし」解題 …… 375
      - ＊慶大図書館蔵絵巻残欠解題 …… 376
      - ＊高野辰之氏蔵絵巻残欠解題 …… 376
  - ＊いつくしまのゑんぎ …… 377

室町時代物語集

 ＊附 ……………………………… 378
　＊厳島本地諸本 ……………… 378
　　＊松田福一郎氏蔵絵巻解題 …… 378
　　＊反町茂雄氏蔵写本解題 …… 384
　　＊刈谷町立図書館蔵奈良絵本解
　　　題 …………………………… 385
　　＊貞和二年絵巻残欠本文 …… 378
 ＊いつくしまの御ほん地 ……… 385
 ＊みしま ………………………… 386
　＊御巫清勇氏蔵奈良絵本解題 … 387
 ＊鏡男絵巻 ……………………… 387
 ＊上野国赤城山御本地 ………… 388
 ＊たむらのさうし ……………… 389
　＊尾崎久彌氏蔵古活字本「たむらの
　　さうし」解題 ………………… 390
 ＊すゝか ………………………… 391
 ＊青葉のふえの物かたり ……… 392
 ＊仁明天皇物語 ………………… 393
 ＊賀茂之本地 …………………… 395
 ＊牛頭天王御縁起 ……………… 396
 ＊きをんの御本地 ……………… 397
 ＊天神記 ………………………… 399
 ＊附 ……………………………… 401
　＊天神本地諸本 ……………… 401
　　＊佐佐木信綱博士蔵「天神由来」
　　　解題 ………………………… 401
　　＊高安六郎博士蔵「天神本地」解
　　　題 …………………………… 402
　　＊京大国文学研究室蔵「かむ丞
　　　相」解題 …………………… 402
　　＊東大図書館蔵「天神の記」解題 … 403
 ＊てんしん ……………………… 403
 ＊天神本地 ……………………… 404
 ＊附 ……………………………… 405
　＊天神縁起諸本 ……………… 405
 ＊附 ……………………………… 409
　＊北野聖廟縁起本文 ………… 409
＊上野国赤城山御本地解説（岡田希雄）… 423
＊室町時代物語集第一図版 …………… 441

第2巻
1962年5月30日刊

＊例言（横山重） ……………………… 1
室町時代物語集第二 …………………… 1
 二五 諏訪縁起（天正十三年写本）……… 3
 二六 諏訪縁起物語（寛永二年写本）… 24

 二七 すはの本地（校訂者蔵絵入写本）
 　 ……………………………………… 44
 二八 おもかけ物語（万治三年刊本）… 67
 二九 ひしやもんの本地（奈良絵本）… 79
 三〇 毘沙門天王之本地（承応三年刊
 　　本） ……………………………… 109
 三一 きふねの本地（古梓堂文庫蔵奈良
 　　絵本） …………………………… 127
 三二 きふねの本地（承応明暦頃丹緑
 　　本） ……………………………… 145
 三三 ほん天こく（校訂者蔵巻子本）… 164
 三四 ほん天わう（笹野堅氏蔵奈良絵
 　　本） ……………………………… 182
 三五 天稚彦物語（叢書料本所収写本）
 　 ……………………………………… 202
 三六 たなはた（京大美学研究室蔵奈良
 　　絵本） …………………………… 207
 三七 たなばた（明暦元年刊本）……… 226
 三八 あめ若みこ忍び物語（宝永頃西村
 　　傳衛刊本） ……………………… 241
 三九 浅間御本地御由来記（安永二年写
 　　本） ……………………………… 255
 四〇 源蔵人物語（東大国文学研究室蔵
 　　写本） …………………………… 268
 四一 異本源蔵人物語（高野辰之博士蔵
 　　写本） …………………………… 282
 四二 富士山の本地（延宇八年刊本）… 297
 四三 ふしの人穴（慶長十二年写本）… 318
 四四 ふじの人あなさうし（寛永九年刊
 　　本） ……………………………… 338
 四五 平野よみかへりの草紙（永禄四年
 　　写本） …………………………… 356
 四六 天狗の大裏（守屋孝蔵氏蔵奈良絵
 　　本） ……………………………… 374
 四七 てんぐのたいり（明暦四年刊本）
 　 ……………………………………… 394
 四八 もくれんのさうし（享禄四年写
 　　本） ……………………………… 413
＊室町時代物語集第二解題 …………… 431
 ＊諏訪縁起 ……………………………… 433
 ＊諏訪縁起物語 ………………………… 435
 ＊すはの本地 …………………………… 436
 ＊附 ……………………………………… 437
　＊諏訪本地の諸本 …………………… 437
　　＊安永元年写本解題 ……………… 440
　　＊文化八年写本解題 ……………… 443
　　＊文化十二年写本解題 …………… 444

＊嘉永元年写本解題 ………… 445
＊文久元年写本解題 ………… 445
＊慶応三年写本解題 ………… 446
＊その他五の本解題 ………… 446
＊おもかけ物語 …………………… 447
＊ひしやもんの本地 ……………… 449
　＊新編御伽草子本との相違 … 450
　＊名古屋市立図書館蔵写本解題 … 454
＊毘沙門天王之本地 ……………… 459
＊きふねの本地 …………………… 460
＊きふねの本地 …………………… 461
　＊果園文庫蔵同板本解題 …… 462
　＊藤井乙男博士蔵写本解題 … 462
＊附 ………………………………… 463
　＊貴船の本地諸本 …………… 463
　　＊高野辰之博士蔵絵巻解題 … 463
　　＊御巫清勇氏蔵奈良絵本解題 … 465
　　＊秋田県立図書館蔵奈良絵本解題 ………………… 465
　　＊久原氏別邸蔵奈良絵本解題 … 466
　　＊諸本対照 ………………… 467
＊ほん天こく ……………………… 472
＊ほん天わう ……………………… 473
＊附 ………………………………… 474
　＊梵天国諸本 ………………… 474
　　＊校訂者蔵「はしたて」解題 …… 474
　　＊承応頃刊零本「ぼんてん国」解題 ………………………… 477
　　＊御伽草子本「梵天国」解題 … 479
＊天稚彦物語 ……………………… 483
　＊〔天稚彦草子〕原本下巻 … 486
　＊独逸国立博物館蔵土佐廣周画絵巻下巻本文 ……………… 491
　＊〔天稚彦草子〕原本上巻 … 488
　＊東京帝室博物館蔵詞書摸本上巻本文 …………………… 489
＊たなばた ………………………… 494
　＊京大国文学研究室蔵奈良絵本解題 ……………………… 495
＊たなばた ………………………… 496
　＊松会開板本解題 …………… 497
＊あめ若みこ忍び物語 …………… 500
　＊東大図書館蔵同板本解題 … 500
　＊岩瀬文庫蔵刊本「あめ若物かたり」解題 ………………… 501
　＊京大図書館蔵同板本解題 … 501
＊附 ………………………………… 504

＊たなばた諸本 …………………… 504
　＊佐佐木信綱博士蔵奈良絵本「七夕」解題 ………………… 505
　＊杉本梁江氏蔵本・大阪府立図書館本解題 ………………… 506
　＊高野辰之博士蔵「牽牛由来記」解題 ……………………… 506
　＊校訂者蔵写本「太那婆多」解題 507
　＊守屋孝蔵氏蔵奈良絵本「雨わかみこ」解題 ……………… 507
　＊校訂者蔵写本「雨若御子の物かたり」解題 ……………… 509
　＊帝国図書館蔵写本「あめ若物かたり」解題 ……………… 509
　＊宮内省図書寮蔵写本「七夕の草紙」解題 ………………… 510
　＊諸本対照 …………………… 511
＊浅間御本地御由来記 …………… 516
＊源蔵人物語 ……………………… 517
＊異本源蔵人物語 ………………… 517
＊富士山の本地 …………………… 518
　＊正徳三年刊本「富士山縁起」解題 519
＊ふしの人穴 ……………………… 520
＊ふじの人あなさうし …………… 522
＊附 ………………………………… 526
　＊富士の人穴さうし諸本 …… 526
　　＊寛永四年刊丹緑本解題 …… 529
　　＊同板後刷本解題 ………… 531
　　＊笠亭仙果旧蔵「富士草冨」解題 533
　　＊寛永九年板（東北帝大蔵）解題 536
　　＊同板後刷丹緑本解題 …… 537
　　＊酒井宇吉氏蔵奈良絵本解題 … 538
　　＊慶安三年刊丹緑本解題 …… 539
　　＊慶安三年板の脱文の箇所 … 541
　　＊同板無刊記本解題 ……… 543
　　＊明暦四年刊本解題 ……… 544
　　＊明暦四年板の脱文の箇所 … 545
　　＊松会開板本解題 ………… 546
　　＊万治四年刊本解題 ……… 548
＊平野よみかへりの草紙 ………… 550
＊天狗の大裏 ……………………… 553
　＊清水泰氏蔵奈良絵本解題 … 554
＊てんぐのたいり ………………… 555
＊附 ………………………………… 558
　＊てんぐのだいり諸本 ……… 558
　　＊正保頃刊丹緑本上巻解題 … 558
　　＊藤井乙男博士蔵写本解題 … 560

＊明暦四年板後刷本解題 ……… 561
　　＊明暦四年板の脱文の箇所 …… 556
　　＊東大図書館蔵奈良絵本解題 … 561
　　＊万治二年刊本解題 …………… 562
　＊もくれんのさうし …………………… 564
＊室町時代物語果第二図版 …………… 567

第3巻
1962年6月10日刊

＊例言（横山重）………………………… 1
室町時代物語集第三 …………………… 1
四九 箱根権現絵巻（箱根神社蔵国宝絵巻）……………………………… 3
五〇 いづはこねの御本地（寛文頃刊本）……………………………… 12
五一 月日の本地（校訂者蔵巻子本）…… 38
五二 つきみつのさうし（古活字丹緑本）……………………………… 54
五三 月日の御本地（正保頃刊丹緑本）……………………………… 72
五四 岩屋（古梓堂文庫蔵絵巻）……… 91
五五 いはやのさうし（寛永頃刊本）… 121
五六 秋月物語（矢野利雄氏蔵写本）… 145
五七 秋月物語（承応明暦頃刊本）… 275
五八 ふせやのものかたり（明応八年写本）……………………………… 342
五九 ふせや（清水泰氏蔵奈良絵本）… 366
六〇 びしんくらへ（万治二年刊本）… 386
六一 あさかほのつゆ（寛永頃刊本）… 404
六二 はな世の姫（承応明暦頃刊本）… 432
六三 うはかわ（守屋孝蔵氏蔵奈良絵本）……………………………… 473
六四 はちかづきのさうし（万治二年高橋清兵衛板）……………… 480
六五 はちかつき（御巫清勇氏蔵奈良絵本）……………………………… 498
六六 はちかつき（清水泰氏蔵奈良絵本）……………………………… 513
六七 白ぎくさうし（京大図書館蔵写本）……………………………… 523
六八 一本菊（万治三年西田勝兵衛尉板）……………………………… 564
六九 おちくほ（大形奈良絵本）……… 596
七〇 おちくほのものかたり（万治二年刊本）……………………………… 615
七一 橋姫物語（東京帝室博物館蔵絵巻）……………………………… 628
＊室町時代物語集第三解題 …………… 635
　＊箱根権現絵巻 ……………………… 637
　＊いづはこねの御本地 ……………… 639
　＊月日の本地 ………………………… 639
　　＊東洋文庫蔵奈良絵本「つき日の本地」解題 …………………… 640
　＊つきみつのさうし ………………… 640
　＊月日の御本地 ……………………… 642
　　＊寛文七年松会板解題 ………… 643
　＊岩屋 ………………………………… 643
　　＊伊達侯爵家蔵絵巻「岩屋」解題 … 647
　＊いはやのさうし …………………… 648
　　＊鱗形屋板「たいのや物かたり」解題 …………………………… 649
　＊附 …………………………………… 650
　　＊岩屋諸本 ……………………… 650
　　＊いわや物かたり（高野博士蔵）解題 …………………………… 650
　　＊岩屋物語（帝国図書館蔵）解題 651
　　＊たいのや姫物語（岩瀬文庫蔵奈良絵本）解題 ……………… 651
　　＊いわや（果園文庫蔵奈良絵本）解題 …………………………… 652
　　＊いわやひめ（幸田博士蔵写本）解題 …………………………… 653
　　＊岩屋のさうし（内閣文庫蔵写本）解題 ………………………… 654
　　＊いはや（野村博士蔵奈良絵本）解題 …………………………… 655
　＊秋月物語 …………………………… 656
　＊秋月物語（刊本）…………………… 657
　＊附 …………………………………… 658
　　秋月物語諸本 …………………… 658
　　＊静嘉堂文庫蔵写本解題 ……… 659
　　＊長谷川巳之吉氏蔵奈良絵本解題 …………………………… 661
　　＊島津博士蔵奈良絵本解題 …… 661
　　＊内閣文庫蔵写本解題 ………… 661
　　＊武田博士蔵写本解題 ………… 663
　　＊東大国文学研究室蔵奈良絵本解題 …………………………… 663
　　＊静嘉堂文庫蔵写本零本解題 … 664
　＊ふせやのものかたり ……………… 666
　＊ふせや ……………………………… 667
　＊びしんくらへ ……………………… 668

- ＊寛文頃松会板解題 …………… 669
- ＊あさかほのつゆ …………… 671
- ＊附 …………… 672
  - ＊あさかのほつゆ諸本 …………… 672
    - ＊寛永頃丹緑本零本解題 …………… 672
    - ＊明暦四年板解題 …………… 672
    - ＊万治二年松会板解題 …………… 673
    - ＊寛文四年板解題 …………… 676
    - ＊寛文頃松会板解題 …………… 676
    - ＊延宝八年板解題 …………… 677
    - ＊正徳五年近江屋板解題 …………… 678
    - ＊正徳五年鶴屋板解題 …………… 679
    - ＊刈谷町立図書館蔵写本解題 …………… 679
- ＊はな世の姫 …………… 679
    - ＊鹿田静七氏蔵奈良絵本「はな世の姫」解題 …………… 681
    - ＊高野博士蔵奈良絵本「花世の姫」解題 …………… 682
- ＊うはかわ …………… 683
- ＊はちかづきのさうし …………… 684
- ＊はちかつき …………… 686
- ＊はちかつき …………… 686
- ＊附 …………… 687
  - ＊はちかづき草子の諸本 …………… 687
    - ＊万治二年松会板解題 …………… 688
    - ＊松会板別板解題 …………… 689
    - ＊寛文六年山本板解題 …………… 690
    - ＊延宝四年板解題 …………… 691
    - ＊元禄十一年吉野屋板解題 …………… 692
    - ＊宝永二年和泉屋板解題 …………… 687
    - ＊宝永七年井筒屋板解題 …………… 692
    - ＊御伽草子本解題 …………… 693
    - ＊岩瀬文庫蔵奈良絵本解題 …………… 694
    - ＊広島文理大国文学研究室蔵奈良絵本解題 …………… 695
    - ＊大阪府立図書館蔵写本解題 …………… 695
- ＊白ぎくさうし …………… 696
- ＊一本菊 …………… 697
- ＊附 …………… 689
  - ＊一本菊諸本 …………… 689
    - ＊万治三年野田板解題 …………… 698
    - ＊寛文十一年松会板解題 …………… 699
    - ＊西村板解題 …………… 701
    - ＊刈谷町立図書館蔵写本解題 …………… 701
    - ＊中島氏蔵大形奈良絵本解題 …………… 701
    - ＊野村博士蔵横本奈良絵本解題 …………… 703
    - ＊野村博士蔵堅本奈良絵本解題 …………… 703

- ＊岩瀬文庫蔵奈良絵本解題 …………… 704
- ＊おちくほ …………… 704
- ＊おちくほものがたり …………… 705
  - ＊鱗形屋板解題 …………… 706
- ＊橋姫物語 …………… 708
- ＊室町時代物語集第三図版 …………… 711

第4巻
1962年6月20日刊

- ＊例言（横山重） …………… 1
- 室町時代物語集第四 …………… 1
  - 七二 釈迦出世本懐伝記（天正九年写本） …………… 3
  - 七三 釈迦物語（慶長十六年写本） …… 23
  - 七四 釈迦の本地（寛永二十年刊本） …… 53
  - 七五 あみたの御本地（承応元年刊本） …………… 92
  - 七六 阿弥陀本地（校訂者蔵写本） …… 111
  - 七七 あみた本地（武田祐吉博士蔵写本） …………… 123
  - 七八 みたのほんかい（筑土鈴寛氏蔵写本） …………… 133
  - 七九 法妙童子（寛文八年刊本） …… 144
  - 八〇 ほうまん長者（寛文五年刊本） … 181
  - 八一 しやうとく太子の本地（天理図書館蔵写本） …………… 191
  - 八二 太子開城記（高野辰之博士蔵奈良絵本） …………… 202
  - 八三 ぜんくはうじほんぢ（万治二年佐野七左衛門板） …………… 218
  - 八四 愛宕地蔵之物語（承応二年刊丹緑本） …………… 245
  - 八五 弘法大師御本地（承応三年刊丹緑本） …………… 277
  - 八六 たまものさうし（承応二年刊本） …………… 296
  - 八七 大仏供養物語（神宮文庫蔵写本） …………… 316
  - 八八 奈良大仏供養（校訂者蔵奈良絵本） …………… 327
  - 八九 中しやうひめ（広島文理大国文学研究室蔵奈良絵本） …………… 342
  - 九〇 中将姫本地（慶安四年刊本） …… 359
  - 九一 きまんたう物語（校訂者蔵写本） …………… 370

室町時代物語集

九二 布袋の栄花（青山容三氏蔵奈良絵本）………………… 397
九三 浦風（戸川濱男氏蔵奈良絵本）‥ 411
九四 さよひめ（京大美学研究室蔵奈良絵本）………………… 423
九五 壺坂物語（筑土鈴寛氏蔵絵巻）‥ 448
九六 子やす物語（校訂者蔵奈良絵本）
　　　　　　　　　　　　　　　454
九七 いそさき（寛文七年刊本）……… 477
＊室町時代物語集第四解題 ………… 489
　＊釈迦出世本懐伝記 ………………… 491
　＊釈迦物語 …………………………… 492
　＊釈迦の本地 ………………………… 495
　＊附 …………………………………… 496
　　＊釈迦の本地諸本 ………………… 496
　　　＊古梓堂文庫蔵古活字本解題 …… 496
　　　＊帝国図書館蔵古活字本解題 …… 497
　　　＊岡田信氏蔵古活字本解題 ……… 498
　　　＊慶安元年板解題 ………………… 499
　　　＊山田板亂板解題 ………………… 499
　　　＊明暦二年板丹緑本解題 ………… 501
　　　＊寛文二年吉野屋板解題 ………… 502
　　　＊寛文板同板無刊記本解題 ……… 503
　　　＊本間屋板解題 …………………… 503
　　　＊和泉屋板解題 …………………… 504
　　　＊桑村板解題 ……………………… 505
　　　＊岩瀬文庫蔵絵巻解題 …………… 506
　　　＊天理図書館蔵奈良絵本解題 …… 508
　　　＊東洋文庫蔵奈良絵本解題 ……… 510
　　　＊天理図書館蔵写本解題 ………… 511
　＊あみたの御本地 …………………… 512
　　＊承応元年山本板解題 ……………… 514
　＊阿弥陀本地 ………………………… 514
　＊あみた本地 ………………………… 515
　＊みたのほんかい …………………… 516
　　＊京大図書館蔵写本「ほうさうひく
　　　のさうし」解題 …………………… 518
　＊法妙童子 …………………………… 520
　＊附 …………………………………… 521
　　＊法妙童子諸本 …………………… 521
　　　＊寛文十年亨兵衛板解題 ………… 522
　　　＊寛文頃松会板解題 ……………… 523
　　　＊正徳三年西村屋板解題 ………… 525
　　　＊藤井博士蔵写本解題 …………… 526
　　　＊岩瀬文庫蔵奈良絵本解題 ……… 527
　＊ほうまん長者 ……………………… 529
　　＊元禄十五年中村板解題 …………… 530

　　＊元禄十五年板半紙本解題 ………… 530
　＊しやうとく太子の本地 …………… 532
　＊太子開城記 ………………………… 533
　＊ぜんくはうじほんぢ ……………… 534
　＊附 …………………………………… 535
　　＊善光寺本地諸本 ………………… 535
　　　＊万治二年野田板解題 …………… 535
　　　＊享保三年丸屋板解題 …………… 537
　　　＊中島仁之助氏蔵古活字本解題 ‥ 537
　　　＊校訂者蔵絵入写本解題 ………… 541
　　　＊笹野堅氏蔵写本解題 …………… 542
　　　＊校訂者蔵写本解題 ……………… 543
　　　＊市古貞次氏蔵写本解題 ………… 543
　　　＊元禄七年刊「難波物語」解題 ‥ 544
　＊愛宕地蔵之物語 …………………… 544
　　＊寛文七年鱗形屋板解題 …………… 548
　＊弘法大師御本地 …………………… 551
　＊たまものさうし …………………… 554
　　＊菊屋七郎兵衛板解題 ……………… 555
　＊附 …………………………………… 556
　　＊たまものさうし諸本 …………… 556
　　　＊矢野利雄氏蔵絵巻解題 ………… 556
　　　＊彰考館文庫蔵巻子本解題 ……… 557
　　　＊高安六郎博士蔵奈良絵本解題 ‥ 558
　　　＊帝国図書館蔵奈良絵本解題 …… 560
　　　＊京大国文学研究室蔵写本解題 ‥ 561
　　　＊内閣文庫蔵写本解題 …………… 561
　　　＊山岸徳平氏蔵写本解題 ………… 562
　　　＊光慶図書館蔵写本解題 ………… 563
　＊大仏供養物語 ……………………… 563
　　＊藤井博士蔵享禄四年写本解題 …… 564
　＊奈良大仏供養 ……………………… 566
　＊中しやうひめ ……………………… 567
　＊中将姫本地 ………………………… 568
　　＊寛文五年松会板解題 ……………… 570
　　＊内田元夫氏蔵写本解題 …………… 571
　＊きまんたう物語 …………………… 572
　＊布袋の栄花 ………………………… 573
　　＊三浦男爵家蔵絵巻解題 …………… 574
　　＊雄禅書屋蔵奈良絵本解題 ………… 577
　＊浦風 ………………………………… 578
　＊さよひめ …………………………… 579
　＊壺坂物語 …………………………… 580
　＊子やす物語 ………………………… 581
　　＊校訂者蔵写本解題 ………………… 583
　＊いそさき …………………………… 585
　　＊天理図書館蔵奈良絵本解題 ……… 587

＊校訂者蔵奈良絵本解題 ……………… 589
＊室町時代物語集第四図版 ……………… 597

第5巻
1962年6月30日刊

＊例言（横山重） ……………………………… 1
室町時代物語集第五 ……………………… 1
　九八　すみよしえんき（校訂者蔵写本）
　　　………………………………………… 3
　九九　彦火々出見尊絵（宮内省図書寮蔵
　　　絵巻） ……………………………… 31
　一〇〇　かみよ物語（岩瀬文庫蔵絵巻）
　　　………………………………………… 36
　一〇一　武家はんしやう（校訂者蔵奈良
　　　絵本） ……………………………… 43
　一〇二　ふ老ふし（大阪市立美術館蔵絵
　　　巻） ………………………………… 56
　一〇三　ほうらい物語（京大美学研究室
　　　蔵奈良絵本） ……………………… 71
　一〇四　蓬萊山由来（寛文四年刊本） … 81
　一〇五　笠間長者鶴亀物語（古梓堂文庫
　　　蔵奈良絵本） ……………………… 93
　一〇六　鶴亀松竹（高安六郎博士蔵奈良
　　　絵本） ………………………………105
　一〇七　つるかめまつたけ（高安六郎博
　　　士蔵奈良絵本） ……………………118
　一〇八　鶴亀松竹物語（帝国図書館蔵絵
　　　巻） …………………………………124
　一〇九　くさ物語（蓬左文庫蔵奈良絵
　　　本） …………………………………136
　一一〇　つるかめのさうし（古梓堂文庫
　　　蔵奈良絵本） ………………………142
　一一一　さゝれいし（寛永頃刊丹緑横
　　　本） …………………………………145
　一一二　なゝくさ草紙（寛永頃刊丹緑横
　　　本） …………………………………148
　一一三　松風むらさめ（万治二年尾崎七
　　　良右衛門板） ………………………151
　一一四　嶋わたり（古梓堂文庫蔵絵巻）
　　　…………………………………………170
　一一五　御さらし島わたり（秋田県立図
　　　書館蔵絵巻） ………………………187
　一一六　浦島太郎（古梓堂文庫蔵絵巻）
　　　…………………………………………199
　一一七　うら嶋太郎物語（禿氏祐祥氏蔵
　　　写本） ………………………………209
　一一八　うらしま（高安六郎博士蔵奈良
　　　絵本） ………………………………216
　一一九　おたかの本し物くさ太郎（寛永
　　　頃刊丹緑本） ………………………222
　一二〇　さるげんじ（寛永正保頃刊丹緑
　　　本） …………………………………235
　一二一　一寸法師（享保頃刊御伽草子
　　　本） …………………………………251
　一二二　こをとこのさうし（高安六郎博
　　　士蔵奈良絵本） ……………………255
　一二三　小おとこ（守屋孝蔵氏蔵奈良絵
　　　本） …………………………………260
　一二四　小おとこ（清水泰氏蔵絵巻）…266
　一二五　ひきう殿物語（早大図書館蔵奈
　　　良絵本） ……………………………274
　一二六　しほやきぶんしやう（京大図書
　　　館蔵奈良絵本） ……………………280
　一二七　ぶんしやうのさうし（寛永頃刊
　　　丹緑本） ……………………………318
　一二八　ふんしやう（寛永頃刊丹緑横
　　　本） …………………………………349
　一二九　梅津長者物語（岩瀬文庫蔵絵
　　　巻） …………………………………368
　一三〇　梅津の長者（清水泰氏蔵絵巻）
　　　…………………………………………378
　一三一　大黒舞（蓬左文庫蔵奈良絵本）
　　　…………………………………………383
　一三二　かくれさと（東大国文学研究室
　　　蔵奈良絵本） ………………………394
　一三三　ゑびす大こくかつせん（万治頃
　　　刊小形本） …………………………408
　一三四　すゑひろ物語（校訂者蔵絵巻）
　　　…………………………………………417
　一三五　福富長者物語（古梓堂文庫蔵絵
　　　巻） …………………………………424
　一三六　天地三国之鍛治之総系図暦然
　　　帳（大永六年写本） ………………431
　一三七　番神絵巻（天文十七年写絵巻）
　　　…………………………………………440
＊室町時代物語集第五解題 ………………445
　＊すみよしえんき ………………………447
　　＊東大国文学研究室蔵奈良絵本解
　　　題 ……………………………………448
　＊彦火々出見尊絵 ………………………450
　　＊曇華院蔵絵巻解題 …………………454
　　＊明通寺蔵絵巻解題 …………………455
　＊かみよ物語 ……………………………458

室町時代物語集

* 加賀豊三郎氏蔵残欠絵巻解題 ……… 460
* 武家はんしやう ………………………… 462
* 附 ………………………………………… 463
* 武家はんしやう ………………………… 462
  * 武家はんしやう諸本 ………………… 463
    * 笹野堅氏蔵奈良絵本解題 ……… 463
    * 古梓堂文庫蔵奈良絵本解題 …… 465
    * 古梓堂文庫蔵絵巻解題 ………… 466
    * アルデマーニ氏蔵奈良絵本解題 ……………………………………… 466
    * 校訂者蔵小形絵巻解題 ………… 467
    * 校訂者蔵小形絵巻別本解題 …… 468
* ふ老ふし ………………………………… 468
  * 高安六郎博士蔵奈良絵本解題 …… 469
* ほうらい物語 …………………………… 470
  * 矢野利雄氏蔵絵巻解題 …………… 472
  * 校訂者蔵絵巻解題 ………………… 474
* 蓬萊山由来 ……………………………… 474
* 笠間長者鶴亀物語 ……………………… 476
* 鶴亀松竹 ………………………………… 479
* つるかめまつたけ ……………………… 481
* 鶴亀松竹物語 …………………………… 482
  * 校訂者蔵「松竹物語」絵巻解題 … 483
* くさ物語 ………………………………… 484
* つるかめのさうし ……………………… 485
* さゝれいし ……………………………… 486
  * 御伽草子本解題 …………………… 487
* なゝくさ草紙 …………………………… 488
  * 御伽草子本解題 …………………… 489
  * 京大国文学研究室蔵奈良絵本解題 ……………………………………… 490
* 松風むらさめ …………………………… 491
* 附 ………………………………………… 492
  * 松風むらさめ諸本 ………………… 492
    * 万治二年野田彌兵衛板解題 …… 492
    * 寛永頃松会板解題 ……………… 493
    * 延宝頃江戸板解題 ……………… 494
* 嶋わたり ………………………………… 496
* 御さらし島わたり ……………………… 497
* 附 ………………………………………… 498
  * 嶋わたり諸本 ……………………… 498
    * 校訂者蔵絵巻解題 ……………… 499
    * 山田平十郎氏蔵奈良絵本解題 · 500
    * 御伽草子本解題 ………………… 502
* 浦島太郎 ………………………………… 503
* うら嶋太郎物語 ………………………… 505
* うらしま ………………………………… 506

* 附 ………………………………………… 506
  * 浦島太郎諸本 ……………………… 506
    * 宇良神社蔵「浦島神絵巻」解題 508
    * 寛永頃刊丹緑本解題 …………… 509
    * 御伽草子本解題 ………………… 510
    * 校訂者蔵絵巻本解題 …………… 511
    * アルデマーニ氏蔵奈良絵本解題 ……………………………………… 511
    * 東大図書館蔵写本解題 ………… 512
    * 高安六郎博士蔵奈良絵本別本解題 ……………………………………… 513
* おたかの本し物くさ太郎 ……………… 514
* 附 ………………………………………… 519
  * おたかの本し物くさ太郎諸本 …… 519
    * 古梓堂文庫蔵奈良絵本解題 …… 519
    * 岡村槐軒氏蔵奈良絵本解題 …… 520
    * 岩瀬文庫蔵奈良絵本解題 ……… 521
    * 高安六郎博士蔵奈良絵本解題 · 521
    * 帝国図書館蔵奈良絵本解題 …… 522
    * 帝国図書館蔵写本解題 ………… 523
    * 寛文五年松会板解題 …………… 525
    * 宝永頃鱗形屋板解題 …………… 527
    * 西村伝兵衛板解題 ……………… 528
    * 御伽草子本解題 ………………… 529
* さるげんじ ……………………………… 531
  * 寛文頃松会板解題 ………………… 532
  * 御伽草子本解題 …………………… 533
* 一寸法師 ………………………………… 534
  * 校訂者蔵写本解題 ………………… 535
* こをとこのさうし ……………………… 536
  * 高安六郎博士蔵奈良絵本別本解題 ……………………………………… 538
  * 岡村槐軒氏蔵奈良絵本解題 ……… 538
* 小おとこ ………………………………… 540
  * 岩瀬文庫蔵奈良絵本解題 ………… 540
* 小おとこ ………………………………… 541
  * 高野辰之博士蔵絵巻解題 ………… 542
* ひきう殿物語 …………………………… 544
* しほやきぶんしやう …………………… 546
* ぶんしやうのさうし …………………… 548
* ふんしやう ……………………………… 553
* 附 ………………………………………… 555
  * ふんしやう草子の刊本 …………… 555
    * 明暦四年板解題 ………………… 557
    * 寛文四年長尾板解題 …………… 561
    * 風月庄左衛門板解題 …………… 563
    * 寛文十一年松会板解題 ………… 564

- ＊山本九左衛門板解題 ………… 566
- ＊元禄七年浅見板小本解題 …… 568
- ＊水田甚左衛門板解題 ………… 571
- ＊吉田屋喜左衛門板解題 ……… 572
- ＊正徳三年西村屋板解題 ……… 573
- ＊袋屋十良兵衛板解題 ………… 574
- ＊御伽草子本解題 ……………… 575
- ＊附 ……………………………… 576
  - ＊ふんしやう草子の写本 ……… 576
    - ＊古梓堂文庫蔵絵巻解題 …… 576
    - ＊校訂者蔵文鳳堂雑纂本解題 … 578
    - ＊岩瀬文庫蔵絵巻解題 ……… 579
    - ＊戸川濱男氏蔵奈良絵本解題 … 579
    - ＊戸川濱男氏蔵土佐絵本解題 … 580
    - ＊果園文庫蔵奈良絵本解題 … 581
    - ＊高安六郎博士蔵奈良絵本解題 ・ 582
    - ＊東大図書館蔵奈良絵本解題 … 583
    - ＊アルデマーニ氏蔵奈良絵本解題 …………………………… 583
    - ＊陰山金四郎氏蔵奈良絵本解題 ・ 586
    - ＊東大国文学研究室蔵奈良絵本解題 ………………………… 587
    - ＊校訂者蔵奈良絵本解題 ……… 588
    - ＊岡田眞氏蔵写本解題 ……… 592
    - ＊東大図書館蔵写本解題 …… 594
    - ＊校訂者蔵慶安元年写本解題 … 594
    - ＊戸川濱男氏蔵奈良絵横本解題 ・ 596
    - ＊校訂者蔵写本「文勝」解題 …… 597
    - ＊東大図書館蔵写本「中むかし物語」解題 …………………… 597
    - ＊広島文理大図書館蔵奈良絵本解題 ………………………… 599
- ＊梅津長者物語 ………………… 600
- ＊附 ……………………………… 602
  - ＊梅津長者物語諸本 …………… 602
    - ＊彰考館文庫蔵写本解題 …… 602
    - ＊宮内省図書寮蔵絵巻解題 … 604
    - ＊帝国図書館蔵絵巻解題 …… 605
    - ＊神宮文庫蔵写本解題 ……… 605
- ＊梅津の長者 …………………… 609
- ＊大黒舞 ………………………… 609
- ＊かくれさと …………………… 612
  - ＊明暦二年㊞屋仁兵衛板（零本）解題 …………………………… 614
  - ＊幸田成友博士蔵残欠絵巻解題 … 616
- ＊ゑびす大こくかつせん ………… 617
- ＊すゑひろ物語 ………………… 618
- ＊福富長者物語 ………………… 619
- ＊附 ……………………………… 632
  - ＊福富長者物語諸本 …………… 632
    - ＊古梓堂文庫蔵絵巻別本解題 … 633
    - ＊大阪市立美術館蔵絵巻解題 … 635
    - ＊春浦院本「福富草紙」の詞書 … 638
    - ＊校訂者蔵「福富絵草紙」解題 … 650
    - ＊宮内省図書寮蔵「福富草紙」解題 …………………………… 651
    - ＊静嘉堂文庫蔵「福富草子絵詞」解題 …………………………… 651
    - ＊静嘉堂文庫蔵「福富草紙」解題 652
    - ＊静嘉堂文庫蔵「福富草紙」別本解題 ………………………… 653
    - ＊帝国図書館蔵「福富双紙」解題 … 653
- ＊天地三国之鍛治之総系図暦然帳 …… 654
- ＊番神絵巻 ……………………… 656

日本古典文学全集・内容綜覧 **605**

[099] 室町時代物語大成
角川書店
全13巻，補遺2巻
1973年1月～1988年2月
（横山重，松本隆信編）

第1巻　あ－あみ
1973年1月20日刊

＊例言（横山重，松本隆信）……………… 1
一　あゐそめ川（寛文頃江戸版）……… 13
二　青葉の笛（赤木文庫蔵写本）……… 34
三　青葉のふえ（寛文七年刊本）……… 49
四　赤城御本池（天保二年写本）……… 57
五　あかしの三郎（天保二十三年写本）… 71
六　あかし（寛永頃絵入刊本）………… 98
七　赤松五郎物語（仮題）（大永六年写本）
　　　　　　　　　　　　　　……… 126
八　秋月物語（高山歓喜寺蔵写本）…… 135
九　秋夜長物語（永和三年写本）……… 234
十　秋夜長物語（幸節静彦氏蔵古絵巻）… 253
十一　秋夜長物語（文禄五年写本）…… 272
十二　秋夜長物語（天文九年写本）…… 292
十三　秋夜長物語（仮題）（永青文庫蔵絵巻）……………………………………… 311
十四　秋夜長物語（片カナ古活字版）… 329
十五　秋夜長物語（平がな古活字版）… 347
十六　あきみち（国会図書館蔵奈良絵本）
　　　　　　　　　　　　　　……… 370
十七　阿曽の草子（仮題）（神宮文庫蔵本）……………………………………… 386
十八　朝皃のつゆ（赤木文庫蔵絵入古写本）…………………………………… 390
十九　あしひき（逸翁美術館蔵古絵巻）… 422
二十　あしやのさうし（天理図書館写本）……………………………………… 451
二一　愛宕地蔵物語（仮題）（慶応義塾図書館蔵写本）………………………… 456
二二　愛宕地蔵物語（承応二年刊本）… 492
二三　熱田の神秘（慶応義塾図書館蔵古写本）…………………………………… 527
二四　あま物語（仮題）（天理図書館蔵奈良絵本）……………………………… 536

二五　雨やどり（岩瀬文庫蔵奈良絵本）… 553
二六　あみだの本地物語（仮題）（天文二十一年写本）…………………………… 588
二七　あみたの本地（扉題）（学習院大学蔵写本）……………………………… 601

第2巻　あめ－うり
1974年2月28日刊

＊例言（横山重，松本隆信）……………… 1
二八　天稚彦草子（上巻　東京博物館蔵模本　下巻　独逸博物館蔵原本）…… 13
二九　雨若みこ（赤木文庫蔵寛永写本）… 19
三十　あやめのまへ（東洋大学蔵絵巻）… 43
三一　蟻通明神のえんぎ（仮題）（下店静市氏蔵奈良絵本）…………………… 47
三二　鴉鷺記（尊経閣文庫蔵文禄三年写本）……………………………………… 53
三三　鴉鷺物語（寛永古活字版）……… 115
三四　伊香物語（天理図書館蔵写本）… 185
三五　いけにえ物語（天理図書館写本）
　　　　　　　　　　　　　　……… 193
三六　いさよひ（守屋孝蔵氏蔵奈良絵本）… 219
三七　石山物語（明暦四年刊本）……… 226
三八　いそさぎ（赤木文庫蔵写本）…… 251
三九　一尼公さうし（仮題）（赤木文庫旧蔵奈良絵本）…………………………… 265
四十　厳島の本地（仮題）（慶応義塾図書館蔵写本）……………………………… 270
四一　伊豆国奥野翁物語（天理図書館蔵天正十五年写本）……………………… 297
四二　いづはこねの本地（慶応義塾図書館蔵刊本）……………………………… 313
四三　いづみしきぶ（吉田小五郎氏蔵丹緑本）…………………………………… 342
四四　和泉式部（戸川浜男氏旧蔵巻子本）
　　　　　　　　　　　　　　……… 347
四五　（伊吹山）（大江山以前）酒典童子（仮題）（赤木文庫旧蔵奈良絵本）……… 357
四六　（伊吹山）酒顛童子（岩瀬文庫蔵絵巻）
　　　　　　　　　　　　　　……… 379
四七　（伊吹山）しゅてん童子（大東急記念文庫蔵土佐絵本）………………… 401
四八　岩竹（岩瀬文庫蔵奈良絵本）…… 427
四九　いわや物語（天理図書館蔵慶長十三年写本）……………………………… 440

五十 岩屋の物語(天理図書館蔵奈良絵本)……… 469	七五 扇合物かたり(慶応義塾図書館蔵絵入古写本)……… 221
五一 魚太平記(内題)(寛文頃刊本)…… 504	七六 扇ながし(延宝七年刊本)……… 237
五二 有善女(うぜんにょ)物語(仮題)(慶応義塾大学斯道文庫蔵写本) 519	七七 大橋の中将(笹野堅氏旧蔵奈良絵本)……… 267
五三 うそひめ(別名ふくろう)(静嘉堂文庫蔵絵入写本) 527	七八 おちくぼ(穂久邇文庫蔵奈良絵巻)……… 283
五四 うたゝねの草子(仮題)(神宮文庫蔵写本) 539	七九 おちくぼのさうし(万治二年刊本)……… 292
五五 うばかは(観音胆仰会旧蔵奈良絵本) 550	八〇 御茶物かたり(寛永七年刊古活字本)……… 307
五六 梅津長者(岩瀬文庫蔵絵巻模本) 558	八一 音なし草子(赤木文庫蔵絵本)…… 314
五七 梅津乃長者(梅若六郎氏蔵絵巻) 570	八二 大原御幸(藤井隆氏蔵奈良絵本)‥ 323
五八 梅津の長者(清水泰氏旧蔵奈良絵本) 579	八三 おもかげ物語(万治三年刊本)…… 335
五九 浦風(赤木文庫旧蔵奈良絵本)… 585	八四 およう のあま(御用)(東大図書館蔵奈良絵本) 350
六十 うらしま 下(日本民芸協会蔵古絵巻) 598	八五 御曹司島わたり(仮題)(赤木文庫蔵絵巻) 364
六一 うらしま(日本民芸協会蔵室町末絵巻) 602	八六 戒言(飼ひ蚕力)(永禄元年写本)・ 370
六二 うらしま(赤木文庫奈良絵巻)… 606	八七 蛙の草紙(根津美術館蔵絵巻)… 383
六三 瓜子姫物語(仮題)(大友奎堂氏蔵絵巻) 612	八八 鏡男絵巻(国会図書館蔵絵巻)… 387
	八九 かくれ里(仮題)(赤木文庫蔵絵巻) ……… 391
第3巻 えし―きさ 1975年1月30日刊	九〇 かざしの姫(慶応義塾図書館蔵奈良絵本) 398
＊例言(横山重，松本隆信)……………… 1	九一 花情物語(高山歓喜寺蔵写本)…… 405
六四 恵心先徳夢想之記(えしんのせんとくむそう)(康正三年写本) 15	九二 花鳥風月(仮題)(文禄四年奈良絵本) 420
六五 恵心僧都絵巻(国会図書館蔵絵巻) 18	九三 花鳥風月(仮題)(慶長元和頃古活字十行本) 434
六六 恵心僧都(慶応義塾図書館蔵古写本) 21	九四 花鳥風月の物かたり(史料編集所蔵影写本) 447
六七 恵心僧都物語(寛文四年刊本)… 34	九五 かなわ(藤井隆氏蔵奈良絵本)…… 451
六八 ゑびす大こくかつせん(万治頃刊) 53	九六 神代小町(長瀬八幡宮蔵絵巻)…… 463
六九 ゑんがく(岩瀬文庫蔵奈良絵本) 63	九七 賀茂之本地(承応頃刊本)……… 480
七十 役の行者(中野荘次氏蔵奈良絵本) 82	九八 唐糸草子(慶長元和頃古活字十行本) 497
七一 ゑんま物語(明暦四年刊本)……… 90	九九 唐崎物語(穂久邇文庫蔵写本)… 515
七二 大江山酒天童子(逸翁美術館蔵古絵巻) 122	一〇〇 雁の草子(仮題)(慶長七年絵巻) ……… 534
七三 (大江山)しゆてん童子(慶応義塾図書館蔵絵巻) 141	一〇一 観音本地(慶応義塾図書館蔵奈良絵本) 543
七四 大江山酒典童子(麻生太賀吉氏蔵巻子本) 185	一〇二 勧学院物語(寛文九年刊本)… 554
	一〇三 祇王(元和寛永頃古活字本)… 572
	一〇四 祇園牛頭天王御縁起(文明十四年写巻子本) 583

一〇五 祇園牛頭天王縁起(長亨二年写本)………………………………… 589
一〇六 祇園御本地(承応明暦頃刊本)‥ 599
一〇七 衣更着物語(貞亨五年刊本)…… 606

第4巻　きそ—こお
1976年3月30日刊

＊例言(横山重，松本隆信)………… 1
一〇八 木曽よし高物語(北海道大学図書館蔵慶長九年写本)……………… 15
一〇九 狐の草子(仮題)(大東急記念文庫蔵絵巻)……………………… 42
一一〇 貴船の物語(慶応義塾図書館蔵古写本)……………………………… 47
一一一 貴船の本地(承応明暦頃刊丹緑本)……………………………………… 69
一一二 きまん国物語(仮題)(慶応義塾図書館蔵享禄二年写本)……… 93
一一三 京太郎物語(大阪府立図書館蔵影写本)……………………………… 122
一一四 きりきりすの物かたり(赤木文庫蔵古写巻子本)…………………… 127
一一五 くちきざくら(天理図書館蔵写本)………………………………………… 133
一一六 愚痴中将(天理図書館蔵写本)‥ 143
一一七 熊野の本地の物語(天理図書館蔵大形奈良絵本)………………… 152
一一八 熊野の本地(杭全神社蔵室町末絵巻)……………………………… 168
一一九 熊野御本地(天理図書館蔵元和八年絵巻)………………………… 194
一二〇 くまのゝ本地(赤木文庫蔵寛永頃刊本)……………………………… 215
一二一 熊野の本地(井田等氏蔵絵巻)‥ 251
一二二 車僧絵巻(京大図書館蔵奈良絵巻)……………………………………… 273
一二三 くるま僧(御巫清男氏旧蔵写本)………………………………………… 282
一二四 鶏鼠(けいそ)物語(赤木文庫旧蔵奈良絵本)……………………… 300
一二五 獣太平記(寛文頃刊本)………… 309
一二六 月林草(赤木文庫旧蔵写本)… 323
一二七 源海上伝記(仮題)(赤木文庫蔵古写本)……………………………… 354
一二八 賢学草子(仮題)(根津美術館蔵古絵巻)……………………………… 364

一二九 源氏供養草子(赤木文庫蔵古写巻子本)……………………………… 373
一三〇 源氏供養物語(赤木文庫蔵絵巻)………………………………………… 381
一三一 還城楽物語(藤井隆氏蔵写本)… 387
一三二 幻夢物語(内閣文庫蔵寛文八年写本)……………………………… 398
一三三 小敦盛絵巻(赤木文庫蔵室町末絵巻)……………………………… 417
一三四 恋塚物語(明暦頃刊本)………… 432
一三五 庚申之縁起(慶応義塾図書館蔵天文九年写本)……………………… 455
一三六 かうしんの本地(天理図書館蔵慶長十二年写本)…………………… 459
一三七 庚申縁起(赤木文庫旧蔵寛文十一年写巻子本)…………………… 465
一三八 庚申之御本地(承応頃刊本)… 469
一三九 強盗鬼神(寛永頃刊丹緑本)… 479
一四〇 興福寺の由来物語(仮題)(慶応義塾図書館蔵古写本)………… 494
一四一 弘法大師御本地(承応三年刊丹緑本)……………………………… 526
一四二 高野物語(宮内庁書陵部蔵写本)…………………………………………… 547
一四三 ごゑつ(呉越)(光慶図書館旧蔵奈良絵本)………………………… 568
一四四 こをとこのさうし(高安六郎氏旧蔵古奈良絵本)…………………… 589
一四五 小男の草子(仮題)(赤木文庫蔵室町末絵巻)……………………… 595
一四六 小男の草子(仮題)(天理図書館蔵慶長十二年絵巻)………………… 606

第5巻　こお—さく
1977年3月30日刊

＊例言(横山重，松本隆信)………… 1
一四七 こほろぎ物語(内閣文庫蔵写本)…………………………………………… 13
一四八 小式部(天理図書館蔵写本)…… 20
一四九 胡蝶物語(慶応義塾図書館蔵写本)……………………………………… 39
一五〇 小伏見物語(赤木文庫蔵奈良絵本)……………………………………… 54
一五一 小町歌あらそひ(万治三年刊本)…………………………………………… 91

室町時代物語大成

一五二 小町双紙(東京大学蔵天文十四年写本) ………… 106
一五三 小町のさうし(寛永頃刊丹緑本) ………… 117
一五四 小町物がたり(元禄宝永頃鱗形屋刊本) ………… 130
一五五 子やす物語(赤木文庫蔵写本) ‥ 142
一五六 子易物語(寛文元年刊本) ………… 163
一五七 木幡(こはた)狐(徳江元正氏蔵奈良絵本) ………… 179
一五八 金剛女の草子(慶大斯道文庫蔵写本) ………… 191
一五九 西行物語(神宮文庫蔵永正六年写本) ………… 200
一六〇 西行物語(正保三年刊本) ………… 231
一六一 西行の物かたり(歓喜寺蔵写本) ………… 263
一六二 小枝(さえだ)の笛物語(仮題)(赤木文庫蔵写本) ………… 278
一六三 さがみ川(天理図書館蔵寛永六年写本) ………… 320
一六四 嵯峨物語(内閣文庫蔵写本) ………… 336
一六五 さくらゐ物語(絵入写本複製本) ………… 353
一六六 桜梅草子(白描絵巻複製本) 548
一六七 桜の中将物語(国会図書館蔵写本) ………… 554
一六八 さくらの中将(寛永十年刊本) ‥ 607

第6巻 さけ―しみ
1978年3月30日刊

＊例言(横山重,松本隆信) ………… 1
一六九 酒の泉(宮本長則氏蔵絵巻) ………… 13
一七〇 さごろもの大将(仮題)(慶応義塾図書館蔵室町末期写本) ………… 29
一七一 狭衣の中将(仮題)(慶応義塾図書館蔵慶長二年写本) ………… 68
一七二 さごろも(赤木文庫蔵寛永頃刊丹緑本) ………… 93
一七三 さゝやき竹物語(仮題)(西尾市立図書館岩瀬文庫蔵絵巻) ………… 115
一七四 さゝやき竹(赤木文庫旧蔵絵巻) ………… 120
一七五 さゞれ石(仮題)(穂久邇文庫蔵絵巻) ………… 143

一七六 さよごろも付ゑんや物語(寛文九年刊本) ………… 150
一七七 さよひめのさうし(赤木文庫蔵古写本) ………… 170
一七八 さるげんじ(赤木文庫蔵寛永正保頃丹緑本) ………… 187
一七九 山海相生物語(別名おこぜ)(赤木文庫蔵絵巻) ………… 205
一八〇 三人法師(赤木文庫蔵寛永頃丹緑本) ………… 211
一八一 塩竈宮の御本地(慶大斯道文庫蔵写本) ………… 236
一八二 志賀物語(東京大学国文学研究室蔵奈良絵本) ………… 286
一八三 しぐれ(大東急記念文庫蔵永正十七年写本) ………… 296
一八四 しぐれ(赤木文庫蔵正保慶安頃刊本) ………… 341
一八五 しぐれ(東洋文庫蔵奈良絵本) ‥ 384
一八六 四十二の物あらそひ(仮題)(赤木文庫蔵古写本) ………… 430
一八七 四十二の物あらそひ(古活字版丹緑本) ………… 438
一八八 四生の歌合(古活字版丹緑本) ‥ 452
一八九 じぞり弁慶(西尾市立図書館岩瀬文庫蔵奈良絵本) ………… 503
一九〇 しのばずが池物語(寛文八年刊本) ………… 525
一九一 しのびね物語(神宮文庫蔵写本) ………… 534
一九二 しみづ吉高(仮題)(慶応義塾図書館蔵写本) ………… 591

第7巻 しみ―すす
1979年2月28日刊

＊例言(横山重,松本隆信) ………… 1
一九三 しみづ物語(国会図書館蔵寛永十四年写本) ………… 13
一九四 しみづ物語(神宮文庫蔵刊本) …… 63
一九五 釈迦の本地(戸川浜男氏旧蔵写本) ………… 90
一九六 釈迦の本地(寛永二十年刊本) ‥ 118
一九七 十二人ひめ(寛永十年刊本) …… 163
一九八 十二類絵巻(堂本家蔵古絵巻) ‥ 179
一九九 十人(天理図書館蔵写本) ……… 196

日本古典文学全集・内容綜覧 609

二〇〇 秀裕（しゅうゆう）之物語（慶応義塾図書館蔵大永六年写本）……… 204
二〇一 酒茶論（赤木文庫蔵室町末期写本）……… 214
二〇二 酒茶論（赤木文庫蔵寛永頃刊本）……… 219
二〇三 十本あふぎ（穂久邇文庫蔵奈良絵本）……… 232
二〇四 酒飯論（国会図書館蔵絵巻）……… 243
二〇五 酒餅（しゅへい）論（赤木文庫蔵刊本）……… 251
二〇六 精進魚類物語（寛永正保頃刊本）……… 263
二〇七 精進魚類物語（神宮文庫蔵写本）……… 277
二〇八 浄瑠璃物語（赤木文庫蔵室町末期絵巻）……… 292
二〇九 浄瑠璃御前物語（赤木文庫蔵慶長頃写本）……… 334
二一〇 浄瑠璃十二段草子（北海道大学蔵写本）……… 377
二一一 諸虫太平記（赤木文庫蔵刊本）…… 413
二一二 神道由来の事（仮題）（慶応義塾図書館蔵室町後期写本）……… 437
二一三 申陽候絵巻（永青文庫蔵絵巻）…… 445
二一四 すゑひろ物語（仮題）（赤木文庫旧蔵江戸前期絵巻）……… 453
二一五 鈴鹿の草子（慶応義塾図書館蔵室町後期写本）……… 461
二一六 鈴鹿の物語（天理図書館蔵写本）……… 498
二一七 雀さうし（早稲田大学図書館蔵写本）……… 540
二一八 雀の発心（仮題）（日本民芸館蔵古絵巻）……… 580
二一九 雀の発心（仮題）（赤木文庫蔵古絵巻）……… 588
二二〇 雀の発心（仮題）（慶応義塾図書館蔵室町末期絵巻）……… 598
二二一 雀の夕がほ（広島大学蔵奈良絵本）……… 606
二二二 硯わり（加藤隆文氏蔵奈良絵本）……… 612
二二三 硯破（内閣文庫蔵写本）……… 641
二二四 硯わり（広島大学蔵奈良絵本）…… 653

第8巻 すみーたま
1980年2月29日刊

＊例言（横山重，松本隆信）……… 1
二二五 墨染桜（承応二年刊本）……… 13
二二六 住吉縁起（慶応義塾図書館蔵写本）……… 42
二二七 住吉物語（赤木文庫蔵古活字版本）……… 72
二二八 諏訪の本地（仮題）（吉田幸一氏蔵江戸初期写本）……… 112
二二九 すはの本地（赤木文庫蔵江戸初期絵入写本）……… 147
二三〇 諏訪草紙（慶大斯道文庫蔵弘化四年写本）……… 175
二三一 是害房絵（曼殊院蔵室町初期絵巻）……… 194
二三二 善界坊絵詞（仮題）（慶応義塾図書館蔵寛文十一年絵巻）……… 208
二三三 浅間御本地御由来記（赤木文庫蔵安永二年写本）……… 223
二三四 善光寺如来本懐（慶応義塾図書館蔵応永九年写本）……… 239
二三五 善光寺如来本地（慶応義塾図書館蔵寛文六年写本）……… 259
二三六 善光寺本地（万治二年刊本）…… 308
二三七 千じゆ女（慶応義塾図書館蔵室町末期写本）……… 339
二三八 千手御前物語（仮題）（小林謙一氏蔵奈良絵本）……… 355
二三九 千手女物語（仮題）（慶応義塾図書館蔵江戸初期写本）……… 371
二四〇 大悦物語（赤木文庫蔵絵巻）…… 388
二四一 大仏供養物語（天理図書館蔵享禄四年写本）……… 402
二四二 大仏供養（赤木文庫蔵江戸初期絵入写本）……… 414
二四三 大仏の御縁起（慶応義塾図書館蔵室町末期写本）……… 431
二四四 大仏之縁起（慶応義塾図書館蔵天和元年写本）……… 449
二四五 宝くらべ（慶応義塾図書館蔵奈良絵本）……… 463
二四六 滝口物語（歓喜寺蔵江戸初期写本）……… 478
二四七 七夕の本地（赤木文庫蔵江戸初期絵巻）……… 491

二四八 七夕物語（静嘉堂文庫蔵絵入写本）……………………………… 511
二四九 たなばたの本地（慶応義塾図書館蔵寛永七年写本）……………… 531
二五〇 玉井の物語（赤木文庫蔵絵巻）‥ 551
二五一 玉たすき（慶応義塾図書館蔵奈良絵本）…………………………… 559
二五二 玉水物語（京都大学図書館蔵写本）…………………………………… 570
二五三 たまむしのさうし（細川家坦堂文庫蔵天正十年写本）………………… 585
二五四 玉虫の物がたり（赤木文庫蔵室町後期巻子本）……………………… 593
二五五 玉虫の草子（仮題）（赤木文庫蔵丹緑本）…………………………… 599
二五六 玉虫草子（仮題）（赤木文庫蔵絵巻）………………………………… 602

第9巻　たまーてん
1981年2月28日刊

＊例言（横山重，松本隆信）…………… 1
二五七 玉藻前物語（赤木文庫蔵文明二年写本）…………………………… 13
二五八 玉藻の前（国会図書館蔵奈良絵本）…………………………………… 37
二五九 玉藻の草子（承応二年刊本）…… 58
二六〇 田村の草子（天理図書館蔵古活字版本）……………………………… 80
二六一 為盛発心因縁集（慶応義塾図書館蔵天正十一年写本）……………… 110
二六二 為盛発心物語（神宮文庫蔵写本）……………………………………… 124
二六三 俵藤太草子（金戒光明寺蔵古絵巻）…………………………………… 133
二六四 俵藤太物語（寛永頃刊本）……… 142
二六五 短冊の縁（天理図書館蔵写本）… 173
二六六 竹生島の本地（赤木文庫蔵古活字版丹緑本）……………………… 242
二六七 稚児今参り（西尾市立図書館岩瀬文庫蔵奈良絵本）……………… 248
二六八 中将姫（仮題）（山上嘉久氏蔵絵巻）…………………………………… 270
二六九 中将姫本地（慶安四年刊本）…… 286
二七〇 中書王物語（国会図書館蔵写本）……………………………………… 299

二七一 鳥獣戯哥合物語（東京大学図書館蔵写本）…………………………… 317
二七二 調度歌合（彰考館蔵写本）……… 345
二七三 長宝寺よみかへりの草紙（長宝寺蔵永正十年写本）………………… 351
二七四 月日の御本地（寛永正保頃刊丹緑本）………………………………… 375
二七五 つきみつのさうし（東大国文学研究室蔵古活字版丹緑本）…………… 397
二七六 付喪神記（国会図書館蔵絵巻）‥ 417
二七七 土ぐも（慶応義塾図書館蔵絵巻）……………………………………… 426
二七八 土蜘蛛草紙（仮題）（東京国立博物館蔵古絵巻）……………………… 436
二七九 つばめの草子（仮題）（反町茂雄氏旧蔵絵巻）………………………… 442
二八〇 つぼの碑（天理図書館蔵絵巻）‥ 446
二八一 鶴亀の草子（大東急記念文庫蔵奈良絵本）…………………………… 455
二八二 鶴亀松竹（高安六郎氏旧蔵奈良絵本）………………………………… 458
二八三 鶴の翁（慶応義塾図書館蔵写本）……………………………………… 473
二八四 鶴の草子（寛文二年刊本）……… 493
二八五 てこくま物語（上巻 松蔭女子学院大学蔵絵巻 下巻 東京国立博物館蔵絵巻）……………………………… 524
二八六 天狗の内裏（仮題）（慶応義塾図書館蔵室町後期写本）……………… 551
二八七 天狗の内裏（赤木文庫蔵寛永十一年写本）…………………………… 576
二八八 天狗の内裏（信多純一氏蔵写本）……………………………………… 599
二八九 てんぐのだいり（寛永正保頃刊丹緑本）……………………………… 638
＊第九巻あとがき（松本隆信）………… 661

第10巻　てんーはも
1982年2月28日刊

＊例言（横山重，松本隆信）…………… 1
二九〇 天照大神本地（慶応義塾図書館写本）………………………………… 13
二九一 天神絵巻（天理図書館蔵室町末期絵巻）……………………………… 32
二九二 天神縁起（仮題）（大阪天満宮蔵絵巻）………………………………… 44

二九三 天神本地（慶安元年刊本）………… 56
二九四 天満天神縁起（筑波大学蔵康暦二年写本） 68
二九五 道成寺縁起（道成寺蔵古絵巻）… 97
二九六 道成寺物語（万治三年刊本）…… 104
二九七 常盤の姥（仮題）（慶応義塾図書館蔵古奈良絵本） 125
二九八 常盤物語（歓喜寺蔵寛永八年写本） 134
二九九 鳥部山物語（内閣文庫蔵写本）… 160
三〇〇 長良の草子（赤木文庫蔵奈良絵本） 175
三〇一 七くさ草子（山田正子氏蔵絵巻） ………… 182
三〇二 七草ひめ（多和文庫蔵奈良絵本） ………… 189
三〇三 ねこ物語（彰考館蔵写本）……… 225
三〇四 鼠草子（仮題）（フォグ美術館寄託古絵巻） 238
三〇五 鼠の草子（仮題）（天理図書館蔵古絵巻） 241
三〇六 鼠の草紙（仮題）（東京国立博物館蔵古絵巻） 257
三〇七 箱根権現縁起絵巻（仮題）（箱根神社蔵古絵巻） 277
三〇八 箱根本地由来（慶応義塾図書館蔵写本） 288
三〇九 橋姫物語（仮題）（東京国立博物館蔵古絵巻） 309
三一〇 橋弁慶（天理図書館蔵写本）…… 316
三一一 鉢かづき（仮題）（赤木文庫蔵写本） 324
三一二 鉢かづきの草子（赤木文庫蔵寛永頃刊本） 353
三一三 八幡大菩薩御縁起（天理図書館蔵享禄四年奥書絵巻） 377
三一四 八幡の御本地（承応二年刊本）… 390
三一五 初瀬物語（慶応義塾図書館蔵写本） 407
三一六 花子ものぐるひ（寛文延宝頃刊本） 423
三一七 花つくし（正保三年刊本） 453
三一八 花の縁物語（寛文六年刊本） 468
三一九 花みつ（武田祐吉氏旧蔵奈良絵本） 483
三二〇 花みつ月みつ（静嘉堂文庫蔵写本） 501

三二一 花世の姫（明暦頃刊本）………… 515
三二二 はにふの物語（刈谷市立図書館蔵写本） 560
三二三 はまぐり（高安六郎氏旧蔵奈良絵本） 604
三二四 はまぐりはたおりひめ（明暦二年刊本） 617
三二五 はもち（清水泰氏旧蔵奈良絵本） 630
三二六 はもち中納言（京都大学文学部蔵写本） 657

第11巻　ひおーふん
1983年2月28日刊

＊例言（横山重、松本隆信）…………… 1
三二七 火おけのさうし（寛永頃刊丹緑本） 13
三二八 彦火々出見尊絵（明通寺蔵絵巻） 25
三二九 びしやもん（慶応義塾図書館蔵奈良絵本） 32
三三〇 びしやもん（慶応義塾図書館蔵写本） 69
三三一 毘沙門天王之本地（承応三年刊本） 104
三三二 美人くらべ（万治二年刊本） 127
三三三 日高川（天理図書館蔵奈良絵本） 148
三三四 一もときく（慶応義塾図書館蔵写本） 156
三三五 一本菊（万治三年刊本） 189
三三六 姫百合（慶応義塾図書館蔵写本） 225
三三七 ひめゆり（寛文延宝頃松会刊本） 253
三三八 百万ものがたり（万治三年刊本） 281
三三九 兵部卿物語（仮題）（慶応義塾図書館蔵写本） 298
三四〇 福富草紙（春浦院蔵古絵巻）…… 335
三四一 福富物語（仮題）（赤木文庫蔵絵巻） 345
三四二 ふくろふ（松本隆信蔵奈良絵本） 353
三四三 ふくろうのそうし（東大国文学研究室蔵明暦四年写本）………… 364

室町時代物語大成

三四四 武家繁昌（赤木文庫蔵絵巻） 389
三四五 富士山の本地（延宝八年刊本） .. 405
三四六 富士の人穴の草子（赤木文庫蔵慶長八年写本） 429
三四七 富士の人穴草子（寛永四年刊丹緑本） 452
三四八 藤ぶくろ（麻生太賀吉氏旧蔵絵巻） 476
三四九 藤袋草紙（仮題）（若林正治氏l蔵絵巻） 487
三五〇 伏屋の物がたり（慶応義塾図書館蔵写本） 493
三五一 二荒山縁起（内閣文庫蔵写本） .. 533
三五二 仏鬼軍（元禄十年刊本） 545
三五三 舟のゐとく（天理図書館蔵絵巻） 554
三五四 不老不死（大阪市立美術館蔵絵巻） 568
三五五 文正草子（慶応義塾図書館蔵奈良絵本） 585
三五六 文正の草子（寛永頃刊丹緑本） .. 625

第12巻　ふん―みし
1984年2月29日刊

＊例言（横山重，松本隆信） 1
三五七 文正草子（仮題）（慶応義塾図書館蔵大形奈良絵本） 13
三五八 ぶんしやう（赤木文庫旧蔵横形奈良絵本） 45
三五九 文正草子（仮題）（慶応義塾図書館蔵写本） 81
三六〇 平家花ぞろへ（慶応義塾図書館蔵写本） 116
三六一 平家花揃（仮題）（貞享三年刊本） 133
三六二 弁慶物語（仮題）（慶応義塾図書館蔵古活字本） 145
三六三 弁慶物語（国会図書館蔵元和七年写本） 195
三六四 弁の草紙（内閣文庫蔵写本） 241
三六五 判官みやこはなし（寛文十年刊本） 252
三六六 宝角童子（仮題）（天理図書館蔵奈良絵本） 298
三六七 法蔵比丘（天理図書館蔵奈良絵本） 317

三六八 宝満長者（寛文五年刊本） 330
三六九 ほうまん長者（天理図書館蔵奈良絵本） 342
三七〇 法妙童子（寛文八年刊本） 353
三七一 蓬萊物語（仮題）（赤木文庫蔵絵巻） 395
三七二 蓬萊山由来（寛文四年刊本） 407
三七三 布袋物語（赤木文庫蔵絵巻） 420
三七四 堀江物語（慶応義塾図書館蔵写本） 436
三七五 堀江物語（寛文七年刊本） 472
三七六 ほろほろのさうし（仮題）（赤木文庫蔵寛永正保頃刊本） 502
三七七 梵天国（フォッグ美術館寄託絵巻） 530
三七八 ぼん天こく（天理図書館蔵写本） 553
三七九 松ヶ枝姫物語（天理図書館蔵絵巻） 575
三八〇 松風むらさめ（万治二年刊本） .. 582
三八一 松姫物語（仮題）（東洋大学図書館蔵大永六年絵巻） 604
三八二 松帆物語（赤木文庫蔵正保慶安頃刊本） 614
三八三 松虫鈴虫讃嘆文（仮題）（赤木文庫蔵室町末期写本） 626
三八四 窓の教（仮題）（内閣文庫蔵絵入写本） 633
三八五 まんじゆのまへ（寛文十三年刊本） 651
三八六 みしま（天理図書館蔵奈良絵本） 679
三八七 みしま（仮題）（赤木文庫蔵室町末期写本） 698

第13巻　みな―わか
1985年2月28日刊

＊例言（横山重，松本隆信） 1
三八八 みなつる（赤木文庫蔵奈良絵本） 13
三八九 源蔵人物語（仮題）（松本隆信蔵室町末期写本） 24
三九〇 源蔵人物語（東大国文学研究室蔵写本） 42
三九一 虫妹背物語（天理図書館蔵享保二年絵巻） 58

三九二 無明法性合戦状(猪熊信男氏蔵大永七年写本)……68
三九三 むらくも(仮題)(東大国文学研究室蔵奈良絵本)……77
三九四 むらまつの物かたり(国会図書館蔵写本)……82
三九五 村松物語(東大国文学研究室蔵奈良絵本)……119
三九六 目連の草紙(天理図書館蔵享禄四年写本)……147
三九七 物くさ太郎(寛永頃刊本)……167
三九八 紅葉合(京大図書館蔵写本)……185
三九九 もろかど物語(国会図書館蔵写本)……201
四〇〇 もろかど物語(彰考館蔵寛永六年写本)……229
四〇一 文殊姫(慶応義塾図書館蔵奈良絵本)……282
四〇二 弥兵衛鼠(仮題)(慶応義塾図書館蔵絵巻)……320
四〇三 雪女物語(寛文五年刊本)……336
四〇四 ゆや物がたり(寛文頃松会刊本)……356
四〇五 横座房物語(内閣文庫蔵写本)……374
四〇六 横笛草紙(仮題)(清凉寺蔵室町後期絵巻)……387
四〇七 横笛物語(慶応義塾図書館蔵室町末期写本)……404
四〇八 横笛滝口の草紙(赤木文庫蔵古活字丹緑本)……419
四〇九 よしのぶ(広島大学国文学研究室蔵奈良絵本)……433
四一〇 頼朝(神奈川県立文化資料館蔵奈良絵本)……465
四一一 羅生門(井田等氏蔵絵巻)……473
四一二 るし長者(吉田幸一氏蔵奈良絵本)……492
四一三 六代(慶応義塾図書館蔵奈良絵本)……501
四一四 六波羅地蔵物語(仮題)(慶応義塾図書館蔵絵巻)……534
四一五 わかくさ(天理図書館蔵奈良絵本)……549
四一六 わかくさ物語(寛文七年鱗形屋刊本)……589
四一七 わかくさ(慶応義塾図書館蔵写本)……615

四一八 若みどり(赤木文庫蔵絵巻)……650
*あとがき(松本隆信)……660

補遺1 あいーしく
1987年2月28日刊

*例言(松本隆信)……1
四一九 相生の松(赤木文庫蔵絵巻)……13
四二〇 藍染川絵巻(仮題)(慶応義塾図書館蔵絵巻)……22
四二一 秋の夜の長物語(正徳六年刊本)……31
四二二 あじろの草子(仮題)(円福寺蔵写本)……54
四二三 あまやどり(清水泰氏旧蔵奈良絵本)……75
四二四 阿弥陀の本地(慶応義塾図書館蔵奈良絵本)……107
四二五 雨わかみこ(慶応義塾図書館蔵奈良絵本)……133
四二六 あわびの大将物語(赤木文庫蔵絵巻)……158
四二七 いそざき(仮題)(慶応義塾図書館蔵奈良絵本)……167
四二八 いつくしまの御本地(明歴二年刊本)……181
四二九 厳嶋御縁記(松本隆信蔵写本)……203
四三〇 いとさくらの物語(本誓寺蔵写本)……228
四三一 伊吹山酒顛童子(逸翁美術館蔵絵巻)……245
四三二 いはや物語(永青文庫蔵絵巻)……269
四三三 岩屋物語(国会図書館蔵写本)……299
四三四 浦嶋物語(橋本直紀氏蔵写本)……328
四三五 大江山酒顛童子(赤木文庫旧蔵絵巻)……335
四三六 大橋の中将(仮題)(小野幸氏蔵奈良絵本)……360
四三七 おちくぼ(麻生家蔵奈良絵本)……367
四三八 をときり(慶応義塾図書館蔵奈良絵本)……389
四三九 御曹子島わたり(仮題)(秋田県立秋田図書館蔵絵巻)……411
四四〇 かざしのひめ(小野幸氏蔵奈良絵本)……425
四四一 観音の本地(仮題)(赤木文庫蔵絵巻)……432

室町時代物語大成

四四二 きぶね(秋田県立秋田図書館蔵奈良絵本)······ 438
四四三 上野君消息(尊経閣文庫蔵暦応三年写本)······ 460
四四四 くはうせんしゆ(橋本直紀氏蔵絵巻)······ 475
四四五 小式部(小野幸氏蔵奈良絵本)··· 505
四四六 琴腹(外題)(尊経閣文庫蔵宝永四年写本)······ 523
四四七 さごろも(加賀豊三郎氏旧蔵奈良絵本)······ 529
四四八 狭衣中将物語(内閣文庫蔵写本)······ 564
四四九 さヽれいし(小野幸氏蔵奈良絵本)······ 586
四五〇 しぐれの物語(享保六年刊本)·· 592

補遺2　しそーりあ
1988年2月29日刊

*例言(松本隆信)······ 1
四五一 地蔵堂草紙(桜井慶二郎氏蔵絵巻)······ 13
四五二 十二段草子(赤木文庫蔵寛文頃江戸版)······ 19
四五三 新蔵人物語(大阪市立美術館蔵白描絵巻)······ 58
四五四 善光寺如来の本地(小野幸氏蔵古活字本)······ 76
四五五 たいのや姫物語(仮題)(西尾市立図書館岩瀬文庫蔵奈良絵本)····· 97
四五六 大仏くやう(小野幸氏蔵奈良絵本)······ 128
四五七 玉藻前物語(根津美術館蔵絵巻)······ 151
四五八 田村の草子(小野幸氏蔵室町後期写本)······ 163
四五九 為世の草子(フォッグ美術館寄託絵巻)······ 190
四六〇 稚児今参物語絵巻(室町後期絵巻)······ 205
四六一 稚児観音縁起(伝土佐吉光画絵巻複製)······ 234
四六二 月かげ(小野幸氏蔵奈良絵本)·· 238
四六三 月みつ花みつ(高山市郷土館蔵写本)······ 254

四六四 鶴のさうし(小野幸氏蔵奈良絵本)······ 273
四六五 天狗の内裡(橋本直紀氏蔵奈良絵本)······ 293
四六六 天神御本地(赤木文庫蔵巻子本)······ 317
四六七 天神の本地(慶応義塾図書館蔵元奈良絵本)······ 346
四六八 天神本地(仮題)(室町末期絵巻)······ 379
四六九 日光山宇都宮因位御縁起(赤木文庫蔵写本)······ 388
四七〇 白身房(国会図書館蔵写本)····· 400
四七一 蛤の草紙(仮題)(慶応義塾図書館蔵古活字版覆刻本)······ 408
四七二 はもち中将(寛文頃鱗形屋刊本)······ 420
四七三 一本菊(仮題)(慶大斯道文庫蔵奈良絵本)······ 450
四七四 富士の人穴(仮題)(慶応義塾図書館蔵写本)······ 474
四七五 文正草子(仮題)(大阪天満宮蔵写本)······ 493
四七六 ぶんしやうさうし(小野幸氏蔵写本)······ 515
四七七 梵天国(慶応義塾図書館蔵古活字本)······ 552
四七八 むら松の物かたり(三浦晋一氏蔵写本)······ 572
四七九 頼朝の最期(尊経閣文庫蔵写本)······ 607
四八〇 李娃物語(内閣文庫蔵写本)····· 620
*あとがき(松本隆信)······ 635

名作歌舞伎全集

[100] **名作歌舞伎全集**
東京創元社
全25巻
1968年9月～1973年2月
（河竹登志夫，郡司正勝，戸板康二，利倉幸一，山本二郎監修）

第1巻　近松門左衛門集一
1969年10月15日刊

傾城反魂香（けいせいはんごんこう）（吃又・相の山） …… 3
＊解説　傾城反魂香（戸板康二） …… 4
嫗山姥（こもちやまんば）（八重桐廓噺） …… 39
＊解説　嫗山姥（戸板康二） …… 40
国姓爺合戦（こくせんやかっせん）（国姓爺） … 57
＊解説　国姓爺合戦（戸板康二） …… 58
平家女護島（へいけにょごのしま）（俊寛） … 91
＊解説　平家女護島（戸板康二） …… 92
信州川中島合戦（しんしゅうかわなかじまかっせん）（輝虎配膳） …… 109
＊解説　信州川中島合戦（戸板康二） … 110
恋飛脚大和往来（こいのたよりやまとおうらい）（梅川忠兵衛） …… 121
＊解説　恋飛脚大和往来（戸板康二） … 122
博多小女郎浪枕（はかたこじょろうなみまくら）（毛剃） …… 151
＊解説　博多小女郎浪枕（戸板康二） … 152
心中天網島（しんじゅうてんのあみじま）（紙治） …………… 189
＊解説　心中天網島（戸板康二） …… 190
女殺油地獄（おんなころしあぶらのじごく）（油地獄） …… 227
＊解説　女殺油地獄（戸板康二） …… 228
曾根崎心中 …………… 265
＊解説　曾根崎心中 …… 266
堀川波の鼓 …………… 287
＊解説　堀川波の鼓（戸板康二） …… 288
心中宵庚申（しんじゅうよいごうしん） …… 309
＊解説　心中宵庚申（戸板康二） …… 310
＊校訂について（山本二郎，郡司正勝） 330

第2巻　丸本時代物集一
1968年9月9日刊

＊まえがき―丸本歌舞伎の三名作（戸板康二） …………… 3
仮名手本忠臣蔵（かなでほんちゅうしんぐら） … 5
＊解説　仮名手本忠臣蔵（戸板康二） …… 6
菅原伝授手習鑑（すがわらでんじゅてならいかがみ） …………… 139
＊解説　菅原伝授手習鑑（戸板康二） … 140
義経千本桜（よしつねせんぼんざくら） … 235
＊解説　義経千本桜（戸板康二） …… 236
＊校訂について（山本二郎） …… 331

第3巻　丸本時代物集二
1968年12月10日刊

梶原平三誉石切（かじはらへいぞうほまれのいしきり）（石切梶原） …………… 3
＊解説　梶原平三誉石切（戸板康二） … 4
源平魁躑躅（げんぺいさきがけつつじ）（扇屋熊谷） …………… 23
＊解説　源平魁躑躅（戸板康二） …… 24
鬼一法眼三略巻（きいちほうげんさんりゃくのまき）（菊畑・一条大蔵譚） …… 49
＊解説　鬼一法眼三略巻（戸板康二） … 50
壇浦兜軍記（だんのうらかぶとぐんき）（阿古屋琴責） …………… 99
＊解説　壇浦兜軍記（戸板康二） …… 100
蘆屋道満大内鑑（あしやどうまんおおうちかがみ）（葛の葉） …………… 109
＊解説　蘆屋道満大内鑑（戸板康二） … 110
苅萱桑門筑紫𨏍（かるかやどうしんつくしのいえずと）（苅萱） …………… 135
＊解説　苅萱桑門筑紫𨏍（戸板康二） … 136
和田合戦女舞鶴（わだがっせんおんなまいづる）（板額） …………… 169
＊解説　和田合戦女舞鶴（戸板康二） … 170
敵討襤褸錦（かたきうちつづれのにしき）（大晏寺堤） …………… 197
＊解説　敵討襤褸錦（戸板康二） …… 198
御所桜堀河夜討（ごしょざくらほりかわようち）（弁慶上使） …………… 217
＊解説　御所桜堀河夜討（戸板康二） … 218
ひらがな盛衰記（盛衰記） …………… 243
＊解説　ひらがな盛衰記（戸板康二） … 244
新薄雪物語（新薄雪） …………… 303

＊解説　新薄雪物語（戸板康二）………304
＊校訂について（郡司正勝，山本二郎）366

第4巻　丸本時代物集三
1970年1月25日刊

源平布引滝（げんぺいぬのびきのたき）（義賢最期・実盛物語）……………… 3
＊解説　源平布引滝（戸板康二）……… 4
恋女房染分手綱（こいにようぼうそめわけたづな）（重の井子別れ）…………… 37
＊解説　恋女房染分手綱（戸板康二）… 38
一谷嫩軍記（いちのたにふたばぐんき）（熊谷陣屋）……………………………… 53
＊解説　一谷嫩軍記（戸板康二）……… 54
倭仮名在原系図（やまとがなありわらけいず）（蘭平物狂）……………………… 87
＊解説　倭仮名在原系図（戸板康二）… 88
義経腰越状（よしつねこしごえじょう）（五斗三番叟）…………………………… 111
＊解説　義経腰越状（戸板康二）……… 112
小野道風青柳硯（おののとうふうあおやぎすずり）（小野道風）………………… 147
＊解説　小野道風青柳硯（戸板康二）… 148
祇園祭礼信仰記（ぎおんさいれいしんこうき）（金閣寺）………………………… 173
＊解説　祇園祭礼信仰記（戸板康二）… 174
卅三間堂棟由来（さんじゅうさんげんどうむなぎのゆらい）（柳）……………… 195
＊解説　卅三間堂棟由来（戸板康二）… 196
岸姫松轡鏡（きしのひめまつくつわかがみ）（岸姫）……………………………… 215
＊解説　岸姫松轡鏡（戸板康二）……… 216
嬢景清八嶋日記（むすめかげきよやしまにっき）（日向島）……………………… 241
＊解説　嬢景清八嶋日記（戸板康二）… 242
神霊矢口渡（しんれいやぐちのわたし）（矢口）…………………………………… 257
＊解説　神霊矢口渡（戸板康二）……… 258
摂州合邦辻（せっしゅうがっぽうがつじ）（合邦）………………………………… 279
＊解説　摂州合邦辻（戸板康二）……… 280
玉藻前曦袂（たまものまえあさひのたもと）（道春館）…………………………… 299
＊解説　玉藻前曦袂（戸板康二）……… 300
＊校訂について（郡司正勝，山本二郎）316

第5巻　丸本時代物集四
1970年10月26日刊

奥州安達原（袖萩祭文）…………………… 3
＊解説　奥州安達原（戸板康二）……… 4
本朝廿四孝（ほんちょうにじゅうしこう）（廿四孝）……………………………… 23
＊解説　本朝廿四孝（戸板康二）……… 24
近江源氏先陣館（盛綱陣屋）…………… 87
＊解説　近江源氏先陣館（戸板康二）… 88
鎌倉三代記（三代記）…………………… 115
＊解説　鎌倉三代記（戸板康二）……… 116
妹背山婦女庭訓（いもせやまおんなていきん）（妹背山）………………………… 155
＊解説　妹背山婦女庭訓（戸板康二）… 156
競伊勢物語（はでくらべいせものがたり）（伊勢物語）…………………………… 213
＊解説　競伊勢物語（戸板康二）……… 214
伊賀越道中双六（伊賀越）……………… 267
＊解説　伊賀越道中双六（戸板康二）… 268
絵本太功記（太功記）…………………… 351
＊解説　絵本太功記（戸板康二）……… 352
＊校訂について（郡司正勝，山本二郎）373

第6巻　丸本時代物集五
1971年6月15日刊

大塔宮曦鎧（おおとうのみやあさひのよろい）（身替音頭）……………………… 3
＊解説　大塔宮曦鎧（戸板康二）……… 4
扇的西海硯（おうぎのまとさいかいすずり）（乳母争い）………………………… 29
＊解説　扇的西海硯（戸板康二）……… 30
釜淵双級巴（かまがふちふたつどもえ）（釜煎りの五右衛門）…………………… 51
＊解説　釜淵双級巴（戸板康二）……… 52
中将姫古跡の松（ちゅうじょうひめこせきのまつ）（中将姫）…………………… 79
＊解説　中将姫古跡の松（戸板康二）… 80
日蓮上人御法海（にちれんしょうにんのりのうみ）（日蓮記）…………………… 93
＊解説　日蓮上人御法海（戸板康二）… 94
日高川入相花王（ひだかがわいりあいざくら）（日高川）………………………… 115
＊解説　日高川入相花王（戸板康二）… 116
由良湊千軒長者（ゆらのみなとせんげんちょうじゃ）（山椒太夫）……………… 157

＊解説　由良湊千軒長者（戸板康二）… *158*
太平記忠臣講釈（忠臣講釈）…………… *183*
＊解説　太平記忠臣講釈（戸板康二）… *184*
三日太平記（三日太平記）………………… *201*
＊解説　三日太平記（戸板康二）……… *202*
彦山権現誓助剱（ひこさんごんげんちかいのすけだち）（毛谷村六助）… *219*
＊解説　彦山権現誓助剱（戸板康二）… *220*
花上野誉碑（はなのうえのほまれのいしぶみ）（志渡寺）… *275*
＊解説　花上野誉碑（戸板康二）……… *276*
木下蔭狭間合戦（このしたかげはざまがっせん）（竹中砦）… *303*
＊解説　木下蔭狭間合戦（戸板康二）… *304*
箱根霊験躄仇討（はこねれいげんいざりのあだうち）（いざりの仇討）… *319*
＊解説　箱根霊験躄仇討（戸板康二）… *320*
八陣守護城（はちじんしゅごのほんじょう）（八陣）… *341*
＊解説　八陣守護城（戸板康二）……… *342*
＊校訂について（山本二郎）…………… *373*

第7巻　丸本世話物集
1969年3月10日刊

夏祭浪花鑑（なつまつりなにわかがみ）（夏祭）*3*
＊解説　夏祭浪花鑑（戸板康二）………… *4*
双蝶々曲輪日記（ふたつちょうちょうくるわにっき）（双蝶々）… *55*
＊解説　双蝶々曲輪日記（戸板康二）… *56*
関取千両幟（せきとりせんりょうのぼり）（千両幟）… *119*
＊解説　関取千両幟（戸板康二）……… *120*
艶容女舞衣（はですがたおんなまいぎぬ）（酒屋）… *139*
＊解説　艶容女舞衣（戸板康二）……… *140*
桜鍔恨鮫鞘（さくらつばうらみのさめざや）（鰻谷）… *155*
＊解説　桜鍔恨鮫鞘（戸板康二）……… *156*
桂川連理柵（かつらがわれんりのしがらみ）（帯屋）… *177*
＊解説　桂川連理柵（戸板康二）……… *178*
碁太平記白石噺（ごたいへいきしらいしばなし）（白石噺）… *203*
＊解説　碁太平記白石噺（戸板康二）… *204*
新版歌祭文（しんぱんうたざいもん）（野崎村）… *235*

＊解説　新版歌祭文（戸板康二）……… *236*
近頃河原の達引（ちかごろかわらのたてひき）（堀川）… *257*
＊解説　近頃河原の達引（戸板康二）… *258*
国訛嫩笈摺（くになまりふたばのおいずる）（どんどろ）… *279*
＊解説　国訛嫩笈摺（戸板康二）……… *280*
廓文章（くるわぶんしょう）（吉田屋）… *293*
＊解説　廓文章（戸板康二）…………… *294*
生写朝顔話（しょううつしあさがおばなし）（朝顔日記）… *311*
＊解説　生写朝顔話（戸板康二）……… *312*
壺坂霊験記（壺坂）……………………… *339*
＊解説　壺坂霊験記（戸板康二）……… *340*
＊校訂について（山本二郎）…………… *352*

第8巻　並木五瓶集
1970年3月20日刊

楼門五三桐（さんもんごさんのきり）（山門）… *3*
＊解説　楼門五三桐（戸板康二）………… *4*
漢人韓文手管始（かんじんかんもんてくだのはじまり）（唐人殺し）… *15*
＊解説　漢人韓文手管始（戸板康二）… *16*
五大力恋緘（ごだいりきこいのふうじめ）（五大力）… *99*
＊解説　五大力恋緘（戸板康二）……… *100*
隅田春妓女容性（すだのはるげいしゃかたぎ）（梅の由兵衛）… *187*
＊解説　隅田春妓女容性（戸板康二）… *188*
富岡恋山開（とみがおかこいのやまびらき）（二人新兵衛）… *239*
＊解説　富岡恋山開（戸板康二）……… *240*
＊校訂について（郡司正勝，山本二郎）*328*

第9巻　鶴屋南北集一
1969年4月25日刊

音菊天竺徳兵衛（おとにきくてんじくとくべえ）（天徳）… *3*
＊解説　音菊天竺徳兵衛（戸板康二）… *4*
時桔梗出世請状（ときもききょうしゅっせのうけじょう）（馬盥の光秀）… *39*
＊解説　時桔梗出世請状（戸板康二）… *40*
浮世柄比翼稲妻（うきよがらひよくのいなづま）（鞘当）… *109*
＊解説　浮世柄比翼稲妻（戸板康二）… *110*

桜姫東文章（さくらひめあずまぶんしよう）（東
　文章）……………………………… *143*
＊解説　桜姫東文章（戸板康二）… *144*
東海道四谷怪談（四谷怪談）……… *207*
＊解説　東海道四谷怪談（戸板康二）… *208*
＊校訂について（郡司正勝）……… *341*

第10巻　河竹黙阿弥集一
1968年10月25日刊

＊まえがき—黙阿弥をどう読むか（河竹
　登志夫）………………………………… *3*
三人吉三廓初買（さんにんきちさくるわのはつ
　がい）（三人吉三）………………… *11*
＊解説　三人吉三（河竹登志夫）… *13*
花街模様薊色縫（さともようあざみのいろぬい）
　（十六夜清心）……………………… *67*
＊解説　十六夜清心（河竹登志夫）……… *69*
蔦紅葉宇都谷峠（つたもみじうつのやとうげ）
　（文弥殺し）………………………… *139*
＊解説　宇都谷峠（河竹登志夫）… *141*
勧善懲悪覗機関（かんぜんちょうあくのぞきか
　らくり）（村井長庵）……………… *203*
＊解説　村井長庵（河竹登志夫）… *205*
＊校訂について（河竹登志夫）…… *337*

第11巻　河竹黙阿弥集二
1969年9月10日刊

八幡祭小望月賑（はちまんまつりよみやのにぎ
　わい）（縮屋新助）…………………… *3*
＊解説　縮屋新内（河竹登志夫）…… *5*
青砥稿花紅彩画（あおとぞうしはなのにしきえ）
　（弁天小僧）………………………… *79*
＊解説　弁天小僧（河竹登志夫）…… *P8*
曾我綉俠御所染（そがもようたてしのごしょぞ
　め）（御所の五郎蔵）……………… *127*
＊解説　御所の五郎蔵（河竹登志夫）… *129*
梅雨小袖昔八丈（つゆこそでむかしはちじょう）
　（髪結新三）………………………… *183*
＊解説　髪結新三（河竹登志夫）… *185*
天衣紛上野初花（くもにまごううえののはつは
　な）（河内山と直侍）……………… *281*
＊解説　河内山と直侍（河竹登志夫）… *283*
＊校訂について（河竹登志夫）…… *382*

第12巻　河竹黙阿弥集三
1970年12月25日刊

極附幡随長兵衛（きわめつきばんずいちょうべ
　え）（湯殿の長兵衛）………………… *3*
＊解説　湯殿の長兵衛（河竹登志夫）… *5*
四千両小判梅葉（しせんりょうこばんのうめの
　は）（四千両）……………………… *65*
＊解説　四千両（河竹登志夫）…… *67*
盲長屋梅加賀鳶（めくらながやうめかががとび）
　（加賀鳶）…………………………… *125*
＊解説　加賀鳶（河竹登志夫）…… *127*
水天宮利生深川（すいてんぐうめぐみのふかが
　わ）（筆売幸兵衛）………………… *255*
＊解説　筆売幸兵衛（河竹登志夫）… *257*
島衛月白浪（しまちどりつきのしらなみ）（島ち
　どり）………………………………… *295*
＊解説　島ちどり（河竹登志夫）… *297*
＊校訂について（河竹登志夫）…… *417*

第13巻　時代狂言集
1969年6月10日刊

吉例寿曽我（きちれいことぶきそが）（曽我）…… *3*
＊解説　吉例寿曽我（戸板康二）…… *4*
伊達競阿国戯場（だてくらべおくにかぶき）（先
　代萩・身売りの累）………………… *69*
＊解説　伊達競阿国戯場（戸板康二）…… *70*
敵討天下茶屋聚（かたきうちてんがぢややむら）
　（天下茶屋）………………………… *177*
＊解説　敵討天下茶屋聚（戸板康二）… *178*
鏡山旧錦絵（かがみやまこきょうのにしきえ）（鏡
　山）…………………………………… *235*
＊解説　鏡山旧錦絵（戸板康二）… *236*
大商蛭子島（おおあきないひるがこじま）（頼朝
　旗揚）………………………………… *279*
＊解説　大商蛭子島（戸板康二）… *280*
＊校訂について（郡司正勝）……… *308*

第14巻　上方世話狂言集
1970年9月1日刊

宿無団七時雨傘（やどなしだんしちしぐれのか
　らかさ）（宿無団七）………………… *3*
＊解説　宿無団七時雨傘（戸板康二）… *4*
鐘鳴今朝噂（かねがなるけさのうわさ）（いろ
　は新助）……………………………… *41*

*解説　鐘鳴今朝噂(戸板康二) ………… 42
紙子仕立両面鑑(かみこじたてりようめんかがみ)(大文字屋) ……………………… 97
*解説　紙子仕立両面鏡(戸板康二) …… 98
忠臣連理廼鉢植(ちゆうしんれんりのはちうえ)(植木屋) ……………………… 127
*解説　忠臣連理廼鉢植(戸板康二) … 128
伊勢音頭恋寝刃(いせおんどこいのねたば)(伊勢音頭) ……………………… 143
*解説　伊勢音頭恋寝刃(戸板康二) … 144
渡雁恋玉章(わたるかりこいのたまずさ)(雁のたより) ……………………… 225
*解説　渡雁恋玉章(戸板康二) …… 226
積情雪乳貰(つもるなさけゆきのちもらい)(乳もらい) ……………………… 253
*解説　積情雪乳貰(戸板康二) …… 254
傘轆轤浮名濡衣(かさのろくろうきなのぬれぎぬ)(てれめん) ……………………… 305
*解説　傘轆轤浮名濡衣(戸板康二) … 306
*校訂について(山本二郎, 郡司正勝)　344

第15巻　江戸世話狂言集一
1969年12月1日刊

隅田川続俤(すみだがわにちのおもかげ)(法界坊) …………………………… 3
*解説　隅田川続俤(戸板康二) …… 4
幡随長兵衛精進俎板(ばんずいちようべえしようじんまないた)(鈴ケ森・俎の長兵衛) 53
*解説　幡随長兵衛精進俎板(戸板康二) …………………………… 54
其往昔恋江戸染(そのむかしこいのえどぞめ)(八百屋お七) ……………… 127
*解説　其往昔恋江戸染(戸板康二) … 128
お染久松色読販(おそめひさまつうきなのよみうり)(お染の七役) ………… 199
*解説　お染久松色読取(戸板康二) … 200
若木仇名草(わかぎのあだなぐさ)(蘭蝶) … 271
*解説　若木仇名草(戸板康二) …… 272
三世相錦繡文章(さんぜそうにしきぶんしよう)(三世相) ……………… 307
*解説　三世相錦繡文章(戸板康二) … 308
*校訂について(山本二郎, 郡司正勝)　337

第16巻　江戸世話狂言集二
1970年7月10日刊

佐倉義民伝(佐倉宗吾) ………………… 3
*解説　佐倉義民伝(戸板康二) …… 4
明烏夢泡雪(あけがらすゆめのあわゆき)(明烏) ……………………… 47
*解説　明烏夢泡雪(戸板康二) …… 48
百人町浮名読売(ひやくにんちよううきなのよみうり)(鈴木主水) ………… 61
*解説　百人町浮名読売(戸板康二) … 62
与話情浮名横櫛(よはなさけうきなのよこぐし)(切られ与三) ……………… 141
*解説　与話情浮名横櫛(戸板康二) … 142
百千鳥沖津白浪(ももちどりおきつしらなみ)(鬼神のお松) ……………… 281
*解説　百千鳥沖津白浪(戸板康二) … 282
*校訂について(郡司正勝) ………… 311

第17巻　江戸世話狂言集三
1971年3月10日刊

塩原多助一代記(塩原多助) ……………… 3
*解説　塩原多助一代記(戸板康二) …… 4
怪異談牡丹灯籠(かいだんぼたんどうろう)(牡丹灯籠) ……………………… 43
*解説　怪異談牡丹灯籠(戸板康二) …… 44
籠釣瓶花街酔醒(かごつるべさとのよいさめ)(籠釣瓶) ……………………… 111
*解説　籠釣瓶花街酔醒(戸板康二) … 112
神明恵和合取組(かみのめぐみわごうのとりくみ)(め組の喧嘩) ………… 159
*解説　神明恵和合取組(戸板康二) … 160
侠客春雨傘(おとこだてはるさめがさ)(春雨傘) ……………………… 217
*解説　侠客春雨傘(戸板康二) …… 218
江戸育御祭佐七(えどそだちおまつりさしち)(お祭佐七) ……………… 315
*解説　江戸育御祭佐七(戸板康二) … 316
*校訂について(郡司正勝, 山本二郎)　359

第18巻　家の芸集
1969年7月25日刊

*まえがき「家の芸」集について(山本二郎) ……………………………… 5
歌舞伎十八番の内鳴神(なるかみ) ……… 7
*解説　鳴神(山本二郎) …………… 8
歌舞伎十八番の内毛抜 ………………… 39
*解説　毛抜(山本二郎) …………… 40

| 歌舞伎十八番の内暫（しばらく） ……………… 79
 *解説　暫（山本二郎） ……………………… 80
 歌舞伎十八番の内矢の根 ………………………… 99
 *解説　矢の根（山本二郎） ……………… 100
 歌舞伎十八番の内景清 …………………………… 107
 *解説　景清（山本二郎） ………………… 108
 歌舞伎十八番の内助六由縁江戸桜（すけろくゆ
 　かりのえどざくら）（助六） …………… 125ら
 *解説　助六由縁江戸桜（山本二郎） … 126
 歌舞伎十八番の内勧進帳 ………………………… 181
 *解説　勧進帳（山本二郎） ……………… 182
 歌舞伎十八番の内鎌髭（かまひげ） …………… 199
 *解説　鎌髭（山本二郎） ………………… 200
 歌舞伎十八番の内高時 …………………………… 211
 *解説　高時（山本二郎） ………………… 212
 歌舞伎十八番の内船弁慶 ………………………… 235
 *解説　船弁慶（山本二郎） ……………… 236
 歌舞伎十八番の内紅葉狩 ………………………… 249
 *解説　紅葉狩（山本二郎） ……………… 250
 歌舞伎十八番の内素襖落（すおうおとし） …… 263
 *解説　素襖落（山本二郎） ……………… 264
 歌舞伎十八番の内鏡獅子（春興鏡獅子） ……… 277
 *解説　鏡獅子（山本二郎） ……………… 278
 歌舞伎十八番の内大森彦七 ……………………… 287
 *解説　大森彦七（山本二郎） …………… 288
 新古演劇十種の内土蜘（つちぐも） …………… 303
 *解説　土蜘（山本二郎） ………………… 304
 新古演劇十種の内茨木 …………………………… 319
 *解説　茨木（山本二郎） ………………… 320
 新古演劇十種の内戻橋（もどりばし） ………… 333
 *解説　戻橋（山本二郎） ………………… 334
 新古演劇十種の内身替座禅（みがわりざぜん） … 343
 *解説　身替座禅（山本二郎） …………… 344
 猿若 ………………………………………………… 357
 *解説　猿若（山本二郎） ………………… 358
 *校訂について（山本二郎，郡司正勝） … 367

第19巻　舞踊劇集一
1970年5月25日刊

 舌出し三番叟（再春菘種蒔） …………………… 7
 *解説　舌出し三番叟（郡司正勝） ……… 8
 娘道成寺（京鹿子娘道成寺） …………………… 15
 *解説　娘道成寺（郡司正勝） …………… 16
 鷺娘（柳雛諸鳥囀） ……………………………… 31
 *解説　鷺娘（郡司正勝） ………………… 32
 鞍馬獅子（夫婦酒替奴中仲） …………………… 37 | *解説　鞍馬獅子（郡司正勝） …………… 38
 身替お俊（其噂桜色時） ………………………… 43
 *解説　身替お俊（郡司正勝） …………… 44
 関の扉（積恋雪関扉） …………………………… 57
 *解説　関の扉（郡司正勝） ……………… 58
 戻り駕（戻駕色相肩） …………………………… 73
 *解説　戻り駕（郡司正勝） ……………… 74
 鬼次拍子舞（月顔最中名取種） ………………… 83
 *解説　鬼次拍子舞（郡司正勝） ………… 84
 草摺引（くさずりびき）（正札附根元草摺） ‥ 91
 *解説　草摺引（郡司正勝） ……………… 92
 今様須磨（今様須磨の写絵） …………………… 97
 *解説　今様須磨（郡司正勝） …………… 98
 権八（其小唄夢廓） ……………………………… 107
 *解説　権八（郡司正勝） ………………… 108
 保名（深山桜及兼樹振） ………………………… 117
 *解説　保名（郡司正勝） ………………… 118
 三人形（みつにんぎょう）（其姿花図絵） …… 125
 *解説　三人形（郡司正勝） ……………… 126
 かさね（色彩間苅豆） …………………………… 133
 *解説　かさね（郡司正勝） ……………… 134
 お染（道行浮塒鷗） ……………………………… 143
 *解説　お染（郡司正勝） ………………… 144
 藤娘（歌えすがえす余波大津絵） ……………… 157
 *解説　藤娘（郡司正勝） ………………… 158
 供奴（拙筆力七以呂波） ………………………… 163
 *解説　供奴（郡司正勝） ………………… 164
 宗清（恩愛晴関守） ……………………………… 169
 *解説　宗清（郡司正勝） ………………… 170
 六歌仙（六歌仙容彩） …………………………… 181
 *解説　六歌仙（郡司正勝） ……………… 182
 三社祭（弥生の花浅草祭） ……………………… 199
 *解説　三社祭（郡司正勝） ……………… 200
 将門（忍夜恋曲者） ……………………………… 213
 *解説　将門（郡司正勝） ………………… 214
 蜘蛛の糸（来宵蜘蛛線） ………………………… 221
 *解説　蜘蛛の糸（郡司正勝） …………… 222
 靭猿（花舞台霞の猿曳） ………………………… 235
 *解説　靭猿（郡司正勝） ………………… 236
 京人形（京人形左彫） …………………………… 245
 *解説　京人形（郡司正勝） ……………… 246
 どんつく（神楽諷雲井曲毬） …………………… 263
 *解説　どんつく（郡司正勝） …………… 264
 山姥（薪荷雪間の市川） ………………………… 273
 *解説　山姥（郡司正勝） ………………… 274
 勢獅子（きおいじし）（勢獅子劇場花霽） … 283
 *解説　勢獅子（郡司正勝） ……………… 284 |
|---|---|

田舎源氏（田舎源氏露東雲）	291		武勇誉出世景清（出世景清）	3
＊解説　田舎源氏（郡司正勝）	292		＊解説　武勇誉出世景清（山本二郎）	4
連獅子（勢獅子巌戯）	301		大名なぐさみ曾我	67
＊解説　連獅子（郡司正勝）	302		＊解説　大名なぐさみ曾我（山本二郎）	68
市原野のだんまり（皎渡月笛音）	307		心中二枚絵草紙	91
＊解説　市原野のだんまり（郡司正勝）	308		＊解説　心中二枚絵草紙（山本二郎）	92
三人片輪（竹柴其水）	313		碁盤太平記	111
＊解説　三人片輪（郡司正勝）	314		＊解説　碁盤太平記（山本二郎）	112
お夏狂乱（坪内逍遙）	327		心中重井筒（しんじゆうかさねいづつ）	131
＊解説　お夏狂乱（郡司正勝）	328		＊解説　心中重井筒（山本二郎）	132
棒しばり（岡村柿紅）	337		心中万年草	159
＊解説　棒しばり（郡司正勝）	338		＊解説　心中万年草（山本二郎）	160
太刀盗人　岡村柿紅・作	349		心中刃は氷の朔日	181
＊解説　太刀盗人（郡司正勝）	350		＊解説　心中刃は氷の朔日（山本二郎）	182
良寛と子守（坪内逍遙）	361		長町女腹切（ながまちおんなのはらきり）	205
＊解説　良寛と子守（郡司正勝）	362		＊解説　長町女腹切（山本二郎）	206
			大経師昔暦（おさん茂兵衛）	225

第20巻　新歌舞伎集一
1969年1月25日刊

＊まえがき―「新かぶき」について	3		＊解説　大経師昔暦（山本二郎）	226
桐一葉（坪内逍遙）	9		生玉心中	245
＊解説　桐一葉（利倉幸一）	10		＊解説　生玉心中（山本二郎）	246
土屋主税（つちやちから）（渡辺霞亭）	101		鑓の権三重帷子	271
＊解説　土屋主税（利倉幸一）	102		＊解説　鑓の権三重帷子（山本二郎）	272
桜時雨（高安月郊）	125		寿門松（山崎与次兵衛寿の門松）	297
＊解説　桜時雨（利倉幸一）	126		＊解説　寿門松（山本二郎）	298
修禅寺物語（岡本綺堂）	151		井筒業平河内通	313
＊解説　修禅寺物語（利倉幸一）	152		＊解説　井筒業平河内通（山本二郎）	314
鳥辺山心中（岡本綺堂）	171		＊校訂について（山本二郎）	339
＊解説　鳥辺山心中（利倉幸一）	172			

第22巻　鶴屋南北集二
1972年8月25日刊

番町皿屋敷（岡本綺堂）	189		勝相撲浮名花触（かちずもううきなのはなぶれ）	
＊解説　番町皿屋敷（利倉幸一）	190		（白藤源太）	3
今様薩摩歌（岡鬼太郎）	209		＊解説　勝相撲浮名花触（戸板康二）	4
＊解説　今様薩摩歌（利倉幸一）	210		絵本合法衢（えほんがつぽうがつじ）（立場の	
西山物語（小山内薫）	245		太平次）	91
＊解説　西山物語（利倉幸一）	246		＊解説　絵本合法衢（戸板康二）	92
生きている小平次（鈴木泉三郎）	271		謎帯一寸徳兵衛（なぞのおびちよつととくべえ）	
＊解説　生きている小平次（利倉幸一）	272		（大島団七）	167
男達ばやり（池田大伍）	293		＊解説　謎帯一寸徳兵衛（戸板康二）	168
＊解説　男達ばやり（利倉幸一）	294		隅田川花御所染（すみだがわはなのごしよぞめ）	
小判拾壱両（真山青果）	319		（女清玄）	273
＊解説　小判拾壱両（利倉幸一）	320		＊解説　隅田川花御所染（戸板康二）	274
			杜若艶色紫（かきつばたいろもえどぞめ）（土手	

第21巻　近松門左衛門集二
1973年2月20日刊

			のお六）	309
			＊解説　杜若艶色紫（戸板康二）	310
			＊校訂について（落合清彦）	365

名作歌舞伎全集

第23巻　河竹黙阿弥集四
1971年12月25日刊

都鳥廓白浪（みやこどりながれのしらなみ）（忍ぶの惣太）……… 3
＊解説　忍ぶの惣太（河竹登志夫）……… 5
網模様灯籠菊桐（あみもようとうろのきくきり）（小猿七之助）……… 33
＊解説　小猿七之助（河竹登志夫）……… 35
処女翫浮名横櫛（むすめごのみうきなのよこぐし）（切られお富）……… 135
＊解説　切られお富（河竹登志夫）……… 137
樟紀流花見幕張（くすのきりゅうはなみのまくはり）（慶安太平記）……… 175
＊解説　慶安太平記（河竹登志夫）……… 177
富士額男女繁山（ふじびたいつくばのしげやま）（女書生繁）……… 215
＊解説　女書生繁（河竹登志夫）……… 217
新皿屋舗月雨暈（しんさらやしきつきのあまがさ）（魚屋宗五郎）……… 291
＊解説　魚屋宗五郎（河竹登志夫）……… 293
＊校訂について（河竹登志夫）……… 327

第24巻　舞踊劇集二
1972年6月5日刊

枕獅子（英獅子乱曲）（はなぶさししのらんきょく）……… 7
＊解説　枕獅子（郡司正勝）……… 8
執着獅子（英執着獅子）（はなぶさしゅうじゃくじし）……… 13
＊解説　執着獅子（郡司正勝）……… 14
吉原雀（教草吉原雀）（おしえぐさよしわらすずめ）……… 19
＊解説　吉原雀（郡司正勝）……… 20
蜘蛛の拍子舞（我背子恋の合槌）（わがせこがこいのあいづち）……… 25
＊解説　蜘蛛の拍子舞（郡司正勝）……… 26
羽根の禿（春昔由縁英）（はるはむかしゆかりのはなぶさ）……… 39
＊解説　羽根の禿（郡司正勝）……… 40
小原女・国入奴（おはらめくにいりやつこ）（奉掛色浮世図画）（かけたてまつるいろのうきよえ）……… 43
＊解説　小原女・国入奴（郡司正勝）…… 44
越後獅子（遅桜手爾葉七字）（おそざくらてにはのななもじ）……… 49

＊解説　越後獅子（郡司正勝）……… 50
うかれ坊主（七枚続花の姿絵）（しちまいつづきはなのすがたえ）……… 55
＊解説　うかれ坊主（郡司正勝）……… 56
汐汲（七枚続花の姿絵）……… 61
＊解説　汐汲（郡司正勝）……… 62
近江のお兼（閨荵姿の八景）（またここにすがたのはつけい）……… 67
＊解説　近江のお兼（郡司正勝）……… 68
蝶の道行（傾城倭荘子）（けいせいやまとそうじ）……… 73
＊解説　蝶の道行（郡司正勝）……… 74
鳥羽絵（御名残押絵交張）（おんなごりおしえのまぜばり）……… 79
＊解説　鳥羽絵（郡司正勝）……… 80
浅妻舟（浪枕月浅妻）（なみまくらつきのあさづま）……… 85
＊解説　浅妻舟（郡司正勝）……… 86
まかしょ（寒行雪姿見）（かんぎょうゆきのすがたみ）……… 91
＊解説　まかしょ（郡司正勝）……… 92
山帰り（山帰強桔梗）（やまがえりまけぬききょう）……… 97
＊解説　山帰り（郡司正勝）……… 98
傀儡師（復新三組盞）（またあたらしくみつのさかずき）……… 103
＊解説　傀儡師（郡司正勝）……… 104
廓三番叟（くるわさんばそう）……… 109
＊解説　廓三番叟（郡司正勝）……… 110
お祭り（再新歌舞妓花轢）（またここにかぶきのはなだし）……… 115
＊解説　お祭り（郡司正勝）……… 116
角兵衛（后の月酒宴島台）（のちのつきしゅえんのしまだい）……… 121
＊解説　角兵衛（郡司正勝）……… 122
三つ面子守（菊蝶東籬妓）（はなにちようまぎのうかれめ）……… 127
＊解説　三つ面子守（郡司正勝）……… 128
浅間岳（春霞浅間岳）（はるがすみあさまがたけ）……… 133
＊解説　浅間岳（郡司正勝）……… 134
俳諧師（三幅対和歌姿画）（さんぷくついうたのすがたえ）……… 141
＊解説　俳諧師（郡司正勝）……… 142
年増（花翫暦色所八景）（はなごよみいろのしよわけ）……… 147
＊解説　年増（郡司正勝）……… 148

日本古典文学全集・内容綜覧　623

夏船頭（四季詠〇歳）（しきのながめまるにいのとし） …… 155
＊解説　夏船頭（郡司正勝） …… 156
神田祭（〆能色相図）（しめろやれいろのかけごえ） …… 161
＊解説　神田祭（郡司正勝） …… 162
宮島のだんまり（寿亀荒木新舞台）（ちょばんぜいあらきのしまだい） …… 167
＊解説　宮島のだんまり（郡司正勝） …… 168
乗合船（乗合船恵万歳）（のりあいぶねえほうまんざい） …… 173
＊解説　乗合船（郡司正勝） …… 174
操り三番叟（柳糸引御摂）（やなぎのいとひくやごひいき） …… 183
＊解説　操り三番叟（郡司正勝） …… 184
流星（日月星昼夜織分）（じつげつせいちゅうやのおりわけ） …… 189
＊解説　流星（郡司正勝） …… 190
釣女（戎詣恋釣針）（えびすもうでこいのつりばり） …… 197
＊解説　釣女（郡司正勝） …… 198
隅田川 …… 205
＊解説　隅田川（郡司正勝） …… 206
かっぽれ（初霞空住吉）（はつがすみそらもすみよし） …… 213
＊解説　かっぽれ（郡司正勝） …… 214
二人袴　福地桜痴・作 …… 221
＊解説　二人袴（郡司正勝） …… 222
羽衣 …… 235
＊解説　羽衣（郡司正勝） …… 236
江島生島（長谷川時雨） …… 243
＊解説　江島生島（郡司正勝） …… 244
悪太郎（岡村柿紅） …… 253
＊解説　悪太郎（郡司正勝） …… 254
幻椀久（まぼろしわんきゅう）（岡村柿紅） …… 265
＊解説　幻椀久（郡司正勝） …… 266
高野物狂（木村富子） …… 273
＊解説　高野物狂（郡司正勝） …… 274
小鍛治（木村富子） …… 285
＊解説　小鍛治（郡司正勝） …… 286
黒塚（木村富子） …… 293
＊解説　黒塚（郡司正勝） …… 294
夕顔棚（川尻清潭） …… 305
＊解説　夕顔棚（郡司正勝） …… 306

第25巻　新歌舞伎集二
1971年9月9日刊

沓手鳥孤城落月（ほととぎすこじょうのらくげつ）（坪内逍遥） …… 3
＊解説　沓手鳥孤城落月（利倉幸一） …… 4
西郷と豚姫（池田大伍） …… 55
＊解説　西郷と豚姫（利倉幸一） …… 56
藤十郎の恋（菊池寛） …… 81
＊解説　藤十郎の恋（利倉幸一） …… 82
小栗栖の長兵衛（岡本綺堂） …… 103
＊解説　小栗栖の長兵衛（利倉幸一） …… 104
権三と助十（岡本綺堂） …… 131
＊解説　権三と助十（利倉幸一） …… 132
お国と五平（谷崎潤一郎） …… 175
＊解説　お国と五平（利倉幸一） …… 176
息子（小山内薫） …… 195
＊解説　息子（利倉幸一） …… 196
同志の人々（山本有三） …… 209
＊解説　同志の人々（利倉幸一） …… 210
一本刀土俵入（長谷川伸） …… 237
＊解説　一本刀土俵入（利倉幸一） …… 238
頼朝の死（真山青果） …… 275
＊解説　頼朝の死（利倉幸一） …… 276
巷談宵宮雨（宇野信夫） …… 305
＊解説　巷談宵宮雨（利倉幸一） …… 306

> [101] 訳註
> 西鶴全集
> 至文堂
> 全13巻
> 1947年2月〜1956年11月
> （藤村作校訂）

第1巻
1947年2月15日刊

*西鶴の文体（藤村作） ……………… *3*
本朝二十不孝 …………………………… *37*
万の文反古 ……………………………… *257*

第2巻
1947年刊

好色五人女 ……………………………… *1*
 巻一 姿姫路清十郎物語 ………… *1*
 巻二 情を入し樽屋物かたり ……… *55*
 巻三 中段に見る暦屋物語 ………… *115*
 巻四 恋草からけし八百屋物語 …… *176*
 巻五 恋の山源五兵衛物語 ………… *225*
自註独吟百韻 …………………………… *269*
*自註独吟百韻解題 ……………………… *271*
 自註独吟百韻 ………………………… *277*

第3巻
1948年1月15日刊

世間胸算用 ……………………………… *1*
 巻一 ……………………………………… *5*
 巻二 ……………………………………… *67*
 巻三 ……………………………………… *125*
 巻四 ……………………………………… *183*
 巻五 ……………………………………… *233*

第4巻
1949年4月15日刊

日本永代蔵 巻一 ……………………… *1*
日本永代蔵 巻二 ……………………… *68*
日本永代蔵 巻三 ……………………… *130*
日本永代蔵 巻四 ……………………… *182*
日本永代蔵 巻五 ……………………… *238*
日本永代蔵 巻六 ……………………… *296*

第5巻
1951年10月25日刊

好色一代男 ……………………………… *3*
 巻一 ……………………………………… *3*
 巻二 ……………………………………… *63*
 巻三 ……………………………………… *125*
 巻四 ……………………………………… *185*
 巻五 ……………………………………… *241*
 巻六 ……………………………………… *299*
 巻七 ……………………………………… *361*
 巻八 ……………………………………… *427*

第6巻
1952年5月25日刊

好色一代女 ……………………………… *1*
 巻一 ……………………………………… *6*
 巻二 ……………………………………… *73*
 巻三 ……………………………………… *127*
 巻四 ……………………………………… *181*
 巻五 ……………………………………… *228*
 巻六 ……………………………………… *278*

第7巻
1952年9月1日刊

序 ………………………………………… *1*
西鶴織留 一 …………………………… *5*
西鶴織留 二 …………………………… *77*
西鶴織留 三 …………………………… *137*
西鶴織留 四 …………………………… *181*
西鶴織留 五 …………………………… *241*
西鶴織留 六 …………………………… *286*

第8巻
1952年12月25日刊

序 ………………………………………… *1*
近年諸国咄 巻一 ……………………… *4*
近年諸国咄 巻二 ……………………… *57*
近年諸国咄 巻三 ……………………… *105*
近年諸国咄 巻四 ……………………… *157*

訳註 西鶴全集

近年諸国咄 巻五 ………………………… *195*

第9巻
1953年6月25日刊

西鶴俗つれづれ ……………………………… *1*
 序 …………………………………………… *1*
 巻一 ………………………………………… *5*
 巻二 ………………………………………… *44*
 巻三 ………………………………………… *93*
 巻四 ………………………………………… *129*
 巻五 ………………………………………… *165*
 <small>自詠自筆</small>無題巻子本 ……………………… *199*

第10巻
1953年9月5日刊

西鶴置土産 …………………………………… *1*
 前書 ………………………………………… *1*
 巻一 ………………………………………… *11*
 巻二 ………………………………………… *61*
 巻三 ………………………………………… *103*
 巻四 ………………………………………… *137*
 巻五 ………………………………………… *176*

第11巻
1953年9月20日刊

好色盛衰記 巻一 …………………………… *1*
好色盛衰記 巻二 …………………………… *61*
好色盛衰記 巻三 …………………………… *115*
好色盛衰記 巻四 …………………………… *173*
好色盛衰記 巻五 …………………………… *229*

第12巻
1954年4月25日刊

前書 …………………………………………… *1*
武家義理物語 巻一 ………………………… *5*
武家義理物語 巻二 ………………………… *53*
武家義理物語 巻三 ………………………… *94*
武家義理物語 巻四 ………………………… *136*
武家義理物語 巻五 ………………………… *180*
武家義理物語 巻六 ………………………… *222*

第13巻
1956年11月30日刊

序 ……………………………………………… *1*
武道伝来記 巻一 …………………………… *3*
武道伝来記 巻二 …………………………… *66*
武道伝来記 巻三 …………………………… *116*
武道伝来記 巻四 …………………………… *170*
武道伝来記 巻五 …………………………… *227*
武道伝来記 巻六 …………………………… *283*
武道伝来記 巻七 …………………………… *341*
武道伝来記 巻八 …………………………… *386*
＊あとがき（鶴見誠） ……………………… *435*

```
[102] 有精堂校注叢書
     有精堂出版
     全5巻
     1986年9月～1988年3月
```

〔1〕 伊勢物語
1986年9月10日刊

*凡例 ………………………………… 3
伊勢物語 ……………………………… 5
*解題 ………………………………… 129
　*歌物語 …………………………… 130
　*必読の書 ………………………… 131
　*表現 ……………………………… 131
　*影響 ……………………………… 132
　*重載歌 …………………………… 134
　*伝本 ……………………………… 135
　*伊勢物語の内容 ………………… 137
　*参考文献 ………………………… 141
*付録 ………………………………… 145
　*真名伊勢物語 …………………… 146
　*古今和歌集 ……………………… 149
　*主要作品対照 …………………… 171
　　*平中物語 ……………………… 171
　　*大和物語 ……………………… 174
　　*今昔物語集 …………………… 179
　*主要伝本影印・業平略系図 …… 184
　*和歌初句索引 …………………… 187

〔2〕 大和物語
1988年3月10日刊

*凡例 ………………………………… 3
大和物語 ……………………………… 7
*和歌注 ……………………………… 193
*解題 ………………………………… 223
　*書名 ……………………………… 224
　*作者 ……………………………… 225
　*成立・内容 ……………………… 226
　*伝本 ……………………………… 227
　　*参考文献一覧 ………………… 230
*付録 ………………………………… 235
　*『大和物語』和歌総覧 ………… 236

　*『大和物語』皇室・藤原氏関係系図 276
　*『大和物語』主要伝本影印 …… 280
*索引 ………………………………… 283
　*和歌初句索引 …………………… 284
　*人名索引 ………………………… 288

〔3〕 源氏物語 若紫
1987年9月20日刊

*凡例 ………………………………… 3
源氏物語 若紫 ……………………… 5
*補注 ………………………………… 75
*解題 ………………………………… 83
　*若紫の物語 ……………………… 84
　*成立論をめぐって ……………… 86
　*『伊勢物語』の影響 …………… 87
　*藤壺の影 ………………………… 91
　*光源氏の罪をめぐって ………… 96
　*光源氏の生の原点 ……………… 99
　*伝本 ……………………………… 103
　*参考文献 ………………………… 105
*付録 ………………………………… 109
　*「若紫」(伝明融等筆本)翻刻 … 110
　*主要対照資料 …………………… 138
　　*(1)『伊勢物語』 …………… 138
　　*(2)『遊仙窟』(抜粋) ……… 151
　*享受史資料(参考) ……………… 177
　　*『紫式部日記』 ……………… 177
　　*『更科日記』 ………………… 177
　　*『たけくらべ』 ……………… 178
　*主要伝本等影印 ………………… 180
*主要語句索引 ……………………… 183

〔4〕 更級日記
1987年11月5日刊

*凡例
更科日記 ……………………………… 1
*解説に代えて ……………………… 103
*付録 ………………………………… 123
　*(1)奥書・勘物 ………………… 124
　*(2)参考文献 …………………… 127
　*(3)更科日記年表 ……………… 131
　*(4)更科日記関係系図 ………… 148
　*(5)更科日記足跡図 …………… 150
　*(6)更級日記影印 ……………… 152
*主要語彙索引 ……………………… 154

〔5〕 住吉物語
1987年1月10日刊

* 凡例 ………………………………………… 3
住吉物語 …………………………………… 5
* 解題 ……………………………………… 99
　　* 参考文献一覧 …………………… 112
* 付録 …………………………………… 117
　　* 正慶本系『住吉物語』（翻刻）… 118
　　* 主要享受史資料 ………………… 164
　　　　* 異本能宣集 ………………… 164
　　　　* 大斎院前御集 ……………… 166
　　　　* 輔親家集 …………………… 166
　　　　* 枕草子 ……………………… 166
　　　　* 源氏物語 …………………… 166
　　　　* 今昔物語集 ………………… 167
　　　　* 無名草子 …………………… 167
　　　　* 風葉集 ……………………… 167
　　　　* 源平盛衰記 ………………… 168
　　* 主要人物系図 …………………… 169
　　* 諸伝本影印 ……………………… 170
* 主要語彙索引 ………………………… 172

[103] 校註 **謡曲叢書**
臨川書店
全3巻
1987年10月
（芳賀矢一，佐佐木信綱校註）

※博文館刊『謡曲叢書』（1914〜1915年）の復刻版

第1巻
1987年10月5日刊

* 謡曲に就いて（芳賀矢一，佐々木信綱）
　……………………………………………… 1
愛壽忠信 ……………………………………… 1
鸚鵡小町 ……………………………………… 5
赤澤曾我 …………………………………… 10
悪源太 ……………………………………… 13
明智討 ……………………………………… 20
總角 ………………………………………… 23
阿漕 ………………………………………… 27
朝顔 ………………………………………… 31
蘆刈 ………………………………………… 35
蘆屋弁慶 …………………………………… 42
飛鳥川 ……………………………………… 45
飛鳥寺 ……………………………………… 49
安宅（あたか）……………………………… 51
愛宕空也 …………………………………… 61
安達原 ……………………………………… 65
安達静 ……………………………………… 69
熱海 ………………………………………… 73
敦盛 ………………………………………… 77
淡路 ………………………………………… 82
粟津采女 …………………………………… 86
あはでの森 ………………………………… 90
葵上 ………………………………………… 96
海士（あま）……………………………… 101
天橋立 …………………………………… 107
綾鼓 ……………………………………… 109
嵐山 ……………………………………… 113
蟻通 ……………………………………… 117
藍染川 …………………………………… 121
安字（あんじ）…………………………… 129
碇潜（いかりかづき）…………………… 134
生田敦盛 ………………………………… 139

生贄	143
異国退治	150
一来法師	153
一角仙人	156
巌島	160
出雲龍神	165
稲舟	168
岩瀬	173
稲荷	177
岩根山	180
岩船	183
飯野	187
江豚	192
伊呂波	192の3
鵜飼	192の8
浮舟	196
雨月	200
右近	204
鈿女（うずめ）	208
歌占	212
歌薬師	218
内外詣	221
空蝉	224
善知鳥（うとう）	227
采女	232
鵜羽（うのは）	237
鵜祭	241
鵜の丸	245
梅	249
梅枝	253
浦上	258
浦島	266
鱗形	270
植田	272
雲林院	278
江口	282
江島	287
江島童子	293
簱	296
老松	301
翁	304
翁草	306
壱岐院	311
落葉―一名陀羅尼落葉	316
大原御幸（おはらごこう）	321
追熊鈴木	327
大磯	329
大江山―酒呑童子	332
大河下	337
大社	339
思妻	343
項羽	348
降魔	352
高野敦盛	355
高野参詣	362
高野物狂	367
餓鬼	373
社若	376
隠里	382
景清	385
笠卒塔婆	392
柏崎	397
香椎	404
春日野の露	409
春日龍神	413
河水	417
刀	422
筐敦盛	433
語酒呑童子	437
語鈴木（かかりすずき）	440
梶原座論	446
合浦	450
葛城―雪葛城	452
葛城天狗	456
鐵輪	459
兼平	463
鐘巻	469
兼元	475
蛙	481
禿物狂（かぶろものくるい）	483
神有月	487
神渡	492
亀井戸	496
加茂	501
鴨長明	506
賀茂物狂	511
通小町―古名市原小町又四位少将	515
辛崎	519
苅萱	525
邯鄲―古名甘鄲枕又蘆生	531
咸陽宮	536
歸雁	541
菊水慈童	543
喜慶	546

木曾	549	小袖曾我	746
衣潜巴（きぬづきともえ）	553	胡蝶	752
砧	556	木幡	756
経書堂	562	小林	759
清重	566	恋草	765
清經	571	五筆	770
清時田村	577	恋の松原	774
切兼曾我	579	恋塚	778
祇王	584	恋重荷	782
祇園	588	護法	786
金礼	591	亀馬	792
空也	595	狛形猩々	794
九穴	601	惟盛	796
草薙	606	金剛山	802
九十賀	610	今生巴	806
国栖（くず）	613	権守	809
九世戸（くせのと）	618		
国玉	622	**第2巻**	
熊坂	626	1987年10月5日刊	
熊手判官	632	犀	1
鞍馬天狗	637	西岸居士	3
倶利伽羅落	642	西行桜	6
車僧	646	西寂（さいじゃく）	11
呉服（くれは）	649	斉藤五六代	14
皇帝―古名明王鏡 玄宗	653	草紙洗小町	26
花月	657	逆矛	33
会盟	661	嵯峨女郎花	37
堯舜	666	鷺	39
現在善知鳥	670	桜川	42
現在江口	673	桜間	48
現在熊坂	676	祚国（さこく）	50
現在七面	678	狭衣	55
現在殺生石	683	佐々木	58
現在巴	686	貞任（さだとう）	62
現在鵺	688	真田	66
現在桧垣	690	實方	70
源氏供養―古名紫式部	694	實盛	74
剣珠	698	佐保川	80
絃上	702	佐保山	84
源太夫	707	小夜衣	89
元服曾我	712	三社託宣	93
碁	718	三笑	98
厚婦	723	志賀―古名黒主又志賀黒主	100
小督	728	慈覚大師	104
小鍛冶	733	志賀忠度	108
粉川寺	738	信貴山	112
五節	743		

敷地（しきぢ）物狂	116	赤壁（せきへき）	320
樒（しきみ）塚	122	殺生石	324
樒天狗	127	摂待	329
獅子	130	蝉丸―古名逆髪	337
侍従重衡	132	浅草寺	343
宍戸	136	禅師曾我	346
七騎落	139	千手―古名千手重衡	349
七人猩々	146	千手寺	355
實檢實盛	149	千人伐	361
自然居士	153	卒塔婆小町―古名小町物狂	366
信夫	161	園田	371
柴田	172	素拝桜	374
十番切	176	空腹（そらばら）	378
清水小町	178	孫思邈	382
正儀世守（しょうぎせいしゅ）	182	泰山府君	391
上宮太子	187	太子	394
諍蔵貴所	192	大聖寺	399
猩々	195	太世太子	407
正尊	197	大般若	411
上人流	202	大仏供養	421
石橋（しゃくきょう）	207	大瓶猩々	426
舎利	210	太平楽	428
朱雀門（しゅざくもん）	214	大木	431
春栄	218	当麻	435
俊寛――名鬼界島	228	第六天	440
俊成忠度―古名五條忠度	232	大会（だいえ）	443
鐘馗（しょうき）	236	道成寺	446
承久	239	唐船	450
式子内親王	242	道明寺	455
白髭	246	高砂―古名相生	460
代主（しろぬし）―古名葛城鴨	251	高安	465
鈴落	255	瀧籠（たきこもり）文覚	469
鈴鹿――名現在田村	258	琢鹿（たくろく）	471
薄	262	竹雪（たけのゆき）	475
須磨源氏	265	武文（たけぶん）	480
墨染桜	269	忠信―古名空腹	484
隅田川	272	忠度―短冊忠度	487
住吉橋姫	279	橘	492
住吉詣	285	龍田	499
誓願寺	288	立田物狂	502
政徳西王母	294	多手利	508
西王母	295	七夕	510
昭君	298	谷行	513
善界（ぜかい）	303	玉江の橋	520
関寺小町	307	玉葛	524
関戸	312	玉津島	528
関原興市	317	玉津島龍神	532

珠取	536
玉井（たまのい）	541
田村	545
爲世——名水無瀬	551
湛海	556
丹後物狂	559
檀風	566
竹生島	577
秩父	581
千引（ちびき）	583
長卿寺	588
長兵衛尉（ちょうひょうえのじょう）	594
張良	597
仲算	600
月見	605
月少女	608
土蜘蛛	610
土車	614
蹢躅	619
皷瀧	622
經政（つねまさ）	625
露	629
鶴亀	632
鶴岡（つるがおか）	634
鶴若	636
連獅子	640
定家	644
調伏（とうぶく）曾我	649
天皷	653
天王寺物狂	659
藤栄	663
東海寺	670
東岸居士	673
東心坊	676
東方朔	678
東北——古名軒端梅	681
時有	685
木賊	688
鳶	694
遠矢	699
融	701
鞆（とも）	707
知章（ともあきら）	715
朝長	721
巴	727
豊国詣	732
虎送	737

鳥追船	740

第3巻
1987年10月5日刊

仲光——名満仲	1
泣鬼	6
泣不動	9
七面	12
難波	17
成田山	21
成經	24
業平	28
鳴門	31
錦織	34
錦木—古名錦塚	37
錦戸	42
西宮	46
二度掛	49
鶏龍田	51
鵺	54
濡衣	58
寐覚—古名寝覚床	61
根芹	64
農龍	67
野口判官	69
野寺	72
野中清水	75
野宮	77
野守—古名野守鏡	81
範頼	85
放下僧	88
放生川—古名放生会同八幡	92
白楽天	96
箱崎	99
羽衣	102
娑相天	106
半蕣—古名半蕣夕顔	113
橋姫	115
橋弁慶	118
芭蕉	121
鉢木	125
初雪	133
花軍	134
花筐	138
華自然居士	143
華橹	145

濱川	147	松風	311
濱平直	149	松虫	316
浜土産	156	松山鏡	320
馬融	159	松山天狗――一名松山	324
治国	160	松浦（まつら）梅	327
治親	162	松浦（まつら）鏡	330
巴園	169	松尾（まつのお）	335
班女	173	真名井原	338
氾蠡	177	身売	341
飛雲	180	御崎	350
桧垣	182	通盛	354
引鐘	186	光季	358
美人揃――一名舞車	189	三山（みつやま）	362
常陸帯	193	水無月祓	366
羊	196	身延（みのぶ）	370
人穴	201	御菩薩	373
一言主	203	御裳濯（みもすそ）	376
雲雀山	206	宮川	380
氷室	210	三輪	384
姫切	215	三井寺	388
百万――古名嵯峨物狂又嵯峨大念仏	217	三尾	393
比良	220	水尾山	396
廣基	227	百足	400
豊干	232	聟入自然居士	403
伏木曾我	235	武蔵塚	407
富士山	239	六浦（むつら）	409
富士太鼓	242	宗貞	412
伏見	246	村山	417
二見浦	250	室君	420
二人静	251	室住	422
不断桜	255	和布刈（めかり）	424
藤	258	盲沙汰	427
藤戸	261	望月	433
藤浪	265	髻判官（もとどりほうがん）	439
船橋――古名佐野船橋	268	求塚――古名処女塚	440
船弁慶	272	紅葉	445
変化信之	277	紅葉狩	448
弁内侍	280	盛久	452
鳳駕迎（ほうがむかえ）	284	守屋	457
鳳来寺	288	楊貴妃	461
星	291	養老	466
仏桜	294	家持	469
仏原	297	野干（やかん）	474
孟宗	300	八島	477
巻絹	302	安犬	482
枕慈童	306	休天神	486
將門	308	八剣	491

校註 謡曲叢書

柳	494
八幡	497
八幡弓	500
山姥	502
山住	508
雪	510
行家	511
雪鬼	513
遊行柳	516
融通鞍馬（ゆづうくらま）	520
夕顔	523
弓八幡	526
熊野（ゆや）	530
夜討曾我	536
義興	541
吉野	543
吉野琴	546
吉野静	550
吉野天人	552
吉野詣	554
吉水	557
頼政―古名源三位	559
弱法師（よろぼうし）	564
雷電―古名菅丞相	568
羅生門――一名綱	571
龍宮猩猩	574
龍頭大夫	575
龍虎（りょうこ）	579
呂后	582
輪管	585
輪蔵	587
留林寺	590
籠祇王	593
籠尺八	599
籠太鼓	604
六代	608
六角堂	614
往生院	617
和国	621
和田酒盛	624
韋駄天	628
井筒	631
烏帽子折	635
絵馬	641
岡崎	645
小塩	648
小環	652
姥捨	656
女郎花	660
大蛇（おろち）	664
女沙汰	667
補遺	
御室経正	1
鞠	3

[104] 琉球古典叢書
あき書房
全1巻
1982年11月
(輿石豊伸注釈)

〔1〕 閩山游草（蔡大鼎）
1982年11月1日刊

閩山游草 ………………………………… 1
　序文 ………………………………… 10
　慶良間での作品 ……………………… 41
　八重山での作品 ……………………… 115
　船中にて詠む ………………………… 153
　福州での作品 ………………………… 165
＊解説 …………………………………… 394

作家名索引

原作者

【あ】

会沢 正志斎
 時務策 ……………………… [069] 53-361
 人臣去就説 …………………… [069] 53-353
 新論 ……………………………… [069] 53-49
 退食間話 ……………………… [069] 53-233

相場 長昭
 今様雑芸 ……………………… [030] 1-253

青木 昆陽
 和蘭語訳 ……………………… [069] 64-11
 和蘭文訳 ……………………… [069] 64-19
 和蘭文字略考 ………………… [069] 64-33
 昆陽漫録 ……………………… [070] I-20-1
 続昆陽漫録 …………………… [070] I-20-199
 続昆陽漫録補 ………………… [070] I-20-229

青木 鷺水
 御伽百物語 ……………………………
  [045] I-2-147, [065] 3-128
 古今堪忍記 …………………… [059] 2-389
 若えびす ……………………… [059] 11-338

青木氏
 こんたん手引くさ …………… [038] 11-329

青山亭
 甲駅新語 ……………………… [038] 25-49

赤染衛門
 赤染衛門集 ……………………………
  [030] 13-363, [036] 2-133, [036] 2-156, [074] 2-83

暁 鐘成
 雲錦随筆 ……………………… [070] I-3-1
 小倉百首類題話（文政六年五月刊）
  …………………………… [082] 15-187
 兼葭堂雑録 …………………… [070] I-14-1
 尚古造紙挿 …………………… [070] I-2-407
 近来見聞噺の苗 ……………… [070] III-6-97

赤蜻蛉
 女郎買之糠味噌汁 …………… [038] 14-131

赤松 滄洲
 阪越寓居 ……………………… [043] 86-438

赤松 蘭室
 児寅を悼む、四十韻 ………… [043] 86-479

秋山 玉山
 阿蘇の池煙を望む、水斯立の
  ………………………………… [043] 86-396
 五日独酌 ……………………… [007] 2-251
 一碧亭、竹を洗かして山を見る
  ………………………………… [007] 2-252
 雨後、久住の道中 …………… [007] 2-296
 大利坂を度る。是の日霧ふる。五歩牛
  馬を弁ぜず ………………… [007] 2-165
 看雲叟 ………………………… [007] 2-174
 聞行 …………………………… [007] 2-216
 韓体一首、藪震庵に贈る …… [007] 2-217
 澗中酌 ………………………… [007] 2-250
 灌花井 ………………………… [007] 2-197
 暁舟蓬崎を発す ……………… [007] 2-293
 古意 …………………………… [043] 86-401
 傚古 二首（うち一首）……… [007] 2-205
 高子式山人は達士なり。髑髏杯を置き、
  時時把玩す。死生を一にし、形骸を遺れ、
  超然として自適す。少年輩争い飲みて豪挙
  と為す。予独り蹙頻して飲むこと能わず。
  衆 予が未達を笑う。因りて髑髏杯行を作
  りて、自ら嘲り、兼ねて髑髏の為に嘲りを
  解く ………………………… [007] 2-274
 鴻門高 ………………………… [007] 2-193
 雑感 …………………………… [007] 2-166
 十六羅漢図を見る引 ………… [007] 2-183
 春別曲 ………………………… [043] 86-401
 小景 二首（うち一首）……… [007] 2-177
 丈水翁藍輿にて招かる。余行くこと里
  余、翁出でて半途に迎う。遂に同歩して日
  暮に翁の隠居に到り、次宿して帰る …
  ………………………………… [007] 2-206
 新嫁娘 二首 ………………… [007] 2-191
 壬申の冬、阿蘇山に登る。石有り高さ
  身と等し、十人を坐すべし。上に天然の
  研池有り、状一巨掌の如し。水常に中に満
  つ。大旱にも涸れず。余同遊の者に謂いて
  日く、是れ安んぞ造物者の久しく是れを設
  けて以て我が登題を待つに非ざることを知
  らんやと。因りて石頭に墨を磨し、詩及び
  同遊者の名を題して去る … [007] 2-291
 酔歌行、菅夷長に贈る ……… [043] 86-397
 泉岳寺 ………………………… [043] 86-402
 前有樽酒行 …………………… [007] 2-198
 蘇山の天門巌、云う是れ羽流燧を鑽り
  道を為す処と ……………… [007] 2-178
 田家雑興 ……………………… [043] 86-395
 澱河の夜泊、鵙を聴く ……… [007] 2-290
 独釣 …………………………… [007] 2-170
 晩帰 …………………………… [007] 2-172

人有りて柿大夫の画像を持し来り、余
　　に詩を徴す。因りて其の歌意を写す。但だ
　　其の玄趣未だ擬し易からず　　［007］**2**-271
　病中雑詠　六首（うち二首）‥　［007］**2**-159
　筆を詠ず　………………………　［007］**2**-272
　芙蓉峰を望む　…………………　［007］**2**-297
　米大夫余が為に写真す。因りて其の上
　　に戯題す　………………………　［007］**2**-158
　夢遊僊　…………………………　［043］**86**-399
　夜帰　……………………………　［043］**86**-402
　遊夜詞　幷びに序　……………　［007］**2**-253

阿金堂　一蒔
　新作落語蛺蝶児（文化二年正月刊）
　　………………………………　［082］**14**-178

悪茶利道人
　富貴地座位　……………………　［059］**12**-354

悪文舎　他笑
　楽屋興言鳴久者評判記　………　［059］**12**-96

朱楽　菅公
　大抵御覧　………………………　［038］**9**-49

朱楽　菅江
　大抵御覧　………………………　［085］**8**-533

朱楽　宿寝
　大抵御覧　………………………　［059］**5**-184

浅井　了意
　狗張子　………　［059］**4**-87,［065］**3**-31
　浮世物語　………………………　［059］**2**-333
　伽婢子　…………………………　［041］**75**-1
　かなめいし　……………………　［082］**3**-169
　堪忍記　…………………………　［045］**II**-29-3
　狂哥咄（寛文十二年刊）　………　［082］**3**-97
　城物語　…………………………　［045］**II**-29-267
　東海道名所記　…………………　［045］**III**-50-7
　三井寺物語　……………………　［045］**II**-29-211
　むさしあぶみ　…………………　［070］**III**-6-369

浅香　山井
　徒然草諸抄大成　………………　［072］**[19]**-2

安積　澹泊
　大日本史賛藪　…………………　［069］**48**-11

朝川　鼎
　善庵随筆　………………………　［070］**I**-10-419

朝倉　尚
　連句連歌会の形態―「実隆公記」を中心
　　に　………………………………　［055］別1-211

浅田　一鳥
　一谷嫩軍記　……………………　［085］**4**-341
　一谷嫩軍記（熊谷陣屋）　………　［100］**4**-53
　祇園祭礼信仰記　………………　［045］**II**-37-273
　祇園祭礼信仰記（金閣寺）　……　［100］**4**-173
　岸姫松轡鏡（岸姫）　……………　［100］**4**-215

　摂州渡辺橋供養　………　［045］**II**-37-183
　道成寺現在蛇鱗　………　［045］**II**-37-7
　播州皿屋舗　……………　［045］**I**-11-247
　倭俗名在原系図（蘭平物狂）‥　［100］**4**-87

朝野　鹿取
　秋山の作。探りて「泉」の字を得たり。
　　製に応ず。………………………　［043］**86**-55
　「春閨怨」に和し奉る　………　［043］**86**-63

浅野　梅堂
　寒檠璅綴　………………………　［047］**3**-123

浅見　絅斎
　絅斎先生敬斎箴講義　…………　［069］**31**-120
　絅斎先生仁義礼智筆記　………　［069］**31**-305
　拘幽操師説　……………………　［069］**31**-229
　拘幽操附録　……………………　［069］**31**-202
　箚録　……………………………　［069］**31**-318
　仁説問答師説　…………………　［069］**31**-253
　中国弁　…………………………　［069］**31**-416

足利　義昭
　乱を避けて舟を江州の湖上に
　　………………………………　［043］**86**-244

足利　義尚
　常徳院詠　………………………　［036］**6**-134

足利　義政
　慈照院殿義政公御集　…………　［036］**6**-146

阿実尼
　始見山花詞　……………………　［008］**3**-668

飛鳥井　雅敦
　雅敦卿詠草　……………………　［036］**7**-757

飛鳥井　雅有
　飛鳥井雅有集　…………………　［036］**4**-620
　春の深山路　……………………　［043］**48**-305
　隣女集　…………………………　［036］**4**-554

飛鳥井　雅親
　亜槐集　…………………………　［036］**6**-162
　飛鳥井雅親集　…………………　［036］**6**-158
　続亜槐集　………………………　[036］**6**-198
　筆のまよひ　……………………　［061］**5**-426
　雅親詠草　………………………　［036］**6**-218
　雅親詠草　文安五年　…………　［036］**6**-156

飛鳥井　雅経
　明日香井集　……………………　［036］**3**-408

飛鳥井　雅俊
　園草　……………………………　［036］**6**-613

飛鳥井　雅康
　雅康卿詠草　……………………　［036］**6**-526

飛鳥井　雅世
　飛鳥井贈大納言雅世歌　………　［036］**5**-357
　飛鳥井雅世集　…………………　［036］**5**-380
　新続古今和歌集　………………　［030］**8**-489

新続古今和歌集(抄) ……… [043] 49 - 375
宋雅集 ……………………… [036] 5 - 354
雅世卿集 …………………… [036] 5 - 362

飛鳥井 雅縁
　宋雅集 …………………… [036] 5 - 354

東 三八
　賢外集 …………………… [033] 36 - 233

吾妻 雄兎子
　金の奈留気 ……………… [084] 1 - 91
　春情花朧夜 ……………… [090] 4 - 19
　真情春雨衣 ……………… [090] 2 - 19
　真情春雨衣 ……………… [084] 2 - 17

足立 稲直
　紫式部日記解 ……………
　　　　[072]〔25〕- 1, [072]〔25〕- 195

安達 長景
　長景集 …………………… [036] 4 - 670

跡見 花蹊
　跡見花蹊「花のしづく」…… [074] 5 - 391

姉小路 済継
　姉小路済継卿詠草 ……… [036] 6 - 579
　参議済継集 ……………… [036] 6 - 585
　済継集 …………………… [036] 6 - 574

姉小路 済俊
　歌集 ……………………… [036] 6 - 840

姉小路 基綱
　卑懐集 …………………… [036] 6 - 498
　基綱卿詠 ………………… [036] 6 - 518

阿仏尼
　阿仏尼全歌集 …………… [023]〔1〕- 191
　十六夜日記 ………………
　　　　[023]〔1〕- 45, [041] 51 - 179, [043]
　　　　48 - 265, [063]〔29〕- 257, [074] 2 - 575
　うたたね ………………… [041] 51 - 155
　うたたねの記 …………… [023]〔1〕- 19
　四篠局仮名諷誦 ………… [023]〔1〕- 185
　庭の訓(広本) …………… [023]〔1〕- 107
　庭の訓抄(伴蒿蹊) ……… [023]〔1〕- 153
　庭の訓(略本) …………… [023]〔1〕- 139
　夜の鶴 …… [023]〔1〕- 91, [061] 3 - 404

油虫朝臣濡高氏勘太郎
　吉原失墜 ………………… [095] 3 - 127

阿部 静枝
　阿部静枝「秋草」 ………… [074] 6 - 327

阿部 仲麻呂
　命を銜んで本国に使す …… [043] 86 - 41

阿倍 広庭
　秋日長王宅に於て新羅の客を宴す
　　　　　　　　　　　　 [043] 86 - 34

天野 信景

塩尻
　　　[070] III - 13 - 1, [070] III - 14 - 1,
　　　[070] III - 15 - 1, [070] III - 16 - 1
塩尻拾遺
　　　[070] III - 17 - 1, [070] III - 18 - 1

天野 政徳
　天野政徳随筆 …………… [070] III - 8 - 25

雨森 芳洲
　一字訓 …………………… [047] 4 - 1
　橘窓茶話 ………………… [070] II - 7 - 347
　たはれ草 ………………… [041] 99 - 37
　多波礼草 ………………… [070] II - 13 - 183

新井 白蛾
　牛馬問 …………………… [070] III - 10 - 203
　闇の曙 …………………… [070] II - 22 - 265

新井 白石
　乙未の初春病中天潢に簡す ・ [005] 2 - 104
　易水の別れ ……………… [005] 2 - 133
　折たく柴の記 ……………
　　　　　　[033] 35 - 5, [067] 95 - 147
　春日恭靖先生を追悼する詩八首(うち二
　　首) …………………… [005] 2 - 84
　癸巳中秋小集 …………… [005] 2 - 102
　己巳の秋、信夫郡に到って家兄に奉ず
　　　　　　　　　　　　 [005] 2 - 73
　鬼神論 …………………… [069] 35 - 145
　祇生の七家の雪に和して戯れに其の体
　　に倣う(七首、うち二首) …… [005] 2 - 78
　癸卯中秋、感有り ………… [043] 86 - 316
　九日故人に示す ………… [005] 2 - 143
　京に入る人を送る ……… [005] 2 - 117
　今歳の春初、有司、我が宅を
　　　　　　　　　　　　 [043] 86 - 317
　山居 ……………………… [005] 2 - 107
　四皓吟 …………………… [005] 2 - 139
　酒家 ……………………… [005] 2 - 81
　倡家 ……………………… [005] 2 - 79
　白石先生手翰(新室手簡) ・・ [069] 35 - 433
　白石先生紳書 …………… [070] III - 12 - 297
　白牡丹 …………………… [005] 2 - 115
　新雁 ……………………… [005] 2 - 132
　清人魏惟度の八居の韻に和す(八首、う
　　ち一首) ………………… [005] 2 - 106
　西洋紀聞 ………………… [069] 35 - 7
　戯れに室子の鰹魚膾の韻に和す
　　　　　　　　　　　　 [005] 2 - 126
　戯れに西瓜を詠ず ……… [005] 2 - 128
　中秋の作、第四首 ……… [043] 86 - 315
　東ं(抄) …………………… [069] 35 - 101
　読史余論(公武治乱考) … [069] 35 - 183
　長崎注進議馬人事 ……… [069] 35 - 83
　南遷の故人を憶う ……… [005] 2 - 90

あらき　　　　　作家名索引（原作者）

梅影 ……………………… ［005］**2**-*122*
春を送る ………………… ［005］**2**-*124*
復軒の南海に之くを送る …… ［005］**2**-*97*
船居 ……………………… ［005］**2**-*110*
丙子上日 ………………… ［005］**2**-*75*
丙戌仲春諸君の贈る所の寿詩の韻に和
　す。二十六首（うち二首） ［005］**2**-*91*
辺城の秋 ………………… ［005］**2**-*119*
又た八居の韻に和す（八首、うち一首）
　………………………… ［005］**2**-*109*
自ら肖像に題す ………… ［005］**2**-*100*
容奇 ……………………… ［005］**2**-*112*
荒木田 久老
　槻の落葉信濃漫録 ……… ［070］**I**-**13**-*401*
　難波旧地考 ……………… ［094］**7**-*373*
　日本紀歌解槻乃落葉 …… ［062］**1**-*289*
　万葉考槻落葉 …………… ［094］**5**-*151*
荒木田 守武
　犬筑波集 ………………… ［024］〔**7**〕-*33*
　守武随筆 ………………… ［036］**7**-*584*
荒木田 麗女
　怪世談 ……… ［008］**2**-*377*,［065］**3**-*236*
　池藻屑 …………………… ［008］**2**-*101*
　桐の葉 …………………… ［008］**1**-*381*
　庚子道の記 ……………… ［008］**3**-*205*
　五菓 ……………………… ［008］**3**-*135*
　月のゆくへ ……………… ［008］**2**-*1*
　後午の日記 ……………… ［008］**3**-*103*
　初午の日記 ……………… ［008］**3**-*25*
　浜地鳥 …………………… ［008］**2**-*319*
　富士の岩屋 ……………… ［008］**1**-*539*
有栖川 文乗女王
　有栖川文乗女王詠草 …… ［074］**3**-*684*
在原 業平
　在原業平朝臣集 ………… ［036］**1**-*98*
　在中将集 ………………… ［036］**1**-*90*
　業平集 ……………………
　　［036］**1**-*93*,［036］**1**-*100*,［073］**11**-*99*,［073］**12**-*701*
在原 棟梁
　棟梁集 …………………… ［036］**1**-*107*
在原 元方
　在原元方集 ……………… ［036］**1**-*313*
在原の 持磨
　大通人好記 ……………… ［038］**9**-*179*
安藤 昌益
　自然真営道 ……………… ［069］**45**-*11*
　自然真営道〔抄〕 ……… ［067］**97**-*591*
　「自然真営道・統道真伝」原文
　　……………………… ［067］**97**-*683*
　石碑銘 …………………… ［069］**45**-*283*

統道真伝〔抄〕 ………… ［067］**97**-*667*
掠職手記 ………………… ［069］**45**-*274*
安東 省庵
　秋に感ず。其の三 ……… ［043］**86**-*268*
　感懐。其の三 …………… ［043］**86**-*269*
　興を遣る ………………… ［043］**86**-*270*
　朱先生を夢む …………… ［043］**86**-*270*
　朱魯璵先生の中原に帰るを送
　　……………………… ［043］**86**-*271*
安藤 為章
　栄花物語考 ……………… ［072］〔**31**〕-*509*
　紫家七論 ………………… ［069］**39**-*422*
　紫七論 …………………… ［024］〔**3**〕-*122*
　紫女七論 ………………… ［072］〔**6**〕-*1*
　年山紀聞 ………………… ［070］**II**-**16**-*257*
安藤 東野
　孤児行 …………………… ［043］**86**-*382*
安藤 野雁
　野鵰集 …………………… ［030］**19**-*909*
　万葉集新考 ……………… ［072］〔**13**〕-*1*
　万葉集新考稿 …………… ［094］**20**-*129*
安法
　安法法師集 ……………………
　　［036］**1**-*356*,［041］**28**-*159*
案本 胆助
　江戸愚俗徒然噺 ………… ［095］**7**-*119*
安遊山人
　はなしの種（天保十年正月刊）
　　……………………… ［082］**16**-*68*
安楽庵 策伝
　醒睡笑 ……………………
　　［033］**29**-*3*,［070］**III**-**4**-*269*,［071］**46**-*25*,［082］**2**-*3*,［083］**8**-*63*
　醒睡笑〔抄〕 …………… ［068］上-*79*
　醒睡笑之序 ……………… ［071］**46**-*27*
安連騒界子
　新版赤油行 ……………… ［038］**28**-*303*

【い】

井伊 直弼
　茶道の政道の助となるべきを論へる文
　　……………………… ［069］**38**-*345*
　狸腹鼓 …………………… ［043］**60**-*501*
伊井 春樹
　連珠合璧集に見られる源氏寄合―源氏
　小鏡・光源氏一部連歌寄合・源氏物語内連
　歌付合などとの関連 …… ［055］別**1**-*421*

いしか

井伊 文子
 井伊文子「中城さうし」 …… [074] **6**-*512*

飯尾 常房
 猿鹿居歌集 ……………… [036] **6**-*85*

飯山 錦裳
 風流呉竹男 ……………… [009] **5**-*1*

家仁親王
 今出河河棠紅葉記 ……… [017] **1**-*357*
 閑居語 …………………… [017] **1**-*322*
 桂紀行（宝暦三年五月）… [017] **1**-*374*
 桂紀行（宝暦四年三月）… [017] **1**-*380*
 桂紀行（宝暦五年三月）… [017] **1**-*383*
 嶋陰盆山之記 …………… [017] **1**-*324*
 鷹峰記 …………………… [017] **1**-*327*
 鷹峰山荘に遊ぶの記 …… [017] **1**-*325*
 月見記 …………………… [017] **1**-*365*
 初雪記 …………………… [017] **1**-*403*
 花見記 …… [017] **1**-*366*, [017] **1**-*367*
 山花紀行 ………………… [017] **1**-*400*

異海呉句堂主人季春
 戯言浮世瓢単 …………… [038] **17**-*9*

意雅栗三
 田舎あふむ ……………… [038] **27**-*289*

伊賀丸
 花街風流解 ……………… [038] **27**-*183*

五十嵐 篤好
 雉岡随筆 ………………… [070] **II-6**-*1*
 天朝墨談 ………………… [070] **III-5**-*1*

行成山房大公人
 公大無多言 ……………… [038] **11**-*101*

以空
 玉かがみ ………………… [067] **83**-*349*

生田 万
 岩にむす苔 ……………… [069] **51**-*9*

郁芳門院安芸
 安芸集（郁芳門院安芸集）… [074] **2**-*410*
 郁芳門院安芸集 ………… [036] **2**-*534*

池 玉瀾
 池玉瀾「白芙蓉」 ……… [074] **3**-*102*

池 三位丸
 香之書 …………………… [069] **61**-*287*

池川 春水
 富士日記 ………………… [041] **67**-*503*

池須賀散人
 市川柏莚舎事録 ………… [047] **9**-*295*

池田 草菴
 鳴鶴相和集 ……………… [069] **47**-*295*

池田 大伍
 男達ばやり ……………… [100] **20**-*293*

 西郷と豚姫 ……………… [100] **25**-*55*

池田 正式
 土佐日記講註 …………… [072] 〔**28**〕

池田 光政
 池田光政日記 抄 ……… [069] **38**-*31*

池田 利牛
 炭俵 ……………………… [041] **70**-*357*

池永 秦良
 万葉集目安補正 ………… [094] **6**-*255*

池西 言水
 新撰都曲 ………………… [041] **71**-*59*

池坊 専応
 池坊専応口法 …………… [033] **36**-*257*
 専応口伝 ………………… [069] **23**-*449*

彙斎 平奇山
 指南車 …………………… [038] **22**-*265*

彙斎主人
 南駅夜光珠 ……………… [038] **24**-*277*

惟氏
 「擣衣引」に和し奉る …… [043] **86**-*103*

石井 蠧
 東都歳時記 ……………… [047] 別**11**-*115*

石川 清民
 楢山拾葉 ………………… [094] **11**-*5*

石川 丈山
 赤山に登りて杜鵑花を瞰る … [007] **1**-*30*
 倚節吟 …………………… [007] **1**-*166*
 医正意が尾陽より示さるる元旦の什に
  寄酬す ………………… [007] **1**-*33*
 雨後の白牡丹 …………… [007] **1**-*9*
 雨後の即興 ……………… [043] **86**-*251*
 漆戸氏が南部より黄精を恵まるるを謝
  す ……………………… [007] **1**-*152*
 詠懐 ……………………… [007] **1**-*38*
 詠懐五首（うち一首） … [007] **1**-*97*
 老いに偏る ……………… [007] **1**-*156*
 大人 ……………………… [043] **86**-*248*
 自ずから況う …………………………
  [007] **1**-*132*, [007] **1**-*148*
 夏五の即事 ……………… [007] **1**-*63*
 重ねて題す ……………… [007] **1**-*108*
 寛永丙子の春、予、芸用を去らんと欲
  して、爰に遠瀛に遊ぶ。仍て口謙二首を壁
  間に題牓して、游人の乙嚧に備うるのみ。
  吁（うち一首） ……… [007] **1**-*36*
 閑適 ……………………… [043] **86**-*249*
 閑適を写す ……………… [007] **1**-*117*
 凾三秀才、茲者詩を示さる。標致健然
  として壮浪の姿有りて、彫鑴の弊え無し。
  諷詠己まず。韻を次ぎて和呈す · [007]

いしか　　　　　　　　作家名索引（原作者）

　　1-66
閑遊二首（うち一首） ……… ［007］1-105
紀事 ……………………… ［007］1-142
客の園中に牡丹を少くことを訝るに答
　う ……………………… ［007］1-154
窮臘、懐を記す ………… ［007］1-134
興を書す ………………… ［007］1-80
寓意 ……………………… ［007］1-14
寓懐 …………… ［007］1-12,［007］1-15
遇興 ……………………… ［007］1-119
偶成 ……………………… ［007］1-69
寓目 ……………………… ［007］1-70
口占 ……………………… ［007］1-57
黒谷に遊ぶ ……………… ［007］1-32
群児の壤を撃つを瞰る …… ［007］1-140
渓行 ……………………… ［007］1-61
形神を咏ず ……………… ［007］1-163
渓辺の紅葉 ……………… ［007］1-40
見懐 ……………………… ［007］1-128
甲午祭日客に会す ……… ［007］1-84
雑咏 ……………………… ［007］1-29
雑吟五首（うち一首） …… ［007］1-144
雑述二首（うち一首） …… ［007］1-127
三足口号、寒山が体に倣ふ
　………………………… ［043］86-250
自遣 ……………………… ［007］1-58
地獄谷 …………………… ［007］1-11
自適 ……………………… ［007］1-150
秋望 ……………………… ［007］1-130
春日の即興 ……………… ［007］1-138
春雪 ……………………… ［007］1-123
春徳に答う ……………… ［007］1-45
春望 ……………………… ［007］1-96
正伝寺に遊ぶ …………… ［007］1-4
壬寅夏五、地震を詠ず … ［043］86-250
壬寅の歳首 ……………… ［007］1-136
新居 ……………………… ［043］86-247
辛卯七月既望、諸山の列炬を観る
　………………………… ［007］1-77
雪竹 ……………………… ［007］1-113
即事 …………… ［007］1-78,［007］1-82
即時 ……………………… ［007］1-115
即事（二首、うち一首） … ［007］1-159
村行 ……………………… ［007］1-99
大鏧野静軒の江都に之くを送る
　………………………… ［007］1-110
退居 ……………………… ［007］1-86
武田氏に寄与す　序を并せたり
　………………………… ［007］1-93
杖に倚る ………………… ［007］1-55
丁亥の仲夏、二三の知旧と同じく大津
　より舟に駕して八嶋の蛍火を観る ‥ ［007］
　1-51

天台の籠に登りて音羽の瀑を観る
　………………………… ［007］1-7
冬暖の野望 ……………… ［007］1-59
情を臚ぶ ………………… ［007］1-88
白藤花 …………………… ［007］1-125
林春斎に答う …………… ［007］1-19
春を送る ………………… ［007］1-161
畔儒を嘲ける …………… ［007］1-146
楓林に月を見る ………… ［007］1-74
富士山 …………………… ［007］1-3
蛍火を玩ぶ ……………… ［007］1-64
豪庵法眼の備州太守に扈従して東武に
　如くを祖送す ………… ［007］1-17
焼松茸を食う …………… ［007］1-158
夜誦 ……………………… ［007］1-164
野望 ……………………… ［007］1-102
山中の早行 ……………… ［007］1-53
山中の即事 ……………… ［007］1-75
夢醒む ……………………… ［007］1-72
龍光の江月禅師を挽す … ［007］1-27
隣曲の叢祠 ……………… ［007］1-42
臘月十八日 ……………… ［007］1-121
籠麦 ……………………… ［007］1-104
石川　流宣
　武道継穂の梅 ………… ［009］3-457
石川　雅望
　吾妻曲狂歌文庫 ……… ［067］57-471
　天羽衣 ………………… ［045］II-28-153
　近江県物語 …………… ［045］II-28-5
　こがね草 ……………… ［070］I-23-351
　狭衣旁註書入本 ……… ［072］〔29〕-17
　とはずがたり ………… ［045］II-28-397
　ねざめのすさび ……… ［070］III-1-151
　飛弾匠物語 …………… ［045］II-28-203
　都の手ぶり …………… ［070］I-5-287
石川　依平
　柳園詠草 ……………… ［030］17-763
石川　流舟
　正直咄大鑑（貞享四年刊） …… ［082］5-241
石嶋　政植
　魂胆総勘定 …………… ［038］2-81
石塚　倉子
　石塚倉子「むろの八嶋」… ［074］3-233
　室八嶋 ………………… ［008］4-103
石塚　竜麿
　仮字遣奥山路 ………… ［094］7-5
　古言清濁考 …………… ［094］9-5
石塚　豊芥子
　近世商賈尽狂歌合 …… ［070］III-4-355
　豊芥子日記 …………… ［047］別10-299
石田　梅岩

石田先生語録〔抄〕 ………… ［069］**42**-*33*
倹約斉家論 …………………… ［069］**42**-*9*
都鄙問答 ……………………… ［067］**97**-*369*
莫妄想 ………………………… ［069］**42**-*103*

伊地知 鐵男
宗長第二の句集『那智籠』
　　　　　　　　　　……… ［055］**別1**-*238*

石野 広通
霞関集 ………………………… ［041］**67**-*303*

石原 徂流
洞房語園異本考異 …… ［070］**III**-**2**-*363*

石原 正明
尾張の家苞 …………………… ［072］〔**33**〕-*1*
年々随筆 ……………………………………
　　［033］**35**-*246*,［070］**I**-**21**-*1*

石部 琴好
笑の種蒔（天明九年正月序）・ ［082］**12**-*146*

惟肖得巌
惟肖得巌禅師疏 …………… ［028］**2**-*1037*
惟肖得巌集拾遺 …………… ［028］**2**-*1215*
東海瓊華集 ……………………………
　　［028］**2**-*549*,［028］**2**-*821*,［028］**2**-*967*
類聚東海瓊花集律詩部 ……… ［028］**2**-*905*

和泉 真国
明道書 ………………………… ［069］**51**-*125*

和泉式部
和泉式部集 ……………………………
　　［014］**7**-*273*,［036］**2**-*9*,［036］**2**-*57*,［036］**2**-*62*,［040］〔**16**〕-*89*,［063］〔**68**〕-*19*,［067］**80**-*131*,［074］**2**-*194*
和泉式部集続集 …………………
　　［036］**2**-*35*,［063］〔**68**〕-*146*,［074］**2**-*236*
和泉式部日記 ……………………
　　［014］**7**-*167*,［027］**7**-*137*,［033］**8**-*151*,［040］〔**16**〕-*9*,［043］**26**-*11*,［063］〔**11**〕-*183*,［066］**18**-*85*,［067］**20**-*399*,［071］**17**-*215*,［073］**2**-*29*
和泉式部日記 校本第一（底本・寛元奥書本） ………………………… ［092］**4**-*11*
和泉式部日記 校本第二（底本・応永奥書本） …………………………… ［092］**4**-*115*
和泉式部日記 三条西本（底本・三条西本） ………………………… ［092］**4**-*203*

出雲 広嶋
出雲国風土記 ………………………
　　［027］**1**-*376*,［033］**1**-*124*,［043］**5**-*129*,［063］〔**39**〕-*43*,［067］**2**-*93*

伊勢
いせ …………………………… ［036］**1**-*217*
伊勢集 ……………………………………
　　［036］**1**-*231*,［036］**1**-*246*,［041］**28**-*3*,［073］**11**-*349*,［073］**12**-*733*,［074］**2**-*3*

伊勢 貞丈
あるまじ ……………………… ［070］**II**-**15**-*159*
源氏物語ひとりごち …… ［072］〔**8**〕-*467*
五武器談 ……………………… ［072］〔**22**〕-*800*
勢語臆断別勘 ………………… ［072］〔**26**〕-*385*
南嶺遺稿評 …………………… ［070］**I**-**20**-*319*
平義器談 ……………………… ［072］〔**22**〕-*715*

伊勢 貞文
南嶺子評 ……………………… ［070］**I**-**17**-*397*

伊勢 貞仍
下つふさ集 …………………… ［036］**6**-*876*

伊勢大輔
伊勢大輔集 ……………………………
　　［036］**2**-*223*,［036］**2**-*229*,［036］**2**-*235*,［074］**2**-*283*

伊滄浪
歌妓琴塩屋之松 ……………… ［038］**12**-*209*

居候
高楼今様意気地合戦 ………… ［038］**25**-*101*

異双楼 花咲戯
青楼惣多手買 ………………… ［038］**19**-*341*

礒谷 正卿
従江戸日光足利之記 ………… ［017］**2**-*76*

石上 乙麻呂
秋夜の閨情 …………………… ［043］**86**-*40*
南荒に飄寓して、在京の故友に贈る
　　　　　　　　　　……… ［043］**86**-*40*

石上 宣続
卯花園漫録 …………………… ［070］**II**-**23**-*1*

市河 寛斎
秋雨 …………………………… ［007］**5**-*105*
秋の夜 ………………………… ［007］**5**-*68*
雨涼し ………………………… ［007］**5**-*141*
雨の夜の上尾道中 …………… ［007］**5**-*54*
家に帰りての作 ……………… ［007］**5**-*89*
井子章・宮田子亮・関君長・紀世馨・源文竜・入江子実、新居に過ぎ見る。 ［007］**5**-*13*
乙未の除夕 …………………… ［007］**5**-*3*
憂いの中の楽しみ …………… ［007］**5**-*47*
永日・無絃過ぎ見れ、賦して示す
　　　　　　　　　　……… ［007］**5**-*90*
越中の元夕（二首） ………… ［007］**5**-*80*
江戸を発つ …………………… ［007］**5**-*157*
憶昔 …………………………… ［007］**5**-*142*
お玉が池の新居 ……………… ［007］**5**-*92*

いちか　　　　　　　　作家名索引（原作者）

亥児に示す ……………… [007] **5**-*106*
客中の記事 ……………… [007] **5**-*95*
籠の渡し ………………… [007] **5**-*102*
重ねて江湖詩社を結ぶ、十二
　　　　　　　　　　　　[043] **86**-*501*
夏日、仲温、海亭に邀え飲む
　……………………………… [007] **5**-*16*
荷亭に暁に坐す …………… [007] **5**-*164*
夏陽子を哭す ……………… [007] **5**-*21*
己亥元旦の作 ……………… [007] **5**-*12*
北里歌（三十首のうち六首）‥ [007] **5**-*30*
客去る ……………………… [007] **5**-*83*
客舎の夏の日 ……………… [007] **5**-*170*
窮婦の嘆き ………………… [007] **5**-*109*
偶作 ………………………… [007] **5**-*163*
九月廿七日雷雨終日、門を出づること
　能わず、短歌を作る。…… [007] **5**-*118*
江芸閣・劉夢沢と同じく張秋琴の七夕
　の韻に和す。……………… [007] **5**-*171*
傲具の詩（五十首のうち五首）
　　　　　　　　　　　　　 [007] **5**-*120*
孤松行 ……………………… [007] **5**-*8*
古銅爵 ……………………… [007] **5**-*134*
事を書す …………………… [007] **5**-*73*
事に感ず …………………… [007] **5**-*99*
歳杪の縦筆 ………………… [007] **5**-*146*
三絃弾 ……………………… [007] **5**-*56*
時事 二首 ………………… [007] **5**-*26*
出山 ………………………… [007] **5**-*5*
手炉 ………………………… [007] **5**-*129*
城居 ………………………… [007] **5**-*75*
白髪の歎き ………………… [007] **5**-*174*
水郭の初夏 ………………… [007] **5**-*72*
青霞堂にて九峰先生を懐う ‥ [007] **5**-*161*
青陵、京師自り至る ……… [007] **5**-*108*
拙を養う …………………… [007] **5**-*78*
雪中の雑詩 五首（うち二首）
　　　　　　　　　　　　　 [007] **5**-*84*
邨童の渓上に戯るるを観る ‥ [007] **5**-*166*
丁未の除夕 ………………… [007] **5**-*53*
東坡赤壁の図 ……………… [007] **5**-*65*
夏の夜の枕上の作 ………… [007] **5**-*87*
八月廿三日、翠屏詩屋に小酌し月を待
　つ ………………………… [007] **5**-*159*
晩秋の舟行 ………………… [007] **5**-*105*
深川の舟の中 ……………… [007] **5**-*24*
冬温かし …………………… [007] **5**-*145*
冬の日 ……………………… [007] **5**-*25*
文明の古量 ………………… [007] **5**-*127*
宝弘硯 ……………………… [007] **5**-*125*
北海道中 …………………… [007] **5**-*100*
南の窓 ……………………… [007] **5**-*70*

宮田子亮の書を得たり。余を某藩に薦
　むるの言有り。賦して謝す。 [007] **5**-*18*
明王徳操の旧物杜少陵集 …… [007] **5**-*131*
無絃、五瀬自り至り詩を読ずること数
　日、慨然として贈れる有り。 [007] **5**-*137*
矢の倉新居の作 …………… [007] **5**-*45*
遊春、永日の韻に和す（九首のうち一
　首） ……………………… [007] **5**-*67*
夢に月宮に遊ぶの吟 ……… [007] **5**-*150*
梨花の雪 …………………… [007] **5**-*167*

市川 三升
　会席料理世界も吉原 ……… [041] **83**-*525*

市川 団十郎
　怪談春雨草紙 ……………… [042] **3**-*35*
　女三宮二枕 女忠臣乱箱和国御翠殿
　　　　　　　　　　　　　 [059] **6**-*31*

市川 団十郎（七代）
　孕算女行烈 ………………… [045] **I-24**-*219*

市川 団十郎（初代）
　源平雷伝記（絵入狂言本） ‥ [085] **5**-*781*
　恵方男勢梅宿参会名護屋 …… [059] **6**-*1*
　参会名護屋 ………………… [041] **96**-*1*

市川 団十郎（二代）
　老のたのしみ抄 …………… [069] **61**-*439*
　勝扇子 ……………………… [095] **2**-*195*

一帰坊
　隣壁夜話 …………………… [038] **9**-*319*

一条 兼良
　花鳥余情 …………………… [072] **〔6〕**-*1*
　歌林良材集 ………………… [061] 別**7**-*405*
　源氏物語年立 ……………………
　　　　　 [014] **6**-*542*, [063] **〔18〕**-*293*
　東斎随筆 …………………… [054] **〔7〕**-*169*
　藤河の記 …………………… [041] **51**-*383*
　筆のすさび ………………… [054] **〔12〕**-*149*
　梁塵愚案抄 ‥‥ [062] **2**-*3*, [062] **2**-*261*
　連珠合璧集 ………………………
　　　　　 [054] **〔2〕**-*27*, [054] **〔2〕**-*125*
　和歌題林抄 ………………… [061] 別**7**-*331*

一条 実経
　円明寺関白集 ……………… [036] **4**-*505*

一条 冬良
　流霞集 ……………………… [036] **6**-*571*

一条天皇
　書中に住事有り …………… [043] **86**-*178*
　清夜月光多し ……………… [043] **86**-*167*
　初蝉繊かに一声 …………… [043] **86**-*168*

一礎
　津国毛及 …………………… [038] **17**-*199*

一曇聖瑞

幽貞集 ……………………… ［028］4-279
市場 通笑
　落咄下司の智恵（天明八年刊）
　　　　　　…………………… ［082］17-259
　即席耳学問 ……………… ［085］8-187
一払斎
　人遠茶懸物 ……………… ［038］13-237
惟忠通恕
　惟忠和尚住京城安国禅寺語録
　　　　　　…………………… ［028］別2-578
　惟忠和尚住瑞龍山太平興国南禅々寺語
　　録 ………………………… ［028］別2-598
　惟忠和尚住東山建仁禅寺語録
　　　　　　…………………… ［028］別2-581
　惟忠和尚住霊亀山天龍資聖禅寺語録
　　　　　　…………………… ［028］別2-589
　惟忠和尚初住越中州瑞井山金剛護国禅
　　寺語録 …………………… ［028］別2-573
　雲壑猿吟 一巻 ………… ［029］3-2427
　繁驢橛 …………………… ［028］別2-569
　乗払 ……………………… ［028］別2-607
一陽井 素外
　新撰猿蓑珎波集 ………… ［059］11-249
一柳軒 不卜
　続の原 …………………… ［041］71-21
逸我
　南国駅路雀 ……………… ［038］15-69
一荷堂 半水
　粋の懐 ・［018］［1］-186,［062］11-462
一韓 智翃
　湯山聯句鈔 ……………… ［041］53-301
一休宗純
　和靖梅下の居 …………… ［043］86-240
　狂雲集 …………………… ［069］16-273
　漁父 ……………………… ［043］86-239
　偶作 …… ［043］86-238,［043］86-239
　自賛 ……………………… ［043］86-238
　尺八 ……………………… ［043］86-237
　端午 ……………………… ［043］86-237
　杜詩を看る ……………… ［043］86-239
　破戒 ……………………… ［043］86-240
　風鈴 ……………………… ［043］86-238
一九老人
　瑠寛芝戯花競二巻噺（文化十一年二月刊）
　　　　　　………………………… ［082］15-55
一渓庵 市井
　復讐奇談七里浜 ……… ［045］I-25-181
佚斎 樗山
　田舎荘子 ‥［041］81-1,［045］I-13-5
　田舎荘子外篇 ………… ［045］I-13-59
　英雄軍談 ……………… ［045］I-13-285
　河伯井蛙文談 ………… ［045］I-13-125
　再来田舎一休 ………… ［045］I-13-163
　雑篇田舎荘子 ………… ［045］I-13-359
　六道士会録 …………… ［045］I-13-217
一色 直朝
　桂林集 …………………… ［036］7-750
一笑軒
　当世口まね笑 …………… ［083］8-93
一草亭 百馬
　契情懐はなし …………… ［038］13-143
五辻 為仲
　五辻為仲卿詠草 ………… ［036］7-893
一筆庵 英寿
　古今秀句落し噺（天保十五年正月序）
　　　　　　………………………… ［082］16-94
一遍
　一遍上人語録 ……………………………
　　　　　　［067］83-84,［069］10-289
　播州法語集 ……………… ［069］10-351
　百利口語 ………………… ［062］4-86
一峰通玄
　一峰知蔵海滴集 ………… ［028］5-647
出羽弁
　出羽弁集 …… ［036］2-271,［074］2-301
伊藤 仁斎
　宇治舟中の即事 ………… ［043］86-294
　園城寺の絶頂 …………… ［043］86-293
　古学先生文集 …………… ［069］33-169
　語孟字義 ………………… ［069］33-11
　歳晩の書懐 ……………… ［043］86-297
　仁斎日札 ………………… ［041］99-1
　鷹峰の蕉窓主人の別業に遊ぶ
　　　　　　…………………… ［043］86-295
　田家 ……………………… ［043］86-294
　童子問 …………………… ［067］97-49
　「童子問」原文 …………… ［067］97-201
　東山の即事 ……………… ［043］86-296
　夜の懐 …………………… ［043］86-293
伊藤 信徳
　江戸桜の巻（俳諧七百五十韻）
　　　　　　…………………… ［043］61-511
　胡蝶判官信徳重徳 ……… ［076］4-523
　信徳十百韻 ……………… ［076］2-465
伊藤 多羅
　万葉動植考 …………… ［072］［14］-353
伊藤 担庵
　延宝甲寅、我が越公を哭し奉
　　　　　　…………………… ［043］86-288
　閑適 ……………………… ［043］86-287

越より洛に帰る ……………… [043] **86**-287
春日の偶作 ……………… [043] **86**-288
芭蕉子、余が輩を東郊の別業
　　　…………………… [043] **86**-285
病中の偶成 ……………… [043] **86**-286

伊藤 単朴
教訓雑長持 ……………… [069] **59**-303

伊藤 東涯
一書生医に逃る、詩以て之を
　　　…………………… [043] **86**-333
乙亥中秋、古峰主人の宅に月
　　　…………………… [043] **86**-334
義士行 …………………… [043] **86**-345
古今学変 ………………… [069] **33**-299
雑詠 ……………………… [043] **86**-339
歳暮の書懐 ……………… [043] **86**-337
読詩要領 ………………… [041] **65**-1
秉燭譚 …………………… [070] **I-11**-163
宝永行 …………………… [043] **86**-342
輶軒小録 ………………… [070] **II-24**-329

伊藤 六郎兵衛
おしらべ（教祖親蹟御法）（抄）
　　　…………………… [069] **67**-486

井戸川 美和子
井戸川美和子「旅雁」 ……… [074] **6**-532

稲賀 敬二
紫塵愚抄と宗祇の周辺 …… [055] 別**1**-437

稲掛 大平
答村田春海書 …………… [061] **8**-125

田舎老人多田爺
遊子方言 ……………………
　　[013] **34**-39, [038] **4**-345, [043] **80**-33, [059] **5**-58, [066] **47**-53, [067] **59**-269, [085] **8**-459

稲穂
珍話楽牽頭 ……………… [068] 中-27
珍話楽牽頭（明和九年九月序） …… [082] **9**-23
坐笑産後篇近目貫 ……… [068] 中-77
楽索頭後編坐笑産 ……… [068] 中-51
座笑産後編近目貫（安永二年閏三月序）
　　　…………………… [082] **9**-185

猪波 曉花
白縫譚 …………………… [032] 〔**35**〕-1

猪苗代 兼載
猪苗代兼載閑塵集 ……… [036] **6**-536
兼載独吟千句註 ………… [077] **2**-1
景感道 …………………… [054] 〔**14**〕-119
兼載雑談 ………………… [061] **5**-390
梅春抄 …………………… [054] 〔**14**〕-65
連歌延徳抄 ……………… [054] 〔**14**〕-87

連歌延徳抄猫苗代兼載自筆
　　　…………………… [096] **1**-5-1
若草記 …………………… [054] 〔**14**〕-105

犬井 貞恕
謡曲拾葉抄 ……………… [072] 〔**37**〕-1

井上 通女
井上通女「仕事集」 ……… [074] **3**-213
江戸日記 ………………… [008] **1**-299
往事集 …………………… [008] **4**-1
帰家日記 ………………… [008] **1**-345
東海紀行 ……… [008] **1**-285, [017] **1**-89

井上 哲次郎
新体詩抄序 ……………… [024] 〔**3**〕-145

井上 文雄
調鶴集 …………………… [030] **20**-405

井之裏 楚登美津
契情実之巻 ……………… [038] **19**-263

葦廼屋 高振
色深狭睡夢 ……………… [038] **27**-299

井原 西鶴
あたご嵐の袖さむし ……… [022] **16**-117
熱田宮雀 ………………… [058] **13**-307
嵐無常物語
　　[021] **6**-275, [058] **6**-297, [058] **11**下-431
生玉万句 ………………… [058] **10**-25
生駒堂 …………………… [058] **13**-321
逸題 ……… [058] **13**-357, [058] **13**-402
いろ香 …………………… [058] **9**-111
色里三所世帯
　　[009] **5**-61, [021] **10**-139, [058] **6**-169, [090] **8**-253
引導集 …………………… [058] **11**下-384, [058] **13**-374
浮世栄花一代男
　　[021] **10**-207, [058] **14**-219
うしろひも ……………… [058] **13**-379
江戸点者寄合俳諧 ……… [058] **11**下-418
大釜のぬき残し ………… [022] **16**-110
大坂壇林桜千句 ………… [058] **13**-59
大坂独吟集 ……………… [058] **13**-9
大硯 ……………………… [058] **13**-168
大矢数
　　[034] **1**-5, [034] **2**-5, [034] **3**-5, [034] **4**-9
おさん茂右衛門 ………… [019] 〔**3**〕-63
お七吉三 ………………… [019] 〔**3**〕-93
乙夜随筆 ………………… [058] **13**-378
お夏清十郎 ……………… [019] 〔**3**〕-3
お夏清十郎物語
　　[022] **16**-12, [060] **8**-14

おまん源五兵衛 ……………… [019]〔3〕-121
おまん源五兵衛物語
　　　[022] **16**-88, [060] **8**-88
阿蘭陀丸二番船 ………………………
　　　[058] **11下**-384, [058] **13**-370
凱陣八嶋加賀掾正本 ……… [058] **14**-337
歌水艶山両吟歌仙 ………… [058] **13**-404
かすがの …………………… [058] **9**-109
哥仙大坂俳諧師 …………… [058] **10**-67
かたはし …………………… [058] **13**-335
銀が落てある ……………… [035]〔4〕-162
河内羽二重 ………………… [058] **13**-347
扶桑近代艶隠者 …………… [058] **14**-19
近年諸国咄 ………………… [101] **8**-4
近来俳諧風躰抄 …………… [058] **13**-369
草枕 ………………………… [058] **13**-19
句箱 ………………………… [058] **13**-274
稿本くまのからす ………… [058] **11下**-385
雲喰ひ ……………………… [058] **13**-371
闇の手がた ………………… [035]〔4〕-152
見花数寄 …………………… [058] **13**-270
恋草からけし八百屋物語 … [101] **2**-176
恋草からげし八百屋物語 … [020] **2**-73
恋の出見世 ………………… [035]〔4〕-146
恋の山源五兵衛物語 ………………
　　　[020] **2**-91, [101] **2**-225
好色一代男 ……………………………
　　　[014] **15**-24, [019]〔1〕-1, [020] **1**
　　　-21, [021] **1**-59, [033] **22**-3, [035]
　　　〔19〕-3, [035]〔20〕-19, [040]〔67〕
　　　-11, [043] **66**-15, [063]〔102〕-12,
　　　[063]〔102〕-39, [066] **38**-99, [067]
　　　47-37, [085] **1**-37, [101] **5**-3, [058]
　　　1-25
好色一代女 ……………………………
　　　[014] **15**-104, [015] **51**-199, [019]
　　　〔2〕-1, [020] **2**-107, [021] **4**-137,
　　　[033] **22**-143, [040]〔68〕-11, [043]
　　　66-391, [058] **2**-223, [063]〔103〕-3,
　　　[063]〔103〕-15, [066] **38**-427, [067]
　　　47-325, [085] **1**-301, [101] **6**-1
好色五人女 ……………………………
　　　[014] **15**-55, [015] **51**-9, [019]〔3〕
　　　-1, [020] **2**-9, [021] **4**-15, [022] **16**-
　　　5, [033] **22**-95, [035]〔13〕-3, [035]
　　　〔14〕-25, [043] **66**-251, [058] **2**-113,
　　　[060] **8**-14, [063]〔102〕-17, [063]
　　　〔102〕-215, [066] **38**-307, [067] **47**-
　　　219, [085] **1**-205, [101] **2**-1
好色盛衰記 ……………………………
　　　[019]〔3〕-147, [020] **5**-127, [021]
　　　10-15, [058] **6**-39, [063]〔103〕-6,
　　　[063]〔103〕-149, [101] **11**-1

好色二代男　・　[019]〔4〕-1, [041] **76**-1
高名集 ……………………… [058] **11上**-379
子が親の勘当逆川をおよぐ
　　　　　　　　　　　　……… [022] **16**-126
俳諧虎渓の橋 ……………… [058] **10**-287
西鶴十三回忌歌仙こころ葉 … [058] **12**-315
古今誹諧師手鑑 …………… [058] **10**-189
古今古今俳諧女哥仙すかた絵入
　　　　　　　　　　　　……… [058] **11上**-461
小竹集序 …………………… [058] **9**-107
特牛 ………………………… [058] **12**-109
暦 ……………… [058] **9**-75, [085] **3**-603
暦屋おさん物語 ………………………
　　　[022] **16**-46, [060] **8**-48
西鶴大矢数 ………………… [058] **11下**-31
西鶴置土産 ……………………………
　　　[020] **7**-97, [021] **12**-13, [022] **16**
　　　-105, [033] **22**-312, [041] **77**-257,
　　　[041] **77**-591, [043] **68**-475, [058]
　　　8-17, [060] **8**-122, [066] **40**-511,
　　　[101] **10**-1
西鶴織留 ………………………………
　　　[014] **15**-338, [020] **6**-249, [021] **9**
　　　-187, [033] **23**-178, [035]〔21〕-3,
　　　[035]〔22〕-27, [058] **7**-299, [063]
　　　〔104〕-13, [063]〔104〕-259, [067]
　　　48-313
西鶴織留 一 ………………… [101] **7**-5
西鶴五百韻 ………………… [058] **11上**-79
新編西鶴書簡集 …………… [058] **12**-449
西鶴諸国はなし ………………………
　　　[035]〔3〕-3, [035]〔4〕-15, [058]
　　　3-13, [063]〔105〕-17, [065] **3**-76
西鶴諸国ばなし ………………………
　　　[014] **15**-139, [021] **7**-13, [041] **76**
　　　-261, [043] **67**-15, [066] **39**-65
西鶴俗つれづれ ………………………
　　　[021] **12**-117, [035]〔15〕-3, [035]
　　　〔16〕-29, [101] **9**-1
西鶴俗つれづれ …………… [058] **8**-127
西鶴独吟百韻自註絵巻 …… [058] **12**-269
西鶴名残の友 …………………………
　　　[021] **12**-215, [041] **77**-471, [058]
　　　9-299, [065] **3**-95
西鶴評点湖水等三吟百韻巻断簡
　　　　　　　　　　　　……… [058] **11下**-386
西鶴評点山太郎独吟歌仙巻
　　　　　　　　　　　　……… [058] **11下**-412
西鶴評点如雲等五吟百韻巻
　　　　　　　　　　　　……… [058] **11下**-402
西鶴評点政昌等三吟百韻巻
　　　　　　　　　　　　……… [058] **11下**-392
新編西鶴発句集 …………… [058] **12**-385

西鶴冥途物語 ‥‥‥‥‥‥‥‥ ［058］**13**-*420*
山海集 ‥‥‥‥‥‥‥‥‥‥ ［058］**11**上-*195*
三鉄輪 ‥‥‥‥‥‥‥‥‥‥ ［058］**13**-*173*
四国猿 ‥‥‥‥‥‥‥‥‥‥ ［058］**13**-*332*
自註独吟百韻 ‥‥‥‥‥‥‥ ［101］**2**-*277*
執心の息筋 ‥‥‥‥‥‥‥ ［035］〔**4**〕-*156*
序 ‥‥‥‥‥‥‥‥‥‥‥‥‥‥‥‥‥‥‥
　　［043］**69**-*17*,［043］**69**-*319*,［043］**69**-*469*
二葉集 ‥‥‥‥‥‥‥‥‥‥ ［058］**13**-*358*
俳諧本式百韵精進膾 ‥‥‥‥ ［058］**11**上-*449*
諸艶大鑑（好色二代男）‥‥‥‥‥‥‥
　　［020］**1**-*209*,［021］**2**-*11*,［058］**1**-*233*
新可笑記 ‥‥‥‥‥‥‥‥‥‥‥‥‥‥
　　［020］**3**-*213*,［021］**6**-*139*,［043］**69**-*465*,［058］**5**-*155*,［065］**3**-*91*
真実伊勢物語 ‥‥‥‥‥‥‥‥‥‥‥‥
　　［009］**5**-*1*,［058］**14**-*133*,［090］**9**-*235*
絵入新吉原つねつね草 ‥‥‥‥ ［058］**6**-*243*
姿姫路清十郎物語 ‥‥‥‥‥‥‥‥‥‥
　　［020］**2**-*11*,［101］**2**-*1*
世間胸算用 ‥‥‥‥‥‥‥‥‥‥‥‥‥
　　［014］**15**-*297*,［015］**53**-*175*,［020］**6**-*153*,［021］**11**-*117*,［033］**23**-*128*,［035］〔**1**〕-*3*,［035］〔**2**〕-*19*,［040］〔**70**〕-*11*,［043］**68**-*333*,［058］**7**-*177*,［060］**8**-*155*,［063］〔**104**〕-*9*,〔**104**〕-*155*,［066］**40**-*381*,［067］**48**-*193*,［071］**39**-*31*,［085］**1**-*565*,［101］**3**-*1*
仙台大矢数 ‥‥‥‥‥‥‥‥‥‥‥‥‥
　　［058］**11**下-*379*,［058］**13**-*265*
それぞれ草 ‥‥‥‥‥‥‥‥ ［058］**13**-*373*
大悟物狂 ‥‥‥‥‥‥‥‥‥ ［058］**13**-*316*
楽の鱣鮎の手 ‥‥‥‥‥‥ ［035］〔**4**〕-*148*
太夫桜 ‥‥‥‥‥‥‥‥‥‥ ［058］**13**-*368*
樽屋おせん ‥‥‥‥‥‥‥‥ ［019］〔**3**〕-*31*
樽屋おせん物語 ‥‥‥‥‥‥‥‥‥‥‥
　　［022］**16**-*28*,［060］**8**-*32*
太郎五百韵 ‥‥‥‥‥‥‥‥ ［058］**13**-*136*
男色大鑑一本朝岩風俗 ‥‥‥ ［033］**22**-*204*
団段 ‥‥‥‥‥‥‥‥‥‥‥ ［058］**13**-*323*
中段に見る暦屋物語 ‥‥‥‥‥‥‥‥‥
　　［020］**2**-*51*,［101］**2**-*115*
挑灯に朝皃 ‥‥‥‥‥‥‥ ［035］〔**4**〕-*143*
珍重集 ‥‥‥‥‥‥‥‥‥‥ ［058］**13**-*26*
胴骨 ‥‥‥‥‥‥‥‥‥‥‥ ［058］**13**-*35*
通し馬 ‥‥‥‥‥‥‥‥‥‥ ［058］**13**-*295*
誹諧独吟一日千句 ‥‥‥‥‥ ［058］**10**-*107*
飛梅千句 ‥‥‥‥‥‥‥‥ ［058］**11**上-*119*
情を入し樽屋物かたり ‥‥‥‥ ［101］**2**-*55*
情を入し樽屋物語 ‥‥‥‥‥ ［020］**2**-*30*

難波風 ‥‥‥‥‥‥‥‥‥‥ ［058］**13**-*159*
絵入道頓堀出替り姿難波の皃は伊勢の白粉
　　‥‥‥‥‥‥‥‥‥‥‥‥ ［058］**9**-*25*
難波土産 ‥‥‥‥‥‥‥‥‥ ［058］**13**-*408*
奈良土産 ‥‥‥‥‥‥‥‥‥ ［058］**13**-*417*
男色大鑑 ‥‥‥‥‥‥‥‥‥‥‥‥‥‥
　　［020］**4**-*19*,［021］**3**-*11*,［043］**67**-*287*,［058］**4**-*19*,［065］**1**-*176*,［066］**39**-*311*
日本永代蔵 ‥‥‥‥‥‥‥‥‥‥‥‥‥
　　［014］**15**-*256*,［020］**6**-*9*,［021］**9**-*15*,［033］**23**-*55*,［035］〔**7**〕-*3*,［035］〔**8**〕-*17*,［040］〔**69**〕-*11*,［043］**68**-*17*,［058］**7**-*15*,［063］〔**104**〕-*4*,［063］〔**104**〕-*21*,［066］**40**-*87*,［067］**48**-*29*,［085］**1**-*431*,［101］**4**-*1*
日本行脚文集 ‥‥‥‥‥‥‥ ［058］**13**-*314*
日本道にの巻（西鶴独吟百韻自註絵巻）
　　‥‥‥‥‥‥‥‥‥‥‥‥ ［043］**61**-*447*
絵入俳諧石車 ‥‥‥‥‥‥‥ ［058］**12**-*143*
俳諧大句数 ‥‥‥‥‥‥‥‥‥‥‥‥‥
　　［058］**10**-*213*,［066］**38**-*69*
俳諧寄垣諸抄大成 ‥‥‥‥‥ ［058］**13**-*418*
俳諧五徳 ‥‥‥‥‥‥‥‥ ［058］**11**上-*55*
誹諧誹諧三ヶ津哥仙絵入 ‥‥ ［058］**11**上-*337*
俳諧三部抄 ‥‥‥‥‥‥‥‥ ［058］**13**-*357*
俳諧関相撲 ‥‥‥‥‥‥‥‥ ［058］**13**-*391*
俳諧塗笠 ‥‥‥‥‥‥‥‥‥ ［058］**13**-*419*
俳諧之口伝 ‥‥‥‥‥‥‥‥ ［058］**12**-*65*
俳諧のならひ事 ‥‥‥‥‥‥ ［058］**12**-*87*
俳諧百人一句難波色紙 ‥‥‥ ［058］**11**上-*235*
俳諧百回雀の跡 ‥‥‥‥‥‥ ［058］**12**-*355*
誹諧畫網 ‥‥‥‥‥‥‥‥ ［058］**11**下-*383*
蓮の花笠 ‥‥‥‥‥‥‥‥‥ ［058］**13**-*418*
蓮の実 ‥‥‥‥‥‥‥‥‥‥ ［058］**13**-*341*
花にきてやの巻（西鶴大句数）
　　‥‥‥‥‥‥‥‥‥‥‥‥ ［043］**61**-*419*
花みち ‥‥‥‥‥‥‥‥‥‥ ［058］**13**-*366*
人には棒振虫同前に思われ
　　‥‥‥‥‥‥‥‥‥‥‥‥ ［022］**16**-*122*
絵入一目玉鉾 ‥‥‥‥‥‥‥ ［058］**9**-*113*
尾陽鳴海俳諧唤続集 ‥‥‥‥ ［058］**13**-*383*
備後砂 ‥‥‥‥‥‥‥‥‥‥ ［058］**13**-*377*
武家義理物語 ‥‥‥‥‥‥‥‥‥‥‥‥
　　［014］**15**-*239*,［020］**5**-*23*,［021］**6**-*15*,［033］**23**-*5*,［035］〔**9**〕-*3*,［035］〔**10**〕-*15*,［043］**69**-*315*,［058］**5**-*17*,［063］〔**105**〕-*8*,［063］〔**105**〕-*107*,［101］**12**-*5*
武道伝来記 ‥‥‥‥‥‥‥‥‥‥‥‥‥
　　［014］**15**-*211*,［021］**5**-*11*,［035］〔**11**〕-*3*,［035］〔**12**〕-*21*,［041］**77**-*1*,［043］**69**-*13*,［058］**4**-*277*,［101］**13**-*3*

懐硯 ....
  [020] **3**-*109*, [021] **7**-*125*, [035]〔**17**〕
  -*3*, [035]〔**18**〕-*35*, [058] **3**-*249*
絵入本朝桜陰比事 .... [058] **5**-*301*
本朝桜陰比事 ....
  [014] **15**-*193*, [020] **5**-*231*, [021] **8**
  -*125*, [033] **23**-*245*, [035]〔**23**〕-*3*,
  [035]〔**24**〕-*23*
本朝二十不孝 ....
  [014] **15**-*168*, [020] **2**-*231*, [021] **8**-
  13, [043] **67**-*149*, [058] **3**-*133*, [066]
  39-*185*, [101] **1**-*37*
本朝二十不幸 .... [041] **76**-*387*
身を捨て油壺 .... [035]〔**4**〕-*159*
みつかしら .... [058] **13**-*299*
六日飛脚 .... [058] **13**-*256*
夢想俳諧 .... [058] **13**-*312*
自詠自筆無題巻子本 .... [101] **9**-*199*
俳諧物種集新付合 .... [058] **10**-*313*
物見車 .... [058] **13**-*395*
八重一重 .... [058] **13**-*351*
八百屋お七物語 ....
  [022] **16**-*68*, [060] **8**-*68*
万の文反古 ....
  [014] **15**-*367*, [015] **53**-*7*, [020] **7**-
  9, [021] **11**-*19*, [035]〔**5**〕-*3*, [035]
  〔**6**〕-*13*, [041] **77**-*363*, [041] **77**-*607*,
  [043] **68**-*207*, [058] **8**-*229*, [060] **8**-
  100, [066] **40**-*265*, [101] **1**-*257*, [033]
  23-*305*
両吟一日千句 .... [058] **13**-*181*
我が庵 .... [058] **13**-*337*
わたし船 .... [058] **13**-*279*
渡し船 .... [058] **13**-*328*
わたまし抄 .... [058] **13**-*376*
椀久一世の物語 ....
  [020] **7**-*249*, [021] **2**-*263*, [058] **2**-
  21
椀久二世の物語 .... [058] **2**-*65*
今井 黍丸
  一口ばなし .... [082] **19**-*104*
今井 邦子
  今井邦子「片々」「光を慕ひつつ」
    .... [074] **6**-*202*
今井 似閑
  万葉緯 .... [072]〔**12**〕-*1*
今泉 千春
  松籟閣箏話 .... [062] **8**-*569*
今川 氏真
  今川氏真詠草 ....
    [036] **7**-*970*, [036] **7**-*979*

今川 了俊
  道行きぶり .... [043] **48**-*389*
  師説自見集（抄） .... [061] **5**-*213*
  落書露顕 .... [061] **5**-*190*
  了俊一子伝（弁要抄） ... [061] **5**-*177*
  和歌所へ不審条々（二言抄）
    .... [061] **5**-*166*
今出川 実種
  寛政紀行 .... [017] **2**-*290*
今西 鶴
  筆の初ぞめ .... [009] **3**-*413*
今村 楽
  天路の橋 .... [017] **2**-*443*
  うなびのさへづり .... [017] **2**-*437*
  花園日記 .... [017] **2**-*423*
入江 昌喜
  久保之取蛇尾 .... [047] **11**-*99*
  幽遠随筆 .... [070] **I-16**-*85*
意林庵
  清水物語 .... [041] **74**-*139*
岩井 笠沢
  可成三註 .... [070] **II-15**-*51*
岩崎 美隆
  枕草子私記 .... [072]〔**17**〕-*1*
岩政 信比古
  桜の林 .... [070] **II-11**-*123*
蚓候
  水月ものはなし .... [038] **3**-*53*
淫齊 白水
  偽紫女源氏 .... [084] **1**-*36*
淫水亭 開好
  釈花八粧矢の文庫 .... [090] **9**-*19*
  千種花二羽蝶々 .... [090] **3**-*19*
殷富門院大輔
  殷富門院大輔集 ....
    [036] **3**-*127*, [036] **3**-*137*, [074] **2**-
    459

【 う 】

上河 淇水
  心学承伝之図・聖賢証語国字解序
    .... [069] **42**-*201*
上島 鬼貫
  独言 .... [033] **36**-*145*
  ひとり言 .... [075] **3**-*1*
上杉 謙信

九月十三夜 ……………… ［043］**86**-243
上杉 治憲
　伝国の詞 他 ……………… ［069］**38**-227
上田 秋成
　愛花篇 ……………………… ［004］**12**-399
　青頭巾 ………………………
　　［004］**7**-305,［022］**19**-110,［027］**17**-59,［040］〔**75**〕-133,［043］**78**-388,［063］【**106**】-152,［066］**48**-442,［067］**56**-122,［085］**9**-124
　青頭巾（現代語訳） ……… ［015］**57**-199
　青頭巾（原文） …………… ［015］**57**-113
　『あかたゐの哥集』序 …… ［004］**11**-249
　暁時雨 ……………………… ［004］**11**-390
　秋風篇 ……………………… ［004］**12**-395
　秋月十章 …………………… ［004］**12**-364
　秋成詠艸 …………………… ［004］**12**-51
　秋成哥反古 ………………… ［004］**12**-283
　秋の雲 ……………………… ［004］**12**-211
　秋の雲（異文三） ………… ［004］**12**-247
　秋の雲（異文二） ………… ［004］**12**-242
　秋の夜のおもひを述る歌 … ［004］**12**-444
　浅茅か宿 …………………… ［004］**7**-247
　浅茅が宿 ……………………
　　［014］**18**-80,［022］**19**-42,［027］**17**-17,［040］〔**75**〕-45,［043］**78**-306,［060］**11**-48,［063］【**106**】-88,［066］**48**-360,［067］**56**-59,［085］**9**-39
　浅茅が宿（現代語訳） …… ［015］**57**-154
　浅茅が宿（原文） ………… ［015］**57**-39
　浅間の煙 …………………… ［004］**11**-71
　あしかひのこと葉 ………… ［004］**11**-26
　阿志乃也能記（草案） …… ［004］**11**-17
　天津おとめ ………………… ［027］**17**-81
　天津をとめ …………………
　　［004］**8**-156,［004］**8**-250,［040］〔**76**〕-26
　天津乙女 …………………… ［004］**8**-283
　天津処女 ……………………
　　［004］**8**-334,［043］**78**-436,［044］〔**14**〕-32,［063］【**106**】-195,［066］**48**-489,［067］**56**-155
　天津処女（現代語訳） …… ［015］**57**-232
　天津処女（原文） ………… ［015］**57**-232
　『天降言』奥書 …………… ［004］**11**-260
　安楽寺上人ノ伝 …………… ［004］**11**-409
　伊勢物語 一 ………………… ［004］**5**-257
　『伊勢物語古意』序 ……… ［004］**5**-515
　伊勢物語考 ………………… ［004］**5**-43
　『伊勢物語童子問』識語 … ［004］**5**-531
　一枝亭記 …………………… ［004］**11**-131
　いははし …………………… ［004］**11**-168
　上田秋成歌巻 ……………… ［004］**12**-101
　宣長に対する上田秋成の答書 ‥ ［004］**1**-251
　上田秋成論難同弁 ………… ［004］**1**-191
　うかれ鵐 …………………… ［004］**11**-90
　雨月物語 ……………………
　　［004］**7**-223,［013］**35**-37,［014］**18**-31,［022］**19**-5,［027］**17**-1,［033］**28**-115,［040］〔**75**〕-9,［043］**78**-273,［060］**11**-5,［060］**11**-158,［063］【**106**】-14,［063］【**106**】-63,［066］**48**-323,［067］**56**-33,［071］**42**-31,［085］**9**-1
　雨月物語 序 ………………… ［004］**7**-225
　薄紅梅を贈られし辞 ……… ［004］**12**-374
　鶉の屋 ……………………… ［004］**11**-83
　歌のほまれ …………………
　　［004］**8**-204,［004］**8**-376,［040］〔**76**〕-109,［043］**78**-516,［044］〔**14**〕-160,［063］【**106**】-257,［066］**48**-569,［067］**56**-212
　歌のほまれ（現代語訳） … ［015］**57**-300
　歌のほまれ（原文） ……… ［015］**57**-300
　詠香山歌 …………………… ［004］**12**-409
　詠梅花五十首 ……………… ［004］**12**-46
　詠霍公鳥 …………………… ［004］**12**-442
　鶯央行 ……………………… ［004］**8**-429
　遠藤氏仮山記 ……………… ［004］**11**-129
　生立ちの記 ………………… ［004］**8**-439
　遠駝延五登 …………………
　　［004］**1**-53,［004］**1**-55,［004］**1**-79
　遠駝延五登（異文）
　　［004］**1**-107,［004］**1**-116
　『落窪物語』序 …………… ［004］**5**-518
　尾張門人大館高門へ答ふ … ［004］**9**-386
　海賊 …………………………
　　［004］**8**-163,［004］**8**-300,［004］**8**-341,［040］〔**76**〕-37,［043］**78**-446,［044］〔**14**〕-50,［063］【**106**】-204,［066］**48**-499,［067］**56**-162
　海賊（現代語訳） ………… ［015］**57**-240
　海賊（原文） ……………… ［015］**57**-240
　介中拙斎国手追悼之叙 …… ［004］**11**-287
　画隠松年にあたふ ………… ［004］**11**-400
　呵刈葭 ……………………… ［004］**1**-189,［014］**18**-291
　書初機嫌海 …………………
　　［004］**7**-325,［040］〔**76**〕-157
　迦具都遅能阿良毗 ………… ［004］**11**-163
　『かけろふの日記』識語 … ［004］**5**-526
　加島神社本紀 ……………… ［004］**1**-263
　歌聖伝 ……………………… ［004］**4**-11
　『片うた』所収和歌 ……… ［004］**12**-17
　荷田子訓読斉明紀童謡存疑 ・ ［004］**1**-293
　神代かたり ………………… ［004］**1**-141

神代かたり(異文) ……………… ［004］1-171
可也不也 ……………………… ［004］5-395
花鳥山水画論 ………………… ［004］11-397
河つらの宿 …………………… ［004］11-403
漢委奴国王金印之考(異文一)
　　　　　　　　　　　　　　　［004］1-284
漢委奴国王佩印考 …………… ［004］1-277
冠辞考続貂 …………………… ［094］6-137
冠辞続貂 ……………………… ［004］6-115
寛政改元 ……………………… ［004］11-293
寛政改元頌 …………………… ［004］11-298
寛政九年詠歌集等 …………… ［004］12-19
漢委奴国王印綬考(異文二)
　　　　　　　　　　　　　　　［004］1-288
癇癖談 ………………………………………
　　［013］35-107, ［040］〔75〕-161
菊家主に贈る書 ……………… ［004］11-397
菊花の説 ……………………… ［004］11-395
菊花の約 …………………………………
　［004］7-236, ［022］19-28, ［027］17
　-9, ［040］〔75〕-28, ［043］78-291,
　［060］11-34, ［063］[106]-76, ［066］
　48-345, ［067］56-47, ［085］9-24
菊花の約(現代語訳) ………… ［015］57-145
菊花の約(原文) ……………… ［015］57-25
『奇鈔百円』跋 ……………… ［004］11-254
北野加茂に詣づる記 ………… ［004］11-224
箕尾行 ………………………… ［004］11-190
箕尾山歌 ……………………… ［004］12-447
吉備津の釜 ………………………………
　［004］7-272, ［022］19-70, ［027］17
　-34, ［040］〔75〕-84, ［043］78-342,
　［060］11-86, ［063］[106]-115, ［066］
　48-396, ［067］56-86, ［085］9-76
吉備津の釜(現代語訳) ……… ［015］57-173
吉備津の釜(原文) …………… ［015］57-71
九嶷子五体千文之序 ………… ［004］11-243
仰観俯察室記 ………………… ［004］11-92
居然亭茶寮十友 ……………… ［004］12-386
『金槐和歌集抜萃』書入・奥書
　　　　　　　　　　　　　　　［004］5-522
金砂 ………………………………………
　　［004］3-59, ［094］9-373, ［094］10-5
金砂剰言 ‥ ［004］3-383, ［094］10-125
区柴々副徴 …………………… ［004］9-13
くせものかたり ……………… ［004］8-13
くせものがたり …………… ［063］[106]-295
癇癖談 ……………………………………
　　［004］8-18, ［004］8-39, ［014］18-
　239, ［063］[106]-297, ［063］[106]-
　314, ［070］III-5-407
癖物語(異文一) ……………… ［004］8-60
くせものかたり(異文二) …… ［004］8-89

蒹矣葭哉 二 …………………… ［004］5-309
鉗狂人上田秋成評同弁 ……… ［004］1-230
献神和歌帖 …………………… ［004］12-69
兼題夕顔詞 …………………… ［004］12-166
江霞篇 ………………………… ［004］11-95
高津のあざり ………………… ［004］12-350
高津のあざり(異文一) ……… ［004］12-351
高津のあざり(異文二) ……… ［004］12-352
栲亭寄詩 ……………………… ［004］12-260
鼇頭癇癖談(異文三) ………… ［004］8-117
後宴水無月三十章 …………… ［004］12-168
古今序文聞書 ………………… ［004］5-13
古今和歌集打聴 細書 ……… ［004］5-141
『古今和歌六帖』識語 ……… ［004］5-529
哭梅匡子 ……………………… ［004］11-57
古寺の秋 ……………………… ［004］11-220
五十番歌合 …………………… ［004］12-295
古戦場 ………………………… ［004］12-420
古葉剰言 …… ［004］3-33, ［094］10-147
古葉剰言(異文) ……………… ［004］3-49
『古筆名葉集』序 …………… ［004］11-269
瑚璉尼正当臘月望 …………… ［004］12-264
瑚璉尼筆『ゆきかひ』識語 … ［004］11-289
声音問答 ……………………… ［004］6-382
再詣姑射山 …………………… ［004］11-67
再版『文布』序 ……………… ［004］11-258
祭豊太閤詞 …………………… ［004］11-35
さゝ浪のあれたる都 ………… ［004］5-50
雑文断簡 ……………………… ［004］11-419
山暴 …………………………… ［004］11-145
山村除夜 ……………………… ［004］12-414
山村除夜哥(異文) …………… ［004］12-417
山村除夜 山邨元旦 ………… ［004］12-414
滋賀の嶺にのぼりて近江の海を望める
　歌 ………………………… ［004］12-391
四季二十紙 …………………… ［004］12-357
死骨の笑顔 …………………… ［027］17-90
死首の朝顔 ………………………………
　　［043］78-472, ［066］48-525
死首のゑがほ ………………… ［040］〔76〕-67
死首の咲がほ ………………… ［067］56-181
死首の咲顔 ………………………………
　［004］8-178, ［004］8-373, ［022］19-
　136, ［044］〔14〕-94, ［063］[106]-225
死首の咲顔(現代語訳) ……… ［015］57-263
死首の咲顔(原文) …………… ［015］57-263
賜摂津国西成郡今宮庄弘安之勘書并代
　々之御牒文序 …………… ［004］11-270
七十二候 ……………………… ［004］11-301
『しつ屋のうた集』跋 ……… ［004］11-253
自伝 …………………………… ［004］9-263
自峯 …………………………… ［014］18-39
十雨余言 ……………………… ［004］12-344

秋雲什（異文一） ………………	［004］**12**-230
秋翁雑集 ………………………	［004］**9**-64
舟興八首 ………………………	［004］**12**-366
十五番歌合 ……………………	［004］**12**-319
秋夜遊清江歌 …………………	［004］**12**-406
十六日朝雨の大文字をおもふ	
………………………………	［004］**11**-44
寿算歌桜花七十章 ……………	［004］**12**-107
鶉居倭哥集 ……………………	［004］**12**-249
春日丸記 ………………………	［004］**11**-116
春日遊清江歌 …………………	［004］**12**-401
『春葉集』序 ……………………	［004］**11**-264
序 ………………………………	［014］**18**-142
浄光精舎にてよめる …………	［004］**12**-360
絵入『女誡服膺』後序 …………	［004］**11**-286
女児宝の叙 ……………………	［004］**11**-241
初秋の夜を玩ふ ………………	［004］**11**-47
諸道聴耳世間猿 ………………	［014］**18**-251
新板絵入諸道聴耳世間狙 ………	［004］**7**-15
白峯 ……………………………	
［004］**7**-226,［022］**19**-12,［027］**17**-3,［040］〔**75**〕-13,［043］**78**-277,［060］**11**-12,［063］〔**106**〕-65,［066］**48**-331,［067］**56**-37,［085］**9**-7	
白峯（現代語訳） ………………	［015］**57**-138
白峯（原文） ……………………	［015］**57**-13
瑞竜山下に。庵すみのとき。雪の日ひ	
とりことに …………………	［004］**11**-52
捨石丸 …………………………	
［004］**8**-188,［004］**8**-269,［004］**8**-303,［004］**8**-374,［040］〔**76**〕-82,［043］**78**-487,［044］〔**14**〕-118,［063］〔**106**〕-237,［066］**48**-540,［067］**56**-191	
捨石丸（現代語訳） ……………	［015］**57**-275
捨石丸（原文） …………………	［015］**57**-275
『西帰』奥書 ……………………	［004］**11**-284
『西帰』奥書（異文） ……………	［004］**11**-285
清香庵記 ………………………	［004］**11**-104
清香庵記（異文） ………………	［004］**11**-106
世師也安之邪 三 ………………	［004］**5**-350
静舎随筆 ………………………	［004］**6**-363
静舎随筆（異文） ………………	［004］**6**-389
『清少納言家集中』奥書 ………	［004］**5**-528
西生郡今宮の庄に賜はせしことのり	
ふみの序 ……………………	［004］**11**-277
清風瑣言 ………………………	
［004］**9**-273,［004］**9**-275,［004］**9**-278,［004］**9**-296,［070］**Ⅱ-6**-163	
清風瑣言興讌歌 ………………	［004］**9**-391
棲鸞園記 ………………………	［004］**11**-100
世間妾形気 ……………………	［004］**7**-121
雪之詞（異文） …………………	［004］**11**-56
背振翁伝 ………………………	
［004］**8**-413,［004］**8**-420,［004］**8**-424,［004］**8**-427,［004］**8**-428	
先師酬恩歌 ……………………	［004］**12**-163
先師酬恩歌 兼題夕顔詞 後宴水無月三	
十章 …………………………	［004］**12**-161
贈栲亭源先生 …………………	［004］**12**-258
蘇東坡茶説 ……………………	［004］**9**-395
待子規 …………………………	［004］**12**-439
大明国師像賛 …………………	［004］**12**-262
蛇性の婬 ………………………	
［004］**7**-283,［022］**19**-82,［027］**17**-42,［040］〔**75**〕-99,［043］**78**-357,［060］**11**-100,［063］〔**106**〕-127,［066］**48**-411,［067］**56**-98,［085］**9**-96	
蛇性の婬（現代語訳） …………	［015］**57**-182
蛇性の婬（原文） ………………	［015］**57**-85
多福言 …………………………	［004］**12**-412
玉藻よし長歌 …………………	［004］**12**-440
探題于朗詠集中歌 ……………	［004］**12**-173
探題于朗詠集中歌（異文） ……	［004］**12**-182
胆大小心録 ……………………	
［004］**9**-129,［004］**9**-131,［067］**56**-249	
〔胆大小心録〕（異文四） ………	［004］**9**-259
胆大小心録（異文二） …………	［004］**9**-246
胆大小心録異本（異文三） ……	［004］**9**-255
胆大小心録 書おきの事（異文一）	
………………………………	［004］**9**-238
ちか頃のたい詠の哥とも …	［004］**12**-354
血かたひら ……………………	
［004］**8**-148,［004］**8**-243,［004］**8**-326	
血かたびら ……………………	
［004］**8**-275,［027］**17**-73,［040］〔**76**〕-12,［043］**78**-423,［044］〔**14**〕-12,［063］〔**106**〕-184,［066］**48**-477,［067］**56**-145	
血かたびら（現代語訳） ………	［015］**57**-221
血かたびら（原文） ……………	［015］**57**-221
竹窓書簡 ………………………	［004］**8**-15
茶を鬻ふ人に示す ……………	［004］**9**-385
茶瘕酔言 ………………………	［004］**9**-317
茶瘕酔言（異文） ………………	［004］**9**-354
茶瘕稗言 ………………………	［004］**9**-396
茶匙朝雀詩歌 …………………	［004］**12**-341
茶の詞章 ………………………	［004］**9**-397
茶侶十五個 ……………………	［004］**9**-400
茶侶十四個 ……………………	［004］**12**-376
茶は煎を貴とす ………………	［004］**9**-393
忠烈三英義烈三英 ……………	［004］**12**-368
忠烈三英義烈三英（異文一）	
………………………………	［004］**12**-370

忠烈三英義烈三英（異文二）
　………………………… [004] 12-372
長者なが屋 ……………… [004] 8-449
追擬花月令 ……………… [004] 11-361
追擬六波羅宮苑十二景歌 … [004] 12-335
月の前 …………… [063]〔106〕-171
つゝら文 ……………………………
　[004] 10-33, [004] 10-74, [004] 10
　-126, [004] 10-241, [004] 11-379
つゝ良川 ………………… [004] 10-198
藤簍冊子 ……………………………
　[004] 10-13, [004] 10-25, [014] 18
　-273, [030] 17-335, [041] 68-255
藤簍冊子（抄） ………… [063]〔106〕-171
『藤簍冊子』異文の資料と考証
　………………………… [004] 10-289
妻を失ひし后河内にゆける記 亡友をお
　もふ記 大和めぐり紀行 …… [004] 9-43
剣の舞 …………… [063]〔106〕-177
手ならひ ………………… [004] 12-143
田父辞 …………………… [004] 11-60
天保歌 …… [004] 12-251, [004] 12-422
天保六章 ………………… [004] 12-427
天保六章解 ……………… [004] 12-432
東丸の書ける古今和歌集序の後に
　………………………… [004] 11-267
年のなゝふ ……………… [004] 11-123
呑湖堂記 ………………… [004] 11-119
長柄宮 …………………… [004] 5-47
夏山里に遊ふ 探題 ……… [004] 11-49
那羅乃杣 ………………… [004] 2-319
楢の曾麻 ………………… [004] 2-39
楢の杣 ………… [004] 2-11, [004] 2-13
楢農所万 ……………………………
　[004] 2-96, [004] 2-160, [004] 2-
　263
寧楽乃杣 ………………… [004] 2-222
寧楽杣 …………………… [004] 2-356
楠公雨夜かたり ………… [004] 8-314
二世の縁 ……………………………
　[004] 8-169, [004] 8-298, [014] 18
　-146, [022] 19-130, [040]〔76〕-51,
　[043] 78-458, [044]【14】-68, [063]
　【106】-213, [066] 48-511, [067] 56-
　170
二世の縁（現代語訳） …… [015] 57-251
二世の縁（原文） ………… [015] 57-251
『日本春秋』書入 ………… [004] 1-307
ぬば玉の記（異文） ……… [004] 5-83
ぬば玉の巻 ……………… [004] 5-53
納涼詞 …………………… [004] 11-42
藐姑射山 ………………… [004] 11-65
羽倉信美にやりける ……… [004] 12-446

八月下旬帰郷後淫雨連日、復思故国歌
　………………………… [004] 12-407
初瀬詣 …………………… [004] 11-233
花虫合 …………………… [004] 12-312
春雨かたみの和歌 ……… [004] 12-379
春雨草紙 ………………… [004] 8-241
春雨梅花歌文巻 ………… [004] 9-103
春雨物がたり …………… [040]〔76〕-11
春雨物語 ……………………………
　[004] 8-147, [004] 8-188, [013] 35
　-121, [014] 18-131, [022] 19-125,
　[027] 17-71, [033] 28-177, [043] 78
　-415, [044]【14】-10, [063]【106】
　-23, [063]【106】-183, [065] 3-245,
　[066] 48-469, [067] 56-143
春雨物語（天理巻子本） … [004] 8-369
春雨物語（天理冊子本） … [004] 8-273
春雨物かたり（富岡本） … [004] 8-323
春雨物語（文化五年本） … [004] 8-145
樊噲 ……………………………………
　[004] 8-205, [004] 8-310, [004] 8-
　353, [004] 8-387, [014] 18-161, [014]
　18-213, [015] 57-302, [015] 57-322,
　[027] 17-98, [040]〔76〕-112, [043]
　78-518, [043] 78-541, [044]【14】-
　164, [063]【106】-277, [063]【106】
　-295, [066] 48-571, [066] 48-594,
　[067] 56-214
樊噲（現代語訳）
　[015] 57-302, [015] 57-322
貧窮問答 ………………… [004] 12-410
貧福論 ………………………………
　[004] 7-313, [015] 57-123, [022] 19
　-116, [027] 17-64, [040]〔75〕-146,
　[043] 78-400, [063]【106】-161, [066]
　48-454, [067] 56-131, [085] 9-137
貧福論（現代語訳） ……… [015] 57-205
『風月外伝』跋 …………… [004] 11-239
仏法僧 ………………………………
　[004] 7-264, [022] 19-62, [027] 17
　-29, [040]〔75〕-71, [043] 78-330,
　[063]【106】-106, [066] 48-384, [067]
　56-77, [085] 9-64
仏法僧（現代語訳） ……… [015] 57-167
仏法僧（原文） …………… [015] 57-60
筆すさひ ………………… [004] 9-87
婦美保宇具 …………………………
　[004] 10-364, [004] 10-399
文反古 …………………… [004] 10-361
文反古稿 ………………… [004] 10-429
不留佐登 ………………… [004] 12-392
文化元年二月朔雨雪、遥思故国歌
　………………………… [004] 12-397

壁書	[004] 11-418	夜坐偶作	[004] 12-265
豊太閤を祭る	[004] 11-37	安安言	[004] 1-13
反故詠草	[004] 12-57	『破紙子』跋	[004] 11-416
盆山記付詠草くさぐさ	[004] 11-133	山霧記	[004] 11-194
ほんの茶非の茶の歌	[004] 9-403	『大和物語』奥書	[004] 5-527
毎月集	[004] 12-185	山邨元旦	[004] 12-415
ますらを物語	[004] 8-389	山邨元旦作(異文)	[004] 12-418
ますらを物語(秋成翁一乗詣の記)		幽石軒記	[004] 11-102
	[004] 8-391	雪の詞	[004] 11-54
ますらを物語(一乗寺詣之記 異文一)		妖尼公	[004] 8-290, [004] 8-371
	[004] 8-402	余斎翁四時雑歌巻	[004] 12-89
ますらを物語(異文二)	[004] 8-411	余斎四十二首	[004] 12-153
ま地不美	[004] 9-29	吉野行	[004] 12-403
麻知文	[004] 9-33	吉野山の詞	[004] 11-40
真名鶴の歌文	[004] 12-342	よしやあしや	[072]〔26〕-599
「万葉集歌貝寄せ」末文	[004] 11-415	よしやあしや(稿本)	[004] 5-255
万葉会見説	[004] 3-11, [094] 6-121	余之也阿志家	[004] 5-436
万葉集見安補正 草案一(異文)		予之也安志夜	[004] 5-475
	[004] 4-304	霊語通 第五仮字篇	[004] 6-65
『万葉集傍註』書入	[004] 4-309	霊語通砭鍼	[004] 6-409
万葉集見安補正	[004] 4-55	連日不堪苦寒歌	[004] 12-256
万葉集目安補正	[094] 6-255		

上田 敏
　海潮音序　　　　　　　　[024]〔3〕-163

上野 阿方
　巽夢語卒爾屋　　　　　　[038] 補1-371

植村 政勝
　本朝奇跡談　　　　　　　[045] I-17-49

水やり花	[004] 11-108		
みなし蟹	[004] 6-319		
箕面山	[004] 12-343		
箕面山詩歌	[004] 12-378		
宮木か塚	[004] 8-195, [004] 8-378		

魚麻呂
　大通邯鄲栄花の現　　　　[038] 補1-317

宮木が塚
　[004] 8-307, [040]〔76〕-94, [043] 78-499, [044]〔14〕-138, [063]【106】-246, [066] 48-552, [067] 56-200

浮世絵摺安
　落噺のぞきからくり(享和三年正月序)
　　　　　　　　　　　　　　[082] 14-122

宮木が塚(現代語訳)	[015] 57-285		
宮木が塚(原文)	[015] 57-285		
都図羅冊子	[004] 10-158		

浮世遍歴斎道郎苦先生
　婦美車紫鮮　　　　　　　[059] 5-89

夢応の鯉魚
　[004] 7-257, [022] 19-56, [027] 17-25, [040]〔75〕-61, [043] 78-321, [060] 11-68, [063]【106】-99, [066] 48-375, [067] 56-70, [085] 9-55

鬱金亭 蘭陵
　さかもり弐編　　　　　　[038] 29-139

宇治 加賀掾
　源氏六十帖　　　　　　　[059] 8-231
　「紫竹集」序　　　　　　[033] 36-224
　「竹子集」序　　　　　　[033] 36-222
　竹子集(序)　　　　　　　[069] 61-401
　忠臣身替物語　　　　　　[050] 下-1031

夢応の鯉魚(現代語訳)	[015] 57-162		
夢応の鯉魚(原文)	[015] 57-52		

目ひとつの神
　[004] 8-173, [004] 8-253, [004] 8-293, [004] 8-348, [015] 57-256, [027] 17-86, [040]〔76〕-58, [043] 78-464, [044]〔14〕-80, [063]【106】-218, [065] 3-245, [066] 48-517, [067] 56-175

宇治の茶 筌子
　甲駅夜の錦　　　　　　　[038] 22-223

太秦 武郷
　柔話　　　　　　　　　　[095] 7-427

目ひとつの神(現代語訳)	[015] 57-256		
藻屑	[004] 12-115		
やいかま	[004] 1-405		
也哉鈔	[004] 6-11		
『訳文童喩』序	[004] 11-262		

雨雪軒 谷水
　駿州府中阿倍川の流　　　[038] 25-129

歌川 国直
　浮世風呂　　　　　　　　[013] 34-209

歌沢 能六斎 → 梅暮里谷峨(うめぼり・こくが)を見よ
宇多天皇
　寛平御集 .... [036] 1-196
　寛平御遺誡 .... [069] 8-103
哥麿門人行麿
　将門秀郷時代世話二挺鼓 ... [066] 46-147
宇田楽庵
　仮廓南渚比翼紫 .... [038] 20-187
有智子内親王
　「関山月」に和し奉る .... [043] 86-80
　「春日の作」に和し奉る ...... [043] 86-90
　「除夜」に和し奉る .... [043] 86-108
　「巫山高」に和し奉る .... [043] 86-79
内山 真竜
　古事記謡歌註 . [062] 1-2, [062] 1-165
内山 真弓
　歌学提要 .. [061] 8-379, [067] 94-131
羽張天
　新月花余情 .... [038] 2-315
宇都宮 景綱
　沙弥蓮愉集 .... [036] 4-539
宇津山人菖蒲房
　興話飛談語 .... [068] 中-219, [082] 9-75
烏亭 焉馬
　蚊不喰呪咀曽我 .... [038] 8-157
　碁太平記白石噺 .... [043] 77-459
　落噺詞葉の花(寛政九年正月刊)
　　........................... [082] 13-59
　太平楽記文 .... [038] 12-271
　伊達競阿国戯場 ....
　　......... [041] 94-269, [045] I-15-149
　色里諸例男女不躰方・大通禁言集
　　.................................. [038] 16-139
　無事志有意 .... [067] 100-449
雨滴庵 松林
　風流夢浮橋 .... [059] 1-11
鵜殿 士寧
　自嘲 .... [043] 86-414
　射家圃引 .... [043] 86-412
鵜殿 余野子
　鵜殿余野子「佐保川」「涼月遺草」
　　.................................. [074] 3-114
　佐保河 .... [008] 4-279
　佐保川 .... [030] 15-769, [103] 2-80
　残菊を翫ぶ詞 .... [008] 3-640
　隅田川に船を浮めて月見る夜人々歌よ
　みける詞 .... [008] 3-641
　机の記 .... [008] 3-637
　難波に行く人をおくる .... [008] 3-639

　山寺に詣でて紅葉を見る詞 . [008] 3-638
　涼月遺草 .... [008] 3-347
宇野 信夫
　巷談宵宮雨 .... [100] 25-305
生方 たつゑ
　生方たつゑ「山花集」 .... [074] 6-475
馬内侍
　馬内侍集 .... [036] 1-615, [074] 2-128
梅茸仙史橘春暉
　北窓瑣談 .... [065] 1-263
梅野 下風
　彦山権現誓助剱(毛谷村六助)
　　.................................. [100] 6-219
梅の舎主人
　梅の塵 .... [070] II-2-351
梅暮里 谷峨
　甲子夜話 .... [038] 20-65, [059] 5-476
　甲子夜話 後編姪意妃 .... [038] 20-363
　夢汗後篇妓情廓夢解 .... [038] 21-117
　契情買猫之巻 .... [038] 17-237
　傾城買二筋道 ....
　　[038] 17-109, [043] 80-149, [066]
　　47-169, [067] 59-441
　契情買言告鳥 .... [038] 18-109
　二筋道後篇廓の癖 .... [038] 18-65
　改正哇袖鏡 .... [062] 9-438
　白狐通 .... [038] 18-203
　三篇二筋道宵之程 .... [038] 19-121
　契情買中夢之盗汗 .... [038] 20-251
　文選臥坐 .... [038] 15-283
　言告鳥二篇 廓之桜 .... [038] 20-99
梅松亭 庭鶯
　虚実情の夜桜 .... [038] 18-283
烏有庵
　万世百物語 .... [065] 3-193
卜部 兼好
　兼好法師集 ....
　　[030] 14-365, [036] 5-165, [041] 47-1
　つれづれ草 ....
　　[003] 〔1〕-15, [003] 〔1〕-141
　徒然草 ....
　　[013] 18-121, [014] 10-95, [022] 12
　　-5, [027] 7-435, [033] 11-247, [033]
　　11-355, [033] 11-383, [040] 〔52〕-
　　19, [041] 39-75, [043] 44-67, [044]
　　〔11〕-17, [049] 〔17〕-13, [049] 〔17〕-
　　225, [060] 7-5, [063] 〔28〕-87, [064]
　　〔22〕-17, [066] 27-93, [067] 30-89,
　　[071] 31-25, [071] 32-7, [073] 2-
　　435

宇鱗
- 菊寿草 ……………………… [059] **12**-35

雲照庵 ほう山
- 夢中角菴戯言 ……………… [038] 補**1**-447

雲水坊主
- 風流睟談議 ………………… [038] **6**-103

海野 遊翁
- 柳園家集 …………………… [030] **18**-831

雲楽山人
- 鯉池全盛噺 ………………… [038] **11**-205
- 契情手管智恵鏡 …………… [038] **12**-183
- 無陀もの語 ………………… [038] **11**-145

【え】

栄海
- 釈教三十六人歌仙 ………… [061] 別**6**-325

永觀律師
- 舎利講式和讃 ……………… [062] **4**-19

栄賢
- 朗詠要抄 ……………… [062] **3**-5, [062] **3**-493

頴斎主人
- 当世穴さがし ……………… [041] **81**-181

ゑいじ
- 酒徒雅 ……………………… [038] **22**-289

永寿堂
- 臍煎茶呑噺 (寛政十二年序) ‥ [082] **19**-24

英照皇太后
- 英照皇太后御歌 …………… [074] **5**-35

叡尊
- 興正菩薩御教誡聴聞集 …… [069] **15**-189

永福門院
- 永福門院百番御自歌合 …… [041] **46**-393

恵海
- 済生堂五部雑録 …………… [095] **2**-299

恵慶
- 恵慶法師集 ………………… [030] **13**-157
- 恵慶集 ……………………… [036] **1**-483

江島 其磧
- 浮世親仁形気 ………………………
  [043] **65**-443, [066] **37**-458
- 咲顔福の門 (享保十七年刊) ‥ [082] **7**-212
- 軽口初売買 (享保十八年刊) ‥ [083] **8**-221
- 軽口独機嫌 (享保十八年刊) ‥ [082] **7**-234
- けいせい色三味線 ………… [041] **78**-1
- 色道大全傾城禁短気
  [067] **91**-153, [085] **2**-525
- けいせい伝受紙子 ………… [041] **78**-247
- 咲分五人娘 ………………… [009] **3**-331
- 世間子息気質 ………………………
  [027] **17**-113, [033] **28**-3
- 世間娘気質 ………………… [041] **78**-385
- 風俗曲三味線 ……………… [045] I-**8**-5
- 野傾旅葛籠 ………………… [009] **5**-1
- 野白内証鑑 ………………… [043] **65**-127
- 和漢遊女容気 ……………… [009] **5**-1

江島 為信
- 是楽物語 …………………… [041] **74**-193

懐奘
- 正法眼蔵随聞記
  [033] **14**-117, [043] **44**-311, [066] **27**-311

恵心
- 極楽六時讃 ………………… [062] **4**-93
- 山王和讃 …………………… [062] **4**-16
- 天台大師和讃 ……………… [062] **4**-7
- 二十五菩薩和讃 …………… [062] **4**-15
- 横川法語 …………………… [067] **83**-51
- 来迎讃 ……………………… [062] **4**-13

枝 文治(初代)
- 仮名手本忠臣蔵 …… [045] III-**45**-105

悦笑軒 筆彦
- 軽口筆彦咄 (寛政七年正月序)
  ……………………………… [082] **12**-290

江戸 さい子
- 江戸さい子「にひしほ」抄 ‥ [074] **5**-459

江藤 保定
- 守武千句論 ………………… [055] 別**1**-272

江南 里遊
- 夜告夢はなし ……………… [038] **29**-57

榎並 左衛門五郎
- 鵜飼 ……… [027] **12**-64, [041] **57**-244
- 柏崎 ………………………………
  [040] [**58**]-281, [041] **57**-404, [050] 下-983, [103] **1**-397

慧鳳
- 竹居西游集 ………………… [029] **3**-2789
- 竹居清事 一巻 …………… [029] **3**-2789
- 投贈和答等諸詩小序 一巻 ‥ [029] **3**-2851

江馬 細香
- 愛する所の素馨寒さの為に枯れ萎えたり。詩もて以て之を傷む …… [005] **3**-79
- 家に帰る ……………………… [005] **3**-14
- 夏日偶作 ……………………… [005] **3**-3
- 夏夜 ……………… [005] **3**-93, [005] **3**-5
- 岐阜自り舟行して墨股に至る
  ……………………………… [005] **3**-10

偶作 ……………………………………
　　［005］**3**-*17*, ［005］**3**-*27*, ［005］**3**-*99*, ［005］**3**-*105*
九月十八日楓を高雄に観る。明日渓に
　沿いて栂尾に至る原三首。一を節す・［005］**3**-*33*
暮に漁村を過る …………………… ［005］**3**-*61*
桑名自り舟");して森津に抵る
　……………………………………… ［005］**3**-*58*
京城の客舎の壁に題す　［005］**3**-*25*
京城の秋遊。亡き先生を懐うこと有り
　……………………………………… ［005］**3**-*72*
閨裏の盆栽盛んに開く。偶たま此の作
　有り ………………………………… ［005］**3**-*12*
源語を読む五を節す（うち四首）
　……………………………………… ［005］**3**-*52*
甲戌仲秋妙興寺に遊ぶ。岐路涼傘を失
　い、戯れに此の作有り ………… ［005］**3**-*6*
上有知自り還る舟中藤城山人と別る（三
　首、うち一首） ………………… ［005］**3**-*43*
甲寅十一月四日五日、地大いに震う。此
　を賦して実を紀す　［005］**3**-*102*
西遊雑詩原五首。三を節す（うち一首）
　……………………………………… ［005］**3**-*95*
山陽先生を挽し奉る（三首、うち二首）
　……………………………………… ［005］**3**-*66*
山陽先生及び秋嵐、春琴二君と同に砂
　川に遊ぶ原二首。一を節す … ［005］**3**-*21*
山陽先生の戯れに賜りし所の詩に次韻
　し奉る ……………………………… ［005］**3**-*39*
自述 ………………………………… ［005］**3**-*96*
秋海棠元二首。一を節す　［005］**3**-*26*
秋熱 ………………………… ［005］**3**-*101*
春日即日 …………………… ［005］**3**-*16*
辛卯十月余内艱に居る。其の後母為る
　を以って俗喪稍や短し。服已に除くと雖も
　其の悒いに堪えず。此を賦して哀しみを書
　す ……………………………………… ［005］**3**-*63*
砂川に飲みて賦す。山陽先生に呈す（二
　首） ………………………………… ［005］**3**-*35*
竹に題す ……………………… ［005］**3**-*51*
戯れに楊宛の十六艶中の題を賦す原
　四首。一を節す蓮子を拈みて鴛鴦を打つ …
　……………………………………… ［005］**3**-*18*
冬日偶題 ……………………… ［005］**3**-*8*
冬夜 …………………………… ［005］**3**-*20*
冬夜の作。時に瓶中に梅花と水仙を挿
　せる有り …………………………… ［005］**3**-*37*
名古屋に抵る途中 ………… ［005］**3**-*89*
二月念六日、舟にて七里の渡を過ぐ。大
　風浪に遇い、僅かに藪村に上るを得たり
　……………………………………… ［005］**3**-*85*
春を惜しむ ……………………… ［005］**3**-*11*

春尽く ………………………… ［005］**3**-*41*
晩春 …………………………… ［005］**3**-*44*
晩秋 …………………………… ［005］**3**-*92*
再び全韻を畳して江芸閣先生に答え奉
　る（四首、うち一首） ……… ［005］**3**-*45*
戊戌秋日の作時に余外憂に丁る。故に句
　之に及ぶ …………………………… ［005］**3**-*84*
自ら遣る（二首） ……………… ［005］**3**-*80*
紫史を読む …………………… ［005］**3**-*73*
矢橋子直、桜樹千余株を金生山上に植
　う。因りて四方の詩を徴し、我も亦与れり
　……………………………………… ［005］**3**-*29*
路上雑詩 ……………………… ［005］**3**-*90*
江村 北海
　紫藤行、老妓藤江の戯戯を弄
　……………………………………… ［043］**86**-*417*
　大雅道人歌 ………………… ［043］**86**-*416*
　永田俊平、麟鳳大字歌 …… ［043］**86**-*420*
　日本詩史 ‥ ［041］**65**-*31*, ［041］**65**-*467*
焉烏旭
　碁太平記白石噺 …………… ［043］**77**-*459*
円雅
　円雅集 ………………………… ［036］**5**-*871*
煙花浪子
　吉原帽子 …………………… ［038］**26**-*95*
延慶
　武智麻呂伝 ………………… ［069］**8**-*25*
爰子おきなさい
　囲多好甜 …………………… ［038］**18**-*301*
圓珠庵 契沖 → 契沖（けいちゅう）を見よ
艶色法師
　徒然睟か川 ………………… ［038］**12**-*155*
艶示楼主人
　疇昔の茶唐 ………………… ［038］**18**-*265*
猿赤居士
　金郷春夕栄 ………………… ［038］**29**-*299*
遠藤 茂子
　筑波子家集 ………………… ［008］**4**-*259*
遠藤 春足
　白痴物語（文政八年夏序） ‥ ［082］**19**-*223*
　難後言 …………… ［070］**III**-*11*-*449*
塩屋 色主
　南門鼠 ……………………… ［038］**18**-*313*
塩屋 艶一
　匂ひ袋 ……………………… ［038］**20**-*169*
塩屋 艶二
　狂言雑話五大刀 …………… ［038］**21**-*165*
　標客三朏誌 ………………… ［038］**21**-*237*
　後編にほひ袋 ……………… ［038］**21**-*143*
　南門鼠帰 …………………… ［038］**22**-*49*

えんゆ　　　　　　　　　　　　作家名索引（原作者）

円融天皇
　円融院御集 ……………………［036］**1**-*550*

【お】

おあん
　おあん物語 ………………………［008］**1**-*19*
御家不通氏女尽
　おむなつう文章 …………［038］補**1**-*123*
鴬蛙山人
　蘭蝶此糸小説妓娼精子 …［038］**28**-*255*
鴬蛙楼主人
　遊子娯言 ………………………［038］**26**-*263*
扇屋 一雄
　雅興春の行衛（寛政八年三月刊）
　　………………………………［082］**13**-*33*
扇谷 定継
　業要集 ……………………………［095］**4**-*11*
翁斎 芳香
　備語手多美 …………………［038］**20**-*289*
横取散人茶臼伍糦
　根津見子楼茂 ………………［038］**11**-*287*
横川景三
　小補東遊後集（文明元年）……［028］**1**-*89*
　小補東遊後集（文正二年－応仁二年）
　　………………………………［028］**1**-*39*
　小補東遊続集（文明二年－文明四年）
　　………………………………［028］**1**-*143*
　小補集〔補庵絶句前半〕（享徳三年－寛正
　　五年）…………………………［028］**1**-*1*
　諸賢雑文 ………………………［028］**1**-*939*
　薔薇集 …………………………［028］**1**-*849*
　曇仲遺藁 ………………………［028］**1**-*947*
　補庵京華外集 ……………………………
　　　　　　　［028］**1**-*733*,［028］**1**-*797*
　補庵京華後集（文明九年－文明十二年）
　　………………………………［028］**1**-*311*
　補庵京華新集（文明十七年－長享元年）
　　………………………………［028］**1**-*613*
　補庵京華前集（文明四年－文明八年）
　　………………………………［028］**1**-*201*
　補庵京華続集（文明十二年－文明十四年）
　　………………………………［028］**1**-*401*
　補庵京華別集（文明十五年－文明十七年）
　　………………………………［028］**1**-*503*
　補庵集〔補庵絶句後半〕（寛正五年－文正
　　二年）…………………………［028］**1**-*19*
近江 満子

近江満子「紫に咲く」………［074］**6**-*668*
淡海 福良満
　謫せられて豊後の藤太守に別る
　　………………………………［043］**86**-*50*
　夕に播州高砂の湊に次る …［043］**86**-*110*
鸚鵡斎 貢
　松登妓話 ……………………［038］**18**-*227*
大井 重代
　大井重代「山茶花」…………［074］**6**-*638*
大石 千引
　野乃舎随筆 ………………［070］**I**-**12**-*69*
大内 政弘
　拾塵和歌集 …………………［036］**6**-*360*
大内 盛見
　大内盛見詠草 ………………［036］**5**-*352*
大江 千里
　大江千里集 …………………［030］**13**-*1*
　千里集 ………………………［036］**1**-*108*
大江 東平
　歌体緊要考 ……………………………
　　　　　　　［061］別**9**-*11*,［061］別**9**-*515*
大江 文坡
　成仙玉一口玄談 ……………［059］**3**-*437*
　弥陀次郎発心伝 …………［045］**I**-**16**-*457*
大江 匡衡
　王昭君 ………………………［043］**86**-*191*
　菊叢花未だ開かず ………［043］**86**-*195*
　九月尽日、北野の廟に侍し、
　　………………………………［043］**86**-*191*
　九月尽日、秘芸閣に於て同じ
　　………………………………［043］**86**-*188*
　月下即事 ……………………［043］**86**-*185*
　月露夜方に長し ……………［043］**86**-*186*
　嵯峨野の秋望 ………………［043］**86**-*189*
　七言。夏日左相府の書閣に陪
　　………………………………［043］**86**-*190*
　夏の夜、同じく「灯光は水底
　　………………………………［043］**86**-*192*
　八月十五夜、江州の野亭にて
　　………………………………［043］**86**-*186*
　初冬の感興 …………………［043］**86**-*189*
　暮秋、同じく「草木揺落す」
　　………………………………［043］**86**-*193*
　暮春、製に応ず ……………［043］**86**-*187*
　匡衡集 ………………………［036］**1**-*717*
　無情花自ら落つ ……………［043］**86**-*194*
　落花水を渡りて舞ふ ………［043］**86**-*194*
大江 匡房
　傀儡子記 ……………………［069］**8**-*157*
　江帥集 ………………………［036］**2**-*363*

江談抄 ……………………………
　　[041] **32**-*1*, [041] **32**-*475*, [041] **32**
　　-*593*
狐媚記 …………………………… [069] **8**-*165*
続本朝往生伝 …………………… [069] **7**-*221*
暮年記 …………………………… [069] **8**-*161*
本朝神仙伝 ……………………… [069] **7**-*255*
匡房集 …………………………… [036] **2**-*379*
遊女記 …………………………… [069] **8**-*153*
洛陽田楽記 ……………………… [069] **23**-*217*

大江 茂重
　丹後前司茂重歌 ……………… [036] **4**-*644*

大江 以言
　歳暮に園城寺の上方に遊ぶ
　　……………………………… [043] **86**-*174*
　冬夜法音寺に宿りて、各志を
　　……………………………… [043] **86**-*174*
　暮春、右尚書菅中丞が亭に
　　……………………………… [043] **86**-*163*

大江 元就
　贈従三位元就公御詠草 ……… [036] **7**-*722*

大江 嘉言
　大江嘉言集 …………………… [036] **1**-*711*

大枝 流芳
　雅遊漫録 ……………… [070] **II-23**-*253*

正親町 町子
　松蔭日記 ……………………… [008] **1**-*59*

大国 隆正
　学統弁論 ……………………… [069] **50**-*459*
　新真公法論并附録 …………… [069] **50**-*493*
　本学挙要 ……………………… [069] **50**-*403*

大國 隆正
　真爾園翁歌集 ………………… [030] **20**-*765*

大窪 詩仏
　秋空の雁影 …………………… [007] **5**-*307*
　秋の蚊 ………………………… [007] **5**-*266*
　秋の径 ………………………… [007] **5**-*201*
　天瀬の韻に次す（四首のうち二首）
　　……………………………… [007] **5**-*240*
　内を哭す（六首のうち三首）
　　……………………………… [007] **5**-*309*
　内を夢む ……………………… [007] **5**-*270*
　奥山君鳳の秋田に之くを送る
　　……………………………… [007] **5**-*300*
　親知らず子知らず …………… [007] **5**-*253*
　蠣房を食う …………………… [007] **5**-*217*
　家人、衣を寄す ……………… [007] **5**-*245*
　御遠亭に月を賞す …………… [007] **5**-*286*
　冠山老候の殤女阿露の遺書の後に題す
　　（三首のうち二首） ……… [007] **5**-*260*
　北山先生の孝経楼 …………… [007] **5**-*187*

　来りて酒を飲むに如かず。楽天の体に
　　倣う（四首） ……………… [007] **5**-*278*
　黄鳥子の詞 …………………… [007] **5**-*232*
　葦を剔る 八首（うち三首） ‥ [007] **5**-*193*
　興に乗る ……………………… [007] **5**-*250*
　居を卜す ……………………… [007] **5**-*183*
　錦繍亭排律 …………………… [007] **5**-*318*
　空翠楼の晩望（二首のうち一首）
　　……………………………… [007] **5**-*256*
　偶成 …………………………… [007] **5**-*284*
　牽牛花 ………………………… [007] **5**-*189*
　江天の暮雪 …………………… [007] **5**-*312*
　午睡 …………………………… [007] **5**-*298*
　小松城下にて墨屏・空翠・暁山・芝圃に
　　似す ………………………… [007] **5**-*274*
　桜 七首（うち一首） ………… [007] **5**-*204*
　「酒は独り飲む理無し」を賦し得たり
　　……………………………… [007] **5**-*314*
　秋残（二首） ………………… [007] **5**-*343*
　新居 …………………………… [007] **5**-*215*
　茌土の故人を懐う …………… [007] **5**-*191*
　墨多川 ………………………… [007] **5**-*326*
　雪後の鶯谷の小集、庚韻を得たり
　　……………………………… [007] **5**-*226*
　村居して喜びを書す ………… [007] **5**-*218*
　築波山に登る（八首のうち一首）
　　……………………………… [007] **5**-*252*
　土山を発って鈴鹿に抵る。途中風雪大
　　いに作る。詩四首を得たり。（うち二首）
　　……………………………… [007] **5**-*247*
　天竜川 ………………………… [007] **5**-*290*
　歳の暮 ………………………… [007] **5**-*202*
　亡き妻を夢む ………………… [007] **5**-*325*
　夏の日の山亭 ………………… [007] **5**-*333*
　急雨 …………………………… [007] **5**-*206*
　睡る蝶 ………………………… [007] **5**-*198*
　白小 …………………………… [007] **5**-*329*
　橋の上の初雪、和歌題 ……… [007] **5**-*239*
　八竜湖に泛ぶ（六首のうち二首）
　　……………………………… [007] **5**-*322*
　烟花戯 ………………………… [007] **5**-*208*
　春の思い ……………………… [007] **5**-*196*
　春の草 ………………………… [007] **5**-*230*
　春の寒さ ……………………… [007] **5**-*197*
　晩に品川に帰る ……………… [007] **5**-*185*
　冬の夜 ………………………… [007] **5**-*258*
　邨中の晩歩 …………………… [007] **5**-*211*
　村の夜 ………………………… [007] **5**-*243*
　山中温泉雑題（四首のうち一首）
　　……………………………… [007] **5**-*257*
　山中の雑題（四首のうち二首）
　　……………………………… [007] **5**-*236*
　有年行 ………………………… [007] **5**-*330*

雪の声	……………………	[007] 5-212
淀川を下る	……………………	[007] 5-246
頼子成の山紫水明処に題す		[007] 5-292
李白、月に問う図に題す	…	[007] 5-221

大久保 忠孝
三河物語	……………………	[069] 26-9

大隈 言道
こぞのちり	……………………	[061] 8-465
草径集	……………………	[030] 19-733
ひとりごち	……………………	[061] 8-473

大蔵 虎明
わらんべ草	……………………	[069] 23-667

大蔵 永常
綿圃要務	……………………	[069] 62-169

大斎院
大斎院御集	……………………	[074] 2-167
大斎院前御集	……………………	[074] 2-145

大塩 中斎
一斎佐藤氏に寄する書		[069] 46-559
洗心洞箚記	……………………	[069] 46-359

凡河内 躬恒
みつね	……………………	[036] 1-148
躬恒集		
[036] 1-120, [036] 1-130, [036] 1-138, [036] 1-160		

大菅 公圭
国歌八論斥排	……………………	[061] 7-167

大田 晴軒
訓蒙浅語	……………………	[070] III-8-195

太田 道灌
慕景集	……	[030] 14-683, [036] 6-116
慕景集並異本	……………………	[036] 6-118
我宿草	……………………	[070] III-9-135

大田 南畝
蘆の若葉	……………………	[010] 8-141
料理献立頭てん天口有		[010] 7-319
あやめ草	……………………	[010] 2-53
一簾春雨	……………………	[010] 10-485
一話一言		
[010] 12-1, [010] 13-1, [010] 14-1, [010] 15-1, [065] 1-240, [070] 別1-1, [070] 別2-1, [070] 別3-1, [070] 別4-1, [070] 別5-1, [070] 別6-1		
一話一言 補遺 参考篇	………	[010] 16-1
印譜	……………………	[010] 20-327
浮世絵考証	……………………	[010] 18-435
うぐひす笛	……………………	[010] 7-469
市川鼈贔江戸花海老	……………………	[010] 1-87
沿海異聞	……………………	[010] 19-665
岡目八目	……………………	[010] 7-253

阿姑麻伝	……………………	[010] 1-389
おしてるの記	……………………	[010] 17-199
をみなへし	……………………	[010] 2-1
俄羅斯考・羅父風説	……………………	[010] 18-449
会計私記	……	[010] 17-1, [010] 17-293
改元紀行	……………………	[010] 8-75
街談録	……………………	[010] 18-53
海防紀事	……………………	[010] 19-675
革令紀行	……………………	[010] 8-405
かくれ里の記	……………………	[010] 1-315
科場窓稿	……………………	[010] 17-655
家伝史料	……………………	[010] 19-601
仮名世説		
[010] 10-521, [041] 97-309		
仮名世話	……………………	[070] II-2-241
寛政御用留	……………………	[010] 17-99
菊寿草	……………………	[010] 7-221
牛門四友集抄	……………………	[010] 6-1
杏園間筆	……………………	[010] 10-173
杏園詩集		
[010] 6-17, [010] 6-75, [010] 5-1		
杏園集	……………………	[010] 6-173
杏園稗史目録	……………………	[010] 19-443
狂歌新玉集抄	……………………	[010] 1-55
杏花園叢書目	……………………	[010] 19-491
狂歌才蔵集	・	[010] 1-37, [041] 84-103
狂歌千里同風抄	……………………	[010] 1-61
蜀山先生狂歌百人一首		[010] 1-325
狂詩礎	……………………	[010] 20-3
金曾木	……………………	[010] 10-287
金曾木	……………………	[070] I-6-383
草野史料	……………………	[010] 19-611
群書一轂	……………………	[010] 19-567
瓊浦雑綴	……………………	[010] 8-479
軽井茶話 道中粋語録	……	[067] 59-319
瓊浦遺珮	……………………	[010] 19-661
瓊浦又綴	……………………	[010] 8-593
月露草	……………………	[010] 18-1
種風小野之助拳角力	……………………	[010] 7-383
此奴和日本	……………………	[041] 83-211
韓国無体此奴和日本（寿塩商婚礼）		
……………………		[010] 7-297
甲駅新話		
[010] 7-1, [038] 6-291, [043] 80-55, [066] 47-75		
孝義録抄	……………………	[010] 18-311
孝義録編集御用簿	……………………	[010] 17-137
紅梅集	……………………	[010] 2-307
小春紀行	……………………	[010] 9-1
細推物理	……………………	[010] 8-337
瑣々千巻	……………………	[010] 10-325
鑽故紙	……………………	[010] 19-655
三餐余興	……………………	[010] 8-1

三十六人狂歌撰抄 ……………… ［010］**1**-*51*	南答輪問 ……………………… ［010］**17**-*443*
識語集 ……［010］**19**-*687*,［010］**20**-*64*	南畝集
七観 ……………………………… ［010］**6**-*265*	［010］**3**-*1*,［010］**4**-*1*,［010］**5**-*1*
七々集・蜀山雑稿 ……………… ［010］**2**-*241*	南畝集（抄） ………………… ［041］**84**-*471*
十才子名月詩集 ………………… ［010］**20**-*339*	南畝叢書 ……………………… ［010］**19**-*599*
春笑一刻 ………………………… ［010］**7**-*417*	南畝文庫蔵書目 ……………… ［010］**19**-*347*
小説土平伝 ……………………… ［010］**1**-*367*	南畝莠言
松楼私語 ………… ［010］**10**-*1*,［047］**9**-*75*	［010］**10**-*361*,［070］**II**-*24*-*167*
蜀山集 …………………………… ［010］**6**-*97*	二大家風雅 …………………… ［010］**1**-*503*
蜀山百首 ……… ［010］**1**-*305*,［067］**57**-*453*	梶原再見二度の賭（源平惣勘定）
蜀山文稿 ………………………… ［010］**6**-*115*	………………………………… ［010］**7**-*275*
蜀山余録 ………………………… ［010］**10**-*107*	寝惚先生文集
〈職人尽絵詞〉 …………………… ［010］**2**-*519*	［010］**1**-*341*,［041］**84**-*1*
序跋等拾遺	白石爛 ………………………… ［010］**19**-*595*
［010］**18**-*521*,［010］**20**-*49*	百和香 ………………………… ［010］**19**-*585*
壬寅詩叢抄 ……………………… ［010］**6**-*279*	巴人集 ………………………… ［010］**2**-*387*
壬戌紀行 ……… ［010］**8**-*259*,［041］**84**-*331*	巴人集拾遺 …………………… ［010］**2**-*469*
壬申掌記 ………………………… ［010］**9**-*515*	花見の日記 …………………… ［010］**8**-*45*
粋町甲閏 ……… ［010］**7**-*31*,［038］**9**-*77*	万紫千紅 ……………………… ［010］**1**-*263*
清好帖 …………………………… ［010］**20**-*347*	半日閑話
石楠堂随筆 ……………………… ［010］**10**-*59*	［010］**11**-*3*,［065］**1**-*238*,［070］**I**-*8*-*1*
世説新語茶	東風詩草抄 …………………… ［010］**6**-*297*
［010］**7**-*99*,［038］**7**-*235*,［059］**5**-*225*	評判茶臼芸 …………………… ［010］**7**-*191*
瀬田問答	深川新話
［010］**17**-*361*,［070］**III**-*12*-*231*	［009］**1**-*149*,［010］**7**-*53*,［038］**8**-*211*
千紅万紫 ………………………… ［010］**1**-*227*	武江披砂 ……………………… ［010］**17**-*455*
俗耳鼓吹	籠の塵 ………………………… ［010］**19**-*503*
［010］**10**-*13*,［070］**III**-*4*-*133*	丙子掌記 ……………………… ［010］**9**-*581*
遡遊従之 ………………………… ［010］**17**-*389*	返々目出鯛春彦 ……………… ［010］**7**-*351*
風流落咄鯛の味噌須 …………… ［010］**7**-*443*	放歌集 ………………………… ［010］**2**-*149*
鯛の味噌津 ……………………… ［082］**11**-*186*	鵬雀問答 ……………………… ［010］**17**-*449*
竹橋余筆 ………………………… ［010］**19**-*615*	『北叟遺言』所収『街談録』文政四年
玉川砂利 ………………………… ［010］**9**-*285*	………………………………… ［010］**18**-*285*
玉川余波 ………………………… ［010］**2**-*105*	万載狂歌集抄 ………………… ［010］**1**-*1*
玉川披砂 ………………………… ［010］**9**-*333*	三十幅 ………………………… ［010］**19**-*543*
壇邱山人芸舎集 ………………… ［010］**1**-*447*	三春行楽記 …………………… ［010］**8**-*31*
児物語部類 ……………………… ［010］**19**-*593*	明詩擢材 ……………………… ［010］**6**-*333*
蝶夫婦（安永六年正月刊） …… ［082］**11**-*3*	向岡閑話
調布日記 ………………………… ［010］**9**-*103*	［010］**9**-*405*,［070］**I**-*13*-*225*
追補 ……………………………… ［010］別-*67*	めでた百首夷歌 ……………… ［010］**1**-*67*
通詩選 …………………………… ［010］**1**-*431*	百舌の草茎 …………………… ［010］**8**-*429*
通詩選諺解 ……………………… ［010］**1**-*475*	望月帖 ………………………… ［010］**20**-*331*
通詩選笑知 … ［010］**1**-*401*,［041］**84**-*51*	百瀬川 ………………………… ［010］**19**-*577*
丁丑掌記 ………………………… ［010］別-*3*	奴師労之 ……………………… ［070］**II**-*14*-*173*
手練偽なし ……………………… ［010］**7**-*405*	奴凧 ……… ［010］**10**-*461*,［041］**84**-*439*
銅座御用留 ……………………… ［010］**17**-*227*	由緒書・明細書・親類書 …… ［010］**20**-*33*
踏霜詩草抄 ……………………… ［010］**6**-*301*	遊戯三昧抄 …………………… ［010］**2**-*501*
軽井茶話道中粋語録	遊娯詩草 …… ［010］**6**-*283*,［010］**6**-*305*
［010］**7**-*125*,［038］**10**-*219*	所以者何 …… ［010］**17**-*413*,［047］**8**-*99*
徳和歌後万載集	四方のあか
［010］**1**-*19*,［067］**57**-*297*	［010］**1**-*105*,［041］**84**-*245*
南客先生文集 …………………… ［010］**7**-*75*	

四方の留粕	[010] **1**-*173*
万の宝　[068] 下-*113*,	[082] **11**-*248*
六々集抄	[010] **2**-*207*
論語町	[010] **7**-*167*
和漢同詠	[010] **7**-*145*

太田 持資 → 太田道灌（おおた・どうかん）を見よ

大田垣 蓮月
海人の刈藻 ……………………………
　　[008] **4**-*403*, [030] **20**-*131*

大塚 嘉樹
蒼梧随筆 …………… [070] **III**-**5**-*151*

大槻 玄沢
瓊浦紀行	[017] **2**-*23*
捕影問答	[069] **64**-*401*
蘭学階梯	[069] **64**-*373*
蘭訳梯航	[069] **64**-*373*

大朏 東華
斉諧俗談 ……………… [070] **I**-**19**-*285*

大月 履斎
燕居偶筆 ………………… [069] **38**-*71*

大津皇子
臨終 …………………………… [043] **86**-*27*

大伴 家持
万葉集　[024]〔**4**〕-*90*,	[060] **2**-*162*
やかもち	[036] **1**-*64*
家持集	[036] **1**-*71*

大友皇子
宴に侍す ……………………… [043] **86**-*25*

大中臣 輔親
輔親集	[036] **2**-*107*
輔親家集	[036] **2**-*99*

大中臣 能宣
よしのふ ………………… [036] **1**-*553*
能宣集 ……………………………………
　　[036] **1**-*571*, [036] **1**-*574*, [073] **11**-*207*, [073] **12**-*717*

大中臣 頼基
よりもと ………………… [036] **1**-*345*

大西 祝
批評論 ……………… [024]〔**3**〕-*191*

大沼 枕山
暁に箱根を発す	[007] **10**-*165*
暁の雪、湖上に見る所	[007] **10**-*193*
霞を聞く	[007] **10**-*230*
飲酒	[007] **10**-*223*
雨中の東台。感を書す	[007] **10**-*282*
梅を訪ぬ	[007] **10**-*237*
詠史絶句（十一首のうち一首）	
	[007] **10**-*194*
快々亭に諸子と約して松塘を邀う。「湖上、故人に逢う」を以て題と為す。韻、佳咸を得たり（三首のうち一首）	[007] **10**-*265*
客中雑感	[007] **10**-*173*
感懐	[007] **10**-*278*
元日（二首のうち一首）	[007] **10**-*221*
金魚を詠ず	[007] **10**-*188*
寓院雑興（三首のうち一首）	
	[007] **10**-*174*
忽忽	[007] **10**-*202*
事を書す。元日の韻を次ぐ（二首のうち一首）	[007] **10**-*276*
三月の望、確堂学士、門生某某に命じて、青村・橘陰・穀堂・蘆洲、及び余を会す。…余乃ち知る、坂公の「春夜」詩に、「花に清香有り月に陰有り」とは、善く物を状すと為すと。翌日、学士、長句を示さる。即ち原韻を次いで、陪遊の栄を記すと云う	
	[007] **10**-*247*
十月二日の震災。事を記す（八首のうち三首）	[007] **10**-*218*
秋居の幽興	[007] **10**-*171*
秋夜	[007] **10**-*264*
春懐詩。昌黎の秋懐の韻を次ぐ（十首のうち二首）	[007] **10**-*203*
春游、人に示す	[007] **10**-*187*
小湖に荷花を看て感有り、懐	
	[043] **86**-*532*
除夕（二首のうち一首）	[007] **10**-*211*
如砥上人及び諸友と同に、墨水の舟中に残桜を賞す（三首のうち一首） … [007] **10**-*246*	
除夜	[007] **10**-*177*
除夜放歌	[007] **10**-*284*
晨興	[007] **10**-*184*
新歳雑題（四首のうち二首）	
	[007] **10**-*273*
新正、懐いを書す	[007] **10**-*233*
青帝	[007] **10**-*199*
歳暮、懐いを詠ず（三首のうち一首）	
	[007] **10**-*258*
雪夜即事	[007] **10**-*235*
餞春歌	[007] **10**-*209*
裁衣曲	[007] **10**-*196*
竹陰の静坐	[007] **10**-*232*
冬暁、三枚橋即興	[007] **10**-*234*
東京詞（三十首のうち十首）	
	[007] **10**-*292*
冬日、書を読む	[007] **10**-*280*
凍鬼	[007] **10**-*271*
悼亡（三首のうち一首）	[007] **10**-*228*

富島・内海諸子と同に滝川の楓を観る。
　韻を分つ ………………… ［007］10-267
　禽を聽く ………………… ［007］10-245
二月十一日、夢香翁・寛庭師・鏡湖・楽
　山と同に新梅荘に遊ぶ … ［007］10-212
　登戸に宿す ……………… ［007］10-176
　晩春、事を書す ………… ［007］10-260
　墨川行 …………………… ［007］10-178
　墨川に遊ぶ ……………… ［007］10-238
　墨堤即事 ………………… ［007］10-283
　暮春の感興 ……………… ［007］10-185
　六月十六日の作 ………… ［007］10-263
大野屋
　高田雲雀 ………………… ［095］7-287
太安万侶
　古事記 ……………………………………
　　［013］1-7,［014］1-19,［015］1-11,
　　［022］1-5,［024］〔4〕-89,［040］〔1〕
　　-15,［063］〔30〕-165,［063］〔31〕-51,
　　［065］2-9,［069］1-9,［071］1-33
大橋
　広沢記 …………………… ［008］3-628
　遊女の画賛 ……………… ［008］3-631
大橋　訥菴
　書簡 ……………………… ［069］47-275
大原　幽学
　義論集 …………………… ［069］52-355
　微味幽玄考 ……………… ［069］52-237
大平館胴脈先生
　風俗三石士 ……………… ［038］29-271
大村　由己
　明智討 …………………… ［103］1-20
　吉野詣 …………………… ［103］3-554
大飯喰
　娼註銚子戯語 …………… ［038］10-149
岡　鬼太郎
　今様薩摩歌 ……………… ［100］20-209
岡　熊臣
　柿本人麻呂事蹟考弁 …… ［094］17-5
岡　山鳥
　近江源氏湖月照 ………… ［045］Ⅰ-24-5
岡　清兵衛
　頼光跡目論 ……………………………
　　［050］下-1082,［067］51-41
岡　白駒
　開口新語（寛延四年三月序） …［082］20-3
丘岬　俊平
　百千鳥 …………………… ［061］7-424
緒方　惟勝
　杏林内省録 ……………… ［047］10-61

岡田　挺之
　秉穂録 …………………… ［070］Ⅰ-20-327
岡田士聞妻
　桃の園生 ………………… ［008］3-217
岡西　惟中
　一時随筆 ………………… ［070］Ⅱ-2-299
　消閑雑記 ………………… ［070］Ⅲ-4-179
　枕草紙傍註 ……………… ［072］〔17〕-1
　和紀記行 ………………… ［017］1-183
岡野　逢原
　逢原紀聞 ………………… ［041］97-147
岡部　東平 → 大江東平（おおえ・はるひ
　ら）を見よ
岡村　源五兵衛
　寓意草 …………………… ［033］35-164
岡村　柿紅
　悪太郎 …………………… ［100］24-253
　棒しばり ………………… ［100］19-337
　幻椀久 …………………… ［100］24-265
　新古演劇十種の内身替座禅 … ［100］18-343
岡村　不卜
　続の原句合（冬の部） …… ［025］7-396
岡村　良通
　寓意草 …………………… ［047］8-1
岡目　八目
　遊子評百伝 ……………… ［038］補1-273
岡本　かの子
　岡本かの子「かろきねたみ」「わが最終
　歌集」 …………………… ［074］6-168
岡本　綺堂
　小栗栖の長兵衛 ………… ［100］25-103
　権三と助十 ……………… ［100］25-131
　修禅寺物語 ……………… ［100］20-151
　鳥辺山心中 ……………… ［100］20-171
　番町皿屋敷 ……………… ［100］20-189
岡本　対山
　年忘嘖角力（安永五年正月刊）
　　……………………………［082］10-151
岡本　長子
　色道このてかしわ ……… ［038］3-199
岡本　美地
　母への書置 ……………… ［008］3-635
岡本　保孝
　栄花物語抄 ……………… ［072］〔31〕-80
　傍廂糾繆 ………………… ［070］Ⅲ-1-135
　難波江 …………………… ［070］Ⅱ-21-91
　枕草紙存疑 ……………… ［072］〔17〕-401
小川　丈助
　忠臣金短冊 ……………… ［045］Ⅰ-10-319

小川 半平
　楠昔噺 ……………………… [045] **III-40**-347
　軍法富士見西行 ……… [045] **III-40**-249
　新うすゆき物語 ………… [041] **93**-275
　新薄雪物語（新薄雪）……… [100] **3**-303
荻生 徂徠
　猗蘭候の画に題す二首（うち一首）
　　……………………………… [005] **2**-30
　雨芳州に訪わるるを謝す …… [005] **2**-39
　海上人の崎陽に還るを送る歌
　　……………………………… [005] **2**-50
　学則 ……………………… [069] **36**-187
　菅童子の西京に遊ぶを送る二首
　　……………………………… [005] **2**-67
　俠客 ……………………… [005] **2**-11
　峡遊雑詩十三首（うち、二首）
　　……………………………… [005] **2**-20
　護州新歳 ………………… [005] **2**-37
　古意 ……………………… [005] **2**-25
　江上の田家 ……………… [005] **2**-44
　山家閨怨 ………………… [005] **2**-58
　七里瀬 …………………… [005] **2**-32
　秋日海上の作 …………… [005] **2**-46
　秋日、蓮光寺を訪ふ …… [043] **86**-327
　城西の竹林中は是れ昔時の美人の居る
　　所と謂う ……………… [005] **2**-23
　少年行 …………………… [005] **2**-60
　諸友生に留別す ………… [005] **2**-21
　新歳の偶作 ……………… [005] **2**-10
　徂徠集 …………………… [069] **36**-487
　徂来先生答問書〔抄〕 … [067] **94**-167
　高生に贈る …………… [043] **86**-327
　張僧繇の翠嶂瑤林図を観る歌
　　……………………………… [043] **86**-325
　東都四時楽 ……………… [005] **2**-3
　南留別志 ………………… [070] **II-15**-1
　春江花月の夜 …………… [005] **2**-15
　美人酒に中る …………… [005] **2**-63
　飛騨山 …………………… [033] **35**-160
　服子遷の雪中に寄せ示すに次韻す
　　……………………………… [005] **2**-12
　服生の吟詩早春を悲しむに次韻す
　　……………………………… [005] **2**-34
　豊王の旧宅に寄題す …… [005] **2**-65
　蛍 ………………………… [005] **2**-42
　李白瀑を観るの図 ……… [005] **2**-62
奥田 勲
　修行時代までの紹巴—里村紹巴伝考証
　　その一 ……………… [055] **別1**-302
奥田 尚斎
　拙古先生筆記 …………… [047] **3**-31
小国 重年

長歌言葉珠衣 …………… [061] **別9**-15
長歌詞珠衣 ……………… [094] **8**-5
小栗 百万
　屠龍工随筆 ……………… [047] **9**-21
長川 幸慶子
　当世杜選商 ……………… [045] **I-19**-105
尾崎 雅嘉
　尾崎雅嘉随筆 ………… [070] **II-10**-367
　蘿月菴国書漫抄 ………… [070] **I-4**-1
小山内 薫
　西山物語 ………………… [100] **20**-245
　息子 ……………………… [100] **25**-195
小沢 蘆庵
　ふりわけ髪 ……………… [061] **8**-194
　ふるの中道 ……………… [061] **8**-166
　布留の中道 ……………… [041] **68**-33
　六帖詠草 ………………… [030] **17**-1
　或問 ……………………… [041] **60**-5
於仁 茂十七
　軽世界四十八手 ………… [038] **18**-343
小瀬 甫庵
　太閤記 …………………… [041] **60**-1
　童蒙先習 ………………… [069] **28**-331
遠近道印
　東海道分間絵図 ……… [045] **III-50**-205
乙二
　茶摺小木序 ……………… [085] **7**-782
鬼武
　有喜世物真似旧観帖 …… [085] **10**-619
鬼貫
　四季 ……………………… [085] **7**-690
　四季の詞 ………………… [043] **72**-444
　大悟物狂 ………………… [041] **71**-113
　旅 ………………………… [043] **72**-447
　独ごと …………………… [043] **72**-444
小野 秋津
　恵方棚 …… [068] **下**-295, [082] **15**-132
小野 菊子
　瀬川采女におくる文 …… [008] **3**-609
小野 末嗣
　試を奉じて、「王昭君」を賦す
　　……………………………… [043] **86**-112
小野 高潔
　屋気野随筆 ……………… [070] **I-7**-123
小野 篁
　小野篁集 ………………… [036] **1**-81
　試を奉じ、賦して「隴頭秋月明
　　……………………………… [043] **86**-106
　秋雲篇、同舎の郎に示す … [043] **86**-118

小野 岑守
　試を奉じて、「天」を詠ず ‥［043］**86**-*111*
　「春日の作」に和し奉る ……［043］**86**-*91*
　藤朝臣が「春日前尚書秋公の病
　　……………………［043］**86**-*92*
　遠く辺城に使す …………［043］**86**-*49*
　文友に留別す ……………［043］**86**-*59*
　辺に在りて友に贈る ……［043］**86**-*62*
　「落梅花」に和し奉る ……［043］**86**-*89*
尾上 三朝
　扇々爰書初 ………………［045］**Ⅰ-24**-*101*
小野 阿通
　喜藤左衛門に送る文 ……［008］**3**-*612*
小野 小町
　小野小町集 ………………………………
　　　［036］**1**-*88*,［063］**〔68〕**-*279*
　小町集 ……………………………………
　　　［036］**1**-*84*,［073］**12**-*533*,［074］**2**-
　36
小山田 与清
　楽章類語鈔 ………………［062］**2**-*2*
　松屋叢話 …………………［070］**Ⅱ-2**-*1*

【 か 】

海一沫
　驪山比翼塚 ………………［045］**Ⅰ-15**-*261*
快活道人
　西郭灯籠記 ………………［038］**2**-*279*
懐空僧都
　教化之文章色々 …………［062］**4**-*182*
貝原 益軒
　東路記 ……………………［041］**98**-*1*
　女大学 ……………………［069］**34**-*201*
　己巳紀行 …………………［041］**98**-*103*
　五常訓 ……………………［069］**34**-*65*
　書簡 ………………………［069］**34**-*169*
　壬申紀行 …………………［045］**Ⅰ-17**-*5*
　大疑録 ……………………［069］**34**-*9*
海保 漁村
　漁村文話 …………………［041］**65**-*367*
海保 青陵
　稽古談 ……………………［069］**44**-*215*
　新墾談 ……………………［069］**44**-*348*
海北 若冲
　万葉集類林 ………………………………
　　　［094］**2**-*337*,［094］**3**-*7*,［094］**4**-*5*

偕楽
　花見記 ……………………［017］**1**-*358*
嘉恵女
　松しま日記 ………………［017］**1**-*501*
楓某
　廻覧奇談深淵情 …………［038］**8**-*121*
花王斎 五草山人
　教訓水の行すえ …………［038］**補1**-*337*
呵々庵 乳桃
　客野穴 ……………………［038］**29**-*189*
花楽散人
　北里年中行事 ……………［047］**別12**-*1*
各務 支考
　宴柳後園序 ………………［085］**7**-*741*
　葛の松原 ……［025］**7**-*237*,［025］**7**-*537*
　芭蕉翁追善日記 …………［096］**3-2**-*7*
　百鳥譜 ……………………［043］**72**-*488*
香川 景樹
　詠草奥書 …………………［024］**〔3〕**-*101*
　歌学提要 …………………［067］**94**-*131*
　桂園一枝 …………………［030］**18**-*1*
　桂園一枝拾遺 ……………［030］**18**-*113*
　桂園遺文 …………………［061］**8**-*235*
　古今和歌集正義総論 ……［061］**8**-*225*
　土左日記創見 ……………［072］**〔28〕**-*147*
　新学異見 …………………………………
　　　［043］**87**-*563*,［061］**8**-*215*,［066］**50**
　-*583*
柿本 人麻呂
　柿本集 ……………………［036］**1**-*17*
　柿本人丸集 ………………［036］**1**-*11*
　柿本人麿集 ………………［036］**1**-*31*
柿本 謄丸
　風流廓中美人集 …………［038］**8**-*147*
嘉喜門院
　嘉喜門院集 ………………………………
　　　［030］**14**-*345*,［036］**5**-*339*
　嘉喜門院御集 ……………［074］**2**-*660*
牙琴
　禁現大福帳 ………………［038］**2**-*131*
愕隠慧
　南游稿 ……………………［029］**3**-*2631*
覚海
　覚海法橋法語 ……………［067］**83**-*55*
廓鶴堂 楽水
　吉原評判交代盤栄記 ……［038］**2**-*35*
覚賢恵空
　実語教諺解 ………………［041］**52**-*306*
　童子教諺解 ………………………………
　　　［041］**52**-*321*,［041］**52**-*345*

覚綱
　覚綱集 ……………………… [036] 2-722
鶴寿軒 良弘
　俳諧高大鶯 ………………… [059] 11-271
覚性法親王
　出観集 ……………………… [036] 2-567
覺超僧都
　弥陀如来和讃 ……………… [062] 4-17
覺鑁上人
　御影供導師教化 …………… [062] 4-210
　無常導師教化 ……………… [062] 4-210
　龍女教化 …………………… [062] 4-210
格宮御方
　桂紀行(宝暦五年三月) …… [017] 1-388
鶴鳴堂主人
　鳥辺山調綾 ………………… [041] 80-373
廓遊斎 都生
　傾城三略巻 ………………… [038] 29-353
閣連坊
　三都仮名話 ………………… [038] 11-127
荷今
　あら野 ……………………… [041] 70-57
花月庵 堀舟
　夢の鱶拍子 ………………… [038] 26-181
花月坊
　捷逕早大通 ………………… [038] 14-287
加古 千賀
　壺坂霊験記(壺坂) ………… [100] 7-339
笠縫 専助
　助六所縁江戸桜 …… [100] 18-125ら
花讃女
　花讃女句集(萩陀羅尼) …… [008] 4-485
花山亭 笑馬
　青楼快談玉野語言 ………… [038] 27-97
　東海道中滑稽譚(天保六年秋序)
　　…………………………… [082] 16-43
賀子
　蓮実 ………………………… [041] 71-261
柏木 如亭
　如亭山人遺藁 ……………… [041] 64-69
柏崎 永以
　古今沿革考 ………………… [070] I-17-1
　古老茶話 …………………… [070] I-11-1
梶原 緋佐子
　梶原緋佐子「逢坂越え」…… [074] 6-626
春日舎 復古
　商売百物語 ………… [045] III-45-113
春日亭 花道

花の咲(享和三年正月刊) …… [082] 14-104
荷田 春満
　春葉集 ……………………… [030] 15-265
　創学校啓 …………………… [069] 39-329
　創学校啓草稿本 …………… [069] 39-442
　万葉集童子問 ……………… [094] 2-211
　万葉集僻案抄 ……………… [094] 2-63
荷田 在満
　国家八論 …………………… [043] 87-511
　国歌八論 ……………………
　　[061] 7-81, [066] 50-531, [067] 94
　　-45, [094] 13-219
　国歌八論再論 ……………… [061] 7-108
荷田 蒼生子
　歌の判の奥にかける詞 …… [008] 3-658
　をちの大徳の一周忌に …… [008] 3-661
　荷田蒼生子「杉のしづ枝」… [074] 3-151
　御風が歌と白菊の花一本持来りしに引
　　かへて書きたる詞 ……… [008] 3-660
　紅梅をめづる詞 …………… [008] 3-655
　釈艮正大徳の家の集の序 … [008] 3-664
　消息 ………………………… [008] 3-664
　杉のしづ枝 ……………………
　　[008] 4-175, [030] 15-630
　千蔭につかはす …………… [008] 3-656
　縫子の許へ ………………… [008] 3-661
　初雁を待つ詞 ……………… [008] 3-659
　政弼をいたむ ……………… [008] 3-663
荷田 真崎
　杉浦国頭室荷田真崎子遺詠 … [074] 4-27
片山 廣子
　片山広子「翡翠」「野に住みて」
　　…………………………… [074] 6-233
花鳥山人
　傾城蜂牛伝 ………………… [038] 12-247
葛 子琴
　赤 …………………………… [007] 6-135
　雨 …………………………… [007] 6-142
　稲荷山十二景。祠官荷田子成の索めに
　　応ず其の半を録す(うち二首) [007] 6-147
　咏物(五首、うち二首)神山公倫の集い
　　に、諸子と同に五色を分ち賦し以って主に贈る
　　…………………………… [007] 6-135
　家児の誕辰に諸君を招飲し、謾
　　…………………………… [043] 86-477
　季冬 ………………………… [007] 6-161
　癸卯狗日、淀川舟中口占 二首
　　…………………………… [007] 6-156
　京に遊ぶの作 五首(うち二首)
　　…………………………… [007] 6-163
　魚胎乾 ……………………… [007] 6-144

御風楼、諸子を邀え、黄薇の岡元齢の
　母氏六十の寿を賦す ……… [007] 6-38
慧超師の病いを訪う。途中口占
　…………………………… [007] 6-64
子明家園の連翹 ……………… [007] 6-159
港口に舟を泛ぶ ……………… [007] 6-124
甲申早春、江楼に登る今茲の春、韓客
　将に至らんとす ………… [007] 6-116
光明寺。諸友と同に賦す。映字を得た
　り ………………………… [007] 6-3
子岳・千秋至る ……………… [007] 6-128
子原席上、重ねて礼卿に贈る
　…………………………… [007] 6-20
孤城。水気多し ……………… [007] 6-155
籠中の鳥を賦し得たり ……… [007] 6-68
小山伯鳳牛肉一臠を恵まる。係くるに
　詩を以ってす。此れを賦し酬い謝す [007]
　6-50
金剛山に登る ………………… [007] 6-130
祭詩の作丙戌の除夜 ………… [007] 6-46
歳首、病いに臥す …………… [007] 6-59
山正懇詩を寄せて、以って予に近什を
　求む。此れを賦して答謝す [007] 6-126
十七夜、了徳院に遊び、千秋・汝庸・雄
　飛と同に賦す …………… [007] 6-93
秋夜舟中より曾応聖に贈る … [007] 6-23
首夏竹飲 ……………………… [007] 6-80
汝庸・雄飛と偕に、小曾根の西福寺に
　遊ぶ 七首（うち一首） … [007] 6-66
白 ……………………………… [007] 6-138
人日、混沌社席上、城子邁の京に入る
　を贈別し、諸詞盟と同に賦す。体を五言古
　に分つ …………………… [007] 6-10
人日、清静所に集い会す。西孟清が齎
　す所の洞庭図巻を観る行 [007] 6-28
杉間の青楓 …………………… [007] 6-150
歳暮、偶ま書す ……………… [007] 6-133
雪意 …………………………… [007] 6-62
仙祠 …………………………… [007] 6-151
某の野田の幽居 ……………… [007] 6-97
玉江橋成る …………………… [007] 6-118
玉江橋にて、武庫渓の花火を望む
　…………………………… [007] 6-165
端午後一日、芥元章過ぎらる。留め酌
　す ………………………… [007] 6-47
竹窓印月 ……………………… [007] 6-82
剣巌の蒼苔 …………………… [007] 6-147
庭中の花卉を分ち、杜鵑花を賦し得た
　り ………………………… [007] 6-146
田礼夫訪わる。時に微恙有り。治を求
　め、詩を求む。因りて此れを賦し贈る ……
　…………………………… [007] 6-56
冬日書懐 二首（うち一首） ‥ [007] 6-122

冬夜、公倫過ぎらる。千秋尋いで至り、
　小飲す …………………… [007] 6-89
冬夜、子明を訪う。子明の詩先ず成る。
　筆を走せ次韻す ………… [007] 6-54
浪華四時詞十二首中、首尾二を録す
　…………………………… [007] 6-160
鳴門翁に過ぎる ……………… [007] 6-166
屏風巌 ………………………… [007] 6-52
鬼灯 …………………………… [007] 6-140
暮春、子原・道隆を邀えて隣園の花を
　賞す。児輩も亦た焉れに従う 二首（うち一
　首） ……………………… [007] 6-154
北海亭に藪士厚を送る ……… [007] 6-85
松枝月を撐うるの画に題す ‥ [007] 6-153
孟春 …………………………… [007] 6-160
幽暢園の作 …………………… [007] 6-151
頼千秋、浪華春望の作有り。十三罩に
　て二十韻を押す。萱銭塘之れに和するに三
　肴を以ってす。千祺は俊秀、銭塘は老錬、
　各其の妙を極む。予も亦た之れが響きに傚
　わんと欲す。而れども険韻は予の能わざる
　所なり。因りて十灰を採り、賦して以って
　二君に呈す ……………… [007] 6-70
頼千秋を送る ………………… [007] 6-103
礼卿と偕に南禅寺前の旗亭に飲す
　…………………………… [007] 6-162
和歌の浦に遊ぶ ……………… [007] 6-60

藤 知文
東夷周覧稿 ……………… [017] 2-512

勝 俵蔵→**鶴屋南北（つるや・なんぼく）**
を見よ

勝井 源八
藤娘（歌えすがえす余波大津絵）
　…………………………… [100] 19-157

勝田 半斎
貧政 …………………………… [047] 10-359

桂 誉重
済生要略 ……………………… [069] 51-245

桂 文治
新選謄の宿かえ（文化九年正月刊）
　…………………………… [082] 14-276

桂 文来
春興噺万歳（文政五年正月刊）
　…………………………… [082] 15-153

桂井 酒人
感跖酔裏 ……………………… [038] 3-181

桂川 中良
桂林漫録 ……………………… [070] I-2-277

桂山 彩巌
赤石の梁蜺岩に答ふ ……… [043] 86-370

蛍沢に至りて故配大須加氏を
　　…………… [043] **86**-370
丹子明の松城に還るを送る
　　…………… [043] **86**-368
八嶋懐古 ………… [043] **86**-369

加藤 枝直
　あづま歌 ……………… [030] **15**-341

加藤 景範
　間思随筆 ………………… [047] **5**-1

加藤 千蔭
　うけらが花 ……………… [030] **16**-179
　答小野勝義書 …………… [061] **8**-109
　真幸千陰歌問答 ………… [061] **8**-104

加藤 磐斎
　新古今増抄 ………………
　　[054]〔23〕-19, [054]〔23〕-40, [054]
　　〔23〕-47, [054]〔23〕-164, [054]〔23〕
　　-237, [054]〔24〕-7, [054]〔24〕-165,
　　[054]〔27〕-7, [054]〔27〕-144
　清少納言枕草紙抄 ……… [072]〔15〕-31

加藤 良斎
　一昔話 …………………… [047] **7**-1

楫取 魚彦
　楫取魚彦歌集 …………… [030] **15**-731
　楢乃嬬手 …… [094] **14**-119, [094] **15**-5

仮名垣 魯文
　佐世身八開伝 …………… [090] **2**-191
　粋興奇人伝 ……………… [068] 下-317
　成田道中記（成田道中膝栗毛）
　　…………………………… [042] **3**-9

金沢 竜玉
　積情雪凡貫（乳もらい） … [100] **14**-253
　渡雁恋玉章（雁のたより）‥ [100] **14**-225

金子 吉佐衛門
　耳塵集 …………………… [033] **36**-232

金子 吉左衛門
　耳塵集 …………………… [067] **98**-327

加納 諸平
　解題 物語考 …………… [072]〔32〕-1
　柿園詠草 ………………… [030] **19**-175

南瓜蔓人
　通妓酒見穿 ……………… [038] 補1-403

鎌田 柳泓
　朱学弁 …………………… [069] **42**-299
　心学奥の桟 ……………… [069] **42**-405
　心学五則 ………………… [069] **42**-357
　理学秘訣 ………………… [069] **42**-375

上村 観光
　五山詩僧伝 ……………… [029] 別1-303

神谷 養勇軒

新著聞集 ………………………………
　[065] **1**-204, [065] **3**-182, [070] Ⅱ-5-231

亀井 昭陽
　読弁道 …………………… [069] **37**-385

亀井 南冥
　甘棠の火を免るるを聞き
　　…………………………… [043] **86**-484
　癸巳除日の前の一夕、余、俗事の為に
　　困憊して仮寐す。夢に阪子産・邑子冠来り
　　話す。時に白石子春、浪華より発するの書
　　適ま至る。子冠旁より之を観て、書中の事
　　を問う。瀬巨海、坐に在り、子冠の為に之
　　を通ず。言未だ畢るに及ばずして覚む。因
　　りて感有り、此を賦して巨海に示す ……
　　…………………………… [005] **1**-247
　錦帯橋 …………………… [005] **1**-263
　寓興 ……………………… [005] **1**-301
　雑詩 ……………………… [005] **1**-306
　詩榻遷坐 ………………… [005] **1**-308
　紫冥大夫に謝し呈す并びに叙
　　…………………………… [005] **1**-281
　手談もて機を息む ……… [005] **1**-297
　即事 ……………………… [005] **1**-303
　東肥の米大夫の豪潮師を送るの作に次
　　韻す ……………………… [005] **1**-299
　華岡の客舎にて前遊を憶いて寐ねず、
　　偶然に咏を成し、贈りて徳府の諸友に謝す
　　…………………………… [005] **1**-257
　春雨の歓并びに叙 ……… [005] **1**-269
　別後、懐を村大夫に寄す … [005] **1**-278
　木医官子卯の隠退を賀す并びに叙
　　…………………………… [005] **1**-295
　幽居三十一首（うち八首） … [005] **1**-283

亀田 鵬斎
　海を航して佐渡に到る … [005] **1**-56
　官無し …………………… [005] **1**-16
　吉祥閣に登る …………… [005] **1**-54
　帰田の作、時に年五十なり（五首、うち
　　一首） …………………… [005] **1**-32
　古意 ……………………… [005] **1**-11
　蝴蝶 ……………………… [005] **1**-39
　酒を飲む（五首、うち一首） … [005] **1**-13
　山中夜坐 ………………… [005] **1**-70
　秋日雑咏 ………………… [005] **1**-23
　春夜酔帰 ………………… [005] **1**-70
　畳山村居十二首、調を元体に倣う（十二
　　首、うち一首） ………… [005] **1**-22
　辛巳元旦 ………………… [005] **1**-72
　新春酔歌 ………………… [005] **1**-33
　酔言 ……………………… [005] **1**-14
　酔後漫吟 ………………… [005] **1**-4

作家名索引（原作者）　　　　　　からす

西備の菅礼卿贈らるる酬ゆ、兼ねて北
　条子譲に寄す …………………… [005] **1**-58
銭神を嘲ける ……………………… [005] **1**-6
某の蝦夷に使して帰るに逢う、因りて
　其の話を記す …………………… [005] **1**-40
大風行 ……………………………… [005] **1**-63
剣を撫す（二首） ………………… [005] **1**-17
春吟 ………………………………… [005] **1**-71
備前の仁科正夫に贈る …………… [005] **1**-50
富岳を望む ………………………… [005] **1**-10
浮世 ………………………………… [005] **1**-48
放歌 …………… [005] **1**-19, [005] **1**-30
戊申除夕 …………………………… [005] **1**-3
孫を挙ぐ（三首、うち一首） …… [005] **1**-46
漫吟 ………………………………… [005] **1**-25
友人と飲む ………………………… [005] **1**-37
老大 ………………………………… [005] **1**-74

亀山天皇
　亀山院御集 ……………………… [036] **4**-652

賀茂 季鷹
　雲錦翁家集 ……………………… [030] **17**-663

鴨 長明
　伊勢記 …………………… [044] 〔**15**〕-66
　瑩玉集 …………………………… [061] **3**-321
　鴨長明集
　　[030] **14**-111, [063] 〔**27**〕-215
　正治二年第二百首 ……… [063] 〔**27**〕-230
　長享本方丈記 …………… [063] 〔**27**〕-97
　長明集 …………………………… [036] **3**-344
　長明無名抄 ……………………… [061] **3**-277
　方丈記 ……………………………………
　　[013] **18**-7, [014] **10**-11, [022] **12**-
　　125, [027] **7**-421, [033] **11**-233, [040]
　　〔**42**〕-13, [041] **39**-1, [043] **44**-13,
　　[044] 〔**15**〕-13, [049] 〔**15**〕-9, [060]
　　7-85, [063] 〔**27**〕-75, [066] **27**-27,
　　[067] **30**-23, [071] **26**-3, [073] **2**-
　　411
　延徳本方丈記 …………… [063] 〔**27**〕-105
　発心集 ……………………………………
　　[013] **23**-125, [040] 〔**42**〕-41, [049]
　　〔**15**〕-61, [065] **1**-81
　真字本方丈記 …………… [063] 〔**27**〕-112
　無名抄 ……………………………………
　　[044] 〔**15**〕-58, [044] 〔**15**〕-62, [044]
　　〔**15**〕-68, [044] 〔**15**〕-70, [044] 〔**15**〕
　　-74, [044] 〔**15**〕-76, [063] 〔**27**〕-133,
　　[067] **65**-35

賀茂 成助
　賀茂成助集 ……………………… [036] **2**-352

賀茂 真淵
　県居歌道教訓 …………………… [061] **7**-236

あがた居の歌集 …………………… [041] **68**-1
岡部日記 …………………………… [041] **68**-127
歌意考 ……………………………………
　[024] 〔**3**〕-92, [043] **87**-547, [066]
　50-567, [067] **94**-73, [069] **39**-348,
　[094] **4**-177
歌意考（精選本） ………………… [061] **7**-211
歌意考（草稿本） ………………… [061] **7**-200
賀茂翁歌集 ………………………… [030] **15**-485
語意考 ……………………………… [069] **39**-394
国意考 ……………………………… [069] **39**-374
国歌八論余言拾遺 ………………… [061] **7**-116
国歌論臆説 ………………………… [061] **7**-127
古風小言 …………………………… [061] **7**-230
邇飛麻那微 ………………………… [069] **39**-357
旅のなぐさ ………………………… [041] **68**-107
にひまなび ………………………… [061] **7**-218
八論余言拾遺 ……………………… [094] **13**-311
再奉答金吾君書 …………………… [061] **7**-147
書意 ………………………………… [069] **39**-444
文意考 ……………………………… [069] **39**-340
万葉集大考 ………………………… [094] **4**-147

蒲生 貞秀
　貞秀朝臣集 ……………………… [036] **7**-1632

蒲生 智閑
　蒲生智閑和歌集 …………………………
　　[036] **6**-548, [053] **2**-6

鹿持 雅澄
　巷謡篇 ……… [062] **7**-16, [062] **7**-377
　巷謡編 …………………… [041] **62**-227
　山斎歌集 ………………………… [030] **19**-1
　土佐日記地理弁 ………… [072] 〔**28**〕-515
　南京遺響 ……… [062] **2**-1, [062] **2**-1

賀茂保憲女
　賀茂女集 ………………………… [036] **1**-599
　賀茂保憲女集 ……………………………
　　[073] **12**-827, [074] **2**-581
　加茂保憲女集 …………………… [036] **1**-590

賀陽 豊年
　諸友の唐に入るに別る …… [043] **86**-47

茅原 元常
　東藩日記 ………………………… [017] **2**-305

可遊斎
　詼楽詑論談 ……………………… [038] **2**-61

花洛隠士 音久
　怪醜夜光魂 ……………………… [065] **3**-153

唐洲
　曽我糠袋 ………………………… [038] **14**-165

烏丸 資慶
　三行記 …………………………… [041] **67**-93
　資慶卿口授 ……………………… [061] **6**-258

日本古典文学全集・内容綜覧　**671**

からす

資慶卿口伝 ……………… [061] **6**-*254*
資慶卿消息 ……………… [061] **6**-*256*

烏丸 光雄
光雄卿口授 ……………… [061] **6**-*270*

烏丸 光栄
打出の浜 ………………… [017] **1**-*250*
烏丸光栄歌道教訓 ……… [041] **67**-*169*
内裏進上の一巻 ………… [061] **6**-*508*
聴玉集 …………………… [061] **6**-*516*
和歌教訓十五個条 ……… [061] **6**-*506*

烏丸 光広
耳底記 …………………… [061] **6**-*142*
春の曙 …………………… [041] **67**-*1*

借着 行長
青楼阿蘭陀鏡 …………… [038] **17**-*85*

軽口耳秋
俗談口拍子 ‥ [068] 中-*169*, [082] **9**-*111*

川上 小夜子
川上小夜子「朝ごころ」 …… [074] **6**-*583*

かはきち
富岡八幡鐘 ……………… [009] **1**-*393*
富岡八幡鐘 ……………… [038] **21**-*375*

川口 好和
奇遊談 …………………… [070] **I**-*23*-*269*

川崎 重恭
鳥おどし ………………… [070] **III**-*11*-*457*

川路 聖謨
遊芸園随筆 ……………… [070] **I**-*23*-*1*

河島皇子
山斎 ……………………… [043] **86**-*26*

川尻 蕙洲
十寸見編年集 …………… [095] **10**-*221*

川尻 清潭
夕顔棚 …………………… [100] **24**-*305*

河津 美樹
しづのや歌集 …………… [030] **15**-*615*

河竹 新七（二代）
青砥稿花紅彩画 ………… [013] **30**-*377*
三人吉三廓初買 ………… [018]〔**1**〕-*123*

河竹 新七（三代）
江戸育御祭佐七（お祭佐七）
 ……………………… [100] **17**-*315*
怪異談牡丹灯籠（牡丹灯籠）
 ……………………… [100] **17**-*43*
籠釣瓶花街酔醒（籠釣瓶） ‥ [100] **17**-*111*
塩原多助一代記 ………… [100] **17**-*3*

河竹 黙阿弥
青砥稿花紅彩画（弁天小僧）
 ……………………… [100] **11**-*79*
網模様灯籠菊桐（小猿七之助）
 ……………………… [100] **23**-*33*
新古演劇十種の内茨木 … [100] **18**-*319*
かっぽれ（初霞空住吉） … [100] **24**-*213*
勧善懲悪覗機関（井村長庵） … [085] **5**-*1*
勧善懲悪覗機関（村井長庵）
 ……………………… [100] **10**-*203*
極附幡随長兵衛（湯殿の長兵衛）
 ……………………… [100] **12**-*3*
樟紀流花見幕張（慶安太平記）
 ……………………… [100] **23**-*175*
天衣粉上野初花 ………… [027] **12**-*397*
天衣紛上野初花（河内山と直侍）
 ……………………… [100] **11**-*281*
花街模様薊色縫（十六夜清心）
 ……………………… [100] **10**-*67*
三人吉三廓初買 ………………………
 [033] **26**-*306*, [040]〔**82**〕-*9*, [100]
 10-*11*
三人吉三巴白浪（三人吉三）
 ……………………… [085] **6**-*655*
四千両小判梅葉（四千両） ‥ [100] **12**-*65*
島衛月白浪（島ちどり） … [100] **12**-*295*
霜夜鐘十字辻筮 ………… [027] **12**-*409*
新皿屋舗月雨暈（魚屋宗五郎）
 ……………………… [100] **23**-*291*
水天宮利生深川（筆売幸兵衛）
 ……………………… [100] **12**-*255*
曽我綉俠御所染（御所の五郎蔵）
 ……………………… [100] **11**-*127*
小袖曽我薊色縫 ………… [067] **54**-*273*
歌舞伎十八番の内高時 … [100] **18**-*211*
蔦紅葉宇都谷峠（文弥殺し）
 ……………………… [100] **10**-*139*
新古演劇十種の内土蜘 … [100] **18**-*303*
梅雨小袖昔八丈（髪結新三）
 ……………………… [100] **11**-*183*
釣女（戎諧恋釣針） …… [100] **24**-*197*
八幡祭小望月賑（縮屋新助） ‥ [100] **11**-*3*
富士額男女繁山（女書生繁）
 ……………………… [100] **23**-*215*
船弁慶 …………………… [100] **18**-*235*
弁天娘女男白浪（白浪五人男）
 ……………………… [085] **6**-*571*
都鳥廓白浪（忍ぶの惣太） …… [100] **23**-*3*
処女翫浮名横櫛（切られお富）
 ……………………… [100] **23**-*135*
盲長屋梅加賀鳶（加賀鳶） ‥ [100] **12**-*125*
新古演劇十種の内戻橋 … [100] **18**-*333*
紅葉狩 …………………… [100] **18**-*249*
流星（日月星昼夜織分） … [100] **24**-*189*
連獅子（勢獅子巌戯） … [100] **19**-*301*

川野辺 寛
　閭里歳時記 ……………［047］別11-325

川端 千枝
　川端千枝「白い扇」 ………［074］6-388

川東 京伝
　軽世界四十八手 …………［038］18-343

河原 貞頼
　太平記年表 ………………［072］〔34〕-425

河原崎 権之助
　舞曲扇林 …………………［033］36-228

菅 茶山
　石 …………………………［007］4-80
　画に題す（三首、うち一首）‥［007］4-66
　江村の秋事 七首（うち五首）
　　………………………………［007］4-180
　遠州途上 …………………［007］4-102
　大猪川の歌（二首、うち一首）
　　………………………………［007］4-76
　大森 ………………………［007］4-92
　岡山道上 …………………［007］4-87
　開元の琴の歌。西山先生の宅にて、諸
　　士と同に、席上の器玩を分賦し、余は此れ
　　を得たり ……………………［007］4-33
　夏日雑詩 十二首（うち十一首）
　　………………………………［007］4-136
　家弟信卿の西山先生に従って書を読む
　　を送る ……………………［007］4-19
　感有り ……………………［007］4-163
　紀州の西山子絅に寄す …［007］4-3
　旧誌巻を読む ……………［007］4-195
　筥根の嶺に宿す …………［007］4-91
　苦寒 二首（うち一首）……［007］4-187
　月下の独酌 ………………［007］4-169
　五月、藩命を以て東都の邸に赴く。午
　　日、諸子来餞す …………［007］4-85
　今年癸未、雨ふらざること、四
　　………………………………［043］86-498
　御領山の大石の歌 ………［007］4-14
　雑詩 三首 …………………［007］4-25
　子成母に随って来りて詩有り。韻に依り
　　て以て呈す。日は中亥に値ふ［007］4-184
　秋日雑詠（十二首）………［007］4-110
　秋夜、姪孫を夢む 三首 …［007］4-94
　春日即事 …………………［007］4-68
　上巳、大猪水を渉りての作、伊勢の藤
　　子文を懐ふ ………………［007］4-98
　常遊雑詩 十九首（うち六首）
　　………………………………［007］4-60
　鈴木曹長の東都に之くを送る
　　………………………………［007］4-126
　摂州の路上 ………………［007］4-88

　千詩画の引、原雲卿の需めに応ず
　　………………………………［007］4-69
　即事 ………………………［007］4-54
　即事 二首（うち一首）……［007］4-82
　田井柳蔵、嘗て余に其の宅に觴す。今
　　茲に其の会飲図を製し、遥かに寄せて題す
　　るを索む ……………………［007］4-162
　玉水路上 …………………［007］4-53
　冬日雑詩 十首（うち一首）…［007］4-48
　悼亡（三首）………………［007］4-191
　玉蜀黍 ……………………［007］4-84
　冬夜の読書 ………………［007］4-81
　戸塚道中 …………………［007］4-97
　浪華 二首 …………………［007］4-51
　楠公墓下の作 ……………［007］4-121
　播州路上 …………………［007］4-50
　肥後の藪先生に寄す 二首 …［007］4-7
　備前路上 …………………［007］4-49
　独り閑窓に読む …………［007］4-194
　病中即事 二首 ……………［007］4-199
　病中の作 二首 ……………［007］4-176
　病中の雑詩 五首 …………［007］4-170
　富士の図 …………………［007］4-55
　伏水の道中 ………………［007］4-120
　筆のすさび
　　［033］35-254,［041］99-247,［070］
　　Ⅰ-1-73
　暮春 ………………………［007］4-56
　蛍 七首 ……………………［007］4-104
　茗水即事（二首、うち一首）…［007］4-93
　綿羊の図。横井司税の為に ‥［007］4-188
　木鳳の歌。儀満氏の為に ……［007］4-164
　森岡神童を悼む …………［007］4-152
　諸子と別れて後、木曾川を上る
　　………………………………［007］4-89
　油井以東、随処に岳を望むも、数日未
　　だ一班を見ず 二首（うち一首）［007］4-90
　頼子成、連りに伊丹酒を恵む。此れよ
　　り前に、西遊草を示さ見。此れを賦して併
　　せて謝す ……………………［007］4-146
　頼千齢の留春居に寄せ題す …［007］4-178
　栗山先生、諸韻士を招飲す。晋帥も亦
　　た焉に与る。此れを賦して呈し奉る［007］
　　4-57
　竜盤 ………………………［007］4-23

観阿
　自然居士 ……………………………………
　　［022］14-72,［050］下-1018,［071］
　　36-25,［103］2-153
　求塚 ………………………［033］20-54

観阿弥
　江口 …………………………………………

　　　　[040]〔58〕-191,[041] **57**-367,[043]
　　　　58-273,[103] **1**-282
　通小町 ....
　　　　[033] **20**-64,[041] **57**-155,[043] **59**
　　　　-196
　自然居士 ....
　　　　[033] **20**-129,[040]〔59〕-129,[041]
　　　　57-629,[043] **59**-149
　卒都婆小町 ....
　　　　[040]〔59〕-251,[041] **57**-434,[043]
　　　　59-116
　卒塔婆小町 .... [027] **12**-102
　松風 .... [027] **12**-26,[033] **20**-43
　求塚 .... [043] **59**-219
　吉野静 ..... [071] **36**-194,[103] **3**-550
閑言楽山人
　大通多名於路志 .... [038] **10**-209
寛江舎 蔦丸
　清楼色唐紙 .... [038] **28**-61
含弘堂 偶斎
　百草露 .... [070] **III**-11-1
閑谷
　閑谷集 .... [036] **3**-307
神沢 杜口
　翁草 ....
　　　　[070] **III**-19-1,[070] **III**-20-1,
　　　　[070] **III**-21-1,[070] **III**-22-1,
　　　　[070] **III**-23-1,[070] **III**-24-1
歓笑処士
　笑林広記鈔(安永七年刊) .... [082] **20**-299
関深
　本朝楽府三種合解東遊 .... [062] **2**-4
關深
　本朝楽府三種合解東遊 .... [062] **2**-399
観世 小次郎信光
　安宅 .... [027] **12**-137,[033] **20**-150
　船弁慶 ...... [027] **12**-160,[043] **59**-486
　紅葉狩 ...... [033] **20**-188,[043] **59**-474
観世 十郎元雅
　歌占 .... [103] **1**-212
　墨田川 .... [027] **12**-93
　隅田川 .... [043] **59**-48
　盛久 ... [040]〔60〕-313,[043] **59**-326
　弱法師 .... [043] **59**-137
観世 長俊
　江島 .... [103] **1**-287
　大社 .... [103] **1**-339
　大聖寺 .... [103] **2**-399
　輪蔵 .... [103] **3**-587
観世 信光
　安宅 ....
　　　　[040]〔58〕-45,[041] **57**-133,[043]
　　　　59-354
　大蛇 .... [103] **3**-664
　皇帝 .... [040]〔59〕-71
　玉井 .... [041] **57**-477,[103] **2**-541
　張良 .... [041] **57**-514
　舟弁慶 ....
　　　　[040]〔60〕-201,[041] **57**-346
　紅葉狩 ....
　　　　[040]〔60〕-301,[041] **57**-187,[103]
　　　　3-448
　盛久 .... [041] **57**-421,[103] **3**-452
　遊行柳 ....
　　　　[040]〔60〕-377,[041] **57**-313,[103]
　　　　3-516
　吉野琴 .... [103] **3**-546
　吉野天人 .... [103] **3**-552
　弱法師 .... [103] **3**-564
観世 元能
　世子六十以後申楽談儀 ....
　　　　[013] **24**-406,[040]〔61〕-171
玩世教主
　小説 白藤伝 .... [042] **2**-99
　唐詩笑 .... [041] **82**-45
玩世道人
　閑居放言 .... [038] **4**-231
神田 あつ丸
　せいろう夜のせかい闇明月 ...... [038] **18**-91
環仲仙い三
　座狂はなし(享保十五年刊) ... [082] **7**-200
閑亭主人
　万灯賑ばなし初・二編(五年正月序)
　　　　.............................. [082] **19**-133
関東米
　客衆一華表 .... [038] **19**-195
　玉之帳 .... [038] **19**-213
　品川海苔 .... [038] **19**-323
　取組手鑑 .... [038] **16**-89
菅野 清子
　菅野清子「風花」 .... [074] **6**-653
喚誉
　満霊上人徳業伝 .... [045] **III**-44-383
元来庵 介米
　幾夜物語 .... [083] **5**-145
甘露庵 蜂満
　一向不通替理善運 .... [009] **1**-321
　青楼惣多手買 .... [038] **19**-341
　替理善運 .... [038] **14**-97
顔魯公

作家名索引（原作者）　　きおん

天台智者大師画讃 ……………[062] 4-11
感和亭 鬼武
　復讐鴨立沢 ……………[045] Ⅰ-25-133
　旧観帖 ………………………………………
　　[045] Ⅰ-19-167, [045] Ⅰ-19-205,
　　[045] Ⅰ-19-249

【き】

旡々道人
　異素六帖 ……………………[041] 82-1
紀 海音
　傾城三度笠 …………………………………
　　[040]【74】-105, [066] 45-145
　心中二つ腹帯 ………………[085] 3-767
　袂の白しぼり ………………………………
　　[018]〔1〕-36, [066] 45-93
　三勝半七二十五年忌　[066] 45-245
　八百屋お七 ・[067] 51-69, [085] 3-713
　椀久末松山 …………………[066] 45-53
紀 貫之
　大井川行幸和歌序 ………[063]〔3〕-113
　古今六帖 ……………………[073] 13-2
　古今和歌集序 ………………………………
　　[024]〔3〕-8, [061] 1-37, [063]〔3〕
　　-105
　古今和歌六帖 ………………………………
　　[030] 9-213, [073] 13-1
　三月三日紀師匠曲水宴序
　　…………………………[063]〔3〕-127
　自撰本貫之集 ………[063]〔3〕-131
　新選和歌序 ………………[061] 1-44
　新撰和歌序 ………………[063]〔3〕-115
　貫之集 ………………………………………
　　[001] 4-95, [036] 1-276, [036] 1
　　-301, [036] 1-304, [040]〔11〕-51,
　　[073] 11-247, [073] 12-729
　貫之全歌集 …………[063]〔3〕-137
　天慶二年二月二十九日紀貫之家歌合
　　…………………………[063]〔3〕-122
　天慶八年梁簡ノ銘 ………[063]〔3〕-119
　土佐日記 ……………………………………
　　[013] 10-7, [022] 7-5, [033] 8-3,
　　[040]〔11〕-9, [041] 24-3, [043] 13-
　　9, [049]〔6〕-9, [063]〔3〕-71, [066]
　　9-29, [073] 2-1
　土左日記 …[067] 20-27, [071] 6-227
紀 徳民
　遊松島記 ……………………[017] 1-475

紀 友則
　寛平御時后宮歌合 …………………………
　　[030] 9-801, [043] 11-443, [066] 7
　　-433, [073] 13-581, [073] 13-26
　古今和歌集 ………………[027] 9-1
　とものり …………………[036] 1-169
　友則集 … [073] 12-525, [073] 12-750
紀 淑望
　古今和歌集序 ………………[061] 1-37
紀 上太郎
　糸桜本町育 …………[045] Ⅰ-15-79
　碁太平記白石噺 ……………………………
　　[043] 77-459, [100] 7-203
　志賀の敵討 …………[045] Ⅰ-15-7
徽安門院一条
　徽安門院一条集（貞和百首歌）
　　………………………………[074] 2-667
紀伊 →祐子内親王家紀伊（ゆうしないし
　んのうけのきい）を見よ
紀伊国造俊長
　紀伊国造俊長集 ……………[036] 5-345
義運
　義運集 ………………………[036] 5-874
祇園 梶
　梶の葉 ………………………[008] 4-55
祇園 南海
　秋菊 …………………………[007] 3-182
　乙酉試筆 ……………………[007] 3-326
　雨伯陽の馬島に之くを送る・[007] 3-320
　詠懐 二首 …………………[007] 3-306
　画山水 ………………………[007] 3-257
　画山水に題す ………………[007] 3-287
　紀川即事 ……………………[007] 3-322
　紀三井寺八景（うち二首）…[007] 3-227
　己酉中秋 ……………………[007] 3-331
　偶作 …………………………[007] 3-278
　候家の雪 ……………………[007] 3-272
　庚申の夏、余 罪を南海に竢つ。鬱鬱と
　　して一室に居る。六月溽暑、中夜寐られ
　　ず。因りて江都の旧游を思う …[007]
　　3-188
　江南の歌 并びに序（十二首のうち二首）
　　………………………………[007] 3-296
　古詩 …………………………[007] 3-201
　古寺即事 ……………………[007] 3-247
　金龍台、酔後の作 …………[007] 3-314
　山斎即事 ……………………[007] 3-292
　潮 山門を撲つ ……………[007] 3-230
　詩学逢原 ……………………[067] 94-221
　詩画の歌 ……………………[007] 3-232
　品河駅 ………………………[007] 3-294

日本古典文学全集・内容綜覧　　675

きおん

秋日、明光浦に遊ぶ ……… [007] **3**-254
春日客懐 …………… [007] **3**-264
春水 …………… [007] **3**-185
春暮、城西に遊ぶ …… [007] **3**-210
湘雲居 六題 并びに序（うち一首）
　　　…………………… [007] **3**-275
新涼 郊墟に入る ……… [007] **3**-258
水村の寒梅 ……………… [007] **3**-252
石処士を哭す …………… [007] **3**-249
窓梅 ……………………… [007] **3**-276
即事。香山の体に倣う … [007] **3**-328
邨居積雨 ………………… [007] **3**-324
丁未の中秋、諸子と明光浦に泛ぶ
　　　…………………… [007] **3**-212
田藍田の京師に遊ぶを送る [007] **3**-203
擣衣 ……………………… [007] **3**-289
東叡に遊ぶ。常建の体に倣う
　　　…………………… [007] **3**-205
濤声 ……………………… [007] **3**-335
冬夜の偶作 ……………… [007] **3**-194
七家の雪 并びに引（七首のうち一首）
　　　…………………… [007] **3**-267
猫を悼む ………………… [007] **3**-241
梅林の軽雨 ……………… [007] **3**-183
賦して「南浦に佳人を送る」を得たり
　　　…………………… [007] **3**-284
辺馬 帰思有り ………… [007] **3**-262
戊戌十月十一日、夜 夢に雨伯陽と山寺
に遊ぶ。朝鮮の李東郭も亦た至る。茶談
に時を移し、語嘆老に及ぶ。予因りて一絶
を賦し、李和して将に成らんとするとき、已
に覚めたり。予の詩は寤めて之を記せしな
り ……………………… [007] **3**-333
明光夜鶴 ………………… [007] **3**-227
木恭靖公 諸子と臨まる。恭しく厳韻に
次す …………………… [007] **3**-244
雪娘の画ける昭君の図に題す
　　　…………………… [007] **3**-285
葉声 ……………………… [007] **3**-295
洛陽道 …………………… [007] **3**-179
龍泉に浴する途中の作 … [007] **3**-196
龍泉の雨夜 ……………… [007] **3**-282
祇園 南海
新井使君、六十の華誕、恭し
　　　…………………… [043] **86**-358
己巳歳初の作 …………… [043] **86**-361
孔雀を詠ず ……………… [043] **86**-356
老矣行 …………………… [043] **86**-357
祇園 百合
一峰におくる …………… [008] **3**-632
其角 →宝井其角（たからい・きかく）を
見よ

戯家山人
仲街艶談 ‥ [009] **1**-489, [038] **17**-327
菊 大朔
遊郭擲銭考 …………… [038] **4**-83
菊岡 沾涼
諸国里人談 …………… [065] **1**-199
本朝世事談綺 ………… [070] **II**-12-417
菊岡 沾涼
諸国里人談 …………… [070] **II**-24-413
菊池 寛
藤十郎の恋 …………… [100] **25**-81
菊池 五山
五山堂詩話 …………………
　　　[041] **65**-155, [041] **65**-523
菊池 袖子
菊池袖子「菊園集」 …… [074] **3**-256
菊地 槙
相豆紀行 ……………… [017] **2**-226
菊亭 香織
廓早引うかれ鳥 ……… [038] **23**-257
義雲 雲歩
因果物語 ……………… [065] **3**-42
菊屋 蔵伎
娼家用文章 …………… [038] 補1-469
花折紙 ………………… [038] **22**-135
季弘大叔
蔗庵遺藁 ……………… [028] **6**-273
松山序等諸師雑稿 …… [028] **6**-329
木崎 雅興
大和物語虚静抄 ……… [072] 〔30〕-251
如月 寿印
中華若木詩抄 ………… [041] **53**-3
奇山
聞上手 ………………… [068] 中-149
喜至
冠独歩行 ……………… [059] **11**-363
岸 識之
桑楊庵一夕話 ………… [070] **II**-13-303
岸田 杜芳
草双紙年代記 ………… [041] **83**-343
岸本 由豆流
土佐日記考証 ………… [072] 〔28〕-1
万葉集攷証 …………… [094] **18**-273
義笑
絵本軽口福笑（明和五年正月刊）
　　　…………………… [082] **17**-3
希世霊彦
希世霊彦集拾遺 ……… [028] **2**-495
村庵藁 ………………… [028] **2**-165

きせ子
　亀屋久右衛門に送る文 …… ［008］**3**-*643*

喜撰
　倭歌作式 ……………………… ［061］**1**-*18*

北 静廬
　梅園日記 …………………… ［070］**III**-*12*-*1*

北 全交
　形容化景唇動鼻下長物語 …… ［043］**79**-*195*

北尾 重政
　虚言八百万八伝 …………… ［066］**46**-*87*
　遊妓寔卵角文字（女郎／誠心玉子の角文
　　字） ………………………… ［066］**46**-*179*
　夫ハ小倉山是ハ鎌倉山景清百人一首
　　 ………………………………… ［066］**46**-*105*

北尾 政演
　江戸生艶気樺焼 ……………… ［066］**46**-*117*
　御手料理御知而巳 大悲千禄本
　　 ………………………………… ［066］**46**-*139*
　手前勝手 御存商売物 ……… ［067］**59**-*87*

北尾 政美
　鸚鵡返文武二道 ……………… ［066］**46**-*159*

北風舎 煙癖翁
　諸生教訓都無知己問答 …… ［038］**29**-*239*

北川 美丸
　浮世風呂 ……………………… ［013］**34**-*209*

北畠 親子
　親子集 ………………………… ［036］**5**-*126*

北畠 親房
　真言内証義 …………………… ［067］**83**-*226*
　神皇正統記 …………………… ［067］**87**-*37*

北窓 後一
　奥州安達原（袖萩祭文）…… ［100］**5**-*3*
　日高川入相花王（日高川）… ［100］**6**-*115*
　由良湊千軒長者（山椒太夫）
　　 ………………………………… ［100］**6**-*157*

北見 志保子
　北見志保子「月光」 ………… ［074］**6**-*369*

北村 季吟
　新玉津島記 …………………… ［016］〔**1**〕-*9*
　新玉津島後記 ………………… ［016］〔**1**〕-*37*
　伊勢紀行 ……………………… ［016］〔**2**〕-*97*
　伊勢物語拾穂抄 ……………… ［072］〔**26**〕-*1*
　伊勢物語拾穂抄（翻刻）…… ［048］**6**-*1*
　孟蘭盆 ………………………… ［043］**72**-*431*
　北村季吟日記 寛文元年秋冬
　　 ………………………………… ［016］〔**2**〕-*1*
　増註源氏物語湖月抄 ………………
　　 ［072］〔**9**〕-*1*,［072］〔**10**〕-*1*,［072］
　　〔**11**〕-*1*
　紅葉 …………………………… ［043］**72**-*433*
　五月雨 ………………………… ［043］**72**-*429*
　三月尽 ………………………… ［043］**72**-*428*
　参宮記 ………………………… ［016］〔**2**〕-*123*
　残雪 …………………………… ［043］**72**-*427*
　自筆日記断簡 ………………… ［016］〔**2**〕-*87*
　初秋 …………………………… ［043］**72**-*430*
　歳暮 …………………………… ［043］**72**-*434*
　徒然草文段抄 ………………… ［072］〔**20**〕-*1*
　同所花草記 …………………… ［016］〔**1**〕-*21*
　同所奉納百首和歌 …………… ［016］〔**1**〕-*59*
　同所らくがき ………………… ［016］〔**1**〕-*31*
　橋柱の文台の記 ……………… ［016］〔**1**〕-*51*
　蛍 ……………………………… ［043］**72**-*429*
　枕草子春曙抄〔杠園抄〕…… ［072］〔**16**〕-*1*
　万葉集拾穂抄
　　 ［094］**12**-*227*,［094］**13**-*5*
　虫 ……………………………… ［043］**72**-*432*
　大和物語抄 …………………… ［072］〔**30**〕-*1*
　大和物語追考 ………………… ［072］〔**30**〕-*282*
　大和物語別勘 ………………… ［072］〔**30**〕-*271*
　山の井 ………………………… ［043］**72**-*427*
　右紙背消息 …………………… ［016］〔**2**〕-*49*
　和漢朗詠集註 …… ［062］**3**-*3*,［062］**3**-*85*

喜多村 節信
　万葉折木四哭考 ……………… ［094］**18**-*235*

喜多村 信節
　筠庭雑考 ……………………… ［070］**II**-*8*-*87*
　筠庭雑録 ……………………… ［070］**II**-*7*-*75*
　花街漫録正誤 ………………… ［070］**I**-*23*-*361*
　画証録 ………………………… ［070］**II**-*4*-*339*
　瓦礫雑考 ……………………… ［070］**I**-*2*-*79*
　き、のまにまに ……………… ［095］**6**-*45*

北村 久備
　すみれ草 ……………………… ［072］〔**7**〕-*1*

北山 久備
　勇魚鳥 ………………………… ［070］**II**-*7*-*157*

吉文字 市兵衛
　近代百物語 …………………… ［045］**II**-*27*-*277*

其摘
　軽口初売買 …………………… ［082］**8**-*3*

木戸 孝範
　孝範集 ………………………… ［036］**6**-*494*

城戸 千楯
　紙魚室雑記 …………………… ［070］**I**-*2*-*181*

几董
　菜の花やの巻（続明烏）…… ［043］**61**-*553*
　「冬木だち」の巻（も丶すも丶）
　　 ………………………………… ［043］**61**-*583*
　「牡丹散て」の巻（も丶すも丶）
　　 ………………………………… ［043］**61**-*567*

義堂 周信

きとう　　　　　　　　　作家名索引（原作者）

菅翰林学士の和せらるるに答 …………………… [043] **86**-228
遣悶。二首 ………………… [043] **86**-227
甲寅の十月、泊船庵に遊び古 …………………… [043] **86**-228
庚戌の除夜、春林園上人に …………………… [043] **86**-226
雪中に三友の訪ふを謝す … [043] **86**-229
丁未四月十日、寿福方丈、無 …………………… [043] **86**-225
天竜の火後、四州に化縁す。 …………………… [043] **86**-226

義堂周信
　空華集 …… [029] **2**-1327, [041] **48**-195

紀南子
　新宿穴学問 ……………… [059] **5**-239
　駅舎三友 ………………… [038] **9**-63

杵屋 正次郎（初代）
　鬼次拍子舞（月顔最中名取種）
　　……………………… [100] **19**-83

木下 勝俊
　九州の道の記 …………… [043] **48**-571
　拳白集 …………………… [030] **14**-783

木下 順庵
　慶安紀元、源京兆、一畝の地
　　……………………… [043] **86**-264

木下 幸文
　亮々遺稿 ………………… [030] **18**-383

木下 長嘯子
　山家記 …………………… [041] **67**-29

木下山人
　軽世界四十八手 ………… [038] **18**-343

紀の十字
　近江源氏湖月照 ………… [045] **I**-24-5

紀之長人
　十二時 …………………… [038] **29**-291

紀橋 柳下
　名所拝見 ………………… [038] **16**-335

紀尾 佐丸
　落咄福寿草（文政二年正月刊）
　　……………………… [082] **18**-126

吉備 真備
　乞骸骨表 ………………… [069] **8**-39
　私教類聚 ………………… [069] **8**-43

其鳳
　珍術罌粟散国 …………… [059] **3**-291

君島 夜詩
　君島夜詩「韓草」 ……… [074] **6**-465

木村 園夫

蝶花形恋哿源氏 ……… [045] **I**-23-307

木村 孔恭
　蒹葭堂雑録 ……………… [070] **I**-14-1

木村 富子
　黒塚 ……………………… [100] **24**-293
　高野物狂 ………………… [100] **24**-273
　小鍛治 …………………… [100] **24**-285

木村 正辞
　万葉集書目提要 ………… [094] **10**-161

木村重成室
　夫に贈る文 ……………… [008] **3**-612

木室 卯雲
　鹿の子餅 ………………………
　　[067] **100**-349, [068] 中-1, [082] **9**-3
　見た京物語 ……… [070] **III**-8-1

九淵龍賝
　葵斎手沢 ………………… [028] 別**2**-405
　九淵遺稿 ………………… [028] 別**2**-403

九尺庵蘭陵山人
　民和新繁 ………………… [068] 下-133

堯以
　万葉集秘訣 ……………… [094] **12**-5

強異軒
　弁蒙通人講釈 …………… [038] **9**-367

堯恵
　下葉和歌集 ……………… [036] **6**-433
　北国紀行 ………………… [041] **51**-433

堯慶
　松緑集 …………………… [061] 別**8**-561

供行
　当世粋の曙 ……………… [038] **26**-287

堯孝
　堯孝法印日記 …………… [036] **5**-451
　覧富士記 ………………… [043] **48**-455
　慕風愚吟集 ……………… [036] **5**-436

京極 爲顯
　為顕卿和歌抄 …………… [061] **4**-108

京極 為兼
　玉葉和歌集 ……………… [030] **6**-221
　為兼卿和歌抄 ……………………
　　[033] **36**-28, [067] **65**-153

紀洋子
　奇談新編（天保十三年序） …… [082] **20**-172

行仙
　念仏往生伝 ……………… [069] **7**-704

脺川子
　裸百貫 …………………… [038] **16**-271
　睟ヶ川後編真真の川 …… [038] **13**-65

行尊
 行尊大僧正集 ……………………
  [036] **2**-485, [036] **2**-494
暁台
 秋の日 …………………… [041] **73**-287
 雨月賦 …………………… [043] **72**-567
 蒿里歌 …………………… [085] **7**-766
行智
 童謡古謡 ………………… [041] **62**-349
鏡堂覺圓
 鏡堂和尚語録 …………… [028] **6**-363
凝然
 華厳法界義鏡 …………… [069] **15**-227
キャウ内侍
 キャウ内侍集 …………… [036] **7**-436
岐陽方秀
 不二遺稿 ………………… [029] **3**-2877
侠街 仲介
 瓢軽雑病論 ……………… [038] **5**-273
魚京
 初葉南志 ………………… [038] **9**-217
曲山人
 小さん金五郎仮名文章娘節用 ‥ [085] **8**-707
玉水館
 当世廓中掃除 …………… [038] **24**-299
曲亭 馬琴 → 滝沢馬琴（たきざわ・ばきん）を見よ
玉門舎
 風俗枕拍子 ……………… [084] **1**-191
清女
 うまきに送る文 ………… [008] **3**-665
清原 深養父
 深養父集 ……………………
  [036] **1**-192, [036] **1**-194, [036] **1**-195
清原 元輔
 元輔集 ……………………
  [036] **1**-514, [036] **1**-524, [036] **1**-534, [073] **12**-471, [073] **12**-742
虚来先生
 論語町 …………………… [038] **5**-293
きらく
 廓回粋通鑑 ……………… [038] **16**-179
危洛隠士音久
 怪醜夜光魂 ……………… [059] **4**-275
桐竹 紋十郎
 桐竹紋十郎手記 ………… [095] **12**-423
金錦佐恵流
 当世風俗通 ……………… [038] **6**-65

金錦先生
 後編風俗通 ……………… [038] **6**-271
金金先生
 当世気とり草 …………… [038] **5**-353
近仁斎 薪翁
 古今役者論語魁 ………… [069] **61**-463
金太楼
 花街滑稽一文塊 ………… [038] **24**-147
琴通舎 英賀
 茶番の正本 ……………… [045] **III**-45-165
欣堂 間人
 新作はなしのいけす（文政五年正月刊）
  ……………………………… [082] **18**-180
金龍山人谷峩
 落噺笑種蒔（安政三年正月序）
  ……………………………… [082] **16**-207
近路行者 → 都賀庭鐘（つが・ていしょう）を見よ

【く】

空阿彌陀仏
 文讃 ……………………… [062] **4**-52
空海
 三教指帰 ‥ [067] **71**-83, [067] **71**-473
 性霊集 ‥‥ [067] **71**-149, [067] **71**-493
 唐に在りて秖和尚の小山を観る
  ……………………………… [043] **86**-83
 南山中、新羅の道者に過ぎらる
  ……………………………… [043] **86**-82
 入山興 …………………… [043] **86**-83
 秘密曼荼羅十住心論 …… [069] **5**-7
 文鏡秘府論 ……………… [024] 〔**3**〕-18
空中楼 花咲爺
 俳諧発句一題噺（嘉永四年正月刊）
  ……………………………… [082] **18**-315
愚軒
 義残後覚 ………………… [065] **1**-167
九条 武子
 九条武子「金鈴」 ……… [074] **5**-351
九条 師輔
 九条右丞相遺誡 ………… [069] **8**-115
久須美 祐雋
 浪華の風 ………………… [070] **III**-5-387
楠本 碩水
 過庭余聞 ………………… [047] **3**-307

愚性菴 可柳
　東都一流江戸節根元集 ……… [095] **5**-*269*
くだかけのまだき
　粋のたもと ………………… [038] **9**-*171*
愚中周及
　廿余集抄 ………………… [041] **48**-*302*
　草余集 三巻 ……………… [029] **3**-*2267*
国枝 清軒
　武辺咄聞書 ……………… [001] **5**-*1*
邦輔親王
　邦輔親王集 ……………… [036] **7**-*622*
邦高親王
　邦高親王御詠 …………… [036] **6**-*892*
　式部卿邦高親王御集 …… [036] **6**-*930*
国永
　年代和歌抄 ……………… [036] **7**-*818*
邦房親王
　邦房親王御詠 …………… [036] **7**-*1009*
久保田 不二子
　久保田不二子「苔桃」 …… [074] **6**-*402*
熊谷 直好
　浦の汐貝 ………………… [030] **18**-*195*
　古今集正義序注追考 …… [061] **9**-*339*
　古今集正義総論補注 …… [061] **9**-*347*
　古今集正義総論補注論・同弁
　　……………………………… [061] **9**-*361*
　梁塵後抄 ……… [062] **2**-*3*, [062] **2**-*301*
熊坂 邦子彦
　西遊紀行 ………………… [017] **1**-*427*
熊沢 蕃山
　源氏外伝 ………………… [072] 〔**8**〕-*167*
　集義和書 ………………… [069] **30**-*7*
　集義和書（補） …………… [069] **30**-*357*
　大学或問 ………………… [069] **30**-*405*
倉地 与年子
　倉地与年子「白き征矢」 …… [074] **6**-*544*
倉成 龍渚
　対鷗楼閑話 ……………… [047] **5**-*31*
栗田 土満
　岡屋歌集 ………………… [030] **16**-*403*
栗原 潔子
　栗原潔子「寂寥の眼」 …… [074] **6**-*423*
栗原 信充
　先進繍像玉石雑誌 ……… [070] **II**-**9**-*1*
　又楽庵示蒙話 …………… [070] **I**-**17**-*289*
　柳庵雑筆 ………………… [070] **III**-**3**-*363*
　柳庵雑筆 ………………… [070] **II**-**17**-*189*
　柳庵随筆初編 …………… [070] **II**-**17**-*155*
　柳庵随筆余編 …………… [070] **II**-**18**-*1*

栗山 潜鋒
　保建大記 ………………… [069] **48**-*321*
廓集交
　面美多勤身 ……………… [009] **1**-*361*
　面美多通身 ……………… [038] **15**-*317*
廓通交
　面美多勤身 ……………… [009] **1**-*361*
　面美多通身 ……………… [038] **15**-*317*
暮々山人 → 仮名垣魯文（かながき・ろぶん）を見よ
黒川 道祐
　遠碧軒記 ………………… [070] **I**-**10**-*1*
黒川 春村
　墨水遺稿碩鼠漫筆 ……… [047] **7**-*21*
黒川 昌亨
　千載集雑部の二、三の問題
　　……………………………… [055] 別**1**-*380*
黒川 盛隆
　松の下草 ………………… [047] **8**-*131*
黒川 由純
　徒然草拾遺抄 …………… [072] 〔**18**〕-*1*
黒沢 翁満
　蘒姑射秘言 … [083] **1**-*97*, [090] **1**-*139*
黒住 宗忠
　黒住教教書 歌集〔附録〕伝 歌集
　　……………………………… [069] **67**-*45*
　黒住教教書 文集道の部 … [069] **67**-*71*
　日々家内心得の事 ……… [069] **67**-*44*
桑原 宮作
　伏枕吟 …………………… [043] **86**-*51*

【け】

慶 紀逸
　燕都枝折 ………………… [076] **7**-*451*
　俳諧金砂子 ……………… [059] **11**-*228*
　俳諧武玉川 ……………… [059] **11**-*1*
慶運
　慶運集 …………………… [036] **5**-*233*
　慶運百首 ………………… [041] **47**-*63*
　慶運法印集 ……………… [036] **5**-*225*
景戒
　日本霊異記
　　[014] **1**-*281*, [015] **8**-*13*, [024] 〔**4**〕
　　-*90*, [040] 〔**7**〕-*9*, [043] **10**-*15*, [065]
　　1-*11*, [066] **6**-*49*, [067] **70**-*49*, [044]

〔13〕- 18, [044]〔13〕- 128, [044]〔13〕- 274

慶山
　新噺庚申講(寛政九年初冬刊)‥[082] **13** - 119

景徐集麟
　翰林葫蘆集 ……………… [029] **4** - 1

慶政
　閑居友 ……………………… [041] **40** - 355

契沖
　円珠庵雑記 ……………… [070] **II** - 2 - 177
　河社 ……………………… [070] **II** - 13 - 1
　源注拾遺 ………………… [072]〔8〕- 1
　河社(抄) ………………… [061] **7** - 8
　古今和歌余材集 ………… [072]〔21〕- 1
　雑説(抄)—万葉代匠記総釈
　　……………………… [069] **39** - 309
　勢語臆断 ………… [072]〔26〕- 165
　漫吟集 …………………… [030] **15** - 185
　万葉代匠記〔初稿本・巻一上〕
　　……………………… [094] **13** - 119
　万葉代匠記(初稿本)惣釈(抄)
　　……………………… [061] **7** - 3
　万葉代匠記(精選本)惣釈(抄)
　　……………………… [061] **7** - 5
　和歌拾遺六帖 …………… [030] **9** - 899

慶融
　追加(慶融法眼抄) ……… [061] **3** - 402

鶏楼 五徳
　御晶屓咄の新玉(享和二年正月序)
　　……………………… [082] **14** - 80

雞肋斎 画餅
　富来話有智
　　[068] 中 - 343, [082] **10** - 64

計魯里観主人
　中古戯場説 ………………
　　[018]〔1〕- 146, [033] **36** - 237

撃鉦先生
　両巴巵言 ………………… [038] **1** - 15

解脱上人
　観音和讃 ………………… [062] **4** - 38

穴好
　芳深交話 …[038] **9** - 289, [059] **5** - 207

月江
　異説秘抄口伝巻 ………………
　　[046] **2** - 19, [046] **2** - 149, [054]〔17〕- 300
　玉林苑 …………………… [062] **5** - 145
　拾菓抄 …[054]〔17〕- 215, [062] **5** - 125
　撰要両曲巻 ………………
　　[046] **2** - 23, [046] **2** - 161, [054]〔17〕- 318
　別紙追加曲 ………………
　　[054]〔17〕- 234, [062] **5** - 136

月尋堂
　子孫大黒柱 ……………… [059] **2** - 470

元可
　公義集 …………………… [036] **5** - 212

源空上人
　涅槃和讃 ………………… [062] **4** - 34

源賢
　源賢法眼集 ……………… [036] **1** - 469

兼好法師 →卜部兼好(うらべ・かねよし)
を見よ

原雀
　傾城つれつれ草 ………… [038] **1** - 111
　吉原源氏六十帖評判 …… [038] **1** - 93

健寿御前
　健寿御前日記 …………… [063]〔24〕- 127

建春山人
　前々太平記 ……………… [045] **I** - 5 - 20

顕昭
　顕注密勘抄 ……………… [061] 別**5** - 137
　顕秘抄 …………………… [061] 別**5** - 1
　古今秘註抄 ……………… [072]〔21〕- 247
　後拾遺抄注 ……………… [061] 別**4** - 413
　袖中抄 …………………… [061] 別**2** - 1
　六百番陳状 ……………… [061] 別**5** - 65

源承
　和歌口伝(愚管抄) ……… [061] **4** - 1

献笑閣主人
　月下余情 ………………… [059] **5** - 250
　月花余情 ………………… [038] **3** - 103

献笑軒
　広街一寸間遊 …………… [038] **7** - 255

源信
　往生要集 …… [069] **6** - 7, [069] **6** - 323
　三十四箇事書 …………… [069] **9** - 151
　真如観 …………………… [069] **9** - 119
　本覚讃釈 ………………… [069] **9** - 101
　末文書簡 ………………… [069] **6** - 321
　六道講式 ………………… [062] **4** - 256

玄瑞
　本朝諸仏霊応記 ………… [045] **I** - 16 - 5

元政
　雨を苦しむ ……………… [007] **1** - 252
　韻を分ちて林の字を得たり [007] **1** - 299
　隠者に次韻す …………… [007] **1** - 285
　雨中 養寿庵に侍す ……… [007] **1** - 282
　欧陽が読書の詩に和す …… [007] **1** - 171

温泉の雑詠（十首、うち二首）
　………………………… [007] **1**-254
重ねて赤間に過る（三首、うち一首）
　………………………… [007] **1**-329
夏日の作 ………………… [043] **86**-278
客居　淹の字を得たり …… [007] **1**-224
閑居 ……………………… [043] **86**-282
関誉禅士の発韻に次韻す … [007] **1**-302
宜翁　茶を烹る ………… [007] **1**-232
饑年に感有り …………… [007] **1**-205
癸卯の孟夏二十七日、新天子極に登る。
　余、偶たま京師に在り。朝雨の後、天陰り
　日静かなり。枕に就て一覚す。起き来り独
　り笑いて作す ………… [007] **1**-240
偶興 ……………………… [007] **1**-231
偶書（二首、うち一首） …… [007] **1**-273
偶成 ……………………… [007] **1**-208
草山の偶興 ……………… [043] **86**-278
九条の旧業に遊びて関誉の韻を賡ぐ
　………………………… [007] **1**-305
向陽寮に遊びて「戸庭塵の雑る無く、虚
　室余閑有り」というを以て詩を賦す。閑の
　字を得たり（五首、うち一首） … [007]
　1-272
乞食。陶に和す ………… [007] **1**-266
山居 ……………………… [007] **1**-218
山居の偶題 ……………… [007] **1**-248
山居　廠の字を得たり　八首（うち三首）
　………………………… [007] **1**-318
山遊　渓の字を得たり（二首、うち一首）
　………………………… [007] **1**-203
慈忍霞谷に来りて詩を題す。韻に依り
　て之を示す …………… [007] **1**-246
慈忍に次韻す（二首、うち一首）
　………………………… [007] **1**-261
灼艾の吟 ………………… [007] **1**-227
十楽の詩　序あり ……… [007] **1**-331
舟中に飯を喫す ………… [007] **1**-229
拾得の韻を次ぐ（五十八首、うち三首）
　………………………… [007] **1**-292
春初　谷口に遊ぶ ……… [007] **1**-264
春夜寝ねず。戯れに袁中郎が漸漸の詩
　に和す ………………… [007] **1**-183
初秋の一律　奚疑子に贈る …… [007] **1**-216
諸弟と同じく、韻を分ちて助の字を
　………………………… [043] **86**-277
新居 ……………………… [007] **1**-200
睡起の即事 ……………… [007] **1**-284
線香 ……………………… [007] **1**-234
船中の口号 ……………… [007] **1**-230
早行 ……………………… [007] **1**-325
岬山の遠眺 ……………… [007] **1**-206

醍醐寺に登りて月を観る詩　五首（うち
　一首） ………………… [007] **1**-288
醍醐の道中（三首、うち一首）
　………………………… [007] **1**-328
谷口に遊ぶ ……………… [007] **1**-250
谷口の歌　序有り ……… [007] **1**-278
谷口の吟 ………………… [043] **86**-279
谷口の山翁、自ずから栗子と菊花とを
　袖にし来る。予、愛翫すること甚し。乃ち
　以て母に奉る。偶たま一詩を作る　[007]
　1-241
竹節 ……………………… [007] **1**-228
月夜の偶成（三首、うち一首）
　………………………… [007] **1**-249
土筆 ……………………… [007] **1**-313
庭岬　風の字を得たり … [007] **1**-323
桃花 ……………………… [007] **1**-314
銅駝坊にて石斎に会す。多の字を得た
　り ……………………… [007] **1**-235
灯に対す ………………… [043] **86**-273
夏向日陽房に会して、竹を洗して山を
　見る一律を賦す ……… [007] **1**-270
虹 ………………………… [007] **1**-312
白雲集を読みて対山の曲に和す
　………………………… [007] **1**-316
母に従つて祭を観る …… [043] **86**-280
晩歩 ……………………… [007] **1**-238
榧子 ……………………… [007] **1**-244
病臥 ……………………… [007] **1**-202
病中韻を分ちて驢の字を得たり
　………………………… [007] **1**-222
病中の吟 ………………… [007] **1**-286
病中の作 ………………… [007] **1**-297
病来（三首、うち二首） …… [007] **1**-321
風柳 ……………………… [007] **1**-210
癎を患う ………………… [007] **1**-220
蚊雷 ……………………… [007] **1**-236
平楽庵に過りて「詩を哦すれば清風空谷
　に起る」を以て韻と為し七絶を作る（七首、
　うち一首） …… [007] **1**-276
碧翁 ……………………… [007] **1**-327
暮景 ……………………… [007] **1**-212
暮春、吉田氏の園亭に登りて元贇と同
　じく題す ……………… [007] **1**-213
北峰に宿す ……………… [007] **1**-259
漫興 ……………………… [007] **1**-239
見延のみちの記 ………… [041] **67**-47
夜雪 ……………………… [007] **1**-260
李梁谿が酒を戒むる詩に和す　序を并せた
　り ……………………… [007] **1**-187
林間に葉を焼く（二首、うち一首）
　………………………… [007] **1**-258

臘廿七日、天暖かにして春の如し。谷
　口に遊びて巌の字を得たり　［007］**1**-*263*
路上の吟 …… ［007］**1**-*301*,［007］**1**-*326*
六甲山は、昔、神功皇后、三韓を
　……………………………… ［043］**86**-*279*
我に藜杖有り、提携すること三五
　……………………………… ［043］**86**-*275*

犬荘子
　胡蝶夢 ……………………… ［038］**8**-*49*

玄棟
　三国伝記 ………………………………
　　　　　［054］**〔6〕**-*41*,［054］**〔9〕**-*29*

見徳斎
　一の富 ……………………… ［068］下-*1*

乾峰士曇
　乾峰和尚語録 ……………… ［028］別**1**-*339*

元方正楞
　越雪集 ……………………… ［028］別**2**-*115*
　化縁 ………………………… ［028］別**2**-*161*
　江湖 ………………………… ［028］別**2**-*149*
　山門 ………………………… ［028］別**2**-*117*
　諸山 ………………………… ［028］別**2**-*133*
　同門 ………………………… ［028］別**2**-*154*

幻夢
　西鶴冥途物語 ……………… ［059］**3**-*1*

玄誉
　玄誉法師詠歌聞書 ………… ［036］**6**-*847*

彦龍周興
　彦龍周興作品拾遺 ………… ［028］**4**-*1159*
　一 …………………………… ［028］**4**-*831*

元隣
　恵比寿大黒棚 ……………… ［085］**7**-*684*
　宝蔵 ………………………… ［043］**72**-*437*
　筆 …………………………… ［043］**72**-*438*
　宝蔵序 ……………………… ［043］**72**-*437*

建礼門院右京大夫
　建礼門院右京太夫集 ……… ［074］**2**-*526*
　建礼門院右京大夫集 ………………
　　　［063］**〔69〕**-*83*,［014］**12**-*5*,［014］
　　　12-*367*,［036］**3**-*607*,［040］**〔47〕**-*7*,
　　　［067］**80**-*413*,［071］**18**-*215*

【こ】

恋川 春町
　大通惣本寺杜選大和尚無頼通説法
　……………………………… ［038］**8**-*283*
　鸚鵡返文武二道 ………………………

　……［043］**79**-*151*,［066］**46**-*159*,［085］
　　　8-*153*
親敵討腹鞁 …………………… ［066］**46**-*55*
金々先生栄花夢 ………………………
　　［033］**28**-*47*,［043］**79**-*15*,［066］**46**
　　-*41*,［067］**59**-*33*,［085］**8**-*37*
高漫斉行脚日記 ……… ［067］**59**-*47*
其返報怪談 …………………… ［041］**83**-*161*
夫ハ楠木是ハ嘘木無益委記 ・［066］**46**-*69*
春遊機嫌袋（安永四年正月刊）
　……………………………… ［082］**17**-*123*
百福物語（天明八年正月序）・［082］**12**-*102*
夫ハ楠木是ハ嘘木無益委記 …… ［085］**8**-*49*
悦鼠贔蝦夷押領 ……………… ［041］**83**-*277*

恋川 春町（二代）
　落咄駅路馬士唄二篇（文化十一年正月刊）
　……………………………… ［082］**15**-*23*

恋川 行町
　百福物語（天明八年正月序）・［082］**12**-*102*

小池 道子
　小池道子「柳の露」 ………… ［074］**5**-*234*

小泉 孤屋
　炭俵 ………………………… ［041］**70**-*357*

小泉 松泉
　当流軽口初笑 ……………… ［068］上-*315*

小泉 保敬
　保敬随筆 …………………… ［070］**II**-**5**-*161*

耕雲
　耕雲口伝 …………………… ［061］**5**-*154*

行過
　記原情語 …………………… ［038］**10**-*291*

紅月楼
　仮根草 ……………………… ［038］**16**-*257*

光孝天皇
　仁和御集 …………………… ［036］**1**-*102*

高古堂主人
　新説百物語 ……………………………
　　　　［045］**II**-**27**-*205*,［065］**3**-*207*

光厳院
　花園院御製 ………………… ［036］**5**-*220*
　風雅和歌集 ………………… ［001］**9**-*3*
　風雅和歌集（抄） …………… ［043］**49**-*283*

幸佐
　噺物語 ……………………… ［083］**8**-*93*
　囃物語（延宝八年刊） ……… ［082］**4**-*51*

孔斎
　桜河微言 …………………… ［038］**7**-*175*

香西 頼山
　七種宝納記 ………………… ［095］**5**-*11*

こうし

公順
　拾藻鈔 …………………… [036] 5 - 128
江西龍派
　江西和尚語録 …………… [028] 別1 - 3
　江西和尚法語集 ………… [028] 別1 - 35
　江西龍派作品拾遺 ……… [028] 別1 - 325
　続翠稿 …………………… [028] 別1 - 69
　続翠詩集 ………………… [028] 別1 - 171
　続翠詩藁 ………………… [028] 別1 - 247
江雪
　江雪詠草 ………………… [036] 7 - 895
後素軒 蘭庭
　立春噺大集 ………………
　　　[082] 10 - 227, [082] 10 - 247
　立春話大集 ……………… [068] 下 - 19
皇太后宮大進
　皇太后宮大進集 ………… [036] 2 - 749
交代盤栄
　新版さんちゃ大評判吉原出世鑑 …… [038] 2 - 9
向兆
　猿蓑 ……………………… [041] 70 - 257
好亭 大馬
　仇枕浮名草紙 …………… [090] 6 - 19
口豆斎
　越里気思案 ……………… [038] 6 - 83
河野 鐵兜
　陑瓠 ……………………… [047] 3 - 53
広莫野人 荘鹿
　三睟一致うかれ草紙 …… [038] 17 - 53
高弁
　摧邪輪 …………………… [069] 15 - 43
高慢斎
　大通伝 …………………… [038] 7 - 131
高慢先生
　六丁一里 ………………… [038] 12 - 55
向遊堂 爰歌
　異素六帖 ………………… [041] 82 - 1
考里正督
　当世花筏 ………………… [038] 25 - 319
降鷟亭
　自惚鏡 …………………… [059] 5 - 389
好문門人静話房
　怪談登志男 ……………… [059] 4 - 448
故応斎 玉花
　軽口福徳利 ……………… [083] 8 - 221
小大君
　小大君集 …………………
　　　[036] 1 - 687, [036] 1 - 694, [036] 1 - 701, [036] 1 - 702, [073] 11 - 183, [073] 12 - 716, [074] 2 - 177
古賀 精里
　赤崎彦礼を栗山堂席上に送る二首
　　　………………………… [005] 2 - 234
　葛子琴に寄す …………… [005] 2 - 225
　蒲田 ……………………… [005] 2 - 266
　蚊幮を咏ず ……………… [005] 2 - 229
　癸丑雞旦 ………………… [005] 2 - 232
　旧宅に寄題す …………… [043] 86 - 503
　志村東渚、病いより起ちて書を饗宮に
　　講じ、遂に余が宿に抵る。賦して贈る
　　　………………………… [005] 2 - 237
　昌平橋春望二首 ………… [005] 2 - 240
　新秋栗山堂の集い、四支を得たり。序
　　有り ……………………… [005] 2 - 247
　正使金公に奉呈す(二首、うち一首)
　　　………………………… [005] 2 - 256
　大華に呈す(三首、うち二首)
　　　………………………… [005] 2 - 258
　花を栽う ………………… [005] 2 - 281
　浦島子 …………………… [005] 2 - 272
　蘭 ………………………… [005] 2 - 228
五岳山人
　通客一盃記言 …………… [038] 24 - 173
後柏原院
　内裏着到百首 …………… [041] 47 - 353
　柏玉和歌集 ……………… [036] 6 - 692
小金 あつ丸
　仕懸幕莫仇手本 ………… [038] 22 - 89
　岡女八目佳妓窺 ………… [038] 22 - 327
　胆鏡後編仇姿見 ………… [038] 補1 - 257
　東都気姐廓胆競 ………… [038] 20 - 83
　仇手本後編通神蔵 ……… [038] 22 - 117
湖上 丸呑
　ことぶき草 ……………… [038] 7 - 229
虎関師錬
　江村 ……………………… [043] 86 - 219
　済北集抄 ………………… [041] 48 - 236
　済北集 …………………… [029] 1 - 39
　春望 ……………………… [043] 86 - 218
呉観巣主人
　意気客初心 ……………… [038] 29 - 77
五橋庵
　新版さんちゃ大評判吉原出世鑑 …… [038] 2 - 9
後京極 良経
　作庭記 …………………… [033] 36 - 275
古喬子
　芳野山(安永二年四月序) …… [082] 9 - 269

作家名索引（原作者）　　　　　　　　　こなら

御形宣旨
　御形宣旨集 ・　［036］**1**-*471*,［074］**2**-*523*
古今亭 三鳥
　笑顔始（文化五年正月序）‥‥［082］**19**-*325*
　譚話江戸嬉笑 ……………［068］下-*249*
黒蔵主
　祇園祭礼信仰記 ………［045］**II**-**37**-*273*
　祇園祭礼信仰記（金閣寺）‥［100］**4**-*173*
　岸姫松轡鏡（岸姫）………［100］**4**-*215*
虎渓山人
　独楽新話（天明八年頃刊）……［082］**12**-*137*
古剣妙快
　了幻集抄 ……………………［041］**48**-*308*
　了幻集 二巻 ………………［029］**3**-*2089*
瓠厚麿
　ふしみた ……………………［038］**22**-*107*
後西天皇
　集外歌仙 ……………………［043］**49**-*513*
越路の浦人
　ふたもと松 …………………
　　　［038］**25**-*269*,［038］**25**-*283*,［038］**25**-*301*
小侍従
　小侍従集 ‥‥［036］**3**-*175*,［036］**3**-*180*
　小侍従集（大宮小侍従集）‥［074］**2**-*451*
　太皇太后宮小侍従集 ………［036］**3**-*169*
越部禅尼
　越部禅尼消息 ……………［054］〔1〕-*339*
小島 成斎
　酣中清話 ……………［070］**II**-**15**-*351*
小島法師
　太平記 ………………………
　　　［014］**13**-*1*,［022］**13**-*5*,［027］**11**-*1*,［033］**19**-*5*,［040］〔53〕-*11*,［040］〔54〕-*11*,［040］〔55〕-*11*,［040］〔56〕-*11*,［040］〔57〕-*11*,［043］**54**-*15*,［067］**34**-*31*,［067］**35**-*9*,［067］**36**-*11*,［071］**33**-*21*,［071］**34**-*5*
五升庵 蝶夢
　遠江の記 ……………………［041］**73**-*375*
後白河院
　夫木和歌抄 ………………［043］**42**-*337*
　梁塵秘抄 ……………………
　　　［013］**15**-*7*,［014］**8**-*325*,［030］**1**-*149*,［041］**56**-*3*,［043］**42**-*173*,［062］**2**-*473*,［063］〔85〕-*47*,［066］**25**-*195*,［071］**24**-*57*
　梁塵秘抄口伝集 ……………
　　　［043］**42**-*336*,［043］**42**-*339*,［043］**42**-*341*,［043］**42**-*343*,［062］**2**-*513*,［063］〔85〕-*163*,［063］〔85〕-*165*
後崇光院
　沙玉和歌集 …………………
　　　［036］**5**-*458*,［036］**5**-*468*,［036］**5**-*495*
巨勢 識人
　嵯峨の院の納涼に、探りて「帰」の字を
　　得たり。製に応ず。 ………［043］**86**-*54*
　秋日友人に別る ……………［043］**86**-*60*
　「春閨怨」に和し奉る ………［043］**86**-*66*
　春日原掾が任に赴くに別る ・［043］**86**-*59*
　「長門怨」に和し奉る ………［043］**86**-*68*
後穿窟主人
　川童一代噺 …………………［059］**1**-*411*
小僧松泉
　当流軽口初笑 ………………［083］**8**-*221*
後醍醐天皇
　後醍醐天皇御製 ……………［030］**10**-*411*
古蝶
　昼夜夢中鏡 …………………［038］**25**-*85*
胡蝶莽主人
　鴨東訛言老楼志 ……………［038］**28**-*313*
後土御門院
　紅塵灰集 ……………………［036］**6**-*398*
　後土御門院御集 ……………［036］**6**-*420*
　後土御門院御詠草 …………
　　　［036］**6**-*422*,［036］**6**-*430*,［036］**6**-*431*
小寺 玉晁
　難廼為可話 …………………［095］**12**-*235*
小寺 清之
　老牛余喘 ……………………［047］**10**-*261*
梧桐 久儔
　吉原春秋二度の景物 ………［095］**1**-*279*
後藤 艮山
　師説筆記 ……………………［069］**63**-*375*
五島 美代子
　五島美代子「暖流」…………［074］**6**-*492*
後鳥羽院
　遠島御百首 …………………［041］**46**-*195*
　後鳥羽院御集 ・［030］**10**-*23*,［036］**4**-*7*
　後鳥羽院御口伝 ……………［067］**65**-*141*
　後鳥羽天皇御口伝 …………［061］**3**-*1*
後奈良院
　後奈良院詠草書留 …………［036］**7**-*609*
　後奈良院御製御月次御法楽公宴続歌抜
　　書 …………………………［036］**7**-*587*
　後奈良院御詠草 ……………［036］**7**-*612*

日本古典文学全集・内容綜覧　685

後奈良院御詠草添削 後柏原院
　　……………………………［036］**7**-*620*
後二条天皇
　後二条院御集 ……………［036］**4**-*675*
小幡 宗左衛門
　軽口はるの山（明和五年）……［082］**8**-*288*
後花園天皇
　後花園院御集 ……………［036］**6**-*9*
小林 一茶
　あとまつり …………………［002］**6**-*271*
　ありなし草 …………………［002］**8**-*543*
　一茶園月並 …………………［002］**7**-*361*
　一茶自筆句集 ………………［002］**5**-*153*
　一茶留書 ……………………［002］別**1**-*147*
　一茶発句集（嘉永版）………［002］別**1**-*243*
　一茶発句集（文政版）………［002］別**1**-*213*
　五とせ集 ……………………［002］**8**-*595*
　親のない子 …………………［043］**72**-*586*
　おらが春 ……………………
　　［002］**6**-*133*,［027］**15**-*352*,［033］**32**
　　-*275*,［043］**72**-*583*,［063］〔83〕-*264*,
　　［067］**58**-*431*,［085］**7**-*778*
　おらが春（抄）………………［071］**43**-*299*
　蛙の野送 ……………………［043］**72**-*585*
　上総の老婆 …………………［043］**72**-*580*
　仮名口訣 ……………………［002］**7**-*371*
　株番 …………………………［002］**6**-*41*
　雁の使 ………………………［002］**8**-*573*
　寛政句帖 ……………………［002］**2**-*47*
　寛政三年紀行 ………………［002］**5**-*13*
　寛政三年紀行（抄）…………［071］**43**-*269*
　急逓紀 ………………………［002］**7**-*249*
　享和句帖 ……………………［002］**2**-*89*
　享和二年句日記 ……………［002］**2**-*69*
　吟社懐旧録書込 ……………［002］別**1**-*105*
　句稿消息 ……………………［002］**6**-*423*
　己未元除春遊 ………………
　　［002］**8**-*101*,［002］**8**-*159*,［002］**8**-
　　181
　元除遍覧 ……［002］**8**-*223*,［002］**8**-*337*
　古今綾嚢 ……………………［002］**8**-*277*
　古今俳人百句集 ……………［002］**8**-*467*
　小林一茶集 …………………［063］〔83〕-*57*
　西国紀行 ……………………［002］**5**-*33*
　さらば笠 ……………………［002］**6**-*209*
　三韓人 ………………………［002］**6**-*225*
　はいかい三霜 ………………［002］**8**-*497*
　椎柴 …………………………［002］**8**-*509*
　志多良 ………………………［002］**6**-*95*
　七番日記 ……………………［002］**3**-*21*
　信濃ぶり ……………………［002］**8**-*555*
　霜のはな ……………………［002］**8**-*95*

　秋顔子 ………………………［002］**8**-*39*
　書簡五通 ……………………［033］**32**-*301*
　書簡抄 ………………………［063］〔83〕-*310*
　日本奥地新増行程記大全書込
　　……………………………［002］**7**-*427*
　随斎筆紀 ……………………［002］**7**-*13*
　墨多川集 ……………………［002］**8**-*583*
　菫岬 …………………………［002］**6**-*243*
　其日庵歳旦 …………………［002］**8**-*119*
　其日ぐさ ……………………［002］**7**-*323*
　素丸発句集 …………………［002］別**1**-*279*
　たねおろし …………………［002］**6**-*305*
　たびしうゐ …………………［002］**6**-*189*
　玉の春 ………………………［002］**8**-*299*
　父の死 ………………………［043］**72**-*570*
　父の終焉日記 ………………
　　［002］**5**-*69*,［063］〔83〕-*237*,［067］
　　58-*403*
　父の終焉日記（抄）…………［071］**43**-*279*
　父の終焉日記（みとり日記）
　　……………………………［033］**32**-*261*
　知友録 ………………………［002］**7**-*573*
　蕉翁百回追遠集 ……………［002］**8**-*57*
　杖の竹 ………………………［002］**6**-*289*
　繋橋 …………………………［002］**8**-*325*
　露の世 ………………………［043］**72**-*590*
　鶴芝集二編・続編 …………［002］**8**-*201*
　添乳 …………………………［043］**72**-*587*
　名なし草紙 …………………［002］**8**-*371*
　なにぶくろ …………………［002］**8**-*393*
　なりかや ……………………［002］**8**-*455*
　俳諧五十三駅 ………………［002］**8**-*23*
　俳諧寺記 ……………………［071］**43**-*310*
　俳諧寺抄録 …………………［002］**7**-*389*
　俳諧西歌仙 …………………［002］**8**-*435*
　正風俳諧芭蕉葉ぶね ………［002］別**1**-*361*
　八番日記 ……［002］**4**-*29*,［002］**4**-*233*
　花供養 ………………………［002］**8**-*69*
　花見の記 ……………………［002］**2**-*465*
　花見の記付録 ………………［002］**7**-*353*
　燧袋 …………………………［002］**8**-*563*
　ひさごものがたり …………［002］**8**-*415*
　ひとりだち …………………［002］**8**-*527*
　文化句帖 ……………………［002］**2**-*179*
　文化五年八月句日記 ………［002］**2**-*479*
　文化五年六月句日記 ………［002］**2**-*473*
　文化五・六年句日記 ………［002］**2**-*497*
　文化三―八年句日記写 ……［002］**2**-*545*
　文化六年句日記 ……………［002］**2**-*519*
　文政九・十年句帖写 ………［002］**4**-*573*
　文政句帖 ……………………［002］**4**-*331*
　方言雑集 ……………………［002］**7**-*471*
　真左古 ………………………［002］**8**-*17*

まゝ子	[043] 72-586	はしがき	[024] 〔7〕-1
まん六の春	[002] 6-177	小馬命婦	
水の音	[002] 8-213	小馬命婦集	
みちのくの旅	[043] 72-583	[036] 1-415, [073] 12-817, [074] 2-188	
木槿集	[002] 6-257		
物の名	[002] 8-309	小宮山 昌秀	
与州播州雑詠	[002] 7-291	護草小言	[070] II-19-233
連句稿裏書	[002] 2-443	楓軒偶記	[070] II-19-1
我春集	[002] 6-13	五面奈斉 真平	
和歌八重垣書込	[002] 7-449	春遊南訶一夢	[038] 補1-413

小林 謙貞
　二儀略説 ……………… [069] 63-9
小林 巴陵
　可成三註 ……………… [070] II-15-51
小林 元僴
　金剛談 ……………… [070] III-11-475
小林 義兄
　万葉集禽獣虫魚草木考 上巻
　　　　　　　　　　 [094] 16-239
後深草院二条
　とはずがたり
　　[014] 12-127, [040] 〔51〕-7, [041] 50-1, [043] 47-191, [044] 〔12〕-18, [044] 〔12〕-146, [044] 〔12〕-248, [044] 〔12〕-360, [044] 〔12〕-450, [063] 〔25〕-189
御無事庵 春江
　当世爰かしこ ……… [038] 6-371
五返舎 半九
　落しばなし（嘉永三年正月刊）
　　　　　　　　　　 [082] 16-186
梧鳳舎 潤嶺
　浮雀遊戯嶋 ………… [038] 23-295
小堀 遠州
　小堀遠州書捨文 …… [033] 36-274
小堀 政一
　小堀政一東海道紀行 ……… [017] 1-1
狛 近真
　教訓抄 …… [033] 36-201, [069] 23-9
狛 朝葛
　続教訓抄 ……………… [033] 36-202
狛毛 呂茂
　竹取物語伊佐々米言 … [072] 〔32〕-67
小松 百亀
　聞上手
　　[067] 100-387, [068] 中-105, [068] 中-127, [082] 9-56
　聞童子 …… [068] 中-361, [082] 10-117
　当世真似山気登里 ……… [038] 9-207
小松園のあるじ

小山 儀
　竹取物語抄補注 …… [072] 〔32〕-1
呉夕庵 江涯
　仮日記 ………………… [041] 73-353
五葉舎
　南町大平記 …………… [038] 27-173
呉綾軒
　傾城異見之規矩 ……… [038] 11-79
呉陵軒 可有
　誹風柳多留 …………… [040] 〔79〕-11
維駒
　五車反古 ……………… [041] 73-229
惟宗 広言
　惟宗広言集 …………… [036] 2-770
惟宗 光吉
　惟宗光吉集 …………… [036] 5-175
五老井 許六 →森川許六（もりかわ・きょりく）を見よ
金光大神
　金光大神覚 …………… [069] 67-312
　金光大神理解(抄) …… [069] 67-364
金地院 崇伝
　排吉利支丹文 ………… [069] 25-419
近藤 万丈
　寝ざめの友 …………… [047] 2-91
近藤 芳樹
　古風三体考 …………… [061] 別9-10
権中納言藤原実材母
　権中納言実材卿母集 … [036] 4-284
金春 権守
　昭君 …………………… [043] 59-432
金春 禅竹
　小塩 …… [040] 〔58〕-223, [041] 57-225
　歌舞髄脳記 …………… [069] 24-341
　賀茂 …… [041] 57-354, [043] 58-54
　五音三曲集 …………… [069] 24-353
　至道要抄 ……………… [069] 24-417
　西王母 ………………… [103] 2-295
　千手 …………………… [041] 57-114

玉葛	……………………… [103] 2-524	武道伝来記	……………………… [013] 27-223
玉鬘	……………………… [041] 57-270	懐硯	……………………… [013] 27-195
定家	…… [041] 57-107, [043] 58-325	本朝二十不孝	……………………… [013] 27-169
野宮	……… [041] 57-623	万の文反古	……………………… [013] 27-317
芭蕉	…… [041] 57-205, [043] 58-311	彩霞楼 国丸	
明宿集	……………………… [069] 24-399	月影大内鏡	…………… [045] III-48-385
幽玄三輪	……………………… [069] 24-375	西行	
楊貴妃		聞書残集	……………………… [067] 29-290
[040]【60】-403, [041] 57-174, [043]		聞書集	…… [036] 3-70, [067] 29-274
58-350, [071] 36-166, [103] 3-461		西行・山家集	……………… [022] 9-5
六輪一露之記注	……… [069] 24-335	西行集	……………………… [033] 21-55
六輪一露之記(付 二花一輪)		西行上人集	……………………… [036] 3-50
	……………………… [069] 24-323	西行和歌拾遺	……… [063]〔70〕-276
六輪一露	…………… [033] 36-217	山家集 ……………………………………	
六輪一露秘注(文正本・寛正本)		[013] 17-195, [014] 9-251, [030] 11	
	……………………… [069] 24-379	-155, [036] 3-7, [040]〔37〕-7, [063]	
金春 禅鳳		〔70〕-6, [063]〔70〕-27, [063]〔70〕-	
嵐山	……………………… [043] 58-87	27, [063]〔70〕-103, [063]〔70〕-166,	
一角仙人	.. [033] 20-182, [103] 1-156	[067] 29-21	
禅鳳雑談	……………………… [069] 23-479	山家心中集	……………………… [041] 46-1
東方朔	…… [043] 58-97, [103] 2-678	残集	……………………… [036] 3-78
金毘羅山人		存疑・誤伝西行和歌	…… [063]〔70〕-305
擲銭青楼占	……………… [038] 5-111	贈定家卿文	……………………… [061] 2-287
琴嶺舎		板本六家集中の山家和歌集にありて底	
うつろ舟の女	………………… [065] 1-255	本になき歌	……………… [067] 29-268
		松屋本山家集にのみ所載歌	
			……………………… [067] 29-270
		御裳濯河歌合	……………… [043] 49-15
【さ】		宮河歌合	……………… [043] 49-51
		斎宮女御徽子女王	
蔡 大鼎		斎宮集	……………………… [036] 1-462
閩山遊草	……………… [104]〔1〕-1	さいくうの女御	……………… [036] 1-453
在庵普在弟子某僧		斎宮女御集 …………………………………	
雲巣集	……………… [028] 4-739	[036] 1-447, [036] 1-466, [074] 2-	
[諸老宿詩軸雑詩等]	………… [028] 4-776	120	
正讐詩集	……………………… [028] 4-807	三枝 斐子	
最一 拳六		旅の命毛	……………………… [008] 3-365
南遊記	……………………… [038] 18-169	西郷 隆盛	
西園寺 実兼		逸題	……… [005] 4-280, [005] 4-282
実兼公集	……………………… [036] 5-97	外甥政直に示す	……………… [005] 4-260
西鶴		感懐	……………………… [005] 4-315
好色一代男	……………… [013] 27-37	客舎に雨を聞く	……………… [005] 4-262
好色一代女	……………… [013] 27-137	苦雨	……………………… [005] 4-259
好色五人女	……………… [013] 27-115	偶作	……………………… [005] 4-300
西鶴置土産	……………… [013] 27-419	偶成	
西鶴諸艶国ばなし	………… [013] 27-95	[005] 4-267, [005] 4-271, [005] 4-	
諸艶大鑑(好色二代男)	…… [013] 27-71	292, [005] 4-306, [005] 4-307	
世間胸算用	……………… [013] 27-363	月下寒梅	……………………… [005] 4-309
日本永代蔵	……………… [013] 27-275	月照和尚の忌日に賦す	………… [005] 4-318
武家義理物語	……………… [013] 27-255	獄中感有り	……………………… [005] 4-276
		桜井駅の図の賛	……………… [005] 4-264
		山行	……………………… [005] 4-288

さ

失題 …………………………………
　　［005］4-274,［005］4-275,［005］4-
　　297,［005］4-310,［005］4-312,［005］
　　4-314
子弟に示す ………………… ［005］4-299
春夜 ………………………… ［005］4-286
高崎五郎右衛門十七回の忌日に賦す
　　………………………………… ［005］4-284
中秋、月を賞す …………… ［005］4-287
朝鮮国に使いするの命を蒙る
　　………………………………… ［005］4-302
田猟 ………………………… ［005］4-289
楠公の図に題す …………… ［005］4-265
晩晴 ………………………… ［005］4-294
藩兵の天子の親兵と為りて闕下に赴く
　を送る …………………… ［005］4-295
避暑 ………………………… ［005］4-269
某氏の長寿を祝す ………… ［005］4-316
山中の独楽 ………………… ［005］4-291

西口舎 可候
　臍が茶（寛政九年正月刊） ……… ［082］13-81

佐伊座散人
　浄瑠璃稽古風流 ………… ［038］7-119

税所 敦子
　税所敦子「御垣の下草」 ……… ［074］5-36

最澄
　決権実論 ………………… ［069］4-251
　顕戒論 ……………………… ［069］4-8
　顕戒論縁起 ……………… ［069］4-163
　顕戒論を上るの表 ……… ［069］4-157
　山家学生式 付得業学生式・表文
　　………………………………… ［069］4-194
　守護国界章 ……………… ［069］4-207
　修禅寺決 ………………… ［069］9-41
　天台法華宗牛頭法門要纂 …… ［069］9-23
　本理大綱集 ………………… ［069］9-7

財津 種萩
　むかしむかし物語 ……… ［047］別1-29
　八十翁疇昔話 …………… ［070］II-4-125

斎藤 悦元
　尤之双紙 ………………… ［041］74-53

斎藤 徳元
　斎藤徳元独吟千句 ……… ［096］3-3-3
　尤の草紙 ………………… ［070］II-6-195

斎藤 彦麻呂
　傍廂 ……………………… ［070］III-1-1
　勢語図説抄 …………… ［072］〔26〕-393

斉藤 史
　斉藤史「魚歌」 ………… ［074］6-519

斉藤 幸雄
　江島紀行 ………………… ［017］2-357

西念
　極楽願往生歌 …………… ［062］4-26

佐伊野散人
　浄瑠璃稽古風流 ………… ［009］1-71

才麿
　椎の葉 …………………… ［041］71-305

采遊
　酔姿夢中 ………………… ［038］8-197

柴立園 莎青
　奥細道拾遺 ……………… ［096］3-1-4

小枝 繁
　絵本壁落穂 ……………… ［045］III-41-5
　高野薙髪刀 …………… ［045］I-25-261
　催馬楽奇談 ……………… ［041］80-185
　津摩加佐補 …………… ［045］III-41-385
　松王物語 ……………… ［045］III-41-241

坂 徴
　蜻蛉日記解環 ………… ［072］〔24〕-1

栄 善平
　妹背山婦女庭訓
　　………………… ［043］77-309,［100］5-155

酒井 忠昌
　南向茶話 ……………… ［070］III-6-413

境部王
　長王の宅に宴す ………… ［043］86-31

坂内 直頼
　山城四季物語 ………… ［047］別11-131

榊原 篁洲
　榊巷談苑 ……………… ［070］III-8-239

嵯峨天皇
　江頭の春暁 ……………… ［043］86-52
　王昭君 …………………… ［043］86-69
　春日太弟の雅院 ………… ［043］86-53
　河陽十詠、河陽花 ……… ［043］86-74
　菅清公が「春雨の作」に和す
　　………………………………… ［043］86-94
　閑庭の早梅 ……………… ［043］86-93
　九日菊花を翫ぶ篇 ……… ［043］86-101
　金吾将軍良安世が「春斎にて筑前王大守
　の任に還るに別る」に和す　［043］86-57
　左大将軍藤冬嗣が「河陽の作」に和す
　　………………………………… ［043］86-45
　左兵衛佐藤是雄爵を授けられ、
　　………………………………… ［043］86-58
　侍中翁主挽歌辞二首、其の一
　　………………………………… ［043］86-73
　秋日深山に入る ………… ［043］86-45
　鞦韆篇 …………………… ［043］86-95
　春日の作 ………………… ［043］86-89
　浄公の山房に奇す ……… ［043］86-82

除夜 ……………………… [043] **86**-*107*
神泉苑いて九月の落葉篇 …… [043] **86**-*76*
神泉苑の花の宴に、「落花の篇」を賦す
　　　　　　　　　　　　　[043] **86**-*43*
清涼殿の画壁の山水歌 ……… [043] **86**-*114*
澄公が「病に臥して懐ひを述ぶ
　　　　　　　……………… [043] **86**-*71*
藤朝臣が「春日前尚書秋公の病
　　　　　　　……………… [043] **86**-*92*
梅花落 …………………… [043] **86**-*71*
賦して、「隴頭秋月明らかなり」
　　　　　　　　　　　　　[043] **86**-*75*
冷然院にて各一物を賦し、「澗
　　　……………………… [043] **86**-*75*
老翁公 …………………… [043] **86**-*94*
老僧の山に帰るを見る …… [043] **86**-*81*

坂上　是則
　是則集 ……………………
　　[036] **1**-*189*, [073] **11**-*177*, [073] **12**-*715*

相模
　相模集 ……………………
　　[036] **2**-*250*, [036] **2**-*268*, [036] **2**-*270*, [074] **2**-*337*
　思女集 ………………… [036] **2**-*269*

酒屋　橘子
　十界和尚話 ……………… [038] **17**-*179*

佐川　藤太
　玉藻前曦袂（道春館）…… [100] **4**-*299*
　八陣守護城（八陣）……… [100] **6**-*341*

佐川　了伯
　三千世界色修行 ………… [059] **3**-*257*

佐久間　象山
　黙慮 …………………… [005] **4**-*113*
　感有り ………………… [005] **4**-*134*
　癸卯首夏、帰りて母親に覲ゆ。常山山
　　寺兄、魚筍を餽らる。喜びて詩を賦し、之
　　を呈して聊か謝悃を申ぶ [005] **4**-*74*
　甲寅九月、罪を得て郷に帰り、寓居の
　　壁に書す ……………… [005] **4**-*117*
　故園 …………………… [005] **4**-*107*
　獄中懐いを写す ………… [005] **4**-*95*
　桜の頌 ………………… [005] **4**-*124*
　雑感六首（四首を録す）… [005] **4**-*85*
　雑纂 …………………… [069] **55**-*393*
　三月、命を奉じて京都に赴く、途中、桜
　　花盛んに開く ………… [005] **4**-*135*
　秋思 …………………… [005] **4**-*109*
　象山書簡 ……………… [069] **55**-*325*
　上書 …………………… [069] **55**-*261*
　省諐録 ………………… [069] **55**-*237*

都下に人有り、今春刷印する所の都下
　の諸名家の字号を記するを恵まる。二三子
　と之を閲するに、賤名も亦た収めて其の中
　に在り、戯れに三詩を題す [005] **4**-*69*
那波利翁像に題す ………… [005] **4**-*127*
礙卦 ……………………… [005] **4**-*101*
暮春矚目 ………………… [005] **4**-*123*
漫述二首 ………………… [005] **4**-*115*
洋書を読む ……………… [005] **4**-*82*
吉田義卿を送る ………… [005] **4**-*90*

桜井　基佐
　基佐集 ………………… [036] **6**-*224*

桜川　一声
　初昔茶番出花 ………… [045] **III**-*45*-*215*

さくら川　女松朝
　船玉物語 ……………… [045] **III**-*45*-*263*

桜川　慈悲成
　腮の掛金（寛政十一年正月跋）
　　　　　　　　　　　　　[082] **13**-*272*
　延命養談数（天保四年正月刊）
　　　　　　　　　　　　　[082] **18**-*219*
　落噺常々草（文化七年頃刊）… [082] **18**-*85*
　落噺屠蘇喜昌（文政七年正月刊）
　　　　　　　　　　　　　[082] **15**-*215*
　滑稽好（寛政十三年正月刊）… [082] **13**-*327*
　新版新作咄の総合三才智恵（寛政九年刊）
　　　　　　　　　　　　　[082] **18**-*39*
　珍学問（享和三年正月刊）… [082] **14**-*91*
　咄の開帳 ……………… [045] **III**-*45*-*45*
　一口饅頭（享和二年正月序）… [082] **14**-*72*
　一粒撰噺種本 ………… [045] **III**-*45*-*13*
　遊子戯語 ……………… [045] **III**-*45*-*69*

桜田　治助（初代）
　大商蛭子島（頼朝旗揚）…… [100] **13**-*279*
　蜘蛛の拍子舞（我背子恋の合槌）
　　　　　　　　　　　　　[100] **24**-*25*
　傾情吾嬬鑑 …………… [085] **5**-*489*
　御摂勧進帳 …………… [041] **96**-*75*
　助六所縁江戸桜 ……… [100] **18**-*125*ら
　清和源氏二代将 ……… [045] **I**-*23*-*5*
　其往昔恋江戸染（八百屋お七）
　　　　　　　　　　　　　[100] **15**-*127*
　伊達競阿国戯場（先代萩・身売りの累）
　　　　　　　　　　　　　[100] **13**-*69*
　身替りお俊（其噂桜色時）… [100] **19**-*43*
　名歌徳三舛玉垣 ……… [067] **54**-*23*
　名歌徳三升玉垣 ……… [059] **6**-*290*
　戻り駕（戻駕色相肩）…… [100] **19**-*73*
　吉原雀（教草吉原雀）…… [100] **24**-*19*

桜田　治助（二代）
　浅妻舟（浪枕月浅妻）…… [100] **24**-*85*

さんけ

今様須磨（今様須磨の写絵）
　　　　　　　　　　　　　［100］**19**-*97*
近江のお兼（関菰姿の八景）
　　　　　　　　　　　　　［100］**24**-*67*
お祭り（再茲歌舞妓花轢）‥［100］**24**-*115*
傀儡師（復新三組盞）……［100］**24**-*103*
汐汲（七枚続花の姿絵）……［100］**24**-*61*
鳥羽絵（御名残押絵交張）…［100］**24**-*79*
まかしょ（寒régulate雪姿見）……［100］**24**-*91*
山帰り（山帰強桔梗）……［100］**24**-*97*

桜田 治助（三代）
明烏 …………［076］**4**-*175*, ［077］**8**-*1*
田舎源氏（田舎源氏露東雲）
　　　　　　　　　　　　　［100］**19**-*291*
京人形（京人形左彫）……［100］**19**-*245*
蜘蛛の糸（来宵蜘蛛線）……［100］**19**-*221*
三世相錦繡文章（三世相）‥［100］**15**-*307*
助六
　［063］**〚99〛**-*25*, ［063］**〚99〛**-*183*,
　［067］**98**-*59*
年増（花酘暦色所八景）……［100］**24**-*147*
どんつく（神楽諷雲井曲毬）
　　　　　　　　　　　　　［100］**19**-*263*
乗合船（乗合船恵万歳）‥［100］**24**-*173*
俳諧師（三幅対和歌姿画）‥［100］**24**-*141*

笹浦 鈴成
大通契語 ……………［038］**18**-*143*

佐々木 貞高
閑窓瑣談
　［070］**I-12**-*133*, ［070］**I-14**-*369*

鶍 春行
素謡世々之蹟 …………［095］**7**-*209*

貞敦親王
貞敦親王御詠 …………［036］**7**-*726*

貞常親王
後大通院殿御詠 貞常親王 ……［036］**6**-*73*
貞常親王後大通院殿御詠 ……［036］**6**-*67*

貞康親王
貞康親王集 ……………［036］**7**-*713*

佐藤 一斎
言志後録 …………［069］**46**-*57*
言志耋録 …………［069］**46**-*167*
言志晩録 …………［069］**46**-*107*
言志録 ……………［069］**46**-*9*

佐藤 成裕
中陵漫録 …………［070］**III-3**-*1*

佐藤 中陵
中陵漫録 …………［065］**1**-*259*

佐藤 直方
学談雑録 …………［069］**31**-*427*

敬説筆記 …………［069］**31**-*100*
拘幽操弁 …………［069］**31**-*211*
中国論集 …………［069］**31**-*420*
湯武論 ……………［069］**31**-*216*

佐藤 信淵
経済要略 …………［069］**45**-*519*
混同秘策 …………［069］**45**-*425*
垂統秘録 …………［069］**45**-*487*
天柱記 ……………［069］**45**-*361*

佐渡嶋 長五郎
佐渡嶋日記 ………［033］**36**-*238*

讃岐 → 二条院讃岐（にじょういんのさぬき）を見よ

讃岐典侍
讃岐典侍日記 ……………………
　［043］**26**-*385*, ［063］**〚23〛**-*113*, ［066］
　18-*65*, ［066］**18**-*371*

佐保川 狂示
文選臥坐 ‥［009］**1**-*421*, ［038］**15**-*283*

寒河 正親
子孫鑑 ……………［069］**59**-*17*

小夜奢山人
能似画 ……………［038］**8**-*329*

蓑笠庵 梨一
奥細道菅菰抄附録 ………［096］**1-1**-*1*

猿丸大夫
猿丸集 ……………［036］**1**-*77*
猿丸大夫集 …………………………
　［036］**1**-*79*, ［073］**11**-*75*, ［073］**12**-*697*

沢 近嶺
春夢独談 …………［047］**8**-*157*

沢井某
和装兵衛 後編 ……［045］**I-19**-*53*

沢田 名垂
阿奈遠加之 ………［083］**1**-*7*
宿直物語 …………［047］**5**-*209*

沢田 名重
阿奈遠加之 ………［083］**3**-*207*

山雲子
当世咄揃軽口大笑 …［083］**8**-*93*

山含亭 意雅栗三
天神祭十二時 ……［070］**I-18**-*455*

山頷庵 利長
愛敬鶏子 …………［038］**25**-*175*

山旭亭主人
孔雀そめき ………［038］**19**-*237*
主管見通五臓眼 …［038］**19**-*291*

山月庵主人

意気客初心 …………… [038] **29**-*77*

山々亭有人
　粋興奇人伝 …………… [068] 下-*317*

参詩軒 素従
　咄の会三席目夕涼新話集（安永五年七月刊）
　　…………………… [082] **10**-*284*

三笑
　譚話江戸嬉笑（文化三年正月序）
　　…………………… [082] **14**-*190*

三笑亭 可楽
　東都真衛（享和四年正月刊） ・[082] **14**-*145*
　十二支紫（天保三年正月刊） ・・[082] **16**-*14*
　四季物語 ………… [045] **III**-**45**-*153*
　新作可楽即考（天保十三年刊）
　　…………………… [082] **16**-*75*
　新作種がしま ……………………
　　　[068] 下-*283*, [082] **14**-*267*
　身振噺寿賀多八景（文化十一年正月刊）
　　…………………… [082] **19**-*65*
　俳諧百の種（文政八年正月刊） ・・[082] **15**-*238*
　落咄山しよ味噌（享和二年正月刊）
　　…………………… [082] **14**-*87*

三条西 公条
　公条公集 …………… [036] **7**-*642*
　源氏物語細流抄 …… [072]〔**5**〕-*1*
　称名院家集 ………… [036] **7**-*643*
　吉野詣記 …………… [043] **48**-*513*

三条西 実枝
　三光院詠 …………… [036] **7**-*774*
　初学一葉 …………… [061] **6**-*1*

三条西 実条
　寛永五年八月十五日中院亭御法楽詠草
　　…………………… [036] **7**-*1095*
　実条公御詠草 ……………………
　　　[036] **7**-*1092*, [036] **7**-*1093*
　三条西実条詠草慶長五年 … [036] **7**-*1084*
　実条公御詠草慶長三年自筆
　　…………………… [036] **7**-*1083*
　実条公御詠草慶長二年自筆
　　…………………… [036] **7**-*1082*
　実条公御詠草慶長八・九年
　　…………………… [036] **7**-*1088*
　実条公御詠草自筆 … [036] **7**-*1080*
　丹州に於ける実条公御詠草文禄三年自
　　筆 ………………… [036] **7**-*1078*
　東国名所在名ニ付雑雑覚 … [036] **7**-*1095*

三条西 実隆
　伊勢物語直解 ……… [072]〔**26**〕-*221*
　邦忠親王御筆集雪追加 …… [036] **7**-*424*
　再昌草 …… [036] **7**-*9*, [041] **47**-*417*
　狭衣系図 …………… [072]〔**29**〕-*511*

篠目 ………………… [054]〔**14**〕-*307*
雪玉集 ……………… [036] **7**-*194*

三条西 実連
　三条西実連詠草 …… [036] **5**-*506*
　三条西実連詠草 享徳四年 … [036] **5**-*502*

散人
　華里通商考 ………… [038] **1**-*221*

山人 防之
　上京の道の記 ……… [017] **1**-*460*

憨雪舎 素及
　怪談登志男 ………… [065] **3**-*186*

三多楼主人
　三人酩酊 …………… [038] **19**-*39*

三蝶
　神代椙眛論 ………… [038] **10**-*61*

三鳥
　譚話江戸嬉笑（文化三年正月序）
　　…………………… [082] **14**-*190*

算亭 玉守
　算亭主人南駅雑話後要心身上八卦
　　…………………… [038] **29**-*11*
　駅情新話夜色のかたまり …… [038] **28**-*403*

三亭 春馬
　風俗吾妻男
　　　[045] **II**-**36**-*191*, [045] **II**-**36**-*243*

山東 唐洲
　夜半の茶漬 ………… [038] **14**-*219*

山東 京山
　朧月猫の草紙 ……… [006]〔**6**〕-*3*
　歴女女装考 ………… [070] **I**-**6**-*145*

山東 京伝
　侠中侠悪言鮫骨 …… [039]〔**1**〕-*147*
　団七黒茶碗釣船の花火朝茶湯一寸口切
　　…………………… [032]〔**4**〕-*1*
　口中乃不曇鏡甘哉名利研 … [032]〔**3**〕-*217*
　安達ケ原那須野原糸車九尾狐
　　…………………… [032]〔**4**〕-*385*
　糸桜本朝文粋 ……… [032]〔**4**〕-*197*
　妹背山長柄文台 …… [032]〔**4**〕-*53*
　善知安方忠義伝 …… [045] **I**-**18**-*5*
　優曇華物語 ………… [032]〔**2**〕-*223*
　妬湯仇討話 ………… [014] **18**-*323*
　万福長者栄華談 …… [032]〔**3**〕-*227*
　絵兄弟 ……………… [041] **82**-*273*
　江戸生艶気桃焼 …… [085] **8**-*121*
　江戸生艶気樺焼 ……………………
　　　[032]〔**3**〕-*45*, [033] **28**-*57*, [043]
　　79-*85*, [066] **46**-*117*, [067] **59**-*135*
　江戸春一夜千両 …… [043] **79**-*109*
　扤侠双蛺蝶全伝 …… [032]〔**3**〕-*341*

作家名索引（原作者）　　　さんと

女俠三日月於傳 ………… [032]〔4〕-167	娼妓絹籭 ……………… [038] 16-37
於六櫛木曾仇討 ………… [032]〔4〕-127	志羅川夜船
復讎後祭祀 ……………… [032]〔3〕-73	[032]〔2〕-501, [038] 14-333
売茶翁祇園梶復讐煎茶濫觴	大極上請合売心学早染艸 …… [085] 8-171
………………… [032]〔4〕-339	心拳早染草 ……………… [032]〔3〕-105
敵討両輛車 ……………… [032]〔4〕-425	大極上請合売心学早染草 …… [043] 79-173
敵討孫太郎虫 …………… [032]〔4〕-31	青楼和談新造図彙 ……… [038] 15-11
仮多手綱忠臣鞍 ………… [006]〔8〕-56	富士之白酒阿部川紙子新板替道中助六
客衆肝胆鏡 ……………… [032]〔4〕-153	………………… [039]〔1〕-73
〔参考〕客衆肝照子 ……… [085] 8-699	青楼昼之世界 錦之裏 …… [067] 59-417
客衆肝照子 ……………… [038] 13-201	双蝶記 …………………… [032]〔1〕-385
京伝憂世之酔醒 ………… [032]〔3〕-117	総籭 ………… [038] 14-35, [041] 85-73
京伝予誌	大極上請合売 心学早染艸 ‥ [067] 59-197
[032]〔2〕-391, [038] 15-125	唯心鬼打豆 ……………… [032]〔3〕-169
栄花夢後日噺金々先生造花夢	玉磨青砥銭 ……………… [032]〔3〕-129
………………… [032]〔3〕-203	太平記吾妻鑑玉磨青砥銭 …… [041] 85-49
栄花夢後日話金々先生造化夢 ‥ [085] 8-207	太郎花（寛政頃刊）……… [082] 13-337
近世奇跡考 ……………… [070] II-6-251	忠臣水滸伝 ……………… [032]〔2〕-1
菓物見立御世話―北尾政演	通気粋語伝
………………… [032]〔3〕-27	[032]〔3〕-381, [038] 15-29
蜘蛛の糸巻 ……………… [070] II-7-295	通言 総籭 ……………… [067] 59-353
廓の大帳 ………………… [009] 1-333	通言総籭
関中狂言廓大帳 ………… [038] 15-105	[032]〔2〕-449, [033] 28-91, [085]
傾城買四十八手	8-551
[009] 1-373, [038] 15-233, [043] 80	手段詰物娼妓絹籭 ………………
-103, [066] 47-123, [067] 59-387	[032]〔2〕-369, [085] 8-613
傾城臈 …………………… [038] 14-111	長髭姿の蛇柳 …………… [032]〔3〕-313
賢愚湊銭湯新話 ………… [041] 86-439	三国伝来無匂線香 ……… [039]〔1〕-19
孔子縞于時藍染	錦之裏
[013] 34-120, [032]〔3〕-93, [067]	[038] 16-59, [059] 5-406, [085] 8-
59-177, [085] 8-155	637
古契三娼	濡燕子宿傘 ……………… [032]〔4〕-81
[038] 13-331, [043] 80-79, [059] 5	梅之与四兵衛物語梅花氷裂
-351, [066] 47-99, [085] 8-585	……………… [045] I-18-237
手前勝手御存商売物―北尾政演	八被般若角文字 ………… [039]〔1〕-7
………………… [032]〔3〕-33	初衣抄 …………………… [038] 14-61
骨董集 …………………… [070] I-15-337	花角力白藤源太 ………… [042] 2-55
〔参考〕小紋雅話 ………… [085] 8-697	先時怪談花芳野犬斑 …… [039]〔1〕-51
作者胎内十月図 ………… [006]〔10〕-2	鳥獣虫草木器物介科口技腹筋逢夢石
座敷芸忠臣蔵 …………… [032]〔3〕-1	………………… [006]〔4〕-3
指面草	東上総夷瀉郡 白藤源太談 …… [042] 2-7
[032]〔3〕-425, [045] I-19-119	百化帖準擬本草・笔津虫音禽
三国伝来無匂線香―政演 … [032]〔3〕-55	………………… [039]〔1〕-105
仕懸文庫	仁田四郎富士之人穴見物 … [032]〔3〕-83
[032]〔2〕-417, [038] 16-11, [041]	覆刻『座敷芸忠臣蔵』…… [006]〔8〕-3
85-111	文法語 …………………… [032]〔3〕-247
洞房妓談繁々千話 ……… [032]〔3〕-405	ヘマムシ入道昔話 ……… [041] 83-361
繁千話	本朝酔菩提 ……………… [032]〔1〕-167
[038] 15-255, [043] 80-129, [066]	将門秀郷時代世話二挺鼓 … [066] 46-147
47-149	松梅竹取談 ……………… [032]〔1〕-259
将門秀郷時代世話二挺鼓 … [032]〔3〕-67	三筋緯客気植田 ………… [041] 85-17
荒五郎茂兵衛金時牛兵衛志道軒往古講釈	昔話稲妻表紙
………………… [032]〔4〕-355	[032]〔1〕-1, [041] 85-149

日本古典文学全集・内容綜覧　693

息子部屋 ……………………[038] **13**-113
昔々桃太郎発端話説 ……[032]〔3〕-187
八重霞かしくの仇討 ……[006]〔2〕-3
吉原やうし ……………………[038] **14**-243
吉原楊枝 ……………………[009] **1**-281
扇屋かなめ傘屋六郎兵衞米饅頭始
　……………………………………[041] **85**-1
世上洒落見絵図 ……………[032]〔3〕-155
夜半の茶漬 …………………[032]〔2〕-483
廬生夢魂其前日 ……………[032]〔3〕-141
剪灯新話をやわらげしお伽婢子の昔がたり戯場
　花牡丹灯籠 ……………………[032]〔3〕-287

山東 鶏告
夜半の茶漬 …………………[038] **14**-219

山東翁
深川大全 ……………………[038] **29**-39

山八
恋慕水鏡 ……………………[009] **4**-1

彡甫先生
高笑ひ（安永五年六月序）……[082] **10**-266

【し】

椎本 下物
年忘嘘角力（安永五年正月刊）
　……………………………………[082] **10**-151

似雲
詞林拾葉 ……………………[061] **6**-374

慈雲
慈雲短篇法語 ………………[067] **83**-397
人となる道 …………………[067] **83**-373

慈円
愚管抄 ………………………[067] **86**-39
拾玉集 ………………………[036] **3**-457
南海漁父北山樵客百番歌合 ・[041] **46**-81

慈延
鄰女晤言 ……………………[070] **II**-**13**-375

思圓上人
光明真言和讃 ………………[062] **4**-92
聖徳太子讃 …………………[062] **4**-90
真言安心和讃 ………………[062] **4**-91

志賀 忍
三省録 ………………………[070] **II**-**16**-1

四賀 光子
四賀光子「藤の実以前」「藤の実」
　……………………………………[074] **6**-128

志賀 理斎
理斎随筆 ……………………[070] **III**-**1**-225

慈覺大師
舎利讃歎 ……………………[062] **4**-3
註本覚讃 ……………………[062] **4**-4

鹿野 武左衛門
枝珊瑚珠 ……[082] **6**-3, [083] **8**-119
露鹿懸合咄 ……………[083] **8**-119
鹿の巻筆 ……………………………
　[067] **100**-157, [082] **5**-201, [083]
　8-119
野鹿武左衛門口伝はなし（天和三年刊）
　……………………………………[082] **5**-180

只丸
あしそろへ …………………[096] **4**-**4**-1

自閑斎
狩野五家譜 …………………[095] **9**-291

紫菊子
游里教・戯言教 ……………[038] **3**-345

四季山人
船頭深話 ……………………[038] **24**-83

直指
霊魂得脱篇 …………………[045] **III**-**44**-327

式子内親王
萱斎院御集 …………………[036] **3**-147
式子内親王集（萱斎院御集）
　……………………………………[074] **2**-434
式子内親王集 …………………………
　[030] **14**-203, [063]〔**69**〕-9, [067]
　80-359
雖入勅撰不見家集歌 ……[063]〔**69**〕-36

式亭 三馬
秋津島仇討物語 ……………[032]〔7〕-287
難有孝行娘 …………………[032]〔7〕-337
凩雲井物語 …………………[032]〔7〕-255
石場妓談 辰巳婦言 ………[038] **17**-127
潮来婦志
　[038] **28**-123, [038] **28**-151
潮来婦誌 ……………………[032]〔6〕-201
一盃綺言
　[032]〔7〕-43, [045] **I**-**20**-247
田舎芝居忠臣蔵 ……………[032]〔7〕-191
浮世床 …………………………………
　[027] **17**-419, [032]〔5〕-243, [033]
　29-297, [040]〔**80**〕-11, [043] **80**-
　243, [063]〔**107**〕-27, [063]〔**107**〕-
　67, [066] **47**-255
浮世風呂 ………………………………
　[013] **34**-209, [032]〔5〕-10, [041] **86**
　-1, [067] **63**-47, [067] **63**-109, [067]
　63-173, [067] **63**-237
ひだり甚五郎腕雕一心命 ……[045] **I**-**20**-75

作家名索引（原作者）　　　　　　　　　しすこ

巨勢金岡下画左甚五郎彫工腕彫一心命
　　　　　　　　　　　　　　　[032]〔8〕- 335
躰はやわらぐ浄瑠璃本引書はかたい杜㒵新書雲
　龍九郎倫盗伝 ……………… [032]〔8〕- 1
譚話江戸嬉笑 ……………… [068] 下 - 249
鬼児島名誉仇討 …………… [006]〔7〕- 3
客者評判記 ………………… [032]〔7〕- 351
金銅名犬正宗名刀敵討宿六始
　　　　　　　　　　　　　　　[032]〔8〕- 287
侠客荒金契情瓢象冠辞筑紫不知火
　　　　　　　　　　　　　　　[032]〔8〕- 211
傾城買談客物語 …………… [038] 17 - 255
狂言田舎操 …………………
　　　　　　[032]〔7〕- 73, [045] I - 19 - 291
狂言綺語 …………………… [032]〔6〕- 261
又燒直鉢冠姫稗史億説年代記 ‥ [085] 8 - 223
傾城買談客物語 …………… [032]〔6〕- 511
恋塚昔話金情畸人伝 ……… [032]〔8〕- 263
戯場粋言幕の外 …………… [041] 86 - 295
古今百馬鹿 …………………
　　　　　　[032]〔5〕- 409, [045] I - 20 - 279
譚窪浮世風呂 ……………… [085] 10 - 705
四十八癖 ……………………
　　　　　　[032]〔5〕- 447, [040]〔80〕- 189
素人狂言紋切形 …………… [032]〔6〕- 445
船頭深話一四季山人 ……… [032]〔6〕- 39
船頭部屋一猪牙散人 ……… [032]〔6〕- 103
緞子三本紅絹五疋大尺舞花街濫觴
　　　　　　　　　　　　　　　[032]〔8〕- 359
大千世界楽屋探 …………… [041] 86 - 359
辰巳婦言 … [032]〔6〕- 1, [085] 8 - 659
玉藻前三国伝記 ……………
　　　　　　　[032]〔8〕- 195, [065] 2 - 249
茶番早合点 ………………… [041] 82 - 359
忠臣蔵偏痴気論 ……………
　　　　　　[032]〔7〕- 1, [045] I - 20 - 211
天道浮世出星操 ……………
　　　　　　[032]〔7〕- 239, [045] I - 20 - 5
大津土産吃又平名画助刀 …… [032]〔8〕- 55
七癖上戸 …………………… [045] I - 20 - 115
酩酊気質 ……………………
　　[032]〔6〕- 369, [043] 80 - 189, [066]
　　47 - 201
女房気質異赤縄 …………… [032]〔7〕- 135
人間一心覗替繰 …………… [045] I - 20 - 37
人間万事虚誕計 …………… [045] I - 19 - 349
歌舞伎楽屋通俳優家贔負気質
　　　　　　　　　　　　　　　[032]〔7〕- 165
大世界楽屋探 ……………… [032]〔6〕- 311
（麻疹戯言）麻疹与海鹿之弁
　　　　　　　　　　　　　　　[032]〔6〕- 436
（麻疹戯言）送麻疹神表 … [032]〔6〕- 427
麻疹戯言 …………………… [045] I - 20 - 59

昔帯のお艶好今織の市松形艶容歌妓結
　　　　　　　　　　　　　　　[032]〔8〕- 149
早替胸のからくり ………… [045] I - 20 - 167
早替胸機関 ………………… [032]〔6〕- 131
腹之内戯作種本 …………… [006]〔10〕- 36
悪賊三大河怨霊三菩提坂東太郎強盗譚
　　　　　　　　　　　　　　　[032]〔8〕- 93
日高川清姫物語 …………… [032]〔8〕- 115
人心覗からくり …………… [045] I - 20 - 323
人心覗機関 ………………… [032]〔6〕- 165

竺仙梵仙
　天柱集 一巻 ……………… [029] 1 - 673
時雨庵主人
　百安楚飛 ………………… [038] 8 - 315
滋野 貞主
　秋雲篇、同舎の郎に示す … [043] 86 - 119
　「鞦韆篇」和し奉る ……… [043] 86 - 97
　太上天皇が「秋日の作」に和
　　　　　　　　　　　　　　　[043] 86 - 117
　藤神策大将が「門を閉ぢて静
　　　　　　　　　　　　　　　[043] 86 - 100
滋野 善永
　落葉を看る。令に応ず …… [043] 86 - 107
重之子僧
　重之の子の僧の集 ……… [036] 1 - 704
至極亭 楽成
　北系兵庫結 ……………… [038] 25 - 11
子珊
　続別座敷 ………………… [076] 5 - 523
此山妙在
　若木集 …………………… [029] 2 - 1093
　若木集拾遺 ……………… [029] 2 - 1147
　若木集附録 ……………… [029] 2 - 1157
四時庵 紀逸 → 慶紀逸（けい・きいつ）
　を見よ
志丈
　寿々葉羅井（安永八年正月刊）
　　　　　　　　　　　　　　　[082] 11 - 199
四条 隆房
　隆房集 …………………… [054]〔7〕- 89
四条宮下野
　四条宮下野集 ……………
　　　　　　[036] 2 - 276, [041] 28 - 445
　下野集（四条宮下野集） … [074] 2 - 375
四条宮主殿
　主殿集 …… [036] 2 - 214, [074] 2 - 594
志築 忠雄
　求力法論 ………………… [069] 65 - 9
倭文子
　あやぬの ………………… [017] 1 - 346

日本古典文学全集・内容綜覧　695

しそう　　　　　作家名索引（原作者）

止蔵
　当世花街談義 ……………　[038] **1**-*321*
自堕落先生
　当世下手談義 ……………　[041] **81**-*105*
市中庵
　粋好伝夢枕 ………………　[038] **28**-*113*
七珍 万宝
　美止女南話 ………………　[038] **15**-*273*
十返舎 一九
　商内神 ……　[009] **1**-*543*, [038] **21**-*9*
　的中地本問屋 ……　[006] **[10]**-*80*
　下総銚子磯廻往来 ………　[042] **9**-*88*
　青楼夜話色講釈 …………　[038] **20**-*29*
　江戸見物 …………………　[042] **5**-*5*
　恵比良濃梅 …　[038] **20**-*11*, [059] **5**-*489*
　和蘭夜絵於都里綺 ………　[045] **III**-*43*-*341*
　落咄腰巾着（享和四年正月刊）
　　　　　　　　　　　　　　[082] **14**-*155*
　落咄堵蘇機嫌（文化十四年正月刊）
　　　　　　　　　　　　　　[082] **18**-*102*
　復仇女実語教 ……　[045] **I**-*25*-*325*
　敵討余世波善津多 …　[045] **III**-*43*-*153*
　金草鞋 ……………………………………
　　　[006] **〔1〕**-*2*, [042] **6**-*15*, [006] **〔5〕**
　　　-*2*, [037] **1**-*1*, [037] **2**-*1*, [042] **9**-*7*
　青楼起承転合 ……………　[038] **21**-*77*
　旧観帖 ……………………………………
　　　　[045] **I**-*19*-*167*, [045] **I**-*19*-*205*,
　　　　[045] **I**-*19*-*249*
　倡客竅学問 ………………　[038] **21**-*259*
　教訓相撲取草 ……………　[038] **22**-*341*
　甲州道中記 ………………　[042] **4**-*5*
　諸們附会案文 ……　[045] **III**-*43*-*261*
　青楼奇談狐竇這入 ………　[038] **21**-*53*
　鄽意気地 …………………　[038] **21**-*207*
　滑稽しつこなし …………　[045] **III**-*43*-*37*
　串戯しつこなし …………………………
　　　　[045] **III**-*43*-*69*, [045] **III**-*43*-*101*
　滑稽倡売往来 ……………　[038] **23**-*139*
　笑府商内上手（享和四年正月序）
　　　　　　　　　　　　　　[082] **14**-*168*
　心学曹計草 ………………　[045] **III**-*43*-
　清談峯初花 ………………　[045] **II**-*36*-*3*
　清談峯初花 後編 ………　[045] **II**-*36*-*45*
　素見数子 …………………　[038] **22**-*11*
　秩父順礼道中記（序） …　[042] **7**-*18*
　東海道金草鞋 ……………　[042] **6**-*7*
　東海道中膝栗毛 …………………………
　　　[022] **21**-*5*, [027] **17**-*163*, [033] **29**
　　　-*75*, [043] **81**-*13*, [060] **12**-*5*, [060]
　　　12-*158*, [063] **〔108〕**-*8*, [063] **〔108〕**

　　　-*29*, [066] **49**-*39*, [067] **62**-*17*, [071]
　　　44-*29*
　滑稽埜良玉子 ……………　[038] **20**-*269*
　初役金烏帽子魚 ……　[045] **III**-*43*-*383*
　坂東順礼道中記（序） …　[042] **7**-*6*
　東海道中膝栗毛 …………　[085] **10**-*245*
　落噺三番叟福種蒔（寛政十三年正月刊）
　　　　　　　　　　　　　　[082] **18**-*50*
　福助噺（文化二年正月序） …　[082] **19**-*319*
　附言・滑稽旅烏 …………　[037] **3**-*10*
　落咄膽繰金 ………………　[068] **下**-*223*
　房総道中記 ………………　[042] **1**-*11*
　松の内 ……………………　[038] **21**-*353*
　妙伍天連都（文化八年正月刊）
　　　　　　　　　　　　　　[082] **14**-*250*
　後編遊治郎 ………………　[038] **21**-*97*
　弓削道鏡物語 ……………　[090] **10**-*283*
　吉原談語 …………………　[038] **21**-*183*
　南総紀行旅眼石 …………　[042] **9**-*52*
　列国怪談聞書帖 ……　[045] **III**-*43*-*189*
十返舎 一九（三代）
　花柳古鑑 …………………　[095] **10**-*437*
十方 茂内
　深川手習草紙 ……………………………
　　　　[009] **1**-*273*, [038] **13**-*155*
之道
　あめ子 ……………………　[041] **71**-*147*
志道斬
　迷処邪正按内拾穂抄 ……　[038] **3**-*81*
慈道親王
　慈道親王集 ………………　[036] **5**-*144*
止働堂 馬呑
　恵世ものかたり …………　[038] **12**-*37*
　恵世物語 …………………　[059] **5**-*289*
　にやんの事だ ……………　[038] **11**-*117*
品田 郡太
　観延政命談 ………………　[059] **1**-*438*
篠崎 維章
　可成三註 …………………　[070] **II**-*15*-*51*
篠田 金次
　越後獅子（遅桜手爾葉七字）
　　　　　　　　　　　　　　[100] **24**-*49*
篠田 金治
　保名（深山桜及兼樹振） …　[100] **19**-*117*
篠田 瑳助
　操り三番叟（柳糸引御撰） ‥　[100] **24**-*183*
忍岡 やつがれ
　関東名残の袂 ……………　[009] **3**-*233*
司馬 江漢
　和蘭通舶 …………………　[069] **64**-*497*

し・みす

和蘭天説 …………………… [069] **64**-445
春波楼筆記 ………………… [070] **I-2**-1
西洋画談
  ………………… [069] **64**-489, [070] **I-12**-479
司馬 斎次郎
  笑話草かり籠（天保七年正月序）
  ………………………………… [082] **16**-58
司馬 芝叟
  箱根霊験躄仇討（いざりの仇討）
  ………………………………… [100] **6**-319
  花上野誉碑（志渡寺） ……… [100] **6**-275
芝 晋交
  品川楊枝 ‥ [009] **1**-503, [038] **17**-285
芝 全交
  大違宝舟 …………………… [041] **83**-181
  御手料理御知而已 大悲千禄本 …………
  [066] **46**-139, [067] **59**-107
  遊妓寛卯角文字（女郎／誠心玉子の角文
  字）………………………… [066] **46**-179
  御手料理御知而已大悲千禄本 … [085] **8**-99
司馬 龍生
  新作昔はなし（弘化三年正月刊）
  ………………………………… [082] **18**-302
司馬山人
  今様操文庫 ………… [045] **II-36**-95
  今様操文庫 後編 …… [045] **II-36**-143
柴田 鳩翁
  鳩翁道話 …………………… [069] **42**-233
柴田 剛中
  仏英行（柴田剛中日載七・八より）
  ………………………………… [069] **66**-261
柴野 栗山
  京を発す、諸友に留別す … [043] **86**-472
  余が家、例として後赤壁の夕
  ………………………………… [043] **86**-474
柴村 盛方
  飛鳥川 ……………………… [070] **II-10**-1
芝本 扇香
  古物尋日扇香記 …………… [038] **20**-305
芝山 益子
  芝山益子「放懐楼歌集」…… [074] **5**-411
渋井 太室
  世の手本 …………………… [069] **38**-369
渋川 時英
  薫風雑話 …………………… [070] **II-18**-47
渋川 春海
  天文瓊統 巻之一 ………… [069] **63**-109
慈遍
  旧事本紀玄義（抄）………… [069] **19**-135

枝芳軒 静之
  南瓢記 ……………………… [045] **I-1**-187
指峰亭 稚笑
  宮郭八景論 ………………… [038] **6**-11
志満山人
  おとぎばなし（文政五年正月刊）
  ………………………………… [082] **18**-137
島田 金谷
  彙軌本紀 …………………… [038] **12**-283
島田 忠臣
  雨中の桜花を賦す ………… [043] **86**-130
  桜花を惜しむ ……………… [043] **86**-124
  衙後晩望、懐ひを吟ず …… [043] **86**-129
  花前感有り ………………… [043] **86**-131
  紙を乞ひて隣舎に贈る …… [043] **86**-122
  後漢書の竟宴、各史を詠じて
  ………………………………… [043] **86**-127
  五言、夏の夜渤海の客に対し
  ………………………………… [043] **86**-128
  三月晦日に春を送るに感じて
  ………………………………… [043] **86**-122
  讃州の菅使君、群臣内宴に侍
  ………………………………… [043] **86**-129
  七月一日 …………………… [043] **86**-123
  早秋 ………………………… [043] **86**-121
  重陽の日宴の侍して、同じく
  ………………………………… [043] **86**-132
  東郭の居に題す …………… [043] **86**-125
  白詠 ………………………… [043] **86**-125
  八月十五夜の宴にして、各志
  ………………………………… [043] **86**-131
  常陸中別駕の任に之くを送る
  ………………………………… [043] **86**-123
  独り坐して古を懐ふ ……… [043] **86**-127
  暮春 ………………………… [043] **86**-124
  身に繁累無し ……………… [043] **86**-126
  無題 ………………………… [043] **86**-133
  李孔を歎ず ………………… [043] **86**-132
  隣舎の紙書を贈らるるに答ふ
  ………………………………… [043] **86**-122
島村 抱月
  自然主義の価値 …………… [024] 〔**3**〕-200
志水 燕十
  大通俗一騎夜行 …………… [038] **10**-11
  滸都洒美撰 ………………… [038] **12**-83
清水 千代
  清水千代「白木蓮」………… [074] **6**-449
清水 宣昭
  紫式部日記註釈 …………… [072] 〔**25**〕-71
清水 浜臣
  狭衣旁註書入本 …………… [072] 〔**29**〕-17

泊洒筆話 ....
　　　[041] **97**-255, [070] **I**-**7**-213
筑波子家集 .... [008] **4**-259
答問雑稿 .... [070] **II**-**18**-297
遊京漫録 .... [070] **II**-**17**-1

清水 濱臣
泊洒舎集 .... [030] **18**-565

清水 磯洲
ありやなしや .... [047] **8**-265

清水谷 実業
高尾紀行 .... [017] **1**-113

下河辺 長流
続歌林良材集 ....
　　　[061] 別**7**-35, [061] 別**7**-481, [094] **2**-5
晩花集 .... [030] **15**-137
枕詞燭明抄 .... [094] **1**-403
万葉集管見 .... [094] **1**-195
万葉集古事并詞 .... [094] **1**-151
万葉集鈔 .... [094] **1**-163
万葉集名寄 .... [094] **1**-33
林葉累塵集序 .... [061] **7**-1

下冷泉 持為
為富卿詠 .... [036] **5**-406

咬𠰒吧 春子
たつ女におくる文 ...... [008] **3**-621

釈 雲室
雲室随筆 .... [047] **1**-75

釈 乾三
太平記賢愚抄 .... [072][**34**]-333

釋 慈鎭
拾玉集 .... [030] **10**-541

釈 春登
万葉用字格 .... [094] **16**-359

釈 切臨
狭衣物語目録並年序 ...... [072][**29**]-1

釈 南山
南屏燕語 .... [070] **II**-**18**-207

釈 弁正
唐に在りて本郷を憶ふ ... [043] **86**-30

釋 幽眞
空谷博声集 .... [030] **19**-461

釋 涌蓮
獅子巌和歌集 .... [030] **17**-541

釈 立綱
萍の跡 .... [070] **II**-**8**-43

釈 蓮禅
同国の江伯に着き、頓に之を作
　　　........................ [043] **86**-213

冬日故右京兆の東山の旧宅に向
　　　........................ [043] **86**-211

杓子定規
惣已先生夜話 .... [038] **4**-253

寂室元光
寂室和尚語抄 .... [041] **48**-266

寂身法師
寂身法師集 .... [036] **3**-353

寂然法師
寂然法師集 .... [036] **3**-106

寂蓮
寂蓮家之集 .... [036] **3**-182
寂蓮集 .... [036] **3**-185

洒堂
深川 .... [041] **71**-345

沙弥宗安
宗安小歌集 .... [040]〔**64**〕-159

沙弥蓮禅
三外往生記 .... [069] **7**-671

舎楽斎
即当笑合（寛政八年秋序）...... [082] **19**-3

舎楽斎 鯉十
遊里の花 .... [038] 補**1**-73

洒落斎山人
艶占奥儀抄 .... [038] **5**-185

紫友
粋話なにはの芦 .... [038] 補**1**-359

十一屋 太右衛門
立花大全 .... [069] **61**-189

周滑平
妙々奇談 .... [070] **III**-**11**-347

秋㵎道泉
秋㵎泉和尚語録 .... [028] **6**-3

宗硯
佐野のわたり .... [041] **51**-461

十口舎 富久助
はなし亀 .... [082] **18**-77

秋収 冬蔵
学通三客 ... [009] **1**-437, [038] **15**-203

重徳
胡蝶判官信徳重徳 ...... [076] **4**-523

十南斎 一九
玉尽一九噺（文化五年正月刊）
　　　........................ [082] **14**-230

十文字舎 自恐
戯作評判花折紙 .... [059] **12**-1
花折紙 .... [038] **22**-135

宗量斎

しよう

廓中名物論 …………… [038] **9**-*131*
酒艶堂 一酔
　甲駅雪折笹 …………… [038] **22**-*239*
守覚法親王
　北院御室御集 ………… [036] **3**-*156*
　守覚法親王集 ………… [036] **3**-*160*
鐘木庵主人
　卯地臭意 ……………………………
　　　　[038] **12**-*197*, [067] **59**-*339*
朱楽館主人
　雑文穿袋 ……………… [038] **8**-*175*
　売花新駅　[038] **7**-*193*, [059] **5**-*129*
俊恵
　林葉和歌集 …………… [036] **2**-*622*
春光園 花丸
　言葉の玉 ……………… [038] **16**-*107*
　北華通情 ……………… [038] **16**-*193*
順四軒
　音曲口伝書 …………… [069] **61**-*415*
春酒家 幾久
　春色三題噺初編（元治元年刊）
　　　　　　　　　　　[082] **16**-*243*
　粋興奇人伝 …………… [068] **下**-*317*
春松子
　口合恵宝袋 …………… [082] **8**-*238*
俊成卿女 → 藤原俊成女（ふじわらのとしなりのむすめ）を見よ
春澄
　江戸桜の巻（俳諧七百五十韻）
　　　　　　　　　　　[043] **61**-*511*
　誹諧江戸十歌仙追加自悦 …… [076] **4**-*47*
順徳院
　紫禁和歌草 …………… [036] **4**-*169*
　順徳院御集 附 拾遺 … [030] **10**-*251*
　八雲御抄 … [061] **3**-*9*, [061] **別3**-*187*
常庵
　三愛記 ………………… [024]〔**7**〕-*147*
邵庵全雍
　鎌倉建長寺龍源菴所蔵詩集 四
　　　　　　　　　　　[028] **3**-*627*
　建長寺龍源菴所蔵詩集 二 … [028] **3**-*551*
松淵
　冠独歩行 ……………… [059] **11**-*363*
上覚
　和歌色葉 …… [048] **8**-*111*, [061] **3**-*95*
鐘下亭 一抓
　春色雨夜噺 …………… [038] **20**-*327*
椒芽田楽
　新織儃意鈔 …………… [038] **20**-*225*

章花堂
　金玉ねぢぶくさ ……………………………
　　　　[045] **II-34**-*247*, [065] **3**-*125*
松花堂 昭乗
　芳野道の記 …………… [017] **1**-*27*
相玉 長伝
　心珠詠藻 ……………… [036] **7**-*694*
性均
　新選発心伝 …………… [045] **III-44**-*247*
貞慶
　愚迷発心集 …………… [069] **15**-*13*
　解脱上人戒律興行願書 … [069] **15**-*9*
　興福寺奏状 …………… [069] **15**-*31*
松月堂 不角
　二葉之松 ……………… [041] **72**-*1*
昭憲皇太后
　昭憲皇太后「新輯昭憲皇太后御集」
　　　　　　　　　　　[074] **5**-*11*
正広
　松下集 ………………… [036] **6**-*254*
聖光上人
　善導大師和讃 ………… [062] **4**-*52*
庄司 勝富
　異本洞房語園 ………… [070] **III-2**-*289*
　洞房語園後集 ………… [070] **III-2**-*347*
正宗龍統
　袖中秘密蔵 …………… [028] **4**-*241*
　禿尾長柄帚 …… [028] **4**-*3*, [028] **4**-*57*
　禿尾鉄苕帚 …………… [028] **4**-*115*
　正宗龍統作品拾遺 …… [028] **4**-*225*
松寿軒 東朝
　北遊穴知鳥 …………… [038] **7**-*141*
　通志選 ………………… [038] **7**-*159*
松春
　祇園拾遺物語 ………… [076] **7**-*381*
常笋亭 君竹
　立春噺大集 ……………………………
　　　　[082] **10**-*227*, [082] **10**-*247*
証定
　禅宗綱目 ……………… [069] **15**-*159*
成尋阿闍梨母
　成尋阿闍梨母集 ……… [036] **2**-*296*
　成尋阿闍梨母集（成尋阿闍梨母日記）
　　　　　　　　　　　[074] **2**-*445*
小人先生
　傾城秘書 ……………… [038] **29**-*325*
章瑞
　西院河原口号伝 ……… [045] **I-16**-*391*
鐘西翁

十二段弥味草紙 ………… [038] **3** - *137*
玄々経 ………………… [038] **3** - *303*
男倡新宗皇玄々経 ……… [059] **5** - *366*

小説家主人
　しりうごと ……… [070] **III**-*11* - *405*

松泉
　軽口機嫌嚢(享保十三年刊) ‥ [082] **7** - *175*

丈草
　寝ころび草 …………… [043] **72** - *483*

常筝亭 君竹
　立春話大集 …………… [068] 下 - *19*

松亭 金水
　太平楽皇国性質 ……… [047] **9** - *335*

松亭の主人
　籠小紋 ………………… [038] **28** - *95*

正徹
　永享九年正徹詠草 …………………
　　[036] **5** - *517*, [041] **47** - *223*
　永享五年正徹詠草 ……… [041] **47** - *181*
　源氏一滴集 …………… [072] 〔**8**〕 - *113*
　招月正徹詠歌 ………… [036] **5** - *511*
　正徹詠草 ……………… [036] **7** - *1636*
　正徹物語 ……………………
　　[013] **24** - *105*, [024] 〔**3**〕 - *56*, [033]
　　36 - *37*, [067] **65** - *165*, [071] **37** - *84*
　正徹物語(抄) ………… [043] **49** - *413*
　清厳茶話(正徹物語 下) … [061] **5** - *245*
　草根集 ………… [036] **5** - *532*, [055] **3**
　月草 …………………… [036] **5** - *522*
　徹書記物語(正徹物語 上) ‥ [061] **5** - *220*
　なぐさみ草 …………… [043] **48** - *427*

正徳 鹿馬輔
　猫謝羅子 ……………… [059] **5** - *438*

聖徳太子
　憲法十七条 …………… [069] **2** - *11*
　上宮聖徳法王帝節 ……… [069] **2** - *353*
　勝鬘経義疏 ‥ [069] **2** - *25*, [069] **2** - *484*

紹巴
　至宝抄 ………………… [071] **37** - *196*

尚白
　孤松春・夏・秋・冬 ……… [076] **5** - *3*

肖柏
　三愛記 ………………… [024] 〔**7**〕 - *147*
　春夢草 ………………… [036] **6** - *778*
　湯山三吟
　　[024] 〔**7**〕 - *58*, [040] 〔**62**〕 - *247*
　六家抄 ………………… [054] 〔**8**〕 - *53*

松風亭 如琴
　大磯新話風俗通 ……… [038] **19** - *11*

松風廬

義経記大全 ……………… [072] 〔**34**〕 - *27*

昌平庵 渡橋
　通俗子 ………………… [038] **18** - *159*

浄弁
　浄弁集 ………………… [036] **5** - *160*

小冥野夫
　しづのおだまき ……… [047] **12** - *277*

常和
　常和集 ………………… [036] **6** - *839*

書苑 武子
　仕形噺(安永二年五月頃刊) ‥ [082] **9** - *290*

蜀山人
　岡目八目 ……………… [059] **12** - *55*
　鯛の味噌津 …………… [067] **100** - *423*

色亭 乱馬
　玉の盃 ………………… [083] **7** - *17*

如毫
　絵本軽口瓢金苗 ……… [083] **8** - *221*
　軽口瓢金苗 …………… [068] 上 - *347*

女好庵主人
　春情心の多気 ………… [090] **5** - *113*
　春色入船日記 ………… [090] **8** - *115*
　艶色品定女 …………… [084] **1** - *171*

如実
　準提菩薩念誦霊験記 … [045] **I**-*16* - *275*

如寂
　高野山往生伝 ………… [069] **7** - *695*

曙舟
　詠句大概 ……………… [096] **1**-**6** - *1*

如酔
　忘花 …………………… [009] **5** - *1*

如泉
　江戸桜の巻(俳諧七百五十韻)
　　……………………… [043] **61** - *511*

恕堂閑人
　花吹雪隈手廼塵 ……… [047] 別**8** - *127*

如風
　江戸桜の巻(俳諧七百五十韻)
　　……………………… [043] **61** - *511*
　清楼文学鍱 …………… [038] **29** - *349*

如有子
　崎陽賊船考 …………… [095] **7** - *257*

如儡子
　可笑記 ………………… [059] **2** - *1*

汝霖妙佐
　汝霖佐禅師疏 ………… [028] 別**2** - *501*

白岩 艶子
　白岩艶子「采風」 ……… [074] **6** - *144*

史魯徳斎
　間似合早粋 ……………… [038] **4**-265
心賀
　相伝法門見聞 …………… [069] **9**-287
眞觀
　秋風抄序 ………………… [061] **4**-52
　簸河上 …………………… [061] **4**-56
眞喜律師
　沙弥戒導師教化 ………… [062] **4**-181
心空
　朗詠要抄 ……… [062] **3**-5, [062] **3**-493
心敬
　岩橋跋文 ………………… [054]〔**12**〕-319
　老のくりごと ……………………………
　　　　　　 [054]〔**12**〕-367, [069] **23**-409
　寛正百首 ………………… [041] **47**-313
　権大僧都心敬集 ………… [036] **6**-94
　さゝめごと ……………… [067] **66**-119
　ささめごと ………………………………
　　　[024]〔**3**〕-62, [066] **51**-63, [096]
　　　1-**3**-**1**
　ささめごと―改編本 …… [054]〔**12**〕-176
　十体和歌 ………………… [036] **6**-106
　私用抄 …………………… [054]〔**12**〕-331
　心敬私語 ………………… [061] **5**-280
　心敬法印庭訓 …………… [054]〔**12**〕-387
　心敬わ伯への返事 ……… [054]〔**12**〕-311
　所々返答 ………………… [054]〔**12**〕-259
　ひとりごと ………………………………
　　　[043] **88**-53, [054]〔**12**〕-291, [069]
　　　23-465
　ひとり言 ………………… [033] **36**-80
心華元棟
　業鏡台 一巻 …………… [029] **3**-2171
　心華詩藁 ………………… [028] 別**2**-479
真源
　順次往生講式 …………… [062] **4**-260
塵哉翁
　巷街贅説 …………………………………
　　　[065] **1**-268, [047] 別**9**-**1**, [047] 別
　　　10-**1**
信生
　信生法師集 ……………… [036] **4**-258
　信生法師日記 …………… [043] **48**-85
心田清播
　春畊集 …………………… [028] 別**1**-907
　心田和尚語録 …………… [028] 別**1**-811
　心田詩藁 ………………… [028] 別**1**-859
　心田播禅師疏 …………… [028] 別**1**-701
　聴雨外集 ………………… [028] 別**1**-661

神都北溟散人其白庵雁川
　新版絵入当世嘖吐語 …… [038] 補**1**-87
新場 老漁 → 大田南畝（おおた・なんぽ）
を見よ
信普
　万更大師異聞本 ………… [038] **15**-301
心友
　伊勢宮笥 ……… [076] **4**-85, [077] **6**-1
　江戸宮笥 ……… [076] **4**-121, [077] **7**-1
森羅万象
　真女意題 ………………… [059] **5**-264
森羅万象源平藤橘
　驪山比翼塚 ……………… [045] Ⅰ-**15**-261
親鸞
　恵信尼の消息 …………… [067] **82**-217
　教行信証 ………………… [069] **11**-7
　疑惑讃 …………………… [062] **4**-79
　愚禿悲歎述懐 …………… [062] **4**-82
　高僧和讃 ………………… [062] **4**-65
　皇太子聖徳奉讃 ………… [062] **4**-81
　三帖和讃 …………………………………
　　　[040]〔**50**〕-51, [067] **82**-43
　正信念仏偈 ……………… [067] **82**-27
　正像末法和讃 …………… [040]〔**50**〕-142
　正像末和讃 ……………… [062] **4**-75
　消息 ……………………… [067] **82**-113
　浄土高僧和讃 …………… [040]〔**50**〕-100
　浄土和讃 ……… [040]〔**50**〕-53, [062] **4**-54
　善光寺如来和讃 ………… [062] **4**-83
　歎異抄 …………………… [067] **82**-191
　帖外和讃 ………………… [062] **4**-84
　末灯鈔 …………………… [040]〔**50**〕-177
振鷺亭主人
　意妓口 …………………… [038] **19**-171
　自惚鏡 …………………… [038] **14**-309
　御膳手打翁曾我 ………… [038] **16**-297
　叶福助略縁起 …………… [045] Ⅰ-**19**-147
　格子戯語 ………………… [038] **15**-145
　振鷺亭噺日記（寛政三年正月序）
　　………………………… [082] **12**-190
　玉の蝶 …………………… [009] **1**-519
　噺手本忠臣蔵（寛政八年正月刊）
　　………………………… [082] **13**-24
　風俗本朝別女伝 ………… [045] Ⅰ-**25**-5
　かしく六三良見通三世相 … [038] **16**-343

【 す 】

酔斎子
　襟土一覧 ……………………… [038] **26** - *239*

酔妓先生
　本朝色鑑 ……………………… [038] **3** - *315*

酔狂庵
　好色小柴垣 …………………… [090] **10** - *217*
　小柴垣 ………………………… [009] **5** - *1*

瑞渓周鳳
　温泉行記 ……………………… [028] **5** - *627*
　臥雲藁 ………………………… [028] **5** - *495*
　瑞渓疏 ………………………… [028] **5** - *585*

翠軒
　筬の千言 ……………………… [038] **25** - *111*

翠原子
　楼上三之友 …………………… [038] **26** - *327*

吹簫軒 雲鼓
　夏木立 ………………………… [076] **7** - *345*

随松子
　風俗砂払伝 …………………… [038] **10** - *113*

酔醒 水吉
　雪月二蒲団 …………………… [038] **20** - *207*

酔石翁
　当世会古左賀志 ……………… [038] 補1 - *11*

粋川士 → 西村定雅（にしむら・ていが）
　を見よ

翠川士
　遊状文章大成 ………………… [038] **24** - *9*
　遊女大学 ……………………… [038] **24** - *239*

随羅斎
　当世繁栄通宝 ………………… [038] **11** - *53*

巣兆
　新小莚序 ……………………… [085] **7** - *777*

周防内侍
　周防内侍集 ・ [036] **2** - *383*, [074] **2** - *355*

菅 専助
　桂川連理柵 ……………………
　　　[040]〔**74**〕- *315*, [085] **4** - *599*
　桂川連理柵（帯屋） ………… [100] **7** - *177*
　紙子仕立両面鑑（大文字屋）
　　……………………………… [100] **14** - *97*
　摂州合邦辻 …………………… [067] **99** - *303*
　摂州合邦辻（合邦） ………… [100] **4** - *279*

菅江 真澄
　鄙廼一曲 ………………………

　　　[041] **62** - *161*, [046] **3** - *27*, [046] **3** - *281*, [063] 〔**87**〕- *49*, [063] 〔**87**〕- *361*

菅原 在良
　在良朝臣集 …………………… [036] **2** - *396*

菅原 清公
　「寒下曲」に和し奉る ……… [043] **86** - *78*
　「清涼殿の画壁の山水歌」に和
　　……………………………… [043] **86** - *115*

菅原 道真
　菅家後集 ……………………… [067] **72** - *471*
　菅家文草 ………………………
　　　[067] **72** - *105*, [067] **72** - *529*
　新選万葉集序 ………………… [061] **1** - *35*

菅原孝標女
　更級日記 ………………………
　　　[013] **10** - *291*, [014] **7** - *409*, [022] **7** - *49*, [027] **7** - *189*, [033] **8** - *249*, [040] 〔**27**〕 - *11*, [041] **24** - *371*, [043] **26** - *273*, [044] 〔**8**〕 - *12*, [049] 〔**10**〕 - *11*, [063] 〔**22**〕 - *71*, [066] **18** - *46*, [066] **18** - *283*, [067] **20** - *479*, [071] **18** - *9*, [073] **2** - *79*, [074] **2** - *514*

杉 九兵衛
　舞台百箇条 …………………… [033] **36** - *230*

杉浦 翠子
　杉浦翠子「寒紅梅」「藤浪」 ‥ [074] **6** - *255*

杉田 玄白
　和蘭医事問答 ………………… [069] **64** - *183*
　解体新書 ……………………… [069] **65** - *207*
　狂医之言 ……………………… [069] **64** - *227*
　形影夜話 ……………………… [069] **64** - *245*
　野叟独語 ……………………… [069] **64** - *291*
　蘭学事始 ……………………… [033] **35** - *284*
　蘭東事始 ……………………… [067] **95** - *467*

杉田 鶴子
　杉田鶴子「菩提樹」 ………… [074] **6** - *337*

杉山 杉風
　常盤屋の句合 ………………… [025] **7** - *376*

資平
　資平集 ………………………… [036] **4** - *508*

菅生堂人恵忠居士
　大平百物語 …………………… [045] **I**-**2** - *261*
　太平百物語 …………………… [059] **4** - *318*

朱雀天皇
　朱雀院御集 …………………… [036] **1** - *312*

鈴木 朖
　離屋学訓 ……………………… [069] **51** - *361*

鈴木 煥卿
　撈海一得 ……………………… [070] **I**-**13** - *325*

鈴木 重胤

世継草 ……………………… [069] **51**−*231*
鈴木 重嶺
　翠園応答録 ……………… [061] **9**−*431*
鈴木 正三
　因果物語 ………………… [065] **3**−*42*
　破吉利支丹 ……………… [069] **25**−*449*
　万民徳用 ………………… [067] **83**−*262*
　反故集 …………………… [067] **83**−*280*
　盲安杖 …………………… [067] **83**−*241*
鈴木 清風
　稲莚 ……………………… [077] **4**−*1*
鈴木 泉三郎
　生きている小平次 ……… [100] **20**−*271*
鈴木 忠候
　一挙博覧 ……………… [070] **Ⅱ**−**8**−*1*
鈴木 桃野
　反古のうらがき …………………………
　　[065] **1**−*272*, [065] **3**−*252*
　無可有郷 ………………… [041] **99**−*377*
鈴木 基之
　松陰随筆 ……………… [070] **Ⅰ**−**13**−*383*
鈴成
　大通契語 ………………… [009] **1**−*407*
崇徳天皇
　崇徳天皇御製 …………… [030] **10**−*1*
寸木
　金毘羅会 ……… [076] **7**−*3*, [077] **5**−*1*

【 せ 】

世阿弥
　葵上 ………… [027] **12**−*56*, [033] **20**−*71*
　蘆刈 ……………………… [103] **1**−*35*
　敦盛 ……………………… [043] **58**−*218*
　蟻通 ……………………………………
　　[040]〔**58**〕−*93*, [041] **57**−*610*, [043]
　　59−*128*, [103] **1**−*117*
　井筒 ……………………………………
　　[040]〔**58**〕−*101*, [041] **57**−*460*, [043]
　　58−*286*, [103] **3**−*631*
　鵜飼 …………………………………
　　[027] **12**−*64*, [040]〔**58**〕−*113*, [041]
　　57−*244*
　浮舟 ……………………… [103] **1**−*196*
　鵜羽 ……………………………………
　　[040]〔**58**〕−*169*, [041] **57**−*289*, [103]
　　1−*237*
　江口 ……………………… [041] **57**−*367*

老松 ……………………………………
　[040]〔**58**〕−*203*, [041] **57**−*447*, [043]
　58−*77*, [103] **1**−*301*
音曲口伝(音曲声出口伝) … [069] **24**−*73*
花鏡 ……………………………………
　[033] **36**−*209*, [040]〔**61**〕−*115*, [043]
　88−*293*, [066] **51**−*299*, [067] **65**−*409*,
　[069] **24**−*83*
花習内抜書(能序破急事) … [069] **24**−*67*
柏崎 ……………………… [041] **57**−*404*
花伝書 …………………… [024]〔**3**〕−*79*
砧 ………………………… [043] **59**−*260*
却来華 …………………… [069] **24**−*245*
九位 ……………………………………
　[040]〔**61**〕−*163*, [067] **65**−*447*, [069]
　24−*173*
清経 ……………………………………
　[027] **12**−*11*, [033] **20**−*27*, [040]
　〔**59**〕−*15*, [041] **57**−*325*, [043] **58**−*190*
金島書 …………………… [069] **24**−*249*
五位 ……………………… [069] **24**−*169*
恋重荷 …………………… [103] **1**−*782*
五音 ……………………… [069] **24**−*205*
五音曲条々 ……………… [069] **24**−*197*
金春大夫宛書状 ………… [069] **24**−*315*
西行桜 …… [041] **57**−*69*, [043] **58**−*487*
桜川 ……… [040]〔**59**〕−*91*, [103] **2**−*42*
実盛 ……………………………………
　[040]〔**59**〕−*105*, [041] **57**−*615*, [043]
　58−*174*
申楽談儀 ………………………………
　[033] **36**−*216*, [067] **65**−*483*
三道 ……………………………………
　[043] **88**−*351*, [066] **51**−*357*, [067]
　65−*469*, [069] **24**−*133*
至花道 …………………………………
　[033] **36**−*214*, [040]〔**61**〕−*99*, [043]
　88−*337*, [066] **51**−*343*, [067] **65**−*399*,
　[069] **24**−*111*
自然居士 ………………… [041] **57**−*629*
拾玉得花 ………………………………
　[043] **88**−*371*, [066] **51**−*377*, [067]
　65−*453*, [069] **24**−*183*
習道書 …… [043] **88**−*397*, [069] **24**−*233*
誓願寺 …………………………………
　[040]〔**59**〕−*189*, [041] **57**−*546*, [103]
　2−*288*
世子六十以後申楽談儀 …… [069] **24**−*259*
蝉丸 ……………………… [043] **59**−*91*
卒都婆小町 ……………… [041] **57**−*434*
泰山府君 ………………… [103] **2**−*391*
当麻 ……………………………………

せあみ　作家名索引（原作者）

[033] **20**-358,[040]〔**59**〕-269,[041] **57**-193,[071] **36**-79,[103] **2**-435
高砂　
　[022] **14**-24,[027] **12**-3,[033] **20**-7,[040]〔**59**〕-281,[041] **57**-3,[043] **58**-29
忠度　
　[040]〔**59**〕-293,[041] **57**-263,[043] **58**-146,[071] **36**-104
檀風　　　[043] **59**-394,[103] **2**-566
東岸居士　
　[040]〔**59**〕-365,[041] **57**-472,[103] **2**-673
融　
　[040]〔**59**〕-397,[041] **57**-250,[043] **59**-549,[103] **2**-701
難波　　　　　　　　　　　[041] **57**-94
二曲三体人形図　　　　　　[069] **24**-121
錦木　
　[040]〔**60**〕-27,[041] **57**-373,[043] **59**-179
鵺　
　[040]〔**60**〕-41,[041] **57**-28,[043] **59**-445,[103] **3**-54
野宮　　　　　　　　　　　[027] **12**-19
箱崎　　　　　　　　　　　[103] **3**-99
花形見　　　　　　　　　　[041] **57**-179
花筐　
　[040]〔**60**〕-101,[043] **59**-63,[103] **3**-138
班女　
　[022] **14**-52,[040]〔**60**〕-115,[041] **57**-212,[043] **59**-78,[103] **3**-173
桧垣　　　[027] **12**-36,[041] **57**-143
檜垣　　[040]〔**60**〕-127,[043] **58**-435
百万　　　[041] **57**-81,[043] **59**-19
風曲集　　　　　　　　　　[069] **24**-155
風姿花伝　
　[013] **24**-229,[015] **47**-329,[022] **14**-157,[033] **36**-206,[040]〔**61**〕-11,[043] **88**-207,[066] **51**-213,[067] **65**-341,[069] **24**-13
富士山　　　　　　　　　　[103] **3**-239
曲付次第　　　　　　　　　[069] **24**-145
舟橋　　　　　　　　　　　[041] **57**-604
放生川　　　　　　[040]〔**60**〕-217
松風　
　[022] **14**-42,[027] **12**-26,[033] **20**-43,[040]〔**60**〕-237,[041] **57**-588,[043] **58**-390,[103] **3**-311
松尾　　　　　　　　　　　[103] **3**-335
通盛　　　　　　　　　　　[041] **57**-199
水無月祓　　　　　　[040]〔**60**〕**3**-366

夢跡一紙　　　　　　　　　[069] **24**-241
山姥　
　[040]〔**60**〕-355,[041] **57**-160,[043] **59**-564,[103] **3**-502
遊楽習道風見　
　[067] **65**-439,[069] **24**-161
弓八幡　　　　　　　　　　[103] **3**-526
養老　　　[041] **57**-121,[043] **58**-42
頼政　
　[033] **20**-17,[040]〔**60**〕-415,[041] **57**-39,[043] **58**-160
六義　　　　　　　　　　　[069] **24**-179
井阿弥
　通盛　
　　[040]〔**60**〕-279,[041] **57**-199,[103] **3**-354
西胤俊承
　真愚稿 一巻　　　　　　　[029] **3**-2703
静雲閣主人
　若緑　　　[062] **7**-9,[062] **7**-75
聖応
　胡蝶庵随筆　　　[070] **II**-17-129
青桜薄幸の隠士
　遊僊窟烟之花　　　　　　[038] **19**-97
惺窩
　惺窩和歌集　　　　　　　[036] **7**-999
青海舎主人
　南品あやつり　　　　　　[038] **15**-329
　南品傀儡　　　　　　　　[009] **1**-449
静寛院宮
　静寛院宮「静寛院宮御詠草」
　　　　　　　　　　　　　[074] **3**-563
青斎専鯉
　山吹論　　　　　　　[038] 補**1**-117
成三楼 鳳雨
　青楼夜話鄽数可佳妓　　　[038] **18**-249
成三楼主人
　青楼小鍋立　　　　　　　[038] **21**-315
　通気多志婦足鼈　　　　　[038] **22**-31
清少納言
　校本枕冊子〔第一段─第百十七段〕
　　　　　　　　　　　　　[092] **1**-1
　校本枕冊子〔第百十八段─第三百二十三段〕　　　　[092] **2**-349─834
　清少納言集　
　　[036] **1**-663,[036] **1**-665,[074] **2**-370
　清少納言枕草子　　　　　[073] **2**-133
　枕冊子　　　　　[063]〔**26**〕-71
　枕草子

［003］**[2]**-17, ［013］**8**-7, ［014］**5**-9, ［015］**12**-13, ［015］**13**-17, ［022］**6**-5, ［027］**7**-235, ［033］**11**-3, ［040］**[14]**-17, ［040］**[15]**-13, ［041］**25**-1, ［043］**18**-23, ［060］**4**-5, ［066］**11**-63, ［067］**19**-43, ［071］**9**-17, ［071］**10**-7, ［102］**[5]**-166

枕冊子諸本逸文 ……………………… ［092］**3**-3

西生 永済
　和漢朗詠集註 … ［062］**3**-3, ［062］**3**-85

清拙正澄
　禅居集 一巻 ………………… ［029］**1**-397

清田 儋叟
　孔雀楼筆記 ………………………………
　　　　　　　　　［033］**35**-191, ［067］**96**-259
　鉄枴山歌 …………………… ［043］**86**-427
　冬日、田士河の宅に会す … ［043］**86**-428
　二兄に上る ………………… ［043］**86**-430

清中亭 叔親
　目さまし草 ………………… ［070］**II**-8-205

正長
　江戸桜の巻（俳諧七百五十韻）
　　　　　　　　　……………… ［043］**61**-511

政定
　江戸桜の巻（俳諧七百五十韻）
　　　　　　　　　……………… ［043］**61**-511

西奴
　東西南北突当富魂短 ……………………
　　　　　　　　　［009］**1**-209, ［038］**11**-41

青銅人
　両面手 ……………………… ［038］**23**-267

生白堂 行風
　古今夷曲集 ………………… ［041］**61**-205

成美
　青田づら跋 ………………… ［085］**7**-775
　三猿簑 ……［043］**72**-568, ［085］**7**-773

瀬川
　雛鶴におくる ……………… ［008］**3**-627

瀬川 如皐
　只今御笑草 ……………… ［070］**II**-20-179

瀬川 如皐（二代）
　小原女・国入奴（奉掛色浮世図画）
　　　　　　　　　……………… ［100］**24**-43
　角兵衛（后の月酒宴島台）… ［100］**24**-121
　三社祭（弥生の花浅草祭）… ［100］**19**-199
　供奴（拙筆力七以呂波）…… ［100］**19**-163
　羽根の禿（春昔由縁英）…… ［100］**24**-39
　牟芸古雅志 ……………… ［070］**II**-4-169

瀬川 如皐（三代）
　勢獅子（勢獅子劇場花籠）… ［100］**19**-283

佐倉義民伝（佐倉宗吾）……… ［100］**16**-3
与話情浮名横櫛 ……………………………
　　　　［033］**26**-267, ［085］**6**-797, ［100］**16**-141

関井 林子
　関井林子「落葉集」 ……… ［074］**5**-461

雪窓
　対治邪執論 ………………… ［069］**25**-459

関亭 京観
　傾城情史大客 ……………… ［038］**28**-373

勢多 章甫
　思ひの儘の記 …………… ［070］**I**-13-1

絶海中津
　赤間が関 …………………… ［043］**86**-234
　鵲 …………………………… ［043］**86**-236
　簡上人を悼む ……………… ［043］**86**-233
　郷友の志大道、金陵にて病に
　　　　　　　　　……………… ［043］**86**-232
　行人至る …………………… ［043］**86**-235
　春日北山の故人を尋ぬ …… ［043］**86**-231
　蕉堅藁 ……………………… ［041］**48**-1
　蕉堅稿 一巻 ……………… ［029］**2**-1899
　歳暮の感懐、寧成甫に寄す
　　　　　　　　　……………… ［043］**86**-232
　杜牧集を読む ……………… ［043］**86**-235
　古寺 ………………………… ［043］**86**-231
　無文章侍者に贈る ………… ［043］**86**-234
　友人と期して至らず ……… ［043］**86**-230
　緑陰 ………………………… ［043］**86**-236

雪村友梅
　十九、重慶に至りて、舟中
　　　　　　　　　……………… ［043］**86**-220
　雪村大和尚行道記 ………… ［028］**3**-905
　宝覚真空禅師録 …………………………
　　　　　　　　　［028］**3**-677, ［028］**3**-779
　岷峨集 …… ［028］**3**-863, ［029］**1**-519
　岷峨集抄 …………………… ［041］**48**-245
　鹿苑寺に宿す ……………… ［043］**86**-220

摂津
　摂津集（前斎院摂津集）…… ［074］**2**-406
　前斎院摂津集 ……………… ［036］**2**-415

瀬名 定雄
　瀬田問答 ………………… ［070］**III**-12-231

世満里 南鐐
　通志選 ……………………… ［038］**7**-159

仙庵
　江戸桜の巻（俳諧七百五十韻）
　　　　　　　　　……………… ［043］**61**-511

潜淵庵 不玉
　秋の夜評語 ………………… ［025］**7**-420

仙化
　蛙合 ……………………………… [041] **71**-*1*

仙覚
　万葉集仙覚抄 ………………… [072]〔**14**〕-*1*

千霍菴 晩季
　斯農鄙古間 …………………… [038] **27**-*29*

千観阿闍梨
　極楽国弥陀和讚 ……………… [062] **4**-*6*

千客庵 万男
　青楼草紙 ……………………… [038] **23**-*339*

千金子
　春笑一刻 ……………………… [082] **11**-*135*

千家 尊澄
　桜の林 …………………… [070] II-**11**-*123*

先賢卜子夏
　列仙伝 ………………………… [038] **3**-*211*

宣光
　西林和歌集 …………………… [036] **6**-*842*

扇好
　百面相仕方ばなし（天保十三年正月刊）
　 ………………………………… [082] **19**-*78*

千差万別
　花の咲（享和三年正月刊） … [082] **14**-*104*
　無駄酸辛甘 ……………………………
　 [038] **13**-*133*, [059] **5**-*337*

剪枝畸人 → 上田秋成（うえだ・あきなり）を見よ

選子内親王
　大斎院御集 …………………… [036] **2**-*89*
　大斎院前の御集 ……………… [036] **2**-*74*
　発心和歌集 … [036] **2**-*95*, [074] **2**-*141*

専順
　かたはし ……………………… [054]〔**12**〕-*137*

鮮仁軒
　遊客年々考 …………………… [038] **3**-*41*

千前軒
　小栗判官車街道 ……… [045] III-**40**-*85*
　ひらかな盛衰記 ……………… [067] **51**-*103*

千束舎
　新作落咄福三笑（文化九年頃序）
　 ………………………………… [082] **14**-*340*

沾徳
　沾徳随筆 ……………………… [077] **1**-*1*

沾圃
　続猿蓑 …………………………………
　 [041] **70**-*455*, [063]〔**79**〕-*193*

千蔭荘主人
　義経腰越状（五斗三番叟） … [100] **4**-*111*

【そ】

宗因
　蚊柱はの巻（蚊柱百句） … [043] **61**-*357*
　荘子像讃 ……………………… [085] **7**-*686*

巣飲叟鶡鼠
　裏見寒話 …… [065] **1**-*208*, [095] **9**-*319*

宗鑑
　新撰犬筑波集 ………………… [040]〔**63**〕-*117*

草官散人
　垣根草 ………………………… [065] **3**-*231*

宗祇
　浅茅 …………………………… [054]〔**10**〕-*315*
　吾妻問答 ………………………………
　 [033] **36**-*89*, [067] **66**-*205*, [071] **37**-*109*
　老のすさみ ……………………………
　 [013] **24**-*135*, [043] **88**-*103*, [054]〔**10**〕-*139*
　源氏物語不審抄出 …… [072]〔**8**〕-*347*
　心付事少々 …………………… [054]〔**10**〕-*131*
　七人付句判詞 ………………… [054]〔**10**〕-*297*
　種玉篇次抄 …………………… [072]〔**8**〕-*335*
　初学用拾抄 …………………… [054]〔**10**〕-*421*
　初心抄 ………………………… [054]〔**10**〕-*407*
　角田川 …………………………………
　 [040]〔**59**〕-*175*, [041] **57**-*338*
　宗伊宗祇両吟百韻注 ………… [055] **1**-*61*
　宗祇集 ………………………… [036] **6**-*453*
　宗祇袖 ………………………… [054]〔**10**〕-*225*
　宗祇独吟何人百韻 ……………………
　 [043] **61**-*143*, [066] **32**-*187*, [071] **37**-*246*
　宗祇独吟何人百韻注 ………… [055] **1**-*84*
　宗祇独吟名所百韻注 ………… [055] **1**-*71*
　竹林抄 …… [024]〔**7**〕-*19*, [041] **49**-*1*
　竹林抄序 ……………………… [041] **49**-*4*
　長六文 …………………………………
　 [024]〔**7**〕-*106*, [043] **88**-*75*, [054]〔**10**〕-*109*
　筑紫道記 ……………………… [041] **51**-*405*
　分葉集 ………………………… [054]〔**10**〕-*207*
　発句判詞 ……………………… [054]〔**10**〕-*187*
　三嶋千句校異 ………………… [055] **1**-*179*
　三嶋千句注 …………………… [055] **1**-*102*
　水無瀬三吟百韻 ……………… [043] **61**-*69*
　水無瀬三吟百韻注 …………… [055] **1**-*3*
　湯山三吟百韻注 ……………… [055] **1**-*21*
　淀渡 …………………………… [054]〔**10**〕-*281*

連歌諸躰秘伝抄 ………	［054］〔10〕-457
連歌秘伝抄 ……………	［054］〔10〕-377

増基
　増基法師集 …………… ［036］1-319

宗久
　都のつと ……………… ［041］51-345

操卮子
　諸国年中行事 ………… ［047］別11-1

早才
　菊の宴 ………………………………………
　　［043］15-15, ［063］〔5〕-160, ［067］
　　11-9

宗砌
　初心求詠集 …………………………………
　　［054］〔12〕-47, ［096］2-1-1
　砌塵抄 ………………… ［054］〔12〕-125
　宗砌 田舎への状 ……… ［054］〔12〕-101
　花能万賀喜 …………………………………
　　［024］〔7〕-78, ［054］〔12〕-87
　密伝抄 ………………… ［054］〔12〕-109

宗碩
　連歌初心抄 …………… ［054］〔14〕-329

宗長
　東路のつと …………… ［043］48-483
　肖柏伝書 ……………… ［054］〔14〕-143
　宗祇終焉記 …………… ［041］51-450
　永文 …………………… ［054］〔14〕-159
　連歌比況集 …………… ［043］88-159
　連歌比況集 …………… ［054］〔14〕-169

岬田斎
　籠耳（貞享四年刊） …… ［082］4-223

蔵二庵 五六閑
　北川蜆殻 ……………… ［038］27-335

宗分
　宗分歌集 ……………… ［036］7-817

宗牧
　四道九品 ……………… ［054］〔14〕-365
　当風連歌秘事 ………………………………
　　［054］〔14〕-385, ［066］51-161

蒼竜闕 湖舟
　文選臥坐 ……………… ［038］15-283

荘鹿
　三睟一致うかれ草紙 … ［009］1-461

曽我 休自
　為愚痴物語 …………… ［059］2-169

即岳庵 青雲斎
　再成餅 ………………… ［068］中-269

鼠渓
　寐ものがたり ………… ［047］11-1

素寂
　紫明抄 … ［072］〔7〕-3, ［072］〔7〕-283

素純
　かりねのすさみ ……… ［061］5-437

素性
　素性集 ……… ［036］1-112, ［036］1-115

蘇生翁
　浪花江南章台才女胆相撲 …… ［038］5-251

曾禰 好忠
　曾舟集附補遺 ………… ［030］13-21
　曽祢好忠集 …………… ［036］1-493
　好忠集 ………………………………………
　　［036］1-506, ［036］1-509, ［036］7-
　　1611, ［036］7-1612, ［067］80-41

楚満人
　くるわの茶番 ………… ［038］25-255

染川 十郎兵衛
　賢外集 ………………… ［067］98-354

曾良
　『おくの細道』旅中の曽良の句 …………
　　　　　　　　　　　　 ［078］3-200
　曾良随行日記 ………………………………
　　［025］6-205, ［049］〔18〕-171
　曾良旅日記 …………… ［025］別1-166

尊運
　高雄尊運詠草 ………… ［036］6-890

尊円親王
　入木抄 … ［033］36-245, ［069］23-249

存覚
　諸神本懐集 …………… ［069］19-181

尊朝親王
　高雄尊朝詠草 ………… ［036］6-891

尊鎮親王
　尊鎮親王詠草 ………… ［036］7-586

【 た 】

他阿
　他阿上人家集 ………… ［036］5-65

大我
　三彝訓 ………………… ［069］57-7
　春遊興 ……… ［046］3-30, ［046］3-323

大眼子
　花街風流解 …………… ［038］27-183

大極堂 有長
　河東方言箱まくら …… ［038］27-113

待賢門院 堀河
待賢門院堀河集 ………… [036] 2-549
堀川集（待賢門院堀川集）… [074] 2-415

醍醐天皇
延喜御集 ………………… [036] 1-190

大食堂 満腹
福の神 …………………… [068] 下-83

大潮 元皓
懐いを梅荘禅師に寄す …… [005] 5-199
唐金子が臨瀛楼に題す …… [005] 5-162
感有り …… [005] 5-171, [005] 5-191
還自嶺南行并びに序 ……… [005] 5-165
観音大士の賛 …………… [005] 5-189
亀才子道哉が庚辰除日前四日に懐わるるの作に和し、却って寄す。三首（うち一首）
　………………………… [005] 5-204
京城魯寮の作 …………… [005] 5-190
月海禅師に寄せ懐ふ ……… [043] 86-365
牽牛花 …………………… [005] 5-159
五月廿二日復た雨ふる。狷蘭候及び諸子予め別れを余に惜しむ。因って以て此れを賦す ……………… [005] 5-160
妾薄命 …………………… [005] 5-157
西台候の邸にして海棠花を賞す
　………………………… [005] 5-155
歳暮の偶詠 ……………… [005] 5-202
僧を送る ………………… [005] 5-173
僧問う、如何なるか是和尚の家風
　………………………… [005] 5-201
僧の鄽居に贈る ………… [005] 5-169
僧の文を学び兼て教を習ふに
　………………………… [043] 86-366
僧の文を学び兼ねて教を習うに贈る
　………………………… [005] 5-174
徂徠生を訪う …………… [005] 5-145
売茶翁が卜居の作を和して却って寄す。三首（うち二首）……… [005] 5-186
売茶翁の七十を寿す …… [005] 5-196
売茶翁は吾が兄月海の別称なり。翁一茶壺洛中に売买す。而うして洛人翁を喜ぶこと、識ると識らざるとを問うことなし。皆称す。是の如くなる者蓋し十年、乃ち将に郷に帰らんとす。予之を聞きて喜ぶ。因って斯の作有り。庶幾わくは以て臂を把るべしと云う ……… [005] 5-195
売茶の口占を和して通仙亭の主翁に贈る。十二首（うち六首）…… [005] 5-179
春浅し …………………… [005] 5-153
深川 ……………………… [005] 5-148
幽居 ……………………… [043] 86-364
魯寮 ……………………… [005] 5-152

大典
千日行 …………………… [043] 86-431

大典 顕常
乙酉元日 ………………… [005] 5-257
宇士新先生を哭す。十首（うち一首）
　………………………… [005] 5-212
駅鈴の香炉を詠ず ……… [005] 5-305
江戸絵を看て戯れに詠ず … [005] 5-259
大堰河を過ぐる途中の作 … [005] 5-294
葛君琴余が印を刻して恵まる。賦して謝す ………………… [005] 5-247
蟹図 ……………………… [005] 5-302
九日高きに登る ………… [005] 5-234
去歳朝鮮の魚氓九州諸地に漂着する者数船、今春長崎より解かれ至る。姑く西山の門前に舎す。因って詠ず [005] 5-292
偶作 ……………………… [005] 5-249
栗餅を詠ず。栗蒸して之を槌し薄片たらしむ。円形を為りて斑有り。蓋し甲斐の名製なり ……………… [005] 5-255
元亨釈書を読む ………… [005] 5-224
高君乗の長崎に帰るを送る・ [005] 5-236
秋興八首并びに序（うち一首）
　………………………… [005] 5-289
出塞の曲 ………………… [005] 5-241
筱安道社友を招いて会す。予も亦た往かんと欲すれども、疾を以て能わず。追って安道に簡す ……… [005] 5-252
初祖讃（三首、うち一首）…… [005] 5-303
静夜の四咏 ……………… [005] 5-264
藤景和市に之き禽を売る者に逢う。其の情悲しむべし。因って雀数十を買い、帰って諸を我が庭に放つ … [005] 5-243
浪華より伏水に反るに、麗王の京に之くに伴い、長柄を渡り山崎に向う途中の即時。各各絶句を賦す（うち一首）・[005] 5-268
売茶翁茶具を携えて士新先生を訪ね、茶を煎じて之に飲ましむ。余も亦た与る。席上に先生に奉贈す。二首（うち一首）…
　………………………… [005] 5-211
反招隠に反す …………… [005] 5-214
平安火後、江戸より帰る。口占二首（うち一首）……………… [005] 5-300
友人と茶を携えて糺林に遊ぶ。往事を懐うこと有り ……… [005] 5-251
余嘗て跡を官利に剪り、山沢に放浪したる者殆ど十数年、乃ち公私に推逼せられ、事已むことを得ず。…戯れに擬風三章を作る。 ……………… [005] 5-280
芳野遊草（八十一首、うち六首）
　………………………… [005] 5-271
落花の篇 ………………… [005] 5-218

六如師雪に乗じて贈らるるに酬ゆ
　　　　　　　　　　…………　［005］**5** - *262*
　六如上人の房に宿す　………　［005］**5** - *285*
大弐三位
　大弐三位集　・　［036］**2** - *315*, ［074］**2** - *308*
　藤三位集　………………………　［036］**2** - *313*
太白真玄
　鵶臭集　二巻　…………………　［029］**3** - *2217*
大盤山人偏直
　新吾左出放題盲牛　……………　［038］**11** - *155*
大編羅房
　梅になく鳥　……………………　［038］**22** - *211*
大用有諸
　雪村大和尚行道記　……………　［029］**1** - *567*
平　兼盛
　かねもり　………………………　［036］**1** - *546*
　兼盛集
　　　［036］**1** - *539*, ［073］**11** - *219*, ［073］**12** - *725*
平　五月
　幽人の遺跡を訪ふ　……………　［043］**86** - *74*
平　貞秀
　松田丹後守平貞秀集　…………　［036］**5** - *342*
平　忠度
　忠度百首　………………………　［036］**2** - *757*
平　忠盛
　刑部卿平忠盛朝臣集　…………　［036］**2** - *536*
　忠盛集　…………………………　［036］**2** - *538*
平　親宗
　中納言親宗集　…………………　［036］**3** - *143*
平　経正
　皇太后宮亮経正朝臣集　………　［036］**2** - *754*
平　経盛
　経盛卿家集　……………………　［036］**2** - *761*
平　道樹
　平家物語標註　…………　［072］【**23**】- *151*
平　利昌
　大和路日記　……………………　［017］**2** - *416*
平　直方
　夏山雑談　………………　［070］**II** - *20* - *211*
平　春海
　椿まうでの記　…………………　［017］**2** - *70*
平　康頼
　宝物集　…………………………　［041］**40** - *1*
高井　几董
　あけ烏　…………………………　［041］**73** - *53*
　続明烏　…………………………　［041］**73** - *87*
　其雪影　…………………………　[041］**73** - *1*
高井　宣風
　万葉集残考　……………　[072］【**13**】- *1*
高尾
　千里におくる　…………………　[008］**3** - *627*
高桑　蘭更
　有の儘　…………………………　[033］**36** - *155*
高三　隆達
　隆達小歌　………………………　[071］**24** - *237*
高階　仲行
　富家語　…………………………　[041］**32** - *361*
高階　積善
　夢中同じく白太保・元相公に
　　　　　　　　　……………　[043］**86** - *179*
　林花落ちて舟に灑ぐ　………　[043］**86** - *164*
高須　元尚
　葉月末つかた　…………………　[017］**2** - *445*
高田　与清
　楽章類語鈔　……………………　[062］**2** - *161*
　松屋叢考　………………　[070］**I** - *16* - *155*
　松屋棟梁集　……………　[070］**I** - *3* - *149*
　擁書漫筆　………………　[070］**I** - *12* - *307*
高野　長英
　西説医原枢要（抄）　…　[069］**55** - *211*
　西洋学師ノ説　…………　[069］**55** - *203*
　蛮社遭厄小記　…………　[069］**55** - *185*
　戊戌夢物語　……………　[069］**55** - *161*
　わすれがたみ（別名、鳥の鳴音）
　　　　　　　　　……………　[069］**55** - *171*
高野　蘭亭
　詠懐　……………………………　[043］**86** - *403*
　菅茶山詩集　……………………　[041］**66** - *1*
　黄葉夕陽村舎詩
　　　[041］**66** - *3*, [041］**66** - *97*, [041］**66** - *131*
　耽酒行、谷文卿に贈る　……　[043］**86** - *406*
　歎老行　…………………………　[043］**86** - *408*
　病中、秋文学の富岳より帰る
　　　　　　　　　……………　[043］**86** - *407*
　放歌行　…………………………　[043］**86** - *404*
高橋　残夢
　万葉物名考　……………………　[094］**19** - *167*
　大和物語管窺抄　………　[072］【**30**】- *151*
高橋　武兵衛
　伽羅先代萩　……………………
　　　[013］**30** - *155*, [033］**25** - *261*, [085］**4** - *707*
高橋　宗直
　琵響録　…………………　[070］**III** - *8* - *155*
高橋　至時
　星学手簡　抄　…………　[069］**63** - *193*
　ラランデ暦書管見（抄）　……　[069］**65** - *167*

高畠式部
高畠式部「麦の舎集」「詠草」「十二支和
歌」「日々詠草」………… ［074］3－404
麦の舎集 …………………… ［008］4－357

高宮 環中
伊勢物語審註 ………… ［072］［26］－1

高安 月郊
桜時雨 ………………… ［100］20－125

高安 やす子
高安やす子「内に聴く」…… ［074］6－306

宝井 其角
田舎の句合 ……………… ［025］7－357
末若葉 …………………… ［041］72－63
猿蓑序 …………………… ［043］72－456
白兎公 …………………… ［043］72－471
嘲仏骨表 ………………… ［085］7－733
芭蕉翁終焉記 …………… ［043］72－457
ひなひく鳥 ……………… ［043］72－468
類柑子 …………………… ［043］72－468

滝沢 馬琴
青砥藤綱摸稜案 ……… ［032］［15］－245
校訂朝夷巡嶋記 ……………………………
　　［032］［17］－1,［032］［18］－1
阿旬伝兵衛実々記 …… ［032］［15］－3
買飴噂凧野弄話 ………… ［041］83－303
糸桜春蝶奇縁 ………… ［032］［15］－547
燕石雑志 …………… ［070］II－19－263
塩梅余史（寛政十一年正月序）
　　…………………………… ［082］13－261
笑府衿裂米 …………… ［032］［19］－417
御慰忠臣蔵之攷 ……… ［006］［8］－89
開巻驚奇侠客伝 …………… ［041］87－1
雁金屋釆女蝿屋裂袋次郎照子池浮名写絵
　　…………………………… ［032］［19］－135
照子池浮名写絵 ……… ［045］II－33－233
敵討雑居寝物語 ……… ［045］II－33－43
敵討蚤取眠 …………… ［032］［16］－563
堪忍五両金言語 ……… ［032］［16］－539
戯開塩梅余史 ………… ［032］［15］－785
曲亭伝奇花釵児 ………… ［041］80－127
羇旅漫録 ……………… ［070］I－1－159
近世説美少年録 ………………………………
　　［032］［11］－3,［032］［20］－594,［043］
　　83－15,［043］84－15,［045］I－21－8,
　　［045］I－21－9,［045］I－21－51,［045］
　　I－21－85,［045］I－21－109,［045］I
　　－21－133,［045］I－21－178,［045］I
　　－21－249,［045］I－22－8,［045］I－
　　22－34,［045］I－22－74,［045］I－22
　　－74,［045］I－22－118,［045］I－22－
　　152,［045］I－22－186,［045］I－22－
　　221

近世説美少年録 附録 … ［032］［20］－623
傾城水滸伝 ……………………………………
　　［006］［3］－2,［032］［21］－1,［032］
　　［22］－1
傾城水滸伝 二編 ………… ［006］［9］－3
校訂傾城水滸伝拾遺物語
　　…………………………… ［032］［22］－319
復讎小説月氷奇談 ……… ［032］［16］－417
牽牛織女願糸竹 ……… ［045］II－33－319
玄同放言 ……………………………………
　　［032］［16］－3,［070］I－5－1
三七全伝南柯夢 ………… ［032］［12］－187
三七全伝南柯夢後記 …… ［032］［12］－344
山中鹿之助中牛之助十三鐘孝子勲績
　　…………………………… ［032］［19］－47
戌子日記 ………………… ［032］［19］－277
俊寛僧都島物語 ………… ［032］［12］－1
守節雄恋主狗小説比翼文 … ［032］［19］－93
小説比翼文 …………… ［045］I－25－65
松染情史秋七草 ………… ［032］［13］－185
新累解脱物語 …………… ［032］［14］－245
新局玉石童子訓 ……………………………
　　［032］［20］－1,［043］84－283,［043］
　　85－15,［043］85－325,［045］III－48－
　　8
墨田川梅柳新書 ………… ［032］［14］－3
著作堂一夕話 ………………………………
　　［032］［19］－175,［070］I－10－297
鎮西八郎為朝外伝椿説弓張月 … ［032］［9］－9
椿説弓張月
　　［022］20－5,［033］27－3,［067］60－
　　61,［067］61－9
鎮西八郎為朝外伝椿説弓張月拾遺
　　…………………………… ［032］［10］－3
月都大内鏡 …………… ［045］III－48－385
童蒙話赤本事始 ………… ［041］83－427
兎園小説 ・ ［065］1－251,［070］II－1－1
兎園小説外集 ………… ［070］II－3－377
兎園小説拾遺 ………… ［070］II－5－73
兎園小説別表 ………… ［070］II－4－1
兎園小説余録 ………… ［070］II－5－1
独考余編 ……………… ［045］II－30－371
独考論 ………………… ［045］II－30－310
南総里見八犬伝 ……………………………
　　［022］20－176,［027］16－1,［032］
　　［24］－1,［032］［25］－1,［032］［26］－
　　1,［032］［27］－1,［032］［28］－1,［040］
　　別1－7,［040］別2－7,［040］別3－7,
　　［040］別4－7,［040］別5－7,［040］別
　　6－7,［040］別7－7,［040］別8－7,［040］
　　別9－7,［040］別10－7,［040］別11－7,
　　［040］別12－7,［071］45－19,［085］9－
　　149 ・

南総里見八犬伝―全九編
　………………………　［032］〔23〕-35
烹雑の記　…………　［070］Ⅰ-21-413
女護嶋恩愛俊寛　……　［045］Ⅱ-33-171
人間万事塞翁馬　………　［032］〔16〕-551
狸和尚勧化帳化地蔵畧縁起化競丑満鐘
　………………………　［032］〔19〕-1
花見虱盛衰記　………　［032］〔16〕-525
美少年録第二輯総論蜈蚣詞
　………………………　［045］Ⅰ-21-178
風俗金魚伝　…………　［032］〔22〕-355
復讐奇談稚枝鳩　………　［032］〔14〕-155
烹雑之記　……………　［032］〔16〕-315
本朝水滸伝を読む並批評　…　［033］36-193
松林木三階奇談　……　［045］Ⅱ-33-7
校訂夢想兵衛胡蝶物語　‥　［032］〔10〕-285
無名草子　………………　［033］36-167
行平鍋須磨酒宴　……　［045］Ⅱ-33-107
頼豪阿闍梨怪鼠伝　……　［032］〔13〕-3
六冊懸徳用草紙（享和二年正月刊）
　………………………　［082］18-61

沢庵宗彭
　東関記　………………　［017］1-33
　玲瓏随筆　…………　［070］Ⅱ-12-287

竹尾 ちよ
　竹尾ちよ「梨の花」　………　［074］6-274

竹尾 正胤
　大帝国論　……………　［069］51-487

武木 右衛門
　興斗月　………………　［038］29-129

健御前
　たまきはる　……………　［041］50-251

竹柴 其水
　神明恵和合取組（め組の喧嘩）
　………………………　［100］17-159
　三人片輪　………………　［100］19-313

竹柴 金作（二代）
　歌舞伎十八番の内鎌髭　………　［100］18-199

武女
　庚子道の記　……………　［041］68-83

竹田 和泉
　奥州安達原（袖萩祭文）　………　［100］5-3

竹田 出雲（初代）
　芦屋道満大内鑑　…………　［041］93-1
　蘆屋道満大内鑑（葛の葉）　…　［100］3-109
　仮名手本忠臣蔵　………………
　　［027］12-239, ［033］25-119
　諸葛孔明鼎軍談　………　［045］Ⅰ-9-7
　菅原伝授手習鑑　………………

　　［013］30-25, ［018］〔1〕-43, ［063］
　　〔97〕-65, ［066］45-487, ［067］99-
　　41, ［085］4-85, ［100］2-139

竹田 出雲（二代）
　大塔宮曦鎧　………………　［100］6-3
　男作五鴈金　………　［045］Ⅲ-40-169
　小野道風青柳硯　………　［100］4-147
　加賀国篠原合戦　…………　［045］Ⅰ-9-313
　仮名手本忠臣蔵
　　［027］12-239, ［033］25-119, ［040］
　　〔74〕-151, ［043］77-11, ［067］51-
　　291, ［085］4-201, ［100］2-5, ［063］
　　〔97〕-258
　甲賀三郎窟物語　………　［045］Ⅱ-38-175
　三荘大夫五人嬢　………　［045］Ⅰ-9-225
　大内裏大友真鳥　………　［045］Ⅰ-9-77
　七小町　………………　［045］Ⅰ-9-147
　双蝶蝶曲輪日記　…………　［043］77-163
　双蝶々曲輪日記（双蝶々）　……　［100］7-55
　義経千本桜　……………………
　　［022］18-5, ［033］25-73, ［041］93-
　　393, ［063］〔97〕-173, ［100］2-235
　大物船矢倉吉野花矢倉義経千本桜
　　………………………　［085］4-115

竹田 因幡
　武田信玄長尾謙信本朝廿四孝　…　［085］4-383
　本朝廿四考（廿四考）　………　［100］5-23

竹田 小出雲　→竹田出雲（二代）（たけだ・いずも）をも見よ
　楠昔噺　………………　［045］Ⅲ-40-347
　軍法富士見西行　………　［045］Ⅲ-40-249
　新うすゆき物語　………　［041］93-275
　新薄雪物語（新薄雪）　………　［100］3-303
　菅原伝授手習鑑　………　［100］2-139
　関取千両幟（千両幟）　………　［100］7-119
　太平記忠臣講釈（忠臣講釈）
　　………………………　［100］6-183
　夏祭浪花鑑　・　［067］51-197, ［085］4-39
　夏祭浪花鑑（夏祭）　………　［100］7-3
　日高川入相花王（日高川）　…　［100］6-115
　ひらかな盛衰記　………　［067］51-103
　武田信玄長尾謙信本朝廿四孝　…　［085］4-383
　由良湊千軒長者（山椒太夫）
　　………………………　［100］6-157

竹田 小出
　本朝廿四考（廿四考）　………　［100］5-23

竹田 三郎兵衛
　武田信玄長尾謙信本朝廿四孝　…　［085］4-383

竹田 治蔵
　鐘鳴今朝噂（いろは新助）　…　［100］14-41

竹田 正蔵

たけた

行平磯馴松 ……………… ［045］**III**−40−7
武田 信玄
　新正の口号 …………… ［043］**86**−242
　春山笑ふがごとし ……… ［043］**86**−242
竹田 新松
　近江源氏先陣館（盛綱陣屋）‥［100］**5**−87
武田 信英
　草廬漫筆 ……………… ［070］**II**−1−357
竹田 文吉
　国訛嫩笈摺（どんどろ）…… ［100］**7**−279
　関取千両幟（千両幟）……… ［100］**7**−119
　太平記忠臣講釈（忠臣講釈）
　　　　　　　　　　　　　　［100］**6**−183
竹田 平七
　武田信玄長尾謙信本朝廿四孝 ［085］**4**−383
　本朝廿四考（廿四考）……… ［100］**5**−23
竹田 法印定盛
　善界 …… ［041］**57**−380,［043］**59**−521
竹杖 為軽
　従夫以来記 ……………… ［043］**79**−65
竹塚 東子
　田舎談儀 ……………… ［038］**15**−217
建部 綾足
　折々草 ………………………
　　［033］**35**−178,［041］**79**−455,［041］
　　79−627,［070］**II**−21−1
　紀行 ……………………… ［041］**79**−305
　古今物忘れの記 ………… ［047］**9**−1
　三野日記 ………………… ［041］**79**−433
　西山物語 ……………………
　　［043］**78**−191,［066］**48**−245
　本朝水滸伝 後編 ………… ［041］**79**−139
　本朝水滸伝 前編 ………… ［041］**79**−1
竹本 義太夫
　阿漕 …………………… ［050］下−955
　一心五戒魂 ……………… ［050］下−624
　永代蔵 ………………… ［050］下−830
　大坂すけ六心中物語 …… ［050］下−940
　大友真鳥 ……………… ［050］下−537
　小野道風 ……………… ［050］下−598
　柏崎 …………………… ［050］上−100
　蒲御曹子東童歌 ……… ［050］上−192
　空也聖人御由来 ……… ［050］上−37
　賢女の手習并新暦 …… ［050］上−61
　曽根崎心中後日遊女誠草… ［050］下−800
　根元曽我 ……………… ［050］上−504
　斎藤忠治当実盛 ……… ［050］上−898
　佐藤忠信廿日正月 …… ［050］上−396
　信濃源氏木曽物語 …… ［050］上−448
　自然居士 ……………… ［050］上−367
　信田小太郎 …………… ［050］下−760

　祝言記 ………………… ［050］上−148
　「貞享四年義太夫段物集」序
　　　　　　　　　　　　　　［069］**61**−407
　神詫粟万石 …………… ［050］下−813
　新版腰越状 …………… ［050］上−245
　大日本神道秘蜜の巻付御月日侍ゆらい
　　　　　　　　　　　　　　［050］上−3
　大福神社考 …………… ［050］上−336
　当麻中将姫 …………… ［050］下−700
　竹本義太夫浄瑠璃正本集 ……［050］上−1
　多田院開帳 …………… ［050］上−303
　忠臣身替物語 ………… ［050］上−423
　一心五戒魂切上るり道中評判敵討
　　　　　　　　　　　　　　［050］下−948
　那須与一小桜威并船遺恨 …［050］下−881
　ひら仮名盛太平記 …… ［050］下−668
　富貴曽我 ……………… ［050］下−733
　法隆寺開帳 …………… ［050］上−120
　松浦五郎景近 ………… ［050］上−22
　三井寺狂女 …………… ［050］上−478
　都富士 ………………… ［050］上−276
　雪女 …………………… ［050］上−82
　義経東六法 …………… ［050］下−938
　四ツ橋供養 …………… ［050］下−578
　頼朝伊豆日記 ………… ［050］上−164
　弱法師 ………………… ［050］上−219
　頼光跡目論 …………… ［050］下−863
竹本 三郎兵衛
　奥州安達原（袖萩祭文）……… ［100］**5**−3
　近江源氏先陣館（盛綱陣屋）‥［100］**5**−87
　国訛嫩笈摺（どんどろ）…… ［100］**7**−279
　関取千両幟（千両幟）……… ［100］**7**−119
　太平記忠臣講釈（忠臣講釈）
　　　　　　　　　　　　　　［100］**6**−183
　艶容女舞衣 ……………………
　　［067］**99**−279,［100］**7**−139
　日高川入相花王（日高川）… ［100］**6**−115
　本朝廿四考（廿四考）……… ［100］**5**−23
　三日太平記（三日太平記）… ［100］**6**−201
　由良湊千軒長者（山椒太夫）
　　　　　　　　　　　　　　［100］**6**−157
竹本 石亭
　石亭画談 ……………… ［047］**9**−179
太宰 春台
　神巫行 ………………… ［043］**86**−371
　経済録(抄)経済録拾遺 … ［069］**37**−7
　聖学問答 ……………… ［069］**37**−57
　斥非 斥非附録 ………… ［069］**37**−137
　独語 …………………… ［070］**I**−17−259
田嶋 此助
　草摺引（正札附根元草摺）…［100］**19**−91
田代 松意

談林十百韻 ……………… [041] **69**-429
談林軒端の独活 …………… [096] **1-2**-1

田代 陣基
　葉隠 ……………………… [069] **26**-213

多田 千枝子
　多田千枝子「けぶりのすゑ」
　　………………………… [074] **3**-190

多田 南嶺
　絵本花の鏡 ……………… [045] **III-42**-321
　大系図蝦夷噺 …………… [045] **III-42**-83
　鎌倉諸芸袖日記 ………… [045] **III-42**-5
　教訓私盛育 ……………… [045] **III-42**-149
　世間母親容気 …………… [045] **III-42**-243
　半宵談 …………………… [045] **III-42**-357

多田 満泰
　宮川日記 ………………… [017] **1**-265

多田 義俊
　南嶺遺稿 ………………… [070] **I-20**-257
　南嶺子 …………………… [070] **I-17**-323

多田 義寛
　蕈菜草紙 ………………… [070] **II-14**-1

只野 真葛
　異国より邪法ひそかに渡、年経て諸人
　　に及びし考 [045] **II-30**-389
　以曾都堂比 ……………… [008] **3**-409
　いそづたひ ……………… [045] **II-30**-243
　奥州波奈志 ・ [008] **3**-423,[065] **1**-245
　奥州ばなし ……………… [045] **II-30**-193
　狼打 ……………………… [008] **3**-456
　大熊 ……………………… [008] **3**-434
　乙二 ……………………… [008] **3**-438
　影の病 …………………… [008] **3**-455
　かつば神 ………………… [008] **3**-435
　上遠野伊豆 ……………… [008] **3**-446
　狐つかひ ………………… [008] **3**-445
　狐とり弥左衛門 ………… [008] **3**-423
　狐火 ……………………… [008] **3**-454
　熊取猿にとられし事 …… [008] **3**-433
　月次文 …………………… [045] **II-30**-407
　興四郎 …………………… [008] **3**-457
　砂三十郎 ………………… [008] **3**-448
　佐藤浦之助 ……………… [008] **3**-460
　三郎次 …………………… [008] **3**-458
　沢江忠太夫 ……………… [008] **3**-450
　女中文教服式・女子文章訓付節句由来
　　………………………… [045] **II-30**-393
　白鷺 ……………………… [008] **3**-429
　高尾が事 ………………… [008] **3**-455
　てんま町 ………………… [008] **3**-441
　独考 ……………………… [045] **II-30**-259
　とら岩 …………………… [008] **3**-462

　七ヶ浜 …………………… [008] **3**-430
　猫にとられし盗人 ……… [008] **3**-442
　真葛がはら ……………… [045] **II-30**-417
　丸山 ……………………… [008] **3**-462
　宮城野の狐 ……………… [008] **3**-426
　むかしばなし …………… [045] **II-30**-5
　めいしん ………………… [008] **3**-443
　柳町山伏 ………………… [008] **3**-436
　四倉龍灯 ………………… [008] **3**-452
　龍灯のこと ……………… [008] **3**-453

忠尋
　漢光類聚 ………………… [069] **9**-187

館 柳湾
　秋尽く …… [007] **7**-271,[007] **7**-301
　秋晴即目 ………………… [007] **7**-278
　秋柳 二首（うち一首） … [007] **7**-190
　謦に題す ………………… [007] **7**-211
　伊沢朴甫の宅の尚歯会 … [007] **7**-337
　寐ねず …………………… [007] **7**-242
　雨中の雑吟（五首、うち一首）
　　………………………… [007] **7**-245
　鰕 ………………………… [007] **7**-230
　秧鶏 ……………………… [007] **7**-296
　懐いを山田元凱に寄す … [007] **7**-202
　客中の元旦 ……………… [007] **7**-243
　夏日、睡より起く ……… [007] **7**-189
　夏日即事 ………………… [007] **7**-214
　金井橋に花を看る（四首、うち一首）
　　………………………… [007] **7**-317
　寒夜の文宴 ……………… [007] **7**-258
　旧の送別の処を過ぐ …… [007] **7**-207
　金山雑咏 十三首（うち三首）
　　………………………… [007] **7**-254
　金氏の呑山楼に題す …… [007] **7**-308
　金輪寺の後閣に上る（二首、うち一首）
　　………………………… [007] **7**-229
　偶作 ……………………… [007] **7**-300
　偶成 ……………………… [007] **7**-330
　偶題 ……………………… [007] **7**-194
　草木共に春に逢う ……… [007] **7**-222
　検旱 ……………………… [007] **7**-328
　原士簡の乃堂を奉じて柏崎の旧寓に赴
　　くを送る ……………… [007] **7**-233
　検田 ……………………… [007] **7**-280
　庚寅の夏初、墓を新潟に省し、滞留す
　　ること数月、九月十八日に、目白の園居に
　　帰る。翌日家宴あり、児孫輩咸く集まり、
　　小酔して醺然たり。口占五絶句（うち一首）
　　………………………… [007] **7**-312
　香匲体、分ちて源氏伝を賦し、明石の
　　篇を得たり …………… [007] **7**-227

たち　　作家名索引（原作者）

権奴扇を持ちて来りて句を乞う。漫り
　に書して之を与う ………… ［007］7-297
相模原旅懐（二首、うち一首）
　……………………………… ［007］7-247
雑司谷雑題（六首、うち一首）
　……………………………… ［007］7-303
山行して雨に遇い、戯れに長句を作る
　……………………………… ［007］7-282
手炉を詠ず ………………… ［007］7-192
春日偶興 …………………… ［007］7-275
春日雑句 …………………… ［007］7-180
春日雑題（二首、うち一首）
　……………………………… ［007］7-334
春日即事 …………………… ［007］7-208
春日、鵬斎先生を訪れ奉る。時に雷鳴
　り雪起る。戯れに一絶を呈す ［007］7-225
春初小疾、枕上に口占す …… ［007］7-294
春初の雑題 三首 …………… ［007］7-173
春夜に雨を聞く …………… ［007］7-197
松陰公子の梅花を索むの二絶句に酬い
　奉る次韻（二首、うち一首） ［007］7-306
正月五日、独り東郊に歩む・ ［007］7-178
初夏の雑句 ………………… ［007］7-186
書灯に題す ………………… ［007］7-237
信義先生の忌辰に …………… ［007］7-199
生日の作 …………………… ［007］7-181
聖林上座過るる、席上茶を煎して詩を談
　ず（五首、うち一首）…… ［007］7-239
漫りに題す ・ ［007］7-249,［007］7-327
村路即事 …………………… ［007］7-240
高山の官舎に題す …………… ［007］7-212
偶ま懐う …………………… ［007］7-267
戯れに猪牙舟を詠ず 十韻 … ［007］7-318
戯れに豆腐を詠ず ………… ［007］7-264
東叡に花を看る 三首 ……… ［007］7-183
中山七里 …………………… ［007］7-219
梅花落。人を送る ………… ［007］7-206
白雨 ………………………… ［007］7-323
晩に帰る …………………… ［007］7-215
晩に大隆寺に上る ………… ［007］7-217
鵬斎先生の畳山邨畳句十二首に和し奉
　る次韻（十二首、うち一首） ［007］7-277
芒種夏至の交、霪雨連日、短述して悶
　を攄らす ………………… ［007］7-231
戊戌新春 …………………… ［007］7-339
細江 ………………………… ［007］7-220
牡丹 ………………………… ［007］7-262
又た、廻文 ………………… ［007］7-216
松崎慊堂先生の羽沢園居に過る
　……………………………… ［007］7-332
万年の蕉中禅師東観趨謁す、喜びを記
　して兼ねて其の八十を寿し奉る ［007］7-
　200

自らに題す ………………… ［007］7-315
門を出ず …………………… ［007］7-281
聞中禅師に寄呈して茶を乞う
　……………………………… ［007］7-209
夜坐 ………… ［007］7-270,［007］7-304
山県伯駒に贈る（二首、うち一首）
　……………………………… ［007］7-236
夜涼 ………………………… ［007］7-266
雪夜、両国橋を渡る ……… ［007］7-273
夢を記して致遠に寄す …… ［007］7-187
夜市に梅花を買う ………… ［007］7-246
翌日大雪、前韻を用いて戯れに蘭軒に
　呈す（二首、うち一首）…… ［007］7-305
李義山集を読む …………… ［007］7-335
栗軒偶題（八首、うち三首）
　……………………………… ［007］7-250
柳湾に舟を泊むる図 ……… ［007］7-203
老烏を詠ず。某主簿に似す ・ ［007］7-326
老松篇、臥牛山人の六十を寿ぐ
　……………………………… ［007］7-288

立川談州楼焉馬
　無事志有意 ……………… ［082］13-173
橘　曙覧
　君来岬 第四集 ………… ［063］〔74〕-221
　志濃夫廼舎歌集 ………… ［030］20-1
　春明岬 第三集 ………… ［063］〔74〕-198
　松籟岬 第一集 ………… ［063］〔74〕-117
　橘曙覧歌集 ……………… ［063］〔74〕-117
　白蛇集 第五集 ………… ［063］〔74〕-242
　福寺岬 補遺 …………… ［063］〔74〕-263
　襁褓岬 第二集 ………… ［063］〔74〕-158
橘　成実
　古今著聞集 ……………… ［065］1-110
橘　成孝
　古今著聞集
　　……………… ［040］〔48〕-25,［040］〔49〕-23
　古今著聞集 細目
　　……………… ［040］〔48〕-3,［040］〔49〕-3
橘　春暉
　北窓瑣談 ………………… ［070］II-15-169
橘　為仲
　橘為仲朝臣集 …………… ［036］2-316
　橘為仲集 ………………… ［036］2-321
橘　千蔭
　香取の日記 ……………… ［017］2-279
橘　常樹
　散のこり ………………… ［008］4-161
橘　成季
　古今著聞集
　　……………… ［013］23-7,［067］84-45,［073］7-
　　51

橘 南谿
　黄華堂医話 ……………… [047] **10**-231
　西遊記 ……[041] **98**-171, [065] **1**-219
　東遊記 ………………………… [065] **1**-213
　北窓瑣談 ……………… [033] **35**-204
橘 守部
　待問雑記 ……[047] **5**-237, [069] **51**-49
　橘守部歌集 ……………… [030] **18**-723
　短歌撰格 ………………………… [094] **19**-5
　短歌選格 ……………… [061] 別**9**-333
　長歌撰格 ……………… [094] **17**-117
　長歌選格 ……………… [061] 別**9**-239
　土佐日記舟の直路 ……… [072] 〔28〕-539
　文章選格 ……………… [061] 別**9**-386
橘 泰
　筆のすさび ……………… [070] **III**-**2**-403
達田 弁二
　伊達競阿国戯場 ……… [041] **94**-269
達田 辨二
　糸桜本町育 ……………… [045] **I**-**15**-79
　伊達競阿国戯場 ……… [045] **I**-**15**-149
竜田舎 秋錦
　新増補浮世絵類考 ……… [070] **II**-**11**-167
伊達 千広
　大勢三転考 ……………… [069] **48**-385
伊達 正宗
　南蛮を征せんと欲する時、此
　　……………………………… [043] **86**-245
立川 銀馬
　おとし譚富久喜多留（文化十一年正月序）
　　……………………………… [082] **15**-37
　落はなし笑嘉登（文化十年刊）… [082] **15**-12
田中 大秀
　蜻蛉日記紀行解 ……… [072] 〔24〕-1
　かげろふの日記解環補遺
　　……………………………… [072] 〔24〕-63
　竹取物語解 ……………… [072] 〔32〕-33
　土佐日記解 ……………… [072] 〔28〕-313
　紫式部日記解 ……………… [072] 〔25〕-195
田中 千柳
　大仏殿万代石楚 ……… [045] **I**-**10**-7
田中 伯元
　熱海紀行 ……………… [017] **1**-208
田中 道麿
　撰集万葉徴 …… [094] **4**-217, [094] **5**-5
　万葉集東語栞 ……………… [094] **5**-101
田中 躬之
　竹取物語抄補記 ……… [072] 〔32〕-1
田中 芳樹
　古風三体考 ……………… [061] 別**9**-492

田中老人多田爺
　遊子方言 ……………… [033] **28**-71
谷 重次
　吾妻紀行 ……………… [017] **1**-117
谷十丸
　璃寛芝翫花競二巻噺（文化十一年二月刊）
　　……………………………… [082] **15**-55
谷 真潮
　ざるべし ……………… [070] **II**-**15**-163
谷川 士清
　鋸屑譚 ……………… [070] **I**-**6**-421
谷崎 潤一郎
　お国と五平 ……………… [100] **25**-175
田にし 金魚
　一事千金 …… [038] **8**-65, [059] **5**-163
　妓者呼子鳥 … [038] **7**-97, [059] **5**-138
　契情買虎之巻 ……………… [038] **7**-301
田沼 善一
　筆の御霊 ……………… [070] **I**-**19**-1
田能村 竹田
　伊東生幼くして家難に遭い、孑然とし
　　て孤立し、常に来りて詩を問う。頃日、小
　　悟する所有り。賦して贈る [005] **1**-137
　画に題す ……………… [005] **1**-140
　髪を梳る（二首、うち一首）… [005] **1**-154
　甕を売る婦 ……………… [005] **1**-90
　澗上清隠図 ……………… [005] **1**-81
　杵築城にて三浦先生に贈る … [005] **1**-79
　漁父の図 ……………… [005] **1**-83
　京南即景 ……………… [005] **1**-139
　乾山翁の造れる獅炉を得て喜びて作る
　　……………………………… [005] **1**-126
　黄葉村舎に宿すること三日、此を賦し
　　て茶山先生に奉呈す …… [005] **1**-111
　国姓爺伝奇を読む ……… [005] **1**-141
　歳晩懐いを書す（十一首、うち一首）
　　……………………………… [005] **1**-93
　山中人饒舌 ……………… [067] **96**-515
　四在詩 ……………… [005] **1**-97
　自照に題す ……………… [005] **1**-133
　従軍 ……………… [005] **1**-98
　秋景山水 ……………… [005] **1**-116
　春晴（十首、うち一首）……… [005] **1**-124
　辛未閏二月四日、将に京師に赴かんと
　　し、門を出でて、卒かに所見を記す … [005]
　　1-108
　挿秧歌（四首、うち一首）…… [005] **1**-119
　箏を善くする人紫琴に贈る … [005] **1**-122
　児を哭す、姉に代る ……… [005] **1**-105
　千畿洋を過ぎて、雲仙子を懐うこと有
　　り ……………………………… [005] **1**-145

長慶集を読みて、七古一篇を作り懐い
　を述ぶ ………………………… [005] **1**-85
適意 ……………………………… [005] **1**-103
同五日、舟犬飼川を下る …… [005] **1**-109
流れに臨みて足を濯う図 …… [005] **1**-144
二月一日、小集 ……………… [005] **1**-114
八月二十九日作る …………… [005] **1**-120
春尽くる日、稲佐山に遊びて作り、清
　客朱柳橋に寄す（五首、うち一首） … [005]
　1-143
坂桐陰の宅にて頼、篠二兄に別るる後
　に作る ………………………… [005] **1**-150
暮春雑咏 ………………………… [005] **1**-113
戊辰九月十三日、向栄亭に会す、同に
　山館賞秋詩を詠ず、并びに序 … [005] **1**-95
喜びを記す …………………… [005] **1**-123

玉田 永教
年中故事 ……………………… [047] 別**12**-213

玉虫 左太夫
航米日録 ………………………… [069] **66**-7

玉村 竹二
附説 ……………………………… [029] 別**1**-1

田水 金魚
傾城買指南所 ………………… [038] **7**-287
淫女皮肉論 …………………… [038] **7**-331
十八大通百手枕 ……………… [009] **1**-83

田宮 橘庵 → 田宮仲宣（たみや・なかのぶ）を見よ

民屋 四郎五郎
続耳塵集 ………………………… [067] **98**-346

田宮 仲宣
寒暖寂言 ……………………… [038] **13**-251
愚雑俎 ………………………… [070] **III-9**-201
粋字瑠璃
　……… [038] **13**-165, [041] **82**-221
短華蘂葉 ……………………… [038] **13**-281
東牖子 ………………………… [070] **I-19**-91
嗚呼矣草 ……………………… [070] **I-19**-197
所以者何 ………………………… [047] **8**-99

田村 仁左衛門吉茂
農業自得抄 …………………… [069] **62**-219

為川 宗輔
近頃河原の達引（堀川） …… [100] **7**-257

為永 一蝶
歌舞伎事始 …………………… [033] **36**-235

為永 春水
梅暦余興 春色辰巳園 ……… [067] **64**-239
閑窓瑣談 ……………………… [065] **1**-275
春色梅児誉美
　[033] **28**-213, [067] **64**-39

春色梅暦 ……………………… [027] **18**-1
南総里見八犬伝後日譚 ……… [042] **8**-1
春告鳥 ……… [043] **80**-371, [066] **47**-381

為永 太郎兵衛
久米仙人吉野桜 ……………… [045] **II-37**-101
播州皿屋舗 …………………… [045] **I-11**-247

田安 宗武
天降言 ………………………… [030] **15**-577
臆説剰言 ……………………… [061] **7**-138
歌体約言 …… [061] **7**-162, [094] **14**-5
歌論 …………………………… [061] **7**-156
国歌八論余言 ………………… [061] **7**-99
田安宗武歌集 ………… [063] 〔**74**〕-35
八論余言 ……………………… [094] **13**-283

多代女
晴霞句集 ……………………… [008] **4**-509

多羅福 孫左衛門
むだ砂子 ……………………… [038] **13**-261

淡海子
操草紙 ………………………… [059] **1**-380

探華亭 羅山
軽口浮瓢箪 …………………… [083] **8**-221

探花亭主人
百花評林 ……………………… [038] **1**-191

担柴 樵夫
喜和美多里 …………………… [038] **20**-47

淡山子
奇談新編（天保十三年序） … [082] **20**-172

談洲楼 焉馬
喜美談語 ……………………… [068] 下-197

淡々
愛尊説 ………………………… [085] **7**-743
万国燕 ………………………… [041] **72**-205

丹頂斎 一声
歌羅衣 ………………………… [059] **11**-456

丹波 助之丞
両国栞 ………………………… [038] **5**-213

丹波 康頼
医心方第二十八 房内 ……… [083] **6**-7

【ち】

千枝子
けぶりのすゑ ………………… [008] **4**-335

近松 加作
伊賀越道中双六
　[067] **99**-329, [085] **4**-645

近松 湖水軒
絵本太功記 ……………………………
　　　［018］〔1〕- 53,［067］99 - 351,［085］
　　　4 - 801
絵本大功記（大功記）………［100］5 - 351

近松 千葉軒
絵本太功記 ……………………………
　　　［018］〔1〕- 53,［067］99 - 351,［085］
　　　4 - 801
絵本大功記（大功記）………［100］5 - 351

近松 東南
妹背山婦女庭訓 ………………………
　　　［043］77 - 309,［100］5 - 155
近江源氏先陣館（盛綱陣屋）‥［100］5 - 87

近松 徳三
伊勢音頭恋寝刃（伊勢音頭）…………
　　　…………………………［100］14 - 143

近松 半二
愛護稚名歌勝閧 ………［045］I - 14 - 101
伊賀越道中双六 ………………………
　　　［041］94 - 1,［067］99 - 329,［085］4 -
　　　645
伊賀越道中双六（伊賀越）…［100］5 - 267
妹背山婦女庭訓 ………………………
　　　［013］30 - 115,［027］12 - 340,［043］
　　　77 - 309,［067］99 - 255,［085］4 - 519,
　　　［033］25 - 164,［100］5 - 155
役行者大峰桜 …………［045］I - 14 - 7
奥州安達原（袖萩祭文）………［100］5 - 3
近江源氏先陣館 ………………………
　　　［063］〔98〕- 187,［085］4 - 453
近江源氏先陣館（盛綱陣屋）‥［100］5 - 87
小野道風青柳硯 ………………………
　　　［045］I - 14 - 191,［100］4 - 147
国訛嫩笈摺（どんどろ）……［100］7 - 279
傾城阿波の鳴門 ………………………
　　　［045］III - 39 - 285,［085］4 - 429
姻袖鏡 …………［045］III - 39 - 97
十三鐘絹懸柳妹脊山婦女庭訓 …………
　　　…………………［063］〔98〕- 305
新版歌祭文 ……………………………
　　　［033］25 - 221,［067］52 - 121,［085］
　　　4 - 623
新版歌祭文（野崎村）………［100］7 - 235
関取千両幟 ……………［085］4 - 407
関取千両幟（千両幟）………［100］7 - 119
太平記菊水之巻 ………［045］I - 14 - 283
太平記忠臣講釈 ………［045］III - 39 - 185
太平記忠臣講釈（忠臣講釈）…………
　　　…………………………［100］6 - 183

武田信玄 長尾謙信 本朝廿四孝 ………
　　　…………………［063］〔98〕- 73
道中亀山噺 ……………［045］III - 39 - 379
日高川入相花王（日高川）…［100］6 - 115
武田信玄長尾謙信本朝廿四孝 …［085］4 - 383
本朝廿四考（廿四考）………［100］5 - 23
三日太平記（三日太平記）…［100］6 - 201
山城の国畜生塚 ………［045］I - 14 - 379
由良湊千軒長者（山椒太夫）…………
　　　…………………………［100］6 - 157
蘭奢待新田系図 ………［045］III - 39 - 7

近松 門左衛門
藍染川 …………………［051］1 - 385
あふひのうへ …………［051］1 - 299
赤染衛門栄花物語 ……［051］1 - 345
上本けいせい仏の原 …［052］補1 - 1
あみだが池新寺町 影印編 ……………
　　　［052］15 - 345,［052］15 - 305
生玉心中 ………………………………
　　　［043］75 - 331,［051］10 - 785,［052］
　　　9 - 561,［100］21 - 245
十六夜物語 ……………［051］1 - 581
井筒業平河内通 ………………………
　　　［051］12 - 1,［052］11 - 343,［052］17
　　　- 405,［052］17 - 414,［100］21 - 313
一心五戒魂 ……………………………
　　　［050］下 - 1049,［051］6 - 409
一心二河白道 影印編 …………………
　　　［052］15 - 223,［052］15 - 203
狗張子 …………………［052］17 - 116
今川了俊 ………………………………
　　　［051］5 - 425,［052］1 - 575,［052］17
　　　- 148,［052］17 - 151,［052］17 - 155,
　　　［052］17 - 159,［059］8 - 491
今源氏六十帖 影印編 …………………
　　　［052］15 - 33,［052］15 - 29
新小町栄花車 翻刻編 …［052］16 - 55
今宮心中 ………………［051］9 - 99
今宮の心中 ……………………………
　　　［041］91 - 285,［043］75 - 287,［052］
　　　7 - 217
以呂波物語 ……………………………
　　　［051］2 - 111,［052］13 - 83,［052］17
　　　- 448,［052］17 - 460
牛若千人斬 ……………［051］1 - 251
卯月の潤色 ……………………………
　　　［043］75 - 121,［051］8 - 223,［052］4
　　　- 547
卯月紅葉 ………………………………
　　　［043］75 - 83,［052］4 - 441,［052］17
　　　- 223,［052］17 - 237
歌系図 ……［052］17 - 94,［052］17 - 104

団扇曽我 ……………………… [052] **3**-373
浦島年代記
　　[051] **5**-717, [052] **12**-415, [052] **17**-432, [052] **17**-445
絵入本 ……………………… [052] **17**-129
えがらの平田 ……………… [051] **6**-625
悦賀楽平太 ………………………
　　[052] **13**-163, [052] **17**-455, [052] **17**-467
ゑびす講結御神（丹波与作待夜のこむろぶし）
　　[052] **17**-238, [052] **17**-254
えぼし折 …………………… [051] **3**-553
烏帽子折 …………………… [052] **2**-1
『鸚鵡ヶ枇』跋 ………………
　　[052] **17**-81, [052] **17**-95
大磯虎稚物語 ………………
　　[052] **2**-391, [052] **17**-179, [052] **17**-189
大磯虎稚物語 ……………… [051] **6**-247
大塔宮曦鎧 ………………… [052] **14**-401
大原問答 …………………… [052] **13**-483
おなつ清十郎五十年忌歌念仏
　　………………………… [066] **43**-275
大原御幸 …………………… [051] **3**-59
音曲百枚笹 …………………
　　[051] **10**-515, [052] **9**-339
音曲頻伽鳥 …………………
　　[052] **17**-95, [052] **17**-104
御曹司初寅詣 翻刻編 ……… [052] **16**-1
女殺油地獄 …………………
　　[013] **29**-305, [015] **56**-183, [022] **17**-44, [033] **24**-292, [041] **92**-165, [043] **74**-205, [049] 〔**19**〕-213, [051] **12**-415, [052] **12**-125, [060] **10**-72, [063]〔**96**〕-19, [063]〔**96**〕-252, [066] **44**-511, [067] **49**-389, [085] **3**-491, [100] **1**-227
凱陣八島 ‥ [051] **2**-281, [052] **17**-115
娥歌かるた ………………… [052] **8**-637
娥哥かるた ………………… [051] **10**-425
賀古教信七墓廻 ……………
　　[051] **6**-307, [052] **9**-225
重井筒 ……… [051] **8**-349, [067] **49**-65
重井筒（心中重井筒）
　　[052] **17**-229, [052] **17**-244
柏崎 ………………………… [051] **3**-755
春日仏師枕時鶏 翻刻編 …… [052] **16**-305
加増曽我 …………………… [052] **17**-220
加増曽我 ‥ [052] **4**-325, [052] **17**-234
加壇会我 …………………… [051] **7**-553
門出やしま（津戸三郎）………
　　[052] **17**-154, [052] **17**-161

金子一高日記 ……………… [052] **17**-106
「金子一高日記」抄 ………… [052] **17**-98
嘉平次おさが生玉心中 …… [066] **44**-257
鎌田兵衛名所盃
　　[051] **4**-641, [052] **6**-457
紙屋治兵衛きいの国や小はる心中天の網島
　　[013] **29**-261, [066] **44**-461
亀谷物語 …………………… [051] **1**-703
花洛受法記 ………………… [051] **3**-303
からさき八景屏風 翻刻編 ‥ [052] **16**-201
関八州繁馬 …………………
　　[041] **92**-355, [052] **12**-599, [052] **17**-452
関八州繁馬 …………………
　　[051] **12**-697, [052] **17**-438
菊花堂の記 ………………… [052] **17**-20
木曽海道幽霊敵討 翻刻編 … [052] **16**-449
吉祥天女安産玉 翻刻編 …… [052] **16**-229
甲子祭 ……………………… [051] **2**-57
京わらんべ ………………… [051] **1**-747
虚実皮膜論 ………………… [013] **29**-333
廓文章（吉田屋） …………… [100] **7**-293
けいせい阿波のなると 影印編
　　[052] **15**-63, [052] **15**-53
傾城請状 ‥ [052] **17**-89, [052] **17**-103
けいせいゑどざくら 影印編 ………
　　[052] **15**-195, [052] **15**-169
けいせい懸物揃
　　[051] **9**-639, [052] **7**-583
傾城金龍橋 翻刻編 ………… [052] **16**-255
けいせいぐぜいの舟 翻刻編
　　………………………… [052] **16**-355
傾城嶋原蛙合戦 …………… [051] **11**-841
傾城島原蛙合戦 …………… [052] **11**-233
傾城酒呑童子
　　[051] **11**-475, [052] **10**-615
『傾城盃軍談』序 ……………
　　[052] **17**-82, [052] **17**-96
けいせい反魂香
　　[013] **29**-119, [043] **76**-159, [052] **5**-341, [052] **17**-243, [052] **17**-260, [067] **50**-121
傾城反魂香
　　[051] **8**-399, [063]〔**95**〕-15, [063]〔**95**〕-151, [085] **3**-41, [100] **1**-3
けいせい富士見る里 …………
　　[052] **16**-27, [052] **17**-481, [052] **17**-494
けいせい仏の原 ………………
　　[052] **15**-259, [052] **15**-291, [052] **15**-229, [052] **15**-253
けいせい仏の原（絵入狂言本）
　　…………………………… [085] **5**-825

『けいせい仏の原』役割番付
………………………… [052] **17**-497
けいせい三の車 …………………
　[052] **16**-171, [052] **17**-483, [052]
　17-496
けいせい壬生大念仏 ………………
　[052] **16**-85, [052] **17**-482, [052] **17**
　-495
傾城壬生大念仏 ………… [067] **53**-43
傾城吉岡染 …………………………
　[051] **10**-53, [052] **5**-581, [052] **17**
　-249, [052] **17**-267
けいせい若むらさき 翻刻編
………………………… [052] **16**-329
兼好法師物見車 ……………………
　[051] **7**-703, [052] **6**-237
源五兵衛おまん薩摩歌 ……………
　[063]〔**94**〕-193, [066] **43**-85
源三位頼政 ……………… [051] **2**-779
げんじゑぼしをり(烏帽子折)…………
　[052] **17**-163, [052] **17**-171
源氏ゑぼしをり(烏帽子折)…………
　[052] **17**-165, [052] **17**-168
源氏華洛錦(酒呑童子枕言葉)………
　[052] **17**-251, [052] **17**-269
源氏供養 ………………… [051] **1**-1
源氏長久移徒悦 ………… [051] **12**-805
賢女手習井新暦 ………… [051] **2**-173
源氏冷泉節 ……………… [051] **9**-313
源氏れいぜいぶし ……… [052] **6**-187
恋飛脚大和往来(梅川忠兵衛)………
　………………………… [100] **1**-121
恋八卦柱暦(大経師昔暦)……………
　[052] **17**-293, [052] **17**-308
甲賀三郎 ………………… [051] **7**-1
弘徽殿鵜羽産家 ………… [052] **9**-109
好色橘弁慶(鑓の権三重帷子)………
　[052] **17**-358, [052] **17**-369
弘徽殿鵜羽産家 ………… [051] **9**-695
交武五人男 ……………… [051] **5**-493
興兵衛おかめ卯月の紅葉 … [051] **7**-799
弘法大師之御本地(以呂波物語)………
　[052] **17**-452, [052] **17**-464
高野山女人堂心中万年草 ……………
　[051] **8**-491, [066] **43**-393
『国性爺大明丸』序 …………………
　[052] **17**-85, [052] **17**-100
国性爺御前軍談(国性爺合戦)………
　[052] **17**-310, [052] **17**-322
『国性爺御前軍談』序 ………………
　[052] **17**-83, [052] **17**-97
国性爺合戦 …………………………
　[013] **29**-193, [014] **16**-283, [022]
　17-74, [033] **24**-164, [040]〔**73**〕
　-151, [043] **76**-251, [051] **10**-843,
　[052] **9**-627, [052] **17**-325, [052] **17**
　-333, [052] **17**-333, [052] **17**-334,
　[052] **17**-334, [052] **17**-335, [052] **17**
　-341, [052] **17**-333, [052] **17**-342,
　[052] **17**-343, [052] **17**-344, [052] **17**
　-345, [052] **17**-346, [052] **17**-355,
　[063]〔**96**〕-9, [063]〔**96**〕-95, [067]
　50-227, [071] **41**-29, [085] **3**-247
国姓爺合戦(国姓爺) ………… [100] **1**-57
国性爺軍談(国性爺合戦) ……………
　[052] **17**-335, [052] **17**-347
国性爺後日軍談(国性爺後日合戦)……
　[052] **17**-342, [052] **17**-356
国性爺後日大唐和言誉(国性爺後日合戦)
　[052] **17**-356, [052] **17**-367
国性爺後日合戦 ……………………
　[051] **11**-1, [052] **10**-1
五十年忌歌念仏 ……………………
　[043] **74**-13, [051] **8**-667, [052] **4**
　-593, [085] **3**-151, [063]〔**96**〕-27,
　[067] **49**-129
碁盤太平記 …………………………
　[033] **24**-61, [041] **91**-249, [051]
　7-755, [052] **6**-297, [052] **17**-265,
　[052] **17**-276, [063]〔**95**〕-3, [063]
　〔**95**〕-29, [100] **21**-111
嫗山姥 ………………………………
　[051] **9**-793, [052] **7**-647, [052] **17**
　-282, [052] **17**-296, [067] **50**-177,
　[100] **1**-39
暦 ………………………… [051] **12**-855
惟喬惟仁位諍 …………… [051] **1**-541
根元曽我 ………………… [051] **5**-123
最明寺殿百人上臈 ……………………
　[051] **6**-505, [052] **3**-67
嵯峨天皇甘露雨 ……………………
　[051] **10**-529, [052] **9**-1
相摸入道千疋犬 ………… [052] **8**-393
相模入道千疋犬 ………… [051] **10**-329
「先咲し」発句短冊 ……… [052] **17**-7
佐々木大鑑 ……………… [051] **2**-719
佐々木先陣 ……………… [052] **1**-207
座敷操御伽軍記(国性爺合戦) ………
　[052] **17**-298, [052] **17**-313
源五兵衛おまんさつま歌 … [051] **6**-695
薩摩歌 ………………………………
　[043] **74**-267, [052] **6**-639, [052] **17**
　-274, [052] **17**-286
薩摩守忠度 …………………………

[051] 2-399, [052] 1-275, [052] 17
-141, [052] 17-148
佐藤忠信廿日正月 ……………… [051] 4-695
三社託宣 ………………………… [051] 1-143
三世相 …………… [051] 2-653, [052] 1-131
三度笠ゑづくし（冥途の飛脚）………………
 [052] 17-277, [052] 17-290
飾磨褐布染（五十年忌歌念仏）………………
 [052] 17-225, [052] 17-239
辞世文草稿 ……………………… [052] 17-28
持統天皇歌軍法 ………………… [052] 8-271
持統天皇歌軍法 ………………………………
 [051] 10-683, [052] 17-291, [052]
 17-306
信濃源氏木曾物語 ……………… [051] 3-115
自然居士 ………………………… [051] 3-483
信田小太郎 ……………………… [051] 5-621
下関猫魔達 ……………………… [051] 5-559
下関猫魔達（猫魔達）…………………………
 [052] 17-468, [052] 17-480
釈迦如来誕生会 …………………………………
 [051] 4-541, [052] 8-507
舎利 ………………………………… [051] 1-87
十二段 …………… [051] 3-623, [052] 2-571
出世景清 …………………………………………
 [014] 16-32, [043] 76-13, [052] 1-
 65, [063]〔94〕-77, [063]〔94〕-135,
 [067] 50-25
しゆつせ景清 …………………… [051] 2-595
酒呑童子枕言葉 …………………………………
 [051] 8-263, [052] 6-1, [052] 17
 -263, [052] 17-263, [052] 17-271,
 [052] 17-273
主馬判官盛久 ……………………………………
 [051] 2-523, [052] 1-423, [052] 17
 -144, [052] 17-151
上京の謡始 影印編 ……………………………
 [052] 15-177, [052] 15-147
聖徳太子絵伝記 …………………………………
 [051] 11-157, [052] 10-199
『諸葛孔明鼎軍談』絵尽序 ……………………
 [052] 17-86, [052] 17-100
女郎来迎柱 翻刻編 ……… [052] 16-139
二郎兵衛おきさ今宮の心中 ・[066] 44-73
心中重井筒 ………………………………………
 [033] 24-102, [040]〔73〕-105, [043]
 75-155, [052] 5-109, [052] 17-233,
 [052] 17-249, [052]〔95〕-7, [063]
〔95〕-91, [066] 43-353, [100] 21-131
甲斐信玄越後謙信信州川中嶋合戦
 ……………………………… [051] 12-481
信州川中島合戦 …………………………………

[041] 92-223, [052] 12-205, [052]
17-430, [052] 17-442
信州川中島合戦（輝虎配膳）…………………
 ……………………………… [100] 1-109
心中天の網島 ……………………………………
 [014] 16-356, [015] 56-135, [022]
 17-12, [033] 24-266, [040]〔73〕-
 265, [043] 75-383, [049]〔19〕-129,
 [051] 12-267, [052] 11-695, [063]
〔96〕-15, [063]〔96〕-214, [067] 49-
 355, [085] 3-441
心中天網島 ………………………………………
 [060] 10-5, [060] 10-34, [100] 1-
 189
心中二枚絵草紙 …………………………………
 [033] 24-42, [043] 75-45, [051] 7-
 657, [052] 4-165, [052] 17-214, [052]
 17-216, [052] 17-228, [052] 17-230,
 [063]〔94〕-91, [063]〔94〕-319, [066]
 43-155, [100] 21-91
心中万年草 ………………………………………
 [063]〔95〕-121, [033] 24-124, [043]
 75-195, [052] 5-683, [100] 21-159
心中刃は氷の朔日 ………………………………
 [043] 75-237, [051] 8-721, [052] 5
 -449, [066] 43-543, [100] 21-181
心中宵庚申 ………………………………………
 [041] 92-305, [043] 75-433, [051]
 12-643, [052] 12-531, [066] 44-573,
 [067] 49-429, [085] 3-549, [100] 1-
 309
神通女楠（吉野都女楠）………………………
 [052] 17-268, [052] 17-280
盛衰開分兄弟（日本振袖始）…………………
 [052] 17-366, [052] 17-374
跡追心中卯月の潤色 ……… [066] 43-321
せみ丸 ……………………………………………
 [041] 91-49, [052] 2-305, [052] 17
 -188
蝉丸 ………………………………… [051] 6-1
泉曲集 …………… [052] 17-96, [052] 17-105
善光寺御堂供養 …………………………………
 [051] 11-615, [052] 14-193
千載集 …………… [051] 2-337, [052] 1-353
草稿『平家女護島』二葉 ……… [052] 17-17
曾我王会稽山 …………………… [043] 76-351
曾我扇八景 ……………………… [052] 17-274
曾我扇八景 ………………………………………
 [051] 8-1, [052] 7-1, [052] 17-287
曾我会稽山 ………………………………………
 [052] 17-378, [052] 17-385, [085]
 3-345
曾我会稽山 ………………………………………

［051］**11**-*381*,［052］**10**-*489*,［052］**17**-*385*,［052］**17**-*392*
曽我虎が暦 ……………………… ［051］**9**-*1*
曾我五人兄弟 ……………………… ［052］**17**-*193*
曽我五人兄弟 ………………………
　［051］**6**-*155*,［052］**3**-*269*,［052］**17**-*205*
曽我虎が暦 ……………………… ［052］**7**-*105*
曽我七以呂波 ・ ［051］**5**-*1*,［052］**2**-*665*
曾根崎心中 ………………………
　［014］**16**-*110*,［033］**24**-*29*,［041］**91**-*103*,［043］**75**-*13*,［049］〔**19**〕-*7*,［063］〔**94**〕-*79*,［063］〔**94**〕-*171*,［066］**43**-*55*,［067］**49**-*17*,［071］**41**-*295*,［085］**3**-*1*,［100］**1**-*265*
曽根崎心中 ………………………
　［013］**29**-*39*,［040］〔**73**〕-*71*,［051］**6**-*575*,［052］**4**-*1*,［052］**17**-*204*,［052］**17**-*206*,［052］**17**-*217*,［052］**17**-*219*,［060］**10**-*12*
『曽根崎心中』(六行本)序 ……………
　［052］**17**-*80*,［052］**17**-*95*
大覚僧正御伝記 ……………… ［051］**3**-*703*
大覚大僧正御伝記〔女人即身成仏記〕
　……………………………… ［052］**2**-*79*
大経師昔暦 ………………………
　［015］**56**-*83*,［043］**75**-*529*,［051］**10**-*621*,［052］**9**-*491*,［066］**44**-*205*,［067］**49**-*217*,［100］**21**-*225*
大職冠 ……………………………
　［041］**91**-*327*,［051］**9**-*503*,［052］**7**-*429*
大名なぐさみ曾我 ………… ［100］**21**-*67*
大名なぐさみ曽我 翻刻編 ・・［052］**16**-*279*
当麻中将姫 ……………………… ［051］**4**-*763*
瀧口横笛 ……………………… ［051］**1**-*33*
多田院 ……………………… ［051］**4**-*457*
田村将軍初観音 ……………………
　［051］**7**-*413*,［052］**14**-*149*
他力本願記 ………………………
　［052］**13**-*1*,［052］**17**-*444*,［052］**17**-*458*
丹州千年狐 ………………………
　［052］**17**-*201*,［052］**17**-*213*
丹波興作待夜のこむろぶし ……………
　［051］**8**-*539*,［085］**3**-*117*
丹波与作待夜の小室節 …… ［041］**91**-*131*
丹波与作待夜のこむろぶし ……………
　［043］**74**-*337*,［052］**5**-*163*,［052］**17**-*236*,［052］**17**-*251*
丹波与作（丹波与作待夜のこむろぶし）・・
　［052］**17**-*241*,［052］**17**-*258*
丹波与作待夜の小室節 ……………

［013］**29**-*89*,［066］**43**-*435*,［063］〔**95**〕-*217*,［067］**49**-*91*
忠臣身替物語 ……………… ［051］**3**-*419*
忠兵衛梅川冥途の飛脚 ……………
　［013］**29**-*137*,［066］**44**-*27*
津国女夫池 ………………………
　［041］**92**-*79*,［051］**12**-*319*,［052］**12**-*1*,［052］**17**-*418*,［052］**17**-*424*,［052］**17**-*427*,［052］**17**-*429*,［052］**17**-*437*,［052］**17**-*440*
津戸三郎 …… ［051］**2**-*221*,［052］**1**-*653*
つるがの津三階蔵 影印編 ……………
　［052］**15**-*319*,［052］**15**-*283*
つれづれ草 ……………………… ［051］**1**-*665*
庭前八景 ……………………… ［052］**17**-*22*
てんぐのたいり ………………………
　［052］**17**-*99*,［052］**17**-*119*
天皷 ……………………………… ［051］**6**-*67*
天皷〔丹州千年狐〕 ……… ［052］**3**-*567*
天智天皇 ………………………
　［051］**3**-*357*,［052］**2**-*157*,［052］**17**-*170*,［052］**17**-*173*,［052］**17**-*177*,［052］**17**-*178*,［052］**17**-*182*,［052］**17**-*185*
天神記 ……………………………
　［041］**91**-*399*,［051］**10**-*143*,［052］**8**-*165*,［052］**17**-*285*,［052］**17**-*289*,［052］**17**-*299*,［052］**17**-*303*,［098］**1**-*399*
天満神明氷の朔日（心中刃は氷の朔日） ・・
　［052］**17**-*247*,［052］**17**-*264*
天満屋おはつゑづくし（曽根崎心中）……
　［052］**17**-*207*,［052］**17**-*220*
唐船噺今国性爺 ………………………
　［051］**12**-*567*,［052］**12**-*319*
当流小栗判官 ………………………
　［051］**5**-*307*,［052］**14**-*73*,［052］**17**-*470*,［052］**17**-*483*
融大臣 ……………………… ［051］**4**-*341*
融の大臣 ………………………
　［052］**13**-*321*,［052］**17**-*462*,［052］**17**-*471*
鳥羽恋塚物語 ……………… ［051］**1**-*495*
長町女腹切 ……………………
　［051］**10**-*1*,［052］**8**-*1*,［066］**44**-*161*,［100］**21**-*205*
長町女切腹 ……………… ［043］**74**-*443*
難波重井筒（心中重井筒） ……………
　［052］**17**-*232*,［052］**17**-*247*
難波みやげ（発端抄） … ［049］〔**19**〕-*317*
南大門秋彼岸 ………………………
　［052］**17**-*190*,［052］**17**-*201*
日親上人徳行記 ……………………

[052] 13 - 239, [052] 17 - 458, [052] 17 - 470
日本振袖始 ……………………………
　　[051] 11 - 301, [052] 10 - 383, [052] 17 - 362, [052] 17 - 376, [052] 17 - 370, [052] 17 - 383
日本西王母 …… [051] 4 - 1, [052] 3 - 147
女人即身成仏記 ………………………
　　[052] 17 - 166, [052] 17 - 173
猫魔達 ………………………… [052] 14 - 1
寿門松（山崎与次兵衛寿の門松）
　　………………………… [100] 21 - 297
念仏往生記 ……………… [051] 1 - 191
念仏往生記（大原問答）………………
　　[052] 17 - 465, [052] 17 - 475
博多小女郎浪枕（毛剃）…… [100] 1 - 151
博多小女郎波枕 ………………………
　　[033] 24 - 241, [043] 74 - 155, [051] 11 - 565, [052] 10 - 743, [066] 44 - 413, [067] 49 - 323, [085] 3 - 389
「花と花と」発句短冊 ……… [052] 17 - 7
孕常盤 …………………………………
　　[051] 9 - 231, [052] 6 - 93, [052] 17 - 264, [052] 17 - 274
東山殿日遊 ……………… [051] 1 - 447
姫蔵大黒柱 影印編 ……………………
　　[052] 15 - 121, [052] 15 - 101
百日曾我 ………………………………
　　[051] 5 - 207, [052] 3 - 467, [052] 17 - 195, [052] 17 - 198, [052] 17 - 207, [052] 17 - 211
ひら仮名太平記 ………… [051] 4 - 165
福寿海 影印編 …………………………
　　[052] 15 - 373, [052] 15 - 327
富士画賛 ………………………… [052] 17 - 4
ふぢと（佐々木先陣）…………………
　　[052] 17 - 138, [052] 17 - 145
ふしみ八景 ……………………………
　　[052] 17 - 87, [052] 17 - 102
双生隅田川 ……………………………
　　[041] 92 - 1, [051] 12 - 95, [052] 11 - 469, [052] 17 - 411, [052] 17 - 422
殢静胎内捃 ・ [051] 10 - 235, [052] 8 - 57
仏母摩耶山開帳 影印編 ………………
　　[052] 15 - 1, [052] 15 - 1
武勇誉出世景清（出世景清）‥ [100] 21 - 3
文武五人男 ……………… [052] 13 - 459
平安城 …………………… [051] 1 - 625
平家女護島 ……………………………
　　[013] 29 - 233, [018][1] - 15, [043] 76 - 457, [052] 11 - 111, [052] 17 - 399, [052] 17 - 408
平家女護嶋 ……………………………
　　[051] 11 - 757, [067] 50 - 293
平家女護島（俊寛）……… [100] 1 - 91
弁慶京土産 ……………… [051] 3 - 185
豊年秋の田 ……………… [052] 2 - 233
仏御前扇軍 ……………………………
　　[052] 14 - 275, [052] 17 - 474, [052] 17 - 480, [052] 17 - 486, [052] 17 - 493
堀川波の鼓 ……………… [100] 1 - 287
堀川波鼓 ………………… [063]〔95〕- 59
堀川波鼓 ………………………………
　　[022] 17 - 100, [033] 24 - 80, [043] 75 - 485, [051] 8 - 173, [052] 4 - 493, [060] 10 - 116, [066] 43 - 231, [067] 49 - 37
本朝三国志 ……………………………
　　[051] 11 - 675, [052] 11 - 1, [052] 17 - 390, [052] 17 - 397, [052] 17 - 398, [052] 17 - 406
本朝用文章 …… [051] 3 - 245, [052] 3 - 1
本領会我 ………………… [051] 7 - 453
本領曾我 ………………… [052] 17 - 218
本領曽我 …… [052] 4 - 215, [052] 17 - 232
まつかぜ 翻刻編 ………… [052] 16 - 391
松風村雨束帯鑑 ………………………
　　[051] 4 - 245, [052] 5 - 1, [052] 17 - 227, [052] 17 - 242
水木辰之助振舞 影印編 ………………
　　[052] 15 - 95, [052] 15 - 81
源義経将棊経 …………………………
　　[051] 7 - 309, [052] 6 - 523
壬生秋の念仏 翻刻編 ……… [052] 16 - 417
都乃富士 ………………… [051] 4 - 97
室町千畳敷（津国女夫池）……………
　　[052] 17 - 419, [052] 17 - 432
冥途の飛脚 ……………………………
　　[014] 16 - 209, [015] 56 - 39, [018]〔1〕- 24, [033] 24 - 142, [043] 74 - 107, [049]〔19〕- 55, [051] 9 - 357, [052] 7 - 275, [063]〔96〕- 7, [063]〔96〕- 61, [067] 49 - 159, [085] 3 - 197
炮狩剣本地 ・ [051] 8 - 779, [052] 9 - 359
「もみちせぬ」発句短冊 ……… [052] 17 - 7
百夜小町・夕ぎり七ねんき 影印編
　　[052] 15 - 147, [052] 15 - 125
盛久 ……… [051] 2 - 465, [052] 1 - 509
山崎興次兵衛寿の門松 …… [051] 11 - 249
山崎与次兵衛寿の門松 …………………
　　[043] 74 - 487, [052] 10 - 319, [066] 44 - 363, [067] 49 - 291
日本武尊吾妻鑑 ………………………
　　[051] 12 - 177, [052] 11 - 577
鑓の権三重帷子 ………………………

[022] **17**-128, [033] **24**-213, [043] **75**-583, [051] **11**-99, [052] **10**-129, [063] **[96]**-12, [063] **[96]**-171, [066] **44**-309, [085] **3**-293, [100] **21**-271, [067] **49**-253

夕霧阿波鳴渡 ....
　　[043] **74**-399, [051] **9**-587, [052] **7**-527, [066] **44**-117, [067] **49**-189

夕霧追善物語（三世相）..................
　　[052] **17**-136, [052] **17**-143

遊女画賛 .... [052] **17**-口絵

雪女五枚羽子板 ....
　　[051] **7**-105, [052] **5**-237

百合若大臣野守鏡 ....
　　[041] **91**-185, [051] **9**-149, [052] **7**-337, [052] **17**-280, [052] **17**-294

用明天王職人鑑 ....
　　[043] **76**-63, [052] **4**-43, [052] **17**-210, [052] **17**-213, [052] **17**-224, [052] **17**-227, [067] **50**-57

用明天皇職人鑑 ....
　　[051] **7**-199, [052] **17**-224, 〔94〕-247

義経将棊経（源義経将棊経）...........
　　[052] **17**-271, [052] **17**-283

義経追善女舞（曾我七以呂波）........
　　........................... [052] **17**-186

義経追善女舞（曽我七以呂波）........
　　........................... [052] **17**-197

義経東六法 .... [051] **5**-369

吉野忠信 ....
　　[051] **8**-93, [052] **2**-471, [052] **17**-183, [052] **17**-193

吉野都女楠 ....
　　[051] **9**-413, [052] **6**-351, [052] **17**-267, [052] **17**-279

世継曾我 ....
　　[033] **24**-3, [040] 〔73〕-9, [041] **91**-1, [051] **2**-1, [052] **1**-1, [052] **17**-131, [052] **17**-135, [052] **17**-137, [052] **17**-141, [063] 〔94〕-75, [063] 〔94〕-97

淀鯉出世滝徳 ....
　　[043] **74**-59, [052] **5**-517, [066] **43**-493

淀鯉出世瀧徳 ....
　　[051] **8**-607, [063] 〔95〕-261

与兵衛おかめひぢりめん卯月の紅葉
　　........................... [066] **43**-193

頼朝伊豆日記 .... [051] **5**-55

頼朝浜出 .... [051] **3**-1

弱法師 .... [051] **4**-391

鷺図画賛 .... [052] **17**-6

近松 保蔵
　彦山権現誓助剱（毛谷村六助）
　　........................... [100] **6**-219

近松 やなぎ
　絵本太功記 .... [041] **94**-135

近松 柳
　絵本太功記 ....
　　[018] 〔1〕-53, [067] **99**-351, [085] **4**-801
　絵本大功記（大功記）...... [100] **5**-351

近松 余七
　木下藤狭間合戦（竹中砦）... [100] **6**-303

竹翁
　俳諧童の的 .... [041] **72**-325

筑後椽
　「鸚鵡ヶ杣」序 .... [033] **36**-227
　「竹本秘伝丸」凡例 ... [033] **36**-225

千種 有功
　千々廼屋集 .... [030] **19**-599

竹窓
　咲分論 ..... [009] **1**-179, [038] **10**-181

筑田 平七
　太平記忠臣講釈（忠臣講釈）
　　........................... [100] **6**-183

竹馬子 汲浅
　誹諧渡奉公 .... [076] **2**-599

児池 不敵
　俳諧三尺のむち ...... [059] **11**-407

稚笑子
　濁里水 .... [038] **5**-321

知道
　仏法夢物語 .... [067] **83**-216

茅野 雅子
　茅野雅子「みをつくし」（恋衣より抄出）
　「金沙集」 .... [074] **6**-60

千葉 芸閣
　猿毛槍歌 .... [043] **86**-444

茅原 定
　茅窓漫録 .... [070] **I-22**-243

茶釜散人
　蕩子筌枉解 五言絶句 ... [038] **5**-9

茶にし 金魚
　多荷論 .... [038] **9**-121

仲夷 治郎
　白増譜言経 .... [038] **1**-161

中巌円月
　一瀝余滴 .... [028] **4**-579
　金陵懐古 .... [043] **86**-223

ちゅう　作家名索引（原作者）

郷に帰りて博多に中留し、別 …………………… [043] **86** - 224
沢雲夢を送る …………… [043] **86** - 222
壇の浦 …………………… [043] **86** - 224
中巌円月作品拾遺 ……… [028] **4** - 633
中正子 …………………… [069] **16** - 123
東海一漚集 ‥ [028] **4** - 317, [029] **2** - 869
東海一漚集抄 …………… [041] **48** - 287
東海一漚集別集 一巻 …… [029] **2** - 1041
東海一漚余滴 …………… [029] **2** - 1086
東海一漚余滴別本 ……… [028] **4** - 599
仏種慧済禅師中岩月和尚自歴譜
　…………………………… [028] **4** - 609

知雄義谿
　彦山権現霊験記 …… [045] **III** - **44** - 417

中氏 嬉斎
　異素六帖 ……………………
　　[038] **2** - 289, [041] **82** - 1, [085] **8** - 698

仲芳円伊
　懶室漫稿 ……………… [029] **3** - 2501

超海通性
　瑞応塵露集 ……… [045] **III** - **44** - 105

澄覚親王
　澄覚法親王集 ………… [036] **4** - 513

張葛居辰
　烟花漫筆 ……………… [038] **1** - 277

鳥可鳴
　深弥満於路志 ………… [038] **11** - 303

鳥翠台 北㞍
　北国奇談巡杖記 ………………
　　[065] **1** - 241, [070] **II** - **18** - 143

鳥亭 焉馬
　碁太平記白石噺 ……… [100] **7** - 203

鳥有先生
　瓢金窟 ………………… [038] **1** - 203

猪牙散人
　辰巳船頭部屋 ………… [038] **24** - 335

千代丘草庵主人
　讃極史 ………………… [038] **19** - 311

樗故斎
　泉台冶情 ……………… [038] **1** - 261

千代女
　千代尼句集 …………… [008] **4** - 459

著々楽斎 広長
　魂胆胡蝶枕 …………… [038] **22** - 183

樗良
　誹諧月の夜 …………… [041] **73** - 331
　菜の花やの巻（続明烏）…… [043] **61** - 553

春雨弁 …… [043] **72** - 565, [085] **7** - 768

陳 可儔
　会海通窟 ……………… [038] **1** - 151

磴音成
　遊里不調法記 ………… [038] **16** - 147

珍海巳講
　菩提心讃 ……………… [062] **4** - 20

椿花亭 定雅
　椿花文集 ……………… [076] **9** - 331

珍硯
　ひさご ………………… [041] **70** - 227

鎮源
　大日本国法華経験記 … [069] **7** - 43

珍蝶亭 夢楽
　笑ふ門（文化頃刊）…… [082] **15** - 128

陳文閑人
　塩尻合戦仇名草青楼日記 …… [038] **23** - 239

【つ】

津打 九平次
　富士源氏三保門松傾城伊豆日記
　　……………………… [059] **6** - 103

津打 治兵衛
　三つ面子守（菊蝶東籬妓）‥ [100] **24** - 127

津打 半右衛門
　富士源氏三保門松傾城伊豆日記
　　……………………… [059] **6** - 103

津打 半二郎
　鳴神 …………………… [085] **6** - 215

通野 意気
　かよふ神の講釈 ……… [038] **11** - 89

都賀 庭鐘
　繁野話 ……… [041] **80** - 1, [065] **3** - 218
　英草紙 ……… [043] **78** - 13, [066] **48** - 77

塚田 大峯
　諸親に留別す ………… [043] **86** - 488
　聖道得門 ……………… [069] **47** - 127

津軽 照子
　津軽照子「野の道」…… [074] **6** - 315

月亭 生瀬
　大寄噺の尻馬初編（嘉永頃刊）
　　……………………… [082] **19** - 144

月亭 可笑
　甲駅妓談角雞卵 ……… [009] **1** - 257
　甲駅妓談角鶏卵 ……… [038] **12** - 331

柘植 左仲
　白石先生宝貨事略追加 ……… [095] 6-249

津阪 東陽
　訳準笑話(文政七年正月刊)・ [082] 20-112
　夜航余話 …………………… [041] 65-281

辻堂 非風子
　多満寸太礼 …………………………………
　　　　　　[045] II-34-5, [065] 3-113

土御門天皇
　土御門院御集 ………………………………
　　　　　　[030] 10-181, [036] 3-639

筒井 半二
　近頃河原の達引(堀川) …… [100] 7-257

筒井 半平
　花上野誉碑(志渡寺) ……… [100] 6-275

常之
　江戸桜の巻(俳諧七百五十韻)
　　　……………………………… [043] 61-511

角田 忠行
　古史略 ………………………… [069] 51-529

壷井 義知
　源氏官職故実秘抄 ………… [072] 〔5〕-627
　枕草紙装束撮要抄 ………… [072] 〔17〕-1
　紫式部日記傍注 …………… [072] 〔25〕-1

坪内 逍遙
　お夏狂乱 …………………… [100] 19-327
　桐一葉 ……………………… [100] 20-9
　小説の主眼 ………………… [024] 〔3〕-174
　沓手鳥孤城落月 …………… [100] 25-3
　良寛と子守 ………………… [100] 19-361

津村 淙庵
　譚海 ………………………… [065] 3-242
　雪の古道 …………………… [017] 2-93

津村 正恭
　花見の日記 ………………… [045] I-17-377
　雪の降道 …………………… [095] 10-313

津守 国基
　津守国基集 ………………… [036] 2-347

露 五郎兵衛
　露鹿懸合咄 ………………… [083] 8-119
　軽口露がはなし ……………………………
　　　　　　[067] 100-225, [082] 6-35
　露新軽口はなし(元禄十一年刊)
　　　……………………………… [082] 6-195
　御存知の軽口露がはなし … [083] 8-119
　露五郎兵衛新はなし(元禄十四年刊)
　　　……………………………… [082] 6-222
　露休置土産 ‥ [068] 上-279, [082] 7-34

鶴賀 若狭掾(初代)
　明烏夢泡雪(明烏) ………… [100] 16-47

鶴亭 秀賀
　三都寄合噺(安政四年正月序)
　　　……………………………… [082] 16-221

鶴屋 南北(四代)
　伊勢平氏額英幣 …………… [057] 4-321
　色一座梅椿 ………………… [057] 4-79
　彩入御伽草 ………………… [057] 1-143
　女扇の後日物語いろは演義 [057] 9-459
　浮世柄比翼稲妻 ……………………………
　　　　　　[057] 9-111, [100] 9-109
　梅暦曙曽我 ………………… [057] 12-333
　梅柳若葉加賀染 …………… [057] 5-327
　恵方曽我万吉原 …………… [057] 7-251
　絵本合法衢 ………………… [057] 2-295
　絵本合法衢(立場の太平次)
　　　……………………………… [100] 22-91
　御国入曽我中村 …………… [057] 10-117
　阿国御前化粧鏡 …………… [057] 1-281
　お染久松色読販 ……………………………
　　　[057] 5-7, [067] 54-169, [100] 15-199
　お染(道行浮塒鷗) ………… [100] 19-143
　音菊天竺徳兵衛(天徳) …… [100] 9-3
　鬼若根元台 ………………… [057] 11-245
　女扇忠臣要 ………………… [057] 9-429
　怪談岩倉万之丞 …………… [057] 5-419
　怪談鳴見紋 ………………… [057] 5-447
　杜若艶色紫 ………………… [057] 5-279
　杜若艶色紫(土手のお六) ‥ [100] 22-309
　紫女伊達染 ………………… [057] 11-409
　かさね(色彩間苅豆) ……… [100] 19-133
　復讐夌高砂 ………………… [057] 4-469
　金毘羅御利生敵討乗合噺 … [057] 1-433
　敵討櫓太鼓 ………………… [057] 8-139
　勝相撲浮名花触 ……………………………
　　　　　　[057] 2-241, [100] 22-3
　四十七手本裏張 …………… [057] 10-443
　仮名曽我当蓬萊 …………… [057] 11-7
　盟三五大切 ………………… [057] 4-425
　菊月千種の夕暎 …………… [057] 12-241
　菊宴月白浪 ………………… [057] 9-7
　金幣猿嶋郡 ………………… [057] 12-461
　草摺引(正札附根元草摺) ‥ [100] 19-91
　法懸松成田利剣 …………… [057] 9-219
　解脱衣楓累 ………………… [057] 4-257
　初冠曽我皐月富士根 ……… [057] 10-281
　恋女房讐討双六 …………… [057] 2-453
　極らくのつらね …………… [057] 12-535
　心謎解色糸 ………………… [057] 3-7
　小町紅牡丹隈取 …………… [057] 6-373
　高麗大和皇白浪 …………… [057] 1-353
　桜姫東文章 ‥ [057] 6-259, [100] 9-143

三賀莊曾我嶋台 ……………… [057] 8-7
例服曾我伊達染 …………… [057] 12-273
盬話水滸伝 ………………… [057] 3-283
寂光門松後万歳 …………… [057] 12-533
四天王産湯玉川 …………… [057] 7-157
四天王楓江戸粧 …………… [057] 1-57
四天王櫓礎 ………………… [057] 3-191
姿花江戸伊達染 …………… [057] 4-177
隅田川花御所染 …………… [057] 5-167
隅田川花御所染（女清玄）‥ [100] 22-273
曾我梅菊念力弦 …………… [057] 7-15
曾我中村穐取込 …………… [057] 11-281
曾我祭東鑑 ………………… [057] 6-347
染替蝶桔梗 ………………… [057] 6-155
染縕竹春駒 ………………… [057] 6-7
三都俳優水滸伝 …………… [057] 6-403
玉藻前御園公服 …………… [057] 8-223
蝶蝶仔梅菊 ………………… [057] 12-389
蝶鵆山崎踊 ………………… [057] 7-367
裙模様沖津白浪 …………… [057] 11-465
当穐八幡祭 ………………… [057] 3-85
当秋八幡祭 ………………… [059] 6-368
天竺徳兵衛万里入舩 ……… [057] 1-7
伝鶴屋南北自筆台帳〔題名不明〕
 ……………………………… [057] 9-485
東海道四谷怪談 ……………………
 [013] 30-309, [033] 26-177, [040]
 〔81〕-9, [057] 11-149
東海道四谷怪談（お岩の怪談）
 ……………………………… [085] 5-193
東海道四谷怪談（四谷怪談）
 ……………………………… [100] 9-207
道具帳 ……………… [040]〔81〕-443
当世染戯場雛形 …………… [057] 3-475
時桔梗出世請状 …………… [057] 1-215
時桔梗出世請状（馬盥の光秀）
 ……………………………… [100] 9-39
幭雜石尊臉 ………………… [057] 10-7
謎帯一寸徳兵衛 …………… [057] 4-7
謎帯一寸徳兵衛（大島団七）
 ……………………………… [100] 22-167
容賀扇曾我 ………………… [057] 6-115
成田山御手乃綱五郎 ……… [057] 8-477
独道中五十三駅 …………… [057] 12-7
藤川舩艄話 ………………… [057] 12-159
貞操花鳥羽恋塚 …………… [057] 2-131
松梅鴛曾我 ………………… [057] 3-365
昔仝今物語 ………………… [057] 7-445
昔模様戯場雛形 …………… [057] 3-447
隔蓬萊曾我 ………………… [057] 2-409
恵咲梅半官贔屓 …………… [057] 7-7
戻橋背御摂 ………………… [057] 5-57
紋尽五人男 ………………… [057] 10-371

八重霞曾我組糸 …………… [057] 9-311
大和名所千本桜 …………… [057] 6-339
霊験亀山鉾 ………………… [057] 8-357
霊験曾我籬 ………………… [057] 2-7

【て】

貞明皇后
  貞明皇后「貞明皇后御歌謹解」
 ……………………………… [074] 5-23
泥郎子 →山岡浚明（やまおか・まつあけ）
  を見よ
出方題
  落咄大雅楽 ………… [068] 下-183
手柄 岡持
  後は昔物語 ……… [070] III-12-263
手島 堵庵
  会友大旨 …………… [069] 42-185
  坐談随筆 …………… [069] 42-117
  児女ねむりさまし …… [069] 42-143
  前訓 ………………… [069] 42-159
  知心弁疑 …………… [069] 42-129
鉄庵道生
  鈍鉄集 一巻 ………… [029] 1-367
轍子
  花見車 ……………… [041] 71-375
鉄舟得済
  閻浮集 一巻 ………… [029] 2-1257
  性海霊見遺稿 一巻 … [029] 2-1237
寺門 静軒
  江戸繁昌記 …………………………
 [041] 100-1, [041] 100-427
  静軒痴談 …………… [070] II-20-1
田 子文
  越風石臼歌 ………… [062] 11-404
田 捨女
  田捨女「貞閑尼公詠吟」「伊呂波歌」
 ……………………………… [074] 3-206
天隠龍澤
  翆竹真如集 一 ……… [028] 5-691
  天隠和尚文集 ……… [028] 5-979
  天隠龍沢作品拾遺 … [028] 5-1217
  黙雲稿 異本 ………… [028] 5-913
  黙雲集 ……………… [028] 5-1027
  黙雲藁 ……………… [028] 5-1085
天下一若狭守藤原 吉次
  阿弥陀本地 ………… [098] 4-514

天岸慧広
　東帰集 一巻 ……………………… [029] 1-1
天境霊致
　無規矩 ………… [028] 3-3, [028] 3-97
沾山（七世）
　俳諧臘 ………………………… [041] 72-409
天竺老人
　稿本「阿千代之伝」 ……… [038] 12-25
　真女意題 …………………… [038] 10-349
　太平楽巻物 ………………… [038] 12-11
　当世導通記 ………………… [038] 11-255
　蛇蛻青大通 ………………… [038] 12-47
天竺浪人
　根南志具佐 ………………… [067] 55-33
天祥一麟
　京城万寿禅寺語 ………… [028] 別2-249
　[偈頌 七言四句] ………… [028] 別2-365
　[偈頌 七言八句 長偈] … [028] 別2-390
　[偈頌 道号頌] …………… [028] 別2-384
　小仏事　・[028] 別2-310, [028] 別2-317
　[陞座] ……………………… [028] 別2-331
　[真讃] ……………………… [028] 別2-352
　瑞龍山太平興国南禅ゝ寺語録
　　　 ……………………… [028] 別2-281
　筑前州安国山聖福禅寺語・[028] 別2-243
　天祥和尚初住薩州路黄龍山大願禅寺語
　　録 ……………………… [028] 別2-239
　天祥和尚録 …………………………
　　　[028] 別2-237, [028] 別2-315
　[拈香] ……………………… [028] 別2-288
　東山建仁禅寺語録 ……… [028] 別2-263
　霊亀山天龍資聖禅寺語録・[028] 別2-278
天章澄彧
　栖碧摘蘂 ………………………………
　　　[028] 別2-419, [028] 別2-428, [028]
　　別2-451, [028] 別2-459
点頭不行
　女郎買夢物語 ……………… [038] 29-249
天中原長常南山
　山家鳥虫歌 ……………………………
　　　[018]〔1〕-193, [041] 62-57, [062]
　　7-16, [062] 7-349, [063]〔87〕-36,
　　[063]〔87〕-273

【と】

藤 貞幹
　好古小録 ………………… [070] I-22-153
　好古日録 ………………… [070] I-22-51
東 常縁
　東常縁集 …………………… [036] 6-121
　東野州聞書 ………………… [061] 5-329
道安
　槐記 ………………………… [067] 96-393
洞院 公賢
　公賢集 ……………………… [036] 5-188
桃猿舎 犬雄
　吉原談語 …………………… [038] 26-111
道我
　権僧正道我集 ……………… [036] 5-156
東海
　虚空集 ……………………… [076] 7-93
東海山人
　清楼色唐紙 ………………… [038] 28-61
桃華園
　萍花漫筆 ………………… [070] II-3-337
東籬
　軽口へそ順礼（延享三年） …… [082] 8-94
等貴和尚
　等貴和尚詠草 ……………… [036] 7-688
偸空斎人主人
　阿房枕言葉 ………………… [038] 1-235
同穴野狐
　江戸土産 ・・[059] 11-317, [059] 12-67
道元
　十二巻正法眼蔵 …………… [069] 13-305
　渉典 ………… [069] 12-457, [069] 13-504
　正法眼蔵
　　　[067] 81-67, [069] 12-33, [069] 13
　　-9
　正法眼蔵随聞記
　　　[013] 20-231, [067] 81-315
　正法眼蔵辦道話 …………… [033] 14-3
　正法眼蔵菩堤薩埵四摂法 …… [033] 14-46
　典座教訓 …………………… [033] 14-59
　辦道話 ……………………… [069] 12-9
桃交庵 毛裳足
　幸好古事 …………………… [038] 26-75
東湖山人
　不仁野夫鑑 ………………… [038] 14-85
道寿法師
　道寿法師集 ………………… [036] 6-132
東沼周巖
　東沼和尚語録 ……………… [028] 3-531
　東沼周巖作品拾遺 ………… [028] 3-543
　流水集 ……… [028] 3-293, [028] 3-499
東随舎

とうた

古今雑談思出草紙 ……… ［070］**III**-4-*1*
堂駄先生
　奴通 …………………………… ［038］**10**-*125*
道蛇楼 麻阿
　娼妃地理記 ………………… ［038］**7**-*207*
東伝子
　天岩戸 ……………………… ［038］**16**-*315*
東都 吾妻男
　閨中大機関 …………………… ［084］**1**-*3*
東都 佐襧那賀
　春色恋の手料理 …………… ［084］**1**-*211*
東都隠士烏有庵
　万世百物語 ……………………………
　　　　［045］**II**-27-*147*,［059］**4**-*492*
同道堂
　損者三友 ………………… ［038］補1-*209*
道範
　道範消息 …………………… ［067］**83**-*76*
唐辺僕
　茶のこもち ………………… ［068］**中**-*319*
道命阿闍利
　道命阿闍利集 ……………… ［036］**1**-*745*
東明慧日
　雲外雲岫跋 ……………… ［028］別2-*62*
　亀谷山金剛寿福禅寺語録 … ［028］別2-*18*
　巨福山建長興国禅寺語録 … ［028］別2-*20*
　偈頌 ……………………… ［028］別2-*51*
　小仏事 …………………… ［028］別2-*57*
　再住円覚禅寺語録 ………… ［028］別2-*33*
　再住建長禅寺語録 ………… ［028］別2-*25*
　再住寿福禅寺語禄 ………… ［028］別2-*30*
　三住建長禅寺語録 ………… ［028］別2-*37*
　竺仙梵僊撰東明和尚塔銘 … ［028］別2-*63*
　自賛 ……………………… ［028］別2-*46*
　瑞鹿山円覚興聖禅寺語録 … ［028］別2-*10*
　相州禅興禅寺語録 ……… ［028］別2-*8*
　題跋 ……………………… ［028］別2-*49*
　東勝禅寺語録 …………… ［028］別2-*24*
　東明慧日禅師住白雲山宝慶禅寺語録巻
　　上 ……………………… ［028］別2-*4*
　東明和尚語録 …………… ［028］別2-*1*
　仏祖賛 …………………… ［028］別2-*43*
　法語 ……………………… ［028］別2-*40*
　万寿禅寺語録 …………… ［028］別2-*23*
　霊石如芝跋 ……………… ［028］別2-*61*
東陽 英朝
　句双紙 …………………… ［041］**52**-*111*
唐来 三和
　袖から袖へ手を入てしつと引〆廿二人書集芥
　　の川仲 ……………… ［039］〔**2**〕-*29*

冠言葉七目姓記 ……… ［039］〔**2**〕-*95*
大千世界牆の外 ……… ［039］〔**2**〕-*7*
東産返報通町御江戸鼻筋 … ［039］〔**2**〕-*63*
再会親子銭独楽 ……… ［039］〔**2**〕-*127*
全体平気頼光邪魔入 … ［039］〔**2**〕-*51*
唐来 参和
　順廻能名題家莫切自根金生木 … ［085］**8**-*105*
　通神孔釈三教色 …………… ［038］**12**-*119*
　順廻能名題家 莫切自根金生木
　　　　　　　　　　　　［067］**59**-*115*
　正札附息質 ………………… ［041］**83**-*253*
　和唐珍解 ［038］**13**-*87*,［059］**5**-*321*
胴楽散人
　南楼丸一之巻 ……………… ［038］**25**-*241*
道楽散人
　あづまの花 ………………… ［038］**4**-*337*
道楽山人無玉
　中洲雀 ……… ［009］**1**-*63*,［038］**7**-*183*
東里山人
　仕形落語工風智恵輪（文政四年正月刊）
　　　　　　　　　　　　［082］**15**-*140*
　しんさくおとしばなし（弘化頃刊）
　　　　　　　　　　　　［082］**16**-*166*
道立
　写経社集 …………………… ［041］**73**-*173*
東陵永璵
　疏頬 ……………………… ［028］別2-*75*
　大元四明東陵和尚住日本国山城州霊亀
　　山天龍資聖禅寺語録 …… ［028］別2-*67*
　東陵和尚住瑞龍山太平興国南禅ミ寺語
　　録 ……………………… ［028］別2-*71*
　璵東陵日本録 …………… ［028］別2-*65*
登蓮
　登蓮集 ……………………… ［036］**2**-*748*
十市 遠忠
　詠草 ………………………… ［036］**7**-*508*
　詠草大永七年中 …………… ［036］**7**-*438*
　遠忠 ………………………… ［036］**7**-*462*
　十市遠忠詠草 ………………………
　　　　　［036］**7**-*482*,［036］**7**-*492*
遠山 稲子
　遠山稲子「稲子遺稿」 ……… ［074］**5**-*422*
遠山 景晋
　続未曽有記 ……… ［045］**I**-17-*171*
　未曽有記 ……………… ［045］**I**-17-*91*
遠山 伯龍
　桜のかざし ………………… ［017］**2**-*476*
遠山 光栄
　遠山光栄「杉生」 …………… ［074］**6**-*559*
兔角山人

無量談 ……………………… [038] **5**-*173*
土岐 茂子
　筑波子家集 ………………… [030] **15**-*847*
土岐 筑波子
　東麿大人の祭のをり ……… [008] **3**-*642*
　土岐筑波子「筑波子家集」… [074] **3**-*104*
都喜蝶
　御かげ道中噺栗毛(文政十三年四月刊)
　　…………………………… [082] **15**-*308*
時丸
　伊豆紀行 …………………… [017] **1**-*549*
常盤 潭北
　百姓分量記 ………………… [069] **59**-*235*
独菴 玄光
　隠池打睡庵四首 …………… [005] **5**-*19*
　僧の琉球に帰るに贈る …… [005] **5**-*9*
　道者和尚の明に帰るを送る … [005] **5**-*3*
　雪を詠む(二首) …………… [005] **5**-*23*
徳川 斉昭
　弘道館記 …………………… [069] **53**-*229*
　告志篇 ……………………… [069] **53**-*209*
徳川 治貞
　玉くしげ …………………… [067] **97**-*319*
徳川 光圀
　駒込別墅にて、花下に酒を酌
　　…………………………… [043] **86**-*297*
　西山公随筆 ………… [070] **II**-**14**-*367*
徳川 宗春
　温知政要 …………………… [069] **38**-*155*
徳川 吉宗
　紀州政事草 ………………… [069] **38**-*125*
独笑菴 立義
　川越松山之記 ……………… [095] **12**-*131*
徳性亭 路角
　後涼東詑言 ………………… [038] **22**-*203*
徳竜
　僧分教誡三罪録 …………… [069] **57**-*35*
蜷局
　出代の弁 ‥ [043] **72**-*521*, [085] **7**-*746*
外山翁
　花街浪華色八卦 …………… [038] **2**-*339*
俊成女 → 藤原俊成女(ふじわらのとし
なりのむすめ)を見よ

都扇舎 千代見
　身体山吹色 ………………… [038] **18**-*33*
戸田 茂睡
　寛文五年文詞 ………………………………
　　……………… [061] **7**-*9*, [069] **39**-*265*

戸田茂睡歌集 ……………… [030] **15**-*241*
梨本集 ……………………… [061] **7**-*10*
梨本集序 …………………… [069] **39**-*267*
梨本書 ……………………… [069] **39**-*274*
紫の一本 …………………… [043] **82**-*29*
若むらさき ………………… [041] **67**-*257*
訥斉先生
　遠遊日記 …………………… [017] **1**-*328*
舎人親王
　日本書紀 ………………………………
　　[013] **2**-*7*, [024] [**4**]-*89*, [043] **2**
　-*15*, [043] **3**-*15*, [043] **4**-*15*, [063]
　[**32**]-*49*, [063] [**33**]-*7*, [063] [**34**]-
　1, [063] [**35**]-*7*, [063] [**36**]-*7*, [063]
　[**37**]-*7*, [067] **67**-*75*, [067] **68**-*7*
土橋 りう馬
　百面相仕方ばなし(天保十三年正月刊)
　　…………………………… [082] **19**-*78*
土肥 経平
　栄花物語目録年立 ………… [072] [**31**]-*1*
　風のしがらみ ……… [070] **I**-**10**-*177*
　春湊浪話 …………… [070] **III**-**10**-*375*
富尾 似舩
　御伽物語 …………………… [043] **64**-*427*
富川 房信
　猿影岸変化退治 …………… [041] **83**-*127*
富永 仲基
　翁の文 ……………………… [067] **97**-*539*
　出定後語 …………………… [069] **43**-*11*
富永 平兵衛
　芸鑑 ………………………… [067] **98**-*311*
友鳴 松旭
　早見道中記(抄) …………… [066] **49**-*529*
友野 霞舟
　霞舟吟巻(首巻) …………… [041] **64**-*171*
伴林 光平
　園能池水 …………………… [069] **51**-*451*
　園の池水 …………………… [061] **9**-*409*
　垣内七草 …………………… [061] **9**-*398*
　歌道大意 …………………… [061] **9**-*404*
　稲木抄 ……………………… [061] **9**-*371*
　楢の落葉物語 ……… [070] **I**-**6**-*375*
友久 武文
　住吉物語の和歌・連歌・歌謡―原本性
　　追求の試み ……………… [055] 別**1**-*361*
具平親王
　秋山を過ぎる ……………… [043] **86**-*171*
　高礼部が「再び唐の故白太保
　　…………………………… [043] **86**-*179*

とよか　　　　　　　　　　作家名索引（原作者）

故工部橘郎中が詩巻に題す
　　　　　　　　　　 ………… [043] **86**-*182*
秋花秋に先だちて開く …… [043] **86**-*169*
早秋「秋は簟上より生ず」を
　　　　　　　　　　 ………… [043] **86**-*170*
中務親王集 ……………… [036] **1**-*676*
遙山暮煙を斂む ………… [043] **86**-*170*
豊川 里舟
　登美賀遠佳 ………………………………
　　　　[009] **1**-*239*, [038] **11**-*277*
豊田 長敦
　上代衣服考 …………… [070] **I-7**-*1*
豊田 天功
　中興新書 ……………… [069] **53**-*193*
　防海新策 ……………… [069] **53**-*339*
豊竹 応律
　祇園祭礼信仰記 ……… [045] **II-37**-*273*
　祇園祭礼信仰記（金閣寺）… [100] **4**-*173*
　岸姫松轡鏡（岸姫） ……… [100] **4**-*215*
　艶容女舞衣 …………… [100] **7**-*139*
豊竹 甚六
　一谷嫩軍記（熊谷陣屋） …… [100] **4**-*53*
　倭仮名在原系図（蘭平物狂）… [100] **4**-*87*
豊原 統秋
　松下抄 ………………… [036] **6**-*660*
豊村 甚六
　一谷嫩軍記 …………… [085] **4**-*341*
鳥居 清経
　こころの春さめ咄 …… [068] **下**-*101*
　友だちばなし ………… [068] **中**-*237*
鳥飼 酔雅
　近代百物語 …………… [065] **3**-*214*
雑田 文祇
　風流仙婦伝 …………… [038] **9**-*271*
鳥山 芝軒
　終りに臨んで男輔門に示す
　　　　　　　　　　 ………… [043] **86**-*313*
　重ねて詩僧政上人の墓を過る
　　　　　　　　　　 ………… [043] **86**-*312*
　九日、城西に舟を泛ぶ … [043] **86**-*309*
　苦吟 …………………… [043] **86**-*309*
　児輔門、偶ま恙有り、月余起
　　　　　　　　　　 ………… [043] **86**-*311*
　白髪の歎 ……………… [043] **86**-*310*
　酔妓 …………………… [043] **86**-*309*
　谷口亭に遊びて、政上人及び
　　　　　　　　　　 ………… [043] **86**-*310*
　人影 …………………… [043] **86**-*311*
　傭奴 …………………… [043] **86**-*310*
途呂九斎主人

艶道秘巻 ………………… [038] **28**-*297*
泥田坊 夢成
　口学諺種 ……………… [038] **10**-*79*
頓阿
　愚問賢注 ……………… [061] **5**-*123*
　井蛙抄 ………………… [061] **5**-*18*
　草庵集 ……[030] **14**-*401*, [036] **5**-*235*
　続草庵和歌集 …………………
　　　　[030] **14**-*632*, [036] **5**-*278*
　頓阿法師詠 …………… [041] **47**-*109*
鈍苦斎
　風俗七遊談 …………… [038] **2**-*213*
鈍九斉 章丸
　残座訓 ………………… [038] **13**-*35*
頓敵朝臣ふくべ氏十太郎
　吉原失墜 ……………… [095] **3**-*127*
頓多斎 無茶坊
　契情極秘巻 …………… [038] **10**-*315*

【 な 】

内新好
　仮里択中洲之華美 …… [059] **5**-*374*
　中洲の花美 …………… [038] **15**-*49*
　一目土堤 ‥ [009] **1**-*295*, [038] **14**-*177*
内藤 藤左衛門
　半部 …………………… [043] **58**-*339*
中井 甃庵
　とはずかたり ………… [070] **III-6**-*65*
永井 正流
　本朝浜千鳥 …………… [009] **3**-*135*
中井 竹山
　延元帝の山陵を拝す …… [043] **86**-*451*
　非徴（総非） …………… [069] **47**-*43*
　与今村泰行論国事・経済要語
　　　　　　　　　　 ………… [069] **47**-*63*
中江 藤樹
　翁問答 ………………… [069] **29**-*19*
　孝経啓蒙 ……………… [069] **29**-*179*
　文集（二編） …………… [069] **29**-*7*
仲雄王
　譴を蒙りて外居し、聊か以て述懐
　　　　　　　　　　 ………… [043] **86**-*60*
　懐を書して、王中書に呈す … [043] **86**-*61*
　良将軍の華山の荘を尋ぬるに、将軍期
　を失して在らず ……… [043] **86**-*56*
中神 守節

なかし

歌林一枝 ……………………… [061] 9-49

中川 喜雲
  案内者 ……………… [047] 別11-217
  私可多咄 …… [082] 1-255, [083] 8-93

中川 自休
  大ぬさ ………………… [061] 8-280

中川 忠英
  柳営譜略 ……………… [095] 8-61

中川 德之助
  白鷗の辞―五山文学の詩想についての
    一考察 ………………… [055] 別1-188

中川久盛妻
  伊香保日記 …………… [008] 3-1

長久保 赤水
  東奥紀行 ……………… [017] 1-405

中沢 道二
  道二翁道話 …………… [069] 42-207

長沢 美津
  長沢美津「氾青」 ……… [074] 6-378

中島 阿契
  祇園祭礼信仰記（金閣寺）… [100] 4-173

中島 歌子
  中島歌子「萩のしづく」 …… [074] 5-194

中島 棕隠
  乙酉春初、新たに端硯を獲たり。喜ぶ
    こと甚だし。為に六絶を賦す（うち二首）．
    …………………………… [007] 6-225
  印篆の篇。瓊浦の源君頤に贈る
    …………………………… [007] 6-252
  江戸者、京を嘲る ……… [007] 6-317
  鴨東四時雑咏抄（六首）… [007] 6-171
  解悶 …………………… [007] 6-190
  客歳夏秋の交、淫雨連旬、諸州大水、
    歳果して登らず。今茲七月に至り、都下の
    米価涌騰益甚し。一斗三千銭に過ぐ。餓莩
    路に横り、苦訴泣哭、声四境に徹す。建藁
    より還未だ曾て有らざる所と云ふ。感慨の
    余、此の二十絶を賦す（うち三首）［007］
    6-306
  菊間村漫吟。同社の釣侶に示す 十五首
    （うち三首） …………… [007] 6-202
  旗亭春雨。韻支を得たり（四首、うち二
    首）時に年十五なり …… [007] 6-196
  旧作鴨東四時の詞を読みて感有り
    …………………………… [007] 6-186
  寓感 …………………… [007] 6-236
  後園の牡丹盛に開く。喜びて賦す（五
    首、うち二首） ………… [007] 6-313
  江州より京に帰る途中の作 ・[007] 6-209
  国学 …………………… [007] 6-320

古碧楼雑題 十三首（うち二首）
    …………………………… [007] 6-238
四種の学者を詠ず（四首、うち二首）
    …………………………… [007] 6-319
十一月朔、舟舳浦を発し狭貫に赴く。風
  に阻てられて伊吹島に泊す 七首（うち二
    首） …………………… [007] 6-304
繡児を悼む 二首（うち一首）
    …………………………… [007] 6-212
首尾吟。琴廷調に示す …… [007] 6-188
櫻欄を咏ず（五首、うち一首）
    …………………………… [007] 6-315
春夜寓興 ………………… [007] 6-245
壬辰三月、錦織の草廬落成す。之れを賦
  して自祝す 十首（うち二首）[007] 6-247
池無絃に贈る一余、時に居を不忍池の
  上に移す ………………… [007] 6-200
田園雑興（四首、うち二首）
    …………………………… [007] 6-198
田必清、江戸の益勤斎鐫する所の般菴
  の印一顆を贈らる。戯れに賦して之れを謝
  す ……………………… [007] 6-204
天文 …………………… [007] 6-319
冬蘭 十首（うち二首） …… [007] 6-231
舞児浜客亭の漫吟 ……… [007] 6-214
再び新湊に過ぎり、陶周洋に別る。余、
  時に小錦嚢硯を佩び、猝に解きて之れを贈
  る。係くるに一篇を以ってす ……[007]
  6-300
放言 三首（うち一首） …… [007] 6-183
戊戌春初の雑題（七首、うち二首）
    …………………………… [007] 6-311
将に江戸を去らんとして感有り
    …………………………… [007] 6-185
漫興 十首（うち二首） …… [007] 6-192
漫興 十五首（うち二首） … [007] 6-240
漫述 …………………… [007] 6-207
漫題 …………………… [007] 6-210
自ら嘲る ………………… [007] 6-321
浴後の小酌 ……………… [007] 6-216
吉益周輔、河豚を咏ずる詩を睍さる。云
  う、「何ぞ論ぜん、酷毒の無と有とを、天然
  無毒の人を毒せず」と。余戯れに答えて曰
  く、「余は則ち天然有毒の人なり。因りて
  一詩有り、足下の家説と相い逕庭せず。試
  みに録して粲を博す」と ……[007] 6-234
落花の吟 并びに引（三十首、うち二首）
    …………………………… [007] 6-217

中島 広足
  海人のくぐつ …………… [070] I-10-377
  檉園歌集 ………………… [030] 19-315
  檉園随筆 ………………… [070] I-3-199

日本古典文学全集・内容綜覧 731

かしのくち葉 …………………… [047] **9**-*115*
かしのしづ枝 …………………… [070] **I**-*16*-*1*
永島 福太郎
　一口ばなし ……………………… [082] **16**-*316*
長瀬 真幸
　万葉集佳調 …… [094] **5**-*371*,[094] **6**-*5*
　万葉集佳調拾遺 ……………… [094] **6**-*61*
中田 主税
　雑交苦口記 …………………… [095] **8**-*411*
中田 万助
　毛抜 ……………………………… [100] **18**-*39*
　歌舞伎十八番の内鳴神 ……… [100] **18**-*7*
　鳴神 ……………………………… [085] **6**-*215*
中務
　中つかさ ………………………… [036] **1**-*325*
　中務集
　　[036] **1**-*332*,[073] **12**-*667*,[073] **12**-*782*,[074] **2**-*44*
中臣 大島
　山斎 …………………………… [043] **86**-*28*
中臣 祐臣
　自葉和歌集 …………………… [036] **5**-*149*
中西 関次郎
　在京在阪中日記 ……………… [095] **10**-*77*
中根 香亭
　酔迷余録 ……………………… [047] **4**-*109*
　塵塚 …………………………… [047] **4**-*321*
　零砕雑筆 ……………………… [047] **4**-*195*
中野 三敏
　解題 …………………………… [038] **13**-*351*
長野 美波留
　万葉集類句 · [094] **15**-*235*,[094] **16**-*5*
長野 義言
　歌の大意 ……………………… [061] **8**-*414*
　沢能根世利 …………………… [069] **51**-*407*
中院 通勝
　中院也足軒詠七十六首 ……… [036] **7**-*911*
　中院素然詠歌写 ……………… [036] **7**-*910*
　通勝集 ………………………… [036] **7**-*913*
　岷江入楚
　　[072]〔1〕-*1*,[072]〔2〕-*1*,[072]〔3〕-*1*
中院 通茂
　渓雲問答 ……………………… [061] **6**-*291*
中院 通秀
　十輪院御詠 …………………… [036] **6**-*235*
中院雅忠女 → 後深草院二条（ごふかくさいんのにじょう）を見よ
中橋散人

其あんか ………………………… [038] **13**-*229*
中原 綾子
　中原綾子「真珠貝」 …………… [074] **6**-*293*
中原 広俊
　暮秋即事 ……………………… [043] **86**-*206*
中原 師元
　中外抄 ………………………… [041] **32**-*255*
中村 明石清三郎
　恵方男勢梅宿参会名護屋 …… [059] **6**-*1*
　参会名護屋 …………………… [041] **96**-*1*
中邨 秋香
　落窪物語大成 ………………… [072]〔**27**〕-*1*
中村 阿契
　祇園女御九重錦 ……………… [045] **II**-*37*-*379*
中邑 阿契
　祇園祭礼信仰記 ……………… [045] **II**-*37*-*273*
　祇園女御九重錦 ……………… [065] **2**-*168*
中村 歌右衛門
　落葉の下草 …………………… [047] **9**-*87*
中村 歌右衛門（三代）
　絃天狗俳諧 …………………… [045] **I**-*24*-*317*
中村 漁岸
　八陣守護城（八陣） …………… [100] **6**-*341*
中邑 閨助
　小野道風青柳硯 ……………… [100] **4**-*147*
中村 芝翫
　歌舞妓雑談 …………………… [047] **9**-*95*
中村 重助
　靭猿 …………………………… [100] **19**-*235*
　鞍馬獅子（夫婦酒替奴中仲）
　　………………………………… [100] **19**-*37*
中村 新斎
　閑度雑談 ……………………… [047] **6**-*255*
中村 宗三
　糸竹初心集 …………………… [062] **6**-*183*
中村 経年
　松亭漫筆 ……………………… [070] **III**-*9*-*291*
　積翠閑話 ……………………… [070] **II**-*10*-*285*
中村 直三
　伊勢錦 ………………………… [069] **62**-*254*
　稲田収量実験表 ……………… [069] **62**-*263*
　ちわら早稲 …………………… [069] **62**-*257*
　稲種選択法 …………………… [069] **62**-*260*
中村 弘毅
　思斉漫録 ……………………… [070] **II**-*24*-*137*
中村 幸彦
　戯作入門 ……………………… [013] **34**-*5*
中村 蘭林
　講習余筆 ……………………… [047] **1**-*1*

中本 環
　一休宗純と柴屋軒宗長 …… ［055］別1－254
長屋王
　宝宅に於て新羅の客を宴す ‥ ［043］86－33
中山 高陽
　画譚鶏肋 ……………………… ［070］I－4－157
中山 三柳
　醍醐随筆 …… ［047］10－1,［065］1－171
中山 みき
　おさしづ（抄）………………… ［069］67－304
　おふでさき …………………… ［069］67－189
　みかぐらうた ………………… ［069］67－180
半井 行蔵
　松島紀行 ……………………… ［017］2－339
奈河 七五三助
　隅田川続俤（法界坊）………… ［100］15－3
　近頃河原の達引（堀川）……… ［100］7－257
奈川 七五三助
　清和源氏二代将 ……………… ［045］I－23－5
奈河 本助
　宗清（恩愛晴関守）…………… ［100］19－169
奈蒔野 馬乎人
　哤多雁ан帳 ‥ ［043］79－43,［085］8－81
　山下珍作 …… ［038］11－313,［059］5－276
名島 政方
　晤語 …………………………… ［070］II－24－249
夏目 漱石
　鶏頭序 ………………………… ［024］〔3〕－214
何丸
　十二月花鳥譜 ………………… ［043］72－593
浪花 一九
　画ばなし当時梅（文化七年十二月刊）
　………………………………… ［082］19－36
浪花山人 猿笑
　粋仕弁 ………………………… ［038］補1－135
浪岡 鯨児
　一谷嫩軍記（熊谷陣屋）……… ［100］4－53
　倭仮名在原系図（蘭平物狂）‥ ［100］4－87
浪岡 鯨児
　一谷嫩軍記 …………………… ［085］4－341
並木 永輔
　岸姫松轡鏡（岸姫）…………… ［100］4－215
並木 鯨児
　日蓮上人御法海（日蓮記）…… ［100］6－93
並木 五瓶（初代）
　韓人漢文手管始 ……………… ［067］53－269
　漢人韓文手管始（唐人殺し）‥ ［100］8－15
　けいせい吉野鐘 ……………… ［045］I－23－179
　五大力恋緘 ……………………

　　　［013］30－239,［027］12－352,［033］
　　　26－66,［085］5－341,［100］8－99
　楼門五三桐（山門）…………… ［100］8－3
　隅田春妓女容性（梅の由兵衛）
　………………………………… ［100］8－187
　蝶の道行（傾城倭荘子）……… ［100］24－73
　富岡恋山開（二人新兵衛）‥ ［100］8－239
並木 五瓶（三代）
　勧進帳
　　　［013］30－205,［033］26－332,［063］
　　　〔99〕－11,［063］〔99〕－37,［067］98－
　　　175,［085］6－51,［100］18－181
　夏船頭（四季詠⑥歳）………… ［100］24－155
並木 十助
　伽羅先代萩 …………………… ［067］52－283
並木 丈助
　扇的西海硯（乳母争い）……… ［100］6－29
　苅萱桑門筑紫𨏍（苅萱）……… ［100］3－135
　摂州渡辺橋供養 ……………… ［045］II－37－183
　那須与市西海硯 ……………… ［045］I－11－7
並木 正三
　一谷嫩軍記 …………………… ［085］4－341
　一谷嫩軍記（熊谷陣屋）……… ［100］4－53
　幼稚子敵討 …………………… ［067］53－105
　傾城天の羽衣 ………………… ［059］7－63
　惟高親王魔術冠 ……………… ［065］2－196
　三十石艠始 …………………… ［085］5－661
　日蓮上人御法海（日蓮記）…… ［100］6－93
　宿無団七時雨傘（宿無団七）‥ ［100］14－3
並木 新作
　娼家用文章 …………………… ［038］補1－469
　花折紙 ………………………… ［038］22－135
並木 千柳 → 並木宗輔（なみき・そうすけ）をも見よ
　仮名手本忠臣蔵
　　　［027］12－239,［033］25－119,［040］
　　　〔74〕－151,［043］77－11,［067］51－
　　　291,［085］4－201,［100］2－5
　楠昔噺 ………………… ［045］III－40－347
　軍法富士見西行 ……… ［045］III－40－249
　源平布引滝 …… ［067］52－39,［100］4－3
　木下蔭狭間合戦（竹中砦）…… ［100］6－303
　菅原伝授手習鑑
　　　［027］12－325,［033］25－5,［085］4－
　　　85,［100］2－139
　夏祭浪花鑑 ‥ ［067］51－197,［085］4－39
　夏祭浪花鑑（夏祭）…………… ［100］7－3
　双蝶蝶曲輪日記 ……………… ［043］77－163
　双蝶々曲輪日記（双蝶々）…… ［100］7－55
　義経千本桜

なみき　　　　　　　　　作家名索引（原作者）

　　　　［022］18-5,［033］25-73,［041］93-
　　　393,［100］2-235
　　　大物船矢倉吉野花矢倉義経千本桜
　　　……………………………　［085］4-115
並木 宗助
　苅萱桑門筑紫𨏍（苅萱）……［100］3-135
　後三年奥州軍記 ……………［045］I-10-227
　摂津国長柄人柱 ……………［045］I-10-153
　忠臣金短冊 …………………［045］I-10-319
　那須与市西海硯 ……………［045］I-11-7
　北条時頼記 …………………［045］I-10-69
並木 宗輔 → 並木千柳（なみき・せんりゅ
　う）をも見よ
　一谷嫩軍記 ………………………………
　　　　［067］99-229,［085］4-341
　一谷嫩軍記（熊谷陣屋）……［100］4-53
　扇的西海硯（乳母争い）……［100］6-29
　釜淵双級巴（釜煎りの五右衛門）
　　　　……………………………［100］6-51
　鶊山姫捨松 …………………［045］I-11-155
　後藤伊達目貫 ………………［059］8-442
　狭夜衣鴛鴦剣翅 ……………［041］3-135
　中将姫古跡の松（中将姫）…［100］6-79
　道成寺現在蛇鱗 ……………［045］II-37-7
　義経千本桜 ………………………………
　　　　［013］30-67,［067］99-143
　和田合戦女舞鶴 ……………［045］I-11-79
　和田合戦女舞鶴（板額）……［100］3-169
並木 素柳
　倭仮名在原系図（蘭平物狂）‥［100］4-87
並木舎 五瓶
　誹諧通言 ……………………［038］24-219
波の屋 真釣
　傾城仙家壺 …………………［038］26-129
苗村 丈伯
　理屈物語（寛文七年刊）……［082］2-213
奈良天皇
　奈良御集 ……………………［036］1-11
業合 大枝
　新学異見弁 …………………［061］9-295
生川 春明
　近世女風俗考 ………………［070］I-3-307
成島 信遍
　春のみふね …………………［017］1-229
成島 柳北
　会津十六士自尽の図を観るの引
　　　　……………………………［007］10-93
　家を憶う ……………………［007］10-66
　維奴日留城に遊ぶ。英主の離宮なり
　　　　……………………………［007］10-154

威尼斯 ………………………［007］10-152
烏児塞宮 ……………………［007］10-151
太田屯営に馬を調う。馬上、得る所
　　　　……………………………［007］10-68
小沢生の西陲に遊ぶを送る ‥［007］10-29
懐いを書す …………………［007］10-61
鏡に対して嘆ず ……………［007］10-124
化石谷 ………………………［007］10-51
火輪車中の作 ………………［007］10-148
可愛叟の歌 …………………［007］10-63
感懐 …………………………［007］10-55
観蓮節。関雪江、枕山・蘆州諸子を不
　忍池の僧舎に会して蓮を観る。余も亦磐渓
　翁と赴く。席上、唐の張朝の「採蓮」の韻を
　用う（四首のうち二首）［007］10-106
帰家、口号 二首（うち一首）
　　　　……………………………［007］10-160
帰雁を聞いて感有り …………［007］10-14
帰去来の図 …………………［007］10-5
偶得たり ……………………［007］10-57
九月二十日、兵馬を率いて太田営を発
　し、江城に帰る。感有って賦す ……［007］
　10-72
庚午元日 ……………………［007］10-83
庚午五月念二日、居を函崎に卜す。軒
　前に一柳樹有り。喜びて賦す［007］10-84
獄を出ずる詩（三首のうち二首）
　　　　……………………………［007］10-140
獄中雑詩（三首のうち二首）
　　　　……………………………［007］10-137
古剣篇 ………………………［007］10-130
歳晩、懐いを書す ……………［007］10-3
歳晩、感を書す ………………［007］10-49
市井の女子の私かに色を売り、及び粧
　飾塗抹するを禁ずると聞く。戯れに賦して
　以て某君に寄す ………［007］10-30
児敏に示す 二十韻 …………［007］10-100
写真鏡 ………………………［007］10-88
十一月二十九日、蒲田の梅園を訪い、旧
　に感ず ……………………［007］10-80
秋懐十首（うち三首）…………［007］10-109
十三夜、陰曀。出遊するに懶く、社友も
　亦至らず。孤坐無聊。細君と対酌して旧に
　感ず ………………………［007］10-136
舟中雑詩 十首（うち二首）
　　　　……………………………［007］10-144
春声楼、口号 ………………［007］10-37
春夜の閨思 …………………［007］10-22
書を売り剣を買う歌 …………［007］10-33
壬戌三月望、大沼枕山・鷲津毅堂・小橋
　橘陰・植村蘆洲と、南豊の広瀬青村を誘い、
　舟を墨江に泛べ、桜花を観る。大槻磐渓・
　桂川月池・遠田木堂・春木南華等、亦期せ

734　日本古典文学全集・内容綜覧

ずして至る。花前に唱和して歓を尽す。寔
に春来の一大快事なり。乃ち花字を以て押
と為し、其の事を記して同遊の者に似す
　………………………………… [007] **10**-*37*
新涼、書を読む ……………… [007] **10**-*16*
蘇士の新航渠 二首（うち一首）
　………………………… [007] **10**-*146*
大西洋を航するの作（三首のうち一首）
　………………………… [007] **10**-*156*
太平洋舟中の作 四首（うち一首）
　………………………… [007] **10**-*159*
丁卯中秋、痢を患う。枕上、三律を賦
　し、藤志州に寄す（うち二首） [007] **10**-*69*
伝言機 ……………………… [007] **10**-*90*
切切歌 ………………………… [007] **10**-*9*
那耶哥羅に瀑を観る詩 二首（うち一首）
　………………………… [007] **10**-*157*
寧婆陀山を過ぐ ……………… [007] **10**-*158*
柏楼に雪夜に玉鸎と飲む …… [007] **10**-*92*
麻疹を患う …………………… [007] **10**-*48*
巴甲雑咏（四首のうち二首）
　………………………… [007] **10**-*149*
春の半、墨水に遊んで雨に値う
　………………………… [007] **10**-*50*
晩春雑咏 十首（うち二首） … [007] **10**-*26*
晩春、偶得たり ……………… [007] **10**-*15*
人を憶う 二首（うち一首） … [007] **10**-*82*
風懐詩（十首のうち三首） … [007] **10**-*117*
戊辰五月、得る所の雑詩（二首のうち一
　首） ……………………… [007] **10**-*79*
無題 …………………………… [007] **10**-*59*
明治壬申九月、将に泰西に航せんとす。
　此を賦して寓楼の壁に題す [007] **10**-*143*
友人某の屡兵を率いて東西に戍ると聞
　き、戯れに此の詩を寄す … [007] **10**-*62*
夜、砧声を聴く ……………… [007] **10**-*134*
夜、柳橋を過ぐ ……………… [007] **10**-*23*
柳橋新誌 ……………………………
　　[041] **100**-*333*, [041] **100**-*535*
倫敦府雑詩（二首のうち一首）
　………………………… [007] **10**-*154*
那波 活所
　自ら処す …………………… [043] **86**-*256*
南芽
　青木賊 ……………………… [059] **11**-*431*
南郭先生
　嶹陽英華 …………………… [038] **1**-*137*
南好先生
　古今馬鹿集 ………………… [038] **6**-*163*
南江宗沅
　漁庵小藁 …………………… [028] **6**-*139*
　南江宗沅作品拾遺 ………… [028] **6**-*231*

南詢病居士
　湯沢紀行 …………………… [017] **1**-*107*
南杣笑 楚満人
　敵討義女英 ………………… [067] **59**-*217*
南陀伽 紫蘭
　浮世の四時 ・ [009] **1**-*247*, [038] **13**-*23*
　娼売応来 …………………… [038] **10**-*341*
　舌講油通汚 ・ [009] **1**-*187*, [038] **11**-*11*
　玉菊灯籠弁 ………………… [038] **10**-*101*
　古今青楼噺之画有多 ……… [038] **9**-*249*
南兌羅法師
　大の記山寺 ………………… [038] **12**-*255*
南朝山人
　面美知之娌 ………………… [038] **19**-*355*
南都賀山人
　大通手引草 ………………… [038] **14**-*275*
難波 三蔵
　一谷嫩軍記 ………………… [085] **4**-*341*
　一谷嫩軍記（熊谷陣屋） … [100] **4**-*53*
南部 信恩
　藤 …………………………… [103] **3**-*258*
南坊 宗啓
　南方録 …… [033] **36**-*263*, [069] **61**-*9*
楠里亭 其楽
　落噺千里藪 ………………… [082] **16**-*122*
南鐐堂 一片
　寸南破良意 … [009] **1**-*19*, [038] **6**-*327*
南楼坊 路銭
　南客先生文集 ……………… [038] **9**-*95*

【 に 】

西 升子
　西升子「磯菜集」 ………… [074] **5**-*126*
西門 蘭渓
　万葉草木考 ………… [072] 〔**14**〕-*423*
西川 如見
　町人嚢 ……………………… [069] **59**-*85*
西川 祐信
　画法彩色法 ………………… [033] **36**-*250*
錦 文流
　傾城八花がた ……………… [085] **3**-*647*
　傾城八花形 ……………………………
　　　[040]〔**74**〕-*9*, [059] **8**-*313*
　西行法師墨染桜 …………… [059] **8**-*350*
錦部 彦公

にしさ

宮人の扇を翫ぶを看る ...... [043] 86-113

西沢 一風
- 色縮緬百人後家 ...... [009] 2-393
- 女大名丹前能 ...... [045] III-46-213
- 寛濶曽我物語 ...... [045] III-46-5
- 流風御前義経記 ...... [085] 2-117
- 新色五巻書 ...... [067] 91-385
- 大仏殿万代石楚 ...... [045] I-10-7
- 風流今平家 ...... [045] III-46-343
- 北条時頼記 ...... [045] I-10-69
- 野傾友三味線 ...... [009] 2-315

西沢 一鳳
- 音曲色巣籠 ...... [062] 8-3, [062] 8-125
- 積情雪乳貰(乳もらい) ...... [100] 14-253

西島 蘭渓
- 孜孜斎詩話 ...... [041] 65-231, [041] 65-555

西田 春耕
- 口嗜小史 ...... [047] 9-231

西田 直養
- 筱舎漫筆 ...... [070] II-3-1

仁科 白谷
- 学を論ず ...... [005] 1-223
- 夏夜即事 ...... [005] 1-227
- 志を書す(五首、うち二首) ...... [005] 1-165
- 山居雑詩(二十三首、うち四首) ...... [005] 1-206
- 詩人 ...... [005] 1-225
- 歳暮書志、友人に似す ...... [005] 1-239
- 白谷子歌 ...... [005] 1-211
- 鵬斎先生に贈る ...... [005] 1-168
- 漫吟 ...... [005] 1-204
- 自ら喜ぶ ...... [005] 1-241
- 霊芝篇 ...... [005] 1-229

西洞院 時慶
- 詠草 ...... [036] 7-1075
- 前参議時慶卿集 ...... [036] 7-1052

西村 市郎右衛門
- 諸国心中女 ...... [059] 1-150
- 諸国新百物語 ...... [045] II-27-79
- 新御伽婢子 ...... [065] 3-68
- 新竹斎(貞享四年刊) ...... [082] 4-175

西邑 海辺
- 尾陽戯場事始 ...... [095] 3-11

西郷 吾友
- 当世座持咄 ...... [038] 4-143

西村 定雅
- 外国通唱 ...... [038] 23-99
- 当世嘘之川 ...... [038] 23-55
- 青楼洒落文台 ...... [038] 26-47

- 百人袷 ...... [038] 26-87

西村 遠里
- 閑窓筆記 ...... [070] II-10-387

西村 白鳥
- 煙霞奇談 ...... [065] 1-211
- 煙霞綺談 ...... [070] I-4-197

西村 蘿庵
- 花街漫録 ...... [070] I-9-239

西村 義忠
- 初瀬路日記 ...... [017] 2-348

西山 拙斎
- 浅間岳の焼石に題す ...... [043] 86-469

西山 宗因
- 宗因東の紀行 ...... [017] 1-100

二条 為定
- 続後拾遺和歌集 ...... [030] 7-1
- 新千載和歌集 ...... [030] 7-499
- 大納言為定集 ...... [036] 5-184

二条 為重
- 新後拾遺和歌集 ...... [030] 8-271
- 為重朝臣詠草 ...... [036] 5-299

二条 為忠
- 為忠集 ...... [036] 2-499

二条 為遠
- 新後拾遺和歌集 ...... [030] 8-271

二条 為藤
- 続後拾遺和歌集 ...... [030] 7-1

二条 為世
- 延慶雨卿訴陳状 ...... [061] 4-127
- 続千載和歌集 ...... [030] 6-617
- 新後撰和歌集 ...... [030] 6-1
- 為世集 ...... [036] 7-1615
- 和歌庭訓 ...... [061] 4-115
- 和歌用意条々 ...... [061] 4-121

二条 良基
- 小島のくちずさみ ...... [041] 51-363
- 近来風体 ...... [061] 5-141
- 愚問賢注 ...... [061] 5-123
- 十問最秘抄 ...... [024]〔7〕-69, [067] 66-107
- 菟玖波集 ...... [024]〔7〕-6, [063]〔76〕-12, [063]〔76〕-31, [063]〔77〕-1
- 筑波問答 ...... [033] 36-73, [043] 88-11, [067] 66-69
- 僻連抄 ...... [066] 51-15
- 増鏡 ...... [013] 14-179, [063]〔46〕-65, [067] 87-245, [073] 8-238

作家名索引（原作者）　　　　　　　　ののみ

連理秘抄 ……………………… [067] **66**-*33*
二条院讃岐
　讃岐集 ……………………… [036] **3**-*350*
　二条院讃岐集 ……………… [074] **2**-*466*
二条太皇太后宮大弐
　二条太皇太后宮大弐集 …… [036] **2**-*478*
　二条太皇太后宮大弐集 …… [074] **2**-*423*
日奥
　宗義制法論 ………………… [069] **57**-*255*
日遠
　千代見草 …………………… [069] **57**-*397*
日典
　妙正物語 …………………… [069] **57**-*355*
日導
　特殊技巧歌 ………………… [061] 別**8**-*590*
日蓮
　開目抄 ……………………… [067] **82**-*327*
　可延定業御書 ……………… [069] **14**-*189*
　諫暁八幡抄 ………………… [069] **14**-*351*
　観心本尊抄 付副状 ………… [069] **14**-*131*
　金吾殿御返事 ……………… [069] **14**-*123*
　下山抄 ……………………… [069] **14**-*309*
　顕仏未来記 ………………… [069] **14**-*167*
　顕謗法抄 …………………… [069] **14**-*75*
　三大秘法抄 ………………… [069] **14**-*379*
　色心二法事 ………………… [069] **14**-*373*
　四信五品抄 ………………… [069] **14**-*299*
　守護国家論 ………………… [069] **14**-*13*
　承久合戦之間事 …………… [069] **14**-*384*
　消息文抄 …………………… [067] **82**-*421*
　小蒙古御書 ………………… [069] **14**-*383*
　撰時抄 ……………………… [069] **14**-*193*
　転重軽受法門 ……………… [069] **14**-*127*
　富木殿御書 ………………… [069] **14**-*175*
　南条兵衛七郎殿御書 ……… [069] **14**-*101*
　如説修行鈔 ………………… [069] **14**-*159*
　報恩抄 ……………………… [069] **14**-*249*
　忘持経事 …………………… [069] **14**-*245*
　法花取要抄 ………………… [069] **14**-*177*
　法花題目抄 ………………… [069] **14**-*111*
　法華和讃 …………………… [062] **4**-*85*
　本尊問答抄 ………………… [069] **14**-*337*
　立正安国論 ………………… [067] **82**-*291*
二斗庵 幸雄
　北川蜆殻 …………………… [038] **27**-*335*
蜷川 親当
　正徹物語 …………………… [013] **24**-*105*
蜷川 親俊
　親俊詠草 …………………… [036] **7**-*717*
二宮 尊徳

三才報徳金毛録 ……………… [069] **52**-*9*
仕法四種 ……………………… [069] **52**-*49*
二宮翁夜話 …………………… [069] **52**-*121*
二歩軒
　由良湊千軒長者（山椒太夫）
　……………………………… [100] **6**-*157*
二歩堂
　日高川入相花王（日高川） … [100] **6**-*115*
入我亭 我入
　戯財録 …… [033] **36**-*239*, [069] **61**-*493*
丹羽 氏曄
　大ぬさ弁 …………………… [061] **8**-*322*
仁明天皇
　閑庭にて雪に対す ………… [043] **86**-*109*

【 ね 】

根柄 金内
　性売往来 …………………… [038] **14**-*297*
根岸 鎮衛
　耳嚢 ………………………… [065] **1**-*230*
青葱堂 冬圃
　真佐喜のかつら …………… [095] **8**-*291*

【 の 】

能阿弥
　君台観左右帳記 …………… [069] **23**-*423*
能因
　玄々集 ……………………… [061] 別**6**-*164*
　能因歌枕（広本） …………… [061] **1**-*73*
　能因歌枕（略本） …………… [061] **1**-*69*
　能因集 …… [036] **2**-*200*, [041] **28**-*389*
　能因法師歌集 ……………… [036] **2**-*209*
能楽山人
　宝船通人之寐言 …………… [038] **11**-*65*
能澤 伯繼
　源氏外伝序 ………………… [024]〔**3**〕-*116*
野沢 凡兆
　猿蓑 ………………………… [063]〔**79**〕-*25*
野之口 隆正
　嚶々筆語 …………………… [070] I-**9**-*121*
野々宮 定基
　平家物語考証 ……………… [072]〔**23**〕-*389*

日本古典文学全集・内容綜覧　**737**

のむら　　　　　　　　　　作家名索引（原作者）

野村 篁園
　天野氏の別荘。韻を分つ ……… ［007］**7**-9
　雨電行 ……………………… ［007］**7**-130
　鴬啼序 ……………………… ［007］**7**-161
　重ねて墨水に遊ぶ ………… ［007］**7**-71
　夏日、諸君を林氏の西荘に邀え集む
　　………………………………… ［007］**7**-139
　鰹魚の膾 …………………… ［007］**7**-54
　寒食後の三夕、漫りに書す … ［007］**7**-34
　己卯中秋の月蝕 …………… ［007］**7**-56
　苦熱行 ……………………… ［007］**7**-78
　渓居 ………………………… ［007］**7**-100
　谷墅襍詠（五首、うち一首）
　　………………………………… ［007］**7**-127
　五荘行 ……………………… ［007］**7**-16
　駒郊より飛鳥山に至る雑詩 三首（うち
　　一首） ……………………… ［007］**7**-75
　斎壁に題す ………………… ［007］**7**-31
　山駅を暁に発す …………… ［007］**7**-4
　山荘の夏日 十韻 …………… ［007］**7**-5
　四月望、諸子と同に林司成の谷墅に遊
　　ぶ。韻を分つ 二首（うち一首） ［007］**7**-97
　秋園の寓興 二首（うち一首）
　　………………………………… ［007］**7**-76
　春夜、野・木二子過訪す、韻元を得
　　………………………………… ［007］**7**-70
　白石の矼 …………………… ［007］**7**-36
　人日雪ふる、霞舟を邀えて同に賦す 二
　　十韻 ……………………… ［007］**7**-84
　歳暮に懐いを書す ………… ［007］**7**-107
　雪夕に偶ま吟ず。坡老の北堂の壁に書
　　すの韻を用ゆ ……………… ［007］**7**-93
　雑言 二首（うち一首） ……… ［007］**7**-64
　滝川に遊ぶ 三首 …………… ［007］**7**-37
　冬日の遊覧、分ちて三肴を得たり
　　………………………………… ［007］**7**-58
　杜少陵像に題する十韻 …… ［007］**7**-152
　楠将軍像 …………………… ［007］**7**-72
　二月十一日、蕉園飲に招く、席上十二
　　体を分ち賦す、七言古の韻侵を得たり
　　………………………………… ［007］**7**-40
　拝年途中の口号 …………… ［007］**7**-68
　初春、鹿浜吟社に過る ……… ［007］**7**-150
　羊の日、霞舟枉げらる。分ちて歌韻を
　　得たり ……………………… ［007］**7**-101
　懐を詠ず。子玉の韻に次す … ［007］**7**-95
　懐を友生に寄す …………… ［007］**7**-66
　舟を繋ぐ松 ………………… ［007］**7**-148
　鳳凰台上に吹簫を憶う …… ［007］**7**-158
　放歌行 ……………………… ［007］**7**-11
　墨水の春遊、韻を分つ ……… ［007］**7**-128
　牧童 ………………………… ［007］**7**-3

陽月初六、夢香詞丈、予を松
　　………………………………… ［043］**86**-512
　芳野懐古 …………………… ［007］**7**-52
野村 尚房
　栄花物語事蹟考勘 ……… ［072］〔**31**〕-525
野村 望東尼
　向陵集 ……………………… ［030］**20**-725
　上京日記 …………………… ［008］**3**-467
　野村望東尼「向陵集」「上京日記」「夢か
　　ぞへ」「防州日記」 ………… ［074］**3**-519
　馬場文英に送る …………… ［008］**3**-669
　夢かぞへ …………………… ［008］**3**-503
野本 道元
　杉楊枝（延宝八年刊） ……… ［082］**4**-91
野呂 尚景
　宝夢録 ……………………… ［095］**6**-265

【 は 】

梅園堂
　元禄太平記 ………………… ［009］**5**-1
梅月堂 梶人
　青楼五雁金 ………………… ［038］**14**-205
　染抜五所紋 ………………… ［038］**15**-165
売茶翁
　越渓の新茶を試む ………… ［005］**5**-52
　大潮和尚八十の誕辰を賀す ・ ［005］**5**-124
　夏日松下茶を煮る ………… ［005］**5**-73
　鴨河に遊んで茶を煮る …… ［005］**5**-80
　夏夜、千仏閣前、杜若池上に、茶舗を
　　開く ……………………… ［005］**5**-69
　北野西雲寺茶を煮る ……… ［005］**5**-64
　紀南の某士、黄牙を送り来たって、茶
　　銭筒に入る。戯れに賦して以って贈る …
　　………………………………… ［005］**5**-68
　己未の歳末、茶舗客無し、銭筒正に空
　　す。直ちに一家に趨いて、銭を乞うて得た
　　り。即ち偈を賦して謝す ・ ［005］**5**-76
　窮楽隠士に贈る …………… ［005］**5**-90
　糺林茶店を設く …………… ［005］**5**-103
　偶作 ………………………… ［005］**5**-97
　偶成 …………………………………
　　　［005］**5**-92, ［005］**5**-96, ［005］**5**-
　　101, ［005］**5**-118
　高台寺に遊んで茶を煮る …… ［005］**5**-82
　古心長老に贈る …………… ［005］**5**-106
　古道老禅黄檗蔵主に充つ。此を賦して
　　之に贈る ……………… ［005］**5**-120

古道老禅に蒲団を付するの語
　………………………………　［005］5-130
今茲丁丑元旦、忽ち憶う六十年前、余
　年二十三、上元の日を以て、武江を発して
　仙台に赴き、途中、雪に阻められしことを。
　因って比の偈を作る　……　［005］5-122
歳首口号　………………………　［005］5-126
歳晩偶成二首　…………………　［005］5-108
坂陽の求志斎主人、姓は岩田氏、玄山
　と号す。余平生に昧しと雖も、然も其の端
　人たることを知る。病に嬰るとき、売茶翁
　に寄する国風一章を作る。起草既になって、
　果さずして物故す。令兄漱芳英士、其の始
　末を述して、装潢して以て貽らる。余乃ち
　其の来意を嘉す。因って薦偈を作って、往
　って漱芳に託して、諸れを霊床の前に備うと
　云う　……………………………　［005］5-70
自警偈　…………………………　［005］5-127
自賛　……………………………　［005］5-29
自賛三首　………………………　［005］5-132
舎那殿前の松下に茶店を開く
　…………………………………　［005］5-66
相国寺に遊んで楓下に茶を煮る
　…………………………………　［005］5-84
相国寺に茶を煮る　……………　［005］5-98
聖林に居をトす　………………　［005］5-115
新年の口号　……………………　［005］5-117
銭筒に題す　……………………………
　　［005］5-60,［005］5-67,［005］5-76
銭筒の銘　………………………　［005］5-65
仙窠焼却の語　…………………　［005］5-139
誕辰口占　………………………　［005］5-112
竹林茶を鬻ぐ　…………………　［005］5-78
通仙亭に掲ぐ　…………………　［005］5-59
通天橋茶を鬻ぐ　………………　［005］5-61
通天橋茶舗を開く　……………　［005］5-74
東福寺に遊んで茶を煮る　……　［005］5-80
友を携えて糺すに遊ぶ　………　［005］5-83
衲衣　……………………………　［005］5-111
売茶偶成三首　…………………　［005］5-86
売茶口占十二首　………………　［005］5-32
晩夏偶成　………………………　［005］5-104
人有って印を恵む、因ってこの作有り
　…………………………………　［005］5-114
百拙和尚の遠忌の辰、余亦た一偈を献
　ず　………………………………　［005］5-123
某寺の主盟、越渓の新茶を恵まれ、附
　するに一詩を以てす。因って韻を次いで謝
　す　………………………………　［005］5-94
芳隆慶の贈らるるの作に次韻す
　…………………………………　［005］5-93
卜居三首　………………………　［005］5-49
松下茶店　………………………　［005］5-79

夢中作　…………………………　［005］5-129
蓮華王院茶店を開く　…………　［005］5-62
梅枝軒
　玉藻前曦袂（道春館）　………　［100］4-299
楳條軒
　よだれかけ　……………………　［009］4-1
馬鹿山人
　京伝居士談　……………………　［038］26-165
馬鹿清
　青楼奇談初夢草紙　……………　［038］28-45
萩原　宗固
　雲上歌訓　………………………　［041］67-209
萩原　廣通
　源氏物語評釈　…………………　［072］〔4〕-1
白眼居士
　三千之紙屑　……………………　［038］20-343
　正月揃　…………………………　［047］別11-369
白舟先生
　昇平楽　…………………………　［038］19-63
白馬　白美
　旧観帖
　　［045］I-19-167,［045］I-19-205,
　　［045］I-19-249
白雄
　吉野紀行　………………………　［085］7-770
白陽　東魚
　青楼日記　………………………　［038］21-335
間　重富
　星学手簡　抄　…………………　［069］63-193
坡山
　虚空集　…………………………　［076］7-93
橋本　左内
　暁に蓮池を過ぐ　………………　［005］4-221
　意見書　…………………………　［069］55-533
　懐いを雪江参政に寄す、六言
　　…………………………………　［005］4-230
　寒夜二首　………………………　［005］4-217
　京に到る途上　…………………　［005］4-233
　去年先考種うる所の芙蓉開き、感有り
　　…………………………………　［005］4-219
　偶成　………　［005］4-227,［005］4-235
　啓発録　…………………………　［069］55-523
　甲寅暮秋十九日、書懐　………　［005］4-226
　獄中の作（三首）　………………　［005］4-252
　左内書簡　………………………　［069］55-557
　秋夜　……………………………　［005］4-248
　秋夜病中、子文来訪す。因りて賦す
　　…………………………………　［005］4-208
　秋夜旅情　………………………　［005］4-224
　初秋感有り　……………………　［005］4-236

西洋雑詠（四首を録す） ……… [005] 4-244
仲秋卧病雑詠 ………………… [005] 4-240
適塾の諸友と桜社に遊ぶ … [005] 4-216
晩秋偶作 ……………………… [005] 4-238
戊午初冬念二の夜、初鼓、大府の監吏
十余名、来たりて予が宅を捜し、文稿簡牘
若干篇を携えて去る。其の翌、予、募召を
蒙りて北尹石因州の庁に到り、幽囚の命を
蒙る。詩以て実を紀す … [005] 4-242
某生の故郷に帰るを送る … [005] 4-207
蒔田半作の越前に之くを送る（二首）
 ………………………… [005] 4-210
真下士行の韻に次し、其の寄せ見るる
に答う …………………… [005] 4-213
友人の問わるるに謝す …… [005] 4-223
夜函嶺を蹋ゆ ………………… [005] 4-232
夜、淀江を下る ……………… [005] 4-214

橋本 経亮
　橘窓自語 ……………………… [070] I-4-413
　梅窓筆記 ……………………… [070] III-5-311

はじゅう
　芝居年中行事 ………………… [047] 別12-17

馬笑
　譚話江戸嬉笑（文化三年正月序）
 ………………………… [082] 14-190

長谷川 時雨
　江島生島 ……………………… [100] 24-243

長谷川 拾子
　年満の賀跋 …………………… [008] 3-633

長谷川 伸
　一本刀土俵入 ………………… [100] 25-437

長谷川 千四
　加賀国篠原合戦 ……………… [045] I-9-313
　梶原平三誉石切（石切梶原） … [100] 3-3
　鬼一法眼三略巻（菊畑・一条大蔵譚）
 ………………………… [100] 3-49
　源平魁躑躅（扇屋熊谷） …… [100] 3-23
　壇浦兜軍記 …………………… [066] 45-347
　壇浦兜軍記（阿古屋琴責） … [100] 3-99
　三浦大助紅梅靮 ……………… [045] II-38-7

長谷川 等伯
　等伯画説 ……………………… [069] 23-697

長谷川 宣昭
　三余叢談 ……………………… [070] III-6-1

長谷川 元寛
　かくやいかにの記 …………… [095] 4-217

畑 維竜
　四方の硯 ……………………… [070] I-11-259

秦 鼎
　一宵話 ………………………… [070] I-19-375

畑 銀鶏
　銀鶏一睡南柯乃夢 …………… [070] II-20-355

八文舎 自笑
　役者論語 ……………………… [067] 98-291

八幡大名
　穿当珍話 ……………………… [038] 2-199

抜隊得勝
　塩山和泥合水集 ……………… [069] 16-187

八田 知紀
　古今集正義総論補注論・同弁
 ………………………… [061] 9-361
　しのぶぐさ …………………… [030] 20-181
　調の説 ………………………… [061] 9-328
　調の直路 ……………………… [061] 9-332
　桃岡雑記 ……………………… [070] III-12-481

服部 土芳
　赤草子（梅主本） …………… [001] 2-87
　あかさうし …………………… [075] 1-49
　赤双紙 ………………………… [001] 2-151
　あかさうし（安永坂本） …… [001] 2-151
　あかさうし（芭蕉翁記念館本）
 ………………………… [001] 2-87
　くろさうし …………………… [075] 1-93
　くろさうし（安永坂本） …… [001] 2-87
　三冊子 …………………………
　　[024]〔3〕-114, [025] 7-151, [025]
　　7-500, [025] 別1-245, [027] 15-216,
　　[033] 36-121, [043] 88-545, [066] 51
　　-517, [075] 1-23, [075] 1-25, [067]
　　66-379
　しろさうし …………………… [075] 1-27
　白双紙（石馬本） …………… [001] 2-35
　白双紙（梅主本） …………… [001] 2-35
　しろさうし（安永坂本） …… [001] 2-35
　しろさうし（芭蕉翁記念館本）
 ………………………… [001] 2-35
　わすれ水（梅主本） ………… [001] 2-151
　わすれ水（芭蕉翁記念館本）
 ………………………… [001] 2-151
　わすれミづ（石馬本） ……… [001] 2-87

服部 南郭
　秋に感ず ……………………… [007] 3-85
　潮来の詞 二十首（うち二首）
 ………………………… [007] 3-116
　詠懐 十五首（うち三首） … [007] 3-12
　画に題す 二首 ……………… [007] 3-107
　江村の晩眺 …………………… [007] 3-88
　燕歌行 ………………………… [007] 3-61
　思う所有り …………………… [007] 3-7
　夏日の閑居 八首（うち一首）
 ………………………… [007] 3-149

菅茶山詩集 .... ［041］**66**-1
牛門にて、分かちて「出塞」、韻は「安」
　の字を得たり .... ［007］**3**-49
居を巷北に移す .... ［007］**3**-147
居を西窪に移す。地甚だ陋悪なり。戯
　れに「樓鵲行」を作る ...... ［007］**3**-70
九月六日、狷蘭台の集い ... ［007］**3**-31
県次公 舟を泛べて徂来先生を宴す。同
　に賦して「秋」の字を得たり ［007］**3**-92
圏熊行 .... ［043］**86**-376
江上雑詩 十首（うち一首） ... ［007］**3**-29
黄葉夕陽村舎詩 ....
　［041］**66**-3,［041］**66**-97,［041］**66**-
　131
古瓦硯歌 .... ［043］**86**-377
小督の詞 .... ［007］**3**-123
牛頭寺に遊ぶ .... ［007］**3**-98
斎中の四壁に自ら山水を画き
　........................ ［043］**86**-379
歳晩、草堂の集い .... ［007］**3**-101
雑体に擬す 三十首（うち二首）
　........................ ［007］**3**-64
山荘に松樹子を栽う ...... ［007］**3**-174
秋懐 二首 .... ［007］**3**-42
秋夜の吟 .... ［007］**3**-23
秋夜、友人に別る。「安」の字を得たり
　........................ ［007］**3**-109
秋霖に苦しみ、己に重陽の前日に至る
　二首（うち一首） .... ［007］**3**-159
春岬 .... ［007］**3**-155
春夜の宴 .... ［007］**3**-90
城南に戦う .... ［007］**3**-3
人日、草堂の集い .... ［007］**3**-103
人日、台に登る .... ［007］**3**-118
新涼 .... ［007］**3**-81
西荘 門に題す .... ［007］**3**-164
歳暮、懐いを遣りて家人に示す
　........................ ［007］**3**-157
青楼の曲 三首（うち一首） ... ［007］**3**-54
雪中の作 .... ［007］**3**-105
筝曲を聞く .... ［007］**3**-152
早春游望 .... ［007］**3**-83
早涼 .... ［007］**3**-154
短歌行 .... ［007］**3**-57
児の恭を悼む 四首（うち一首）
　........................ ［007］**3**-142
中秋の独酌 .... ［007］**3**-144
長安感懐 三首（うち一首） .. ［007］**3**-171
長安道 .... ［007］**3**-48
釣客行 .... ［043］**86**-373
鏡歌 十八首（うち二首） ... ［007］**3**-3
東郊の春興 .... ［007］**3**-95
陶徴君潜 田居 .... ［007］**3**-67

滕東壁を哭す 十首（うち一首）
　........................ ［007］**3**-34
独酌、亡友を懐う有り 二首（うち一首）
　........................ ［007］**3**-161
隣の花 .... ［007］**3**-111
疾に伏して中秋に値う ..... ［007］**3**-172
難波客舎の歌 .... ［007］**3**-76
梅花 .... ［007］**3**-168
梅花落 .... ［007］**3**-113
梅花落。人を送る .... ［007］**3**-110
花を惜しむ .... ［007］**3**-140
春雨 .... ［007］**3**-151
人の京に之くを送る 二首 ... ［007］**3**-36
笛を聞く .... ［007］**3**-25
賦して「独り寒江の雪に釣る」を得たり
　........................ ［007］**3**-170
暮春、山に登る .... ［007］**3**-114
夜讌 .... ［007］**3**-27
夜 墨水を下る .... ［007］**3**-52
李都尉陵 従軍 .... ［007］**3**-64
流蛍篇 .... ［007］**3**-153
炉を擁す .... ［007］**3**-79

花枝房 円馬
　落噺千里藪 .... ［018］〔1〕-210

鼻山人
　縁取ばなし（弘化二年正月序）
　........................ ［082］**19**-122
　廓鑑余興 花街寿々女 ... ［038］**27**-259
　廓宇久為寿 .... ［038］**26**-143
　青楼曙草 .... ［038］**27**-233
　穴学問後編青楼女庭訓 ... ［038］**27**-147
　青楼艶の花 .... ［038］**25**-329
　玉菊全伝 花街鑑 ...... ［038］**27**-59

花の下 永人
　花霞 .... ［038］**29**-341

花街
　通点興 .... ［038］**11**-137

花丸
　北華通情 .... ［059］**5**-420

花村 幸助
　一本草 .... ［095］**12**-457

花屋 玉栄
　花屋抄 .... ［072］〔8〕-383

塙 保己一
　松山集 .... ［030］**15**-875
　はつはな .... ［090］別-285

馬場 雲壺
　鹿子餅後篇譚嚢 ....
　　　　　［068］下-65,［082］**11**-119

馬場 文耕
　近代公実厳秘録 .... ［045］**I-12**-87

はは あ　　　　　　　　　　　　　作家名索引（原作者）

世間御旗本容気 ……………[045] **I-12**-5
当時珍説要秘録 ……………[045] **I-12**-177
当代江戸百化物 ……………[041] **97**-1
当代江都百化物 ……………[070] **II-2**-387
明君享保録 …………………[045] **I-12**-255

馬場存義母
　存義に興ふ ………………[008] **3**-646

馬文耕
　愚痴拾遺物語 ……………[095] **9**-9
　頃日全書 …………………[095] **9**-27
　宝丙密秘登津 ……………[095] **6**-11

浜田 啓介
　茶番早合点 ………………[041] **82**-359

早崎 益
　土佐日記地理弁 …………[072] **[28]**-515

林 英存
　筑紫道草 …………………[045] **I-17**-271

林 鷲峰
　重陽に旧を懐ふ …………[043] **86**-259
　本朝一人一首 ……………[041] **63**-1

林 義喘
　玉箒木 ……………………[065] **3**-102

林 九兵衛
　玉箒木 ……………………[059] **4**-171

林 自見
　雑説嚢話 …………………[070] **II-8**-351

林 子平
　富国建議 …………………[069] **38**-189

林 大学頭衡
　述斎偶筆 …………………[033] **35**-274

林 信成
　南西道草の日記 …………[017] **2**-364

林 梅洞
　春日漫興 …………………[043] **86**-303

林 百助
　立路随筆 …………………[070] **II-18**-105

林 羅山
　仮名性理 …………………[069] **28**-237
　三徳抄 ……………………[069] **28**-151
　春鑑抄 ……………………[069] **28**-115
　心学五倫書 ………………[069] **28**-257
　神道伝授 …………………[069] **39**-11
　駿府 ………………………[043] **86**-252
　徒然草野追 ………………[072] **[18]**-1
　梅村載筆 …………………[070] **I-1**-1
　排耶蘇 ……………………[069] **25**-413
　包丁書録 …………………[070] **I-23**-333
　本佐録 ……………………[069] **28**-269
　羅山林先生文集（抄） ……[069] **28**-187

林 笠翁
　仙台間語 …………………[070] **I-1**-305

林屋 正蔵
　おとしばなし年中行事 ……[047] 別**12**-29
　落噺年中行事（天保七年正月刊）
　　………………………………[082] **18**-272
　落噺笑富林（天保四年正月刊）
　　………………………………[082] **16**-22
　[芝居絵落噺貼込帳] ………[082] **19**-168
　新作笑話たいこの林 ………[068] 下-305
　新作笑話の林（天保二年正月刊） …[082] **16**-3
　落噺百歌選（天保五年正月刊） …[082] **18**-248
　軽口頓作ますおとし（文政九年正月刊）
　　………………………………[082] **15**-246

早田 五猿
　金錦三調伝 ………………[038] **12**-219

原 阿佐緒
　原阿佐緒「涙痕」 ……………[074] **6**-183

原 采蘋
　天草遊中、高きに登りて西洋を望む
　　………………………………[005] **3**-209
　阿弥陀寺懐古 ……………[005] **3**-139
　十六夜。淡堂 ………………[005] **3**-166
　五日 ………………………[005] **3**-147
　厳嶋 ………………………[005] **3**-161
　乙酉正月廿三日、郷を発す ・[005] **3**-136
　魚尋いで至る ……………[005] **3**-174
　桜花 ………………………[005] **3**-189
　大津自り黒川に至る途中の作十六日
　　………………………………[005] **3**-217
　元旦 ………………………[005] **3**-124
　巌邑を発す。留別 …………[005] **3**-156
　帰鴻亭に遊ぶ（十五首、うち一首）
　　………………………………[005] **3**-132
　鏡浦 ………………………[005] **3**-200
　杏坪先生に次韻す …………[005] **3**-169
　漁父 ………………………[005] **3**-141
　偶興 ………………………[005] **3**-113
　偶成 ………[005] **3**-150, [005] **3**-178
　甕城 ………………………[005] **3**-214
　歳晩即事（二首） …………[005] **3**-172
　酒を呼ぶ …………………[005] **3**-205
　山荘に花を惜しむ …………[005] **3**-128
　飾磨 ………………………[005] **3**-184
　秋江夜泊 …………………[005] **3**-130
　十三夜。杏坪先生に従いて月を春曦楼
　　に賞す ……………………[005] **3**-164
　舟中の望 …………………[005] **3**-160
　畳韻して高橋蒼山に和す …[005] **3**-181
　初夏の幽荘 ………………[005] **3**-120
　新年に懐いを書す …………[005] **3**-194

作家名索引（原作者）　　　　　　　　　　　　ひこひ

歳暮感懐。陸放翁の韻を用う元四首。二
　を録す(うち一首) ……………… ［005］ **3** - *206*
丁丑元旦。豊浦客中の作(二首、うち一
　首) ………………………………… ［005］ **3** - *122*
長崎にて感を書す。伯氏に贈り奉る
　……………………………………… ［005］ **3** - *133*
波太 ………………………………… ［005］ **3** - *204*
楠公の墓に拝す ………………… ［005］ **3** - *186*
二十二日早起きし、阿蘇山に上る。朱
　陵の韻を用う ………………… ［005］ **3** - *219*
布引の滝 …………………………… ［005］ **3** - *187*
伯氏の豊に遊ぶを送り奉る ・ ［005］ **3** - *143*
花を惜しむ三首(うち一首) ‥ ［005］ **3** - *114*
春蚕 ………………………………… ［005］ **3** - *110*
春雨 ………………………………… ［005］ **3** - *109*
春雨、郷を思う ………………… ［005］ **3** - *126*
春雨即興 …………………………… ［005］ **3** - *179*
盤谷主人に寄す(七首、うち二首)
　……………………………………… ［005］ **3** - *175*
芙蓉 ………………………………… ［005］ **3** - *216*
辺東里、広瀬梅墩二子と同に向嶋に遊
　ぶ ………………………………… ［005］ **3** - *196*
夢に芙蓉に遊ぶ(二首) ……… ［005］ **3** - *115*
予、十九年前野島に遊びて作る
　……………………………………… ［005］ **3** - *201*
原　瑜
　過庭紀談 ………………………… ［070］ **I** - **9** - *1*
原　義胤
　三省録 …………………………… ［070］ **II** - **16** - *1*
　三省録後編 …………………… ［070］ **II** - **16** - *113*
原總右衛門母
　遺書 ………………………………… ［008］ **3** - *631*
原田　光風
　及瓜漫筆 ……………………… ［095］ **5** - *45*
伴　蒿蹊
　あし曳の日記 ……………… ［045］ **I** - **7** - *301*
　訳文童喩 ……………………… ［045］ **I** - **7** - *59*
　かぐ土のあらび ……………… ［045］ **I** - **7** - *311*
　門田のさなへ ……………… ［045］ **I** - **7** - *269*
　閑田文草 ……………………… ［045］ **I** - **7** - *101*
　閑田詠草 ……………………… ［030］ **17** - *425*
　閑田耕筆 …………………………
　　［033］ **35** - *228*, ［070］ **I** - **18** - *149*
　閑田次筆 ……………………… ［070］ **I** - **18** - *291*
　国文世々の跡 ……………… ［045］ **I** - **7** - *5*
　国歌八論評 …………………… ［061］ **7** - *192*
　津島祭記 ……………………… ［045］ **I** - **7** - *321*
伴　信友
　中古雑唱集 ……………………
　　［062］ **5** - *13*, ［062］ **5** - *457*, ［063］〔**86**〕
　　- *185*

長等の山風 ……………………… ［069］ **50** - *273*
比古婆衣 ………………………… ［070］ **II** - **14** - *197*
万庵　原資
　正続院仏牙利詩四十三韻
　……………………………………… ［043］ **86** - *328*
伴氏
　晩秋懐ひを述ぶ ……………… ［043］ **86** - *62*
播州法華山所用
　初夜導師教化 ………………… ［062］ **4** - *227*
藩中館　新吾三
　当世左様候 …………………… ［038］ **7** - *11*
鑁也
　露色随詠集 …………………… ［036］ **3** - *624*
晩来堂　紀遊蝠
　江戸自慢 ……………………… ［095］ **8** - *45*
萬里集九
　梅花無尽蔵　一 ……………… ［028］ **6** - *651*
　万里集九作品拾遺 ………… ［028］ **6** - *1005*
　明叔録(抄録) ………………… ［028］ **6** - *1029*

【ひ】

日浦禄
　玉川参登鯉伝 ………………… ［095］ **12** - *441*
日尾　荊山
　燕居雑話 ……………………… ［070］ **I** - **15** - *151*
檜垣嫗
　檜垣嫗集
　　［036］ **1** - *317*, ［041］ **28** - *95*, ［074］ **2** -
　　63
美角
　ゑぼし桶 ……………………… ［041］ **73** - *311*
東の紙子
　風流比翼鳥 …………………… ［009］ **3** - *81*
比企　助員
　撰要両曲巻 ……………………
　　［046］ **2** - *23*, ［046］ **2** - *161*, ［054］〔**17**〕
　　- *318*
樋口　一葉
　樋口一葉「樋口一葉歌集」… ［074］ **5** - *261*
肥後
　肥後集 …………………………… ［036］ **2** - *389*
　肥後集(京極家関白肥後集)
　……………………………………… ［074］ **2** - *394*
孫姫
　和歌式 …………………………… ［061］ **1** - *26*

菱川 師宣
　江戸雀 ……………………… [070] II−10−45
　古今役者物語 ……………………… [009] 4−1
菱田 縫子
　杉のしづ枝 ……………………… [008] 4−175
小童籠城主網時
　須佐神社縁起翻刻 ……………… [055] 9−183
筆天斎
　御伽厚化粧 ・ [059] 4−373, [065] 3−170
尾藤 二洲
　正学指掌 ……………………… [069] 37−317
　素餐録 ……………………… [069] 37−247
尾藤 二州
　釈褐、自ら遣る ……………… [043] 86−495
　白氏長慶集を読む ……………… [043] 86−497
一ツ分ン万十
　落咄はつわらい（天明八年頃序）
　　……………………… [082] 12−124
人見 黍
　人見弥右衛門上書 ……………… [069] 38−169
人見 竹洞
　驢馬の歌 ……………………… [043] 86−300
雛屋 立圃
　立圃東の記行 ……………………… [017] 1−65
日野 俊光
　権大納言俊光集 ……………… [036] 5−98
日野 名子
　竹むきが記 ……………………… [041] 51−271
雲雀亭 春麿
　通俗雲談 ……………………… [038] 25−163
美満寿連
　喜美談語（寛政八年正月刊） … [082] 13−3
百一誌
　北廓鶏卵方 ……………………… [038] 16−157
百尺亭 竿頭
　安永新板絵入軽口五色咄 ……… [068] 中−289
　無論里問答 ……………………… [038] 7−37
百川堂 灌園
　善玉先生大通論 ……………… [038] 20−137
百蟾老人
　十二時 ……………………… [038] 29−291
檜山 成徳
　重修栄花物語系図 ……… [072] [31]−61
瓢子
　落咄梅の笑（寛政五年正月序）
　　……………………… [082] 19−311
豹山 逸人
　破紙子 ……………………… [038] 15−181

瓢水子 松雲
　伽婢子 ……………………… [065] 3−11
瓢亭 百成
　百生瓢（文化十年正月刊） …… [082] 15−3
　瓢百集（文化四年正月刊） … [082] 14−222
日吉 四郎次郎安清 → 佐阿弥（さあみ）
　を見よ
平賀 源内
　火浣布略説 ……………… [070] II−16−237
　神霊矢口渡 ………………………………
　　……………… [067] 55−301, [085] 4−487
　神霊矢口渡（矢口） ……… [100] 4−257
　痿陰隠逸伝 ……………………… [083] 2−45
　長枕褥合戦 … [083] 2−145, [090] 1−19
　風流志道軒伝 ……………… [033] 29−41
平賀 元義
　平賀元義集 ……………… [030] 19−853
平金
　ぬれほとけ ……………………… [069] 60−27
平田 篤胤
　気吹舎筆叢 ……………………… [047] 5−141
　歌道大意 ……………………… [061] 9−1
　新鬼神論 ……………………… [069] 50−133
　霊の真柱 ……………………… [069] 50−11
平野 金華
　壁に題す ……………………… [043] 86−390
　菅茶山詩集 ……………… [041] 66−1
　黄葉夕陽村舎詩 ………………………
　　[041] 66−3, [041] 66−97, [041] 66−131
　雑詩、五首 ……………… [043] 86−388
広瀬 旭荘
　稲垣木公の文稿に題す ……… [007] 9−253
　江戸を発するとき、先室の墓に別る
　　……………………… [007] 9−298
　大槻磐渓詩集に題す ……… [043] 86−528
　界浦晩望 ……………………… [007] 9−210
　界に至り、林国手の家に寓すること三
　　旬、七月七日、居を専修寺に移す ‥ [007] 9−207
　夏日、小竹筱翁、来たって新居を訪ぬ
　　るも、余の午睡を見、詩を題して去る。既
　　に覚め、慚悔するも及ばず。筆を走らせて
　　一詩を賦し、以て謝す ‥ [007] 9−241
　春日 護願寺に遊ぶ ……… [007] 9−155
　樺石梁先生の「孟子の詩」を読みて、戯
　　れに其の体に倣う ……… [007] 9−202
　九柱草堂随筆 ……………… [047] 2−127
　藕潢林公の八宜楼に遊び、此れを賦し
　　て奉呈す ……………… [007] 9−218
　月楼 ……………………… [007] 9−238

幻瀑潤 ……………………… [007] 9-230
孤高祠 ……………………… [007] 9-227
四月二十九日、薬師寺村を発し、恒真
　卿兄弟・別直夫兄弟・岡養静、送りて松江
　に到る ……………………… [007] 9-175
七月、事を紀す ……………… [007] 9-300
秋晩 病に臥す ……………… [007] 9-251
春晩病甚しく、墓を淀水の南に作らん
　と擬し、此れを賦して子姪に寄す ‥ [007]
　9-303
昭陽先生の『傷逝録』を読み、長句を賦
　して奉呈す ………………… [007] 9-160
除夜に詩を祭る ……………… [007] 9-271
翠雲深処 ……………………… [007] 9-234
逢亭 …………………………… [007] 9-236
壇の浦の行 …………………… [007] 9-192
廃寺 …………………………… [007] 9-216
梅墩詩鈔 ……………………… [041] 64-263
初冬山行 ……………………… [007] 9-212
丙午の元日 …………………… [007] 9-285
祭酒林公の荘園諸勝 二十四首（うち三
　首） ………………………… [007] 9-227
夜歩く ………………………… [007] 9-214
林公の巽園七勝（うち二首）
　……………………………… [007] 9-235

広瀬 淡窓
　迂言 ………………………… [069] 38-279
　恩命を蒙り、此れを賦して懐いを述ぶ
　　六首（うち四首） ………… [007] 9-129
　懐旧四首（うち二首） ……… [007] 9-144
　岳滅鬼 ……………………… [007] 9-26
　亀井大年の肥後に遊ぶを送る ‥ [007] 9-8
　偶成 ………………………… [007] 9-14
　隈川雑詠 五首 ……………… [007] 9-31
　桂林荘雑詠、諸生に示す 四首
　　……………………………… [007] 9-54
　原士萌に贈る ………………… [007] 9-52
　詩を論じ、小関長卿・中島子玉に贈る
　　……………………………… [007] 9-99
　秋晩偶成 ……………………… [007] 9-63
　春日 東都の羽倉明府を懐かしみ奉る
　　……………………………… [007] 9-39
　松雲道者を訪ぬ ……………… [007] 9-11
　小説を読む …………………… [007] 9-111
　子礼の東行を送る …………… [043] 86-519
　酔後 戯れに題す …………… [007] 9-117
　千年館にて大村侯に奉陪するの作
　　……………………………… [007] 9-140
　大宰府にて、菅公の廟に謁す ‥ [007] 9-4
　淡窓詩話 …………………… [067] 94-349
　筑前の道上 ………………… [007] 9-3

重陽後の一日、相大春 晩晴楼に招飲し、
　秋月の原士萌・田孟彪と同に賦す ‥ [007]
　9-95
同社を記す 五首 ……………… [007] 9-77
東楼 …………………………… [007] 9-89
七十自賀 ……………………… [007] 9-149
南溟先生の墓に謁す 二首 …… [007] 9-46
彦山 …………………………… [007] 9-29
人の長崎に遊宦するを送る … [007] 9-23
府内候延見し、此れを賦して奉呈す
　……………………………… [007] 9-137
卜居 …………………………… [007] 9-67
将に諸子と同に亀陰に遊ばんとせし
　も、故有りて果さず。桂林荘に小集して、
　「分」字を得たり …………… [007] 9-43
約言 …………………………… [069] 47-221
頼子成、予の詩巻を評して胎られ、此
　れを賦して寄謝す ………… [007] 9-16
広瀬 蒙斎
　しがらみ …………………… [047] 1-255
品動堂 馬乗
　肉道秘鍵 …………………… [038] 3-93

【 ふ 】

風月楼 一枝
　甲駅彫青とかめ ……………… [038] 23-125
風月楼主人
　傾城買杓子木 ………………… [038] 23-11
風国
　初蝉 ………………………… [076] 5-275
風通
　よるのすかかき ……………… [038] 5-281
風之
　軽口新歳袋（元文六年） ……… [082] 8-41
　軽口福おかし（元文五年） …… [082] 8-24
　軽口耳過宝（寛保二年） ……… [082] 8-59
風葉
　江戸筏 ……………………… [041] 72-109
風来山人 → 平賀源内（ひらが・げんな
　い）を見よ
風来散人
　吉原細見里のをだ巻評 ……… [038] 6-173
　里䨞風語 …………………… [038] 10-233
風落着山人左角斎述
　浮世くらべ ………………… [045] I-19-85
楓林子

楓林腐草 …………………… [095] **7**-*389*
風鈴先生泥郎
　月花余情(異本) ………… [038] **3**-*115*
深草 元政
　温泉遊草 ………………… [017] **1**-*70*
　草山和歌集 ……………… [030] **14**-*969*
不干斎 ハビアン
　破提宇子 ………………… [069] **25**-*423*
福内 鬼外 → 平賀源内(ひらが・げんな
　い)を見よ
福岡 弥五四郎
　あやめ草 ………………… [033] **36**-*230*
福隅軒 蛙井
　見脈医術虚辞先生穴賢 …… [038] **9**-*355*
福田 行誡
　於知葉集 ………………… [030] **20**-*525*
福田 作太郎
　英国探索 ………………… [069] **66**-*477*
福地 桜痴
　歌舞伎十八番の内大森彦七 … [100] **18**-*287*
　侠客春雨傘(春雨傘) ……… [100] **17**-*217*
　歌舞伎十八番の内鏡獅子(春興鏡獅子)
　　　　　　　　 …………… [100] **18**-*277*
　素襖落 …………………… [100] **18**-*263*
富久亭
　契情買独稽古穴可至子 …… [038] **21**-*29*
福亭 三笑
　譚話江戸嬉笑 …………… [068] 下-*249*
福松 藤助
　岸姫松轡鏡(岸姫) ………… [100] **4**-*215*
福森 喜宇助
　権八(其小唄夢廓) ………… [100] **19**-*107*
福森 久助
　歌川豊国画『役者似顔早稽古』(影印・翻
　　刻) 　　　　 ………… [045] **III-49**-*319*
　絵本合法衢 ……………… [057] 2
　四天王御江戸鏑(『土蜘蛛』と『中組の綱
　　五郎』) ……… [045] **III-49**-*159*
　蝶花形恋姫源氏 ………… [045] **I-23**-*307*
　花三升吉野深雪(『三ヶ月おせん』と『犬
　　神遣い』) ……… [045] **III-49**-*3*
福輪道人
　郭中掃除雑編 …………… [038] **7**-*81*
巫山陽 腎男
　本草妓要 ………………… [038] **2**-*109*
武子
　当世落咄今歳噺 ………… [068] 中-*197*
藤井 晋流
　蕉門録 ‥ [096] **2-2**-*3*, [096] **2-2**-*63*

藤井 高尚
　伊勢物語新釈 …………… [072] 〔**26**〕-*1*
　歌のしるべ ……………… [061] **8**-*398*
　落葉の下草 ……………… [047] **9**-*87*
　松の落葉 ………………… [070] **II-22**-*17*
　三のしるべ ……………… [070] **I-22**-*1*
　紫式部日記註釈 ………… [072] 〔**25**〕-*71*
藤井 竹外
　竹外二十八字詩(抄) …… [041] **64**-*259*
藤井 懶斎
　閑際筆記 ………………… [070] **I-17**-*157*
藤田 東湖
　元旦 ……………………… [005] **4**-*3*
　菊池容斎の図に題す ……… [005] **4**-*31*
　客の一酒瓢を贈る者有り、愛玩して置
　　かず、瓢兮の歌を賦す …… [005] **4**-*22*
　郡宰秋懐 ………………… [005] **4**-*11*
　遣悶 ……………………… [005] **4**-*64*
　弘道館記述義 …………… [069] **53**-*259*
　三月十八日、早起きして将に盟せんと
　　するに、適、微風颯然として吹き、桃花一
　　片、庭に墜つ。二首(一首を録す) [005]
　　4-*62*
　述懐 ……………………… [005] **4**-*15*
　壬辰封事 ………………… [069] **53**-*161*
　冢生の詩に次韻す、四首(二首を録す)
　　　　　　　　 ………… [005] **4**-*34*
　田野村に過る ……………… [005] **4**-*10*
　八月十八日夜、夢に譜厄利亜を攻む
　　　　　　　　 ………… [005] **4**-*37*
　文天祥の正気の歌に和す。并びに序
　　　　　　　　 ………… [005] **4**-*38*
　将に小梅に徙らんとし、吾妻橋の畔を
　　過ぎて感有り ……………… [005] **4**-*32*
　将に枕に就かんとして清絶に勝えず、
　　又た小詩を得たり ………… [005] **4**-*36*
　無題 ……………………… [005] **4**-*6*
　諸沢村晩晴 ……………… [005] **4**-*8*
　夜坐 ……………………… [005] **4**-*29*
　立春小酌、分韻して春字を得たり
　　　　　　　　 ………… [005] **4**-*13*
藤田 幽谷
　校正局諸学士に与ふるの書 ‥ [069] **53**-*15*
　正名論 …………………… [069] **53**-*9*
　丁巳封事 ………………… [069] **53**-*25*
富士谷 成章
　おほうみのはら ………… [070] **III-2**-*473*
　五級三差 ………………… [061] **8**-*1*
　非なるべし ……………… [070] **II-15**-*123*
富士谷 御杖
　歌道非唯抄 ……………… [061] **8**-*22*

北辺髄脳 ……………………… [061] 8-68
北辺随筆 ……………………… [070] Ⅰ-15-1
五級三差弁 …………………… [061] 8-5
哆南弁乃異則 ………………… [061] 8-9
真言弁 ……… [033] 36-63, [061] 8-40
万葉集灯 …… [094] 17-315, [094] 18-5
藤塚 知直
　恭軒先生初会記 ……………… [069] 39-235
藤野 古白
　情鬼 ……………………………… [075] 2-35
伏見院
　金玉歌合 ……………………… [041] 46-369
　伏見院御集 …………………… [036] 5-7
藤元 元
　前太平記 ………………………
　　　　　　　　[045] Ⅰ-3-18, [045] Ⅰ-4-18
藤本 斗文
　景清 …………………………… [085] 6-83
　助六所縁江戸桜 ……………… [085] 6-397
　娘道成寺（京鹿子娘道成寺）
　　……………………………… [100] 19-15
藤本 平左衛門
　照手火性煙 名月水性池小栗鹿目石
　　……………………………… [059] 6-65
　凱陣十二段 …………………… [059] 6-90
藤森 弘庵
　至日書懐 ……………………… [043] 86-525
富士屋 吉連
　吉原失墜 ……………………… [095] 3-127
藤屋 某女
　七月の記 ……………………… [008] 3-646
藤原 顕氏
　従二位顕氏集 ………………… [036] 4-308
藤原 顕季
　六条修理大夫集 ……………… [036] 2-402
藤原 顕輔
　左京大夫顕輔卿集 …………… [036] 2-544
　詞花和歌集
　　[014] 3-321, [030] 4-115, [041] 9
　　-220, [041] 9-408, [055] 7-1, [073]
　　14-375
藤原 顕綱
　顕綱朝臣集 …………………… [036] 2-353
藤原 明衡
　新猿楽記 ……………………… [069] 8-133
　暮春即時 ……………………… [043] 86-202
　炉辺にて閑談す ……………… [043] 86-208
藤原 朝忠
　あさた ………………………… [036] 1-384
　朝忠集 …………………………

　　[036] 1-381, [073] 12-507, [073] 12
　　-748
藤原 朝光
　朝光集 ………………………… [036] 1-623
藤原 敦忠
　あつた ………………………… [036] 1-263
　敦忠集 …………………………
　　[036] 1-268, [073] 11-125, [073] 12
　　-703
藤原 敦信
　池水 橋を繞りて流る ……… [043] 86-166
藤原 敦光
　勘申 …………………………… [069] 8-169
　夏の夜月前に志を言ふ ……… [043] 86-198
藤原 有国
　秋日天台に登り、故康上人
　　……………………………… [043] 86-184
　美州の前刺史再三往復し、訪
　　……………………………… [043] 86-181
藤原 家隆
　家隆卿百番自歌合 …………… [041] 46-157
　京極中納言相語 ……………… [054]〔1〕-331
　玉吟集 ………………………… [036] 3-685
　壬二集 ………………………… [030] 11-719
藤原 家経
　家経朝臣集 …………………… [036] 2-220
藤原 家良
　衣笠前内大臣家良公集 ……… [036] 4-229
　後鳥羽院・定家・知家入道撰歌
　　……………………………… [036] 4-224
藤原 維斎
　国歌八論斥排再評 …………… [061] 7-187
藤原 為子
　為子集 ………………………… [036] 5-124
藤原 宇合
　常陸に在りて倭判官が溜まりて京に在
　　るに贈る …………………… [043] 86-35
　吉野川に遊ぶ ………………… [043] 86-38
藤原 興風
　おきかせ ……………………… [036] 1-118
　興風集 …………………………
　　[036] 1-116, [073] 11-173, [073] 12
　　-713
　藤原興風集 ……………………
　　　　　　　　[036] 1-119, [036] 7-1611
藤原 兼輔
　兼輔集 …………………………
　　[036] 1-203, [073] 11-103, [073] 12
　　-702
　中納言兼輔集 …………………

　　　　［036］**1**-198,［036］**1**-213
堤中納言集 ……………………［036］**1**-209
藤原　兼行
　兼行集 ……………………………［036］**4**-650
藤原　清輔
　奥義抄 ……［048］**8**-106,［061］**1**-222
　清輔朝臣集 ………………………
　　　　［030］**13**-749,［036］**2**-591
　続詞花和歌集 ……………………
　　　　［030］**9**-631,［073］**13**-419,［073］**13**-19
　袋草紙 ……………………………
　　［041］**29**-1,［061］**2**-1,［061］**2**-90
　和歌一字抄 ………………………
　　　　　　［061］別**7**-20,［061］別**7**-193
　和歌初学抄 …………………［061］**2**-172
藤原　清正
　きよたゝ …………………………［036］**1**-342
　清正集 ……［073］**11**-161,［073］**12**-711
藤原　公実
　公実集 ……………………………［036］**2**-463
藤原　公重
　風情集 ……………………………［036］**2**-605
藤原　公任
　金玉集 ………………………［061］別**6**-83
　公任集 ………………………［041］**28**-267
　九品和歌 ……………………［061］**1**-67
　前大納言公任卿集 …………［030］**13**-77
　十五番歌合 …………………［061］別**6**-96
　諸知己の「銭塘水心寺の作」
　　…………………………………［043］**86**-173
　白河山家眺望の詩 ……………［043］**86**-177
　新撰髄脳 …………………………
　　［024］〔**3**〕-20,［067］**65**-25,［071］**37**-27
　新選髄脳 ……………………［061］**1**-64
　深窓秘抄 ……………………［061］別**6**-89
　大納言公任集 ………………［036］**2**-113
　和歌九品 ……………………［067］**65**-31
　和漢朗詠集 ………………………
　　［040］〔**26**〕-7,［043］**19**-15,［061］別**7**-1,［061］別**7**-37,［062］**3**-541,［067］**73**-45
藤原　公衡
　三位中将公衡卿集 ……………［036］**3**-122
藤原　惟方
　粟田口別当入道集 ……………［036］**2**-778
藤原　惟成
　惟成弁集 ……………………［036］**1**-512
　惟成集 ……［036］**1**-513,［036］**7**-1613
藤原　伊尹

一条摂政御集 ………………………
　　　　［036］**1**-399,［041］**28**-109
藤原　伊周
　斎院の相公の忌日に諷誦を修
　　…………………………………［043］**86**-183
　花落ちて春帰る路 ……………［043］**86**-165
藤原　伊行
　源氏物語釈 …………………［072］〔**8**〕-1
藤原　定家
　詠歌大概 …………………………
　　　　［043］**87**-471,［054］〔**1**〕-297,［061］**3**-339,［066］**50**-491,［067］**65**-113
　小倉百人一首 ……………………
　　　　［022］**11**-5,［022］**11**-149,［044］〔**5**〕-16,［061］別**6**-498
　衣笠内府歌難詞 ……………［054］〔**1**〕-287
　京極中納言相語 ……………［054］〔**1**〕-331
　桐火桶 ………………………［061］**4**-264
　近代秀歌 …………………………
　　　　［033］**36**-18,［043］**87**-447,［054］〔**1**〕-277,［066］**50**-467,［067］**65**-99,［071］**37**-42
　近代秀歌（遺送本）………［061］**3**-326
　近代秀歌（自筆本）………［061］**3**-331
　愚秘抄 ………………………［061］**4**-291
　顕注秘勘抄 …………………［061］別**5**-137
　古今秘註抄 …………………［072］〔**21**〕-247
　三五記 ………………………［061］**4**-313
　拾遺愚草 …………………………
　　　　［030］**11**-319,［036］**4**-74,［086］上-7,［086］上-133,［086］上-327
　拾遺愚草員外 ………………［030］**11**-618
　拾遺愚草員外雑歌 …………［086］下-7
　拾遺愚草員外之外 …………［086］下-145
　秀歌大体 ……………………［061］**3**-355
　秀歌大躰 ……………………［054］〔**1**〕-303
　新古今和歌集 ……………………
　　　　［013］**17**-11,［014］**9**-13,［015］**35**-9,［015］**36**-7,［030］**4**-385,［033］**12**-129,［033］**12**-326,［041］**11**-1,［043］**43**-15,［063］〔**72**〕-43,［066］**26**-39,［067］**28**-31,［073］**16**-205,［074］**4**-8
　先達物語（定家卿相語）……［061］**3**-381
　定家卿百番自歌合 …………［041］**46**-119
　定家十体 ……………………［061］**4**-362
　定家物語 ……………………［061］**4**-258
　万人部類倭歌抄 ……………［061］別**3**-1
　百人一首 ……………………［061］**3**-368
　百人秀歌 ……………………［061］**3**-362
　僻案抄 ………………………［061］別**5**-309
　毎月抄

[024]〔3〕- 33, [033] **36** - 21, [054]
〔1〕- 315, [061] **3** - 346, [066] **50** - 511,
[067] **65** - 125
松浦宮物語 ……………… [012] **5** - 149
未来記 …………………… [061] **4** - 380
和歌口伝抄 ……………… [061] **4** - 386
和歌手習口伝 ………… [061] 別**3** - 449
和歌秘抄 ………………… [061] **3** - 374
藤原 定方
　三条右大臣集 ………… [036] **1** - 197
藤原 定頼
　四条中納言定頼集 …… [036] **2** - 185
　四条中納言集 ………… [036] **2** - 177
藤原 実淳
　実淳集 ………………… [036] **6** - 936
藤原 実家
　実家卿集 ……………… [036] **3** - 108
藤原 実方
　実方朝臣集 · [036] **1** - 636, [036] **1** - 654
　実方集 … [036] **1** - 662, [041] **28** - 187
　実方中将集 …………… [036] **1** - 642
藤原 実兼
　江談抄 ……………………………………
　　[041] **32** - 1, [041] **32** - 475, [041] **32**
　　- 593
藤原 実国
　前大納言実国集 ……… [036] **2** - 751
藤原 実定
　住吉社歌合 …………… [023]〔1〕- 377
　林下集 ………………… [036] **3** - 80
藤原 実頼
　清慎公集 ……………… [036] **1** - 391
藤原 實頼
　類聚証 ………………… [061] **1** - 52
藤原 茂明
　牛女に代はりて志を言ふ … [043] **86** - 201
　月下に志を言ふ ……… [043] **86** - 200
藤原 重家
　大宰大弐重家集 ……… [036] **2** - 674
藤原 茂範
　唐鏡 …………………………… [055] **8**
藤原 真龍
　出雲行日記 …………… [017] **2** - 1
藤原 季経
　季経入道集 …………… [036] **3** - 453
藤原 資隆
　禅林瘀葉集 …………… [036] **2** - 745
藤原 輔尹
　輔尹集 ………………… [036] **1** - 587

藤原 輔相
　藤六集 ………………… [036] **1** - 311
藤原 惺窩
　寸鉄録 ………………… [069] **28** - 9
　惺窩先生文集(抄) …… [069] **28** - 79
　大学要略 ……………… [069] **28** - 41
藤原 隆祐
　隆祐朝臣集 …………… [036] **4** - 204
藤原 高遠
　大弐高遠集 …………… [036] **1** - 721
藤原 隆信
　隆信朝臣集 …………… [036] **3** - 228
　藤原隆信朝臣集 ……… [036] **3** - 233
藤原 隆房
　安元御賀記 …………… [063]〔24〕- 96
　隆房集 ………………… [036] **3** - 318
藤原 高光
　たかみつ ……………… [036] **1** - 605
　高光集 …… [073] **12** - 517, [073] **12** - 749
藤原 忠実
　中外抄 …… [041] **32** - 255, [041] **32** - 549
　富家語 …… [041] **32** - 361, [041] **32** - 573
藤原 忠通
　花下に志を言ふ ……… [043] **86** - 197
　夏日桂の別墅即事 …… [043] **86** - 210
　九月十三夜月を翫ぶ … [043] **86** - 199
　秋日偶吟 ……………… [043] **86** - 203
　秋夜閑詠 ……………… [043] **86** - 205
　田多民治集 …………… [036] **2** - 560
　暮春清水寺に遊ぶ …… [043] **86** - 214
藤原 爲顕
　竹園抄 ………………… [061] **3** - 410
藤原 為家
　詠歌一躰 ……………… [054]〔1〕- 347
　続後撰和歌集 ………… [030] **5** - 197
　大納言為家集 ………… [036] **4** - 383
　中院集 為家 …………… [036] **4** - 471
　中書王御詠 …………… [036] **4** - 347
　中院詠草 ·· [036] **4** - 466, [041] **46** - 331
　中院集 ………………… [036] **4** - 443
　風葉和歌集 …………… [030] **23** - 1
　八雲口伝(詠歌一体) … [061] **3** - 388
藤原 為氏
　続拾遺和歌集 ………… [030] **5** - 661
藤原 為兼
　玉葉和歌集(抄) ……… [043] **49** - 195
　金玉歌合 ……………… [041] **46** - 369
　為兼卿和歌抄 ………… [024]〔3〕- 46
藤原 為相
　為相百首 ……………… [043] **49** - 165

ふしわ　　　　　　　作家名索引（原作者）

藤原 為理
　従三位為理家集 ……… [036] 4-682
藤原 為経
　今鏡 …………………… [063]〔45〕-51
　後葉和歌集 …………… [023]〔1〕-376
藤原 為時
　夏日、員外端尹の文亭に陪し
　　　　　　　　　　　　　[043] 86-172
　夏日同じく「未だ風月の思に」
　　　　　　　　　　　　　[043] 86-180
藤原 為信
　為信集 …… [036] 1-420, [036] 4-661
藤原 為頼
　為頼朝臣集 …………… [036] 1-632
藤原 親經
　新古今和歌集序 ……… [061] 3-273
藤原 周光
　夏日禅房にて志を言ふ …… [043] 86-215
　閑居して懐を述ぶ ………… [043] 86-209
　秋日志を言ふ ……………… [043] 86-204
　秋夜野亭に宿す。時に天晴れ
　　　　　　　　　　　　　　[043] 86-196
　歳暮述懐 …………………… [043] 86-207
　冬日山家即事 ……………… [043] 86-210
藤原 親盛
　藤原親盛集 ………………… [036] 3-139
藤原 経家
　経家卿集 …………………… [036] 3-324
藤原 経子
　中務内侍日記 ……………… [041] 51-211
藤原 常嗣
　秋日叡山に登り、澄上人に謁す
　　　　　　　　　　　　　　[043] 86-87
藤原 経衡
　経衡集 ……………………… [036] 2-288
藤原 道真
　秋 …………………………… [043] 86-145
　阿満を夢みる ……………… [043] 86-142
　思ふ所有り ………………… [043] 86-138
　夏日渤海の大使が郷に帰るに
　　　　　　　　　　　　　　[043] 86-149
　家書を読む ………………… [043] 86-157
　寒早十首。三を選す ……… [043] 86-146
　客舎の冬夜 ………………… [043] 86-147
　九日後朝、同じく「秋深し」
　　　　　　　　　　　　　　[043] 86-151
　九日後朝、同じく「秋思」を
　　　　　　　　　　　　　　[043] 86-152
　九月十日 …………………… [043] 86-154

　三月三日、朱雀院の柏梁殿に
　　　　　　　　　　　　　　[043] 86-152
　残菊に対して寒月を待つ … [043] 86-151
　自詠 ………………………… [043] 86-153
　詩友会飲して、同じく鶯声に
　　　　　　　　　　　　　　[043] 86-150
　秋晩白菊に題す …………… [043] 86-160
　秋夜 …… [043] 86-157, [043] 86-160
　春日丞相の家門を過ぎる … [043] 86-141
　春尽 ………………………… [043] 86-148
　少き男女を慰む …………… [043] 86-155
　早春の内宴に、仁寿殿に侍し
　　　　　　　　　　　　　　[043] 86-144
　謫居の春雪 ………………… [043] 86-162
　打滅す … [043] 86-161, [043] 86-162
　弾琴を習ふを停む ………… [043] 86-134
　中途に春を送る …………… [043] 86-144
　田詩伯を哭す ……………… [043] 86-149
　夏の夜鴻臚館に於て、北客の
　　　　　　　　　　　　　　[043] 86-141
　梅花 ………………………… [043] 86-158
　博士難 ……………………… [043] 86-136
　晩春、同門会飲して、庭上の
　　　　　　　　　　　　　　[043] 86-135
　風雨 ………………………… [043] 86-161
　門を出でず ………………… [043] 86-153
　夜雨 ………………………… [043] 86-158
　旅雁を聞く ………………… [043] 86-154
　路次にて、源相公が旧宅を観
　　　　　　　　　　　　　　[043] 86-138
藤原 時朝
　前長門守時朝入京田舎打聞集
　　　　　　　　　　　　　　[036] 4-273
藤原 俊忠
　帥中納言俊忠集 …………… [036] 2-398
　中納言俊忠卿集 …………… [036] 2-400
藤原 俊成
　五社百首 …………………… [036] 3-220
　古来風体抄（再選本） …… [061] 2-415
　古来風体抄（初選本） …… [061] 2-303
　古来風体抄 ………………… [033] 36-7
　古来風躰抄 …………………………
　　　[043] 87-247, [054]〔1〕-115, [066]
　　　50-271, [069] 23-261
　慈鎮和尚自歌合（十禅師跋）
　　　　　　　　　　　　　　[061] 2-302
　正治二年俊成卿和字奏状
　　　　　　　　　　　　　　[054]〔1〕-269
　千載和歌集 …………………………
　　　[014] 3-363, [030] 4-181, [041] 10
　　　-1, [073] 16-1
　千載和歌集序 ……………… [061] 2-299

長秋詠藻 ....
　　［030］10-439,［036］3-201,［067］80
　　-255
　和歌肝要 ....　［061］4-253
藤原 敏行
　としゆき ....　［036］1-107
　敏行集 ....　［073］11-153,［073］12-708
藤原 長方
　長方集 ....　［036］3-92
藤原 仲實
　綺語抄 ....　［061］別1-26
藤原 長綱
　京極中納言相語 ....　［054］［1］-331
　前権典厩集 ....　［036］4-477
　藤原長綱集 ....　［036］4-482
藤原 長能
　長能集 ....　［036］1-682
　藤原長能集 ....　［036］1-677
藤原 仲文
　仲文集 ....
　　［036］1-412,［073］12-639,［073］12
　　-770
藤原 仲麻呂
　貞恵伝 ....　［069］8-21
藤原 成範
　唐物語 ....　［065］1-65
　弘法大師和讃 ....　［062］4-24
藤原 成通
　なりみち集 ....　［036］2-557
藤原 成道
　成通卿口伝日記 ....　［065］1-62
藤原 相如
　相如集 ....　［036］1-630
藤原 信實
　今物語 ...　［054］［7］-119,［065］1-108
　信実朝臣家集 ....　［036］4-266
藤原 惟規
　藤原惟規集 ....　［036］1-710
藤原 範兼
　五代集歌枕 ....　［061］別1-302
　和歌童蒙抄 ....　［061］別1-128
　和歌童蒙抄（巻十） ....　［061］1-371
藤原 教長
　前参議教長卿集 ....　［036］2-694
藤原 範永
　範永朝臣集 ....　［036］2-243
藤原 範宗
　範宗集 ....　［036］3-661
藤原 濱成

歌経標式（抄本） ....　［061］1-10
歌経標式（真本） ....　［061］1-1
藤原 秀能
　如願法師集 ....　［036］4-48
藤原 広業
　法成寺金堂供養願文 ....　［069］8-15
藤原 冬嗣
　聖製の「旧宮に宿す」に和し奉り、製に
　応ず ....　［043］86-46
　文華秀麗集 ....　［067］69-185
　「野女侍中を傷む」に和し奉る
　　..　［043］86-72
　老僧の山に帰るを見る、太上天
　　..　［043］86-81
藤原 通俊
　後拾遺和歌集 ....
　　［014］3-229,［030］3-567,［073］15
　　-193,［074］4-7
藤原 道長
　暮秋、宇治の別業に於ける即
　　..　［043］86-176
　御堂関白集 ....　［036］2-71
藤原 道信
　道信朝臣集 ....　［036］1-612
　道信集 ....　［036］1-607
藤原 通憲
　智証大師和讃 ....　［062］4-22
藤原 光経
　光経集 ....　［036］3-327
藤原 光俊
　閑放集巻第三 ....　［036］4-498
藤原 宗友
　本朝新修往生伝 ....　［069］7-683
藤原 基家
　続古今和歌集 ....　［030］5-391
藤原 元真
　もとさね ....　［036］1-372
藤原 基俊
　悦目抄 ....　［061］4-146
　新撰朗詠集 ....　［062］3-407
　新選朗詠集 ....　［061］別7-93
　基俊集 ....
　　［036］2-509,［036］2-517,［036］2-
　　519
　和歌無底抄 ....　［061］4-187
藤原 基平
　深心院関白集 ....　［036］4-282
藤原 師氏
　海人手古良集 ....　［036］1-397

ふしわ　　　　　　　　作家名索引（原作者）

藤原 師実
　師実集 ……………………… ［036］**2**-*346*
藤原 師輔
　師輔集 ……………………… ［036］**1**-*314*
藤原 義孝
　藤原義孝集 ………………… ［036］**1**-*408*
藤原 良経
　秋篠月清集 ‥ ［030］**11**-*1*,［036］**3**-*268*
　新古今和歌集序 ……………… ［061］**3**-*273*
　南海漁父北山樵客百番歌合　 ［041］**46**-*81*
　六百番陳情 …………………… ［041］**38**-*427*
　六百番歌合 …………………… ［041］**38**-*1*
藤原 吉迪
　睡余小録 …………………… ［070］**I**-*6*-*1*
藤原 頼輔
　刑部卿頼輔集 ……………… ［036］**2**-*766*
藤原 頼宗
　入道右大臣集 ……………… ［036］**2**-*239*
藤原 令緒
　早春途中 …………………… ［043］**86**-*101*
藤原為家女
　秋夢集 ……… ［036］**4**-*512*,［074］**2**-*573*
藤原俊成女
　越部禅尼消息 ……………… ［061］**3**-*385*
　俊成卿女集 …………………………………
　　［063］〔**69**〕-*179*,［073］**12**-*867*,［073］
　　12-*897*,［074］**2**-*479*
　俊成卿女家集 ……………………………
　　［036］**4**-*218*,［067］**80**-*513*
　無名草子 …………… ［040］〔**38**〕-*5*
藤原道綱母
　かげろふ日記 ……………… ［067］**20**-*109*
　蜻蛉日記 ………………………………………
　　［011］**1**-*1*,［011］**2**-*1*,［011］**3**-*1*,
　　［011］**4**-*1*,［011］**5**-*1*,［011］**6**-*1*,
　　［011］**7**-*1*,［011］**8**-*1*,［013］**10**-*95*,
　　［014］**7**-*9*,［015］**11**-*7*,［027］**7**-*1*,
　　［033］**8**-*29*,［040］〔**12**〕-*7*,［041］**24**
　　-*39*,［043］**13**-*87*,［060］**4**-*77*,［063］
　　〔**9**〕-*43*,［066］**9**-*123*,［071］**8**-*21*
　傅大納言上集 ……………… ［074］**2**-*74*
　傅大納言殿母上集 ………… ［036］**1**-*628*
　道綱母集 ‥ ［044］〔**6**〕-*484*,［074］**2**-*78*
不粋庵 歌笛
　郭中自通誤教 ……………… ［038］**29**-*397*
布施 松翁
　松翁ひとり言 ……………… ［069］**42**-*293*
不成山人
　遊処徘徊くだまき綱目 …… ［038］**3**-*147*
普穿山人

　艶人史相秘事真告 ………… ［038］**2**-*359*
腐脱散人
　空来先生翻草盲目 ………… ［038］**10**-*167*
不知足 → 小松百亀（こまつ・ひゃっき）
　を見よ
仏国禅師
　仏国禅師御詠 ……………… ［036］**4**-*707*
普門 元照
　地蔵菩薩応験新記 ………… ［045］**III**-*44*-*5*
不埒山人
　貧幸先生多佳余宇辞 ………………………
　　　　　　　［009］**1**-*165*,［038］**9**-*191*
古池 丹下
　業平ひでん晴明もどき恋道双陸占
　　　　　　　　　　　　　　 ［038］**5**-*147*
古谷 知新
　四女句集 …………………… ［008］**4**-*443*
　女流狂歌集 ………………… ［008］**4**-*543*
　女流文集 …………………… ［008］**3**-*609*
不老軒転
　露草双紙 …………………… ［095］**7**-*305*
文円
　宝暦五年上京紀行 ………… ［017］**1**-*393*
文暁
　花屋日記 …………………… ［027］**15**-*235*
　風俗文選 …………………… ［033］**31**-*292*
文耕堂
　応神天皇八白幡 …………… ［045］**II**-*38*-*95*
　大塔宮曦鎧 ………………… ［100］**6**-*3*
　小栗判官車街道 …………… ［045］**III**-*40*-*85*
　梶原平三誉石切（石切梶原） …… ［100］**3**-*3*
　敵討襤褸錦（大晏寺堤） ……… ［100］**3**-*197*
　鬼一法眼三略巻（菊畑・一条大蔵譚）
　　　　　　　　　　　　　　 ［100］**3**-*49*
　源平魁躑躅（扇屋熊谷） ……… ［100］**3**-*23*
　甲賀三郎窟物語 …………… ［045］**II**-*38*-*175*
　御所桜堀河夜討 …………… ［100］**3**-*217*
　御所桜堀川夜討 …………… ［045］**II**-*38*-*335*
　猿丸太夫鹿巻毫 …………… ［045］**II**-*38*-*261*
　新うすゆき物語 …………… ［041］**93**-*275*
　新薄雪物語（新薄雪） ………… ［100］**3**-*303*
　壇浦兜軍記 ………………… ［066］**45**-*347*
　壇浦兜軍記（阿古屋琴責） …… ［100］**3**-*99*
　ひらかな盛衰記 ……………………………
　　　　　　　［067］**51**-*103*,［085］**4**-*1*
　ひらがな盛衰記（盛衰記） …… ［100］**3**-*243*
　三浦大助紅梅靮 …………… ［045］**II**-*38*-*7*
　行平磯馴松 ………………… ［045］**III**-*40*-*7*
汶村
　閑居賦 ……………………… ［043］**72**-*480*

手足弁 ……………………… ［085］**7**-*742*
文坡
　成仙玉一口玄談 …………… ［041］**81**-*249*
文福社
　雨夜のつれづれ三題咄（明治初年頃刊）
　　……………………… ［082］**16**-*287*
文宝 亭
　南畝秀言 …………… ［070］**II**-**24**-*167*
文宝堂
　怪しき少女 ………………… ［065］**1**-*251*
　夢の朝顔 …………………… ［065］**1**-*253*
文宝堂 散木
　仮名世話 …………… ［070］**II**-**2**-*241*
聞遊閣 笑楽
　軽口豊年遊（宝暦四年）…… ［082］**8**-*219*

【 へ 】

平角
　柴ふく風 ………………… ［096］**4**-**2**-*4*
平城天皇
　落梅花 …………………… ［043］**86**-*88*
平秩 東作
　怪談老の杖 ………………… ［065］**3**-*202*
　狂歌師細見 ………………… ［041］**84**-*521*
　狂歌知足振 ………………… ［041］**84**-*513*
　莘野茗談 …………… ［070］**II**-**24**-*363*
別源円旨
　東帰集 一巻 ……………… ［029］**1**-*754*
　南游稿 ……………………… ［029］**1**-*731*
　南游・東帰集抄 …………… ［041］**48**-*275*
別田 千穎
　千穎集 ……………………… ［036］**1**-*509*
辨玉
　瓊々室集 ………………… ［030］**20**-*635*
遍昭
　遍昭集 ……………………
　　［036］**1**-*104*,［073］**11**-*429*,［073］**12**-*738*
　へむせう僧正 ……………… ［036］**1**-*102*
変手古山人
　放蕩虚誕伝 ………………… ［038］**6**-*247*
弁内侍
　弁内侍日記 ………………… ［043］**48**-*143*
弁乳母
　弁乳母家集 ………………… ［036］**2**-*309*
　弁乳母集 …………………… ［074］**2**-*293*

【 ほ 】

帆足 万里
　入学新論 …………………… ［069］**47**-*163*
豊 丈助 →並木丈助（なみき・じょうすけ）を見よ
豊芥子
　岡場遊郭考 ………………… ［095］**1**-*17*
　芸界きくまゝの記 ………… ［095］**5**-*327*
　深川大全 …………………… ［038］**29**-*39*
宝嘉僧
　白拍子の文反古誰が袖日記 ［059］**5**-*216*
　誰か袖日記 ………………… ［038］**13**-*11*
法眼 紹巴
　狭衣下紐 …………… ［072］〔**29**〕-*427*
法眼杏菴正意
　中山目録 …………………… ［017］**1**-*12*
宝山人
　駿河茄子（寛政二年頃刊）… ［082］**19**-*305*
法住
　秘密安心又略 ……………… ［067］**83**-*358*
北条 団水
　一夜船 ……………………… ［065］**3**-*141*
　特牛 ………………………… ［076］**3**-*473*
北条 時広
　越前前司平時広集 ………… ［036］**4**-*493*
朋誠堂 喜三二
　栄花程五十年蕎麦価五十銭 見徳一炊
　　夢 ………………………… ［067］**59**-*69*
　親敵討腹鞁 ………………… ［066］**46**-*55*
　柳巷訛言 ……………………
　　［038］**12**-*105*,［068］下-*167*,［082］**12**-*29*
　夫ハ小倉山是ハ鎌倉山景清百人一首
　　………………………… ［066］**46**-*105*
　太平記万八講釈 …………… ［041］**83**-*227*
　長生見度記 ………………… ［085］**8**-*65*
　百福物語（天明八年正月序）・［082］**12**-*102*
　文武二道万石通 ……………
　　［043］**79**-*131*,［067］**59**-*157*,［085］**8**-*137*
　桃太郎後日噺 ……………… ［043］**79**-*29*
ほうせつ院
　息女に遺す ………………… ［008］**3**-*613*
寶地房證眞
　慈恵大師和讃 ……………… ［062］**4**-*31*
法然

一言芳談 ……………………………… ［067］83－185
一枚起請文 ………………………………
　　　［067］83－53,［069］10－163
　往生要集釈 ………………………… ［069］10－9
　三部経大意 ………………………… ［069］10－23
　七箇条制誡 ………………………… ［069］10－231
　消息文 ……………………………… ［069］10－165
　選択本願念仏集 …………………… ［069］10－87
　無量寿経釈 ………………………… ［069］10－41
蜂万舎 自虫
　評判千種声 ………………………… ［059］12－341
蓬萊 文暁
　噺の魁二編（天保十五年頃刊）
　　………………………………………… ［082］16－105
蓬萊山人 帰橋
　伊賀越増補合羽之竜 ………………………
　　　［009］1－115,［038］9－33
　愚人贅漢居続借金 ………………… ［038］12－231
　四季物語 …………………………… ［009］1－139
　通仁枕言葉 ………………………… ［038］11－25
　富賀川拝見 ………………………………
　　　［038］11－343,［059］5－295
　美地の蛎殻 ………………………… ［059］5－193
　美地の蠣殻 ………………………… ［038］8－227
　家暮長命四季物語 ………………… ［038］8－245
　遊婦里会談 ………………………… ［038］9－303
　竜虎問答 …… ［009］1－129,［038］8－343
祝部 業蕃
　日吉七社船謡考証略解 ………………………
　　　［062］5－4,［062］5－173
祝部 成仲
　祝部成仲集 ………………………… ［036］2－775
墨憨斎
　笑府 ……… ［082］20－209,［082］20－247
北左農山人
　南江駅話 …… ［038］5－67,［059］5－155
北枝
　卯辰集 ……………………………… ［041］71－189
墨洲山人鍋二丸
　見て来た咄し後編濡手で粟 ……… ［059］3－498
北斗先生
　雲井双紙 …………………………… ［038］10－301
墨之山人
　櫓下妓談婦身嘘 …………………… ［038］26－213
卜平
　猿の人真似 ………………………… ［038］5－309
卜々斎
　風俗八色談 ………………………… ［038］2－237
ホコ長
　新作徳盛噺（寛政二年刊） ……… ［082］18－15

甫尺
　樗良発句集 ………………………… ［076］9－267
穂積 以貫
　難波土産 …………………………… ［024］〔3〕－140
　難波土産発端 ……………………… ［033］36－220
細井 平洲
　嚶鳴館遺草（抄） ………………… ［069］47－7
　懐を書す …………………………… ［043］86－448
　平洲先生諸民江教諭書取 ……… ［069］47－23
　遊松島記 …………………………… ［017］1－612
細川 宗春
　二川随筆 …………………………… ［070］II－9－391
細川 幽斎
　伊勢物語闕疑抄 …………………… ［041］17－235
　聞書全集 …………………………… ［061］6－55
　九州道の記 ………………………… ［043］48－543
　玄旨百首 …………………………… ［041］47－471
　耳底記 ……………………………… ［061］6－142
　衆妙集 ………………………………
　　　［030］14－693,［036］7－949,［043］49－499
細川 頼之
　海南の偶作 ………………………… ［043］86－241
細わ杢瓜
　裸百貫 ……………………………… ［038］24－61
堀田 正敦
　八十の賀 …………………………… ［017］2－555
　吹上 ……… ［017］2－546,［017］2－551
堀田 六林
　蓬左狂者伝 ………………………… ［041］97－43
暮朴斎
　鼠染春色糸 ………………………… ［090］6－247
堀 景山
　不尽言 ……………………………… ［041］99－135
堀 寿成
　磯山千鳥 …………………………… ［070］I－4－393
堀 秀成
　下馬のおとなひ …………………… ［070］II－22－1
堀 ろく子
　堀半左衛門におくる文 …………… ［008］3－619
堀江 みえ女
　年満の賀序 ………………………… ［008］3－632
堀河院中宮上総
　中宮上総集 ………………………… ［036］2－417
本院侍従
　本院侍従集 … ［036］1－407,［074］2－59
本膳 坪平
　世界の幕なし ……………………… ［009］1－199
　大劇場世界の幕なし ……………… ［038］11－219

本多 猗蘭
　癸卯八月望、月に対す、予時
　　　　　　　　　　　…………… ［043］86－391
本多 正信
　治国家根元 ……………………… ［069］38－7
本多 忠勝
　本多平八郎聞書 ……………… ［069］38－21
本多 利明
　経世秘策 ………………………… ［069］44－11
　交易論 …………………………… ［069］44－165
　西域物語 ………………………… ［069］44－87
梵灯庵
　長短抄 …………………………… ［076］1－3
本屋 宗七
　草摺引（正札附根元草摺）… ［100］19－91

【ま】

真赤堂 大嘘
　当世故事附選怪興 ……………… ［038］6－357
前川 来太
　当世粋の源 ……………………… ［038］14－11
前島 兵左衛門
　前島家農事日記 ……………… ［069］62－273
前田 朗子
　前田朗子「窓のともしび」抄
　　　　　　　　　　　…………… ［074］5－454
前田 夏蔭
　大和物語錦繍抄 ……… ［072］〔30〕－507
　大和物語纂註 ………………… ［072］〔30〕－1
前田 渼子
　前田渼子「花筐」……………… ［074］5－433
前野 良沢
　和蘭訳筌 ………………………… ［069］64－127
　和蘭訳文略 ……………………… ［069］64－69
　解体新書 ………………………… ［069］65－207
　管蠡秘言 ………………………… ［069］64－127
牧 墨僊
　一宵話 …………………………… ［070］I－19－375
真木 保臣
　経緯愚説 ………………………… ［069］38－359
馬糞中咲菖蒲 →大田南畝（おおた・なん
　ぽ）を見よ
雅顕
　右近少将雅顕集 ………………… ［036］4－502
正岡 子規

歌よみに与ふる書 ……… ［024］〔3〕－157
雅種
　家集 ……………………………… ［036］6－352
雅成親王
　雅成親王集 ……………………… ［036］4－223
摩志田 好話
　御伽空穂猿 ・ ［059］4－406, ［065］3－178
増井 豹恵
　廓の池好 ………………………… ［038］16－367
増井山人
　南浜野圃の玉子 ……………… ［038］23－179
増穂 残口
　艶道通鑑 ………………………… ［069］60－205
　神祇手引草 ……………………… ［069］39－189
増山 金八
　傾城金秤目 ……………………… ［059］6－114
松 貫四
　伽羅先代萩 ……………………………………
　　　　［013］30－155, ［033］25－261, ［085］
　　　　4－707
松井 成教
　落栗物語 ………………………… ［041］97－69
松井 譲屋
　浮れ草 ……… ［046］4－35, ［046］4－297
松井 羅州
　它山石初編 …………………… ［070］II－7－1
松江 重頼
　犬子集 …………………………… ［041］69－3
松夫
　千歳松の色 ……………………… ［038］29－315
松尾 芭蕉
　「青くても」歌仙 ……………… ［081］8－43
　「青くても」の巻（深川）…… ［043］71－493
　「青葉より」歌仙 ……………… ［081］2－53
　「あかあかと」詞書 …………… ［043］71－270
　「あかあかと」付合 …………… ［081］別1－77
　「あかあかと」の詞書 ………… ［025］6－430
　赤双紙 …………………………… ［025］7－173
　「暁や」五十韻 ………………… ［081］6－327
　「秋風に」付合「菊に出て」付合
　　　　　　　　　　　…………… ［081］10－239
　「秋立て」歌仙 ………………… ［081］7－107
　「秋ちかき」歌仙 ……………… ［081］10－85
　「秋ちかき」の巻（鳥の道）
　　　　　　　　　　　…………… ［043］71－543
　「秋とはるよ」付合 …………… ［081］2－273
　「秋にそふて」付合 …………… ［081］8－71
　秋の朝寝 ………………………… ［040］〔72〕－271
　「秋の暮」付合 ………………… ［081］6－265
　「炑の夜を」半歌仙 …………… ［081］10－243

日本古典文学全集・内容綜覧　755

秋の夜評語 ……………… ［025］**7**-*420*
「灰汁桶の」歌仙 ………… ［081］**7**-*147*
「灰汁桶の」の巻（猿蓑）…… ［043］**71**-*477*
灰汁桶の巻（「猿蓑」より）
　　　　　　　　　　 ［033］**31**-*108*
明智が妻 …［025］**6**-*445*,［043］**71**-*279*
明智が妻の話 ………… ［040］〔**72**〕-*162*
「あけゆくや」の詞書 ……… ［025］**6**-*330*
「朝顔や」歌仙 …………… ［081］**8**-*255*
「あさむつや」の詞書 ……… ［025］**6**-*438*
あすならう ………………………………
　　［025］**6**-*364*,［025］別**1**-*206*,［043］
　　71-*224*,［078］**2**-*160*
「あつたら真桑」付合 ……… ［081］**2**-*126*
「あなむざんやな」歌仙 …… ［081］**6**-*217*
阿弥陀坊 …［025］**6**-*490*,［043］**71**-*319*
「雨晴て」付合 …………… ［081］**5**-*331*
「飽やことし」歌仙 ………… ［081］**3**-*104*
あら何共なやの巻 百韻（表八句）芭
　蕉の談林俳諧 ………… ［014］**14**-*243*
「あら何共なや」百韻 ……… ［081］**1**-*185*
曠野 …………………… ［067］**45**-*347*
『曠野集』序 ……………… ［025］**6**-*386*
『あら野の』序 …………… ［043］**71**-*245*
『曠野』の付合を悔む（『ばせを翁七部
　捜』） ………………… ［025］**9**-*396*
「霰かと」表六句 ………… ［081］**4**-*337*
「有難や」歌仙 …………… ［081］**6**-*69*
「あれあれて」歌仙 ………… ［081］**10**-*99*
「粟稗に」歌仙 …………… ［081］**5**-*115*
『伊賀産湯』の芭蕉関係記事
　　　　　　　　　 ［025］別**1**-*424*
伊賀実録抄（『冬扇一路』）
　　　　　　　　　 ［025］別**1**-*427*
伊賀新大仏之記 …………………………
　［025］**6**-*358*,［043］**71**-*220*,［078］**2**
　-*158*
「いかに見よと」表合六句 …［081］**3**-*240*
「生ながら」歌仙 ………… ［081］**9**-*113*
「幾落葉」付合 …………… ［081］**4**-*291*
「いざ出む」の詞書 …………………………
　［025］**6**-*347*,［078］**2**-*154*
「いざかたれ」歌仙 ……… ［081］別**1**-*25*
「いざ子ども」歌仙 ……… ［081］**6**-*283*
「いざささらば」表六句 …… ［081］別**1**-*45*
「いさみたつ」歌仙 ……… ［081］**9**-*63*
「いさみ立」歌仙 ………… ［081］**9**-*77*
いざよひ ………………… ［043］**71**-*315*
「いざよひは」歌仙 ……… ［081］**8**-*299*
「石川丈山翁の六物になぞらへて芭蕉庵
　六物の記」抄 ………… ［025］**9**-*267*
石河の滝 ………………… ［043］**71**-*259*
石川の滝詞書 …………… ［025］**6**-*399*

「衣装して」歌仙 ………… ［081］**5**-*245*
『伊勢紀行』跋 ……………………………
　　　　　　［025］**6**-*324*,［043］**71**-*197*
伊勢参宮
　　［025］**6**-*355*,［043］**71**-*219*,［078］**2**
　-*157*
惟然子が頭の病ひ（『鳥の道』）
　　　　　　　　　　 ［025］**9**-*325*
一枝軒 ……………………………………
　［025］**6**-*314*,［043］**71**-*191*,［078］**1**
　-*127*
一所不住の形見（『芭蕉庵小文庫』）
　　　　　　　　　　 ［025］**9**-*322*
「いと涼しき」百韻 ……… ［081］**1**-*47*
田舎の句合 ……………… ［025］**7**-*357*
「稲妻に」六句 …………… ［081］**10**-*129*
「いねこきの」詞書 ……… ［043］**71**-*321*
「稲づまや」の詞書 ……… ［025］**6**-*528*
「茨やうを」付合 ………… ［081］**5**-*327*
今町にて ………………… ［025］**6**-*428*
「いろいろの」歌仙 ……… ［081］**7**-*79*
「色々の」歌仙 …………… ［081］**5**-*129*
色と義 …………………… ［025］**6**-*540*
「鴬に」歌仙 ……………… ［081］**9**-*299*
「鴬の」歌仙 ……………… ［081］**7**-*7*
「鴬も」独吟三句 ……… ［081］別**1**-*115*
「鴬や」歌仙 ……………… ［081］**8**-*7*
「牛流す」歌仙 …………… ［081］**10**-*23*
「牛部屋に」歌仙 ………… ［081］**7**-*247*
「碓に」付合 ……………… ［081］**2**-*2*
「打こぼしたる」付合 …… ［081］**10**-*285*
「うなり声」付合 ………… ［081］**2**-*125*
うに掘る岡 ………………………………
　［025］**6**-*354*,［043］**71**-*218*,［078］**2**
　-*156*
「卯花も」付合 …………… ［081］**4**-*169*
「卯の花や」付合 ………… ［081］**9**-*221*
烏之賦 …………………… ［025］**6**-*477*
鵜舟
　［025］**6**-*374*,［040］〔**72**〕-*93*,［043］
　71-*231*,［078］**2**-*164*
「馬をさへ」付合 ………… ［081］**3**-*249*
「馬かりて」歌仙 ………… ［081］**6**-*203*
「馬かりて」の巻 ………… ［078］**3**-*184*
「馬に寝て」詞書 ………… ［043］**71**-*182*
「馬の沓」付合 …………… ［081］**2**-*124*
「海くれて」歌仙 ………… ［081］**3**-*253*
「海くれて」の巻 ………… ［078］**1**-*143*
梅が香の巻（「炭俵」より）
　　　　　　　　　　 ［033］**31**-*143*
「梅か香や」付合 ………… ［081］**8**-*197*
「梅白し」付合 …………… ［081］**3**-*275*
「梅絶て」付合 …………… ［081］**3**-*287*

「梅の木の」付合 ……………… [081] 5-21
「梅の風」百韻 ……………… [081] 1-95
「梅稀に」の詞書 ……………………
　　　　　　　　[025] 6-357, [078] 2-158
「梅若菜」(その一)歌仙 …… [081] 7-205
「梅若菜」(その二)歌仙 …… [081] 7-219
梅若菜の巻(「猿蓑」より)
　　　　　　…………………… [033] 31-117
「打よりて」歌仙 …………… [081] 8-143
瓜畑 …………………… [025] 6-370, [078] 2-163
「漆せぬ」付合「月やその」の付合
　　　　　　………………………… [081] 8-327
「うるはしき」歌仙 ………… [081] 7-289
「上は脇指」付合 …………… [081] 2-127
雲竹自画像の讃 ……… [040]〔72〕-179
雲竹の讃 ……………………… [025] 6-476
雲竹の賛 ……………………… [043] 71-309
越人におくる ………………… [043] 71-241
越人に送る …………………… [025] 6-382
「江戸桜」半歌仙 …………… [081] 4-205
蛭子講の巻 …………………… [033] 31-126
延宝九年 ……………………… [081] 2
延宝七年 ……………………… [081] 2
『笈日記』抄 ………………… [025] 9-307
笈の小文 ……………………………
　　[025] 6-73, [025] 別1-125, [033] 31
　　-186, [033] 36-98, [040]〔72〕-62,
　　[043] 71-43, [049]〔18〕-125, [066]
　　41-309, [078] 2-127
『笈の小文』以後及び『更科紀行』の旅程
　　　　　　………………………… [078] 2-105
『笈の小文』関係の諸作品 … [078] 2-153
『笈の小文』について ……… [078] 2-7
『笈の小文』の旅程 ………… [078] 2-67
「大屋の退屈」付合 ………… [081] 2-128
「大鋸屑の」付合 …………… [081] 2-115
「置炭や」表六句 …………… [081] 4-267
翁の示し三条(『其木がらし』)
　　　　　　…………………… [025] 9-369
翁の歓美したまひし狂歌他(『誹諧曾我』
　　) ………………………… [025] 9-364
「おきふしの」歌仙 ………… [081] 6-20
「奥庭も」付合 ……………… [081] 7-329
奥の田植歌 ……………………………
　　　　　　[025] 6-395, [043] 71-255
おくのほそ道 …………………………
　　[025] 6-101, [040]〔72〕-106, [043]
　　71-73, [044]〔4〕-12, [066] 41-339,
　　[071] 40-39, [078] 3-119
奥の細道 ………………………………
　　[022] 15-5, [027] 15-180, [033] 31
　　-198, [049]〔18〕-9, [060] 9-5, [060]
　　9-158, [085] 7-701

おくのほそ道(抄)・嵯峨日記
　　　　　　…………………… [014] 14-299
『おくの細道』校異 ………… [078] 3-153
奥細道拾遺 …………………… [096] 3-1-4
おくのほそ道(付・曾良本「おくのほそ
　　道」) ……………………… [025] 別1-136
「桶一つ」付合 ……………… [081] 2-123
「落くるや」付合 …………… [081] 5-291
『己が光』序抄 ……………… [025] 9-287
「おもひ立」十二句 ………… [081] 3-343
「おもかげや」の詞書 ……… [025] 別1-237
「おもしろき」の詞書 ……… [025] 6-529
「面白し」付合 ……………… [081] 4-295
「折折や」付合 ……………… [081] 10-125
「折提る」付合「ぬけ初る」付合
　　　　　　…………………… [081] 5-227
「温海山や」歌仙 …………… [081] 6-103
温泉頌 ………………………… [025] 6-435
温泉ノ頌 ……………………… [043] 71-273
貝おほひ ……………………… [025] 7-315
『貝おほひ』序 ………………………
　　　　　　[025] 6-289, [043] 71-165
骸骨画賛 ……………………… [043] 71-349
骸骨の絵讃 …………………[040]〔72〕-259
貝増卓袋(市兵衛)宛書簡
　　　　　　………………… [040]〔72〕-160
「我桜」付合 ………………… [081] 3-279
「抱あげらるゝ」「もえかねる」「古寺や」
　　付合 ……………………… [081] 10-273
「杜若」付合 ………………… [081] 5-47
「杜若」二十四句 …………… [081] 3-319
垣穂の梅 ………………………………
　　[025] 6-322, [040]〔72〕-48, [043]
　　71-195
「かくれ家や」歌仙 ………… [081] 5-299
「かくれ家や」の詞書 ……… [025] 6-397
「かげろふの」歌仙 ………… [081] 5-259
「蜻蛉の」半歌仙 …………… [081] 4-123
「笠島やいづこ」の詞書 …… [025] 6-408
「笠島や」詞書 ……………… [043] 71-263
「笠寺や」歌仙 ……………… [081] 4-279
「笠寺や」付合 ……………… [081] 10-307
「傘や」歌仙 ………………… [081] 9-155
重ねを賀す ……………………………
　　　　　　[025] 6-453, [043] 71-284
笠の記 …………………………………
　　[025] 6-530, [025] 別1-229, [040]
　　〔72〕-51
笠はり …… [043] 71-175, [043] 71-239
笠やどり ……………………… [043] 71-173
「樫の木の」付合 …………… [081] 3-283
かしま紀行 …………………… [042] 9-90
鹿島紀行 ………………………………

［025］**6**-*65*,［033］**31**-*183*,［049］［**18**］-*113*
鹿島紀行（鹿島詣） ……… ［025］別**1**-*123*
鹿島詣 ……………………………………
　［040］〔**72**〕-*55*,［043］**71**-*35*,［066］**41**-*301*
『鹿島詣』（秋瓜本）………………………
　［078］**1**-*166*,［078］**1**-*261*
「霞やら」画讃 ………［025］**6**-*544*
「風の香も」付合 ………［081］**6**-*65*
歌仙の讃 ………………［025］**6**-*303*
歌仙の賛 ………………［043］**71**-*179*
堅田十六夜の弁 ………［040］〔**72**〕-*201*
堅田十六夜之弁 ………［025］**6**-*483*
「かたに着物」「後生ねがひと」「賎が寝ざまの」付合 ………［081］**1**-*37*
「帷子は」歌仙 ………［081］**8**-*283*
「かちならば」付合 ………［081］**4**-*363*
『葛飾』序抄 ………………［025］**9**-*387*
葛城山 ……［025］**6**-*360*,［078］**2**-*160*
「紙衣の」表六句・付句・裏十一句
　……………………………［081］**5**-*33*
紙衾の記 ………［040］〔**72**〕-*158*
紙衾ノ記 ‥［025］**6**-*441*,［043］**71**-*277*
亀子が良才 ……………［043］**71**-*325*
「亀子が良才」草稿 ………［025］別**1**-*241*
「辛崎の」付合 ……………［081］**3**-*291*
「辛崎の松」の句の初案（『鎌倉海道』「報恩奠章」）………［025］別**1**-*432*
「厂がねも」歌仙 ………［081］**5**-*151*
「雁がねも」の巻（あら野）
　……………………………［043］**71**-*409*
「苅かぶや」歌仙 ………［081］**8**-*57*
「かれ枝に」付合 ………［081］**4**-*389*
枯木の杖 ………………［043］**71**-*239*
「枯はて丶」「亀山や」「宵の間は」「笠解て」「冬の砧の」付合 ………［081］**10**-*293*
河合曽良（惣五郎）宛書簡 ………………
　［040］〔**72**〕-*243*,［040］〔**72**〕-*260*
「寒菊の」付合 ………［081］**8**-*125*
「寒菊や」三十二句 ………［081］**9**-*91*
閑居ノ箴 ‥［025］**6**-*333*,［043］**71**-*204*
漢句 ……………………［025］**2**-*297*
巻頭并俳諧一巻沙汰 ……［025］**7**-*293*
寒夜の辞 ……………………………………
　［025］**6**-*299*,［040］〔**72**〕-*18*,［043］**71**-*174*
其角が俳諧はつきぬべし他（『東西夜話』）………………………［025］**9**-*370*
其角の作を許す他（『鉢袋』）
　…………………………［025］**9**-*394*
『聞書七日草』抄 ………［025］**9**-*269*

『菊の香』序抄・「贈其角先生書」抄
　…………………………［025］**9**-*322*
「木啄も」の詞書 …………………………
　［025］別**1**-*209*,［025］**6**-*391*
「きぬたうちて」詞書 ……［043］**71**-*189*
「きぬたうちて」の詞書 ……［025］**6**-*311*
杵折讃 …………………［025］**6**-*535*
杵の折れ ………………［043］**71**-*313*
木の本に ……………………………………
　［014］**14**-*251*,［043］**71**-*427*,［081］**7**-*41*,［081］**7**-*55*,［081］**7**-*65*
「其富士や」歌仙 ………［081］**8**-*241*
「狂句こがらしの」歌仙 ……［081］**3**-*183*
「狂句こがらし」の詞書 …………………
　［025］**6**-*312*,［043］**71**-*190*
「狂句こがらしの」の巻 ……［078］**1**-*133*
「狂句こがらしの」の巻（冬の日）
　…………………………［043］**71**-*373*
狂句こがらし の巻き 歌仙（裏一～六句）芭蕉俳諧の確立 ……［014］**14**-*247*
「京に」八句 ……………［081］**7**-*361*
「けふばかり」歌仙 ………［081］**8**-*75*
「京までは」歌仙 ………［081］**4**-*225*
御雲本「甲子吟行画巻」…［025］別**1**-*179*
玉志亭の佳興 …………［025］**6**-*421*
『許野消息』抄 …………［025］**9**-*381*
去来抄 …………………［071］**40**-*275*
去来本『おくのほそ道』後記抄
　…………………………［025］**9**-*313*
許六宛野坡書簡 ………［025］別**1**-*410*
許六を送る詞 ……………………………
　［025］**6**-*512*,［043］**71**-*339*
許六離別詞 ……………［027］**15**-*214*
許六離別詞（柴門ノ辞）……［025］**6**-*510*
許六離別の詞 ………………………………
　［025］別**1**-*227*,［040］〔**72**〕-*231*,［043］**71**-*337*
きりぎりすの鳴き弱りたる他（『誹諧草庵集』）………………［025］**9**-*367*
桐の葉の一葉とへ（『杜撰集』）
　…………………………［025］**9**-*368*
銀河ノ序 ‥［025］**6**-*422*,［043］**71**-*268*
金竜寺の桜 ……………［025］**6**-*545*
「水鶏啼と」歌仙 ………［081］**9**-*271*
「空也の鹿の」付句一句 ……［081］**10**-*303*
「句兄弟」の判語 ………［025］**9**-*292*
「草の庵」「焼亡は」「月の中の」付合
　……………………………［081］**1**-*83*
「草の戸も」詞書 ………［043］**71**-*246*
「草の戸も」の詞書 ………………………
　［025］**6**-*388*,［025］別**1**-*208*
「草の戸や」付合 ………［081］**7**-*303*
「薬のむ」付合 ………［081］**4**-*313*

窪田意専（惣七郎）宛書簡
　　　　　　　　　　　　　　［040］〔72〕-212
窪田意専（惣七郎）・服部土芳（半左衛
　門）宛書簡　　　　　　　［040］〔72〕-274
「蔵のかげ」付合　　　　　　［081］5-93
「栗野老」三物　　　　　　　［081］3-143
黒髪山　　　　　　　　　　　［025］6-546
「君も臣も」「抜ば露の」三句
　　　　　　　　　　　　　　　［081］1-43
桂下園家の花　　　　　　　　［025］6-439
月侘斎　　　　　　　　　　［040］〔72〕-16
幻住庵の記　　　　　　　　［040］〔72〕-166
幻住庵記
　［025］6-456,［025］別1-214,［027］
　15-203,［043］71-285,［085］7-696
元禄辛酉之初冬九日素堂菊園之遊
　　　　　　　　　　　　　　［025］6-525
「厚為宛杉風書簡」抄　　　　［025］9-372
庚午紀行　　　　　　　　　　［078］2-143
「孔子は鯉魚の」付合　　　　［081］2-118
「口切に」歌仙　　　　　　　［081］8-89
校本『鹿島詣』　　　　　　　［078］1-267
校本『野ざらし紀行』　　　　［078］1-168
高野登山端書
　　　　　　　　　［025］6-365,［078］2-160
高野詣　　　　　　　　　　　［043］71-225
「香炉の灰の」「麦に来て」「鉦一つ」付
　合　　　　　　　　　　　［081］10-279
「木枯しに」半歌仙　　　　　［081］8-157
「木がらし」序抄　　　　　　［025］9-319
「凩の」三十句　　　　　　　［081］4-377
木枯の巻（「冬の日」より）　［033］31-7
「皺子花の」歌仙　　　　　　［081］5-55
心は無情狂狷の間にも有り（『水の友』）
　　　　　　　　　　　　　　［025］9-389
湖山亭の記　　　　　　　　　［043］71-227
乞食の翁　　［025］6-297,［043］71-172
故実　　　　　　　　　　　　［025］7-113
「御尋に」歌仙　　　　　　　［081］6-51
「湖水より」付合　　　　　　［081］別1-81
湖仙亭記　　　　　　　　　［025］別1-242
「故岬」歌仙　　　　　　　　［081］3-117
「小鯛さす」表六句　　　　　［081］6-169
「胡蝶にも」付合　　　　　　［081］6-233
こなしてすべし（『正風彦根体』）
　　　　　　　　　　　　　　［025］9-381
「五人ぶち」歌仙　　　　　　［081］9-169
「此海に」表六句　　　　　　［081］3-175
「此梅に」百韻　　　　　　　［081］1-95
「此里に」付合　　　　　　　［081］7-347
「木の葉散」の詞書
　　　　　　　　　［025］6-310,［078］1-126
小春宛書簡　　　　　　　　［040］〔72〕-175

「後風」二十四句　　　　　　［081］9-39
「御明に」歌仙　　　　　　　［081］7-275
「米くる、」「庵の夜も」「仮橋に」「十六
　夜の」付合　　　　　　　［081］別1-109
「こもり居て」表六句　　　　［081］6-245
権七に示す
　［025］6-345,［043］71-214,［078］2
　-154
昆若ずき（『麻生』）　　　　　［025］9-375
「蒟蒻に」歌仙　　　　　　　［081］8-169
西行桜　　　　　　　　　　　［025］6-420
西行像讃　　　　　　　　　　［025］6-539
「魚の腸」付合　　　　　　　［081］2-127
嵯峨日記
　［025］6-139,［025］別1-165,［027］
　15-206,［033］31-219,［040］〔72〕-
　183,［043］71-145,［066］41-387
「鷺の足」五十韻　　　　　　［081］2-193
作を捨て作を好む（『桃の杖』）
　　　　　　　　　　　　　　［025］9-387
酒に梅
　［025］6-313,［043］71-190,［078］1
　-127
「鮭の時」付合「塔高し」付合「はりぬき
　の」付合　　　　　　　　　［081］2-277
「さ、げたり」八句　　　　　［081］別1-7
「さぞな都」百韻　　　　　　［081］1-221
さてもそののち　　　　　　　［043］71-306
早苗の讃　　［025］6-366,［078］2-161
「さびしげに」詞書　　　　　［043］71-274
「さびしげに」の詞書　　　　［025］6-437
「寂しさの」歌仙　　　　　　［081］別1-49
「さまざまの」付合　　　　　［081］5-43
「さみだれを」歌仙　　　　　［081］6-33
「さみだれを」の巻　　　　　［078］3-179
座右の銘　　　　　　　　　　［025］6-384
更科姨捨月之弁
　［025］6-375,［043］71-232,［078］2
　-165
更科紀行
　［025］6-95,［033］31-196,［040］〔72〕
　-94,［043］71-65,［049］〔18〕-161,
　［066］41-331,［078］2-148
更科紀行（付・沖森本真蹟推敲本）
　　　　　　　　　　　　　　［025］別1-129
『更科紀行』について　　　　［078］2-43
猿蓑　　　　　　　　　　　　［067］45-371
『猿蓑』序抄　　　　　　　　［025］9-282
「猿蓑に」歌仙　　　　　　［081］10-197
「猿蓑に」の巻（続猿蓑）　　［043］71-559
「三画一軸」跋抄　　　　　　［025］9-388
山家集を慕ふ他（『陸奥衛』）
　　　　　　　　　　　　　　［025］9-325

日本古典文学全集・内容綜覧　759

山家の時雨 ……………	［025］**6**-447
「残暑暫」半歌仙 ……	［081］**6**-161
三聖人図讃 ・［025］**6**-315,［078］**1**-128
三聖図賛 ‥［025］**6**-507,［043］**71**-334
三人七郎兵衛 …………	［025］**6**-319
『杉風句集』序抄 ……	［025］**9**-398
杉風の耳のうときを哀れむ（『俳懺悔』）
	［025］**9**-398
「詩あきんど」歌仙 …………	［081］**3**-93
汐路の鐘 ………………	［025］**6**-547
「塩にしても」歌仙 …	［081］**2**-53
「しほらしき」四十四 ……	［081］**6**-173
此筋・千川宛書簡 ……	［040］〔**72**〕-171
「時雨時雨に」十句 ……	［081］**4**-219
「時雨てや」付合 ……	［081］**5**-29
時雨の巻（「冬の日」より）‥	［033］**31**-32
「重重と」歌仙 ………	［081］別**1**-63
支考代筆の口述遺書 …………
	［040］〔**72**〕-284,［040］〔**72**〕-286,
	［040］〔**72**〕-288
四山の瓢 ………………
	［040］〔**72**〕-49,［043］**71**-199
四山の瓢 …［025］**6**-326,［025］別**1**-206
死して亡せざる者は命長し（『放生日』）
	………………………… ［025］**9**-393
四条河原涼 ……………	［043］**71**-305
厠上の活法（『三上吟』）‥…	［025］**9**-367
四条の河原涼み ………	［040］〔**72**〕-174
四条の納涼 ……………	［025］**6**-475
「市人に」付合 ………	［081］**3**-245
「時節嚊」歌仙 ………	［081］**1**-171
「下谷あたりの」付合	［081］別**1**-105
市中の巻（「猿蓑」より） ……	［033］**31**-97
「市中は」歌仙 ………	［081］**7**-93
「市中は」の巻（猿蓑）	［043］**71**-461
「此道や」半歌仙 ……	［081］**10**-251
自得の箴 ………………
	［025］**6**-320,［040］〔**72**〕-47
品川を踏み出したらば（『或問珍』）
	………………………… ［025］**9**-393
「師の桜」歌仙 ………	［081］**3**-155
「篠の露」歌仙 ………	［081］**8**-227
「しのぶさへ」付合 …	［081］**3**-179
柴の戸 …………………
	［025］**6**-293,［025］別**1**-203,［040］
	〔**72**〕-15
「しばの戸に」詞書 …	［043］**71**-169
渋笠の銘 ………………	［027］**15**-214
士峰讃 …［025］**6**-304,［078］**1**-124
士峰の賛 ………………	［043］**71**-180
島田のしぐれ …………………
	［025］**6**-495,［043］**71**-323
島田の時雨 ……………	［040］〔**72**〕-203
霜月の巻（「冬の日」より）‥	［033］**31**-64
「霜月や」歌仙 ………	［081］**3**-229
「霜月や」の巻 ………	［078］**1**-138
「霜月や」の巻（冬の日）	［043］**71**-391
「霜に今」歌仙 ………	［081］**6**-313
「霜の宿り」付合 ……	［081］**3**-167
『霜の葉』序抄 ………	［025］**9**-398
紫門辞 …………………	［085］**7**-693
洒落堂記 ………………………
	［025］**6**-451,［027］**15**-203,［043］**71**
	-282
洒落堂の記 ……………	［040］〔**72**〕-164
秋鴉主人の佳景に対す ………
	［025］**6**-390,［043］**71**-248
「十三夜」歌仙 ………	［081］**8**-313
『拾八番句合』跋 ……	［043］**71**-167
十八番発句合 …………	［025］**7**-343
『十八番発句合』跋 …	［025］**6**-290
十八楼の記 ……………………
	［040］〔**72**〕-91,［078］**2**-163
十八楼ノ記 ……………………
	［025］**6**-371,［043］**71**-229
『十論為弁抄』抄 ……	［025］**9**-391
酬和の句（新蹟初稿本）……	［078］**1**-163
修行 ……………………	［025］**7**-127
酒堂に贈る ……………	［025］**6**-524
春興 ……………………	［025］**6**-550
「春風や」付合 ………	［081］**8**-209
貞享五年春大和行脚の記（真蹟懐紙）
	………………………… ［025］別**1**-401
「小傾城」八句 ………	［081］別**1**-13
「穐秋もはや」歌仙 …	［081］**10**-225
少将の尼 ‥［025］**6**-448,［043］**71**-280
「少将の」付合「草箒」付合‥	［081］**6**-343
「紫陽草や」歌仙 ……	［081］**9**-225
書簡 ……………………	［067］**46**-333
「色付や」百韻 ………	［081］**2**-21
「初秋は」歌仙 ………	［081］**5**-101
「しら菊に」半歌仙 …	［081］**5**-143
「白菊の」歌仙 ………	［081］**10**-259
「しるべして」付合 …	［081］**5**-51
「しろがねに」十句 …	［081］**4**-213
「白髪ぬく」半歌仙 …	［081］**7**-119
白双紙 …………………	［025］**7**-153
「新麦は」歌仙 ………	［081］**9**-239
「水仙や」十二句 ……	［081］**7**-323
「水仙は」歌仙 ………	［081］**5**-231
水田正秀（孫右衛門）宛書簡 …………
	［040］〔**72**〕-180,［040］〔**72**〕-277
菅沼曲水（定常）宛書簡 ……………
	………………………… ［040］〔**72**〕-208
菅沼曲翠（定常）宛書簡 ……………
	………………………… ［040］〔**72**〕-280

作家名索引（原作者）　　まつお

杉山杉風（市兵衛）宛書簡 ....
　　［040］〔72〕-238,［040］〔72〕-253,
　　［040］〔72〕-268
「菅蓑の」付合 .... ［081］10-327
「須广ぞ秋」百韻 .... ［081］2-131
「すゞしさを」歌仙 .... ［081］6-9
「涼しさの」百韻 .... ［081］4-35
「涼しさや」七句 .... ［081］6-97
「煤掃の」「鐘つく人も」「庭に箒を」「入
　相の」付合 .... ［081］10-299
「薄原」付合 .... ［081］別1-101
硯石 .... ［025］6-552
「捨る身も」付合 .... ［081］2-120
「炭売の」歌仙 .... ［081］3-217
炭売の巻（「冬の日」より）.. ［033］31-46
炭俵 .... ［067］45-413
「炭俵」序抄 .... ［025］9-290
栖去の弁 .... ［040］〔72〕-205
栖去之弁 .. ［025］6-498,［043］71-326
成秀庭上松を誉ること葉 ....
　　　　　　　［025］6-487,［043］71-317
歳暮 .... ［025］6-350,［078］2-156
「説経芝居」付合 .... ［081］2-119
絶景物に心の奪はる所（『養虫庵集』）
　　　　　　　　　　　　　　　 ［025］9-393
「芹焼や」歌仙 .... ［081］9-21
先師評 .... ［025］7-65
「洗足に」歌仙 .... ［081］8-129
「膳棚の」付合 .... ［081］2-121
千那の句評二題（『鎌倉海道』）
　　　　　　　　　　　　　　　 ［025］9-390
宗因は此道の大功（『芭蕉盥』）
　　　　　　　　　　　　　　　 ［025］9-389
僧専吟餞別之詞 ....
　　　　　　　［025］6-508,［043］71-335
『雑談集』抄 .... ［025］9-283
「草堂建立之序」抄 .... ［025］9-267
「相場に立し」付合 .... ［081］2-120
贈風絃子号 .... ［025］6-542
『続有磯海』序抄 .... ［025］9-352
続猿蓑 .... ［067］45-445
素堂菊園之遊 .... ［043］71-347
素堂寿母七十七の賀 .... ［025］6-501
素堂亭十日菊 ....
　　　　　　　［025］6-377,［043］71-236
素堂の序 .... ［078］1-116
卒都婆小町讃 .... ［025］6-480
卒塔婆小町賛 .... ［043］71-312
「其かたち」歌仙 .... ［081］5-173
「其かたち」の詞書 .... ［025］6-380
「其にほひ」の詞書 .... ［081］7-333
「其まゝよ」の詞書 .... ［025］6-443
「空豆の」歌仙 .... ［081］9-207

空豆の の巻き 歌仙（全）軽みの蕉風俳
　諧 .... ［014］14-275
「空豆の」の巻（炭俵）........ ［043］71-527
空豆の巻（「炭俵」）........... ［033］31-159
「それぞれに」付合 .... ［081］6-249
岱水との両吟（『木曾の谿』）
　　　　　　　　　　　　　　　 ［025］9-376
当麻寺まゐり .... ［025］6-309
高久のほととぎす .... ［025］6-394
高久の宿のほととぎす .... ［043］71-254
高山伝右衛門（麋塒）宛書簡 ....
　　　　　　　　　　　　　 ［040］〔72〕-19
「宝いくつ」二句「手盥に」三句「経によ
　う似た」二句「寝覚侘しき」三句「御息所の」
　三句 .... ［081］2-109
他郷即吾郷（『句餞別』）..... ［025］9-268
「啄木も」詞書 .... ［043］71-250
武隈の松 .... ［043］71-262
竹の奥 ....
　　［025］6-306,［043］71-188,［078］1
　-125
「たこつぼや」の詞書 ...... ［025］別1-236
多田神社 .... ［025］6-433
「田螺とられて」世吉 .... ［081］3-41
「種芋や」歌仙 .... ［081］7-27
「旅衣」付合 .... ［081］5-323
「たび寝よし」半歌仙 .... ［081］4-355
『旅寝論』抄 .... ［025］9-352
旅寝論・落柿舎遺書 .... ［025］別1-251
「旅人と」四十四 .... ［081］4-189
「旅人と」の巻 .... ［078］2-178
「旅人と」半歌仙 .... ［081］4-329
「ためつけて」歌仙 .... ［081］4-317
「田や麦や」の詞書 .... ［025］6-392
談合の相手なくては（『夜話くるひ』）
　　　　　　　　　　　　　　　 ［025］9-374
「団雪もて」詞書 .... ［043］71-193
「団雪もて」の詞書 .... ［025］別1-233
「力すまふ」歌仙 .... ［081］別1-115
「ちさはまだ」の詞書 .... ［025］6-527
『千鳥掛』序抄他 .... ［025］9-380
弔初秋七日雨星 .... ［043］71-340
弔初七日雨星 .... ［025］6-514
「蝶もきて」の詞書 .... ［025］6-488
「散うせぬ」の詞書 .... ［025］6-407
杖突坂の落馬 ....
　　［025］6-348,［043］71-215,［078］2
　-155
「月出ば」半歌仙 .... ［081］5-165
「月代を」十六句 .... ［081］8-103
「月しろや」付合 .... ［081］7-131
「月と泣夜」歌仙 .... ［081］3-53
「月山発句合」序抄 .... ［025］9-282

「月花を」付合	［081］5-273	鳥之賦	［043］71-310
「月見する」歌仙	［081］7-135	直江津聴信寺の一事他（『藁人形』）	
机の銘			［025］9-375
［025］6-537,［040］〔72〕-224,［043］		「猶見たし」詞書	［043］71-222
71-333		『流川集』序抄	［025］9-289
「つくづくと」歌仙	［081］3-307	「菜種ほす」付合	［081］10-67
付合の書を止む（『くせ物語』）		夏馬の遅行	［081］3-129
	［025］9-396	「夏草や」の詞書	［025］別1-238
付肌はさるものにて（『三河小町』）		「夏草よ」付合	［081］4-21
	［025］9-372	夏座敷を題に定む（『許六拾遺』）	
『続の原』句合跋			［025］9-397
［025］6-341,［043］71-211		夏野画賛	
続の原句合（冬の部）	［025］7-396	［025］6-300,［043］71-176,［078］1	
「鳶うゑて」詞書	［043］71-185	-124	
「つゝみかねて」歌仙	［081］3-206	夏野の画讃	［040］〔72〕-23
「つぶつぶと」歌仙	［081］10-149	夏の時鳥	［043］71-252
「露冴て」二十四句	［081］4-367	「夏の夜や」歌仙	［081］10-51
敦賀にて	［043］71-276	「夏はあれど」詞書	［043］71-226
鶴の歩みの巻	［067］45-489	「夏はあれど」の詞書	
剃髪時の吟（『みかへり松』）		［025］6-367,［078］2-162	
	［025］9-385	「何となふ」付合	［081］3-147
「鉄橋に」付合	［081］2-120	「何とはなしに」歌仙	［081］3-295
点巻	［025］5-335	「何とはなしに」の巻	［078］1-148
点者の戒め（『石舎利集』）	［025］9-390	「何の木の」歌仙	［081］5-7
天宥法印追悼	［025］6-418	「何の木の」の巻	［078］2-188
天宥法印追悼の文	［043］71-266	『錦どる』百韻	［081］3-9
「冬景や」三十四句	［081］4-131	『西の雲』序抄	［025］9-283
嗒山送別	［025］6-538,［043］71-348	酬和の句（菊本本）	［078］1-119
東順の伝	［025］6-523,［043］71-346	「ぬれて行や」五十句	［081］6-187
「たふとがる」付合	［081］7-307	「塒せよ」付合	［081］4-173
東藤子讃を乞ふ（『皺筥物語』）		「寝る迄の」付合	［081］6-157
	［025］9-320	「野あらしに」半歌仙	［081］6-237
悼松倉嵐蘭		「能程に」付合	［081］3-171
［025］6-518,［043］71-343		「野を横に」詞書	［043］71-253
同門評	［025］7-89	野を横の前書	［025］6-393
当流活法	［025］7-280	軒の栗	［043］71-257
『常盤屋句合』跋		「残る蚊に」三十句	［081］10-113
［025］6-291,［043］71-168		野ざらし紀行	
常盤屋の句合	［025］7-376	［025］6-51,［027］15-162,［033］31	
「時は秋」歌仙	［081］4-177	-177,［040］〔72〕-24,［043］71-19,	
「独書をみる」付合「簿をきりて」付合		［049］〔18〕-89,［066］41-285,［078］	
	［081］4-25	1-105,［078］1-140	
「どこまでも」表六句	［081］5-67	野ざらし紀行（波静本）	［078］1-105
「年たつや」八句	［081］9-127	野ざらし紀行絵巻跋	
としのくれ	［043］71-217	［025］6-318,［043］71-205,［078］1	
「としわすれ」付合	［081］8-165	-128	
鳶の羽の巻（「猿蓑」より）	［033］31-81	『野ざらし紀行』関係の諸作品	
「鳶の羽も」歌仙	［081］7-165		［078］1-213
「鳶の羽も」の巻（猿蓑）	［043］71-443	『野ざらし紀行』（濁子清書絵巻本）	
「ともかくも」の詞書	［025］6-497		［078］1-140
智周の句評・誹諧袖（『智周発句集』）		「のたりのたりと」付句	［081］別1-115
	［025］9-394	「長閑さや」付合	［081］9-133
「とりどりの」五十韻	［081］6-297	「のまれけり」歌仙	［081］2-53

野山をかけめぐる心地(『霜の光』)
　　……………………………… ［025］9-374
「暖簾の」付合 ……………… ［081］5-25
「野は雪に」歌仙 …………… ［081］8-183
野は雪に の巻 百韻(表八句)芭蕉の
　貞門俳諧 ………………… ［014］14-239
「野は雪に」百韻 …………… ［081］1-1
『俳諧雅楽集』序抄 ………… ［025］9-380
『俳諧十論』抄 ……………… ［025］9-385
誹諧撰集法 ………………… ［025］7-269
俳諧に古人なし他(『初蟬』)
　　……………………………… ［025］9-320
『俳諧問答』抄 ……………… ［025］9-326
俳諧はあからさまなるがよし(『柿表紙』
　) ……………………………… ［025］9-369
俳諧は三尺の童にさせよ他(『けふの昔』
　) ……………………………… ［025］9-365
「蠅ならぶ」歌仙 …………… ［081］7-233
「葉がくれを」歌仙 ………… ［081］10-9
萩と月 ……………………… ［025］6-547
粕屋市兵衛(卓袋)宛書簡
　　……………………………… ［040］〔72〕-100
「箱根越す」歌仙 …………… ［081］4-341
芭蕉庵十三夜
　　［025］6-378,［040］〔72〕-103,［043］
　71-236,［078］2-166
芭蕉庵三日月日記(稿本) ‥ ［096］4-1-9
『芭蕉庵三日月日記』序 …… ［025］9-288
芭蕉庵三日月日記(版本)
　　……………………………… ［096］4-1-27
『芭蕉翁行状記』抄 ………… ［025］9-314
『芭蕉翁追善之日記』抄 …… ［025］9-293
芭蕉を移す詞 ………………
　［025］6-502,［025］別1-227,［027］
　15-213,［040］〔72〕-221,［043］71-
　327
芭蕉句集
　［040］〔71〕-11,［063］〔80〕-29,［067］
　45-17
芭蕉足跡図 ………………… ［078］1-280
馬上の残夢 …………………
　［025］6-305,［025］別1-203
芭蕉の消息(『にひはり』十四巻七号大
　正十三年七月所掲) ……… ［025］別1-403
「芭蕉野分して」の詞書 …… ［025］6-296
芭蕉文集 …………………… ［063］〔81〕-69
「蓮池の」五十韻 …………… ［081］5-71
「はせを野分」付合「宿まいらせせむ」付合
　「花の咲」付合 …………… ［081］3-151
「八九間」歌仙 ……………… ［081］9-183
鉢たたきのうた …………… ［081］6-549
初懐紙評註 ………………… ［025］7-405
「初茸や」歌仙 ……………… ［081］8-269

「はつ雪の」歌仙 …………… ［081］3-195
「はつゆきや」詞書 ………… ［043］71-202
「はつ雪や」独吟百韻 ……… ［081］別1-115
「はつゆきや」の詞書 ……… ［025］6-331
花垣の庄 …………………… ［025］6-450
「花咲て」歌仙 ……………… ［081］4-105
「花に遊ぶ」歌仙 …………… ［081］4-157
「花にうき世」歌仙 ………… ［081］3-71
「花にねぬ」の詞書 ………… ［025］6-499
「はなのかげ」の詞書 ……… ［025］別-235
花屋日記 …………………… ［033］31-306
「破風口に」和漢歌仙 ……… ［081］8-21
浜田珍碩宛書簡 …………… ［040］〔72〕-206
「はやう咲」歌仙 …………… ［081］6-253
「春嬉し」付合 ……………… ［081］8-205
「春澄にとへ」百韻 ………… ［081］2-193
半日は ……………………… ［081］7-191
「稗柿や」付合 ……………… ［081］7-127
「日を負て」半歌仙 ………… ［081］7-19
「ひき起す」歌仙 …………… ［081］7-179
「引おこす」六句 …………… ［081］10-323
「低ふ来る」の詞書 ………… ［025］6-543
「久かたや」歌仙 …………… ［081］4-143
ひさご ……………………… ［067］45-359
瓢の銘 ……………………… ［025］6-551
槖駝杉風書簡 ……………… ［025］9-310
秘事はなし他(『誹諧耳底記』)
　　……………………………… ［025］9-395
「人声の」付合 ……………… ［081］8-201
『一幅半』序抄 ……………… ［025］9-366
「一泊り」歌仙 ……………… ［081］6-269
独寝の草の戸 ……………… ［043］71-171
「雛ならで」付合 …………… ［081］9-137
「檜笠」付合 ………………… ［081］3-267
「日の春を」百韻 …………… ［081］4-71
「百景や」付合 ……………… ［081］別1-37
「ひょろひょろと」付合 …… ［081］別1-41
「ひらひらと」歌仙 ………… ［081］10-71
「蒜の籠に」付合 …………… ［081］3-67
『風俗文選』抄 ……………… ［025］9-376
「風流の」歌仙 ………………
　［081］5-295,［081］8-213
深川 ………………………… ［067］45-477
深川の雪の夜 ……………… ［040］〔72〕-54
深川八貧 ……………………
　［025］6-383,［040］〔72〕-105,［043］
　71-242
「深川は」付合 ……………… ［081］4-119
『梟日記』抄 ………………… ［025］9-348
「藤の実は」の詞書 ………… ［025］6-444
「附贅一ツ」四句 …………… ［081］2-193
「二日にも」の詞書 …………
　［025］6-352,［078］2-156

「文月や」二十句 …………… ［081］6-135
冬の日 …………………… ［067］45-295
「振売の」歌仙 ……………… ［081］9-7
閉関の説 …………… ［040］〔72〕-233
閉関説 ……………………… ［085］7-695
閉関之説 …………………………………
　　［025］6-515, ［025］別1-228, ［043］
　　71-341
『別座鋪』序抄・贈芭蕉銭別弁
　　……………………… ［025］9-291
『篇突』抄 ………………… ［025］9-347
茅舎の感 …………… ［040］〔72〕-17
牧童はよき者他（『草刈笛』）
　　……………………… ［025］9-373
「星今宵」二十六句 ………… ［081］6-143
「星崎の」歌仙 ……………… ［081］4-253
「ほしざきの」の詞書 ……… ［025］6-343
「星崎の」の詞書 …………… ［078］2-153
「星崎の」の巻 ……………… ［078］2-184
「牡丹蘂」歌仙 ……………… ［081］4-7
「牡丹蕊」の詞書 …………… ［025］6-316
「牡丹蕊分て」詞書 ………… ［043］71-192
発句して心見せよ他（『俳諧猿舞師』）
　　……………………… ［025］9-350
「ほととぎす」歌仙 ………… ［081］3-329
保美の里 …………………………………
　　［025］6-344, ［043］71-212, ［078］2
　　-153
「ほろほろと」詞書 ………… ［043］71-223
「ほろほろと」の詞書 ……………………
　　［025］6-363, ［078］2-159
「ほんとぬけたる」付合 …… ［081］10-289
「萩おふ」歌仙 ……………… ［081］5-277
「萩負ふ」詞書 ……………… ［043］71-248
「萩負ふ」の詞書 …………… ［025］6-389
『枕草子』を試みんと思はば（『それぞれ草』）
　　……………………… ［025］9-385
「実や月」歌仙 ……………… ［081］2-7
「升買て」歌仙 ……………… ［081］10-211
「又やたぐひ」の詞書 ……………………
　　［025］6-373, ［078］2-164
松尾半左衛門宛遺書 … ［040］〔72〕-283
松尾半左衛門宛書簡 … ［040］〔72〕-272
「松風に」五十韻 …………… ［081］10-177
松島 ………………………… ［043］71-265
松島の賦 …………………… ［025］6-414
「松杉に」十句 ……………… ［081］別1-19
「松茸に」六句 ……………… ［081］10-137
「松茸や」歌仙 ……………… ［081］10-163
「松茸や」十六句 …………… ［081］10-141
「松のこづえに」「川かぜ寒き」「たまのちぎりに」「むつくりと」付合 ［081］1-89
「松の花」歌仙 ……………… ［081］別1-115

松村猪兵衛宛書簡 ………………………
　　［040］〔72〕-249, ［040］〔72〕-251
「見送りの」付合 …………… ［081］7-161
「磨なをす」歌仙 …………… ［081］4-299
「水音や」半歌仙 …………… ［081］9-199
「水鳥よ」歌仙 ……………… ［081］8-111
「水の奥」付合 ……………… ［081］6-47
水の音 ……………………… ［025］6-455
「見せばやな」付合 ………… ［081］5-89
「三十日月なし」の詞書 … ［025］別1-232
道の記草稿 ………………………………
　　［025］別1-239, ［043］71-304
三つの名 …………………… ［043］71-194
「皆拝め」三十句 …………… ［081］5-215
『虚栗』跋 ・ ［025］6-301, ［043］71-177
美濃への旅 ………………………………
　　［025］6-368, ［025］別1-207, ［078］
　　2-162
簑虫庵庵号の由来他（『庵日記』）
　　……………………… ［025］9-268
簑虫説跋 …………………… ［025］6-336
「簑虫ノ説」跋 ……………… ［043］71-207
都の涼み過て（『花摘』） …… ［025］9-282
宮崎荊口（太左衛門）宛書簡
　　………………… ［040］〔72〕-227
「見渡せば」百韻 …………… ［081］2-131
向井去来（平次郎）宛書簡 ……………
　　［040］〔72〕-214, ［040］〔72〕-262,
　　［040］〔72〕-265
「むかし語」付合 …………… ［081］2-118
「麦蒔て」の詞書 ………… ［025］別1-234
「麦はえて」付合 …………… ［081］4-271
「虫の髭」付合 ……………… ［081］2-117
「武者ぶりを」付合 ………… ［081］2-122
無風雅第一の人（『続五論』）
　　……………………… ［025］9-350
「無名庵月並吟会式」抄 …… ［025］9-326
無名庵の寝覚（『射水川』） … ［025］9-368
「むめがゝに」歌仙 ………… ［081］9-141
「むめがゝに」の巻（炭俵）
　　……………………… ［043］71-509
名月の二吟（『続猿蓑』） …… ［025］9-351
「名月や」半歌仙 …………… ［081］8-35
明照寺李由子に宿す ……… ［043］71-322
明照寺李由子の宿す ……… ［025］6-494
名所に雑の句ありたき事（『桃舐集』）
　　……………………… ［025］9-321
「めづらしや」歌仙 ………………………
　　［081］4-239, ［081］6-83
「芽出しより」付合 ………… ［081］7-229
「目出度人の」付合 ………… ［081］4-67
「木嵐に」付合 ……………… ［081］7-311
文字摺石

　　　　［025］6-400,［025］別1-211,［043］
　　　　71-259
「もすそを見れば」付合 …… ［081］2-124
「もの書て」付合 ………… ［081］6-229
「物の名も」百韻 ………… ［081］1-221
「ものゝふの」付合 ………… ［081］3-85
「武士の」六句 …………… ［081］9-35
籾する音 ……………………………………
　　　　［025］6-308,［043］71-186,［078］1
　　　　-125
「もらぬほど」半歌仙 …… ［081］7-315
森川許六(五介)宛書簡 ……………………
　　　　［040］〔72〕-225,［040］〔72〕-235
「門に入れば」「石も木も」「名残ぞと」
「革踏皮の」「右左リ」「うき恋に」「庵寺の」
　付合 ……………………… ［081］10-315
「やき飯や」表六句 ……… ［081］4-275
「薬欄に」詞書 …………… ［043］71-270
「薬欄に」付合 …………… ［081］6-153
「薬欄に」の詞書 ………… ［025］6-429
「やしきの客は」「桜をこぼす」「綿ふき
　ありく」付合「端居がちなる」付合 ‥ ［081］
　10-309
「安々と」歌仙 …………… ［081］7-261
「宿かりて」付合 ………… ［081］7-365
「やどりせむ」句入画賛 … ［043］71-228
藪の梅 …… ［025］6-335,［043］71-206
「山かげや」付合 ………… ［081］10-331
山岸半残(重左衛門)宛書簡
　　　　　　　　　　　　　［040］〔72〕-44
「山里いやよ」付合「葛西の院の」付合
　……………………………… ［081］3-89
「やはらかに」付合 ……… ［081］9-253
「夕㒵や」歌仙 …………… ［081］10-37
「雪ごとに」歌仙 ………… ［081］5-201
雪の枯尾花 …………………………………
　　　　［040］〔72〕-204,［043］71-324
「雪の松」歌仙 …………… ［081］9-49
『雪の葉』序抄 …………… ［025］9-366
「雪の夜は」歌仙 ………… ［081］5-187
雪丸げ ………………………………………
　　　　［025］6-332,［040］〔72〕-53,［043］
　　　　71-203
「雪や散る」半歌仙 ……… ［081］9-105
「百合過て」六句 ………… ［081］10-133
「よき家や」表六句 ……… ［081］5-97
芳野紀行 …………………… ［027］15-169
「四つごき」の詞書 ……… ［025］6-526
「世に有て」百韻 ………… ［081］2-193
「世は旅に」歌仙 ………… ［081］9-257
落柿舎記 …………………… ［043］71-314
落柿舎の記 ………………… ［025］6-482
「蘭の香や」詞書 ………… ［043］71-184

立花牧童(彦三郎)宛書簡 ……………………
　　　　　　　　　　　　　［040］〔72〕-177
「柳小折」歌仙 …………… ［081］9-285
「両の手に」歌仙 ………… ［081］別1-85
『歴代滑稽伝』抄 ………… ［025］9-383
連句 ……………… ［078］1-133,［078］1-225
連句篇補遺 ………………… ［025］5-383
和歌・狂歌・鄙歌 ………… ［025］2-298
「我ためか」詞書 ………… ［043］71-170
「我ためか」詞書 ………… ［025］6-294
我が手筋(『渡鳥集』) ……… ［025］9-271
「忘なよ」歌仙 …………… ［081］6-121
「忘るなよ」付合 ………… ［081］6-117
『忘梅』序 ………………… ［043］71-320
『忘梅』の序 ……………… ［025］6-492
「わすれ草」歌仙 ………… ［081］2-53
わすれみづ(くろさうし) … ［025］7-211
「侘おもしろく」「榎木の風の」「小僧ふ
　たりぞ」「我恋は」付合 …… ［081］4-29
「侘テすめ」の詞書 ……… ［025］6-295
「われもさびよ」付合 …… ［081］3-271
松尾 政子
　許嫁の夫に ……………… ［008］3-666
松岡 辰方
　松竹問答 ………… ［070］III-10-447
松岡 雄淵
　神道自則日本魂 ………… ［069］39-251
松岡 行義
　後松日記 ………… ［070］III-7-1
松崎 観海
　雑感十四首 ……………… ［043］86-440
　城門行 …………………… ［043］86-442
松下 文吾
『世話早学文』 ‥ ［001］8-1,［001］8-51
松代 柳枝
　庭訓染匂車 ……………… ［059］2-523
末足斎 月風
　解顔新話(寛政六年十月序) ‥ ［082］20-315
松田 才二
　近江源氏先陣館(盛綱陣屋) ‥ ［100］5-87
松田 直兄
　言葉の直路 ……………… ［061］9-240
松田 ばく
　妹背山婦女庭訓 ……………………………
　　　　［043］77-309,［100］5-155
松田 和吉 → 文耕堂(ぶんこうどう)を
　見よ
松平 定信
　花月草紙 ………… ［070］III-1-387
　心の双紙 ………… ［070］I-7-281

政語 ……………………………… [069] **38**-249
関の秋風 ……………………… [070] **III**-5-365
退閑雑記 …… [033] **35**-265, [047] **6**-11
閑なるあまり ………………… [070] **II**-4-327
松平 秀雲
　吾妻の道芝 …………………… [017] **1**-235
松永 尺五
　彝倫抄 ………………………… [069] **28**-303
　清水寺に遊ぶ ………………… [043] **86**-254
　慶安元年夏五、計らずも天恩
　　　　　　　　　　　　　　… [043] **86**-254
　山村晩に歩む ………………… [043] **86**-255
　豊社に題す …………………… [043] **86**-253
松永 貞徳
　哥いづれの巻(貞徳翁独吟百韻自註)
　　　　　　　　　　　　　　… [043] **61**-293
　御傘の序 ……………………… [033] **36**-95
　戴恩記 ………………………… [067] **95**-19
　戴恩記(歌林雑話) …………… [061] **6**-209
　貞徳翁の記 …………………… [043] **82**-13
　天水抄 ………………………… [096] **1**-4-1
松葉亭
　青楼真廓誌 …………………… [038] **18**-129
松村 梅岡
　駒谷夐言 ……………………… [070] **I**-16-353
松本 愚山
　消夏雑識 ……………………… [047] **1**-275
松本 幸二
　六歌仙(六歌仙容彩) ………… [100] **19**-181
松本 初子
　松本初子「藤むすめ」 ……… [074] **6**-618
真鍋 美恵子
　真鍋美恵子「怪」 …………… [074] **6**-571
間抜安穴
　金枕遊女相談 ………………… [038] **7**-267
間宮 永好
　犬鶏随筆 ……………………… [047] **11**-249
　八雲のしをり ………………… [061] **9**-269
間宮 八十子
　間宮八十子「松のしづ枝」 … [074] **5**-146
真山 青果
　小判拾壱両 …………………… [100] **20**-319
　頼朝の死 ……………………… [100] **25**-275
真横着子
　瓢軽雑病論 …………………… [038] **5**-273
丸山 宇米古
　丸山宇米古「雪間乃宇米」 … [074] **5**-114
曼鬼武
　和良嘉吐富貴樽(寛政四年正月序)
　　　　　　　　　　　　　　… [082] **12**-201
万載亭
　新作落咄福三笑(文化九年頃序)
　　　　　　　　　　　　　　… [082] **14**-340
満寿豹恵
　軽世界四十八手 ……………… [038] **18**-343
万象亭
　田舎芝居
　　　　　[038] **13**-309, [041] **82**-327
　色男其所此処 ………………… [041] **83**-321
　福神粋語録 …………………… [038] **13**-291
　二日酔卮觶 …………………… [059] **5**-307

【 み 】

三浦 安貞
　梅園叢書 ……………………… [070] **I**-12-1
三浦 浄心
　そゞろ物語 …………………… [047] 別**1**-1
三浦 為春
　汚塵集 ………………………… [076] **2**-73
三浦 梅園
　玄語 …………………………… [069] **41**-9
　玄語原文 付 校異 …………… [069] **41**-375
　玄語図 ………………………… [069] **41**-547
　梅園拾葉 ……………………… [070] **II**-5-187
三ヶ島 葭子
　三ヶ島葭子「吾木香」(一、雑木集 二、
　青煙集) ……………………… [074] **6**-280
水野 稔
　解題 …………………………… [038] **13**-351
水原 豊寛
　公侯凞績 ……………………… [095] **9**-71
水間 沾徳
　沾徳随筆 ……………………… [076] **4**-293
水町 京子
　水町京子「不知火」 ………… [074] **6**-194
三田舎 南江
　三人酩酊 ……………………… [038] **22**-315
未達 → 西村市郎右衛門(にしむら・い
　ちろうえもん)を見よ
道綱母 → 藤原道綱母(ふじわらのみち
　つなのはは)を見よ
三津 飲子
　祇園祭礼信仰記 ……………… [045] **II**-37-273

作家名索引（原作者）　　　　　　　　みなも

祇園祭礼信仰記（金閣寺）　…　[100] 4-173
三津 環
　碁太平記白石噺　……………　[043] 77-459
三井 高房
　町人考見録　…………………　[069] 59-175
光家
　浄照房　………………………　[036] 3-406
光島 七郎左衛門
　凱陣十二段　…………………　[059] 6-90
光胤
　桂紀行（宝暦三年三月）……　[017] 1-372
水戸 光圀
　常山詠草　……………………　[030] 15-1
皆川 淇園
　秋日、山寺に遊びて作る　…　[043] 86-460
　富士谷成寿が家の小集、感有
　　……………………………　[043] 86-463
　問学挙要　……………………　[069] 47-73
南川 維遷
　閑散余録　……………………　[070] II-20-53
源 顕兼
　古事談　………………………　[065] 1-68
源 有房
　有房中将集　…………………　[036] 2-726
　野守鏡　………………………　[061] 4-64
　有房中将集・有房集　………　[036] 2-730
源 家長
　源家長日記　…………………　[044]〔15〕-82
源 兼澄
　兼澄集　………………………　[036] 1-472
　源兼澄集　……………………　[036] 1-477
源 行阿
　原中最秘鈔　…………………　[072]〔8〕-29
源 公忠
　公忠集　………………………
　　[036] 1-308, [036] 1-309, [036] 1-
　　310, [073] 11-131, [073] 12-705
　源公忠朝臣集　………………　[036] 1-306
源 信明
　信明集　……　[036] 1-362, [073] 12-587
　のふあきら　…………………　[036] 1-367
　信明朝臣集　…………………　[036] 1-368
源 実朝
　金槐和歌集　…………………
　　[013] 17-271, [014] 9-379, [030]
　　14-127, [036] 3-370, [036] 3-387,
　　[040]〔46〕-9, [063]〔71〕-21, [067]
　　29-321
　金槐和歌集 雑部　……………　[043] 49-89

実朝歌拾遺　……………　[040]〔46〕-191
実朝集―金槐集私鈔　…………　[033] 21-3
貞享本所載歌　……………　[063]〔71〕-97
源 重之
　しけゆき　……………………　[036] 1-667
源 順
　後撰和歌集　……………………
　　[013] 7-211, [014] 3-151, [030] 3-
　　167, [041] 6-1, [073] 14-167, [074]
　　4-4
　順集　…………………………　[036] 1-426
　源順集　………………………
　　[036] 1-436, [073] 12-437, [073] 12
　　-739
源 資賢
　入道大納言資賢集　…………　[036] 2-774
源 高明
　西宮左大臣集　………………　[036] 1-418
源 為憲
　三宝絵　………………………　[041] 31-1
源 親行
　原中最秘鈔　…………………　[072]〔8〕-29
源 経氏
　源経氏歌集　…………………　[036] 7-1620
源 経信
　大納言経信卿集　……………　[036] 2-323
　大納言経信集　………………　[036] 2-336
　大納言経信集 附 散木奇調集 第六 悲歎
　　部　…………………………　[067] 80-181
　経信卿家集　…………………　[036] 2-328
　難後拾遺抄　…………………　[061] 別1-1
源 當時
　新選万葉集序　………………　[061] 1-35
源 時明
　時明集　………………………　[036] 1-614
源 俊頼
　金葉和歌集　……………………
　　[014] 3-293, [030] 4-1, [041] 9-
　　4, [041] 9-389, [073] 15-399, [074]
　　4-7
　散木奇歌集　…………………　[036] 2-417
　散木弃歌集　…………………　[030] 13-479
　俊秘抄　……　[001] 10-1, [001] 10-73
　田上集　………………………　[036] 2-475
　俊頼髄脳　………………………
　　[043] 87-13, [061] 1-118, [066] 50
　　-39
源 知至
　長歌規則　……………………　[061] 別9-564
源 信綱

日本古典文学全集・内容綜覧　767

みなも

大江戸春秋 ……………… [095] **11** - *9*
源 信
　二十五三昧式 ……………… [062] **4** - *246*
源 雅兼
　雅兼卿集 ……………… [036] **2** - *520*
源 通親
　高倉院厳島御幸記 ……… [041] **51** - *1*
　高倉院升遐記 …………… [041] **51** - *25*
源 道済
　道済集 ………………… [036] **1** - *755*
源 道成
　道成集 ………………… [036] **2** - *98*
源 道濟
　和歌十体 ……………… [061] **1** - *50*
源 宗于
　むねゆき ……………… [036] **1** - *262*
源 師光
　源師光集 ……………… [036] **3** - *166*
源 行宗
　行宗集 ………………… [036] **2** - *523*
源 義行
　原中最秘鈔 ………… [072] 〔**8**〕- *29*
源 頼実
　故侍中左金吾家集 ……… [036] **2** - *173*
源 頼政
　源三位頼政集 ……………………
　　[030] **14** - *1*,[036] **2** - *650*
　頼政集 …… [036] **2** - *673*,[036] **7** - *1614*
源重之女
　重之女集 …… [036] **1** - *706*,[074] **2** - *518*
源経信母
　帥大納言母集 …………… [036] **2** - *176*
　経信卿母集 ……………………
　　[073] **12** - *859*,[074] **2** - *341*
壬生 忠見
　た ゝ 見 ……………… [036] **1** - *346*
　忠見集 ……………………
　　[036] **1** - *352*,[073] **12** - *647*,[073] **12** - *776*
壬生 忠岑
　た ゝ みね ……………… [036] **1** - *173*
　忠岑集 ……………………
　　[036] **1** - *171*,[036] **1** - *177*,[036] **1** - *182*,[073] **12** - *545*,[073] **12** - *751*
　和歌体十種 ……………… [061] **1** - *45*
三升屋 二三治
　勧進帳 ……………………
　　[013] **30** - *205*,[063]〔**99**〕- *11*,[063]〔**99**〕- *37*,[067] **98** - *175*

神田祭(〆能色相図) ……… [100] **24** - *161*
貴賤上下考 ……………… [095] **10** - *145*
十八大通 ……………… [070] **II** - **12** - *397*
三升屋 兵庫
　星合照手当流源氏小栗十二段 …… [059] **6** - *76*
美屋 一作
　落咄熟志柿(文化十三年頃刊)
　　……………………… [082] **15** - *78*
　落噺広品夜鑑 …………… [068] **下** - *237*
宮内 嘉長
　遠山毘古 ……………… [069] **51** - *311*
宮負 定雄
　国益本論 ……………… [069] **51** - *291*
宮川 松堅
　倭謌五十人一首 ………… [041] **67** - *133*
宮川 政運
　宮川舎漫筆 …………… [070] **I** - **16** - *243*
　俗事百工起源 …………… [095] **2** - *79*
三宅 尚斎
　敬斎箴筆記 …………… [069] **31** - *190*
　拘幽操筆記 …………… [069] **31** - *238*
　湯武論 ………………… [069] **31** - *216*
三宅 嘯山
　和漢嘉話宿直文 ……… [070] **III** - **10** - *275*
三宅 融子
　ある人に贈る文 ………… [008] **3** - *667*
都の錦
　沖津しら波 …………… [045] **I** - **6** - *177*
　元禄曽我物語 ………… [045] **I** - **6** - *5*
　元禄太平記 ……………………
　　[045] **I** - **6** - *81*,[085] **2** - *313*
　当世智恵鑑 …………… [045] **I** - **6** - *249*
都の花風
　五箇の津余情男 ………… [009] **2** - *1*
宮崎 伝吉
　女人角砕大峯山 嫉妬鱗削日高河三世道成寺
　　……………………… [059] **6** - *49*
宮崎 安貞
　農業全書抄 …………… [069] **62** - *67*
　農業全書総目録 ………… [069] **62** - *165*
宮薗 鶯鳳軒
　宮薗新曲集 ・ [062] **10** - *4*,[062] **10** - *145*
宮増
　鞍馬天狗 ……………… [041] **57** - *87*
　調伏曾我 ……………… [103] **2** - *649*
　錦戸 …………………… [103] **3** - *42*
宮本 瑞夫
　猿丸太夫鹿巻毫 ……… [045] **II** - **38** - *261*
宮本 武蔵

五輪書 ……………………… [069] **61** - *355*
兵法三十五箇条 …………… [069] **61** - *395*
明菴栄西
　興禅護国論 ……………… [069] **16** - *7*
明恵
　遺跡和讃 ………………… [062] **4** - *48*
　太子和讃 ………………… [062] **4** - *51*
　栂尾明恵上人遺訓 ……… [067] **83** - *59*
　涅槃和讃 ………………… [062] **4** - *41*
　明恵上人歌集 …………………………………
　　　[036] **3** - *654*, [041] **46** - *217*
　羅漢和讃 ………………… [062] **4** - *46*
明空
　宴曲集 ……… [062] **5** - *40*, [067] **44** - *49*
　究百集 … [054] 〔**17**〕- *163*, [062] **5** - *97*
　拾菓集 …………………… [062] **5** - *107*
　真曲抄 … [054] 〔**17**〕- *148*, [062] **5** - *31*
　撰要目録巻 ……………… [054] 〔**17**〕- *27*
妙仙尼
　山路の露 ………………… [008] **1** - *25*
三善 清行
　意見十二箇条 …………… [069] **8** - *75*
　革命勘文 ………………… [069] **8** - *49*
　藤原保則伝 ……………… [069] **8** - *59*
三好 松洛
　妹背山婦女庭訓 …………………………………
　　　[043] **77** - *309*, [033] **25** - *164*
　近江源氏先陣館(盛綱陣屋) ‥ [100] **5** - *87*
　小野道風青柳硯 ………… [100] **4** - *147*
　敵討襤褸錦(大晏寺堤) … [100] **3** - *197*
　仮名手本忠臣蔵 …………………………………
　　　[027] **12** - *239*, [033] **25** - *119*, [040]
　　　〔**74**〕- *151*, [043] **77** - *11*, [067] **51** -
　　　291, [085] **4** - *201*, [100] **2** - *5*
　源平布引滝 ……… [067] **52** - *39*, [100] **4** - *3*
　恋女房染分手綱(重の井子別れ)
　　　……………………………… [100] **4** - *37*
　御所桜堀河夜討 ………… [100] **3** - *217*
　御所桜堀川夜討 ……… [045] **II** - **38** - *335*
　猿丸太夫鹿巻毫 ……… [045] **II** - **38** - *261*
　新うすゆき物語 ………… [041] **93** - *275*
　新薄雪物語(新薄雪) …… [100] **3** - *303*
　菅原伝授手習鑑 …………………………………
　　　[027] **12** - *325*, [033] **25** - *5*, [085] **4** -
　　　85, [100] **2** - *139*
　関取千両幟(千両幟) …… [100] **7** - *119*
　太平記忠臣講釈(忠臣講釈)
　　　……………………………… [100] **6** - *183*
　夏祭浪花鑑 ‥ [067] **51** - *197*, [085] **4** - *39*
　夏祭浪花鑑(夏祭) ……… [100] **7** - *3*
　ひらかな盛衰記 ………… [067] **51** - *103*

双蝶蝶曲輪日記 …………… [043] **77** - *163*
双蝶々曲輪日記(双蝶々) … [100] **7** - *55*
武田信玄長尾謙信本朝廿四孝 … [085] **4** - *383*
本朝廿四孝(廿四考) ……… [100] **5** - *23*
三日太平記(三日太平記) … [100] **6** - *201*
行平磯馴松 ……………… [045] **III** - **40** - *7*
由良湊千軒長者(山椒太夫)
　…………………………………… [100] **6** - *157*
義経千本桜
　　　[022] **18** - *5*, [033] **25** - *73*, [041] **93** -
　　　393, [100] **2** - *235*
大物船矢倉吉野花矢倉義経千本桜
　…………………………………… [085] **4** - *115*
三善 為康
　後拾遺往生伝 …………… [069] **7** - *641*
　拾遺往生伝 ……………… [069] **7** - *277*
美芳埜山人
　東海探語 ………………… [038] **27** - *9*
明極楚俊
　明極楚俊遺稿 二巻 ……… [029] **3** - *1959*
　夢窓明極唱和篇 一巻 …… [029] **3** - *2079*
民部卿典侍
　後堀河院民部卿典侍集 …… [036] **3** - *682*

【 む 】

向井 去来
　去来抄
　　　[015] **55** - *297*, [024] 〔**3**〕- *107*, [025]
　　　7 - *63*, [025] **7** - *491*, [027] **15** - *223*,
　　　[033] **36** - *100*, [043] **88** - *425*, [048] **5**
　　　- *1*, [066] **51** - *419*, [067] **66** - *303*
　去来書簡 ………………… [048] **5** - *95*
　許六宛去来書簡 ………… [025] **7** - *458*
　猿蓑 … [041] **70** - *257*, [063] 〔**79**〕- *25*
　丈草誄 …………………… [043] **72** - *476*
　鼠賦并引 ………………… [085] **7** - *736*
　旅寝論 …… [025] 別**1** - *252*, [048] **5** - *157*
　俳諧問答 ………………… [033] **36** - *136*
　鉢扣辞 …………………… [043] **72** - *473*
　不玉宛去来論書 ………… [025] **7** - *446*
　落柿舎遺書 ……………… [025] 別**1** - *299*
　落柿舎遺 ………………… [085] **7** - *734*
　落柿舎記 ………………… [043] **72** - *475*
　浪化宛去来書簡 ………… [025] **7** - *429*
無学祖元
　偈 ………………………… [043] **86** - *217*
夢楽柚人

むかく

波南の家満 ……………… [038] **7**-*357*
無学堂 大酔
　三幅対 ……………… [038] **7**-*347*
夢巌祖応
　早霖集 ……………… [029] **1**-*793*
無気しつちう
　女鬼産 ……………… [038] **8**-*107*
武者小路 実陰
　初学考鑑 ‥ [041] **67**-*185*, [061] **6**-*361*
無住
　沙石集 ………………
　　　[043] **52**-*17*, [065] **1**-*131*, [067] **85**-*55*
　雑談集巻之第一 ……… [054]〔**3**〕-*45*
　妻鏡 ……………… [067] **83**-*158*
無象静照
　興禅記 ……………… [028] **6**-*623*
　無象和尚語録 ……… [028] **6**-*515*
　無象照公夢遊天台偈軸并序・ [028] **6**-*637*
夢窓疎石
　正覚国師御詠 ……… [036] **5**-*161*
夢中 楽介
　通人三国師 ……… [038] **11**-*177*
夢中庵
　大通秘密論 ‥ [009] **1**-*95*, [038] **8**-*11*
夢中庵江陵散人
　古今三通伝 ……… [038] **11**-*197*
夢中山人
　南閨雑話 ‥ [038] **6**-*43*, [059] **5**-*73*
夢中散人寝言先生
　辰巳之園 ………………
　　　[038] **4**-*365*, [059] **5**-*43*, [067] **59**-*295*, [085] **8**-*483*
　南閨雑話 ……………… [085] **8**-*509*
六人部 是香
　産須那社古伝抄 ……… [069] **51**-*221*
　竜田考 ……………… [094] **20**-*5*
宗尊親王
　瓊玉和歌集 ……………… [036] **4**-*314*
　竹風和歌抄 ……………… [036] **4**-*357*
　中書王御詠 ……………… [036] **4**-*347*
　文応三百首 ……………… [041] **46**-*263*
　柳葉和歌集 ……………… [036] **4**-*328*
宗良親王
　季花集 ……………… [030] **14**-*227*
　新葉和歌集 ……………… [030] **9**-*1*
　新葉和歌集(抄) ……… [043] **49**-*349*
　李花和歌集 ……………… [036] **5**-*309*
無物庵 別世界

当世左様候 ……………… [009] **1**-*45*
村井 由清
　教訓百物語 ……… [045] **II-27**-*329*
村上 忠順
　六花集 ‥‥ [061] 別**8**-*7*, [061] 別**8**-*438*
村上 冬嶺
　歳除の日、河東の水哉亭に会
　　　……………… [043] **86**-*291*
　矢島桂庵を悼む ……… [043] **86**-*289*
村上天皇
　村上御集 ……………… [036] **1**-*386*
紫色主
　南門鼠 ……………… [059] **5**-*449*
紫式部
　葵 ………………
　　　[014] **6**-*117*, [015] **15**-*93*, [022] **5**-*48*, [027] **3**-*152*, [031] **3**-*9*, [033] **4**-*159*, [040]〔**19**〕-*63*, [041] **19**-*287*, [043] **21**-*15*, [060] **5**-*33*, [063]〔**13**〕-*15*, [066] **13**-*9*, [067] **14**-*315*, [071] **12**-*3*, [073] **4**-*215*
　明石 ………………
　　　[014] **6**-*140*, [015] **16**-*57*, [022] **5**-*62*, [027] **3**-*236*, [031] **4**-*103*, [033] **4**-*246*, [040]〔**19**〕-*257*, [041] **20**-*49*, [043] **21**-*221*, [060] **5**-*41*, [063]〔**13**〕-*165*, [066] **13**-*211*, [067] **15**-*55*, [071] **12**-*147*, [073] **4**-*339*
　総角 ………………
　　　[014] **6**-*390*, [015] **21**-*173*, [022] **5**-*149*, [027] **4**-*252*, [031] **13**-*91*, [033] **6**-*45*, [040]〔**24**〕-*9*, [041] **22**-*379*, [043] **24**-*221*, [060] **5**-*121*, [066] **16**-*211*, [067] **17**-*379*, [071] **15**-*165*, [063]〔**17**〕-*15*, [073] **6**-*116*
　朝顔 ………………
　　　[015] **17**-*67*, [027] **3**-*332*, [031] **6**-*9*, [033] **4**-*346*, [040]〔**20**〕-*187*, [041] **20**-*249*, [063]〔**14**〕-*19*, [066] **13**-*457*, [067] **15**-*247*, [071] **12**-*351*, [043] **21**-*467*
　東屋 ………………
　　　[014] **6**-*442*, [015] **22**-*133*, [022] **5**-*154*, [027] **4**-*371*, [031] **15**-*9*, [033] **6**-*152*, [040]〔**24**〕-*267*, [041] **23**-*119*, [043] **25**-*15*, [060] **5**-*130*, [063]〔**17**〕-*232*, [066] **17**-*9*, [067] **18**-*129*, [071] **16**-*3*, [073] **6**-*284*
　浮舟 ………………
　　　[014] **6**-*458*, [015] **23**-*9*, [022] **5**-*155*, [027] **4**-*410*, [031] **15**-*145*,

作家名索引（原作者）　　　　　　　　むらさ

[033] **6**-*188*, [040]〔25〕-*9*, [041] **23**-*185*, [043] **25**-*103*, [060] **5**-*132*, [063]〔18〕-*13*, [066] **17**-*95*, [067] **18**-*199*, [071] **16**-*67*, [073] **6**-*338*

薄雲 ....
　[014] **6**-*151*, [015] **17**-*33*, [022] **5**-*75*, [027] **3**-*315*, [031] **5**-*165*, [033] **4**-*330*, [040]〔20〕-*147*, [041] **20**-*213*, [043] **21**-*425*, [060] **5**-*56*, [063]〔13〕-*303*, [066] **13**-*415*, [067] **15**-*213*, [071] **12**-*309*, [073] **4**-*458*

空蟬 ....
　[014] **6**-*74*, [015] **14**-*93*, [022] **5**-*26*, [027] **3**-*44*, [031] **1**-*161*, [033] **4**-*51*, [040]〔18〕-*103*, [041] **19**-*81*, [043] **20**-*115*, [060] **5**-*19*, [063]〔12〕-*230*, [066] **12**-*189*, [067] **14**-*107*, [071] **11**-*125*, [073] **4**-*65*

梅が枝 .... [027] **3**-*497*

梅枝 ....
　[015] **18**-*181*, [022] **5**-*102*, [031] **8**-*183*, [033] **5**-*138*, [040]〔21〕-*251*, [041] **21**-*149*, [043] **22**-*401*, [060] **5**-*80*, [063]〔14〕-*317*, [066] **14**-*393*, [067] **16**-*157*, [071] **13**-*317*, [073] **5**-*197*

絵合 ....
　[015] **16**-*175*, [022] **5**-*73*, [027] **3**-*293*, [031] **5**-*75*, [033] **4**-*307*, [040]〔20〕-*91*, [041] **20**-*165*, [043] **21**-*367*, [060] **5**-*53*, [066] **13**-*357*, [067] **15**-*169*, [071] **12**-*255*, [073] **4**-*424*, [063]〔13〕-*264*

乙女 ....
　[022] **5**-*78*, [027] **3**-*345*, [033] **4**-*357*, [060] **5**-*59*, [067] **15**-*271*

篝火 ....
　[014] **6**-*170*, [015] **18**-*59*, [022] **5**-*95*, [027] **3**-*440*, [031] **7**-*179*, [033] **5**-*78*, [040]〔21〕-*113*, [041] **21**-*27*, [043] **22**-*253*, [060] **5**-*72*, [063]〔14〕-*212*, [066] **14**-*245*, [067] **16**-*37*, [071] **13**-*221*, [073] **5**-*107*

蜻蛉 ....
　[015] **23**-*85*, [022] **5**-*159*, [027] **4**-*456*, [031] **16**-*9*, [033] **6**-*228*, [040]〔25〕-*99*, [041] **23**-*259*, [043] **25**-*199*, [060] **5**-*135*, [063]〔18〕-*90*, [066] **17**-*189*, [067] **18**-*275*, [071] **16**-*159*, [073] **6**-*397*

柏木 ....
　[014] **6**-*277*, [015] **20**-*9*, [022] **5**-*119*, [027] **4**-*57*, [031] **10**-*215*, [033]

5-*271*, [040]〔22〕-*265*, [041] **22**-*1*, [043] **23**-*287*, [060] **5**-*91*, [063]〔15〕-*223*, [066] **15**-*277*, [067] **17**-*9*, [071] **14**-*211*, [073] **5**-*405*

桐壺 ....
　[040]〔18〕-*9*, [041] **19**-*1*, [043] **20**-*15*, [063]〔12〕-*159*, [066] **12**-*91*, [071] **11**-*15*

桐壺 ....
　[014] **6**-*36*, [015] **14**-*11*, [022] **5**-*14*, [027] **3**-*3*, [031] **1**-*9*, [033] **4**-*7*, [060] **5**-*12*, [067] **14**-*25*, [073] **4**-*5*

雲隠 ....
　[033] **5**-*374*, [040]〔23〕-*155*, [063]〔16〕-*133*, [073] **5**-*562*

雲隠れ .... [027] **4**-*167*

源氏物語 ....
　[013] **9**-*7*, [014] **6**-*5*, [015] **14**-*9*, [015] **15**-*7*, [015] **16**-*7*, [015] **17**-*7*, [015] **18**-*7*, [015] **19**-*7*, [015] **20**-*7*, [015] **21**-*7*, [015] **22**-*7*, [015] **23**-*7*, [022] **5**-*5*, [027] **3**-*1*, [027] **4**-*1*, [031] **1**-*7*, [031] **2**-*7*, [031] **3**-*7*, [031] **4**-*7*, [031] **5**-*7*, [031] **6**-*7*, [031] **7**-*7*, [031] **8**-*7*, [031] **9**-*7*, [031] **10**-*7*, [031] **11**-*7*, [031] **12**-*7*, [031] **13**-*7*, [031] **14**-*7*, [031] **15**-*7*, [031] **16**-*7*, [033] **4**-*5*, [033] **5**-*5*, [033] **6**-*3*, [033] **6**-*337*, [040]〔18〕-*7*, [040]〔19〕-*7*, [040]〔20〕-*7*, [040]〔21〕-*7*, [040]〔22〕-*7*, [040]〔23〕-*7*, [040]〔24〕-*7*, [040]〔25〕-*7*, [041] **19**, [041] **20**, [041] **21**, [041] **22**, [041] **23**, [043] **20**-*13*, [043] **21**-*15*, [043] **22**-*13*, [043] **23**-*13*, [043] **24**-*13*, [043] **25**-*13*, [060] **5**-*5*, [063]〔12〕-*159*, [063]〔13〕-*15*, [063]〔14〕-*17*, [063]〔15〕-*17*, [063]〔16〕-*17*, [063]〔17〕-*15*, [063]〔18〕-*13*, [066] **12**-*89*, [066] **13**-*7*, [066] **14**-*7*, [066] **15**-*7*, [066] **16**-*7*, [066] **17**-*7*, [067] **14**-*23*, [067] **15**-*7*, [067] **16**-*7*, [067] **17**-*7*, [067] **18**-*7*, [071] **11**-*15*, [071] **12**-*3*, [071] **13**-*3*, [071] **14**-*3*, [071] **15**-*3*, [071] **16**-*3*, [073] **4**, [073] **5**, [073] **6**, [102]〔5〕-*166*

源氏物語蛍の巻 .... [024]〔3〕-*24*

紅梅 ....
　[015] **21**-*27*, [022] **5**-*140*, [027] **4**-*175*, [031] **12**-*41*, [033] **5**-*383*, [040]〔23〕-*179*, [041] **22**-*229*, [043] **24**-*37*, [060] **5**-*112*, [063]〔16〕-*150*,

むらさ　　　　　　　作家名索引（原作者）

［066］**16**-*31*,［067］**17**-*233*,［071］**15**-*19*,［073］**6**-*5*

胡蝶 ....
　［015］**17**-*211*,［022］**5**-*87*,［027］**3**-*405*,［031］**7**-*41*,［033］**5**-*41*,［040］〔**21**〕-*29*,［041］**20**-*397*,［043］**22**-*163*,［060］**5**-*66*,［063］〔**14**〕-*148*,［066］**14**-*155*,［067］**15**-*393*,［071］**13**-*137*,［073］**5**-*53*

賢木 ....
　［014］**6**-*122*,［015］**15**-*145*,［022］**5**-*52*,［031］**3**-*109*,［033］**4**-*186*,［040］〔**19**〕-*125*,［041］**19**-*339*,［043］**21**-*81*,［060］**5**-*35*,［063］〔**13**〕-*64*,［066］**13**-*73*,［067］**14**-*365*,［071］**12**-*47*,［073］**4**-*255*

榊 .... ［027］**3**-*180*

匂兵部卿 ....
　［031］**12**-*9*,［040］〔**23**〕-*159*,［043］**24**-*15*

早蕨 ....
　［014］**6**-*426*,［015］**22**-*9*,［022］**5**-*150*,［027］**4**-*307*,［031］**14**-*9*,［033］**6**-*91*,［040］〔**24**〕-*123*,［041］**23**-*1*,［043］**24**-*343*,［060］**5**-*125*,［063］〔**17**〕-*111*,［066］**16**-*333*,［067］**18**-*9*,［071］**15**-*255*,［073］**6**-*190*

椎が本 .... ［027］**4**-*229*

椎本 ....
　［014］**6**-*382*,［015］**21**-*131*,［022］**5**-*147*,［031］**13**-*9*,［033］**6**-*25*,［040］〔**23**〕-*303*,［041］**22**-*337*,［043］**24**-*167*,［060］**5**-*119*,［063］〔**16**〕-*248*,［066］**16**-*159*,［067］**17**-*337*,［071］**15**-*123*,［073］**6**-*84*

少女 ....
　［014］**6**-*157*,［015］**17**-*91*,［031］**6**-*57*,［040］〔**20**〕-*215*,［041］**20**-*275*,［043］**22**-*15*,［063］〔**14**〕-*40*,［066］**14**-*9*,［071］**13**-*3*,［073］**4**-*502*

末摘花 ....
　［015］**15**-*9*,［022］**5**-*41*,［027］**3**-*111*,［031］**2**-*109*,［033］**4**-*116*,［040］〔**18**〕-*243*,［041］**19**-*201*,［043］**20**-*263*,［060］**5**-*27*,［063］〔**12**〕-*336*,［066］**12**-*337*,［067］**14**-*233*,［071］**11**-*293*,［073］**4**-*155*

鈴虫 ....
　［014］**6**-*294*,［015］**20**-*77*,［022］**5**-*123*,［027］**4**-*92*,［031］**11**-*51*,［033］**5**-*303*,［040］〔**22**〕-*343*,［041］**22**-*67*,［043］**23**-*371*,［060］**5**-*98*,［066］

15-*359*,［067］**17**-*75*,［071］**14**-*279*,［073］**5**-*455*,［063］〔**15**〕-*285*

須磨 ....
　［014］**6**-*134*,［015］**16**-*9*,［022］**5**-*56*,［027］**3**-*211*,［031］**4**-*9*,［033］**4**-*218*,［040］〔**19**〕-*199*,［041］**20**-*1*,［043］**21**-*159*,［060］**5**-*38*,［063］〔**13**〕-*120*,［066］**13**-*151*,［067］**15**-*9*,［071］**12**-*103*,［073］**4**-*301*

関屋 ....
　［015］**16**-*167*,［022］**5**-*72*,［027］**3**-*290*,［031］**5**-*61*,［033］**4**-*303*,［040］〔**20**〕-*83*,［041］**20**-*157*,［043］**21**-*357*,［060］**5**-*50*,［066］**13**-*347*,［071］**12**-*245*,［073］**4**-*419*,［063］〔**13**〕-*259*,［067］**15**-*161*

竹河 ....
　［015］**21**-*43*,［022］**5**-*142*,［027］**4**-*183*,［031］**12**-*73*,［033］**5**-*391*,［040］〔**23**〕-*197*,［041］**22**-*247*,［043］**24**-*57*,［060］**5**-*113*,［063］〔**16**〕-*164*,［066］**16**-*51*,［067］**17**-*249*,［071］**15**-*35*,［073］**6**-*16*

玉鬘 ....
　［014］**6**-*164*,［015］**17**-*147*,［022］**5**-*80*,［027］**3**-*373*,［031］**6**-*163*,［033］**5**-*7*,［040］〔**20**〕-*279*,［041］**20**-*329*,［043］**22**-*85*,［060］**5**-*62*,［063］〔**14**〕-*91*,［066］**14**-*79*,［067］**15**-*327*,［071］**13**-*75*,［073］**5**-*5*

手習 ....
　［014］**6**-*474*,［015］**23**-*147*,［022］**5**-*160*,［027］**4**-*490*,［031］**16**-*129*,［033］**6**-*259*,［040］〔**25**〕-*171*,［041］**23**-*319*,［043］**25**-*277*,［060］**5**-*136*,［063］〔**18**〕-*151*,［066］**17**-*265*,［067］**18**-*337*,［071］**16**-*213*,［073］**6**-*444*

藤裏葉 ....
　［014］**6**-*182*,［015］**18**-*203*,［022］**5**-*103*,［031］**8**-*225*,［033］**5**-*150*,［040］〔**21**〕-*277*,［041］**21**-*173*,［043］**22**-*429*,［060］**5**-*82*,［063］〔**14**〕-*337*,［066］**14**-*421*,［067］**16**-*181*,［071］**13**-*327*,［073］**5**-*214*

常夏 ....
　［015］**18**-*33*,［022］**5**-*92*,［027］**3**-*427*,［031］**7**-*131*,［033］**5**-*65*,［040］〔**21**〕-*83*,［041］**21**-*1*,［043］**22**-*221*,［060］**5**-*71*,［063］〔**14**〕-*190*,［066］**14**-*213*,［067］**16**-*9*,［071］**13**-*185*,［073］**5**-*88*

匂宮 ....

作家名索引（原作者）　　　　　　　　　　　　　　　　　　　　　　　　　　むらさ

　　［014］**6**-*334*,［015］**21**-*9*,［022］**5**-*136*,［027］**4**-*168*,［033］**5**-*375*,［041］**22**-*209*,［060］**5**-*110*,［063］〔**16**〕-*134*,［066］**16**-*9*,［067］**17**-*217*,［071］**15**-*3*,［073］**5**-*563*
野分 ....
　　［014］**6**-*176*,［015］**18**-*65*,［022］**5**-*96*,［027］**3**-*442*,［031］**7**-*191*,［033］**5**-*81*,［040］〔**21**〕-*121*,［041］**21**-*33*,［043］**22**-*261*,［060］**5**-*74*,［063］〔**14**〕-*216*,［066］**14**-*253*,［067］**16**-*43*,［071］**13**-*229*,［073］**5**-*111*
橘姫 ....
　　［014］**6**-*343*,［015］**21**-*89*,［022］**5**-*143*,［027］**4**-*208*,［031］**12**-*161*,［033］**6**-*5*,［040］〔**23**〕-*253*,［041］**22**-*295*,［043］**24**-*115*,［060］**5**-*116*,［063］〔**16**〕-*208*,［066］**16**-*107*,［067］**17**-*295*,［071］**15**-*77*,［073］**6**-*52*
初音 ....
　　［015］**17**-*193*,［022］**5**-*84*,［027］**3**-*397*,［031］**7**-*9*,［033］**5**-*32*,［040］〔**21**〕-*9*,［041］**20**-*375*,［043］**22**-*141*,［060］**5**-*64*,［063］〔**14**〕-*133*,［066］**14**-*135*,［067］**15**-*375*,［071］**13**-*123*,［073］**5**-*40*
花散里 ....
　　［014］**6**-*129*,［015］**15**-*201*,［022］**5**-*55*,［027］**3**-*208*,［031］**3**-*215*,［033］**4**-*215*,［040］〔**19**〕-*191*,［041］**19**-*393*,［043］**21**-*151*,［060］**5**-*37*,［063］〔**13**〕-*115*,［066］**13**-*143*,［067］**14**-*415*,［071］**12**-*93*,［073］**4**-*297*
花宴 ....
　　［014］**6**-*111*,［015］**15**-*79*,［022］**5**-*46*,［027］**3**-*146*,［031］**2**-*241*,［033］**4**-*152*,［040］〔**19**〕-*47*,［041］**19**-*271*,［043］**20**-*351*,［060］**5**-*31*,［063］〔**12**〕-*397*,［066］**12**-*421*,［067］**14**-*301*,［071］**11**-*389*,［073］**4**-*206*
帚木 ....
　　［014］**6**-*62*,［015］**14**-*41*,［022］**5**-*23*,［027］**3**-*18*,［031］**1**-*65*,［033］**4**-*23*,［040］〔**18**〕-*43*,［041］**19**-*29*,［043］**20**-*51*,［060］**5**-*16*,［063］〔**12**〕-*184*,［066］**12**-*127*,［067］**14**-*53*,［071］**11**-*65*,［073］**4**-*26*
藤のうら葉 .... ［027］**3**-*508*
藤袴 ....
　　［015］**18**-*119*,［022］**5**-*99*,［027］**3**-*467*,［031］**8**-*67*,［033］**5**-*107*,［040］〔**21**〕-*181*,［041］**21**-*87*,［043］**22**-*325*,［060］**5**-*77*,［063］〔**14**〕-*263*,

　　［066］**14**-*317*,［067］**16**-*97*,［071］**13**-*267*,［073］**5**-*151*
蛍 ....
　　［015］**18**-*9*,［027］**3**-*417*,［031］**7**-*87*,［033］**5**-*53*,［041］**20**-*423*,［043］**22**-*193*,［060］**5**-*69*,［063］〔**14**〕-*170*,［066］**14**-*185*,［067］**15**-*417*,［071］**13**-*167*,［073］**5**-*71*,［022］**5**-*89*,［040］〔**21**〕-*57*
真木柱 ....
　　［015］**18**-*137*,［022］**5**-*100*,［027］**3**-*475*,［031］**8**-*101*,［033］**5**-*116*,［040］〔**21**〕-*201*,［041］**21**-*107*,［043］**22**-*347*,［060］**5**-*79*,［063］〔**14**〕-*278*,［066］**14**-*339*,［067］**16**-*115*,［071］**13**-*283*,［073］**5**-*164*
松風 ....
　　［015］**17**-*9*,［022］**5**-*74*,［027］**3**-*302*,［031］**5**-*117*,［033］**4**-*317*,［040］〔**20**〕-*117*,［041］**20**-*187*,［043］**21**-*395*,［060］**5**-*54*,［063］〔**13**〕-*282*,［066］**13**-*385*,［067］**15**-*189*,［071］**12**-*285*,［073］**4**-*440*
まぼろし .... ［027］**4**-*155*
幻 ....
　　［014］**6**-*323*,［015］**20**-*197*,［022］**5**-*132*,［031］**11**-*277*,［033］**5**-*361*,［040］〔**23**〕-*125*,［041］**22**-*183*,［043］**23**-*519*,［060］**5**-*106*,［063］〔**16**〕-*110*,［066］**15**-*505*,［067］**17**-*193*,［071］**14**-*369*,［073］**5**-*543*
澪標 ....
　　［014］**6**-*145*,［015］**16**-*101*,［022］**5**-*65*,［027］**3**-*259*,［031］**4**-*189*,［033］**4**-*271*,［040］〔**20**〕-*9*,［041］**20**-*93*,［043］**21**-*277*,［060］**5**-*44*,［063］〔**13**〕-*204*,［066］**13**-*267*,［067］**15**-*99*,［071］**12**-*187*,［073］**4**-*373*
御法 ....
　　［014］**6**-*311*,［015］**20**-*173*,［022］**5**-*129*,［027］**4**-*144*,［031］**11**-*233*,［033］**5**-*351*,［040］〔**23**〕-*99*,［041］**22**-*159*,［043］**23**-*491*,［060］**5**-*104*,［063］〔**16**〕-*90*,［066］**15**-*477*,［067］**17**-*171*,［071］**14**-*347*,［073］**5**-*527*
行幸 ....
　　［015］**18**-*87*,［022］**5**-*98*,［027］**3**-*452*,［031］**8**-*9*,［033］**5**-*91*,［040］〔**21**〕-*145*,［041］**21**-*55*,［043］**22**-*287*,［060］**5**-*75*,［063］〔**14**〕-*235*,［066］**14**-*279*,［067］**16**-*65*,［071］**13**-*241*,［073］**5**-*127*
権 ....

むらさき式部集 .... 〔036〕**1**−*734*
紫式部集 ....
　〔036〕**1**−*739*,〔040〕〔**17**〕−*113*,〔074〕
　2−*272*
紫式部日記 ....
　〔013〕**11**−*221*,〔014〕**7**−*287*,〔033〕**8**
　−*187*,〔040〕〔**17**〕−*9*,〔041〕**24**−*253*,
　〔043〕**26**−*115*,〔063〕〔**19**〕−*76*,〔063〕
　〔**19**〕−*101*,〔066〕**18**−*31*,〔066〕**18**−
　161,〔067〕**19**−*441*,〔071〕**17**−*5*,〔102〕
　〔**3**〕−*177*
紅葉賀 ....
　〔014〕**6**−*106*,〔015〕**15**−*45*,〔022〕**5**−
　43,〔027〕**3**−*130*,〔031〕**2**−*179*,〔033〕
　4−*135*,〔040〕〔**19**〕−*9*,〔041〕**19**−*237*,
　〔043〕**20**−*309*,〔060〕**5**−*30*,〔063〕〔**12**〕
　−*368*,〔066〕**12**−*381*,〔067〕**14**−*269*,
　〔071〕**11**−*349*,〔073〕**4**−*182*
宿り木 .... 〔027〕**4**−*318*
宿木 ....
　〔014〕**6**−*434*,〔015〕**22**−*31*,〔022〕**5**−
　152,〔031〕**14**−*53*,〔033〕**6**−*102*,〔040〕
　〔**24**〕−*149*,〔041〕**23**−*23*,〔043〕**24**−
　371,〔060〕**5**−*127*,〔063〕〔**17**〕−*132*,
　〔066〕**16**−*361*,〔067〕**18**−*31*,〔071〕**15**
　−*279*,〔073〕**6**−*206*
夕顔 ....
　〔014〕**6**−*80*,〔015〕**14**−*107*,〔022〕**5**
　−*27*,〔027〕**3**−*51*,〔031〕**1**−*187*,〔033〕
　4−*58*,〔040〕〔**18**〕−*119*,〔041〕**19**−*97*,
　〔043〕**20**−*133*,〔060〕**5**−*21*,〔063〕〔**12**〕
　−*242*,〔066〕**12**−*207*,〔067〕**14**−*121*,
　〔071〕**11**−*149*,〔073〕**4**−*75*
夕霧 ....
　〔014〕**6**−*297*,〔015〕**20**−*95*,〔022〕**5**−
　124,〔027〕**4**−*100*,〔031〕**11**−*85*,〔033〕
　5−*312*,〔040〕〔**23**〕−*9*,〔041〕**22**−*85*,
　〔043〕**23**−*393*,〔060〕**5**−*100*,〔063〕
　〔**16**〕−*17*,〔066〕**15**−*381*,〔067〕**17**−
　93,〔071〕**14**−*293*,〔073〕**5**−*468*
夢の浮橋 .... 〔027〕**4**−*533*
夢浮橋 ....
　〔014〕**6**−*479*,〔015〕**23**−*221*,〔022〕**5**−
　162,〔031〕**16**−*271*,〔033〕**6**−*298*,〔040〕
　〔**25**〕−*257*,〔041〕**23**−*389*,〔043〕**25**−
　371,〔060〕**5**−*138*,〔063〕〔**18**〕−*223*,
　〔066〕**17**−*357*,〔067〕**18**−*415*,〔071〕**16**
　−*307*,〔073〕**6**−*501*
横笛 ....
　〔014〕**6**−*292*,〔015〕**20**−*54*,〔022〕**5**−
　121,〔027〕**4**−*81*,〔031〕**11**−*9*,〔033〕
　5−*293*,〔040〕〔**22**〕−*317*,〔041〕**22**−

　45,〔043〕**23**−*343*,〔060〕**5**−*97*,〔063〕
　〔**15**〕−*265*,〔066〕**15**−*331*,〔067〕**17**−
　53,〔071〕**14**−*255*,〔073〕**5**−*439*
蓬生 ....
　〔015〕**16**−*139*,〔022〕**5**−*70*,〔027〕**3**
　−*277*,〔031〕**5**−*9*,〔033〕**4**−*290*,〔040〕
　〔**20**〕−*53*,〔041〕**20**−*129*,〔043〕**21**−
　323,〔060〕**5**−*49*,〔063〕〔**13**〕−*236*,
　〔066〕**13**−*313*,〔067〕**15**−*135*,〔071〕**12**
　−*227*,〔073〕**4**−*400*
若菜 ....
　〔014〕**6**−*190*,〔014〕**6**−*241*,〔015〕**19**−
　9,〔015〕**19**−*119*,〔022〕**5**−*106*,〔022〕
　5−*112*,〔027〕**3**−*522*,〔027〕**4**−*3*,〔031〕
　9−*9*,〔031〕**10**−*9*,〔033〕**5**−*165*,〔033〕
　5−*219*,〔040〕〔**22**〕−*9*,〔040〕〔**22**〕−*137*,
　〔041〕**21**−*201*,〔041〕**21**−*305*,〔043〕**23**
　−*15*,〔043〕**23**−*151*,〔060〕**5**−*84*,〔060〕
　5−*88*,〔063〕〔**15**〕−*15*,〔063〕〔**15**〕
　−*118*,〔066〕**15**−*9*,〔066〕**15**−*143*,
　〔067〕**16**−*209*,〔067〕**16**−*315*,〔071〕**14**
　−*3*,〔071〕**14**−*91*,〔073〕**5**−
　235,〔073〕**5**−*321*
若紫 ....
　〔014〕**6**−*96*,〔015〕**14**−*161*,〔022〕**5**
　−*34*,〔027〕**3**−*80*,〔031〕**2**−*9*,〔033〕**4**
　−*87*,〔040〕〔**18**〕−*181*,〔041〕**19**−*149*,
　〔043〕**20**−*197*,〔060〕**5**−*24*,〔063〕〔**12**〕
　−*289*,〔066〕**12**−*271*,〔067〕**14**−*175*,
　〔071〕**11**−*223*,〔073〕**4**−*115*
村瀬 源三郎
　矢の根 .... 〔085〕**6**−*119*
村瀬 栲亭
　江都より秋田に赴く途中、小
　　.................................. 〔043〕**86**−*487*
村田 珠光
　珠光心の文 .... 〔069〕**23**−*447*
村田 春海
　贈稲掛大平書 .... 〔061〕**8**−*112*
　歌がたり .... 〔061〕**8**−*151*
　琴後集 .... 〔030〕**16**−*487*
　仙語記 .... 〔047〕**6**−*1*
　椿まうでの記 .... 〔017〕**2**−*572*
　織錦舎随筆 .... 〔070〕**I**−**5**−*309*
　再贈稲掛大平書 .... 〔061〕**8**−*135*
　涼月遺草 .... 〔008〕**3**−*347*
　和学大概 .... 〔069〕**39**−*448*
村山 鎮
　村摂記 .... 〔095〕**3**−*155*
村山 太白
　自覚談 .... 〔047〕**5**−*107*

室 鳩巣
　稲若水、著はす所の孝女伝を示
　　　　　　　　　　　　［043］**86**-*322*
　浦桃歌、順庵先生に寄せ奉る
　　　　　　　　　　　　［043］**86**-*318*
　書簡 …………………… ［069］**34**-*231*
　駿台雑話 ………………………………
　　　［033］**35**-*143*,［070］**III**-**6**-*175*
　読続大意録 …………… ［069］**34**-*325*
　遊佐木斉書簡 ………… ［069］**34**-*341*
　六諭衍義大意 ………… ［069］**59**-*365*

【 め 】

名隣
　全盛東花色里名所鑑 ………… ［038］**9**-*111*
滅放海
　契情実之巻 ……………… ［038］**23**-*25*
面徳斎術
　蝶の世界 ………………… ［038］**23**-*85*

【 も 】

懞憧斎主人
　笑府 …………………… ［082］**20**-*247*
毛利 元義
　古今東名所 …………… ［095］**4**-*199*
模釈舎
　駅客娼せん …………… ［038］**23**-*205*
物集 高世
　東語例 ………………… ［094］**20**-*239*
本居 大平
　稲葉集 ………………… ［030］**16**-*723*
　餌袋日記 ……………… ［017］**1**-*486*
　己未紀行 ……………… ［017］**2**-*411*
　草まくらの日記 ……… ［017］**1**-*532*
　なぐさのはまづと …… ［017］**2**-*259*
　藤のとも花 …………… ［017］**2**-*454*
　万葉山常百首 ………… ［094］**16**-*157*
本居 宣長
　あしわけおぶね ……… ［033］**34**-*157*
　あしわけ小船 ………… ［061］**7**-*238*
　排蘆小船 ……………… ［043］**82**-*243*
　石上私淑言 ……………………………

　　［033］**34**-*174*,［040］【**78**】-*249*,［061］
　　7-*311*
　うひ山ぶみ …………… ［069］**40**-*511*
　初山踏 ………………… ［033］**34**-*7*
　大祓詞後釈（総論） …… ［033］**34**-*97*
　おもひくさ …………… ［070］**I**-**12**-*115*
　呵刈葭 ………………… ［033］**34**-*227*
　漢字三音考 …………… ［033］**34**-*214*
　君のめぐみ …………… ［017］**2**-*238*
　源氏物語玉の小櫛 ……………………
　　［024］【**3**】-*128*,［033］**34**-*131*,［067］
　　94-*89*
　古今集遠鏡（総論） …… ［033］**34**-*111*
　古語拾遺疑斎弁 ……… ［033］**34**-*103*
　古事記伝（総論） ……… ［033］**34**-*81*
　後撰集詞のつかね緒 序 … ［033］**34**-*118*
　国歌八論同斥非評 …… ［033］**34**-*119*
　詞の玉緒（総論） ……… ［033］**34**-*209*
　自撰歌 ………………… ［030］**16**-*1*
　紫文要領 ……………… ［040］【**78**】-*11*
　新古今集美濃の家づと … ［033］**34**-*121*
　菅笠日記 ……………… ［041］**68**-*155*
　草庵集玉箒（総論） …… ［033］**34**-*129*
　続紀歴朝詔詞解（総論） … ［033］**34**-*98*
　玉勝間 …［033］**34**-*37*,［069］**40**-*8*
　玉くしげ ……………… ［033］**34**-*260*
　直毘霊 ………………… ［033］**34**-*248*
　秘本玉くしげ ………… ［033］**34**-*273*
　万葉集重載歌及び巻の次第
　　　　　　　　　　　　［033］**34**-*107*
　万葉玉の小琴 ………… ［094］**14**-*31*
本居 春庭
　後鈴屋集 ……………… ［030］**16**-*837*
本居 藤子
　本居藤子「藤の落葉」…… ［074］**3**-*315*
本島 知辰
　月堂見聞集 ……………………………
　　［047］別**2**-*1*,［047］別**3**-*1*,［047］別
　　4-*1*
元良親王
　元良親王集 …………… ［036］**1**-*270*
桃 西河
　坐臥記 ………………… ［047］**1**-*103*
百井 塘雨
　笈埃随筆 ………………………………
　　［065］**1**-*222*,［070］**II**-**12**-*1*
桃栗山人 柿発斎
　客者評判記 …………… ［038］**9**-*137*
　青楼育咄雀（寛政五年正月刊）
　　　　　　　　　　　　［082］**18**-*27*
　甚孝記 ………………… ［038］**9**-*337*

通人の寐言 ……………… [038] 11-231
桃栗山人 柿発齋
　通人の寐言 ……………… [009] 1-219
森 鷗外
　柵草紙の本領を論ず …… [024]〔3〕-186
森 香子
　森香子「森香子詠草」……… [074] 5-358
森 儼塾
　孟冬念五、篁渓中村伯行と往き
　　……………………… [043] 86-307
森川 許六
　宇陀法師 …… [025] 7-267, [025] 7-541
　五老文集 ……………… [076] 6-121
　豆腐弁 ………………… [043] 72-494
　俳諧問答 ……………… [033] 36-136
　瓢辞 ……… [043] 72-491, [085] 7-738
　風俗文選 ……………… [067] 92-267
森島 中良
　画本纂怪興 …………… [045] II-32-111
　中華手本唐人蔵 ……… [045] II-32-285
　見聞雑記 ……………… [045] II-32-317
　凩草紙 ………………… [045] II-32-143
　寸錦雑綴 ……………… [070] I-7-137
　さうは虎巻 …………… [045] II-32-37
　蛇蛻青大通 …………… [045] II-32-5
　鄙都言種 ……………… [045] II-32-237
　反古籠 ………………… [070] II-8-245
　万象亭戯作濫觴 ……… [045] II-32-15
　森島中良狂歌選 ……… [045] II-32-351
　琉球談 ………………… [045] II-32-59
盛田 小塩
　滑稽粋言窃潜妻 ……… [038] 24-193
森田 軍光
　大寄噺の尻馬初編（嘉永頃刊）
　　……………………… [082] 19-144
森本 東烏
　京縫鎖帷子 …………… [059] 1-58
　忠孝永代記 …………… [009] 3-1
森山 孝盛
　蜑の焼藻の記 ………… [070] II-22-199
　賤のをだ巻 …………… [070] III-4-225
両角 倉一
　堂上連歌壇の俳諧—文明十八年和漢狂
　　句その他 …………… [055] 別1-168
文武天皇
　述懐 …………………… [043] 86-29
　月を詠ず ……………… [043] 86-28

【 や 】

矢木 鯖輔
　軽口腹太鼓 …………… [083] 8-221
矢木 ひれすけ
　軽口腹太鼓 …………… [082] 8-175
柳生 宗矩
　兵法家伝書 …………… [069] 61-301
薬鑵 頭光
　新宿晒落梅ノ帰咲 …… [038] 28-11
矢沢 孝子
　矢沢孝子「雞冠木」…… [074] 6-148
八島 定岡
　猿著聞集 ……………… [070] II-20-401
夜食時分
　好色敗毒散 ……………………………
　　　[043] 65-17, [066] 37-350, [085] 2
　　-435
　好色万金丹 …………… [067] 91-53
　風流敗毒散 …………… [009] 2-213
屋代 弘賢
　伊勢物語難語考 ……… [072]〔26〕-211
　参考伊勢物語 ………… [072]〔26〕-101
安井 息軒
　弁妄 …………………… [069] 47-245
康資王母
　康資王母集（伯母集）… [074] 2-345
　康資王母家集 ………… [036] 2-357
安田 蛙桂
　摂州渡辺橋供養 ……… [045] II-37-183
安田 蛙文
　毛抜 …………………… [100] 18-39
　後三年奥州軍記 ……… [045] I-10-227
　摂津国長柄人柱 ……… [045] I-10-153
　忠臣金短冊 …………… [045] I-10-319
　歌舞伎十八番の内鳴神 … [100] 18-7
　鳴神 …………………… [085] 6-215
八民 平七
　近江源氏先陣館（盛綱陣屋）… [100] 5-87
　国訛嫩笈摺（どんどろ）… [100] 7-122
　関取千両幟（千両幟）… [100] 7-119
　艶容女舞衣 …………… [100] 7-139
　三日太平記（三日太平記）… [100] 6-201
宿屋 飯盛 → 石川雅望（いしかわ・まさ
　もち）を見よ
梁川 紅蘭

嵐山の帰路 ……………… [005] 3-304
家に還るの作三首(うち二首)
　　　　　　　　……………… [005] 3-243
越智仙心の水楼に宿る(四首、うち一首)
　　　　　　　　……………… [005] 3-306
客中懐いを述ぶ ……………… [005] 3-232
客中歳晩。懐いを言う …… [005] 3-230
笠置山下の作二首 …………… [005] 3-258
夏日閒詠 ……………………… [005] 3-238
勝山従り八幡に至る途中 … [005] 3-280
鴨川の秋夕(二首、うち一首)
　　　　　　　　……………… [005] 3-302
岐山猪口亭にて所見を書す(二首、うち一首) ……………… [005] 3-283
己未正月廿九日、獄中の作(二首、うち一首) ……………… [005] 3-309
偶成 …………………………… [005] 3-286
偶成三首二を録す(うち一首)
　　　　　　　　……………… [005] 3-269
郷を思う二首 ………………… [005] 3-235
庚寅二月十八日外君と同に、梅を和州の月瀬村に観る。晩間風雪大いに作る。遂に山中の道士の家に宿す。夜半に至り、雲破れ月来り、奇殆んど状す可からざるなり。翌又雄山、桃野、長曳諸村の花を探りて帰る。十五絶句を得たり十を録す(うち一首) ……………… [005] 3-256
五月九日暴雨。鴨水寓楼に見る所
　　　　　　　　……………… [005] 3-261
琴を買いて試みに一曲を弾ず
　　　　　　　　……………… [005] 3-300
琴を買う歌 …………………… [005] 3-290
秋夕浪華の客舎にて外君に寄す
　　　　　　　　……………… [005] 3-250
十二月三日、上野より笠置に至る。夜漏二更を下る …………… [005] 3-284
辛丑除夕 ……………………… [005] 3-273
西邱に登りて湖を望む ……… [005] 3-275
霜暁 …………………………… [005] 3-262
筍を養う ……………………… [005] 3-240
冬暁 …………………………… [005] 3-271
浪太(二首、うち一首) ……… [005] 3-278
二月十六日、恩を蒙りて獄を出ず(二首、うち一首) ……………… [005] 3-310
二月二十一日、雨中東叡山に花を看る(二首、うち一首) ……… [005] 3-282
梅花煙月の図 ………………… [005] 3-248
梅花寒雀の図 ………………… [005] 3-247
病中夜吟 ……………………… [005] 3-264
藤井士開余が夫妻に花を杞林に看んと要む。将に門を出でんとするに、適たま菊池渓琴来訪う。遂に相伴いて同に遊ぶ(二首、うち一首) ……… [005] 3-288

瓶花 …………………………… [005] 3-303
丙申の秋大饑に感を書す。適たま籾山生新穀を餉らる。故に第四句に之に及ぶ …
　　　　　　　　……………… [005] 3-266
芳草蝶飛の図五首三を録す(うち一首)
　　　　　　　　……………… [005] 3-228
戊午十二月二十三日の作 …… [005] 3-307
無題 …………………………… [005] 3-227
旅懐(二首) …………………… [005] 3-251

梁川 星巌
鉛錘魚を食いて感有り ……… [007] 8-268
懐いを如亭柏山人に寄す …… [007] 8-179
寒夜外君に侍す ……………… [007] 8-320
寒夜寝ねず偶たま句を得 …… [007] 8-261
菊池正観公の双刀の歌、子固に贈る。
　　　　　　　　……………… [007] 8-293
岐亭余響を読みて其の後に題す
　　　　　　　　……………… [007] 8-277
九日に懐いを書す …………… [007] 8-257
苦霖行 ………………………… [007] 8-286
瓊浦雑詠(三十首のうち二首)
　　　　　　　　……………… [007] 8-219
月琴篇 ………………………… [007] 8-207
元遺山 ………………………… [007] 8-306
慊堂老人の隠居を訪う ……… [007] 8-282
香魚を食う …………………… [007] 8-251
勾台嶺の山水小景の図に題す 五首(うち三首) ……………… [007] 8-176
孤負(二首のうち一首) …… [007] 8-318
雑吟絶句(三首のうち一首)
　　　　　　　　……………… [007] 8-314
山行 …………………………… [007] 8-312
四月十七日、大垣を発して長島に至る。舟中の作。 ……………… [007] 8-309
子成の画く鴨川夜景図に題す
　　　　　　　　……………… [007] 8-275
子成の訃音を聞き、詩を以て哭し三首を寄す。(うち一首) …… [007] 8-265
子成の三樹水荘、久家暢斎の韻に次す。暢斎の落句に云う、風流は今日の馬相如と。恐らくは子成の意に非るなり。余の詩は故に之が解を為す。 ‥ [007] 8-248
秋を書して弟に寄す ‥ [007] 8-246
春晩絶句 ……………………… [007] 8-315
正月六日、散策して墨田川に至る。二絶句を得たり。(うち二首) [007] 8-304
如亭山人の骨を埋めし処を過ぎりて、潸然として長句を成す。 ‥ [007] 8-181
心越禅師の詩、山本徳甫の為に賦す。徳甫は師の琴法を伝うる者なり。九月の晦を以て師の忌辰と為し、香火を設け、琴友を

招き、各おの一曲を弾じ、歳ごとに以て例と為す。 ……………… [007] 8-272
新正の口号 ……………………… [007] 8-186
田氏の女玉蘊の画く美人読書図
　　　　　　　　　　　　　　[007] 8-202
田氏の女玉葆の画く常盤の孤を抱く図
　　　　　　　　　　　　　　[007] 8-200
天竜の河上に口号す ………… [007] 8-169
冬日雑興 十首（うち一首）… [007] 8-259
二月五日、家を携えて梅を月瀬村に観る。（三首のうち一首） [007] 8-190
二月十八日、有終文稼諸子、余を要して梅を尾山月瀬の諸村に観る。是の日雨雪、夜に入りて雲開け月出づ。有終文稼詩有り。余其の韻に次ぐ。（二首のうち一首）
　　　　　　　　　　　　　　[007] 8-252
廃宅 二首（うち一首）……… [007] 8-285
馬上雑吟 八首（うち二首）… [007] 8-173
叭叭児詞、飯田子義の長門に帰るを送る。………………………… [007] 8-283
広島の城南、凡そ三十余里、皆醎地為り。遍く刺竹を挿し、之を望めば水柵の若く然り。即ち牡蠣田なり。土人云う、率ね五六月を以て種を下せば、則ち翌年の八九月に苗生ず。之を他州の産する所に較ぶれば更に肥美なり。輒ち一絶句を賦す。‥
　　　　　　　　　　　　　　[007] 8-198
普賢洋に大風に遇う ………… [007] 8-225
舟もて広島を発す …………… [007] 8-203
丙辰の歳晩（三首のうち一首）
　　　　　　　　　　　　　　[007] 8-316
巻致遠を夢む ………………… [007] 8-172
松永子登が宅にして阿束青を
　　　　　　　　　　　　　　[043] 86-522
「滿城の風雨重陽に近し」を以て首句と為し、遠山雲如横山子達と同に賦す。……
　　　　　　　　　　　　　　[007] 8-302
明星津の石の歌 ……………… [007] 8-234
美里哥の夷船の相州浦賀港に至るを聞き、慨然として作有り。（八首のうち一首）
　　　　　　　　　　　　　　[007] 8-310
訳司陳祚永に従いて肉を乞う
　　　　　　　　　　　　　　[007] 8-205
耶馬渓絶句 九首（うち二首）
　　　　　　　　　　　　　　[007] 8-221
余頃おい鴨東の間地百余弓を購い得て、水を疏し竹を種え、以て偃息の処と為し、喜びを書す。二首（うち一首）… [007] 8-255
余将に東に遊ばんとして、京に入りて子成の疾を問う。子成は時に已に沈綿す。曰く、千里の行、言無かるべからずと。遂に一絶句を賦して贈らる。輒ち其の韻に次

して以て酬ゆ。時に天保壬辰九月十七の夜なり。……………………… [007] 8-262
余年再めて三十二にして新に娶り、乃ち二絶句を作り以て自ら調す。（うち一首）
　　　　　　　　　　　　　　[007] 8-184
駱駝の嘆き …………………… [007] 8-191
立春の日に枕上に氷を聴く。時に伊州に在り。 ………………………… [007] 8-189
旅夕寐ねられず ……………… [007] 8-170

柳川亭
　享和雑記 …………………… [095] 2-9
柳 糸堂
　拾遺御伽婢子 ……………… [065] 3-122
柳沢 淇園
　ひとりね ………………… [067] 96-25
柳原 紀光
　閑窓自語 ……………… [070] II-8-263
柳原 安子
　柳原安子「月桂一葉」…… [074] 3-200
柳原 白蓮
　柳原白蓮「踏絵」「幻の華」「地平線」
　　　　　　　　　　　　　　[074] 5-323
梁田 蛻巌
　画に題す ………………… [007] 2-148
　艶曲 二首（うち一首）…… [007] 2-146
　夏日の作 ………………… [007] 2-79
　妓を買う能わず …………… [007] 2-18
　季夏、病中の作 ………… [043] 86-349
　木狻猊歌 并びに引 ……… [007] 2-125
　北風行 …………………… [007] 2-97
　己未の除夕 ……………… [007] 2-106
　九日 ……………………… [007] 2-3
　郡山の柳公美の指ценен竹を観る歌
　　　　　　　　　　　　　　[007] 2-134
　桂彩巌の雪中に田氏と同に熊孺子の宅に過りて飲すに和す ……… [007] 2-67
　剣客行 …………………… [007] 2-153
　甲戌早春の作 …………… [007] 2-143
　行楽、晩に江上を歩む …… [043] 86-350
　雑咏 十首（うち二首）…… [007] 2-80
　山蘿城の寄せらるるに和す… [007] 2-123
　秋夕、琵琶湖に泛ぶ 二首（うち一首）
　　　　　　　　　　　　　　[007] 2-149
　春日、竹林に坐して感有り… [007] 2-142
　春雪歌 …………………… [043] 86-351
　樵夫詞 …………………… [043] 86-348
　書を買う能わず …………… [007] 2-15
　壬子歳晩、懐を書す …… [043] 86-353
　西播の道中 ……………… [043] 86-355
　摂妓錦児剪字歌 ………… [007] 2-139

泉竹館、夏日の作に和す 四首（うち一
　首） ……………………… ［007］2-154
荘子像に題す ……………… ［007］2-145
題を宜明居士の寂照庵に寄す
　……………………………… ［007］2-150
田何竜を哭す ……………… ［007］2-130
蕩子行。辻昌蔵の京に之くを送る
　……………………………… ［007］2-5
藤柳湖の池亭にて田何竜の大字を書す
　るを観る ………………… ［007］2-95
徳嶋の荒川生の白髪麺を恵む
　……………………………… ［043］86-353
独鳥 …………………………… ［007］2-13
野中清水歌 ………………… ［043］86-351
美人半酔 …………………… ［007］2-103
丙申の春、余災に罹う。宅観瀾恵むに研
　を以てす。此を賦して寄謝す ［007］2-60
蓬萊図に題する歌 ………… ［007］2-116
暮春十三日、魔川を過ぐ、途中の口号
　……………………………… ［007］2-133
本鎮の支計官の間宮氏の宅に過りて菊
　花を賞する歌 …………… ［007］2-118
無染尊者の画鶏行を読みて感有り、賦
　して贈る ………………… ［007］2-108
村上義光、錦旗を奪うの図・［007］2-152
孟夏、近郊を歩み赤浦に至る書懐
　……………………………… ［007］2-89
雪を詠ず 并びに序 ……… ［007］2-21
矢野 玄道
　献芹詹語 ………………… ［069］51-547
野坡
　炭俵 ……………………… ［041］70-357
藪 孤山
　崇孟 ……………………… ［069］37-355
　中竹山に寄す …………… ［043］86-467
　米大夫の採釣園に遊ぶ … ［043］86-465
藪氏母
　藻屑 ……………………… ［008］3-275
矢部 正子
　矢部正子「矢部正子小集」… ［074］3-146
野暮山人
　開註年中行誌 …………… ［090］8-19
野暮天
　新話違なし（寛政九年霜月刊）
　……………………………… ［082］13-150
山内 洋一郎
　否定の助詞「ばや」について―菟玖波集
　の「むめ水とてもすくもあらばや」に寄せ
　て ………………………… ［055］別1-402
山岡 元恕
　古今百物語評判 …………………………

　　［045］Ⅱ-27-5,［065］3-71
山岡 元隣
　古今百物語評判 …………………………
　　［045］Ⅱ-27-5,［065］3-71
　宝蔵 ……… ［052］17-60,［052］17-80
山岡 浚明
　逸著聞集 ………………… ［083］3-9
　跖婦人伝 …… ［043］80-13,［066］47-33
　跖婦伝 …………………… ［038］1-293
　紫のゆかり ……………… ［047］8-77
山鹿 素行
　聖教要録 ………………… ［069］32-7
　配所残筆 ………………… ［069］32-317
　山鹿語類
　　［069］32-29,［069］32-173,［069］32
　　-243
山県 周南
　菅茶山詩集 ……………… ［041］66-1
　黄葉夕陽村舎詩
　　［041］66-3,［041］66-97,［041］66-
　　131
　正徳元年、赤馬が関に祗役し
　……………………………… ［043］86-385
　朝鮮の二使、席上に瓶梅を出
　……………………………… ［043］86-386
　東都にて弄璋の報を得たり
　……………………………… ［043］86-386
　鳴海駅に宿す、壁上に詩有り
　……………………………… ［043］86-387
山県 大弐
　柳子新論 ………………… ［069］38-391
山片 蟠桃
　夢ノ代 …………………… ［069］43-141
山川 素石
　二川随筆 ………………… ［070］Ⅱ-9-391
山川 登美子
　山川登美子「白百合」（恋衣より抄出）「白
　百合拾遺・以後」稿本「花のちり塚」 ［074］
　6-83
山川 正宣
　仏足石和歌集解 …………………………
　　［062］1-4,［062］1-517
山口 春水
　強斎先生雑話筆記 ……… ［047］12-1
山口 素堂
　蓑虫説 …………………… ［043］72-451
　　　　　　　　　　　　　　［085］7-688
山口 藤子
　遺書 ……………………… ［008］3-667
山口 幸充

嘉良喜随筆 …………… ［070］**I－21**-*119*
山崎 闇斎
　蚊 …………………… ［043］**86**-*263*
　敬斎箴 ……………… ［069］**31**-*74*
　敬斎箴講義 ………… ［069］**31**-*80*
　拘幽操 ……………… ［069］**31**-*200*
　斎居 ………………… ［043］**86**-*261*
　再遊紀行 …………… ［017］**1**-*45*
　持授抄 ……………… ［069］**39**-*129*
　仁説問答 …………… ［069］**31**-*244*
　神代巻講義 ………… ［069］**39**-*141*
　垂加社語 …………… ［069］**39**-*119*
　大学垂加先生講義 …… ［069］**31**-*9*
　比叡山に遊ぶ ……… ［043］**86**-*263*
　本然気質性講説 …… ［069］**31**-*67*
　庸軒に題す ………… ［043］**86**-*262*
　論語を読む ………… ［043］**86**-*261*
山崎 美成
　赤穂義士随筆 ……… ［070］**II－24**-*1*
　海録 ………………… ［065］**1**-*279*
　三養雑記 …………… ［070］**II－6**-*63*
　世事百談 …………… ［070］**I－18**-*1*
　堤醒紀談 …………… ［070］**II－2**-*55*
　篭の花 ……… ［070］**III－11**-*293*
　本朝世事談綺正誤 …… ［070］**II－13**-*245*
　民間時令 …………… ［047］別**12**-*69*
山科 言国
　言国詠草 …………… ［036］**6**-*462*
山科 言継
　権大納言言継卿集 ……… ［036］**7**-*802*
山科 言綱
　言綱卿詠草 ………… ［036］**6**-*862*
山田 桂翁
　宝暦現来集 ・［047］別**6**-*1*,［047］別**7**-*1*
山田 三方
　七夕 ………………… ［043］**86**-*32*
山田法師
　山田集 ……………… ［036］**1**-*360*
山手 馬鹿人 → 大田南畝（おおた・なんぽ）を見よ
山手山人 左英
　まわし枕 …………… ［038］**15**-*91*
　駅路風俗廻し枕 …… ［009］**1**-*349*
山梨 稲川
　役夫詞 ……………… ［043］**86**-*509*
　雑詩二首 …………… ［005］**2**-*150*
　山行 ………………… ［005］**2**-*194*
　自嘲 ………………… ［005］**2**-*164*
　自適 ………………… ［005］**2**-*173*
　石君輝に過りて後山の松蕈を采る
　　……………………… ［005］**2**-*196*
　早春 柴隠居に寄す ……… ［005］**2**-*185*
　田居 ………………… ［005］**2**-*147*
　廿日会 ……………… ［005］**2**-*156*
　半酔の美人 ………… ［005］**2**-*191*
　美人烟管を銜うるの図 ……… ［005］**2**-*192*
　風災詩 ……………… ［005］**2**-*201*
　亡兄を祭る。事を竣えて感有り
　　……………………… ［005］**2**-*188*
　悶を解く …………… ［005］**2**-*176*
　夢を誌す …………… ［005］**2**-*178*
　芳野山にて桜花を賞する五首・［005］**2**-*168*
山西 東伝
　老子興 ……………… ［038］**16**-*215*
山部 赤人
　あか人 ……………… ［036］**1**-*51*
　赤人集 ……………… ［036］**1**-*59*
山辺 赤下手
　真寸鏡 ……………… ［038］**22**-*301*
山本 角太夫
　大江山―酒呑童子 ……… ［103］**1**-*332*
山本 常朝
　葉隠 ………………… ［069］**26**-*213*
山本 鉄三郎
　慶応雑談 …………… ［095］**1**-*349*
山本 北山
　孝経楼漫筆 ……… ［070］**III－9**-*363*
　作詩志彀 …………… ［067］**94**-*263*
山本 有三
　同志の人々 ………… ［100］**25**-*209*
鎗 華子
　陽台三略 …………… ［038］**4**-*11*

【 ゆ 】

湯浅 元禎
　文会雑記 …………… ［070］**I－14**-*163*
湯浅 常山
　鶯孫謡 ……………… ［043］**86**-*410*
　常山楼筆余 ………… ［047］**2**-*1*
唯円
　歎異抄 …………………………
　　［013］**20**-*21*,［040］〔**50**〕-*9*,［043］
　　44-*529*,［044］〔**10**〕-*11*,［049］〔**16**〕
　　-*9*,［066］**27**-*527*
唯心房 寂然

唯心房集 ....
　　［036］**3**-*98*,［036］**3**-*103*,［062］**2**-
　　8,［062］**2**-*533*
唯楽軒
　立身大福帳 .... ［009］**2**-*137*
由賀 翁斎
　軽世界四十八手 .... ［038］**18**-*343*
　千客万奇 .... ［038］**20**-*121*
有雅亭 光
　軽世界四十八手 .... ［038］**18**-*343*
遊戯主人
　解顔新話（寛政六年十月序） ... ［082］**20**-*315*
　笑林広記鈔（安永七年刊） .... ［082］**20**-*299*
　両都妓品 ...... ［038］**1**-*67*,［038］**1**-*89*
遊谷子
　和装兵衛 .... ［045］**I-19**-*5*
　異国奇談和荘兵衛 .... ［059］**3**-*326*
　異国再見和荘兵衛後編 .... ［059］**3**-*355*
猷山
　諸仏感応見好書 .... ［045］**I-16**-*53*
友山士偲
　友山録 .... ［028］**2**-*3*
由之軒 政房
　好色文伝受 .... ［009］**4**-*1*
祐子内親王家紀伊
　一宮紀伊集 .... ［036］**2**-*387*
　紀伊集（祐子内親王家紀伊集・一宮紀伊
　　集） .... ［074］**2**-*363*
友水子
　臍の頌 .... ［085］**7**-*744*
祐佐
　太平百物語 .... ［065］**3**-*160*
遊汐楼
　志家居名美 .... ［038］**29**-*149*
湯漬 瓢水
　御入部伽羅女 .... ［059］**1**-*79*
弓屋 倭文子
　伊香保の道ゆきぶり .... ［008］**3**-*311*
　散のこり .... ［030］**15**-*829*
　ゆきかひ .... ［008］**3**-*335*
油谷 倭文子
　散のこり .... ［008］**4**-*161*
　油谷倭文子「散のこり」「伊香保の道ゆ
　　きぶり」 .... ［074］**3**-*137*
百合女
　佐遊李葉 .... ［008］**4**-*83*

【 よ 】

容 楊黛
　加々山旧錦絵 .... ［045］**I-15**-*365*
　世話双紙歌舞妓の華 ..... ［038］**12**-*67*
　碁太平記白石噺 ....
　　［043］**77**-*459*,［100］**7**-*203*
要窩先生
　平安花柳録 .... ［038］**1**-*119*
余語 敏男
　連歌における季題意識の成長――千句・万
　　句の題について .... ［055］別**1**-*339*
横井 小楠
　意見書 .... ［069］**55**-*427*
　小楠書簡 .... ［069］**55**-*469*
　談話筆記 .... ［069］**55**-*495*
横井 千秋
　歌と詞のけぢめを言へる書 ・ ［061］**7**-*419*
横井 也有
　鶉衣 .... ［043］**72**-*496*,［067］**92**-*353*
　うづら衣 .... ［033］**35**-*313*
　借り物の弁 .... ［043］**72**-*507*
　鬼伝 .... ［085］**7**-*748*
　歎老辞 .... ［043］**72**-*515*
　長短解 .... ［043］**72**-*497*
　奈良団讃 .... ［085］**7**-*747*
　奈良団賛 .... ［043］**72**-*496*
　鼻箴 .... ［043］**72**-*500*
　百虫譜 .... ［085］**7**-*752*
　百虫賦 .... ［043］**72**-*509*
　木履説 .... ［043］**72**-*499*
　妖物論 .... ［085］**7**-*750*
　旅賦 .... ［043］**72**-*502*
　六林文集序 .... ［043］**72**-*517*
横尾 元久
　浮舟 ....
　　［040］［**58**］-*125*,［041］**57**-*46*,［103］
　　1-*196*
横谷 藍水
　災後、卜居 .... ［043］**86**-*435*
　秋夜、諸子と蘭亭先生の宅に
　　 .... ［043］**86**-*437*
　即事 .... ［043］**86**-*437*
　蘭亭先生の鎌山草堂に題する
　　 .... ［043］**86**-*433*
与謝 蕪村
　秋萩の巻（安永年中） ... ［088］**2**-*236*
　天の橋立図賛 .... ［088］**1**-*453*

よさ　作家名索引（原作者）

雨の杜若の巻（天明三年） … [088] **2**-265
雨は時雨の巻（安永七年） … [088] **2**-200
安良居祭図賛 …………………… [088] **1**-472
あらし山の巻（安永三年） …… [088] **2**-131
いざ雪車の巻（安永六年） …… [088] **2**-187
一夜四唫の巻（安永二年） …… [088] **2**-102
一瓢居賀四十四（宝暦二年） ‥ [088] **2**-29
糸によるの巻（天明二年） …… [088] **2**-247
萍の巻（安永二年） …………… [088] **2**-96
浮葉巻葉の巻（安永四年） …… [088] **2**-151
うくひすやの巻（安永九年）
　　　　　　　　　　　　　　　[088] **2**-216
宇治行 ……………………………
　　[014] **17**-328, [043] **72**-559, [085]
　　7-762, [088] **1**-424
牛祭 ……………………………… [088] **1**-446
宇都宮歳旦（寛保四年） ……… [088] **2**-11
梅女に句を送る辞 ……………… [088] **1**-440
海見えての巻（安永年中） …… [088] **2**-239
梅二輪の巻（安永五年） ……… [088] **2**-154
梅の日影の巻（安永二年） …… [088] **2**-93
雲裡追善の巻（宝暦十一年） ‥ [088] **2**-48
宴楽序 …………………………… [088] **1**-406
樗の老の巻（安永八年） ……… [088] **2**-209
鬼貫句選跋 ……………………… [088] **1**-380
朧月の巻（明和九年） ………… [088] **2**-75
表六句（天明六年） …………… [088] **2**-264
温故集序 ………………………… [088] **1**-408
怪物図譜 ………………………… [088] **1**-466
顔見世 ………… [071] **43**-149, [088] **1**-411
陽炎の巻（明和九年） ………… [088] **2**-72
欠け欠けての巻（明和九年） ‥ [088] **2**-78
笠に脚袢の巻（宝暦六年） …… [088] **2**-41
かしこき人の巻（天明三年）
　　　　　　　　　　　　　　　[088] **2**-266
花鳥篇 ………………… [041] **73**-209
花鳥篇序 ………………………… [088] **1**-402
花鳥篇の巻（天明二年） ……… [088] **2**-248
蚊屋の巻（安永年中） ………… [088] **2**-242
乾鮭の句に脇をつぐ辞 ………… [088] **1**-415
乾鮭の巻（安永年中） ………… [088] **2**-233
枯野の巻（安永八年） ………… [088] **2**-213
閑古鳥の巻（安永五年） ……… [088] **2**-165
漢詩文 …………………………… [088] **1**-482
其角句稿賛 ……………………… [088] **1**-458
其角真蹟賛 ……………………… [088] **1**-456
狐の法師に化たる画賛 ………… [088] **1**-463
君とわれの巻（年代不詳） …… [088] **2**-268
玉巻芭蕉の巻（安永五年） …… [088] **2**-161
句巻評語 ………………………… [088] **1**-484
葛の翁句讃 ……………… [085] **7**-760
葛の翁図賛 ………………………
　　[014] **17**-321, [088] **1**-459

鍬の賛 …………………………… [088] **1**-470
鍬の図賛 ………………………… [088] **1**-464
紅梅の巻（安永二年） ………… [088] **2**-89
高麗茶碗図賛 …………………… [088] **1**-457
御忌の鐘の巻（安永四年） …… [088] **2**-148
古衾の巻（安永元年） ………… [088] **2**-81
古今短冊集跋 …………………… [088] **1**-378
五車反古序 ……………………… [088] **1**-405
五車反古の巻（天明三年） …… [088] **2**-259
木の葉経 ‥ [043] **72**-553, [088] **1**-409
この辺序 ………………………… [088] **1**-388
隠口塚序 ………………………… [088] **1**-407
狐狸譚 …………………………… [033] **32**-201
衣配りの巻（明和八年） ……… [088] **2**-67
細工人の巻（延享、寛延年中）
　　　　　　　　　　　　　　　[088] **2**-25
歳旦説 …………………………… [088] **1**-426
歳旦の巻（安永六年） ………… [088] **2**-174
歳旦三ツ物（安永三年） ……… [088] **2**-117
歳旦三ツ物（安永四年） ……… [088] **2**-147
歳旦三ツ物（安永二年） ……… [088] **2**-87
歳旦三つ物（明和八年） ……… [088] **2**-59
歳旦三ツ物（明和九年） ……… [088] **2**-70
歳末解 …………………………… [088] **1**-445
歳末弁 …………………………… [043] **72**-562
哉留の弁 ………………………… [088] **1**-451
さゝら井の巻（安永年中） …… [088] **2**-244
定盛法師像讃 …………………… [088] **1**-454
左比志遠理序 …………………… [088] **1**-394
三十六俳仙図跋 ………………… [088] **1**-471
自讃の詞 ………………………… [088] **1**-446
時々庵百韻（元文三、四年） … [088] **2**-4
霜に嘆ずの巻（安永五年） …… [088] **2**-170
写経社集の巻（安永五年） …… [088] **2**-158
十番左右合 ……………………… [088] **1**-367
取句法 …………………………… [088] **1**-480
『春泥句集』序 …………………
　　[014] **17**-360, [043] **72**-549, [071]
　　43-155, [088] **1**-396
春泥発句集序 ……………… [033] **36**-152
春風馬堤曲 ………………………
　　[033] **32**-185, [071] **43**-110, [085]
　　7-763, [087] 〔**2**〕-189
春風馬堤曲と澱河歌 …………… [088] **1**-476
春風馬堤曲（付）澱河歌・老鶯児
　　　　　　　　　　　　　　　[014] **17**-69
宵曙の巻（安永三年） ………… [088] **2**-118
焦尾琴説 ………………………… [088] **1**-450
蕉門姿情 ………………………… [088] **1**-506
書画戯之記 ……………………… [088] **1**-452
晋我追悼曲 ……………………… [088] **1**-474
新花つみ ……………… [040] 〔**77**〕-257
新花摘 ……… [043] **72**-525, [088] **1**-347

新花つみ（抄）	［071］**43**-*129*
新花摘（部分）	［014］**17**-*317*
煤払ひの巻（安永二年）	［088］**2**-*114*
惜春の巻（安永七年）	［088］**2**-*193*
雪亭の号を与ふる辞	［088］**1**-*441*
雪門追善の巻（安永七年）	［088］**2**-*190*
宋阿卅三回忌追悼	［088］**1**-*414*
宋阿の文に添ふる詞	［088］**1**-*448*
宋屋追悼辞	［088］**1**-*410*
霜時雨の巻（元文四年）	［088］**2**-*5*
双林寺千句（宝暦二年）	［088］**2**-*32*
祖翁追善の巻（天明三年）	［088］**2**-*254*
その蜩の巻（宝暦二年）	［088］**2**-*34*
其雪影序	［088］**1**-*384*
戴恩謝の巻（宝暦八年）	［088］**2**-*44*
太祇句選序	［088］**1**-*386*
太祇追善の巻（安永二年）	［088］**2**-*99*
題春草	［088］**1**-*443*
大魯追善の巻（安永八年）	［088］**2**-*207*
狸の図賛	［088］**1**-*472*
頼ある桜の巻（安永七年）	［088］**2**-*197*
太郎月の巻（安永八年）	［088］**2**-*203*
断章（安永五年）	［088］**2**-*169*
断片（安永三年）	［088］**2**-*140*
茶筌売	［088］**1**-*449*
千代の春の巻（安永八年）	［088］**2**-*202*
追慕辞	［088］**1**-*423*
月うるみの巻（安永三年）	［088］**2**-*142*
月に漕ぐの巻（天明二年）	［088］**2**-*252*
月夜の卯兵衛	
［014］**17**-*324*,［043］**72**-*561*,［088］**1**-*442*	
月夜の巻（安永五年）	［088］**2**-*168*
貞徳終焉記奥書	［088］**1**-*408*
イめばの巻（安永三年）	［088］**2**-*124*
澱河歌	［033］**32**-*195*,［071］**43**-*124*
点の損徳論	［088］**1**-*432*
桃李序	［088］**1**-*401*
桃李の巻（安永九年）	［088］**2**-*218*
土器売賛	［088］**1**-*462*
年忘れの巻（明和七年）	［088］**2**-*56*
浪華病臥の記	［088］**1**-*420*
菜の花の巻（安永三年）	［088］**2**-*121*
菜の花やの巻（続明烏）	［043］**61**-*553*
涕かみての巻（天明二年）	［088］**2**-*246*
野の池の巻（安永八年）	［088］**2**-*211*
『俳諧桃李』序	［014］**17**-*368*
俳仙群会の図賛	［088］**1**-*463*
俳題正名序	［088］**1**-*404*
橋立青嵐の巻（宝暦五年）	［088］**2**-*38*
『芭蕉翁附合集』序	
［014］**17**-*358*,［043］**72**-*548*,［088］**1**-*393*	

芭蕉忌の巻（安永三年）	［088］**2**-*141*
芭蕉の真蹟に添ふる辞	［088］**1**-*441*
鉢たゝき	［088］**1**-*451*
鉢たたきの巻（明和六年）	［088］**2**-*53*
馬提灯	［088］**1**-*455*
馬堤灯画賛	［014］**17**-*309*
花にぬれての巻（安永五年）	
	［088］**2**-*157*
春の月	［014］**17**-*331*,［088］**1**-*431*
春の水の巻（明和八年）	［088］**2**-*61*
火桶の巻（延享、寛延年中）	［088］**2**-*22*
額髪の巻（安永六年）	［088］**2**-*180*
鄙曇りの巻（安永三年）	［088］**2**-*127*
檜笠辞	［043］**72**-*558*,［088］**1**-*421*
日の筋の巻（安永三年）	［088］**2**-*145*
百物語	［088］**1**-*444*
風鳥の巻（明和八年）	［088］**2**-*64*
封の儘跋	［088］**1**-*473*
附句一章（宝暦七年）	［088］**2**-*44*
伏波将軍の語	［088］**1**-*422*
蕪村句集	［040］〔**77**〕-*9*
二見文台の画法	［088］**1**-*435*
「冬木だち」の巻（もゝすもゝ）	
［014］**17**-*279*,［043］**61**-*583*	
冬籠りの巻（明和六年）	［088］**2**-*50*
平安二十歌仙序	［088］**1**-*381*
弁慶図賛	
［014］**17**-*333*,［043］**72**-*563*,［088］**1**-*469*	
北寿老仙をいたむ	
［014］**17**-*50*,［033］**32**-*182*,［071］**43**-*103*	
「牡丹散て」の巻	［033］**32**-*170*
「牡丹散て」の巻（もゝすもゝ）	
［014］**17**-*249*,［043］**61**-*567*	
穂変の巻（安永六年）	［088］**2**-*177*
漫画の讃	［088］**1**-*465*
短夜の巻（安永年中）	［088］**2**-*240*
水落石出図賛	［088］**1**-*471*
身の秋の巻（安永年中）	［088］**2**-*224*
蓑虫説	［088］**1**-*412*
蓑虫説（部分）	［014］**17**-*312*
『むかしを今』序（部分）	［014］**17**-*353*
『むかしを今』の序	
［043］**72**-*546*,［088］**1**-*392*	
昔を今の巻（安永三年）	［088］**2**-*137*
夢説	［088］**1**-*429*
紅葉の巻（延享年中）	［088］**2**-*13*
也哉抄序	［088］**1**-*390*
柳ちりの巻（延享、寛延年中）	
	［088］**2**-*16*
夜半雑録	［088］**1**-*506*
夜半亭一門	［014］**17**-*371*

夜半亭歳旦(寛保元年) ……… [088] 2-11
夜半亭百韻(元文三年) ……… [088] 2-1
夜半亭発句帖跋 ………… [088] 1-379
夜半楽 …………………… [041] 73-191
夜半楽前文 ……………… [014] 17-315
夕顔もの巻(安永年中) …… [088] 2-227
夕霧の巻(安永三年) ……… [088] 2-134
夕焼の巻(延享、寛延年中) ‥ [088] 2-19
夕附日の巻(天明三年) …… [088] 2-253
雪の柳の巻(元文四年) …… [088] 2-8
遊行柳自画賛 …………… [014] 17-326
行く年の巻(安永元年) …… [088] 2-84
湯島百韻(元文三年) ……… [088] 2-2
与謝蕪村集 ………… [063]〔82〕-51
よその夜の巻(安永年中) ‥ [088] 2-230
夜半翁終焉記 …………… [071] 43-179
洛東芭蕉庵再興記 ……………………
　　[033] 32-199, [043] 72-554, [071]
　　43-168, [085] 7-757, [088] 1-416
螺盃銘 …………………… [088] 1-430
留別の巻(安永六年) ……… [088] 2-184
蘆陰句選序 ……………… [088] 1-400
与謝野 晶子
　与謝野晶子「みだれ髪」「小扇」「曙染」
　　(合著恋衣より抄出)「舞姫」「夏より秋へ」
　　………………………… [074] 6-9
与謝野 鉄幹
　亡国の音 …………… [024]〔3〕-151
吉雄 南皐
　理学入式遠西観象図節 …… [069] 65-53
吉川 惟足
　玉伝秘訣 ……………… [069] 39-59
　君道伝 ………………… [069] 39-73
　土金之秘決 …………… [069] 39-67
吉川 従長
　神籬磐境之大事 ……… [069] 39-77
慶滋 保胤
　池亭記 ・ [041] 39-38, [063]〔27〕-128
　日本往生極楽記 ………… [069] 7-9
吉田 角丸
　伽羅先代萩 ……………………………
　　[013] 30-155, [033] 25-261, [085]
　　4-707
吉田 兼倶
　唯一神道名法要集 …… [069] 19-209
吉田 冠子
　小野道風青柳硯 ……… [100] 4-147
　恋女房染分手綱(重の井子別れ)
　　………………………… [100] 4-37
吉田 鬼眼
　伊達競阿国戯場 ……………………

[041] 94-269, [045] I-15-149
驪山比翼塚 ………… [045] I-15-261
吉田 兼好 → 卜部兼好(うらべ・かねよ
　　し)を見よ
吉田 松陰
　一身 …………………… [005] 4-171
　江戸獄記 …………… [069] 54-572
　回顧録 ……………… [069] 54-535
　外甥篤太の降誕を賀す …… [005] 4-194
　癸丑十月朔、鳳闕を拝し、粛然として
　　之を作る。時に余将に西走して海に入らん
　　とす ………………… [005] 4-165
　急務条議の後に書す …… [005] 4-162
　狂夫の言 …………… [069] 54-581
　偶作 …………………… [005] 4-197
　西遊日記 …………… [069] 54-393
　辞世 …………………… [005] 4-202
　囚室雑論 …………… [069] 54-590
　十二月廿日夜の作 ……… [005] 4-146
　出獄帰国の間、雑感五十七解(九首を録
　　す) …………………… [005] 4-182
　正月四日夜、韻を分かつ …… [005] 4-152
　象山先生送別の韻に歩して却呈す二首
　　………………………… [005] 4-175
　書簡 ………………… [069] 54-7
　先考の墳を拝し、涙余詩を作る
　　………………………… [005] 4-173
　蘇道記事 ……………… [005] 4-161
　銚子口に遊び、潮来に過り、宮本庄一
　　郎の家に宿る。是の夜、雨有り。正月六日
　　夜 …………………… [005] 4-155
　東北遊日記 ………… [069] 54-445
　浪華に泊す …………… [005] 4-169
　播磨洋の作 …………… [005] 4-159
　将に獄に赴かんとし、村塾の壁に留題
　　す ……………………… [005] 4-198
　無題 ……… [005] 4-143, [005] 4-156
吉田 東洋
　時事五箇条 ………… [069] 38-351
吉田 令世
　歴代和歌勅撰考 ……… [030] 4-667
吉田 兵蔵
　国訛嫩笈摺(どんどろ) …… [100] 7-279
吉益 東洞
　医事或問 …………… [069] 63-343
　薬徴 ………………… [069] 63-223
良岑 安世
　「王昭君」に和し奉る …… [043] 86-70
　暇日の閑居 ……………… [043] 86-99
四辻 善成
　河海抄 ………………… [072]〔6〕-1

米川 常白
　六国列香之弁 ……………… ［095］10-65
米倉 利明
　籠造寺氏の連歌 ………… ［055］別1-323
米沢 彦八
　軽口御前男 ……………………………
　　［067］100-293,［068］上-243,［082］
　　6-230,［083］8-119
四方山人 → 大田南畝（おおた・なんぽ）
　を見よ
四方 赤良 → 大田南畝（おおた・なんぽ）
　を見よ
四方屋 本太郎
　虚言八百万八伝 …………… ［066］46-87

【ら】

頼 杏坪
　文化壬申、始めて出でて郡事
　　……………………… ［043］86-505
頼 山陽
　尼崎より舟を徹いて坂に入る
　　……………………………… ［007］8-114
　天草洋に泊す ……………… ［007］8-58
　家に到る …… ［007］8-75,［007］8-148
　妹を哭す 二首（うち一首） ‥ ［007］8-117
　雨窓に細香と別を話す ……… ［007］8-146
　梅を折る 二首（うち一首） …… ［007］8-5
　岡城に田能村君彝を訪う。余君彝に鞆
　　津に邂逅す。已に五年なり。 ［007］8-64
　織田右府塑像を拝する引 … ［043］86-516
　華臍魚を食う歌 ……………… ［007］8-140
　画杜鵑行、白河の田内月堂に謝す。
　　……………………………… ［007］8-86
　唐崎の松下に、山陽先生に拝別す。
　　……………………………… ［007］8-164
　寒蟬 …………………………… ［007］8-83
　癸丑歳に偶たま作る ………… ［007］8-3
　蘷洲逆旅の歌 ………………… ［007］8-60
　国朝政紀稿本の後に書す（跋）
　　……………………… ［069］49-458
　是の夜初め雨ふり後晴る …… ［007］8-82
　細香の竹を画ける屛風を観賦して贈る。
　　坐に古操を善くする者芳洲有り。 ‥ ［007］
　　8-14
　桜井の駅址を過ぐ …………… ［007］8-105
　三月念二日、砂川君に山陽先生の宅に
　　邂逅す。時に先生は嵐山に遊ばんと欲す。
　　……………………………… ［007］8-162
　自述 …………………………… ［007］8-159
　侍輿短歌 ……………………… ［007］8-99
　除夜 …………………………… ［007］8-97
　新居 …………………………… ［007］8-94
　既に別れて母を憶う ………… ［007］8-120
　石州の路上 …………………… ［007］8-4
　席上に内子の蘭を作す。戯に題して士
　　謙に贈る。 ………………… ［007］8-115
　戯に校書袖笑に代りて江辛夷を憶う。
　　乃ち吾の憶うを叙ぶるなり。二首（うち一
　　首） ………………………… ［007］8-48
　戯に摂州の歌を作る ……… ［007］8-100
　淡山の歌 ……………………… ［007］8-155
　壇の浦合戦記 ………………… ［090］6-129
　壇の浦行 ……………………… ［007］8-26
　筑後河を下る ………………… ［007］8-67
　茶山翁に贈る ………………… ［007］8-74
　茶山老人竹杖歌 并びに序 … ［007］8-134
　遂に奉じて芳野に遊ぶ 四首（うち二首）
　　……………………………… ［007］8-118
　月瀬の梅花の勝は之を耳にすること久
　　し。今茲諸友を糾いて往きて観、六絶句を
　　得。（うち二首） ……… ［007］8-152
　丁亥閏六月十五日、大塩君子起を訪う。
　　君客を謝して衙に上る。此を作りて贈る。
　　……………………………… ［007］8-122
　冬夜 …………………………… ［007］8-161
　長碕謡十二解（うち三首） …… ［007］8-44
　日本政記 ……………………… ［069］49-7
　花を売る声 …………………… ［007］8-81
　母を迎う ……………………… ［007］8-78
　母に侍して東上す。舟中の作。三首（う
　　ち一首） ……………………… ［007］8-145
　母に別る ……………………… ［007］8-157
　備後に赴く途上 十首（うち二首）
　　……………………………… ［007］8-8
　不識菴の機山を撃つ図に題す
　　……………………………… ［007］8-10
　豊前に入りて耶馬渓を過ぎ、遂に雲華
　　師を訪う。共に再び遊ぶ。雨に遇いて記有
　　り。又た九絶句を得。（うち一首） ［007］
　　8-69
　仏郎王の歌 …………………… ［007］8-34
　舟千巌洋を過ぎて、大風浪に遇い殆ん
　　ど覆えらんとす。嶹戸に上りて漁戸に宿す
　　るを得たり。此を賦して懲を志す。 …
　　……………………………… ［007］8-50
　舟もて大垣を発して桑名に赴く
　　……………………………… ［007］8-15

らい　　　　　　　　　作家名索引（原作者）

別後の舟中、雲華師と同に賦し、承弼
　を憶う。二首（うち一首）　［007］8-103
三石駅、同行の野本万春に示す。
　　　　　　　　　　　　　　［007］8-111
夜清の諸人の詩を読み戯に賦す
　　　　　　　　　　　　　　［007］8-126
余芸に到りて、留まること数句、将に
　京寓に帰らんとして、遂に母を奉じて偕に
　行く。侍輿歌を作る。　　　［007］8-71
四日市の酒楼にて菊池五山の題詩を見て、
　戯に賦す。　　　　　　　　［007］8-16
余東山の秀色を愛し、毎日行飯するや、
　銅駝橋に上りて之を望む。一日忽ち「東山
　熟友の如く、数しば見るも相い厭わず」の
　句を得たり。家に帰りて之を足し、十六韻
　を成す。　　　　　　　　　［007］8-18
竜山の絵、玉蘊女史の画ける牡丹に題
　す。　　　　　　　　　　　［007］8-7
梁伯兎に逢い、其の婦紅蘭の韻に次す。
　　　　　　　　　　　　　　［007］8-112
頼　春水
　　在津紀事　　　　　　　　［041］97-189
　　遥かに湖上の平紀宗を悼む
　　　　　　　　　　　　　　［043］86-492
来山
　　いまみや草　　　　　　　［043］72-440
　　津の玉柏　　　　　　　　［076］4-445
　　女人形の記
　　　　　　　［043］72-440,［085］7-687
　　牡丹の記　　　　　　　　［043］72-441
　　良夜草庵の記　　　　　　［043］72-442
来風山人
　　一のもり　　　　　　　　［068］中-379
洛浦　愛梅子
　　原柳巷花語　　　　　　　［038］3-275
洛下寓居 → 西村市郎右衛門（にしむら・
　いちろうえもん）を見よ
洛花塘
　　浮世滑稽誰か面影　　　　［038］補1-391
洛下俳林子
　　新百物語　　　　　　　　［059］4-47
落月堂　操巵
　　和漢乗合船
　　　　　　　［045］II-34-145,［065］3-146
落語家連中
　　開化新作落語の吹寄（明治十八年九月刊）
　　　　　　　　　　　　　　［082］16-331
楽山子
　　野路の胆言　　　　　　　［038］8-91
楽亭　馬笑

譚話江戸嬉笑　　　　　　　　［068］下-249
狂言田舎操　　　　　　　　　［045］I-19-291
手管早引剛節要　　　　　　　［038］17-219
羅山人芳名斎
　　根柄異軒之伝　　　　　　［038］10-51
懶臥散人
　　東都青楼八詠并略記　　　［038］6-259
藍江
　　廓通遊子　　［009］1-471,［038］17-65
蘭爾
　　大通禅師法語　　　　　　［038］8-305
蘭奢亭主人
　　青楼妓言解　　　　　　　［038］21-287
　　南駅祇園会挑灯蔵　　　　［038］22-76
蘭亭朔
　　開学小笠　　　　　　　　［038］3-229
蘭坡景茝
　　雪樵独唱集 絶句ノ一　　　［028］5-3
　　蘭坡景茝作品拾遺　　　　［028］5-471
嵐蘭
　　焼蚊辞　　　　　　　　　［043］72-454

【　り　】

六如
　　愛宕山に移住して後に賦し、知己に示
　　す　　　　　　　　　　　［007］4-232
　　咏物　二首。謹んで妙法王の教に応じて、
　　賦し呈す（うち一首）茶碾　［007］4-285
　　大堰川上の即事　　　　　［007］4-282
　　織田士猛の篆刻の歌　　　［007］4-364
　　峨山の別業　　　　　　　［007］4-245
　　峨山の松蕈の歌　　　　　［007］4-377
　　柏原の山寺における冬日雑題　十六首
　　　（うち九首）　　　　　　［007］4-217
　　画馬の引。福井敬斎君の為に賦す
　　　　　　　　　　　　　　［007］4-326
　　旧詩巻を読む　　　　　　［043］86-454
　　九日、東都の旧遊を懐う有り
　　　　　　　　　　　　　　［007］4-246
　　渓上　二首　　　　　　　［007］4-215
　　甲寅の中秋、松前の源君世祐・備後の菅
　　　礼卿・伴蒿蹊・原雲卿・橘恵風と、伏水
　　　豊後橋東の駅楼に会し、舟を泛かべて巨椋
　　　の湖に遊び、各おの賦す　［007］4-345
　　郷に回りて偶たま想して、弟子柔に視
　　す　　　　　　　　　　　［007］4-306
　　採純行　　　　　　　　　［007］4-354

嵯峨の別業における四時雑興　三十首
　（うち十八首）……………　［007］4-251
秋日郊行雑詩 五首（うち三首）
　………………………………　［007］4-322
秋半に樵夫の来りて松蘿を売る。大い
　さ豆子可りなるに、価を索むるに甚だ貴
　し。戯れに賦す ……………　［007］4-297
秋末に野歩して、偶たま嵯峨帝の陵下
　に過ぐ。窃かに鄙感を述ぶ　［007］4-372
春晩 ……………………………　［007］4-281
壬子の仲秋、余は伴蒿蹊と郷里に江州
　に回る。十三日、義純上人、余及び蒿蹊・
　苗弟子柔の諸子を邀え、舟を具えて月を湖
　上に賞す。詩を作って一時の情景を紀す
　………………………………　［007］4-299
西山にて蕈を採る 十絶句　…　［007］4-205
蟬の嘆き ………………………　［007］4-318
大覚寺の庭湖石 ………………　［007］4-248
中秋に郷に在りて月を賞す　・　［007］4-307
宕山の夏日 ……………………　［007］4-235
宕山の夏日、時有りて下に雷雨を視る
　………………………………　［007］4-284
波響の楼に寄せ題す …………　［007］4-287
白雲山寺にて維明禅師を邀う。師は画
　を善くす ……………………　［007］4-243
曝書 二首 ……………………　［007］4-362
暮春に伴蒿蹊・春蘭洲と兎道に遊ぶ
　………………………………　［007］4-335
自ら吟巻に題す ………………　［007］4-353
養う所の払萩狗、一旦之を失う。年を
　踰えて復た還る。感じて其の事を紀す
　………………………………　［007］4-236
友人の所蔵する相撲節会の図に題す
　………………………………　［007］4-309
余は太か筆頭菜を嗜む。人の之を嗤う
　者有り。戯れに答う ………　［007］4-334
落歯の嘆き ……………………　［007］4-333

理慶尼
　理慶尼の記（一名武田勝頼滅亡記）
　………………………………　［008］1-1

立綱
　伊勢物語昨非抄 ………　［072］〔26〕-81

梨白散人
　喜夜来大根 ……………………………
　…………　［038］10-137,［059］5-257

李由
　宇陀法師 ………………　［025］7-541

竜 草廬
　雑詩 ……………………　［043］86-425

柳庵主人

巳入吉原井の種（寛政九年正月刊）
　………………………………　［082］13-112

笠因 直麿
　落窪物語註解 …………　［072］〔27〕-1

柳園 種春
　色深狭睡夢 ……………　［038］27-299

竜温
　総斥排仏弁 ……………　［069］57-105

柳下亭 種員
　面白艸紙噺図会（天保十五年正月刊）
　………………………………　［082］16-79
　白縫譚　・　［032］〔32〕-1,［032］〔33〕-1

柳下亭 種清
　白縫譚 …………………　［032］〔34〕-1

隆源
　隆源口伝 ………………　［061］1-108

龍山徳見
　黄龍十世録 ……………　［028］3-193

隆志
　俳諧草結 ………………　［041］72-289

竜耳斎 聞取
　新口吟咄川 ……………　［068］中-251

柳糸堂
　拾遺御伽婢子 …………　［059］4-231

流舟
　正直咄大鑑 ……………　［083］8-119

竜湫周沢
　随得集 一巻 …………　［029］2-1167

竜正
　勧化一声電 ……………　［045］I-16-317

柳水亭 種清
　白縫譚 …………………　［032］〔35〕-1

流水堂 江水
　元禄百人一句 …………　［041］71-171

流石庵 羽積
　歌系図 …………　［062］8-5,［062］8-341

柳是居 皆阿
　絵入花菖蒲待乳問答 …　［038］2-165

竜泉今淬
　松山集 …………………　［029］1-575

笠亭 仙果
　於路加於比 ……………　［070］II-20-95
　校訂邯鄲諸国物語 ……　［032］〔37〕-1
　なゐの日並 ……………　［070］II-24-383

柳亭 種彦
　校訂浅間ヶ岳煙の姿絵　・・　［032］〔38〕-409
　浅間岳面影草紙 ………　［032］〔29〕-7
　吾妻花双蝶々 …………　［032］〔36〕-171
　吾妻与五郎新狂言 ……　［032］〔36〕-201

阿波之鳴門 …………… [032]〔36〕-345	校訂修紫田舎源氏後編其由縁鄙廼俤
伊呂波引寺丹入節用 … [032]〔36〕-429	…………………… [032]〔31〕-390
浮世一休郭問答 ……… [032]〔40〕-71	立物抄—於染久松物語 ・[032]〔36〕-229
浮世形六枚屏風 ……… [032]〔39〕-369	山崎余次兵衛将棊の段忠孝義理物語
清川文七梅桜振袖日記 … [032]〔39〕-3	…………………… [032]〔38〕-343
画俤偶二面鏡 ………… [045]II-35-127	桜屋小七芸者菊の井忠孝両岸一覧
趣向は浄瑠璃世界は歌舞伎画俤偶二面鏡	…………………… [032]〔38〕-205
…………………… [032]〔39〕-205	誂染逢山鹿子 ………… [032]〔38〕-1
浅間岳面影草紙後峡逢州執着譚	天縁奇遇 ……………… [032]〔29〕-355
…………………… [032]〔29〕-77	唐人髷今国姓爺 ……… [032]〔40〕-277
音羽丹七女郎花喩粟島 … [032]〔40〕-173	新彫艶藝道中双六 …… [032]〔39〕-329
女合法辻談義 ………… [032]〔39〕-19	校訂灯篭踊秋之花園 … [032]〔41〕-1
女模様稲妻染 ………… [032]〔39〕-103	平野屋小かん表具屋平兵衛床飾錦額無垢
楽屋の続き絵—於仲清七物語	…………………… [032]〔41〕-217
…………………… [032]〔36〕-6	南色梅早咲 …………… [032]〔38〕-279
下総遊君小桜武蔵文女巻筆山城寡婦小三合三国	修紫田舎源氏
小女郎狐 ……………… [032]〔38〕-377	[032]〔30〕-1, [032]〔31〕-1, [041]
雁寝紺屋作の早染 …… [032]〔40〕-353	88-1, [041] 89-1, [085] 8-247
蛙歌春土手節 ………… [032]〔41〕-39	花桜木春夜語 ………… [045]II-35-539
還魂紙料 ……………… [070]I-12-203	花吹雪若衆宗玄 ……… [032]〔39〕-73
校訂邯鄲諸国物語 …… [032]〔37〕-1	奴福平忠義伝春霞布袋本地
関東小六昔舞台	…………………… [032]〔39〕-57
[032]〔41〕-97, [045]II-35-347	浦里時次郎阿菊鴻助花杷名所扇
小春治兵衛の名を仮て桔梗辻千種之衫	…………………… [032]〔40〕-313
…………………… [032]〔39〕-177	比翼紋松鶴賀 ………… [032]〔40〕-135
出村新兵衛小松屋宗七鯨帯博多合三国	富士磯うかれの蝶衛 … [032]〔41〕-149
…………………… [032]〔40〕-105	娘丹霞奴慧能堀川歌女猿曳
傾城盛衰記 …………… [032]〔39〕-289	…………………… [032]〔38〕-441
高野山万年草紙 ……… [032]〔39〕-151	筑紫権六白波響談競三人女—一名京太郎
当年積雪白双紙 ……… [032]〔36〕-77	…………………… [032]〔38〕-475
小脇差夢の蝶鮫 ……… [032]〔40〕-241	水木扇之猫骨 ………… [032]〔38〕-171
紅粉小万経師屋阿三笹色猪口暦手	昔模様女百合若—於菊幸介物語
…………………… [032]〔40〕-393	…………………… [032]〔36〕-131
忍草売対花籠 ………… [032]〔40〕-45	国字小説三虫掻戦 …… [032]〔38〕-309
敵討忍笠時代絵巻 …… [032]〔41〕-79	娘狂言三勝話 ………… [032]〔40〕-1
出世ако小万の伝 ……… [032]〔41〕-173	嶋田之黒本前垂赤本娘金平昔絵草紙
春情妓談水揚帳	…………………… [032]〔39〕-247
[083] 5-15, [090] 5-19	娘金平昔絵草紙 ……… [045]II-35-239
正本製 ………………… [032]〔36〕-1	綟手ده昔木偶 ………… [032]〔29〕-215
浄瑠璃狂言—夕霧伊左衛門物語	やまあらし
…………………… [032]〔36〕-323	[032]〔41〕-415, [059] 5-502
白縫譚	家満安楽志 …………… [038] 25-31
[032]〔32〕-1, [032]〔33〕-1, [032]	用捨箱
〔34〕-1, [032]〔35〕-1	[032]〔41〕-249, [070]I-13-107
新靱物語 ……………… [032]〔40〕-209	柳糸花組交 …………… [032]〔38〕-239
鱸庖丁青砥切味 ……… [045]II-35-5	柳亭記 ………………… [070]I-2-323
勢田竜女の本池 ……… [032]〔29〕-427	柳亭浄瑠璃本目録 …… [095] 10-43
元禄年間曽我狂言曽我太夫染	柳亭日記 ……………… [032]〔41〕-437
…………………… [032]〔39〕-135	柳亭筆記 ……………… [070]I-4-247
曽我祭—小稲判兵衛物語	
…………………… [032]〔36〕-45	滝亭 鯉丈
足薪翁記 ……………… [070]II-14-43	浮世床 ……………………………………
	[063]〔107〕-27, [066] 47-255

人間万事虚誕計 後編 … [045] I-19-383
花暦八笑人 ………………… [013] 34-259
劉道酔
　風俗問答 …… [009] 1-55, [038] 7-23
竜範
　道之記 ……………………… [017] 1-188
立圃
　笑の説 ……………………… [085] 7-683
竜鱗演 三柏
　偏界録 ……………………… [038] 補1-435
良寛
　良寛歌集 ………………………………
　　　[030] 17-843, [063]【75】-55
　良寛集 …………………… [033] 21-159
良基
　後普光園院殿御百首 ……… [041] 47-85
良源
　本覚讃 註本覚讃 …………… [069] 9-97
蓼松
　豆太鼓頌 ‥ [043] 72-591, [085] 7-784
蓼太
　平泉 ……………………… [043] 72-523
了然尼
　若むらさき ………………… [041] 67-257
良遍
　法相二巻抄 ……………… [069] 15-125
料理 蝶斎
　女楽巻 …………………… [038] 18-331
緑亭 可山
　よりどりみどりはなし句応(文化九年正月序)
　……………………………… [082] 14-309
驢雪鷹瀬
　驢雪藁 …………………… [028] 別2-167
林鴻
　好色産毛 ………………… [085] 2-756
鱗長
　猿源氏色芝居 …………… [009] 2-453

【 れ 】

戻狂散人
　古今無三人連 …………… [038] 12-139
蛻州翁
　囮談(文政七年秋刊) ……… [082] 20-156
霊松道人
　善諢随訳(安永四年正月刊) ‥ [082] 20-38

善諢随訳続編(寛政十年正月刊)
　……………………………… [082] 20-79
冷泉 為和
　為和集 …………………… [036] 7-519
冷泉 為相
　藤谷和歌集 ……………… [036] 5-114
冷泉 為理
　子の日 …………………… [043] 60-508
冷泉 為尹
　為尹卿集 ………………… [036] 5-349
冷泉 為広
　為広詠草 …… [036] 6-757, [036] 6-765
　為広卿詠 ………………… [036] 6-762
　文亀三年三十六番歌合 …… [043] 49-451
冷泉 爲満
　和歌講談 ………………… [061] 6-120
冷泉 為村
　関東下向之途中詠 ………… [017] 1-314
　為村卿洛陽観音三十三所御順参御詠
　……………………………… [017] 1-455
冷泉 政為
　碧玉集 …………………… [036] 6-618
冷泉 持為
　持和詠草 ………………… [036] 5-432
　持為卿詠 ………………… [036] 5-419
　持為卿詠草 ……………… [036] 5-427
冷泉天皇
　冷泉院御集 ……………… [036] 1-709
櫟亭 琴魚
　犬夷評判記 ……………… [059] 12-122
烈子散人
　異国風俗笑註烈子 ………… [059] 3-373
蓮阿
　古今和歌集 ……………… [027] 9-1
　西行上人談抄 …………………………
　　　[054]【1】-99, [061] 2-289
蓮盛
　善悪因果集 ……………… [045] I-16-167
蓮如
　御文(御文章) ……………… [069] 17-9
　蓮如上人御一代聞書 付 第八祖御物語
　　空善聞書 ……………… [069] 17-111
　蓮如上人御詠歌 ………………………
　　　[036] 6-390, [036] 6-393

ろうか　　　　　　　　　作家名索引（原作者）

【ろ】

浪化
　随門記 ……………………… ［025］**7**-*479*
浪亭 為延
　清楼夜話 …………………… ［038］**28**-*387*
狼狽山人
　塩梅加減粋庖丁 …………… ［038］**16**-*233*
蘆假茸奥志
　新色五巻書 ………………………… ［009］**5**-*1*
盧橘庵 → 田宮仲宣（たみや・なかのぶ）
　を見よ
露暁
　四季の花 …………………… ［038］**25**-*203*
六条院宣旨
　六条院宣旨集 ……………………………
　　　［036］**2**-*553*, ［074］**2**-*472*
鹿馬輔
　猫射羅子 …………………… ［038］**17**-*345*
鷺見屋 淇楽
　眸のすじ書 ………………… ［038］**16**-*123*
露宿
　善悪業報因縁集 …… ［045］**III**-**44**-*471*
露川
　流川集 ……………………… ［076］**5**-*231*
鷺亭
　呼子鳥 ……………………… ［038］**8**-*257*

【わ】

若井 時成
　野暮の枝折 ………………… ［038］**18**-*9*
若異後悔玉
　正夢後悔玉 ………………… ［038］**3**-*165*
若竹 笛躬
　祇園女御九重錦 ……………………
　　　［045］**II**-**37**-*379*, ［065］**2**-*168*
　岸姫松轡鏡（岸姫）………… ［100］**4**-*215*
　木下蔭狭間合戦（竹中砦）… ［100］**6**-*303*
　摂州合邦辻 ………………… ［067］**99**-*303*
　摂州合邦辻（合邦）………… ［100］**4**-*279*
若槻 敬
　畏庵随筆 …………………… ［070］**I**-**14**-*433*

若林 強斎
　雑話筆記 …………………… ［069］**31**-*463*
若山 喜志子
　若山喜志子「無花果」……… ［074］**6**-*221*
脇 蘭室
　見し世の人の記 …………… ［047］**3**-*1*
和祥
　楠末葉軍談 ………………… ［041］**83**-*105*
和田 厳足
　和田厳足家集 ……………… ［030］**19**-*937*
和田 鳥江
　異説まちまち ……………… ［070］**I**-**17**-*63*
渡辺 崋山
　外国事情書 ………………… ［069］**55**-*17*
　崋山書簡 付 遺書 ………… ［069］**55**-*105*
　欵舌小記・欵舌或問 ……… ［069］**55**-*73*
　再稿西洋事情書 …………… ［069］**55**-*43*
　初稿西洋事情書 …………… ［069］**55**-*57*
　慎機論 ……………………… ［069］**55**-*65*
　退役願書之稿 ……………… ［069］**55**-*95*
渡辺 霞亭
　土屋主税 …………………… ［100］**20**-*101*
度会 家行
　禁誡篇 ……………………… ［069］**19**-*107*
　神道玄義篇 ………………… ［069］**19**-*114*
　天地開闢篇 ………………… ［069］**19**-*82*
　類聚神祇本源（抄）………… ［069］**19**-*79*
度会 延佳
　陽復記 ……………………… ［069］**39**-*85*
和亭主人
　異素六帖 …………………… ［059］**5**-*1*
和来山人
　落噺頤懸鎖（文政九年正月刊）
　　……………………… ［082］**15**-*258*

注・訳者

【あ】

饗庭 篁村
　例言 ……………… [059] **6-**1, [059] **11-**1
青木 晃
　解説 …………………………… [001] **7-**133
　徒然草と兼好 …………… [022] **12-**157
青木 和夫
　古事記 ……………………………… [069] **1**
　序 ………………………………… [069] **1-**10
　続日本紀
　　[041] **12**, [041] **13**, [041] **14**, [041] **15**, [041] **16**
　続日本紀への招待 ……… [041] **16-**3
　律令 ……………………………… [069] **3**
青木 賢豪
　参考文献解題 ……………… [014] **9-**481
青木 賜鶴子
　伊勢物語 ……………………… [048] **6**
青木 信光
　はじめに
　　[090] **1-**16, [090] **2-**17, [090] **3-**17, [090] **4-**17, [090] **5-**17, [090] **6-**17, [090] **7-**17, [090] **8-**17, [090] **9-**17, [090] **10-**17, [090] 別**-**17
　文化文政江戸発禁文庫 ……………
　　[090] **1**, [090] **10**, [090] **2**, [090] **3**, [090] **4**, [090] **5**, [090] **6**, [090] **7**, [090] **8**, [090] **9**, [090] 別
青木 生子
　和泉式部集 …………… [067] **80-**131
　古今集の美しさ ………… [013] **7-**409
　平安鎌倉私家集 …………… [067] **80**
　万葉集
　　[040]〔**2**〕, [040]〔**3**〕, [040]〔**4**〕, [040]〔**5**〕, [040]〔**6**〕
　万葉集の世界
　　[040]〔**3**〕**-**437, [040]〔**4**〕**-**407
青野 季吉
　「源氏」と現代 ………… [033] **4-**415
青山 忠一

仮名草子集 浮世草子集 ……… [066] **37**
青山 博之
　解題 …………………… [045] **I-14-**461
　後三年奥州軍記 …… [045] **I-10-**227
　山城の国畜生塚 …… [045] **I-14-**379
赤井 達郎
　君台観左右帳記 ………… [069] **23-**423
　入木抄 …………………………… [069] **23-**249
　専応口伝 ………………………… [069] **23-**449
　等伯画説 ………………………… [069] **23-**697
赤瀬 信吾
　新古今和歌集 ……………… [041] **11**
赤羽 学
　笈の小文・更科紀行 ……… [078] **2**
　野ざらし紀行・鹿島詣 ‥ [078] **1**, [078] **1**
　芭蕉と古典 ……………… [013] **28-**482
　評伝・年譜・芭蕉遺語集 ……… [025] **9**
赤松 俊秀
　愚管抄 …………………………… [067] **86**
安芸 皎一
　丑之春御普請御仕様帳 … [069] **62-**393
　丑春川除御普請御仕様帳 … [069] **62-**369
　川通御普請所御願付帳 … [069] **62-**407
　近世科学思想 ………………… [069] **62**
　護岸水制概説 ……………… [069] **62-**481
　御普請一件 ……………… [069] **62-**319
　御本丸様書上 ……………… [069] **62-**313
　戌秋追急水留御普請出来形帳
　　……………………………………… [069] **62-**401
　信玄堤 …………………………… [069] **62-**498
　未之川除御普請御仕様帳 … [069] **62-**383
　龍王村地内御普請仕末書 … [069] **62-**415
秋本 吉郎
　風土記 …………………………… [067] **2**
秋谷 治
　岩屋の草子 ……………… [041] **54-**215
　西行 ………………………………… [041] **54-**371
　室町物語集 ………… [041] **54**, [041] **55**
　乳母の草紙 ……………… [041] **55-**337
秋山 虔
　葵／賢木／花散里 ……………… [031] **3**
　朝顔／少女／玉鬘 ……………… [031] **6**
　東屋／浮舟 ……………………… [031] **15**
　伊勢物語 …………………… [041] **17-**77
　伊勢物語の世界形成 … [041] **17-**359
　栄花物語 …………… [043] **31**, [043] **32**
　解説 ………………………… [033] **8-**289
　解説 更級日記の世界—その内と外
　　…………………………………… [040]〔**27**〕**-**113
　蜻蛉／手習／夢浮橋 ………… [031] **16**

あくた　　　　　　　　　　作家名索引(注・訳者)

行幸／藤袴／真木柱／梅枝／藤裏葉
　　　　　　　　　　　　　　　　［031］8
桐壺／帚木／空蟬／夕顔　………　［031］1
源氏物語　……………………………………
　　　　［015］14,［015］15,［015］16,［015］
　　　　17,［015］18,［015］19,［015］20,［015］
　　　　21,［015］22,［015］23,［043］20,［043］
　　　　21,［043］22,［043］23,［043］24,［043］
　　　　25,［066］12,［066］13,［066］14,［066］
　　　　16,［066］16,［066］17
源氏物語の後宮世界　………　［033］4-404
古今和歌集　…………………………　［014］3-13
古今和歌集・王朝秀歌選　…………　［014］3
古典への招待「形代」としての浮舟
　　　　…………………………　［043］25-3
古典への招待『源氏物語』の成立
　　　　…………………………　［043］20-3
古典への招待 源氏物語は悪文である
　　　か　………………………　［043］22-3
匂兵部卿／紅梅／竹河／橋姫　…　［031］12
更級日記　…………………………　［040］〔27〕
早蕨／宿木　………………………　［031］14
椎本／総角　………………………　［031］13
須磨／明石／澪標　…………………　［031］4
竹取物語 伊勢物語　……………　［041］17
日記文学の形成　…………………　［066］18-5
女房たち　………………………　［013］9-450
初音／胡蝶／蛍／常夏／篝火／野分
　　　　……………………………………　［031］7
文学史の方法　…………………　［013］別-363
枕草子 紫式部日記　………………　［067］19
横笛／鈴虫／夕霧／御法／幻　…　［031］11
蓬生／関屋／絵合／松風／薄雲　…　［031］5
若菜　…………………………………　［031］9
若菜 下 柏木　……………………　［031］10
若紫／末摘花／紅葉賀／花宴　…　［031］2

芥川 竜之介
　「今昔物語」について　………　［033］10-377
　芭蕉雑記　……………………　［033］30-377

吾郷 寅之進
　小歌の作者と享受者　………　［013］15-355

浅井 円道
　天台本覚論　………………………　［069］9
　本理大綱集・牛頭法門要纂・修禅寺決
　　　　…………………………　［069］9-549

朝倉 治彦
　慶応雑談　……………………　［095］1-349
　後記　………………………………………
　　　　［095］1-405,［095］2-441,［095］3-
　　　　419,［095］4-417,［095］5-465,［095］
　　　　6-453,［095］7-461,［095］8-477,

　　　　［095］9-479,［095］10-491,［095］11
　　　　-415,［095］12-481
　書誌　……………………………　［096］4-4-1
　文政年間漫録　………………　［095］1-295
　未刊随筆百種　……………………………………
　　　　［095］1,［095］10,［095］11,［095］
　　　　12,［095］2,［095］3,［095］4,［095］5,
　　　　［095］6,［095］7,［095］8,［095］9
　吉原春秋二度の景物　………　［095］1-279

朝倉 尚
　禅林における詩会の様相―相国寺維那
　　　衆強訴事件・内衆の詩会　［055］別3-235
　中華若木詩抄 湯山聯句鈔　……　［041］53

朝倉 無声
　緒言　……………………………　［009］2,［009］3
　例言　……………………………………
　　　　［009］1-1,［059］1-15,［059］2-1,
　　　　［059］4-1,［059］5-1

浅倉 有子
　『方言修行金草鞋』について
　　　　…………………………　［037］2-129

浅野 晃
　好色一代男　………………………………
　　　　［035］〔19〕-1,［035］〔20〕
　遊里と西鶴　……………………　［013］27-487

浅野 建二
　閑吟集　………………………　［014］8-391
　近世編　……………………　［046］3,［046］4
　今昔物語集・梁塵秘抄・閑吟集　…　［014］8
　中世歌謡集　………………………　［063］〔86〕
　中世近世歌謡集　…………………　［067］44
　はしがき　………　［046］3-1,［046］4-1
　平曲について　………………　［013］19-371
　梁塵秘抄　……………………　［014］8-325

浅野 三平
　雨月物語 癇癖談　…………………　［040］〔75〕
　解説 執着―上田秋成の生涯と文学
　　　　…………………………　［040］〔75〕-229
　はじめに　……………………　［044］〔14〕-3
　春雨物語　…………………………　［044］〔14〕

麻原 美子
　舞の本　……………………………　［041］59

朝日新聞社
　作品と作者　…………………　［063］〔109〕

浅見 和彦
　宇治拾遺物語　………………　［041］42-3
　宇治拾遺物語 古本説話集　………　［041］42
　参考文献解説　………………　［014］10-545
　十訓抄　……………………………　［043］51
　方丈記 宇治拾遺物語　……………　［071］26

芦田 耕一

792　日本古典文学全集・内容綜覧

宇津保物語 ……………… ［014］4-462
阿蘇 瑞枝
　人麻呂と書史史 …………… ［022］2-160
　万葉集 ……… ［071］2,［071］3,［071］4
麻生 磯次
　奥の細道 ………………… ［049］〔18〕
　解説
　　 ［033］22-351,［033］23-347,［049］
　　〔18〕-197
　概説 …………………… ［025］6-13
　近世随想集 ……………… ［067］96
　近世俳句俳文集 …………… ［067］92
　現代語訳 西鶴全集 …………
　　［020］1,［020］2,［020］3,［020］4,
　　［020］5,［020］6,［020］7
　好色一代男 ……………… ［033］22-3
　好色一代女 …………………
　　［033］22-143,［067］47-325
　好色五人女 ……………… ［033］22-95
　滑稽文学研究序説 ………… ［033］33-364
　西鶴置土産 ……………… ［033］22-312
　西鶴織留 ………………… ［033］23-178
　西鶴集 …………………… ［067］47
　序 ………………………… ［080］〔1〕-1
　世間胸算用 ……………… ［033］23-128
　男色大鑑―本朝若風俗 …… ［033］22-204
　東海道中膝栗毛 …………… ［067］62
　日本永代蔵 ……………… ［033］23-55
　年譜 ……………………… ［027］16-459
　はしがき ………………… ［093］1-1
　武家義理物語 …………… ［033］23-5
　傍訳古典叢書 …………… ［093］1,［093］2
　本朝桜陰比事 …………… ［033］23-245
　万の文反古 ……………… ［033］23-305
　略歴 ……………………… ［027］17-479
足立 巻一
　詩の始原としての神の名 …… ［013］1-357
熱田 公
　歴史としての鏡物 ………… ［013］14-301
渥美 かをる
　平家物語 ………… ［067］32,［067］33
　『保元物語』『平治物語』の「語り」
　　 ………………………… ［013］16-393
阿部 秋生
　葵／賢木／花散里 ………… ［031］3
　朝顔／少女／玉鬘 ………… ［031］6
　東屋／浮舟 ……………… ［031］15
　あらすじ ………………… ［013］11-242
　栄花物語 紫式部日記 ……… ［013］11
　解題 ……………………… ［014］6-7
　蜻蛉／手習／夢浮橋 ……… ［031］16

行幸／藤袴／真木柱／梅枝／藤裏葉
　 …………………………… ［031］8
桐壺／帚木／空蝉／夕顔 …… ［031］1
近世神道論 前期国学 ……… ［069］39
契沖・春満・真淵 ………… ［069］39-559
源氏物語
　　［014］6,［015］14,［015］15,［015］16,
　　［015］17,［015］18,［015］19,［015］20,
　　［015］21,［015］22,［015］23,［043］20,
　　［043］21,［043］22,［043］23,［043］24,
　　［043］25,［066］12,［066］13,［066］14,
　　［066］15,［066］16,［066］17
源氏物語から栄花物語へ …… ［033］9-424
古典への招待 正確な本文 …… ［043］21-3
匂兵部卿／紅梅／竹河／橋姫 … ［031］12
早蕨／宿木 ……………… ［031］14
椎本／総角 ……………… ［031］13
儒家神道と国学 …………… ［069］39-497
須磨／明石／澪標 ………… ［031］4
総説 …………………… ［013］11-223
底本・校合本解題 ………… ［043］25-447
はしがき ………………… ［026］〔2〕-1
初音／胡蝶／蛍／常夏／篝火／野分
　 …………………………… ［031］7
紫式部―物語を書きはじめるころ
　 …………………………… ［014］6-489
夕霧 …………………… ［013］9-422
横笛／鈴虫／夕霧／御法／幻 … ［031］11
蓬生／関屋／絵合／松風／薄雲 … ［031］5
若菜 ……………………… ［031］9
若菜 下 柏木 …………… ［031］10
若紫／末摘花／紅葉賀／花宴 … ［031］2
阿部 喜三男
　概説 ……………………… ［025］1-5
　近世俳句俳文集 …………… ［067］92
　発句篇 …………………… ［025］1
阿部 次郎
　近松の恋愛観 …………… ［033］24-345
阿部 俊子
　和泉式部日記 …………… ［014］7-167
　蜻蛉日記・和泉式部日記・紫式部日記・
　　更級日記 ……………… ［014］7
　竹取物語 伊勢物語 大和物語 …… ［067］9
　平安朝貴族女性の服装 …… ［013］11-453
阿部 正美
　あとがき …………………
　　［080］〔1〕-421,［080］〔2〕-539,［080］
　　〔3〕-493,［080］〔4〕-513,［080］〔5〕
　　-479,［080］〔6〕-457,［080］〔7〕-573,
　　［080］〔8〕-583,［080］〔9〕-505,［080］
　　〔10〕-463,［080］〔11〕-467,［080］〔12〕
　　-439

奥の風雅 ………………………… [080]〔7〕
軽みの時代 …………………………
　　　[080]〔10〕,[080]〔11〕,[080]〔12〕
自序 …………………………… [079] 1-1
貞享の四季 …………………… [080]〔5〕
天和調の時代 ………………… [080]〔3〕
芭蕉の生活 ………………… [013] 28-463
芭蕉発句全講 ………………………
　　　[079] 1,[079] 2,[079] 3,[079] 4,
　　　[079] 5
芭蕉連句抄 ……… [080]〔1〕,[080]〔2〕
「ひさご」と「猿蓑」 …………… [080]〔8〕
「深川」まで …………………… [080]〔9〕
「冬の日」前後 ………………… [080]〔4〕
吉野・更科の旅 ……………… [080]〔6〕
連句篇 …………………………… [025] 4
連句篇(中)補訂 …………… [025]別1-63
安部 能成
　能の力 …………………… [033] 20-360
阿部 隆一
　解題 ……………………… [069] 31-527
　崎門学派諸家の略伝と学風
　　　……………………… [069] 31-561
　山崎闇斎学派 ………………… [069] 31
雨海 博洋
　解説 ……………………… [049]〔4〕-157
　竹取物語 …………………… [049]〔4〕
網野 菊
　浄瑠璃と私 ……………… [013] 30-491
網野 善彦
　悪党の系譜 ……………… [013] 21-364
　七十一番職人歌合 新撰狂歌集 古今夷
　　曲集 …………………………… [041] 61
　職人歌合研究をめぐる一、二の問題
　　　………………………… [041] 61-580
荒 正人
　江戸名作集 …………………… [027] 17
　王朝日記随筆集 ……………… [027] 7
　王朝名作集 ………… [027] 5,[027] 6
　解説 ………………… [027] 11-459
　源氏物語 …………… [027] 3,[027] 4
　古今和歌集 新古今和歌集 ……… [027] 9
　古事記 ………………………… [027] 1
　今昔物語 ……………………… [027] 8
　西鶴名作集 …………………… [027] 13
　春色梅暦 ……………………… [027] 18
　太平記 ………………………… [027] 11
　近松名作集 …………………… [027] 14
　南総里見八犬伝 ……………… [027] 16
　芭蕉名句集 …………………… [027] 15
　平家物語 ……………………… [027] 10

万葉集 …………………………… [027] 2
謡曲狂言歌舞伎集 ……………… [027] 12
新井 栄蔵
　古今和歌集 ………………… [041] 5
荒木 見悟
　貝原益軒の思想 ………… [069] 34-467
　貝原益軒 室鳩巣 ……………… [069] 34
　朱子学の哲学的性格―日本儒学解明の
　　ための視点設定 ……… [069] 34-445
　室鳩巣の思想 …………… [069] 34-505
荒木 尚
　寛正百首 ………………… [041] 47-313
　兼好法師集 ……………… [041] 47-1
　中世和歌集 室町篇 …………… [041] 47
有坂 隆道
　富永仲基 山片蟠桃 …………… [069] 43
　山片蟠桃と『夢ノ代』 ……… [069] 43-693
有吉 保
　解説 ……………………… [043] 87-589
　歌仙落書 ………………… [054]〔1〕-71
　歌論集 ……………… [043] 87,[066] 50
　古典への招待 歌学から歌論へ
　　　………………………… [043] 87-3
　古来風躰抄 …………………………
　　　[043] 87-247,[066] 50-271
　序説 ……………………… [013] 17-1
　新古今和歌集 …………… [014] 9-13
　新古今和歌集 山家集 金槐和歌集
　　　……………………………… [013] 17
　新古今和歌集・山家集・金槐和歌集
　　　………………………………… [014] 9
　総説 ………… [013] 17-13,[014] 9-9
　枕草子の和歌 …………… [013] 8-403
安西 彰
　『江戸時代女流文学全集』解題
　　　……………………………… [008] 4-1
安西 篤子
　今昔物語の女たち ……… [022] 8-164
　私小説としての『蜻蛉日記』
　　　……………………… [013] 10-447
安西 均
　式子内親王雑感 ………… [013] 17-449
安西 迪夫
　『大鏡』構造論 …………… [013] 14-319
安瀬原 悦子
　素材「冬月」をめぐって―新古今集の特
　　色 ……………………… [055]別3-137
安藤 菊二
　浅草志 …………………… [095] 2-127
　家守杖 …………………… [095] 6-413

迂鈍	…………………………	［095］**3**－*89*
江戸愚俗徒然噺	………………	［095］**7**－*119*
江戸芝居年代記	………………	［095］**11**－*101*
江戸図書目提要	………………	［095］**6**－*375*
岡場遊郭考	……………………	［095］**1**－*17*
勝扇子	…………………………	［095］**2**－*195*
狩野五家譜	……………………	［095］**9**－*291*
花柳古鑑	………………………	［095］**10**－*437*
川越松山之記	…………………	［095］**12**－*131*
寛延雑秘録	……………………	［095］**5**－*399*
寛政秘策	………………………	［095］**11**－*73*
きゝのまにまに	………………	［095］**6**－*45*
及瓜漫筆	………………………	［095］**5**－*45*
近世珍談集	……………………	［095］**12**－*221*
芸界きくまゝの記	……………	［095］**5**－*327*
傾城百人一首	…………………	［095］**4**－*183*
公鑑	……………………………	［095］**8**－*147*
小唄打聞	………………………	［095］**10**－*13*
獄秘書	…………………………	［095］**9**－*309*
在京在阪中日記	………………	［095］**10**－*77*
済生堂五部雑録	………………	［095］**2**－*299*
崎陽賊船考	……………………	［095］**7**－*257*
事々録	…………………………	［095］**3**－*211*
使奏心得之事	…………………	［095］**9**－*65*
白石先生宝貨事略追加	………	［095］**6**－*249*
新役竜の庖丁	…………………	［095］**1**－*201*
青楼年暦考	……………………	［095］**2**－*209*
操曲入門口伝之巻	……………	［095］**1**－*191*
俗語問屋場始末	………………	［095］**6**－*259*
俗事百工起源	…………………	［095］**2**－*79*
高田雲雀	………………………	［095］**7**－*287*
玉川参登鯉伝	…………………	［095］**12**－*441*
天保新政録	……………………	［095］**12**－*11*
東台見聞誌	……………………	［095］**11**－*49*
豊島郡浅草地名考	……………	［095］**6**－*223*
秘登利古刀	……………………	［095］**5**－*363*
文化秘筆	………………………	［095］**4**－*275*
宝夢録	…………………………	［095］**6**－*265*
水戸前中納言殿御系記	………	［095］**8**－*187*
踊之著慕駒連	…………………	［095］**8**－*281*
吉原失墜	………………………	［095］**3**－*127*
柳営譜略	………………………	［095］**8**－*61*
柳亭浄瑠璃本目録	……………	［095］**10**－*43*
六国四季之火合	………………	［095］**10**－*73*
六国列香之弁	…………………	［095］**10**－*65*

安藤 鶴夫
　解説 ……………………… ［027］**17**－*485*

安藤 俊雄
　最澄 ………………………………… ［069］**4**

安東 守仁
　建礼門院右京大夫集 ……… ［014］**12**－*367*

【 い 】

伊井 春樹
　源氏物語 ……………………………
　　［071］**11**, ［071］**12**, ［071］**13**, ［071］
　　14, ［071］**15**, ［071］**16**
　源氏物語の秘説—その発生期について
　　の覚え書き ……………… ［055］別**3**－*347*

飯倉 洋一
　佚斎樗山集 ……………… ［045］**I**－*13*
　解題 …………………… ［045］**I**－*13*－*423*

飯沢 匡
　綾鼓 ………………………… ［027］**12**－*51*
　邯鄲 ………………………… ［027］**12**－*112*
　国性爺合戦 ………………… ［027］**14**－*181*
　釣狐 ………………………… ［027］**12**－*230*
　附子 ………………………… ［027］**12**－*191*
　布施無経 …………………… ［027］**12**－*220*
　マスプロ化されたパロディー
　　…………………………… ［013］**26**－*358*

飯島 耕一
　蕪村をめぐる二、三の思いつき
　　…………………………… ［013］**32**－*473*

飯島 満
　応神天皇八白幡 ……… ［045］**II**－**38**－*95*
　解題 ……………… ［045］**II**－**38**－*411*

飯野 純英
　伊曽保物語 …………………………… ［048］**7**

井浦 芳信
　近世演劇と歌謡 …………… ［013］**15**－*397*

家永 三郎
　（解説）近世思想界概観 ……… ［067］**97**－*5*
　近世思想家文集 ………………… ［067］**97**
　源氏物語の時代的背景 ……… ［033］**4**－*423*
　憲法十七条 … ［069］**2**－*11*, ［069］**2**－*475*
　古代政治社会思想 ………………… ［069］**8**
　古代政治社会思想論序説 … ［069］**8**－*515*
　上宮聖徳法王帝説 ………… ［069］**2**－*545*
　上宮聖徳法王帝節 ………… ［069］**2**－*353*
　聖徳太子集 …………………………… ［069］**2**
　親鸞 ………………………………… ［069］**11**
　日本書紀 ………… ［067］**67**, ［067］**68**
　歴史上の人物としての聖徳太子
　　…………………………… ［069］**2**－*463*
　歴史上の人物としての親鸞
　　…………………………… ［069］**11**－*471*

伊川 龍郎
　解題 ……………………… ［045］**I**－*9*－*399*

いくさ

七小町 …………………… [045] I-9-147
井草 利夫
　恵咲梅半官贔屓 …………… [057] 7-7
生島 遼一
　能と親しむ ………………… [013] 22-515
井口 樹生
　飛鳥路の旅 ………………… [060] 2-146
井口 寿
　解説 ………………………… [040]〔63〕-229
　竹馬狂吟集 新撰犬筑波集 …… [040]〔63〕
井口 洋
　女殺油地獄 ………………… [041] 92-165
　心中宵庚申 ………………… [041] 92-305
　曾根崎心中 ………………… [041] 91-103
　丹波与作待夜の小室節 …… [041] 91-131
　近松浄瑠璃集 ……… [041] 91, [041] 92
　近松世話浄瑠璃の方法 …… [041] 92-497
池上 洵一
　解説 ………………………… [041] 35-573
　江談抄 中外抄 富家語 ……… [041] 32
　今昔物語集 ………………… [041] 35
　「今昔物語」の世界 ………… [022] 8-157
　三国伝記 ………… [054]〔6〕, [054]〔9〕
　説話集と口承説話 ………… [013] 13-379
　説話文学から軍記物語へ … [013] 16-383
　中外抄 ……………………… [041] 32-255
　中外抄・富家語 …………… [041] 32-606
　日本霊異記 ………………… [044]〔13〕
　はじめに …………………… [044]〔13〕-3
　風雅和歌集 ………………… [054]〔4〕
　富家語 ……………………… [041] 32-361
池沢 一郎
　解説 ………………………… [005] 2-287
　儒者 ………………………… [005] 2
池田 温
　中国の史書と続日本紀 …… [041] 14-615
池田 亀鑑
　源氏物語
　　[063]〔12〕, [063]〔13〕, [063]〔14〕
　　, [063]〔15〕, [063]〔16〕, [063]〔17〕
　　, [063]〔18〕
　序 …………………………… [092] 1-1
　序に代へて ………………… [091] 1-(4)
　枕草子 紫式部日記 ………… [067] 19
池田 重
　解説 ………………… [096] 1-5-19〜20
池田 寿一
　典座教訓 …………………… [033] 14-59
池田 勉
　御草子づくりについて …… [013] 11-444

池田 利夫
　解説 ………………………… [049]〔7〕-209
　更級日記 …………………… [049]〔10〕
　堤中納言物語 ……………… [049]〔7〕
　浜松中納言物語 …………… [043] 27
池田 尚隆
　栄花物語 …………… [043] 31, [043] 32
池田 弥三郎
　解説 ……… [027] 6-479, [027] 7-523
　歌謡 ………………………… [013] 4
　『古事記』の芸能史的理解 … [013] 1-335
　総説 ………………………… [013] 4-199
　注釈
　　[027] 3-579, [027] 4-543, [027] 5-
　　515, [027] 6-470, [027] 7-515, [027]
　　8-427, [027] 10-495, [027] 11-452,
　　[027] 12-426, [027] 13-422, [027] 14
　　-408, [027] 16-452
　万葉集 ……………………… [060] 2-5
池田 弥太郎
　注釈 ………………………… [027] 17-474
池宮 正治
　本土文芸の受容 …………… [013] 25-358
池山 晃
　解題
　　[045] I-9-399, [045] I-10-395,
　　[045] III-40-441
　三荘大夫五人嬢 …………… [045] I-9-225
　摂津国長柄人柱 …………… [045] I-10-153
　行平磯馴松 ………………… [045] III-40-7
石井 庄司
　万葉集
　　[063]〔62〕, [063]〔63〕, [063]〔64〕
　　, [063]〔65〕, [063]〔66〕
石井 紫郎
　近世武家思想 ……………… [069] 27
石井 進
　一揆契状 …………………… [069] 21-395
　置文 ………………………… [069] 21-369
　家訓 ………………………… [069] 21-309
　中世政治社会思想 ………… [069] 21
　武家家法 …………………… [069] 21-177
石井 文夫
　和泉式部日記 紫式部日記 更級日記 讃
　　岐典侍日記 ……………… [043] 26
　讃岐典侍日記
　　[043] 26-385, [066] 18-65
石上 英一
　書誌 ………………………… [041] 12-535
石上 敏

解題 …………………… [045] **II**-32-357		序説 ……………………………… [013] **8**-1	
森島中良集 ………………… [045] **II**-32		総説 ……………………………… [013] **8**-9	
石川 巌		枕草子 ………………………………… [013] **8**	
緒言 …………………… [009] **4**, [009] **5**		紫の上 ……………………………… [013] **9**-396	
石川 淳		石田 波郷	
秋成私論 ……………………… [033] **28**-334		おらが春 ……………………… [027] **15**-352	
雨月物語 ……………………… [033] **28**-115		石田 瑞麿	
狂歌百鬼夜狂 ………………… [033] **33**-383		源信 ………………………………… [069] **6**	
古事記 ………………………… [033] **1**-11		末法と仏教思想 …………… [014] **8**-460	
春雨物語 ……………………… [033] **28**-177		石田 充之	
樊噲下の部分について …… [033] **28**-340		『教行信証』解題 …………… [069] **11**-577	
蕪村風雅 ……………………… [033] **32**-393		親鸞 ………………………………… [069] **11**	
訳者のことば ………………… [033] **1**-283		石田 吉貞	
石川 真弘		海道記・東関紀行 十六夜日記	
あけ烏 ………………………… [041] **73**-53		……………………………… [063] 〔29〕	
ゑぼし桶 ……………………… [041] **73**-311		増鏡作者の検討 …………… [033] **13**-398	
仮日記 ………………………… [041] **73**-353		伊地知 鉄男	
五車反古 ……………………… [041] **73**-229		連歌集 ……………………………… [067] **39**	
天明俳諧集 ……………………… [041] **73**		連歌論集 能楽論集 俳論集 ……… [066] **51**	
蕪村系の俳書 ………………… [041] **73**-453		石埜 敬子	
石川 常彦		住吉物語 とりかへばや物語 …… [043] **39**	
拾遺愚草古注 ‥ [054] 〔11〕, [054] 〔13〕		とりかへばや物語 ………… [043] **39**-157	
石川 徹		夜の寝覚 ……………… [015] **25**, [015] **26**	
大鏡 …………………………… [040] 〔31〕		石橋 義秀	
解説 …………………………… [040] 〔31〕-349		『今昔物語集』研究文献目録	
狭衣物語 ……………… [063] 〔20〕, [063] 〔21〕		……………………………… [049] 〔12〕-469	
石川 八朗		今昔物語集〈本朝世俗部〉索引	
末若葉 ………………………… [041] **72**-63		……………………………… [049] 〔14〕-695	
江戸筏 ………………………… [041] **72**-109		石浜 純太郎	
江戸座 点取俳諧集 …………… [041] **72**		近世思想家文集 ……………… [067] **97**	
其角の批点について ………… [041] **72**-482		石母田 正	
二葉之松 ……………………… [041] **72**-1		解説 …………………………… [069] **21**-565	
石川 松太郎		古事記 ………………………………… [069] **1**	
女大学について …………… [069] **34**-531		中世政治社会思想 …………… [069] **21**	
石川 了		中世の叙事文学 ……………… [033] **16**-427	
解説 …………………………… [035] 〔13〕-207		日本神話と歴史―出雲系神話の背景	
好色五人女 ……………………… [035] 〔13〕		……………………………… [069] **1**-605	
石毛 忠		泉 基博	
『心学五倫書』の成立事情とその思想的		解説 …………………………… [001] **3**-233	
特質 ………………………… [069] **28**-490		十訓抄 …………………………… [001] **3**	
石田 一良		出雲路 修	
前期幕藩体制のイデオロギーと朱子学		日本霊異記 ……………………… [041] **30**	
派の思想 …………………… [069] **28**-411		板垣 俊一	
林羅山の思想 ………………… [069] **28**-471		解題 ‥ [045] **I**-3-415, [045] **I**-5-359	
藤原惺窩 林羅山 ……………… [069] **28**		前太平記 ………… [045] **I**-3, [045] **I**-4	
石田 穣二		板倉 則子	
源氏物語 ………………………		解題 …………………………… [045] **II**-33-421	
[040] 〔18〕, [040] 〔19〕, [040] 〔20〕		板坂 元	
, [040] 〔21〕, [040] 〔22〕, [040] 〔23〕		好色一代男 ……………………… [067] **47**-37	
, [040] 〔24〕, [040] 〔25〕		西鶴集 …………………………… [067] **47**	

はしがき ……………………… [026]〔3〕-1
板坂 則子
　馬琴草双紙集 ………………… [045] II-33
板坂 耀子
　東路記 …………………………… [041] 98-1
　東路記 己巳紀行 西遊記 ……… [041] 98
　解題 ……………………… [045] I-17-425
　貝原益軒『東路記』『己巳紀行』と江戸前
　　期の紀行文学 ………………… [041] 98-417
　己巳紀行 ………………………… [041] 98-103
　近世紀行集成 …………………… [045] I-17
板橋 倫行
　今鏡 ………………………………… [063]〔45〕
市川 白弦
　一休とその禅思想 …………… [069] 16-536
　塩山和泥合水集 ……………… [069] 16-187
　狂雲集 ………………………… [069] 16-273
　中世禅家の思想 ………………… [069] 16
　抜隊の諸問題 ………………… [069] 16-509
市古 貞次
　あしびき ………………………… [041] 54-1
　御伽草子 ………………………… [067] 38
　お伽草子 ……………………… [033] 18-326
　御伽草子解説 ……………………… [013] 26-9
　御伽草子 仮名草子 ……………… [013] 26
　解説 …………………………… [033] 19-457
　かざしの姫君 ………………… [041] 54-291
　鎌倉時代物語集成 ………………
　　[012] 1, [012] 2, [012] 3, [012] 4,
　　[012] 5, [012] 6, [012] 7, [012] 別1
　雁の草子 ……………………… [041] 54-311
　源平盛衰記 ……………………… [054]〔15〕
　高野物語 ……………………… [041] 54-325
　索引 ……………………………… [041] 55-2
　序説 …………………………… [013] 26-1
　曽我物語 ………………………… [067] 88
　太平記 ………………………… [033] 19-5
　榻鴫暁筆 ………………………… [054]〔16〕
　発刊のことば …………………… [012] 1
　平家物語 …………………………
　　[015] 42, [015] 43, [015] 44, [015] 45,
　　[043] 45, [043] 46, [066] 29, [066] 30
　室町物語集 ………… [041] 54, [041] 55
　室町物語とその周辺 ………… [041] 54-471
市古 夏生
　世間胸算用 ……………………… [071] 39
一有
　俳書叢刊 第7期 ………………… [077] 8
一海 知義
　儒者 ……………………………… [005] 2
井手 至

古事記 ……………………………… [013] 1
万葉集
　　[040]〔2〕, [040]〔3〕, [040]〔4〕, [040]
　　〔5〕, [040]〔6〕
万葉集の世界 …………………… [040]〔6〕-335
井出 幸男
　巷謡編 ………………………… [041] 62-227
　『巷謡編』の成立とその意義
　　…………………………… [041] 62-636
　田植草紙 山家鳥虫歌 鄙廼一曲 琉歌百
　　控 ………………………………… [041] 62
伊藤 馨
　解題 …………………………… [045] II-37-481
　祇園女御九重錦 ……………… [045] II-37-379
位藤 邦生
　伏見宮貞成の生きかた―『看聞日記』に
　　見られる「無力」について・応永期の場合・
　　……………………………… [055] 別3-258
伊藤 敬
　東路のつと ……………………… [043] 48-483
　解説 …………………………… [041] 47-493
　九州道の記 …………………… [043] 48-543
　後普光園院殿御百首 …………… [041] 47-85
　再昌草 ………………………… [041] 47-417
　中世日記紀行集 ………………… [043] 48
　中世和歌集 室町篇 ……………… [041] 47
　頓阿法師詠 …………………… [041] 47-109
　宝徳二年十一月仙洞歌合 … [041] 47-255
　吉野詣記 ……………………… [043] 48-513
伊藤 堅吉
　角行藤仏侗記と角行関係文書について
　　……………………………… [069] 67-646
伊藤 清司
　糸を吐く女 …………………… [013] 1-344
　海外の竹取説話 ………………… [060] 3-156
　口誦の神話から筆録された神話へ
　　……………………………… [013] 2-438
伊藤 千可良
　江戸時代文藝資料 ………………
　　[009] 1, [009] 2, [009] 3, [009] 4,
　　[009] 5
伊藤 敏子
　伊勢物語と絵 ………………… [013] 5-369
伊藤 秀文
　競技かるた …………………… [022] 11-165
伊藤 博
　土佐日記 蜻蛉日記 紫式部日記 更級日
　　記 ………………………………… [041] 24
　彬彬の盛 ……………………… [013] 3-346
　万葉集

　　　　[040]〔2〕,[040]〔3〕,[040]〔4〕,[040]
　　　　〔5〕,[040]〔6〕
　　万葉集の生いたち ....
　　　　[040]〔2〕-373,[040]〔3〕-467,[040]
　　　　〔4〕-441,[040]〔5〕-317,[040]〔6〕
　　　　-367
　　紫式部日記 .... [041] 24-253
　　紫式部日記 解説 .... [041] 24-535
伊藤 博之
　　解説 .... [040]〔50〕-237
　　歎異抄 三帖和讃 .... [040]〔50〕
　　中国の隠逸と日本の隠逸 ... [013] 18-337
伊藤 正雄
　　小林一茶集 .... [063]〔83〕
伊藤 正義
　　伊勢物語と謡曲 .... [013] 5-359
　　総説 .... [013] 24-215
　　中世評論集 .... [013] 24
　　謡曲集 ....
　　　　[040]〔58〕,[040]〔59〕,[040]〔60〕
伊藤 唯真
　　法然とその教団 .... [013] 20-334
伊藤 嘉夫
　　異種百人一首 .... [060] 別1-150
　　山家集 .... [063]〔70〕
糸賀 きみ江
　　永福門院百番御自歌合 ...... [041] 46-393
　　解説 恋と追憶のモノローグ
　　　................................... [040]〔47〕-171
　　建礼門院右京大夫集 .... [040]〔47〕
　　西行上人談抄 .... [054]〔1〕-99
　　山家冬月一心情表現の様相 . [022] 9-164
　　中世和歌集 鎌倉篇 .... [041] 46
稲岡 耕二
　　続日本紀 ....
　　　　[041] 12,[041] 13,[041] 14,[041]
　　　　15,[041] 16
　　続日本紀における宣命 ...... [041] 13-663
　　万葉集 .... [014] 2
稲賀 敬二
　　落窪物語 .... [040]〔13〕
　　落窪物語 住吉物語 .... [041] 18
　　落窪物語 堤中納言物語 .....
　　　　[043] 17,[066] 10
　　解説—十編の集合とその完成まで
　　　................................... [043] 17-513
　　解説 表現のかなたに作者を探る
　　　................................... [040]〔13〕-297
　　古典への招待 実名の人物から修飾型命
　　　名へ—『落窪物語』と『堤中納言物語』の
　　　間 .... [043] 17-3

住吉物語 .... [041] 18-293
住吉物語 解説 .... [041] 18-447
堤中納言物語 ....
　　[015] 27-5,[043] 17-379,[066] 10
　　-47
堤中納言物語 無名草子 .... [015] 27
東山文庫本「七豪源氏」所載の注釈資料
　—十四世紀中葉の源氏研究の周辺 .. [055]
　別3-366
平安末期物語の遊戯性 ...... [013] 12-367
枕草子 .... [014] 5-9
枕草子・大鏡 .... [014] 5
枕草子の性格 .... [013] 8-383
稲垣 史生
　　平家物語の戦ぶり .... [060] 6-140
稲垣 泰一
　　解説 .... [043] 36-587,[043] 38-583
　　古典への招待 橘と柑子の話 .. [043] 37-9
　　今昔物語 ....
　　　　[043] 35,[043] 36,[043] 37,[043] 38
稲田 篤信
　　「秋成」関係略年表 .... [014] 18-441
　　石川雅望集 .... [045] II-28
　　雨月物語 .... [048] 1
　　解題 .... [045] II-28-419
　　参考文献解題 .... [014] 18-407
稲田 浩二
　　お伽草子にみる昔話の世界
　　　................................... [060] 別2-150
稲田 利徳
　　永享九年正徹詠草 .... [041] 47-223
　　永享五年正徹詠草 .... [041] 47-181
　　解説 .... [043] 48-587
　　九州の道の記 .... [043] 48-571
　　慶運百首 .... [041] 47-63
　　賢聖房承祐について—室町幕府連歌宗
　　　匠 .... [055] 別1-106
　　古典への招待 中世日記紀行文学の諸
　　　相 .... [043] 48-3
　　正徹の和歌の新資料「月草」について
　　　................................... [055] 別3-176
　　中世日記紀行集 .... [043] 48
　　中世和歌集 室町篇 .... [041] 47
　　徒然草 .... [071] 31,[071] 32
　　頓阿法師詠 .... [041] 47-109
　　なぐさみ草 .... [043] 48-427
　　覧富士記 .... [043] 48-455
　　道行きぶり .... [043] 48-389
稲田 秀雄
　　天理本狂言六義 ....
　　　　[054]〔20〕,[054]〔22〕

乾 克己
　宴曲の物尽くしについて … ［013］**15**-*365*
乾 裕幸
　大坂独吟集 …………………… ［041］**69**-*285*
　初期俳諧集 …………………… ［041］**69**
　初期俳諧の展開 ……………… ［041］**69**-*575*
　談林十百韻 …………………… ［041］**69**-*429*
　俳諧師西鶴 …………………… ［014］**15**-*383*
　芭蕉と談林俳諧 ……………… ［013］**28**-*492*
　連句概説 ……………………… ［041］**69**-*566*
乾 安代
　竹林抄 ………………………… ［041］**49**
乾 義彦
　世界早学文 …………………… ［001］**8**
犬井 善寿
　将門記 陸奥話記 保元物語 平治物語
　　…………………………………… ［043］**41**
犬養 廉
　あつまぢの道の果てよりも
　　……………………………… ［013］**10**-*432*
　安法法師集 …………………… ［041］**28**-*159*
　和泉式部日記 紫式部日記 更級日記
　　…………………………………… ［015］**24**
　和泉式部日記 紫式部日記 更級日記 讃岐典侍
日記 ………………………………………
　　　　［043］**26**, ［066］**18**
　一条摂政御集 ………………… ［041］**28**-*109*
　小倉百人一首 ………………… ［044］〔**5**〕
　解説 …………………………… ［040］〔**12**〕-*289*
　蜻蛉日記 ……………………… ［040］〔**12**〕
　「源氏物語」と紫式部 ……… ［022］**5**-*173*
　源氏物語の窓 ………………… ［060］**5**-*160*
　実方集 ………………………… ［041］**28**-*187*
　更級日記 ………………………………
　　　［015］**24**-*311*, ［043］**26**-*273*, ［066］
　　18-*46*
　山家集 ………………………… ［014］**9**-*251*
　四条宮下野集 ………………… ［041］**28**-*445*
　新古今和歌集・山家集・金槐和歌集
　　…………………………………… ［014］**9**
　能因集 ………………………… ［041］**28**-*389*
　平安私家集 …………………… ［041］**28**
井上 和人
　仮名草子集 …………………… ［043］**64**
　かなめいし …………………… ［043］**64**-*11*
井上 勝志
　妹背山婦女庭訓 ……………… ［043］**77**-*309*
　解説 …………………………… ［043］**77**-*671*
　浄瑠璃集 ……………………… ［043］**77**
井上 金峨
　小説 白藤伝 ………………… ［042］**2**-*99*

井上 隆明
　喜三二の作品構造 …………… ［013］**34**-*340*
井上 忠
　貝原益軒の生涯とその科学的業績―「益
　軒書簡」の解題にかえて … ［069］**34**-*492*
　貝原益軒 室鳩巣 ……………… ［069］**34**
井上 鋭夫
　朝倉始末記 …………………… ［069］**17**-*325*
　一向一揆―真宗と民衆 ……… ［069］**17**-*615*
　官知論 ………………………… ［069］**17**-*237*
　賢会書状 ……………………… ［069］**17**-*427*
　竹松隼人覚書 ………………… ［069］**17**-*437*
　本福寺跡書 …………………… ［069］**17**-*185*
　蓮如 一向一揆 ……………… ［069］**17**
　蓮如上人御一代聞書 付 第八祖御物語
　　空善聞書 …………………… ［069］**17**-*111*
井上 敏幸
　好色二代男 西鶴諸国ばなし 本朝二十
　　不幸 ………………………………… ［041］**76**
　西鶴諸国ばなし
　　　　［041］**76**-*261*, ［041］**76**-*529*
　西鶴名残の友 ………………………
　　　　［041］**77**-*471*, ［041］**77**-*621*
　参考文献 ……………………… ［013］**33**-*461*
　武道伝来記 西鶴置土産 万の文反古 西
　　鶴名残の友 ………………………… ［041］**77**
井上 直弘
　江戸時代文藝資料
　　　　［009］**1**, ［009］**2**, ［009］**3**, ［009］**4**,
　　［009］**5**
井上 ひさし
　おかしな江戸の戯作者 ……… ［013］**34**-*389*
井上 光貞
　往生伝 法華験記 ……………… ［069］**7**
　日本書紀 ……………… ［067］**67**, ［067］**68**
　日本律令の成立とその注釈書
　　………………………………… ［069］**3**-*743*
　文献解題―成立と特色 ……… ［069］**7**-*711*
　律令 …………………………………… ［069］**3**
井上 宗雄
　小倉百人一首 ………………… ［022］**11**-*149*
　正治二年俊成卿和字奏状
　　………………………………… ［054］〔**1**〕-*269*
　中世和歌集 …………………… ［043］**49**
　とはずがたり ………………… ［044］〔**12**〕
　はじめに ……………………… ［044］〔**12**〕-*3*
　『増鏡』と和歌 ……………… ［013］**14**-*365*
井上 靖
　王朝日記文学について ……… ［033］**8**-*365*
　西行・山家集 …………………… ［022］**9**
　更級日記 ……………………… ［027］**7**-*189*

猪股 静弥
　万葉の花と虫 ……………… [022] **2**-*145*
伊原 昭
　枕草子にあらわれた美意識 ・ [013] **8**-*412*
茨木 憲
　能・狂言と現代演劇 ……… [013] **22**-*507*
揖斐 高
　「一話一言」について …… [010] **16**-*629*
　江戸詩人選集 …………………… [007] **5**
　大田南畝全集 ………………………
　　　[010] **1**, [010] **10**, [010] **11**, [010] **12**,
　　　[010] **13**, [010] **14**, [010] **15**, [010] **16**,
　　　[010] **17**, [010] **18**, [010] **19**, [010]
　　　2, [010] **20**, [010] **3**, [010] **4**, [010]
　　　5, [010] **6**, [010] **7**, [010] **8**, [010] **9**,
　　　[010] 別
　解説 細推物理の精神 ……… [010] **8**-*679*
　解説 南畝雑録 …………… [010] **18**-*669*
　解説 南畝老年の生活記録 … [010] **9**-*649*
　霞舟吟巻(首巻) ………… [041] **64**-*171*
　薐園録稿 如亭山人遺藁 梅墩詩鈔
　　　……………………………… [041] **64**
　五山堂詩話 ………………… [041] **65**-*155*
　五山堂詩話解説 …………… [041] **65**-*612*
　索引編集跋語 ……………… [010] 別-*699*
　如亭詩の抒情—放浪の詩人と流れの女
　　　……………………………… [041] **64**-*457*
　如亭山人遺藁 ………………… [041] **64**-*69*
　詩話大概 ……………………… [041] **65**-*583*
　壬戌紀行 ……………………… [041] **84**-*331*
　友野霞舟について ………… [041] **64**-*473*
　日本詩史 五山堂詩話 ……… [041] **65**
　寝惚先生文集 ………………… [041] **84**-*1*
　寝惚先生文集 狂歌才蔵集 四方のあか
　　　……………………………… [041] **84**
　蕪村集 一茶集 ………………… [071] **43**
　夜航余話 ……………………… [041] **65**-*281*
　夜航余話解説 ……………… [041] **65**-*638*
井伏 鱒二
　平治物語 ……………………… [027] **10**-*93*
　保元物語 ……………………… [027] **10**-*1*
伊馬 春部
　東海道中膝栗毛 …………… [027] **17**-*163*
今井 宇三郎
　水戸学 ……………………………… [069] **53**
　水戸学における儒教の受容—藤田幽谷・
　　会沢正志斎を主として …. [069] **53**-*525*
今井 源衛
　葵／賢木／花散里 …………… [031] **3**
　朝顔／少女／玉鬘 …………… [031] **6**
　東屋／浮舟 …………………… [031] **15**

あらすじ ……………… [013] **12**-*205*
大鏡 ……………………… [014] **5**-*293*
蜻蛉／手習／夢浮橋 …………… [031] **16**
漢籍・史書・仏典引用一覧 …………
　　　[031] **1**-*301*, [031] **2**-*275*, [031] **3**-
　　　232, [031] **4**-*268*, [031] **5**-*236*, [031]
　　　6-*255*, [031] **7**-*237*, [031] **8**-*285*,
　　　[031] **9**-*223*, [031] **10**-*303*, [031] **11**
　　　-*335*, [031] **12**-*247*, [031] **13**-*283*,
　　　[031] **14**-*253*, [031] **15**-*294*, [031] **16**
　　　-*323*, [043] **22**-*475*, [043] **23**-*563*,
　　　[043] **24**-*511*, [043] **25**-*409*
行幸／藤袴／真木柱／梅枝／藤裏葉
　　　……………………………… [031] **8**
桐壺／帚木／空蟬／夕顔 ………… [031] **1**
源氏物語 ………………………………
　　　[015] **14**, [015] **15**, [015] **16**, [015]
　　　17, [015] **18**, [015] **19**, [015] **20**, [015]
　　　21, [015] **22**, [015] **23**, [043] **20**, [043]
　　　21, [043] **22**, [043] **23**, [043] **24**, [043]
　　　25, [066] **12**, [066] **13**, [066] **14**, [066]
　　　15, [066] **16**, [066] **17**
古典への招待 物語本文の不整合につい
　て ……………………………… [043] **23**-*3*
匂兵部卿／紅梅／竹河／橋姫 …. [031] **12**
早蕨／宿木 …………………… [031] **14**
椎本／総角 …………………… [031] **13**
須磨／明石／澪標 …………… [031] **4**
総説 …………………………… [013] **12**-*189*
竹取物語 伊勢物語 大和物語 … [067] **9**
堤中納言物語 とりかへばや物語 ………
　　　[013] **12**, [041] **26**
とりかへばや物語 …………… [041] **26**-*106*
初音／胡蝶／蛍／常夏／篝火／野分
　　　……………………………… [031] **7**
兵部卿宮 ……………………… [013] **9**-*436*
枕草子・大鏡 …………………… [014] **5**
紫式部日記に見える「才」 .. [013] **11**-*436*
横笛／鈴虫／夕霧／御法／幻 …. [031] **11**
蓬生／関屋／絵合／松風／薄雲 … [031] **5**
若菜 …………………………… [031] **9**
若菜 下 柏木 ………………… [031] **10**
若紫／末摘花／紅葉賀／花宴 … [031] **2**
今泉 準一
　解説 ……………………… [096] **4**-*5*-*2*
今尾 哲也
　解説 黙阿弥のドラマトゥルギー
　　　……………………… [040] 〔**82**〕-*491*
　三人吉三廓初買 …………… [040] 〔**82**〕
今成 元昭
　方丈記 付 発心集 …………… [049] 〔**15**〕
今西 祐一郎

いむた　　　　　　　　　　　作家名索引（注・訳者）

蜻蛉日記 ……………………［041］24-39
蜻蛉日記 解説 ………………［041］24-515
源氏物語 ……………………………………
　　　　［041］19,［041］20,［041］21,［041］
　　　　22,［041］23
源氏物語索引 …………………［041］別2
『源氏物語』の行方 …………［041］23-460
鈴虫はなんと鳴いたか ………［041］22-495
土佐日記 蜻蛉日記 紫式部日記 更級日
　記 …………………………………［041］24
「みやこ」と「京」—平安京の遠近法
　　　　………………………［041］20-485

伊牟田 経久
蜻蛉日記 ………［043］13-87,［015］11
土佐日記 蜻蛉日記 …［043］13,［066］9

井本 農一
笈の小文 ………………………［033］31-186
奥の細道 ………………………［033］31-198
奥の細道の世界 ………………［022］15-169
解説 ……………………………［033］31-321
概説 ……………………………［025］7-5
鹿島紀行 ………………………［033］31-183
紀行・日記編 …………………［043］71-577
紀行・日記篇 俳文篇 ………［025］6
紀行篇 補遺 …………………［025］別1-121
古典への招待『奥の細道』の底本につい
　て—芭蕉自筆本の出現にふれて …［043］
　71-7
古典への招待 芭蕉の発句について
　　　　………………………［043］70-3
嵯峨日記 ………………………［033］31-219
更科紀行 ………………………［033］31-196
三冊子 ……［025］7-151,［025］別1-245
曾良随行日記 …………………［025］6-205
日本文学史入門 ………………［013］別
野ざらし紀行 …………………［033］31-177
俳諧年表 ………………………［027］15-371
俳句編 …………………………［015］54-11
俳論篇 …………………………［025］7
はじめに ……［013］28-1,［013］別-1
芭蕉 ……………………………［013］28
芭蕉句集 ………………………［015］54
芭蕉集 …………………………［014］14
芭蕉の人と文学 ………………［013］28-11
芭蕉評伝 ………………………［025］9-9
芭蕉文集 去来抄 ……………［015］55
花屋日記 ………………………［033］31-306
評伝・年譜・芭蕉遺語集 ……［025］9
風俗文選 ………………………［033］31-292
文学史とは何か ………………［013］別-7
補遺篇 …………………………［025］別1
松尾芭蕉集 ……………………

　　　　［043］70,［043］71,［066］41
連歌論集 俳論集 ……………［067］66
入江 智英
春情妓談水揚帳 幾夜物語 …………［083］5
はじめに ………………………［083］5-9
入谷 仙介
江戸詩人選集 …………………［007］8
入矢 義高
句双紙 …………………………［041］52-111
『句双紙』解説 ………………［041］52-564
五山文学集 ……………………［041］48
中巌と『中正子』の思想的性格
　　　　………………………［069］16-487
中正子 …………………………［069］16-123
中世禅家の思想 ………………［069］16
庭訓往来 句双紙 ……………［041］52
岩井 清則
可成三註 ………………………［070］II-15-51
岩佐 正
神皇正統記 増鏡 ……………［067］87
岩佐 美代子
十六夜日記 ……………………［043］48-265
竹むきが記 ……………………［041］51-271
中世日記紀行集 ……［041］51,［043］48
中務内侍日記 …………………［041］51-211
風雅和歌集 ……………………［054］〔4〕
弁内侍日記 ……………………［043］48-143
岩崎 佳枝
七十一番職人歌合 ……………［041］61-1
七十一番職人歌合 新撰狂歌集 古今夷
　曲集 …………………………［041］61
文学としての『七十一番職人歌合』
　　　　………………………［041］61-563
岩崎 美隆
枕草子春曙抄〔杠園抄〕……［072］〔16〕-1
岩田 九郎
うづら衣 ………………………［033］35-313
「うづら衣」について ………［033］35-391
岩田 秀行
江戸座 点取俳諧集 …………［041］72
江戸座の名称と高点付句集の句風
　　　　………………………［041］72-499
川柳の類型性 …………………［013］31-388
俳諧童の的 ……………………［041］72-325
岩波書店編集部
日本古典文学大系索引 ………………………
　　　　［067］〔索引1〕,［067］〔索引2〕
巌谷 槙一
英対暖語 ………………………［027］18-261
春色梅見舟 ……………………［027］18-381

802　日本古典文学全集・内容綜覧

春色辰巳園 ……………… ［027］**18**-*111*
春色恵の花 ……………… ［027］**18**-*209*
心中宵庚申 ……………… ［027］**14**-*379*

【う】

植垣 節也
　風土記 …………………………… ［043］**5**
植木 行宣
　解題 ……………………… ［069］**23**-*748*
　教訓抄 …………………… ［069］**23**-*9*
上坂 信男
　色好みと色即是空 ……… ［013］**6**-*418*
上田 万年
　序 ………………………… ［085］**3**-*1*
上田 正昭
　古事記 …………………………… ［013］**1**
　序説 ……………………… ［013］**1**-*1*
　総説 ……………………… ［013］**1**-*9*
上田 三四二
　清爽の世界 ……………… ［013］**8**-*471*
植谷 元
　解題 ……………………… ［038］**29**-*427*
　仁斎日札 ………………… ［041］**99**-*1*
　『仁斎日札』解説 ………… ［041］**99**-*465*
　仁斎日札 たはれ草 不尽言 無可有郷
　　…………………………………… ［041］**99**
　編集のことば …………… ［038］**1**-*1*
植手 通有
　佐久間象山における儒学・武士精神・洋
　学―横井小楠との比較において ……［069］
　　55-*652*
　頼山陽 ……………………………… ［069］**49**
　渡辺崋山 高野長英 佐久間象山 横井小
　　楠 橋本左内 ………………… ［069］**55**
上野 洋三
　あら野 …………………… ［041］**70**-*57*
　雲上歌訓 ………………… ［041］**67**-*209*
　江戸詩人選集 …………………… ［007］**1**
　江戸時代前期の歌と文章 … ［041］**67**-*531*
　烏丸光栄歌道教訓 ……… ［041］**67**-*169*
　切字断章 ………………… ［013］**33**-*393*
　近世歌文集 ……………………… ［041］**67**
　後鳥羽院四百年忌御会 付・隠岐記
　　………………………… ［041］**67**-*15*
　山家記 …………………… ［041］**67**-*29*
　三行記 …………………… ［041］**67**-*93*
　七部集の表現と俳言 …… ［041］**70**-*616*
　初学考鑑 ………………… ［041］**67**-*185*
　続猿蓑 …………………… ［041］**70**-*455*
　芭蕉七部集 ……………………… ［041］**70**
　春の曙 …………………… ［041］**67**-*1*
　春の日 …………………… ［041］**70**-*29*
　冬の日 …………………… ［041］**70**-*1*
　見延のみちの記 ………… ［041］**67**-*47*
　倭調五十人一首 ………… ［041］**67**-*133*
　若むらさき ……………… ［041］**67**-*257*
上原 専禄
　「立正安国論」と私 ……… ［033］**15**-*423*
上原 輝男
　恵方曾我万吉原 ………… ［057］**7**-*251*
植松 茂
　説話としての日本霊異記 …… ［033］**1**-*348*
上村 悦子
　あとがき …………………………
　　［011］**2**-*590*,［011］**3**-*417*,［011］**4**-
　　504,［011］**5**-*899*,［011］**6**-*710*,［011］
　　7-*677*,［011］**8**-*921*,［011］**9**-*383*
　蜻蛉日記解釈大成
　　［011］**1**,［011］**2**,［011］**3**,［011］**4**,
　　［011］**5**,［011］**6**,［011］**7**,［011］**8**,
　　［011］**9**
　新出本 神宮徴古館所蔵「かげろふの日
　　記」について …………… ［011］**9**-*3*
浮橋 康彦
　解説 ……………………… ［035］〔**7**〕-*271*
　日本永代蔵 ……… ［035］〔**7**〕,［035］〔**8**〕
臼井 吉見
　西鶴と現代文学 ………… ［033］**23**-*386*
　竹取物語 ………………… ［033］**7**-*3*
　堤中納言物語 …………… ［033］**7**-*213*
　徒然草 …… ［033］**11**-*247*,［033］**11**-*355*
　蕪村と一茶 ……………… ［033］**32**-*406*
鵜月 洋
　雨月物語評釈 …………… ［064］〔**25**〕
臼田 甚五郎
　王朝日記 ………………………… ［013］**10**
　神楽歌 …………………… ［043］**42**-*15*
　神楽歌 催馬楽 梁塵秘抄 閑吟集 ……
　　……………………… ［043］**42**,［066］**25**
　催馬楽 …………………… ［043］**42**-*113*
　撰要両曲巻 ……………… ［046］**2**-*23*
　『土佐日記』概説 ………… ［013］**10**-*9*
宇田 敏彦
　買飴㾱颪野弄話 ………… ［041］**83**-*303*
　一徳物語 ………………… ［095］**8**-*23*
　色男其所此処 …………… ［041］**83**-*321*
　裏見寒話 ………………… ［095］**9**-*319*
　江戸芝居年代記 ………… ［095］**11**-*101*

江戸自慢	[095] 8-45	雑交苦口記	[095] 8-411
江戸拾葉	[095] 12-213	見延攻	[095] 12-207
大江戸春秋	[095] 11-9	門前地改更之実録	[095] 12-407
大違宝舟	[041] 83-181	雪の降道	[095] 10-313
御町中御法度御穿鑿遊女諸事出入書留	[095] 8-221	世のすがた	[095] 6-33
かくやいかにの記	[095] 4-217	悦贔屓蝦夷押領	[041] 83-277
関東潔鏡伝	[095] 6-317	洛水一滴抄	[095] 7-17
戯言養気集	[095] 4-241	緑山砂子	[095] 10-205
貴賎上下考	[095] 10-145		

内田 保広
　解題
　　　[045] I-22-267, [045] III-48-343
　近世談美少年録
　　　[045] I-21, [045] I-22
　新局玉石童子訓
　　　[045] III-47, [045] III-48

黄表紙 川柳 狂歌	[043] 79		
黄表紙―短命に終わった機知の文学	[041] 83-613		
享保通鑑	[095] 9-87		
業要集	[095] 4-11		
峡陽来書	[095] 12-197		
享和雑記	[095] 2-9		
桐竹紋十郎手記	[095] 12-423		

内田 るり子
　『田植草紙』と音楽 　[013] 15-375

内村 和至
　鱠庖丁青砥切味　[045] II-35-5
　孖算女行烈　[045] I-24-219

草双紙集	[041] 83		
草双紙年代記	[041] 83-343		
草双紙の誕生と変遷	[041] 83-593		

内村 直也
　猿座頭　[027] 12-213
　墨田川　[027] 12-93
　卒塔婆小町　[027] 12-102
　望月　[027] 12-119

愚痴拾遺物語	[095] 9-9		
項目全書	[095] 4-1		
此奴和日本	[041] 83-211		
公侯煕績	[095] 9-71		
古今東名所	[095] 4-199		

内山 美樹子
　竹田出雲 並木宗輔 浄瑠璃集　[041] 93
　近松の文学と節付け　[060] 10-148
　近松半二 江戸作者 浄瑠璃集　[041] 94
　近松没後の人形浄瑠璃　[013] 30-438
　天竺徳兵衛万里入舩　[057] 1-7

三十三ヶ条案文	[095] 8-193		
柔術	[095] 7-427		
正札附息質	[041] 83-253		
新徴組目録	[095] 10-59		
素謡世々之蹟	[095] 7-209		
角力め組鳶人足一条	[095] 8-453		

宇野 信夫
　女殺油地獄　[027] 14-345
　解説　[033] 25-313
　浄瑠璃名作集　[033] 25-3
　曾根崎心中　[027] 14-1
　近松雑感　[033] 24-385

其返報怪談	[041] 83-161		
村摂記	[095] 3-155		
太平記万八講釈	[041] 83-227		
露草双紙	[095] 7-305		

生方 たつゑ
　源氏の女性たち　[022] 5-180
　錦の小蛇　[013] 2-493

天狗騒動実録	[095] 10-187		
天保風説見聞秘録	[095] 5-145		
天明紀聞寛政紀聞	[095] 2-253		
東都一流江戸節根元集	[095] 5-269		

馬屋原 成男
　春歌拾遺考　[083] 9

梅崎 史子
　杜若艶色紫　[057] 5-279

七種宝納記	[095] 5-11		
離逬為可徳	[095] 12-235		
博奕仕方風聞書	[095] 1-379		
一本草	[095] 12-457		

梅谷 文夫
　『出定後語』の版本　[069] 43-685

鄙雑組	[095] 7-69		
尾陽戯場事始	[095] 3-11		
楓林腐草	[095] 7-389		
文政外記天保改革雑談	[095] 3-387		
文政雑説集	[095] 10-163		
文廟外記	[095] 8-9		
宝丙密秘登津	[095] 6-11		
真佐喜のかつら	[095] 8-291		
十寸見編年集	[095] 10-221		

梅原 猛
　神々の祭り　[022] 1-145
　古事記　[022] 1
　古事記に学ぶ　[022] 1-157

梅原 恭則
　一茶発句総索引 ……………… [002]〔索引〕
浦山 政雄
　女扇の後日物語いろは演義 ……… [057] 9-459
　浮世柄比翼稲妻 ……………… [057] 9-111
　女扇忠臣要 …………………… [057] 9-429
　解説 ……………… [057] 3-505, [057] 9-491
　歌舞伎脚本集 ………… [067] 53, [067] 54
　菊宴月白浪 …………………… [057] 9-7
　法懸松成田利剣 ……………… [057] 9-219
　心謎解色糸 …………………… [057] 3-7
　盟話水滸伝 …………………… [057] 3-283
　四天王櫓礎 …………………… [057] 3-191
　近松浄瑠璃の舞台化 ………… [013] 29-421
　鶴屋南北全集 ………… [057] 3, [057] 9
　当穐八幡祭 …………………… [057] 3-85
　当世染戯場雛形 ……………… [057] 3-475
　昔模様戯場雛形 ……………… [057] 3-447
瓜生 忠夫
　「堀川波鼓」をめぐって …… [033] 24-371
宇留河 泰呂
　王丹亭覚え書 ………………… [013] 26-349
漆山 天童
　緒言 …………………………… [009] 3
海野 泰男
　大鏡 …………………… [071] 19, [071] 20

【え】

榎 克朗
　解説 ……………………… [040]〔36〕-271
　鎌倉仏教と文学 ……………… [013] 20-315
　平安中期の仏教情勢 ………… [013] 9-472
　梁塵秘抄 ……………………… [040]〔36〕
榎本 一郎
　三冊子 ………………………… [043] 88-545
穎原 退蔵
　木枯の巻(「冬の日」より) …… [033] 31-7
　時雨の巻(「冬の日」より) …… [033] 31-32
　序言 …………………………… [085] 7-1
　川柳の文芸性 ………………… [033] 33-353
　定本西鶴全集 …………………………………
　　[058] 1, [058] 10, [058] 11下, [058] 11上, [058] 12, [058] 13, [058] 14, [058] 2, [058] 3, [058] 4, [058] 5, [058] 6, [058] 7, [058] 8, [058] 9
　俳諧名作集 …………………… [085] 7
　芭蕉句集 ……………………… [063]〔80〕
　芭蕉の俳諧精神 ……………… [033] 30-391
　芭蕉文集 ……………………… [063]〔81〕
　発句篇 文章篇 ……………… [088] 1
　与謝蕪村集 …………………… [063]〔82〕
　連句篇 ………………………… [088] 2
海老沢 有道
　キリシタン宗門の伝来 ……… [069] 25-515
　キリシタン書 排邪書 ………… [069] 25
　対治邪執論 …………………… [069] 25-459
　排吉利支丹文 ………………… [069] 25-419
　排耶書の展開 ………………… [069] 25-593
　排耶蘇 ………………………… [069] 25-413
　破吉利支丹 …………………… [069] 25-449
　破提宇子 ……………………… [069] 25-423
　仏法之次第略抜書 …………… [069] 25-103
　妙貞問答 中・下巻 ………… [069] 25-113
江本 裕
　解題 ……………………… [035]〔3〕-209
　西鶴諸国はなし … [035]〔3〕, [035]〔4〕
　参考文献 ……………………… [014] 15-429
　太閤記 ………………………… [041] 60
鳶魚生
　跋 ……………………………… [095] 12-477
鳶魚幽人
　叙言 …………………………… [095] 1-7
円地 文子
　あきみち ……………………… [033] 18-260
　和泉式部日記 ………………… [033] 8-151
　妹背山婦女庭訓 ……………… [027] 12-340
　雨月物語 ……………………… [027] 17-1
　歌のない女 …………………… [013] 9-493
　お伽草子 ……………………… [060] 別2-5
　蜻蛉日記 ……………………… [033] 8-29
　源氏物語 ………… [060] 5-5, [022] 5
　さいき ………………………… [033] 18-233
　曾我のこと …………………… [033] 17-389
　蛙の草紙 ……………………… [033] 18-212
　春雨物語 ……………………… [027] 17-71
　梵天国 ………………………… [033] 18-220
　紫式部 ………………………… [033] 4-392
　物くさ太郎 …………………… [033] 18-199
　夜半の寝覚 …………………… [027] 5-273
　私の歌舞伎鑑賞 ……………… [033] 26-382
遠藤 誠治
　一茶・成美・一瓢 …………… [013] 32-463
遠藤 宏
　作者小伝 ………………………………………
　　[071] 2-283, [071] 3-309, [071] 4-349
遠藤 嘉基
　篁・平中・浜松中納言物語 …… [067] 77

土左・かげろふ・和泉式部・更級日記
　　　　　　　　　　　　　　　［067］**20**
日本霊異記 ……………………［067］**70**

【 お 】

大朝 雄二
　源氏物語 …………………………………
　　［041］**19**,［041］**20**,［041］**21**,［041］
　　22,［041］**23**
　光源氏の物語の構想 ………［041］**20－510**
大内 初夫
　蛙合 …………………………［041］**71－1**
　元禄俳諧集 …………………［041］**71**
　旅寝論 ………………………［025］別**1－252**
　旅寝論・落柿舎遺書 ………［025］別**1－251**
　続の原 ………………………［041］**71－21**
　俳論篇 ………………………［025］**7**
　深川 …………………………［041］**71－345**
　卯辰集 ………………………［041］**71－189**
　落柿舎遺書 …………………［025］別**1－299**
大岡 信
　古今集・新古今集 …………［022］**3**
　百人一首 ……………………［060］別**1－5**
　幻の世俗画 …………………［013］**7－459**
　若い世代と芭蕉 ……………［049］〔**18**〕**－228**
大久保 恵国
　鶴屋南北全集 ………………………［057］**4**
大久保 忠国
　色一座梅椿 …………………［057］**4－79**
　御国入曾我中村 ……………［057］**10－117**
　解説 …………………………………………
　　［057］**4－497**,［057］**10－469**,［057］**12**
　　－539
　復讐䨱高砂 …………………［057］**4－469**
　四十七手本裏張 ……………［057］**10－443**
　解脱衣楓累 …………………［057］**4－257**
　極らくのつらね ……………［057］**12－535**
　寂光門松後万歳 ……………［057］**12－533**
　序説 …………………………［013］**29－1**
　姿花江戸伊達染 ……………［057］**4－177**
　近松 …………………………［013］**29**
　近松浄瑠璃集 ………………［067］**50**
　近松の生涯とその作品 ……［013］**29－9**
　鶴屋南北全集 ………………［057］**10**
　慳雑石尊賺 …………………［057］**10－7**
　謎帯一寸徳兵衛 ……………［057］**4－7**
大久保 正
　大祓詞後釈（総論） …………［033］**34－97**
　近世思想家文集 ……………［067］**97**
　源氏物語玉の小櫛 …………［033］**34－131**
　古今集遠鏡（総論） …………［033］**34－111**
　古語拾遺疑斎弁 ……………［033］**34－103**
　古事記伝（総論） ……………［033］**34－81**
　後撰和歌詞のつかね緒 序 …［033］**34－118**
　国歌八論同斥非評 …………［033］**34－119**
　新古今集美濃の家づと ……［033］**34－121**
　草庵集玉箒（総論） …………［033］**34－129**
　続紀歴朝詔詞解（総論） ……［033］**34－98**
　直毘霊 ………………………［033］**34－248**
　万葉集重載歌及び巻の次第 …………
　　　　　　　　　　　　　　　［033］**34－107**
大久保 良順
　漢光類聚 ……………………［069］**9－569**
　天台本覚論 …………………［069］**9**
大倉 直人
　四天王御江戸鏑（『土蜘蛛』と『中組の綱
　　五郎』） ……………………［045］**III－49－159**
大桑 斉
　官知論 ………………………［069］**17－237**
大坂 芳一
　川柳の作家について ………［013］**31－399**
大阪朝日新聞社
　近松全集序 …………………［051］**1－1**
大島 建彦
　和泉式部 ……………………［043］**63－225**
　一寸法師 ……………………［043］**63－243**
　宇治拾遺物語 ………………［040］〔**39**〕
　浦島の太郎 …………………［043］**63－253**
　御伽草子集 …………………［015］**49**,［066］**36**
　御曹子島渡 …………………［043］**63－91**
　解説 …………………………［040］〔**39**〕**－543**
　古典への招待 室町物語への招待 …………
　　　　　　　　　　　　　　　［043］**63－3**
　猿源氏草紙 …………………［043］**63－119**
　酒伝童子絵 …………………［043］**63－267**
　曽我物語 ……………………［067］**88**
　橋立の本地 …………………［043］**63－175**
　文正草子 ……………………［043］**63－13**
　室町物語草子集 ……………［043］**63**
　ものくさ太郎 ………………［043］**63－149**
大島 貴子
　今物語・隆房集・東斎随筆 …［054］〔**7**〕
　歌論・連歌論 ………………［013］**24－430**
大島 信生
　古典への招待 近・現代史としての『日
　　本紀』………………………［043］**4－5**
　古典への招待 歴史書としての『日本書
　　紀』…………………………［043］**3－5**
大城 立裕

おおは

ドラマのなかの姉妹神 ……〔013〕**25**-367
大隅 和雄
　中世神道論 ……………………〔069〕**19**
大曽根 章介
　往生伝 法華験記 ………………〔069〕**7**
　解説 …………………〔040〕〔**26**〕-301
　海道記 …………………〔041〕**51**-69
　源平盛衰記 ………………〔054〕〔**15**〕
　古代政治社会思想 ……………〔069〕**8**
　諸本解題 ………………〔069〕**7**-761
　太平記 ……………〔071〕**33**,〔071〕**34**
　高倉院厳島御幸記 ……………〔041〕**51**-1
　高倉院升遐記 …………………〔041〕**51**-25
　中世日記紀行集 ………………〔041〕**51**
　東関紀行 ………………………〔041〕**51**-125
　本朝文粋 ………………………〔041〕**27**
　本朝文粋解説 …………………〔041〕**27**-429
　源為憲雑感 ……………………〔041〕**31**-447
　和漢朗詠集 ……………………〔040〕〔**26**〕
太田 武夫
　室町時代物語集
　　〔098〕**1**,〔098〕**2**,〔098〕**3**,〔098〕**4**,
　　〔098〕**5**
　例言 ……………………〔098〕**1**-1
太田 善麿
　あしわけおぶね ………〔033〕**34**-157
　古事記 ………〔063〕〔**30**〕,〔063〕〔**31**〕
　玉くしげ ………………〔033〕**34**-260
　秘本玉くしげ …………〔033〕**34**-273
大高 洋司
　開巻驚奇侠客伝 ………………〔041〕**87**
　『開巻驚奇侠客伝』の骨格 ‥〔041〕**87**-833
大竹 寿子
　扇々爰書初 ……………〔045〕**Ⅰ-24**-101
　近江源氏湖月照 ………〔045〕**Ⅰ-24**-5
大谷 篤蔵
　芭蕉句集 ………………………〔067〕**45**
　補遺篇 …………………………〔025〕別**1**
　発句篇 …………………………〔025〕**2**
　発句篇（下）補遺 ……………〔025〕別**1**-51
　連句篇 ……………〔025〕**3**,〔025〕**5**
　連句篇補遺 ……………………〔025〕**5**-383
　連句篇（上）補遺 ……………〔025〕別**1**-55
大谷 雅夫
　孜孜斎詩話 ……………〔041〕**65**-231
　孜孜斎詩話解説 ………〔041〕**65**-633
　書名と部立について ……〔041〕**1**-3
　日本詩史 ………………………〔041〕**65**-31
　日本詩史解説 …………………〔041〕**65**-596
　日本詩史 五山堂詩話 …………〔041〕**65**
　万葉集

〔041〕**1**,〔041〕**2**,〔041〕**3**,〔041〕**4**
　万葉集索引 ……………………〔041〕別**5**
　万葉集と仏教、および中国文学
　　………………………〔041〕**4**-495
大津 有一
　竹取物語 伊勢物語 大和物語 ……〔067〕**9**
大津 雄一
　参考文献解題 …………〔014〕**11**-501
　曽我物語 ………………………〔043〕**53**
大塚 光信
　丸血留の道 ……………〔069〕**25**-323
　御パシヨンの観念 ……〔069〕**25**-225
　サカラメンタ提要付録 …〔069〕**25**-181
　抄物概説 ………………〔041〕**53**-557
　中華若木詩抄 湯山聯句鈔 …〔041〕**53**
　どちりいな―きりしたん …〔069〕**25**-13
　病者を扶くる心得 ……〔069〕**25**-83
　『三河物語』のことば ……〔069〕**26**-649
大塚 敬節
　医事或問 ………………〔069〕**63**-343
　近世科学思想 …………………〔069〕**63**
　近世前期の医学 ………〔069〕**63**-512
　師説筆記 ………………〔069〕**63**-375
　薬徴 ……………………〔069〕**63**-223
大槻 修
　有明けの別れ：ある男装の姫君の物語
　　…………………………〔044〕〔**1**〕
　堤中納言物語 ……〔041〕**26**-4,〔071〕**21**
　『堤中納言物語』語り語られる世界
　　………………………〔041〕**26**-369
　堤中納言物語 とりかへばや物語
　　………………………………〔041〕**26**
　平安後期・鎌倉時代物語の多様性
　　………………………〔013〕**12**-376
大坪 利絹
　新古今増抄
　　〔054〕〔**23**〕,〔054〕〔**24**〕,〔054〕〔**27**〕
大野 晋
　『十住心論』の底本及び訓読について
　　………………………〔069〕**5**-437
　日本書紀 ………〔067〕**67**,〔067〕**68**
　万葉集
　　〔067〕**4**,〔067〕**5**,〔067〕**6**,〔067〕**7**
大庭 みな子
　女の心をかき立てる笛の音色のにじむ
　　絵 ……………………〔022〕**4**-162
大橋 俊雄
　法然 一遍 ……………………〔069〕**10**
大橋 正叔
　生玉心中 ………………〔043〕**75**-331
　宇治加賀掾と近松 ……〔043〕**74**-542

おおは　　　　　　　　　作家名索引（注・訳者）

解説 ……… ［043］**76**-551, ［043］**77**-671
元禄期の浄瑠璃 …………… ［043］**74**-554
国性爺合戦 ………………… ［043］**76**-251
碁太平記白石噺 …………… ［043］**77**-459
古典への招待 浄瑠璃から文楽へ
　…………………………… ［043］**76**-3
坂田藤十郎と近松 ………… ［043］**74**-549
作者への道 ………………… ［043］**74**-539
浄瑠璃集 …………………………… ［043］**77**
心中重井筒 ………………… ［043］**75**-155
信州川中島合戦 …………… ［041］**92**-223
『信州川中島合戦』―勘介の母の死
　…………………………… ［041］**92**-515
新生竹本座 ………………… ［043］**74**-559
世話浄瑠璃の分類 ………… ［043］**74**-561
『曾根崎心中』の成立 …… ［043］**74**-556
大経師昔暦 ………………… ［043］**75**-529
竹本義太夫と近松 ………… ［043］**74**-545
丹波与作待夜のこむろぶし
　…………………………… ［043］**74**-337
近松浄瑠璃集 ……… ［041］**91**, ［041］**92**
近松世話浄瑠璃の作劇法 … ［043］**75**-639
近松門左衛門集
　［043］**74**, ［043］**75**, ［043］**76**
津国女夫池 ………………… ［041］**92**-79
博多小女郎波枕 …………… ［043］**74**-155
百合若大臣野守鏡 ………… ［041］**91**-185
世継曾我 …………………… ［041］**91**-1
『世継曾我』の成立 ……… ［043］**74**-543
大原 富枝
　右近と伊勢 ……………… ［013］**7**-470
　情念の凝集 ……………… ［022］**19**-166
大町 桂月
　近世説美少年録 附録 … ［032］〔20〕-623
大村 沙華
　湊陰隠逸伝 長枕褥合戦 …………… ［083］**2**
大森 北義
　合戦記の虚実―巻三の二つの合戦記に
　ついて …………………… ［014］**13**-353
大輪 靖宏
　雨月物語 ………………… ［049］〔20〕
　解説 ……………………… ［049］〔20〕-325
岡 一男
　大鏡 ………… ［033］**13**-5, ［063］〔44〕
　解説 ……………………… ［033］**13**-359
　はしがき ………………… ［026］〔1〕-1
　増鏡 ………… ［033］**13**-183, ［063］〔46〕
岡 雅彦
　一休ばなし ……………… ［043］**64**-225
　御伽物語 ………………… ［043］**64**-427
　解題 ……………………… ［045］I-19-411

仮名草子集 ………………………… ［043］**64**
狂歌と咄本―狂歌咄の消長
　…………………………… ［013］**31**-420
滑稽本集 …………………………… ［045］I-19
噺本大系
　［082］**1**, ［082］**2**, ［082］**3**, ［082］**4**,
　［082］**5**, ［082］**6**, ［082］**7**, ［082］**8**
岡井 隆
　こゑわざの悲しき ……… ［013］**15**-407
岡田 希雄
　上野国赤城山御本地解説 … ［098］**1**-423
岡田 哲
　解題 ……………………… ［045］I-12-303
　馬場文耕集 ……………… ［045］I-12
尾形 純男
　玄語図 …………………… ［069］**41**-547
　玄語図読図について …… ［069］**41**-673
岡田 精司
　総説 ……………………… ［013］**2**-279
　日本書紀 風土記 ………………… ［013］**2**
岡田 武彦
　解題 ……………………… ［069］**47**-539
　近世後期儒家集 ………………… ［069］**47**
　書簡 ……………………… ［069］**47**-275
　入学新論 ………………… ［069］**47**-163
　弁妄 ……………………… ［069］**47**-245
　明末と幕末の朱王学 …… ［069］**47**-499
　鳴鶴相和集 ……………… ［069］**47**-295
　約言 ……………………… ［069］**47**-221
尾形 仂
　あとがき ………………… ［064］〔24〕-468
　奥の細道 ………………… ［060］**9**-158
　おくのほそ道評釈 ……………… ［064］〔24〕
　解説 ……… ［096］**1**-2-60, ［096］**1**-6-29
　解題 ……………………… ［096］**1**-1-60
　紀行・日記篇 俳文篇 ……………… ［025］**6**
　去来抄 ……………………………… ［048］**5**
　序説 ……………………… ［013］**33**-1
　総説 ……………………… ［013］**33**-239
　俳句・俳論 ……………………… ［013］**33**
　俳文篇 補遺・補訂 …… ［025］別**1**-201
　はじめに ………………… ［048］**5**-1
　芭蕉の生涯 ……………… ［022］**15**-153
　松尾芭蕉 ………………… ［022］**15**-162
岡田 甫
　阿奈遠加之 魏姑射秘言 ………… ［083］**1**
　逸著聞集 阿奈遠加之 …………… ［083］**3**
　はじめに ………………… ［083］**1**-3
岡田 利兵衛
　解説 ……………………… ［096］**3**-2-1
岡野 弘彦

808　日本古典文学全集・内容綜覧

鄙のあわれ ……………………… [013] 5-427
万葉集と近代短歌 ………… [060] 2-158
岡部 伊都子
　清少納言の男性像 ……………… [022] 6-164
　竹取物語 ………………………… [060] 3-5
　土着の歌声 ……………………… [013] 25-374
岡見 正雄
　義経記 …………………………… [067] 37
　『義経記』の概略 ……………… [013] 21-299
　愚管抄 …………………………… [067] 86
　序説 ……………………………… [013] 21-1
　総説 ………… [013] 21-9, [013] 21-295
　太平記 …………………………… [067] 36
　太平記 曽我物語 義経記 ……… [013] 21
　『太平記』の概略 ……………… [013] 21-23
岡村 繁
　江戸詩人選集 …………………… [007] 9
岡本 勝
　万の文反古 ……… [035]〔5〕, [035]〔6〕
岡安 二三子
　かくばかり経がたく見ゆる―高光
　　………………………………… [011] 9-113
　ふるの社の―斎宮女御徽子女王
　　………………………………… [011] 9-98
岡山 泰四
　三河物語 葉隠 ………………… [069] 26
小川 幸三
　宗牧連歌論書『胸中抄』について
　　………………………………… [055] 別3-91
　福井文庫目録（広島大学文学部国語学国
　　文学研究室蔵） ………… [055] 別3-385
小川 武彦
　あとがき ………………………… [034] 索引
　御伽草子から仮名草子へ … [013] 26-317
　西鶴大矢数注釈 ………………… [034] 索引
小川 鼎三
　解体新書 ………………… [069] 65-207
　近代医学の先駆―解体新書と遁花秘訣
　　………………………………… [069] 65-479
　遁花秘訣 ………………… [069] 65-361
　洋学 ……………………………… [069] 65
小川 学夫
　奄美の歌謡 ……………… [013] 25-326
小川 嘉昭
　解題 ……………………… [045] I-11-389
　那須与市西海硯 ………… [045] I-11-7
荻田 清
　芸能篇 …………………………… [018]〔1〕
荻野 清
　概説 ……………………… [025] 8-15

書簡 ……………………… [067] 46-333
書翰篇 …………… [025] 8-33, [025] 8
芭蕉年譜 ………………… [025] 9-149
芭蕉文集 ………………………… [067] 46
評伝・年譜・芭蕉遺語集 ……… [025] 9
発句篇 …………………………… [025] 2
沖森 卓也
　続日本紀の述作と表記 …… [041] 15-645
荻原 浅男
　古事記 ………………… [066] 1-7, [015] 1
　古事記 上代歌謡 ……………… [066] 1
荻原 千鶴
　参考文献解題 …………… [014] 1-341
奥田 勲
　歌論 連歌論 連歌 ……………… [071] 37
　連歌論集 ………………… [043] 88-7
　連歌論集 能楽論集 俳論集 …… [043] 88
奥村 恒哉
　古今和歌集 …………………… [040]〔10〕
小倉 芳彦
　解題 ……………………… [069] 48-543
　近世史論集 ……………………… [069] 48
　大日本史賛藪 …………… [069] 48-11
　保建大記 ………………… [069] 48-321
尾崎 一雄
　世間胸算用 ……………… [027] 13-377
尾崎 士郎
　太平記 …………………… [027] 11-1
尾崎 秀樹
　今昔物語 ………………………… [022] 8
　道中今昔 ………………… [060] 12-148
尾崎 雄二郎
　抄物で見る日本漢学の偏差値
　　……………………… [041] 53-579
　中華若木詩抄 湯山聯句鈔 ……… [041] 53
長田 偶得
　五山文学小史 …………… [029] 別1-1
長部 日出雄
　説話のなかのユーモア …… [013] 13-453
小沢 昭一
　枕草子にあらわれる「……係助詞（係り）
　　……をかし（結び）」構文の特徴―係助詞と
　　「をかし」の関係 ……… [055] 別3-312
小沢 正夫
　古今和歌集 · [015] 9, [043] 11, [066] 7
　平家物語 ……………… [067] 32, [067] 33
尾沢 喜雄
　句帖 ……………………………… [002] 4
織田 作之助

大阪人的性格 ……………… [033] **22**-*392*
小高 敏郎
　江戸笑話集 ……………………… [067] **100**
　近世思想家文集 ………………… [067] **97**
　醒睡笑 …………………………… [033] **29**-*3*
　戴恩記 折たく柴の記 蘭東事始‥ [067] **95**
　附記 …………………… [096] **1**-**4**-*89*
小高 道子
　解説 …………………………… [043] **82**-*480*
　近世随想集 ……………………… [043] **82**
　しりうごと ………………… [043] **82**-*405*
　貞徳翁の記 ………………… [043] **82**-*13*
小田切 秀雄
　宇治十帖 …………………… [033] **6**-*357*
　お伽草子の芸術性 ………… [033] **18**-*369*
　近世短歌の究極処 ………… [033] **21**-*411*
　戯作・その伝統 …………… [033] **28**-*358*
　「国性爺合戦」の検討 ……… [033] **24**-*378*
　新古今世界の構造 ………… [033] **12**-*377*
　日本における文芸評論の成立―古代か
　　ら中世にかけての歌論 … [033] **36**-*306*
　万葉の伝統 ………………… [033] **3**-*346*
　本居宣長 …………………… [033] **34**-*365*
落合 清彦
　彩入御伽草 ………………… [057] **1**-*143*
　恋女房譬討双六 …………… [057] **2**-*453*
　校訂について ……………… [100] **22**-*365*
　高麗大和皇后浪 …………… [057] **1**-*353*
　四天王産湯玉川 …………… [057] **7**-*157*
　四天王楓江戸粧 …………… [057] **1**-*57*
　成田山御手乃綱五郎 ……… [057] **8**-*477*
　霊験亀山鉾 ………………… [057] **8**-*357*
　霊験曾我籬 ………………… [057] **2**-*7*
乙葉 弘
　浄瑠璃集 ………………………… [067] **51**
小野 寛
　万葉集 …… [071] **2**, [071] **3**, [071] **4**
尾上 松緑
　義経千本桜と私 …………… [022] **18**-*158*
尾上 梅幸
　私と義経 …………………… [013] **21**-*442*
尾原 悟
　ヨーロッパ科学思想の伝来と受容
　　……………………… [069] **63**-*481*
表 章
　間狂言の変遷 ……………… [013] **22**-*444*
　古典への招待 異種混在の効果
　　……………………………… [043] **88**-*3*
　世阿弥 禅竹 ……………………… [069] **24**
　世阿弥と禅竹の伝書 ……… [069] **24**-*542*
　風姿花伝 …………………… [015] **47**-*321*

謡曲集 ………………………………
　　　[015] **46**, [015] **47**, [067] **40**, [067] **41**
連歌論集 能楽論集 俳論集 ………
　　　[043] **88**, [066] **51**
尾山 篤二郎
　大伴家持と万葉集 ………… [033] **2**-*389*
折口 信夫
　妣が国へ・常世へ ………… [033] **1**-*315*
　万葉びとの生活 …………… [033] **3**-*317*

【 か 】

加賀 乙彦
　日記の現実と物語の仮構 … [013] **11**-*470*
鏡島 元隆
　正法眼蔵 正法眼蔵随聞記 ……… [067] **81**
加賀山 直三
　五大力恋緘 ………………… [027] **12**-*352*
柿本 奨
　あとがき ………………… [064] 〔**3**〕-*490*
　王朝日記 ………………………… [013] **10**
　『蜻蛉日記』への誘い ……… [013] **10**-*97*
　『蜻蛉日記』梗概 …………… [013] **10**-*107*
　蜻蛉日記全注釈 ‥ [064] 〔**2**〕, [064] 〔**3**〕
　はしがき ………………… [064] 〔**2**〕-*1*
　文学的人物考 ……………… [013] **5**-*401*
笠原 一男
　御文(御文章) ……………… [069] **17**-*9*
　参州一向宗乱記 …………… [069] **17**-*275*
　蓮如 一向一揆 …………………… [069] **17**
　蓮如―その行動と思想 …… [069] **17**-*589*
風間 誠史
　解題 ………………………………
　　　[045] **I**-**7**-*325*, [045] **III**-**42**-*387*
　多田南嶺集 ………………… [045] **III**-**42**
　伴蒿蹊集 ……………………… [045] **I**-**7**
風巻 景次郎
　源氏物語の精神 …………… [033] **4**-*399*
　山家集 金槐和歌集 ……………… [067] **29**
　新古今集の叙景と抒情 …… [033] **12**-*359*
　説話文学の芸術性 ………… [033] **18**-*354*
笠松 宏至
　解題 ………………………… [069] **22**-*417*
　鎌倉後期の公家法について
　　……………………… [069] **22**-*407*
　公家思想 …………………… [069] **22**-*12*
　中世政治社会思想 … [069] **21**, [069] **22**
　幕府法 ……………………… [069] **21**-*7*

加地 伸行
　孝経啓蒙 ……………………… [069] 29-179
　『孝経啓蒙』の諸問題 ……… [069] 29-408
　中江藤樹 ……………………………… [069] 29
梶原 正昭
　いくさ物語の形象とパターン
　　　………………………………… [041] 45-447
　義経記 ………………… [043] 62,[066] 31
　軍僧といくさ物語 ………… [013] 19-420
　曽我物語 ………………………………… [043] 53
　平家物語 ………………………………………
　　　[014] 11-1,[014] 11,[041] 44,[041]
　　　45
柏木 由夫
　金葉和歌集 ……………………… [041] 9-4
　『金葉和歌集』解説 ………… [041] 9-429
　金葉和歌集 詞花和歌集 ………… [041] 9
柏原 祐泉
　近世の排仏思想 ……………… [069] 57-517
　近世仏教の思想 ………………… [069] 57
　護法思想と庶民教化 ………… [069] 57-533
　三尊訓 …………………………… [069] 57-7
　総斥排仏弁 …………………… [069] 57-105
　僧分教誡三罪録 ……………… [069] 57-35
　妙好人伝 (初篇 仰誓、二篇 僧純)
　　　………………………………… [069] 57-147
春日 和男
　日本霊異記 ……………………… [067] 70
粕谷 宏紀
　参考文献 ……………………… [013] 31-454
　宿屋飯盛雑考 ………………… [013] 31-430
片岡 弥吉
　こんちりさんのりやく …… [069] 25-361
片桐 洋一
　伊勢物語 ………………………………… [048] 6
　伊勢物語 大和物語 ……………… [013] 5
　解説 …………………………… [041] 6-471
　古今和歌集 …………………… [044] 〔7〕
　後撰和歌集 ………………………… [041] 6
　古典への招待 初期物語の方法—その伝
　承性をめぐって ……………… [043] 12-5
　参考文献 …………………… [013] 5-436
　初期物語の本質 ……………… [013] 6-389
　序説 ……………………………… [013] 5-1
　総説 …………… [013] 5-9,[013] 5-235
　竹取物語 …… [015] 10-5,[043] 12-11
　竹取物語 伊勢物語 土佐日記 … [015] 10
　竹取物語 伊勢物語 大和物語 平中物語 ‥
　　　[043] 12,[066] 8
　はしがき …………………… [048] 6-1
片野 達郎

新古今和歌集 山家集 金槐和歌集
　　　…………………………………… [013] 17
　千載和歌集 …………………… [041] 10
　総説 …………………………… [013] 17-273
　美術史と文学史 …………… [013] 別-421
片山 貞美
　近代歌人と西行 ……………… [022] 9-169
　現代短歌と百人一首 ……… [022] 11-162
片山 享
　中世和歌集 鎌倉篇 ……………… [041] 46
　南海漁父北山樵客百番歌合 ‥ [041] 46-81
　藤原良経—その初学期をめぐって
　　　………………………………… [055] 別3-157
　明恵上人歌集 ……………… [041] 46-217
　六家抄 …………………………… [054] 〔8〕
学海居士
　批評 ……………………………… [032] 〔23〕-7
勝俣 鎮夫
　中世政治社会思想 ……………… [069] 21
勝又 俊教
　顕戒論 ………………………… [033] 15-14
　山家学生式 …………………… [033] 15-9
　発願文 ………………………… [033] 15-7
加藤 章
　監修のことばにかえて …… [037] 1-129
加藤 敦子
　解題 ………………… [045] III-40-441
　軍法富士見西行 ……… [045] III-40-249
加藤 定彦
　犬子集 …………………………… [041] 69-3
　解説 …………………………… [043] 61-599
　過渡期の選集 ………………… [041] 69-596
　七部集の書誌 ………………… [041] 70-632
　初期俳諧集 ……………………… [041] 69
　連歌集 俳諧集 ………………… [043] 61
加藤 静子
　大鏡 ……………………………… [043] 34
　解説 …………………………… [043] 34-433
　参考文献 ……………………… [013] 14-406
加藤 周一
　新井白石 ……………………… [069] 35
　新井白石の世界 ……………… [069] 35-505
　芸術論覚書 …………………… [033] 36-332
　世阿弥 禅竹 …………………… [069] 24
　世阿弥の戦術または能楽論
　　　………………………………… [069] 24-515
加藤 楸邨
　解説 …………………………… [033] 30-341
加藤 順三
　源氏物語 ………………………………………

かとう

[033] 4-5, [033] 5-5, [033] 6-3

加藤 貴
　解題 …………………………… [045] I-1-427
　漂流奇談集成 ………………… [045] I-1

加藤 裕一
　解題 …………………… [035]〔21〕-255
　西鶴織留 ……… [035]〔21〕,[035]〔22〕

加藤 義成
　『出雲国風土記』の胎生 …… [013] 2-475

角川 源義
　太平記 曽我物語 義経記 ……… [013] 21
　坂東武者と西国武士 ……… [013] 19-449

金井 清一
　古事記 ………… [014] 1-19, [071] 1
　古事記・風土記・日本霊異記 …… [014] 1
　上代叙事文芸の発生と展開 …… [014] 1-5
　日本霊異記 ……………… [014] 1-281

金井 寅之助
　世間胸算用 ……………………… [040]〔70〕

金谷 治
　藤原惺窩の儒学思想 ……… [069] 28-449
　藤原惺窩 林羅山 ……………… [069] 28

金子 金次郎
　兼載伝の再吟味―付・彰考館文庫『和漢
　　聯句』翻刻 ……………… [055] 別3-5

金子 金治郎
　解説 ………………………… [043] 61-239
　序 …………………………… [055] 別2
　連歌集 俳諧集 ……………… [043] 61
　連歌俳諧集 ………………… [066] 32

金子 兜太
　一茶と風土 ………………… [013] 32-445
　「うがち」の勘繰り ………… [013] 31-441

金田 元彦
　伊勢物語 …………………… [060] 3-150

狩野 博幸
　絵入滑稽本について ……… [013] 34-368

加納 重文
　鏡物における『今鏡』の位置
　　…………………………… [013] 14-375
　後朱雀帝譲位の前後 ……… [013] 11-402
　参考文献 …………………… [013] 11-477

兜木 正亨
　親鸞集 日蓮集 ……………… [067] 82
　日蓮集 ……………………… [067] 82-267

釜田 喜三郎
　傾城傾国の乱 ……………… [014] 13-341
　太平記 ……………… [067] 34, [067] 35

鎌田 茂雄
　鎌倉旧仏教 ………………… [069] 15
　愚迷発心集 ………………… [069] 15-13
　華厳法界義鏡 ……………… [069] 15-227
　解脱上人戒律興行願書 …… [069] 15-9
　禅宗綱目 …………………… [069] 15-159
　南都教学の思想史的意義 … [069] 15-528
　法相二巻抄 ………………… [069] 15-125

加美 宏
　中世における『太平記』の享受
　　…………………………… [014] 13-391

上別府 茂
　参考文献 …………………… [013] 20-394

上村 観光
　五山詩僧伝 ………………… [029] 別1-303
　五山文学小史 ……………… [029] 別1-1
　五山文学全集
　　[029] 1, [029] 2, [029] 3, [029] 4,
　　[029] 別1
　禅林文芸史譚 ……………… [029] 別1-799

神谷 勝広
　解題 ………………………… [045] III-46-435
　寛濶曽我物語 ……………… [045] III-46-5

神谷 次郎
　雨月物語の旅 ……………… [022] 19-174
　源氏物語の旅 ……………… [022] 5-188
　近松作品の旅 ……………… [022] 17-174

亀井 勝一郎
　卜部兼好 …………………… [033] 11-385
　親鸞の語録について ……… [033] 15-415

亀井 輝一郎
　参考文献 …………………… [013] 2-510

唐木 順三
　解説 ………………………… [033] 15-359
　鴨長明と『方丈記』 ……… [033] 11-349
　道元 ………………………… [033] 14-386
　方丈記 ……………………… [033] 11-233

辛島 正雄
　『今とりかへばや』の定位 … [041] 26-393
　堤中納言物語 とりかへばや物語
　　…………………………… [041] 26
　とりかへばや物語 ………… [041] 26-106

河合 真澄
　伊賀越乗掛合羽 …………… [041] 95-95
　「伊賀越乗掛合羽」解説 …… [041] 95-501
　上方歌舞伎集 ……………… [041] 95
　芸能篇 ……………………… [018]〔1〕

河合 祐子
　鶊山姫捨松 ………………… [045] I-11-155

川上 新一郎
　参考文献解題 ……………… [014] 3-450

河北 騰
　栄花物語の文学性 ………… [013] 11-379
川口 久雄
　菅家文草 菅家後集 ………… [067] 72
　古本説話集 本朝神仙伝 ……　[063]〔59〕
　西欧語による日本説話文学翻訳研究文
　　献目録 …………………　[063]〔59〕-67〕
　土左・かげろふ・和泉式部・更級日記
　　…………………………………… [067] 20
　和漢朗詠集 梁塵秘抄 ……… [067] 73
川崎 庸之
　空海 ………………………………… [069] 5
　空海の生涯と思想 ………… [069] 5-405
川島 絹江
　無名草子 ………………………… [048] 4
川島 つゆ
　蕪村集 一茶集 …………………… [067] 58
川添 昭二
　中世日記紀行集 …………………… [041] 51
　筑紫道記 ……………………… [041] 51-405
川田 順
　西行集 …………………… [033] 21-55
　西行伝 …………………… [033] 21-363
河竹 繁俊
　歌舞伎脚本の展開―序に代へて
　　…………………………………… [085] 5-1
　歌舞伎十八番集 …………　[063]〔99〕
　歌舞伎名作集 ………… [085] 5, [085] 6
　近松と時代文化 ………… [033] 24-390
河竹 登志夫
　家の芸集 …………………………… [100] 18
　江戸世話狂言集
　　………… [100] 15, [100] 16, [100] 17
　解説 ……………………… [027] 14-420
　解説 十六夜清心 ………… [100] 10-69
　解説 宇都谷峠 ………… [100] 10-141
　解説 女書生繁 ………… [100] 23-217
　解説 加賀鳶 ………… [100] 12-127
　解説 髪結新三 ………… [100] 11-185
　解説 河内山と直侍 ………… [100] 11-283
　解説 切られお富 ………… [100] 23-137
　解説 慶安太平記 ………… [100] 23-177
　解説 小猿七之助 ………… [100] 23-35
　解説 御所の五郎蔵 ………… [100] 11-129
　解説 三人吉三 ………… [100] 10-13
　解説 忍ぶの惣太 ………… [100] 23-5
　解説 島ちどり ………… [100] 12-297
　解説 縮屋新内 ………… [100] 11-5
　解説 魚屋宗五郎 ………… [100] 23-293
　解説 筆売幸兵衛 ………… [100] 12-257
　解説 弁天小僧 ………… [100] 11-P8
　解説 村井長庵 ………… [100] 10-205
　解説 湯殿の長兵衛 ………… [100] 12-5
　解説 四千両 ………… [100] 12-67
　上方世話狂言集 ………………… [100] 14
　河竹黙阿弥集
　　………… [100] 10, [100] 11, [100] 12, [100] 23
　天衣粉上野初花 ………… [027] 12-397
　校訂について
　　………… [100] 10-337, [100] 11-382, [100]
　　12-417, [100] 23-327
　時代狂言集 …………………… [100] 13
　霜夜鐘十字辻筮 ………… [027] 12-409
　新歌舞伎集 ………… [100] 20, [100] 25
　外から観た歌舞伎 ………… [033] 26-387
　大南北の世界 ………… [013] 30-419
　近松門左衛門集 ………… [100] 1, [100] 21
　鶴屋南北集 ………… [100] 9, [100] 22
　並木五瓶集 …………………… [100] 8
　年譜 ………………… [027] 14-417
　舞踊劇集 ………… [100] 19, [100] 24
　まえがき―黙阿弥をどう読むか
　　…………………………………… [100] 10-3
　丸本時代物集
　　………… [100] 2, [100] 3, [100] 4, [100] 5,
　　[100] 6
　丸本世話物集 …………………… [100] 7
川端 康成
　江戸名作集 …………………… [027] 17
　王朝日記随筆集 …………… [027] 7
　王朝名作集 ………… [027] 5, [027] 6
　源氏物語 ………… [027] 3, [027] 4
　古今和歌集 新古今和歌集 …… [027] 9
　古事記 …………………………… [027] 1
　今昔物語 ………………………… [027] 8
　西鶴名作集 …………………… [027] 13
　春色梅暦 ……………………… [027] 18
　太平記 …………………………… [027] 11
　竹取物語 ………………… [027] 5-1
　近松名作集 …………………… [027] 14
　南総里見八犬伝 ……………… [027] 16
　芭蕉名句集 …………………… [027] 15
　平家物語 ……………………… [027] 10
　万葉集 …………………………… [027] 2
　謡曲狂言歌舞伎集 …………… [027] 12
川端 善明
　今昔物語集
　　………… [040]〔32〕, [040]〔33〕, [040]〔34〕
　　, [040]〔35〕
川平 ひとし
　家隆卿百番自歌合 ………… [041] 46-157
　中世和歌集 鎌倉篇 ………… [041] 46
　定家卿百番自歌合 ………… [041] 46-119

かわむ　　　　　　　　　作家名索引（注・訳者）

川村 晃生
　金葉和歌集 ……………………… ［041］9-4
　『金葉和歌集』解説 ……………… ［041］9-429
　金葉和歌集 詞花和歌集 …………… ［041］9
　古今和歌集 ……………………… ［071］7
川元 ひとみ
　解題 ………………… ［045］III-46-435
　風流今平家 ………… ［045］III-46-343
　本朝桜陰比事 ………………… ［035］〔23〕
関西大學中世文学研究会
　明智物語 ……………………… ［001］7
神作 光一
　参考文献 ……………………… ［013］8-479
　書の美とこころ ……………… ［022］3-149
　類聚章段の読解方法について
　　　　　　　　　　　 ……… ［013］8-443
観世 寿夫
　幽玄な美と芸 ………………… ［013］24-422
神田 秀夫
　古事記 ………… ［063］〔30〕,［063］〔31〕
　日本書紀の「童謡」 ……… ［013］4-366
　風土記断章 …………………… ［033］1-342
　方丈記 ………… ［015］37-11,［043］44-13
　方丈記 徒然草 ……………… ［015］37
　方丈記 徒然草 正法眼蔵随聞記 歎異抄 ‥
　　　　　　　　　　　［043］44,［066］27

【 き 】

菊池 明
　絵本合法衢 ……… ［057］2-295,［057］2
　三賀荘曾我嶋台 ……………… ［057］8-7
　芝居の怪談ばなし ………… ［060］11-140
　蝶鶺山崎踊 …………………… ［057］7-367
　伝鶴屋南北自筆台帳〔題名不明〕
　　　　　　　　　　　 ……… ［057］9-485
　貞操花鳥羽恋塚 ……………… ［057］2-131
菊池 寛
　武道伝来記 ………………… ［027］13-249
菊池 真一
　武辺咄聞書 …………………… ［001］5
菊地 靖彦
　土佐日記 ……………………… ［043］13-9
　土佐日記 蜻蛉日記 ………… ［043］13
菊地 勇次郎
　雲と夢―捨聖一遍 ………… ［013］20-344
菊地 良一
　兼好の思想 ………………… ［013］18-375

中世説話における地方的性格
　　　　　　　　　　　 ……… ［013］23-413
木越 治
　浮世草子怪談集 ……………… ［045］II-34
　解題 ………………… ［045］II-34-331
　本朝水滸伝 紀行 三野日記 折々草
　　　　　　　　　　　 ……… ［041］79
　本朝水滸伝 後編 …………… ［041］79-139
　本朝水滸伝（前後編） ……… ［041］79-597
貴志 正造
　序説 …………………………… ［013］18-1
　総説 ……………………………
　　　［013］18-9,［013］18-123,［013］23
　　　-127,［013］23-271
　中世説話集 …………………… ［013］23
　方丈記 徒然草 ……………… ［013］18
岸 得蔵
　仮名草子集 浮世草子集 ……… ［066］37
岸上 慎二
　枕草子年表 …………………… ［043］18-520
　枕草子 紫式部日記 ………… ［067］19
岸田 劉生
　旧劇の美 ……………………… ［033］26-369
　文楽鑑賞 ……………………… ［033］25-337
喜多 義勇
　蜻蛉日記 ……………………… ［063］〔9〕
北川 忠彦
　解説 …………………………… ［043］60-513
　解説 室町小歌の世界―俗と雅の交錯
　　　　　　　　　　　 ……… ［040］〔64〕-227
　閑吟集 宗安小歌集 ………… ［040］〔64〕
　狂言集 …… ［015］48,［043］60,［066］35
　序説 …………………………… ［013］22-1
　禅鳳雑談 ……………………… ［069］23-479
　総説 …………………………… ［013］22-229
　天理本狂言六義 ……………………
　　　　　　　　　［054］〔20〕,［054］〔22〕
　無名草子 ……………………… ［069］23-347
　謡曲・狂言 …………………… ［013］22
　わらんべ草 …………………… ［069］23-667
北川 博邦
　解題 ……………………………
　　　［047］1-5,［047］2-3,［047］3-
　　　3,［047］4-3,［047］5-3,［047］6-
　　　3,［047］7-3,［047］8-3,［047］9-
　　　3,［047］10-3,［047］11-3,［047］
　　　12-3,［070］III-2-1,［070］III-
　　　3-1,［070］III-4-1,［070］III-5-
　　　1,［070］III-6-1,［070］III-8-
　　　1,［070］III-9-1,［070］III-10-

1, ［070］III-11-1, ［070］III-12-1, ［070］III-13-1
近世風俗見聞集 ……………………………
　［047］別1, ［047］別1, ［047］別3, ［047］別4, ［047］別5, ［047］別6, ［047］別7, ［047］別8, ［047］別9, ［047］別10
続日本随筆大成 ……………………………
　［047］1, ［047］10, ［047］11, ［047］12, ［047］2, ［047］3, ［047］4, ［047］5, ［047］6, ［047］7, ［047］8, ［047］9
民間風俗年中行事 ……………………………
　［047］別11, ［047］別12
北小路 健
　江戸の大衆本 ……………… ［022］20-157
　源氏絵の趣向 ……………… ［022］5-165
　庶民の旅 …………………… ［022］21-149
　南総里見八犬伝 …………… ［022］20-176
　美術に見る伊勢物語 ……… ［022］4-145
北原 保雄
　舞の本 ……………………………… ［041］59
北山 茂夫
　万葉時代 …………………… ［033］2-400
木藤 才蔵
　解説 ………………………… ［040］〔52〕-259
　神皇正統記 増鏡 …………… ［067］87
　長明と兼好 ………………… ［060］7-153
　徒然草 ……………………… ［040］〔52〕
　良阿と周阿 ………………… ［055］別1-1
　連歌論集
　　［054］〔2〕, ［054］〔10〕, ［054］〔12〕, ［054］〔14〕
　連歌論集 俳論集 …………… ［067］66
紀野 一義
　歎異抄と随聞記 …………… ［022］12-170
紀 貫之
　「土佐日記」のエロチシズム ‥ ［022］3-27
木下 和子
　参考文献 …………………… ［013］29-448
木下 順二
　賀茂の競べ馬と乞食坊主 … ［013］18-418
木下 正俊
　「腫浪」の訓義 ……………… ［066］4-521
　竜田山と狭岑島 …………… ［066］2-413
　篾孤射と双六 ……………… ［066］5-469
　蓬客と松浦佐用姫 ………… ［066］3-465
　万葉集 ……………………………
　　［043］6, ［043］7, ［043］8, ［043］9, ［066］2, ［066］3, ［066］4, ［066］5, ［015］2, ［015］3, ［015］4, ［015］5, ［015］6, ［015］7
木下 資一

比良山古人霊託 解説 ……… ［041］40-564
宝物集 閑居友 比良山古人霊託 ‥ ［041］40
君塚 進
　柴田剛中とその日載 ……… ［069］66-565
　仏英行（柴田剛中日載七・八より）
　　………………………… ［069］66-261
木村 利行
　西鶴名作の旅 ……………… ［022］16-166
　山家集の旅 ………………… ［022］9-172
　能・狂言の名作の旅 ……… ［022］14-178
　面と装束 …………………… ［022］14-149
木村 正中
　解説 ………………………… ［040］〔11〕-307
　蜻蛉日記
　　［014］7-9, ［043］13-87, ［015］11
　蜻蛉日記・和泉式部日記・紫式部日記・更級日記 …………………… ［014］7
　古典への招待『土佐日記』と『蜻蛉日記』
　　………………………… ［043］13-3
　土佐日記 蜻蛉日記 …… ［043］13, ［066］9
　土佐日記 貫之集 ………… ［040］〔11〕
　日記文学について ………… ［014］7-5
木村 三四吾
　竹馬狂吟集 新撰犬筑波集 … ［040］〔63〕
　連句篇 ……………………………… ［025］3
木村 八重子
　赤小本から青本まで—出版物の側面
　　………………………… ［041］83-601
　漢楊宮 ……………………… ［041］83-69
　亀甲の由来 ………………… ［041］83-53
　草双紙集 ……………………………… ［041］83
　楠末葉軍談 ………………… ［041］83-105
　熊若物語 …………………… ［041］83-33
　猿影岸変化退治 …………… ［041］83-127
　たゞとる山のほとゝぎす … ［041］83-9
　狸の土産 …………………… ［041］83-147
　子子子子子 ………………… ［041］83-89
　ほりぐち ……………………… ［041］83-17
　名人ぞろへ ………………… ［041］83-1
久曽神 昇
　序 ………………………… ［061］別10-1
　日本歌学大系 ……………………
　　［061］10, ［061］別1, ［061］別10, ［061］別2, ［061］別3, ［061］別4, ［061］別5, ［061］別6, ［061］別7, ［061］別8, ［061］別9
雲英 末雄
　解説
　　［041］71-565, ［043］61-599, ［043］72-597
　近世俳句俳文集 …………… ［043］72

元禄俳諧集 .... [041] **71**
元禄百人一句 .... [041] **71**-*171*
古典への招待 連歌と俳諧の連句
.... [043] **61**-*5*
詩から散文へ .... [013] **27**-*455*
新撰菟玖波集 .... [041] **71**-*59*
芭蕉集 .... [071] **40**
花見車 .... [041] **71**-*375*
連歌集 俳諧集 .... [043] **61**

桐原 徳重
　『曾我物語』の鑑賞 .... [033] **17**-*392*

金 達寿
　「志良宜歌」をめぐって ...... [013] **4**-*428*

キーン, ドナルド
　近松にみる悲劇性 .... [022] **17**-*162*

金田一 春彦
　平家物語 ....
　　[060] **6**-*155*, [067] **32**, [067] **33**

金原 理
　本朝文粋 .... [041] **27**

【 く 】

日下 力
　平治物語 .... [041] **43**-*143*
　平治物語 解説 .... [041] **43**-*577*
　保元物語 平治物語 .... [071] **28**
　保元物語 平治物語 承久記 .... [041] **43**

工藤 重矩
　金葉和歌集 詞花和歌集 .... [041] **9**
　詞花和歌集 .... [041] **9**-*220*
　『詞花和歌集』解説 .... [041] **9**-*447*

工藤 力男
　東歌の表記について .... [041] **3**-*14*
　音韻と文法についての覚書 .... [041] **4**-*509*
　歌語さまざま .... [041] **4**-*3*
　万葉集 ....
　　[041] **1**, [041] **2**, [041] **3**, [041] **4**

工藤力男
　万葉集索引 .... [041] 別**5**

国東 文麿
　古典への招待 物語・説話と説話文学
　　.................... [043] **35**-*9*
　今昔物語 ....
　　[043] **35**, [043] **36**, [043] **37**, [043] **38**
　今昔物語集 ....
　　[015] **30**, [015] **31**, [015] **32**, [015] **33**,
　　[066] **21**, [066] **22**, [066] **23**, [066] **24**

世俗説話とその流れ .... [013] **23**-*359*

邦光 史郎
　『古事記』についての疑い ... [013] **1**-*365*
　私見古事記 .... [060] **1**-*109*
　南北朝という時代 .... [022] **13**-*162*

久保木 哲夫
　古典への招待 物語と藤原定家の周辺
　　.................... [043] **40**-*3*
　堤中納言物語 無名草子 ...... [015] **27**
　松浦宮物語 無名草子 .... [043] **40**
　無名草子 .... [015] **27**-*199*
　大和物語と歌語り .... [013] **5**-*410*

窪田 空穂
　和泉式部集・小野小町集 ..... [063] 〔**68**〕
　伊勢物語序説 .... [033] **7**-*400*
　古今和歌集 .... [027] **9**-*1*
　古今和歌集概説 .... [033] **12**-*341*
　新古今和歌集 .... [027] **9**-*167*

久保田 啓一
　近世和歌集 .... [043] **73**

窪田 啓作
　安宅 .... [027] **12**-*137*
　柿山伏 .... [027] **12**-*227*
　清経 .... [027] **12**-*11*
　猩々 .... [027] **12**-*71*
　素襖落 .... [027] **12**-*182*
　野宮 .... [027] **12**-*19*

久保田 淳
　あとがき .... [041] 別**1**-*513*
　家隆卿百番自歌合 .... [041] **46**-*157*
　今物語・隆房集・東斎随筆 ... [054] 〔**7**〕
　隠者歌人 .... [013] **17**-*374*
　詠歌大概 .... [054] 〔**1**〕-*297*
　王朝秀歌選 .... [014] **3**-*132*
　御伽草子の和歌 .... [013] **26**-*308*
　解説 [040] 〔**40**〕-*339*, [054] 〔**7**〕-*3*
　海道記 .... [041] **51**-*69*
　衣笠内府歌難詞 .... [054] 〔**1**〕-*287*
　京極中納言相語 .... [054] 〔**1**〕-*331*
　近代秀歌 .... [054] 〔**1**〕-*277*
　源平盛衰記 .... [054] 〔**15**〕
　建礼門院右京大夫集 とはずがたり
　　.................... [043] **47**
　古今和歌集・王朝秀歌選 ..... [014] **3**
　後拾遺和歌集 .... [041] **8**
　秀歌大躰 .... [054] 〔**1**〕-*303*
　承久記 .... [041] **43**-*296*
　承久記 解説 .... [041] **43**-*599*
　新古今和歌集 .. [040] 〔**40**〕, [040] 〔**41**〕
　高倉院厳島御幸記 .... [041] **51**-*1*
　高倉院升遐記 .... [041] **51**-*25*

中世日記紀行集 ……………… ［041］51
中世和歌集 鎌倉篇 …………… ［041］46
徒然草 ……………………… ［041］39-75
徒然草、その作者と時代 … ［041］39-375
東関紀行 …………………… ［041］51-125
とはずがたり ……… ［015］38,［015］39
八代集総索引 ………………… ［041］別1
百人一首 ・ ［014］3-415,［060］別1-154
百人一首索引 ……………… ［014］3-443
百人一首 秀歌選 ……………… ［071］27
藤原定家全歌集 ……… ［086］下,［086］上
保元物語 平治物語 承久記 ……… ［041］43
方丈記 徒然草 ………………… ［041］39
毎月抄 ……………… ［054］〔1〕-315
六家抄 ………………… ［054］〔8〕
六百番歌合 …………………… ［041］38
『六百番歌合』の和歌史的意義
　　　　　　　　………………… ［041］38-487
窪田 章一郎
　解説 ……………………………
　　　［027］9-459,［033］12-315,［033］21
　　　-313
　古今和歌集 …… ［027］9-1,［033］12-4
　古今和歌集 後撰和歌集 拾遺和歌集
　　　　　　　　…………………… ［013］7
　古代前期 ………………… ［033］別-11
　山家集の世界 ……………… ［022］9-153
　序説 ………………………… ［013］7-1
　新古今和歌集 ……………… ［027］9-167
　総説 ……………………… ［013］7-13
久保田 万太郎
　浮世床 …………………… ［027］17-419
　三馬の芝居だましい ……… ［033］29-452
　花屋日記 ………………… ［027］15-235
熊本 守男
　河原院の亡霊 …………… ［055］別3-296
倉員 正江
　浮世草子時事小説集 ……… ［045］Ⅱ-31
　解題 ……………… ［045］Ⅱ-31-329
倉田 百三
　法然の生涯 ………………… ［033］15-388
蔵中 進
　日本書紀 …… ［043］2,［043］3,［043］4
蔵並 省自
　海保青陵 ………………… ［069］44-481
　本多利明 海保青陵 …………… ［069］44
倉野 憲司
　解説 ……………………… ［033］1-287
　古事記 祝詞 ………………… ［067］1
　日本霊異記 ……………… ［033］1-151
　風土記 …………………… ［033］1-107

栗山 理一
　一茶の生涯と作風 ………… ［013］32-229
　解説 ……………………… ［033］32-359
　去来抄 …………………… ［015］55-297
　近世俳句俳文集 …………… ［066］42
　序説 ……………………… ［013］32-1
　芭蕉文集 去来抄 …………… ［015］55
　蕪村・一茶 ………………… ［013］32
　蕪村集 一茶集 ……………… ［015］58
　連歌論集 能楽論集 俳論集 ……… ［066］51
黒石 陽子
　役行者大峰桜 …………… ［045］Ⅰ-14-7
　解説 …………………… ［043］77-671
　解題 ……………………………
　　　［045］Ⅰ-10-395,［045］Ⅰ-14-461,
　　　［045］Ⅱ-38-411
　御所桜堀川夜討 ………… ［045］Ⅱ-38-335
　浄瑠璃集 …………………… ［043］77
　大仏殿万代石楚 ………… ［045］Ⅰ-10-7
　双蝶蝶曲輪日記 ………… ［043］77-163
黒川 昌享
　心象風景表現と新古今歌風
　　　　　　　　…………………… ［055］別3-118
黒川 洋一
　江戸詩人選集 ………………… ［007］4
黒田 彰
　源平盛衰記 ………………… ［054］〔19〕
黒田 俊雄
　「院政期」の表象 ………… ［013］16-371
桑原 武夫
　「折たく柴の記」について … ［033］35-366
　解説 ……………………… ［027］8-435
桑原 博史
　とりかへばや物語古本からの変容
　　　　　　　　…………………… ［013］12-406
　無名草子 ………………… ［040］〔38〕
桑山 浩然
　朝倉始末記 ……………… ［069］17-325
郡司 正勝
　家の芸集 …………………… ［100］18
　梅暦曙曽我 ……………… ［057］12-333
　江戸世話狂言集
　　　　　　　［100］15,［100］16,［100］17
　老のたのしみ抄 …………… ［069］61-439
　阿国御前化粧鏡 ………… ［057］1-281
　音曲口伝書 ……………… ［069］61-415
　解説 ……………………………
　　　［057］1-461,［057］7-475,［057］12
　　　-539
　解説 悪太郎 ……………… ［100］24-254
　解説 浅妻舟 ……………… ［100］24-86

解説 浅間岳	［100］24-134	解説 二人袴	［100］24-222
解説 操り三番叟	［100］24-184	解説 棒しばり	［100］19-338
解説 市原野のだんまり	［100］19-308	解説 まかしょ	［100］24-92
解説 田舎源氏	［100］19-292	解説 枕獅子	［100］24-8
解説 今様須磨	［100］19-98	解説 将門	［100］19-214
解説 うかれ坊主	［100］24-56	解説 身替りお俊	［100］19-44
解説 靫猿	［100］19-236	解説 三人形	［100］19-126
解説 江島生島	［100］24-244	解説 三つ面子守	［100］24-128
解説 越後獅子	［100］24-50	解説 宮島のだんまり	［100］24-168
解説 近江のお兼	［100］24-68	解説 娘道成寺	［100］19-16
解説 お染	［100］19-144	解説 宗清	［100］19-170
解説 お夏狂乱	［100］19-328	解説 戻り駕	［100］19-74
解説 鬼次拍子舞	［100］19-84	解説 保名	［100］19-118
解説 小原女・国奴	［100］24-44	解説 山姥	［100］19-274
解説 お祭り	［100］24-116	解説 山帰り	［100］24-98
解説 角兵衛	［100］24-122	解説 夕顔棚	［100］24-306
解説 かさね	［100］24-134	解説 吉原雀	［100］24-20
解説 かっぽれ	［100］24-214	解説「四谷怪談」の成立	
解説 神田祭	［100］24-162		［040］〔81〕-399
解説 勢獅子	［100］19-284	解説 流星	［100］24-190
解説 京人形	［100］19-246	解説 良寛と子守	［100］19-362
解説 傀儡師	［100］24-104	解説 連獅子	［100］19-302
解説 草摺引	［100］19-92	解説 六歌仙	［100］19-182
解説 蜘蛛の糸	［100］19-222	金毘羅御利生歎討乗合噺	［057］1-433
解説 蜘蛛の拍子舞	［100］24-26	歌舞伎十八番集	［067］98
解説 鞍馬獅子	［100］19-38	上方世話狂言集	［100］14
解説 廓三番叟	［100］24-110	河竹黙阿弥集	
解説 黒塚	［100］24-294	［100］10, ［100］11, ［100］12, ［100］23	
解説 幻椀久	［100］24-266	近世芸道論	［069］61
解説 高野物狂	［100］24-274	戯財録	［069］61-493
解説 小鍛治	［100］24-286	元禄期の髪型	［060］8-164
解説 権八	［100］19-108	校訂について	
解説 鷺娘	［100］19-32	［100］1-330, ［100］3-366, ［100］4-	
解説 三社祭	［100］19-200	316, ［100］5-373, ［100］8-328, ［100］	
解説 三人片輪	［100］19-314	9-341, ［100］13-308, ［100］14-344,	
解説 汐汲	［100］24-62	［100］15-337, ［100］16-311, ［100］17	
解説 舌出し三番叟	［100］19-8	-359, ［100］18-367	
解説 執着獅子	［100］24-14	古今役者論語魁	［069］61-463
解説 隅田川	［100］24-206	例説曽我伊達染	［057］12-273
解説 関の扉	［100］19-58	私説浄るりの鑑賞	［033］25-367
解説 太刀盗人	［100］19-350	時代狂言集	［100］13
解説 蝶の道行	［100］24-74	「貞享四年義太夫段物集」序	
解説 釣女	［100］24-198		［069］61-407
解説 年増	［100］24-148	浄るり・かぶきの芸術論	［069］61-674
解説 鳥羽絵	［100］24-80	新歌舞伎集	［100］20, ［100］25
解説 供奴	［100］19-164	曾我梅菊念力弦	［057］7-15
解説 どんつく	［100］19-264	竹子集（序）	［069］61-401
解説 夏船頭	［100］24-156	解説近松の出自と作力	［060］10-160
解説 乗合船	［100］24-174	近松門左衛門集	［100］1, ［100］21
解説 俳諧師	［100］24-142	鶴屋南北集	［100］9, ［100］22
解説 羽衣	［100］24-236	鶴屋南北全集	［057］1, ［057］7
解説 羽根の禿	［100］24-40	東海道四谷怪談	［040］〔81〕
解説 藤娘	［100］19-158	時桔梗出世請状	［057］1-215

作家名索引（注・訳者）　　こしま

並木五瓶集 ……………………… [100] 8
舞踊劇集 …………… [100] 19, [100] 24
丸本時代物集 ………………………………
　[100] 2, [100] 3, [100] 4, [100] 5,
　[100] 6
丸本世話物集 ……………………… [100] 7
昔仝今物語 ………………… [057] 7-445

【 こ 】

小秋 元段
　関係類話一覧 ……………… [043] 51-512
小池 章太郎
　怪談岩倉万之丞 …………… [057] 5-419
　怪談鳴見絞 ………………… [057] 5-447
　小町紅牡丹隈取 …………… [057] 6-373
　曾我中村穐取込 …………… [057] 11-281
　裙模様沖津白浪 …………… [057] 11-465
小池 正胤
　会席料理世界も吉原 ……… [041] 83-525
　草双紙集 …………………………… [041] 83
　東海道中膝栗毛と十返舎一九
　　…………………………… [022] 21-157
　童蒙話赤本事始 …………… [041] 83-427
　ヘマムシ入道昔話 ………… [041] 83-361
　妖怪と人間—近世後期の思想と草双紙・
　　読本 …………………… [014] 18-367
　読切合巻—歌舞伎舞台の紙上への展開
　　…………………………… [041] 83-623
古泉 円順
　〔参考〕E本（「勝鬘義疏本義」敦煌本）
　　…………………………… [069] 2-429
小泉 道
　解説 ………………………… [040]〔7〕-315
　日本霊異記 ………………… [040]〔7〕
小泉 喜美子
　ザッツ・エンターテイメント！
　　…………………………… [013] 30-496
小泉 弘
　三宝絵 ……………………… [041] 31-1
　三宝絵 注好選 ……………… [041] 31
　『三宝絵』の後代への影響 … [041] 31-515
　宝物集 ……………………… [041] 40-1
　宝物集 閑居友 比良山古人霊託 … [041] 40
小出 昌洋
　翁草解題追補 ……………… [070] III-24-1
　解題 ………………………………………

[047] 1-5, [047] 2-3, [047] 3-3,
[047] 5-3, [047] 6-3, [047] 7-3,
[047] 8-3, [047] 9-3, [047] 10-3,
[047] 11-3, [047] 12-3, [047]
別1-3, [047] 別2-3, [047] 別5-3,
[047] 別6-3, [047] 別8-3, [047] 別
9-3, [047] 別10-3, [047] 別11-3,
[047] 別12-3, [070] III-1-1, [070]
III-2-1, [070] III-4-1, [070] III
-5-1, [070] III-6-1, [070] III-
7-1, [070] III-8-1, [070] III-9
-1, [070] III-10-1, [070] III-11
-1, [070] III-12-1, [070] III-17
-1, [070] III-19-1, [070] 別1-1,
[070] 別7-1
幸田 露伴
　井原西鶴 …………………… [033] 22-369
　巣林子の二面 ……………… [033] 24-341
　馬琴の小説とその当時の実社会
　　…………………………… [033] 27-422
　文学上に於ける弘法大師 … [033] 15-378
小内 一明
　宇治拾遺物語 古本説話集 ……… [041] 42
　古本説話集 ………………… [041] 42-399
河野 多麻
　宇津保物語 ………………………………
　　[067] 10, [067] 11, [067] 12
河野 元昭
　結城・下館時代の蕪村画 … [013] 32-435
神野志 隆光
　古事記 ……………………………… [043] 1
　参考文献解題 ……………… [014] 2-445
　万葉作品年表 ……………… [014] 2-463
鴻巣 隼雄
　古事記 上代歌謡 ………………… [066] 1
　上代歌謡 …………………… [066] 1-369
古賀 典子
　紫式部日記 和泉式部日記 ……… [071] 17
輿石 豊伸
　閨山游草 …………………… [104]〔1〕
小島 孝之
　閑居友 ……………………… [041] 40-355
　閑居友 解説 ………………… [041] 40-542
　沙石集 ………………………… [043] 52
　方丈記 宇治拾遺物語 …………… [071] 26
　宝物集 閑居友 比良山古人霊託 … [041] 40
小島 憲之
　解説 ………………………… [041] 63-471
　懐風藻 文華秀麗集 本朝文粋 …… [067] 69
　古今集の歌の周辺 ………… [013] 7-398
　古今和歌集 ………………………… [041] 5

日本古典文学全集・内容綜覧　819

こしま

古代歌謡 .... [033] 1 - 355
日本書紀 ...... [043] 2, [043] 3, [043] 4
日本書紀の「ヨミ」に関して
.... [013] 2 - 411
春の雁 .... [066] 4 - 517
本朝一人一首 .... [041] 63
万葉語の「語性」 .... [066] 5 - 461
万葉集 ....
　[043] 6, [043] 7, [043] 8, [043] 9,
　[066] 2, [066] 3, [066] 4, [066] 5,
　[015] 2, [015] 3, [015] 4, [015] 5,
　[015] 6, [015] 7
万葉集以前 .... [066] 2 - 401
万葉人の散文を読むために · [066] 3 - 453
私なりの『古事記』 .... [013] 1 - 273

小島 政二郎
　大鏡 .... [033] 13 - 375
　落窪物語 .... [027] 5 - 109, [033] 7 - 411
　かげろふの日記 .... [033] 8 - 322
　今昔物語 .... [033] 10 - 381
　世間子息気質 ....
　　[027] 17 - 113, [033] 28 - 3
　堤中納言物語 .... [033] 7 - 435

小島 吉雄
　山家集 金槐和歌集 .... [067] 29
　新古今和歌集 ....
　　[033] 12 - 129, [033] 12 - 326, [063]
　〔72〕

古浄瑠璃正本集刊行会
　序 .... [050] 上 - 1
　例言 .... [050] 上 - 1

後藤 昭雄
　江談抄 ...... [041] 32 - 1, [041] 32 - 593
　江談抄 中外抄 富家語 .... [041] 32
　本朝文粋 .... [041] 27

後藤 明生
　雨月物語・春雨物語 .... [022] 19
　女流ペシミスト .... [013] 8 - 463

後藤 重郎
　解説 .... [040]〔37〕- 435
　山家集 .... [040]〔37〕
　新古今集の表現の特性 ... [013] 17 - 394
　新古今和歌集 .... [067] 28

後藤 祥子
　安法法師集 .... [041] 28 - 159
　解説 .... [043] 29 - 307
　公任集 .... [041] 28 - 267
　古典への招待 王統の純愛物語
　　.................... [043] 29 - 3
　狭衣物語 .... [043] 29, [043] 30
　実方集 .... [041] 28 - 187

平安私家集 .... [041] 28

後藤 丹治
　太平記 .... [067] 34, [067] 35, [067] 36
　椿説弓張月 .... [067] 60, [067] 61

後藤 淑
　動乱期の民衆芸能 .... [022] 13 - 149

後藤 博子
　解題 .... [045] III - 39 - 457
　姻袖鏡 .... [045] III - 39 - 97

五島 美代子
　源氏物語私観 .... [013] 9 - 497

後藤 陽一
　熊沢蕃山 .... [069] 30
　熊沢蕃山の生涯と思想の形成
　　.................... [069] 30 - 467

小中 英之
　狂歌寸感 .... [013] 31 - 449

小西 甚一
　東遊歌 .... [067] 3 - 421
　一言芳談 .... [033] 15 - 324
　解説 .... [096] 1 - 3 - 67
　神楽歌 .... [067] 3 - 295
　古代歌謡集 .... [067] 3
　催馬楽 .... [067] 3 - 379
　雑歌 .... [067] 3 - 459
　能の形成と展開 .... [033] 20 - 370
　風俗歌 .... [067] 3 - 431
　梁塵秘抄 ...... [033] 15 - 347, [063]〔85〕

小葉田 淳
　近世前期の貨幣 .... [014] 15 - 407

小林 勇
　鈴木桃野と『無可有郷』 .... [041] 99 - 520
　無可有郷 .... [041] 99 - 377

小林 計一郎
　一茶園月並 .... [002] 7 - 361
　解説 .... [002] 7 - 5
　仮名口訣 .... [002] 7 - 371
　紀行・日記／俳文捨遺／自筆句集／連
　　句／俳諧歌 .... [002] 5
　急逓紀 .... [002] 7 - 249
　句稿消息 .... [002] 6 - 423
　句文集・撰集・書簡 .... [002] 6
　雑録 .... [002] 7
　書簡 .... [002] 6 - 323
　資料・補遺 .... [002] 別1
　日本輿地新増行程記大全書込
　　.................... [002] 7 - 427
　其日ぐさ .... [002] 7 - 323
　知友録 .... [002] 7 - 573
　俳諧寺抄録 .... [002] 7 - 389
　方言雑集 .... [002] 7 - 471

作家名索引（注・訳者）　　　　こん

小林　茂美
　　発句 ……………………………… [002] 1
　　与州播州雑詠 ………………… [002] 7-291
　　和歌八重垣書込 ……………… [002] 7-449
小林　茂美
　　紀氏流神人の地方拡散 …… [013] 10-391
小林　智昭
　　宇治拾遺物語 ………………………………
　　　　[015] 40, [015] 41, [066] 28
小林　秀雄
　　西行 …………………………… [033] 21-379
　　実朝 …………………………… [033] 21-349
　　当麻 …………………………… [033] 20-358
　　徒然草 ………………………… [033] 11-383
　　平家物語 ……………………… [033] 16-425
小林　保治
　　宇治拾遺物語 ………………………………
　　　　[015] 40, [015] 41, [043] 50
　　解説 …………………………… [043] 50-497
　　古今著聞集 ……… [040]〔48〕, [040]〔49〕
　　古典への招待 説話集の読み方
　　　　……………………………… [043] 50-11
　　『今昔物語集』天竺部の方法
　　　　……………………………… [013] 13-413
　　南北朝～室町期の説話世界
　　　　……………………………… [013] 23-403
　　『発心集』の世界から ……… [013] 18-366
小林　美和
　　平家物語 ……………………… [097] 上
小林　芳規
　　古事記 ………………………… [069] 1
　　古事記訓読について ………… [069] 1-649
　　序 ……………………………… [069] 1-10
　　梁塵秘抄 ……………………… [041] 56-3
　　梁塵秘抄 閑吟集 狂言歌謡
　　　　……………………………… [041] 56
　　(梁塵秘抄)口伝集)付録注 ‥ [041] 56-419
　　(梁塵秘抄)口頭語集覧 ……… [041] 56-426
　　梁塵秘抄の本文と用語 ……… [041] 56-505
　　(梁塵秘抄)付録注 …………… [041] 56-403
小林　有之
　　可成三註 ……………………… [070] II-15-51
小堀　桂一郎
　　伊曽保物語 …………………… [048] 7
　　解説 …………………………… [048] 7-147
駒　敏郎
　　王朝びとの旅 ………………… [022] 7-162
駒田　信二
　　中国の説話と今昔物語集 …… [022] 8-168
　　「夢応の鯉魚」とその原典 … [013] 35-485
小町谷　照彦
　　解説 ………………………………………

　　　　[041] 7-465, [043] 29-307, [049]〔5〕
　　　　-327
　　源氏物語 ……………………… [014] 6
　　古今和歌集 …………………… [049]〔5〕
　　古典への招待 後悔の大将狭衣の君
　　　　……………………………… [043] 30-3
　　狭衣物語 ………… [043] 29, [043] 30
　　拾遺和歌集 …………………… [041] 7
　　ものはかなき身の上 ………… [013] 10-413
五味　智英
　　解説 …………………………… [033] 2-235
　　万葉集 ………………………………………
　　　　[067] 4, [067] 5, [067] 6, [067] 7
小峯　和明
　　解説 ……… [041] 34-383, [041] 36-543
　　今昔物語集 …………………………………
　　　　[041] 34, [041] 36, [071] 22, [071] 23
　　今昔物語集索引 ……………… [041] 別4
小宮　豊隆
　　『土佐日記』の筆者 ………… [033] 8-312
　　芭蕉と紀行文 ………………… [033] 31-343
小山　利彦
　　参考文献 ……………………… [013] 10-455
小山　弘志
　　解説 ……… [043] 58-525, [043] 59-599
　　狂言集 ………………… [067] 42, [067] 43
　　古典への招待 世阿弥という人
　　　　……………………………… [043] 59-5
　　古典への招待 能と謡 ……… [043] 58-5
　　序説 …………………………… [013] 22-1
　　総説 …………………………… [013] 22-7
　　謡曲・狂言 …………………… [013] 22
　　謡曲集 ………………………………………
　　　　[015] 47-5, [015] 46, [015] 47, [043]
　　　　58, [043] 59, [066] 33, [066] 34
小山　祐士
　　大経師昔暦 …………………… [027] 14-139
五来　重
　　修行者としての西行 ………… [022] 9-160
　　総説 …………………………………………
　　　　[013] 20-23, [013] 20-141, [013] 20
　　　　-233, [013] 20-277
　　はじめに ……………………… [013] 20-1
　　仏教文学 ……………………… [013] 20
　　仏教文学概論 ………………… [013] 20-7
　　平家物語と宗教 ……………… [013] 19-381
今　栄蔵
　　宇陀法師 ……………………… [025] 7-267
　　解説 芭蕉の発句―その芸境の展開
　　　　……………………………… [040]〔71〕-337
　　葛の松原 ……………………… [025] 7-237

日本古典文学全集・内容綜覧　821

書翰篇 ……………… [025] 8-33, [025] 8
　　書翰篇 補遺 ……………… [025] 別1-309
　　書翰篇 補正 ……………… [025] 別1-379
　　俳論篇 ……………………………… [025] 7
　　芭蕉句集 ……………………… [040] 〔71〕
　　芭蕉年譜 ……………………… [025] 9-149
　　芭蕉年譜 増補 ………………… [025] 別1-383
　　芭蕉の人柄 …………………… [013] 28-453
　　評伝・年譜・芭蕉遺語集 ………… [025] 9
　　連句篇 ……………………………… [025] 3
近藤 啓太郎
　　古事記 ………………………… [060] 1-5
近藤 潤一
　　山家心中集 …………………… [041] 46-1
　　中世和歌集 鎌倉篇 ……………… [041] 46
近藤 瑞男
　　江戸三芝居顔見世狂言集 …… [045] Ⅰ-23
　　けいせい吉野鐘 ………… [045] Ⅰ-23-179
近藤 富枝
　　王朝人の恋愛作法 …………… [022] 6-168
今野 達
　　解説 …………………………… [041] 33-513
　　今昔物語集
　　　　[015] 30, [015] 31, [015] 32, [015]
　　　　33, [041] 33, [066] 21, [066] 22, [066]
　　　　23, [066] 24
　　三宝絵 注好選 ………………………… [041] 31
　　注好選 ………………………… [041] 31-227
　　注好選解説 …………………… [041] 31-541
金春 信高
　　現代と能 ……………………… [022] 14-86

【 さ 】

佐阿弥
　　殺生石 …………………………………………
　　　　[040] 〔59〕-225, [041] 57-441, [103]
　　　　2-324
斎木 一馬
　　『三河物語』考 ……………… [069] 26-623
　　三河物語 葉隠 ………………………… [069] 26
西郷 信綱
　　おもろさうし …………………………… [069] 18
　　オモロの世界 ………………… [069] 18-594
　　源氏物語の方法 ………………… [033] 5-434
　　宣長とその思想 ……………… [033] 34-375
　　平安女流文学の成立 …………… [033] 8-371
斎藤 松太郎

　江戸時代文藝資料 ……………………………
　　　　[009] 1, [009] 2, [009] 3, [009] 4,
　　　　[009] 5
斎藤 茂吉
　　柿本人麿私見覚書 …………… [033] 2-321
　　金槐和歌集 …………………… [063] 〔71〕
　　実朝集—金槐集私鈔 ………… [033] 21-3
　　源実朝 ………………………… [033] 21-328
佐伯 有清
　　古事記 ……………………………… [069] 1
　　伴信友の学問と『長等の山風』……………
　　　　………………………… [069] 50-595
　　平田篤胤 伴信友 大国隆正 ……… [069] 50
佐伯 梅友
　　源氏物語新抄 ………………… [024] 〔1〕
　　古今和歌集 ……………………… [067] 8
　　徒然草 …………………………… [044] 〔11〕
　　はじめに ……………………… [044] 〔11〕-7
　　万葉集 ……………………………………
　　　　[063] 〔62〕, [063] 〔63〕, [063] 〔64〕
　　, [063] 〔65〕, [063] 〔66〕
佐伯 真一
　　平家物語 ……………………… [097] 上, [097] 下
佐伯 孝弘
　　東海道分間絵図 …………… [045] Ⅲ-50-205
酒井 シヅ
　　和蘭医事問答 ………………… [069] 64-183
　　解体新書 ……………………… [069] 65-207
　　遁花秘訣 ……………………… [069] 65-361
酒井 得元
　　正法眼蔵 正法眼蔵随聞記 ……… [067] 81
榊 泰純
　　長明の音楽と信仰 …………… [013] 18-347
榊原 和夫
　　伊勢物語の旅 ………………… [022] 4-170
　　土佐日記・更級日記の旅 …… [022] 7-170
榊原 千鶴
　　源平盛衰記 …………………… [054] 〔25〕
阪口 弘之
　　阿弥陀の胸割 ………………… [041] 90-387
　　一心二河白道 ………………… [041] 90-493
　　卯月の潤色 …………………… [043] 75-121
　　卯月紅葉 ……………………… [043] 75-83
　　解題 …………………………… [045] Ⅲ-39-457
　　かるかや ……………………… [041] 90-247
　　公平甲論 ……………………… [041] 90-439
　　牛王の姫 ……………………… [041] 90-413
　　古浄瑠璃 説経集 ……………………… [041] 90
　　姻袖鏡 ………………………… [045] Ⅲ-39-97
　　さんせう太夫 ………………… [041] 90-315

心中万年草 ……………………… [043] **75**-195
近松門左衛門集 ………………………………
　　[043] **74**, [043] **75**, [043] **76**
　平家女護島 ………………… [043] **76**-457
　ほり江巻双紙 ……………… [041] **90**-107
　冥途の飛脚 ………………… [043] **74**-107
　山崎与次兵衛寿の門松 …… [043] **74**-487
坂口 弘之
　近松半二浄瑠璃集 ………… [045] **III-39**
阪倉 篤義
　『大鏡』の文章 ……………… [013] **14**-328
　今昔物語集 ……………………………………
　　　[040]〔**32**〕, [040]〔**33**〕, [040]〔**34**〕
　　, [040]〔**35**〕
　竹取物語 伊勢物語 大和物語 …… [067] **9**
　ひるは雲とゐ ……………… [013] **1**-284
　夜の寝覚 ……………………… [067] **78**
坂田 新
　解説 ………………………… [005] **4**-321
　志士 ……………………………… [005] **4**
沙加戸 弘
　解題 ………………… [045] **III-39**-457
　蘭奢待新田系図 …… [045] **III-39**-7
坂巻 甲太
　浅井了意集 ………………… [045] **II-29**
　解題 ………………… [045] **II-29**-319
坂本 太郎
　日本書紀 ………… [067] **67**, [067] **68**
相良 亨
　『言志四録』と『洗心洞箚記』
　　………………………………… [069] **46**-709
　佐藤一斎 大塩中斎 ………… [069] **46**
　『葉隠』の世界 ……………… [069] **26**-657
　三河物語 葉隠 ……………… [069] **26**
桜井 武次郎
　あめ子 ……………………… [041] **71**-147
　元禄俳諧集 …………………… [041] **71**
　椎の葉 ……………………… [041] **71**-305
　大悟物狂 …………………… [041] **71**-113
　蓮実 ………………………… [041] **71**-261
桜井 徳太郎
　縁起の類型と展開 ………… [069] **20**-445
　寺社縁起 ……………………… [069] **20**
桜井 満
　解説 ……………………………………………
　　　[049]〔**1**〕-389, [049]〔**2**〕-479, [049]
　　〔**3**〕-427
　万葉集 ……………………………………………
　　　[049]〔**1**〕, [049]〔**2**〕, [049]〔**3**〕
桜井 好朗

作者像の消滅—『太平記』論のためのモ
　ノローグ …………………… [014] **13**-328
笹川 種郎
　洒落本草双紙集 …………………… [085] **8**
　はしがき …………………… [085] **8**-1
笹川 臨風
　東海道中膝栗毛 …………… [063]〔**108**〕
佐佐木 信綱
　古今集論 …………………… [033] **12**-335
　序歌 ………………………… [016]〔**1**〕-3
　中古三女歌人集 …………… [063]〔**69**〕
　日本歌学大系 ……………………………………
　　　[061] **1**, [061] **2**, [061] **3**, [061] **4**,
　　　[061] **5**, [061] **6**, [061] **7**, [061] **8**,
　　　[061] **9**
　校註謡曲叢書 ‥ [103] **1**, [103] **2**, [103] **3**
　謡曲に就いて ……………… [103] **1**-1
佐佐木 治綱
　初山踏 ……………………… [033] **34**-7
　玉勝間 ……………………… [033] **34**-37
佐佐木 幸綱
　抵抗歌としての東歌 ……… [022] **2**-164
笹野 堅
　近世歌謡集 ………………… [063]〔**87**〕
笹山 晴生
　後記 ………………………… [041] **16**-671
　続日本紀 ……………………………………………
　　　[041] **12**, [041] **13**, [041] **14**, [041]
　　　15, [041] **16**
　続日本紀索引 年表 ………… [041] 別**3**
　続日本紀と古代の史書 …… [041] **12**-475
　続日本紀年表 ……………… [041] 別**3**-1
佐竹 昭広
　「淨」か「浄」か ……………… [066] **4**-525
　御伽草子の位相 …………… [013] **26**-299
　好色二代男 西鶴諸国ばなし 本朝二十
　　不幸 ……………………………… [041] **76**
　玉勝間覚書 ………………… [069] **40**-543
　人麻呂の反歌一首 ………… [066] **2**-418
　方丈記 ……………………… [041] **39**-1
　方丈記管見 ………………… [041] **39**-350
　方丈記 徒然草 ………………… [041] **39**
　本朝二十不幸 ……………………………………
　　　[041] **76**-387, [041] **76**-545
　万葉・古今・新古今 ……… [066] **5**-476
　万葉集 ……………………………………………
　　　[041] **1**, [041] **2**, [041] **3**, [041] **4**,
　　　[066] **2**, [066] **3**, [066] **4**, [066] **5**,
　　　[015] **2**, [015] **3**, [015] **4**, [015] **5**,
　　　[015] **6**, [015] **7**
　万葉集索引 ………………… [041] 別**5**

「見ゆ」の世界 ・・・・・・・・・・・・・・・ [066] **3**-*475*
本居宣長 ・・・・・・・・・・・・・・・・・・・・・・・・・ [069] **40**
佐藤 和夫
　西欧における近世俳句の鑑賞
　　・・・・・・・・・・・・・・・・・・・・・・・・・・・・・・・ [013] **33**-*403*
佐藤 喜久雄
　謡曲集
　　[015] **47**-*5*, [015] **46**, [015] **47**, [066] **33**, [066] **34**
佐藤 健一郎
　解説 ・・・・・・・・・・・・・・・・・・・・・・・・・ [043] **59**-*599*
　謡曲集
　　[015] **47**-*5*, [015] **46**, [015] **47**, [043] **58**, [043] **59**, [066] **33**, [066] **34**
佐藤 謙三
　今昔物語集 宇治拾遺物語 ・・・・・・・・・ [013] **13**
佐藤 悟
　解題
　　[045] **Ⅰ-24**-*413*, [045] **Ⅱ-35**-*607*
　関東小六昔舞台 ・・・・・・・・ [045] **Ⅱ-35**-*347*
　絵入狗俳諧 ・・・・・・・・・・・・・ [045] **Ⅰ-24**-*317*
　役者合巻集 ・・・・・・・・・・・・・・・・・・・ [045] **Ⅰ-24**
　柳亭種彦合巻集 ・・・・・・・・・・・・・・・ [045] **Ⅱ-35**
佐藤 昌介
　管蠡秘言 ・・・・・・・・・・・・・・・・・・ [069] **64**-*127*
　狂医之言 ・・・・・・・・・・・・・・・・・・ [069] **64**-*227*
　形影夜話 ・・・・・・・・・・・・・・・・・・ [069] **64**-*245*
　捕影問答 ・・・・・・・・・・・・・・・・・・ [069] **64**-*401*
　野叟独語 ・・・・・・・・・・・・・・・・・・ [069] **64**-*291*
　洋学 ・・・・・・・・・・・・・・・・・・・・・・・・・・ [069] **64**
　洋学の思想的特質と封建批判論・海防
　　論 ・・・・・・・・・・・・・・・・・・・・・・・・ [069] **64**-*609*
　渡辺崋山 高野長英 佐久間象山 横井小
　　楠 橋本左内 ・・・・・・・・・・・・・・・・・・ [069] **55**
　渡辺崋山と高野長英 ・・・・・・・ [069] **55**-*607*
佐藤 進一
　解題 ・・・・・・・・・・・・・・・・・・・・・ [069] **22**-*417*
　公家思想 ・・・・・・・・・・・・・・・・・・ [069] **22**-*12*
　公家法の特質とその背景 ・・・ [069] **22**-*395*
　庶民思想 ・・・・・・・・・・・・・・・・・・ [069] **22**-*164*
　中世政治社会思想 ・・・ [069] **21**, [069] **22**
　本書の構成について ・・・・・・・ [069] **22**-*387*
佐藤 誠三郎
　幕末政治論集 ・・・・・・・・・・・・・・・・・・ [069] **56**
　幕末における政治的対立の特質
　　・・・・・・・・・・・・・・・・・・・・・・・・・・・・・・・ [069] **56**-*555*
佐藤 恒雄
　詠歌一体 ・・・・・・・・・・・・・・ [054] 〔**1**〕-*347*
　金玉歌合 ・・・・・・・・・・・・・・・・・・ [041] **46**-*369*
　新古今和歌集 ・・・・・・・・・・・・・・・・・ [071] **25**

中世歌論における古典主義
　・・・・・・・・・・・・・・・・・・・・・・・・・・・・・・・ [013] **24**-*354*
中世和歌集 鎌倉篇 ・・・・・・・・・・・・・ [041] **46**
中院詠草 ・・・・・・・・・・・・・・・・・・・・ [041] **46**-*331*
佐藤 春夫
　あさましや漫筆 ・・・・・・・・・・・ [033] **28**-*330*
　兼好と長明と ・・・・・・・・・・・・・・ [033] **11**-*371*
　徒然草 ・・・・・・・・・・・・・・・・・・・・ [027] **7**-*435*
　方丈記 ・・・・・・・・・・・・・・・・・・・・ [027] **7**-*421*
佐藤 正英
　『葉隠』の諸本について ・・・・ [069] **26**-*685*
佐藤 深雪
　解題 ・・・・・・・・・・・・・・・・ [045] **Ⅰ-18**-*349*
　山東京伝集 ・・・・・・・・・・・・・・・・ [045] **Ⅰ-18**
佐藤 要人
　武玉川から川柳へ ・・・・・・・・ [013] **31**-*379*
里見 弴
　好色一代男 ・・・・・・・・・・・・・・・・ [027] **13**-*1*
　春色梅児誉美 ・・・・・・・・・・・・・ [033] **28**-*213*
早苗 憲生
　句双紙 ・・・・・・・・・・・・・・・・・・・・ [041] **52**-*111*
　句双紙 出典一覧 ・・・・・・・・・・・ [041] **52**-*462*
　『句双紙』の諸本と成立 ・・・・ [041] **52**-*581*
　庭訓往来 句双紙 ・・・・・・・・・・・・・・・ [041] **52**
沢井 耐三
　鴉鷺物語 ・・・・・・・・・・・・・・・・・・ [041] **54**-*85*
　伊吹童子 ・・・・・・・・・・・・・・・・・・ [041] **54**-*185*
　お伽草子 ・・・・・・・・・・・・・・・・・・・・・・ [071] **38**
　さゝやき竹 ・・・・・・・・・・・・・・・・ [041] **54**-*393*
　猿の草子 ・・・・・・・・・・・・・・・・・・ [041] **54**-*433*
　しぐれ ・・・・・・・・・・・・・・・・・・・・・ [041] **55**-*1*
　室町物語集 ・・・・・・・・・ [041] **54**, [041] **55**
　室町物語複製翻刻書目録 ・・・ [041] **55**-*399*

【し】

塩田 良平
　落窪物語 ・・・・・・・・・・・・・・・・・・・ [033] **7**-*85*
　解説 ・・・・・・・・・・・・・・・・・・・・・・ [033] **11**-*335*
　古代後期 ・・・・・・・・・・・・・・・・・・ [033] 別-*63*
　枕草子 ・・・・・・・・・・・・・・・・・・・・・ [033] **11**-*3*
塩村 耕
　狂歌略史―源流から二つの撰集まで
　　・・・・・・・・・・・・・・・・・・・・・・・・・・・・・・・ [041] **61**-*591*
　古今夷曲集 ・・・・・・・・・・・・・・・・ [041] **61**-*205*
　七十一番職人歌合 新撰狂歌集 古今夷
　　曲集 ・・・・・・・・・・・・・・・・・・・・・・・・・・・・ [041] **61**
鹿倉 秀典

四天王御江戸鏑(『土蜘蛛』と『中組の綱
　五郎』) ……………… [045] III-49-159
清和源氏二代将 …………… [045] I-23-5
蝶花形恋韋源氏 ………… [045] I-23-307

重友 毅
　上田秋成集 ……………… [063]〔106〕
　近松浄瑠璃集 …………………… [067] 49

重松 裕巳
　連歌の付合と寄合 ………… [013] 24-385
　連歌論集 ………………………… [054]〔2〕

信太 周
　古典への招待 軍記物語の評価
　　………………………………… [043] 41-7
　将門記 陸奥話記 保元物語 平治物語
　　……………………………………… [043] 41

志田 諄一
　『常陸風土記』について …… [013] 2-484

志田 延義
　歌謡 ……………………………… [013] 15
　近世編 ……………………………… [046] 5
　総説 ……………………… [013] 15-163
　中世近世歌謡集 ………………… [067] 44
　中世編 ……………………………… [046] 2
　はしがき ………… [046] 2-1, [046] 5-1
　和漢朗詠集 梁塵秘抄 …………… [067] 73

品川 隆重
　清和源氏二代将 …………… [045] I-23-5
　花三升吉野深雪(『三ヶ月おせん』と『犬
　　神遣い』) …………… [045] III-49-3

篠崎 東海
　可成三註 ………………… [070] II-15-51

信多 純一
　をぐり …………………… [041] 90-157
　解説 ………………… [040]〔73〕-317
　近世初期の語り物 ……… [041] 90-551
　古浄瑠璃 説経集 …………………… [041] 90
　浄瑠璃御前物語 …………… [041] 90-1
　近松門左衛門集 ……………… [040]〔73〕

篠田 正浩
　近松、その即物性と呪術性
　　……………………………… [013] 29-431

篠原 昭二
　今昔物語集 ……………… [014] 8-504
　今昔物語集・梁塵秘抄・閑吟集 … [014] 8
　紫式部日記の世界 ………… [013] 11-427

篠原 進
　解題 ……………………… [045] I-8-359
　八文字屋集 …………………… [045] I-8

柴田 光彦
　曲亭馬琴と『椿説弓張月』 ‥ [022] 20-165

馬琴の日常生活 …………… [013] 35-436

柴田 実
　石門心学 ………………………… [069] 42

渋沢 龍彦
　奇怪な花、とりかへばや物語
　　……………………………… [013] 12-422

島尾 敏雄
　徒然草 …………………… [060] 7-5

島木 赤彦
　万葉集の鑑賞およびその批評
　　……………………………… [033] 2-249

島崎 隆夫
　安藤昌益 佐藤信淵 …………… [069] 45
　佐藤信淵—人物・思想ならびに研究史
　　……………………………… [069] 45-602

島崎 藤村
　一茶の生涯 ……………… [033] 32-402
　清少納言の「枕草子」 …… [033] 11-361
　芭蕉のこと ……………… [033] 30-366

島津 忠夫
　今川了俊と梵灯庵—良基連歌の継承を
　　めぐって ……………… [055]別1-62
　老のくりごと …………… [069] 23-409
　終りに ………………… [054]〔13〕-500
　解説 … [040]〔62〕-345, [041] 49-445
　古今風躰抄 ……………… [069] 23-261
　序説 ……………………… [013] 24-1
　総説 ……………………… [013] 24-125
　竹林抄 …………………………… [041] 49
　中世評論集 ……………………… [013] 24
　ひとりごと ……………… [069] 23-465
　連歌集 ………………………… [040]〔62〕

島津 久基
　源氏物語研究 …………… [033] 6-309
　義経伝説の展開 ………… [033] 17-376

島居 清
　点巻 ……………………… [025] 5-335
　点巻 補遺 ……………… [025]別1-115
　俳書解題 ………………… [025] 10-3
　俳書解題・綜合索引 ………… [025] 10
　芭蕉連句全註解 ………………………
　　[081] 1, [081] 10, [081] 2, [081] 3,
　　[081] 4, [081] 5, [081] 6, [081] 7,
　　[081] 8, [081] 9, [081]別1
　蕪村の連句について ……… [013] 32-417
　連句篇 …………………………… [025] 5

島田 勇雄
　古今著聞集 ……………………… [067] 84
　保元物語 平治物語 ……………… [067] 31

島田 虔次

しまた

玄語 ……………………………… [069] 41-9
三浦梅園 ……………………………… [069] 41
三浦梅園の哲学 ……………… [069] 41-635

島田 退蔵
源氏物語 ………………………
　　[033] 4-5, [033] 5-5, [033] 6-3

嶋中 道則
去来抄 ………………………………… [048] 5

清水 克彦
万葉集 …………… [040]【2】,[040]【3】
万葉集の世界 ……………… [040]【2】-361

清水 茂
伊藤仁斎 伊藤東涯 ……………… [069] 33
解題 …………………………… [069] 33-622
漁村文話 …………………… [041] 65-367
漁村文話解説 ……………… [041] 65-649
近世思想家文集 ……………… [067] 97
古学先生文集 ……………… [069] 33-169
古今学変 …………………… [069] 33-299
語孟字義 ……………………… [069] 33-11
読詩要領 …………………… [041] 65-1
読詩要領解説 ……………… [041] 65-588
日本詩史 五山堂詩話 ……… [041] 65

清水 孝之
蕪村・一茶 …………………… [013] 32
蕪村の生涯とその作品 …… [013] 32-13
与謝蕪村集 …… [040]【77】,[063]【82】

清水 文雄
王朝日記 …………………………… [013] 10
序説 ……………………………… [013] 10-1
総説 ……………………………… [013] 10-195

清水 好子
宇治の女君 ……………………… [033] 6-349
関連作品栄花物語と大鏡 …… [022] 5-184
源氏物語 ………………………
　　[040]【18】,[040]【19】,[040]【20】
　　,[040]【21】,[040]【22】,[040]【23】
　　,[040]【24】,[040]【25】
竹取物語 伊勢物語 大和物語 平中物語 ‥
　　[043] 12,[066] 8
平中物語 …………………… [043] 12-445
紫式部と清少納言 ………… [013] 8-452
世をうぢ山のをんなぎみ … [013] 9-410

志村 有弘
記録と説話文学 …………… [013] 23-393

下西 善三郎
金草鞋 ……………………… [037] 1,[037] 2
滑稽旅烏 ……………………………… [037] 3
十返舎一九『滑稽旅烏』の世界
　　……………………………… [037] 3-129
十返舎一九と〈越後空間〉 … [037] 1-131

寿岳 章子
狂言のことば・謡曲のことば
　　……………………………… [013] 22-476

守随 憲治
あやめ草 …………………… [033] 36-230
「鸚鵡ヶ杣」序 ……………… [033] 36-227
解説 ………………………… [033] 36-283
花鏡 ………………………… [033] 36-209
歌舞伎始 …………………… [033] 36-235
教訓抄 ……………………… [033] 36-201
戯財録 ……………………… [033] 36-239
賢外集 ……………………… [033] 36-233
古今役者大全 ……………… [033] 36-234
佐渡嶋日記 ………………… [033] 36-238
申楽談儀 …………………… [033] 36-216
至花道 ……………………… [033] 36-214
「紫竹集」序 ………………… [033] 36-224
「貞享四年義太夫段物集」序
　　……………………………… [033] 36-224
浄瑠璃の歴史 ……………… [033] 25-329
続教訓抄 …………………… [033] 36-202
「竹子集」序 ………………… [033] 36-222
「竹本秘伝丸」凡例 ………… [033] 36-225
近松浄瑠璃集 ……………… [067] 50
近松世話物集 ……………… [049]【19】
近松半二集 ………………… [063]【98】
中古戯場説 ………………… [033] 36-237
難波土産発端 ……………… [033] 36-220
耳塵集 ……………………… [033] 36-232
風姿花伝 …………………… [033] 36-206
舞曲扇林 …………………… [033] 36-228
舞台百箇条 ………………… [033] 36-230
六輪一露 …………………… [033] 36-217

庄司 吉之助
奥州信夫郡伊達郡之御百姓衆一揆之次
　第 ……………………………… [069] 58-273
菅野八郎 …………………… [069] 58-87
民衆運動の思想 …………… [069] 58

城福 勇
平賀源内 …………………… [013] 34-330

白井 喬二
南総里見八犬伝 …………… [027] 16-1

白石 悌三
歌仙概説 …………………… [041] 70-572
幻住庵記の諸本 …………… [041] 70-584
猿蓑 ………………………… [041] 70-257
七部集の成立と評価 ……… [041] 70-603
炭俵 ………………………… [041] 70-357
総説 ………………………… [013] 33-3
俳句・俳論 ………………… [013] 33
芭蕉七部集 ………………… [041] 70
ひさご ……………………… [041] 70-227

白川 静
　詩篇と儀礼 ……………………［013］4-388
白洲 正子
　王朝びとの生活の歌 …………［022］11-154
白瀬 浩司
　解題 ……………………………………
　　　　　［045］Ⅰ-11-389,［045］Ⅱ-37-481
　祇園祭礼信仰記 ………［045］Ⅱ-37-273
　鶊山姫捨松 ……………［045］Ⅰ-11-155
白土 わか
　日本文学と法華経 ……………［013］20-371
白藤 礼幸
　続日本紀 ………………………………
　　　［041］12,［041］13,［041］14,［041］
　　　15,［041］16
　続日本紀の字彙 ………………［041］15-627
新里 幸昭
　宮古の文学 ……………………［013］25-336
神保 五弥
　井原西鶴集 …………［043］68,［066］40
　浮世風呂 戯場粋言幕の外 大千世界楽
　　屋探 ……………………………［041］86
　解説 …………………………［043］68-599
　解題 ……………………………………
　　　［038］19-393,［038］20-391,［038］
　　　23-355,［038］24-355,［038］25-349,
　　　［038］26-345,［038］27-359,［038］28
　　　-421,［038］29-427
　仮名草子集 浮世草子集 …………［066］37
　滑稽本 …………………………［043］80-185
　古典への招待 戯作の流れ …［043］80-3
　西鶴と五人女・置土産 ………［022］16-155
　西鶴の方法 ……………………［013］27-447
　洒落本 滑稽本 人情本 …………………
　　　　　　　　　　　　［043］80,［066］47
　世間胸算用 …………………［043］68-333
　東海道中膝栗毛 ………………［060］12-158
　編集のことば …………………［038］1-1
　万の文反古 …………………［043］68-207
　万の文反古 世間胸算用 ………［015］53
新間 進一
　神楽歌 催馬楽 梁塵秘抄 閑吟集 ………
　　　　　　　　　　　　［043］42,［066］25
　歌謡 ……………………………［013］15
　歌謡の世界—中古から近世まで
　　……………………………［013］15-9
　序説 ……………………………［013］15-1
　親鸞集 日蓮集 …………………［067］82
　総説 ……………………………………
　　　［013］15-27,［013］15-271,［013］15
　　　-307

　中古編 …………………………［046］1
　中世近世歌謡集 ………………［067］44
　日蓮集 …………………………［067］82-267
　はしがき ………………………［046］1-1
　梁塵秘抄 …………［043］42-173,［015］34
新村 出
　吉利支丹文学集 ………………………
　　　　　　　　［063］〔60〕,［063］〔61〕
　序歌 ……………………………［016］〔1〕-3

【 す 】

末木 文美士
　解説 ……………………………［005］5-307
　僧門 ……………………………［005］5
菅根 順之
　参考文献 ………………………［013］18-425
菅野 礼行
　解説 ……………………………［043］86-535
　古典への招待 一紙は千金 …［043］86-15
　日本漢詩集 ……………………［043］86
　和漢朗詠集 ……………………［043］19
杉浦 正一郎
　梅が香の巻（「炭俵」より）
　　…………………………………［033］31-143
　蛭子講の巻 ……………………［033］31-126
　空豆の巻（「炭俵」より）……［033］31-159
　芭蕉文集 ………………………［067］46
杉浦 明平
　江戸の戯作者たち ……………［022］20-170
　『保元・平治物語』の主役たち
　　…………………………………［013］16-451
　蘭学事始 ………………………［033］35-284
　「蘭学事始」について ………［033］35-387
杉谷 寿郎
　古今和歌集 後撰和歌集 拾遺和歌集
　　…………………………………［013］7
　総説 ……………………………［013］7-213
杉本 圭三郎
　平家物語に現れた女性 ………［013］19-440
　『保元・平治物語』の義朝像
　　…………………………………［013］16-423
杉本 苑子
　「業を負う者」としての近松
　　…………………………………［013］29-439
　東海道中膝栗毛 ………………［022］21
杉本 長重
　川柳 狂歌集 …………………［067］57

杉本 つとむ
　西鶴の文体の特色と方法 … ［013］27-466
杉森 久英
　芭蕉の無欲 …………………… ［013］28-501
杉山 誠
　仮名手本忠臣蔵 ……………… ［027］12-239
祐野 隆三
　日本文学史参考書目解題 … ［013］別-451
鈴鹿 三七
　あとがき ……………………… ［016］〔1〕-77
　解説後記 ……………………… ［016］〔2〕-145
　北村季吟日記 ………………… ［016］〔2〕
　道の栄 ………………………… ［016］〔1〕
鈴木 淳
　あがた居の歌集 ……………… ［041］68-1
　排蘆小船 ……………………… ［043］82-243
　江戸時代後期の歌と文章 … ［041］68-565
　岡部日記 ……………………… ［041］68-127
　解説 …………………………… ［043］82-480
　近世歌文集 …………………… ［041］68
　近世随想集 …………………… ［043］82
　古典への招待 和学者と和歌惰弱論
　　……………………………… ［043］82-3
　菅笠日記 ……………………… ［041］68-155
　旅のなぐさ …………………… ［041］68-107
　布留の中道 …………………… ［041］68-33
　紫の一本 ……………………… ［043］82-29
鈴木 一夫
　那須与市西海硯 ……………… ［045］I-11-7
鈴木 一雄
　和泉式部日記 ………………… ［044］〔2〕
　関連作品宇津保物語と落窪物語
　　……………………………… ［022］4-166
　大鏡・増鏡 …………………… ［013］14
　解説
　　　［040］〔28〕-257,［040］〔29〕-375
　解説 物語文学の形成 ……… ［066］8-5
　狭衣物語 ……… ［040］〔28〕,［040］〔29〕
　序説 …………………………… ［013］14-1
　総説 ………… ［013］14-7,［013］14-181
　はじめに ……………………… ［044］〔2〕-7
　物語文学の展開 ……………… ［066］10-5
　夜の寝覚
　　［015］25,［015］26,［043］28,［066］19
鈴木 勝忠
　一茶調の背景 ………………… ［013］32-454
　江戸座 点取俳諧集 ………… ［041］72
　黄表紙 川柳 狂歌 … ［043］79,［066］46
　総論 …………………………… ［041］72-473
　俳諧觽 ………………………… ［041］72-409
　俳諧草結 ……………………… ［041］72-289

万国燕 …………………………… ［041］72-205
前句付について ………………… ［013］31-369
鈴木 重雅
　川柳選 ………………………… ［024］〔5〕
　俳句選 ………………………… ［024］〔6〕
鈴木 重三
　解説 …………………………… ［041］89-755
　修紫田舎源氏 ……… ［041］88,［041］89
　馬琴読本の挿絵と画家 …… ［013］35-473
鈴木 孝庸
　平曲について ………………… ［014］11-29
鈴木 亨
　奥の細道の旅 ………………… ［022］15-178
　百人一首の旅 ………………… ［022］11-158
鈴木 登美恵
　太平記 ……………… ［014］13-1,［014］13
　『太平記』総目録 …………… ［014］13-418
　『太平記』略年表 …………… ［014］13-427
鈴木 知太郎
　土左・かげろふ・和泉式部・更級日記
　　……………………………………… ［067］20
鈴木 英雄
　大勢三転考 …………………… ［069］48-385
鈴木 日出男
　葵／賢木／花散里 …………… ［031］3
　朝顔／少女／玉鬘 …………… ［031］6
　東屋／浮舟 …………………… ［031］15
　薫における道心と執心 …… ［041］22-526
　蜻蛉／手習／夢浮橋 ………… ［031］16
　行幸／藤袴／真木柱／梅枝／藤裏葉
　　……………………………………… ［031］8
　桐壺／帚木／空蟬／夕顔 …… ［031］1
　源氏物語
　　［015］14,［015］15,［015］16,［015］
　　17,［015］18,［015］19,［015］20,［015］
　　21,［015］22,［015］23,［041］19,［041］
　　20,［041］21,［041］22,［041］23,［043］
　　20,［043］21,［043］22,［043］23,［043］
　　24,［043］25
　源氏物語索引 ………………… ［041］別2
　源氏物語主要人物解説 …… ［043］25-459
　古典への招待 人物造型について
　　……………………………………… ［043］24-3
　匂兵部卿／紅梅／竹河／橋姫 … ［031］12
　さすらう女君の物語 … ［041］21-472
　早蕨／宿木 …………………… ［031］14
　椎本／総角 …………………… ［031］13
　須磨／明石／澪標 …………… ［031］4
　初音／胡蝶／蛍／常夏／篝火／野分
　　……………………………………… ［031］7
　枕草子 …………… ［071］9,［071］10

物語としての光源氏 ……… ［041］19-437
横笛／鈴虫／夕霧／御法／幻 …… ［031］11
蓬生／関屋／絵合／松風／薄雲 …… ［031］5
若菜 …………………………… ［031］9
若菜 下 柏木 ………………… ［031］10
若紫／末摘花／紅葉賀／花宴 …… ［031］2

鈴木 弘道
とりかへばや物語の世界 … ［013］12-396
枕冊子全注釈 ……………… ［064］［8］

鈴木 よね子
解題 …………………… ［045］II-30-543
只野真葛集 ……………… ［045］II-30

須永 朝彦
解題 …………………………
　　［065］1-281,［065］2-267,［065］3-273
怪談 …………………………… ［065］3
奇談 …………………………… ［065］1
伝綺 …………………………… ［065］2

住吉 朋彦
関係類話一覧 …………… ［043］51-512

住吉 晴子
関係類話一覧 …………… ［043］51-512

諏訪 春雄
江戸の芸能 ……………… ［013］30-481
語り物の系譜 …………… ［013］29-353
心中の季節 ……………… ［060］10-154
近松門左衛門の世界 …… ［022］17-157

寸木
俳書叢刊 第7期 ………………… ［077］5

【 せ 】

静竹窓 菊子
俳書叢刊 第7期 ………………… ［077］3

関 晃
伴信友の学問と『長等の山風』
　……………………… ［069］50-595
平田篤胤 伴信友 大国隆正 ……… ［069］50
律令 ……………………………… ［069］3

関 忠夫
歌かるたの歴史 ………… ［060］別1-140

関 みさを
更級日記 ……………… ［033］8-249

関口 静雄
参考文献 ……………… ［013］15-424

関根 慶子

関連作品王朝の日記文学 蜻蛉日記・和泉
　式部日記 …………………… ［022］7-166
狭衣物語 …………………… ［067］79
大納言経信集 附 散木奇謌集 第六 悲歎
　部 …………………… ［067］80-181
平安鎌倉私家集 …………… ［067］80

関根 正直
一話一言 …………………………
　　［070］別1,［070］別2,［070］別3,［070］別4,［070］別5,［070］別6
嬉遊笑覧 …………………………
　　［070］別7,［070］別8,［070］別9,［070］別10
日本随筆大成 …………………………
　　［070］I-1,［070］I-10,［070］I-11,［070］I-12,［070］I-13,［070］I-14,［070］I-15,［070］I-16,［070］I-17,［070］I-18,［070］I-19,［070］I-2,［070］I-20,［070］I-21,［070］I-22,［070］I-23,［070］I-3,［070］I-4,［070］I-5,［070］I-6,［070］I-7,［070］I-8,［070］I-9,［070］II-1,［070］II-10,［070］II-11,［070］II-12,［070］II-13,［070］II-14,［070］II-15,［070］II-16,［070］II-17,［070］II-18,［070］II-19,［070］II-2,［070］II-20,［070］II-21,［070］II-22,［070］II-23,［070］II-24,［070］II-3,［070］II-4,［070］II-5,［070］II-6,［070］II-7,［070］II-8,［070］II-9,［070］III-1,［070］III-10,［070］III-11,［070］III-12,［070］III-13,［070］III-14,［070］III-15,［070］III-16,［070］III-17,［070］III-18,［070］III-19,［070］III-2,［070］III-20,［070］III-21,［070］III-22,［070］III-23,［070］III-24,［070］III-3,［070］III-4,［070］III-5,［070］III-6,［070］III-7,［070］III-8,［070］III-9

関屋 俊彦
天理本狂言六義 …………………………
　　［054］［20］,［054］［22］

雪中庵 対山
俳書叢刊 第7期 ………………… ［077］4

雪中庵 蓼太
筑波紀行 ……………… ［042］9-82

瀬戸内 晴美
平家物語 ……………… ［060］6-5
虫めづる姫君 ………… ［013］12-415

瀬沼 茂樹

江戸名作集 ……………………… [027] 17
王朝日記随筆集 ………………… [027] 7
王朝名作集 ……………… [027] 5, [027] 6
源氏物語 ………………… [027] 3, [027] 4
古今和歌集 新古今和歌集 ……… [027] 9
古事記 …………………………… [027] 1
今昔物語 ………………………… [027] 8
西鶴名作集 ……………………… [027] 13
春色梅暦 ………………………… [027] 18
太平記 …………………………… [027] 11
近松名作集 ……………………… [027] 14
南総里見八犬伝 ………………… [027] 16
芭蕉名句集 ……………………… [027] 15
平家物語 ………………………… [027] 10
万葉集 …………………………… [027] 2
謡曲狂言歌舞伎集 ……………… [027] 12

瀬谷 義彦
　解題 ……………………… [069] 53 - 473
　宝氷水府太平記 ………… [069] 58 - 169
　水戸学 …………………………… [069] 53
　水戸学の背景 …………… [069] 53 - 507

千古 利恵子
　風雅和歌集 ……………………… [001] 9

【 そ 】

宗 左近
　月光抄 …………………… [013] 28 - 507
相馬 御風
　一茶の晩年 ……………… [033] 32 - 398
宗谷 真爾
　怪奇絵の系譜 …………… [022] 19 - 149
曽倉 岑
　古事記 ……………………… [014] 1 - 19
　古事記・風土記・日本霊異記 …… [014] 1
　風土記 …………………… [014] 1 - 215
　万葉集 ……………… [071] 2, [071] 3, [071] 4
祖田 浩一
　太平記の旅 ……………… [022] 13 - 172
　東海道中膝栗毛の旅 …… [022] 21 - 174
　平家物語の旅 …………… [022] 10 - 180
　枕草子の旅 ……………… [022] 6 - 172
外村 展子
　東寺観智院旧蔵本『三宝絵』の筆写者
　　……………………………… [041] 31 - 461
薗田 香融
　最澄 …………………………… [069] 4
　最澄とその思想 ………… [069] 4 - 439

【 た 】

平 重道
　近世神道論 前期国学 …………… [069] 39
　近世の神道思想 ………… [069] 39 - 507
高木 市之助
　賀茂真淵 ………………… [067] 93 - 49
　近世和歌集 …………………… [067] 93
　上代歌謡集 ……………… [063] [84]
　太平記の謎 ……………… [033] 19 - 467
　田安宗武 ………………… [067] 93 - 117
　平家物語 ……………… [067] 32, [067] 33
　万葉集
　　[067] 4, [067] 5, [067] 6, [067] 7
　倭建命と浪漫精神 ………… [033] 1 - 330
　良寛 ……………………… [067] 93 - 175
高木 元
　解題 ……………………… [045] I - 25 - 391
　中本型読本集 …………… [045] I - 25
高木 卓
　解説 ……………………… [033] 17 - 357
　義経記 …………………… [033] 17 - 7
　曾我物語 ………………… [033] 17 - 223
高木 豊
　日蓮 …………………………… [069] 14
高田 衛
　秋成集 ………………………… [014] 18
　雨月物語
　　[015] 57 - 5, [043] 78 - 273, [066] 48
　　- 323, [048] 1
　雨月物語 春雨物語 …………… [015] 57
　折々草 …… [041] 79 - 455, [041] 79 - 627
　関連解説怪奇文学の系譜 …… [022] 19 - 162
　解題 ……………………… [045] I - 26 - 391
　近世奇談集成 …………… [045] I - 26
　作者対照略年譜 ………………
　　[043] 78 - 632, [066] 48 - 632
　『十雨余言』のことなど …… [013] 35 - 404
　宿直草（御伽物語） …… [045] I - 26 - 203
　序にかえて ……………… [014] 18 - 5
　死霊解脱物語聞書 ……… [045] I - 26 - 333
　建部綾足の生涯 ………… [041] 79 - 585
　西山物語 ………………………
　　[043] 78 - 191, [066] 48 - 245
　英草紙 西山物語 雨月物語 春雨物語 ……
　　[043] 78, [066] 48
　本朝水滸伝 紀行 三野日記 折々草
　　…………………………………… [041] 79

本朝水滸伝 前編 ……………… [041] **79**-*1*
高藤 武馬
　解説 ……………………… [033] **27**-*403*
　椿説弓張月 ………………… [033] **27**-*3*
高野 澄
　今昔物語ゆかりの旅 ……… [022] **8**-*172*
　弓張月ゆかりの旅 ………… [022] **20**-*182*
高野 辰之
　解説
　　 [062] **1**-*1*, [062] **2**-*1*, [062] **4**-*1*,
　　 [062] **5**-*1*, [062] **6**-*1*, [062] **7**-*1*,
　　 [062] **8**-*1*, [062] **9**-*1*, [062] **10**-*1*,
　　 [062] **11**-*1*, [062] **12**-*1*
　解題 ……………………… [062] **3**-*1*
　近古編 …………………… [062] **5**
　近世編
　　 [062] **6**, [062] **7**, [062] **8**, [062] **9**,
　　 [062] **10**, [062] **11**, [062] **12**
　上古編 …………………… [062] **1**
　中古近世編 ……………… [062] **4**
　中古編 …………… [062] **2**, [062] **3**
高野 斑山
　例言 ……………………… [059] **10**-*1*
高野 正美
　万葉集の恋歌 …………… [013] **3**-*394*
高野 正巳
　女殺油地獄 ……………… [033] **24**-*292*
　解説 ……………………… [033] **24**-*325*
　国性爺合戦 ……………… [033] **24**-*164*
　碁盤太平記 ……………… [033] **24**-*61*
　心中重井筒 ……………… [033] **24**-*102*
　心中天の網島 …………… [033] **24**-*266*
　心中二枚絵草紙 ………… [033] **24**-*42*
　心中万年草 ………………
　　 [027] **14**-*43*, [033] **24**-*124*
　曾根崎心中 ……………… [033] **24**-*29*
　近松門左衛門集
　　 [063]〔**94**〕, [063]〔**95**〕, [063]〔**96**〕
　博多小女郎波枕 ………… [033] **24**-*241*
　堀川波鼓 ………………… [033] **24**-*80*
　冥途の飛脚 ………………
　　 [027] **14**-*113*, [033] **24**-*142*
　鑓の権三重帷子 ………… [033] **24**-*213*
　世継曾我 ………………… [033] **24**-*3*
高橋 明彦
　解題 ……………………… [045]**Ⅰ-26**-*391*
高橋 喜一
　狂歌略史─源流から二つの撰集まで
　　 ………………………… [041] **61**-*591*
　古今夷曲集 ……………… [041] **61**-*205*

七十一番職人歌合 新撰狂歌集 古今夷
　曲集 ……………………… [041] **61**
新撰狂歌集 ………………… [041] **61**-*147*
高橋 庄次
　蕪村の連作詩篇とエロス … [013] **32**-*425*
高橋 正治
　後撰集の物語性 ………… [013] **7**-*428*
　竹取物語 伊勢物語 大和物語 平中物語 ‥
　　 [043] **12**, [066] **8**
　大和物語 ………………… [043] **12**-*247*
高橋 碵一
　鴨の騒立 ………………… [069] **58**-*237*
高橋 昭彦
　老媼茶話 ………………… [045]**Ⅰ-26**-*5*
高橋 亨
　竹取物語 大和物語 ……… [071] **5**
　堤中納言物語の世界 …… [013] **12**-*386*
高橋 俊夫
　参考文献 ………………… [013] **13**-*468*
高橋 伸幸
　栄花物語の虚構 ………… [013] **11**-*415*
　総説 ……………………… [013] **21**-*183*
　頼朝挙兵時の関東武士団 … [013] **21**-*418*
高橋 英夫
　ディレンマの中の『万葉集』
　　 ………………………… [013] **3**-*426*
高橋 比呂子
　男作五雁金 ……………… [045]**Ⅲ-40**-*169*
　解題
　　 [045]**Ⅰ-9**-*399*, [045]**Ⅲ-40**-*441*
　大内裏大友真鳥 ………… [045]**Ⅰ-9**-*77*
高橋 睦郎
　うつほ物語の場合 ……… [013] **6**-*453*
田川 邦子
　江戸作者浄瑠璃集 ……… [045]**Ⅰ-15**
　小栗判官車街道 ………… [045]**Ⅲ-40**-*85*
　解説
　　 [045]**Ⅰ-15**-*463*, [045]**Ⅲ-40**-*441*
　志賀の敵討 ……………… [045]**Ⅰ-15**-*7*
　伊達競阿国戯場 ………… [045]**Ⅰ-15**-*149*
　驪山比翼塚 ……………… [045]**Ⅰ-15**-*261*
滝井 孝作
　狂言の写実 ……………… [033] **20**-*383*
滝沢 貞夫
　一茶発句総索引 ………… [002]〔**索引**〕
田北 耕也
　天地始之事 ……………… [069] **25**-*381*
田口 和夫
　解説 ……………………… [054]〔**22**〕-*379*
　狂言について …………… [013] **22**-*465*

たくち　　　　　　　　　作家名索引（注・訳者）

天理本狂言六義 ....
　　　［054］〔20〕,［054］〔22〕
田口 正治
　玄語原文 付 校異 .... ［069］41-375
　『玄語』稿本について ...... ［069］41-605
　三浦梅園 .... ［069］41
　三浦梅園略年譜 .... ［069］41-681
武石 彰夫
　解説 ....
　　　［049］〔11〕-473,［049］〔12〕-419,
　　　［049］〔13〕-535,［049］〔14〕-633
　今昔物語集 ....
　　　［049］〔11〕,［049］〔12〕,［049］〔13〕
　　　,［049］〔14〕
　梁塵秘抄 .... ［041］56-3
　梁塵秘抄 閑吟集 狂言歌謡 ...... ［041］56
　梁塵秘抄・閑吟集—研究のながれと課
　　題 .... ［014］8-510
　『梁塵秘抄』の世界 .... ［041］56-551
　（梁塵秘抄）仏教語一覧 ...... ［041］56-475
竹内 重雄
　参考文献 .... ［013］25-383
竹内 理三
　古代政治社会思想 .... ［069］8
竹柴 趙太郎
　解説 .... ［057］6-483
　桜姫東文章 .... ［057］6-259
　染替蝶桔梗 .... ［057］6-155
　染縮竹春駒 .... ［057］6-7
　鶴屋南北全集 .... ［057］12,［057］6
　容賀扇曾我 .... ［057］6-115
　独道中五十三駅 .... ［057］12-7
竹田 晃
　中国志怪小説の流れ ...... ［014］18-380
武田 泰淳
　神話について .... ［033］1-337
武田 元治
　長明と和歌 .... ［013］18-357
武田 祐吉
　古事記 祝詞 .... ［067］1
　上代説話選 .... ［024］〔4〕
　日本書紀 ....
　　　［063］〔32〕,［063］〔33〕,［063］〔34〕
　　　,［063］〔35〕,［063］〔36〕,［063］〔37〕
　日本霊異記 .... ［063］〔50〕
武田 麟太郎
　好色五人女 .... ［027］13-119
　西鶴町人物雑感 .... ［033］23-369
武智 鉄二

平家女護島（鬼界が島の場）
　　　.......................... ［027］14-301
竹西 寛子
　影になったかぐや姫 ...... ［013］6-447
　蜻蛉日記 .... ［060］4-77
　「源氏物語」と紫式部 ...... ［060］5-148
　土佐日記・更級日記 .... ［022］7
　私の『土佐日記』と『更級日記』
　　　.......................... ［022］7-140
竹鼻 績
　『大鏡』の説話性 .... ［013］14-310
竹本 津大夫
　義太夫語りの舞台話 ...... ［022］17-170
竹本 宏夫
　須佐神社縁起解説 .... ［055］9-242
　「備後国風俗歌」（阿波国稲垣家蔵）につ
　　いて—その解説と翻刻 .. ［055］別3-199
竹本 幹夫
　世阿弥能作論の形成 ...... ［013］24-395
　能 能楽論 狂言 .... ［071］36
多治比 郁夫
　厳垣竜渓と『落栗物語』の作者
　　　.......................... ［041］97-427
　落栗物語 .... ［041］97-69
　混沌社の成立と頼春水 ...... ［041］97-432
　在津紀事 .... ［041］97-189
　当代江戸百化物 在津紀事 仮名世説
　　　.............................. ［041］97
田嶋 一夫
　転寝草紙 .... ［041］54-269
　俵藤太物語 .... ［041］55-85
　窓の教 .... ［041］55-289
　室町物語集 .... ［041］54,［041］55
　師門物語 .... ［041］55-361
田代 慶一郎
　英語世界における謡曲 ...... ［013］22-494
多田 厚隆
　相伝法門見聞 .... ［069］9-584
　天台本覚論 .... ［069］9
太刀川 清
　解題 ....
　　　［035］〔9〕-249,［045］I-2-353,［045］
　　　II-27-355
　続百物語怪談集成 .... ［045］II-27
　百物語怪談集成 .... ［045］I-2
　武家義理物語 ...... ［035］〔9〕,［035］〔10〕
橘 健二
　大鏡
　　　［015］28,［015］29,［043］34,［066］20
橘 純一

832　日本古典文学全集・内容綜覧

た

徒然草 ……………………… ［063］〔28〕
立花 みどり
　長崎氏と二階堂道蘊 ……… ［013］21-385
田中 重太郎
　解説 ……………………… ［049］〔8〕-421
　校本枕冊子 … ［092］1,［092］2,［092］3
　枕冊子 …………………………………
　　　　　　［049］〔8〕,［049］〔9〕,［063］〔26〕
　枕冊子全注釈 …………………………
　　　　　　［064］〔4〕,［064］〔5〕,［064］〔6〕,［064］
　　　　　　〔7〕,［064］〔8〕
田中 伸
　仮名草子作者の教訓的姿勢
　　……………………………… ［013］26-330
田中 親美
　序 ………………………… ［091］1-(2)
田中 澄江
　伊勢物語の花たち ………… ［013］5-419
　女殺油地獄 ………………… ［022］17
　心中天の綱島 ……………… ［027］14-313
　心中の成立ち ……………… ［033］24-363
　堀川波鼓 …………………… ［027］14-17
　枕草子 ……………………… ［027］7-235
　松風 ………………………… ［027］12-26
　湯谷 ………………………… ［027］12-73
田中 千禾夫
　隅田川・柿山伏 …………… ［022］14
　高砂 ………………………… ［027］12-3
　谷行 ………………………… ［027］12-150
田中 直子
　解題 ……………… ［045］III-39-457
　太平記忠臣講釈 … ［045］III-39-185
田中 登
　貫之集 ……………………… ［001］4
田中 則雄
　解題 ……………… ［045］III-41-491
　松王物語 ………… ［045］III-41-241
田中 久夫
　鎌倉旧仏教 ………………… ［069］15
　却癈忘記(高弁 長円記) …… ［069］15-107
　興正菩薩御教誡聴聞集 …… ［069］15-189
　興福寺奏状 ………………… ［069］15-31
　摧邪輪 ……………………… ［069］15-43
　収載書目解題 ……………… ［069］15-500
　著作者略伝 ………………… ［069］15-461
田中 裕
　新古今和歌集 ……………… ［041］11
　世阿弥芸術論集 …………… ［040］〔61〕
　菟玖波集の俳諧 …………… ［055］別1-27
田中 允

謡曲集 ……………………………………
　　　　［063］〔88〕,［063］〔89〕,［063］〔90〕
田中 道雄
　安永天明期俳諧と蕉風復興運動
　　……………………………… ［041］73-401
　花鳥篇 ……………………… ［041］73-209
　続明烏 ……………………… ［041］73-87
　天明俳諧集 ………………… ［041］73
　遠江の記 …………………… ［041］73-375
　蕪村が占めた座標 ………… ［013］32-407
田中 善信
　秋の日 ……………………… ［041］73-287
　紀行 ……… ［041］79-305,［041］79-612
　三野日記 …………………………………
　　　　　　［041］79-433,［041］79-620
　写経社集 …………………… ［041］73-173
　続明烏 ……………………… ［041］73-87
　誹諧月の夜 ………………… ［041］73-331
　天明俳諧集 ………………… ［041］73
　蕪村の交友 ………………… ［041］73-459
　本朝水滸伝 紀行 三野日記 折々草
　　……………………………… ［041］79
　夜半楽 ……………………… ［041］73-191
棚橋 正博
　解説 ……………… ［045］I-20-367
　解題 付十返舎一九略年表
　　………………… ［045］III-43-393
　黄表紙 川柳 狂歌 ………… ［043］79
　古典への招待 黄表紙・川柳・狂歌の誕
　　生の前夜 ………………… ［043］79-5
　式亭三馬集 ……………… ［045］I-20
　十返舎一九集 …………… ［045］III-43
田辺 勝哉
　一話一言 …………………………………
　　　　［070］別1,［070］別2,［070］別3,［070］
　　　　別4,［070］別5,［070］別6
　嬉遊笑覧 …………………………………
　　　　［070］別7,［070］別8,［070］別9,［070］
　　　　別10
　日本随筆大成 ……………………………
　　　　［070］I-1,［070］I-10,［070］I-11,
　　　　［070］I-12,［070］I-13,［070］I-
　　　　14,［070］I-15,［070］I-16,［070］I
　　　　-17,［070］I-18,［070］I-19,［070］
　　　　I-2,［070］I-20,［070］I-21,［070］
　　　　I-22,［070］I-23,［070］I-3,［070］
　　　　I-4,［070］I-5,［070］I-6,［070］I-
　　　　7,［070］I-8,［070］I-9,［070］II-1,
　　　　［070］II-10,［070］II-11,［070］II-
　　　　12,［070］II-13,［070］II-14,［070］
　　　　II-15,［070］II-16,［070］II-17,
　　　　［070］II-18,［070］II-19,［070］II-

たなべ　　　　　　　　　　作家名索引（注・訳者）

2, ［070］ II-20, ［070］ II-21, ［070］
II-22, ［070］ II-23, ［070］ II-24,
［070］ II-3, ［070］ II-4, ［070］ II-5,
［070］ II-6, ［070］ II-7, ［070］ II-8,
［070］ II-9, ［070］ III-1, ［070］ III-10, ［070］ III-11, ［070］ III-12, ［070］
III-13, ［070］ III-14, ［070］ III-15,
［070］ III-16, ［070］ III-17, ［070］
III-18, ［070］ III-19, ［070］ III-2,
［070］ III-20, ［070］ III-21, ［070］
III-22, ［070］ III-23, ［070］ III-24,
［070］ III-3, ［070］ III-4, ［070］ III-5, ［070］ III-6, ［070］ III-7, ［070］
III-8, ［070］ III-9

田辺 聖子
　対談後宮サロンと女房文学 ‥ ［060］ 4-150
　竹取物語・伊勢物語 ……………… ［022］ 4
　枕草子 ……………………………… ［060］ 4-5
田辺 元
　正法眼蔵の哲学私観 ……… ［033］ 14-378
田辺 秀夫
　「妙達和尚ノ入定シテヨミガヘリタル
　　記」について ……………… ［041］ 31-473
田辺 幸雄
　東歌・防人歌 ………………… ［033］ 3-335
谷 宏
　太平記と作者との関係について
　　………………………… ［033］ 19-474
谷崎 潤一郎
　江戸名作集 …………………… ［027］ 17
　王朝日記随筆集 ……………… ［027］ 7
　王朝名作集 …………… ［027］ 5, ［027］ 6
　源氏物語 ……………… ［027］ 3, ［027］ 4
　古今和歌集 新古今和歌集 ……… ［027］ 9
　古事記 ………………………… ［027］ 1
　今昔物語 ……………………… ［027］ 8
　西鶴名作集 …………………… ［027］ 13
　三人法師 ……………… ［033］ 18-284
　春色梅暦 ……………………… ［027］ 18
　太平記 ………………………… ［027］ 11
　近松名作集 …………………… ［027］ 14
　南総里見八犬伝 ……………… ［027］ 16
　芭蕉名句集 …………………… ［027］ 15
　平家物語 ……………………… ［027］ 10
　万葉集 ………………………… ［027］ 2
　謡曲狂言歌舞伎集 …………… ［027］ 12
谷地 快一
　参考文献 ……………… ［014］ 17-414
　蕪村関係略年表 ……… ［014］ 17-438
　夜半亭一門 …………… ［014］ 17-371
谷山 茂

歌合集 ………………………… ［067］ 74
千載集から新古今集へ …… ［013］ 17-341
六歌仙の対話 ……………… ［013］ 7-446
谷脇 理史
　井原西鶴集 ……… ［043］ 68, ［066］ 40
　浮世物語 ……………… ［043］ 64-85
　『宇治拾遺物語』と近世文学
　　……………………… ［013］ 13-432
　解説 ……… ［043］ 64-627, ［043］ 68-599
　仮名草子集 …………………… ［043］ 64
　仮名草子集 浮世草子集 ……… ［066］ 37
　古典への招待 一休さんと浮世房
　　……………………………… ［043］ 64-3
　西鶴と先行文芸 …………… ［013］ 27-477
　日本永代蔵 ……… ［043］ 68-17, ［015］ 52
　武道伝来記 … ［041］ 77-1, ［041］ 77-571
　武道伝来記 西鶴置土産 万の文反古 西
　　鶴名残の友 ………………… ［041］ 77
　万の文反古
　　［041］ 77-363, ［041］ 77-607
種村 季弘
　二つの中心 ……………… ［022］ 19-170
田原 嗣郎
　平田篤胤 伴信友 大国隆正 ……… ［069］ 50
　山鹿素行 ……………………… ［069］ 32
　山鹿素行における思想の基本的構成
　　……………………… ［069］ 32-453
　『霊の真柱』以後における平田篤胤の思
　　想について ………………… ［069］ 50-565
玉井 幸助
　海道記・東関紀行 十六夜日記
　　……………………… ［063］〔29〕
　健寿御前日記 ……………… ［063］〔24〕
　古人の踏んだ東海道 ……… ［063］〔29〕-1
　讃岐典侍日記 ……………… ［063］〔23〕
　更級日記 …………………… ［063］〔22〕
　紫式部日記 ………………… ［063］〔19〕
玉懸 博之
　松永尺五の思想と小瀬甫庵の思想
　　……………………… ［069］ 28-505
玉上 琢弥
　あらすじ ……………… ［013］ 9-25
　源氏物語 ……………………… ［013］ 9
　序説 ……………………… ［013］ 9-1
　総説 ……………………… ［013］ 9-9
　藤壷の宮 ……………… ［013］ 9-381
玉城 徹
　美としての記紀歌謡 ……… ［013］ 4-434
玉城 政美
　おもろ歌謡の周辺 ………… ［013］ 25-298
玉村 竹二

834　日本古典文学全集・内容綜覧

五山文学新集 ……………………………
　　［028］1, ［028］2, ［028］3, ［028］4,
　　［028］5, ［028］6, ［028］別1, ［028］別2
　序
　　［028］1-3, ［028］2-3, ［028］3-3,
　　［028］4-3, ［028］5-3, ［028］6-3,
　　［028］別1-3, ［028］別2-3
　跋 ……… ［028］6-1295, ［028］別2-729
田村 芳朗
　天台本覚思想概説 …………… ［069］9-477
　天台本覚論 …………………………［069］9
　本覚讃注疏・真如観・三十四箇事書
　　………………………………… ［069］9-564
田村 柳壱
　新古今時代略年表 …………… ［014］9-526
　新古今集の「古」と「新」 …… ［013］17-403
多屋 頼俊
　親鸞集 ………………………… ［067］82-5
　親鸞集 日蓮集 ……………………［067］82
　『歎異抄』について ………… ［013］20-324
田山 花袋
　西鶴小論 ……………………… ［033］22-374
檀上 正孝
　笈の小文・更科紀行 ……………… ［078］2
　野ざらし紀行・鹿島詣 ‥ ［078］1, ［078］1

小大君集 ……………………… ［073］12-716
是則集 ………………………… ［073］12-715
斎宮女御集 …………………… ［073］12-706
猿丸大夫集 …………………… ［073］12-697
三十六人集補遺 ……………… ［030］12-695
宗宇集 ………………………… ［073］12-710
清少納言集 …………………… ［073］12-893
高光集 ………………………… ［073］12-749
忠見集 ………………………… ［073］12-776
忠岑集 ………………………… ［073］12-751
貫之集 ………………………… ［073］12-729
敏行集 ………………………… ［073］12-708
友則集 ………………………… ［073］12-750
中務集 ………………………… ［073］12-782
仲文集 ………………………… ［073］12-770
業平集 ………………………… ［073］12-701
遍昭集 ………………………… ［073］12-738
源重之集 ……………………… ［073］12-762
源順集 ………………………… ［073］12-739
紫式部集 ……………………… ［073］12-895
元真集 ………………………… ［073］12-769
元輔集 ………………………… ［073］12-742
家持集 ………………………… ［073］12-699
能宣集 ………………………… ［073］12-717
頼基集 ………………………… ［073］12-761
六女集補遺 …………………… ［030］12-891

【 ち 】

近松全集刊行会
　刊行を終えるにあたって … ［052］17-513
　刊行の辞 ……………………… ［052］1-1
チースリク, H.
　丸血留の道 …………………… ［069］25-323
　御パシヨンの観念 …………… ［069］25-225
　キリシタン書とその思想 …… ［069］25-551
　キリシタン書 排邪書 ……………［069］25
　サカラメンタ提要付録 ……… ［069］25-181
　どちりいな―きりしたん … ［069］25-13
　病者を扶くる心得 …………… ［069］25-83
長 連恒
　朝忠集 ………………………… ［073］12-748
　敦忠集 ………………………… ［073］12-703
　伊勢集 ………………………… ［073］12-733
　興風集 ………………………… ［073］12-713
　兼輔集 ………………………… ［073］12-702
　兼盛集 ………………………… ［073］12-725
　清正集 ………………………… ［073］12-711
　公忠集 ………………………… ［073］12-705

【 つ 】

塚谷 晃弘
　江戸後期における経世家の二つの型―
　　本多利明と海保青陵の場合 ［069］44-421
　本多利明 ……………………… ［069］44-443
　本多利明 海保青陵 ………………［069］44
塚原 鉄雄
　解説 …………………………［040］〔30〕-177
　竹取物語の方法 ……………… ［013］6-408
　堤中納言物語 ……………………［040］〔30〕
塚本 邦雄
　綺語禁断 ……………………… ［013］24-415
　春の形見―新古今集に寄せて
　　………………………………… ［022］3-166
塚本 学
　鴨の騒立 ……………………… ［069］58-237
築島 裕
　憲法十七条 …………………… ［069］2-11
　「憲法十七条」「勝鬘経義疏」「上宮聖徳
　　法王帝説」の国語史学的考察 ［069］2-555
　上宮聖徳法王帝節 …………… ［069］2-353

つきた　　　　　　　　作家名索引（注・訳者）

聖徳太子集 ……………………… [069] 2
　勝鬘経義疏 ……………………… [069] 2-25
　竹取物語 伊勢物語 大和物語 …… [067] 9
　律令の古訓点について ……… [069] 3-811
次田 香澄
　とはずがたり ………………… [063]〔25〕
　風雅和歌集 …………………… [054]〔4〕
辻 勝美
　参考文献 …………………… [013] 17-457
辻 達也
　政談 ………………………… [069] 36-259
　「政談」の社会的背景 ……… [069] 36-741
土田 杏村
　大伴旅人 …………………… [033] 2-365
土田 直鎮
　律令 ……………………………… [069] 3
土田 衛
　おしゅん伝兵衛十七年忌 … [041] 95-75
　解説 ………………… [040]〔74〕-379
　上方歌舞伎集 ……………… [041] 95
　上方の元禄歌舞伎 ………… [041] 95-481
　けいせい浅間岳 …………… [041] 95-1
　けいせい浅間岳・おしゅん伝兵衛十七
　　年忌 用語解説 …………… [041] 95-438
　芸能篇 ………………………… [018]〔1〕
　浄瑠璃集 ……………………… [040]〔74〕
　役者解説 …………………… [041] 95-407
土橋 寛
　あとがき ……………… [064]〔29〕-465
　歌謡 ……………………………… [013] 4
　古事記歌謡 ………………… [067] 3-33
　古代歌謡集 …………………… [067] 3
　古代歌謡全注釈 …………… [064]〔29〕
　続日本紀歌謡 ……………… [067] 3-215
　序説 …………………………… [013] 4-1
　総説 ………………………… [013] 4-11
　日本書紀歌謡 ……………… [067] 3-123
　日本文学と沖縄文学 ……… [013] 25-279
　仏足石歌 …………………… [067] 3-239
　風土記歌謡 ………………… [067] 3-223
土屋 順子
　画傀儡二面鏡 ……………… [045] II-35-127
土屋 文明
　解説 ………………………… [027] 2-613
　万葉集 ………………………… [027] 2-1
　山上憶良 …………………… [033] 2-379
土屋 有里子
　付録・無住関係略年表 …… [043] 52-635
堤 精二
　好色五人女 ………………… [067] 47-219

西鶴集 ……………………………… [067] 47
綱淵 謙錠
　遠い記憶 …………………… [013] 23-443
角田 一郎
　竹田出雲 並木宗輔 浄瑠璃集 …… [041] 93
　近松浄瑠璃の操り人形 …… [013] 29-411
角田 文衛
　平安後期物語の史的背景 … [013] 12-345
坪内 逍遙
　徳川文芸類聚序 …………… [059] 1-1
津本 信博
　刊行にあたって … [017] 1-i, [017] 2-i
　近世紀行日記文学集成 … [017] 1, [017] 2
鶴岡 節雄
　一九の狂歌道中 …………… [042] 5-84
　一九の巡礼道中記 ………… [042] 7-81
　解題 絵草紙・成田屋・成田詣
　　　　　　　　　　　　　　　　[042] 3-71
　解題 白藤源太物語の成立 … [042] 2-73
　仮名垣魯文の成田道中記 … [042] 3
　甲州の道中記 ……………… [042] 4-74
　山東京伝の房総の力士白藤源太談
　　　　　　　　　　　　　　　　[042] 2
　十返舎一九と房総道中記 … [042] 1-69
　十返舎一九の江戸見物 …… [042] 5
　十返舎一九の甲州道中記 … [042] 4
　十返舎一九の箱根江の島鎌倉道中記
　　　　　　　　　　　　　　　　[042] 6
　十返舎一九の坂東秩父埼玉道中記
　　　　　　　　　　　　　　　　[042] 7
　十返舎一九の常陸道中記 … [042] 9
　十返舎一九の房総道中記 … [042] 1
　為永春水の南総里見八犬伝後日譚
　　　　　　　　　　　　　　　　[042] 8
　たはれ歌師十返舎一九 …… [042] 9-92
　名所記とそのカルチュア … [042] 6-92
鶴崎 裕雄
　佐野のわたり ……………… [041] 51-461
　宗祇終焉記 ………………… [041] 51-450
　竹林抄 ………………………… [041] 49
　中世日記紀行集 …………… [041] 51
　藤河の記 …………………… [041] 51-383
　北国紀行 …………………… [041] 51-433
鶴見 誠
　あとがき …………………… [101] 13-435
　浄瑠璃集 ……………………… [067] 52
　竹田出雲集 ………………… [063]〔97〕

【て】

手塚 富雄
　良寛における近代性 ……… [033] 21-405
寺島 樵一
　竹林抄 ………………………… [041] 49
寺田 詩麻
　歌川豊国画『役者似顔早稽古』（影印・翻
　　刻） ……………… [045] III-49-319
寺田 純子
　参考文献 ……………… [013] 7-479
　とはずがたり ………………… [014] 12-375
寺田 透
　「和泉式部日記」序 …… [033] 8-351
　『正法眼蔵』の思惟の構造 ‥ [069] 12-511
　道元 ……………… [069] 12, [069] 13
　道元における分裂 …… [069] 13-541
　平治物語絵巻 ………… [013] 16-458
寺本 直彦
　落窪物語 堤中納言物語 ………… [067] 13
暉峻 康隆
　井原西鶴集 …………………………………
　　　[043] 66, [043] 67, [043] 68, [066]
　　　38, [066] 39, [066] 40
　解説 …………………………………………
　　　[027] 18-493, [043] 61-599, [043]
　　　66-569, [043] 67-593, [043] 68-599,
　　　[058] 2-5, [058] 3-5, [058] 4-5,
　　　[058] 5-5, [058] 7-5, [058] 8-5,
　　　[058] 9-5, [058] 11上-5, [058] 14-5
　解説―近世文学における笑いについて
　　　………………………… [033] 29-409
　近世 …………………………… [033] 別-249
　元禄文芸復興の基盤 ……… [013] 27-9
　好色一代男 …………………………………
　　　[043] 66-15, [015] 50, [021] 1
　好色五人女 ………………………… [021] 4
　好色盛衰記 ………………………… [021] 10
　対談好色とはなにか ……… [060] 8-148
　古典への招待「色好み」のルーツ
　　　……………………………… [043] 66-5
　古典への招待 晩年のテーマと方法
　　　……………………………… [043] 68-5
　古典への招待 流行作家時代―中期の作
　　　風 ………………………… [043] 67-5
　西鶴 ……………………………… [013] 27
　西鶴置土産 …… [043] 68-475, [021] 12
　西鶴諸国ばなし ………………… [021] 7

西鶴と現代文学 ……………… [013] 27-505
解説西鶴の生涯と作風 ……… [060] 8-160
西鶴の方法 …………………… [033] 23-375
諸艶大鑑 …………………………… [021] 2
序説 …………………………… [013] 27-1
世間胸算用 ………………………… [021] 11
定本西鶴全集 ………………………………
　　[058] 1, [058] 10, [058] 11下, [058] 11
　　上, [058] 12, [058] 13, [058] 14, [058]
　　2, [058] 3, [058] 4, [058] 5, [058] 6,
　　[058] 7, [058] 8, [058] 9
男色大鑑 ……… [043] 67-287, [021] 3
日本永代蔵 ………………………… [021] 9
日本の幽霊 ………………… [060] 11-148
年譜 …………………………… [027] 13-430
はしがき ……………………… [064]〔25〕-1
平賀源内評伝 ……………… [033] 29-430
風流志道軒伝 ……………… [033] 29-41
武家義理物語 ……………………… [021] 6
蕪村集 一茶集 ……… [015] 58, [067] 58
武道伝来記 ………………………… [021] 5
本朝二十不孝 ……………………… [021] 8
連歌集 俳諧集 …………………… [043] 61
連歌俳諧集 ………………………… [066] 32

【と】

土井 忠生
　丸血留の道 ………………… [069] 25-323
　御パシヨンの観念 ………… [069] 25-225
　キリシタン書 排邪書 ………… [069] 25
　サカラメンタ提要付録 …… [069] 25-181
　どちりいな―きりしたん …… [069] 25-13
　病者を扶くる心得 ………… [069] 25-83
土井 洋一
　閑吟集 ……………………… [041] 56-185
　（閑吟集）主要語彙一覧 … [041] 56-482
　（閑吟集）地名・固有名詞一覧
　　　……………………………… [041] 56-491
　狂言記 ……………………………… [041] 58
　『狂言記』のことばに関する覚え書き
　　　……………………………… [041] 58-622
　梁塵秘抄 閑吟集 狂言歌謡 ……… [041] 56
戸井田 道三
　観阿弥・世阿弥の世界 …… [013] 22-425
　能・狂言の世界 …………… [022] 14-165
戸板 康二
　家の芸集 …………………………… [100] 18
　江戸世話狂言集

といた　　　　　　　作家名索引（注・訳者）

解説　……　[100] 15, [100] 16, [100] 17	解説　碁太平記白石噺　………　[100] 7-204
解説　……　[027] 12-435, [033] 26-349	解説　五大力恋緘　…………　[100] 8-100
解説　明烏夢泡雪　……………　[100] 16-48	解説　木下蔭狭間合戦　………　[100] 6-304
解説　蘆屋道満大内鑑　………　[100] 3-110	解説　嫗山姥　…………………　[100] 1-40
解説　伊賀越道中双六　………　[100] 5-268	解説　佐倉義民伝　……………　[100] 16-4
解説　伊勢音頭恋寝刃　………　[100] 14-144	解説　桜鍔恨鮫鞘　……………　[100] 7-156
解説　一谷嫩軍記　……………　[100] 4-54	解説　桜姫東文章　……………　[100] 9-144
解説　妹背山婦女庭訓　………　[100] 5-156	解説　卅三間堂棟由来　………　[100] 4-196
解説　浮世柄比翼稲妻　………　[100] 9-110	解説　三世相錦繡文章　………　[100] 15-308
解説　江戸育御祭佐七　………　[100] 17-316	解説　楼門五三桐　……………　[100] 8-4
解説　絵本合法衢　……………　[100] 22-92	解説　塩原多助一代記　………　[100] 17-4
解説　絵本太功記　……………　[100] 5-352	解説　生写朝顔話　……………　[100] 7-312
解説　扇的西海硯　……………　[100] 6-30	解説　新薄雪物語　……………　[100] 3-304
解説　奥州安達原　……………　[100] 5-4	解説　信州川中島合戦　………　[100] 1-110
解説　近江源氏先陣館　………　[100] 5-88	解説　心中天網島　……………　[100] 1-190
解説　大商蛭子島　……………　[100] 13-4	解説　心中宵庚申　……………　[100] 1-310
解説　大塔宮曦鎧　……………　[100] 6-4	解説　新版歌祭文　……………　[100] 7-236
解説　お染久松色読取　………　[100] 15-200	解説　神霊矢口渡　……………　[100] 4-258
解説　侠客春雨傘　……………　[100] 17-218	解説　菅原伝授手習鑑　………　[100] 2-140
解説　音菊天竺徳兵衛　………　[100] 9-4	解説　隅田春妓女容性　………　[100] 8-188
解説　小野道風青柳硯　………　[100] 4-148	解説　隅田川続俤　……………　[100] 15-4
解説　女殺油地獄　……………　[100] 1-228	解説　隅田川花御所染　………　[100] 22-274
解説　怪異談牡丹灯籠　………　[100] 17-44	解説　関取千両幟　……………　[100] 7-120
解説　鏡山旧錦絵　……………　[100] 13-236	解説　摂州合邦辻　……………　[100] 4-280
解説　杜若艶色紫　……………　[100] 22-310	解説　曾根崎心中　……………　[100] 1-266
解説　籠釣瓶花街酔醒　………　[100] 17-112	解説　其往昔恋江戸染　………　[100] 15-128
解説　傘轆轤浮名濡衣　………　[100] 14-306	解説　太平記忠臣講釈　………　[100] 6-184
解説　梶原平三誉石切　………　[100] 3-4	解説　競伊勢物語　……………　[100] 5-214
解説　敵討襤褸錦　……………　[100] 3-198	解説　伊達競阿国戯場　………　[100] 13-70
解説　敵討天下茶屋聚　………　[100] 13-178	解説　玉藻前曦袂　……………　[100] 4-300
解説　勝相撲浮名花触　………　[100] 22-4	解説　壇浦兜軍記　……………　[100] 3-100
解説　桂川連理柵　……………　[100] 7-178	解説　近頃河原の達引　………　[100] 7-258
解説　仮名手本忠臣蔵　………　[100] 2-6	解説　中将姫古跡の松　………　[100] 6-80
解説　鐘鳴今朝噂　……………　[100] 14-42	解説　忠臣連理廼鉢植　………　[100] 14-128
解説　釜淵双級巴　……………　[100] 6-52	解説　壺坂霊験記　……………　[100] 7-340
解説　鎌倉三代記　……………　[100] 5-116	解説　積情雪乳貫　……………　[100] 14-254
解説　紙子仕立両面鏡　………　[100] 14-98	解説　東海道四谷怪談　………　[100] 9-204
解説　神明恵和合取組　………　[100] 17-160	解説　時桔梗出世請状　………　[100] 9-40
解説　苅萱桑門筑紫𨏍　………　[100] 3-136	解説　富岡恋山開　……………　[100] 8-240
解説　漢人韓文手管始　………　[100] 8-16	解説　謎帯一寸徳兵衛　………　[100] 22-168
解説　鬼一法眼三略巻　………　[100] 3-50	解説　夏祭浪花鑑　……………　[100] 7-4
解説　祇園祭礼信仰記　………　[100] 4-174	解説　日蓮上人御法海　………　[100] 6-94
解説　岸姫松轡鏡　……………　[100] 4-216	解説　博多小女郎浪枕　………　[100] 1-152
解説　吉例寿曽我　……………　[100] 13-4	解説　箱根霊験躄仇討　………　[100] 6-320
解説　国訛嫩笈摺　……………　[100] 7-280	解説　八陣守護城　……………　[100] 6-342
解説　廓文章　…………………　[100] 7-294	解説　艶容女舞衣　……………　[100] 7-140
解説　傾城反魂香　……………　[100] 1-4	解説　花上野誉碑　……………　[100] 6-276
解説　源平魁躑躅　……………　[100] 3-24	解説　幡随長兵衛精進俎板　…　[100] 15-54
解説　源平布引滝　……………　[100] 4-4	解説　彦山権現誓助剱　………　[100] 6-220
解説　恋女房染分手綱　………　[100] 4-38	解説　日高川入相花王　………　[100] 6-116
解説　恋飛脚大和往来　………　[100] 1-122	解説　百人町浮名読売　………　[100] 16-62
解説　国姓爺合戦　……………　[100] 1-58	解説　ひらがな盛衰記　………　[100] 3-244
解説　御所桜堀河夜討　………　[100] 3-218	解説　双蝶々曲輪日記　………　[100] 7-56

作家名引（注・訳者）　　　　　　　　　　　　　　　　　　　　としく

解説　平家女護島 …………… [100] 1−92
解説　堀川波の鼓 …………… [100] 1−288
解説　本朝廿四孝 …………… [100] 5−24
解説　三日太平記 …………… [100] 6−202
解説　嬢景清八嶋日記 ……… [100] 4−242
解説　百千鳥沖津白浪 ……… [100] 16−282
解説　宿無団七時雨傘 ……… [100] 14−4
解説　倭仮名在原系図 ……… [100] 4−88
解説　由良湊千軒長者 ……… [100] 6−158
解説　義経腰越状 …………… [100] 4−112
解説　義経千本桜 …………… [100] 2−236
解説　与話情浮名横櫛 ……… [100] 16−142
解説　若木仇名草 …………… [100] 15−272
解説　和田合戦女舞鶴 ……… [100] 3−170
解説　渡雁恋玉章 …………… [100] 14−226
歌舞伎名作集 ………………… [033] 26−3
上方世話狂言集 ……………………… [100] 14
河竹黙阿弥集 ……………………………
　　　　 [100] 10, [100] 11, [100] 12, [100] 23
芸談の採集とその意義 ……… [033] 36−322
時代狂言集 …………………………… [100] 13
浄瑠璃 歌舞伎 ……………………… [013] 30
序説 …………………………… [013] 30−1
新歌舞伎集 ………… [100] 20, [100] 25
菅原伝授手習鑑 …………… [027] 12−325
総説　　 [013] 30−7, [013] 30−187
近松門左衛門集 ……… [100] 1, [100] 21
鼓の子 ………………………… [022] 18−162
鶴屋南北集 ………… [100] 9, [100] 22
並木五瓶集 ……………………………… [100] 8
舞踊劇集 ………… [100] 19, [100] 24
まえがき―丸本歌舞伎の三名作
 ……………………………… [100] 2−3
丸本時代物集 ……………………………
　　　　 [100] 2, [100] 3, [100] 4, [100] 5,
　　　　 [100] 6
丸本世話物集 ………………………… [100] 7
島越 文蔵
　古典への招待 浄瑠璃略史 … [043] 77−3
　出世景清 …………………… [043] 76−13
　浄瑠璃集 …………………………… [043] 77
　近松門左衛門集 ………………… [043] 76
　用明天王職人鑑 …………… [043] 76−63
東野 治之
　史料としての『日本書紀』 … [013] 2−449
　万葉集
　　 [043] 6, [043] 7, [043] 8, [043] 9
当間 一郎
　組踊の世界 ………………… [013] 25−317
堂本 正樹
　小人道より少人道へ ……… [013] 27−528
土岐 善麿

跋―女人和歌大系完成によせる
 ………………………………… [074] 6−1
宗武・曙覧歌集 ……………… [063] [74]
時枝 誠記
　神皇正統記 増鏡 ……………… [067] 87
徳江 元正
　神楽歌 催馬楽 梁塵秘抄 閑吟集
 ……………………………………… [043] 42
　芸能からみた中世歌謡 …… [013] 15−337
　『曽我物語』『義経記』関係
 …………………………………… [013] 21−456
徳田 和夫
　御伽草子 …………………… [013] 26−365
　お伽草子の本地物について
 …………………………………… [013] 26−286
　小男の草子 ………………… [041] 54−351
　大黒舞 ……………………… [041] 55−55
　毘沙門の本地 ……………… [041] 55−141
　弁慶物語 …………………… [041] 55−199
　室町物語集 ………… [041] 54, [041] 55
徳田 武
　江戸詩人選集 ………… [007] 2, [007] 7
　解説　　 [005] 1−311, [043] 86−535
　曲亭伝奇花釵児 …………… [041] 80−127
　近世説美少年録 …………………………
　　　　 [043] 83, [043] 84, [043] 85
　参考文献 …………………… [013] 35−497
　繁野話 ……………………… [041] 80−1
　繁野話 曲亭伝奇花釵児 催馬楽奇談 烏
　　辺山調綾 ……………………… [041] 80
　南総里見八犬伝 ……………… [071] 45
　日本漢詩集 ……………………… [043] 86
　文人 ……………………………… [005] 1
　本朝桜陰比事 ……………… [035] [24]
　読本と中国小説 …………… [041] 80−499
　読本論 ……………………… [013] 35−459
徳原 茂実
　伊勢物語 …………………… [014] 4−445
戸頃 重基
　日蓮 …………………………… [069] 14
所 弘
　堤中納言物語 落窪物語 …… [063] [10]
利倉 幸一
　家の芸集 …………………………… [100] 18
　江戸世話狂言集 ……………………
　　　　 [100] 15, [100] 16, [100] 17
　解説　生きている小平次 …… [100] 20−272
　解説　一本刀土俵入 ……… [100] 25−238
　解説　今様薩摩歌 ………… [100] 20−210
　解説　お国と五平 ………… [100] 25−176
　解説　小栗栖の長兵衛 …… [100] 25−104

日本古典文学全集・内容綜覧　839

としよ

解説　男達ばやり　……………　[100] **20**-294
解説　桐一葉　………………………　[100] **20**-10
解説　巷談宵宮雨　……………　[100] **25**-306
解説　小判拾壱両　……………　[100] **20**-320
解説　権三と助十　……………　[100] **25**-132
解説　西郷と豚姫　……………　[100] **25**-56
解説　桜時雨　………………………　[100] **20**-126
解説　修禅寺物語　……………　[100] **20**-152
解説　土屋主税　……………………　[100] **20**-102
解説　同志の人々　……………　[100] **25**-210
解説　藤十郎の恋　………………　[100] **25**-82
解説　鳥辺山心中　……………　[100] **20**-172
解説　西山物語　……………………　[100] **20**-246
解説　番町皿屋敷　……………　[100] **20**-190
解説　沓手鳥孤城落月　……　[100] **25**-4
解説　息子　……………………………　[100] **25**-196
解説　頼朝の死　……………………　[100] **25**-276
上方世話狂言集　………………………　[100] 14
河竹黙阿弥集　……………………………
　　　　[100] 10, [100] 11, [100] 12, [100] 23
時代狂言集　……………………………　[100] 13
新歌舞伎集　………………　[100] **20**, [100] **25**
近松門左衛門集　………　[100] 1, [100] 21
鶴屋南北集　………………　[100] 9, [100] 22
並木五瓶集　……………………………………　[100] 8
舞踊劇集　………………　[100] 19, [100] 24
丸本時代物集　……………………………
　　　　[100] 2, [100] 3, [100] 4, [100] 5,
　　　　[100] 6
丸本世話物集　………………………………　[100] 7

図書刊行会
緒言　……………………………………　[059] **1**-5
例言　……………　[059] **3**-1, [059] **12**-1

俊頼髄脳研究会
俊秘抄　………………………………………　[001] 10

杤尾　武
『保元・平治物語』と漢籍について
　　　　…………………………………　[013] **16**-403

栃木　孝惟
平家物語　……………　[071] 29, [071] 30
『保元・平治物語』における女の状況
　　　　……………………………………　[013] **16**-433
保元物語　……………………………　[041] **43**-1
保元物語　解説　…………………　[041] **43**-555
保元物語　平治物語　承久記　………　[041] 43

利根川　清
古典への招待『義経記』の読み方
　　　　………………………………………　[043] **62**-5

外村　南都子
神楽歌　催馬楽　梁塵秘抄　閑吟集
　　　　……………………………………………　[043] 42

歌謡集　…………………………………　[071] 24
古典への招待 歌謡に見る思いのさまざ
　ま　……………………………………　[043] **42**-9
信生法師日記　…………………　[043] **48**-85
早歌全詞集　…………………　[054] 〔17〕
中世日記紀行集　……………………　[043] 48
春の深山路　……………………　[043] **48**-305
梁塵秘抄　……　[043] **42**-173, [015] 34

外村　久江
早歌全詞集　…………………　[054] 〔17〕
中世歌謡とその時代　………　[013] **15**-346

冨倉　徳次郎
あらすじ　………………………　[013] **19**-45
解説　………………………………　[033] **16**-411
女性の文学としての栄花物語
　　　　……………………………………　[033] **9**-434
序説　………………　[013] **18**-1, [013] **19**-1
総説　…………　[013] **18**-123, [013] **19**-9
中世　……………………………………　[033] 別-169
はしがき　………………………　[064] 〔18〕-1
跋　………………………………　[064] 〔21〕-578
平家物語　………………………………………
　　　　[033] **16**-9, [013] 19, [063] 〔47〕,
　　　　[063] 〔48〕, [063] 〔49〕
平家物語全注釈　……………………………
　　　　[064] 〔18〕, [064] 〔19〕, [064] 〔20〕
　　　　, [064] 〔21〕
方丈記　徒然草　………………　[013] 18

友枝　龍太郎
鬼神論　……………………………　[069] **35**-145
熊沢蕃山　…………………………………　[069] 30
熊沢蕃山と中国思想　……　[069] **30**-535

友久　武文
解説　………………………………　[055] **6**-172
篁山竹林寺縁起解説　………　[055] **9**-227
志度寺縁起解説　………………　[055] **9**-207
住吉物語諸本の分類―和歌の固定と流
　動相を手がかりとして　‥　[055] 別**3**-276
田植草紙　…………………………　[041] **62**-1
田植草紙　山家鳥虫歌　鄙廼一曲　琉歌百
　控　……………………………………………　[041] 62
囃し田と『田植草紙』　………　[041] **62**-575

戸谷　精三
一茶発句総索引　…………………　[002] 〔索引〕

外山　滋比古
俳句の方法　……………………　[013] **33**-374

富山　奏
解説　芭蕉―その人と芸術
　　　　……………………………　[040] 〔72〕-291
三冊子　……………………………………　[001] 2
芭蕉文集　………………………………　[040] 〔72〕

連句篇 ……………………………… ［025］3
富山 高至
　仁勢物語 …………………………… ［001］6
鳥居 清
　あとがき ………………………… ［081］別1-243
　自序 ……………………………… ［081］1-巻頭
　連句篇 ……………………………… ［025］3
鳥居 フミ子
　解説 …………………………… ［049］〔19〕-353
鳥越 文蔵
　江戸歌舞伎集 ……………………… ［041］96
　傾城阿佐間曾我 ………………… ［041］96-39
　古典への招待 近松世話浄瑠璃における
　　金銭 ……………………………… ［043］74-3
　参会名護屋 ……………………… ［041］96-1
　近松門左衛門集 ……………………………
　　［015］56,［043］74,［043］75,［066］
　　43,［066］44
　堀川波鼓 ………………………… ［043］75-485
　鑓の権三重帷子 ………………… ［043］75-583

【 な 】

直井 文子
　菅茶山 頼山陽 詩集 …………… ［041］66
　頼山陽詩集 …………………… ［041］66-147
直木 孝次郎
　古典への招待 近・現代史としての『日
　　本書紀』 …………………………… ［043］4-5
　古典への招待 歴史書としての『日本書
　　紀』 ………………………………… ［043］3-5
　序説 ………………………………… ［013］2-1
　総説 ………………………………… ［013］2-9
　日本書紀 ……… ［043］2,［043］3,［043］4
　日本書紀 風土記 …………………… ［013］2
永井 和子
　伊勢物語 ………………………… ［044］〔3〕
　解説 ……………………………… ［043］18-475
　古典への招待 枕草子を読むたのしさ
　　……………………………………… ［043］18-13
　はじめに―伊勢物語覚え書
　　………………………………………… ［044］〔3〕-3
　枕草子 ……………………………………
　　［015］12,［015］13,［043］18,［066］11
永井 荷風
　江戸演劇の特徴 ……………… ［033］26-364
　狂歌を論ず …………………… ［033］33-378
　為永春水 ……………………… ［033］28-345

仲井 幸二郎
　源氏物語と催馬楽 …………… ［013］4-406
永井 猛
　天理本狂言六義 ……………………………
　　［054］〔20］,［054］〔22〕
永井 龍男
　秋夜長物語 …………………… ［033］18-296
　熊野の御本地のさうし …… ［033］18-270
　酒呑童子 ……………………… ［033］18-242
　とりかえばや物語 …………… ［027］6-345
　鉢かづき ……………………… ［033］18-184
中井 信彦
　二宮尊徳 大原幽学 …………… ［069］52
　「微味幽玄考」と大原幽学の思想
　　………………………………………… ［069］52-442
永井 路子
　鐘の声 ………………………… ［013］19-463
　太平記 ……………………………… ［022］13
中尾 堯
　日蓮の生涯と霊場 …………… ［013］20-362
中川 徳之助
　白鷗の辞―五山文学の詩想についての
　　一考察 …………………………… ［055］別3-216
中河 与一
　伊勢物語 …………………………… ［027］5-41
長崎 健
　海道記 …………………………… ［043］48-11
　中世日記紀行集 …………………… ［043］48
　東関紀行 ……………………… ［043］48-105
長沢 規矩也
　日本文学に影響を及ぼした支那小説―
　　江戸時代を主として ……… ［085］9-1
長沢 美津
　あとがき ……………………… ［074］6-713
　歌謡期・万葉集期・勅撰集期 …… ［074］1
　近代期後編 ………………………… ［074］6
　近代期前編 ………………………… ［074］5
　研究編 通巻年表 ………………… ［074］4
　私家集期 江戸 …………………… ［074］3
　緒言 ……………………………………
　　［074］1-1,［074］2-1,［074］3-1,
　　［074］5-1
　勅撰集期 私家集・歌合 ………… ［074］2
　女人和歌大系全四巻完結に際して
　　………………………………………… ［074］4-1
中島 健蔵
　江戸名作集 ………………………… ［027］17
　王朝日記随筆集 …………………… ［027］7
　王朝名作集 ……………… ［027］5,［027］6
　源氏物語 ………………… ［027］3,［027］4

古今和歌集 新古今和歌集 ………… ［027］9
古事記 ……………………………… ［027］1
今昔物語 …………………………… ［027］8
西鶴名作集 ………………………… ［027］13
春色梅暦 …………………………… ［027］18
太平記 ……………………………… ［027］11
近松名作集 ………………………… ［027］14
南総里見八犬伝 …………………… ［027］16
芭蕉名句集 ………………………… ［027］15
平家物語 …………………………… ［027］10
万葉集 ……………………………… ［027］2
謡曲狂言歌舞伎集 ………………… ［027］12

中嶋 隆
解題 ………………… ［045］Ⅰ-6-337
都の錦集 …………………… ［045］Ⅰ-6

永積 安明
あらすじ ‥ ［013］16-26,［013］16-199
宇治拾遺物語 ………………… ［033］18-5
解説 ………………………… ［033］18-315
義経記と曽我物語 ………… ［022］13-168
古今著聞集 …………………… ［067］84
古典への招待 中世の文学と思想
  ……………………………… ［043］44-3
序説 ……………………………… ［013］16-1
総説 ……… ［013］16-9,［013］16-181
徒然草 ……… ［015］37-71,［043］44-67
保元物語 平治物語 … ［013］16,［067］31
方丈記 徒然草 ……………………… ［015］37
方丈記 徒然草 正法眼蔵随聞記 歎異抄 ‥
  ………………………… ［043］44,［066］27

中田 心友
俳書叢刊 第7期 ……… ［077］6,［077］7

中田 武司
伊勢物語 土左日記 ………………… ［071］6

中田 祝夫
日本霊異記 ‥ ［015］8,［043］10,［066］6

永田 龍太郎
芭蕉と蕪村の俳句―後記に代えて
  ……………………… ［087］〔3〕-232
蕪村を求めて―後記に代えて
  ……………………… ［087］〔2〕-212
蕪村の俳句―後記に代えて
  ……………………… ［087］〔1〕-217

中谷 孝雄
伊勢物語 …………………… ［033］7-25
栄花の蔭に ………………… ［013］11-463

中谷 博
「椿説弓張月」とその影響 ‥ ［033］27-433

長友 千代治
解説 ………………………… ［043］77-671
仮名手本忠臣蔵 …………… ［043］77-11

古典への招待 近松の浄るり本を百冊よ
  む時は習はずして三教の道に悟りを開く ‥
  ……………………………… ［043］75-3
薩摩歌 ……………………… ［043］74-267
浄瑠璃集 …………………… ［043］77
心中二枚絵草紙 …………… ［043］75-45
心中刃は氷の朔日 ………… ［043］75-237
心中宵庚申 ………………… ［043］75-433
曽我王会稽山 ……………… ［043］76-351
近松門左衛門集
  ［043］74,［043］75,［043］76,［066］43
長町女切腹 ………………… ［043］74-443
淀鯉出世滝徳 ……………… ［043］74-59

中西 健治
完結にあたって …………… ［064］〔8〕-563
枕冊子全注釈 ……………… ［064］〔8〕

中西 賢治
参考文献 …………………… ［013］31-454

中西 進
序説 ………………………… ［013］3-1
総説 ………………………… ［013］3-11
万葉集 ……… ［060］2-162,［013］3
万葉集とは何か …………… ［022］2-153

中西 善三郎
十返舎一九略年譜―旅と作品と越後と
  ……………………………… ［037］2-137

中西 善三
浮世床 ……………………… ［063］〔107〕

中西 達治
新田義貞について ………… ［014］13-366

中野 幸一
和泉式部日記 紫式部日記 更級日記
  ……………………………… ［015］24
和泉式部日記 紫式部日記 更級日記 讃岐典侍
日記 ……………………… ［043］26,［066］18
うつほ物語 ……………………………………
  ［043］14,［043］15,［043］16
蜻蛉日記・和泉式部日記・紫式部日記・
  更級日記 ……………………… ［014］7
更級日記 …………………… ［014］7-409
文学史の時代区分 ………… ［013］別-373
平安後期物語の方法と特質
  ……………………………… ［013］12-354
紫式部日記 ……………………………………
  ［015］24-135,［043］26-115,［066］
  18-31

中野 沙恵
参考文献 …………………… ［013］32-489
月並句合の実態 …………… ［013］33-433
蕪村略年譜 ………………… ［013］32-502

長野 嘗一
　今昔物語 ……………………………
　　［063］〔51］,［063］〔52］,［063］〔53］
　　,［063］〔54］,［063］〔55］,［063］〔56］
長野 嘗一
　解説 ……………………………… ［033］10 - 363
　今昔物語集 ……………………… ［033］10 - 7
中野 三敏
　秋成の文学観 …………… ［013］35 - 393
　異素六帖 ……………………… ［041］82 - 1
　異素六帖 古今俄選 粋宇瑠璃 田舎芝居
　　…………………………………… ［041］82
　田舎芝居 ……………… ［041］82 - 327
　田舎荘子 当世下手談義 当世穴さがし
　　………………………………… ［041］81
　絵兄弟 ……………………… ［041］82 - 273
　大田南畝全集 ……………………
　　［010］1,［010］10,［010］11,［010］12,
　　［010］13,［010］14,［010］15,［010］16,
　　［010］17,［010］18,［010］19,［010］
　　2,［010］20,［010］3,［010］4,［010］
　　5,［010］6,［010］7,［010］8,［010］9,
　　［010］別
　解説 ………………………… ［041］84 - 539
　解説 南畝雑録 ……………………
　　［010］17 - 693,［010］18 - 669
　解説 南畝の歌文稿 ……… ［010］2 - 541
　解説 南畝の狂詩 ………… ［010］1 - 555
　解説 南畝の戯作 ………… ［010］7 - 499
　解説 南畝の随筆 ………… ［010］10 - 583
　解題
　　［038］3 - 359,［038］15 - 345,［038］16
　　- 379,［038］29 - 427,［038］補1 - 521
　仮名世説 ……………………… ［041］97 - 309
　狂歌才蔵集 …………………… ［041］84 - 103
　近世の人物誌 ………………… ［041］97 - 407
　「戯作評判記」評判 ………… ［013］34 - 311
　泊泊筆話 ……………………… ［041］97 - 255
　洒落本 滑稽本 人情本 ……………
　　［043］80,［066］47
　唐詩笑 ………………………… ［041］82 - 45
　当代江戸百化物 ……………… ［041］97 - 1
　当代江戸百化物 在津紀事 仮名世説
　　……………………………………… ［041］97
　寝惚先生文集 狂歌才蔵集 四方のあか
　　……………………………………… ［041］84
　編集のことば ………………… ［038］1 - 1
　逢原紀聞 ……………………… ［041］97 - 147
　蓬左狂者伝 …………………… ［041］97 - 43
　雑豆鼻糞軍談 ………………… ［041］82 - 77
　増穂残口の人と思想 ………… ［069］60 - 401
　四方のあか …………………… ［041］84 - 245

中林 英子
　無名草子 ……………………… ［033］36 - 167
永原 慶二
　太平記の時代背景 ………… ［033］19 - 487
仲程 昌徳
　抒情の変容 …………………… ［013］25 - 308
長光 徳和
　美国四民乱放記 …………… ［069］58 - 185
中村 憲吉
　山部赤人 ……………………… ［033］2 - 348
中村 芝鶴
　江戸廓ばなし ……………… ［022］16 - 160
中村 俊定
　芭蕉句集 ……………… ［015］54,［067］45
　連歌俳諧集 …………………… ［066］32
　連句篇 ………………………… ［025］5
　連句編 ………………………… ［015］54 - 221
中村 真一郎
　伊勢物語 ……………………… ［060］3 - 57
　江戸名作集 …………………… ［027］17
　王朝日記随筆集 ……………… ［027］7
　王朝名作集 …………… ［027］5,［027］6
　「大鏡」再読 ………………… ［033］13 - 392
　解説 ………… ［027］4 - 553,［027］5 - 525
　源氏物語 ………………………
　　［033］6 - 337,［027］3,［027］4
　古今和歌集 新古今和歌集 ………… ［027］9
　古事記 ………………………… ［027］1
　今昔物語 ……………………… ［027］8
　西鶴名作集 …………………… ［027］13
　狭衣物語 ……………………… ［027］6 - 1
　春色梅暦 ……………………… ［027］18
　太平記 ………………………… ［027］11
　近松名作集 …………………… ［027］14
　堤中納言物語 ………………… ［027］6 - 289
　とりかえばや物語 …………… ［033］7 - 251
　とりかへばや物語 …………… ［033］7 - 456
　南総里見八犬伝 ……………… ［027］16
　芭蕉名句集 …………………… ［027］15
　平家物語 ……………………… ［027］10
　万葉集 ………………………… ［027］2
　謡曲狂言歌舞伎集 …………… ［027］12
中村 渓男
　説話絵巻の精華 …………… ［022］8 - 149
　密教美術の神秘性 ………… ［060］7 - 144
中村 博保
　秋成と国学 …………………… ［013］35 - 414
　秋成の文章と文体 ………… ［014］18 - 392
　あとがき …………… ［064］［25］- 775
　雨月物語 ……………………… ［060］11 - 158
　雨月物語 春雨物語 …………… ［015］57

雨月物語・春雨物語と上田秋成
　　　　　　　　　　　　[022] **19**-*157*
　近世歌文集 ………………… [041] **68**
　庚子道の記 ……………… [041] **68**-*83*
　藤簍冊子 ………………… [041] **68**-*255*
　『藤簍冊子』の世界 ……… [041] **68**-*584*
　英草紙 西山物語 雨月物語 春雨物語
　　　　　　　　　　　　[066] **48**
　春雨物語
　　[015] **57**-*213*, [043] **78**-*415*, [066]
　　48-*469*
　ますらを物語
　　　[043] **78**-*622*, [066] **48**-*622*
中村 通夫
　浮世風呂 …………………… [067] **63**
中村 保雄
　能の面 …………… [013] **22**-*454*
　八帖花伝書 ………… [069] **23**-*511*
中村 幸彦
　秋成・馬琴 ……………… [013] **35**
　上田秋成集 ……………… [067] **56**
　解題 [038] **29**-*427*, [069] **47**-*518*
　寛政異学禁関係文書 …… [069] **47**-*319*
　黄表紙について ………… [013] **34**-*105*
　近世後期儒学界の動向 … [069] **47**-*479*
　近世後期儒家集 ………… [069] **47**
　近世随筆集 ……………… [067] **96**
　近世町人思想 …………… [069] **59**
　近世文学論集 …………… [067] **94**
　古典への招待 文人作家について
　　　　　　　　　　　　[043] **78**-*5*
　洒落本 黄表紙 滑稽本 …… [013] **34**
　洒落本について ……… [013] **34**-*17*
　春色梅児誉美 …………… [067] **64**
　序説 ……… [013] **34**-*1*, [013] **35**-*1*
　聖道得門 ……… [069] **47**-*127*
　総説 ……………………… [013] **35**-*7*
　東海道中膝栗毛 …… [043] **81**, [066] **49**
　英草紙 …………… [043] **78**-*13*
　英草紙 西山物語 雨月物語 春雨物語 …
　　　　　　[043] **78**, [066] **48**
　風来山人集 ……………… [067] **55**
　編集のことば ………… [038] **1**-*1*
　問学挙要 ……………… [069] **47**-*73*
中村 義雄
　宇治拾遺物語 古本説話集 ……… [041] **42**
　古本説話集 …………… [041] **42**-*399*
中山 義秀
　平家物語 ………… [027] **10**-*175*
中山 茂
　求力法論 ………………… [069] **65**-*9*

近世科学思想 ……………… [069] **63**
近代科学と洋学 ……… [069] **65**-*441*
志筑忠雄と「求力法論」… [069] **65**-*462*
渋川春海と天文瓊統 … [069] **63**-*470*
高橋至時と「ラランデ暦書管見」
　　　　　　　　　　　　[069] **65**-*473*
中国系天文暦学の伝統と渋川春海
　　　　　　　　　　　　[069] **63**-*497*
天文瓊統 巻之一 …… [069] **63**-*109*
洋学 ……………………… [069] **65**
ラランデ暦書管見 (抄) …… [069] **65**-*167*
中山 右尚
　参考文献 ……………… [013] **34**-*405*
名畑 応順
　親鸞集 ………………… [067] **82**-*5*
　親鸞集 日蓮集 …………… [067] **82**
奈良 鹿郎
　『三冊子』解題 …………… [075] **1**-*3*
奈良本 辰也
　近世政道論 ……………… [069] **38**
　二宮尊徳 大原幽学 …… [069] **52**
　二宮尊徳の人と思想 …… [069] **52**-*403*
南波 浩
　竹取物語・伊勢物語 …… [063] 〔**1**〕
　大和物語 ………………… [063] 〔**2**〕

【 に 】

西 一祥
　風姿花伝 …………… [022] **14**-*157*
西 順蔵
　山崎闇斎学派 ……………… [069] **31**
西尾 光一
　宇治拾遺物語 …………… [067] **27**
　解説
　　　[040] 〔**48**〕-*473*, [040] 〔**49**〕-*421*
　古今著聞集 …… [040] 〔**48**〕, [040] 〔**49**〕
　序説 ………………… [013] **23**-*1*
　総説 ………………… [013] **23**-*9*
　中世説話集 …………… [013] **23**
　中世説話の伝承と発想 …… [033] **18**-*359*
　平家物語の性格 ……… [013] **19**-*390*
西尾 実
　解説—正法眼蔵の文学史的位置と意義
　　　　　　　　　　　　[033] **14**-*89*
　歌論集 能楽論集 ………… [067] **65**
　正法眼蔵 正法眼蔵随聞記 …… [067] **81**
　正法眼蔵弁道話 ………… [033] **14**-*3*

作家名索引（注・訳者）

正法眼蔵菩堤薩埵四摂法 …… [033] **14**-*46*
『徒然草』における人間描写
　　………………… [049]〔**17**〕-*468*
典座教訓 ……………………… [033] **14**-*59*
方丈記 徒然草 ………………… [067] **30**

西岡 虎之助
　平家物語の時代背景 ………… [033] **16**-*446*

西岡 直樹
　解題 …………………… [045] **I-11**-*389*
　和田合戦女舞鶴 ………… [045] **I-11**-*79*

西川 良和
　解題 ……………………………
　　　[045] **I-10**-*395*, [045] **II-38**-*411*
　甲賀三郎窟物語 ……… [045] **II-38**-*175*
　後三年奥州軍記 ……… [045] **I-10**-*227*
　北条時頼記 …………… [045] **I-10**-*69*

西沢 正二
　今昔物語集 …………………… [048] **2**
　百人一首 ……………………… [048] **3**
　無名草子 ……………………… [048] **4**

西下 経一
　古今和歌集 ……………… [063]〔**67**〕
　土左・かげろふ・和泉式部・更級日記
　　…………………………… [067] **20**

西島 孜哉
　武道伝来記 …… [035]〔**11**〕, [035]〔**12**〕

西田 耕三
　解題 ……………………………
　　　[045] **I-16**-*521*, [045] **III-44**-*551*
　仏教説話集成
　　　[045] **I-16**, [045] **III-44**

西田 太一郎
　荻生徂徠 ……………………… [069] **36**
　学則 ………………………… [069] **36**-*187*
　徂徠集 ……………………… [069] **36**-*487*
　弁道 ………………………… [069] **36**-*9*
　弁名 ………………………… [069] **36**-*37*
　吉田松陰 ……………………… [069] **54**

西谷 啓治
　詩偈 ………………………… [033] **15**-*284*

西野 春雄
　解説 ………………………… [041] **57**-*733*
　世阿弥以後の作者たち …… [013] **22**-*434*
　謡曲百番 ……………………… [041] **57**

西宮 一民
　古事記 ………………………… [040]〔**1**〕
　日本書紀 …… [043] **2**, [043] **3**, [043] **4**
　日本書紀 風土記 ……………… [013] **2**

西村 加代子
　竹取物語 …………………… [014] **4**-*455*

西村 亨
　"いろごのみ"の生涯—光源氏と二十一
　　人の女性たち …………… [060] **5**-*154*
　王朝貴族の生活・生活事典 ・ [060] **4**-*136*
　解説枕草子・蜻蛉日記 ……… [060] **4**-*160*
　民間生活における「かぐら」
　　…………………………… [013] **4**-*397*

西村 秀人
　中国文学よりみた馬琴の一断面
　　…………………………… [041] **87**-*780*

西村 真砂子
　笈の小文・更科紀行 ………… [078] **2**
　野ざらし紀行・鹿島詣 ………… [078] **1**

西山 松之助
　近世芸道思想の特質とその展開
　　…………………………… [069] **61**-*585*
　近世芸道論 …………………… [069] **61**
　近世の遊芸論 ………………… [069] **61**-*612*
　香之書 ……………………… [069] **61**-*287*
　抛入花伝書 ………………… [069] **61**-*245*
　南方録 ……………………… [069] **61**-*9*
　立花図屏風 ………………… [069] **61**-*177*
　立花大全 …………………… [069] **61**-*189*

日本歌学大系別巻索引作成委員会
　後記 ………………………… [061] 別**10**-*693*

丹羽 文雄
　好色一代女 ………………… [027] **13**-*179*
　西鶴雑感 …………………… [033] **22**-*405*
　親鸞と蓮如の小説化 ……… [013] **20**-*381*

【ぬ】

沼田 次郎
　和蘭通舶 …………………… [069] **64**-*497*
　和蘭天説 …………………… [069] **64**-*445*
　航米日録 …………………… [069] **66**-*7*
　司馬江漢と蘭学 …………… [069] **64**-*649*
　西洋画談 …………………… [069] **64**-*489*
　西洋見聞集 …………………… [069] **66**
　玉虫左太夫と航米日録 …… [069] **66**-*551*
　幕末の遣外使節について―万延元年の
　　遣米使節より慶応元年の遣仏使節まで …
　　…………………………… [069] **66**-*599*
　洋学 …………………………… [069] **64**

【ね】

根来 司
 枕草子のことば ……………… [013] 8-393

【の】

野上 豊一郎
 謡曲集 ……………………… [063]〔88〕
野口 武彦
 方丈記と長明 ……………… [022] 12-162
野口 元大
 伊勢物語・竹取物語・宇津保物語
  …………………………………… [014] 4
 宇津保物語 ………………… [014] 4-291
 うつほ物語の方法 ………… [013] 6-427
 解説 伝承から文学への飛躍
  ………………………………… [040]〔8〕-87
 竹取物語 ……………………… [040]〔8〕
野沢 節子
 蕪村・一茶・子規 ………… [022] 15-147
能勢 朝次
 連句芸術の倫理的性格 …… [033] 31-335
野田 寿雄
 仮名草子集 ・ [063]〔100〕, [063]〔101〕
野中 春水
 伊勢物語・大和物語の文学遺跡
  …………………………………… [013] 5-379
野中 哲照
 曽我物語 ……………………… [043] 53
野々村 勝英
 去来抄 ………………………… [048] 5
 俳諧と思想史 ……………… [013] 33-423
延広 真治
 戯作者と狂歌 ……………… [013] 34-357
 山東京伝 …… [014] 18-311, [039]〔1〕
 『シリーズ江戸戯作』について ……………
  ………………… [039]〔1〕-3, [039]〔2〕-3
 近松半二 江戸作者 浄瑠璃集 …… [041] 94
 唐来三和 ……………………… [039]〔2〕
野間 光辰
 浮世草子集 ………………… [067] 91
 『浮世物語』の作者了意について
  ………………………………… [013] 26-271

御伽草子 仮名草子 ……………… [013] 26
解説 …………………………………
 [058] 1-5, [058] 5-5, [058] 6-5,
 [058] 9-5, [058] 10-5, [058] 11上-
 5, [058] 11下-7, [058] 12-7, [058]
 14-5
仮名草子概説 ……………… [013] 26-133
近世色道論 ………………… [069] 60
西鶴集 ……………………… [067] 48
序説 ………………………… [013] 26-1
定本西鶴全集 ………………
 [058] 1, [058] 10, [058] 11下, [058] 11
 上, [058] 12, [058] 13, [058] 14, [058]
 2, [058] 3, [058] 4, [058] 5, [058] 6,
 [058] 7, [058] 8, [058] 9
未刊随筆百種 ………………………
 [095] 1, [095] 10, [095] 11, [095]
 12, [095] 2, [095] 3, [095] 4, [095] 5,
 [095] 6, [095] 7, [095] 8, [095] 9
野間 宏
 現代と『歎異抄』 ………… [013] 20-386
野村 精一
 和泉式部日記 和泉式部集 …… [040]〔16〕
 解説 ………………………… [040]〔16〕-139
 源氏物語 …………………… [014] 6
野村 貴次
 近世随想集 ………………… [067] 96
野村 八良
 宇治拾遺物語 ・・ [063]〔57〕, [063]〔58〕
法月 敏彦
 解題 …………………………………
  [045] I-14-461, [045] II-38-411
 太平記菊水之巻 ………… [045] I-14-283
 三浦大助紅梅靮 ………… [045] II-38-7

【は】

芳賀 登
 大国隆正の学問と思想—その社会的機
  能を中心として ………… [069] 50-619
 近世国学者の万葉学研究 … [094] 20-457
 国学運動の思想 …………… [069] 51
 幕末変革期における国学者の運動と論
  理—とくに世直し状況と関連させて [069]
  51-662
 平田篤胤 伴信友 大国隆正 ……… [069] 50
芳賀 矢一
 校註謡曲叢書 ・・ [103] 1, [103] 2, [103] 3

謡曲に就いて ……………………［103］**1**-*1*

萩谷　朴
　歌合集 ……………………………［067］**74**
　おわりに ………………［064］〔**28**〕-*651*
　解説　清少納言枕草子―一人と作品
　　………………………［040］【**14**】-*331*
　紀貫之 …………………［033］**12**-*354*
　古今に独歩する児童文学としての『土佐
　　日記』 …………………［013］**10**-*403*
　古代篇 …………………［067］**74**-*5*
　三代集と初期歌合 ………［013］**7**-*385*
　自序 ……………………………［091］**1**-(6)
　土佐日記 ………………………［063］【**3**】
　土佐日記全注釈 ………………［064］【**1**】
　はじめに ………………［064］〔**27**〕-*1*
　枕草子 …………［040］【**14**】,［040］【**15**】
　枕草子と清少納言 ………［022］**6**-*157*
　紫式部日記全注釈 ……………………………
　　………………［064］〔**27**〕,［064］〔**28**〕

萩原　朔太郎
　郷愁の詩人与謝蕪村（抄）…［033］**32**-*384*
　芭蕉私見 ………………［033］**30**-*371*

萩原　龍夫
　寺社縁起 ………………………［069］**20**
　神祇思想の展開と神社縁起 ……………
　　………………………［069］**20**-*479*

萩原　蘿月
　俳諧七部集 ……［063］〔**78**〕,［063］〔**79**〕

橋本　朝生
　狂言歌謡 ………………［041］**56**-*267*
　（狂言歌謡）演出用語一覧 …［041］**56**-*501*
　狂言記 …………………………［041］**58**
　狂言の中世と近世 ………［041］**58**-*593*
　参考文献 ………………［013］**22**-*523*
　天理本『狂言抜書』と狂言歌謡 …………
　　………………………［041］**56**-*590*
　天理本狂言六義 ………………………………
　　……………［054］〔**20**〕,［054］〔**22**〕
　能楽論 …………………［013］**24**-*437*
　能　能楽論　狂言 ……………［071］**36**
　梁塵秘抄　閑吟集　狂言歌謡 …［041］**56**

橋本　四郎
　万葉集 …………［040］【**2**】,［040］【**3**】
　万葉集の世界 …………［040］【**5**】-*275*

橋本　進吉
　長流伝記資料〔参考資料〕……［094］**1**-*5*

橋本　武
　はしがき …………………………………
　　［003］〔**1**〕-*3*,［003］〔**2**〕-*3*,［003］〔**3**〕
　　-*3*

橋本　不美男

解説 ……………………［043］**87**-*589*
歌論集 ……………［043］**87**,［066］**50**
俊頼髄脳 ……［043］**87**-*13*,［066］**50**-*39*

長谷　章久
　風土と日本文学史 …………［013］別-*442*

長谷川　端
　解題 ……………………［014］**13**-*7*
　参考文献解説 …………［014］**13**-*403*
　太平記 ………………………………………
　　［014］**13**-*1*,［014］**13**,［043］**54**,［043］
　　55,［043］**56**,［043］**57**
　『太平記』関係 …………［013］**21**-*449*
　尊氏と道誉 ……………［013］**21**-*374*

長谷川　強
　浮世草子集 ……………………［043］**65**
　解説 ……………………………………………
　　［014］**15**-*211*,［014］**15**-*239*,［014］
　　15-*256*,［014］**15**-*297*,［014］**15**-*338*,
　　［014］**15**-*367*
　仮名草子集　浮世草子集 ……［066］**37**
　けいせい色三味線　けいせい伝受紙子　世
　　間娘気質 ……………………［041］**78**
　西鶴集 …………………………［014］**15**
　西鶴と後続文学 ………［013］**27**-*496*

長谷川　政春
　土佐日記 ………………［041］**24**-*3*
　土佐日記　解説 ………［041］**24**-*497*
　土佐日記　蜻蛉日記　紫式部日記　更級日
　　記 ……………………………［041］**24**
　万葉集と紀貫之 ………［013］**3**-*405*

秦　恒平
　方丈記の「家」 …………［013］**18**-*410*
　枕草子 …………………………［022］**6**

服部　仁
　『開巻驚奇俠客伝』の口絵・挿絵 ……
　　………………………［041］**87**-*793*

服部　幸雄
　江戸時代の芸能と俳諧 …［013］**33**-*413*
　解説 ……………［057］**6**-*483*,［057］**12**-*539*
　紫女伊達染 ……………［057］**11**-*409*
　歌舞伎の楽しさの発見 …［022］**18**-*164*
　菊月千種の夕暎 ………［057］**12**-*241*
　芸能における「太平記の世界」 …………
　　………………………［014］**13**-*379*
　隅田川花御所染 ………［057］**5**-*167*
　曾我祭東鑑 ……………［057］**6**-*347*
　三都俳優水滸伝 ………［057］**6**-*403*
　役者評判記とその世界 …［013］**30**-*450*

花田　清輝
　解説 ……………………［027］**16**-*463*
　草子の精神 ……………［033］**18**-*381*

はなた　　　　　　　　　　　作家名索引（注・訳者）

「為朝図」について ………… ［033］**27**-*441*
もう一つの修羅 …………… ［033］**29**-*424*
花田 富二夫
　伽婢子 ……………………………… ［041］**75**
　『伽婢子』の意義 …………… ［041］**75**-*493*
　解題 ……………………………… ［035］〔**15**〕
　西鶴俗つれづれ ………………………
　　　　　　　　［035］〔**15**〕,［035］〔**16**〕
馬場 あき子
　雨月物語の怪奇性 ………… ［060］**11**-*152*
　力への潜在願望 …………… ［013］**13**-*461*
　土佐日記・更級日記の世界 ・ ［022］**7**-*157*
馬場 佐七郎
　通花秘訣 …………………… ［069］**65**-*361*
浜田 義一郎
　大田南畝全集 ……………………………
　　　　［010］**1**,［010］**10**,［010］**11**,［010］**12**,
　　　　［010］**13**,［010］**14**,［010］**15**,［010］**16**,
　　　　［010］**17**,［010］**18**,［010］**19**,［010］
　　　　2,［010］**20**,［010］**3**,［010］**4**,［010］
　　　　5,［010］**6**,［010］**7**,［010］**8**,［010］**9**,
　　　　［010］別
　解説 ………………………………………
　　　　　［068］上-*421*,［068］中-*401*,［068］
　　　　　下-*343*
　解説〔狂歌集〕 ……………… ［033］**33**-*345*
　解説 南畝の狂歌・狂文 …… ［010］**1**-*523*
　黄表紙 川柳 狂歌 …………… ［066］**46**
　序説 ……………………………… ［013］**31**-*1*
　川柳・狂歌 ……………………… ［013］**31**
　川柳 狂歌集 …………………… ［067］**57**
　総説 ……………………………… ［013］**31**-*9*
　日本小咄集成 ………………………………
　　　　　［068］下,［068］上,［068］中
浜田 啓介
　異я六帖 古今俄選 粋宇瑠璃 田舎芝居
　　　　……………………………… ［041］**82**
　解説 戯作者馬琴の仕事 … ［040］別**4**-*453*
　解説 小説・南総里見八犬伝 …………
　　　　　　　　　　　　［040］別**1**-*501*
　解説 全編脚色の大要 …… ［040］別**3**-*549*
　解説 馬琴の評価と知友 … ［040］別**10**-*469*
　解説 『八犬伝』と馬琴一家の体験 ……
　　　　　　　　　　　　［040］別**5**-*541*
　解説 『八犬伝』と歴史資料 ………………
　　　　　　　　　　　　［040］別**6**-*389*
　解説 『八犬伝』の挿絵と口絵 ……………
　　　　　　　　　　　　［040］別**8**-*517*
　解説 『八犬伝』の出版 …… ［040］別**12**-*485*
　解説 『八犬伝』の地理 …… ［040］別**7**-*453*
　解説 『八犬伝』の用字・語彙 ……………
　　　　　　　　　　　　［040］別**9**-*437*

解説 明治の『八犬伝』 …… ［040］別**11**-*501*
解題 ……………………………………
　　　［038］**8**-*355*,［038］**10**-*365*,［038］**11**
　　　-*359*
粋宇瑠璃 …………………… ［041］**82**-*221*
古今俄選 …………………… ［041］**82**-*123*
作者の生涯と身分 ………… ［040］別**2**-*483*
洒落本 黄表紙 滑稽本 ………… ［013］**34**
総説 ………………………… ［013］**34**-*175*
茶番早合点 ………………… ［041］**82**-*359*
南総里見八犬伝 ……………………………
　　　［040］別**1**,［040］別**2**,［040］別**3**,［040］
　　　別**4**,［040］別**5**,［040］別**6**,［040］別**7**,
　　　［040］別**8**,［040］別**9**,［040］別**10**,［040］
　　　別**11**,［040］別**12**
評論家馬琴 ………………… ［013］**35**-*424*
編集のことば ………………… ［038］**1**-*1*
浜千代 清
　連歌談義 ………………… ［013］**24**-*374*
浜中 修
　室町物語集 ……………………… ［048］**8**
早川 久美子
　解題 …………………………………
　　　［045］Ⅰ-**11**-*389*,［045］Ⅱ-**37**-*481*
　摂州渡辺橋供養 ……… ［045］Ⅱ-**37**-*183*
　播州皿屋舗 …………… ［045］Ⅰ-**11**-*247*
早川 厚一
　保元物語 ………………………… ［001］**1**
早川 庄八
　解題 ………………………… ［069］**3**-*823*
林 京平
　歌舞伎の変遷 ……………… ［022］**18**-*145*
林 久美子
　妹背山婦女庭訓 …………… ［043］**77**-*309*
　解題 ……………………… ［045］Ⅲ-**39**-*457*
　傾城阿波の鳴門 ……… ［045］Ⅲ-**39**-*285*
　浄瑠璃集 ………………………… ［043］**77**
林 達也
　玄旨百首 …………………… ［041］**47**-*471*
　内裏着到百首 ……………… ［041］**47**-*353*
　中世和歌集 室町篇 ……………… ［041］**47**
林 基
　民衆運動の思想 …………… ［069］**58**
林 美一
　江戸戯作文庫 発刊にあたって
　　　　……………………………… ［006］〔**2**〕-*77*
　鬼児島名誉仇討 …………… ［006］〔**7**〕
　【鬼児島名誉仇討】と三馬の伝記
　　　　……………………………… ［006］〔**7**〕-*86*
　朧月猫の草紙 ……………… ［006］〔**6**〕
　【朧月猫の草紙】解説 …… ［006］〔**6**〕-*106*

金草鞋 …………… [006]〔1〕,[006]〔5〕
【方言修行金草鞋・東海道】解説
　……………………………… [006]〔5〕-80
【方言修行金草鞋】の編次について
　……………………………… [006]〔1〕-68
傾城水滸伝 ……… [006]〔3〕,[006]〔9〕
【傾城水滸伝】解説 ……… [006]〔3〕-97
【作者胎内十月図】(戯作者内幕もの特
　集)解題 ………………… [006]〔10〕-102
作者胎内十月図 腹之内戯作種本 的中
　地本問屋 ……………………… [006]〔10〕
作品解説 ………………………… [083]7-289
【座敷芸忠臣蔵】解題 …… [006]〔8〕-113
座敷芸忠臣蔵 仮多手綱忠臣蔵 御慰忠
　臣蔵之攷 ……………………… [006]〔8〕
玉の盃 好色変生男子 …………… [083]7
はじめに ………………………… [083]7-11
腹筋逢夢石 ……………………… [006]〔4〕
【腹筋逢夢石】解説 ……… [006]〔4〕-149
八重霞かしくの仇討 …………… [006]〔2〕

早島 鏡正
　聖徳太子集 …………………… [069]2
　勝鬘経義疏 ………………… [069]2-25

林屋 辰三郎
　解題 ……………………… [069]23-748
　歌謡と芸能 ……………… [013]4-357
　古代中世芸術論 ……………… [069]23
　古代中世の芸術思想 …… [069]23-713
　作庭記 …………………… [069]23-223

原 道生
　あとがき ………………… [014]16-509
　小野道風青柳硯 ……… [045]Ⅰ-14-191
　解説
　　[045]Ⅰ-10-395,[045]Ⅰ-14-461,
　　[045]Ⅲ-40-441
　楠昔噺 ………………… [045]Ⅲ-40-347
　国性爺合戦 曾根崎心中 ……… [071]41
　死の道行 ………………… [013]29-382
　『大職冠』ノート追録 …… [041]91-527
　竹本座浄瑠璃集 ………… [045]Ⅲ-40
　近松集 …………………… [014]16
　近松浄瑠璃集 ………… [041]91,[041]92
　近松半二浄瑠璃集 ……… [045]Ⅰ-14
　豊竹座浄瑠璃集 ………… [045]Ⅰ-10
　双生隅田川 ……………… [041]92-1
　百合若大臣野守鏡 ……… [041]91-185

原島 礼二
　『古事記』と古代史 …… [013]1-317

原田 朋美
　「有明けの別れ」と「とりかへばや」
　…………………………… [044]〔1〕-502

原田 芳起
　源氏物語のことば ……… [013]9-464
原水 民樹
　保元物語 ……………………… [001]1
春田 宣
　『宇治拾遺物語』の方法 … [013]13-422
　序説 …………………………… [013]13-1
　総説 …………………………… [013]13-197

【ひ】

比嘉 実
　おもろ歌人の群像 ……… [013]25-289
東 明雅
　井原西鶴集 …………… [043]66,[066]38
　解説 ……………………… [043]66-569
　好色一代女 ……………… [043]66-391
　好色五人女 ……………… [043]66-251
　好色五人女 好色一代女 ……… [015]51
樋口 功
　灰汁桶の巻(「猿蓑」より)
　………………………………… [033]31-108
　梅若菜の巻(「猿蓑」より)
　………………………………… [033]31-117
　北村季吟略伝 ………… [072]〔9〕-巻頭
　市中の巻(「猿蓑」より) … [033]31-97
　鳶の羽の巻(「猿蓑」より) … [033]31-81
樋口 慶千代
　「雨月物語」の解説及び作者 … [085]9-4
　「雨月物語」前の怪異小説 …… [085]9-3
　傑作浄瑠璃集 …………… [085]3,[085]4
　はしがき ……………… [085]3-1,[085]9-1
　読本概説 ………………… [085]9-1
樋口 芳麻呂
　遠島御百首 ……………… [041]46-195
　解説 ……………………… [041]46-429
　解説 金槐和歌集──無垢な詩魂の遺書
　………………………………… [040]〔46〕-227
　記録に現れた実朝像と実朝の和歌
　………………………………… [013]17-424
　金槐和歌集 … [014]9-379,[040]〔46〕
　新古今和歌集・山家集・金槐和歌集
　………………………………… [014]9
　中世和歌集 鎌倉篇 ……… [041]46
　日本歌学大系 ………………… [061]10
　文応三百首 ……………… [041]46-263
　松浦宮物語 無名草子 ……… [043]40
肥後 和男

ひさと　　　　　　　　　　　　　　作家名索引（注・訳者）

鏡に映す …………………… ［013］14－389
記紀成立の歴史心理的基盤 ・ ［033］1－368

久富 哲雄
　あとがき …………………… ［096］2－2－143
　解説 ………………………… ［096］4－1－1
　解題 ……… ［096］4－2－2, ［096］4－3－1
　参考文献 …………………… ［013］28－519
　参考文献解題 ……………… ［014］14－391
　綜合索引 …………………… ［025］10－191
　日本文学作品年表 ………… ［013］別－468
　俳書解題・綜合索引 ……… ［025］10
　芭蕉伝記研究書目 ………… ［025］9－131
　芭蕉伝記研究書目 補遺 … ［025］別1－395
　芭蕉略年譜
　　　　　　［013］28－532, ［014］14－414
　評伝・年譜・芭蕉遺語集 ………… ［025］9
　松尾芭蕉集 ………………………… ［043］71
　略注 ………………………… ［096］3－1－45

久松 潜一
　吾妻問答 …………………… ［033］36－89
　石上私淑言 ………………… ［033］34－174
　大隈言道 …………………… ［067］93－457
　小沢蘆庵 …………………… ［067］93－255
　歌意 ………………………… ［033］36－57
　解説 ………………………… ［033］34－319
　香川景樹 …………………… ［067］93－331
　歌論集 ……………………… ［054］〔1〕
　歌論集 能楽論集 …………… ［067］65
　近世に於ける万葉研究 …… ［094］20－319
　近世和歌集 ………………………… ［067］93
　近代秀歌 …………………… ［033］36－18
　建礼門院右京大夫集 ……… ［067］80－413
　国歌八論同氏非評 ………… ［033］34－119
　古来風体抄 ………………… ［033］36－7
　思想・評論選 ……………………… ［024］〔3〕
　序 … ［074］1, ［091］1－(3), ［092］4－1
　正徹物語 …………………… ［033］36－37
　式子内親王集 ……………… ［067］80－359
　新古今和歌集 ……………………… ［067］28
　橘 曙覧 …………………… ［067］93－395
　中世の歌論 一 ………………… ［054］〔1〕－3
　長秋詠藻 …………………… ［067］80－25
　筑波問答 …………………… ［033］36－73
　俊成卿女家集 ……………… ［067］80－513
　ひとり言 …………………… ［033］36－80
　風土記 ……… ［063］〔38〕, ［063］〔39〕
　平安鎌倉私家集 …………………… ［067］80
　本朝水滸伝を読む並批評 … ［033］36－193
　毎月抄 ……………………… ［033］36－21
　真言弁 ……………………… ［033］36－63
　無名草子 …………………… ［033］36－167

肥田 晧三

盧橘庵 ……………………… ［013］34－350

尾藤 正英
　新井白石 …………………………… ［069］35
　新井白石の歴史思想 ……… ［069］35－555
　安藤昌益研究の現状と展望
　　　　　　　　　　　　　　 ［069］45－585
　安藤昌益 佐藤信淵 ………………… ［069］45
　近世思想家文集 ……………………… ［067］97
　太宰春台の人と思想 ……… ［069］37－487
　藤樹先生年譜 ……………… ［069］29－281
　中江藤樹 …………………………… ［069］29
　中江藤樹の周辺 …………… ［069］29－463
　水戸学 ……………………………… ［069］53
　水戸学の特質 ……………… ［069］53－556

日向 一雅
　源氏物語 …………………………………………
　　　［071］11, ［071］12, ［071］13, ［071］
　　　14, ［071］15, ［071］16

日野 龍夫
　雨月物語 …………………………… ［071］42
　江戸詩人選集 ……………………… ［007］10
　江戸繁昌記 柳橋新誌 …………… ［041］100
　大田南畝全集 ……………………………………
　　　［010］1, ［010］10, ［010］11, ［010］12,
　　　［010］13, ［010］14, ［010］15, ［010］16,
　　　［010］17, ［010］18, ［010］19, ［010］
　　　2, ［010］20, ［010］3, ［010］4, ［010］
　　　5, ［010］6, ［010］7, ［010］8, ［010］9,
　　　［010］別
　解説 南畝雑録 …………… ［010］18－669
　解説 南畝の漢詩文 ………………………
　　　［010］3－515, ［010］4－435, ［010］5－
　　　543, ［010］6－573
　解説『半日閑話』について ・・ ［010］11－709
　解説「物のあわれを知る」の説の来歴
　　　　　　　　　　　　　　 ［040］78－505
　祇園南海 …………………… ［007］3－352
　蘐園録稿 …………………… ［041］64－1
　蘐園録稿解説 ……………… ［041］64－437
　蘐園録稿 如亭山人遺藁 梅墩詩鈔
　　　　　　　　　　　　　　 ……… ［041］64
　仁斎日札 たはれ草 不尽言 無可有郷
　　　　　　　　　　　　　　 ……… ［041］99
　通詩選笑知 ………………… ［041］84－51
　寝惚先生文集 狂歌才蔵集 四方のあか
　　　　　　　　　　　　　　 ……… ［041］84
　宣長学成立まで …………… ［069］40－565
　梅墩詩鈔 …………………… ［041］64－263
　梅墩詩鈔解説 ……………… ［041］64－493
　服部南郭の生涯と思想 …… ［069］37－515
　不尽言 …………………… ［041］99－135

850　日本古典文学全集・内容綜覧

『不尽言』『筆のすさび』解説
　　　　　　　　　　　　　［041］99-503
　筆のすさび ……………………［041］99-247
　文学史上の徂徠学・反徂徠学
　　　　　　　　　　　　　［069］37-577
　無可有郷 ………………………［041］99-377
　本居宣長 ………………………［069］40
　本居宣長集 ……………………［040］〔78〕
檜谷 昭彦
　お伽草子 ………………［060］別2-156
　解題 …………………［035］〔1〕-227
　世間胸算用 ……［035］〔1〕,［035］〔2〕
　太閤記 …………………………［041］60
　『太閤記』における「歴史」と「文芸」
　　　　　　　　　　　　　［041］60-659
平井 仁子
　参考文献解題 …………………［014］6-516
平岩 弓枝
　椿説弓張月 ……………………………［022］20
柊 源一
　吉利支丹文学集 ………………………
　　　　　　　［063］〔60〕,［063］〔61〕
平田 澄子
　解題 ……………………
　　　　　　［045］I-9-399,［045］I-10-395
　参考文献解題 ………………［014］16-429
　諸葛孔明鼎軍談 ………………［045］I-9-7
　竹本座浄瑠璃集 ………………［045］I-9
　近松世話浄瑠璃登場人物一覧
　　　　　　　　　　　　　［014］16-439
　近松略年譜 …………………［014］16-497
　忠臣金短冊 …………………［045］I-10-319
平田 喜信
　後拾遺和歌集 …………………………［041］8
平野 由紀子
　安法法師集 …………………［041］28-159
　伊勢集 …………………………［041］28-3
　実方集 ………………………［041］28-187
　能因集 ………………………［041］28-389
　檜垣嫗集 ……………………［041］28-95
　平安私家集 ……………………［041］28
広岡 義隆
　解説 …………………………［043］5-591
広嶋 進
　井原西鶴集 ……………………［043］69
　解説 …………………………［043］69-623
　新可笑記 ……………………［043］69-465
　武家義理物語 ………………［043］69-315
広末 保
　出雲から半二へ ……………［013］30-429
　解散 …………………………［057］8-529

　解説 …………………………［057］2-485
　敵討櫓太鼓 …………………［057］8-139
　勝相撲浮名花触 ……………［057］2-241
　玉藻前御園公服 ……………［057］8-223
　近松の時代浄瑠璃 …………［013］29-362
　鶴屋南北全集 ………［057］2,［057］8
　芭蕉の位置とその不易流行観
　　　　　　　　　　　　　［033］36-312
　貞操花鳥羽恋塚 ……………［057］2-131
　霊験亀山鉾 …………………［057］8-357
広瀬 千紗子
　芸能篇 …………………………［018］〔1〕
広瀬 秀雄
　理学入式遠西観象図節 ………［069］65-53
　和蘭天説 ……………………［069］64-445
　近世科学思想 …………………［069］63
　近世前期の天文暦学 …………［069］63-455
　小林謙貞と二儀略説 …………［069］63-465
　星学手簡 ……………………［069］63-476
　星学手簡 抄 …………………［069］63-193
　二儀略説 ………………………［069］63-9
　洋学 ……………………………［069］65
　洋学としての天文学—その形成と展開
　　　　　　　　　　　　　［069］65-419
　吉雄南皐と「遠西観象図説」
　　　　　　　　　　　　　［069］65-466
広部 俊也
　花桜木春夜語 ………………［045］II-35-539

【 ふ 】

深津 睦夫
　解説 …………………………［048］3-231
　百人一首 ………………………［048］3
福井 久蔵
　菟玖波集 ………［063］〔76〕,［063］〔77〕
　連歌選 …………………………［024］〔7〕
福井 貞助
　伊勢物語 ……………………
　　　　　　［015］10-111,［043］12-107
　竹取物語 伊勢物語 土佐日記 ……［015］10
　竹取物語 伊勢物語 大和物語 平中物語 ‥
　　　　　　　　　［043］12,［066］8
福嶋 昭治
　参考文献 ……………………［013］9-504
福島 千賀子
　『池田家文庫本かけろふ日記』について
　　　　　　　　　　　　　［011］9-128

ふくし

福島 理子
- 解説 ………………………… [005] 3-313
- 女流 ……………………………… [005] 3

福田 晃
- 中世語り物文芸論 ………… [013] 21-343
- 平家物語 ………………………… [097] 上
- 民俗学からみた『大鏡』 …… [013] 14-337

福田 秀一
- 十六夜日記 ………………… [041] 51-179
- うたたね ……………………… [041] 51-155
- 詠歌一体 …………………… [054]〔1〕-347
- 小島のくちずさみ ………… [041] 51-363
- 解説 …………………………… [040]〔51〕-333
- 兼好の美意識 ……………… [013] 18-391
- 建礼門院右京大夫集・とはずがたり
  ……………………………………… [014] 12
- 佐野のわたり ……………… [041] 51-461
- 宗祇終焉記 ………………… [041] 51-450
- 総説 ………………………………… [013] 24-9
- 為兼卿和歌抄 ……………… [033] 36-28
- 中世日記紀行集 …………………… [041] 51
- 中世日記紀行文学の展望 … [041] 51-507
- 中世評論集 ……………………… [013] 24
- 筑紫道記 …………………… [041] 51-405
- とはずがたり ………………………………
  [014] 12-127, [040]〔51〕
- 藤河の記 …………………… [041] 51-383
- 北国紀行 …………………… [041] 51-433
- 都のつと …………………… [041] 51-345

福長 進
- 栄花物語 ……………………………… [043] 32

福長 迫
- 栄花物語 ……………………………… [043] 31

福永 武彦
- 浦島太郎 …………………… [033] 18-238
- 神楽歌 ……………………… [027] 1-409
- 琴歌譜 ……………………… [027] 1-405
- 古事記 ………………………… [027] 1-1
- 古代歌謡 …………………… [033] 1-195
- 今昔物語 ……………………… [027] 8-1
- 「今昔物語」の世界 ………… [033] 10-412
- 催馬楽 ……………………… [027] 1-417
- 日本書紀 …………………… [027] 1-189
- 風俗歌 ……………………… [027] 1-425
- 福冨長者物語 ……………… [033] 18-255
- 風土記 ……………………… [027] 1-363
- 文正草子 …………………… [033] 18-167
- 訳者のことば ……………… [033] 1-283

福永 光司
- 佐藤一斎 大塩中斎 ………………… [069] 46

復本 一郎
- 連歌論集 能楽論集 俳論集 ……… [043] 88

房野 水絵
- 参考文献 …………………… [013] 23-457
- 中世音楽説話の流れ ……… [013] 23-422

富士 昭雄
- 井原西鶴集 ……………………… [043] 69
- 解説 ………………………… [043] 69-623
- 解題 ………………………… [045] III-50-387
- 仮名草子と西鶴 …………… [013] 26-340
- 好色二代男 ・ [041] 76-1, [041] 76-511
- 好色二代男 西鶴諸国ばなし 本朝二十
  不幸 ………………………………… [041] 76
- 古典への招待 西鶴の武家物 … [043] 69-3
- 西鶴置土産 ………………………………
  [041] 77-257, [041] 77-591
- 西鶴と外国文学 …………… [014] 15-415
- 東海道名所記 ……………… [045] III-50-7
- 東海道名所記／東海道分間絵図
  …………………………………… [045] III-50
- 武道伝来記 ………………… [043] 69-13
- 武道伝来記 西鶴置土産 万の文反古 西
  鶴名残の友 ………………………… [041] 77

富士 正晴
- 奥の細道 ……………………………… [022] 15

藤井 乙男
- 浮世草子名作集 ……………………… [085] 2
- 西鶴名作集 …………………………… [085] 1
- 序 …………………………………… [085] 2-1
- 序言 ………………………………… [085] 1-1
- 序文 ………………………………… [098] 1-1

藤井 貞和
- 〈異郷〉論 …………………… [013] 6-398
- 歌と別れと ………………… [041] 21-446
- 落窪物語 ……………………… [041] 18-1
- 落窪物語 解説 ……………… [041] 18-407
- 落窪物語 住吉物語 ……………… [041] 18
- 源氏物語 ………………………………
  [041] 19, [041] 20, [041] 21, [041] 22, [041] 23
- 源氏物語索引 ………………… [041] 別2
- 世界の文学として読むために
  …………………………………… [041] 23-478

藤井 紫影
- 近松全集 ………………………………
  [051] 1, [051] 10, [051] 11, [051] 12, [051] 2, [051] 3, [051] 4, [051] 5, [051] 6, [051] 7, [051] 8, [051] 9

藤井 学
- 近世仏教の思想 ………………… [069] 57
- 近世仏教の特色 …………… [069] 57-574
- 宗義制法論 ………………… [069] 57-255

作家名索引（注・訳者）　　　ふたむ

千代見草 ……………………… [069] **57**-397
不受不施思想の分析 ……… [069] **57**-557
妙正物語 …………………… [069] **57**-355
藤枝 晃
　〔参考〕E本（「勝鬘義疏本義」敦煌本）
　　　　……………………… [069] **2**-429
　聖徳太子集 ………………… [069] **2**
　勝鬘経義疏 ………………… [069] **2**-484
藤尾 真一
　お染久松色読販 …………… [057] **5**-7
　解説 ……… [057] **5**-479, [057] **11**-525
　仮名曽我当蓬萊 …………… [057] **11**-7
　鶴屋南北全集 ……… [057] **11**, [057] **5**
　東海道四谷怪談 …………… [057] **11**-149
藤岡 忠美
　和泉式部日記 ……………………………
　　　[015] **24**-5, [043] **26**-11, [066] **18**-14
　和泉式部日記 紫式部日記 更級日記
　　　…………………………… [015] **24**
　和泉式部日記 紫式部日記 更級日記 讃岐典侍
　　日記
　　　　　　……………… [043] **26**, [066] **18**
　伊勢物語 …………………… [014] **4**-9
　伊勢物語・竹取物語・宇津保物語
　　　……………………………… [014] **4**
　家集から見た和泉式部伝 … [013] **10**-422
　竹取物語 …………………… [014] **4**-213
　袋草紙 ……………………… [041] **29**
　物語文学について ……… [014] **4**-5
藤木 久志
　朝倉始末記 ………………… [069] **17**-325
藤河家 利昭
　風葉和歌集雑部の構造 …… [055] 別**3**-325
藤沢 周平
　成美・一茶交際の一面 …… [013] **33**-443
藤沢 毅
　『開巻驚奇侠客伝』書誌解題
　　　　……………………… [041] **87**-816
　解題 ……………… [045] Ⅲ-**48**-343
　新局玉石童子訓 ………………………
　　　　……… [045] Ⅲ-**47**, [045] Ⅲ-**48**
藤田 省三
　書目撰定理由—松陰の精神史的意味に
　　関する一考察 …………… [069] **54**-597
　吉田松陰 …………………… [069] **54**
藤田 洋
　家の芸と型の問題 ………… [013] **30**-472
藤平 春男
　詠歌大概 ……………………………
　　　　……… [043] **87**-471, [066] **50**-491

歌意考 …… [043] **87**-547, [066] **50**-567
解説 ………………………… [043] **87**-589
歌論集 …………… [043] **87**, [066] **50**
近代秀歌 ……………………………
　　　　……… [043] **87**-447, [066] **50**-467
建礼門院右京大夫集 ……… [014] **12**-5
建礼門院右京大夫集・とはずがたり
　　　………………………… [014] **12**
古今集・新古今集の世界 … [022] **3**-157
古今和歌集 後撰和歌集 拾遺和歌集
　　　………………………… [013] **7**
国家八論 ……………………… [043] **87**-511
国歌八論 ……………………… [066] **50**-531
新古今時代の歌論 ………… [013] **17**-365
総説 ………………………… [013] **7**-295
新学異見
　……… [043] **87**-563, [066] **50**-583
毎月抄 …… [043] **87**-491, [066] **50**-511
藤村 作
　井原西鶴集 ……………………………
　　　[063]〔102〕, [063]〔103〕, [063]〔104〕
　　, [063]〔105〕
　西鶴の文体 ………………… [101] **1**-3
　訳註 西鶴全集
　　　[101] **1**, [101] **10**, [101] **11**, [101]
　　12, [101] **13**, [101] **2**, [101] **3**, [101]
　　4, [101] **5**, [101] **6**, [101] **7**, [101] **8**,
　　[101] **9**
藤本 一恵
　枕草子随想的章段 ……… [013] **8**-434
藤本 義一
　雨月物語 ………………… [060] **11**-5
　竹取珍解釈 ……………… [022] **4**-158
　俳個師西鶴愚考 ………… [013] **27**-521
藤本 正行
　『太平記』の時代の武装 … [043] **57**-490
　中世武士の館と暮し …… [043] **55**-612
藤森 朋夫
　万葉集 ……………………………
　　　[063]〔62〕, [063]〔63〕, [063]〔64〕
　　, [063]〔65〕, [063]〔66〕
藤原 澄子
　今物語・隆房集・東斎随筆 …… [054]〔7〕
　解説 ……………………… [054]〔7〕-3
藤原 忠美
　解説 ……………………… [041] **29**-485
二沢 久昭
　一茶発句総索引 …………… [002]〔索引〕
二村 文人
　解題 ……………… [045] Ⅲ-**45**-297
　原典落語集 ……………… [045] Ⅲ-**45**

日本古典文学全集・内容総覧　　**853**

ふなは

舟橋 聖一
- 春色梅暦 ･････････････････････ [027] **18**-1

フランク, ベルナール
- 西欧語による日本説話文学翻訳研究文献目録 ･･････････････････ [063]〔59〕-67

古井戸 秀夫
- 江戸歌舞伎集 ･････････････････ [041] **96**
- 江戸三芝居顔見世狂言集 ･･ [045] **I-23**
- 解題
  [045] **I-23**-457, [045] **III-49**-453
- けいせい吉野鐘 ･･････････ [045] **I-23**-179
- 御摂勧進帳 ･･････････････ [041] **96**-75
- 御摂勧進帳 解説 ･･････････ [041] **96**-501
- 四天王御江戸鏑(『土蜘蛛』と『中組の綱五郎』) ･････････････ [045] **III-49**-159
- 清和源氏二代将 ･･････････ [045] **I-23**-5
- 蝶花形恋羇源氏 ･･････････ [045] **I-23**-307
- 花三升吉野深雪(『三ヶ月おせん』と『犬神遣い』) ･････････････ [045] **III-49**-3
- 福森久助脚本集 ･･････････ [045] **III-49**

古川 哲史
- 折たく柴の記 ････････････ [033] **35**-5
- 「折たく柴の記」解説 ････････ [033] **35**-351

古川 久
- 解説 ･･･････････････････ [033] **20**-339
- 狂言集
  [063]〔91〕, [063]〔92〕, [063]〔93〕
- 狂言の諷刺 ･･････････････ [033] **20**-390
- 狂言名作集 ･･････････････ [033] **20**-197

古島 敏雄
- 解題 ･･･････････････････ [069] **62**-510
- 近世科学思想 ････････････ [069] **62**
- 地方書にあらわれた治水の地域性と技術の発展 ･･････････ [069] **62**-471
- 農業自得抄 ･･････････････ [069] **62**-219
- 『農業全書』出現前後の農業知識
  ････････････････････････ [069] **62**-431
- 農業全書抄 ･･････････････ [069] **62**-67
- 幕末期農書とその知識獲得方法
  ････････････････････････ [069] **62**-453
- 百姓伝記抄 ･･････････････ [069] **62**-9
- 前島家農事日記 ･･････････ [069] **62**-273
- 綿圃要務 ･･･････････････ [069] **62**-169
- 問題の所在 ･･････････････ [069] **62**-423

古田 紹欽
- 阿留辺幾夜宇和(明恵上人遺訓)
  ････････････････････････ [033] **15**-222
- 螢山仮名法語 ････････････ [033] **15**-232
- 塩山仮名法語 ････････････ [033] **15**-249
- 於仁安佐美 ･･････････････ [033] **15**-279
- 遠羅天釜 ･･･････････････ [033] **15**-274
- 坐禅和讃 ･･･････････････ [033] **15**-273
- 十善戒相 ･･･････････････ [033] **15**-282
- 大応仮名法語 ････････････ [033] **15**-226
- 大澄仮名法語 ････････････ [033] **15**-240
- 大澄国師遺誡 ････････････ [033] **15**-248
- 東海夜話 ･･･････････････ [033] **15**-257
- 盤珪禅師語録 ････････････ [033] **15**-266
- 人となる道 ･･････････････ [033] **15**-281
- 不動智神妙録 ････････････ [033] **15**-254
- 夢窓仮名法語 ････････････ [033] **15**-234
- 夢中問答 ･･･････････････ [033] **15**-235
- 驢鞍橋 ･････････････････ [033] **15**-260

古谷 知新
- 江戸時代女流文学全集 ･･･････････
  [008] **1**, [008] **2**, [008] **3**, [008] **4**
- 緒言
  [008] **1**-1, [008] **2**-1, [008] **3**-1

【へ】

辺見 じゅん
- 甲賀三郎の漂泊 ･････････ [013] **23**-451

【ほ】

北条 秀司
- 傾城反魂香 ･･････････････ [027] **14**-65
- 博多小女郎波枕 ･･････････ [027] **14**-275

外間 守善
- おもろ概説 ･･････････････ [069] **18**-527
- おもろさうし ････････････ [069] **18**
- 序説 ･･･････････････････ [013] **25**-1
- 総説 ･･･････････････････ [013] **25**-9
- 田植草紙 山家鳥虫歌 鄙廼一曲 琉歌百控 ････････････････ [041] **62**
- 南島文学 ･･･････････････ [013] **25**
- 琉歌 琉歌集『琉歌百控』 ･･････ [041] **62**-365
- 琉歌 琉歌集『琉歌百控』の解説
  ････････････････････････ [041] **62**-658

星 新一
- 体験的笑い論 ････････････ [022] **21**-162

星野 元豊
- 『教行信証』の思想と内容 ･･ [069] **11**-495
- 親鸞 ･･･････････････････ [069] **11**

星野 洋子

糸桜本町育 ……………… [045] **I-15**-79
解題 …………………… [045] **I-15**-463
星谷 昭子
　『蜻蛉日記』の語法―「ものす」という独
　　自の表現について ……… [011] **9**-72
　『蜻蛉日記』の作者の結婚―兼家の妻と
　　して ………………… [011] **9**-45
細野 哲雄
　中世的人間 …………… [013] **18**-401
　方丈記 ………………… [063]〔**27**〕
堀田 善衞
　方丈記 ………………… [060] **7**-85
堀 一郎
　往生要集 ……………… [033] **15**-82
　佐渡御書 ……………… [033] **15**-191
　種種御振舞御書 ……… [033] **15**-198
　入唐求法巡礼行記 …… [033] **15**-58
　立正安国論 …………… [033] **15**-173
堀 辰雄
　若菜の巻など ………… [033] **5**-420
堀 信夫
　解説 …………………… [043] **70**-543
　俳句編 ………………… [015] **54**-11
　芭蕉句集 ……………… [015] **54**
　発句篇 ………………… [025] **1**
　発句篇(上)補訂 ……… [025] 別**1**-11
　松尾芭蕉集 ……… [043] **70**,[066] **41**
　わびとさび …………… [013] **28**-473
堀内 秀晃
　解説 …………………… [040]〔**26**〕-301
　竹取物語 ……………… [041] **17**-1
　竹取物語 伊勢物語 …… [041] **17**
　竹取物語の世界 ……… [041] **17**-345
　和漢朗詠集 …………… [040]〔**26**〕
堀川 貴司
　解説 …………………… [005] **5**-307
　僧門 …………………… [005] **5**
掘切 実
　芭蕉句集 ……………… [015] **54**
堀切 実
　解説 …………………… [043] **88**-662
　去来抄 ………………… [043] **88**-425
　松尾芭蕉集 …………… [043] **71**
　連歌論集 能楽論集 俳論集 … [043] **88**
　連句篇 ………………… [025] **5**
　連句編 …… [015] **54**-221,[043] **71**-599
　連句篇(下)補遺 ……… [025] 別**1**-81
堀口 康生
　世子六十以後申楽談儀 … [013] **24**-406
本田 義憲

解説今昔物語集の誕生 ・ [040]〔**32**〕-273
解説「辺境」説話の説 … [040]〔**33**〕-227
今昔物語集
　　　[040]〔**32**〕,[040]〔**33**〕,[040]〔**34**〕
　　　,[040]〔**35**〕
本田 康雄
　浮世床 四十八癖 ……… [040]〔**80**〕
　浮世風呂と浮世床 ……… [022] **21**-170
　解説 暮しを写す―式亭三馬の文芸
　　　……………………… [040]〔**80**〕-387

【 ま 】

前 登志夫
　覇道とさくら ………… [013] **21**-434
前川 明久
　『古事記』の系譜伝承 …… [013] **1**-326
前川 文夫
　古今集の植物について … [013] **7**-419
前田 愛
　洒落本 滑稽本 人情本
　　　　　　[043] **80**,[066] **47**
　人情本 ………………… [043] **80**-365
前田 金五郎
　犬枕 …………………… [067] **90**-33
　浮世物語 ……………… [067] **90**-241
　恨の介 ………………… [067] **90**-49
　仮名草子集 …………… [067] **90**
　好色一代男全注釈
　　　　　　[064]〔**30**〕,[064]〔**31**〕
　西鶴大矢数注釈
　　　[034] **1**,[034] **2**,[034] **3**,[034] **4**
　竹斎 …………………… [067] **90**-89
　仁勢物語 ……………… [067] **90**-161
　跋 ……………… [064]〔**31**〕-543
　夫婦宗論物語 ………… [067] **90**-231
前田 利治
　一茶略年譜 …………… [013] **32**-509
　参考文献 ……………… [013] **32**-495
幕内 エイ子
　参考文献 ……………… [013] **22**-523
正岡 子規
　積極的美・客観的美 …… [033] **32**-379
正木 信一
　参考文献 ……………… [013] **16**-466
正宗 白鳥
　西鶴について ………… [033] **22**-377

ました　　　　作家名索引（注・訳者）

真下 喜太郎
- 土芳略伝 ……………………… ［075］1-16
- 「ひとり言」のはじめに ……… ［075］3-1
- 「藤野古白集」のはじめに …… ［075］2

増古 和子
- 宇治拾遺物語 ………………………………
  ［015］40,［015］41,［043］50
- 解説 …………………………… ［043］50-497

増田 繁夫
- かげろふ日記 ………………… ［044］〔6〕
- 蜻蛉日記 ……………………… ［071］8
- 源氏物語の地理 ……………… ［013］9-481
- はじめに ……………………… ［044］〔6〕-3

増田 正造
- 能・狂言のたのしみ ………… ［022］14-172

益田 宗
- 承久記 ………………………… ［041］43-296
- 読史余論（公武治乱考）…… ［069］35-183
- 保元物語 平治物語 承久記 …… ［041］43
- 「増鏡」と歴史 ………………… ［033］13-407

増田 欣
- 『太平記』作者の思想 ……… ［014］13-317
- 『太平記』と『史記』 ………… ［013］21-354

増谷 文雄
- 一枚起請文 …………………… ［033］15-143
- 御文 …………………………… ［033］15-217
- 正信念仏偈 …………………… ［033］15-145
- 消息法語 ……………………… ［033］15-212
- 書簡 …………………………… ［033］15-155
- 選択本願念仏集 ……………… ［033］15-112
- 歎異抄 ………………………… ［033］15-163
- 登山状 ………………………… ［033］15-127
- 念仏問答 ……………………… ［033］15-138
- 和讃 …………………………… ［033］15-148

増淵 恒吉
- 思想・評論選 ………………… ［024］〔3〕

松井 敏明
- 鬼若根元台 …………………… ［057］11-245
- 解説 …………………………… ［057］12-539
- 藤川舩繭話 …………………… ［057］12-159
- 戻橋背御摂 …………………… ［057］5-57

松尾 葦江
- 今物語・隆房集・東斎随筆 …… ［054］〔7〕
- 源平盛衰記 …………………………………
  ［054］〔15〕,［054］〔18〕,［054］〔19〕
  ,［054］〔21〕
- 太平記 ………………… ［071］33,［071］34

松尾 聰
- 落窪物語 堤中納言物語 …… ［067］13
- 解説 …………………………… ［033］7-371
- 篁・平中・浜松中納言物語 …… ［067］77

枕草子 ………………………………………
  ［015］12,［015］13,［043］18,［066］11
- 紫式部という人について …… ［033］5-423

松尾 靖秋
- 近世俳句俳文集 ……… ［043］72,［066］42
- 蕪村集 一茶集 ……………… ［015］58

松崎 仁
- 演劇史・芸能史と文学史 …… ［013］別-432
- 歌舞伎脚本集 ………… ［067］53,［067］54
- 関八州繋馬 …………………… ［041］92-355
- 碁盤太平記 …………………… ［041］91-249
- 浄瑠璃作者としての近松門左衛門
  …………………………… ［041］91-509
- せみ丸 ………………………… ［041］91-49
- 近松浄瑠璃集 ………… ［041］91,［041］92
- 近松の世話物について …… ［013］29-372

松沢 弘陽
- 英国探索 ……………………… ［069］66-477
- 英国探索始末 ………………… ［069］66-579
- さまざまな西洋見聞―「夷情探索」から
  「洋行」へ ………………… ［069］66-621
- 西洋見聞集 …………………… ［069］66

松田 修
- 井原西鶴集 …………… ［043］67,［066］39
- 伽婢子 ………………………… ［041］75
- 解説 …………………………… ［043］67-593
- 解説「好色一代男」への道
  …………………………… ［040］〔67〕-267
- 好色一代男 …………………… ［040］〔67〕
- 本朝二十不孝 ………………… ［043］67-149
- 遊郭の世界 …………………… ［022］16-129
- 落首精神の黄昏 ……………… ［013］31-409

松田 成穂
- 古今和歌集 …………… ［015］9,［043］11

松田 武夫
- 平安鎌倉私家集 ……………… ［067］80
- 好忠集 ………………………… ［067］80-41

松永 伍一
- 平家伝説のある山里 ………… ［022］10-176
- 辺境に花ひらく平家 ………… ［013］19-470

松野 純孝
- 歎異抄 ………………………… ［044］〔10〕
- 歎異抄とは、どういう書物か
  …………………………… ［044］〔10〕-3

松野 陽一
- 飛鳥山十二景詩歌 …………… ［041］67-425
- 詠源氏物語和歌 ……………… ［041］67-443
- 大崎のつつじ ………………… ［041］67-493
- 解説 …………………………… ［041］10-425
- 霞関集 ………………………… ［041］67-303
- 近世歌文集 …………………… ［041］67

856　日本古典文学全集・内容綜覧

近世和歌史と江戸武家歌壇
　　　…………………………〔041〕**67**-548
古来風躰抄 ……………〔054〕〔1〕-115
新古今和歌集 山家集 金槐和歌集
　　　…………………………〔013〕**17**
諏訪浄光寺八景詩歌 ……〔041〕**67**-405
千載和歌集 ………………〔041〕**10**
総説 ………………………〔013〕**17**-197
田村家深川別業和歌 ……〔041〕**67**-399
遊角筈別荘記 ……………〔041〕**67**-457
南部家桜田邸詩歌会 ……〔041〕**67**-385
富士日記 …………………〔041〕**67**-503
墨水遊覧記 ………………〔041〕**67**-517
水戸徳川家九月十三夜会 …〔041〕**67**-377

松林 靖明
将門記 陸奥話記 保元物語 平治物語
　　　…………………………………〔043〕**41**

松原 秀江
世間胸算用 ………………〔040〕〔**70**〕

松村 明
青木昆陽 …………………〔069〕**64**-11
新井白石 …………………〔069〕**35**
和蘭医事問答 ……………〔069〕**64**-183
和蘭語訳 …………………〔069〕**64**-11
和蘭文訳 …………………〔069〕**64**-19
和蘭文字略考 ……………〔069〕**64**-33
和蘭訳筌 …………………〔069〕**64**-127
和蘭訳文略 ………………〔069〕**64**-69
呵刈葭 ……………………〔033〕**34**-227
漢字三音考 ………………〔033〕**34**-214
近世のオランダ語学——昆陽以前の一、
　二の問題 ………………〔069〕**64**-640
詞の玉緒（総論） ………〔033〕**34**-209
白石先生手翰（新室手簡） …〔069〕**35**-433
西洋紀聞 …………………〔069〕**35**-7
戴恩記 折たく柴の記 蘭東事始 …〔067〕**95**
東雅(抄) …………………〔069〕**35**-101
洋学 ………………………〔069〕**64**
蘭学階梯 …………………〔069〕**64**-373
蘭訳梯航 …………………〔069〕**64**-373

松村 誠一
蜻蛉日記・和泉式部日記・紫式部日記・
　更級日記 ………………〔014〕**7**
総説 ………………………〔013〕**10**-293
竹取物語 伊勢物語 土佐日記 …〔015〕**10**
堤中納言物語 落窪物語 ……〔063〕〔**10**〕
土佐日記 …………………〔015〕**10**-289
土佐日記 蜻蛉日記 ………〔066〕**9**
紫式部日記 ………………〔014〕**7**-287

松村 倫子
娘金平昔絵草紙 …………〔045〕**II**-35-239

松村 博司
あとがき
　　〔064〕〔**16**〕-383,〔064〕〔**17**〕-343
栄花物語 …………………
　　〔063〕〔**40**〕,〔063〕〔**41**〕,〔063〕〔**42**〕
　,〔063〕〔**43**〕,〔067〕**75**,〔067〕**76**
栄花物語全注釈 …………
　　〔064〕〔**9**〕,〔064〕〔**10**〕,〔064〕〔**11**〕,
　〔064〕〔**12**〕,〔064〕〔**13**〕,〔064〕〔**14**〕
　,〔064〕〔**15**〕,〔064〕〔**16**〕,〔064〕〔**17**〕
栄花物語 紫式部日記 ……〔013〕**11**
大鏡 ………………………〔067〕**21**
解説 …………………〔033〕**9**-411
狭衣物語 ……〔063〕〔**20**〕,〔063〕〔**21**〕
序説 ………………………〔013〕**11**-1
総説 ………………………〔013〕**11**-9

松本 三之介
近世史論集 ………………〔069〕**48**
近世における歴史叙述とその思想
　　　…………………………〔069〕**48**-578
国学運動の思想 …………〔069〕**51**
幕末国学の思想史的意義——主として政
　治思想の側面について …〔069〕**51**-633

松本 寧至
『増鏡』と『とはずがたり』
　　　…………………………〔013〕**14**-355

松本 隆信
あとがき …………………
　　〔099〕**13**-660,〔099〕補**2**-635
御伽草子集 ………………〔040〕〔**65**〕
御伽草子の伝本概観 ……〔013〕**26**-277
解説 御伽草子の登場とその歩み
　　　…………………………〔040〕〔**65**〕-367
第九巻あとがき …………〔099〕**9**-661
室町時代物語大成
　　〔099〕**1**,〔099〕**2**,〔099〕**3**,〔099〕**4**,
　〔099〕**5**,〔099〕**6**,〔099〕**7**,〔099〕**8**,
　〔099〕**9**,〔099〕**10**,〔099〕**11**,〔099〕**12**,
　〔099〕**13**,〔099〕補**1**,〔099〕補**2**
例言
　　〔099〕**1**-1,〔099〕**2**-1,〔099〕**3**-1,
　〔099〕**4**-1,〔099〕**5**-1,〔099〕**6**-1,
　〔099〕**7**-1,〔099〕**8**-1,〔099〕**9**-1,
　〔099〕**10**-1,〔099〕**11**-1,〔099〕**12**-
　1,〔099〕**13**-1,〔099〕補**1**-1,〔099〕補
　2-1

真鍋 昌弘
『閑吟集』の中世小歌圏 ……〔041〕**56**-571
山家鳥虫歌 ………………〔041〕**62**-57
『山家鳥虫歌』解説 ………〔041〕**62**-592
説経・古浄瑠璃の中に見える小歌
　　　…………………………〔013〕**15**-387

田植草紙 山家鳥虫歌 鄙廼一曲 琉歌百
　控 ……………………………………… [041] 62
童謡古謡 ………………………… [041] 62-349
『童謡古謡』解説 ………………… [041] 62-650
真鍋 真弘
　閑吟集 …………………………… [041] 56-185
　梁塵秘抄 閑吟集 狂言歌謡 ……… [041] 56
馬淵 和夫
　解題 ……… [043] 35-525, [043] 37-579
　古典への招待『今昔物語集』のおもしろ
　　さ ……………………………… [043] 38-9
　古典への招待 説話の断面―貧困と欲望
　　と ……………………………… [043] 36-11
　今昔物語 …………………………………
　　　[043] 35, [043] 36, [043] 37, [043] 38
　今昔物語集 ………………………………
　　　[015] 30, [015] 31, [015] 32, [015] 33,
　　　[066] 21, [066] 22, [066] 23, [066] 24
　三宝絵 …………………………… [041] 31-1
　三宝絵解説 …………………… [041] 31-489
　三宝絵 注好選 …………………… [041] 31
真山 青果
　西鶴の輪郭 ……………………… [033] 23-365
　馬琴と女 ………………………… [033] 27-428
黛 弘道
　王朝時代の地方 ………………… [022] 7-149
丸岡 明
　葵上 ……………………………… [027] 12-56
　朝猿 ……………………………… [027] 12-173
　景清 ……………………………… [027] 12-128
　花子 ……………………………… [027] 12-203
　船弁慶 …………………………… [027] 12-160
　三井寺 …………………………… [027] 12-82
丸山 一彦
　あとまつり ……………………… [002] 6-271
　おらが春 ………………………… [002] 6-133
　株番 ……………………………… [002] 6-41
　紀行・日記／俳文拾遺／自筆句集／連
　　句／俳諧歌 …………………… [002] 5
　近世俳句俳文集 ……… [043] 72, [066] 42
　句文集・撰集・書簡 …………… [002] 6
　雑録 ……………………………… [002] 7
　さらば笠 ………………………… [002] 6-209
　三韓人 …………………………… [002] 6-225
　志多良 …………………………… [002] 6-95
　資料・補遺 ……………………… [002] 別5
　随斎筆紀 ………………………… [002] 7-13
　童屮 ……………………………… [002] 6-243
　たねおろし ……………………… [002] 6-305
　たびしうゐ ……………………… [002] 6-189
　杖の竹 …………………………… [002] 6-289

花見の記付録 …………………… [002] 7-353
蕪村集 一茶集 …………………… [015] 58
発句 ……………………………………… [002] 1
まん六の春 ……………………… [002] 6-177
木槿集 …………………………… [002] 6-257
我春集 ……………………………… [002] 6-13
丸山 季夫
　解題 ………………………………………
　　　[070] I-1-1, [070] I-2-1, [070] I
　　　-3-1, [070] I-4-1, [070] I-5-1,
　　　[070] I-6-1, [070] I-7-1, [070] I
　　　-8-1, [070] I-9-1, [070] I-10-1,
　　　[070] I-11-1, [070] I-12-1, [070]
　　　I-13-1, [070] I-14-1, [070] I-15
　　　-1, [070] I-16-1, [070] I-17-1,
　　　[070] I-18-1, [070] I-19-1, [070]
　　　I-20-1, [070] I-21-1, [070] I-22
　　　-1, [070] I-23-1, [070] II-1-1,
　　　[070] II-2-1, [070] II-3-1, [070]
　　　II-4-1, [070] II-5-1, [070] II-
　　　6-1, [070] II-7-1, [070] II-8-1,
　　　[070] II-9-1, [070] II-10-1, [070]
　　　II-11-1, [070] II-12-1, [070] II
　　　-13-1, [070] II-14-1, [070] II-
　　　15-1, [070] II-16-1, [070] II-17
　　　-1, [070] II-18-1, [070] II-19-
　　　1, [070] II-20-1, [070] II-21-
　　　1, [070] II-22-1, [070] II-23-1,
　　　[070] II-24-1
丸山 真男
　闇斎学と闇斎学派 ………… [069] 31-601
　荻生徂徠 …………………………… [069] 36
　太平策 …………………………… [069] 36-447
　「太平策」考 ……………………… [069] 36-787
　山崎闇斎学派 …………………… [069] 31

【 み 】

三浦 佑之
　参考文献 ………………………… [013] 3-434
三浦 広子
　愛護稚名歌勝鬨 ………… [045] I-14-101
　解題 …………………………… [045] I-14-461
三木 紀人
　宇治拾遺物語 …………………… [041] 42-3
　宇治拾遺物語 古本説話集 ……… [041] 42
　宇治拾遺物語の内と外 …… [041] 42-537
　雑談集 …………………………… [054] 〔3〕
　読者としての作者たち …… [013] 23-373

はじめに ……………………… ［044］〔15〕-3
方丈記 ………………………… ［044］〔15〕
方丈記・徒然草 ……………… ［014］10
方丈記 発心集 ………………… ［040］〔42〕
三島 由紀夫
　雨月物語について ………… ［033］28-342
水落 潔
　義経千本桜の世界 ………… ［022］18-153
水上 甲子三
　連歌に於ける「本意」意識の源流について
　……………………………… ［055］別1-45
水上 勉
　郷土の根について ………… ［013］32-483
　心中天網島 ………………… ［060］10-5
　平家物語 …………………… ［022］10
水田 かや乃
　清和源氏二代将 …………… ［045］I-23-5
　蝶花形恋羯源氏 …………… ［045］I-23-307
　花三升吉野深雪(「三ヶ月おせん」と「犬
　神遣い」) …………………… ［045］III-49-3
水田 潤
　好色五人女 ………………… ［035］〔14〕
水田 紀久
　江戸詩人選集 ……………… ［007］6
　仮名草子 …………………… ［013］26-394
　菅茶山詩集 ………………… ［041］66-1
　菅茶山とその交遊 ………… ［041］66-369
　菅茶山 頼山陽 詩集 ……… ［041］66
　菱園録稿 如亭山人遺薰 梅墩詩鈔
　……………………………… ［041］64
　『出定後語』と富永仲基の思想史研究法
　……………………………… ［069］43-653
　醇儒雨森芳洲－その学と人と－
　……………………………… ［041］99-489
　仁斎日札 たはれ草 不尽言 無可有郷
　……………………………… ［041］99
　絶句専家酔詩人藤井竹外 … ［041］64-511
　たはれ草 …………………… ［041］99-37
　竹外二十八字詩(抄) ……… ［041］64-259
　富永仲基と山片蟠桃―その懐徳堂との
　関係など ………………… ［069］43-645
　富永仲基 山片蟠桃 ………… ［069］43
水谷 不倒
　例言 ………… ［059］7-1,［059］8-1
水野 稔
　秋成・馬琴 ………………… ［013］35
　浮世床 ……………………… ［033］29-297
　解説 ………………………… ［033］28-311
　解題
　　［038］11-359,［038］14-351,［038］
　　15-345,［038］29-427

黄表紙 洒落本集 ……………… ［067］59
黄表紙 川柳 狂歌 ……………… ［066］46
金々先生栄花夢 ……………… ［033］28-47
総説 …………………………… ［013］35-179
『南総里見八犬伝』のあらすじ
　……………………………… ［013］35-202
編集のことば ………………… ［038］1-1
米饅頭始 仕懸文庫 昔話稲妻表紙
　……………………………… ［041］85
水野 弥穂子
　解説 ………………………… ［033］14-306
　正法眼蔵 正法眼蔵随聞記 … ［067］81
　正法眼蔵随聞記 …………… ［033］14-117
　『正法眼蔵』の本文作成と渉典について
　……………………………… ［069］12-576
　道元 ………… ［069］12,［069］13
　「道元」上下巻の本文作成を終えて
　……………………………… ［069］13-602
　道元禅師の入滅と「三時業」巻
　……………………………… ［013］20-353
水原 一
　解説『平家物語』への途
　……………………………… ［040］〔43〕-375
　解説『平家物語』の流れ
　……………………………… ［040］〔45〕-391
　解説 歴史と文学・広本と略本
　……………………………… ［040］〔44〕-313
　古態をさぐる論理 ………… ［013］19-410
　平家物語
　　［040］〔43〕,［040］〔44〕,［040］〔45〕
　平家物語の世界 …………… ［022］10-165
三隅 治雄
　日本の人形芝居 …………… ［022］17-149
　舞台台本「内侍所御神楽」… ［013］4-416
三角 洋一
　解説 ………………………… ［041］50-399
　鎌倉時代物語集成
　　［012］1,［012］2,［012］3,［012］4,
　　［012］5,［012］6,［012］7,［012］別1
　古典への招待 改作物語と散逸物語―
　『住吉物語』『とりかへばや物語』の周辺 ‥
　……………………………… ［043］39-3
　更級日記 建礼門院右京大夫集 … ［071］18
　住吉物語 …………………… ［043］39-9
　住吉物語 とりかへばや物語 … ［043］39
　とはずがたり たまきはる … ［041］50
　発刊のことば ……………… ［012］1
溝口 雄三
　佐藤一斎 大塩中斎 ………… ［069］46
　天人合一における中国的独自性
　……………………………… ［069］46-739

三谷 栄一
　あらすじ ……………………… [013] **6**-*244*
　落窪物語 ……………………… [043] **17**-*9*
　落窪物語 堤中納言物語 ………
　　　　　　　　　　　　　[043] **17**, [066] **10**
　各編あらすじ・解説 ………… [013] **12**-*27*
　『古事記』の説話 …………… [013] **1**-*303*
　狭衣物語 ……………………… [067] **79**
　参考文献 ……………………… [013] **6**-*461*
　序説 …………… [013] **6**-*1*, [013] **12**-*1*
　総説 ……………………………
　　　　　[013] **6**-*7*, [013] **6**-*231*, [013] **12**-*7*
　竹取物語 ……………………… [060] **3**-*160*
　竹取物語 宇津保物語 ………… [013] **6**
　堤中納言物語 とりかへばや物語
　　　　　　　　　…………………… [013] **12**

三谷 邦明
　落窪物語 ……… [043] **17**-*9*, [066] **10**-*18*
　落窪物語 堤中納言物語 ……… [043] **17**
　解説 …………………………… [043] **17**-*350*
　参考文献 …… [013] **6**-*461*, [013] **12**-*429*
　物語とは何か ………………… [013] **6**-*379*

三田村 鳶魚
　滑稽本名作集 ………………… [085] **10**
　未刊随筆百種 …………………
　　　[095] **1**, [095] **10**, [095] **11**, [095]
　　　12, [095] **2**, [095] **3**, [095] **4**, [095] **5**,
　　　[095] **6**, [095] **7**, [095] **8**, [095] **9**

三田村 雅子
　紫式部日記 和泉式部日記 …… [071] **17**

光田 和伸
　竹林抄 ………………………… [041] **49**

峯岸 義秋
　歌合集 ………………………… [063] [**73**]

峯村 文人
　新古今和歌集 …………………
　　　[015] **35**, [015] **36**, [043] **43**, [066] **26**

美濃部 重克
　閑居友 ………………………… [054] [**5**]
　源平盛衰記 …… [054] [**21**], [054] [**25**]

箕輪 吉次
　西鶴時代の貨幣 ……………… [013] **27**-*554*
　西鶴略年譜 …………………… [013] **27**-*557*
　参考文献 ……………………… [013] **27**-*536*
　懐硯 …………… [035] [**17**], [035] [**18**]

宮 柊二
　小倉百人一首 ………………… [022] **11**
　西行を読む …………………… [013] **17**-*435*

宮 次男
　平治絵巻の諸問題 …………… [013] **16**-*442*

宮井 浩司
　解題 …………………………… [045] **I**-*15*-*463*
　加々山旧錦絵 ………………… [045] **I**-*15*-*365*

宮尾 しげを
　江戸風流小咄 ………………… [083] **8**

宮尾 登美子
　江戸ゆかた姿 ………………… [022] **21**-*166*

宮尾 与男
　江戸笑話集 …………………… [071] **46**

三宅 藤九郎
　現代と狂言 …………………… [022] **14**-*148*

宮坂 宥勝
　仮名法語集 …………………… [067] **83**
　三教指帰 性霊集 ……………… [067] **71**

宮園 正樹
　解題 …………………………… [045] **I**-*9*-*399*
　加賀国篠原合戦 ……………… [045] **I**-*9*-*313*

宮田 登
　寺社縁起 ……………………… [069] **20**
　霊山信仰と縁起 ……………… [069] **20**-*501*

宮田 正信
　解説 四里四方に咲く新興文学の先駆
　　　　　　　　　………… [040] [**79**]-*241*
　誹風柳多留 …………………… [040] [**79**]

宮田 和一郎
　宇津保物語 ……………………
　　　[063] [**4**], [063] [**5**], [063] [**6**], [063]
　　　[**7**], [063] [**8**]
　源氏物語 ………………………
　　　[033] **4**-*5*, [033] **5**-*5*, [033] **6**-*3*

宮良 安彦
　八重山諸島の古代文芸の概観
　　　　　　　　　………………… [013] **25**-*349*

美山 靖
　解説 …………………………… [040] [**76**]-*197*
　春雨物語 書初機嫌海 ………… [040] [**76**]

宮本 三郎
　去来抄 ………………………… [025] **7**-*63*
　俳論篇 ………………………… [025] **7**
　芭蕉文集 ……………………… [067] **46**
　連句篇 ………………………… [025] **4**

宮本 瑞夫
　解題 …………………………… [045] **II**-*38*-*411*
　猿丸太夫鹿巻毫 ……………… [045] **II**-*38*-*261*
　竹本座浄瑠璃集 ……………… [045] **II**-*38*

宮脇 昌三
　句帖 …………… [002] **2**, [002] **3**, [002] **4**
　発句 …………………………… [002] **1**

三好 一光
　東海道中膝栗毛 ……………… [033] **29**-*75*

ミルズ, ダグラス・E.
　西欧語による日本説話文学翻訳研究文
　献目録 ……………… [063][59]-67
三輪 正胤
　中世歌学における仮託書の様相
　　………………………… [013] 24-365

【 む 】

向井 信夫
　解題 ………………… [070] III-2-1
向井 芳樹
　解題 ………………… [045] I-11-389
　豊竹座浄瑠璃集 …………… [045] I-11
武者小路 辰子
　断続の日記・連続の日記 … [013] 10-441
むしゃこうじ みのる
　『絵師草子』をめぐって …… [013] 23-434
武藤 禎夫
　あとがき ……………… [082] 19-360
　解説 ………………………
　　[068] 上-421, [068] 中-401, [068]
　　下-343
　日本小咄集成 ………………
　　[068] 下, [068] 上, [068] 中
　噺本大系 ………………………
　　[082] 1, [082] 2, [082] 4, [082] 5,
　　[082] 6, [082] 7, [082] 8
　　[082] 10, [082] 11, [082] 13, [082]
　　14, [082] 15, [082] 16, [082] 17, [082]
　　18, [082] 19, [082] 3, [082] 9
武藤 元昭
　解題 ………………… [045] II-36-327
　東海道中膝栗毛 ……………… [071] 44
　人情本集 …………………… [045] II-36
宗政 五十緒
　東路記 己巳紀行 西遊記 ……… [041] 98
　井原西鶴集 ………… [043] 67, [066] 39
　解説 ………………………
　　[014] 15-24, [014] 15-55, [014] 15
　　-104, [014] 15-139, [014] 15-168,
　　[014] 15-193, [043] 67-593
　解説 西鶴一人と作品 ……… [014] 15-5
　西鶴集 ……………………… [014] 15
　西鶴諸国ばなし …………… [043] 67-15
　西遊記 ………………… [041] 98-171

橘南谿『西遊記』と江戸後期の紀行文学
　………………………… [041] 98-437
村井 康彦
　君台観左右帳記 ……… [069] 23-423
　対談後宮サロンと女房文学 ‥ [060] 4-150
　雑談の系譜 …………… [013] 13-443
　珠光心の文 …………… [069] 23-447
　専応口伝 ……………… [069] 23-449
　武者の習いと美意識 ……… [022] 10-172
村岡 典嗣
　源氏物語の現代的価値 …… [033] 5-417
　宣長学の意義および内在的関係
　　………………………… [033] 34-337
村上 元三
　義経千本桜 ……………………… [022] 18
村上 重良
　一尊如来きのと如来教・一尊教団
　　………………………… [069] 67-571
　黒住宗忠と黒住教 ……… [069] 67-587
　金光大神と金光教 ……… [069] 67-616
　中山みきと天理教 ……… [069] 67-599
　幕末維新期の民衆宗教について
　　………………………… [069] 67-563
　民衆宗教の思想 ……………… [069] 67
村上 学
　縁起の物語小史 ……… [013] 23-382
　義経記 ……………………… [071] 35
　『曽我物語』の方法と説話 ‥ [013] 21-397
村上 光徳
　参考文献 ……………… [013] 19-477
村木 清一郎
　万葉集 ………… [033] 2-1, [033] 3-3
村瀬 敏夫
　解説 ……………………… [049][6]-93
　花山院と公任 ………… [013] 7-437
　土佐日記 ……………………… [049][6]
村田 穆
　好色一代女 …………………… [040][68]
　日本永代蔵 …………………… [040][69]
村田 直行
　おくのほそ道 ………………… [044][4]
村松 剛
　歴史の影の部分 ……… [013] 14-394
村松 友次
　解説 ……………………… [014] 17-7
　俳文編 …………………… [043] 71-589
　芭蕉文集 去来抄 ……………… [015] 55
　蕪村作品出典解題 ……… [014] 17-450
　蕪村集 ……………………… [014] 17
　松尾家と芭蕉 ………… [013] 28-443

むらや　　　　　　　　　　作家名索引（注・訳者）

松尾芭蕉集 .... ［043］**71**, ［066］**41**
村山 出
　憶良の文学 .... ［013］**3**-*376*
室生 犀星
　蜻蛉日記 .... ［027］**7**-*1*
　蕉門の人々 .... ［033］**31**-*366*
室木 弥太郎
　説経集 .... ［040］〔**66**〕
室伏 信助
　うつほ物語の構造 .... ［013］**6**-*437*
　大島本『源氏物語』（飛鳥井雅康等筆）の本文の様態
　　............ ［041］**21**-*413*, ［041］**22**-*473*, ［041］**23**-*411*
　大島本『源氏物語』採択の方法と意義
　　....................... ［041］**19**-*456*
　源氏物語
　　［041］**19**, ［041］**20**, ［041］**21**, ［041］**22**, ［041］**23**
　源氏物語索引 .... ［041］別**2**
　序説 .... ［013］**13**-*1*
　総説 .... ［013］**13**-*9*
　続篇の胎動―匂宮・紅梅・竹河の世界
　　....................... ［041］**22**-*509*
　竹取物語 .... ［044］〔**9**〕
　伝承と事実の世界 .... ［013］**13**-*403*
　はじめに .... ［044］〔**9**〕-*3*
　明融本「浮舟」巻の本文について
　　....................... ［041］**23**-*437*

【 め 】

目崎 徳衛
　西行と伝説 .... ［022］**9**-*145*
　在五中将と亭子の帝 .... ［013］**5**-*349*
　三代集の時代 .... ［013］**7**-*375*
　天智天皇の人間像をめぐって
　　....................... ［013］**2**-*502*
　漂泊者の系譜 .... ［060］**9**-*146*

【 も 】

毛利 正守
　日本書紀 ...... ［043］**2**, ［043］**3**, ［043］**4**
百川 敬仁

源氏物語 ....
　　［071］**11**, ［071］**12**, ［071］**13**, ［071］**14**, ［071］**15**, ［071］**16**
百瀬 今朝雄
　解題 .... ［069］**22**-*417*
　庶民思想 .... ［069］**22**-*164*
　中世政治社会思想 .... ［069］**22**
百瀬 明治
　古事記の旅 .... ［022］**1**-*182*
　徒然草・方丈記の旅 .... ［022］**12**-*174*
森 朝男
　柿本人麿の時間と祭式 ...... ［013］**3**-*357*
森 鷗外
　柵草紙の本領を論ず ...... ［024］〔**3**〕-*186*
森 修
　近松の描いた女性 .... ［013］**29**-*392*
　近松門左衛門集 ...... ［015］**56**, ［066］**43**
森 嘉兵衛
　三浦命助 .... ［069］**58**-*9*
森 澄雄
　芭蕉の近江 .... ［060］**9**-*152*
森 銑三
　江戸時代の随筆 .... ［033］**35**-*373*
　折々草 .... ［033］**35**-*178*
　閑田耕筆 .... ［033］**35**-*228*
　黄表紙漫言 .... ［013］**34**-*381*
　近世風俗見聞集 ....
　　［047］別**1**, ［047］別**1**, ［047］別**3**, ［047］別**4**, ［047］別**5**, ［047］別**6**, ［047］別**7**, ［047］別**8**, ［047］別**9**, ［047］別**10**
　寓意草 .... ［033］**35**-*164*
　孔雀楼筆記 .... ［033］**35**-*191*
　再刊にあたって .... ［095］**1**-*1*
　述斎偶筆 .... ［033］**35**-*274*
　序言 .... ［047］**1**-*1*
　駿台雑話 .... ［033］**35**-*143*
　続日本随筆大成
　　［047］**1**, ［047］**10**, ［047］**11**, ［047］**12**, ［047］**2**, ［047］**3**, ［047］**4**, ［047］**5**, ［047］**6**, ［047］**7**, ［047］**8**, ［047］**9**
　退閑雑記 .... ［033］**35**-*265*
　年々随筆 .... ［033］**35**-*246*
　飛騨山 .... ［033］**35**-*160*
　筆のすさび .... ［033］**35**-*254*
　北窓瑣談 .... ［033］**35**-*204*
　未刊随筆百種 ....
　　［095］**1**, ［095］**10**, ［095］**11**, ［095］**12**, ［095］**2**, ［095］**3**, ［095］**4**, ［095］**5**, ［095］**6**, ［095］**7**, ［095］**8**, ［095］**9**
　民間風俗年中行事 ....
　　［047］別**11**, ［047］別**12**

森 正人
　今昔物語集 ……………………………
　　　　［041］**37**,［071］**22**,［071］**23**
　今昔物語集の編纂と本朝篇世俗部
　　　　………………………［041］**37**-*519*
森 三千代
　和泉式部日記 ………………［027］**7**-*137*
　土佐日記 ……………………［033］**8**-*3*
　紫式部日記 …………………［033］**8**-*187*
森岡 常夫
　源氏物語の理念 ……………［033］**6**-*362*
森川 昭
　犬子集 ………………………［041］**69**-*3*
　おくのほそ道 ………………［044］〔4〕
　解説 …………………………［096］**3**-*3*-*1*
　初期俳諧集 …………………［041］**69**
　川柳・狂歌 …………………［013］**31**
　総説 …………………………［013］**31**-*173*
森下 純昭
　『今とりかへばや』の定位 ‥［041］**26**-*393*
　参考文献解題 大鏡 …………［014］**5**-*496*
　堤中納言物語 とりかへばや物語
　　　　……………………………［041］**26**
　とりかへばや物語 …………［041］**26**-*106*
森田 兼吉
　『かげろふの日記』章明親王関係諸段考
　　—道綱母と兼家との一体化表現　［011］**9**-*58*
　日記文学史の可能性 ………［011］**9**-*34*
森田 武
　伊曽保物語 …………………［067］**90**-*355*
　仮名草子集 …………………［067］**90**
森田 光広
　参考文献 ……………………［013］**1**-*372*
森田 雄一
　狐塚千本鎗 …………………［069］**58**-*207*
　秩父領飢渇一揆 ……………［069］**58**-*287*
森田 蘭
　俳諧・俳句・詩 ……………［013］**33**-*384*
森地 美代子
　解題 …………………………［045］**II**-*37*-*481*
　道成寺現在蛇鱗 ……………［045］**II**-*37*-*7*
森野 宗明
　王朝貴族の遊び ……………［022］**6**-*149*
　竹取物語と伊勢物語 ………［022］**4**-*153*
森本 治吉
　万葉集 ………………………［063］〔62〕
守本 順一郎
　山鹿素行 ……………………［069］**32**

山鹿素行における思想の歴史的性格
　　　　………………………［069］**32**-*500*
森本 哲郎
　念仏としての俳諧 …………［013］**33**-*453*
森本 元子
　越部禅尼消息 ………………［054］〔1〕-*339*
　新古今集と私家集 …………［013］**17**-*384*
　日記的章段の世界 …………［013］**8**-*425*
守屋 毅
　解題 …………………………［069］**23**-*748*
　地獄・極楽 …………………［022］**12**-*149*
　平安京の滅亡 ………………［022］**12**-*166*
　洛陽田楽記 …………………［069］**23**-*217*
森山 弘毅
　田植草紙 山家鳥虫歌 鄙廼一曲 琉歌百控
　　　　……………………………［041］**62**
　鄙廼一曲 ……………………［041］**62**-*161*
　『鄙廼一曲』と近世の地方民謡
　　　　………………………［041］**62**-*614*
森山 重雄
　西鶴と秋成—表現の思想 …［014］**18**-*355*

【 や 】

八木 毅
　古風土記の文体 ……………［013］**2**-*466*
矢代 和夫
　将門記 陸奥話記 保元物語 平治物語
　　　　……………………………［043］**41**
　前々太平記 …………………［045］**I**-*5*
八代 修次
　日本人の美意識 ……………［033］**36**-*340*
矢代 静一
　鑓の権三重帷子 ……………［027］**14**-*235*
安岡 章太郎
　東海道中膝栗毛 ……………［060］**12**-*5*
安田 章
　解説 …………………………［043］**60**-*513*
　狂言集 ………［015］**48**,［043］**60**,［066］**35**
　古典への招待 狂言へのあゆみ
　　　　………………………［043］**60**-*5*
安田 章生
　池坊専応口伝 ………………［033］**36**-*257*
　画法彩色法 …………………［033］**36**-*250*
　小堀遠州書捨文 ……………［033］**36**-*274*
　作庭記 ………………………［033］**36**-*275*
　入木抄 ………………………［033］**36**-*245*

やすた

中世の評論 ………………… [013] **24**-*341*
南方録 …………………… [033] **36**-*263*
藤原定家 ………………… [033] **12**-*387*

安田 絹枝
解題 …………………… [045] III-**39**-*457*
道中亀山噺 …………… [045] III-**39**-*379*

安丸 良夫
浮世の有さま ………………… [069] **58**-*307*
慶応伊勢御影見聞諸国不思儀之扣
  ………………… [069] **58**-*373*
富士講 …………………… [069] **67**-*634*
丸山教 …………………… [069] **67**-*649*
民衆運動の思想 ……………
  [069] **58**-*391*, [069] **58**
民衆宗教の思想 ……………… [069] **67**

安良岡 康作
解説 ……………………… [049]〔**17**〕-*435*
序 ………………………… [064]〔**22**〕-*3*
正法眼蔵随聞記 ……………… [043] **44**-*311*
歎異抄 …… [043] **44**-*529*, [049]〔**16**〕
徒然草 …………………… [049]〔**17**〕
徒然草全注釈 ……………… [064]〔**22**〕
徒然草全注釈 下巻 ………… [064]〔**23**〕
跋 ………………………… [064]〔**23**〕-*712*
方丈記 徒然草 正法眼蔵随聞記 歎異抄 ‥
  [043] **44**, [066] **27**

柳井 滋
大島本『源氏物語』(飛鳥井雅康等筆)の本文の
様態
  [041] **19**-*403*, [041] **20**-*449*, [041]
  21-*413*, [041] **22**-*473*, [041] **23**-*411*
大島本『源氏物語』の書写と伝来
  ………………… [041] **19**-*468*
大島本初音の巻の本文について
  ………………… [041] **20**-*528*
源氏物語 ……………………
  [014] **6**, [041] **19**, [041] **20**, [041] **21**,
  [041] **22**, [041] **23**
源氏物語索引 ……………… [041]別**2**
若菜の巻の冒頭部について
  ………………… [041] **21**-*435*

柳田 国男
義経記成長の時代 ………… [033] **17**-*367*
稗田阿礼 …………………… [033] **1**-*321*
昔話と文学 ………………… [033] **18**-*337*
有王と俊寛僧都 …………… [033] **16**-*436*

柳田 聖山
栄西と『興禅護国論』の課題
  ………………… [069] **16**-*439*
興禅護国論 ………………… [069] **16**-*7*
中世禅家の思想 …………… [069] **16**

簗瀬 一雄
校註 阿仏尼全集 …………… [023]〔**1**〕
序 ………………………… [064]〔**26**〕-*1*
方丈記全注釈 ……………… [064]〔**26**〕

柳瀬 喜代志
将門記 陸奥話記 保元物語 平治物語
  ………………………… [043] **41**

柳瀬 万里
西鶴における先行文学の影響
  ………………… [014] **15**-*397*
西鶴略年譜 ………………… [014] **15**-*451*

矢羽 勝幸
一茶発句総索引 …………… [002]〔索引〕
関係俳書 …………………… [002] **8**
句帖 ……………… [002] **2**, [002] **3**
資料・補遺 ………………… [002]別1
発句 ……………………… [002] **1**

矢部 保太郎
蕉門録の解説と著者小伝
  ………………… [096] **2**-*2*-*139*

山内 洋一郎
田植草紙 …………………… [041] **62**-*1*
田植草紙 山家鳥虫歌 鄙廼一曲 琉歌百
控 ……………………… [041] **62**

山上 伊豆母
海光る風土記 ……………… [013] **2**-*457*

山木 幸一
西行歌の表現類型と個性 … [013] **17**-*414*

山岸 徳平
大鏡・増鏡 ………………… [013] **14**
解説 ……………………… [033] **4**-*385*
源氏物語 ……………………
  [033] **4**-*5*, [033] **5**-*5*, [033] **6**-*3*,
  [067] **14**, [067] **15**, [067] **16**, [067] **17**,
  [067] **18**
五山文学集 江戸漢詩集 …… [067] **89**
古代政治社会思想 ………… [069] **8**
三十六人集に就いて …… [073] **12**-巻頭*1*
序説 ……………………… [013] **14**-*1*
総説 ……… [013] **14**-*7*, [013] **14**-*181*
追補 ……………………
  [073] **6**-*52*, [073] **8**-*37*, [073] **13**-*33*
復刊のことば ……………… [030] **1**-*3*
平中物語・和泉式部日記・篁物語
  ………………………… [063]〔**11**〕
補遺 ……………………… [073] **4**

山口 明穂
近代秀歌 …………………… [054]〔**1**〕-*277*
国語史よりみた『六百番歌合』
  ………………… [041] **38**-*510*

秀歌大䑓 ………………… [054]〔1〕- 303
六百番歌合 ……………………… [041] 38

山口 博
　身の上話とうわさ話 ……… [013] 10 - 369

山口 宗之
　橋本左内・横井小楠―反尊攘・倒幕思
　想の意義と限界 ………… [069] 55 - 686
　渡辺崋山 高野長英 佐久間象山 横井小
　楠 橋本左内 ……………………… [069] 55

山口 佳紀
　古事記 …………………………… [043] 1

山崎 馨
　万葉のことば …………… [014] 2 - 415

山崎 喜好
　霜月の巻(「冬の日」より) ‥ [033] 31 - 64
　炭売の巻(「冬の日」より) ‥ [033] 31 - 46
　芭蕉句集 ……………………… [063]〔80〕

山崎 敏夫
　新古今和歌集 …………………… [067] 28

山崎 正和
　徒然草・方丈記 ………………… [022] 12

山崎 睦也
　那須与市西海硯 ………… [045] I-11 - 7

山崎 福之
　原文を読むことについて ……… [041] 3 - 3
　万葉集
　　 [041] 1, [041] 2, [041] 3, [041] 4
　万葉集索引 ……………………… [041] 別5

山路 閑古
　あとがき ………………… [083] 6 - 388
　医心方房内 ……………………… [083] 6
　後記 ……………………… [083] 4 - 295
　春歌拾遺考 ……………………… [083] 9
　春調俳諧集 幽灯録 ……………… [083] 10
　序 ………………………… [083] 4 - 11
　末摘花夜話 ……………………… [083] 4

山下 一海
　近世俳句俳文集 …… [043] 72, [066] 42
　古典への招待 俳句と俳諧 ……… [043] 72 - 9
　其雪影 …………………… [041] 73 - 1
　天明俳諧集 ……………………… [041] 73
　芭蕉・蕪村・一茶 ……… [013] 32 - 397
　夜半亭四部書 …………… [041] 73 - 440

山下 宏明
　解説 太平記を読むにあたって
　　………………………… [040]〔53〕- 391
　解説 太平記と女性 …… [040]〔55〕- 469
　解説 太平記と落書 …… [040]〔54〕- 445
　解説 太平記の挿話 …… [040]〔56〕- 475

軍記物語としての平家物語
　………………………… [013] 19 - 399
幸若舞曲の構造 ……… [013] 21 - 408
太平記
　 [040]〔53〕, [040]〔54〕, [040]〔55〕
　, [040]〔56〕, [040]〔57〕
太平記の世界 …………… [022] 13 - 157
平家物語 ……………… [041] 44, [041] 45
『平家物語』の成り立ち …… [041] 44 - 411
『保元・平治物語』における清盛像
　………………………… [013] 16 - 414

山下 龍二
　翁問答 …………………… [069] 29 - 19
　中国思想と藤樹 ………… [069] 29 - 356
　中江藤樹 ………………………… [069] 29

山田 和人
　解題
　　 [045] I-11 - 389, [045] II-37 - 481
　久米仙人吉野桜 ……… [045] II-37 - 101
　豊竹座浄瑠璃集 ………… [045] II-37
　南蛮銅後藤目貫 ……… [045] I-11 - 329

山田 庄一
　文楽の魅力 ……………… [022] 17 - 166

山田 昭全
　雑談集 ………………………… [054]〔3〕
　文学史と仏教史 ………… [013] 別 - 412
　宝物集 …………………… [041] 40 - 1
　宝物集 解説 …………… [041] 40 - 507
　宝物集 閑居友 比良山古人霊託 ‥ [041] 40
　文覚と平家物語 ………… [013] 19 - 430

山田 孝雄
　今昔物語集
　　 [067] 22, [067] 23, [067] 24, [067]
　　25, [067] 26

山田 忠雄
　今昔物語集
　　 [067] 22, [067] 23, [067] 24, [067]
　　25, [067] 26

山田 俊雄
　今昔物語集
　　 [067] 22, [067] 23, [067] 24, [067]
　　25, [067] 26
　説話文学の文体について … [013] 13 - 392
　庭訓往来 ………………… [041] 52 - 1
　庭訓往来 句双紙 ………………… [041] 52
　庭訓往来抄(抄) ………… [041] 52 - 377
　『庭訓往来』の注に関する断章
　　……………………………… [041] 52 - 539

山田 英雄
　今昔物語集 ……………………………

やまた

[067] 22, [067] 23, [067] 24, [067] 25, [067] 26
「今昔物語集」の時代背景 ‥ [033] 10-422
万葉集
　　　　　[041] 1, [041] 2, [041] 3, [041] 4
万葉集索引 ………………… [041] 別5
万葉集の性格について ……… [041] 2-3

山田 宗睦
万葉びとの生活 ……………… [060] 2-154

山中 裕
栄花物語 ………………………
　　　[043] 31, [043] 32, [067] 75, [067] 76
栄花物語の時代背景 ……… [033] 9-442
栄花物語の歴史的特徴 ……… [013] 11-390
日記と記録 ………………… [013] 10-378

山根 清隆
あとがき ……………… [055] 別2-240
心敬の表現—「—もなし」をめぐって
　　　　　　………………… [055] 別3-50

山根 対助
江談抄 ………………………… [041] 32-1
江談抄 中外抄 富家語 ………… [041] 32
中外抄 …………………… [041] 32-255
富家語 …………………… [041] 32-361

山根 為雄
今宮の心中 ……………… [043] 75-287
女殺油地獄 ……………… [043] 74-205
けいせい反魂香 ………… [043] 76-159
五十年忌歌念仏 ………… [043] 74-13
浄瑠璃の節付 …………… [043] 75-649
心中天の網島 …………… [043] 75-383
曾根崎心中 ……………… [043] 75-13
近松門左衛門集 ………………
　　　　　[043] 74, [043] 75, [043] 76
夕霧阿波鳴渡 …………… [043] 74-399

山井 湧
中江藤樹 ………………… [069] 29
文集（二編） ……………… [069] 29-7
陽明学の要点 …………… [069] 29-335

山部 和喜
関係類話一覧 …………… [043] 51-512

山本 和義
江戸詩人選集 ……………… [007] 3
服部南郭 ………………… [007] 3-337
付記 ……………………… [007] 3-371

山本 健吉
陰者文学 ………………… [033] 12-368
歌の訓みの深さについて …… [013] 3-337
江戸名作集 ……………… [027] 17
王朝日記随筆集 ………… [027] 7
王朝名作集 ……… [027] 5, [027] 6

奥の細道 ……………………… [060] 9-5
解説 …………………………………
　　　[027] 1-445, [027] 10-502, [027] 15-379
源氏物語 ………………… [027] 3, [027] 4
古今和歌集 新古今和歌集 ……… [027] 9
古事記 …………………………… [027] 1
古典詞華集 ……… [015] 別1, [015] 別2
今昔物語 ………………………… [027] 8
西鶴名作集 …………………… [027] 13
春色梅暦 ……………………… [027] 18
抒情詩の運命 …………… [033] 3-324
太平記 ………………………… [027] 11
太平記の人間像 ………… [033] 19-479
近松名作集 …………………… [027] 14
南総里見八犬伝 ……………… [027] 16
芭蕉の影響 ……………… [033] 31-384
芭蕉名句集 …………………… [027] 15
漂泊と思郷と …………… [013] 33-363
平家物語 ……………………… [027] 10
万葉集 …………… [022] 2, [027] 2
本居宣長覚書 …………… [033] 34-354
謡曲狂言歌舞伎集 …………… [027] 12

山本 二郎
家の芸集 ……………………… [100] 18
江戸世話狂言集 ……………………
　　　　[100] 15, [100] 16, [100] 17
解説 生玉心中 …………… [100] 21-246
解説 井筒業平河内通 …… [100] 21-314
解説 茨木 ………………… [100] 18-320
解説 大森彦七 …………… [100] 18-288
解説 鏡獅子 ……………… [100] 18-278
解説 景清 ………………… [100] 18-108
解説 鎌髭 ………………… [100] 18-200
解説 勧進帳 ……………… [100] 18-182
解説 毛抜 ………………… [100] 18-40
解説 碁盤太平記 ………… [100] 21-112
解説 猿若 ………………… [100] 18-358
解説 暫 …………………… [100] 18-80
解説 心中重井筒 ………… [100] 21-132
解説 心中二枚絵草紙 …… [100] 21-92
解説 心中万年草 ………… [100] 21-160
解説 心中刃は氷の朔日 … [100] 21-182
解説 素襖落 ……………… [100] 18-264
解説 助六由縁江戸桜 …… [100] 18-126
解説 大経師昔暦 ………… [100] 21-226
解説 大名なぐさみ曾我 … [100] 21-68
解説 高時 ………………… [100] 18-212
解説 土蜘 ………………… [100] 18-304
解説 長町女腹切 ………… [100] 21-206
解説 鳴神 ………………… [100] 18-8
解説 寿門松 ……………… [100] 21-298

解説　船弁慶 ………………… [100] 18-236
　解説　武勇誉出世景清 ………… [100] 21-4
　解説　身替座禅 ……………… [100] 18-344
　解説　戻橋 …………………… [100] 18-334
　解説　紅葉狩 ………………… [100] 18-250
　解説　矢の根 ………………… [100] 18-100
　解説　鍵の権三重帷子 ……… [100] 21-272
　上方世話狂言集 ………………… [100] 14
　河竹黙阿弥集
　　[100] 10, [100] 11, [100] 12, [100] 23
　校訂について
　　[100] 1-330, [100] 2-331, [100] 3-
　　366, [100] 4-316, [100] 5-373, [100]
　　6-373, [100] 7-352, [100] 8-328,
　　[100] 14-344, [100] 15-337, [100] 17
　　-359, [100] 18-367, [100] 21-339
　参考文献 ……………………… [013] 30-504
　時代狂言集 ……………………… [100] 13
　新歌舞伎集 …………… [100] 20, [100] 25
　近松門左衛門集 ……… [100] 1, [100] 21
　鶴屋南北集 …………… [100] 9, [100] 22
　並木五瓶集 ……………………… [100] 8
　舞踊劇集 ……………… [100] 19, [100] 24
　まえがき「家の芸」集について
　　……………………………… [100] 18-5
　丸本時代物集 ………………………………
　　[100] 2, [100] 3, [100] 4, [100] 5,
　　[100] 6
　丸本世話物集 …………………… [100] 7
山本 陽史
　山東京伝 ……………………… [039]〔1〕
　唐来三和 ……………………… [039]〔2〕
山本 利達
　解説 …………………… [040]〔17〕-165
　紫式部日記 紫式部集 ………… [040]〔17〕
弥吉 菅一
　笈の小文・更科紀行 …………… [078] 2
　紀行・日記篇 俳文篇 …………… [025] 6
　御雲本「甲子吟行画巻」 ……… [025] 別1-179
　野ざらし紀行・鹿島詣 … [078] 1, [078] 1

【ゆ】

湯浅 清
　心敬の「さび」について … [055] 別1-128
祐田 善雄
　「神霊矢口渡」の節章解説 … [067] 55-449
　文楽浄瑠璃集 ……………… [067] 99
弓削 繁

　保元物語 ……………………… [001] 1
　六代勝事記・五代帝王物語 … [054]〔26〕
湯之上 早苗
　広島大学本「連歌故実抄」―いわゆる宗
　　祇初心抄のことなど ……… [055] 別1-146
　福井文庫目録（広島大学文学部国語学国
　　文学研究室蔵） ………… [055] 別3-385
　翻刻『梵灯庵日発句』（大阪天満宮文庫
　　本）―解説・吉川本と比較した場合 [055]
　　別3-30

【よ】

余語 敏男
　宗碩発句集について ……… [055] 別3-69
横井 清
　狂言と中世史研究 ………… [013] 22-486
横沢 三郎
　有の儘 ……………………… [033] 36-155
　笈の小文 …………………… [033] 36-98
　解説 ………………………… [033] 36-157
　紀行・日記篇 俳文篇 ………… [025] 6
　去来抄 ……………………… [033] 36-100
　御傘の序 …………………… [033] 36-95
　三冊子 ……………………… [033] 36-121
　春泥発句集序 ……………… [033] 36-152
　独言 ………………………… [033] 36-145
　俳諧問答 …………………… [033] 36-136
横田 健一
　日本書紀成立論 …………… [013] 2-422
横道 万里雄
　鵜飼 ………………………… [027] 12-64
　解説 ……… [027] 12-435, [033] 20-339
　能名作集 …………………… [033] 20-5
　桧垣 ………………………… [027] 12-36
　水掛聟 ……………………… [027] 12-198
　謡曲集 ……………… [067] 40, [067] 41
横山 邦治
　絵本壁落穂 ………………… [045] III-41-5
　開巻驚奇侠客伝 …………… [041] 87
　『開巻驚奇侠客伝』略注 …… [041] 87-769
　解題 ………………………… [045] III-41-491
　催馬楽奇談 ………………… [041] 80-185
　小枝繁集 …………………… [045] III-41
　繁野話 曲亭伝奇花釵児 催馬楽奇談 鳥
　　辺山調綾 ………………… [041] 80
　津摩加佐補 ………………… [045] III-41-385
　鳥辺山調綾 ………………… [041] 80-373

よこや

読本大概 …………………… [041] 80-479
横山 重
　再刊の辞 ……………………… [098] 1-5
　室町時代物語集 ………………………………
　　　[098] 1, [098] 2, [098] 3, [098] 4,
　　　[098] 5
　室町時代物語大成 ……………………………
　　　[099] 1, [099] 2, [099] 3, [099] 4,
　　　[099] 5, [099] 6, [099] 7, [099] 8,
　　　[099] 9, [099] 10, [099] 11, [099] 12,
　　　[099] 13, [099] 補1, [099] 補2
　例言 ……………………………………………
　　　[098] 1-1, [098] 2-1, [098] 3-1,
　　　[098] 4-1, [098] 5-1, [099] 1-1,
　　　[099] 2-1, [099] 3-1, [099] 4-1,
　　　[099] 5-1, [099] 6-1, [099] 7-1,
　　　[099] 8-1, [099] 9-1, [099] 10-1,
　　　[099] 11-1, [099] 12-1, [099] 13-1
横山 正
　浄瑠璃集 …………………… [066] 45
　近松と大阪の風土 ………… [013] 29-401
横山 弘
　江戸詩人選集 ……………… [007] 3
　付記 ………………………… [007] 3-371
与謝野 晶子
　栄花物語 …………………… [033] 9-5
　源氏物語 ……… [027] 3-1, [027] 4-1
吉井 勇
　好色一代男 ………………… [019]〔1〕
　好色一代女 ………………… [019]〔2〕
　好色五人女 好色盛衰記 …… [019]〔3〕
　好色二代男 ………………… [019]〔4〕
吉井 厳
　大蛇退治・剱、玉 ………… [013] 1-293
　「物語」と「歌謡の利用」 … [013] 4-375
義江 彰夫
　歴史学から見た『今昔物語集』
　　………………………… [014] 8-473
吉岡 勇
　古今・新古今の旅 ………… [022] 3-170
　北陸路の謎を探る ………… [022] 15-174
　万葉名歌の旅 ……………… [022] 2-168
吉岡 曠
　更級日記 …… [041] 24-371, [044]〔8〕
　更級日記 解説 ……………… [041] 24-557
　土佐日記 蜻蛉日記 紫式部日記 更級日
　　記 ……………………………… [041] 24
吉岡 真之
　書誌 ………………………… [041] 12-535
吉海 直人

落窪物語 研究文献目録 …… [041] 18-475
住吉物語 研究文献目録 …… [041] 18-489
吉川 英治
　「新平家物語」落穂集 ……… [033] 16-457
吉川 幸次郎
　伊藤仁斎 伊藤東涯 ………… [069] 33
　荻生徂徠 …………………… [069] 36
　仁斎東涯学案 ……………… [069] 33-565
　徂徠学案 …………………… [069] 36-629
　文弱の価値―「物のあはれを知る」補考
　　………………………… [069] 40-593
　万葉集の漢文 ……………… [013] 3-415
　本居宣長 …………………… [069] 40
吉川弘文館編集部
　あとがき ……………………………………
　　　[070] I-1-452, [070] I-2-482, [070]
　　　I-3, [070] I-4-514, [070] I-5-
　　　440, [070] I-6-459, [070] I-7-
　　　298, [070] I-8-582, [070] I-9-402,
　　　[070] I-10-486, [070] I-11, [070]
　　　I-12-490, [070] I-13-444, [070] I
　　　-14, [070] I-15-556, [070] I-16-
　　　388, [070] I-17, [070] I-18, [070]
　　　I-19, [070] I-20, [070] I-21, [070]
　　　I-22, [070] I-23, [070] II-1, [070]
　　　II-2, [070] II-3, [070] II-4, [070]
　　　II-5, [070] II-6, [070] II-7, [070]
　　　II-8, [070] II-9, [070] II-10, [070]
　　　II-11, [070] II-12, [070] II-13-1,
　　　[070] II-14, [070] II-15, [070] II-
　　　16, [070] II-17, [070] II-18, [070]
　　　II-19, [070] II-20, [070] II-21,
　　　[070] II-22, [070] II-23, [070] II
　　　-24, [070] 別1-368, [070] 別2-386,
　　　[070] 別3-384, [070] 別4-398, [070]
　　　別5-368, [070] 別6-568, [070] 別7-
　　　424, [070] 別8-268, [070] 別9-466,
　　　[070] 別10-372
吉沢 義則
　源氏物語 ……………………………………
　　　[033] 4-5, [033] 5-5, [033] 6-3
吉田 幸一
　歌かるたの意匠 …………… [022] 11-141
　自序 ………………………… [092] 5-1
　跋 …………………………… [092] 4-229
　平安文学叢刊 ……………… [092] 4, [092] 5
吉田 修作
　参考文献 …………………… [013] 4-441
吉田 精一
　解説 ………………………… [027] 13-433
　解説〔川柳集〕 ……………… [033] 33-335

作家名索引（注・訳者）　　　　　　　　　　　　　　　　　　　わた

源氏物語と現代小説 ………… ［033］6－371
春歌拾遺考 ……………………… ［083］9
川柳集 ……………………… ［033］33－5
解説徒然草・方丈記 ………… ［060］7－158
吉田 孝
　解題 …………………………… ［069］3－823
吉田 忠
　求力法論 ……………………… ［069］65－9
吉田 常吉
　幕末政治論集 ………………… ［069］56
　吉田松陰 ……………………… ［069］54
吉田 文五郎
　文五郎芸談 …………………… ［033］25－342
吉野 秀雄
　大愚良寛小伝 ………………… ［033］21－386
　良寛歌集 ……………………… ［063］〔75〕
　良寛集 ………………………… ［033］21－159
吉原 栄徳
　索引編 ………………………… ［056］〔3〕
　資料・研究編 ………………… ［056］〔2〕
　本文編 ………………………… ［056］〔1〕
吉増 剛造
　歌謡の隙間にみえるもの … ［013］15－415
吉村 武彦
　続日本紀索引年表 …………… ［041］別3
吉本 紀子
　けいせい吉野鐘 ……… ［045］I－23－179
吉山 裕樹
　参考文献解題 枕草子 ……… ［014］5－480
吉行 淳之介
　お夏清十郎物語 ……………… ［060］8－14
　おまん源五兵衛物語 ………… ［060］8－88
　好色五人女 …………………… ［060］8－14
　好色五人女・西鶴置土産 … ［022］16
　対談好色とはなにか ………… ［060］8－148
　暦屋おさん物語 ……………… ［060］8－48
　西鶴について ………………… ［022］16－137
　樽屋おせん物語 ……………… ［060］8－32
　八百屋お七物語 ……………… ［060］8－68
　万の文反古 …………………… ［060］8－100
米谷 巌
　芭蕉とその時代 ……………… ［013］28－433

【　ら　】

頼 惟勤
　菅茶山 頼山陽 詩集 ………… ［041］66

　徂徠学派 ……………………… ［069］37
　徂徠門弟以後の経学説の性格
　　　　　　　　　　　　　　 ［069］37－572
　尾藤二洲について …………… ［069］37－532
　藪狐山と亀井昭陽父子 ……… ［069］37－553
　頼山陽詩集 …………………… ［041］66－147
　頼山陽とその作品 …………… ［041］66－385

【　り　】

リービ 日出雄
　「比喩の歴史」と人麿の挽歌
　　　　　　　　　　　　　　 ［013］3－366

【　れ　】

レオン，ゾルブラッド
　中国文学を用いて中文を離る
　　　　　　　　　　　　　　 ［013］35－449

【　わ　】

若木 太一
　女大名丹前能 ………… ［045］III－46－213
　解題 …………………… ［045］III－46－435
　西沢一風集 …………………… ［045］III－46
和歌史研究会
　後記 …………………………… ［036］7－1691
和歌森 太郎
　源平の盛衰 …………………… ［060］6－150
鷲尾 星児
　芸能に見る平家物語 ………… ［022］10－157
　義経千本桜ゆかりの旅 ……… ［022］18－168
和田 修
　江戸歌舞伎集 ………………… ［041］96
　傾城阿佐間曾我 ……………… ［041］96－39
　元禄期の江戸歌舞伎 ………… ［041］96－483
　参会名護屋 …………………… ［041］96－1
和田 茂樹
　歯長寺縁起解説 ……………… ［055］9－196
　長禄千句の寄舎―大山祇神社連歌
　　　　　　　　　　　　　　 ［055］別1－79

和田 英松
　一話一言
　　　[070] 別1, [070] 別2, [070] 別3, [070]
　　　別4, [070] 別5, [070] 別6
　嬉遊笑覧
　　　[070] 別7, [070] 別8, [070] 別9, [070]
　　　別10
　日本随筆大成
　　　[070] Ⅰ-1, [070] Ⅰ-10, [070] Ⅰ-11,
　　　[070] Ⅰ-12, [070] Ⅰ-13, [070] Ⅰ-
　　　14, [070] Ⅰ-15, [070] Ⅰ-16, [070] Ⅰ
　　　-17, [070] Ⅰ-18, [070] Ⅰ-19, [070]
　　　Ⅰ-2, [070] Ⅰ-20, [070] Ⅰ-21, [070]
　　　Ⅰ-22, [070] Ⅰ-23, [070] Ⅰ-3, [070]
　　　Ⅰ-4, [070] Ⅰ-5, [070] Ⅰ-6, [070] Ⅰ-
　　　7, [070] Ⅰ-8, [070] Ⅰ-9, [070] Ⅱ-1,
　　　[070] Ⅱ-10, [070] Ⅱ-11, [070] Ⅱ-
　　　12, [070] Ⅱ-13, [070] Ⅱ-14, [070]
　　　Ⅱ-15, [070] Ⅱ-16, [070] Ⅱ-17,
　　　[070] Ⅱ-18, [070] Ⅱ-19, [070] Ⅱ-
　　　2, [070] Ⅱ-20, [070] Ⅱ-21, [070]
　　　Ⅱ-22, [070] Ⅱ-23, [070] Ⅱ-24,
　　　[070] Ⅱ-3, [070] Ⅱ-4, [070] Ⅱ-5,
　　　[070] Ⅱ-6, [070] Ⅱ-7, [070] Ⅱ-8,
　　　[070] Ⅱ-9, [070] Ⅲ-1, [070] Ⅲ-
　　　10, [070] Ⅲ-11, [070] Ⅲ-12, [070]
　　　Ⅲ-13, [070] Ⅲ-14, [070] Ⅲ-15,
　　　[070] Ⅲ-16, [070] Ⅲ-17, [070]
　　　Ⅲ-18, [070] Ⅲ-19, [070] Ⅲ-2,
　　　[070] Ⅲ-20, [070] Ⅲ-21, [070]
　　　Ⅲ-22, [070] Ⅲ-23, [070] Ⅲ-24,
　　　[070] Ⅲ-3, [070] Ⅲ-4, [070] Ⅲ
　　　-5, [070] Ⅲ-6, [070] Ⅲ-7, [070]
　　　Ⅲ-8, [070] Ⅲ-9
和田 英道
　とはずがたり ……………… [044] 〔12〕
　はじめに ………………… [044] 〔12〕-3
和田 万吉
　「釈評南総里見八犬伝」緒言
　　　………………………… [085] 9-151
　「南総里見八犬伝」の梗概 … [085] 9-209
　「南総里見八犬伝」の著者及び成立
　　　………………………… [085] 9-153
　読本傑作集 ………………………… [085] 9
和田 芳恵
　江戸生艶気樺焼 …………… [033] 28-57
　通言総籬 …………………… [033] 28-91
　遊子方言 …………………… [033] 28-71
綿谷 雪
　馬琴の南総里見八犬伝 …… [013] 35-490
渡辺 一郎
　近世芸道論 …………………… [069] 61

五輪書 ……………………… [069] 61-355
新陰流兵法目録事 ………… [069] 61-345
兵法三十五箇条 …………… [069] 61-395
兵法家伝書 ………………… [069] 61-301
兵法伝書形成についての一試論
　　……………………………… [069] 61-645
渡部 和雄
　東歌の不思議さ …………… [013] 3-385
渡辺 一夫
　浮世床 ……………………… [033] 29-297
　三馬と僕 …………………… [033] 29-446
渡辺 憲司
　仮名草子集 ………………… [041] 74
　清水物語 …………………… [041] 74-139
　是楽物語 …………………… [041] 74-193
　身の鏡 ……………………… [041] 74-271
　都風俗鑑 …………………… [041] 74-427
渡辺 照宏
　三教指帰 …………………… [033] 15-24
　三教指帰 性霊集 …………… [067] 71
渡辺 保
　歌舞伎のかたち …………… [013] 30-463
渡辺 綱也
　宇治拾遺物語 ……………… [067] 27
　沙石集 ……………………… [067] 85
渡辺 久寿
　参考文献解題 ……………… [014] 7-515
渡辺 実
　伊勢物語 …………………… [040] 〔9〕
　伊勢物語・大和物語の文体 … [013] 5-392
　解説 ………………………… [041] 25-367
　枕草子 ……………………… [041] 25
渡辺 守邦
　一休ばなし ………………… [041] 74-321
　大坂物語 …………………… [041] 74-3
　伽婢子 ……………………… [041] 75
　仮名草子―近世初期の出版と文学
　　……………………………… [041] 74-483
　仮名草子集 ………………… [041] 74
　脚注おぼえがき …………… [041] 75-507
　尤之双紙 …………………… [041] 74-53
渡 浩一
　磯崎 ………………………… [043] 63-327
　解説 ………………………… [043] 63-451
　熊野本地絵巻 ……………… [043] 63-355
　中将姫本地 ………………… [043] 63-395
　長宝寺よみがへりの草紙 … [043] 63-417
　室町物語草子集 …………… [043] 63
和辻 哲郎
　お伽噺としての竹取物語 … [033] 7-393

古事記の芸術的価値 ………… ［033］**1**-*306*
沙門道元 ……………………… ［033］**14**-*325*
日本の文芸と仏教思想 …… ［033］**15**-*434*
枕草子について …………… ［033］**11**-*364*
「もののあはれ」について ‥ ［033］**34**-*347*

日本古典文学全集・内容綜覧
付・作家名索引

2005年4月25日 第1刷発行

発　行　者／大髙利夫
編集・発行／日外アソシエーツ株式会社
　　　　　〒143-8550 東京都大田区大森北1-23-8 第3下川ビル
　　　　　電話(03)3763-5241(代表)　FAX(03)3764-0845
　　　　　URL http://www.nichigai.co.jp/
発　売　元／株式会社紀伊國屋書店
　　　　　〒163-8636 東京都新宿区新宿3-17-7
　　　　　電話(03)3354-0131(代表)
　　　　　ホールセール部(営業) 電話(03)5469-5918

電算漢字処理／日外アソシエーツ株式会社
印刷・製本／株式会社平河工業社

不許複製・禁無断転載　　《中性紙三菱クリームエレガ使用》
〈落丁・乱丁本はお取り替えいたします〉
ISBN4-8169-1905-8　　Printed in Japan, 2005

本書はディジタルデータでご利用いただくことができます。詳細はお問い合わせください。

文学作品に関するレファレンスの基本ツール

現代日本文学綜覧シリーズ

文学全集・個人全集の内容細目集。作家名、作品タイトルからも検索できます。

全集/個人全集・内容綜覧〈第Ⅳ期〉　（現代日本文学綜覧25）
全集/個人全集・作家名綜覧〈第Ⅳ期〉　（現代日本文学綜覧26）
全集/個人全集・作品名綜覧〈第Ⅳ期〉　（現代日本文学綜覧27）
揃定価139,650円（本体133,000円）　分売可
1998〜2003年に刊行された文学全集31種469冊、個人全集157種1,255冊を収録。

全集/個人全集・内容綜覧〈第Ⅲ期〉　（現代日本文学綜覧18）
全集/個人全集・作家名綜覧〈第Ⅲ期〉　（現代日本文学綜覧19）
全集/個人全集・作品名綜覧〈第Ⅲ期〉　（現代日本文学綜覧20）
揃定価139,650円（本体133,000円）　分売可
1993〜1997年に刊行された文学全集18種384冊、個人全集145種1,082冊を収録。

全集・内容綜覧〈第Ⅱ期〉　（現代日本文学綜覧9）
全集・作家名綜覧〈第Ⅱ期〉　（現代日本文学綜覧10）
全集・作品名綜覧〈第Ⅱ期〉　（現代日本文学綜覧11）
揃定価61,165円（本体58,252円）　分売可
1982〜1992年に刊行された文学全集28種438冊を収録。作家3,400名、作品22,000点。

個人全集・内容綜覧〈第Ⅱ期〉　（現代日本文学綜覧12）
個人全集・作品名綜覧〈第Ⅱ期〉　（現代日本文学綜覧13）
揃定価179,418円（本体170,874円）　分売可
1984〜1992年に刊行された193名の作家による個人文学全集224種1,800冊を収録。

戯曲・シナリオ集内容綜覧　（現代日本文学綜覧24）
定価50,400円（本体48,000円）
1946〜2001年に刊行された戯曲集・シナリオ集3,644冊の内容細目集。

古典文学作品名よみかた辞典
定価10,290円（本体9,800円）
物語、日記・紀行、随筆、戯曲、和歌・俳諧集など近世以前に成立した作品13,400点を収録し読み方と共に作者名等を記載。読めない漢字でも引ける、1文字目の総画数順排列。

データベースカンパニー
日外アソシエーツ　〒143-8550 東京都大田区大森北1-23-8
TEL.(03)3763-5241　FAX.(03)3764-0845　http://www.nichigai.co.jp/